सहजता की भव्यता

सहजता की भव्यता

पराग-संचयिनी मृदुला सिन्हा का जीवन-मधु

प्रधान संपादक

बल्देव भाई शर्मा

परामर्शदाता

डॉ. कमल किशोर गोयनका

संपादक मंडल

डॉ. रामशरण गौड़ डॉ. अरुण कुमार भगत

डॉ. ओमप्रकाश शर्मा सूर्यप्रकाश सेमवाल

संपादन सहयोग

अखिलेश कुमार शर्मा गौरवेश कुमार

प्रभात प्रकाशन

प्रकाशक • **प्रभात प्रकाशन प्रा. लि.**
4/19 आसफ अली रोड,
नई दिल्ली–110002

संस्करण • 2025
मूल्य • बारह सौ रुपए
मुद्रक • नरुला प्रिंटर्स, दिल्ली

SAHAJTA KI BHAVYATA
Ed. Shri Baldeo Bhai Sharma ₹ 1200.00
Published by Prabhat Prakashan, 4/19 Asaf Ali Road, New Delhi-2
e-mail: prabhatbooks@gmail.com ISBN 978-93-5266-541-9

अनुक्रम

परिचयात्मक

खंड-1

संस्मरण, समीक्षा, सद्भाव और उद्गार

(क) घर-परिवार

(ख) बृहत्तर परिवार

खंड-2

समाजबोध की विधायक दृष्टि

खंड-3

संवाद स्तंभ—पत्र और पत्रकारिता

खंड-4
राजनीति में गुरुतर भूमिका

खंड-5
साहित्य में संवाद : चिंतन और दर्शन

खंड-6
गतिमान लेखनी : प्रतिनिधि रचनाएँ

खंड-7
सारस्वत व्यक्तित्व के साथ आप और हम

अरथु अमित अति आखर थोरे

वेद में उल्लेख है 'भद्रं इच्छन्ति ऋषय:' अर्थात् ऋषि लोकमंगल की कामना में जीता है। वह मन-वाणी-कर्म से लोकहित के लिए समर्पित रहता है। इसीलिए भारत ऋषि-परंपरा का देश है। भारत की यही जीवन-दृष्टि मानवीय संवेदनाओं के रूप में विस्तारित होकर वैश्विक चेतना और इससे भी आगे चराचर जगत् के भावबोध के साथ एकात्म हो गई। मन का यही संस्कार भारतीयता की पहचान बन गया कि जो अपने लिए हो, वह अच्छा, जो दूसरों के लिए हो वह बहुत अच्छा। भारतीय जीवन की यही प्रेरणा है।

इस प्रेरणा से जीने वाले लोग सबके हो जाते हैं, लोकमान्य बन जाते हैं, क्योंकि उतने 'मैं' में सब समाए होते हैं। ऐसे ही लोगों से हमारी ऋषि-परंपरा आगे बढ़ती रही है। मृदुलाजी का संपूर्ण जीवन इस दौर में भारत की उसी ऋषि-परंपरा की एक मजबूत कड़ी है, जो न जाने कितनों को लोकमंगल की कामना से अपने स्नेहपाश में बाँधे रखती है। गोवा की महामहिम राज्यपाल श्रीमती मृदुला सिन्हा हम लोगों के समय की एक दीपशिखा हैं, जिसके सान्निध्य में आते ही हमारे मन की सारी संकीर्णताओं, स्वार्थों, विकारों, भय, अज्ञान व कलुष का अंधकार तिरोहित होकर जीवन प्रकाशमान होने जैसी अनुभूति होती है। ऋषि की यही पहचान है कि उसके विराट् व्यक्तित्व के सामने आने पर आपको अपनी कमतरी का एहसास नहीं होता, बल्कि लगता है कि उसके सामने छोटे होकर भी हम बड़े हो गए हैं।

एक प्रख्यात लेखक, संवेदनशील पत्रकार, सर्वभूतहितेरत: सामाजिक कार्यकर्ता, प्रखर चिंतक, कुशल गृहिणी और शिखर राजनेता जैसे कितने गुणों को समेटे उनका बहुआयामी व्यक्तित्व लोकचेतना का एक जीवंत विग्रह है। मृदुलाजी के आचार-विचार, हाव-भाव, जीवन के क्षण-क्षण में लोक विद्यमान है। लोक ही उनके जीवन की प्रेरणा शक्ति है, आज जब आधुनिकता के रंग में रँगे बुद्धिजीवियों ने लोक को 'फोक' कहकर गँवार का पर्याय बना दिया है, तब उसके बरक्स मृदुलाजी ने 'लोक' को जो प्रतिष्ठा दिलाई है, उसे इस दौर की सबेस बड़ी बौद्धिक परिघटना कहा जाना अतिशयोक्ति नहीं होगी। महर्षि वाल्मीकि ने रामायण में श्रीराम को 'रामो विग्रहवान धर्म:' कहकर धर्म के प्रत्यक्ष रूप को परिभाषित किया है, इसी तरह मृदुला सिन्हा लोक का मूर्तरूप कही जा सकती हैं।

लोक पर उनका लेखन-चिंतन कितना बहुआयामी है व इंद्रधनुषी रंगों में रँगा है, इसका अनुभव मुझे पाञ्चजन्य का संपादक रहते हुआ, जब मैंने पाञ्चजन्य में लोक पर आधारित कथाओं-प्रसंगों को आधुनिक संदर्भों से जोड़कर नए रूप में एक स्तंभ के अंतर्गत प्रकाशित करने की योजना बनाई। 'सरोकार' शीर्षक से यह स्तंभ शुरू करने के लिए मुझे मृदुलाजी से ज्यादा उपयुक्त अन्य कोई नहीं दिखा, क्योंकि वे न केवल इस विषय की तज्ञ हैं, बल्कि निरालस भाव से सतत लेखन की उनकी प्रतिबद्धता अचंभित करती है। उनके संपादकत्व में कई वर्षों से प्रकाशित हो रही पत्रिका 'पाँचवाँ स्तंभ' निरंतर पढ़ते हुए मैं उनके लेखन से परिचित हुआ। मुझे लगा कि सरोकार स्तंभ का विचार शायद इन्हीं को केंद्र में रखकर मेरे मन में आया। जब मैंने उनके अनुरोध किया तो उन्होंने बड़ी विनम्रता से हिचक जताई कि क्या मैं पाञ्चजन्य के लिए वैसा लिख पाऊँगी? यह सहजता और विनम्रता देखकर उनके व्यक्तित्व पर यह सुभाषित 'विद्या ददाति विनयं, विनयात् याति सुपात्रता' सटीक बैठती है। उनका विनय भाव व सुपात्रता स्तुत्य है।

जब यह स्तंभ शुरू हुआ और अपनी अनेक व्यस्तताओं व प्रवास की निरंतरता के बीच लगातार वे कई वर्ष उसे लिखती रहीं तो वह स्तंभ पाञ्चजन्य की 'यूएसपी' बन गया। देश भर से उसकी लोकप्रियता, प्रेरकता व सामयिकता को लेकर मुझे पत्र व संदेश आते रहे। यह उनकी विनम्रता ही है कि वे बड़े सहज भाव से कह देती हैं कि इस स्तंभ से देश भर में उनके लेखन को नया आयाम व लोकप्रियता मिली। वस्तुत: यह मेरे लिए आनंद व गर्व की बात है कि इस बहाने मुझे उनका लेखकीय आशीर्वाद मिला। यह उनका लोक का विशद ज्ञान व अनुभूतियाँ ही हैं कि इतने लंबे चले स्तंभ में कभी प्रसंगों या विचारों का दोहराव देखने को नहीं मिला। यह भी मेरे लिए बहुत सुखद है कि राष्ट्रीय पुस्तक न्यास, भारत के अध्यक्ष के रूप में उस विषय को और विस्तार देते हुए मृदुलाजी की पुस्तक 'बिहार : इंद्रधनुषी लोकरंग' न्यास से प्रकाशित किए जाने का अवसर मिला। यों तो उनका रचना-संसार बहुत व्यापक है, लेकिन उनके जैसे यशस्वी लेखक का जुड़ना न्यास की प्रतिष्ठा को बढ़ाने वाला है।

मृदुलाजी के 'अमृत महोत्सव' के अवसर पर उनके ऋषितुल्य जीवन की विविध रंगी झाँकी समेटे हुए एक अभिनंदन ग्रंथ प्रकाशित हो, यह सभी की इच्छा थी। उसके लिए वे ना-ना ही करती रहीं, यह उनकी प्रसिद्धि पराङ्मुखता ही है। पर सबने मिलकर अधिकारपूर्वक, एक तरह से जबरन ही उनसे अनुमति ली। आज जब छोटा सा नेता भी लोगों से बात करने सबके बीच अपनी उपलब्धता बनाए रखने में एक दिखावटी दूरी बनाकर रखता है, ताकि वह सामान्यजन से कुछ ऊँचा दिखे, बड़े नेताओं की तो बात ही क्या, मृदुलाजी इतने उच्च संवैधानिक पद पर होकर भी जितनी सहजता व सादगी से अनेक लोगों से मिलने, बात करने, उनके कार्यक्रमों में आने के लिए उपलब्ध हो जाती हैं, उनके दु:ख-सुख की परवाह करती हैं, यह आज जनसरोकारों से दूर हो रही राजनीति के लिए, विशेषकर ऐसे नेताओं के लिए एक सबक है।

आज भी वे अपना फोन खुद 'रिसीव' करती हैं, राज्यपाल का ए.डी.सी. या उनका अन्य सहायक नहीं। किसी एक ग्रंथ में उनके जैसे बहुआयामी व्यक्तित्व को समेटना संभव नहीं है,

फिर भी जैसा कि संत तुलसीदास ने लिखा है 'अरथु अमित अति आखर थोरे' की तर्ज पर उनके जीवन के विविध पक्षों की मोहक झलक इससे मिल सकेगी, यह विश्वास है, यानी थोड़े लिखे को बहुत समझना। उनका सान्निध्य, स्नेह और आशीर्वाद हम सबको दीर्घकाल तक मिलता रहे, यही शुभेच्छा, क्योंकि अपने आस-पास मृदुलाजी जैसे लोगों का होना सदा आश्वस्तिकारक होता है।

मृदुलाजी अपने संभाषणों में बार-बार कहती हैं—"साहित्यकार को मधुमक्खी की भूमिका में होना चाहिए, मकड़ा नहीं। जो साहित्यकार समाज के विभिन्न क्यारियों से पराग इकट्ठा करते हैं, उसका साहित्य (मधु) उसी समाज जीवन के लिए स्वास्थ्यवर्धक होता है।"

मृदुलाजी का संपूर्ण जीवन पुरातन समाज के इतिहास और वर्तमान से विभिन्न प्रकार के पराग इकट्ठा करने में बीता है। इनके जीवन का सार (मधु) व्यक्तिगत, पारिवारिक, सामाजिक, राजनैतिक और सांस्कृतिक लोक के स्वास्थ्य के लिए अमृत तुल्य है।

संपादन, व्यवस्थापन एवं सामग्री संग्रह में मेरी भूमिका अल्पतम रही है। इसलिए इस ग्रंथ को संपूर्ण करने में अपरोक्ष और परोक्ष रूप से जिन-जिन व्यक्तियों का सहयोग मिला, मैं उन सबों के प्रति आभार प्रकट करता हूँ।

संपादन के कार्य में भूलें बहुत रहती हैं। इसमें भी होंगी, सुधी पाठकों से इसके लिए क्षमा प्रार्थी हूँ। प्रभात प्रकाशन ने इसे प्रकाशित किया। पुनः मैं सबों के प्रति अपना आभार प्रकट करता हूँ।

—बल्देव भाई शर्मा

मार्गशीर्ष कृष्ण पंचमी
विक्रमी 2074
8 नवंबर, 2017

शुभकामना संदेश

राष्ट्रपति

भारत गणतंत्र

PRESIDENT

REPUBLIC OF INDIA

दिनांक : 31 अक्तूबर, 2017

प्रिय श्रीमती मृदुला सिन्हा,

आपके 75वें जन्मदिवस पर मेरी ओर हार्दिक अग्रिम बधाई और शुभकामनाएँ।

आपने लंबे सार्वजनिक जीवन में जनजीव को बेहतर बनाने में अन्य कार्यों के साथ-साथ अपने चिंतन एवं लेखन द्वारा भी पर्याप्त योगदान दिया है।

आपके व्यक्तित्व एवं सक्रियता से भारतीय समाज, विशेषकर महिलाओं को एक प्रेरणास्पद आदर्श की झलक देखने को मिलती है, जो कि प्रशंसनीय एवं अनुकरणीय है।

मैं आपके दीर्घ एवं सक्रिय जीवन की मंगलकामना करता हूँ।

आपका

(राम नाथ कोविंद)

श्रीमती मृदुला सिन्हा

गोवा की राज्यपाल

राजभवन, दोना पौला, पणजी,

गोवा-403004

भारत के उपराष्ट्रपति
VICE-PRESIDENT OF INDIA

प्रिय श्री बल्देव भाई शर्माजी,

नमस्ते!

मुझे यह जानकर अत्यंत प्रसन्नता हुई कि सुप्रसिद्ध साहित्यकार और गोवा की राज्यपाल श्रीमती मृदुला सिन्हाजी के 75 वसंत पूर्ण करने के अवसर पर मृदुला सिन्हा अभिनंदन ग्रंथ का प्रकाशन किया जा रहा है।

सकल जनहित एवं सकल जनरंजन के निमित्त लोकविश्रुत साहित्यकार मृदुला सिन्हा की कृतियाँ भारतीय वाङ्मय को अमिट योगदान हैं। श्रीमती सिन्हा का बहुपक्षीय साहित्य समाज में साहित्य के औचित्य की प्रतिष्ठापना का अग्रणी निमित्त सिद्ध होकर उभरा है। अपने नामानुरूप मृदुलाजी का व्यक्तित्व एवं कृतित्व एक प्रामाणिक साहित्यकार की छवि को प्रकट करता है, जो समाज के लिए शिक्षा एवं कुशल मार्गनिर्देशन का प्रस्तोता है।

मैं मृदुला सिन्हा अमृत महोत्सव समिति द्वारा 'मृदुला सिन्हा अभिनंदन ग्रंथ' के प्रकाशनार्थ भूरि-भूरि शुभकामनाएँ प्रेषित करता हूँ एवं तद्गत प्रकाशमान लेखकों के उद्गारों के लिए मेरी शुभाशंसा है।

सद्भावनाओं सहित,

(एम. वेंकैया नायडु)

श्री बल्देव भाई शर्मा
174, शक्ति खंड-3, प्रथम तल,
इंदिरापुरम्, गाजियाबाद-201014

अध्यक्ष, लोकसभा
SPEAKER, LOK SABHA

संदेश

मुझे यह जानकर बहुत प्रसन्नता हुई है कि प्रख्यात साहित्यकार एवं गोवा की राज्यपाल मा. श्रीमती मृदुला सिन्हाजी के जीवन के 75 वर्ष पूर्ण होने पर 27 नवंबर, 2017 को दिल्ली में अमृत महोत्सव का आयोजन किया जा रहा है और इस कार्यक्रम में उनकी जीवन-यात्रा से जुड़े विभिन्न पहलुओं एवं संस्मरणों को रेखांकित करते हुए एक ग्रंथ का भी प्रकाशन किया जा रहा है।

मृदुलाजी—हमारी सहेली, सहयोगिनी, एक चिंतक, विचारक, उत्तम लेखिका, संवेदनशील व्यक्तित्व—अरे नहीं, सालों-साल हमने जिनके साथ काम किया, पार्टी की, कार्यकर्ता की चिंता की, महिला मोर्चा कैसे बढ़ेगा, कैसे विकसित-संस्कारित होगा, यही विचार और उसके लिए योजना बनाना, साथ-साथ की वह हँसी-ठिठौली, इसलिए आज राज्यपाल मा. मृदुलाजी नहीं याद रहती हैं, हमेशा हमारी मृदुलाजी—पचहत्तर की हो गईं ? इतने जल्दी गुजर गए साल 75 वसंत, 75 ग्रीष्म की तपती धूप, 75 बरसातें और इसमें से निखरता मृदुलाजी का व्यक्तित्व, यानी हमारा भी, हम भी तो हैं साथ-साथ, लेकिन आप मृदुलाजी, आप कुछ अलग ही हैं।

एक साहित्यकार, कवयित्री, एक सामाजिक-संवेदनशील कार्यकर्त्री—विभिन्न विषय, विविध विधाओं में 46 से भी अधिक पुस्तकों की लेखिका। राजमाताजी के जीवन पर किताब लिखकर उस पर लघुपट बने, इसलिए दिन-रात प्रयत्न करती मेरी सखी मृदुलाजी और यह संवेदना केवल राजमाता के लिए नहीं। हाँ, राजमाता के लिए हम सबके मन में अपार स्नेह-आदर था, लेकिन मृदुलाजी के संवेदनशील मन में, स्त्री जीवन के सुख-दुःख, भारतीय स्त्री जीवन, उसमें भी हमारी महान् स्त्रियाँ, जैसे—सीता, महाभारत की दृढनिश्चयी तेजस्वी, द्रौपदी, बुद्धिमती मंदोदरी, तारा, सावित्री इनके जीवन-चरित्र सतत बसते हैं किताब के रूप में कि वे इन चरित्रों को साकार करके सजीवता से हमारे सम्मुख रखती हैं। यह सब चरित्र हमें प्रेरित करते हैं तथा कई बार सोचने पर भी मजबूर करते हैं।

समाज के लिए, सामान्य स्त्रियों के उत्थान के लिए मृदुलाजी सतत सोचती हैं। मुझे आज भी याद है, मैं महिला-बाल विकास मंत्री थी, माननीय अटलजी की सरकार में और मृदुलाजी समाज कल्याण बोर्ड की अध्यक्ष, दोनों एक विचार की, आचार की, इसलिए आपसी विचार-विमर्श से कई योजनाएँ हमने बनाईं।

एक दिन मृदुलाजी मेरे ऑफिस आईं। हाँ, यही तो बात है, अच्छा विचार मन में आया कि

वे तुरंत आती थीं, कभी मन में नहीं सोचा कि मैं सीनियर हूँ, कैसे जाऊँ सुमित्रा के ऑफिस में? यही तो खासियत है। हाँ तो, मैं यह कह रही थी कि मृदुलाजी आईं, कहने लगीं—सुमित्राजी, एक कल्पना आई मन में, इसलिए चर्चा करने आई हूँ। कल्पना क्या ? 'कुआँ प्यासा' मैंने कहा—यह क्या होता है ? तो उन्होंने पूरी योजना समझाई कि हमारी कई सारी योजनाएँ हैं कल्याण की, लेकिन लोगों तक पहुँचती नहीं, तो प्यासा कुएँ के पास नहीं जाता तो कुआँ ही प्यासे के पास जाए, यानी हम ही समाजसेवी संस्थाओं को एकत्रत करें, जगह-जगह महिलाओं को एकत्रत करें और उन्हें विभिन्न योजनाओं का लाभ दें, बस अद्‌भुत बन गई हमारी योजना।

सामाजिक, साहित्यिक एवं राजनीतिक, तीनों क्षेत्रों में महत्त्वपूर्ण योगदान देते हुए सदैव संवेदनशील रहनेवाली हमारी मृदुलाजी ने आज भी गोवा की राज्यपाल रहते हुए— "the practice and effects of the civil code in Goa" विषय पर विभिन्न महिला समुदायों से व अन्य से चर्चा-अध्ययन किया और पाया कि इस कोड के पालन से विभिन्न समुदायों की महिलाओं में किस प्रकार आत्मनिर्भरता, एकता एवं आपसी सामंजस्य की भावना में वृद्धि हुई है। इसका अर्थ एक ही—हमारी मृदुलाजी कहीं भी, किसी भी पद पर रहें, सोचती-विचारती-लिखती समाज के लिए हैं, ऐसी मेरी सहेली का मन से अभिनंदन।

(सुमित्रा महाजन)

प्रधानमंत्री
PRIME MINISTER

संदेश

गोवा की राज्यपाल श्रीमती मृदुला सिन्हाजी को अपनी बहुआयामी जीवन-यात्रा के 75 वसंत पूरे करने के अवसर पर शुभकामनाएँ।

मृदुलाजी द्वारा राज्यपाल के पद पर रहते हुए स्वच्छता अभियान सहित अन्य कल्याणकारी योजनाओं के प्रति जन-जन को जोड़ने का प्रयास अद्भुत है। उन्होंने साहित्यिक, सामाजिक, सांस्कृतिक एवं राजनीतिक जीवन में अपने कार्यों से उच्च मानदंड स्थापित किए हैं। उनकी रचनाओं में मानवीय पक्ष मुखर रहा है, समाज के विभिन्न वर्गों की समस्याओं पर उनकी मार्मिक लेखनी पाठकों के हृदय के करीब है।

अपने राजनीतिक जीवन में मृदुलाजी ने जिस प्रकार संगठनात्मक दायित्वों का निर्वाह किया है, वह प्रशंसनीय है। मुझे विश्वास है कि उनका मृदु स्वभाव, कर्तव्यनिष्ठा और साहित्यिक कृतियाँ लोगों के लिए प्रेरणा बनेंगी।

मृदुला सिन्हाजी के जन्मदिवस पर 'अमृत महोत्सव' कार्यक्रम के आयोजन और 'मृदुला सिन्हा अभिनंदन ग्रंथ' के प्रकाशन के बारे में जानकर प्रसन्नता हुई। कार्यक्रम और प्रकाशन से जुड़े सभी लोगों को बधाई व शुभकामनाएँ।

मृदुलाजी के स्वस्थ जीवन व लंबी आयु की कामनाओं सहित,

(नरेंद्र मोदी)

नई दिल्ली
31 अक्तूबर, 2017

श्री बल्देव भाई शर्मा
174, शक्ति खंड-3, प्रथम तल,
इंदिरापुरम्, गाजियाबाद-201014
उत्तर प्रदेश

ॐ

राष्ट्रीय स्वयंसेवक संघ

प्रधान कार्यालय : डॉ. हेडगेवार भवन, महाल नागपुर-440032

इ-मेल : hedgewarbhavan@rediffmail.com

दूरभाष : 2723003, 2720150

सरसंघचालक—मोहन म. भागवत सरकार्यवाह—सुरेश (भय्याजी) जोशी

कार्तिक कृष्ण 14 शके 1939

दिनांक : 17-11-17

शुभ संदेश

गोवा प्रदेश की महामहिम राज्यपाल श्रीमती मृदुला सिन्हा को सारा देश, विशेषकर हिंदी साहित्य के पाठक एक संवेदनाक्षम, विचक्षण, भारतीय मूल्यों की युगानुकूल अभिव्यक्ति से तथा समाज-जीवन के देशकाल परिस्थिति उपयुक्त परिष्कार से सरोकार रखनेवाली कवयित्री व साहित्यकार के नाते भलीभाँति जानते हैं। महिला जीवन के सूक्ष्म मन-प्रवाह तथा मूल्यों का समर्थ प्रगटीकरण भी आपकी विशेषता रही है। प्रत्यक्ष जीवन में अपने कर्तृत्व से जीवन व्यापार के अनेक क्षेत्रों में आपका यशस्वी पदक्षेप तथा सबके प्रति सहज निरपेक्ष वात्सल्यभाव भी परिचितों के नित्य अनुभव की वस्तु है। ऐसे समर्थ और समृद्ध व्यक्तिमत्व का 75वें आयु वर्ष पूर्ण करने निमित्त गौरव यह समीचीन और औचित्यपूर्ण उपक्रम है।

श्रीमती मृदुला सिन्हाजी को इस प्रसंग के निमित्त सुदीर्घ आरोग्य की शुभ कामना देता हुआ मैं इस उपक्रम के निमित्त प्रकाशित गौरवग्रंथ प्रचारित-प्रसारित होकर जीवन के एक उत्तम उदाहरण के रूप में प्रसिद्ध होगा, यह विश्वास प्रकट करता हूँ। इस औचित्यपूर्ण कार्य के लिए राष्ट्रीय पुस्तक न्यास तथा प्रभात प्रकाशन का हार्दिक अभिनंदन।

आपका

(मोहन भागवत)

पत्र क्र.-स्म/09/18 | तिथि-युगाब्द 5119, कार्तिक कृष्ण 6 | दिनांक : 09-11-17

शुभ संदेश

सादर प्रणाम,

आयु के वर्ष बढ़ते जाते हैं यह जो सहज प्रक्रिया है, परंतु कुछ व्यक्तित्व ऐसे होते हैं, जिनके जीवन में महज आयु नहीं बढ़ती तो अनुभव एवं प्रतिभा के विकास के साथ ही स्नेहीजनों का घेरा अधिक विस्तृत एवं विशाल होता जाता है, श्रीमती मृदुला सिन्हाजी का व्यक्तित्व इसी श्रेणी में आता है।

एक गृहिणी, सामाजिक कार्यकर्ता, सिद्ध हस्त लेखिका सृजन के क्षेत्र में जिनकी प्रतिभा बहु आयामी है। काव्य, कथा, उपन्यास, विश्लेषणात्मक लेख ई. विषयों से समृद्ध, परिपूर्ण रहा ऐसी विविधांगी प्रतिभा की धनी है 'श्रीमती मृदुलाजी'।

एक संवेदनशील अंत:करण जीवन की किसी भी क्षेत्र को प्रभावित किए बिना नहीं रह सकता, श्रीमती मृदुलाजी ने तो राजनीति जैसे जटिल क्षेत्र में भी अपना अस्तित्व विशेष रूप से स्थापित किया है। राजनीतिक दल भारतीय जनता पार्टी में सक्रिय योगदान सामान्य कार्यकर्ता के रूप में दिया हो अथवा दायित्व आने पर महिला आयोग की अध्यक्षा और वर्तमान में गोवा जैसे राज्य की महामहिम राज्यपाल के रूप में कार्यरत मृदुलाजी अपने व्यवहार कुशलता के साथ सही संवैधानिक दायित्वों को सफलतापूर्वक निर्वहन कर रही है।

अत्यंत प्रसन्नता है, जीवन के 75 वर्ष में पदार्पण के अवसर पर 'अमृत महोत्सव' संपन्न हो रहा है। इस पावन अवसर पर मैं उनका हार्दिक अभिनंदन करता हूँ। भविष्य में उनके मंगल सान्निध्य से सारा समाज और सभी स्नेहीजन लाभान्वित होते रहे यही कामना। सर्व शक्तिमान ईश्वर की कृपा उन पर बनी रहे।

एक ध्येय समर्पित सामाजिक, राजनैतिक, साहित्य क्षेत्र में प्रतिभा संपन्न, राष्ट्र सेविका समिति की सेविका को मेरा प्रणाम एवं इस निमित्त होनेवाले 'अमृत महोत्सव' कार्यक्रम की हार्दिक शुभकामनाएँ।

आपका

(भय्या जोशी)

संदेश

प्रिय बल्देव भाई शर्मा,

नमस्कार!

मुझे यह जानकर प्रसन्नता हुई कि हमारे बृहत्तर परिवार की एक सक्रिय एवं संवेदनशील सदस्य मृदुला सिन्हाजी अपनी आयु का 75वाँ वर्ष पूर्ण कर रही हैं। हम सबके लिए यह भी गौरव की बात है कि इसी परिवार के कुछ प्रबुद्ध जन मिलकर उनके जन्मदिन पर एक अभिनंदन ग्रंथ प्रकाशित कर रहे हैं।

श्रीमती मृदुला सिन्हा परिश्रमी कार्यकर्त्री रही हैं। इन्होंने राजनीति में अपने चिंतन एवं व्यवहार से एक उदाहरण प्रस्तुत किया है। दीर्घकाल तक राजनीतिक जीवन के विभिन्न पदों पर रहकर उन पदों को गरिमा प्रदान की है।

राजनीति में पूर्णकालिक कार्यकर्त्री के सदृश्य कार्य करती हुई, अपने परिवार और साहित्य-सर्जन में भी विशेष रुचि दिखाई। इनका साहित्य पुरातन जीवन-मूल्यों की नींव पर आधुनिक भवन खड़ा करने जैसा है। हिंदी साहित्य जगत् में इनका एक बड़ा नाम है। पिछले तीन वर्षों से राज्यपाल जैसे संवैधानिक पद पर भी गरिमामय स्थिति में हैं।

मेरी कामना है कि ये शतायु हों और अंत समय तक सक्रिय और स्वथ्य जीवन जिएँ।

इनके पति डॉ. रामकृपाल सिन्हा (वरिष्ठ भा.ज.पा. नेता), पुत्र नवीन सिन्हा एवं संपूर्ण परिवार सहित प्रकाशन समिति के सभी सदस्यों को इस अवसर पर बधाई।

शुभकामनाओं सहित,

लाल कृ० आडवाणी

(लालकृष्ण आडवाणी)

ॐ

राष्ट्र सेविका समिति

देवी अहल्या मंदिर, धंतोली, नागपुर 12

आदरणीय मृदुलाजी सिन्हा गोवा राज्य की राज्यपाल–अपने जीवन के अमृतवर्ष यशस्विता से संपन्न कर रही हैं, इस निमित्त उनका हार्दिक अभिनंदन तथा भारतभूमि सेवार्थ माँ आदिशक्ति उन्हें सर्वारोग्यसंपन्न दीर्घायु प्रदान करें, ऐसी ईश्वर के श्रीचरणों पर नम्र प्रार्थना।

'मृदुलाजी सिन्हा' नाम से मृदुलता और सिन्हा अर्थात् सिंघ की राजस कर्तव्यकठोरता भी है। बिहार के मुजफ्फरपूर में जन्मी यह बालिका राष्ट्र सेविका समिति के संस्कार ग्रहण करते–करते साहित्य एवं राजनीति के क्षेत्र में आगे बढ़ती गोवा राज्य की सन्माननीय प्रथम नागरिक बनी—हम सभी के लिए यह गौरवास्पद है।

साहित्य क्षेत्र में नई–नई कल्पनाओं को आपने शब्दरूप दिया, सीता–मंदोदरी के जीवन के माध्यम से। विविध क्षेत्रों में आगे बढ़ते हुए भी आपने गृहिणी–माँ की गुण विशेषताएँ कायम रखी है, यह विशेष गुण है। राजभवन के बगीचा के आम के पेड़ों का मुक्त आनंद लेने हेतु बालगोपालों को आमंत्रित करना—राजभवन जनभवन भी हो, इसलिए विविध प्रकार के जनसमूहों से मिलना, विविध दायित्व निभाते हुए राष्ट्रीयता- भारतीयता का आधार दृढ रखने की कुशलता मृदुलाजी में है। आपके द्वारा अभी–अभी महिला पुरोहितों द्वारा तुलसी–विवाह के भव्य कार्यक्रम का आयोजन किया गया। गोवा के राजभवन का कण–कण शायद इसी की चिरप्रतीक्षा में होगा।

काव्यशास्त्र संस्कृतिनिष्ठा से संपन्न मा. मृदुलाजी, मेरी गुण–संपन्न बेटी को पति–पुत्र–परिवार के साथ राष्ट्रगौरव पथ पर आगे–आगे बढ़ते रहने की शुभकामनाएँ देती हूँ।

(प्रमिला मेढे)
चिंतक व विचारक,
पूर्व प्रमुख संचालिका, रा.से.समिति

तिथी कार्तिक कृष्ण पक्ष 5 5119
दिनांक : 8.11.17

राजनाथ सिंह
RAJNATH SINGH

गृह मंत्री
भारत
नई दिल्ली–110001
Home Minister
India
New Delhi-110001

दिनांक : 14.11.2017

संदेश

मुझे यह जानकर हार्दिक प्रसन्नता हुई है कि **प्रभात प्रकाशन, दिल्ली** द्वारा प्रख्यात साहित्यकार एवं गोवा की राज्यपाल श्रीमती मृदुला सिन्हाजी के 75वें जन्मदिवस के अवसर पर एक पुस्तक प्रकाशित की जा रही है।

मृदुलाजी ने लंबे समय तक साहित्य की साधना और सेवा की है। उन्होंने अपनी लेखनी से जहाँ ग्रामीण और दूरस्थ इलाकों की जीवन–शैली का जीवंत चित्रण किया है, वहीं समसामयिक विषयों पर उनका लेखन बेहद संयत होने के साथ सशक्त भी है।

मैं मृदुला सिन्हाजी के 75वें जन्मदिवस के अवसर पर अपनी हार्दिक शुभेच्छा प्रेषित करता हूँ तथा पुस्तक के सफल प्रकाशन की कामना करता हूँ।

शुभकामनाओं सहित।

(राजनाथ सिंह)

Office : Room No. 104, Ministry of Home Affairs, North Block, New Delhi-110001
Tel. : 23092462, 23094686, Fax : 23094221
E-mail : hm@nic.in

राम नाईक
राज्यपाल, उत्तर प्रदेश

राज भवन
लखनऊ-226027
12 नवंबर, 2017

॥ शुभेच्छा ॥

मुझे यह जानकर अतीव प्रसन्नता हुई कि प्रभात प्रकाशन द्वारा हिंदी की वरिष्ठ साहित्यकार तथा गोवा की राज्यपाल श्रीमती मृदुला सिन्हा के जीवन के 75 वर्ष पूर्ण होने के अवसर पर अभिनंदन ग्रंथ का प्रकाशन किया जा रहा है।

श्रीमती मृदुला सिन्हा साहित्यकार और पत्रकार के साथ ही एक कुशल राजनीतिज्ञ भी हैं। राष्ट्रभाषा हिंदी की गरिमा एवं प्रतिष्ठा के लिए वे सतत संघर्षरत रहीं। समाज के प्रति उनके गहन चिंतन की झलक उनके साहित्य लेखन में स्पष्ट रूप से परिलक्षित होती है। श्रीमती सिन्हा की कहानियाँ, उपन्यास और लेख समाज को दिशा देते हैं, जिनके अधिकतर चरित्र महिलाएँ, बच्चे और ग्रामीणजन होते हैं।

श्रीमती मृदुला सिन्हा राजनीतिक सहयोगी के साथ मेरे परिवार के सदस्य जैसी हैं, जिनसे मेरे परिवार के आत्मीय संबध हैं। सौम्यता, सादगी और मृदुभाषा उनकी पहचान है। पार्टी में रहते हुए हम दोनों ने काम किया है। श्री अटलजी के नेतृत्व में बतौर रेल राज्यमंत्री काम करते समय आपने जिस आग्रह से बिहार की जनता के लिए छठपूजा के अवसर पर अधिक रेलगाड़ियों की माँग मुझसे पूरी करवा ली, वह लगन आज भी सभी कार्यकर्ताओं के लिए आदर्श है। गोवा की राज्यपाल बनने के बाद श्रीमती सिन्हा ने वहाँ अनेक परंपराओं एवं परिपाटियों की नींव डाली, जो स्वागत योग्य है। फूलों के बदले फलों को स्वीकार करना व भेंट में आए फल जरूरतमदों में बँटवाना उनकी इस सृजनता एवं संवेदनशीलता का सुंदर आविष्कार है।

मैं श्रीमती मृदुला सिन्हा को अमृत महोत्सव की हार्दिक बधाई देते हुए उनके दीर्घायु और निरंतर सृजनारत रहने की कामना करता हूँ। मुझे विश्वास है कि प्रभात प्रकाशन की इस पुस्तक से हमारी युवा पीढ़ी अवश्य ऊर्जा प्राप्त करेगी।

(राम नाईक)

दूरभाष : 0522-2236497 • फैक्स : 0522-2239488 • इ-मेल : hgovup@nic.in •
वेबसाइट : www.upgovernor.gov.in

विदेश मंत्री
भारत

Minister of External Affairs
India

सुषमा स्वराज
Sushma Swaraj

संदेश

मुझे यह जानकर अत्यंत प्रसन्नता हुई कि 27 नवंबर, 2017 को गोवा की राज्यपाल श्रीमती मृदुला सिन्हाजी अपने जीवन के 75 वर्ष पूर्ण करने जा रही हैं। इस अवसर पर उनके रचनात्मक जीवन तथा सामाजिक कार्यों पर आधारित एक पुस्तक का प्रकाशन होना तय हुआ है।

पिछले अनेक वर्षों से मृदुलाजी के साथ मेरा बहुत ही स्नेहिल संबंध रहा है और मैंने उनके जीवन तथा कार्यों को बहुत नजदीक से देखा है। वरिष्ठ साहित्यकार एवं सामाजिक चिंतक होने के नाते देश और समाज में बदलाव लाने के लिए उनकी तड़प उनके लेखन में स्पष्ट दिखाई देती है। मुझे इस बात की बहुत प्रसन्नता है कि विभिन्न पदों पर रहते हुए भी उनकी लेखन-यात्रा कभी नहीं रुकी।

मैं ईश्वर से कामना करती हूँ कि मृदुलाजी को दीर्घायु प्रदान करें और वे इसी प्रकार देश एवं समाज की सेवा करती रहें।

सुषमा स्वराज
सुषमा स्वराज

नई दिल्ली, 05 नवंबर, 2017

172, South Block, New Delhi-110011•Tel : 91-11-23011127, 23011165 1•Fax : 91-11-23011463

नंदकुमार सिंह चौहान
संसद् सदस्य (लोकसभा)
प्रदेश अध्यक्ष (भारतीय जनता पार्टी, म.प्र.)

सदस्य :
• स्वास्थ्य एवं परिवार कल्याण मंत्रालय परामर्शदात्री समिति
• जल संसाधन मंत्रालय संबंधी स्थायी समिति

क्रमांक : ....

दिनांक : 20/09/2017

संदेश

यह जानकर हार्दिक प्रसन्नता हुई कि बहन मृदुला सिन्हाजी का अमृत महोत्सव आयोजित कर उनकी संगठनात्मक, साहित्यिक सेवाओं का सम्मान किया जा रहा है। मृदुलाजी ने यहाँ पार्टी संगठन के विस्तार के लिए पूर्ण मनोयोग से समर्पित सेवाएँ दीं। उन्होंने अपनी लेखनी से मूक जन को वाणी दी और स्पंदित किया।

मृदुलाजी ने महिला मोर्चा की बागडोर सँभाली और महिलाओं में नवचेतना का विस्तार कर उनमें स्वावलंबन, स्वदेशी चेतना और राष्ट्रवाद को जगाया। महिला-जगत् में संगठन का तीव्र गति से विस्तार वैसे एक क्रम और प्रकिया है, लेकिन मृदुलाजी के अकथ परिश्रम की भी सराहना करनी पड़ेगी। साहित्य, संस्कृति, पुरातत्त्व में गहन रुचि और प्रतिभा संपन्न होने के बाद जिस तरह उन्होंने राजनीति के क्षेत्र में प्रवेश किया, वे पगडंडी से बढ़कर राजभवन तक पहुँची हैं।

मृदुलाजी के स्वस्थ, समृद्ध और यशस्वी जीवन की कामना करता हूँ। जिससे समाज को उनकी बहुमूल्य सेवाएँ और कुशल मार्गदर्शन मिलता रहे। मैं मृदुला सिन्हा अमृत महोत्सव समिति का भी आभारी हूँ, जिसने इस तरह के आयोजन की रूपरेखा बनाकर साबित कर दिया है कि सेवा स्वयं पुरस्कार है।

महोत्सव की सफलता की कामना साहित,

(नंदकुमार सिंह चौहान)

नई दिल्ली निवास : 6, तीन मूर्ति लेन, नई दिल्ली-110011 • फोन नं. 011-23011262 • फैक्स-011-23011274
भोपाल कार्यालय : ई-2/29, पंडित दीनदयाल उपाध्याय परिसर, अरेरा कॉलोनी, भोपाल-462016, मध्य प्रदेश फोन नं. 0755-2463445, 2466399 • फैक्स- 0755-2464024
निवास : बी-9, 74 बँगला, भोपाल, म.प्र. फोन नं. 0755-2571955
बुरहानपुर निवास : मोहन नगर, बुरहानपुर, मध्य प्रदेश-450331 • फोन नं. 07325-241555
इ-मेल : nandkumar.bjp@gmail.com • मो. नं. : 09425008383

आशीर्वचन

संदेश

हमारी भारतीय संस्कृति समस्त विश्व में प्राचीन एवं सर्वोत्कृष्ट है। हमारे शास्त्रों के अनुसार समाज एवं राजनीति कभी धर्म से अलग नहीं थे। हमारे शास्त्रों का मानना है कि राजनीति तभी लोकमंगलकारी सिद्ध होगी, जब वह धर्मयुक्त हो। इसीलिए कहा गया कि जननेता यदि धर्माचरण में निमग्न हों तथा जनता–जनार्दन की स्वार्थरहित सेवा करते रहे हों तो कुछ हद तक दैवी शक्तियाँ भी उनके अनुकूल होने लगती हैं।

यह जानकर अतीव प्रसन्नता हुई कि गोवा की राज्यपाल श्रीमती मृदुला सिन्हा ऐसे ही धर्माचरण से युक्त जननेता हैं और उनके पचहत्तरवें जन्मदिन पर अमृत महोत्सव का आयोजन किया जा रहा है। हमारी आकांक्षा है कि वे इसी प्रकार साहित्य–सेवा एवं राजनैतिक सेवा में प्रवृत्त हों। उन्हें श्री महात्रिपुरसुंदरी सहित भगवान् श्री चंद्रमौलीश्वर की कृपादृष्टि प्राप्त हो और उन्हें सदा धर्माचरण की ओर उन्मुख करें, यही हमारा आशीष है।

जगद्गुरु श्री शंकराचार्य स्वामीगल, श्रीमंतम सम्सथानम

—नारायणस्मृतिः।

संदेश

गोवा की राज्यपाल महामहिम श्रीमती मृदुला सिन्हा अपने जीवन के 75 वर्ष की यात्रा संपन्न करने जा रही हैं। अनेक क्षेत्रों में जो आपके द्वारा योगदान हुआ है, वह सब हृदय से सराहनीय है।

गोवा में रामकथा के दौरान आपसे भेंट हुई थी, जब आपकी बहुविध प्रतिभा का एहसास हुआ था। आपकी चिंतनमयी कृति 'सीता पुनि बोली' का अनुभव करके बड़ी प्रसन्नता हुई।

75 वर्ष की यात्रा, यानी इस अमृत महोत्सव के लिए मेरी बहुत शुभकामनाएँ ! मृदुलाजी के लिए प्रभु प्रार्थना! राम सुमिरन के साथ।

—मोरारि बापू

संदेश

श्रीमती मृदुला सिन्हाजी ने अपने जीवन की सभी भूमिकाएँ पारिवारिक एवं सामाजिक निष्ठा से निभाईं। आप प्रेरणादायक उदाहरण हैं कि महिलाएँ अपने आंतरिक गुणों और प्रतिभाओं द्वारा समाज में उच्चतम पदवी प्राप्त करने में पूर्ण रूप से सक्षम हैं। विदित हुआ कि आपकी 75वीं वर्षगाँठ पर अमृत महोत्सव आयोजित हो रहा है। इस शुभ अवसर पर हमारा आशीर्वाद और शुभकामनाएँ।

—श्री श्री रवि शंकर

शुभकामना संदेश

मृदुला सिन्हा अमृत महोत्सव समिति, नई दिल्ली द्वारा एक वृहद स्तर पर 'अमृत महोत्सव' आयोजित किया जा रहा है, साथ ही इस दिव्य अवसर पर 'मृदुला सिन्हा अभिनंदन-ग्रंथ' का लोकार्पण भी हो रहा है, यह जानकर हमें भी हार्दिक प्रसन्नता है।

भारतीय मनीषियों के बीच प्राचीन काल से ही अपनी दिव्य शाश्वत चिंतना के सहारे जनमानस को सांस्कृतिक, साहित्यिक, सामाजिक व वैचारिक संबल देकर उन्हें विसंगतियों से मुक्ति दिलाने एवं राष्ट्रीय जागरण की नव दिशा-धारा तय करने की परंपरा रही है। अपनी साहित्यिक व लेखकीय प्रतिबद्धता के सहारे देश के सामाजिक, सांस्कृतिक एवं राजनीतिक सरोकारों तथा भारतीय स्त्री-विमर्श और परिवार सशक्तीकरण हेतु पुरुषार्थरत सुप्रसिद्ध साहित्यकार एवं वर्तमान में गोवा की राज्यपाल 'श्रीमती मृदुला सिन्हा' भी भारतीय जनमानस के बीच सामाजिक, सांस्कृतिक जागरण एवं नारी-उत्थान का लक्ष्य संभव कर रही हैं।

लोकार्पित 'मृदुला सिन्हा अभिनंदन-ग्रंथ' से देश में राष्ट्रनिर्माण हेतु बौद्धिक जागरण का मार्ग प्रशस्त होगा, वहीं सुदूर तक फैले अन्य आत्मीय जनों को जीवन के सांस्कृतिक, साहित्यिक एवं सामाजिक उत्थान हेतु विशेष शक्ति मिलेगी, ऐसी आशा है।

'अमृत महोत्सव' की सफलता हेतु अहर्निश पुरुषार्थरत स्वजनों को हमारा आशीर्वाद एवं 'अभिनंदन-ग्रंथ' के सफल लोकार्पण हेतु मेरी हार्दिक शुभकामनाएँ हैं।

भवदीय

—स्वामी रामदेव

Ganga Darshan
Munger,
BIHAR–811201

Swami Niranjanananda Saraswati

शुभकामना संदेश

आदरणीय श्रीमती मृदुला सिन्हा, राज्यपाल गोवा के 75वें जन्मदिवस पर उनके बहुआयामी, सफल, सक्रिय एवं स्वस्थ दीर्घ जीवन के लिए मेरी बहुत-बहुत शुभकामनाएँ हैं।

'अमृत महोत्सव' की सफलता के लिए भी मेरी मंगल कामना है।

—स्वामी निरंजनानंद
परमाचार्य, बिहार योग विद्यालय, मुंगेर

परिचयात्मक

मृदुला सिन्हा : जीवन और चिंतन-सृजन

—अखिलेश कुमार शर्मा

मानव जीवन सृजनधर्मी होता है। प्रत्येक मनुष्य या तो अपने जन्मकाल से ही कोई-न-कोई कला, गुण या विशेषता लेकर इस भूलोक पर अवतरित होता है या फिर वातावरण-परिवेश से उसकी मूल प्रवृत्तियाँ, अभिवृत्तियाँ, अभिरुचियाँ जाग्रत् होकर एक नया मोड़ ले लेती हैं। अंतर्मुखी लोग अपनी राह चलते हैं और बहिर्मुखी लोग अपनी। प्रकृति-प्रदत्त भावों से अपनी जिंदगी जीनेवाले लोग न केवल संवेदनशील होते हैं बल्कि धीरे-धीरे अपनी रचनाधर्मिता से अपना और समाज का पथ-प्रदर्शित करते रहते हैं। मृदुला सिन्हा इसी रचनाधर्मिता की प्रतीक हैं, जो अपने गाँव, देश की माटी से जुड़कर अपनी सृजनात्मकता के बीज पल्लवित-पोषित करती हैं। अपने जीवन और सृजन को माँ, मातृभूमि और मातृभाषा से जोड़कर विविध आयाम देती हैं। समाज, साहित्य और राजनीति—तीनों क्षेत्रों से अनायास जुड़कर अपनी बहुमुखी प्रतिभा और चिंतन-शैली से भारतीय संस्कृति, परंपरा, संस्कार एवं लोकविश्वासों को जन-जन तक पहुँचाती हैं। वे अपनी जीवन-यात्रा के पड़ावों को एक ओर साहित्यिक सृजन में ढालती हैं तो दूसरी ओर राजनीतिक दायित्वों का निर्वहन भी बखूबी करती हैं।

असल में व्यक्तित्व व कृतित्व (सृजन) का संबंध परस्पर पूरक और अन्योन्याश्रित होता है। किसी भी व्यक्ति के व्यक्तित्व में व्यक्ति की संवेदना-भाव, उसके स्वभावगत संस्कार-विशेषताएँ, परिवेशगत जीवन-अनुभव, किसी प्रसंग से उसके मन-मस्तिष्क पर पड़नेवाली क्रिया-प्रक्रियाएँ आदि समाहित रहती हैं। एक साहित्यकार या रचनाधर्मी के कृतित्व या सृजन का सही परिप्रेक्ष्य में मूल्यांकन करने हेतु उसके व्यक्तित्व से अवगत होना समीचीन होता है। डॉ. नगेंद्र की मान्यता है—"मैं यह मानता हूँ कि प्रत्येक साहित्यिक कृति का संबंध कृतिकार के व्यक्तित्व से है। कृतिकार का अपना रागात्मक जीवन और उसके आधार पर निर्मित जीवन-दर्शन कृति में अनिवार्यत: प्रतिफलित-प्रदर्शित होता है। यह प्रतिफलन प्रत्यक्ष हो, यह आवश्यक नहीं है। प्राय: यह अप्रत्यक्ष और प्रच्छन्न ही होता है।" व्यक्तित्व निर्माण में शिक्षा-दीक्षा, घर-परिवार का परिवेश और संस्कार, बौद्धिक क्षमता, आर्थिक, सामाजिक, सांस्कृतिक तथा र्मिक परिस्थितियों का प्रभाव होता है। स्पष्ट है कि किसी भी रचनाकार की रचनाधर्मिता की पृष्ठभूमि उसके व्यक्तित्व में समाहित होती है।

मृदुला सिन्हा का जीवन

मृदुलाजी के जीवन-संसार को उनके जन्म, बाल्यकाल, शिक्षा, विवाह, सामाजिक-राजनीतिक व्यक्तित्व की बुनावट से लेकर साहित्य-सृजन की व्यापकता और विराटता के संदर्भों में देखा जा सकता है। मृदुलाजी का जीवन अपने आप में एक प्रेरणापुंज है समाज, साहित्य और राजनीति के लिए। उनका जीवन अपने गाँव की पगडंडी से शुरू होकर गोवा के राजभवन तक पहुँचा है और अभी भी उनकी ऊर्जा, सक्रियता और सकारात्मकता को देखकर लगता है कि अभी तो उन्हें इससे भी और आगे जाना है। मृदुलाजी का ऐसा ऊर्जावान्, सकारात्मक जीवन और संवेदनशील व्यक्तित्व अपने जन्म व बाल्यकाल में मिले पारिवारिक संस्कारों एवं वातावरण-परिवेश की देन है, जो धीरे-धीरे इतना विशाल और व्यापक रूप धर लेता है कि उसमें उनका समूचा चिंतन धरातल पर प्रतिबिंबित हो उठता है। मृदुलाजी जन्म से ही संवेदनशील व्यक्तित्व की धनी रही हैं। अपने गाँव, घर, पास-पड़ोस में घटी छोटी-मोटी घटनाओं का उनके दिल-दिमाग पर इतना गहरा असर हुआ कि उनकी लेखनी के बोल चल पड़े। इसी अनवरत लेखनी के चलते रहने से उनका कृतित्व इतना विशाल, व्यापक और चिंतनशील हो गया कि आज समकालीन हिंदी महिला लेखन में प्रमुख हस्ताक्षर के रूप में उनका नाम जाना-पहचाना जाता है। मृदुलाजी अपने व्यक्तित्व के विकास को सामाजिक और राजनीतिक कार्यों के साथ-साथ साहित्यिक सरोकारों के साथ जोड़ती हैं। इसीलिए आज इनकी पहचान साहित्य, समाज और राजनीति—तीनों क्षेत्रों में शिखर पर है।

मृदुलाजी का कृतित्व इनके व्यक्तित्व से निर्मित होता रहा है, जबकि कृतित्व से इनके व्यक्तित्व की पहचान हुई है। इन पंक्तियों का लेखक भी इनके कृतित्व से ही इनके व्यक्तित्व का श्रद्धाभाजन बना है। इनके कृतित्व से समाज और साहित्य में इनका अवदान रेखांकित हुआ है। भारतीय नारी का चरित्र साहित्यिक स्तर पर पुनः स्थापित-व्याख्यायित हुआ है। मृदुलाजी अपने सामाजिक और राजनीतिक कार्यों के कारण समाजसेविका और राजनेत्री के रूप में तो प्रतिष्ठित हैं ही, साथ ही साथ भारतीय लोक संस्कृति एवं राष्ट्रवादी साहित्य रचना के माध्यम से एक भारतीय मनीषी साहित्यकार के रूप में भी प्रतिष्ठित हैं। एक ओर मृदुलाजी भारतीय सांस्कृतिक मूल्यों को मानवता, सहृदयता और उदात्तता की भावभूमि पर प्रतिष्ठित करने के लिए तत्पर दिखाई देती हैं, वहीं भारतवर्ष की विभिन्न लोक-संस्कृतियों को बचाने, स्थापित करने के लिए साहित्य, समाज और राजनीति—तीनों स्तरों पर सक्रिय रूप से प्रयासरत एवं सर्जनरत हैं। लोक जीवन के प्रति गहरी अभिरुचि-संस्कार और सरोकार जताते हुए भारतवर्ष को अपनी परंपरा, विचार और मान्यताओं के अनुरूप संचालित करनेवाले आदर्शों और प्रेरणास्पद मार्गों के निर्माण हेतु मृदुलाजी एक लेखिका के रूप में सतत सर्जनरत हैं। भारतवर्ष की आत्मा गाँवों में बसती है। इस आधार पर मृदुलाजी का मन, वचन एवं कर्म ग्राम्य जीवन के प्रति न्योछावर है। मृदुलाजी का समकालीन समय में भारत के गाँवों, विशेषकर बिहार के गाँवों से जुड़कर साहित्य रचना करना इनकी एक अलग और न्यारी विशेषता है। वे कहती भी हैं, "मैं लोकगीतों, लोकोक्तियों, लोक कहावतों में ही सोचती हूँ। मानव मन, उसकी विशेषताओं, हास-परिहास, संस्कार और व्यथा को समझने के लिए लोकसाहित्य के

ही पन्ने पलटती हूँ।" ऐसी लोक रागात्मकता भारत की राष्ट्रीय एकता में बाधक न होकर साधक है। 'अनेकता में एकता' वाली हमारी राष्ट्रीय विशेषता को पुष्ट करनेवाली भावना है, जिस पर प्रत्येक भारतीय को गौरवान्वित होना चाहिए।

जन्म, बाल्यकाल और शिक्षा-दीक्षा

संवेदनशील हृदय की लेखिका मृदुला सिन्हा का जन्म बिहार के मुजफ्फरपुर जिले के छपरा गाँव में 27 नवंबर, 1942 ई. को हुआ। इनके पिता स्वर्गीय छबीला सिंह एक योग्य व कर्मठ शिक्षक थे। वे बड़े सहज-सरल मन के व्यक्ति थे। ममतामयी माता स्व. अनूपा देवी का जीवन अपनी घर-गृहस्थी और पति की सेवा में समर्पित था। पिता स्व. छबीला सिंहजी के सहज-सरल व्यक्तित्व की छाप मृदुलाजी के व्यक्तित्व पर स्पष्ट अंकित हुई, तो माता स्व. अनूपा देवी की प्रवृत्ति की झलक इनके व्यक्तित्व का एक अटूट हिस्सा बनी। अपनी माता से इन्होंने प्रभाती के बोल सुने। गाँव की बोली में बचपन में ही रामायण की पंक्तियाँ सुनीं-गुनीं। गाँव के लोकगीत अपनी माँ, पास-पड़ोस की काकी-चाचियों से सुने, जो आगे चलकर इनकी जुबान पर रच-बस गए, कंठस्थ हो गए, जो आज भी समय-समय पर अपनी लय में सुर-ताल बिखेर देते हैं। हलवाहे, चरवाहे, मकई की बाल से दाना छुड़ानेवालों, घर-परिवार और गाँव के बड़े-बूढ़ों के मुँह से सुनी लोककथाएँ, कहावतें-लोकोक्तियाँ इनके चिंतन का आधार बनीं। आज भी वे वर्तमान की समस्याओं को सुलझाने के लिए उनका आधारभूत प्रयोग करती हैं।

गाँव की पगडंडी से इन्होंने अपना जीवन प्रारंभ किया। गाँव के गली-मोहल्लों, खेत-खलिहानों की छाँव में बचपन गुजरा। एक ओर घर-परिवार के स्नेह-संस्कारों ने इनके मन को भावुक और संवेदनशील बनाया तो पिता की शिक्षा के प्रति जागरूकता ने पठनशील। अपने घर और गाँव के संस्कारों ने इनके लिए जहाँ संस्कारवान उर्वरक भूमि तैयार की, वहीं बचपन में मिली शिक्षा ने इन्हें एक शिक्षिका और लेखिका के रूप में गढ़ा।

शुरुआत में अपने पिता की साइकिल के कॅरियर पर बैठकर इन्होंने स्कूल जाना सीखा। अपनी प्रारंभिक शिक्षा बालिका विद्यापीठ, लखीसराय (बिहार) से छात्रावासीय परिवेश में आरंभ की। भारतीय संस्कृति में बालिका संस्कार से ही बीज डालने के लिए ही उस विद्यालय की स्थापना हुई। रामायण, गीता और योग के वर्ग लगते ही थे। गांधी के जीवन का बहुत बड़ा प्रभाव था। इसलिए छोटी-छोटी बच्चियाँ भी अपने कपड़े और बरतन धोतीं। शौचालयों की सफाई करतीं। छात्रावास में बीमार पड़ीं, अपनी सखियों के मल-मूत्र उठातीं। परिचारिका का काम करतीं।

गीता के श्लोकों का सस्वर पाठ विद्यापीठ की छात्राओं की विशेष पहचान थी। सूर्य नमस्कार और योगासन प्रदर्शन भी। उन्होंने विद्यालयी जीवन में ही स्काउट ऐंड गाइड का प्रशिक्षण लिया। 1958 में मैट्रिक की परीक्षा पास करके महंत दर्शनदास महिला कॉलेज में दाखिला लिया। यहाँ भी छात्रावास में रहीं। जून 1959 में विवाह होने पर शहर में घर किराए पर लेकर रहने लगीं। बी.ए. ऑनर्स (मनोविज्ञान) अच्छे अंकों से पास कर एम.ए. (मनोविज्ञान) की परीक्षा बिहार विश्वविद्यालय, मुजफ्फरपुर से उत्तीर्ण की और यहीं से बी.एड. की परीक्षा भी प्रथम श्रेणी से

उत्तीर्ण कर शिक्षिका बनने का रास्ता खुला। उस समय उनकी उक्त पढ़ाई का यह स्तर अपने आप में एक मिसाल के रूप में है, जिससे उन्होंने अपना एक प्राध्यापक से लेकर संस्थापक प्राचार्या तक का रास्ता अख्तियार किया। मृदुलाजी की नियमित पढ़ाई का अंतिम शैक्षणिक संस्थान बिहार विश्वविद्यालय, मुजफ्फरपुर ही रहा।

वैवाहिक और पारिवारिक जीवन

तत्कालीन परिवेश और रीति-रिवाजानुसार मृदुलाजी की शादी मात्र सत्रह वर्ष की उम्र में सन् 1959 में अंग्रेजी भाषा के विद्वान् एवं विश्वविद्यालय व्याख्याता डॉ. रामकृपाल सिन्हा से हो गई। शादी के बाद इन्होंने अपना गृहिणी धर्म निभाते हुए अपने परिवार को सँभाला-सँवारा। एक भारतीय स्त्री-पत्नी का फर्ज निभाते हुए 1963 में मातृत्व धारण किया। घर से मिले संस्कारों से अपनी संतति को संस्कारवान बनाया। जिस तरह मृदुलाजी ने अपने पिताजी के सामीप्य में स्कूल का मुँह देखा था, शिक्षा का पहला पाठ सीखा था, ठीक उसी तरह अपने कर्तव्य का निर्वहन करते हुए मृदुलाजी ने अपनी संतानों को न केवल शिक्षित किया, वरन् संस्कारी भी बनाया। वर्तमान में सिन्हा दंपति के दो पुत्र—श्री नवीन सिन्हा, श्री प्रवीण सिन्हा, एक पुत्री—श्रीमती मीनाक्षी सिन्हा, दो पौत्रियाँ, दो पौत्र और एक नातिन हैं। इनके एक पुत्र डॉ. प्रवीण सिन्हा और पुत्री डॉ. मीनाक्षी सिन्हा अपने-अपने परिवार के साथ अमेरिका में रहते हैं और एक पुत्र श्री नवीन सिन्हा नई दिल्ली में भाजपा कार्यालय में सक्रिय प्रभार सँभाल रहे हैं। श्री नवीन सिन्हा की धर्मपत्नी और मृदुलाजी की पुत्रवधू श्रीमती संगीता सिन्हा मृदुलाजी के द्वारा स्थापित नई दिल्ली से प्रकाशित मासिक पत्रिका 'पाँचवाँ स्तंभ' की संपादक हैं। दूसरी बहू कल्पना सिन्हा अपने पति के साथ शिक्षिका का दायित्व सँभाले हुए हैं। दामाद डॉ. रणवीर चंद्रा, माइक्रोसॉफ्ट में बड़े पद पर हैं। बेटी मीनाक्षी ने भी दिल्ली की अच्छी संस्थाओं से अपनी पढ़ाई पूरी कर कोरनेल विश्वविद्यालय, अमेरिका से पी-एच.डी. की डिग्री प्राप्त की। इन दिनों बेटी के लालन-पालन के साथ पेंटिंग करती हैं और ब्लॉग लिखती हैं। पेंटिंग की बिक्री से मिली धनराशि समाज के जरूरतमंदों के लिए भेजती हैं।

राजनीति में प्रवेश करने की बचपन से जगी इच्छापूर्ति एक स्वतंत्रता सेनानी के पुत्र रामकृपाल सिन्हा की प्रबल इच्छा से 1964 में जनसंघ पार्टी के जिला अध्यक्ष बनने से हुई। कम आयु में ही बिहार विधान परिषद् के सदस्य, संविद की सरकार में कैबिनेट मंत्री, राज्यसभा के सदस्य, वहाँ भी मंत्री बने। संगठनात्मक कार्य से कभी विलग नहीं हुए।

वर्ष 1977 तक मृदुलाजी बिहार में ही रहीं। जब डॉ. रामकृपाल सिन्हा ने राजनीति में सक्रिय रहते हुए राज्य सरकार में कैबिनेट मंत्री और केंद्र सरकार में राज्यमंत्री के पदभार को सँभाला-सुशोभित किया, भारतीय जनता पार्टी के केंद्रीय कार्यालय के प्रभारी रहे, डॉ. सिन्हा के साथ दिल्ली में रहने लगीं। दिल्ली रहते हुए इन्होंने 'साथी' (सोशल एक्शन थ्रू इंट्रीग्रेटेड नेटवर्क) नाम की संस्था की स्थापना की। इसी के तहत मासिक पत्रिका 'पाँचवाँ स्तंभ' का प्रकाशन प्रारंभ किया। पारिवारिक दायित्वों का बखूबी निर्वहन करते हुए अपनी साहित्यिक यात्रा को अनवरत जारी रखा।

सामाजिक जीवन

बिहार विश्वविद्यालय से उच्च शिक्षा प्राप्त करने के बाद सन् 1964 में बिहार के मोतिहारी जिले के डॉ. एस.के. सिन्हा महिला कॉलेज में मनोविज्ञान विषय की प्राध्यापिका बनीं। 1968 तक इसी महाविद्यालय में अपनी प्राध्यापकीय सेवाएँ प्रदान कीं। मनोविज्ञान विषय के गहन अध्ययन-अध्यापन से ये 'मन' की ज्ञाता बन गईं। इसी कड़ी में बालमन को संस्कारित एवं आस्थावान बनाने के लिए मुजफ्फरपुर में 'भारतीय शिशु मंदिर' नामक एक आदर्श विद्यालय की स्थापना की और इस विद्यालय के सफल संचालन के लिए एक संस्थापक-प्राचार्य के रूप में लगातार नौ वर्षों (सन् 1968 से 1977) तक कार्यरत रहकर अपनी सेवाएँ प्रदान कीं।

बचपन से ही संवेदनशील हृदय की स्वामिनी मृदुला सिन्हा सामाजिक क्रियाकलापों में सक्रिय रही हैं। समाज के बीच रहकर समाज के मन को जाना-पहचाना। गहरी सहानुभूति के साथ समाज के हाशिए पर स्थित उपेक्षित एवं वंचित वर्ग को मुख्यधारा से जोड़ने का जोश-साहस इनके कार्यों में झलकता है। देश के विभिन्न मंचों से इन्होंने इस वर्ग के पक्ष में अपनी आवाज उठाई है। इसके अलावा परिवार, समाज और राष्ट्र से जुड़े मुद्दों को वे अपनी वाणी-लेखनी से उठाती रही हैं। स्त्री के विशेष अधिकार और समानता की पक्षधर मृदुला सिन्हा जीवन के प्रत्येक क्षेत्र में स्त्री-पुरुष की व्यावहारिक समानता और स्त्री को विशेष मानने को लेकर एक साफ, स्वच्छ एवं स्पष्ट दृष्टि रखती हैं। मृदुला सिन्हा स्त्री-पुरुष को परस्पर एक-दूसरे के प्रतिद्वंद्वी होने के बजाय आपस में पूरक के रूप में प्रस्थापना की पक्षधर हैं। नर-नारी समानता के लिए इन्होंने भारतीय संस्कृति में स्थापित अर्द्धनारीश्वर को प्रतीक बनाया। विश्व में ऐसा उदाहरण कहीं नहीं मिलेगा। नारी की समस्याओं को एक समाज की समस्याएँ समझती हैं और इन समस्याओं का समाधान-निदान वे अपनी ही भारतीय विचार-परंपरा में ढूँढ़ती-देखती हैं। प्रत्येक समस्या से निजात पाने के लिए संगठन की आवश्यकता समझती हैं और पूरे समाज को एक दृष्टि से देखकर एक संगठित पहल का आह्वान भी करती हैं।

अपने घर-परिवार में रहते हुए भारत के गाँवों की संरचना से रूबरू हुईं। समाज की समस्याओं को नजदीक से देखा, महसूस किया। इसके बाद उच्च शिक्षा प्राप्त की, कॉलेज में पढ़ाना शुरू किया। इस अंतराल में उन्होंने चाहे बेरोजगारी नहीं भोगी हो; लेकिन बेरोजगारी की समस्या को अपने आस-पास मँडराते हुए देखा होगा या भविष्य में इसके गहराते-मँडराते बादल जरूर महसूस कर लिये होंगे और वर्तमान में तो इस समस्या को बहुत गहराई से देख भी रही हैं। तभी तो युवा वर्ग की इस विकट समस्या को वे अपनी रचनाओं में उठाती भी हैं, इसके निदान और निवारण हेतु वे अपना मत-विचार प्रस्तुत करती हैं और व्यावहारिक स्तर पर सतत प्रयास भी करती हैं। 'अतिशय' उपन्यास में इस मत की ध्वनि स्पष्ट रूप से सुनी जा सकती है। व्यक्तिगत स्तर पर एक रचनाकार की संवेदनशीलता की परिचायक तो उनकी कलम है ही, साथ-ही-साथ कथनी और करनी की समानता को प्रस्तुत करता उनका सामाजिक, सांस्कृतिक व्यवहार भी दर्शनीय, प्रशंसनीय एवं उल्लेखनीय है।

साहित्यिक प्रेरणास्रोत

प्रत्येक व्यक्ति के जीवन में कोई-न-कोई प्रेरणास्रोत तो होता ही है। साहित्यकार की साहित्य रचना के पीछे भी कोई-न-कोई प्रेरणा अवश्य काम करती है। चाहे वह अंतर्प्रेरणा हो या बाह्य, लेकिन होती जरूर है। मृदुलाजी के लेखन के प्रति भाव तो मन में गहरे समाए हुए थे ही, पर वे जागरूक हुए अपनी पढ़ाई के प्रति जागरूकता और अपने पति की सकारात्मकता के भाव दृष्टिकोण से। अपनी शादी के बाद उन्होंने पहली कहानी लिखी—'भ्रम की व्यथा'। इसी कहानी के जरिए उनका पदार्पण होता है हिंदी के साहित्यिक जगत् में। अगस्त 2015 में डी.डी. न्यूज पर उनके 'तेजस्विनी' इंटरव्यू में उनसे पूछा गया कि उनकी इस साहित्य सृजना के पीछे प्रेरणास्रोत कौन हैं तो उन्होंने कहा, "मेरे पिताजी ने मुझे स्कूल का मुँह दिखाया और अपने पति के सहयोग-समर्थन और प्रेरणा से ही मैं यहाँ तक पहुँची हूँ।" इस आधार पर देखें तो यह कहा जा सकता है कि भले ही बचपन में अपने माता-पिता द्वारा वे पढ़ाई के प्रति उन्मुख हुई हों, लेकिन लिखने का सिलसिला प्रारंभ हुआ शादी के बाद, अपने पति के सहयोग से। चाहे उनके लेखन में अपने घर-परिवार और बचपन की घटनाएँ कहानियाँ बनकर उभरी हों, पर रूप निर्माण और लेखन के पीछे जिनका प्रेरणा-सहयोग भरा हाथ रहा, वे हैं उनके पति डॉ. रामकृपाल सिन्हा। ऐसा निष्कर्ष उनके स्वगत कथनों और स्वीकारोक्ति से निकलता है।

साहित्यिक जीवन

साहित्य समाज का दर्पण होता है, दीपक भी होता है और जनता की चित्त-प्रवृत्तियों का संचित प्रतिबिंब भी, यानी एक सर्जक-साहित्यकार अपने जीवन के आस-पास जिन स्थितियों-परिस्थितियों को देखता-भोगता है, अवलोकन-अनुभव करता है, उन्हें ही अपने साहित्य-संसार में चित्रित करता है। मृदुला सिन्हा विद्यार्थी जीवन से ही साहित्य की ओर आकृष्ट हो गई थीं। इनकी अत्यधिक संवेदनशीलता इन्हें साहित्यिक-सांस्कृतिक कार्यक्रमों-गतिविधियों की ओर खींचने लगी। इससे इनकी साहित्य के अध्ययन-अध्यापन की रुचि तो विकसित हुई ही, साथ-ही-साथ इनका सृजनात्मक लेखन भी पाँव पसारता चला गया, जिससे इन्होंने लघुकथाएँ, कहानियाँ, उपन्यास एवं चिंतनपरक ललित निबंधों की रचना कीं।

मृदुला सिन्हा के लेखन के पीछे भारतीय समाज ही प्रमुख रूप से रहा। इन्होंने भारतीय समाज की बदलती हुई परिस्थितियों को अपने रचनात्मक लेखन के जरिए उभारा, जिसमें आम आदमी, विशेष रूप से महिलाओं की सामाजिक, राजनीतिक एवं मनोवैज्ञानिक समस्याओं को अपनी लेखनी का विषय बनाया और इन समस्याओं का समाधान भी अपनी ही शैली में भारतीय विचार-परंपरा में खोजा, प्रस्तुत किया। अपनी माटी से जुड़ी हुई होने के नाते इनकी रचनाओं में 'सोंधी माटी' की महक आद्योपांत विद्यमान है।

समाज के बीच रहकर आस्थावादी और जीवन-मूल्यों पर आधारित जीवन जीने की पक्षधर मृदुला सिन्हा प्रत्येक व्यक्ति के कर्तव्यपालन, अनुशासन एवं संयम पर विशेष बल देती हैं। समाज

के बीच सक्रिय सहभागिता निभाकर सामाजिक जीवन का उत्कर्ष-आनंद प्राप्त करने के लिए मानव जीवन को लेखन के द्वारा निरंतर प्रेरित करती रही हैं।

मृदुलाजी के साहित्यिक संसार का परिचय अगले पृष्ठों में चिंतन-सृजन खंड में विस्तार से दिया जा रहा है।

व्यक्तित्व के अन्य पहलू

स्वभावगत विशेषताएँ

व्यक्ति का स्वभाव या तो घर-परिवार, वातावरण के संस्कारों से प्रभावित होता है या स्वत:स्फूर्त ढंग से गढ़ता-निर्मित होता चला जाता है। मृदुलाजी का स्वभाव दोनों दृष्टिकोणों से बनता-सँवरता रहा है। अपने नाम के अनुरूप उनके स्वभाव में 'मृदुलता' विद्यमान है। एक ओर उनके स्वभाव में घर-परिवार से मिली स्निग्धता और प्राकृतिक मृदुलता विद्यमान है तो दूसरी ओर वातावरण-परिवेश के अपने वास्तविक अनुभवों से लोगों को निहारने-देखने, पहचानने-महसूस करने की तीक्ष्ण मानवीय समझ। किसी के दु:ख-दर्द को समझना हो या किसी की खास जरूरत को, मृदुलाजी तुरंत भाँप लेती हैं। दूसरे अर्थों में कहें तो उनकी मानवीय परख विशेष है। बनावटी व्यवहार उनसे कोसों दूर है। अपने से संबंधित हो या किसी दूसरे से संबंधित, मानवता की भलाई के किसी भी काम के लिए उनके मुँह से नकारात्मकता का स्वर नहीं निकलता है। आशा और सकारात्मक भाव की डोर मृदुलाजी के यहाँ बहुत लंबी है।

वे जितना महत्त्व एक बड़े व्यक्तित्व को देती हैं, उतना ही महत्त्व अपने से जुड़े हुए एक आम आदमी और विद्यार्थी को भी। झूठे वादे-वचन उनके स्वभाव की विशेषता नहीं, वरन् उम्मीदों पर खरे उतरना उनकी अपनी एक खास स्वाभाविक विशेषता और पहचान है, जो उन्हें स्वनामधन्य साहित्यकारों और वोट के नाम पर राजनीति करनेवाले राजनेताओं से अलग करती है। सहजता, सरलता, सौम्यता में उनकी छवि बसी है तो विद्वत्ता, संवेदनशीलता, प्रशासनिक कुशलता एवं रचनाधर्मिता में उनकी पहचान छुपी हुई है। सकारात्मकता, निरंतर सक्रियता, नवाचारधर्मिता उनके विशेष गुणधर्म हैं तो आम व्यक्ति की मददगार, हितैषी और शुभचिंतक उनके व्यक्तित्व के निराले गुण।

नारी विषयक दृष्टि और चिंतन

मृदुलाजी का नारी विषयक चिंतन भारतीय विचार चिंतन पर आधारित है। नारी समानता के लिए वे अर्द्धनारीश्वर में निहित स्त्री-पुरुष की परस्पर पूरकता की धारणा को समाज में समानता के प्रतीक के रूप में अपनाने पर बल देती हैं। वहीं स्त्री पक्ष की विशेष हिमायती और सशक्त पैरोकार के रूप में स्त्री को पुरुष की तुलना में विशेष शक्तिप्रदा, विशेष सम्मान की हकदार और विकास के अधिक अवसर दिलाने की भी पक्षधर हैं। बेटी को बेटे के बजाय परिवार-समाज में विशेष रूप से स्थापित करने की कोशिश में वाणी-लेखनी को धाराप्रवाह रूप से बुलंद करती रही हैं। समाज

के बीच रहकर आस्थावादी और जीवन-मूल्यों पर आधारित जीवन जीने की पक्षधर मृदुला सिन्हा व्यक्ति-व्यक्ति के कर्तव्यपालन, अनुशासन एवं संयम पर विशेष बल देती हैं।

एक पौराणिक और जागरूक आधुनिक भारतीय नारी की दृष्टि से इन्होंने आज की महिलाओं के पारिवारिक, सामाजिक और राजनीतिक जीवन के समसामयिक जटिल प्रश्नों पर गंभीरतापूर्वक मंथन किया है। दूसरे शब्दों में कहें तो इनके नारी चिंतन में पौराणिक और आधुनिक नारी चिंतन का सुसंयोग विद्यमान है। तभी तो इन्होंने 'हम भारत की नारी हैं, फूल नहीं चिनगारी हैं' जैसे उत्तेजक एवं संघर्षशील नारों को संशोधित कर 'हम भारत की नारी हैं, फूल और चिनगारी हैं' के रूप में आम लोगों के सामने प्रस्तुत किया है अर्थात् नारी फूल सदृश कोमल तो होती है, परंतु दुर्बल नहीं, बल्कि आवश्यकता पड़ने पर लक्ष्मीबाई का रूप भी धारण कर सकती है।

मृदुलाजी नारी को पुरुष के समान बनाने की बजाय मातृत्व से मंडित करती हैं—आज स्त्रियों को पुरुष के समान बनने की जगह नारीत्व से पूर्ण बनने की जरूरत है। नारी नारी होती है और पुरुष पुरुष। नारी कभी पुरुष के समान हो ही नहीं सकती। वह तो पुरुष से भी श्रेष्ठ है, क्योंकि वह दातृ होती है। नारी अधिकारों की माँग की आड़ में इन्होंने कर्तव्यों के बोध को नहीं भुलाया है, बल्कि कर्तव्यों के माध्यम से अधिकारों को प्राप्त करने का रास्ता दिखाया है। एक ओर ये नारी को दहलीज से लेकर कार्यालय तक ले जाने की वकालत करती हैं, तो दूसरी ओर घरेलू दायित्वों को निभाने का जिम्मा भी सौपती हैं। आज के टूटते-बिखरते परिवार इनकी चिंता के केंद्र में हैं। इनको बचाने की आशा ये नारियों से ही रखती हैं। स्त्री अपनी त्यागवृत्ति से परिवार को संयुक्त रखती है। स्त्री होने पर नाज जताते हुए वे कहती हैं कि स्त्री हर क्षेत्र में आगे है। सृजन के लिए ममत्व आवश्यक है। पुरुष ममत्व से वंचित है; परंतु जब उसमें भी यह गुण आ जाता है तो वह आकाश बन जाता है। परिवार जीवन की सबसे बड़ी पाठशाला है, इस विचार को प्रस्तुत करते हुए वे कहती हैं कि भारतीय संस्कृति सभी को साथ लेकर परिवार के रूप में आगे बढ़नेवाली संस्कृति है। परिवार की एकता को समृद्ध करनेवाली उनकी प्रस्तुत स्वरचित पंक्तियाँ समय-समय पर पढ़ी-सुनी जा सकती हैं—'जब साथ चलती हैं तीन पीढ़ियाँ, तब परिवार चढ़ता है विकास की सीढ़ियाँ'। बेटियों को संबोधित करते हुए कहती हैं कि भले ही तुम आज जल, थल, नभ पर अपने कदम बढ़ाओ, पर यह मत भूलना कि तुम्हें माँ बनना है। आज समानता के नाम पर जो स्त्री को पुरुष बनाने पर तुले हैं, वे उपहास के पात्र हैं। सभ्यता रूपी रोटी बेलते-बेलते मुड़ जाती है परंतु अभी रोटी बहुत अधिक नहीं टूटी है। इस सभ्यता को लीक पर लाने का काम भारतीय संस्कृति का है। विकास को अपने आँचल में सहेजनीवाली युवा पीढ़ी की लड़कियों से वे कहती हैं कि बेटियो! तुम्हें भोजन बनाने का मौका नहीं मिलेगा, पर परोसना मत छोड़ना। इनका स्पष्ट मत है कि जो अपनी, अपने परिवार की सेवा नहीं कर सकता, वह दूसरे की सेवा क्या करेगा। सेवा स्वयं से प्रारंभ होकर दूसरों तक पहुँचती है।

मृदुलाजी का स्त्री-पुरुष संबंधित चिंतन भारतीय संस्कृति के अनुकूल है। इन्होंने नारी समस्या को संपूर्ण समाज की समस्या के रूप में देखा है। इसीलिए नारी को समाज में उचित सम्मान दिए बिना समाज का विकास इन्हें असंभव लगता है। ये नारी और पुरुष के बीच सहयोगवृत्ति की

पक्षधरों में अन्योन्याश्रित संबंधों की मजबूती के लिए स्त्री और पुरुष दोनों से अपेक्षा रखती हैं। एक के बिना दूसरे का जीवन अधूरा है। इनके अनुसार नारी वस्तु नहीं है, अविकसित पुरुष भी नहीं है और मात्र देह भी नहीं है दुहिता। न नारी कठपुतली है और न ही उड़नपरी। नारी को पुरुष सापेक्ष होकर भी स्वयं विलक्षण व्यक्तित्व से संपन्न होना चाहिए। प्रेम के संबंध में इन्होंने प्रचलित अर्थवाले प्रेम को न अपनाकर प्रेम की उदात्तता को स्वीकार कर प्रस्तुत किया है।

मृदुलाजी ने भारतीय संस्कृति के अनुरूप मातृत्व को नारी जीवन की सार्थकता माना है। मृदुलाजी ने आज की नारी को सलाह दी है कि स्त्री को मर्द बनने की लालसा नहीं पालनी चाहिए। इस प्रकार मृदुलाजी आज की महिलाओं की दशा को सुधारने के लिए तथा उपभोक्तावाद और बाजारीकरण के कारण आए संकटों से उबारने के लिए सतत प्रयास कर रही हैं। इनकी रचनाओं में महादेवी जैसी पीड़ा, दुःख और करुणा की अनुभूति देखने को मिलती है, तो वहीं मीराबाई जैसी आस्था के स्वर भी दृष्टिगत होते हैं। नारी को आत्मसंबल का पाठ पढ़ाती इनकी रचनाएँ भारतीय नारी चिंतन को अभिव्यक्त करती हैं। सीता, सावित्री और मंदोदरी आदि भारतीय नारी के चरितों में आधुनिक नारी का जीवन संबल तलाशती इनकी लेखनी धन्य-धन्य हो जाती है।

जीवन-मूल्यों में आस्था और विश्वास

जीवन-मूल्यों के प्रति आस्था और विश्वास इनकी और इनकी रचनाधर्मिता की विशिष्ट पहचान है। इनकी प्रत्येक रचना किसी-न-किसी जीवन मूल्य को सहेजनेवाली, उकेरनेवाली होती है। वैचारिक तौर पर भी मृदुलाजी मानवतावादी साहित्यकार हैं, जिससे इनका पूरा-का-पूरा साहित्य करुणा, प्रेम, कर्तव्य, अहिंसा, सेवा आदि की उदात्तता की भावभूमि पर आधारित है और इन भावों को वैचारिक जामा पहनाकर ही इन्होंने अपनी रचनाओं में गुंफित किया है। महादेवी की भाँति ये भी करुणा की महत्ता को स्वीकार करती हैं और सेवा के अंतर्गत अपनी तथा अपने परिवार की सेवा के साथ समाज और राष्ट्र सहित संपूर्ण मानवता की सेवा के उच्च लक्ष्य को प्रतिपादित करती हैं। मानवता के हित और सेवा के प्रति ये अपनी सोच को अमलीजामा पहनाकर जब किसी रचना को गढ़ती हैं तो अनायास ही इनकी रचना के केंद्र में कोई-न-कोई जीवन-मूल्य अपना स्थान बना लेता है।

इन्होंने देशकाल, वातावरण और व्यक्ति सापेक्षता के संदर्भ में मूल्यों को देखा और परखा है। इन्होंने मानवता के उच्च गुणों के प्रति गौरव भाव जगाने का प्रयास किया है। मानव परित्राण के लिए नैतिकता का आग्रह तथा सन्मार्ग का संदेश इनके साहित्य में आद्योपांत विद्यमान है। उत्साह और लगन द्वारा अभिशाप को भी वरदान बनाकर जीने का संकल्प इन्होंने दिया है। जीवन के प्रति सकारात्मक भाव का दृष्टिकोण इन्हें प्रेरणादायक और ऊर्जावान लेखनी का धनी बनाता है।

व्यक्तित्व विकास के लिए इन्होंने भारतीय जीवन मूल्यों और लोक विश्वासों को अपनी रचनाओं में पिरोकर पाठक के सामने प्रस्तुत किया है। समग्र विकास के लिए मानव समाज को भौतिक और आध्यात्मिक, दोनों स्तरों पर अग्रसर करने का इन्होंने प्रयास किया है। शारीरिक और इहलौकिक उन्नति के लिए भौतिक समृद्धि और आत्मिक विकास के लिए आध्यात्मिकता

को जरूरी माना है, लेकिन इनके यहाँ भौतिकता सिर्फ विपुलता तक सीमित नहीं है, बल्कि इस विपुलता का उपयोग मानव कल्याण के लिए समुचित ढंग से होने तक विस्तृत है। गांधीवाद के अनुकूल इनकी रचनाएँ भी सत्ता के स्थान पर संयम, शस्त्र के स्थान पर शांति और शास्त्र के स्थान पर सदाचार को संप्रेषित करती हैं। जहाँ एक ओर उनकी रचनाओं में मूल्य स्थापना की प्रतिध्वनि स्पष्ट रूप से सुनी जा सकती है, वहीं दूसरी ओर कठिन परिस्थितियों में भी जिजीविषा की दृढ़ता के प्रति आस्था और विश्वास का स्वर भी।

पुरानी नींव, नया निर्माण

मृदुलाजी के साहित्य और समाज-चिंतन का आधार एक ओर परंपरागत है, परंपरा की विकासशील प्रक्रिया को अपनाता है, वहीं दूसरी ओर इनकी दृष्टि विकसित प्रक्रिया के तहत आधुनिकता-बोध से भी युक्त है। एक ओर मृदुलाजी परंपरागत जड़ताओं, पाखंडों, अंधविश्वासों और अन्य सामाजिक बुराइयों को उखाड़ फेंकने के लिए साहित्य, समाज और राजनीति के स्तर पर कृतसंकल्प हैं, वहीं दूसरी ओर आधुनिकता के अतिरेक से समाज, राष्ट्र तथा मानव के सामने आई विकृतियों—दिशाहीनता, जड़ता, भोगलिप्सा, विवेकहीनता, अनास्था, स्वार्थवृत्ति तथा बाजारूपन से लोगों को आगाह करने के लिए सतत सृजनरत हैं। इनकी सोच परंपरागत आचार-विचार, रहन-सहन, खान-पान, वेश-भूषा आदि को परिष्कृत करके समसामयिक युग संदर्भ में अपनाने की अनुमति प्रदान करता है। ये आधुनिक स्त्रियों या 'मॉड' युवतियों को चूड़ी उतारने से रोकती हैं। इसे ये नारी शक्ति का प्रतीक मानती हैं। चूड़ियाँ उसकी शक्ति, संबल और सौभाग्य की प्रतीक हैं। तभी तो अपनी परंपरा में सुहागन की मौत पर भी मातम नहीं होता है।

इन्होंने आधुनिकता के संदर्भ में स्वचेतना को जाग्रत् किया है। नए मूल्यों का निर्माण, बौद्धिकता, भविष्योन्मुखता, सजगता, वर्तमान की चिंता, अतीत का प्रासंगिक उपयोग तथा इहलौकिकता की सार्थकता में परलोक का फल आदि के रूप में आधुनिकता को अपनाया है। आधुनिकता को पश्चिमीकरण के अनुकरण पर ग्रहण न करके भारत की सभ्यता और संस्कृति की परंपरागत और विकासशील प्रक्रिया के तहत ग्रहण किया है। यह आधुनिकता आरोपित या अनुकरण पर आधारित न होकर विकास और जीवंतता पर आधारित है। उपभोक्तावादी संस्कृति, व्यवसायीकरण, शहरीकरण, यंत्रीकरण की दौड़ में भारतीय जीवन-मूल्यों और धरोहरों-विरासतों आदि की महत्ता को प्रतिष्ठित करने के लिए इनकी चिंतन-धारा निरंतर सक्रिय और गतिशील है। वे युवतियों को संबोधित करती हुई अकसर कहती हैं, "तुम जल, थल, नाभ पर जाओ, तुम्हारे लिए सभी दिशाएँ खुलीं हैं। मात्र स्मरण रखना है कि माँ तुम्हें ही बनना है। प्रकृति ने नारी को ही यह जिम्मेदारी दी है।"

इस प्रकार मृदुलाजी अपने पारिवारिक, सामाजिक और राजनीतिक उत्तरदायित्वों के निर्वाह में हुए अनुभवों के संचित कोष द्वारा साहित्य को नई दृष्टि और दिशा दे रही हैं। इनका चिंतन अनजानी भावुकता, छद्म बौद्धिकता और कोरी कल्पना से दूर हटकर अनुभवजन्य सत्य के आधार पर निर्मित है, वहीं आज इनका उदीयमान व्यक्तित्व स्वयं को और दूसरों को दुनियादारी की धारा

में बहने की बजाय उसे सुदिशा की ओर मोड़ने के लिए सतत प्रयत्नशील और सृजनरत है। इस लहजे से मृदुलाजी के व्यक्तित्व का मूल्योन्मुख होना भारतीय परंपरा में दृढ विश्वास को जताता है। वे अपनी सशक्त और समृद्ध पुरानी नींव को नए निर्माण से जोड़कर राष्ट्र-निर्माण की बात कहती हैं। संस्कारों की 'पुरानी नींव, नया निर्माण' को स्त्री और पुरुष दोनों से जोड़कर प्रस्तुत करती हैं।

राजनीतिक जीवन एवं दायित्व-बोध

सन् 1977 ई. के आम चुनाव के बाद मृदुला सिन्हा के पति डॉ. रामकृपाल सिन्हा ने जनता पार्टी की मोरारजी भाई देसाई के नेतृत्ववाली सरकार में श्रम एवं संसदीय कार्य के राज्यमंत्री के रूप में कार्य प्रारंभ किया। तब से मृदुलाजी भी दिल्ली आकर रहने लगीं। दिल्ली आने से पूर्व इन्होंने बिहार के गाँवों में अपनी जिंदगी का स्वाभाविक बचपन बिताया था। गाँव की सौंधी माटी की महक इनके जेहन में बस चुकी थी। बाद में इन्हें दिल्लीवालों की नजरों से ग्रामवासियों को देखने का भरपूर अवसर मिला। यंत्रीकरण एवं शहरीकरण की अंधी दौड़ की आपाधापी और बनावटीपनवाले माहौल में गाँवों की नैसर्गिक छटा और अकृत्रिम जीवन-शैली की प्रासंगिकता खोजने की इनमें ललक जगी। गाँवों की बदलती व्यवस्था को समझने में मृदुलाजी तत्परता से संलग्न रहीं। इसी समय सन् 1977 में मृदुलाजी को मुजफ्फरपुर (बिहार) के संसदीय क्षेत्र की चुनाव संयोजिका बनाया गया।

मृदुलाजी का समाजसेवी व्यक्तित्व और पति के सान्निध्य व प्रेरणा से ओत-प्रोत होकर इनका झुकाव भी राजनीति की ओर बढ़ने लगा तथा सन् 1980 ई. में भारतीय जनता पार्टी की स्थापना के समय से ये पार्टी से पूर्णरूपेण जुड़कर नई दिल्ली में श्री अटल बिहारी वाजपेयीजी के चुनाव क्षेत्र की चुनाव संयोजिका बनकर जनसंपर्क में जुट गईं।

इसी समय, यानी सन् 1980 ई. में मृदुलाजी भारतीय जनता पार्टी में श्रीमती विजयाराजे सिंधिया के साथ महिला मोर्चा की सहसंयोजिका बनकर महिलाओं, खासकर ग्रामीण महिलाओं को पार्टी से जोड़ने के लिए जुट गईं और जल्दी ही भाजपा के केंद्रीय नेतृत्व पर अपनी अमिट छाप छोड़ने में सफल हो गईं। फलस्वरूप सन् 1981 में इन्हें भाजपा राष्ट्रीय कार्यकारिणी में सदस्य बनाया गया। 1982 से 1984 तक महिला मोर्चा में महामंत्री का पदभार सँभाला। 1984 से 1989 तक महिला मोर्चा के अध्यक्ष पद के कार्य प्रभार को देखा-सँभाला। 1989 से 1992 के बीच ये दुबारा महिला मोर्चा की महामंत्री बनी। सन् 1992 से 1995 में पुन: इन्हें महिला मोर्चा की अध्यक्ष बनाया गया। सन् 1996 में भाजपा के राष्ट्रीय उपाध्यक्ष पद की महत्त्वपूर्ण जिम्मेवारी इनको सौंपी गई। इसके कुछ समय के बाद 1998 में इन्हें भारत सरकार के केंद्रीय समाज कल्याण बोर्ड की अध्यक्षा बनाया गया और 2004 तक इन्होंने इस पद के कार्यभार को बखूबी सँभाला-निभाया। 2004 से 2005 तक स्वयंसेवी संगठन प्रकोष्ठ में केंद्रीय संयोजिका रहीं। बाद में इन्हें 2005 से 2006 तक महिला मोर्चा की प्रभारी बनाया गया। 2006 में इन्हें राष्ट्रीय अनुशासन समिति में सचिव बनाया गया। फिर ये लगातार भाजपा की राष्ट्रीय कार्यकारिणी में अपनी संरचनात्मक भूमिका का निर्वाह करती रहीं।

इसके बाद सन् 2014 में केंद्र में भाजपा ने भारी बहुमत से जीत हासिल की तो इनकी प्रशासनिक कार्यकुशलता और सूझ-बूझ को देखते हुए, इन्हें अगस्त 2014 में गोवा के राज्यपाल जैसे संवैधानिक पद की जिम्मेदारी सौंपी गई। यह इनके अब तक के राजनीतिक जीवन का सबसे बड़ा सम्मान है। अपने पद और सम्मान का मर्यादा से पालन करना इन्हें बखूबी आता है। राज्यपाल जैसे संवैधानिक पद की गरिमा का बखूबी निर्वहन करते हुए ये एक ओर भारत सरकार के स्वच्छता अभियान की प्रमुख दूत का कार्यभार देख-सँभाल रही हैं तो दूसरी ओर अपनी साहित्यिक यात्रा को भी लगातार आगे बढ़ा रही हैं। इसका प्रमाण है नियमित रूप से विभिन्न पत्र-पत्रिकाओं में प्रकाशित होनेवाले इनके लेख-स्तंभ और मंदोदरी की आत्मकथा पर आधारित इनका 2015 में प्रकाशित उपन्यास—'परितप्त लंकेश्वरी'।

राजनीतिक गतिविधियों और सामाजिक कार्यों के अलावा साहित्यिक-सर्जनाओं के कारण इन्हें विभिन्न साहित्यिक संस्थाओं से भी जुड़ने का अवसर प्राप्त हुआ और आज भी हो रहा है। अखिल भारतीय साहित्य परिषद् की उपाध्यक्षा, दिल्ली की हिंदी अकादमी की कार्यकारिणी सदस्या तथा 'ओजस्विनी' पत्रिका की सलाहकार समिति की सदस्या भी रही हैं। तीर्थस्थानों की देखभाल और तीर्थ-यात्रियों के लिए विशेष सुविधा उपलब्ध करानेवाली धार्मिक-सामाजिक संस्था 'धर्मयात्रा महासंघ' की न्यासी सदस्या तथा दिल्ली महिला आयोग की वरिष्ठ सदस्या के नाते मानव-कल्याण व नारी-उत्थान के कार्यों को इन्होंने तत्परता से निभाया है।

मृदुला सिन्हा का बहुआयामी जीवन

मृदुला सिन्हा बहुआयामी प्रतिभा की धनी हैं। इन्होंने न केवल स्वयं को अध्ययन-अध्यापन तक सीमित रखा बल्कि अपने व्यक्तित्व को प्रभावी विस्तार देते हुए मीडिया में भी भागीदारी निभाई, बच्चों के लिए प्रेरणास्पद व प्रोत्साहनजनक लेखन किया, समाज में कुछ नए आंदोलनात्मक-रचनात्मक विचार-कार्यों का प्रचार-प्रसार किया और विदेशों में अनेक अंतरराष्ट्रीय सम्मेलनों में सक्रिय भागीदारी का निर्वाह किया।

बच्चों के लिए किया गया लेखन

बालमन को प्रेरित और संस्कारित करने के लिए हमारी पौराणिक और लोक जीवन की कथाएँ बहूपयोगी हैं। ऐसे में मृदुला सिन्हा ने बच्चों की सर्जनात्मक प्रतिभा को निखारने के लिए लोकजीवन पर कलम चलाई और 'पुराण के बच्चे' एवं 'बिहार की लोककथाएँ' लिखीं। 'बाल भारती' में दो वर्षों तक इन्होंने 'दादी माँ की पोती' (धारावाहिक) बच्चों के लिए लिखा।

मीडिया में भागीदारी

मीडिया विचारों के प्रचार-प्रसार का एक आवश्यक उपागम है। मृदुला सिन्हा रेडियो, दूरदर्शन तथा निजी क्षेत्र के टेलीविजन चैनलों द्वारा सामाजिक, सांस्कृतिक, राजनीतिक मुद्दों व महिलाओं और बच्चों पर आयोजित विचार-विमर्श में नियमित रूप से भाग लेती रही हैं। इन्होंने

टेलीविजन कार्यक्रमों के लिए बहुआयामी लेख भी लिखे हैं और समय-समय पर इनके लेख-निबंध तथा विचारपूर्ण साक्षात्कार विभिन्न पत्र-पत्रिकाओं में प्रकाशित होते रहे हैं। अगस्त 2015 में डी.डी. न्यूज पर इनका 'तेजस्विनी' नाम से इंटरव्यू भी प्रसारित हुआ, जिसमें इन्होंने साहित्य, समाज और राजनीति के संदर्भ में बड़ी बेबाकी से अपनी बात रखी।

फिल्म और धारावाहिक की दिशा में किए गए कार्य

मृदुला सिन्हा की वृद्धों की समस्याओं पर आधारित एक कहानी पर 'राष्ट्रीय फिल्म विकास निगम' ने एक फीचर फिल्म 'दत्तक' का निर्माण किया है। मृदुला सिन्हा ने केंद्रीय समाज कल्याण बोर्ड के दो भव्य रूपकों 'चेतना' तथा 'पहचान' के लिए गीत तथा आलेख लिखे हैं। इन्होंने तीन पीढ़ियों के छत के नीचे रहने का संदेश देने वाली बोर्ड की टेली फिल्म 'खेल-खेल में' की गीतमय पटकथा भी लिखी है। इनका नारा है 'संग चलें जब तीन पीढ़ियाँ, चढ़ें विकास की सभी सीढ़ियाँ।'

इनके उपन्यास 'ज्यों मेहँदी को रंग' पर इसी नाम से बना धारावाहिक अनेक बार प्रसारित किया गया है और हाल ही में इसी उपन्यास को मुंबई के एक निर्देशक ने अपनी फिल्म की पटकथा के लिए चुना है। इनके द्वारा लिखी गई राजमाता विजया राजे की आत्मकथा 'राजपथ से लोकपथ पर' पर आधारित हिंदी फिचर फिल्म 'एक थी रानी ऐसी भी' का निर्माण किया गया है। इसी क्रम में सितंबर 2015 में भोपाल में आयोजित 10वें विश्व हिंदी सम्मेलन के दौरान इनके एक गीत 'हिंदी भारत माँ के माथे की बिंदी' को राजभाषा आयोग द्वारा अपना गीत बनाया गया है।

केंद्रीय समाज कल्याण बोर्ड की अध्यक्ष के रूप में किए गए बेजोड़ कार्य

समाज कल्याण बोर्ड की अध्यक्षा (1998 से 2004) रहते हुए मृदुला सिन्हा ने युवक-युवतियों को विवाह-पूर्व परामर्श की आवश्यकता पर बल दिया और साथ-ही-साथ सामाजिक संस्थाओं द्वारा ऐसे परामर्श केंद्र खोले जाने की सिफारिश भी की। भारतीय समाज में बुजुर्गों के लिए खुल रहे वृद्धाश्रम के साथ पालनाघर खोलने का सुझाव अग्रेषित किया। इसके पीछे इनकी समाज में कम-से-कम वृद्धाश्रम बनाने-खोलने की सोच रही है और पालनाघर को उसका एक हिस्सा बनाने की एक नवीन सोच भी अर्थात् वहाँ भी तीन पीढ़ियाँ साथ-साथ। उनकी मान्यता है कि बच्चे वृद्धों की आवश्यकता हैं और बुजुर्ग बच्चों की। गाँव और शहर के बीच बढ़ रही बालिका-शिक्षा की दूरी को पाटने के लिए मृदुला सिन्हा ने दोनों वर्गों से बालिकाओं के सह-शिक्षण शिविर आयोजित करने के ऊपर विशेष बल दिया, जिसके परिणामस्वरूप 2001 में ऐसे 109 शिविरों का आयोजन किया गया।

भारतीय परिवार में दांपत्य जीवन में मधुरता, सरसता को सतत बनाए रखने के लिए पचास वर्षीय दांपत्य जीवन में आनंद-उत्सव की वर्षगाँठ मनाने पर जोर दिया। जिस तरह बेटे के जन्म पर थाल बजाया जाता है, गीत-गान गाए जाते हैं, ठीक उसी तरह बेटी को भी विशेष सम्मान प्रदान

करने के लिए बेटी के जन्म पर 'बधावा' गाया जाए और गाँवों में बेटियों का सामूहिक जन्मोत्सव मनाया जाए। महिलाओं के लिए मानवी सम्मान भोज का आयोजन हो, जिसमें ग्रामीणजन, महिलाओं को सम्मान प्रदान करने के लिए सामूहिक भोज का आयोजन करें। उन्हें पौष्टिक आहार का प्रशिक्षण भी दिया जाए। वृद्धों की उचित देख-रेख, सार-सँभाल के लिए बच्चों द्वारा वृद्धों को गोद लेने की परंपरा का शुभारंभ हो। एक नई सोच इनकी यह भी रही कि अपने घर में ही अपने माता-पिता को साथ-साथ रखा जाए। डी.डी.ए. फ्लैट में दो के स्थान पर तीन कमरे बनाने की अनुमति सरकार दे। उन्होंने उपरोक्त विचारों के प्रयोग भी समाज में किए। अच्छे परिणाम भी आए। वे मानती भी हैं कि उन कार्यक्रमों को बार-बार दुहराना चाहिए।

अंतरराष्ट्रीय सम्मेलनों में भागीदारी

मृदुला सिन्हा अपने विचार-कार्यों को प्रसारित करने के लिए समय-समय पर विदेशों में गई हैं। कई अंतरराष्ट्रीय सम्मेलनों में सक्रिय भागीदारी निभाते हुए राष्ट्रीय पहचान व सामयिक मुद्दों के साथ महिलाओं के सबलीकरण पर बल दिया।

- 1993 में मॉरीशस में भारतीय प्रवासियों पर आयोजित एक अंतरराष्ट्रीय सम्मेलन में भाग लिया।
- 1996 में जर्मनी गए एक पाँच सदस्यीय प्रतिनिधिमंडल की एक सक्रिय सदस्य के रूप में सहभागिता की।
- 1998 में फिलीपींस में आयोजित 'राजनीति में महिलाओं का सबलीकरण' विश्व सम्मेलन में भाग लिया।
- मार्च 1999 में लंदन में आयोजित विश्व हिंदी सम्मेलन में भारत सरकार के प्रतिनिधिमंडल के सदस्य के रूप में भाग लिया।
- जून 2000 में संपन्न संयुक्त राष्ट्र सामान्य सभा के विशेष सत्र में भारतीय प्रतिनिधिमंडल के सदस्य के रूप में भाग लिया, जिसमें सन् 2000 में महिलाओं की लैंगिक समानता, 21वीं सदी के लिए विकास और शांति में विश्व पर चर्चा हुई।
- जून 2003 में सूरीनाम में आयोजित विश्व हिंदी सम्मेलन में भारत सरकार के प्रतिनिधिमंडल के सदस्य के रूप में भाग लिया।
- अगस्त 2015 में मॉरीशस में आयोजित अंतरराष्ट्रीय रामायण सम्मेलन में एक वक्ता के तौर पर भाग लिया।
- सितंबर 2015 में भोपाल, मध्य प्रदेश में आयोजित विश्व हिंदी सम्मेलन में भारत सरकार के प्रतिनिधि के रूप में बतौर राज्यपाल (गोवा) एवं प्रख्यात साहित्यकार के रूप में भाग लिया।
- सितंबर 2016 में लंदन में आयोजित साहित्यिक कार्यक्रम में भागीदारी।
- 2017 में मॉरीशस में लेखिका संघ (दिल्ली) और मॉरीशस के साहित्यकारों की संगम संगोष्ठी।

अन्य कार्य क्षेत्र

मृदुला सिन्हा अपने नियमित लेखन के अलावा कई पत्र-पत्रिकाओं में संपादक, संरक्षक एवं परामर्शदात्री की भूमिका का निर्वहन करती रही हैं, साथ ही कई सामाजिक संस्थाओं और मंत्रालयों में अपनी सक्रिय भागीदारी निभाई और वर्तमान में निभा भी रही हैं।

पत्र-पत्रिकाओं से संबंध

- संस्थापक संपादक—'पाँचवाँ स्तंभ' (नई दिल्ली)
- पूर्व संरक्षक—'इस्पात भारती', जमशेदपुर (झारखंड)
- पूर्व परामर्शदात्री—'सरल जीवन', नई दिल्ली
- पूर्व परामर्शदात्री—'ओजस्विनी', भोपाल (म.प्र.)
- स्तंभ लेखन—छह वर्षों तक—'समाज कल्याण', मासिक पत्रिका
- स्तंभ लेखन—विषयांतर—'राजस्थान पत्रिका' (दैनिक समाचार-पत्र, जयपुर राज., 2006-2010 तक)

सामाजिक संस्थाओं में भागीदारी

- पूर्व अध्यक्ष—सूर्या संस्थान, नोएडा (उ.प्र.)
- उपाध्यक्ष—अखिल भारतीय साहित्य परिषद्, नई दिल्ली
- पूर्व सदस्य—ऋचा, नई दिल्ली
- पूर्व सदस्य—लेखिका संघ
- पूर्व अध्यक्ष—'साथी'

मंत्रालयों/विभागों में भागीदारी

- राज्यपाल, गोवा, भारत सरकार, अगस्त 2014 से
- पूर्व सदस्य—हिंदी सलाहकार समिति, रेल मंत्रालय, भारत सरकार (1998-2002)
- पूर्व सदस्य—हिंदी सलाहकार समिति, विदेश मंत्रालय, भारत सरकार
- पूर्व उपाध्यक्ष—राष्ट्रीय जन सहयोग एवं बाल विकास संस्थान, भारत सरकार (1999-2002)
- पूर्व सदस्य—राष्ट्रीय बाल कोष, भारत सरकार
- पूर्व सदस्य—स्वास्थ्य एवं परिवार कल्याण मंत्रालय की केंद्रीय स्वास्थ्य एवं परिवार कल्याण परिषद् की सलाहकार समिति में

मृदुला सिन्हा को प्राप्त पुरस्कार-सम्मान

मृदुला सिन्हा को हिंदी में उत्कृष्ट साहित्य सृजन के लिए समय-समय पर विभिन्न सम्मान-पुरस्कारों से विभूषित किया गया है—

1. 'साहित्य भूषण सम्मान' 1998—साहित्य रचना एवं हिंदी सेवा के लिए, उत्तर प्रदेश हिंदी संस्थान, लखनऊ प्रधानमंत्री श्री अटल बिहारी वाजपेयी द्वारा।
2. 'दीनदयाल उपाध्याय सम्मान'—2001, उत्तर प्रदेश हिंदी संस्थान, लखनऊ, भारतीय जीवन दर्शन एवं संस्कारों से अनुप्राणित साहित्य सर्जन के लिए प्रधानमंत्री श्री अटल बिहारी वाजपेयी द्वारा।
3. कल्पतरु पुरस्कार—उत्कृष्ट साहित्य सर्जन हेतु प्रधानमंत्री श्री अटल बिहारी वाजपेयी द्वारा।
4. Women Achiever Award, 2004, All India Women Conference, New Delhi.
5. दिल्ली गौरव सम्मान
6. इंदिरा गांधी प्रियदर्शिनी सम्मान-2013
7. लाइफ टाइम अचीवमेंट पुरस्कार-2013, साहित्य सर्जन के लिए
8. बिहार गौरव सम्मान, 2015
9. डी.लिट्. की उपाधि, डॉ. बी.आर. अंबेडकर बिहार विश्वविद्यालय, मुजफ्फरपुर, बिहार
10. एम.आई.टी. पुणे द्वारा सम्मान
11. आचार्य तुलसी द्वारा कृतित्व सम्मान
12. उदय राज सिंह स्मृति सम्मान, नई धारा पत्रिका द्वारा, पटना

सृजन-यात्रा

आधुनिक हिंदी साहित्य में महिला लेखन की धारा में मृदुला सिन्हा ने अपना एक अलग स्थान बनाया है, जिसके अंतर्गत कथा-साहित्य में अपने चिर-परिचित भारतीय स्वरूप से भारतीय स्त्री के आत्मिक और चारित्रिक शौर्य को प्रकाश में लाने का कार्य किया है, मृदुला सिन्हा ने। एक तरफ अपनी लेखनी से दिव्यांगों की समस्या का संवेदनशील-क्रियात्मक निवारण 'ज्यों मेहँदी को रंग' में प्रस्तुत किया, तो दूसरी तरफ भारत के उद्योग-व्यवसाय को विश्वपटल पर लाने की दृढवती इच्छा को व्यक्त कर भारत के चरित्र को तत्कालीन संदर्भों में प्रस्तुत किया—'अतिशय' उपन्यास में। तीसरी तरफ बिहार या फिर कहें भारत के गाँवों के जीवन स्तर और वहाँ के घात-प्रतिघातों, मजदूरों की गुजर-बसर, स्थिति-परिस्थितियों को यथार्थ ढंग से प्रस्तुत किया 'घरवास' उपन्यास में और अमलीजामा भी पहनाया 'घरवास' का और लेखनी के इन सब रचनात्मक प्रयोगों से इतर महिला लेखन पर एक नई दृष्टि-सोच और लेखन-परंपरा का श्रीगणेश किया—भारतीय स्त्री के पौराणिक चरित्रों के आत्मकथात्मक उपन्यास लिखकर, आधुनिक भारतीय नारी के लिए। सती सावित्री, सीता, मंदोदरी एवं अहल्या के आत्म स्वाभिमान, आत्मसंबल और चारित्रिक शौर्य को पुनः प्रकट और पुनर्स्थापित किया है, उन्हीं की आत्मकथात्मक शैली में। सीता, सावित्री, मंदोदरी एवं अहिल्या के आत्मकथात्मक उपन्यास लिखकर। वैसे लिखने को तो हिंदी में आत्मकथात्मक उपन्यास संख्या की दृष्टि से बहुत लिखे गए हैं; परंतु महिला लेखन में भारतीय स्त्री के आदर्श पात्रों (सीता, सावित्री, मंदोदरी और अहल्या) के मुँह से ही अपनी आत्मकथा कहलवाना एक न्यारी

और विलग बात है, जिसे मूर्त रूप दिया है—कथाकार मृदुला सिन्हा ने।

मृदुला सिन्हा ने अपने सर्जनात्मक संसार को लोककथा, कहानी, उपन्यास, लघु कहानी, निबंध, ललित-निबंध एवं लेखों तक विस्तृत किया और संपादन के क्षेत्र में राजमाता विजयाराजे सिंधिया की आत्मकथा का कुशल संपादन भी किया। यहाँ मृदुलाजी के सर्जनात्मक संसार को संक्षिप्त रूप में देखा जा सकता है।

कहानी-संग्रह

कहानी मन के कोने में बैठे किसी विचारसूत्र को, कल्पना को प्रस्तुत करने का एक माध्यम है। कथासम्राट् प्रेमचंद भी इस बात को स्वीकारते हुए अपने अंदाज में कहते हैं कि कहानी में किसी-न-किसी मनोवैज्ञानिक सत्य का उद्घाटन किया जाता है। मन में जो कुछ पलता है, घटता है, रचनाधर्मी लोग अपने-अपने ढंग से गुंफित कर रचना का रूप दे देते हैं। कोई गद्य के रूप में अपनी अभिव्यक्ति प्रदान करता है तो कोई पद्य रूप में। इस ढंग से गद्य रूप में कहानी छोटी विधा है तो उपन्यास विस्तीर्ण। मृदुलाजी का मन गद्य में अधिक रमा है, जिसके चलते उन्होंने कहानी व उपन्यास अधिक संख्या में लिखे हैं। मृदुलाजी के लेखन की शुरुआत उनकी आत्मकथात्मक कहानियों से हुई है। उनकी प्रथम कहानी 'भ्रम की व्यथा' 'कादंबिनी' (1978) में प्रकाशित होती है और यहीं से उनकी कलम चल पड़ती है निरंतर सर्जन के पथ पर बिना रुके, अविराम। इस अबाध गति के सर्जन श्रमबिंदुओं से उनका कहानी-संसार सात कहानी-संग्रहों के पड़ावों को तो पार कर चुका है, बस समय की गति निरंतर उनके इस रचना-संसार का स्वागत करने को आतुर दिखाई पड़ रही है।

1. साक्षात्कार (कहानी-संग्रह), प्रभात प्रकाशन, नई दिल्ली, 1978।

इस कहानी-संग्रह में कुल 21 कहानियाँ हैं। इसकी प्रथम कहानी है—'साक्षात्कार', जिससे इस कहानी-संग्रह का नामकरण भी होता है। 'साक्षात्कार' कहानी में भारतीय गाँवों की बदहाली, बेबसी और गरीबी का साक्षात्कार है, विशेषकर बाढ़-पीड़ित गाँव की दुर्दशा, भूख और गरीबी को लेकर, साथ ही इस कहानी में लेखिका और लेखिका के पति के भावों का भी आत्म-साक्षात्कार है, जिसमें वे दोनों भारत माता की गरीबी व दुर्दशा पर चिंतन करते हुए आपस में एक-दूसरे का आत्म-साक्षात्कार कर रहे हैं—मौन, बिना बोले हुए, चुप, आँखों ही आँखों में।

'अनशन' कहानी में गाँव के एक किसान पशुपालक बेचू द्वारा गाय माता को अपनी बेटी द्वारा कसाई को बेचने के विरोध में प्रायश्चित्त भरा अनशन है, जो गौ हत्या के विरोध में जान की बाजी लगाकर अपना अनशन पूरा करता है।

'भ्रम की व्यथा' कहानी में प्रथम प्यार के भ्रम की कथा है। प्यार होने पर भ्रम की मनोदशा को चित्रित किया गया है। प्यार का अंकुरण है। प्रेम का भ्रम होना, फिर उसका निराशा में बदलना 'राधा' नामक नायिका को कैसा अनुभव कराता है। इस कहानी में लेखिका ने राधा और उसकी सहेली सरिता के पति के बीच उपजे प्यार के भ्रम को पेश किया है। स्त्री-विमर्श के संदर्भ में देखें

तो इस कहानी में पहले प्यार का अंकुरण या भ्रम स्त्री की तरह से होना स्वीकार किया गया है।

'मान रिश्ते का' कहानी में एक बेटी किस तरह अपने मायके, माता-पिता का मान रखती है और एक पिता अपनी बेटी का मान रखता है। सबकुछ यहाँ जीवंत हो उठता है। पिता-पुत्री, भाई-बहन, माँ-बेटी, जीजा-साली, सभी रिश्तों के अलग-अलग मान होते हैं, जिन्हें समय-समय पर निभाना पड़ता है। विमला अपनी छोटी बहन की शादी के समय दिए जा रहे सामान/दहेज की अपनी शादी के समय दिए गए सामान से तुलना करती है, पर भारतीय परंपरा की बेटियों की तरह विमला अपनी छोटी बहन वीणा और अपने पिता दीनानाथ का मान-लाज रख लेती है, स्वयं को दिए गए सामान पर संतोष रखकर।

'उपदेश' कहानी में अंतरजातीय विवाह के प्रश्न को उठाया गया है। बात जब दूसरों को उपदेश-प्रवचन देने की होती है तो व्यक्ति ढकोसली बातें भी कर लेता है, परंतु जब बात स्वयं पर आती है, अपने घर पर आती है तो 'पर उपदेश कुशल बहुतेरे' वाली कहावत चरितार्थ हो जाती है। अंतरजातीय विवाह का समर्थन दूसरों को देते-देते बबुआ जब अपनी बहन को किसी चमार के लड़के के साथ भाग जाने की बात सुनता है तो उसके पैरों तले की जमीन खिसक जाती है।

'परिवर्तन' कहानी में दो सहेलियों के जीवन में आए परिवर्तन का उल्लेख है, जिनके अलग-अलग सपने हैं। एक की बनावटी प्रवृत्ति दृष्टिगोचर होती है तो दूसरी की सहज प्रवृत्ति। 'उनकी सीख' कहानी मायके व ससुराल के बीच की कहानी है। एक तरफ घर-परिवार के संस्कार हैं, बेटी को ससुराल में ही रहने की सीख है, तो दूसरी तरफ बेटी द्वारा सास की गंगा में डुबोकर हत्या जैसी संस्कारहीनता की दास्तान भी।

'आपबीती' कहानी दुःखों में सुख की अनुभूति की कहानी है, जिसमें एक तरफ संतान का संघर्ष है तो दूसरी तरफ माँ-पिताजी की असमर्थता भी। 'भैयादूज' कहानी में बेटी के उत्तराधिकार-हक की बात उठती तो है, पर भैया-बहन के प्यार के सामने बेटी/बहन का उत्तराधिकार चुक जाता है।

'आज का लक्ष्मण' कहानी देवर-भाभी के बीच स्नेह, सम्मान और प्यार की कहानी है, जिसमें समय के साथ आधुनिक पढ़ी-लिखी देवरानी आने के कारण देवर बिरजू और भाभी अमीस के बीच दूरियाँ भी बन जाती हैं। 'जीवन बीमा की रकम' पूर्व की एक कहानी की पुनरावृत्ति भर लगती है।

'मानिनी' कहानी पति-पत्नी के बीच पलते प्यार की कहानी है, जिसमें एक ओर प्रभा का 'मानिनी' रूप है। इस 'मानिनी' शब्द रूप के दो अर्थ कहानी में निहित हैं—एक तो प्रभा का खुद माननेवाला रूप और दूसरा, खुद को मनानेवाला रूप।

'गँवई और शहरी रंग' कहानी शहर और गाँव के बीच की कहानी है, जिसमें दोनों तरफ की बयार, रहन-सहन, आचार-विचार में अंतर दिखाया गया है। 'उधार के फूल', 'मैं' शैली की कहानी है। लेखिका 'मैं' रूप में किसी-न-किसी पात्र के रूप में अपनी कहानी कहती हुई प्रतीत होती है।

'दोषी कौन' पत्र शैली की कहानी है, जिसमें पति-पत्नी के बीच 3 पत्रों की आवाजाही से उपजे प्यार की महक विद्यमान है। इस कहानी में एक आदर्श विवाहिता महिला द्वारा एक दंपती में पुनः विश्वास जगाने की कथा को पिरोया गया है।

'जैसे को तैसा' कहानी लड़की की शादी तय करने, शादी ठीक करने के कथ्य को लेकर

बुनी गई है। 'आशीर्वाद' चार दृश्यों में नाट्य-शैली की दहेज विरोधी कहानी है, जिसमें श्री वर्मा और श्रीमती वर्मा दहेज के कारण पहले तो अपने बड़े बेटे सुजीत की पत्नी की जलाकर हत्या कर देते हैं। फिर अपने छोटे बेटे मनोज की शादी भी दहेज के लालच से करना चाहते हैं, लेकिन मनोज अपनी शादी बिना दहेज के करता है।

'कातिल' कहानी शराबबंदी के सच को उजागर करती है तो दूसरी ओर भाई-बहन व मित्र के बीच के अविश्वास को। शराब के नशे में महेंद्र अपने दोस्त जुम्मन की बहन से शारीरिक संबंध बना लेता है, जिसके कारण जुम्मन महेंद्र की हत्या कर देता है। लेकिन पूरी कहानी में असल दोषी शराब ही होती है।

'निष्कलंक' कहानी चंपा के निष्कलंक चरित्र की कहानी है, जिसमें नसबंदी की गड़बड़ी से चंपा के चरित्र पर सवाल उठने पर चंपा अपने प्राण त्याग देती है, पर अपने चरित्र पर कोई दोष नहीं लगने देती।

'अप्रत्याशित' कहानी एक अप्रत्याशित घटना की तरह घटती है। विमला-रमणी की शादी, बेटे का जन्म, विमला का अपनी सास के पास रहना, सास को अपने पास रखना, लेकिन एकाएक विमला का अपनी सास को वापस गाँव भेजना, बच्चे सहित। फिर एकाएक बच्चे को ले आना। कुल मिलाकर व्यक्तिगत मनोभावों की कहानी है—अप्रत्याशित।

'प्रायश्चित्त' कहानी निर्दोष नौकर गोपी के लिए राकेश के प्रायश्चित्त की कहानी है। जिसमें पत्नी स्नेह की सूझ-बूझ से राकेश के प्रायश्चित्त को सही दिशा मिली है।

2. एक दीये की दीवाली (कहानी-संग्रह), प्रतिभा प्रतिष्ठान, नई दिल्ली, 1996

इस कहानी-संग्रह में कुल 21 कहानियाँ हैं। 'उधार का सूरज' इस कहानी-संग्रह की पहली कहानी है, जिसमें विदेश गए युवकों के भारत पुनः आगमन का कथ्य पिरोया गया है। प्रकाश-शिवानी विदेश में रहते हैं। प्रकाश की माँ मुजफ्फरपुर के अपने गाँव में अपने बेटे के लौटने की बाट जोह रही है, बेटा खुद न आकर अपनी महिला मित्र शिवानी को भेजता है। प्रकाश की माँ शिवानी को अपनी बहू के रूप में पसंद कर लेती है। तब शिवानी प्रकाश के सामने शादी के लिए एक शर्त रखने के बारे में सोचती है और वह शर्त होती है—इंडिया लौटने की शर्त।

'और उसी क्षण' कहानी बेटी के प्रति माँ के प्यार की कहानी है। इस कहानी में ऐसा लगता है, लेखिका स्वयं 'मधु' के रूप में अपनी कहानी सुना रही है। मधु की शादी होने पर माँ अपने घर से पोटलियाँ-गठरियाँ भर-भरकर उसे ससुराल के लिए विदा करती है, लेकिन जब माँ का स्वर्गवास होने पर मधु अपने मायके से ससुराल आती है तो उसकी कार से पोटलियाँ नदारद होती हैं, बस उसी क्षण मधु और मधु के पति को उसकी माँ की स्मृति कौंध जाती है।

'मेरे हिस्से की उमस' कहानी दो भाइयों के बीच स्नेह-प्यार की कहानी है, जहाँ बँटवारे की बात तो आती है, पर त्याग, समर्पण तनिक भी कम नहीं हो पाता। 'न्योता' कहानी पड़ोस में पलती आर्थिक असमानता से दो घर-परिवारों के बीच उपजे संकोच, लज्जा, शर्म, दिखावे और लघुता की कहानी है।

'पूर्वाभास' कहानी में गाँव की काकी का पूर्वाभास चित्रित है, जो अपने बच्चों की चिंता में अपने भविष्य का पूर्वाभास कर लेती है, जिसका पता पड़ोस की एक बेटी को शनै-शनै लगता है। इस कहानी में एक तरफ वृद्धावस्था का दर्द है तो दूसरी तरफ संतान की उपेक्षा का भाव भी। 'चौथे पहर की धूप' कहानी पति द्वारा पत्नी की सेवा-परीक्षा लेने की कहानी है। पत्नी के सेवा धर्म निभाने की कहानी है, जिसमें एक तरफ पति का पत्नी पर अधिकार-रोब जताने की इच्छा है तो दूसरी तरफ पत्नी द्वारा भी पति पर अपना स्वाभिमान जताने का भाव।

'झगड़ुआ का पेड़' कहानी जमींदारी युग के नौकर की व्यथा-कथा की कहानी है, जिसमें नौकर के निधन पर मालकिन का स्नेह-प्रलाप भी दिखाया गया है। 'बाबूजी' संबोधन को बदलने की एक पारिवारिक कहानी है, जिसमें एक बहू अपने पति के बाबूजी को 'आपके बाबूजी' से सिर्फ 'बाबूजी' कह सकने में समर्थ एवं स्वत: प्रेरित होती है—स्वयं बाबूजी (उसके ससुर) के प्यार-स्नेह की खातिर।

'एक दीये की दीवाली' के नाम पर ही इस कहानी-संग्रह का नामकरण हुआ है। यह कहानी अपनी जन्मदात्री माँ की सर्वोच्चता और श्रेष्ठता की कहानी है, जिसमें गरीबी-अमीरी की विभाजक रेखा है तो गरीबी के बीच अपनेपन का सुख भी। जैसा भी हो, पर अपना-अपना होता है—चाहे वह तंगहाल जीवन हो, संघर्ष हो, मेहनतकश जिंदगी का फलसफा हो।

'अचार का घड़ा' लेखिका की माँ (ईआ) की स्मृति की कहानी है। 'घर का वैरागी' प्रत्येक घर-परिवार की कहानी है। 'सागर-सा' पत्नी का पति प्रेम दरशाती हुई विधवा के रूप में भी सधवा स्त्री की कहानी है। 'फासला इतना कि' कहानी में देश के गरीबों और अमीरों के बीच का फासला चित्रित है। नौकर व मालिक के बीच का फासला, बाल मजदूरी आदि वर्ण्य विषय है।

'आखिर कब तक' कहानी पारिवारिक हालात, स्थिति से मुकाबला करनेवाली कहानी है, जिसमें बहू का गहना-जेवर का सपना भी है तो खानदानी प्रतिष्ठा का प्रश्न भी। 'जब-जब होहिं धरम कै हानि' कहानी नसबंदी के सरकारी आदेश से परिवार नियोजन पर लगाम कसनेवाली कहानी तो है, परंतु दूसरी ओर इसमें आम भारतीय का विरोध भी है, जो अपने परिवार को बड़ा देखना चाहता है।

'बेटी का घर' बेटा-बेटी के घर में अंतर चिह्नित करनेवाली कहानी है। 'जीत या हार' भारतीय परिवार व्यवस्था में पति-पत्नी के संबंधों में जीवंतता प्रदान करनेवाली कहानी है। 'मुसाफिर काकी' भारतीय धर्म परंपरानुसार तीर्थ गंगा-स्नान की अभिलाषा व्यक्त करनेवाली कहानी है। 'रिले रेस' पत्नी के गुजर जाने पर पति की बैचनी, एकांतता, अकेलेपन और पत्नी की पुरानी यादों की कसक की कहानी है।

'हाँ! मैं दोषी हूँ' गरीबों को अमीरों का रंग चढ़ने पर शिकायत या बुराई का ठीकरा फूटने की कहानी है। 'पितृ तर्पण' पिताजी की इच्छा पूरी करनेवाली कहानी है। पिताजी की इच्छा यह नहीं थी, मेरा तर्पण करने के लिए भूमि दान की जाए, बल्कि मेरी अपनी पुश्तैनी जमीन पर खेती की जाए, न उसे बेचा जाए, न दान किया जाए।

'एक दीये की दीवाली' के लोकार्पण के समय डॉ. विद्यानिवास मिश्र ने कहा था, "पत्थर होती जा रही दुनिया में मृदुला सिन्हा कहाँ इतना रस छुपाए बैठी हैं।"

3. स्पर्श की तासीर (कहानी-संग्रह), किताबघर, नई दिल्ली, 1997

'स्पर्श की तासीर' कहानी-संग्रह 15 कहानियों के स्वभाव बयाँ करनेवाला मार्मिक कहानी-संग्रह है। इसकी प्रथम कहानी ही इसके नामकरण का आधार बनती है—स्पर्श की तासीर। इस कहानी में मानवीय संबंधों की प्राकृतिक सहजता, बुनावट से उपजी सुख की अनुभूति है तो रिश्तों की मिठास-अपनेपन की खुशबू भी। नंदिता डॉक्टर के संबोधन को सुन-सुनकर अपने पति, सास और बच्चों से अपने संबोधन को तरस जाती है। वह डॉक्टर होते हुए भी अपने रिश्तों के स्पर्श से संबंध-संबोधन पाने को लालायित रहती है।

'आपबीती' कहानी में पढ़ाई का महत्त्व है, वातावरण का प्रभाव है तो सहायता की प्रवृत्ति का भाव भी। मीरा के पति रामएकवाल सिंह अपनी आपबीती अपनों को सुनाते हैं। 'गाँठ' कहानी स्त्री-पुरुष के संबंधों की नाजुकता की गिरहें खोलती है। स्त्रीत्व की प्रशंसा व गुणगान भी कहानी में हुआ है।

'शीशा फुआ' विधवापन की कसक लिये हुए मानवीय जीवटता की कहानी है, जिसमें एक ओर संबंधों का रूखापन है, संवेदनहीनता है, स्वार्थ की गंध है तो दूसरी ओर शीशा फुआ की वृद्धावस्था की दुःख भरी कहानी भी।

'दूसरा पहलू' में दूसरों को अपना बनाने का लहजा व्याप्त है। संबंधों में अपनापन से सराबोर होते मानवीय रिश्तों की कहानी है—दूसरा पहलू। 'अपनी बारी' कहानी समाज के दो वर्गों की मनोदशा, स्थिति को सामने लाती है, जिसमें ड्राइवर शिवमूरत जैसे मेहनतकश लोगों की पारिवारिकता का चित्रण है तो संभावना-परिस्थिति से उलट उच्च वर्ग/धनाढ्य वर्ग की संवेदनशीलता भी जाहिर हुई है।

'एक लावारिस की कथा' बीरू की आत्मगत कहानी है, जो अपनी जिंदगी की लावारिस कहानी को गाँव से लेकर शहर के कॉरपोरेशन जगत् तक बयाँ कर रहा है। 'एक और निश्चय' कहानी 'ज्यों मेहँदी को रंग' उपन्यास की पृष्ठभूमि में है। इसी कहानी का विस्तार है—'ज्यों मेहँदी को रंग' उपन्यास।

'ऋण' पत्र शैली की पति-पत्नी के रिश्ते की अनोखी कहानी है, जिसमें रिश्ते की अटूट डोर है, जीवंतता है, नाजुकता है और सजीवता है। 'संयोग' कहानी पुनर्विवाह की समस्या को उठाती है। 'दत्तक पिता' भारतीय मिट्टी के फर्ज और कर्ज अदायगी की कहानी है, जिसमें एक ओर दत्तक पिता की अनोखी पहल का चित्रण है तो दूसरी ओर विदेशीयत में भारत की याद आने की स्मृतियाँ हैं।

'विरासत' कहानी पितृऋण की कहानी है, जिसमें एक पिता अपने बच्चों के लिए त्याग, समर्पण, प्यार करता है, अपना जीवन दाँव पर लगाकर। 'पुष्पांजलि' कहानी सदाशयता और ईमानदारी की कहानी है। 'घरवास' कहानी से घरवास उपन्यास का जन्म होता है। 'जीवन बीमा की रकम' भारतीय बचत एवं मितव्ययता को सँजोती है, वृद्धजन की जमा करने की आदत को चित्रित करती है।

4. जैसे उड़ि जहाज को पंछी (कहानी-संग्रह), विद्या विहार, नई दिल्ली, 2004

इस कहानी-संग्रह में कुल 16 कहानियाँ हैं। कहानी-संग्रह का नाम प्रतीकात्मक है, जो सूरदास के पद से लिया गया है। 'बात का गोला' कहानी दिल्ली में बस गए भाई प्रताप सिंह व गाँव में रह रहे संजीवन की आपसी पत्रवार्त्ता की कहानी है, जिसमें संजीवन अपने नौकरीपेशा भाई प्रतापसिंह से आर्थिक सहायता के लिए पत्र लिखता है, पर प्रतापसिंह की पत्नी उन पत्रों को अपने पति प्रतापसिंह के पास नहीं पहुँचने देती है। संजीवन का अचानक दिल्ली चले आना, प्रतापसिंह के भाई का पिघल जाना, यह सब भारतीय मूलभूत संस्कारों की जड़ों को हरा-भरा करने का कार्य है।

'बाबूजी का लोटा' कहानी मध्यवर्गीय परिवार के युवक महेश के द्वारा अपने बाबूजी के द्वारा गिरवी रखे लोटे को पाने की जद्दोजहद को प्रस्तुत करती है। 'जुनून और जज्बात' प्रशांत के युवा मानस के जुनून और जज्बात की कहानी है। 'मुआवजा' कहानी में तीन पीढ़ियों के मनोभावों को उकेरा गया है। 'सती का सम्मान' में इंदिरा के रूप-सौंदर्य की प्रतिष्ठा नहीं, वरन् उसके पति के शहीद हो जाने के बाद उसके अर्द्धांगिनी स्वरूप को प्रगतिशील रूप में विकसित किया गया।

'पुनर्दान' कहानी बदले हुए समय की सटीक व्याख्या प्रस्तुत करती है। 'परामर्श' भारतीय स्त्री के लिए जुल्मी पति को भी पति परमेश्वर रूप में पेश करती है। 'जैसे उड़ि जहाज को पंछी' कहानी भारतीय समाज के नवयुवकों के भारतीय जीवन मूल्यों की ओर लौटने की प्रतीकात्मक कहानी है। रोजी रोटी के लिए विदेश गए युवकों का भारतीय मूल्यों के प्रति आग्रह इस कहानी में व्याप्त है।

'लालटेन की लौ' कहानी एक जीवित पिता के प्यार से वंचित, बिन माँ के बच्चे रमेश के हिस्से आए संघर्ष की जीवट कहानी है। 'पेंटिंग के बहाने' कहानी में अनमोल ने अपनी पेंटिग में माता-पिता की सेवा करते हुए पुत्र को जीवंत किया था, जिसके कारण उसे अमेरिका में बहुत सराहना मिली। अनमोल के पिता संकेत में कहते हैं कि उस पेंटिंग का महत्त्व भारत में बढ़ाने की जरूरत है। मतलब अनमोल के पिता का आग्रह रहता है कि वह भी भारत में आकर हमारे पास रहे। 'आकांक्षा' कहानी भी मातृत्व-दृष्टि की संवेदनशील कहानी है। 'सात राखियाँ' कहानी में सात भाइयों की इकलौती बहन अपने चार भाइयों को देश के बँटवारे में खो चुकी है। बाकी रही-सही कसर 1984 के दंगों ने पूरी कर दी। सुखविंदर निराशा के इन क्षणों में हार नहीं मानती है और सात राखियों को लेकर गुरुद्वारे में चली जाती है, जहाँ राखियों को समर्पित कर खुद को भी समर्पित करने चली जाती है, जहाँ से लौटकर वापस कोई नहीं आता।

'दादी माँ की पिकनिक' तीन पीढ़ियों की कहानी है। 'पगली कहीं की' स्त्री जीवन के संघर्ष को बड़ी मजबूती से बयाँ कर जाती है। 'बलेसर माई का तालाब' संवेदनाओं के नीर से लबालब भरा हुआ तालाब है, जिसमें एक ओर छुआछूत की समस्या है तो दूसरी ओर गाँव की परंपरा में निहित दाई का संस्कार-बोध।

5. ढाई बीघा जमीन (कहानी-संग्रह), ज्ञान गंगा, नई दिल्ली, 2013

इस कहानी-संग्रह में कुल 19 कहानियाँ हैं। पहली कहानी है—'अक्षरा', जिसमें स्त्री के मातृत्व का अक्षरा भाव समाहित है। एक स्त्री द्वारा कोख नहीं भरने पर उत्पन्न दुःख, पीड़ा,

निराशा, कसक, टीस और लोक-संसार के तानों को सुनती हुई सुखिया नौकरानी की कहानी है—'अक्षरा'। दु:ख इस हद तक गुजर जाता है कि सुखिया इस पीड़ा को सहते-सहते अपनी कोख पर पत्थर मार लेती है।

'अनावरण' कहानी सास-बहू की कहानी है, जिसमें एक ओर बहू के द्वारा सास की महानता का अनावरण किया जाता है, तो दूसरी ओर बहू को मंजिल तक पहुँचाने का भी अनावरण होता है। 'औरत और चूहा' कहानी एक मनोवैज्ञानिक सत्य का उद्घाटन करती है, जिसमें अकेला होने पर जीव-जंतु के जुड़ाव-स्पर्श से सुखद अनुभूति होती है। 'औलाद के निकाह पर' कहानी दांपत्य जीवन के प्रेम की कहानी है। संतति सुख के बीच चलते-उतरते चढ़ाव-उतराव, परिवार की सुख-समृद्धि में पति-प्रेम की कथा को पिरोया गया है। कहानी में हिंदू-मुसलिम समाज का समन्वय है, आपस में धर्म की स्वीकार्यता है, शौहर के लिए तीज व्रत रखने की परंपरा का निर्वाह भी हुआ है।

'बेटी का कमरा' कहानी मायके के प्रति बेटी के प्रेम-समर्पण को चित्रित करती है तो दूसरी ओर बेटी के प्रति मायके (माँ-बाप) के समर्पण को व्यक्त करती है।

'बुनियाद' कहानी बेटी अलका की पढ़ाई को लेकर गाँव से बाहर जाने, आवश्यकतानुसार आधुनिकता को स्वीकारने और पारंपरिक कलाओं के प्रति अभिरुचि को अमलीजामा पहनाती है। 'चिट्ठी की छुअन' में वर्तमान की संचार प्रणाली के बीच चिट्ठी जैसे परंपरागत संचार माध्यम के प्रति संवेदना जाग्रत् होती है।

'ढाई बीघा जमीन' परंपरागतता बनाम आधुनिकता की कहानी है। जहाँ पहले लड़की की शादी के लिए लड़के की पैतृक संपत्ति को देखा जाता था, वहीं आज लड़के की नौकरी और आमदनी प्रमुख हो गई। 'डायरी के पन्नों पर' पति-पत्नी के रिश्तों में आई कड़वाहट, खटास और शंकाओं का समाधान प्रस्तुत हुआ है। 'रद्दी की वापसी' कहानी पश्चिमी संस्कृति की तरह वस्तुओं को 'यूज ऐंड थ्रो' के स्थान पर उनकी सार-सँभाल, रख-रखाव के भारतीय दर्शन को प्रस्तुत करती है। रद्दी के स्थान पर 'अनमोल हैं रद्दियाँ' कहना सिखाती है।

'रामायणी काकी' मातृभूमि प्रेम की दास्ताँ है। रामायणी काकी घर से निकल गाँव, शहर, विदेश चली जाती है, पर उसका मन गाँव में ही लगा रहता है। अन्य कहानियाँ भी भारतीय लोकजीवन के संस्कारों की संवाहिका हैं, जिनमें नारी मनोविज्ञान को भारतीय चिंतन के परिप्रेक्ष्य में उभारा गया है।

6. अपना जीवन (कहानी-संग्रह), यश प्रकाशन, नई दिल्ली, 2014

इस कहानी-संग्रह में कुल 18 कहानियाँ हैं, जिसकी पहली ही कहानी है—'अपना जीवन', जिसके शीर्षक के आधार पर कहानी-संग्रह का नामकरण किया गया है। 'अपना जीवन' माँ के मातृत्व बोध को बयाँ करती गहरे पीड़ा-बोध की कहानी है, जिसमें माँ अपने बच्चे के लिए पूरा जीवन लगा देती है, पर वही बच्चा माँ से कह देता है कि "माँ! हमें अपना जीवन जीने दीजिए। आप लोग अपना जीवन जिएँ।" एक माँ के लिए इससे अधिक पीड़ा की बात क्या होगी कि जिसके लिए उसने अपना जीवन ही जीना छोड़, त्याग दिया था, वही बच्चा उसे उस भावबोध पर लाकर खड़ा कर दे, जहाँ पर नितांत अकेली हो जाए।

'बेनाम रिश्ता' मृदुलाजी की चर्चित कहानी है, जिसमें मानवीय जीवन-बोध का सूक्ष्म स्तर व्याप्त है। 'चार पीढ़ियों के बाद' अपनी स्मृतियों को दुबारा जीवंत कर देने वाली पारिवारिक कहानी है। 'एक और निश्चय' ज्यों मेहँदी को रंग' उपन्यास की पूर्वपीठिका के रूप में है। 'गुड़गाँव में अदौरी' व 'कटे हाथ में हथियार' कहानियाँ मानवीयता का संदेश प्रस्तुत करती है। 'खोए जीवन की खोज' अपना जीवन जैसी कहानी भर है।

'खूँटा' बड़ी रोमांचक कहानी है, जिसमें भारतीय स्त्री चरित की पुनर्व्याख्या-स्थापना हुई है। 'रुक्मिणी आदर्श' भारतीय नारी पात्र की परिकल्पना को साकार रूप देती है। 'खूँटे का बंधन', 'खुद्दारी का सामान', 'मेरा फर्ज बनता है' आदि कहानियाँ भी मानवीय मनोभावों को व्यंजित करती हैं।

'पेट' कहानी में एक ओर भूख की विभीषिका का बड़ा ही करुण चित्रण है तो दूसरी ओर भारतीय संस्कृति में निहित प्राणिमात्र के महत्त्व का वर्णन है। 'रामरक्खी मर गई', 'समझौता', 'सवासेर', 'सहस्रपूतों वाली' आदि कहानी भी भारतीय जीवनदर्शन और चिंतन को प्रस्तुत करती है। 'अगुआ का अनुराग' दलित विमर्श की कहानी है तो 'पहली मृत्यु पर' एक राजनीतिक कहानी है।

7. अंतिम इच्छा (कहानी-संग्रह), यश प्रकाशन, नई दिल्ली, 2014

इस कहानी-संग्रह में कुल 17 कहानियाँ हैं। इस कहानी-संग्रह की पहली कहानी ही है—अंतिम इच्छा। 'अंतिम इच्छा' कहानी वृद्धजनों की समस्याओं पर आधारित संवेदनशील व मार्मिक कहानी है। 'बेमेल तसवीरें' कहानी में शादी के बेमेल रिश्ते को सही मेल के रूप में प्रस्तुत किया है।

'गुमान का दंश' पारिवारिक रिश्तों के बीच की कहानी है। 'हँसुली', 'काश! ऐसा नहीं हुआ होता', 'मगन है मदन', 'मनौती' आदि कहानियाँ भी मानवीय व्यापारों की मार्मिक कथा को प्रस्तुत करती हैं।

'नजर जुड़ाने वास्ते' कहानी की मूल संवेदना माँ की ममता है। गाँव में रहनेवाली माँ के द्वारा अपने बेटे के प्रति हृदयगत भावों को अभिव्यक्त किया गया है। 'उऋण' कहानी में बेटा-बेटी के भेद को समाप्त करने की नसीहत व्याप्त है। इस कहानी में बेटी अपनी वृद्धा माँ को अपने साथ रखती है। 'वसीयतनामा', 'टिफिन बॉक्स' कहानियाँ भी पारिवारिक संबंधों को जाहिर करती हैं। 'खाली तिजोरी' भले ही हो, पर मन की तिजोरी भरी रहे। परोपकार की भावना व बचत के संस्कार को पिरोती कहानी है यह।

'ऊपरवार कमाई', 'विलमता बिलगाव', 'ईमानदारी' व 'दांपत्य' प्रेम की अटूट विरासत को प्रस्तुत करती है। 'पुनश्च', 'चक्रव्यूह का आनंद', 'कुछ भी नहीं बदला' आदि कहानी बड़ी व्यंजक व मार्मिक हैं। 'कुछ भी नहीं बदला' कहानी अंतरजातीय विवाह को लेकर लिखी गई है।

8. देखन में छोटे लगें, (लघुकथा संग्रह), प्रभात प्रकाशन, नई दिल्ली, 2010

इस लघुकथा संग्रह में कुल 78 लघुकथाएँ हैं, जिनमें भारतीय लोकजीवन, परंपरा, संस्कृति, जीवन-मूल्यों के साथ अनुभवों का विस्तृत दालान है।

'मंत्री और आदमी' राजनेताओं की संवेदनशीलता एवं परदु:खकातरता को व्यंजित करती है। 'भीख का दान' लघुकथा गरीबी का मूल्य सिखाती है तो 'दिनचर्या' स्वयं में जीना। 'जाग्रत्' राजनीति की सच्चाई को उघाड़ती है तो 'एटम बम' बच्चों की मासूमियत को बयाँ करती है। 'हम दो हमारे पाँच' वन्य जीव प्रेम को दरशाती है। 'अंत्येष्टि एक आइडिया की' समाजवादी आइडिया पर व्यंग्य कसती है। 'और निर्लज्जता शरमा गई' सभ्य लोगों की मानसिकता पर कटाक्ष करती है।

'जिंदा लाश और कफन' कफन के सच को खोलती है। 'दूसरा पहलू' स्त्री-विमर्श पर प्रहार करती है। 'पराजित अभिमान' अहं की हार को दरशाती है। 'बराबरी' का विधान' स्त्री-पुरुष समानता को विधानों से टक्कर दिलाती है। 'बँटवारे का समय' नीयत में खोट को व्यंजित करती है। 'एहसानमंद' लालसा को दिखाती है। 'बजट' गाँव व शहर के मध्य बचत के अंतर को स्पष्ट करती है।

'मातृॠण' कन्या भ्रूण हत्या बनाम मातृॠण की लघुकथा है। 'नजरिया अपना-अपना' पुरुषवादी सोच की विभिन्नता को प्रदर्शित करती है। 'दादी का बैंक' में बच्चों की सोच-समझ व बाबा-दादी के प्रति अपनेपन को दिखाया गया है। 'महँगी खानदानी परंपरा में' खानदानी परंपरा का असर व्याप्त है। 'सुदामा-सा' वैभव में बड़प्पन का भाव लिये है। 'बिल्ली और बाघिन' स्त्री की पारिवारिक जिम्मेदारी को अभिव्यक्त करती है। 'है कोई जवाब' पितृसत्तात्मक सोच व नजरिए पर चोट करती है। 'अपनी-अपनी रोटी' अपनी-अपनी चिंता-स्वार्थ की लघुकथा है।

'शांति का पथ' विरोधाभास की कहानी है। 'फर्ज' में माँ-बाप का फर्ज चित्रित है। 'बहुओं की परीक्षा' में निर्णय की परख ली गई है। 'धर्म और स्थान' लघुकथा में पत्नी का धर्म चित्रित है। 'संतान सुख के लिए' मातृ हृदय की संवेदना व्याप्त है। 'शोक प्रस्ताव में स्थगन' में आरक्षण की माँग उठाकर राजनीति खेली गई है। 'नमक का प्यार' पूर्व की एक कहानी की पुनरावृत्ति है। 'घड़ी की उपयोगिता' अनपढ़ लोगों की अबूझता को चित्रित करती है। 'कन्फर्म टिकट' काम के बदले काम को व्याख्यायित करती है। 'व्यवस्था हो जाती है' आत्मनिर्भरता बनाम परनिर्भरता की कहानी है।

'सामाजिक प्राणी' आपस में चुगलखोरी की कहानी है। 'दहेज कौन देगा ?' दहेज पर कटाक्ष करती है। 'वोकेशनल गाइडेंस' व्यावसायिक परामर्श के नाम पर सच्चाई को उजागर करती है। 'जीत या हार' माँ का अपनी बेटी के प्रति स्नेह-प्यार को प्रदर्शित करती है। 'प्रोटोकॉल' भातृप्रेम को दरशाती है। 'खिताब की खातिर' ईमानदारी की ओट में क्या होता है, दिखाती है। 'कंकड़ में चावल' ईमानदारी की सजा को प्रस्तुत करती है।

'धत तेरे की' शिक्षा का मूल्य बताती है। 'रुकावट का रोमांच' भावों का अनुभव सँजोती है। 'दूध में जामन' व्यवहार में समझ को प्रस्तुत करती है। 'अपराह्न का आदि' प्यार का प्रस्फुटन प्रस्तुत करती है। 'हड़ताल का अवशेष' में हड़ताल के नुकसान का चित्रण है।

'बीमार और विकलांग' बेटी की विकलांगता के प्रति पक्षपातपूर्ण रवैए को प्रस्तुत करती है। 'प्रॉविडेंट फंड का कर्ज' समाज की एक कड़वी सच्चाई को पेश करती है। 'घर की रसोई' पति-

पत्नी के आपसी प्यार की कहानी है। 'हमर मिली है' अपनेपन के एहसास की कहानी है। 'मात्र भूमिका बदलने से ही' लघुकथा शुभ-अशुभ का महत्त्व बताती है।

'सनातनी दायित्व' स्त्री की देने की भूमिका बताती है। 'कालिदास की बेटी' मौन का महत्त्व सिखाती है। 'बिसूरता विनोद' बेटी की विदाई को प्रस्तुत करती है। 'धुएँ का रंग' समय के बदलाव को दिखाती है। 'दस्तक' विवशता के दर्द की कहानी है। 'पड़ोस और दूरी', 'लालटेन दिखाते हुए', शुभकामना', 'अन्नू के मामू', 'पाँव अपना पीर पराई', 'अनोखी श्रद्धांजलि', 'पानी बिच मीन प्यासी', 'यमराज का आश्चर्य', 'स पंडिता:', 'जिंदा रहने के बहाने' आदि लघुकथाएँ ग्रामीण जनजीवन के व्यावहारिक अनुभवों से निकली हुई शब्द-गंगा हैं, जो गहरी दृष्टि लिये हुए हैं।

उपन्यास साहित्य

मृदुला सिन्हा लोकधर्मी साहित्यकार हैं। वे लोकचेतना से संपृक्त होकर लेखन-कार्य करती हैं। उनकी लेखनी ने आधुनिक हिंदी कथा-संसार में एक नया स्तंभ स्थापित किया है। विशेषकर महिला कथा-लेखन को एक दिशाबोध प्रदान करने का प्रयास किया है। उनके उपन्यास साहित्य पर दृष्टि डालें तो यह बात बेहतर तरीके से स्पष्ट की जा सकती है। मृदुलाजी की उपन्यास सर्जन यात्रा स्वानुभूति से प्रारंभ होकर लोकानुभूति तक पहुँचती है। मृदुला सिन्हा का प्रथम उपन्यास 'ज्यों मेहँदी को रंग' है, जो दिव्यांगता की समस्या को केंद्र में रखकर लिखा गया है। अपने स्वकथन के अनुसार वे दस वर्षों तक अपने बेटे की दिव्यांगता के साथ जीती हैं। उसी के परिणामस्वरूप लिखा जाता है—'ज्यों मेहँदी को रंग' उपन्यास। उपन्यास सर्जन यात्रा की अगली कड़ी में आता है—'घरवास' उपन्यास, जो कि भारत के गाँव, विशेषकर बिहार के गाँवों की संघर्षमयी चेतना को लेकर बुना गया है। 'अतिशय' उपन्यास एक पौराणिक कथानक (देवयानी-यति) को आधार बनाकर लिखा है। उसके बाद मृदुला सिन्हा तत्कालीन स्त्री-विमर्श के नाम पर चल रहे महिला कथा-लेखन-संसार में एक सटीक हस्तक्षेप करती हैं।

महिला कथा-लेखन-परंपरा में मृदुला सिन्हा ने पौराणिक स्त्री पात्रों के आत्मकथात्मक उपन्यास सृजित कर स्त्री-विमर्श का भारतीय चिंतन प्रस्तुत किया है। सीता माँ की आत्मकथा के रूप में 'सीता पुनि बोली', सती सावित्री की आत्मकथा के रूप में 'विजयिनी' और मंदोदरी की आत्मकथा के रूप में 'परितप्त लंकेश्वरी' लिखकर मृदुलाजी ने पौराणिक स्त्री पात्रों से आधुनिक भारतीय नारी को संबल प्रदान करने का अनुकरणीय प्रयास किया है। इस तरह से मृदुला सिन्हा की उपन्यास यात्रा छह पड़ावों को अब तक पार कर चुकी है। वर्तमान में भी निरंतर जारी है, उनकी यह लेखन-यात्रा और भविष्य में भी जारी रहेगी।

'ज्यों मेहँदी को रंग' मृदुला सिन्हा का पहला उपन्यास दिव्यांगों के जीवन पर आधारित है। इसमें दिव्यांगों के प्रति समाज और सामाजिक संस्थाओं का नजरिया वास्तविकता के साथ चित्रित किया गया है। यह रचना दिव्यांगों को स्वयं अपने प्रति देखने की दृष्टि को विकसित-स्थापित करती है और दिव्यांगों की एक स्वयंसेवी संस्था की कल्पना कर उनके लिए चतुर्मुखी करणीय-अकरणीय कार्य का भी विचार करती है। एक प्रकार से यह उपन्यास समाज और सामाजिक संस्थाओं को विकलांगों के प्रति एक दिशा दिखाने का सफल प्रयास है।

जैनेंद्र कुमार ने इस उपन्यास पर टिप्पणी करते हुए कहा है, "विकलांगों को आधार बनाकर लिखा गया संभवत: यह हिंदी का प्रथम उपन्यास है। सरकारी और गैर-सरकारी प्रयत्नों से भी बढ़कर स्वयं विकलांगों की मानसिकता में परिवर्तन की राह दिखाता यह उपन्यास जीवंत और समाजोपयोगी है। सुपरिचित लेखिका मृदुला सिन्हा की सहज-सरल शैली और विकलांग पुत्र के संग-संग जीने से उत्पन्न स्वानुभूति से भरपूर यह उपन्यास पाठकों को अवश्य प्रेरित करेगा। उपन्यास में लेखिका ने विकलांगों की समस्याओं पर बड़ी ही हृदयस्पर्शिता व मार्मिकता से अपनी कलम चलाई है। इस तरह का यह एक शोधपरक उपन्यास है।"

डॉ. शुकदेव सिंह इस उपन्यास के बारे में कहते हैं, "मृदुलाजी का यह उपन्यास विकलांग यातना पर हिंदी का पहला उपन्यास है। मृदुलाजी प्रसिद्ध वृत्तांत लेखिका हैं। माँ के रूप में इन्होंने इस यातना को स्वयं अपनी संतति में देखा है। यह उपन्यास कथा नहीं है, स्वयं के ऊपर बिलखती हुई यातना का दस्तावेज है।"

यह उपन्यास दूरदर्शन पर धारावाहिक के रूप में अनेक बार दिखाया गया है। इसका विभिन्न भाषाओं में अनुवाद भी हुआ है। मराठी भाषा में 'गंध-सुगंध' नाम से, गुजराती भाषा में 'मेहँदी नो रंग' नाम से, अंग्रेजी भाषा में 'सॉब्स दैट ब्लूम' नाम से। 2003 से सी.बी.एस.ई. के पाठ्यक्रम में यह उपन्यास कक्षा 12वीं के लिए स्वीकृत है।

1992 में श्री अटल बिहारी वाजपेयी द्वारा लोकार्पित 'घरवास' उपन्यास बिहार के एक गाँव के घात-प्रतिघात, उत्थान-पतन, सामाजिक व राजनीतिक उथल-पुथल पर आधारित बिहार के एक गाँव में एकता के बीज ढूँढ़ता है। इस उपन्यास में बिहार से बाहर पंजाब गए मजदूरों के जीवन में आए परिवर्तन और उस परिवर्तन को गाँव द्वारा स्वीकार्य-अस्वीकार्य को बड़ी सजीवता के साथ उकेरा गया है। राजनीतिक कारणों से जातियों के खेमों में बँटा वह गाँव कैसे एकता के बीज अंकुरित करे, यह उपन्यास का उद्देश्य रहा है। इस उपन्यास का फीचर फिल्म के लिए भी चयन हुआ और 'ए होम एट लास्ट' के नाम से अंग्रेजी में अनुवाद भी।

श्री अटल बिहारी वाजपेयी ने इस उपन्यास के लोकार्पण के अवसर पर कहा, "यह सच है कि एक समय पंजाब के खेत चंद वहशियों द्वारा रक्त से रंजित किए जा रहे थे, बिहार की नदियों में भी जातिगत हिंसा में मारे गए निर्दोषों की लाशें तैर रही थीं; परंतु लेखिका का उद्देश्य महज पंजाब और बिहार की सच्ची कहानियाँ कहना भर नहीं है। इनकी लेखनी ने संपूर्ण भारतीय समाज में भी अनेकता में एकता ढूँढ़ने का प्रयास किया है। ग्रामीण जीवन की विविधताओं और विशिष्टताओं को जीवंतता से उकेरा है। घोर अंधकार में प्रकाश ढूँढ़ती यह रचना सराहनीय है।

भारत पुन: विश्वगुरु के रूप में स्थापित हो, ऐसी स्थितियों को बड़े प्रभावी ढंग से उकेरा गया है 'अतिशय' उपन्यास में। इसमें तीन पीढ़ियों के आर्थिक, पारिवारिक संघर्ष की कहानी को रचा-बुना गया है। एक प्रकार से यह रचना वर्तमान परिवेश की विभिन्न सामाजिक समस्याओं को उठाती है और उनका समाधान भी ढूँढ़ती है, जिसमें 'भोग' की जगह 'संयम' को स्थापित किया गया है। औद्योगिकीकरण एवं सूचना क्रांति से बंद होने की कगार पर खड़े वस्त्र उद्योग को पुनर्जीवन प्रदान करने की कहानी को प्रस्तुत करता है यह उपन्यास।

मृदुला सिन्हा ने देवयानी-ययाति के पौराणिक कथ्य को लेकर लिखा है, 'अतिशय' उपन्यास। स्वयं लेखिका ने इस उपन्यास की भूमिका में लिखा है, "अतिशय की कथा के माध्यम से मैंने सनातन समाज के शाश्वत जीवन-मूल्यों को आधुनिकतम रूप में तलाशने का प्रयास किया है।" एक पौराणिक कथ्य के अनुसार महर्षि शुक्राचार्य की पुत्री देवयानी का विवाह होना था बृहस्पति के पुत्र से, लेकिन हो गया नहुष पुत्र ययाति से। ययाति कामलोलुप और भोगवादी प्रवृत्ति का था। यौवनावस्था में ही वह अपने ससुर के श्राप से बूढ़ा हो जाता है। बुढ़ापे में भी वह काम और भोग की प्रबल कामना से अपने पुत्रों से उनकी यौवनावस्था की माँग कर बैठता है। पुरु अपने पिता ययाति की कामलोलुपता को अपनी यौवनावस्था देकर पूरी भी करता है; परंतु ययाति की काम व भोग की प्रवृत्ति नियंत्रित नहीं हो पाती। इस कथ्य की सच्चाई वर्तमान जीवन में भी दृष्टिगोचर होती है—संयम बनाम भोग की होड़ से।

मृदुलाजी ने उक्त पौराणिक कथ्य के पात्रों से ही रची है, 'अतिशय' उपन्यास की कथा, और स्थापित किया है, भोग बनाम संयम व मानवीय मूल्यों को। स्वयं लेखिका कहती भी हैं, "आधुनिक संदर्भों में ही इन्हीं पात्रों के माध्यम से उन चिरंतन प्रश्नों के उत्तर ढूँढ़ने का प्रयास जितना दुरूह व कष्टसाध्य था, मेरे लेखक मन के लिए उतना ही काम्य भी। मेरे सामने इस चुनौती को स्वीकार करने के अलावा क्या कोई अन्य उपाय बचा था? नहीं और फिर ये पात्र न जाने कैसे गुपचुप-गुपचुप 'महाभारत' के पन्नों से फिसलकर मेरे आस-पास बिखरी पड़ी जिंदगी में नए-नए शरीर व परिचय लिये एक के बाद एक उपस्थित होते गए, परंतु मेरा लेखक मन तो इन्हें इनके महाभारतयुगीन नामों से ही पहचान पाया। अतएव मैंने इन्हें इनके वास्तविक अथवा उनसे मिलते-जुलते नाम से ही पुकारा है।"

रामायण की 'रामकथा' को आधार बनाकर आत्मकथा शैली में सीता माता के मन के भावों को अपनी भाषा से शब्दबद्ध करता 'सीता पुनि बोली' उपन्यास अत्यंत मार्मिक, कारुणिक एवं हृदयस्पर्शी बन पड़ा है। इसमें सीता माँ के 'मन' की थाह ली गई है, सीता माँ से जुड़े सभी प्रश्नों को उठाया गया है, नारी की आत्मिक शक्ति के साथ मातृत्व की प्रतिष्ठा की गई है, भारतीय नारी की आचरणशीलता और पतिव्रता धर्म को सीता माँ के शक्ति-संपन्ना रूप के साथ सँजोया गया है। सीता के अंतर्मन में उमड़-घुमड़ रहे कई-कई अनुत्तरित प्रश्नों को मृदुला सिन्हा ने लोकमन के साथ उठाया है, उनका हल भी ढूँढ़ा है, स्वयं सीता माँ की पीड़ा में डुबकी लगाकर, सीता माँ की 'आत्मकथा' लिखकर। इस 'आत्मकथा' में हमारे सनातन भारतीय जीवन-मूल्यों की प्रतिष्ठा स्थापित हुई है। भारतीय संस्कारशीलता की कहानी आस्थावादी और जीवनमूल्यपरक दृष्टि लिये प्रस्तुत हुई है।

स्वयं लेखिका कहती हैं, "व्यष्टि से समष्टि की ओर ले जाने का प्रयास ही था सीता मन को चाहना, रामकथा के प्रवाह में और थामना।" लोकचित्त में स्थित सीता अबला नहीं हैं, उनमें बड़ा तेज है, आत्मगौरव है। राम से अटूट संबंध बनाए हुए मात्र निरपेक्ष होने का संकल्प उनके मातृत्व पद से उत्पन्न वैरागी मन की उपज है। मातृत्व भी एक शौर्य भाव है। "उनके दर्द और शौर्य को आत्मसात् करने की कोशिश करती रहती हूँ। तभी यह लिखना सहज और संभव हुआ।"

सीता माँ के आत्मकथात्मक उपन्यास 'सीता पुनि बोली' में सीता राम को वनवास मिलने पर अपने संकल्प की दृढता को प्रस्तुत करते हुए कहती है, "आप जब तापस वेश धारण करेंगे तो क्या मैं रानी वेश में सजूँगी। मैं भी तापस वेश में वन जाऊँगी।" लक्ष्मण भी जाने को तैयार, राजसुख छोड़कर, "भैया, मैं जानता था कि जब आपने वन जाने का निश्चय कर ही लिया तो किसी के कहने पर नहीं रुकेंगे। इसलिए मैंने भी वन जाने की तैयारी कर ली है।" पूरे उपन्यास में सीता माँ का चरित्र अपने आत्म-स्वाभिमान के शौर्य के साथ प्रदीप्त है। जब राजा राम द्वारा राजधर्म और लोकधर्म का पालन करते हुए सीता का परित्याग हुआ, तब सीता ने अपने आत्मबल के शौर्य से उस स्थिति का भी सामना किया, "लक्ष्मण, मेरे निर्वासन पर वे (राम) आँसू न बहाएँ, क्योंकि मुझे पीड़ा होगी।" सीता का चरित इस उपन्यास में नारी के आत्मिक और चारित्रिक शौर्य को रेखांकित करता हुआ भारतीय स्त्री के आत्मबल और स्वाभिमान को ऊँचाइयाँ प्रदान करता है।

'विजयिनी' उपन्यास सती सावित्री की आत्मकथा के रूप में है, जिसमें आधुनिक भारतीय नारियों के लिए आत्मसंबल खोजने की कोशिश की गई है। भारतीय नारी का आत्म-स्वाभिमान, आत्मनिर्णय, स्वावलंबन, अस्मिता की पहचान आदि बिंदुओं को इस उपन्यास के द्वारा उकेरा गया है।

भारतीय नारी का आदर्श कौन हो? इस प्रश्न के उत्तर स्वरूप लिखा गया है 'विजयिनी' उपन्यास। लेखिका ने इसकी भूमिका में कहा है, "सावित्री हमारा इतिहास है। भारतीय नारी की तेजस्विता का इतिहास। नारी विकास की दशा निर्धारण के समय तो और भी आवश्यक है, सावित्री की निर्णय-स्वतंत्रता के पहलुओं को जानना, समझना और आत्मसात् करना।"

'विजयिनी' उपन्यास में सती सावित्री अपने सत और तप से अपने सत्यवान की मृत्यु को जीवन में बदल देती है। अपने पति की मृत्यु पर, संकल्प धारण करती हुई कहती है, "मैं सत्यवान के प्राण वापस लाऊँगी।" और जब यमराज ने सावित्री से कहा कि सत्यवान के प्राण के सिवा मुझसे दूसरा वर माँगो, तब सावित्री ने कहा, "मेरे सास-ससुर अपनी आँखों से (प्रज्ञाचक्षु थे, इसलिए) अपने पौत्र-पौत्रियों का मुँह देखें और मैं बलशाली, पराक्रमी, बुद्धियुक्त संतानों को जन्म दे सकूँ।" बस, यही है भारत की स्त्रियों के सत्व, तप, व्रत, संकल्प का शौर्य, जो सती-सावित्री जैसी नारियों के जीवनचरित से उदीप्त-प्रदीप्त हो उठता है।

एक ऐतिहासिक कथा की सशक्त महिला पात्र मंदोदरी की वीरता, विद्वत्ता और व्यावहारिकता-आधारित जीवन संघर्ष को उकेरकर आज जल, थल, नभ पर कदम रखती युवतियों के लिए आदर्श गढ़ती संवेदनशील लेखनी का प्रयास है, 'परितप्त लंकेश्वरी', जिसका लोकार्पण 11 जुलाई, 2015 को समन्वय भवन, भोपाल में राष्ट्रीय स्वयंसेवक संघ के सरसंघचालक मान. मोहनराव भागवतजी के करकमलों द्वारा संपन्न हुआ। लोकार्पण समारोह में भागवतजी ने उद्बोधन देते हुए कहा, "भारत को विश्व का सिरमौर बनाना है तो उसे भारतीयता को बनाए रखना होगा। समाज को महिलाओं और कमजोर वर्ग के प्रति अनुचित व्यवहार की प्रथाओं और परंपराओं को रोकना होगा। सीता के साथ ही तारा और मंदोदरी को भी समझना होगा।" उन्होंने कहा कि भारतीय महिला तेजस्वी और वात्सल्य से परिपूर्ण है। उसका वात्सल्य केवल मोह नहीं है, वह सद्मार्ग का

दिग्दर्शन भी कराती है। मंदोदरी का पात्र ऐसा ही है। मंदोदरी के प्रयास भले ही असफल रहे, किंतु वह असफल नहीं थी। इसीलिए जो परिवार प्रात: स्मरणीय पाँच कन्याओं का स्मरण करेगा, उनके मर्म को समझेगा, वह सब प्रकार के पाप-कर्मों से मुक्त रहेगा।

लोकसभा अध्यक्ष श्रीमती सुमित्रा महाजन ने परितप्त लंकेश्वरी के बारे में कहा, "इस उपन्यास में मंदोदरी के मनोभावों का अद्वितीय प्रकटीकरण है। मंदोदरी ने तामसी वैभव में रहते हुए सात्त्विकता को कायम रखने का प्रयास किया है।"

मध्य प्रदेश के मुख्यमंत्री श्री शिवराज सिंह चौहान ने कहा, "उपन्यास समाज के लिए प्रकाश-स्तंभ का कार्य करेगा। लेखिका ने मंदोदरी को कुशल चितेरे की तरह मनोभावों से भरा है।"

डॉ. बद्रीप्रसाद पंचोली ने उपन्यास पर समीक्षात्मक दृष्टि से विवेचन प्रस्तुत करते हुए कहा है, "आयुष्मती मृदुला सिन्हा का सीता और विजयिनी के बाद मंदोदरी की आत्मकथा रूप में यह तीसरा आत्मकथ्यात्मक उपन्यास है, जिसे लेखिका ने मर्मस्पर्शी और संवेदनशील लेखनी से भारतीय नारियों के लिए आदर्श स्वरूप प्रस्तुत किया है। लेखिका ने जिस उद्देश्य दृष्टि को लेकर यह उपन्यास लिखा है, कामना की जाती है कि लेखिका उस उद्देश्य में सफल हो।"

मंदोदरी एक ओर अपने वीर, विद्वान्, अजेय एवं शिवभक्त पति रावण के साथ मिले सुख एवं सौभाग्य पर गर्व करती है, तो दूसरी ओर अपने पति के अहंकारी, क्रूर एवं कामलोलुप स्वभाव को अपने आत्मिक शौर्य से टक्कर देती है। अपने पति को सद्मार्ग पर लाने की जी-तोड़ कोशिश करती रही, चाहे उसे वांछित सफलता नहीं मिल पाई हो, पर मंदोदरी का अपने आत्मबल से सत्य के मार्ग से विचलित नहीं होना ही उसके शौर्य की सबसे बड़ी जीत है। युद्ध में जब रावण की मृत्यु हो जाती है, तब उसके उपरांत सीता को अयोध्या के लिए विदा कराते वक्त मंदोदरी के मुँह से अपने पति के लिए एक ही आकांक्षा निकलती है, "स्वर्गवासी (अर्थात् रावण) की भूलों को क्षमादान दिया जाता है।"

पुराण और लोक जीवन की कथाएँ

बिहार की लोककथाएँ (दो भागों में), प्रकाशन विभाग, भारत सरकार, नई दिल्ली, 1982

इसमें मृदुला सिन्हा ने अपने दादा-दादी, ईआ (माँ)—बाबूजी और सेवक-सेविकाओं से सुनी हुई लोकथाओं को सँजोया है। ये लोककथाएँ बिहार के ठेठ ग्रामीण जीवन की खुशबू से पाठकों को सराबोर करती हैं।

परिवार की सामाजिक समरसता से पाठकों को रूबरू कराती हैं। अतीत की लोकपरंपराओं से वर्तमान को दिशा प्रदान करने के लिए मृदुला सिन्हा इन लोककथाओं को अपने स्मृति-पटल से कागज पर अपनी कलम से उतारती है, अंकित करती हैं। ताकि मनुष्य-मनुष्य के आपसी स्नेहासिक्त व्यवहार को, पशु-पक्षी, पेड़-पौधे और खेत-खलिहानों के प्राकृतिक संबंधों को, आज का मनुष्य अपनी पिछली सदियों के उन्नत एवं सामाजिक समरस ग्रामीण जीवन के साथ दर्शन कर सके।

पुराण के बच्चे, प्रकाशन विभाग, भारत सरकार, नई दिल्ली

आत्मकथ्य शैली में अपनी बात कहने का आनंद कुछ और ही होता है और बच्चे जब अपनी कहानी को अपनी शैली में बोलें-लिखें, तो रोचकता कुछ और अधिक बढ़ जाती है। दूसरे बच्चे भी इस शैली से अधिक प्रभावित-प्रेरित होते हैं। पुराणों के दस बच्चों—लव-कुश, ध्रुव, आरुणि, एकलव्य, अर्जुन, नचिकेता की मुँह जुबानी कही दस कथाओं को इसमें रोचकता और सजीवता के साथ पिरोया गया है।

संपादित कृति

1. राजपथ से लोकपथ पर (आत्मकथा), प्रभात प्रकाशन, नई दिल्ली

यह राजमाता विजयाराजे सिंधिया की आत्मकथा है, जिसको शब्दबद्ध और संपादित किया गया है। इसमें चार पीढ़ियों के भारत के राजतंत्र और लोकतंत्र की एक झाँकी प्रस्तुत की गई है।

निबंध, ललित निबंध, पत्र, स्तंभ लेख, संपादकीय एवं लेख संग्रह

1. आईने के सामने (ललित निबंध-संग्रह), सत् साहित्य प्रकाशन (प्रभात प्रकाशन), नई दिल्ली, 1995

इस निबंध-संग्रह में महिलाओं की भूमिकाओं को जीवन के विभिन्न क्षेत्रों में आत्मकथात्मक शैली में उभारा गया है। कुल चालीस निबंध इस संग्रह में सम्मिलित हैं।

2. मानवी के नाते (लेख संग्रह), प्रभात प्रकाशन, नई दिल्ली

श्री अटल बिहारी वाजपेयी द्वारा लोकार्पित इस लेख संग्रह के लेखों में महिला और उसके आधुनिक विकास के प्रति दृष्टिकोण को रेखांकित किया गया है। यह लेख संग्रह हिंदी, अंग्रेजी में एक साथ प्रकाशित हुआ है। अब तक मराठी, गुजराती, तमिल, मलयालम और असमिया में प्रकाशित हो चुके हैं ये लेख।

3. क, ख, ग (ललित निबंध-संग्रह), किताबघर, नई दिल्ली, 1999

विभिन्न स्वाद और रूप-रंग लिये ललित-निबंधों का संग्रह है—'क, ख, ग',।

4. इसी बहाने (संपादकीय लेख संग्रह), केंद्रीय समाज कल्याण बोर्ड, नई दिल्ली, 2004

5. मात्र देह नहीं है औरत (स्तंभ लेख संग्रह), सामयिक प्रकाशन, नई दिल्ली, 2009

इस संग्रह में वे लेख सम्मिलित हैं, जो राजस्थान पत्रिका (दैनिक समाचार-पत्र, जयपुर, राजस्थान) के साप्ताहिक स्तंभ 'विषयांतर' में प्रकाशित हुए हैं।

6. 'यायावरी आँखों से' (स्तंभ लेख संग्रह—'दुनिया मेरे आगे' स्तंभ, जनसत्ता, नई दिल्ली), प्रभात प्रकाशन, 2010

7. 'बिटिया है विशेष' (लेख संग्रह), सामयिक प्रकाशन, नई दिल्ली, 2011

8. 'विकास का विश्वास' (संपादकीय लेख संग्रह—'मंथन'—संपादकीय, पाँचवाँ

स्तंभ, मासिक पत्रिका, नई दिल्ली), प्रतिभा प्रतिष्ठान, नई दिल्ली, 2012

9. नारी न कठपुतली, न उड़नपरी (लेख-संग्रह), यश प्रकाशन, नई दिल्ली, 2014

इन लेखों में भारतीय नारी नई परिस्थितियों में अपने अधिकार तलाशती हुई चित्रित है। परिवार के सभी घटकों के बीच सामंजस्य स्थापित करने का प्रयास करते हैं ये लघु लेख।

10. 'औरत अविकसित पुरुष नहीं' (लेख संग्रह), यश प्रकाशन, नई दिल्ली, 2015

11. महिला विकास : अवलोकन और आकलन (लेख संग्रह), प्रकाशन संस्थान, नई दिल्ली, 2015

12. जीवन पाथेय—छोटे-छोटे आलेख। दैनिक हिंदुस्तान के 'अनहद' और 'मनसा, वाचा और कर्मणा, स्तंभ में प्रकाशित।

इन लेखों में भारतीय नारी नई परिस्थितियों में अपने अधिकार तलाशती हुई चित्रित है। परिवार के सभी घटकों के बीच सामंजस्य स्थापित करने का प्रयास करते हैं ये लघु लेख।

13. 'मेरे साक्षात्कार' सद्य: प्रकाशित किताबघर प्रकाशन से।

14. 'बिहार : इंद्रधनुषीय लोकरंग', संदर्भ ग्रंथ, नेशनल बुक ट्रस्ट, नई दिल्ली।

कविता-संग्रह

1. मुझे कुछ कहना है, यश प्रकाशन, नई दिल्ली, 2015

शुभकामना संदेश : अपने निकटतम परिवारों में बिटिया के विवाह के अवसर पर जयमाल गीत, बेटी के नाम पाती, समधी के नाम पाती, जमाई के नाम पाती के साथ विवाह के सदंर्भ में विभिन्न चिंतकों के विचार एक पुस्तिका में संगृहीत कर वितरित करती रही हैं। इन्होंने होनेवाली बहू के नाम भी पाती लिखी। संस्कार देने में कहीं भी नहीं चूकतीं।

वर्तमान जीवन

आज भी मृदुलाजी का लेखन कार्य सतत जारी है। चाहे वह स्तंभ लेखन के रूप में हो या विशेष लेखन के रूप में। कई पत्र-पत्रिकाओं में इनके स्तंभ और लेखों को नियमित रूप से पढ़ा जा सकता है। कथा-कहानी या लेख जैसे ही इनके मन में बुनने-घुमड़ने लगता है, तो वह या तो किसी पत्र-पत्रिका के पृष्ठों पर उकरकर अपना रूप धर लेता है, या फिर एक नई किताब के रूप में पाठक समाज के सामने आ जाता है। दिल्ली से प्रकाशित दैनिक समाचार-पत्र 'जनसत्ता' के 'दुनिया मेरे आगे' कॉलम में, 'दैनिक हिंदुस्तान' के 'अनहद' स्तंभ में, 'पाँचवाँ स्तंभ' के 'मंथन' संपादकीय में और 'राजस्थान पत्रिका' के 'विषयांतर' कॉलम में इनकी लेखनी के मुरीद पाठक जानते हैं कि मृदुलाजी अपने लेखों में भी संस्मरण पिरो देती हैं, जो इनके लेखन की न्यारी और अनोखी विशेषता है।

कुछ हटकर वेद मंत्रों से लोगों को अवगत कराती हुई रचनाएँ भी पाठकों की मानसिक चेतना में ऊर्जा का संचार करती हैं। सर्जनात्मक विधा के अतिरिक्त मृदुलाजी संस्मरण विधा में सिद्धहस्त हैं। जहाँ भी जाती हैं, वहाँ चाहे किसी व्यक्ति विशेष से मिलें या साधारण व्यक्तियों

के निश्छल व्यवहार से रूबरू हों या फिर प्राकृतिक सुंदरता में रमे मन को भिगोती रहें, जैसे भी हो, वहाँ की स्मृतियों को सहेज लाती हैं अपने आँचल में, और जन्म ले लेता है एक मर्मस्पर्शी संस्मरण।

लोकगीतों और लोक कहावतों में तो अपनी बात को कहने का अलग ढंग है ही मृदुलाजी का। भारतीय संस्कारशीलता की कहानियों को सँजोती हुई इनकी रचनाएँ जीवन-मूल्यों को स्थापित करती हैं और सबसे खास इनकी जो विशेषता है, वह है, वर्तमान समय की विकराल एवं जटिल समस्याओं का समाधान अपनी ही परंपरा में, लोक व्यवहार, रीति-रिवाज, खान-पान, बोल-चाल, रहन-सहन और लोकगीतों में ढूँढ़ना। अपनी 'माटी की सौंधी' महक से देश-विदेश के लोगों को अवगत कराना, इनके व्यक्तित्व और लेखनी की एक न्यारी विशेषता है। लोकजीवन के निकट रहकर माँ, मातृभूमि और मातृभाषा का अधिकाधिक स्नेह, वात्सल्य प्राप्त करना और लोक तत्त्वों से लबालब भरी हुई रचनाओं के द्वारा देश-विदेश में विशेष अभियान का संचालन करना इनके नव प्रयोगों में शामिल है। भारतीय चिंतनधर्मिता को सँजोए हुए मृदुलाजी की यह साहित्यिक सर्जन यात्रा हिंदी साहित्याकाश में अपने नक्षत्र स्थापित करती रहे, बिना रुके, निरंतर, अविराम। ध्रुव तारे की तरह—अटल।

निरंतर कर्मशीलता और सक्रियता से मृदुला सिन्हा ने अपने जीवन को हमेशा एक नए आयाम के रूप में गढ़ा है। साहित्य, समाज और राजनीति की निरंतर साधना-सेवा करते हुए तीनों स्तरों के शिखर पर अपना परचम लहराया है। जहाँ एक ओर साहित्य साधना में निरंतर रत रहकर हिंदी साहित्य के भंडार में अभिवृद्धि करते हुए अपनी विशिष्ट और उल्लेखनीय रचनाओं से हिंदी का एक नया कथा-संसार रचा है, वहीं दूसरी ओर अपनी प्रशासनिक कुशलता से राजनीतिक दायित्वों का बखूबी निर्वहन करते हुए मुजफ्फरपुर (बिहार) की चुनाव संयोजिका से लेकर गोवा की राज्यपाल तक का सफर तय किया है। अगस्त, 2014 में गोवा के राज्यपाल पद की मिली संवैधानिक जिम्मेदारी के दायित्व को जितनी कुशलता और सूझ-बूझ से निभा रही हैं, उससे लगता है कि देश की राजनीति में अभी उन्हें और रास्ता तय करना है, अपनी भूमिका निभानी है।

मृदुलाजी की प्रयोगवादी और सर्जनात्मक सोच के मद्देनजर उन्हें प्रधानमंत्री स्वच्छता अभियान की प्रमुख दूत भी बनाया गया है। राजनीति, समाज एवं साहित्य की अनेक इकाइयों में अपना संगठनात्मक मार्गदर्शन भी प्रदान कर रही हैं। वोट और भ्रष्टाचार की राजनीति को टक्कर देने के लिए इनका राजनीतिक जीवन एक मिसाल के रूप में है। जिस तरह साहित्य के क्षेत्र में मृदुलाजी निर्विवाद लोकप्रिय रूप से प्रतिष्ठित हैं, ठीक उसी तरह राजनीति में भी इनका नाम साफ, उज्ज्वल और बेदाग रूप से लिया जाता है। अपने नाम की 'मृदुलता' को सार्थक करती इनकी जीवन कार्य-शैली एकाएक किसी को भी अपनी ओर आकर्षित कर लेती है। देश के एक विशिष्ट पर्यटक राज्य के संवैधानिक पद के दायित्व को सँभालते हुए वे निरंतर अपने साहित्य सर्जन-पथ पर अग्रसर हैं। दूसरे शब्दों में कहें तो अपनी पारिवारिक, सामाजिक एवं राजनीतिक व्यस्ततम जिंदगी के बीच भी उनकी लेखनी थमी नहीं है। लिखना उनकी साँस है तो साहित्य उनका जीवन और यह उनके लिए बड़े सौभाग्य और गर्व का विषय

भी है कि जिस विश्वविद्यालय से उन्होंने अपनी नियमित शिक्षा संपूर्ण की, उसी विश्वविद्यालय ने उन्हें हाल ही में डी.लिट्. की उपाधि प्रदान कर मृदुलाजी की रचनाधर्मिता का मान बढ़ाया और स्वयं विश्वविद्यालय का गौरव भी। वर्तमान में उनका निवास गोवा के राजभवन में है, तो स्थायी निवास दिल्ली में।

देश विभिन्न भागों में पिछले 35 वर्षों से घूमती रहीं मृदुलाजी की घुमक्कड़ी आज भी जारी है। समाज में अलख जगा रही हैं। उन्हीं के शब्दों में "साहित्यकार को मधुमक्खी बनना चाहिए। समाज की विभिन्न क्यारियों में पराग (विषय) इकट्ठा कर साहित्य सृजन करना चाहिए। साहित्यकार मकड़ा नहीं हो सकता।"

मृदुलाजी गोवा के राजभवन में ऐशो-आराम की जिंदगी की आदी नहीं बनी हैं। जैसी थीं, वैसी ही हैं।

□

खंड-1

संस्मरण, समीक्षा, सद्‌भाव और उद्‌गार

(क) घर-परिवार

प्रश्न अनेक, उत्तर एक

—डॉ. रामकृपाल सिन्हा

मृदुल मंजुल आ गई तू
मैं अकेला भटक रहा था
जिंदगी के बीजन पथ पर
कि अचानक भग्न मन में
उल्लसित आशा किरण सी
छा गई तू
मृदुल मंजुल आ गई तू...
प्रश्न मेरे थे अनेक
पा सका जिनका न उत्तर
एक उत्तर बन गई तू
मृदुल मंजुल आ गई तू...

श्रीमती मृदुला सिन्हा के पति एवं पूर्व केंद्रीय मंत्री, भारत सरकार

□

भउजी

—सुशीला मिश्रा

दिनांक 22/6/59, आज मेरे बड़े भैया की शादी है। सारी तैयारी हो रही है, किंतु मेरे अंदर एक तरफ आपार खुशी है तो दूसरी तरफ कुछ परेशानी। परेशानी इस बात की कि भाभी बहुत पढ़ी-लिखी हैं, मैं तो सिर्फ दसमा में पढ़ती हूँ। भाभी तो कॉलेज में पढ़ती हैं। मैं कैसे भाभी से बात करूँगी, डरती इस बात से हूँ कि मुझे अंग्रेजी बिल्कुल नहीं आती है, भाभी अंग्रेजी में बात करेंगी तो मैं कैसे बात करूँगी?

आज भाभी की आने की तैयारी हो रही है। मुझे भी बड़ी खुशी हो रही थी कि मैं भी अब दो हो जाऊँगी। शाम में भाभी आईं, जब मैं सभी सहेली के साथ भाभी-भैया का द्वार रोकी तो भैया मुझे भाभी का पर्स मेरे हाथ में थमा दिए और सहेली सबको रुपए दिए। सभी लोग भाभी को देखकर चली गईं तो मैं अकेली थी, भैया बोले, "यही सुशीला है।" भाभी मेरी तरफ मुखातिब हुईं, तब माँ बुलाई, मैं चली गई, भाभी का बहुभोज हुआ। रात में हम लोग सो गए। सवेरे भाभी से मिलने के लिए मैं अपने सभी सहेली को बुला लाई, भाभी हम सभी सहेली की चोटी गुथ दी। रीबन मुझे बहुत पसंद आया। धीरे-धीरे भाभी से मेरा स्नेह बढ़ता गया। भाभी मुझे बहुत पसंद होने लगीं। भाभी से मैं बहुत बोलने लगी। हम दोनों का साथ खाना, साथ रहना, होने लगा।

दुर्गा पूजा में भाभी के कॉलेज में छुट्टी हुई। भाभी घर आईं। हम दोनों मिलकर माँ की मदद करने लगीं। माँ को भी अच्छा लगा। माँ मुझे बराबर कहती थीं। दोनों हील-मिलकर रहो। भाभी का व्यवहार माँ, चाची, दादी, मौसी सब के साथ बहुत अच्छा रहा। दूसरी भाभी निर्मला सिन्हा की शादी हुई, उनके साथ भी उनका व्यवहार अच्छा रहा। वे आज तक छोटी भाभी को छोटी बहन की तरह व्यवहार करती हैं। दादी-बाबूजी के साथ जैसा व्यवहार की, गाँव में उदाहरण दिया जाता है। गाँव में जितना नौकर-नौकरानी हैं, सबके साथ इनका व्यवहार सराहनीय है। मेरी शादी से कुछ दिन पहले घर जल गया था, सारा सामान जल गया। घर में कुछ नहीं था। भाभी को जो भी सामान उनके पिताजी दिए थे, सारा सामान लेकर मेरी शादी में दे दिए। मुझसे भी छोटी एक भाभी है। उनके साथ भी वे छोटी बहन की तरह व्यवहार करती हैं। देवर को भी अपने बेटा से कम नहीं मानती हैं। देवर भी छाया की तरह इनके साथ रहता है।

हमर भैया

हम बहुत छोटी रही, भैया पुपरी से अवथीन त हमरा ला खली लबथीन, न हम कहली, भैया ई कहाँ से ललीनुह हम जता पढ़ई छी तहाँ से ? जब हम पाँचवाँ में रही, त भैया कलकत्ता में पढ़थीन। उहाँ से हमरा ला भैया छआना वाला कलम लबथीन तब हमरा पढ़े में मन लागे लागल। जब पाँचवाँ पास कगेली, त गाँव में मिडिल स्कूल न रहे। हम सब साथी के मन रहे सरहेंचिया में जाय के। लेकिन गाँव में लोग विरोध करे लागल। जब भैया कलकत्ता से अलथीन त हमर दीदी (माँ) भैया से बोलल कि ई सब सरहेंचिया जाये चाहछउ त भैया बोलल जतई कुटमैना गाँव में रहछई स्कूल में न। हमरा गाँव के (धर्मदेव सिंह सत्यानारायण सिंह) दू मास्टर ऊहाँ पढ़वथीन। हम ग्यारह लड़की मास्टर साहब के साथ स्कूल जाये लगली। जब मिडिल पास क गेली त अपन गाँव में हाई स्कूल जाये ला हम कहली फेर बाबा सब कहलन न। फेर भैया कलकत्ता से अलथीन, भैया कहलन कि हमारा साथे त अमरीका के लड़की पढ़ छई, पढ़े जतई। फेर हमरा ग्यारहे लड़की के हाई स्कूल में नाम लिखाएल हम सब पढ़ली। आज हमरा साथ पढ़ेवाली अठारह लड़की अपना-अपना ससुराल में टीचर से रिटायर कर गेल, सब के परिवार सुखी हई।

श्रीमती मृदुला सिन्हा की ननद

□

कर्मठता व निष्ठा की प्रतिमूर्ति

—अभय कुमार सिंह

गोवा की महामहिम राज्यपाल डॉ. मृदुला सिन्हाजी ने 1971 से ही जनसंघ एवं भाजपा में विभिन्न पदों पर रहते हुए कर्मठ, निष्ठावान और ईमानदारी से महिला मोरचा के अनेक पदों को सुशोभित किया। डॉ. मृदुलाजी की अनुशासन व मृदु व्यवहार से समाज में अलग पहचान है। वहीं इनके पति डॉ. रामकृपाल सिन्हा शांत स्वभाव के मालिक हैं। घर हो या बाहर या कार्यालय पार्टी के पद पर पूरी तरह से अनुशासन पसंद करती हैं। मृदुलाजी के साथ मैंने साए की तरह अपना जीवन व्यतीत किया। भारतीय सेना की मेडिकल कोर से अवकाश प्राप्त कर घर वापस आने के बाद 1972 से मैं उनके साथ रहा। उनके द्वारा बचपन से ही ईमानदारी का यह पाठ पढ़ाया गया। उनका मानना है कि कामयाबी के लिए अनुशासन काफी अहम है। उनका सहज-सरल व्यक्तित्व और मातृशक्ति सरीखी मुसकान सदा हमारी स्मृतियों में बनी रहेगी और हमें अच्छे कार्यों के प्रति हमेशा प्रेरित करती रहेगी। उनके प्रति हमारे परिवार के सभी सदस्य उनके आशीष-वचनों के प्यासे रहते हैं।

श्रीमती मृदुला सिन्हा के देवर एवं उपाध्यक्ष
जिला किसान मोर्चा—भाजपा, मुजफ्फरपुर (बिहार)
मो. : 9835289735

□

मेरी धनमन

—कामेश्वर प्रसाद सिंह

आज भले ही 'मृदुला सिन्हा' एक बड़ा नाम हो गया हो, पर मेरे लिए तो आज भी वह 'धनवंती' ही है। हाँ, वही 'धनवंती', जिसे बचपन से मैं 'धनमन' कहकर पुकारता रहा हूँ, जिसके साथ खेला-कूदा, बड़े भाई की भूमिका निभाते हुए जिस पर रोब-दाब जमाया और रूठने पर जिसका मनुहार किया। सोचा नहीं था कि मेरी धनमन इतनी बड़ी हो जाएगी, जो एक साथ राजनीति और साहित्य को साधेगी, उस राजनीति और साहित्य को, जिसके बारे में मन्नू भंडारी ने अपने उपन्यास 'महाभोज' में लिखा है—"राजनीति का कार्यक्षेत्र साहित्य के कार्यक्षेत्र से भिन्न है।"

धनमन शिक्षित पारिवारिक परिवेश से आती थी। उसके पिताजी मेरे चाचा, उस जमाने के ग्रैजुएट हुआ करते थे, जिनसे चिट्ठी पढ़वाने के लिए इलाके भर के लोग आया करते थे। इस परिवेश का असर उनकी लाड़ली बेटी पर नहीं पड़ता, यह कैसे संभव था। वह बचपन से ही पढ़ने-लिखने में तेज थी। उसके माता-पिता ने उसकी कुशाग्रता को पहचाना। इसीलिए उसे आरंभिक शिक्षा-दीक्षा के लिए उस जमाने में छात्रावासीय बालिका विद्यापीठ, लखीसराय भेज दिया गया, जब लड़कियों की शिक्षा की बहुत अहमियत नहीं थी। बाद में मनोविज्ञान से स्नातकोत्तर (PG) करने के बाद उसने बी.एड. भी किया और कुछ समय के लिए मोतिहारी महिला महाविद्यालय में मनोविज्ञान पढ़ाती रही। उधर 1959 ई. में उसकी शादी रामकृपाल सिंह से हो गई, जो उस समय कलकत्ता में अंग्रेजी के प्रवक्ता हुआ करते थे। बाद में रामकृपाल बाबू मुजफ्फरपुर के राम दयालु सिंह कॉलेज लौटे और यहीं से उनका रुझान राजनीति की ओर बढ़ता चला गया। पहले वे बिहार सरकार में मंत्री रहे और फिर 1977 ई. में केंद्रीय सरकार में भी केंद्रीय श्रम-कल्याण मंत्री बने। मूल रूप से साहित्य में रुचि रखनेवाली धनमन पति की सोहबत में राजनीति के निकट आती चली गई। राजनीति में उन्हें राजमाता विजया राजे सिंधिया का सान्निध्य मिला और उनके संपर्क में उनका राजनीतिक व्यक्तित्व मँजता चला गया।

जब 1998 ई. में अटलजी के नेतृत्व में केंद्र में राष्ट्रीय जनतांत्रिक गठबंधन की सरकार बनी, तो उन्हें केंद्रीय समाज कल्याण बोर्ड का अध्यक्ष बनाया गया। इससे पूर्व वे भाजपा महिला मोर्चा की अध्यक्ष भी बनीं। जब मई 2014 में नरेंद्र मोदीजी के नेतृत्व में दुबारा राजग सरकार बनी, तो उन्हें गोवा का राज्यपाल बनाया गया, जिस पद पर वे आज भी विद्यमान हैं। इस तरह मेरी छोटी

बहन धनमन ने पिछले पचहत्तर वर्षों के दौरान मुजफ्फरपुर से दिल्ली और दिल्ली से गोवा तक की दूरी ही नहीं, वरन् साहित्य से राजनीति तक की दूरी भी तय की और इस क्रम में न केवल उस राजनीति में अपनी धाक जमाई, जो महिलाओं के लिए कभी भी आसान नहीं रही है और न आज भी आसान हो पाई है। वरन् साहित्य के साथ भी पूरा-पूरा न्याय किया। 'राजपथ से लोकपथ तक' (जीवनी) के रूप में अगर राजमाता विजया राजे सिंधिया के जीवन के अनछुए पहलुओं को वे सामने लाई, तो लेखों का संग्रह 'मात्र देह नहीं है औरत' के जरिए स्त्रीवादी विमर्श के क्षेत्र में अपनी सशक्त उपस्थिति दर्ज करवाई। उन्होंने 'सीता पुनि बोली' (उपन्यास) के जरिए सांस्कृतिक अस्मिताबोध को आधुनिकता से जोड़ने की कोशिश की, तो 'बिहार की लोक-कथाएँ' (कहानी-संग्रह) के जरिए अपनी जड़ों से जुड़े रहने का एहसास करवाते हुए कहानी-लेखन के क्षेत्र में हाथ आजमाया। ऐसी है मेरी धनमन और ऐसा है विविधता से भरा उसका व्यक्तित्व। कई बार सोचता हूँ, काश, धनमन के साथ बिताए हुए उस पल को दुबारा जी पाता, पर समय इसकी इजाजत कहाँ देता, क्योंकि "गुजरा हुआ जमाना, आता नहीं दुबारा। हाफिज खुदा तुम्हारा।"

श्रीमती मृदुला सिन्हा के बड़े भाई

मो. : 9431248376

□

माँ

—नवीन सिन्हा

माँ के अभिनंदन ग्रंथ हेतु मुझे कुछ लिखना है, पत्नी ने याद दिलाया। जननी के बारे में कुछ शब्दों में कहना कितना मुश्किल कार्य है, यह मुझे या शायद किसी के लिए भी। फिर भी...

मृदुलाजी के दो कार्य-क्षेत्र—लेखनी और राजनीतिक संगठन के माध्यम से समाजसेवा पर शायद कुछ कह सकूँ। दोनों कार्य-क्षेत्र साथ-साथ चलते रहे। पहली कहानी 1978 में छपी। राजनीतिक जिम्मेदारियों के नाते पिछले 27 सालों से पूरे देश का भ्रमण साल भर होता रहता है। मिलने वालों को उनके सहज भावपूर्ण स्वभाव से बड़ी सुखद आश्चर्य होता है। माँ को मिलने वालों के जीवन में विशेष रुचि होती है, वे उनकी कहानी सुनती हैं और सुनाने वाले को अपनी व्यथा, जीवनी सुनाने के उपरांत आनंद-अनुभूति होती है। सुनना भी समाज-सेवा ही है और माँ को मिल जाती है, सत्य के करीब एक कहानी लिखने को—जीवंत है यह साहित्य और समाजसेवा की प्रक्रिया।

कहानियाँ दो ही तरह की विश्व प्रसिद्ध होती हैं—एक, जो आदर्शों पर आधारित हों, क्योंकि उनमें सपने होते हैं मानव-मूल्यों के। दूसरे, जो सत्य के करीब हों, यानी किसी की आपबीती। राजनीतिक क्षेत्र और विशाल भौगोलिक क्षेत्र के प्रवास ने माँ को दी हैं, सत्य और आदर्शमिश्रित जगबीती कहानियाँ और सपने समाज को सही दिशा में चलने के गुण। राजनीति में महिला मोर्चा के प्रधान होने के नाते पूरे देश की महिलाओं के स्वभाव, आचरण और व्यवहार से परिचित होती रहीं। कुछ कहानियाँ मिलती रहीं, संबंध बने, समाज और राजनीति का ताना-बाना सरस बुनता रहा।

परिवार में सबसे बड़ी बहू होने का दायित्व निभाते-निभाते दादी-नानी हो गईं। पूरे देश में जिनसे मिलती हैं, उनको एक रिश्ता दे देती हैं। बड़ी संख्या में मेरे भाई, भाभी, बहन, मामा पूरे देश में बन गए हैं। मेरे राजनीतिक कार्य क्षेत्र में मुझसे मिलकर वे बताते हैं मेरी माँ से उनके रिश्तों की कहानी।

राज्यपाल पद पर नियुक्त होने के तीन दिनों तक मेरे फोन पर कॉल वेटिंग में कतार-सी बनी रही बधाई देने वालों की। मेरा आउटगोइंग कॉल करना मुश्किल हो गया था। संबंधों की बधाई बारिश की जैसे बाढ़ आ गई थी। राजभवन में नवागंतुक के आश्चर्यों की कहानी अब सामान्य हो चली है। नए मिलने वाले राज्यपाल की परिभाषा भूल जाते हैं और उन्हें याद रहती है नई बनी चाची, दीदी, दीदी।

श्रीमती मृदुला सिन्हा के पुत्र
मो. : 9810534395

□

सास का पत्र होनेवाली बहू के नाम

—संगीता सिन्हा

बचपन पार करते ही माँ की डाँट में एक डायलॉग बार-बार दुहराता—"यहाँ तो सब नखरे चल जाएँगे। ससुराल जाओगी तो पता चलेगा⋯" मैं अकसर सोचती—क्या पता चलेगा? आखिर अपनी दादी और माँ को भी तो साथ रहते देखा ही था। छोटी-मोटी अनबन तो घर में सभी रिश्तों के बीच होती रहती है, मुझे ऐसा कुछ नहीं लगा कि ससुराल में जाकर मुश्किल होगी। ससुराल जाने का समय भी आया, अभी शादी में एक महीना बचा था कि एक दिन मेरी होनेवाली सास की चिट्ठी आई। वैसे तो ये चिट्ठी उस समय सिर्फ मेरे लिए थी। बाद में वह चिट्ठी एक पत्रिका में भी छपी थी। मैं चाहूँगी कि वह चिट्ठी आप भी पढ़ें—

"⋯क्या संबोधन करूँ? अभी बहू बनाया नहीं। बेटी तो कह सकती हूँ। चलो! पहले बेटी से ही अपने दिल का हाल बयाँ करूँ। जबसे बेटा ब्याहने लायक हुआ, मन में एक उमंग की लहर उठने लगी है। लेकिन यह क्या? उस उमंग की पहचान की पहल में हाथ लगा एक नन्हा सा भय, जो उस आनंद के साथ जन्म लेकर संग-संग चलने लगा है। सास बनने का भय। सोचा, सास के रूप में पहले अपनी पहचान तो कर लूँ। सच कहती हूँ, अपने को सास के रूप में स्वीकार करने की कोशिश में कई रातों की नींद गँवा कर हिम्मत बटोरी है। अपने सगे संबंधियों और मित्रों की मानी होती तो वह नन्हा सा भय मेरे अंदर विस्तार लेकर इतना भयानक हो जाता कि मैं सास बनने की कभी हिम्मत ही नहीं जुटा पाती। इन दिनों जो मिलता है, पूछता है—"सास बनने जा रही हो?" उनके प्रश्न ऐसे भाव में लिपटे होते कि शायद सास बनना एक गुनाह है या मैं कोई खतरा मोल लेने जा रही हूँ।

एक ने कहा, "सुना नहीं तुमने, सास तो आटे की भी बुरी होती है।" उन्हें क्या जवाब देती? सुना, पढ़ा और देखा तो यही है। सास बला है, जो टाले न टले। तभी तो आजकल लड़कियाँ शादी के नाम से ही खौफ खाने लगी हैं। सोचने लगी हूँ, सास-बहू का रिश्ता दुनिया भर में बदनाम क्यों है? करोड़ों सास और बहुएँ आपसी रिश्ते को माँ-बेटी के रिश्ते में परिणित कर संसार छोड़ आईं और आनेवाली सास बहुएँ भी उनकी लीक पर चलेंगी। जाहिर है कि मैं और तुम कोई नया रिश्ता नहीं बनाने जा रहे हैं। फिर भी मेरा और तुम्हारा रिश्ता बिल्कुल नया होगा। मैं जब तक बेटी, बहू, पत्नी, माँ के साथ अनेक रिश्तों को जी चुकी हूँ। परंतु तुम्हारे शुभागमन से बनने वाला रिश्ता तो बिल्कुल नया होगा।

मुझे सास का दर्जा प्रदान करनेवाला रिश्ता। और तुम, तुम्हारे साथ भी कुछ ऐसा ही होगा। तुम

तो एक साथ पत्नी, बहू, भाभी और छोटी मालकिन भी बनोगी। मैं सास बनने जा रही हूँ। समाज मुझे अब उस पद से भी जानेगा, जिसके चारों ओर शंकाओं के बाणों की वर्षा होती है। मुझे अपना बचपन याद आ रहा है। माँ धमकाया करती थी—"काम करना मत सीखो। ससुराल जाएँगी तो सास खबर लेगी।" बचपन से अपने परायों ने सास के प्रति भय के बीज मन में डाल दिए थे। लेकिन जब सास से मिलन हुआ तो पूछो मत। माँ से भी बढ़कर प्यार मिला। निश्चय ही तुमने भी ऐसा ही कुछ सोचा होगा और तुम्हारे मन में भी सास के प्रति भय पल रहा होगा।

सास बनने की तैयारी में आज अपनी सास की आकृति, उनके स्नेहिल व्यवहार आँखों के आगे नाच जाते हैं। अपने प्रथम पुत्र को पच्चीस वर्षों तक पाल-पोसकर उन्होंने भी तो बड़ा किया था। और मुझे सौंपकर निश्चिंत तो नहीं, पर आश्वस्त अवश्य हुई थीं। मैंने उनके साथ जीवन के पच्चीस वसंत और पतझड़ बिताए। कहीं किसी मोड़ पर उन्हें एहसास नहीं हुआ कि मैंने उनसे उनका बेटा छीन लिया हो, और न मुझे कि बेटे पर माँ का आधिपत्य जारी रहा। मैं यह स्वीकारती हुई कि मेरा पति किसी का बेटा और भाई भी है और मेरी सासजी मुझ पर अपने लाड़ और परिवार की पूरी जिम्मेदारी सौंपकर अपनी उत्तराधिकारिणी बनाने की लगन में मगन रहीं। मुझे कभी-कभी लगता है कि यही सोच और समझ हर सास-बहू के बीच उत्पन्न होकर फले-फूले तो क्यों बदनाम हो यह रिश्ता?

मेरे बेटे नवीन पर केवल और केवल मेरा अधिकार नहीं है। मैंने जन्म दिया, पर उसके पालन-पोषण में शायद मुझसे भी बढ़कर ममता उड़ेली उसकी दादी, चाची, मामी और बुआ ने और भी न जाने कितने सगे-संबंधी नौकर-चाकरों ने। लोग कहते हैं कि ममता मोल नहीं माँगती। कौन कहता है, ममता मोल नहीं माँगती? संतान की सेवा निस्स्वार्थ सेवा होती है? बच्चों के पालन-पोषण के क्रम में हमारे अंदर एक अनदेखा स्वार्थ, अनचाही चाहत की बेल बढ़ती फलती-फूलती जाती है। बेटे को पाल-पोसकर बड़ा कर लेने पर बार-बार यह कहना—मैंने पाल-पोस दिया, मुझे अब क्या मतलब? अब बहू का हो जाएगा। मुझे पूछे न पूछे, क्या फर्क पड़ता है? ये उक्तियाँ अपने को बरगलाने भर के लिए ठीक हैं। सच तो यह है कि बेटे पर परोक्ष या अपरोक्ष अपना पूर्ण अधिकार जताएँ रहने के कारण ही सास और बहू के बीच खींचातानी चलती रहती है। स्वाभाविक है, जिसे पालने में अपनी सुख-सुविधा, खान-पान, नींद सब भूल जाती रही, उससे शादी के उपरांत कैसे विलग हो जाए। माँ बनने के बाद स्त्री का अपना तो कुछ बचता ही नहीं।

हाँ, तो मैं अपनी बात कह रही थी। मैं ही क्यों, टुन्नी, मुन्नी, किरण, मंजू का साथ नवीन की छोटी बहनें—पप्पी, पुतुल, मिली और नन्ही शालू भी अपनी बड़ी भाभी से न जाने कितनी अपेक्षाएँ लिये बैठी हैं। भैया की शादी होगी, भाभी आएगी—और इस कल्पना के साथ ही न जाने कितनी फुलझड़ियाँ झड़ती हैं उनके मन में। उनकी बात फिर कभी। आज तो बस अपने मन को तौलने बैठी हूँ।

हाँ तो मैं कह रही थी कि मेरी सास और मेरे बीच माँ बेटी का ही रिश्ता रहा। और आज स्वयं सास के रूप में अपनी पहचान करना चाहती हूँ तो अपनी सास में स्वयं को समा लेती हूँ। जो ममता स्नेह नवीन के लिए था, वह अनायास बँट सा गया लगता है। नवीन की छवि अब सामने अकेले नहीं आती, तुम साथ आ जाती हो और मेरी ममता की रोटी का आधा नहीं बड़ा भाग ले जाती हो। नवीन के हिस्से का प्यार बाँट लेने वाली पर क्रोध भी नहीं आ रहा, उल्टा सुखद लग रहा है।

अब तक बेटे को दाँत में लगाकर ही रखा है। जिसे पूर्ण रूप से तुम्हें समर्पित करनेवाली हूँ। माँ अपने बेटे को बहू के हाथ सौंपकर निश्चिंत हो जाती तो कितना अच्छा होता। उससे भी बढ़कर बेटे की सुख-सुविधा का खयाल करती बहू के बीच प्रतिद्वंद्विता का सवाल और किसी से छीनकर किसी के पा लेने का सवाल। माँ माँ है, पत्नी पत्नी। अपनी माँ के आँगन में खेलती, खाती, स्वच्छंद नाचती, गाती बेटी को, पत्नी, बहू, भाभी और छोटी मालकिन बनाने में मेरा भी वर्षों का समय लगेगा। तुझे सजाने, सँभालने, तुझ पर न्योछावर होने के अरमानों के बीच तुझमें अपने घर के संस्कार पिरोने का कर्तव्य-बोध भी हो रहा है। हर परिवार का अपना इतिहास होता है और अपना भूगोल। उस परिवार की होनेवाली सम्राज्ञी को परिवार के इतिहास से अवगत होना होता है और भौगोलिक जलवायु में अभियोजन के योग्य अपना तन-मन और हृदय बनाना होता है। इस प्रकार ससुराल में आकर भी सीखने और समझने की लंबी प्रक्रिया होती है। अकसर मायके में लड़कियों का व्यवहार कर्तव्य प्रधान हो सकता है। थोड़ा समय और श्रम लगाकर माता, पिता, भाई, बहन की सेवा में अधिक प्रशंसा और आनंद मिलता है। परंतु ससुराल में आते ही उसके स्वयं का व्यवहार अधिकारोन्मुख हो उठता है। साथ ही ससुराल वालों की अपेक्षा भी अधिक होती है।

तुम और मैं दोनों स्त्री हैं। प्रकृति और संस्कृति ने समाज-निर्माण के लिए हम पर पुरुष से कहीं ज्यादा दायित्व डाले हैं। कर्तव्य-ही-कर्तव्य करने पड़ते हैं स्त्री को। वे अपने कर्तव्य की लागत लगाकर ही अधिकार अर्जित करती हैं। अनुभव के आँगन में ऐसी स्त्री-छवियाँ उभर रही हैं, जो अति कुरूपा थी या हैं। पर उनके इशारे के बिना उनके घर-संसार का कोई व्यक्ति तो क्या एक पत्ता भी नहीं हिलता और उन्होंने ये अधिकार माँग कर नहीं, अपने समय, स्नेह और श्रम की लागत लगाकर ही तो अर्जित किए हैं।

हिंदू धर्म में विवाह को भी एक महत्त्वपूर्ण संस्कार माना गया है। विवाह के ठीक ढंग से संपन्न होने पर विवाह जनित कर्तव्यों को यथार्थ रूप से समझ लेने पर केवल पति, पत्नी का सुख-सौभाग्य निर्भर नहीं होता। कई पीढ़ियों तक उनकी संतान और अंततोगत्वा समूचे समाज का हिताहित उसके साथ जुड़ा होता है। विडंबना यह है कि विवाह को भी लोग मौज-मस्ती और आडंबर से भरा अवसर बनाने में लगते जा रहे हैं। उस संस्कार का वास्तविक महत्त्व उस आडंबर के नीचे दब सा गया लगता है। लड़के-लड़कियाँ भी शादी के उपरांत मौज-मस्ती की कल्पना करने लगे हैं, जबकि यह एक कर्तव्य-बंधन है।

खैर, कैसा लगेगा मुझे, जब नवीन और मेरे बीच बात करने की माध्यम तुम बन जाओगी? वह मेरी कम तुम्हारी ज्यादा मानेगा। मेरे दस बार कहने और आज्ञा देने पर भी कभी कोई कार्य करेगा, कभी नहीं करेगा। लेकिन तुम्हारे एक इशारे पर कार्य करने को उतावलापन दिखाएगा। मेरे हृदय पर एक चोट सी लगेगी। लेकिन मैं उस दर्द को छुपा लूँगी। अपना दिन याद कर उसके व्यवहार को सह लूँगी।

तुम्हारी प्रतीक्षा में।"

यह चिट्ठी जब मेरे हाथ आई तो उस वक्त 23 साल की उम्र में बहुत सारी बातें समझ में आईं तो कई बातें नहीं भी आईं। या कहना चाहिए कि शादी की उमंग में वैसी गंभीर बातों पर ध्यान भी नहीं

गया था। जब मैं ससुराल आई तो उस दिन मेरे ससुरजी ने मेरे स्वागत में कुछ पंक्तियाँ पढ़कर सुनाईं और आश्वस्त किया कि आज से यह घर तुम्हारा भी है। अच्छा लगा, यह सोचकर कि यह घर मेरा है, वैसे यह एहसास तो बचपन से माँ ने कई बार दिलाया ही था, क्योंकि बचपन से ही बेटियों के जेहन में यह बात डाल दी जाती है कि ससुराल ही अपना घर है, हालाँकि इस सोच में पीड़ा है और आनंद भी। यह अलग बात है कि इस दुःख-सुख की संधिवेला कब आती है, पता नहीं चलता है, और यह सब ससुराल में हो पाता है सिर्फ और सिर्फ सास के प्रयास से, बाकी के रिश्तें भी जाहिर हैं, बहुत प्यारे हैं, लेकिन वे भी बहुत कुछ निर्भर करते हैं सास के व्यवहार पर, मेरे देवर, ननद, ससुर सभी से मेरे रिश्ते अच्छे रहे, उसकी वजह भी सच कहें तो वही रहीं। कहीं कोई बीच में असमंजस की स्थिति या गलतफहमी न होने पाए, उससे पहले ही वे अपने जीवन के कई प्रसंग सुनाकर बड़ी सूझ-बूझ से समझाती रही हैं।

यों तो इस चिट्ठी को पढ़ने के बाद कोई भी बता सकता है कि वे एक समझदार और सुलझी हुई सहज महिला रही हैं, लेकिन फिर भी बहुत लोग यह जानना चाहेंगे कि क्या कभी हमारे बीच मन-मुटाव नहीं हुआ? तो मैं कहूँगी कि वैसा भी कभी-कभी हुआ, लेकिन बहुत कम और पिछले 27 साल का लेखा-जोखा करूँ तो शायद चुटकी भर।

चिट्ठी में उन्होंने जो भी लिखा था, मुझे उन बातों ने बहुत मदद की, कुछ नए रिश्तों भरी जिंदगी को समझने में, मैं कौन सी परिस्थिति में क्या करूँगी, उन्होंने क्या किया था, जब वे बहू बनी थीं, उनकी सास का समय-समय पर उनसे कैसा व्यवहार रहा ऐसी बातें भी बताती रहीं और मुझे अपने हिसाब से गढ़ती रहीं, सास-बहू का रिश्ता दिनोदिन जुड़ता रहा, एक-दूसरे का दुःख-सुख बाँटते, मुश्किलों में संबल देते एक-दूसरे को आश्वस्त करते। इतने सालों में हम आगे बढ़ते रहे हैं। कोई भी दो इनसानों के बीच ऐसा नहीं होता कि एक-दूसरे की सभी बातें पसंद आ जाएँ, लेकिन उन कमियों के साथ जब हम किसी को अपनाते हैं तो वे रिश्ते कठिन समय में भी कमजोर नहीं पड़ते। मेरी बहुत सारी बातों को, कमियों को, उन्होंने बहुत खूबसूरती से नजरअंदाज किया होगा, ऐसा मुझे एहसास होता है।

किसी भी घर में संस्कार और उसमें पलते रिश्तों से जुड़ाव सिखाने से नहीं आता, आगे आनेवाली पीढ़ी अपने घर में जो देखती है। वही सीखती है। मेरी सासु माँ ने अपने ससुराल में संबंधों को सहेजकर रखा और मेरे साथ भी वैसा ही व्यवहार किया। अब मेरी बेटी बहू बनने वाली है—हमारे सास-बहू के रिश्ते को उसने अपनी उम्र के हर मोड़ पर अपने नजरिए से देखा है और मुझे विश्वास है कि वह भी अपने ससुराल में रिश्तों की मधुरता वैसे ही बनाए रखेगी, जैसा कि उसने अपने घर में देखा। मेरी सास और मेरे रिश्ते की सफलता इस बात पर निर्भर करेगी कि मेरी बेटी अपने ससुराल में रिश्तों को इसी तरह मधुर बना सके।

किसी भी घर में जब बहू गृह प्रवेश करती है तो वह घर उसके लिए अनजाना सा होता है, बड़ी असमंजस की स्थिति होती है। मायके की वह एक स्वच्छंद, मनमौजी और नाजों से पाली चिड़िया, जिससे ससुराल पहुँचते ही गंभीर-समझदार और सर्वगुण-संपन्न व्यवहार की अपेक्षा की जाती है। लेकिन मेरे साथ ऐसा नही हुआ, जिम्मेदारियाँ मेरे कंधों पर आईं, लेकिन धीरे-धीरे, कभी-कभी उसका

एहसास हुआ, कभी पता ही नहीं चला कि सब कैसे हो गया। कुछ जिम्मेदारियाँ, जो उस समय कठिन लगीं, उसने आत्मविश्वास बढ़ाया तो अपने पैरों पर खड़ा होना भी सिखाया।

परिवार में तो हमेशा उनका साथ मिलता ही रहा। लेकिन घर के बाहर भी जाकर काम करूँ, उसके लिए भी प्रोत्साहन बराबर मिलता रहा। मैंने मार्केटिंग मैनेजमेंट किया था। बच्चे छोटे थे। फुल टाइम जॉब करना मुश्किल लग रहा था, उन्होंने सुझाया कि अंश-कालीन काम ही ठीक रहेगा, तो रेडियो जैसे माध्यम, जो मेरी रुचि का था, उसे अपना कार्यक्षेत्र बनाया। समाज कल्याण बोर्ड की अध्यक्षा के पद से निवृत्त होकर जब उन्होंने पाँचवाँ स्तंभ पत्रिका शुरू की, तो यह प्रिंट माध्यम मेरे लिए नया था, लेकिन संपादक मंडल में उन्होंने मेरा नाम रखा। यह देखकर मैं थोड़ा घबराई···लेकिन उन्होंने कहा कि तुम रेडियो के लिए तो स्क्रिप्ट लिखती ही हो। इस पत्रिका में भी थोड़ा-थोड़ा लिखना शुरू करो। मैंने यह काम शुरू किया तो अच्छा भी लगने लगा और 2-4 साल में एक पत्रिका के निकालने में किन बातों का ध्यान रखना पड़ता है, सीखने की कोशिश की और अभी भी कर रही हूँ। जब आप गोवा की गवर्नर बनी तो पत्रिका की जिम्मेदारी मुझ पर आई, लेकिन पत्रिका के लिए जिस टीम को आपने बनाया था, उसके साथ काम करने में मुझे ज्यादा मुश्किल नहीं हुई, और उनका सहयोग तो मिलता ही रहता है। यहाँ यह सब कहने का आशय यह है कि कोई भी महिला बाहर और घर में तब तक आत्मविश्वास से काम नहीं कर सकती, जब तक उसे घर में सहयोग न मिले, मुझे मिला, तो उसकी एक महत्त्वपूर्ण कड़ी रही मेरी सासू माँ, उन्होंने कई बार बताया कि उन्हें भी जिंदगी में उनके रिश्तों से ऐसे ही संबल मिलते रहे हैं, पिता, सास, पति और उनके बच्चों से और यह परंपरा एवं संस्कार उन्होंने आगे की पीढ़ी को भी बखूबी अपनी सूझ-बूझ से बाँटी है।

मेरे पति कई बार मेरे किसी फैसले पर अकसर कहा करते हैं—बहू ह बहू···, उन्हें अपनी माँ का अक्स कभी-कभी मुझमें दिखता रहा है। धीरे-धीरे उनके साथ रहते-रहते पता लगा कि कई बार नहीं, बार-बार किसी समस्या पर या किसी अवसर पर मैं और माँ एक ही जैसा सोचते हैं और यह बात मेरे पति ने बहुत पहले भाँप ली थी। मैं समझती हूँ कि मैं बहुत भाग्यशाली रही, क्योंकि ऐसा बहुत कम ही होता है कि सास और बहू किसी एक बात पर एक ही जैसा सोचें।

मेरी सास ने हमेशा अपनी जिंदगी में व्यक्ति विशेष से ज्यादा परिवार को महत्त्व दिया। मैंने भी सीखा कि जब हम पूरे परिवार को एक रिश्ते में बाँधकर चलते हैं तो दो व्यक्ति के बीच प्रतिद्वंद्विता का भाव नहीं आ पाता, बल्कि परिवार के सागर में सभी रिश्ते अलग-अलग रास्तों से आते हुए अलग-अलग नदियों की तरह प्रवेश करते, उस जीवन-प्रवाह को आगे बढ़ाते हैं। परिवार का वह सागर उसकी कल-कल करती वह मृदुल धारा मृदुला सिन्हाजी ही हैं। जो सिन्हा परिवार की जीवनधारा को प्रवहमान किए हुए हैं। ईश्वर उन्हें अच्छी सेहत और लंबी आयु दे, उनके अमृत महोत्सव पर बहुत-बहुत शुभकामनाएँ।

श्रीमती मृदुला सिन्हा की बड़ी बहू
'पाँचवाँ स्तंभ' पत्रिका की संपादक,
उद्घोषिका—एफ.एम. रेडियो एवं आकाशवाणी
मो. : 9868010452

□

My Mother is the most inspirational woman

—Dr. Praveen Sinha

One on my favorite sentences from the novel 'A Bend in the River' by V.S. Naipaul is. "The world is what it is; men who are nothing, who allow themselves to become nothing, have no place in it." The second part of the sentence, "men who allow themselves to become nothing", struck a chord with me the first time I read it and I have since observed men and women through the lenses of the sentiment expressed by it.

My mother has accomplished a great deal in her life. At every stage of it – some narrated to me, some witnessed by me, she strove to create and occupy her rightful place in this world. Whether it was raising four children (mostly well behaved), selling insurance, being a school principal, becoming a writer or entering politics, she always exhibited an innate desire to find her place among the men and women of the world who are loved, admired and held up as positive role models for others.

Her achievements are known to her family and colleagues; I don't need to highlight them again. What may be lesser known are the obstacles she overcame to be where she is now. Almost thirty years ago, she endured one of the worst imaginable tragedy for any parent- death of a child. We lost my brother when he was 18. It was not a sudden death but a painful and slow deterioration in his physical condition from the day he was born to the day he passed away. Life has since moved on for all of us; the passage of time has significantly lessened the pain of the loss. But even after all the years, I cannot help but still marvel and be inspired by the fortitude and resilience she has shown in overcoming her loss as a mother. In some ways, I think this tragedy hardened her resolve to extract something more meaningful out of her own life and made her more compassionate towards others.

Her desire to live a more purposeful life has not diminished with age at all. As I reflect on her life as a son, I notice that despite many personal and professional setbacks, my mother has never allowed herself to become nothing. That's why she is the most inspirational woman I have ever known!

Son of Smt. Mridula Sinha, USA

□

You as my mother-in-law for seven lifetimes

—Kalpana Kanwar

It has been a long time since my last letter and am glad of this opportunity to write as you celebrate 75 years on this earth. I loved writing letters to you after you visited us in our home in the US and now is a good time to start again.

There was a time when the bride and groom met for the first time during their wedding. That is how it was for my parents and also probably for you. Then there was my wedding, where you and I met for the first time. I was already living in the US and did not partake in any of the wedding shopping. Nor was I concerned with the sari or jewels. The only thing I asked my mother was to make sure there were red wedding bangles to wear. I remember when we met for the first time you complemented me on those bangles. Not on my jewels or the sari, but the bangles. One of your gifts to me was a pair of gold kadas with elephant heads on it that was identical in design and size to the pair my mother gave me. I felt this was a sign of beautiful start.

Over the years we have not spent as much time together as we live half way across the world from each other, but I have always felt the strength of your warmth and kindness across the globe. I cherish your visits to our home in the US because you come visit us for a month at a time and away from all the responsibilities that are your life. We spend hours discussing various topics from politics to family gossip. I enjoy watching you write daily and hearing you read your writings out loud.

You inverted our relationship of seva when you came to help me when both my children were born. It was truly helpful because you gave me opportunities to rest and prepared foods that are healthy for a new mother. I still cherish the poems you wrote then as it is a constant reminder of your love and support.

You also make me feel so cherished when I come to India because you make sure to clear your busy calendar as much as possible to spend time with me and my children. This has not changed in all the years we have visited India whether you were working in the party office or became the Governor of Goa.

I share these stories with you because this is how I see you, a graceful and elegant person with a warm heart. A person with an amazing life story that is truly inspiring. I am indeed fortunate to have not one but two mothers who have blessed and inspired me. I pray that I have you as my mother-in-law for seven lifetimes.

Here's wishing you a happy 75th birthday and many more years on this earth.

Daughter-in-law of Smt. Mridula Sinha, USA

□

एक पत्र बहू कल्पना के नाम

सौ. बहू कल्पना,

सदा खुश रहो!

पिछले माह तुम्हारी माँ की अकस्मात् मृत्यु की खबर ने मुझे भी उतना ही आहत किया, जितना तुम्हारे घर के अन्य सदस्यों और रिश्तेदारों को। यह सच है कि उनके साथ मेरे संबंध की आयु अभी बहुत छोटी थी। कुछ वर्ष पूर्व ही एक रिश्ते की डोर में हम दोनों बँधे थे। उनसे चार-पाँच बार ही मिलना हुआ। उनकी मृत्यु के उपरांत मानो स्मृति पटल पर उस साथ की संबंध-रेखाएँ उभरकर स्थायी हो गई हैं।

तुम दोनों (तुम और मेरा बेटा प्रवीण) ने अमेरिका में अपना वैवाहिक संबंध बनाने का निश्चय किया था। तुमने अपने चंडीगढ़ का पता और दूरभाष नंबर मुझे भेजा था। तुमसे मिलना हुआ नहीं था, पर दूरभाष पर तुम्हारे माता-पिता से बात करने की उत्कंठा मैं रोक नहीं पाई थी। किसी और कारण से चंडीगढ़ जाना था, फोन नंबर मिलाया। मेरा परिचय पाकर उनकी प्रसन्नता दूरभाष के चौगे से रिसती हुई मेरे कानों को सराबोर कर गई। वे मुझसे मिलने के लिए उत्सुक हो गईं। मुझे वहाँ एक सभा को संबोधित करना था। मैंने उन्हें दूरभाष पर उस कार्यक्रम की सूचना दे दी। वे दोनों वहाँ आ गए। मंच पर बैठी मैं दूर से ही पाँच सौ की भीड़ में भी उन्हें पहचान गई। अपने पास बैठे वहाँ के संसद् सदस्य सतपाल जैन से मैंने कहा, "वे सामने बैठे पति-पत्नी ही मेरे होनेवाले समधी-समधिन लगते हैं।" मेरे सही आकलन पर उन्होंने भी आश्चर्य प्रकट किया। मेरी प्रसन्नता को भाँपते उन्होंने कहा, "आप उन्हें देखकर बहुत खुश हो रही हैं। आप तो लड़के की माँ हैं न।"

"लड़के की माँ हो या लड़की की। संबंध बनाने में दोनों ओर से हाथ बढ़ता है। संबंधों के बीच मिलन की आग दोनों ओर लगनी चाहिए।" मुझे सुनकर वे भी गद्गद हो गए।

सभा समाप्ति के बाद तुम्हारी मम्मी-पापा मेरे पास आए। शाम को मैं उनके आग्रह पर उनके घर गई। तुम्हारी माँ की प्रसन्नता का पार नहीं था। उन्होंने अपने रिश्तेदारों को भी बुला लिया था। चाय के साथ वे मुझे न जाने क्या-क्या सुनाना चाह रही थीं। अपनी बेटी (तुम्हारे) के गुणों का बखान करती नहीं थक रही थीं। बचपन से लेकर जवानी तक की तुम्हारी अनेक तसवीरें दिखा गईं। थोड़ी ही देर की मुलाकात में उन्हें क्या-क्या करना था। मुझे चाय नाश्ता भी कराना और अपनी

बेटी के गुणों के बारे में मुझे विश्वास दिलाना। उन्होंने कहा, "मेरी कल्पना है कि आपकी बहुत सेवा करेगी।"

मैं मन ही मन सोचने लगी, उनकी बेटी कल्पना मेरी बहू बनकर सेवा करे, न करे, उसकी माँ थोड़ी देर में मेरी भरपूर सेवा कर लेना चाहती है। दरअसल उनकी आवभगत से प्रसन्न होकर अपने बेटे से उनकी बेटी का विवाह करने का निश्चय किया था। तुम लोगों का निर्णय सुन अपने समाज की परंपराओं में पगे मेरे मन को भी एक क्षण के लिए धक्का अवश्य लगा था, पर तत्क्षण मैंने आधुनिकता के तकाजों में मन को डुबो दिया था। तुम लोगों का विवाह निश्चित था। तुम्हारी माँ, यह जानते हुए भी कि उनकी बेटी को अपनी बहू बनाना, न बनाना मेरे हाथ में नहीं, मुझे तुम्हारे बारे में आश्वस्त करा गई थीं।

बेटी का लालन-पालन करते हुए सभी बेटी की माँओं के मन में एक आकांक्षा उभरती है—"बेटी ससुराल में जाकर सुखी रहे।" इसलिए माएँ गृहकार्य के सब गुर सिखाते हुए सास-ससुर और अन्य ससुराल पक्ष के लोगों का आदर और सेवा करना भी बेटी को सिखाती हैं।

लड़की के माँ-बाप द्वारा विवाह संबंध का प्रस्ताव लेकर लड़केवालों के घर जाकर अपनी बेटी के गुणों का आश्वासन दिया जाना, सहज कार्य होता आया है।

लड़के-लड़कियों द्वारा निर्धारित विवाह में भी मौका मिलते ही लड़की के माता-पिता द्वारा यह विश्वास दिलाना उनकी स्वाभाविक प्रक्रिया होती है। तुम्हारी माँ ने अपनी स्वाभाविक विनम्रता (लड़की की माँ) से मुझे बहुत प्रभावित किया। तुम लोगों का रजिस्टर्ड विवाह अमेरिका में होने की तिथि और समय मुझे भी मालूम था। परंतु मैंने उस अवसर को महज एक औपचारिकता मानकर मन पर स्थान नहीं बनने दिया। तुम्हारी माँ अवश्य बैचेन थीं। उन्होंने मुझे दूरभाष पर कहा, "मैं अपनी बीमारी के कारण अमेरिका नहीं जा सकती थी। आप क्यों नहीं गईं विवाह के अवसर पर।"

मैंने उनसे कहा, "मैं उस विवाह को विवाह नहीं मानती। उन लोगों को हम भारत बुलाएँगे। आपके घर बारात लेकर आएँगे। आपके और अपने संबंधियों व मित्रों से आशीर्वाद दिलाकर फिर बहू घर लाएँगे।"

मेरी योजना सुनकर वे बहुत प्रसन्न हो गईं। मानो उनके भावों को मैंने भाषा दे दी हो। ऐसी ही कुछ विवाह की रस्म अत्यंत सादे समारोह में समाप्त हुई। तुम्हारी माँ ने हमारे थोड़े से संबंधियों (बरातियों) का तहे दिल से स्वागत किया। हमारा दिल जीतती रहीं। इस तरह हमारा संबंध पुख्ता होता गया।

तुम्हारे माँ बनने की खबर ने उन्हें अत्यंत हर्षित किया था। उन्होंने मुझे फोन पर बधाइयाँ दीं। मैंने तत्काल कहा, "मैं तो बच्चे के जन्म के समय अमेरिका जाऊँगी। आप भी मेरे साथ चलें।"

बोलीं, "मैं नहीं जा सकती। तबीयत खराब रहती है। आप जरूर जाइए।"

इसी बीच फिर मुझे चंडीगढ़ जाना पड़ा। मैं उनके घर ही ठहरी। वे जी-जान से मेरी आवभगत में लगी थीं। उन दिनों तुम्हारी बहन का नन्हा बेटा उनके पास था। वे उसे पालती हुई बहुत प्रसन्न थीं। बहुत सरल हृदय थीं। अपना भाव मेरे सामने बिना लाग-लपेट के उड़ेल गईं,

"यह लड़का मेरे लिए नया जीवन लेकर आया है। मेरी चार बेटियाँ हुई। मेरी सास मुझसे नाराज रहती थीं। तीसरी बेटी के जन्म के बाद उन्होंने अपने बेटे (मेरे पति) की दूसरी शादी करने की जिद ठान लीं। मेरे पति नहीं माने। चौथी भी बेटी ही हुई। हम बेटियों को प्यार करते उन्हें अच्छी शिक्षा देते रहे। पर मेरे मन पर बेटे का स्थान आज भी बड़ा लगता है। बेटी के इस बेटे (नाती) को पाकर मैं बहुत खुश हूँ। मेरी आयु बढ़ गई है। बीमारी भी दब गई।"

मैं मंत्रमुग्ध होकर उनकी प्रसन्नता मापती रही। उन दिनों तुम गर्भवती थी। वे बोलीं, "मैं चाहती हूँ कल्पना को भी लड़का ही हो।"

मैंने कहा, "आपके और मेरे चाहने भर से नहीं होता। लड़का होगा तो मुझे भी खुशी होगी। बड़ी बहू की दो लड़कियाँ ही हैं, इसका लड़का होगा बहुत अच्छा। पर लड़की हुई तो हम क्या कर सकते हैं।"

तुम्हारा लड़का हुआ। वे बहुत खुश थीं। हम लोगों के द्वारा बच्चे का नाम 'ध्रुव' रखने पर उन्हें ऐतराज था। उन दिनों मैं तुम्हारे पास ही थी। वे दूरभाष पर तुम्हें बच्चे का नाम ध्रुव न रखने का सुझाव दे रही थीं। उन्होंने कहा, "ध्रुव की माँ (पुराण की कथा का ध्रुव) को बहुत कष्ट हुआ था। राजा उत्तानपाद ने अपनी पहली पत्नी ध्रुव की माँ को बहुत कष्ट दिया। इसलिए यह नाम मत रखो।"

बच्चे का नाम ध्रुव रखते समय हमारा ध्यान इस ओर कहाँ गया था। कितनी गहरी सोच थी उनकी। अपनी बेटी के भविष्य का कितना ख्याल रखती है बेटी की माँ। इस बार तुम्हारे गर्भवती होने की खबर पाकर भी बहुत खुश थीं। मैंने दूरभाष पर उन्हें बधाई दी और कहा, "इस बार भी कल्पना के गर्भ में बेटा ही है।"

"कुछ भी हो। जच्चा-बच्चा स्वस्थ रहना चाहिए। आप फिर जाएँगी अमेरिका।"

"हाँ, जाऊँगी। आप भी चलिए।"

"मैं बहुत बीमार हूँ।" मुझे क्या पता वह हमारी अंतिम बातचीत थी। ऐसा पता होता तो शायद और बात कर लेती। दूरभाष पर उनकी मृत्यु की खबर सुनकर उनकी छवि आँखों के आगे रूढ़ हो गई है।

अब तुम स्वयं माँ बन चुकी हो। इसलिए भी अपनी माँ का अभाव तुम्हें अंतर्मन तक बेधता होगा। माँ होती ही ऐसी चीज है।

तुम्हारी माँ की मृत्यु की खबर सुनकर मैं भी चंडीगढ़ गई। तुम्हारी तीनों बहनें आई हुई थीं। पिताजी अकेले रह गए हैं।

मुझे अपनी माँ की मृत्यु का अवसर स्मरण हो आया। मेरी माँ की मृत्यु पर मेरी सास बहुत रोई थीं। मैंने उन्हें कहा था, "आप क्यों इतना रोती हैं! अब तो आप भी मेरी माँ ही हैं। एक माँ को भगवान् ले गए, दूसरी तो है।"

उन्होंने साफ शब्दों में कहा था, "नहीं, मैं तुम्हारी माँ नहीं हो सकती। माँ माँ होती है, सास सास। दोनों को मिलाना नहीं चाहिए।"

वे मुझे मेरी माँ से भी ज्यादा प्यार करती थीं, फिर भी उन्होंने यह बात कहीं।

उन्होंने यह भी कहा, "बेटी को प्यार दुलार करती, उसे घर-संसार की शिक्षा देती उसकी माँ, किसी न किसी सास की सेवा के लिए तैयार करती है। हर माँ अपनी बेटी को सास की सेवा करना ही सिखाती है। अब ऐसा ही है। फसल लगाए कोई, काटे कोई। पर सास की सेवा करती बेटी को देख-सुनकर माँ प्रसन्न होती है।"

मैं उनकी बातें बहुत ध्यान से सुना करती थी। वे बिन पढ़ी-लिखी ज्ञानी थीं। वे मुझे अपनी माँ से कुछ भी नहीं माँगने की सीख देती थीं। मेरी माँ द्वारा दी गई छोटी सी चीज की भी बहुत प्रशंसा करती थीं।

उनका कहा है, "बेटी माँ की उत्तराधिकारिणी नहीं बनती, बहू बनती है। इसलिए बहू का आदर होना चाहिए, उसे अधिकार मिलना चाहिए। बेटी को भरपूर प्यार? दोनों के दो रूप हैं। बेटी बहू नहीं और बहू बेटी नहीं हो सकती। दोनों को एक बना लो तो एक संबंध की सुगंध व स्वाद से वंचित न हो जाओ।"

श्रीमती मृदुला सिन्हा की छोटी बहू, यू.एस.ए.

□

My Mom

—Meenakshi Sinha

It's one of those mornings when I cannot stop thinking about existential questions. What I am doing with my life, Where am I headed? I should really be making use of the beautiful sunny weather today and going out for a walk. You can't take good sunshine for granted here in Seattle. But I cannot get myself to do it. I just want to sit and mope for a bit. A bad cold suddenly attacked me this morning and that's part of the reason why I am feeling so blah—mentally, physically, spiritually. Just blah. In moments like these I often think of my mom and thinking of her makes me feel a little better. It works—like a cup of good coffee. So I am thinking of her now as I write this and hoping that by the time I finish writing, I will cheer up a bit, at least enough to take a stroll in my backyard.

There are many ways in which my mom inspires me. But I didn't always feel this way. I didn't have the time to notice, the time to think, or the wisdom to appreciate. It is only recently that I have begun looking up to her as my inspiration—now that I am a mother, now that I am unemployed, now that I am scarily close to 40 and especially in moments like these when I am sick and cannot stop worrying about my future. So below are some reminders to myself about life lessons I have learned from my mom. Of course, there are 80 more and I am still learning from her, but these 8 are at the top of my list right now:

> Sometimes a career begins at 40. My mom is an accomplished writer, but she didn't publish her first story until she was 35. Since then she has published over 40 books and hundreds other articles and stories. She is 73 now and writes every single day, and that's not even her full-time job. When my heart starts sinking at the thought that I have been jobless for more than a year and don't have a clear sense of my career path, I remind myself of my mom's story. Sometimes it takes time to identify

what you love doing, but once you do and work hard at it, you can be successful. More importantly, you can be happy. So perhaps I will find my passion too, there's still time. Or so I like to think.

But in the meantime, stay busy. Writing is my mom's passion, but before she discovered that, she was a lecturer, then she ran a primary school and she was also politically active, while being a mother of four kids. Her motto has been to keep herself occupied, both at home and outside. While some of those activities and projects may have seemed insignificant or disjoint at the time, they turned out to be immensely useful in shaping her career and her personality. The lesson I take from this is that while I am taking this 'time off' to raise my daughter and to think about my next career move, I should still be taking time to do something that's outside of family obligations, something for our community, something for the society. Being a part of something that's bigger than your household is important. If nothing else, it will help fill out the 'gap' on my resume. Being active on social media doesn't count, sorry (note to self).

Work and life can balance, may be not on a daily basis. My mom has had a multi-faceted career and a life full of challenges and yet she did a wonderful job raising her kids. She traveled a lot and I complained a lot about it growing up, yet she was mostly there, when we needed her. Yes, she didn't always remember all my teachers' and friends' names, she didn't always check that my lunch box was nutritionally balanced, she didn't always throw the kind of birthday parties I dreamed of. But in hindsight, none of that mattered. What mattered was that there was affection at home, we ate most of our dinners together and celebrated all the festivals together, and that we were mostly well-fed and presentable.

Most importantly, what mattered is that we witnessed sufficient amount of discipline and integrity in our parents that we grew up to be responsible, conscientious adults. So take heart and don't feel so guilty all the time, working moms, you are doing just fine. There's also hope for moms like me who have taken a career break. There were years, when my mom didn't work full-time because my dad was very busy, or because some other family commitment took priority. My mom has had a stellar career in spite of, or probably even because of, her career breaks. In life, as in career, there are low years and there are high years and I think striking a balance is hard but achievable, as long as we don't expect it to happen on a daily basis.

Dress up every day like you are going somewhere, even if you are not. My mom went to a well-renowned girls' boarding school in India. I am not sure if she got it from there or somewhere else, but she is much disciplined in her lifestyle. She gets ready in the morning and wears one of her crisp cotton sarees, no makeup but color-coordinated bangles for sure, as if she is going to work. Every single day since I have known her, except when she is really sick. She dresses up even if she is working from her home office, or taking a Sunday off. Just getting ready first thing in the morning makes you feel in-charge, makes you want to accomplish something. Like you want to make it worth the effort. I feel like a hypocrite writing this in my track pants, but I am headed to the shower right after I am done here, promise!

Beauty is fleeting, elegance is forever. My mom was never pretty in the usual way. So much so that as a teenager I didn't like it at all if someone commented that I looked like her. I wanted to resemble my handsome dad. But my mom was always elegant, dressed smartly, and carried herself confidently. The admirable thing is that she never cared about being beautiful and if you ask her she will narrate several stories about people commenting on her lack of beauty, when she was young and she makes a joke of all those incidents. Yet, she is the most elegant 73-year old woman, I know, and she is becoming more attractive as she ages. My dad definitely thinks so. Your appearance is more than just your face. Your thoughts and actions reflect in your body language, and there's nothing more attractive about a woman than her confidence. OK, no slouching, sit up straight, you miss-all-talk-no-walk (sorry, that's me talking to myself again).

Respect is the foundation of love. This point is not just about my mom, but both my parents. You see, they are an entity and it's hard to talk about one of them without mentioning the other. I read somewhere that the key to a successful marriage is to recognize that basic courtesy and manners shouldn't only be reserved for guests. In other words, you should pour a glass of water as courteously for your spouse as you would for a visitor. My parents have been married for over 55 years now and their relationship is a supreme example of mutual respect. Of course, they fight, they bicker and complain about each-other. But they complain only to each-other. I have never heard my mom or dad say anything negative about the other person to anyone else. They have a strong partnership that has helped them both succeed in their careers and in their lives in general. Sometimes love means picking up your husband's wet towel from the bed and hanging it, every single day for 55 years—even if you are the Governor of Goa. Respect for children is equally important. My parents have respected and supported all my important life decisions—what to study, where to study, who to marry, when to marry—not that they didn't express their concerns or give advice from time to time (and send resumes of prospective grooms from time to time). But I felt that they trusted me enough to make sensible decisions and I, in turn, respected that trust. I hope that my relationship with my daughter is equally grounded, especially during her expected-to-be-turbulent teenage years.

Travel and take your kids along. My mom travels a lot for work. She is away from home at least 10 days a month and this has been the case at least for the past 30 years. While it wasn't always convenient for her to travel, especially when we were smaller, traveling has had an important role to play in shaping her personality. It helped her connect with people, collect interesting stories to write, and learn recipes from all over the country to try out at home. I often traveled along with her when I was a little girl and less frequently when my studies got more serious, and I have fond memories of all those trips. I saw interesting things, met interesting people and made many friends on long train rides. Travel enriches you as a person, makes you wiser, gives perspective and gives you so many interesting stories to tell and treasure for life. My daughter is not yet four and she has already traveled across four continents and numerous countries, thanks to my husband's job that entails frequent travel. I am surprised by how much my daughter remembers about her travels, but that's partly because we keep reviewing the pictures all the time. I hope to continue doing this as much as we can.

Life goes on. One of my brothers was terminally ill, and the 12 years from the time he was diagnosed to the time he passed away were the hardest for my family. They were the hardest for my mom. During part of that time, my dad lived in another city because he worked there. My mom was practically a single mom in those years, taking care of four kids, one of which was handicapped. She battled with depression in those years, but she couldn't afford to succumb to it. My brother passed away when he was 18. I was 12. When I face difficult times in my life now, I think back to what my mom went through. I cannot imagine her pain. It is too painful for me to imagine. I know that she still suffers and her suffering manifests itself in her strengths. She is an inspiration to many men and women, widely admired for her work and her persona. Who she is now is because of what she has gone through and how she decided to move forward. Life goes on. No matter what. I hope to always remember that.

And I really need that walk now...

(My mother, Mridula Sinha, is the current Governor of the Indian State of Goa and a renowned writer in Hindi literature.)

Daughter of Smt. Mridula Sinha, USA

□

Role model for everyone

—Ranveer Chandra

"My mother-in-law is an inspiration and a role model for everyone in our family. I am fortunate to have mummy's love, her blessings, and most importantly, her daughter in my life. I wish her a very happy birthday and many more years of success and happiness."

Son-in-law of Smt. Mridula Sinha, USA

□

ऐसी हैं मेरी मौसी

—राजीव रंजन

बात उन दिनों की है, जब मैं पत्रकारिता का कोर्स करके दिल्ली आया था। दिल्ली आने पर किसी प्रिंट या टेलीविजन मीडिया में नौकरी नहीं मिल पाने के चलते मैंने द्वारका इलाके में एक कोचिंग संस्थान की नींव रखी। इस कोचिंग के शुभारंभ के लिए मैं मौसी को बुलाना चाहता था, लेकिन वे किसी कार्यवश दिल्ली से बाहर थीं। इस वजह से मैं चाहकर भी उन्हें कोचिंग के शुभारंभ के लिए नहीं बुला पाया। कुछ दिनों बाद अचानक एक दिन मौसी का फोन आया और उन्होंने मुझसे कहा कि तुम तो पत्रकारिता के लिए दिल्ली आए थे और द्वारका में कोचिंग क्यों शुरू कर दी। यह सुनकर मैंने कहा कि जब किसी मीडिया संस्थान में कोई मौका नहीं मिल रहा, तब क्या बेरोजगार रहूँ। खाली बैठने से तो कोचिंग का काम बेहतर है। उन्होंने यह उत्तर सुनकर उस समय तो यही कहा कि चलो, तुम्हारी मर्जी, लेकिन अगले ही दिन वे कोचिंग संस्थान बिना कोई सूचना दिए अचानक पहुँच गईं। कोचिंग में मैं किसी छात्र के प्रश्न के बीच छात्र की उलझन को सुलझाने में व्यस्त था। मौसी को अचानक कोचिंग में पाकर मैं धन्य हो गया। उनके चेहरे से लगा कि वह वहाँ आकर काफी खुश तो थीं, लेकिन मन मुताबिक कार्य नहीं करने और मजबूरी में कोचिंग चलाने की व्यथा को भाँपने में उन्हें ज्यादा देर नहीं लगी। उन्होंने मुझसे कहा कि तुम कोचिंग अवश्य चलाओ, लेकिन एक बार उनसे जाकर मिलो। जिस शख्सियत के बारे में उन्होंने मिलने के लिए कहा, वे भोपाल में रहते थे और उनसे मेरे बारे में शायद पहले ही बात कर रखी थी। मैंने उन सज्जन का मोबाइल नंबर प्राप्त कर उनके दिल्ली स्थित कार्यालय में काम करने का आदेश प्राप्त किया और इसके उपरांत कार्यालय पहुँचा, जहाँ मुझे दिल्ली स्थित किसी पहले समाचार-पत्र में काम करने का अनुभव हुआ। इस बीच एक तरफ कोचिंग और दूसरी तरफ समाचार प्रेषण करने में मुझे काफी परेशानी होने लगी। मैं दोनों कामों में ठीक ढंग से ताल-मेल नहीं बिठा पा रहा था, जिसके चलते मुझे समाचार प्रेषण में खासी परेशानी उत्पन्न होने लगी। हालाँकि जल्द ही मैंने यह निर्णय किया कि मैं कोचिंग का काम बंद करके समाचार-पत्र में मिले मौके को आगे बढ़ाऊँगा। मैं आनन-फानन में कोचिंग का काम बंद करके पूर्णतया समाचार-पत्र में अपना समय देने लगा। इसका यह असर हुआ कि अब खबरें छूटती नहीं थीं और जो भी असाइनमेंट मिला, उसे मेहनत से पूरा किया। इस समाचार-पत्र में कार्य करते हुए मुझे एक साल

हो चुका था, लेकिन हिंदी पत्रकारिता का दुर्भाग्य देखिए, मुझे संस्था द्वारा लगातार एक साल तक कोई मेहनताना नहीं दिया गया, हालाँकि इस दौरान जब पैसे की दिक्कत कुछ ज्यादा ही महसूस होने लगी, तब मैंने मौसी को याद किया और मुझे वह दिन बखूबी याद है, जब मौसी ने मुझसे कहा कि तुम जहाँ काम करते हो, उसके संपादक से तुम्हारी रोजाना बातचीत होती है और तुम्हारी की गई मेहनत को वे नकार नहीं सकते, फिर उनसे मेहनताना माँगने में झिझक कैसी? यह सुनकर मैंने संपादक को फोन किया। उन्होंने मुझे वित्तीय हालत के खराब होने तथा पूर्व में कोई खास अनुभव न होने के चलते मेहनताना नहीं देने की बात कही। इसकी जानकारी मैंने मौसी को दी और उन्होंने भी मुझे यही कहा कि देखो, इस क्षेत्र में संघर्ष बहुत है, लेकिन इससे निराश होने की जरूरत नहीं है, तुम फिर कोई रास्ता तलाशो और तुम्हें एक दिन मेहनत की मंजिल अवश्य दिखाई देगी।

श्रीमती मृदुला सिन्हा की बहन के बेटे एवं
राष्ट्रीय हिंदी दैनिक में वरिष्ठ संवाददाता
मो. : 9818797927

□

My Daadi is my inspiration

—**Hansa Sinha**

It is ironical that I should write something for my dadi in English language when she is a doyenne of hindi literature. After all I have been educated well in Hindi and have a reasonable command over the language. However, I am sure all the wonderful words in the hindi language have already been used to describe her persona and achievements. Therefore, it wouldn't hurt to try in a different language. My earliest memory of my dadi is of her sitting with a pen and a paper. That happens to be my most recent memory of her too. I think last month when I met her. It is safe to say that writing and her are inseparable. I hope it stays like that for the years to come.

When I was little, I have often accused her of not making 'aam ka achaar' like other dadis of my friends in school. I probably wanted to take that and show off to my friends at school. How could I have shown them the expanse of culture, tradition, humour, emotions in the close knit relationships that is evident in all her stories. Even I couldn't comprehend that at the time. But like with everyone else she did not let me down in my lofty expectations. Over the next two decades, she wrote more, took on more responsibilities as chairperson of Central Social Welfare Board, did a lot of social work, travelled all over to carry out her responsibilities and she made 'aam ka achaar' and many other pickles, delicacies displaying an almost super human quality.

For me she is a proof that dreams come true, if you stay committed to them for long enough. She is an inspiration that women should aspire to become better version of themselves. She is a role model for balancing the proverbial home and the world. She is full motored power house that is raring to go and make a difference in the lives of all the people around her.

On her 75th birthday, I wish her long life, good health, happiness and satisfaction. I also wish for her to slow down a little and pay more attention to her own health and well being so that she can continue in her pursuits seamlessly and relentlessly. Happy birthday!!

Granddaughter of Smt. Mridula Sinha

□

My Daadi

—Samridhi Sinha

When I think of my Dadi, I think of a strong, independent woman who knows what she wants and strives to achieve that. So far, she has had an eventful life, living her share of ups and downs. Worthy of being woven into a book.

If someone asks me what is my fondest memory of her? I'll be in a fix, for there are so many I wouldn't be able to pick one.

So let's start with the oldest memory I have of my dadi.

I clearly remember sitting in the garden of Rajaji Marg with dada-dadi in the morning after I went for a sleepover there the night before, Dadaji reading the newspaper, me riding my bicycle and Dadi writing on her note pad. That's what she is essentially, that is her identity. She is a writer and I know for a fact that she cannot live without writing. Many a times I would go over to her excitedly with a notepad of my own and just sit next to her and doodle. I remember her trying to teach me some Sanskrit shlokas and some doha of Kabir. She would often give me dictation in hindi for my practice.

I know my dadi for her wit. She can be immensely funny at times, and that too with complete strangers. Public speaking comes to her naturally and she would never shy away from giving her opinion when asked, whether she is speaking in front of twenty or two-hundred people. The confidence she exudes is commendable and something I would like to achieve in my life.

She is a traveller too. I think she could easily be the most travelled person I have known. And that is probably why she is so knowledgeable. She has travelled alone a lot. People bring back souvenirs, my dadi brings back friends.

Her travelling has enriched her experiences and given body and soul to her writing. On the other hand, her writing has kept her company on all those trips. It has been therapeutic for her to write all the way. Be it a hill station, by the sea or on the dusty roads of a village. She writes because she is a traveller and she is a traveller because she writes.

She loves what she does. and has taught me to look at the bright side of things. She has helped me become a positive person in life. She has been a big part of my life for as long as I can remember and will remain so for the years to come.

Granddaughter of Smt. Mridula Sinha

□

Significant Hindi author

—Dhruv Sinha

Congratulations on turning seventy five years old. I am consistently astounded from learning about you and your life's accomplishments. There is still always something new I learn about you every time we talk, or any time my parents tell me about your life. In my eyes, you have gone from a typical grandmother, to a significant Hindi author, to a pioneering woman breaking boundaries in your country, and the respect and veneration I believe you are entitled were manifested into reality when you became the Governor of Goa. I could think of no better title, or way to solidify your legacy and accomplishments than this position.

Despite everything I have learned about you, it is shadowed in comparison to what I have learned from you. I can distinctly remember sitting next to you in the Raj Bhavan, or on the beach in Goa and listening to you expound stories and your philosophies. The advice and information you have given me will surely help to add perspective to my life. Especially thanks to the life that you have, your reasoning and counsel is one that I could not receive from any other person, and I am deeply appreciative of that.

Sincerely you grandson

Grandson of Smt. Mridula Sinha, USA

□

My Grandma

—Dheer Sinha

My grandma is very caring. She always wants me to succeed and tells me to eat my food. I love visiting my grandma in Goa. She always is excited to see me and throws a really nice b'day party for me. I feel very special when I visit with her. I love my grandma.

Grandson of Smt. Mridula Sinha, USA

□

Happy B'day Naani

—Radhika

Granddaughter of Smt. Mridula Sinha, USA

□

(ख) बृहत्तर परिवार

सदाबहार सरस क्षण

—सुधा सिन्हा

संघ के अनुशासन में विकसित हमारे भाई रामकृपाल प्रोफेसर बन जाने तक विवाह को टालते रहे; उस समय बिहार में लड़कियाँ तो किशोरावस्था में ही ब्याह दी जाती थीं, लड़कों का विवाह भी पढ़ाई पूरी करने के पहले ही संपन्न हो जाता था। इसलिए माना गया कि उनका विवाह देर से हुआ। विवाह के बाद वे जब पहली बार हमारे घर अम्माँ-बाबूजी से मिलने आए, तब हम तीनों भाई-बहन उनको घेरकर वधू के विषय में पूछने लगे। वे किशोरों की तरह लजाते और टालते रहे और बहुत तंग करने पर कहा कि 'मृदुला अपने नाम के अनुरूप ही हैं।'

उनकी इस बात को हम ले उड़े, क्योंकि वह जमाना 'I love you / I love you too' दुहराते रहने का नहीं था। उस समय कोड ऑफ कंडक्ट में वर-वधू को केवल मुसकराने की अनुमति थी; अपनी दुलहन या अपने दूल्हे के विषय में कुछ भी बोलने को बेशर्मी माना जाता था। लेकिन हमारे भाई रामकृपाल अपनी पत्नी के माधुर्य पर मुँह खोलकर हद पार कर चुके थे।

अम्माँ ने उनसे दान-दहेज का हिसाब लेना शुरू ही किया था कि हमने व्यवधान डाल दिया; कहा, "अम्मा, गुरुआइन ने कान फूँक दिया।"…'गुरुआइन के कान फूँकने' वाला यह 'सिद्धांत वाक्य' हम लोगों ने अपनी परदादी से विरासत में ग्रहण किया है; जब नवविवाहित कोई वर अपनी वधू के प्रेम में डूबा दिखता था, तब वे वात्सल्य भरी रसिकता से कहती थीं कि 'गुरुआइन कान फूँक देलकइ'। यह था मधुर दांपत्य के प्रति उनकी ओर से दिया गया आशीर्वाद प्रमाण-पत्र।

और अम्मा ने अपनी मुसकराहट द्वारा रामकृपालजी को यह प्रमाण-पत्र दे दिया।

□

हमारी बहन सुकेशी के विवाहोत्सव में मृदुला 'कोहबर' लिख रही थीं। 'कोहबर' वह पवित्र कक्ष होता है, जिसमें वर-वधू पहली बार एकांत में मिलते हैं। इसमें लोकसम्मत अनेक प्रकार के चित्र उकेरे जाते हैं, आशीर्वाद वाक्य अंकित होते हैं। आम तौर पर भाभियाँ ही 'कोहबर' लिखती हैं। यह भित्ति चित्र दीवार पर या दीवार पर टँगे कपड़े पर तैयार किया जाता है। मृदुला हाथ में कूची लिये-दिए अचानक लड़खड़ाकर बैठ गईं।

उसे रंग वगैरह देते रहने के लिए मैं पास में ही थी; पूछा, "क्या हुआ ?"

"चक्कर-सा आ गया था।"

मैं भागकर पानी ले आई। वह प्रकृतिस्थ हुई तो कहा कि उसे कोई दवा लेनी चाहिए।

उसने हाथ हिलाकर मुझे मना कर दिया और लजाते हुए कहा, "दीदी, मेरा दिन चढ़ गया है।"

घर की उस चहल-पहल में खुशी की दूसरी लहर शामिल हो गई, समाचार था मृदुला के गर्भ में पहले बच्चे के आगमन का।

बीतते समय के साथ चलते-चलते हम नहीं थकते, क्योंकि हमें अनुप्राणित करते रहते हैं जीवन के सदाबहार सरस क्षण।

शिक्षण क्षेत्र से अवकाशप्राप्त सरकारी अधिकारी एवं
विख्यात लेखिका
मो. : 9047021019

□

अपने पारिवारिक संबंधों के बीच

—डॉ. अहिल्या मिश्र

"हजारों साल नरगिस रोती है अपनी बेनूरी पै
तब जाके चमन में होता है एक दीदावर पैदा।"

भारतीय समाज में पुरातनकाल से ही नारी को अति सम्माननीय माना गया है। वेद की ऋचाओं को भी स्त्री के नाम का संबोधन मिला। प्रकृति के दो खंड या अवयव स्त्री एवं पुरुष विश्व को संचारित करने के मानवीय तत्त्व हैं। इन्हें विधिना ने पूरे मनोयोग से दो आकृतियाँ प्रदान की हैं। पुरुष को दृढ एवं स्त्री को कोमलता की मिट्टी से गढ़ा है। सूर्य और चंद्रमा की भाँति ही सृष्टि के ये दोनों तत्त्व हैं। इन्हें भी अपनी कलाकारिता की ओजस्विता में डुबोकर निर्माण और नाश (लय एवं सृष्टि) की प्रक्रिया देते हुए इसके अनुरूप सार्थक निर्मिति प्रदान की है। इनमें अपनी ओर से मोह-माया एवं अपनत्व तत्त्व को पूर्ण आवेषित किया है।

विकास की प्रक्रिया में मानव समाज जाति एवं रिश्ते-नातों का क्रम बना। पुरुषों के कई रिश्तों के साथ स्त्रियों के लिए माँ, बहन, बेटी, बहू, भाभी, ननद आदि रिश्ते समाज स्वीकृत हुए। मृदुला सिन्हा बिहार की गौरव, ब्रह्मर्षियों की आन, बान, शान की प्रतीक एवं स्त्री शिरमौर्य, स्त्रियों के समस्याओं की चिंतक, अपने ग्रामीण परिवेश की उद्घोषक, अपनी मिट्टी की संपूर्ण संस्कृति की चारण, माँ वाणी की वरद पुत्री, शब्दों की होता (अग्निहोता), दर्जनों पुस्तकों की प्रस्तोता, जीवन के ऊँच-नीच में सम्यक्याण की गामिनी, सहजता, सरलता व नेह की गेह की द्वारपालिका, ममत्व-अपनत्व की अजस्त्र स्रोत, राजनीतिक क्षेत्र में पारंगत, सर्वग्राही, एक सशक्त महिला हैं। जानीपुर, जनकपुर रोड, जिला सीतामढ़ी, पूर्व में मुजफ्फरपुर के हमारे मिश्र परिवार के बाबू सुखदेव मिश्र के भाई शिवंशी मिश्र के सुपुत्र युगल मिश्र की बड़ी सुपुत्री श्रीमती बनारसी देवी के बड़े सुपुत्र प्रोफेसर राम कृपाल सिन्हा की जीवनसंगिनी/अर्द्धांगिनी हैं। आरंभ से ही जानीपुर में इस सुलक्षणा बहू का मुजफ्फरपुर मटिहानी ग्राम से लेकर जानीपुर के ग्राम्य जीवन में घुलने-मिलने का सुखद संयोग बनता रहा।

राम कृपालजी अपनी प्रिय नानी के सान्निध्य में बचपन से ही रहे। वैसे भी बच्चे अपने पितृगृह से ननिहाल को अधिक पसंद करते हैं, जिनकी प्रिय नानी की छवि सभी बच्चों को उनको प्यार-दुलार एवं ममत्व के कारण बचपन के भोले मन को बहुत भाती है। उन्हें भी जानीपुर परिवार

से प्यार एवं स्नेह का अगम आगार मिला। नानी के प्यारे नाती का अधिकतर समय वहीं गुजरता था। इनकी नानी मायादेवी (बेहटावाली चाची) चाची देखने में गौरवर्ण एवं सुघड़ स्त्री थीं। इन्हें दो पुत्रियाँ ही थीं। दोनों का विवाह यथा समय संपन्न हो गया था। हमारा संयुक्त परिवार काफी बड़ा था। मैं जब सन् 1964 में उस परिवार में ब्याहकर गई तो मेरे अपनी सासू माँ तो नहीं थीं, पर चार चचिया एवं तीन ददिया सास थीं। मेरे नौ माह के जानीपुर वास में अन्य दादी एवं चार चाची सासों के मुख से रामकृपाल बउवाजी एवं मदन बउवाजी की बार-बार चर्चा सुनने को मिली। जब भी इनके संबंध में बातें होती थीं तो इसमें मृदुलाजी की चर्चा भी हुआ करती थी।

यहाँ एक बात का उल्लेख अवश्य करना चाहूँगी कि मेरे पतिदेव स्वर्गीय श्री राजदेव मिश्र रिश्ते में रामकृपालजी के मामा लगते थे, किंतु उम्र में उनसे छोटे थे। रामकृपालजी अपनी शिक्षा पूरी कर आर.डी.एस. कॉलेज (राम दयालु सिंह कॉलेज) मुजफ्फरपुर में अंग्रेजी विभाग के प्राध्यापक बन चुके थे और उनके मामा वहाँ छात्र के रूप में शिक्षा ग्रहण कर रहे थे। रामकृपालजी का मृदुलाजी से विवाह हो चुका था। वे अपने जीवन-यात्रा के नवीन अध्याय लिखने में व्यस्त थीं। नैहर (मायका) की लाडली बिटिया हमारे संयुक्त परिवार की बड़ी पुत्री एवं जानीपुर की मिट्टी के ममत्व से ओत-प्रोत बनारसी दीदीजी एवं आदरणीय मेहमान श्री सूर्यदेवजी सिन्हा के घर की होनहार बड़ी वधू मृदुलाजी उनकी आँखों का तारा एवं उनके मटिहानी गाँव की प्रिय वधू बनकर हमारे विधि-विधान एवं अपने दांपत्य के परिवेश में रचने-बसने लगी थीं। उन दिनों दोनों परिवार मजबूत खेतिहर किसान थे। वास्तव में मिश्र परिवार ने अपनी बेटी को यथाशक्ति एक मजबूत किसान के घर में ब्याहा था। किसान घरों में उन दिनों अन्न का भंडार तो भरा रहता था, पर निरंतर एवं नियमित अर्थागमन की कोई मजबूत व्यवस्था नहीं हुआ करती थी। तंबाकू, गन्ना, दलहन, तिलहन आदि कुछ नगदी/फसल उपजाकर तथा आम, लीची के बागान लगाकर अर्थ की व्यवस्था की जाती थी। इसी से अपना व्यय एवं आवश्यक कार्य तीज-त्योहार विवाह एवं पूजा आदि निपटाया जाता था। कारण स्पष्ट था। इनके बीच एक कहावत प्रचलित थी, "उत्तम खेती मध्यम बान, निकृष्ट चाकरी भीख निदान।" ये अपने को याचक ब्राह्मण नहीं 'दाता ब्राह्मण (अयाची)' की संतान मानते हैं। फलाफल ये 'दाता' यानी देनेवाले गिने जाते हैं। आज भी आप देखें तो आपको कोई ब्रह्मर्षि की संतान भिक्षाटन करते हुए नहीं मिलेगी। अपनी औकात को आन, बान, शान से जीते हुए बाबू सूर्यदेव सिन्हा एवं बनारसी दीदीजी ने अपने पुत्रों एवं पुत्री को यथायोग्य शिक्षित बनाने में मातृ-पितृ का कर्तव्य निभाया। आज अपनी जगह वे सभी मजबूत एवं स्थिर हैं।

मुझे याद है, मैं सन् 1964 में विवाह के पश्चात् जब जानीपुर में रह रही थी, तब मेरी पहली होली पर मैं वही थीं। बाकी सभी ननद-देवर छोटे थे और मैं घर की अपनी पीढ़ी की प्रथम और बड़ी बहू थी। अत: बड़े मेहमानजी और बनारसी दीदीजी को पहली होली पर संवाद भेजकर अपनी सरहोजिनी से होली खेलने हेतु बुलवाया गया था। बिहार में छठ और होली का त्योहार अत्यंत हर्षोल्लास से संपन्न होता है। मैं मिथिला की बेटी इन रिश्तों से पूर्ण परिचित थी एवं इन्हें जीने की कोशिश कर रही थी। आज भी मुझे मेरी पहली होली याद है। मेरे पतिदेव बाहर गए थे। शाम तक आनेवाले थे। इसी बीच मुझे पीले रंग की साड़ी पहनने का आदेश दादी सासजी ने दिया। दोपहर

के भोजन के उपरांत लाल रंग का ढेर सारा घोल एवं आले रंग का अबरक मिला अबीर आँगन में रखकर कमरे से बाहर आने का आदेश मिला। मैं तैयार होकर सिर ढँके हुए बाहर निकली, घर में घुसने हेतु बने दोमुँहा के बाहर के किवाड़ बंद कर देवर एवं छोटी ननदों के साथ बड़ी ननद एवं मेहमानजी आँगन में रखी चौकी पर विराजमान थे। सर्वप्रथम उनके सफेद बाल मेरे आकर्षण का केंद्र बने। मैंने अँजुरी भरकर अबीर-गुलाल लेकर उनके सफेद बालों को लाल कर दिया। गोरे रंग पर यह लाली मनोरम लगने लगी। वे चुपचाप बैठकर रंग-अबीर स्वीकारते रहे। उन्होंने मुझे हल्का सा रंग डालकर अबीर लगाया। उनके स्नेह में मेरे प्रति ममत्व की झलक ने मुझे एक सात्विक भाव से भर लिया। मुझसे बड़े तो थे ही, मैंने उनका और दीदीजी का चरण स्पर्श किया। मुझे पुत्रवती होने का आशीष मिला। मैं उन दिनों माँ बननेवाली थी। यह मार्च, 1965 की बात है। पूरी गरिमा के साथ मनाई गई वह मेरी पहली होली मेरे मानस-पटल पर सूर्य की प्रखरता एवं शशि की शीतलता के साथ सदा के लिए अंकित हो गई। यह बात तो प्रसंगवश ही याद आ गई है। मैं मृदुलाजी एवं रामकृपालजी के अंदर विकसित संस्कारों को उकेरने के प्रयास में इन बातों को आपके समक्ष रखने का लालच नहीं रोक पा रही हूँ। स्वाभाविक है, जिस माता-पिता ने रिश्तों में इतने प्यार-दुलार बाँटे हैं, अपनी संतान को योग्यता के साथ अपनी मिट्टी का भरपूर संस्कार भी देकर गढ़ा होगा। मेरी यह धारणा दोनों से होनेवाले सान्निध्य के विभिन्न अवसरों पर सत्य सिद्ध होती रहे। मैं तो जानीपुर से अपनी अधूरी शिक्षा पूरी करने अपने नैहर चली गई। वही चि. मानवेंद्र के जन्म के पश्चात् पिताजी ने कॉलेज में नामांकन करवा दिया और शिक्षा प्राप्त करने लगी। इनकी पढ़ाई भी पूरी हुई। फिर हमारे दूसरे देवर वहाँ पढ़ने गए। सभी का सामना मृदुलाजी से होता रहा। सब उनका गुणगान करते रहे। यह उनसे परिचय का अप्रत्यक्ष माध्यम बनाता रहा।

रामकृपालजी का झुकाव राजनीति की ओर हुआ। वे बिहार राज्य के चुनाव में एम.एल.ए. हेतु खड़े हुए। मृदुलाजी एक उत्तम सहधर्मिनी का धर्म निबाहते हुए चुनाव प्रचार में जुट गईं। इसी संदर्भ में उनका जानीपुर आगमन हुआ। सभी परिवार के सदस्यों, विशेष रूप से महिलाओं से प्रथम बार मिलना हुआ। पारिवारिक रीति-रिवाज के निर्वाह के साथ बड़े-छोटों से उनका व्यवहार सभी दिलों में बहू के प्रेम की भाषा लिखने में समर्थ रहा। मैं जब किसी प्रयोजनवश जानीपुर गई तो उनके उत्तम व्यवहार एवं मिलनसारिता की कहानी हर सास की जबान पर थी। इसे देखकर प्रफुल्लित हुई। उनसे मिलने की उत्सुकता बढ़ी। एक बात का उल्लेख आवश्यक है कि यद्यपि मेरी अपनी सास नहीं थीं। वे असमय ही काल के गाल में समा गई थीं, किंतु कभी भी उस परिवार में मुझे सास की कमी नहीं खली। स्वाभाविक रूप से कोमल, सरल एवं निर्मल हृदया स्त्रियों की उस परिवार में भरमार हुआ करती थी। तो मन में सदा एक उत्सुकता रही। संयोग ही नहीं मिला कि मैं इनसे मिल पाऊँ। पाँच वर्ष बाद मैं पतिदेव के साथ हैदराबाद चली आई। यहाँ अपने जीवन को व्यवस्थित एवं संतुलित करने में जीवन का बहुत कुछ अस्त-व्यस्त हो गया। यदा-कदा ही गाँव (मायके या ससुराल) जाना होने लगा, किंतु सभी रिश्तों को अपनी चर्चा एवं बातचीत में मेरे पतिदेव आर.डी. मिश्रा ने बचाए रखा। हम जब कभी फुरसत में बैठकर बातें करते, तो किसी-न-किसी रिश्ते पर बात आगे बढ़ जाती। रामकृपालजी की चर्चा तो वे अकसर ही करते थे। उनका अपने इस भानजे से अत्यधिक स्नेह था।

सन् 1977 में रामकृपालजी केंद्रीय मंत्री बने तो हैदराबाद के ई.एस.आई. अस्पताल आदि के लिए दौरे पर आए, जब मेरी उनसे पहली मुलाकात हुई। उनका स्नेहिल व्यवहार एवं मामा के प्रति प्यार देखकर मैं अभिभूत हो गई। इनसे पहले मैं मदन बउवाजी से बनारस में मिल चुकी थी। रामकृपालजी से मृदुलाजी के संबंध में कई बातें मालूम हुईं। मेरी सदेच्छा बृहत् हुई और मिलने का सोच दृढ हुआ। कुछ वर्षों बाद पुत्र के साथ साहित्यिक आयोजन में भाग लेने दिल्ली पहुँची। मृदुलाजी उन दिनों दिल्ली में ही रफी मार्ग पर रहती थीं। दिन में अपने आवश्यक कार्य पूरे कर शाम को सुपुत्र के साथ उनसे मिलने पहुँची। उन्होंने बड़े प्यार से हाल-चाल पूछा। हम पहली बार मिल रहे थे। मैं उम्र में उनसे छोटी थी। रिश्ते में एक खाड़ी ऊपर। मेरी पहली पुस्तक मेरे पास थी। मैंने उन्हें भेंट की। उन्होंने अपनी कई पुस्तकें दीं। हम बहुत देर तक बातें करते रहे। पुनः हम जहाँ ठहरे थे, वापस आ गए। इसके बाद हमारी बातों का सिलसिला आपस में जुड़ा गया और इसमें निरंतरता बनी रही। मैं उनके प्रति आदर से भर गई। हमारे परिवार में एक ऐसी ज्ञान समृद्ध वधू है। इसने मुझे अपनापन से भर दिया।

मृदुलाजी समाजसेवा के क्षेत्र में थीं एवं कई स्वैच्छिक संगठनों से जुड़ी रहीं। उनका हैदराबाद आना-जाना हुआ करता था। वे जब भी हैदराबाद आतीं, समय निकालकर हमसे अवश्य मिलतीं। हमारे साथ समय बितातीं। हम साहित्यिक-सामाजिक बातें करते। वे बी.जे.पी. की भी सक्रिय सदस्या थीं। पार्टी के काम से आतीं तो स्थानीय पार्टी सदस्यों से भी हमें मिलवातीं। रिश्तों के प्रति उनकी ईमानदारी एवं अपनत्व ने उनके पारिवारिक परिवेश से मिला था। इससे मुझे बहुत संबल मिला। इस प्रकार हमारा कई बार मिलना हुआ। परिचय प्रगाढ़ता में बदला। वैसे तो कई संस्मरण हैं, जिनके माध्यम से मृदुलाजी के समन्वयवादिता एवं स्नेहमयी ममत्व की झाँकी मुझे मिलता रही। उन पर तो पूरी पुस्तक तैयार कर सकती हूँ। मैं यहाँ मात्र एकाध संस्मरण की चर्चा करते हुए बात समाप्त करूँगी।

मृदुलाजी उस समय बी.जे.पी. की बैठक में भाग लेने आंध्र प्रदेश पधारी थीं। कई बैठकें आयोजित की गईं, जिसमें वे अत्यंत व्यस्त रहीं। अतः हमारे अनुरोध पर रात में हमारे पास रुकने की बात उन्होंने मान ली। मेरी बहू ने देवरानी का पूरा कर्तव्य निभाते हुए उनका पूरा ध्यान रखा। उन्होंने अति प्रसन्न होकर उसकी प्रशंसा की। सुबह पुराने शहर के आस-पास रहनेवाली शोभा पांडे एवं उनकी संस्था ने एक कार्यक्रम का आयोजन रखा था। उसमें मुझे साथ लेती गईं। उस समय मुझे उनकी वक्तृत्व कला का परिचय मिला। वे अति सहज एवं सरल गीतमय वाणी में प्रभावोत्पादक ढंग से बोल रही थीं। सभी के हृदय में उनकी वाणी उतर रही थी। पूर्व में भी कुछ बैठकों में मैंने उन्हें सुना था। श्रीमती सुमन कृष्णकांत के साथ महिला दक्षता समिति एवं अन्य स्वैच्छिक संस्थाओं में भी उन्हें सुनने का संयोग बना, किंतु इस सभा में मुझे विलक्षण अनुभव हुए।

इसी बीच उनके सुपुत्र नवीन के विवाह कार्यक्रम में भाग लेने मैं और मेरे सुपुत्र दिल्ली गए। संपूर्ण वैवाहिक कार्यक्रम एवं सभी अपनों से मिलने का सुख-सौभाग्य प्राप्त हुआ। लेखिका, साहित्यकार, समाजसेविका, राजनीतिक सक्रियता आदि कई दायित्वों को सँभालनेवाली मृदुला सिन्हा यहाँ मात्र बहू, बहन, भाभी, ननद आदि रिश्तों को जीती-भोगती एक स्वच्छ हृदया ग्रामीण

बड़ी वधू के रूप में हर स्थान पर नजर आईं। गीत मंगल में भाग लेतीं, रीति-रिवाज एवं संस्कार में सँवरतीं-सँवारतीं, अपनों से मुँह भर बतियातीं, सभी का हाल-चाल लेतीं, अनेक स्नेह बंधन की डोरों को मजबूत करतीं, धागे को बाँटतीं, मोम लगातीं, नेह-लेप चढ़ाती मृदुला तो एक दृढ गृहिणी रामकृपाल की घरनी मात्र दिखीं। न तो पद का दर्प और न ही कोई अन्य भाव। ममता-समता से दिप-दिप करता चेहरा लिये कालकाजी में लहराती-फहराती रहीं। दूसरे पुत्र के स्वागत समारोह में इनके बढ़े हुए राजनैतिक कद एवं रामकृपालजी बउवा के ऊँचे कद के अनुसार बी.जे.पी. के सभी कद्दावर नेता एवं आडवाणीजी, अटलजी तथा सुषमा स्वराज आदि की उपस्थिति में भी उनकी आवभगत के साथ पारिवारिक रिश्तों की उपस्थिति एवं उनकी पूरी व्यवस्था में भी उसी तत्परता से आप लीन रहीं। दो धाराओं के बीच सामंजस्य बिठाती हुई मृदुलाजी के चेहरे पर स्निग्ध मुसकान की रेखा खिंची रही। कहीं भी रिक्तता या तिक्तता का भास नहीं था।

मृदुलाजी जहाँ अपने रिश्तों को अपनी तरह जीती हैं, वहीं पति के साथ संगत भी बिठाए रखती हैं। उनकी इच्छा-अनिच्छा का एक समर्पित पत्नी सा ध्यान रखती हैं। उनकी रुचि के साथ उनके मन में उत्पन्न भावनाओं को चेहरा पढ़कर समझ लेती हैं। यही समझदारी दोनों के गठबंधन को दृढतम बनाने में सक्षम रही है। अपने सभी रिश्तों का सम्मान करने में दोनों सदा तत्पर रहे हैं। जिस रिश्तेदार ने सुख-दुःख में याद किया, वे हमेशा अपनी उपस्थिति दर्ज कराते रहे हैं। हमारे घर में होनेवाले समारोहों में सदा इनकी उपस्थिति रही। हमारे पोते के यज्ञोपवीत के समय जब आप एक उच्च पद पर आसीन थीं, उस समय भी पारिवारिक उत्सव के रंग में रँगकर ग्रामीण लोकगीत गाने में रमते देखकर हमारे सभी रिश्तेदार अभिभूत हो गए। इनकी भूरि-भूरि प्रशंसा करने लगे। ऐसे कितने ही प्रसंग इनकी सरलता-सहजता के मनोरम उदाहरण से हमारी थाती बने हुए हैं।

अभी हाल में जब आप गोवा राज्य के सर्वोच्च पद पर आसीन हो गईं और इसी समय हैदराबाद आगमन हुआ तो हम सपरिवार मिलने गए। लगा कि अहं तो इन्हें छू ही नहीं सकता। पद से बड़ा मनुष्य होता है। यह उनसे मिलने पर आप सीख सकते हैं। मृदुलाजी एक संवेदनशील साहित्यकार, एक मनुष्य, एक संवेदनापूर्ण स्त्री, एक पूर्ण रिश्तों को जीनेवाली सद्गृहिणी एवं माता, बहन, बेटी तथा सास एवं बहू भी हैं। राज्यपाल की भूमिका भी वे उतनी ही तत्परता से निभाती हैं, जितनी तत्परता से सामाजिक दायित्व को पूरा करती रही हैं। मैंने न तो कभी उन्हें ऊबते देखा है, न ही नागवार गुजरने का भाव उनके चेहरे पर देखा है। हमेशा संबंधों की धरा को उर्वर करते हुए ही इन्हें पाया है। लगभग 40 वर्षों के अंतराल में इन्हें मैंने नाम-गुण-धर्म में ही पाया है, मृदुला को मृदुल-कोमल-सुमधुर भाषिणी सहभागिनी। सबकी अपनी मृदुला।

हमारे परिवार में एक पारिजात पुष्प के रूप में ईश्वर का वरदान हैं मृदुला एवं रामकृपाल। हमें सात्विक गर्व है, अपनी इस सर्वगुण संपन्न जोड़ी पर, विशेष रूप से अपनी बहूरानी पर। तीनों कुल को रोशन करनेवाली वधू विरले नसीबवालों को मिलती है। नारी की श्रेष्ठतम उदाहरण—मृदुला।

प्रसिद्ध लेखिका, हैदराबाद
मो. : 9849742803

□

बाल-सखी

—धर्मशीला शास्त्री

"बचपन के दिन भी क्या दिन थे, उड़ते-फिरते तितली बन"

उपर्युक्त गीत की पंक्तियाँ मेरे जेहन से कभी हटती नहीं हैं। वर्षों पूर्व बाल्यावस्था में 1951-52 में ही मृदुला (घरेलू नाम 'धनमन') से मेरी पहचान बालिका विद्यापीठ लखीसराय (मुंगेर, बिहार) आवासीय शिक्षण संस्थान में शिक्षा-प्राप्ति के दौरान हुई थी। उत्तरी बिहार की भाषा, रहन-सहन की एकरूपता के कारण हम दोनों में धीरे-धीरे घनिष्ठता होने लगी। फलत: भोजन, शिक्षण, स्वाध्याय, आसन-व्यायाम, संगीत तथा अन्यान्य शिक्षणेतर क्रियाकलापों में भागीदारी भी साथ-साथ ही होती थी। ध्यातव्य है कि जिस शिक्षण संस्थान में मृदुला ने पढ़ाई की थी, आगे चलकर इसी शिक्षण संस्था की संरक्षिका भी बनीं।

इसी बाल्यकाल का एक वाकया याद आ रहा है। विद्यापीठ में लोकतांत्रिक प्रक्रिया के प्रशिक्षण के क्रम में चुनाव द्वारा छात्र मंत्रिमंडल का गठन प्रतिमाह होता था। एक बार मैं स्वास्थ्य मंत्रिणी थी और तभी मृदुला को टायफायड हो गया था। इसकी तीमारदारी का भार पूर्णतया मुझ पर था। आज से 65 वर्ष पूर्व चिकित्सकीय, पथ्यादि आज से भिन्न थी। डॉक्टर के निर्देशानुसार रोगिणी को गाय के दूध के छेने का पानी पिलाना था। इसे छेना का पानी देने पर मुँह फुलाकर दूसरी तरफ मुँह घुमाकर कहती, 'अपने तो तुम छेना खाती हो और मुझे छेने का पानी देती हो। उस परिस्थिति में बड़ी मुश्किल से इसे बहला-फुसलाकर छेना पानी पिलाना पड़ता था। स्वस्थ होने पर उस बात की चर्चा कर हम खूब हँसती थीं।

पता भी नहीं चला कि कब हम बाल्यावस्था से किशोरावस्था में आ गईं और युवावस्था की दहलीज पर आते-आते ही 1958 में मैट्रिक की परीक्षा के बाद अपने-अपने घर आ गईं। मैट्रिक के रिजल्ट के बाद इसी वर्ष महंत दर्शनदास महिला कॉलेज मुजफ्फरनगर (बिहार) में आई.ए. में नामांकित होकर हम छात्रावास में रहने लगीं। इसी वर्ष मेरा विवाह हुआ, पर मृदुला का विवाह दूसरे वर्ष में हुआ तथा हम एक-दूसरे के विवाह में भी सम्मिलित हुईं। स्नातक 'प्रतिष्ठा' तक हमने साथ-साथ पढ़ाई की।

उन्हीं दिनों की कुछ बातें बताए बिना नहीं रह सकती। इसके पिताजी स्व. छबीला सिंह स्कूल

में हेडमास्टर थे। उनके पास एक नया चमचमाता रिक्शा था, जिससे 1–2 दिनों की छुट्टी में मृदुला घर जाया करती थी। मेरा घर सीतामढ़ी के सुदूर गाँव में था, अत: छिटपुट छुट्टियों में आवागमन संभव न था। उस समय गाँव में बैलगाड़ी, टायरगाड़ी, साइकिल तथा रिक्शा ही सवारी के सुलभ साधन थे। खस्ता सड़कों पर बसें भी कम चलती थीं। बाइक का प्रचलन तो बाद में हुआ।

हाँ तो, मैं कुछ कहनेवाली थी कि जब मृदुला के पिताजी स्वयं 1–2 दिनों की छुट्टी में कॉलेज छात्रावास से घर लिवाने आते तो साथ में मुझे भी अपनी पुत्री संग अपने गाँव (छपरा) घर ले जाते थे। उनका मुझ पर विशेष स्नेह था। इसके पिताजी के अलावा इसकी माँ, भैया एवं भाभी की स्नेह वर्षा से भी मैं सिंचित होती रही। यह उस समय की बात है, जब समाज में सवर्ण तथा निम्न जाति में ऊँच–नीच का भेदभाव काफी था तथापि शिक्षित एवं स्नेहिल परिवार होने के कारण वैश्य जाति की होने पर भी सामान्य तथा विशेष अवसरों पर मुझे जातिगत भेदभाव या उपेक्षा का अनुभव कभी नहीं हुआ।

इसके पतिदेव डॉ. रामकृपाल सिन्हा बंगाल के कॉलेज से आकर रामदयालु सिंह कॉलेज मुजफ्फरपुर में अंग्रेजी के प्राध्यापक हो गए थे। वे अकसर ही विजिटिंग डे के दिन, मृदुला से मिलने छात्रावास आते थे। उनकी लच्छेदार–मजेदार बातों में हमारा खूब मन लगता था। उनके आगमन की खबर सुनते ही हम सालियाँ, सहेलियाँ छिप–छिपकर देखतीं और बड़े चाव से बातें सुनतीं। आज भी फोन पर अकसर ही उनकी मीठी और खनकदार आवाज में गोवा आने का आमंत्रण (बुलावा) मिलता रहता है। बड़े मजेदार दिन थे वे, न कोई चिंता–फिक्र और न किसी प्रकार का तनाव।

स्नातक होने के बाद समय के प्रवाह में हम दोनों का साथ छूटा, राहें बदलीं, परिवार बढ़ा, परिस्थितियाँ परिवर्तित हुईं। विभिन्न प्रकार के उत्तरदायित्वों के निर्वहन में लगना पड़ा। मैं बी.एड. कर शिक्षा–विभाग में कार्यरत हो गई। उधर मृदुला एम.ए. तथा बी.एड. करने के बाद मुजफ्फरपुर के एक कॉलेज में व्याख्याता बनी तथा मोतिहारी के एक विद्यालय की प्राचार्या के रूप में भी काम किया। तब तक इसके मन में समाजसेवा का भाव तथा साहित्यानुराग उत्पन्न हो चुका था, अत: नौकरी छोड़ भावी जीवन की सुनहरी रूपरेखा तैयार करने हेतु अपने पतिदेव के साथ दिल्ली का रुख किया और फिर तो यहीं की होकर रह गईं।

दिल्ली में डॉ. सिन्हा भारतीय जनता पार्टी के संगठनात्मक कार्य में जी–जान से व्यस्त हो गए। इधर मृदुला भी परिवार–संचालन के साथ ही भारतीय जनता पार्टी के महिला विंग के विकास तथा हर क्षेत्र में सशक्तीकरण हेतु तन–मन से पूर्णतया सक्रिय हो गई। कालांतर में पूर्व प्रधानमंत्री श्री अटल बिहारी वाजपेयीजी की सरकार में डॉ. सिन्हा को केंद्रीय श्रम मंत्री का पदभार मिला, जिसे इन्होंने सफलतापूर्वक निभाया। लगभग उसी काल में मृदुला को राष्ट्रीय कल्याण बोर्ड की अध्यक्षा का पद भार सँभालने का सुअवसर प्राप्त हुआ, जो इसका पसंदीदा क्षेत्र रहा है।

इन व्यस्तताओं के बीच ही इसके बंद ओंठों के भीतर छिपे शब्दों का प्रस्फुटन विभिन्न रचनाओं के रूप में पत्र–पत्रिकाओं में होता रहा। तभी चामत्कारिक रूप से इसकी सशक्त साहित्यिक प्रस्तुति 'दत्तक पिता' के रूप में हुई, जिस पर बनी फिल्म 'दत्तक' देखकर हम सब आनंदानुभूत हुए। इसके बाद तो साहित्य–साधना की अविरल धारा ही बह चली, जिसमें ग्रामीण

जीवन की अनगिनत अवगुंठित भावनाओं का सजीव चित्रण है। विशेषकर स्त्री के अवचेतन मन की गहराइयों की अनसुलझी गुंफित संवेदनाओं, आस्थाओं का मार्मिक प्रगटीकरण हमारे अंतर्मन को झकझोर देता है। इसी संदर्भ में यह भी प्रासंगिक है कि 11 वर्षों से 'पाँचवाँ स्तंभ' मासिक पत्रिका छप रही है, जिसकी संस्थापिका एवं संपादिका भी मृदुला थी; जिसे संप्रति इसकी पुत्रवधू श्रीमती संगीता सिन्हा संपादित कर रही है।

मेरे दिल्ली प्रवास में पहले तो इसके निजी आवास कालकाजी दिल्ली में तथा संप्रति राजभवन गोवा आवास में मिलना-जुलना होता रहता है। फलतः हमारी मित्रता की गाँठ कभी ढीली नहीं होनेवाली है। 27 नवंबर, 2017 को मृदुला के 75वें जन्मदिवस के अवसर पर मेरे पूरे परिवार की ओर से ढेर सारी बधाइयाँ, शुभकामनाएँ, मंगलकामनाएँ समर्पित हैं। प्रभु से प्रार्थना है कि तुम स्वस्थ एवं दीर्घायु रहकर उच्चतम पद को सुशोभित करो। कालजयी लेखिका बनकर शोहरत की मिसाल बनो, विकास की सीढ़ियाँ चढ़कर इच्छित लक्ष्य की प्राप्ति करो, खुश रहो, मस्त रहो, सुखी रहो,

"हवाओं में खुशबू-सी गमकती रहो।
चंदा की चाँदनी-सी चमकती रहो।
सूर्य की प्रचंड किरणों-सी दमकती रहो।"

शिक्षण क्षेत्र से अवकाशप्राप्त सरकारी अधिकारी एवं
श्रीमती मृदुला सिन्हा के बचपन की मित्र

□

मामी

—महंथ राजीव रंजन दास

जब से होश सँभाला, तब से ही इन्हें मामी के ही रूप में जाना। मेरी माँ (स्व. प्रभा बेनीपुरी) और इनका रिश्ता ननद-भाभी से भी ज्यादा दोस्त का था। आखिर हो भी क्यों न? कॉलेज में भी दोनों साथ ही पढ़ीं, शहर में भी बगल में ही रहीं, नैहर-ससुराल भी पड़ोस में ही रहा, और तो और मेरे गाँव से भी इनका अपना रिश्ता।

मझौलिया रोड से बेनीपुर/जानीपुर/पटना का आर. ब्लॉक और दिल्ली का अशोका रोड, सब जगह साथ-साथ ही रहे।

इन दोनों का मिलना ही मेरी माँ की तरफ से ननद की चुहलबाजीवाले मजाक से ही शुरू होता था, जिसकी जद में मामी के एक पुश्त ऊपर से भाई तक आते थे। इकतरफा बौछाड़ होता था और दूसरी तरफ इनकी प्यार और अपनापन भरी हँसी और मुसकराहट।

राखी से लेकर कार्तिक पूर्णिमा तक, 1980 तक शायद ही ऐसा कोई साल बीता हो, जब रामकृपाल मामा राखी बँधवाने यहाँ नहीं आए हों। रामकृपाल मामा की सभी संतानों को काजल लगाने के समय भी इस ननद की मौजूदगी रहती ही थी।

मामी ने तो मेरे यहाँ की होली और होली में इनकी दुर्गति का जिक्र तो खुद कई बार अपने लेखों में किया ही है, इसलिए इस पर क्या लिखूँ? हाँ, मुझे एक चीज पर बड़ा ही आश्चर्य होता था कि मेरे पिताजी (स्व. प्रो. महंथ श्याम सुंदर दास) बहुत ही हँसमुख और मजाकिया स्वभाव के थे, मगर उन्होंने अपनी इस 'सलहज' से कभी मजाक नहीं किया, जबकि इस तरह के रिश्तों में वह मिथिलांचल की सांस्कृतिक गालियों से ही अपने इस तरह के रिश्तेदारों का स्वागत करते थे। मामी को तो छोड़िए, उन्होंने तो रामकृपाल मामा को भी कभी 'साले' कहकर संबोधित नहीं किया। बाकी मामाओं को तो बंदर, उल्लू और क्या-क्या नाम रखते थे, मगर इनका नहीं।

नवीन करीब हमउम्र ही रहा और प्रवीण छोटा था। 1968 तक तो लगातार ही साथ-साथ ही रहे, फिर 1980 में एक साल, एक घर में एक साथ रहे।

होश सँभाला तो जाना कि मेरे पिताजी इन दोनों व्यक्तियों से कभी मजाक क्यों नहीं करते थे, वह इसलिए कि रामकृपाल मामा का ननिहाल मेरे ही गाँव में था और उस रिश्ते से मेरे पिताजी इनके नाना लगते थे, बल्कि नानी तो मेरे पिताजी को चाचा ही कहती थीं, मगर इससे मजाक के

अलावा और दूसरा कोई भी प्रभाव इस रिश्ते में नहीं पड़ा। मेरी माँ भाई-भौजाई ही मानती रहीं और हम बच्चे भी उसी रिश्ते की बुनियाद पर चलते रहे और आज भी चल रहे हैं।

मेरे पिताजी और रामकृपाल मामा की उम्र का भी फासला करीब-करीब 19-20 का ही था और दोनों की राजनैतिक यात्रा भी करीब-करीब साथ-साथ ही शुरू हुई। 1968 के मध्य में रामकृपाल मामा जनसंघ से विधान परिषद् गए और मेरे पिताजी जनवरी, 1969 में सीतामढ़ी से सं.सो.पा. से निर्वाचित विधायक बने। उम्र में मेरे पिताजी करीब दो साल बड़े थे।

1980 के लोकसभा चुनाव में मेरे पिताजी हार गए, तब मुझे दिल्ली में अपने लिये आवास खोजना पड़ा। जून, 1980 तक रामकृपाल मामा का भी राज्यसभा का कार्यकाल बचा हुआ था। इन दोनों ने मिलकर फैसला कर लिया कि गरमी की छुट्टी तक मैं इनके ही साथ रहूँगा, फिर जुलाई में होस्टल/आवास की व्यवस्था देखी जाएगी। उस समय मैं 'हिंदू कॉलेज' का छात्र था। न चाहते हुए भी मुझे चुपचाप मन मसोसकर अपने पिताजी की बात माननी पड़ी।

मेरे विरोध का कारण मेरे घर में मेरी माँ और सबसे छोटे मामा (स्व. महेंद्र बेनीपुरी) और मामी (शीला बेनीपुरी) जानती थीं, मगर तत्काल कोई उपाय नहीं था और मुझे मजबूरन झक मारकर रामकृपाल मामा के परिवार के साथ 10 राजेंद्र प्रसाद रोड में रहना पड़ा। मैं भी वहाँ आराम से रहने लगा। गप्प मारने के लिए भी दो भाई मिल गए और खिलौने के रूप में 3-4 साल की एक छोटी सी बातूनी बहन मिली, नाम भी 'मिली' ही है।

इसी समय होली के बाद मुझे चेचक भी हो गई और कई दिन तक मुझे कमरे में अकेले रहना पड़ा और प्यारी छोटी मिली दरवाजे पर स्टूल लगाकर बैठकर अपनी भाषा में मुझे किस्से-कहानियाँ सुनाती रहती थी। बीमारी समाप्त होने के तुरंत बाद ही पिताजी को किसी काम से दिल्ली आना पड़ा। मैं भी तब तक स्वस्थ हो चुका था और कॉलेज जाना शुरू कर दिया था। एक दिन उन्होंने मुझसे पूछा, "मैंने तुम्हारे रहने की व्यवस्था कर दी है। तुम पर अब कोई जबरदस्ती नहीं है, तुम वहाँ जा सकते हो।" मैं अचानक ही अवाक् रह गया और चुप ही रहा। रात को फिर उन्होंने मुझे बुलाया और कहा कि कब जाना है? मैंने कहा कि पहले ही बात हो गई थी कि गरमी की छुट्टी तक साथ ही रहना है तो वही प्रोग्राम रहने दिया जाए। पिताजी मुसकरा दिए। अगले दिन शाम में मुजफ्फरपुर लौटने के क्रम में मेरे पिताजी ने मामी को बुलाकर हाथ में कुछ पैसे दिए, "राजू यहाँ रहता-खाता है।" मामी ने सीधे हाथ जोड़कर बज्जिका में कहा, "राजू भी नवीने-प्रवीण के तरह हई अपने इ सब न करू।" और पैसों को छूना भी मुनासिब नहीं समझा। यहाँ खून के रिश्ते से ज्यादा भारी यह प्यार, सम्मान और अपनत्व का रिश्ता रहा।

संयोग देखिए कि गरमी के छुट्टियों में रामकृपाल मामा की जगह श्री अश्विनी कुमारजी राज्यसभा के सदस्य हो गए और विट्ठल भाई पटेल भवन में उनके ही हिस्से के एक फ्लैट में मैं, नवीन और प्रवीण रहने लगे और यह साथ 1980 के अंत तक चला। इस बीच में मामा-मामी भी मुजफ्फरपुर ही आ गए थे। मैं इनके यहाँ क्यों नहीं रहना चाहता था, इस बात की चर्चा नहीं करूँगा, बल्कि क्यों रहना चाहा? इसमें ही सारा अपनत्व, प्यार और संबंध छिपा है।

'खून का रिश्ता' यह तो एक ऐसा रिश्ता है, जो आपके पैदा होते ही आपसे जुड़ जाता है।

कुछ ऐसे रिश्ते हैं, जिनको कोई नाम नहीं दिया जा सकता है। उस मामले में अंग्रेज बहुत आगे हैं कि अंकल–आटी में सब को समेट लेते हैं, मगर हमारे यहाँ हर रिश्ते का एक नाम है, मगर नाम में अगर अपनत्व, प्यार, व्यवहार और समभाव न हो तो नाम वाले रिश्ते (खून का रिश्ता) भी बेमानी हो जाते हैं।

इस घर से हमारा या इनका भी रिश्ता 'खून के रिश्ते' से कहीं ज्यादा गहरा रहा और वही एक ऐसा कारण था, जिसके चलते वैकल्पिक व्यवस्था होने के बाद भी मैंने पिताजी को मना कर दिया।

मेरे पिताजी तो असमय ही चले गए और रामकृपाल मामा का भी परिवार 1981 से पूर्ण रूप से दिल्ली ही रह गया, मगर ऐसा कोई उत्सव नहीं हुआ (मेरे यहाँ या उनके यहाँ), जिसमें हम लोगों की शिरकत नहीं रही, अगर किसी कारण से हमारी तरफ से कोई नहीं भी जा पाया तो मामी जब भी मुजफ्फरपुर आती थीं तो अपनी छोटी ननद को उनका हिस्सा जरूर ही देती थीं। मिली की शादी में किसी कारण से मेरी माँ नहीं जा सकी तो मामी ने यहाँ आकर 'फुआ' को उनका 'नेग' दिया।

आज भी राज्यपाल होने के बावजूद महीने में एक–आध बार तो खुद उनकी तरफ से फोन आता ही रहता है। आज मेरी माँ भी नहीं है, मगर मामी का स्नेह फिर भी बना ही हुआ है। वैसे गवर्नर साहिबा के साथ तो कई बार मंच भी साझा कर चुका हूँ और हमारे बुलावे पर कई जगह 'मुख्य अतिथि' के रूप में उन्होंने अपनी मौजूदगी दर्ज की है।

राजनीतिक कार्यकर्ता

□

उनसे मिलने का आनंद

—मीना शाही

जब से मेरी मित्र मृदुला सिन्हा गोवा की राज्यपाल बनीं, मेरे कई संबंधी और मेरे बच्चे मेरे पीछे पड़े थे कि जैसे भी हो, गोवा की यात्रा तो होनी ही चाहिए। मेरा भी मन गोवा जाने की कल्पना कर अरब सागर की तरह हिलोरें ले रहा था। मैंने अपने पति (ले. जेनरल बी.एन. शाही), पुत्री (स्मिता) और अन्य चार-पाँच सदस्यों के साथ गोवा जाने का प्रोगाम बना लिया। ऐसा नहीं कि गोवा के समुद्र का किनारा या बीच या क्रूज मुझे अपनी ओर खींच रहा था। मैं तो अपनी अट्ठावन साल पुरानी दोस्त से मिलने की कल्पना से ही रोमांचित हो रही थी।

अपने-अपने स्कूल की पढ़ाई खत्म कर हम दोनों सोलह साल की उम्र में कॉलेज की पढ़ाई शुरू करने एक ही शहर में आ गए थे। छात्रावास में मिलना हुआ और जान-पहचान के साथ दोस्ती भी हो गई। फिर आगे की पढ़ाई खत्म करते-करते हम दोनों की शादियाँ हुईं और हमारे रास्ते भी अलग-अलग हो गए। हम अपने नए जीवन में प्रवेश कर अपनी नई जिम्मेवारी सँभालने में लग गए। समय तो पंख लगाकर उड़ता चला जाता है। बच्चे हुए, वे बड़े हुए, उनकी शादी हुई और उन्होंने भी अपनी पारिवारिक जिम्मेवारी सँभाल ली। हमारी भी उम्र बढ़ती चली गई, पर उम्र बढ़ने से दिल और मन पर अधेड़ावस्था का एकाधिकार थोड़े ही होता है। मैं भी अपनी पुरानी यादों में खो गई। वह लड़की 'मृदुला' जो आवासीय विद्यालय 'बालिका विद्यापीठ लखीसराय (बिहार)' से मुजफ्फरपुर (एम.डी.एम.) कॉलेज में पढ़ने आई थी, खादी का कपड़ा पहनती थी और कभी-कभी अन्य सहपाठिनों की नजर में देहाती समझी जाती थी। आज की तारीख में वही लड़की गोवा राज्य की महामहिम (गवर्नर) का पद सुशोभित कर रही है।

मुझे क्यों नहीं अभिमान हो अपनी इस सादगी, सौहार्द और उच्च विचार रखनेवाली सहेली पर। आज इन्होंने गोवा में अपने मातहत काम करनेवालों को सप्ताह में एक दिन खादी का वस्त्र धारण करने का नियम बनाया है। प्रधानमंत्री के स्वच्छता अभियान की पहली राजदूत भी यही हैं।

इन्होंने अपना पूरा समय राजनीति में व्यतीत किया और अपनी योग्यतानुसार कई उच्च पदों को सुशोभित किया। हिंदी की उच्च कोटि की साहित्यकार हैं, पर क्या मजाल कि अहंकार इनके पास आकर फटक भी जाए। हर तबके के लोगों से इनका मिलना होता है और इनका अपनत्व भरा

स्वागत सभी के मन पर इनकी अमिट छाप छोड़ देता है। मैं तो यही कहूँगी कि जिस जमीन से वह सोलह वर्षीय कन्या जुड़ी थी, आज भी उसी जमीन पर खड़ी है।

मैंने भी सपरिवार उन्हीं के 'राजभवन' में अपनी छुट्टियाँ बिताईं। सबसे सुखद तो यह मौका रहा कि उनके जन्मदिन पर हम वहाँ उपस्थित रहे। आधी रात को (दिल्ली से लौटी) उनसे केक कटवाकर उन्हें जन्मदिन की हार्दिक बधाई दी गई। यह हमारा आंतरिक प्यार था।

अपने कार्यालय की जिम्मेवारी से निपटकर हम सभी के बीच आ बैठना, उन्हें भी सुखद लगता था। रात्रि भोजन हम साथ में करते थे। राजभवन के प्रांगण से लेकर वहाँ की फुलवारी, औषधियों का बगीचा, चार पेड़ों की दोस्ती का प्रतीक एक मोटा पेड़, सभी उन्होंने हमें दिखाया। ऐसा महसूस हो रहा था कि कॉलेज के दिनों की दो सहेलियाँ (मृदुला और मीना) उसी उम्र में पहुँच गई हैं, जहाँ से उनकी दोस्ती शुरू हुई थी।

मिलना और बिछुड़ना तो प्राकृतिक नियम है। उन्होंने चंदन की रोली लगाकर हमें विदा किया, ताकि उनकी खुशबू चंदन के साथ हमें मिलती रहे।

तुम्हारा मीठा व्यवहार, मीठी बोली तुम्हारे नाम के अर्थ को सार्थक करती है। एक दोस्त के नाते मैं भगवान् से तुम्हारी लंबी आयु और स्वस्थ जीवन के लिए प्रार्थना करती हूँ। जीवन में हर पल यश प्राप्त करते हुए और आगे बढ़ो, यही कामना है।

कवयित्री एवं गृहिणी

मो. : 9868604763

□

सहजता की भव्यता

—सूर्यबाला

वह एक रोजमर्रा जैसी अस्त-व्यस्त सुबह थी, जब अचानक समाचार मिला कि डॉ. मृदुला सिन्हा गोवा प्रदेश की राज्यपाल नियुक्त हुई हैं। राजनीति से जुड़े लोगों और खबरों से बहुत दूर और लगभग तटस्थ रहनेवाली मुझे जाने क्यों यह समाचार बेहद आह्लादित कर गया। मन में एक उछाह और उमंग से भरी अनुभूति···जैसे मेरे साथ कुछ बड़ा सुखद, सुयश भरा घटा हो। इस हद के प्रतिस्पर्धी और ईर्ष्या-द्वेष से भरे समय में यदि अपने अंदर ऐसी आनंदमयी अनुभूति होती है, तो बड़ा सुकून और शांति सी मिलती है। तत्क्षण इच्छा हुई, क्यों न फोन कर उन्हें बधाई दी जाए। कोई मित्रता जैसी बात नहीं थी, सिवा इसके कि एकाध बार साहित्य से जुड़ी राष्ट्रीय संगोष्ठियों में उनसे मिली थी। फोन पर बात भी हुई थी और सबसे बढ़कर 'वागर्थ' में प्रकाशित मेरी आत्म-रचना पढ़कर उनके पति सिन्हा साहब ने मुझे बधाई देते हुए फोन किया था। उस समय से ही मन इस युगल के प्रति एक प्रशंसा भाव से जुड़ गया था। इसलिए कि एक समय का बिहार राज्य का मंत्री रह चुका व्यक्ति यदि एक लगभग अपरिचित लेखिका को फोन कर रहा है, तो स्पष्टत: वह तथाकथित बड़े आदमियों द्वारा पोसी गई अहंमन्यता और पद-प्रतिष्ठा जनित कुंठाओं से बहुत दूर, सहज मानवीय है।

शायद ये ही कारण थे, जिससे मैं उन्हें बधाई देने के लिए उत्साहित थी, लेकिन हिचक और रुकावटें भी कम नहीं थीं मन में। पहले तो राज्यपाल के पद की घोषणा होते ही बधाइयों का अपरंपार ताँता प्रारंभ हो गया होगा। फोन मिलना ही मुश्किल होगा, दूसरे एकाध बार की औपचारिक मुलाकातों और बातचीत के बल पर मैं हुलसकर फोन करूँ और उधर से एक ठंडी औपचारिक स्वीकृति मिलकर रह जाए तो!···और सबसे बड़ी संभावना क्या यह नहीं बनती कि वे मेरी बधाई को अपने महामहिम पद के साथ निकटता बढ़ाने की एक तरकीब समझकर मुसकरा लें, क्योंकि इतने वर्षों तो मैंने कभी फोन किया नहीं।

लेकिन मेरा मन जिद्दी बच्चे सा अड़ा बैठा था—वे क्या सोचेंगी, क्या समझेंगी, इसे लेकर मैं अपने मन में कलुष क्यों पालूँ, उनकी खुशी में खुश होने की अपनी भावना को क्यों छिपाऊँ और सबसे बड़ी बात, पहले फोन तो लगे और हाँ, नंबर कहाँ है उनका मेरे पास?

आश्चर्य, जाने कैसे नंबर लिखा था मेरे पास, उसी राष्ट्रीय संगोष्ठी के जमाने का। तो फोन

लगाया···लग भी गया। तुरंत उधर से हैलो की आवाज आई। मैंने अपनी प्रकृत खुशी छलकाते हुए जल्दी-जल्दी उन्हें बधाई दे डाली। आशय शायद यह था कि हममें से हमारी एक सखी आज इतने प्रतिष्ठित पद पर पहुँची हैं, यह सोचकर मैं फूली नहीं समा रहीं। उसको बधाई और अभिनंदन··· तत्क्षण फोन के उस पार से उनकी सुस्थिर, स्नेहिल आवाज आई, "कौन बोल रहा है भाई इतना मधुर, बड़ा अच्छा लग रहा है।"

"अरे मैं, सूर्यबाला मृदुलाजी, बताना भूल गई थी।" कहकर मैंने अपनी गलती सुधारी।

"अरे आप हैं, तो सुनिए—अब आना होगा गोवा।"

मैंने असमर्थता प्रगट की कि शायद वे जानती हों, मैं ज्यादा कहीं आ-जा नहीं पाती। वह भी लाल (पति) को छोड़कर।

वे उसी सहजता से बोलीं, "तो अकेले क्यों? लाल साहब को साथ लेकर आइए, बोर नहीं होंगे वे। सिन्हा साहब हैं न।"

मैं चकित-विस्मित थी, उनके आत्मीय, सहज लहजे पर। प्रदेश के सर्वोच्च महामहिम पद की उपलब्धि की न जरा भी उत्तेजना छलक रही थी उनकी बातों से, न कृत्रिम विनम्रता का औपचारिक आभार प्रदर्शन ही। सदा से ही सहज शांत स्वर में वे मुझे राजभवन में नहीं, गोवा आने का निमंत्रण दे रही थीं।

□

सचमुच गोवा गई। मिली, रही, दो दिनों। मुंबई के राजभवन का ऑफिस और बाहरी लॉन भर देखा था महाराष्ट्र दिवस के समारोह पर। गोवा में राजभवन, अपने बेशकीमती आभिजात्य और साज-सज्जा में मेरे सामने था, लेकिन सच कहूँ तो उस सारी चमक-दमक और ठाठ-बाट के बीच, राज्यपाल के रूप में मृदुलाजी की सहजता की भव्यता एक नगीने की तरह जड़ी थी। गवर्नर की गरिमा और गवर्नर की गृहस्थी, दोनों देखकर अभिभूत थी मैं।

प्रदेश के सर्वोच्च संवैधानिक पद की अतिव्यस्त गतिविधियों और उतार-चढ़ावों के बीच भी शांत, निर्विकार बनी रहती हैं मृदुलाजी।

एकाध बार ऐसी ही कठिन स्थिति के बीच मैंने भाँपा कि फोन के दूसरी तरफवाला अपनी उत्तेजना में विषय को खींचे लिये जा रहा है, लेकिन मृदुलाजी अपना संयम बनाए हुए हैं। संभवतः उनकी जगह कोई दूसरा होता तो स्पष्टीकरणों का अंबार लगा चुका होता, लेकिन मृदुलाजी शांत स्वर में उसे प्रबोधते हुए कह रही थीं—

"···अब बात हो गई न···तो पिष्टपेक्षण से किसी को लाभ नहीं होनेवाला, अच्छा हो इसे यहीं समाप्त किया जाए," और फोन रख दिया उन्होंने। बाद में सहज भाव से मुझे भी वह समस्या बताई। कोई दुराव-छिपाव नहीं। आतशी शीशे सा सबकुछ साफ, स्वच्छ और स्पष्ट और तो और, उसी शाम सारी उद्विग्नता ताक पर रख, एक राष्ट्रीय स्तर की साहित्य संगोष्ठी में अपनी रचना सुनातीं वे हर दो वाक्यों पर बेसब्र श्रोताओं से भरपूर तालियाँ बटोर रही थीं। इतना ही नहीं, प्रायः मौका लगने पर वे अपने जैसे पद-प्रतिष्ठा वालों के साथ जुड़े प्रोटोकोलों पर चुटकी लेने से भी नहीं बाज आतीं और मैं सोच रही थी, तो क्या राजनीतिक गहमागहमियों और राजभवन की अति

व्यस्त दिनचर्या के बीच भी निरंतर चलती कलम और साहित्य की संवेदना ही उनका संबल बनती है। उन्हें इतनी संयत, शांत और निर्विकार बनाए रखती है। जीवन में संतुलन और समरसता के समुचित सामंजस्य से ही सीता, सावित्री, मंदोदरी और अहल्या जैसी स्त्री गरिमा की प्रतीक नारी चरित्रों को रच पाई हैं वे। निश्चित रूप से इन चरित्रों के औदात्य, विवेक और गरिमा की स्रोत वे स्वयं भी हैं।

जितनी कुशल प्रशासिका, उतनी ही समर्पित गृहणी भी। मितव्ययता और स्वच्छता से जुड़े संदेश जगह-जगह राजभवन में देखने को मिल जाते हैं। ऊर्जा का अपव्यय न होने पाए, इसके कड़े निर्देश। व्यर्थ की बहुत सारी बत्तियों की जगह सिर्फ आवश्यकता भर का ही प्रयोग हो, इसकी विशेष सतर्कता। राजभवन की रसोई सब्जियों की दृष्टि से लगभग स्वावलंबी हो चुकी थी। फलों में लदी-फदी अमराई से गुजरते हुए आम, कटहल, अमरूद, चीकू, पपीतों के साथ बिहार से मँगवाकर रोपी गई लीची की पौध भी। कटहल के नाम से मेरी आँखें चमकते देखीं तो अगले दिन भोजन में कटहल की सब्जी भी बन गई।

तीसरे दिन वापसी से पहले राजभवन की तरफ से आईं भेंटस्वरूप मेरे लिए होली पर पहनने की साड़ी, राजभवन में ही पैदा हुई काली मिर्च का एक बड़ा पैकेट और साथ में एक छोटी कटहली भी।

सौगातें कभी की समाप्त हो चुकी हैं, लेकिन उनके साथ जुड़ी आत्मीय स्मृतियों के वंदनवार, मन के प्रकोष्ठ पर सदैव बँधे रहेंगे।

प्रख्यात साहित्यकार

मो. : 9930968670

□

जैसा मैंने उन्हें जाना

—शीला झुनझुनवाला

मृदुलाजी के बारे में क्या कहूँ—जब-जब कलम उठाती हूँ, तब-तब उनके व्यक्तित्व का एक नया अध्याय उभरकर सामने आ जाता है। पृष्ठों को पलटते-पलटते शाम हो जाती है, फिर भी अध्याय अधूरा ही रह जाता है और कलम वहीं की वहीं थम जाती है।

बिहार के एक छोटे से गाँव छपरा में, एक साधारण परिवार में जन्मीं, मनोविज्ञान विषय में स्नातकोत्तर परीक्षा पास करने के बाद मृदुलाजी ने वहीं से बी.एड. किया। तदनंतर प्राचार्या के पद पर काम करते हुए विद्यार्थियों का मार्गदर्शन किया, किंतु उस समय की सामाजिक परिस्थितियों को देखकर उनका मन सदैव विचलित होता रहा। समाज, राष्ट्र एवं महिलाओं की स्थिति को देखकर तभी समाज के लिए कुछ करने का संकल्प लिया।

यह एक साधारण व्यक्ति के असाधारण व्यक्तित्व में परिवर्तन की प्रक्रिया भर थी। यहाँ से प्रारंभ हुआ मृदुलाजी का सफर। उस समय उन्हें भी आभास नहीं था कि आगे अनंत आकाश उनकी प्रतीक्षा में पलकें बिछाए बैठा है।

प्रारंभिक जीवन में पिता का प्रभाव उनके जीवन में बहुत रहा। पिता ने उन्हें उस समय की सामाजिक परिस्थितियों से लड़ते हुए शिक्षा के क्षेत्र में आगे बढ़ने की ऊर्जा दी तो विवाह उपरांत उनके पति श्री राम कृपाल सिन्हा ने आगे बढ़ने के लिए विस्तृत आकाश में उन्हें संभावनाओं के कपाट दिखा दिए। पति-पत्नी दोनों एक-दूसरे के पूरक बनकर बिहार के पिछड़े गाँवों में सामाजिक कामों में जी-जान से जुट गए।

श्री राम कृपाल सिन्हा ने उस समय की सक्रिय राजनीति में भाग लेना शुरू किया। वे क्रमशः स्थानीय राजनीतिक परिदृश्य से उभरकर राज्य और फिर राष्ट्रीय राजनीति में दखल रखने लगे। बिहार में काफी समय तक कैबिनेट मिनिस्टर रहे और फिर भारत सरकार में 1977 से 1979 तक राज्यमंत्री रहे।

इस बीच मृदुलाजी अपनी साहित्यिक प्रतिभा को निखारने में लगी रहीं। एक ओर जहाँ अपनी लेखनी के माध्यम से वे बिहार की सामाजिक रूढ़ियों पर प्रहार करती रहीं, वहीं दूसरी ओर राष्ट्र के प्रति अपनी जिम्मेदारी निभाते हुए समाज कल्याण के कार्यों पर अपना ध्यान केंद्रित किया।

वे 1996 से 1998 तक दिल्ली महिला कमीशन की सदस्य रहीं और फिर 1998 से 2004

तक सोशल वेलफेयर बोर्ड की चेयरपर्सन रहीं। वही समय था, जब मेरी उनसे सोशल वेलफेयर बोर्ड में एक बार मुलाकात हुई और काफी लंबी बातचीत हुई।

एक बार मैंने मृदुलाजी से पूछा था कि आपको क्या लगता है कि एक महिला की सुरक्षा का दायित्व सिर्फ सरकार के ऊपर है या पूरे समाज को इस दिशा में सोचना और कदम उठाना चाहिए? तब मृदुलाजी ने उत्तर दिया था कि सरकार निश्चित रूप से समाज का एक अति महत्त्वपूर्ण हिस्सा है, किंतु वह संपूर्ण समाज नहीं है। अत: एक महिला की सुरक्षा जैसे महत्त्वपूर्ण मुद्दे का हल सरकार एवं समाज दोनों के परस्पर सहयोग से ही हो सकता है। वे यह अवश्य मानती हैं कि स्वतंत्रता प्राप्ति के पश्चात् आम लोगों की सरकार पर निर्भरता बढ़ी है तथा वे लगभग हर सामाजिक मुद्दे के लिए सरकार की ओर ही देखते हैं। पारंपरिक रूप से पहले एक महिला की सुरक्षा परिवार, गाँव तथा स्थानीय समाज सुनिश्चित करता था, जबकि आज के समय में ऐसा नहीं है। इसके अतिरिक्त लोगों के आचार-विचार, शिक्षा तथा नैतिक मूल्यों में भी गिरावट आई है। आज समाज को यह आत्मसात् करने की आवश्यकता है कि विशेषकर बच्चों को मूल्यपरक शिक्षा दी जाए। इसके साथ ही सरकार की भी जिम्मेदारी है कि वह महिला सुरक्षा के क्षेत्र में किए जा रहे प्रयासों के बारे में समाज को जागरूक एवं संवेदनशील बनाए।

मैंने मृदुलाजी से प्रश्न किया था कि वे महिलाओं की सुरक्षा बढ़ाने की दिशा में सरकार को क्या सुझाव देती हैं? इसके उत्तर में उनका मानना है कि महिलाओं पर बढ़ते अपराधों के विरुद्ध कड़े नियम बनाए जाने चाहिए तथा किसी भी शहर से आए हुए मामले पर सीधे उच्चतम न्यायालय को संज्ञान लेना चाहिए। इसके अतिरिक्त रेप क्राइसिस सेंटर भी महिलाओं से सहयोग की दिशा में प्रभावी हो सकते हैं।

मृदुलाजी मानती हैं कि आज भारतीय महिलाएँ कहीं के अधिक स्वतंत्र तथा रोजगार की दिशा में अनेक आयाम स्थापित कर चुकी हैं, फिर भी वे सामाजिक भेदभाव तथा हिंसा की शिकार हैं। उनकी राय में निश्चित रूप से वर्तमान समाज में कुछ अंतर्विरोध है तथा समाज को कन्या-भ्रूण, बेटियों तथा स्त्रियों के प्रति मानसिकता बदलने की तत्काल आवश्यकता है।

मृदुलाजी अनेक बार अपने लेखों तथा सामाजिक कार्यक्रमों में इस मुद्दे पर अपने विचार रखने का प्रयास करती रही हैं। उनका यह भी मानना है कि बार-बार स्त्री-पुरुष के समान अधिकारों की बात होती है, परंतु समानता शब्द को आज अखाड़ा बना दिया गया है। उनका मानना है, "महिलाएँ बराबर नहीं, बल्कि विशिष्ट हैं। जहाँ एक ओर वे सक्षम हैं एवं समाज तथा राजनीति के क्षेत्र में बहुत अच्छा कर रही हैं, वहीं दूसरी ओर उन्हें ईश्वर ने ऐसा अनमोल वरदान दिया है कि इनके अतिरिक्त वे कई विशेष जिम्मेदारियों को सुचारु रूप से निभाने में भी सक्षम हैं। उन्होंने सदैव कन्या जन्मोत्सव को मनाने पर जोर दिया है। यह दुर्भाग्यपूर्ण है कि आज भी देश के कई हिस्सों में केवल लड़के के जन्म पर खुशियाँ मनाई जाती हैं। हमें पूरे भारतवर्ष में इस दिशा में प्रभावशाली सामाजिक कार्यक्रमों को करने की आवश्यकता है, जिससे हम अपनी भूलती जा रही संस्कृति की जड़ों से पुन: जुड़ सकें। हमारा सांस्कृतिक उत्सव रक्षाबंधन भी इसी ओर इशारा करता है कि बहनों का सम्मान व्यक्ति की अपनी नैसर्गिक प्रकृति में होना चाहिए, तभी समाज उन्नत हो सकता है।"

मृदुलाजी मूलत: एक साहित्यकार हैं। प्रारंभ में मेरा परिचय उनसे इसी रूप में हुआ। 'धर्मयुग' से लेकर 'साप्ताहिक हिंदुस्तान' की संपादक बनने के दौरान अनेक बार उनकी प्रतिभा का मूल्यांकन करने का अवसर मिला, उनके अब तक अनेक उपन्यास, कहानी संग्रह छप चुके हैं।

सोशल वेलफेयर बोर्ड की मेंबर और फिर चेयरपर्सन रहते हुए दूर-दराज शहरों व गाँवों की महिलाओं की समस्याओं को पास से देखने का अवसर उन्हें मिला और उनकी कृतियों में यह मूल तत्त्व स्पष्ट दिखाई देता है। वे संयुक्त परिवार की परंपरा में विश्वास रखती हैं, जहाँ तीन पीढ़ियाँ एक साथ रहती हों, वहाँ उनका सोच अलग हो सकता है, पर साथ बराबर रहे। मृदुलाजी का कहना है कि जब 3 पीढ़ियाँ साथ चलती हैं तो विकास के सारे संकल्प अपने आप पूरे होते चलते हैं और भारत की यही विशेषता है। एक बार उन्होंने कहा था, As a country even we loose our way sometime we find ourselves again and again some solution. That is a great thing about India.

बड़े-बूढ़ों के लिए उनके हृदय में अलग ही अपना स्थान है। उनकी कई कहानियों की पृष्ठभूमि भी यही रही है। उनकी कहानी 'दत्तक पिता' पर फिल्म कॉर्पोरेशन ऑफ इंडिया ने एक फिल्म भी बनाई, जो बहुत चर्चित रही।

Adopt a father, Adopt a mother स्लोगन उन्होंने ही दिया है। उनका कहना है कि old age home की जगह ऐसे केंद्र बनने चाहिए, जहाँ बच्चे और वरिष्ठ जन एक साथ रहें—जहाँ old age home और क्रेचेज साथ-साथ हों। जहाँ बड़े बच्चों को संस्कार दे सकें और बच्चे उनकी देखभाल करें और अकेलापन दूर करें।

पिछले दिनों सूर्या संस्थान की चेयरपर्सन होने के नाते मुझे गोवा जाने का अवसर मिला। हमने गोवा में 'संस्कृत का हिंदी और अन्य भारतीय भाषाओं पर प्रभाव' विषय में चर्चा के लिए गोष्ठी रखी थी। गोवा में इस आयोजन को रखने का मुख्य कारण था—गोवा की राज्यपाल महामहिम मृदुला सिन्हाजी का साहित्य, कला और संस्कृति से सराबोर सान्निध्य। मृदुलाजी भावात्मक ऊर्जा से संपन्न हैं और अपने संवेदनशील व्यक्तित्व के कारण बहुत जल्दी सबके हृदय को प्रभावित करने में सक्षम रहती हैं। चाहे वह स्वच्छ भारत अभियान हो या फूलों की जगह फलों से स्वागत करने की नई परिपाटी का सूत्रपात। वैचारिक धरातल पर उनका सोच भारतीय संस्कारों से मेल खाता है, क्योंकि वे स्वयं धरती से जुड़ी रहती हैं। सफलता का उनके ऊपर कोई भी नकारात्मक प्रभाव नहीं पड़ा है। आज भी वे बातों में बिल्कुल स्पष्ट एवं व्यवहार में उतनी ही मधुर हैं। इतनी व्यस्त रहने के बावजूद अपनों के लिए उनके पास समय ही समय है।

मृदुलाजी आज भी ब्रह्म मुहूर्त में सुबह 5 से 6 के बीच उठ जाती हैं और तब उनका लेखन शुरू हो जाता है। इतनी अधिक रचनाशीलता मैंने कम ही लोगों में देखी है। 2 घंटे लिखने के बाद नियमित सुबह की सैर और योगा करती हैं, उसके बाद अखबार पढ़ने और पतिदेव के साथ दैनंदिन सामाजिक और राजनीतिक संवादों का सिलसिला चलता है, साथ-साथ नाश्ता होता है और शुरू हो जाता है ऑफिस में मीटिंगों और स्थानीय समस्याओं से निपटने का सिलसिला। दिन में एक हल्की-सी झपकी जरूरी है, जिसके बाद फिर वे तैयार हो जाती हैं, बिल्कुल

तरोताजा। सामाजिक कार्यों, मीटिंगों और समारोहों की सांध्यकालीन व्यस्तता देर शाम तक चलती ही रहती है।

मृदुलाजी के संपूर्ण जीवन को देखकर मेरे मन में सदैव एक विचार उठता रहा है कि साहित्यकार का राष्ट्र की सक्रिय राजनीति में दखल रखना शायद इस दृष्टि से अपेक्षित है कि समाज में आए भटकाव को सही दिशानिर्देश देकर बिखरते समाज में राष्ट्रीय चेतना जगाने का काम एक कलमकार ही कर सकता है।

मृदुलाजी की साहित्य यात्रा आज भी अनवरत जारी है। 4–5 कृतियाँ शीघ्र ही प्रकाशित होनेवाली हैं। इसके साथ ही एक कविता–संग्रह भी आनेवाला है। उनका कहना है, 'मैं लिखना बंद कभी नहीं कर सकती, यह मेरे लिए साँस लेने के बराबर है।'

पत्रकार और सामाजिक कार्यकर्त्री
मो. : 8800644338

□

एक सरल-सहज प्रबोधिनी

—क्रांति कनाटे

आदरणीय मृदुलाजी के 'अमृत महोत्सव अभिनंदन समारोह' के अवसर पर कुछ कहने-लिखने बैठी हूँ तो उनसे जुड़ी स्मृतियाँ किसी चलचित्र के फ्लेश बैक की तरह एक-एक कर दृश्यमान होती जा रही हैं। 2004 में राजकोट (गुजरात) में संपन्न हुआ अखिल भारतीय साहित्य परिषद् का एकादश राष्ट्रीय अधिवेशन, उनसे पहली बार मिलना हुआ, बस परिचय भर हुआ, पर तब बिल्कुल नहीं लगा था कि आगे जाकर यह परिचय मात्र परिचय न रहकर किसी स्नेह-धारा में परिवर्तित होगा। इसके बाद 2007 में दिल्ली में आयोजित हुआ द्वादश राष्ट्रीय अधिवेशन, जिसमें डॉ. कृष्णचंद्र गोस्वामीजी (तत्कालीन राष्ट्रीय महामंत्री) ने 'स्त्री-विमर्श' को समर्पित सत्र का संचालन मुझे सौंपा। बड़े मजे का सत्र था, वामपंथी विचारधारा की समर्थक डॉ. कमल कुमार (दिल्ली वि.वि.) मुख्य वक्ता के नाते उनकी दृष्टि में जो नारी स्वातंत्र्य था, उसकी चर्चा करती रहीं, विवाह संस्था को नकारते हुए भी संतान-प्राप्ति की जा सकती है, जैसे मुद्दे सामने आए, परंतु अध्यक्ष की आसंदी से बोलते हुए जब मृदुलाजी ने बिना उत्तेजित हुए या कि बिना पोडियम ठोंकते हुए अपने नाम के अनुरूप भारतीय नारी की अस्मिता का, उसकी गरिमा का उज्ज्वल पक्ष श्रोताओं के सामने मृदु भाव से रखा तो पूरा वातावरण ही बदल गया। तब मैं परिषद् में नई-नई थी। सत्र से पहले गोस्वामीजी से मैंने कुछ संकोच ही से पूछा था, "यह वर्ष महादेवी वर्मा की जन्म शताब्दी का है तो यह सत्र उन्हें समर्पित कर दूँ।" "सत्र आपका है, संचालन आपका। देवीजी, जो चाहो करो," कहते हुए सदा की तरह गोस्वामीजी ने मेरा उत्साहवर्धन किया। मृदुलाजी के वक्तव्य से महादेवीजी को समर्पित वह सत्र सार्थक हुआ और संचालन में मेरे द्वारा उद्धृत उनकी पंक्तियाँ 'आग हो उर में, तभी दृग में सजेगा आज पानी' भी प्रासंगिक सिद्ध हुईं।

परिषद् के कार्यक्रमों में तो मृदुलाजी से मिलना होता ही रहा, परंतु भोपाल में 2010 में आयोजित 'नारी साहित्यकार सम्मेलन' की चर्चा हेतु दिल्ली में कालकाजी स्थित उनके निवास स्थान पर हुई बैठक तो कतिपय कारणों से मुझे ज्यों-की-त्यों याद है और 27 जून, 2010 की तारीख भी। इसलिए याद है कि उन्होंने मुझे अपनी पुस्तक 'मात्र देह नहीं है औरत' भेंट स्वरूप दी थी, खेद है कि मैंने उस पर तब उनके हस्ताक्षर नहीं लिये। बैठक तो बैठक जैसी हुआ करती है, वैसी ही थी, परंतु उसके पश्चात् जो स्वादिष्ट भोजन था और उसे जिस नेह पगे भाव से उन्होंने हमें

आग्रह करके खिलाया था, उसका स्वाद भुलाया नहीं जा सकता, वह सही अर्थ में 'प्रीति भोज' था। खाने की मेज पर जो बातें चलीं, उनका अधिवेशन से कोई सरोकार नहीं। बहुतेरी स्वादिष्ट चीजों में एक सब्जी चने की दाल से बनी बड़ियों की भी थी, जिसे भारत भर में अलग-अलग दालों से बनाया जाता है। हमने (साथ में डॉ. बिनय राजाराम भी थी) रेसिपी पूछी तो मृदुलाजी बड़े हल्के स्वर में कहने लगीं, "बहुत ईजी है, जब बनाना हो मुझे फ्लाइट का किराया दे देना, मैं आकर बता दूँगी।" हमने भी छूटते ही नहले पर दहला दिया, "हम तो ट्रेन का स्लीपर का किराया लेते हैं, आप जब बनाएँगी, बताइए, हम आकर आपको असिस्ट कर देंगे।" खीर और रसगुल्लों के अलावा उनके गाँव के जो रसीले-मीठे आम हमने खाए, उनका स्वाद और पूरे सिन्हा परिवार का आग्रह सदा याद रहेगा।

'साहित्य परिक्रमा' का संपादन मैंने सँभाला जनवरी, 2001 में, तब से 'पाँचवाँ स्तंभ' की शुभेच्छा प्रतियाँ मुझे नियमित रूप से मिल रही हैं। मृदुलाजी के गोवा के राज्यपाल पद का उत्तरदायित्व सँभालने पर उनकी पुत्रवधू श्रीमती संगीता सिन्हा ने पत्रिका को पूर्ववत ही स्तरीय बनाए रखा, आभारी हूँ कि उन्होंने मुझे पत्रिका भेजने का क्रम भी जारी रखा। मृदुलाजी के राज्यपाल बनने के कुछ दिन पूर्व की बात होगी, एक दोपहर उनका फोन आया, मैं चौंकी, 'क्रांति बहुत व्यस्त रहती हो, 'पाँचवाँ स्तंभ' पर तुम्हारी कोई प्रतिक्रिया नहीं आती' (आवाज में ऐसी मिठास, लगा बचपन की कोई सहेली उलाहना दे रही है)...मैं कुछ सफाई दे पाती, उससे पहले उन्होंने कहा, "'पाँचवाँ स्तंभ' का 'उत्सव विशेषांक' निकल रहा है, पहला फोन तुम्हें ही कर रही हूँ। एक लेख 'गणेश उत्सव' पर लिखकर भिजवा दो, जिसमें उसके वर्तमान स्वरूप की भी चर्चा हो।" मुझे बहुत खुशी हुई कि उन्होंने इस अवसर पर मुझे याद किया।

गोवा के राज्यपाल के नाते दसवें विश्व हिंदी सम्मेलन (भोपाल, 2015) में पहली बार उन्हें देखा, सभागार में प्रवेश कर मंच पर जाने से पहले आमंत्रित अतिथियों की बैठक में हम महिलाओं को देखकर वे हमारे निकट आईं, हाल-चाल पूछा, पश्चात् अपने स्थान की ओर अग्रसर हुईं। ठीक उतनी ही सरल-सहज लगीं, जितनी हमेशा वे होती हैं; उनके व्यक्तित्व में पद की गरिमा तो दिखाई दे रही थी, परंतु कहीं भी ओढ़ा हुआ अभिमान नहीं था।

इस स्मृति-शृंखला की हाल-फिलहाल की अंतिम कड़ी अजमेर जा ठहरती है, जहाँ 25 से 27 अक्तूबर, 2015 को आदरणीय डॉ. बद्रीप्रसाद पंचोलीजी ने अखिल भारतीय साहित्य परिषद् की स्थापना दिवस की स्वर्ण जयंती 'महिला साहित्यकार सम्मेलन' के भव्य आयोजन से मनाई थी। दयानंद सरस्वती विश्वविद्यालय के परिसर में आयोजित उस त्रि-दिवसीय उत्सव के समापन समारोह की मुख्य अतिथि थीं मृदुलाजी। उनके राज्यपाल होने के नाते एक प्रोटोकॉल को निभाते हुए हम सभी श्रोतागण उनके आने से पहले सभागार में बैठ गए थे। वे समय से आईं, सबका अभिवादन स्वीकारते हुए मंचस्थ हुईं। मैं कहीं तीसरी-चौथी पंक्ति में एकदम रिलेक्स होकर बैठी थी, इस सम्मेलन में पंचोलीजी के आशीर्वाद से मैंने अपनी पारी भरपूर खेली थी। उद्घाटन सत्र में वक्ता के नाते, तो किसी सत्र में अध्यक्ष के नाते तो कवि-सम्मेलन में संचालक के नाते। अब बारी थी बस एक श्रोता के नाते आनंद लेने की कि तभी संयोजक श्री उमेश चौरसियाजी आए

और कहने लगे, "पंचोलीजी ने कहा है आपको पाँच एक मिनट में मंच से सम्मेलन के अपने अनुभव बताने हैं।" मैंने भोपाल के 'नारी साहित्यकार सम्मेलन' का उद्घाटन सत्र याद किया, जिसमें मृदुलाजी परिषद् की उपाध्यक्ष के नाते विराजमान थीं, यहाँ वे समापन समारोह में गोवा के राज्यपाल के नाते समारोह की शोभा बढ़ा रही थीं, कहते हैं, जो एक बार होता है वह दूसरी बार नहीं होता, पर जो दूसरी बार अगर हो जाए तो तीसरी बार अवश्य होता है, कहते हुए कामना प्रकट की कि तीसरे महिला साहित्यकार सम्मेलन में भी हमें उनका मार्गदर्शन अवश्य मिलेगा। उस दिन मृदुलाजी का उद्बोधन सम्मेलन को अपने शिखर पर ले गया।

एक वाक्य में मृदुलाजी के समग्र व्यक्तित्व को समेटना हो तो मैं कहूँगी, "वे एक सरल-सहज प्रबोधिनी हैं" आप जिस किसी भी अवसर पर उन्हें सुनेंगे, वे आपसे संवाद साधते हुए बड़ी सरलता से आपको अपने होने का बोध करवा देंगी, अपने वैचारिक प्रबोध से वे आपका दिशा-निर्देश भी करेंगी तो मार्गदर्शक की भूमिका से नहीं अपितु सखा भाव से। उनके व्यक्तित्व का जो 'ऑरा' है, उससे प्रभावित हुए बिना नहीं रहा जा सकता। अजमेर के अपने उद्बोधन में उन्होंने मंच से व्यक्तिगत रूप से मेरा उल्लेख करते हुए चुटकी ली, "ये क्रांति अच्छा काम कर रही है, कहाँ छुपकर बैठी थी।" मैं कहना चाहती थी राज्यपाल पद की आपकी सुरक्षा और प्रोटोकॉल को देखते हुए, अब थोड़ी दूरी बनाकर इस तरह बैठने का भी अपना एक आनंद है।

इस 27 नवंबर को आदरणीय मृदुलाजी अपने सार्थक जीवन के 75 शरद पूरे करने जा रही हैं, इस अवसर पर मैं अपनी ओर से तथा 'साहित्य परिक्रमा' की ओर से उनका हार्दिक अभिनंदन करती हूँ तथा आनेवाले अधिक सुनहरे समय हेतु अपनी मंगलकामनाएँ प्रेषित करती हूँ। इति शुभम्।

लेखिका एवं समीक्षक, संपादक—साहित्य परिक्रमा

मो. : 9904236430

□

मेरी चाची

—डॉ. विद्या सिन्हा

लगभग 36 वर्ष पहले अपने विवाह के कुछ दिनों बाद ही मैंने उन्हें पहली बार देखा था। मेरे श्वसुर स्वर्गीय श्री सत्यदेव नारायण दिल्ली के पत्रकारों में विशिष्ट स्थान रखते थे। संघ की विचारधारा से गहरा संबंध और सहानुभूति होने के कारण उनकी मित्रमंडली में आज की सत्ता में वरिष्ठ और शीर्ष स्थान रखनेवाले बहुत से लोग थे। उनके मित्र सभी राजनीतिक दलों से थे। हमारे विवाह के बाद चाची (श्रीमती मृदुला सिन्हा) अपने दो बच्चों और पति (डॉ. रामकृपाल सिन्हा) के साथ मुझसे मिलने आईं। मुझे उनकी सहज मुसकराहट, आत्मीयता, स्नेह और चमकती प्रभावशाली आँखों ने बाँध लिया। बाबूजी ने भोजपुरी में परिचय कराया—"इ मृदुलाजी हईं। राजनीति और लेखन दोनों में बहुत सक्रिय बाड़ी।" मेरे मन में राजनीति में सक्रिय महिलाओं की जो छवि थी, उसे तोड़ती हुई उनकी सहज मुसकान मुझ तक पहुँच रही थी। उन दिनों स्वर्गीय श्री जगदीश माथुर चाचा, डॉ. मुरली मनोहर जोशी, पं. यज्ञदत शर्माजी आदि अनेक आदरणीय लोग बाबूजी से विचार-विमर्श करने प्राय: घर आया करते थे, लेकिन चाची से उस दिन पहली दृष्टि में जो संबंध सूत्र बँधा, वह ईश्वर की कृपा से और उनके स्नेह से दृढ से दृढतर होता चला गया। जब भी मिलती चरण स्पर्श करने पर सौभाग्यती होने का आशीर्वाद अवश्य देतीं। चाची के व्यक्तित्व की सबके बड़ी विशेषता उनकी सहजता और अभूतपूर्व जिजीविषा है। उन्हें मैंने आजतक कभी भी तनाव, परेशानी, घबराहट या हड़बड़ी में नहीं देखा। ऐसा तो नहीं है कि सबके जीवन में आने वाले ये चरण उनके जीवन में न आए हों। मनोविज्ञान उनका विषय रहा है। शायद इसीलिए इन मनोभावों पर वे नियंत्रण रखती रही हैं। बिहार छोड़कर दिल्ली में बसने का उनका निर्णय भी बहुत महत्त्वपूर्ण रहा। आज उनपर लिखते हुए स्मृतियों के वातायन हवा के झोंकों से भड़भड़ाकर खुल रहे हैं।

एक बार बात करते हुए मैंने कहा, "छठ इतना कठिन व्रत है, आप इन सारी व्यस्तताओं के बावजूद कैसे कर पाती हैं?" उन्होंने कहा, "जानती हो, छठ व्रत करके शरीर इतना हल्का हो जाता है और इतना पवित्र कि साल भर के लिए मुझे ऊर्जा मिल जाती है।" वे जितनी सहजता से राजनीतिक सभाओं में विचार-विमर्श करती हैं, उतनी ही सहजता से शहर से आए हर तरह के महिला मंडलों के निमंत्रण को भी स्वीकार करती हैं। चाहे वह किसी का छठी मुंडन हो या

करवाचौथ का उत्सव या कोई गंभीर व्याख्यान। इस बार दिल्ली विश्वविद्यालय के बी.ए. पाठ्यक्रम में मुझे स्त्री विमर्श पढ़ाने का अवसर मिला और उस समय मुझे सबसे पहले चाची का चेहरा याद आया। स्त्रियों के बारे में उनके विचार उनके जीवन के समान ही सहज है। एक बार उनका फोन आया कि छठ के बारे में मेरा एक कार्यक्रम जीटी.वी. वाले सुबह 6.00 बजे रिकॉर्ड करेंगे, उसके बाद सीधे तुम्हारे यहाँ आऊँगी। मैंने कहा, "अहो भाग्य!" उसी दिन वे अपने पुस्तक 'नारी—न कठपुतली, न उड़नपरी' लेकर आई थीं। उसमें अपने हस्ताक्षर के नीचे उन्होंने लिखा, 'नहाय खाय, छठ व्रत।' मैंने इस पुस्तक का प्रयोग नारी संबंधी विषयों पर दिशा-निर्देशक के रूप में किया है। गोवा चले जाने के बाद एक बार मैंने फोन किया तो बोलीं, "जानती हो, मैं अभी स्वच्छता अभियान के एक कार्यक्रम से आ रही हूँ और घंटे भर बाद दूसरे कार्यक्रम में जाना है। इस बीच कटहल के अचार के लगभग 20 बोइयाम (मर्तबान) में मसाला मिला दे रही हूँ। अपने हाथ से मसाला मिलाने से अचार बढ़िया बनता है।" मैं हँसने लगी। वे पुनः बोलीं, "गोवा के राज निवास में कटहल के इतने पेड़ हैं कि मैंने सोचा, क्यों न आचार बनाकर अपने लोगों को भेंट दूँ" सुना है कभी, गवर्नर को कटहल का अचार डालते हुए?" मैंने कहा, अभी सुन रही हूँ न, यही सहजता उन्होंने सब जगह बनाए रखी है। मुझे उनके साहित्यिक, राजनीतिक-वैचारिक अनेक भाषण सुनने का अवसर मिला है। एक बार मुझे बिना कुछ बताए मेरे कॉलेज वालों ने उन्हें वार्षिक उत्सव पर मुख्य अतिथि के रूप में आमंत्रित किया। भाषण देते हुए उन्होंने वहाँ मौजूद युवा पीढ़ी से कहा, "पहला, आपमें से कोई भी अपने माता-पिता को वृद्धाश्रम में नहीं रखेगा और दूसरा अपनी शादी को टूटने से बचाने का हर संभव प्रयास आप करेंगे। इन दो वचनों में ही उन्होंने भारतीय संस्कृति की छवि साकार कर दी और आज की पारिवारिक समस्याओं का सीधा सा समाधान प्रस्तुत कर दिया। भाषण में आगे उन्होंने कहा, मैं जहाँ जाती हूँ, वहाँ मुझे कोई-न-कोई बेटा, बेटी, बहू मिल जाते हैं। यहाँ भी मेरी एक बहू डॉ. विद्या सिन्हा हिंदी पढ़ाती है। जब बहुएँ आदर करती हैं तो हमें सेवा मिलती है और उन्हें स्नेह। बाद में कुछ सहयोगियों ने पूछा कि आप उनकी बहू कैसे हैं। मेरी सास को परलोक वासी हुए 16 वर्ष हो गए, मेरी एक कहानी पढ़कर उन्होंने मुझे फोन किया, बोलीं—बड़ी माँ नहीं है तो क्या हुआ, छोटी माँ तो है। उनकी यह बात मुझे आज भी भावविह्वल कर देती है। उनके पास स्नेह, आशीर्वाद, शुभकामनाओं और मंगलकामनाओं का अकूत भंडार है, जो कभी समाप्त तो क्या कम भी नहीं होगा।

मैं पिछले कई वर्षों से लोक साहित्य पर काम कर रही हूँ। इस संबंध में उनसे कई बार बतरस और गंभीर चर्चा के अनेक अवसर मिले। उन्हें इतने लोकगीत याद हैं कि वे किसी भी अवसर के अनुरूप तत्काल गीत गा देती हैं। उनका कंठ अभी भी बहुत सुरीला है और सुर और राग पर उनकी पकड़ भी बहुत गहरी है। मेरी बेटी के विवाह के समय उन्होंने अनेक दुर्लभ गीत गाए थे, जिन्हें सुनने का सौभाग्य हम सब को मिला। वे हर पीढ़ी से संवाद कायम कर लेती हैं। नई पीढ़ी के बच्चों ने किशोरों और युवाओं को भी उनकी बातें बाँधती हैं। ऐसा वही कर सकता है, जो अपनी जड़ों से गहराई से जुड़कर भी अनेक दिशाओं में अपनी शाखाओं का विस्तार करता है। उनकी लोकप्रियता का रहस्य उनकी सहजता और हँसमुख स्वभाव में है। छठ के घाट, चर्च का उत्सव, गंभीर संगोष्ठी

या राजनीतिक मंच, सब जगह उन्होंने अपने भावों और विचारों की लगाम को अद्‌भुत खुबसूरती से नियंत्रण में रखा है।

एक बार वे चुनाव प्रचार कार्यक्रम से गुजरात से लौट रही थीं। शायद कार्तिक मास था कि वे गुजरात में भइया दूज का भोजपुरी गीत राजनीतिक मंच पर सुनाकर आई थीं। फिर उन्होंने मुझे सुनाया—"नरेंद्र भइया चलले अहेरिया, मृदुला बहिनी देली असीस"। उन्होंने बार-बार कहा है कि स्त्री के लिए परिवार सबसे महत्त्वपूर्ण है और पति व पत्नी के पारस्परिक सहयोग से ही परिवार चलता है। उन्होंने अपनी पुस्तक में लिखा है—'हमें परिवारवादी ही बने रहना है। बुजुर्गवादी, बालकवादी, नारी-पुरुषवादी नहीं।' लगभग दस वर्ष पहले वे किसी राजनीतिक कार्यक्रम के संदर्भ में देहरादून आई थीं। उस समय मेरे पति उत्तराखंड शासन में प्रमुख सचिव थे। मैं उन्हें लेने स्टेशन गई। पहली बार मैंने उन्हें सलवार-कमीज पहने देखा। चाचा, चाची और उनकी छोटी पोती—तीनों दो दिन तक हमारे घर पर रहे और हम सब ने इतनी सारी और इतनी तरह की बातें कीं कि वे दो दिन मेरी स्मृति का अनमोल खजाना बन गए। जीवन की इस आपाधापी में घर, परिवार, संबंध राजनीति सब में बराबर सक्रिय रहते हुए उन्होंने हिंदी साहित्य को अपनी अनेक और बहुविध विधाओं में लिखकर संपन्न किया है। स्त्री विमर्श को लेकर इधर के उनके दो उपन्यास 'सीता पुनि बोली' और 'परितप्त लंकेश्वरी' आए, दोनों चर्चित हुए और ये अपने ढंग की अद्‌भुत शोधपूर्ण रचनाएँ हैं। वे रेलगाड़ी में, विमान में, सब जगह अपनी कलम और कागज साथ रखती हैं और उस समय का उपयोग लिखने के लिए करती हैं। हम सब उनसे बार-बार पूछते हैं कि वे इतना कैसे लिख पाती हैं तो जवाब मिलता है, सहज मुसकान के साथ, बस हो जाता हैं। वे एक ऐसी महिला हैं, जिन्हें मैंने परिवार के हर सदस्य के प्रति अपनी जिम्मेदारी दो सौ प्रतिशत निभाते देखा है। वे घर-गृहस्थी के मामलों में बहुत व्यावहारिक हैं और आने वाले भविष्य के बारे में पहले ही सोचकर अपनी कार्य योजना तय करती हैं। कालकाजी में उनका मकान उन्हीं की तपस्या और संघर्ष का फल है। बिहार का रहनेवाला शायद ही कोई ऐसा जागरूक व्यक्ति होगा, जो उन्हें न जानता हो। वे एक साथ संवेदनशील, सृजनशील, सामाजिक, और व्यावहारिक महिला हैं। अपने जीवन में कोई भी कठिनाई आने पर या पति से वाद-विवाद होने पर अपने मन में चुपचाप चाची की छवि से आँखें मिलाती हूँ और सोचती हूँ कि ऐसी परिस्थिति में वे क्या करती होंगी। वे किसी सामाजिक कार्यक्रम में चाचा को हमेशा साथ लेकर ही जाती हैं, भले ही चाचा का सहायक उनके साथ रहता है। शायद चाचा के स्वास्थ्य के सँभले रहने में भी उन्हीं की इस समझदारी की भूमिका है। वे अद्‌भुत पाकशास्त्री भी हैं।

एक बार उन्होंने मुझे एक विशेष प्रकार से परवल बनाने की विधि बताई। मैंने बनाया तो सभी को बहुत पसंद आया। चाची को जब बताया तो वे हँसते हुए बोलीं, "अरे भई ग्यारह नंबर अशोक रोड पर जब जगदीशजी और अन्य लोग जमा होते थे तो मैं, तत्काल यही परवल 15-20 मिनट में बना देती थी। उन सबने इसका नाम रख दिया 'मृदुला परवल'।" विदेश में बसे उनके पोते का जनेऊ संस्कार समारोह हुआ तो उन्होंने गीत गाते हुए बाकायदा ठुमका लगाया और कहा कि आज मैं सोलह साल की हूँ।

वे अत्यंत सुरुचि-संपन्न और सौंदर्यबोध युक्त महिला हैं। उनका व्यक्तित्व उनके वस्त्रों का चुनाव और प्रसाधन इस बात के साक्ष्य हैं। अंत में मैं यही कह सकती हूँ कि मेरी चाची अपने ढंग की एक, और अकेली ही हैं और उनके पास जीवन जीने की असंख्य कुंजिया हैं, जो उनसे एक बार मिल लेता है, वह एक न एक कुंजी लेकर अवश्य लौटता है। ईश्वर से मेरी यही प्रार्थना है कि मेरी चाची को स्वस्थ, दीर्घायु मिले और वे अपने कार्य से सदा परिवार और समाज को संपन्न करती रहें।

प्रोफेसर (हिंदी विभाग)
किरोड़ीमल महाविद्यालय, दिल्ली

□

प्रखर कर्मयोगिनी श्रद्धेया भाभीजी

—डॉ. देवेनचंद्र दास 'सुदामा'

संसार में ऐसे कुछ लोग हैं, जो किसी एक विषय पर पारंगत बनकर समाज में प्रतिस्थापित हो जाते हैं। कोई राजनीति में, कोई समाज-सेवा में, कोई साहित्य-संस्कृति में प्रबुद्ध बनकर समाज को आगे बढ़ाने में मदद देते हैं; परंतु ऐसे भी लोग होते हैं, जो अनेक विषयों पर वर्चस्व हासिल कर समाज और राष्ट्र के लिए परम विभूति बन जाते हैं। ऐसे लोगों की संख्या कम होना स्वाभाविक है। हमारे देश के लिए ऐसी एक महान् विभूति हैं श्रीमती मृदुला सिन्हा।

आप मूलत: एक साहित्यकार हैं। हिंदी साहित्य में उनका योगदान सराहनीय ही नहीं, स्तुत्य भी है। आपकी कहानी-उपन्यास समाज का सही अर्थ में मार्गदर्शन करनेवाले हैं। आपकी रचनाओं में भारतीय आदर्श विद्यमान है। भारतीय संस्कृति के आधार पर नए समाज निर्माण का आपकी रचनाओं का उद्‌देश्य है। आपकी रचनाएँ इस दृष्टि से सफल हैं।

आप बिहार प्रांत की मूल निवासी होने के कारण बिहार प्रांत की लोक-संस्कृति के साथ भली-भाँति परिचित ही नहीं वरन् एक लोक कलाकार भी हैं। साहित्य-संस्कृति की सभा में आप जब भाषण देती हैं तो श्रोता मंत्रमुग्ध होकर घंटों तक सुनते हैं। मधुर स्वर लहरी के साथ आप जब गायन करती हैं, तो लोग भाव-विभोर हो जाते हैं। आप की वाग्मिता उच्च स्तर की होती है।

वर्तमान महिलाओं के उत्थान के लिए देश भर में आवाज बुलंद है, परंतु पश्चिमी नग्न संस्कृति को ही नारी-मुक्ति का आधार जो लोग मानते हैं, आप उसका विरोध करती आई हैं।

समाजसेवा में आपका महत्त्वपूर्ण योगदान है। संभवत: छात्रावस्था से ही आप समाजसेवा में जुड़ गई थीं और आज तक इस पावन कार्य को समर्पित हैं। आप एक प्रखर कर्मयोगिनी हैं।

राजनीति आपकी पारिवारिक संपदा है। आपके पतिदेव, जिनका दर्शन मुझे नहीं हुआ, एक सफल नेता रहे। आप भी जीवन भर राजनीति के साथ संपर्कित होकर रहीं। आप भारत सरकार के समाज कल्याण की भी अध्यक्ष थी। आप भारत सरकार के समाज कल्याण बोर्ड की भी अध्यक्ष थीं और देश भर में घूम-घूमकर समाज के कल्याण के लिए काम करती थीं।

आप महाशया, महोदया से ऊपर उठकर महामहिम बन चुकी हैं, फिर भी मेरे लिए आप श्रद्धेया भाभीजी हैं। शायद लोग कहेंगे, यह बौना होकर तारको के लिए हाथ बढ़ाना है, एक धृष्टता ही है।

अखिल भारतीय साहित्य परिषद् के साथ

सन् 1997 की बात है। सोनीपत अधिवेशन में वारंगल के प्रख्यात तेलुगु साहित्यकार भंडारू सदाशिव रावजी राष्ट्रीय अध्यक्ष बने। कार्यकारिणी के सदस्य के रूप में मुझे भी स्थान मिला। मई महीने में हैराबाद में कार्यकारिणी बैठक का आयोजन हुआ। मैं पत्नी भारती के साथ हैदराबाद गया। आयोजक समिति के प्रमुख थे डॉ. काशी रेड्डी वेंकट रेड्डीजी। उन्होंने हमको जिस प्रकार आदर के साथ रखा; कभी भूलनेवाला नहीं हूँ। बैठक संघ कार्यालय में हुई थी। उस समय कुरसी पर बैठकर बैठक करने का नियम नहीं था। दरी पर सब बैठ जाते थे। बड़े-बड़े दिग्गज कवि-साहित्यकार, ऊँचे ओहदों पर आसीन सम्मानीय व्यक्ति भी एक साथ बैठ जाते थे। उस समय मेरी पत्नी अच्छी तरह हिंदी बोल नहीं पाती थी। उसके पास एक ऊँचे कद की महिला बैठी थी। मैंने निस्संकोच उनसे कहा, "आप हिंदी जानती हैं, इसको सँभालिए।" उन्होंने कहा, "कौन है वह ?" मैंने कहा, "मेरी पत्नी भारती।" उन्होंने तुरंत भारती को गले लगा लिया। मैं आश्चर्यचकित होकर देखता रहा। कौन हैं आप ? बाद में जानकारी हुई, आप भारत सरकार के समाज कल्याण विभाग की राष्ट्रीय अध्यक्ष हैं। मैंने साहस के साथ उनको भाभीजी कहना शुरू कर दिया। हमारे साथ आत्मीय संपर्क हुआ। उसके बाद संपर्क और गहरा बना।

आप अखिल भारतीय साहित्य परिषद् की राष्ट्रीय उपाध्यक्ष बनीं। मैं मंत्री रहा। उसके पश्चात् मैं भी राष्ट्रीय उपाध्यक्ष हुआ। परिषद् के सभी कार्यक्रमों में हमने आत्मीयता के साथ काम किया। प्राय: पत्नी भारती साथ रहती है। भाभीजी जब भारती को देखती तो जोर से बुलाकर हाथ में कुछ दे देतीं। अखिल भा.सा. परिषद् के लिए गौरव की बात है कि परिषद् की कार्यकर्ता गोवा की महामहिम राज्यपाल बनीं। उसके बाद संपर्क कम हुआ। तीन वर्ष पहले आपका जन्मदिन दिल्ली के हिंदी भवन में धूमधाम से मनाया गया था। उस कार्यक्रम में मैं भी उपस्थित रहा था। उसके पश्चात् मेरी दो बेटियाँ हैं। मुंबई और गोवा देखने के लिए आतुर हो रही थीं। मैंने कहा, ठीक है, ले जाऊँगा। परंतु चिंता हुई मुंबई और गोवा में चार आदमी कैसे, कहाँ रहेंगे ? जो भी हो, साहस बटोरकर रेल में आरक्षण करा लिया। मुंबई में रा.स्व.से. संघ के कार्यालय में रहने की व्यवस्था हुई, परंतु गोवा में ? विश्व हिंदू परिषद् के साथ संपर्क किया ? कहा, "यहाँ अच्छी व्यवस्था नहीं है।" गोवा में भाभीजी को एक पत्र लिखा। दो महीने पहले लिखा, पर उसका उत्तर नहीं मिला। हम दिल्ली होकर मुंबई पहुँचे। तीन दिन लवार पेरेल में संघ कार्यालय में रहे। तीसरे दिन मुंबई घूमकर रात को गोवा के बारे में चर्चा कर रहे थे। इतने में एक फोन आया। फोन पर कहा गया—"आप लोगों को राजभवन में रहना है। कल कब मडगाँव पहुँचेंगे, बताइए ? आप लोगों को लाने हेतु राजभवन से गाड़ी जाएगी।" मैंने समय बता दिया। दोनों बेटियों का हर्षोल्लास देखने लायक था।

दूसरे दिन सुबह सात बजे हम मडगाँव पहुँचे। आज के परिवेश में 'आउटडेटेड' हूँ। साधारण छोटी कमीज, कौन पूछता है ? कुछ क्षण बैठा। इधर-उधर देखने लगा। एक महिला पुलिस और एक युवक भी इधर-उधर करते देखा। मैं बाहर निकला। एक गाड़ी की डिग्गी के पीछे अशोक स्तंभ चिह्नित प्लेट देखी। मैं निश्चित हुआ कि यह ही गवर्नर की गाड़ी है। चालक आया और

हमको राजभवन ले गया। रहने की व्यवस्था हमारे लिए कल्पनातीत। तीन दिन गोवा देखने के लिए गाड़ी, परंतु दुर्भाग्य की बात यह थी कि उस समय महामहिम राज्यपाल गोवा में नहीं थीं।

राजभवन के कर्मचारियों से पता चला, राज्यपाल की लोकप्रियता होना स्वाभाविक भी है। आप केवल राजनीतिक नहीं, साहित्य-संस्कृति की सेविका निरहंकार, उदार हृदय की हैं—'उदारचरितानां तू वसुधैव कुटुम्बकम्।'

अजमेर से अखिलेश ने कहा कि महामहिम के अमृत महोत्सव पर प्रकाशित 'अभिनंदन ग्रंथ' के लिए एक लेख चाहिए। पुनः अर्चनाजी का फोन आया। तबीयत बिल्कुल खराब। सोचा, कुछ नहीं लिखूँगा तो अकृतज्ञ बन जाऊँगा। पत्नी भारती की जबरदस्ती—कुछ लिखकर भेजना है।

पचहत्तरवीं वर्षगाँठ पर अमृत महोत्सव। क्या कहूँ ? गोवा की महामहिम गवर्नर और मेरे लिए भाभीजी, क्या कहूँ—

जीवेम शरदः शतम्
पश्येम शरदः शतम्
शृणुयाम शरदः शतम्

साहित्यकार एवं राष्ट्रीय उपाध्यक्ष-
अखिल भारतीय साहित्य परिषद् न्यास, असम
मो. : 9435403336

□

सहजा-सरला मृदुला दीदी

—डॉ. कन्हैया सिंह

मृदुलाजी पचहत्तर वर्ष की हो गईं। अब वे दादी हो गईं। मैं तिरासी पूरा करके चौरासी में चल रहा हूँ। आठ वर्ष छोटी मृदुला को मैं अपनी दीदी मानता रहा हूँ। आज उनके अमृत महोत्सव के अवसर पर मैं उन्हें आशीर्वाद देता हूँ कि वे शताधिक वर्षों की स्वस्थ और सक्रिय आयु प्राप्त करें, ताकि वे समाज और साहित्य के क्षेत्र में अपने सार्थक योगदान को निरंतरता प्रदान करती रहें।

दीदी इस समय गोवा की महामहिम राज्यपाल हैं, पर इस पद का कोई भी अहंकार उनमें नहीं है। पहले की ही तरह आज भी वे सबके लिए सहज और सरल हैं। 'सबहिं सुलभ सब दिन सब राती'। अभी कुछ दिन पहले मेरे पौत्र डॉ. विनम्र सेन सिंह अपनी पत्नी निवेदिता के साथ गोवा प्रवास पर गए थे। उन्होंने दूरभाष से उन्हें यह सूचना दी तो उन्होंने उनसे उनकी फ्लाइट की तिथि और समय पूछा और हवाई अड्डे पर कार भेजकर राजभवन के अतिथि-गृह में स्थान दिया। दो दिन बाद उन्होंने मिलकर उन्हें गोवा की कुछ खास वस्तुओं का उपहार दे, हवाई जहाज तक पहुँचाया। लौटकर विनम्र ने मुझसे कहा, "बाबा, महामहिम राज्यपाल के पद पर होते हुए भी वे बड़ी सरल, उदार और स्नेहशील हैं। मुझे पुत्रवत् स्नेह दिया। अभिमान तो उनको छू भी नहीं गया है।" मैंने उसे बताया कि बेटा! मृदुलाजी साहित्यकार हैं। उनमें एक संवेदनशील नारी की स्नेह-प्लावित धारा प्रवाहित रहती है। अत: सहज स्नेह तो उनके स्वभाव में है और रही अभिमान और अहंकार की बात, तो यह तो उस व्यक्ति में होता है, जिसका व्यक्तित्व उसके द्वारा धारित पद से छोटा होता है, जिसका व्यक्तित्व धारित पद से बड़ा होता है, वह अपनी सहजता, सरलता, सदाशयता और संवेदनशीलता को बरकरार रखता है। मृदुलाजी के बहुत निकट के अनुभव तथा उनके साहित्य की गरिमा को देखकर मैं कह सकता हूँ—'भुवन अनेक रोम प्रति जासू। यह महिमा कुछ अधिक न तासू।'

मेरा मृदुला दीदी से विशेष जुड़ाव अखिल भारतीय साहित्य परिषद् के साथ उनके सहभाग में हुआ। मैं 1986 ई. में काशी प्रांत का संयोजक बना, 1989 में राष्ट्रीय संयुक्त महामंत्री और 1988 में महामंत्री छह वर्ष तक, पुनः राष्ट्रीय कार्यकारी अध्यक्ष छह वर्ष तक। जहाँ तक मुझे स्मरण है, इस पूरी अवधि में राष्ट्रीय उपाध्यक्ष के रूप में वे हमारे सक्रिय सहयोग

में रहीं। कार्य समिति की बैठकों में यथासंभव अवश्य पहुँचती थीं। राष्ट्रीय अधिवेशन में तो बराबर उनकी उपस्थिति रहती थी। संघ के वरिष्ठ प्रचारक और लंबे समय तक राष्ट्रीय संगठन मंत्री रहे स्व. सूर्यकृष्णाजी मृदुलाजी का साहित्य परिषद् में होना शोभा का विषय ही नहीं, गौरव का विषय मानते थे। मैं इस पक्ष में था कि साहित्य परिषद् ख्यातिलब्ध साहित्यकारों को सम्मेलन में मुख्य अतिथि आदि बनाए, सम्मानित करे, पर अध्यक्ष अपने बीच के सक्रिय लोगों को बनाया जाए। इस क्रम में सूर्यकृष्णाजी से विचार-विमर्श हुआ कि मृदुलाजी को अध्यक्ष बनाया जाए। प्रस्ताव किया गया, पर उन्होंने विनम्रतापूर्वक अस्वीकार करते हुए कहा कि मेरे पास अन्य भी काम हैं, नारी जागरूकता, समाज कल्याण एवं लेखन के कारण मैं इसमें अपेक्षित समय नहीं दे पाऊँगी। पद से यह निःस्पष्ट भाव कम ही होता है। हमारे कई उपाध्यक्ष लालायित रहते थे कि उन्हें पदारूढ़ किया जाए।

मुझे दीदी का सान्निध्य ग्वालियर, दिल्ली और वृंदावन में आयोजित कार्य समितियों में मिला। बीच में केंद्रीय महिला कल्याण बोर्ड की अध्यक्ष भी रहीं। तब भी वे समय निकालकर कार्य समिति की बैठकों या अधिवेशन में अपनी उपस्थिति से हमें आह्लादित करती थीं। ग्वालियर की कार्य समिति में मेरी बगल में वे बैठी थीं। बैठक के बाद मैंने उनसे कहा, उ.प्र. हिंदी संस्थान का 'साहित्य भूषण सम्मान' तो आपको कई साल पूर्व मिल चुका है, अब आप किसी सर्वोच्च सम्मान के लिए क्यों नहीं प्रस्ताव भेजती हैं। उन्होंने कहा, कन्हैया भाई, मैंने आज तक किसी सम्मान के लिए किसी को न प्रेरित किया है और न किसी से आग्रह-निवेदन किया है।

नहिं जाचक नहिं संग्रही, सिर नवाइ नहिं लेई।
ऐसे मानी चातकहिं को वारिद बिनु देइ॥

मैंने कहा कि दीदी, मैं वारिद बनकर आपके लिए 'दीनदयाल उपाध्याय साहित्य सम्मान' के लिए प्रस्ताव करूँगा। उनसे उनका परिचय वृत्त मँगाया। प्रस्ताव भेजा और उक्त सम्मान दो लाख की राशि का पुरस्कार के साथ उन्हें मिला। कप्तान सिंह सोलंकी (हरियाणा के राज्यपाल) उस समय म.प्र. भा.ज.पा. के संगठन मंत्री थे। उन्होंने उनसे मेरा परिचय भी कराया।

वृंदावन में 'मीरा आश्रम' में कार्य समिति थी, उसमें वे पहुँची थीं। मैंने कहा कि भक्ति की मीरा के धाम आज साहित्य की मीरा का मैं स्वागत करता हूँ। वस्तुतः मृदुलाजी जब बोलती हैं तो वह इतना दिल को छूता हुआ व्याख्यान होता था, जो लोकभाषा की मिठास के साथ ही तरल नारी हृदय का संगीतमय विस्फोट लगता था। दीवानी मीरा की भाँति लोक-मंगल की दीवानी दीदी की तुलना कोई असंगत नहीं है।

वैसे तो दिल्ली के अधिवेशन में मृदुलाजी आती थीं और उनकी अध्यक्षता में गोष्ठियाँ भी होती थीं, पर वाराणसी के निवेदिता शिक्षा सदन मोती बाग में आयोजित अधिवेशन कई दृष्टियों से महत्त्वपूर्ण था। इसमें सर्वोदयी नेता श्री सुब्बाराव अपनी टीम के साथ आए थे। उन्होंने भारतीय भाषाओं के सम्मान के साथ हिंदी की महत्ता को बताया और एक गीत प्रस्तुत किया। उनकी टोली ने वाद्य के साथ गाया, जिसमें भारत वंदना भी एक पंक्ति हिंदी, दूसरी असमी, बंगाली, गुजराती, मराठी से लेकर तमिल, तेलुगु, मलयालम, कन्नड़ तक की थी। इसने

बड़ा ही दिव्य वातावरण उपस्थित किया। दूसरा आकर्षण था—मृदुला सिन्हा का उद्घाटन-सभा के मुख्य अतिथि के रूप में संबोधन, साथ ही वक्ता के रूप में का.हि.वि. के प्रो. शुकदेव सिंह थे। मृदुला सिन्हा ने अपने व्याख्यान में लोकभाषा की संगीतात्मकता के साथ ही अपनी लोकानुभूतियों के माध्यम से श्रोताओं को विशेष रूप से आकर्षित किया। बिहार प्रांत की मूल निवासी मृदुलाजी में बिहारी, भोजपुरी की मिठास के साथ कई लोकगीतों और लोक कथाओं का भंडार है, जिसमें से कुछ का उपयोग उन्होंने अपने उस व्याख्यान में किया।

अब मैं थोड़ा मृदुलाजी के लेखन पर आता हूँ। मृदुला सिन्हा मुख्यतः कहानी लेखन में अपना नाम रखती हैं। उनके दो उपन्यास तो मेरे संज्ञान में हैं। शायद और भी हों, पर उन्हें नहीं जानता। राजमाता विजय राजे सिंधिया के जीवन पर आधारित 'राजमहल से राजपथ पर' जीवनीपरक रचना है, जिसमें उपन्यास जैसा रस मिलता है और भी रचनाएँ हैं, पर उन्हीं का उल्लेख कर रहा हूँ, जिससे उन्होंने अपनी पहचान बनाई है। उनके कथा-साहित्य का आज भी अधिकांश महिला लेखिकाओं से एक अलग मुहावरा है। आज प्रसिद्धि प्राप्त महिलाओं के लेखन पर विभूति राय ने कहा था, लगता है, 'इनमें छिनालपन की प्रतियोगिता है। ऐसा उन्होंने इनके यौन-व्यापार के उन्मुक्त चित्रण को लेकर खिन्न होकर कहा था। मृदुलाजी ने भारतीय नारी के आदर्श के अनुरूप नारी और परिवार के जीवन को चित्रित किया है। चित्रा मुद्गल, शिवानी, क्षमा शर्मा जैसी तमाम कहानीकारों की सारणी में मृदुलाजी का एक महत्त्वपूर्ण नाम है। उन्होंने पुरुष और स्त्री के मधुर रिश्तों और उनसे संस्कारित संतानों से एक सुखमय परिवार की रचना का संदेश दिया है। उनके लेखन पर यही कह सकता हूँ कि वे समाज को जोड़नेवाली हैं, तोड़नेवाली नहीं। ओम धीरज के शब्दों में—

"तुम विग्रह विच्छेद लिखो, मैं तो संधि समास लिखूँगा।"

अवकाशप्राप्त प्राध्यापक एवं साहित्यकार

□

आत्मीय-अंतस के अनहद नाद का अक्षुण्ण उत्सव

—पंडित सुरेश नीरव

अस्तित्व मुक्त हस्त से आशीष बरसाता है, मगर अस्तित्व की इस अहोभाव दातव्यता को गृहण करने की तत्परता और पात्रता कितनों में होती है? आनंद, आश्चर्य और जिज्ञासा हमारी चेतना के संघटक हैं। अतीत के गवाक्ष से जब झाँकता हूँ तो ग्वालियर से जब मैं दिल्ली हिंदुस्तान टाइम्स की पत्रिका कादंबिनी में बतौर उपसंपादक के पद पर कार्य करने आया तो उस दौर की स्मृतियों को संजोता हूँ और यहीं से इस संस्मरण की आराध्य पात्र मृदुभाषी मृदुला सिन्हाजी के सान्निध्य का मेरे जीवन में सुखद आरंभ होता है। जब मैं कादंबिनी कार्यालय पहुँचा तो यहाँ मेरे एक कार्यालयीन साथी हुआ करते थे—कामोद प्रसाद सिंह। बिहार के रहनेवाले। अत्यंत हँसमुख और मिलनसार। दो-चार दिन की मुलाकात में ही एक दिन उन्होंने मुझसे कहा, "नीरवजी, मेरी बहनजी भी साहित्यकार हैं। बहुत अच्छी कहानियाँ लिखती हैं। आप कवि हैं। आप को मैं उनसे मिलवाना चाहता हूँ। आप चलेंगे मिलने?" मैंने कहा, "कामोद भाई, जरूर मिलूँगा।" और उसी दिन शाम को कामोद प्रसाद सिंहजी मुझे बँगला नंबर 16, अशोक रोड लेकर आ गए। बाहर नाम पट्टिका लगी हुई थी—डॉक्टर रामकृपाल सिंह, केंद्रीय राज्य मंत्री। भीतर लॉन में पड़ी कुरसी पर हम बैठ गए। थोड़ी देर बाद एक सौम्य और शालीन व्यक्तित्व को मैंने अपनी ओर आते हुए देखा। कामोदजी ने कहा, "दीदी आ रही हैं।" आकर वह सामने खाली पड़ी कुरसी पर मुसकुराते हुए बैठ गईं। कामोदजी ने मेरा परिचय कराया, "ये सुरेश नीरव हैं। बहुत अच्छे कवि हैं। हमारे साथ ही काम करते हैं। सोचा आपसे मिलवा दूँ।" मृदुलाजी ने कहा, "बहुत अच्छी बात है कि आप कवि हैं। मैं भी कहानी और उपन्यास लिखती हूँ। मृदुला सिन्हा के नाम से।" "जी हाँ," मैंने कहा, "कादंबिनी में आपकी कहानी पढ़ी थी। बहुत अच्छी लगी।" बातों-ही-बातों में दीदी ने पूछा, "आप रहते कहाँ हैं?" मैंने कहा, "गुरुद्वारा रकाबगंज में एक परिचित सांसद महोदय के यहाँ।" मृदुलाजी ने पूछा, "अकेले हैं या परिवार के साथ?" मैंने कहा, "अभी तो अकेला हूँ।" "फैमिली को क्यों नहीं लाए?" मैंने कहा, "आवास की उचित व्यवस्था होते ही ले आऊँगा।" मृदुलाजी ने बड़ी ही सहजता से कहा, "मैं कामोद की दीदी हूँ तो तुम्हारी भी तो दीदी हुई न! और जब तुम्हारी दीदी के पास इतना बड़ा घर है तो फिर भाई को इधर-उधर भटकने की क्या जरूरत है?" इस अप्रत्याशित आत्मीयता का स्मरण मुझे आज भी मृदुलाजी के प्रति एक अगाध श्रद्धा से भर देता

है। बात सिर्फ कहने के लिए नहीं कही गई थी। प्रस्ताव के सांद्र स्नेह के घनत्व का मुझे अंदाजा लग चुका था। मृदुलाजी ने कहा, “सामान आप अपना यहाँ शिफ्ट कर लीजिए और अगले संडे को अपनी फेमिली ग्वालियर से यहाँ ले आइए।” सबकुछ इतना स्वाभाविक और अप्रत्याशित ढंग से हो रहा था कि मैं खुद हतप्रभ था। पत्नी को जब मैंने फोन पर यह सुखद सूचना दी तो वे बहुत खुश हुईं और बोलीं, “आप को छुट्टी मिलने में दिक्कत होगी, मैं स्वयं ही दिल्ली आ जाऊँगी।” और अगले इतवार को ही मेरी पत्नी बिना कुछ सामान लिये दिल्ली आ गईं। मेरे पास भी सामान के नाम पर एक अदद अटैची ही हुआ करती थी। मृदुलाजी के मृदुल स्वभाव का दूसरा अध्याय अब यहीं से शुरू होता है। चकला, बेलन, चिमटा, भगौनी, कढ़ाई यानी कि गृहस्थी का बेहद जरूरी सामान उनके सौजन्य से युद्धस्तर पर एक-दो दिन में ही जुटा दिया गया, और उस दिन का दिन है कि आज तक उनकी अनुकंपा मेरे परिवार पर अविराम, अनवरत बनी हुई है। उनके व्यक्तित्व में मैंने हमेशा सहृदयी, करुणामयी और एक सचमुच की बड़ी बहन को मुक्त हृदय से स्नेह बरसाते हुए ही देखा है और अपने से भी ज्यादा स्नेह वर्षण अपनी पत्नी मधु के लिए। नवम विश्व हिंदी सम्मेलन में जब दक्षिण अफ्रीका के जोहांसबर्ग में दीदी मिलीं, तब भी घर के एक प्रमुख सदस्य की तरह मेरे परिवार के सभी सदस्यों के बारे में नाम ले-लेकर विस्तार से उन्होंने पूछा और अपने घर के सदस्यों के बारे में भी खूब बताया। तब एक बार फिर मुझे लगा कि आत्मीयता का अक्षुण्ण सागर हरदम उनमें हिलोरें लेता रहता है। एक बात और, जो मैं इसी क्रम में कहना आवश्यक रूप से जरूरी समझता हूँ, वह यह कि मृदुलाजी का व्यक्तित्व एक अजातशत्रु व्यक्तित्व है। उनकी आत्मीयता राजनैतिक पूर्वाग्रह के शिविरों का उपभोक्ता पदार्थ कतई नहीं है, इसलिए वे सभी वर्गों में समानरूप से स्वीकार्य है और लोकप्रिय भी। तमाम लेखकीय संगोष्ठियों और आयोजनों में इस सर्वस्वीकार्यता को कई-कई बार मैंने खुद देखा है।

एक प्रसंग इस संदर्भ में मैं और रेखांकित करना चाहूँगा। मुझे जब सुलभ साहित्य अकादमी के सुलभ-श्रेष्ठ-साहित्यकार के सम्मान से अभिनंदित किया गया तो दिल्ली के कांस्टीट्यूशन क्लब में अलंकरण समारोह आयोजित किया गया। आदरणीया मृदुलाजी को उद्घाटन के लिए सादर आमंत्रित किया। मृदुलाजी ने कृपापूर्वक हमें अपनी स्वीकृति भी दे दी। बाद में उन्हें उनके ही कार्यालय से स्मरण कराया गया कि इसी दिन के लिए आपने तो पुणे के एक साहित्यिक समारोह के लिए पहले से ही स्वीकृति दे रखी है। तय है कि कोई भी अन्य विशिष्ट व्यक्ति होता तो इन स्थितियों में बड़े ही सहजरूप से अपने दो कार्यक्रमों में से किसी एक कार्यक्रम में अपना जाना स्थगित कर देता, लेकिन आत्मीयता से भरी साहित्यानुरागी मृदुलाजी ने पुणे का भी कार्यक्रम किया और सीधे एयरपोर्ट से गोवा विश्वविद्यालय में हमारे समारोह में आकर हम सभी लेखक-लेखिकाओं को भी उदारतापूर्वक अनुगृहीत किया।

मृदुलाजी के संस्कारों का यह बड़प्पन ही उन्हें बड़े ही सहज ढंग से बड़ा आदमी बना देता है। वे कार्यक्रम में पूरे मन के साथ रहीं। चेहरे पर थकान का कहीं कोई नामोनिशान नहीं। सभी कवियों की कविताओं को बड़े ध्यान से सुना और फिर अंत में उत्साह और उमंग से भरा साहित्यिक वक्तव्य दिया। पूरा सभागार हर्ष और मांगलिक ऊर्जा से भर गया। इस अवसर पर

हमने अपनी संस्था के सर्वोच्च सम्मान संस्कृति समन्वय शिखर सम्मान से आदरणीया को उनकी उल्लेखनीय साहित्यिक सेवाओं के लिए अलंकृत किया। कहना चाहूँगा कि लोग सम्मानों से सम्मानित होते हैं, मगर मृदुलाजी ने इस सम्मान को स्वीकार कर सम्मान को ही सम्मानित कर दिया और फिर सभी साहित्यकारों को दूसरे दिन राजभवन में स्वल्पाहार पर आमंत्रित कर साहित्य और राजनीति के बीच उन्होंने एक ऐसा सेतु बना दिया, जिस पर से होकर उनकी सहृदयता के कीर्तिरथ अनंत तक यात्रारत रहेंगे। उनका अभिनंदन मनुष्यता के अभिनंदन का पर्व है। उनकी विनम्र विद्वत्ता की दुंदुभी यश के सर्वोच्च आकाश तक सदैव गूँजती रहे, इन सारस्वत मंगल कामनाओं के साथ मैं शब्द की इस अप्रतिम कालजयी चेतना के अमृत महोत्सव पर उनके वैदुष्य और दीर्घायुष्य की असंदिग्ध चिरंजीविता की कामना करते हुए अपने को सौभाग्यशाली अनुभव कर रहा हूँ। जीवेत शरदः शतम्। इति शुभम्।

साहित्यकार एवं कादम्बिनी पत्रिका के पूर्व सह-संपादक
मो. : 9810243966

□

अपराजेय निष्ठा

—ऋता शुक्ल

कहते हैं, भोजपुरी लोकगीतों की मिठास एक बार किसी की चेतना में रच-बस जाए तो जीवनपर्यंत वह अनुभूति शाश्वत रहती है।

कुछ ऐसी ही प्रथम अनुभूति थी—हिंदी की रससिद्ध लेखिका, संवेदनशीलता की नवनीत प्रांजलता से भरी मृदुला दीदी के साथ मेरे प्रथम साहचर्य की। उन्हें पढ़ती, गुनती, सहेजती तो मैं पहले से थी। भारतीय नारी की अपराजेय अस्मिता, अपने चारों ओर की करुणा भरी सच्चाई को कलम की नोक पर सहेजने का संकल्प लिये निरंतर सृजन धर्म का निर्वहण करनेवाली एक ममत्व भरी जननी, मृदुलता से भरी महिमामयी भार्या और वसुधैव कुटुंबकम् के औदार्य से जुड़ी भारतीय अस्मिता। मेरी कोई अग्रजा नहीं है। मेरे प्राणों का यह सूनापन दीदी से मिलते ही छूमंतर हो गया था। आज से लगभग तीन दशक पूर्व वे किसी वृहद् कार्यक्रम में भाग लेने के लिए राँची आई थीं। कार्यक्रम पूरा होते ही मेरे आवास 'कहानी' पर उनका आना हुआ। मेरी दोनों बच्चियाँ निहाल—"माँ, ये हमारी बड़ी मौसी हुईं न।" इस रिश्ते की मधुरता में सराबोर मेरा पूरा परिवार और दीदी ने सहज आत्मीयता के साथ दोनों बच्चियों को साथ बिठा लिया था। उनके द्वारा गाया बेटी की विदाई का वह गीत मैं आज भी गुनगुनाती हूँ। पंडित विद्यानिवास मिश्र को सबसे अधिक प्रिय गीत—

"बाबा, निमिया के डार जनि काटहू
बाबा निमिया चिरइया बसेरा
त डाल जनि काटहू
बाबा सब रे चिरइया उड़ि जइहें
त रहि जहइें निमिया अकेलि
बाबा, बिटिया दुःख जनि देहू
बाबा सभ रे बिटियवा जइहें सासुर
रहि जइहें माई अकेलि…"

सबकी आँखें भरी हुईं, दीदी के चेहरे का वह अकूत कारुण्य भाव। संसार भर की धिया में में सिया का रूप देखनेवाली वह विलक्षण वत्सलता। किसी स्त्री का इतना सौम्य स्वरूप

मैंने पहली बार देखा था। मातृविहीन मेरा मन इस ममत्व को पाकर एक अनोखे परितोष से भर उठा था।

हमारे भोजपुरिहा समाज में बेटी, बहन की विदाई के समय खोंइछा देने की प्रथा है। आँचल के छोर में अरवा चावल, जीरा, हल्दी की गाँठ, दूर्वादल और माँग भर सिंदूर। इन उपादानों की मनोवैज्ञानिक महत्ता है। जीरा की गमक में नैहर की सुगंधित स्मृतियाँ, दूर्वादल में जीवन की हरीतिमा, चावल-अन्नमय कोश की गरिमा और हल्दी की पाँच गाँठें सुख, सौभाग्य की शुभता की थाती बनकर हर धिया सिया के साथ रहती हैं। दीदी का शब्द-शब्द मेरे लिए खोंइछा की महमह करती अनुभूति ही तो है। उनकी रचनाएँ मेरे सिरहाने हैं और मुझे लगता रहता है मेरा पीहर कहीं गया नहीं, इन्हीं सुरम्य रचनाओं के रूप में मेरे संग है।

'अतिशय' का आधुनिकता बोध हो या सीता पुनि बोली की नारी गरिमा हो, लंकेश्वरी की कारुण्यजन्य मौलिकता हो, सर्वत्र चिंतन की उदात्तता और सृजनशीलता की अनुपमेयता झलकती है। सच, जिनकी स्नेहमयी उपस्थिति से ही सभा खिल उठती है, ऐसी हैं मेरी अग्रजा श्रीमती मृदुला सिन्हा। वे गोवा की महामहिम राज्यपाल हैं, राजनीति के शीर्ष पर विराजमान नारी शक्ति हैं, लेकिन मेरे लिए वही मृदुला दीदी हैं, जिनके कोमल स्पर्श से सुखद आश्वस्ति मिलती है।

एक सुंदर प्रसंग आया था। दीदी किसी कार्यक्रम में राँची आनेवाली थीं। उन्होंने दूरभाष पर सूचना दी। वे बिटिया के शुभ संस्कार क्रिएटिव डांस अकादमी की प्रस्तुति देखना चाहती थीं। दुर्भाग्यवश, राँची के एक अधिकारी की हठधर्मिता के कारण वह आयोजन संभव नहीं हो सका था। उसके कटु व्यवहार ने मर्माहत किया और मुझे बिना मिले वापस आना पड़ा था। फिर दो बार मिलने का सुयोग हुआ। अब विधि संहिता व्यवधानक थी, लेकिन एक बड़ा परितोष भीतर था।

पद की गरिमा से बड़ी है दीदी की निरभिमान नारी अस्मिता और अकूत है उनका शब्द-संसार। मेरी आदिजननी से यही प्रार्थना है कि उनकी लेखनी का तप सिद्धि पाए, उनकी निष्ठा अपराजेय रहे।

राँची महाविद्यालय की प्राध्यापक एवं प्रसिद्ध लेखिका

फोन : 06512542190

□

ममत्व की मेहँदी का अमिट रंग है, वह एक खास मुलाकात…!

—डॉ. विमलेश शर्मा

यों मैं नियति और अंकों के खेल में अधिक विश्वास नहीं रखती, पर फिर भी ये अंक मुझे गाहे-बगाहे अपने जादू से चौंकाते जरूर रहे हैं। नौ अंक यों ही कई खुश अठखेलियाँ मेरे साथ करता रहा है, जिसमें शुमार 27 अक्तूबर, 2015 का दिन भी रहा। ममत्व और स्नेह से लबरेज, आधुनिक और सांस्कृतिक जीवन-मूल्यों का मणिकांचन संयोग देखकर, अपने रूबरू पाकर मैं हतप्रभ और आश्चर्यचकित अधिक थी। मौका था अजमेर में हो रहे अखिल भारतीय महिला साहित्यकार सम्मेलन में भागीदारी का, जिसमें कई प्रेरणादायक चेहरे, माथे पर आशीष धरते हाथ अनवरत मिल रहे थे। यहाँ जिस व्यक्तित्व की बात कर रही हूँ, वे हैं वरिष्ठ साहित्यकार और गोवा की राज्यपाल महामहिम मृदुला सिन्हा, जिन्हें आप उनके स्नेहसिक्त व्यक्तित्व से आसानी से, स्वत: ही 'स्नेहा-दी' कह उठेंगे। निर्मल आभा और चेहरे पर स्मित लिये, अपने व्यवहार से माँ-सी ही नजर आती हैं वे।

अखिल भारतीय महिला सम्मेलन में तीन दिनों तक स्त्री के पौराणिक से लेकर आधुनिक होते व्यक्तित्व के समक्ष आनेवाली चुनौतियों पर विचारोत्तेजक परिचर्चा प्रस्तुत की गई, परंतु मृदुलाजी का अध्यक्षीय उद्बोधन इस संस्मरण और मेरे अनुभवों को समृद्ध करने में मील का पत्थर रहा। आधुनिका अगर संस्कृति से जुड़ाव रखते हुए, अपने जीवन-मूल्यों को सहेजते हुए, अपनी अस्मिता का विकास करे तो अनेक सामाजिक समस्याएँ सुलझ सकती हैं। वैसे ये विचार उनके साहित्य में हर कदम पर मिलते रहे हैं, पर प्रत्यक्ष सुनने का सुख अनिर्वचनीय होता है, यह उनके वक्तव्य से समझ पाई। मेरे व्यक्तिगत अनुभवों में उन्हें दूर से और पास से देखने और समझने के, दोनों ही अनुभवों को लिखने के लिए शब्दों के भाव शायद कम पड़ जाएँगे। मंच पर कार्यक्रम में रिपोर्ट पढ़ने के समय मेरा मन किस दुविधा में था, यह बयाँ नहीं कर सकती, पर उस स्नेहिल दीठ को, जिसे मैं अपनी कनखियों से पकड़ रही थी, उसकी छुअन का एहसास अभी भी ताजा है। लेखक अपने संघर्ष से उपजे अनुभवों से ही बड़ा बनता है और उस बड़े बनने में उसकी सहजता का अतिरिक्त योगदान होता है। उनकी सहजता उनके महामहिम व्यक्तित्व पर

हावी थी और यही सहजता मेहँदी की खुशबू और रंग की ही भाँति मुझे आकर्षित कर रही थी।

उन्हें बहुत अधिक नहीं पढ़ रखा था, पर उनकी कहानियों, कहावतों और दो उपन्यासों को, जिनके नाम 'ज्यों मेहँदी को रंग' और 'घरवास' हैं, को मैं पढ़ चुकी थी। यह बात पता थी कि पंचकन्याओं पर उन्होंने काफी लिखा है, पर इन सबमें उनकी जिस कृति ने मुझे अधिक प्रभावित किया, वह 'ज्यों मेहँदी को रंग' है। बी.ए. एडिशनल करने के दौरान उनका 'ज्यों मेहँदी को रंग' उपन्यास पढ़ने का सौभाग्य प्राप्त हुआ। यह सच है, उपन्यास खत्म करने के बाद मन विचलित रहा, देर तक। इतना अधिक कि मैं उसे पुनः उठाने से घबराने लगी। मानसिक और भावनात्मक स्तर पर यह जैसे कोई ज्वार उत्पन्न करनेवाला विषय था। मैं कई दिनों चुप रही थी, इसे पढ़ने के बाद भी। कोई प्रतिक्रिया नहीं, बस एक चुप्पी लग गई थी मुझे। जब भी कोई दिव्यांग दिखता, मेरे वे जख्म और हरे हो जाते, जिन्हें उस उपन्यास को पढ़ते हुए महसूस किया था। यह अतिरेक नहीं, पर सच शालिनी और दद्दा के चरित्र इस मन पर अब भी अमिट हैं। शालिनी की पाजेब तो अब भी जब-तब अंतस में खनकती हुई दर्द और खुशी की मिश्रित तरंगें पैदा करती है। विकलांगों की समस्या पर केंद्रित यह पहला उपन्यास था, जो मैंने विद्यार्थी जीवन में पढ़ा। बेहतरीन कथानक और सादा शैली में लिपटा यह उपन्यास विकलांगों की मानसिकता में परिवर्तन, उनके प्रति सामाजिक नजरिए और उनके जीवन की समस्याओं पर करीबी दृष्टि डालता है। उनकी स्वानुभूति हर पाठकीय मन पर गहरा प्रभाव डालती हुई सिखलाती है कि शारीरिक अपंगता से सांवेगिक या नैतिक अपंगता अधिक बुरी है। इस उपन्यास का रंग ठीक रहीम के दोहे की ही तरह मेरे मन पर है—

> यों रहीम सुख ऊपजै उपकारी के संग।
> बाँटन वारे को लगै ज्यों मेहँदी को रंग॥

उपन्यास पढ़ते हुए लेखिका की जो छवि मानसपटल पर अंकित हुई, सामने पाने पर उससे कुछ अधिक ही उन्हें पाया। सोच लिया था, ममतामय और स्नेह से लबरेज व्यक्तित्व ही इस कृति का रचनाकार हो सकता था, पाया भी हूबहू वैसा। हमारी संस्कृति धैर्य और सुकून से जीना सिखाती है। यह व्यक्तित्व भी अपने आसपास और इतिहास को किताबों से हटाकर मानवीय नजर से देखना सिखलाता है। सम्मेलन में अपने उद्बोधन में वे कहती हैं, "व्यक्ति और समाज के घर्षण से ही साहित्य जन्म लेता है। जीवन अलग, उनकी समस्याएँ अलग-अलग तो साहित्य भी विविधतापूर्ण हुआ न। वैवाहिक रिश्ते की बात करें तो कितने तरह के पति और कितनी विविध भूमिकाओं में पत्नियाँ, यों ही तो यह चित्रण ही अलग-अलग हुआ न।" कितनी संजीदगी से उन्होंने साहित्य के रंग और भूमिका से अवगत करा दिया, जैसे कि कोई शिक्षक सरल उदाहरणों से अपनी बात समझा रहा हो। अपने उद्बोधन में उन्होंने महत्त्वाकांक्षा के सकारात्मक रूप और इदं न मम को भी समझाया। स्त्री की बात करते हुए उन्होंने कहा कि स्त्री धरा होती है। क्षमा भाव उसमें जन्मजात है, उसे अतिरिक्त कुछ करने की आवश्यकता ही नहीं है। आज हम विमर्श की आड़ में उसे उसके स्वरूप से अलग कर रहे हैं। उसके साथ अन्याय नहीं होना चाहिए, परंतु उसकी भूमिका को कमतर कर हम एक विखंडित समाज को ही तो जन्म दे देंगे। स्त्री और पुरुष की जन्मजात

प्रवृत्तियों में वैषम्य है। अगर कोई इस बात को नकारता है तो फिर थर्ड जेंडर जैसी अवधारणाएँ ही कहाँ जन्मतीं। हाँ शारीरिक, लैंगिक विभिन्नता के आधार पर कोई यदि उसे उसके अधिकारों से वंचित करता है तो प्रतिरोध जरूरी है। वे कहती हैं कि हर बात में प्रतिरोध का बिगुल बजानेवाले को मैं हेय मानती हूँ। अपनी बात को बेहद संजीदगी से, अपनी ही धज में रखते हुए उन्होंने जो कहा, वह मन पर अंकित होने जैसा था। इसी प्रसंग में वे कहती हैं कि बेटी को तो सब बेटा-बेटा कहते हुए पुकारते हैं, क्या आज तक किसी ने बेटे को बेटी कहकर पुकारा है। दोनों फल एक ही पेड़ के हैं, उनके स्वाद हमने अलग-अलग कर दिए, पर बच्चियों में वह हुनर है कि एक चाय की प्याली से वे सारी चिंताएँ दूर कर सकती हैं। मैं सोच रही थी, ठीक ही तो है संस्कारों में अगर आधुनिकता-बोध का समावेश हो जाए तो सारी समस्याओं पर ही पूर्णविराम लग सकता है। यह बात कोई स्त्री मन ही कह सकता था। मन आश्वस्त था। साहित्यिक हस्तियों के बारे में अब तक मेरी राय कुछ अधिक अच्छी नहीं थी, इसका कारण उनका दोहरे व्यक्तित्व को जीना रहा है।

उनकी बातों की लड़ियों को जब अपनी स्मृति के गलियारे में एक-एक कर खोलती हूँ तो उनके द्वारा कही गई लोकोक्तियाँ और मुहावरे याद आते हैं। लोकोक्तियाँ और मुहावरे के ये प्रयोग निस्संदेह उनके रचाव को भी विशिष्ट बनाते हैं। एक बात उस उद्बोधन की याद आती है, जिसमें वे कहती हैं, "घोड़े के पीछे-पीछे और अपने से बड़े अधिकारी के आगे चलना किसी अनाड़ी का ही काम है। इसे उन्होंने कुछ इस तरह उद्धृत किया—"घोड़ा के पिछाड़ी, हाकिम के अगाड़ी जाए, वह अनाड़ी।" इस कहावत की सीख यह थी कि बड़ेरों के अनुभवों के अनुसार ही चलने, उठने और बैठने में फायदा है, पर यह सीख कितने-कितने प्रसंगों में सटीक बैठती है, मैं अनुभवों को टटोलती हुई सोच रही थी। ऐसी ही एक संक्षिप्त सी कहावत या उसका हिस्सा भर याद है, "राह चलने के पूर्व बटोही, बाट की पहचान कर ले।" अर्थात् कर्म करने से पूर्व ही उसके करणीय और अकरणीय या कुकरणीय पक्ष पर विचार कर लिया जाए, तो जाने कितनी अनहोनियों से बचा जा सकता है। ये अनुभव ऐसे हैं, जैसे मेरे सामने कोई तपस्विनी अपने अनुभवों के जखीरे से मोती बाँट रही हो, सबसे खरे और अनुभव की आँच में तपे सच्चे मोती!

एक उद्बोधन और सीखें सौ बरस की, उस मुलाकात का कुछ ऐसा ही असर मन पर था। कुछ यों जैसे मैं नानी की स्नेहिल गोद में दुबकी हूँ, जैसे कि माँ की गोद में बैठ उनकी सीख सुन रही हूँ, जैसे कोई पिता अपनी बेटी को विदा के वक्त संस्कारों की पोटली सौंपता है, उस बेटी सी ही स्थिति मेरी थी। मैं सबकुछ सहेज रही थी। आँखों का पानी भीतर उतर गया था और मन मानो बचपन की बारिश में भीग रहा था। मैं पीली फ्रॉक पहने हुए नन्ही थी और माँ मानो दूधिया साड़ी पहने मेरे सामने खड़ी थी। शब्दों में बाँधूँ तो यही अनुभूति थी, वैसे शब्दों की भी सीमा हुआ करती है, यह मैं यह संस्मरण लिखते हुए समझ पा रही हूँ। अभिवादन की महिमा, कर्म की महिमा जीवन को समृद्ध करती हैं। ये बातें उस मुलाकात से ही मैंने जानीं। ये स्मृतियाँ, जिन्हें मैं मृदुलाजी को याद करते हुए लिख रही हूँ, वे आज भी उतनी ही जीवंत हैं। श्रेष्ठ व्यक्तित्व अपने को बाँधकर नहीं रखता, वरन् वटवृक्ष सा होता है, विशाल हृदयवाला और सभी को अपने नेह की छाँव में रखनेवाला। यह बात रपट पढ़ने पर उनकी की गई प्रतिक्रिया से सिद्ध हुई। उनका कहना मेरे लिए

माथे पर स्नेह का हाथ धरने जैसा था। यह अनुभव, यह बयानगी, यह लिखा, मैं शर्तिया कह सकती हूँ, वहाँ उपस्थित हर श्रोता के मन में उस वक्त वहाँ रहा होगा। जो उन्हें देख रहा था, सभी की दृष्टियों में एक ही भाव नजर आ रहा था। व्यक्तित्व का आकर्षण इतना प्रभावी और कल्याणकारी होता है, यह मैं उन्हीं पलों में जान पाई थी।

मृदुलाजी जैसा साहित्यकार हमारे बीच रहकर सृजनकर्म कर रहा है, नई पीढ़ी को संस्कारों और अनुभवों की खाद दे रहा है, यह हमारे लिए सौभाग्य की बात है। धरती पर सूरज सा उगने और फूलों सा महकने का सौभाग्य बहुत कम लोगों को मिलता है, मृदुलाजी इस बात में धनी हैं। स्मृतियों की बगिया में उस एक मुलाकात की इतनी समृतियाँ हैं कि क्या कहूँ। यह मेरा सौभाग्य है कि मुझे मेरी स्मृतियों को इस मेहँदी से रँगने का सुअवसर प्राप्त हुआ। इस ममतामयी और कर्म में विश्वास रखनेवाली शख्सियत को जब-जब पढ़ती हूँ, उनके लिए अल्लामा इकबाल की ये पंक्तियाँ जेहन में उभरती हैं—

"बहुत उसने देखे हैं पस्त ओ बुलंद,
सफर उसको मंजिल से बढ़कर है पसंद॥"

युवा लेखिका, सहायक आचार्य (हिंदी), हिंदी विभाग
राजकीय कन्या महाविद्यालय, अजमेर (राज.)
मो. : 9414777259

□

मेरी सखी

—उमा मालवीय

मृदुला सिन्हाजी से मेरा परिचय 45 वर्ष पूर्व का है, जब आप कम्युनिटी सेंटर में रहती थीं, परिवार सहित। डॉ. साहब मिनिस्ट्री में थे, आरंभ से ही समाज कल्याण के कार्यों में सुधार लाने के बीज उनके अंदर थे, तभी समाज कल्याण बोर्ड की अध्यक्ष बनीं, इस पद पर उन्होंने गाँव-गाँव जाकर बहुत सुधार किए अपनी प्रतिभा की धनी, ममत्व भाव की धनी, संवेदनाओं व भावुक हृदय से भरपूर, कलम उनकी जैसे सखी हो, उसे पल भर को भी छोड़ना नहीं चाहती। हिंदी-जगत् में उनका योगदान बहुत ही अधिक प्रशंसनीय है। उनकी रचनाओं को क्रम से लगाना बड़ी टेढ़ी खीर लगती है। 'साहित्य अमृत' का कोई भी अंक मृदुलाजी की कहानी, लेख, उपन्यास का अंश के बिन नहीं निकलता था, अब जब से गोवा की राज्यपाल बनीं, समय का अभाव अवश्य रहा, फिर भी उपन्यास चार उन्होंने लिख ही डाले, धरती को छूकर चलनेवाला उनका मुखर व्यक्तित्व अनूठा है।

आप जीवन के हर क्षेत्र में सुबह की धूप, सावन की बारिश, दोपहर की छाँव और रात की चाँदनी बनकर छिटकती रहती हैं। आपने सदैव जीवन में विपरीत परिस्थितियों में सृजन किया, नारी-मुक्ति पर उनका विश्वास नहीं, संयुक्त परिवार पर सदा उन्होंने जोर दिया। 'तीन पीढ़ी चढ़ेंगी सुख की सीढ़ी' ये उनके भाव रहे।

लोकगीत तो उन्हें जैसे जन्म से मिले, कंठ का माधुर्य सभी को प्रभावित करता है, मेरे बच्चों के विवाह के अवसर पर जब वे गाने बैठतीं, तभी उनकी थकावट को नजरअंदाज कर मन-मुग्ध हो सुनते ही रहे और उन्हें हर विषय पर, हर समय पर गानेवाले लोकगीत आते हैं, वे सुनाना बंद न करें, यह श्रोताओं की इच्छा रहती थी।

वे एक उच्च कोटि की लेखक हैं, तभी उन्होंने 'पाँचवाँ स्तंभ' पत्रिका भी निकाली, अपने निवास-स्थान कालकाजी से। वे एक उपन्यासकार, कहानीकार, समीक्षक, प्राध्यापक, पुरातत्त्व साहित्य की कणी, उनकी प्रतिभा सदैव एक ऐसे पारस की छवि उभारती है, जो लोहा खोज-खोजकर सोना बनाता है, उनकी रचनाओं की बड़ी लंबी सूची है, उनकी चर्चा करना सूर्य को दीया दिखाना है। वे विविधताओं का अनोखा मेल हैं, मणि-कंचन योग से सुशोभित हैं।

न्यायप्रिय, कर्मप्रिय, प्रिय कीर्ति सुसप्त अनुगामिनी, समाज कल्याण करती सदा ऐसी मंदाकिनी शतायु रहे, सुखायु रहे, स्वस्थ रहे!

लेखिका एवं समाजसेविका

□

आत्मीया मौसी

—डॉ. जूही समर्पिता

आत्मा की पुकार सुनकर हमेशा ईश्वर स्वयं प्रकट नहीं हो पाते, तब वे अपने कुछ ऐसे विशिष्ट बंदों को भेज देते हैं, जो उनका सही अर्थों में प्रतिनिधित्व कर सकें। स्नेह की प्रतिछाया, विनम्रता की प्रतिमूर्ति, कोमल, भावुक भावनाओं एवं संवेदनाओं से परिपूर्ण, सहृदया, सहज, सुसंस्कृत, स्निग्ध, मृदुला मौसी मुझे सदा ही अलौकिक रूप में नजर आईं। जब किसी के साथ दिल से दिल के तार जुड़ते हैं, तब खून के रिश्ते जाने कहाँ छिटक जाते हैं। जब-जब मैंने याद किया, अपने सुख-दुःख में, ईश्वरीय वरदान के रूप में खड़ा पाया, इस राम-सीता सदृश्य आदर्श युगल जोड़ी को। सदा स्नेह-सुधा बरसानेवाले, स्वभावत: मृदुल इस दंपती का स्नेहाशीष अक्षत सदा ही बरसता रहा मुझ पर।

जब से होश सँभाला, उन्हें मौसी-मौसा कहकर ही संबोधित किया। पारिवारिक संस्कार कुछ ऐसे पाए कि आज भी किसी को भी आंटी-अंकल कहते जुबान लड़खड़ाती है। पापा (पद्मश्री डॉ. शैलेंद्र नाथ श्रीवास्तव) और अम्माँ (डॉ. वीणा रानी श्रीवास्तव) दोनों से ही मृदुला मौसी और रामकृपाल मौसाजी के घनिष्ठ पारिवारिक संबंध रहे। जनसंघ की यह विशेषता थी कि व्यक्ति केवल पार्टी का सदस्य नहीं होता, बल्कि परिवार का सदस्य होता है। न जात-पाँत का पता चलता, न किसी तरह का भेदभाव होता। प्रत्येक कार्यकर्ता परिवार के सुख-दुःख से जुड़ा होता। ऐसे में हम अबोध बच्चों को जब पापा-अम्माँ किसी के चरण स्पर्श करने को कहते, तब चेहरे पर बिना किसी प्रश्नवाचक चिह्न के हम लोग चरण स्पर्श कर आशीर्वाद प्राप्त करते। वर्षों बाद जब कॉलेज में गई, जब संपर्क का दायरा बढ़ा, जब मंडल कमीशन आया, जब वोट बैंक समझने की उम्र हुई, तब समझ में आया कि आदरणीय कैलाशपति मिश्र, आदरणीय अश्विनी कुमारजी, आदरणीय ताराकांत झाजी, आदरणीय सत्येंद्र नारायण सिन्हा, आदरणीय ठाकुर प्रसादजी आदि, जिन्हें हम चाचा कहते, किसी से भी खून का रिश्ता नहीं था। राजनीतिक समीकरण बदले, पर पारिवारिक रिश्तों पर कभी कोई आँच नहीं आई। परम आदरणीय योगेंद्रजी आज भी हमारे प्रिय दद्दू ही हैं और किरणजी आज मेरे बच्चों की प्रिय नानी हैं। रवि भैया, सरयू राय भैया आज भी उस नेह सूत से जुड़े हैं, जिसे हमने कभी उनकी कलाई पर नहीं बाँधा।

लगभग पंद्रह वर्ष पहले किसी कार्यक्रम में आदरणीय मौसी जमशेदपुर आई थीं। नाडू बाबू के घर सर्किट हाउस एरिया में मौसी-मौसा दोनों रुके थे। मोबाइल उन दिनों नहीं था। किसी से

मेरा नाम और पता पूछकर मेरे दिल्ली एन्क्लेव निवास पर आईं। बहुत सारी बातें हुईं उनके साथ, जैसे माँ–बेटी मिलकर बतियाती हों। उनकी कविता 'आई की चटाई' याद आ रही है, जिसमें हर दिन आँगन में एक चटाई बिछाई जाती और आम, पापड़, अचार, बड़ी–तिलोड़ी के साथ कितने सपने सूखते, कितने सुख–दुःख बाँटे जाते। और माँ–बेटी की अंतरंग बातचीत होती, सास–बहू के खट्टे–मीठे बनते–बिगड़ते रिश्ते की गवाह होती आँगन की चटाई। उस दिन भी मौसी ने जब यादों की चटाई पर बैठकर, जब अपने विवाह के अंतरंग किस्से छेड़े थे और सुनाया था अपनी सुहागरात का वो वाकया···कैसे मौसा ने अंग्रेजी के विद्यार्थी होने के नाते उनसे पहली ही रात 'आई लव यू' कहा और मौसी ने भी बिना अर्थ जाने समझे अपना अंग्रेजी ज्ञान दिखाने के लिए 'आई लव यू' कह दिया। मौसा ने सुधारने के लिए कहा होगा, 'आई लव यू टू' और मौसी ने तुरंत कहा, 'आई लव यू थ्री' शादी की पहली ही रात से प्यार का इजहार का, जो सिलसिला चला, वह आज भी मौसा की झुर्रीदार आँखों से छलकता है। दोनों को साथ–साथ देखकर हमें पुण्य लाभ मिलता है।

लौह नगरी जमशेदपुर से मृदुला मौसी का रिश्ता प्रगाढ़ होता गया। कभी राजनीतिक, कभी सांस्कृतिक, कभी पारिवारिक अवसरों पर उनका आना अकसर होता और अब तो मेरी साहित्यिक गतिविधियों की भी खबर उनको मिलती रहती। 2015 में डॉ. मुदिता चंद्र और मैंने 'नारी अस्मिता और हिंदी सिनेमा' पुस्तक का संपादन किया। चूँकि नारी अस्मिता से जुड़ी पुस्तक थी तो स्वाभाविक था, किसी ऐसी सशक्त महिला के हाथों इस का लोकार्पण हो, जो स्त्री–विमर्श पर सार्थक चर्चा कर सकें। बहुत सकुचाते हुए मैंने काँपते हाथों से मौसी को इ–मेल किया; क्योंकि अब वे सिर्फ मेरी आत्मीया नहीं, बल्कि पूरे गोवा के हृदय में बसती थीं। अब गोवा के राज्यपाल से समय लेना आसान न था। क्या केवल एक पुस्तक लोकार्पण के लिए वे अपना बहुमूल्य वक्त निकाल पाएँगी? कहीं मैंने कुछ अधिक अपेक्षाएँ नहीं पाल लीं?···शायद अपनी चादर से अधिक मैंने पाँव पसारने की धृष्टता कर ली। बहुत सारे विचार मन में आते, पर जाने कौन सी आवाज दिल के किसी कोने से उठती कि मौसी आएँगी। हुआ भी वही। स्वीकृति मिल गई, पर सरकारी औपचारिकताओं को निभाने में जो वक्त लगना था, लगा।

भुलाए नहीं भूलता, जमशेदपुर सोनारी हवाई अड्डा का वह दृश्य···कलकत्ते से स्पेशल हेलीकॉप्टर से मौसी–मौसा उतरे। सारा सरकारी महकमा वहाँ मौजूद था। कार्यक्रम के आयोजक के नाते मैं और डॉ. मुदिता चंद्रा भी उनके स्वागत के लिए पहुँचे थे। हेलीकॉप्टर से उतरते ही हमारी तरफ मुखातिब हुई मौसी और मैं हमेशा की तरह उनके और मौसा के चरण छूने झुकी। एक पल को सिटी एस.पी., डी.सी. दोनों स्तब्ध देखते रह गए कि प्रोटोकॉल से अलग ये गैर–सरकारी महिलाएँ कैसे आ गईं? उन्हें अपना परिचय–पत्र और पुष्पगुच्छ देने की औपचारिकता पूरी करने का मौका भी मुश्किल से मिला। मौसी और मैं एक–दूसरे का हाल पूछते सलामी मंच तक आ गए और मौसी ने सलामी ली। चलते–चलते कह दिया कि कल सुबह तुम्हारे घर आऊँगी। नाश्ता साथ ही करूँगी, मेरे बेटे अशेष और मीनाक्षी को आशीर्वाद देने विवाह के अवसर पर न आ पाने की भरपाई करनी थी उन्हें। धन्य है उनकी विनम्रता और कायल हो गई मैं उनके बड़प्पन की।

इसी तरह 2017 का स्वतंत्रता दिवस भी मेरे स्मृति–पटल पर सदा अंकित रहेगा। शायद मेरे

साथ-साथ उन एक दर्जन मित्रों के लिए भी भूलना कठिन होगा, जो मेरे साथ गोवा राज भवन में राज्यपाल के साथ होनेवाली विशिष्ट चाय पार्टी पर आमंत्रित थे। मौसी ने जब सुना कि मैं और अंजनी गोवा घूमने आए हैं तो फोन करके पूछा कि "राजभवन आना चाहोगी?" मेरे लिए तो गोवा में इससे बड़ा आकर्षण और कोई था ही नहीं। मैंने तुरंत हामी भर दी, पर समस्या थी कि मेरे एक दर्जन दोस्तों को मैं अकेला छोड़ना नहीं चाहती थी, इसलिए मौसी से बेहिचक पूछ दिया कि उन सब को ले आ सकती हूँ। मौसी, जो सदा ही समाज से जुड़ी रही हैं, सदा लोगों को साथ लेकर संगठन करती रही हैं, मेरे मन की बात समझ गईं और सब के लिए वी.आई.पी. कार्ड भिजवाया। मुझसे ही नहीं, बल्कि मेरे पति अंजनी सहाय के साथ गए टाटा स्टील के सारे बैच मेट से मिली। मौसा ने जितने प्यार से मुझे गोवा के मुख्यमंत्री से 'बिहार के भाजपा सांसद की पुत्री' के रूप में परिचय करवाया, वह केवल एक अभिभावक ही कर सकता है। उस शाम श्री मनोहर पर्रीकर के अलावा अन्य मंत्री, धर्म गुरु, विभिन्न अखबारों के संपादक, आई.ए.एस., आई.पी.एस., विभिन्न शिक्षण संस्थाओं से विशिष्ट लोग, कलाकार आदि आमंत्रित थे, पर उन सब के साथ विशेष रूप से आमंत्रित थे दिव्यांग बच्चे और राजभवन के कर्मचारियों के परिवार के लोग। एक-एक व्यक्ति से मौसी-मौसा मिलते और कुशल क्षेम पूछते। राम-सीता के दरबार में कोई भक्त दर्शन लाभ से वंचित न रह जाए, इसकी पूरी व्यवस्था थी, किंतु हमारी सीता मैया ममतामयी स्पर्श और स्नेहमयी मुसकान के साथ व्यक्तिगत संवाद प्रत्येक आमंत्रित अतिथि के साथ घंटों करती रही। यही उनकी विशिष्ट पहचान थी। इस सरकारी आयोजन में भी उनकी विशेषता अमिट छाप छोड़ गई।

पापा अकसर कहा करते थे, 'व्यक्ति की पहचान उसकी कुरसी से नहीं होती, उसके व्यक्तिगत गुणों से होती है।' हमें मौसी का राज्यपाल रूप कहीं नहीं नजर आया। न आगे-पीछे वरदीधारी बंदूकधारी थे और न ही चमचों की जमात। बस एक गरिमामयी, सुसंस्कृत, विदुषी, महिला के सशक्त-आत्मविश्वास के साथ कदम को बढ़ते देखा, दिल-से-दिल का रिश्ता पनपते देखा और मौसी-मौसा को वर्षों पुराना पारिवारिक संबंध निभाते देखा। धन्य हैं हमारी मृदुला मौसी, जिन्होंने इस भौतिकवादी संस्कृति में भी रिश्तों की अहमियत बचाए रखी है। धन्य है यह भारतभूमि, जिसने ऐसी विभूतियों को जन्म दिया है।

सामाजिक कार्यकर्ता एवं साहित्यकार

मो. : 9431111437

□

श्रद्धा एवं विनम्रता की प्रतीक

—वेद प्रकाश कुमार

अपने आप में एक श्रद्धा एवं मातृत्व का अनुभव करानेवाले व्यक्तित्व की हैं माननीय मृदुलाजी! अपने आप में पूर्ण रूप से स्पष्ट, सीधे एवं सटीक, परंतु विनम्रतापूर्वक अपनी बात कहने की कला और प्राकृतिक रूप से उनका सहज-सरल स्वभाव ही है!

बहन मृदुलाजी से मेरा परिचय लगभग 15-17 साल से हैं। कई कार्यक्रमों में उनसे मिलना होता रहा है। यह मेरा सौभाग्य है कि दो-तीन कार्यक्रमों में बहनजी के साथ मंच साझा करने का अवसर भी मिला। हर बार घर-परिवार का हाल-चाल जरूर पूछना! 'हमारी बहू रानी कैसी है, बच्चे कैसे हैं, घर पर कब आ रहे हो?' हमेशा पूछना, वह अगर जल्दी में हों तो भी चलते-चलते पूछना! हम सब की पत्रिका 'पाँचवाँ स्तंभ' की हमेशा चिंता करना, उसमें विद्वानों के लेख आएँ, संपूर्ण भारतवर्ष से आएँ, विदेशों से भी आएँ, इसके लिए विशेष प्रयास करना।

एक बार का वाकया मैं यहाँ उल्लेख करना चाहूँगा कि में उनके घर, कालकाजी गया, क्योंकि मेरा काम एवं व्यवसाय मीडिया एडवरटाइजिंग का है, बहन मृदुलाजी ने मुझसे अनुरोध किया कि पत्रिका 'पाँचवाँ स्तंभ' की पूर्ण रूप से मार्केटिंग, एडवरटाइजिंग, आप सँभाल लो। अभी तो सिर्फ राज्य सरकारों से ही विज्ञापन आते हैं और हम और विज्ञापन देने वालों तक जा ही नहीं पाए, क्योंकि समय भी कम रहता है मेरे पास! उनका इस प्रकार से पत्रिका के संबंध में, इतना व्यस्त होते हुए, संपूर्ण भारतवर्ष में प्रवास करते हुए, मस्तिष्क में पत्रिका को कैसे और आगे ले जाया जाए, की चिंता करना, यह वाकई प्रशंसनीय है। उस समय लगभग दोपहर 1 बजे का समय था, चाय हो चुकी थी, मैं जैसे ही चलने को हुआ, बहन मृदुलाजी बोलीं, "आप ऐसे कैसे जा सकते हो?" मुझे थोड़ा आश्चर्य हुआ कि ऐसा किस संदर्भ में बोला और उसका क्या अभिप्राय है या हो सकता है! फिर बहन मृदुलाजी बोलीं, "अभी भोजन का समय है, अभी आप अतिथि के रूप में आए हैं और हमारे में बिना भोजन कराए भेजने की सभ्यता नहीं है, आपको भोजन करके ही जाना होगा!"

इतना आत्मीयता का भाव, इतने शिखर पर होने पर भी, किसी प्रकार का अहं न होना, विनम्रता का भाव, अपने जीवन में किसी और में मैंने आज तक तो नहीं देखा! मैं दिल से, दिल के हरेक कोने से उनकी लंबी आयु की कामना करता हूँ।

निदेशक, वेदांत सलाहकार समूह

□

खंड-2
समाजबोध की विधायक दृष्टि

अनुकरणीय व्यक्तित्व

—श्रीधर पराड़कर

मृदुला सिन्हा साहित्य और राजनीतिक संतुलन का एक बड़ा नाम है। यह संयोग क्वचित् ही देखने को मिलता है, क्योंकि साहित्य और राजनीति एक-दूसरे के ठीक विपरीत दिशाएँ हैं। एक एकांत एवं शांति चाहती है, तो दूसरी भीड़ और शोरगुल। एक आनंदजीवी है, तो दूसरी द्वंद्वजीवी। एक विज्ञानमय कोश से आनंदमय कोश तक की यात्री है तो दूसरी अन्नमय कोश से प्राणमय कोश तक की। एक भाव व शब्द-सौंदर्य से समाज को लुभाती है, तो दूसरी दो रुपए किलो गेहूँ और तीन रुपए किलो चावल का वचन देकर। साहित्य का उद्देश्य जहाँ शाश्वत जीवन-मूल्यों की स्थापना है तो राजनीति का उद्देश्य किसी भी प्रकार से केवल सत्ता प्राप्त करना है।

संभवत: इसीलिए वास्तविक साहित्यकार जब राजनीतिक क्षेत्र में अधिक सक्रिय हो जाता है तो साहित्य-सर्जन से वह दूर होता जाता है। पूर्व प्रधानमंत्री अटल बिहारी वाजपेयी व दीनदयाल उपाध्याय इसके प्रत्यक्ष उदाहरण हैं। मैंने वास्तविक साहित्यकार शब्द का जानबूझकर उपयोग किया है, क्योंकि वर्तमान में बहुतेरे राजनेता तथा प्रशासनिक अधिकारी साहित्यकार बने हुए हैं, जिनकी साहित्यिक प्रतिभा तथा उनका साहित्य-सर्जन सवालों के घेरे में हैं।

मृदुलाजी मूलत: साहित्यकार हैं। राजनीति में सक्रिय होने के बावजूद उनका साहित्य-सर्जन रुका नहीं। वे भारतीय जनता पार्टी की सक्रिय कार्यकर्ता रहीं। समाज कल्याण बोर्ड की अध्यक्ष रहीं और अब गोवा की राज्यपाल हैं। फिर भी उनका लेखन निरंतर जारी है। 'सावित्री', 'मंदोदरी', 'सीता पुनि बोली' इसी दौरान की रचनाएँ हैं। अभी वे अहल्या पर काम कर रही हैं, जो लगभग पूर्णता की ओर है। पत्र-पत्रिकाओं के लिए पहले की तरह ही लिखती हैं। शोध की दिशा में भारत की स्थिति चिंतापूर्ण है। नया शोध करने को कोई तैयार नहीं है। पश्चिम की झूठन अथवा उनके द्वारा खींची गई लकीर पर ही अधिकतर कार्य होता है। भारतीय आर्ष ग्रंथों का अध्ययन करनेवाले तो कतिपय मिल जाते हैं, पर उन पर शोध करनेवाले लगभग नहीं के बराबर हैं। मृदुलाजी आर्ष ग्रंथों के आधार पर पौराणिक पात्रों को वास्तविक रूप में प्रस्तुत कर रही हैं।

जहाँ एक ओर नारी-मुक्ति तथा नारी स्वतंत्रता का बोलबाला है, पर उनके प्रयासों का सारा जोर नारी को पुरुषों के समकक्ष खड़ा करने पर है। उसमें भी पुरुषों के काम दिलाने पर ही है, परंतु दूरदर्शन, चलचित्र तथा विज्ञापनों में नारी को देह के रूप में परोसकर अकूत पैसा कमाया जा रहा

है, उसके विरोध में स्वर उठाने की आवश्यकता भी नहीं समझते, अपितु विरोध में आवाज उठाने वालों को कुंठित, दकियानूसी, सांप्रदायिक घोषित करते हैं। नारी की विशेषता, उसके गुण, उसकी महिमा, समाज जीवन में उसके महत्त्व से उनका दूर-दूर का वास्ता नहीं है। यह भी कह सकते हैं कि वे बिल्ली की तरह आँखें मूँदकर दूध पी रहे हैं।

मृदुलाजी नारी के महत्त्व को समझती हैं। उसके मूल कर्तव्यों का स्मरण कराने के लिए ही तो उन्होंने सीता, सावित्री, अहल्या जैसे पात्रों को चुना है। इन चरित्रों के माध्यम से वे नारी जागरण का महत्त्वपूर्ण कार्य कर नारी को उसका गौरव स्मरण करा रही हैं।

इसी प्रकार यथार्थ और प्रगतिशीलता के नाम पर समाज को तोड़ने और संघर्ष के लिए प्रवृत्त करने का काम हो रहा है। इस दृष्टि से भी मृदुलाजी ने बहुत काम किया है। उनकी कहानियाँ यथार्थ और वास्तविकता को लिये रहती हैं। उनमें समाज अपने को देखता है। कहानियों में समाज के लिए संदेश भी होता है।

मृदुलाजी ने बड़े-बड़े पदों को सुशोभित किया है, पर अहंकार उनके समीप भी नहीं फटका। राज्यपाल हो जाने के बाद भी वे सहज और सरल हैं। अब भी उनसे फोन पर सीधे बात की जा सकती है, क्योंकि फोन वे स्वयं उठाती हैं, जबकि ऐसा होना आज दुर्लभ होता जा रहा है। गोवा होकर आए मित्र उनकी सहृदयता तथा अतिथि-सत्कार की चर्चा करते नहीं थकते।

अखिल भारतीय साहित्य परिषद् से प्रारंभ से जुड़ी रही हैं। सारी व्यस्तताओं के बावजूद परिषद् के आयोजनों में सम्मिलित होती रही हैं। वर्षों से परिषद् की वरिष्ठ उपाध्यक्ष भी रहीं। राज्यपाल होने के पश्चात् संवैधानिक कारणों से उपाध्यक्ष पद से त्यागपत्र दिया, लेकिन परिषद् से जुड़ाव व संपर्क यथावत् बनाए रखा है।

प्रसिद्धि, बड़े पद के बाद भी परिषद् के आयोजनों में एक कार्यकर्ता के रूप में उपस्थित रहती हैं, यहाँ तक कि एक बार परिषद् के प्रमुख कार्यकर्ताओं का प्रशिक्षण वर्ग हरिद्वार में निश्चित किया गया। अनावधान में इस ओर ध्यान ही नहीं रहा कि उस दिन हरतालिका तीज है। महिलाओं के लिए यह व्रत विशेष महत्त्व रखता है। दिनभर कड़ा उपवास व पूजा का दिन, लेकिन सबको सूचना हो चुकी थी। पदाधिकारियों ने आने-जाने के आरक्षण करा लिये थे। अतः बैठक की तिथि में परिवर्तन कठिन था। प्रशिक्षण वर्ग में जाने हेतु प्रातः 6 बजे दिल्ली रेलवे स्टेशन पर पहुँचा तो देखा कि मृदुलाजी पहले से स्टेशन पर उपस्थित थीं।

मैंने भूल स्वीकार करते हुए कहा कि आपको बड़ा कष्ट होगा। उन्होंने सहास्य कहा, "अरे, आपके कारण हरतालिका तीज पर गंगा स्नान का पुण्य मिलने वाला है।"

राज्यपाल की अपनी व्यस्तताएँ व काम की भरमार होती है। परिषद् के आयोजनों की सूचना दी, पर उनके कार्यक्रम पहले से निश्चित थे। कार्यक्रम में न आने से वे व्यथित थीं। दूरभाष पर बात होने पर वे पहले यह कहतीं कि आपने सूचना दी थी, लेकिन मेरा आना न हो सका। 6-7-8 अक्तूबर, 2017 को जबलपुर में परिषद् का राष्ट्रीय अधिवेशन निश्चित होने पर सबसे पहले उन्हें सूचित किया और यह भी कहा कि अधिवेशन का उद्घाटन आपको ही करना है। उन्होंने सहायक को अधिवेशन की तिथियाँ बताकर कहा कि ये दिन खाली रखना, इस बार जाना ही है।

वे अधिवेशन में आईं ही नहीं, राज्यपाल होने को भूलकर दो दिन अधिवेशन में रहीं। आग्रह करने पर कवि दरबार में कविता पाठ भी किया। प्रतिनिधियों से सहजता से बात की। उनकी उपस्थिति से सबको अच्छा लगा।

पत्रकारों ने उनसे पूछा, "आप यहाँ आकर कैसा अनुभव कर रही हैं?" उन्होंने कहा, "परिषद् के आयोजन में आकर ऐसा लगता है कि मैं अपने घर आ गई हूँ।"

राष्ट्रीय संगठन मंत्री, अखिल भारतीय साहित्य परिषद्
मो. : 9425407471

□

सामाजिक समरसता और साहित्य की शिखरता का समन्वित व्यक्तित्व

—डॉ. विंदेश्वर पाठक

गोवा की महामहिम राज्यपाल माननीया श्रीमती मृदुला सिन्हा हमारे लिए सिर्फ गोवा की राज्यपाल ही नहीं हैं, ये मेरी गुरुमाता भी हैं। इनके पति प्रो. रामकृपाल सिन्हा, जब मैं रामदयालु सिंह कॉलेज, मुजफ्फरपुर में ग्रैजुएशन आर्ट्स का विद्यार्थी था, उस समय वे हम लोगों के अंग्रेजी के प्राध्यापक थे। प्रो. सिन्हा बहुत ही विलक्षण प्रतिभा के प्राध्यापक रहे हैं।

प्रो. सिन्हा प्रख्यात शिक्षक तो थे ही, अपने मानवीय मूल्यों के कारण अपने छात्रों के बेहद पसंदीदा व्यक्ति भी थे। वे अपने छात्रों को अपने बच्चों के समान मानते थे और यदि किसी छात्र को कोई समस्या उत्पन्न होती तो वे सदा उसकी मदद करने और उचित सलाह देने के लिए तत्पर रहते थे। हालाँकि उस कॉलेज में अध्ययन का मेरा कार्यकाल बहुत ही छोटी अवधि, केवल एक वर्ष का था, क्योंकि मैं इसके बाद बी.एन. कॉलेज, पटना में पढ़ने चला गया था, किंतु प्रो. सिन्हा के सदाचरण ने मेरे मस्तिष्क में गहरी छाप बना ली थी और मैं यह बात खुलकर कह सकता हूँ कि आज मैं जो कुछ भी हूँ, उसका मुख्य कारण प्रो. सिन्हा के वे मूल्य हैं, जिन्हें मैंने अपने छात्र-जीवन में उनसे मिलने के दौरान आत्मसात् किया। बाद में सन् 1977 में वे प्रधानमंत्री श्री मोरारजी देसाई के कैबिनेट में श्रम राज्यमंत्री बने। उस पद पर आसीन होकर भी प्रो. सिन्हा ने अपनी प्रशासनिक योग्यता और क्षमता का पूर्ण परिचय देते हुए प्रशासन-व्यवस्था पर अपनी गहरी छाप छोड़ी।

श्रीमती मृदुला सिन्हाजी से जब मेरी मुलाकात हुई, उस वक्त वे केंद्रीय समाज कल्याण बोर्ड की अध्यक्ष थीं। वे हमारे सुलभ-परिसर में आईं और हमारे उन कार्यों को देखा, जो हम भारत के स्वच्छता-परिदृश्य को बदलने के लिए कर रहे हैं और स्कैवेंजरों के मानवाधिकारों और उनके आत्मसम्मान को वापस दिलाने के लिए कर रहे हैं। श्रीमती सिन्हा स्वयं बहुत ही सर्जनात्मक लेखिका हैं, जो गद्य और पद्य दोनों ही विधाओं में उच्च कोटि की रचनाएँ लिखती हैं। वे बेहद ही सादा जीवन जीनेवाली महिला हैं।

मृदुलाजी उस परंपरा की वाहक हैं, जब हम दादी-नानी की कहानियाँ सुनकर बड़े हुए। आज

वो पीढ़ी नहीं के बराबर है, किंतु इनमें दादी-नानी की पीढ़ी के किस्से खूब हैं और बच्चे इनसे फिर-फिर किस्से-कहानियाँ सुनते रहते हैं। ये एक अच्छी गृहिणी भी हैं। इनमें गृहिणी के सारे गुण हैं और प्राय: सभी तरह के व्यंजन अच्छी तरह से बनाती हैं। अपने परिजनों-परिचितों को ये बड़े प्रेम से एक माता की तरह भोजन कराती हैं। मृदुलाजी नाम के साथ-साथ स्वभाव से भी मृदुल हैं। ये विदुषी हैं, राजनीति के उच्च पद पर हैं, फिर भी सबसे बहुत प्रेमभाव से मिलती-जुलती हैं। राज्यपाल के पद पर होने के बावजूद सबसे अपनेपन से मिलती हैं। इनसे बातचीत करते समय पता ही नहीं चलता कि वक्त कैसे गुजर गया। इनमें अहंकार का भाव लेशमात्र भी नहीं है। ये बहुत ही मधुर स्वभाव की हैं। ये हमेशा सबकी सहायता करने के लिए तत्पर रहती हैं।

अनेक कार्यक्रमों में मुझे माननीया मृदुलाजी के साथ मंच साझा करने का सुअवसर मिला। हर बार इन्हें सुनकर ज्ञान की वृद्धि होती है। किसी बात को किस्से-कहानी और लोक-परंपराओं से जोड़कर ऐसे प्रस्तुत करती हैं कि वे हमारे जेहन में सहजता से उतर जाती है। सुलभ साहित्य अकादमी द्वारा 13 सितंबर, 2015 को जब वरिष्ठ कवि पंडित सुरेश नीरव को 'सुलभ श्रेष्ठ साहित्यकार पुरस्कार' दिया गया तो उस अवसर पर मुख्य अतिथि के रूप में पधारकर इन्होंने सभा की गरिमा बढ़ाई थी। इन्होंने पंडित नीरव को एक राज्यपाल या साहित्यकार की हैसियत से ही नहीं, एक बड़ी बहन के रूप में आशीर्वाद दिया और कहा कि 'जिय हो भइया लाख बरस।' कोई व्यक्ति लाख बरस अपनी कृति में जीता है। मृदुलाजी ने व्यक्ति पंडित नीरव के साथ-साथ उनकी कृति की दीर्घायु की भी कामना की।

इसी प्रकार 26 नवंबर, 2016 को माननीय उच्चतम न्यायालय के वरिष्ठ अधिवक्ता श्री एस.के. वर्मा की दस वर्षीया नातिन सुश्री चैतन्य चंडोक की अँगरेजी पुस्तक 'द सीक्रेट ऑफ ब्ल्यू डायमंड' के लोकार्पण के अवसर पर इन्होंने उस बच्ची को 'नानी' के रूप में उसे एक उच्च कोटि की लेखिका बनने का आशीर्वाद दिया। अपने स्त्रभाव और वाणी दोनों से इन्होंने उस बच्ची को जरा भी अनुभव नहीं होने दिया कि ये एक राज्यपाल के रूप में मंच पर हैं और बार-बार उसे प्यार दिया।

हाल ही में विगत 1-4 सितंबर, 2017 को लेखिका संघ, दिल्ली द्वारा मॉरीशस में आयोजित कार्यक्रम में 1-2 सितंबर को मुझे भी महामहिम मृदुलाजी के साथ भाग लेने का अवसर मिला। डॉ. मधु पंत द्वारा आयोजित 'नारी एकरूपता की खोज' विषयक अंतरराष्ट्रीय संगोष्ठी में राज्यपाल महोदया ने अपने उद्‍बोधन से समस्त विश्व की नारियों को एक सूत्र में पिरो दिया। उस कार्यक्रम में मुझे भी अपनी बात कहने का अवसर मिला और मैंने एक गीत भी गाया। इन्हें मेरी रचना पसंद आई थी।

श्रीमती मृदुला सिन्हा वैशाली के साथ-साथ भारत की गौरव-गरिमा हैं। इनका व्यक्तित्व बहुआयामी (Multidimensional) और क्षैतिज (Horizontal) है। व्यक्ति से समाज तक इनके चिंतन का विस्तार है। समाज, साहित्य और राजनीति के त्रिभुज में इनके व्यक्तित्व का संचरण-संचारण होता रहता है।

मृदुलाजी एक उच्च कोटि की लेखिका हैं। इनके साहित्य का केंद्रीय बिंदु है—नारी-

सशक्तीकरण, राष्ट्रीयता, भारतीयता, मानव-संवेदना, अनुशासन, नैतिकता और ग्रामांचल-अभ्युदय। नारी-सशक्तीकरण के क्षेत्र में इनकी प्राथमिक स्थापना है—नारी का सर्वतोमुखी विकास। वे पुरुष और नारी दोनों को समरूप स्वीकार करती हैं। वहीं अनेक स्थलों पर मातृत्व की विशेषता के आधार पर ये नारी को अधिक सशक्त मानती हैं। मूल रूप से ये अर्धनारीश्वर को महत्त्व देती हैं।

'पाँचवाँ स्तंभ' 'एन.जी.ओ.' को कहते हैं। यह एक सार्थक नाम है। एन.जी.ओ. देश की प्रगति का एक विशेष सहभागी है। इन्होंने कहा कि सामाजिक सेवा के क्षेत्र में काम करनेवाली संस्थाओं को 'गैर-सरकारी संगठन' कहना उचित नहीं है, उन्हें 'स्वैच्छिक समाजसेवी संस्था' कहा जाना चाहिए। विगत 48 वर्षों से सामाजिक सेवा और स्वच्छता के क्षेत्र में कार्य कर रहे हम लोगों जैसे व्यक्ति का इससे उत्साहवर्धन हुआ। इसे और भी प्रतिष्ठा देते हुए इन्होंने कार्यपालिका, विधायिका, न्यायपालिका और मीडिया के बाद लोकतंत्र के महत्त्वपूर्ण स्तंभ के रूप में स्वैच्छिक समाजसेवी संस्था को 'पाँचवाँ स्तंभ' कहा। निश्चित रूप से ऐसी संस्थाएँ इन चारों स्तंभों की तरह ही राष्ट्र के विकास में समान भागीदार हैं। 'पाँचवाँ स्तंभ' पत्रिका का प्रकाशन कर इस तथ्य को इन्होंने और दृढता प्रदान की और ऐसी संस्थाओं को राष्ट्र-पटल पर एक सम्मानजनक स्थान दिलाया। हम इनकी उस सर्वसमावेशी दृष्टि के प्रति नतशीर्ष हैं।

मृदुलाजी भारतीय सांस्कृतिक मूल्यों को मानवता, सहृदयता और उदात्तता की भावभूमि पर प्रतिष्ठित करती हैं। इनके लिए भारतीयता एक पूजनीय भावना है। इसकी उपेक्षा नहीं की जा सकती। ये भारतीय दृष्टिकोण के केंद्रीय भाव की इन पंक्तियों को सर्वाधिक महत्त्व देती हैं—

नेयं स्वर्णपुरी लङ्का रोचते मम लक्ष्मण।
जननी जन्मभूमिश्च स्वर्गादपि गरीयसी।

महाभारत का मूल भाव है—

अष्टादश पुराणेषु व्यासस्य वचनद्वयम्।
परोपकारः पुण्याय पापाय परपीडनम्।

करुणा और कोमलता तथा सहृदयता और संवेदना की आयतन में प्रतिष्ठित रहनेवाली महती महिला मृदुला सिन्हा को हम इसी भाव से देखते हैं। यहाँ 'करुण एव एको रसः' कहा गया है।

अभी श्रीमती मृदुला सिन्हा गोवा की राज्यपाल के रूप में कार्यरत हैं। मैं आशा करता हूँ कि ये और भी उच्चतर पद को सुशोभित करेंगी। ये 'यत्र नार्यस्तु पूज्यन्ते रमन्ते तत्र देवताः' की प्रतीक महिला प्रमाणित होंगी।

हम आपके दीर्घायुष्य और स्वस्थ जीवन की मंगलकामना करते हैं। सादर प्रणाम!

क्रियापदी समाजशास्त्री एवं समाजसुधारक
संस्थापक-सुलभ-स्वच्छता एवं सामाजिक सुधार-आंदोलन
मो. : 9999829999

□

शब्दों से महामहिम

—डॉ. मालती

सामाजिक सरोकारों, कलात्मक संवेदना और राजनीति से जुड़ी मृदुला सिन्हा के व्यक्तित्व में अद्भुत सरलता और गहरी गरिमा है। सत्ता और सम्मान की बुलंदियों पर स्थित होने पर भी उनमें प्रकट या प्रच्छन्न दंभ का संकेत भर भी नहीं है। पहली बार मिलनेवाला भी उनसे सहज ही, आत्मीयता का नाता जोड़ लेता है। व्यवहार में सरलता और नजरों में मन की गहराइयों को पकड़ लेनेवाली क्षमता उन्हें कतार से ऊपर ला खड़ा कर देती है। हिंदी की सम्मानित कथा लेखिका, समाज और राजनीति के गलियारों की सशक्त पहचान, देश और संस्कृति के प्रति भक्ति की सीमा तक का अनुराग रखनेवाली मृदुला सिन्हा और राजधानी तथा माया नगरी के हर अंदाज में घुलने-मिलने वाली महामहिम मृदुला सिन्हा के मन की गहराइयों में उनके बचपन का बिहार रचा-बसा है। यह उनका एक सामान्य स्वीकृत व्यक्तित्व है।

यों तो मेरा उनसे परिचय तीन दशक से कुछ अधिक पहले का रहा है। प्रसंग किसी सामाजिक उत्सव या कार्यक्रम का रहा होगा, जिसमें राजमाता सिंधिया की उपस्थिति सब के आकर्षण का केंद्र बनी थीं। मेरी भी नजर राजमाता की अंगुली की अँगूठी में जड़े-बड़े से हीरे की चमक पर रुकी, पर उस क्षणिक चौंध के बाद मेरी नजरों में उनके पास खड़ी मेरी हमउम्र-सी दिखनेवाली गंभीर, शालीन और सादगी से लबरेज काया पर टिक गई। जब मैंने किसी से उनके बारे में अधिक जानकारी पानी चाही तो अगले ने कंधा उचकाकर कहा—"होगी कोई पत्रकार या लेखिका।" मेरी जिज्ञासा बढ़ी, पर इससे अधिक जानकारी देने की तब किसी के पास शायद फुरसत न थी।

उसके बाद कॉलेज में आयोजित गोष्ठियों, सामाजिक विचार मचों से उनके अभिभाषण सुनने का अवसर मिलता रहा और मैं उनके बढ़ते कद से परिचित होती गई। फिर वर्ष 2014 में गोवा विश्वविद्यालय में जाने के दौरान मुझे उनसे मिलने का अवसर मिला और यहाँ मैंने जिस महामहिम मृदुला सिन्हा को देखा तो मेरी उनको जानने की जिज्ञासा ने तो जैसे हठ ही ठान ली। हुआ यों कि मैंने अपनी बहन कल्पना खोत के साथ मिलकर उनसे मिलने की सोची। हमने बड़े संकोच से उन्हें फोन मिलाया और हमें पूरा विश्वास था कि वे हम पहचानने से तो रहीं। हाँ, अगर वे फोन उठा लें तो यही हमारे लिए काफी होगा। जब मैंने उन्हें अपने बारे में याद दिलाने की कोशिश की तो वे बिना देर लगाए बोलीं, "हाँ, आ जाओ।" और जब हम शाम के समय उनके राजभवन में उनके

निवास पर पहुँचे तो वे बड़ी आत्मीयता से मिलीं और छूटते ही कहा, "सामान कहाँ है?" हमने अपना पता-ठिकाना बताया। इस दौरान उनसे मिलने कोई विदेशी प्रतिनिधि मंडल आया था तो हम राजभवन के अतिथिगृह में पहुँचाए गए और कुछ ही देर में हमारा सामान भी कक्ष में आ गया। मेरे लिए एक नितांत नया अनुभव था। साहित्यकर्मी श्रीमती मृदुला सिन्हा से तो मुझे कभी कोई हिचक हुई ही नहीं थी, पर महामहिम से रूबरू होने का एक अजब-सा दबाव या तनाव मेरी नसों पर अवश्य था। मेरी बहन मेरे तनाव को समझ रही थी, उसने कहा, "ज्यादा मत सोच, मैंने दीदी से हाथ मिलाया था, उनका स्पर्श बहुत कोमल और अपनेपन की नर्माहट-गर्माहट से भरा था।"

रात्रि भोज के लिए हमें ऊपर उनके डायनिंग हॉल में जाने का अवसर मिला। ऊपर की सीढ़ियों पर चढ़ते समय मैंने देखा कि पुर्तगाली राजभवन के वास्तु कौशल को उन्होंने मधुबनी चित्रकला की सुरुचिपूर्ण कृतियों, देसी फूलों के गमले और कलात्मक मूर्तियों से भारतीय संस्कृति का आवास बना दिया था। इसे देख मुझे बरबस उनके उपन्यास 'सीता पुनि बोली' के उस प्रसंग की याद हो आई, जहाँ वन में पर्णकुटी की सज्जा देखकर राम कह उठते हैं—कितना सुंदर चित्र बनाती हैं आप! आकृतियाँ तो जीवंत होती हैं।

मैं जानती हूँ कि व्यक्ति को जैविक जीवन तो एक ही मिलता है और उसकी प्रथम पहचान भी उसके पारिवारिक परिवेश में से उपजती है, लेकिन उसके व्यक्तित्व को आकार देने में उसकी शिक्षा, व्यवसाय, उसके विविध अनुभवों से लेकर संपर्क और संघर्ष के आघात-प्रतिघात की भूमिका भी महत्त्वपूर्ण रहती है। उसके अच्छे-बुरे अनुभव संवेदना को एक व्यापक और सार्थक स्वरूप प्रदान करते हैं। तात्पर्य यह कि व्यक्तित्व में, विशेष रूप से संवेदना और कलात्मक अभिरुचि संपन्न व्यक्तित्व में समस्त युगबोध अपने समस्त विष-अमृत सहित समाया रहता है और फिर यह व्यक्तित्व परिवार के दायरे में सिमटा नहीं रह जाता और उसका नाता बृहत् परिवार से जुड़ जाता है। इस बृहत् परिवार की सदस्य को जानने के लिए तो उसके व्यापक परिवार और परिवेश में ही ताक-झाँक करनी होगी। फिर मृदुला सिन्हा ने भी कहा है, "जीवन को समझने के लिए स्वानुभूति ही तो सही दृष्टि देती है।" (ज्यों मेहँदी को रंग, पृ.135)

पहले मैंने उनके प्रथम परिवेश को समझना चाहा तो उनका 'घरवास' उपन्यास मेरी चेतना में कौंध गया। मुझे उनका 'घरवास' ऐसा दस्तावेज लगा, जिसमें लेखिका और महामहिम मृदुला सिन्हा के व्यक्तित्व की साहित्यिक, सामाजिक, राजनीतिक, दार्शनिक-चिंतना आदि की संवेदना के विधायक तत्त्व मिल सकते हैं। यह उपन्यास उनके अनुभवों की बुनियाद का घर है और उनकी अभिव्यक्ति और रचनाधर्मिता की पुख्ता नींव। उपन्यास का परिवेश उनकी परिपक्व समझ के उठान के प्रथम दौर का आत्मीयता से भरा परिवेश है। उनका जमीनी सच्चाइयों से दो-दो हाथ होने का अखाड़ा और समाज तथा हालात से मीठा-तीता साबका होने का आईना 'घरवास' है। परिवार और समाज से घुलने-मिलने का परिवेश भी यहीं है। यहीं से उन्होंने जीवन में परिवार की उपयोगिता और सार्थकता की गंभीरता को पहचाना।

मृदुला सिन्हा जब किसी शहरी समूह को संबोधित करती हैं, तो उनकी भाषा के शब्द और उनकी बयानगी विशुद्ध हिंदी की होती है, लेकिन जब वे आम समाज के साथ संभाषण करती है, तो

सहज ही बिहारी हिंदी उनकी जबान पर चढ़ जाती है और कुछ ठेठ देसी शब्द जैसे (जैसे—बाबा, काका, ताऊ, लोथ-लांगड़, गंगा-यमुना भेंट, बिहनी बहिनी ना भेंट, "बाप रे उनका पूरा छत कद्दू से भरा है। इस साल बहुत फला है उनका कद्दू। मुझसे ही बीज लिया था। मेरे छप्पर पर तो फूल बतिया भी नहीं आया।" (घरवास)—यहाँ शब्दों और वर्णन शैली पर बिहार का भाषिक प्रभाव दिखाई देता है, लेकिन जब वे अकादमिक जगत् को संबोधित करती हैं तो उनकी भाषा बिना बिहारी प्रभाववाली दिखाई देती है।"

'अतिशय' में स्त्री-पुरुष के उलझे संबंधों, उद्यम-व्यवसाय क्षेत्र के दाँव-पेच, अर्थशास्त्र और दर्शन के विलक्षण संबंधों पर आपका प्रौढ़ चिंतन विद्यमान है। यहाँ आपने आज के समाज में युवावर्ग के कारण-अकारण क्रोध, अवसाद और आत्मघात जैसी नकारात्मक वृत्तियों का भी विश्लेषण किया है। इस युवा वर्ग में उन्होंने लड़कों को ही नहीं, लड़कों को भी समान सोच से भरा पाया है। धनबल और बुद्धिबल से संपन्न परिवारों की कन्याएँ भी अपने परिवार के दम पर अपने मित्रों-सहयोगियों का अपमान करने में नहीं चूकतीं और फिर अल्हड़पन में प्राप्त अपमान के दंश को मन के गहरे में ऐसे पाल लेती हैं कि मौका मिलते ही हिंसक प्रतिवार कर देती हैं! ये युवतियाँ अपने परिवार बल के दम पर जल्दी-से-जल्दी सबकुछ अपनी शर्तों पर हासिल करना चाहती हैं। ऐसा न करने की स्थिति में कुंठित या अवसादग्रस्त हो जाती हैं। उनका यह अवसाद उनके जीवन या परिवार में उलझनों को पैदा करनेवाला बन जाता है।

इस उपन्यास से हमें मृदुलाजी के उद्यम-कुशल गुण का भी पता चलता है। वस्त्र उद्योग पर आपकी समझ कुशल उद्योगपति की व्यावसायिक समझ से यदि अधिक नहीं है, तो किसी भी दृष्टि से कम नहीं है। बीमार उद्योग को मजूबत बनाने, श्रमिक संघर्षों को सुलझाने, व्यापार में तकनीक ओर विज्ञापन कला के महत्त्व, युवा प्रतिभा-क्षमता-विशेषज्ञता का सही उपयोग, शरारती तथा हानिकारक तत्त्वों से चतुराई से निपटने की सूझ-बूझ का अंदाज तो मुझे इसी उपन्यास से पता चला।

महामहिम मृदुला सिन्हा सत्ता-प्रतिष्ठा के शीर्ष पद पर स्थित सशक्त स्त्री समाज, मनोविज्ञान, राजनीति, अर्थनीति, भाषा-साहित्य-संस्कृति, संगीत, चित्रकला, गृह सज्जा आदि-आदि में अपनी सशक्त पहचान रखनेवाली इस स्त्री को मैंने मानिनी नायिका के समान पति से रूठते भी देख लिया और उनमें खिलखिलाती, मचलती बच्ची भी दिख ही गई। ये आज भी अपने पति पर पूरा-पूरा अधिकार जमाए रखना चाहती हैं और पति के सामने इठलाकर अपनी बात मनवाना चाहती हैं इसी प्रकार वे परिवार में अपनी देवरानियों में अपनी स्थिति ऊँचा रखना चाहती है। इसका हल्का सा एहसास 'परितप्त लंकेश्वरी' के उस प्रसंग में होने लगता है, जब रावण मंदोदरी के नारीत्व को अपमानित करता हुआ अपहृत रानियों के साथ लंका लौटता है, तो मंदोदरी कातर होकर सोचने लगती है। "उस समय मुझे मेरी दोनों देवरानियाँ मुझसे अधिक सौभाग्यशालिनी दिखने लगीं। वे जीतीं, मैं हारी। वे बड़ी, मैं छोटी हो गई। अपने को छोटा समझा लेना बहुत दुःखदायी होता है।" ('परितप्त लंकेश्वरी', पृ.-136-137) लंकेश्वरी का यह अवसाद और परिताप रुग्ण या यौन मानसिकता से ग्रस्त किसी भी पत्नी का हो सकता है।

राजभवन परिसर में गोवा की भूमि में सहज ही उगनेवाले काली मिर्च-काजू-नारियल की क्षेत्रीय वनस्पतियों के बीच उत्तर भारत की जमीन पर उगनेवाली सब्जियाँ, फूलों आदि की पौध रोपना और उनकी समुचित देखभाल में रुचि लेना आपके प्रकृति के साथ आत्मीयता भरे संबंध का प्रमाण है। आपने बिहार से लाए लीची-आम-कटहल को गोवा की जमीन पर रोपा और इसकी देखभाल के लिए भी सजगता बरती। इसी अपनेपन से वे अपने बिहार के घर में काजू-काली-मिर्च की पौध रोपती हैं और इसकी देख-रेख की सख्त हिदायत भी देती हैं। प्रकृति प्रेम के साथ देश के सभी अंचलों के प्रति समान लगाव रखनेवाला आपका मन यहीं खुलकर दिखता है। प्रकृति की जमीन तो सबके प्रति उदार उर्वरा है, आवश्यकता तो इस बात की है कि इस उर्वर पहचान को जीवन में उतारा जाए। बस इन शब्दों में जो व्यक्तित्व मुझे दिखाई दिया, वह केवल उपाधि मात्र नहीं है, वह तो सही-सही मृदुला सिन्हा महामहिम का है!

पूर्व प्राचार्या, कालिंदी कॉलेज, नई दिल्ली
मो. : 9873351544

□

नारियों की शक्ति-स्तंभ

—विमला बाथम

वैसे तो हम सभी मृदुलाजी को एक कुशल नेत्री, विदुषी, मृदु स्वभाव और आकर्षक व्यक्तित्व वाली सफल महिला के रूप में जानते ही हैं, परंतु मेरे लिए वे इससे अधिक कुछ और हैं। मैंने अपने जीवन के अनुभवों के आधार पर व्यक्तियों को परखने और समझने की निजी धारणा बना रखी है, जिसका सर्वोच्च पैमाना व्यक्ति के परोक्ष गुणों को परखना है, जिस पर प्राय: आम लोगों की दृष्टि नहीं पड़ती। इसी आधार पर मैंने अपनी मृदुला दीदी को निकट से देखा और उनके इन्हीं अंतर्मुखी गुणों के कारण मैं आज उनकी बड़ी प्रशंसक हूँ।

मृदुला दीदी से हमारा विधिवत् प्रथम परिचय दिल्ली में वर्ष 1986 में हुआ, जब वे भारतीय जनता पार्टी के महिला मोर्चा की राष्ट्रीय अध्यक्ष बनीं। इस प्रकार पिछले इकत्तीस वर्षों से उनसे हमारे घनिष्ठ संबंध हैं, जो निरंतर प्रगाढ़ होते जा रहे हैं। मुझे मृदुला दीदी से निरंतर राजनैतिक, साहित्यिक, सामाजिक और व्यक्तिगत विषयों पर दिशा-निर्देश मिलते रहे हैं।

यों तो राजनीति, साहित्य और सामाजिक कार्यों में उनकी अनेक महत्त्वपूर्ण उपलब्धियाँ रही हैं, जिनसे अधिकांशत: लोग परिचित हैं, किंतु उनके द्वारा स्थापित और संपादित 'पाँचवाँ स्तंभ' पत्रिका का मैं विशेष रूप से उल्लेख करना चाहूँगी। इस पत्रिका को मैं साहित्यिक, राजनैतिक और सामयिक विषयों पर निष्पक्ष और निर्भीक चर्चा करनेवाली एक अति विशिष्ट पत्रिका मानती हूँ, जिसमें प्रतिष्ठित लेखकों और समीक्षकों के अतिरिक्त युवा, प्रगतिशील और देशहित का सोच रखनेवाले अनेक अपरिचित लेखकों को अपने विचार प्रस्तुत करने का अवसर दिया।

मृदुलाजी से मैंने कई बार इस पत्रिका के प्रकाशन में आनेवाली अनेक कठिनाइयों के विषय में चर्चा की, परंतु हर बार उन्होंनें साहस, धैर्य और अपने दृढ संकल्प को दोहराते हुए उत्तर दिया कि 'पाँचवाँ स्तंभ' कोई व्यावसायिक पत्रिका नहीं है, बल्कि पाठकों में एक नव चेतना और जागरूकता उत्पन्न करने का 'मिशन' है। सचमुच, ऐसी सोचवाले संपादक और प्रकाशक अब मेरी दृष्टि में गिने-चुने ही शेष हैं।

मृदुलाजी नोएडा स्थित प्रसिद्ध लेखिका स्व. श्रीमती आशारानी व्योरा द्वारा स्थापित 'सूर्या संस्थान' की भी अध्यक्षा थीं, अत: संस्थान के कार्यक्रमों में वे निरंतर नोएडा आती रहती थीं। ऐसे अनेक अवसरों पर उनसे साहित्य, राजनीति और सामाजिक विषयों पर चर्चा के अतिरिक्त उनके

विदेश भ्रमणों के उत्प्रेरक अनुभवों की साझीदारी करने का भी आनंद मिला। जर्मनी, अमेरिका, इंग्लैंड, सूरीनाम, दक्षिण अफ्रीका, मॉरीशस आदि अनेक देशों में संपन्न हुए विशिष्ट साहित्यिक सम्मेलनों की विविध अंतरंग जानकारियाँ मिलीं।

आजकल वे भारत सरकार द्वारा मनोनीत गोवा प्रदेश की राज्यपाल के रूप में राष्ट्र को अपनी सेवाएँ दे रही हैं। हमारी ईश्वर से विनम्र प्रार्थना है कि मृदुलाजी को स्वस्थ, यशपूर्ण, दीर्घायु प्रदान करें, ताकि वे अपने लंबे अनुभव और ज्ञान का देशहित में सदुपयोग कर सकें।

पूर्व विधायक, नोएडा (उ.प्र.)

□

सामाजिक सरोकारों की स्वायत्त 'संस्था'

—डॉ. ओम प्रकाश शर्मा

प्रजातांत्रिक समाज के निर्माण में सरकारी उपक्रमों के साथ-साथ गैर-सरकारी संस्थाओं, स्वायत्त निकायों एवं स्वयंसेवी संगठनों की महती भूमिका होती है। विधायिका, कार्यपालिका, न्यायपालिका प्रजातंत्र के ढाँचागत बाहरी कलेवर को ही रूपाकार देते हैं। आंतरिक संरचना के अंतर्गत जनसेवा की वास्तविक परिणति तो जनता के सामुदायिक प्रयत्नों से ही संभव होती है। जनता का, जनता द्वारा और जनता के लिए आचरणवाले लोकतंत्र के सर्वोच्च मूल्य की व्यावहारिक फलितार्थता के लिए सत्ता और सेवा के संयोजन से स्वयंसेवा की जरूरत है। इस मामले में भारतवर्ष का अतीत सुनहरा रहा है। जब पश्चिम से उद्भूत आधुनिक लोकतंत्र का उदय भी नहीं हुआ था, तब यह लोकतांत्रिक अवधारणा यहाँ वैशाली के गणराज्यों जैसी कई जगहों पर अस्तित्व में रही है। प्राचीनकाल में जिन चार आश्रमों का प्रावधान था, वे भी स्वयंसेवा के लिए आत्मानुशासन पर ही जोर देते थे।

भारत से अंग्रेजों को खदेड़ने के बाद गांधीजी के आदर्शों के अनुरूप निचले स्तर पर स्वशासन व प्रशासन के तालमेल से स्वयंसेवा के विविध तरीकों को प्रोत्साहित करने की जरूरत महसूस की गई। प्रथम प्रधानमंत्री पं. नेहरू ने स्वयंसेवी भूमिका को कल्याणकारी राज्य की तीसरी आँख मानते हुए इसे प्रशासन का हृदय कहा था। स्वयं गांधीजी ने राष्ट्रीय स्वयंसेवक संघ से अपनी तमाम असहमतियों के बावजूद उसकी शाखाओं में जाकर स्वयंसेवा भावना के कारण ही सराहना की थी। जाहिर है कि वे सत्ता की फल-प्राप्ति के कारण विगत सदी के नायक सिद्ध नहीं हुए थे।

केंद्रीय समाज कल्याण बोर्ड का गठन 1953 में किया गया। डॉ. दुर्गाबाई देशमुख जैसी धाकड़ स्वतंत्रता सेनानी को इसका प्रथम अध्यक्ष बनाकर इसकी पहचान को गरिमा दी गई। इनकी स्मृति में बोर्ड द्वारा 'डॉ. दुर्गाबाई देशमुख पुरस्कार' प्रदान करने की परंपरा शुरू की गई है। बोर्ड ने स्वयंसेवी संगठनों से तालमेल बिठाकर जहाँ परंपरागत कुरीतियों से त्रस्त उपेक्षितों के प्रति जागृति फैलाई है, वहीं पश्चिमी आधुनिकता के अंधानुकरण से समाज में घर करती जा रही दुष्प्रवृत्तियों से सजग करने का कार्य समय की धारा के साथ किया है। दहेज उन्मूलन कानूनों में संशोधन, बलात्कार कानूनों में परिष्कार, यौन उत्पीड़न पर दिशा-निर्देश जैसे महिला हितैषी विषयों की व्यवस्था भी ऐसा ही नतीजा है। बोर्ड ने हाल के वर्षों में परिवार-समाज की बदलावपूर्ण

स्थितियों के दृष्टिगत कुछ नए कार्यक्रमों का संचालन किया है, जो काफी महत्त्व के हैं। बोर्ड की पूर्व अध्यक्ष श्रीमती मृदुला सिन्हा की कार्यक्षमता इस मामले में सराहनीय है। इसके लिए इनके राजनीतिक अनुभव, समाजसेवा से निरंतर जुड़ाव एवं सांस्कृतिक-साहित्यिक गतिविधियों में अभिन्न भागीदारी को श्रेय जाता है। नवंबर, 1998 में पद सँभालते ही इन्होंने वर्ष 1999 को 'चेतना पर्व' के रूप में मनवाने का निर्णय किया। इसके अंतर्गत स्वैच्छिक संगठनों, सामाजिक समूहों तथा समाज के विभिन्न वर्गों को सजग-सचेत किया गया तथा उन्हें बोर्ड की आकांक्षाओं व कोशिशों से अवगत कराने का कार्य हुआ। इतना ही नहीं, साल के बारहों महीने को अलग-अलग विषय के रूप में लेकर देश भर में संगोष्ठियाँ, सम्मेलन, रैली, जुलूस, संवाद जैसे कार्यक्रम हुए। इस दौरान कुछ नए कार्यक्रम आरंभ किए गए, जो काफी महत्त्वपूर्ण सिद्ध हुए हैं। आतंकवादी-असामाजिक तत्त्वों से ग्रस्त समाज की महिलाओं के कल्याणार्थ प्रभावित राज्यों में कार्यक्रमों की शुरुआत हुई है, जो अपने आप में अनूठी संवेदनशीलता की प्रस्तुति है। जम्मू-कश्मीर, पंजाब, बिहार, पूर्वोत्तर के राज्यों में आतंकी-अराजकतावादी गतिविधियों के भिन्न-भिन्न रूपों की शिकार होकर कुछ स्थान-विशेष पर बहुत महिलाएँ विधवा हो गईं। ऐसी तीन-चार वर्ष पूर्व तक की विधवा हो चुकी एक-एक गाँव की 25 महिलाओं को दृष्टिगत रखकर इनके सबलीकरण के लिए पैकेज-योजना चालू की गई है। फिलहाल कश्मीर के एक, बिहार के तीन और पंजाब के दो गाँवों में यह कार्यक्रम सफलता से चल रहा है, जहाँ विधवाओं को सक्षम व आत्मनिर्भर बनाने के लिए उनकी जरूरत के हिसाब से सहायता और प्रशिक्षण दिया जाता है।

वृद्धाश्रमों एवं पालनाघरों को साथ-समीप बनवाने तथा उनमें तालमेल बिठाने का कार्य शुरू किया गया, जिससे वृद्धों को खिलाने व वात्सल्य के आलंबन के लिए बच्चे-बच्चियों का स्पर्श मिले और अनाथ बच्चों को वृद्धों-बुजुर्गों की स्नेहिल छत्रच्छाया। पालनाघर और वृद्ध सदन, दोनों ही काफी समय से बनते रहे हैं, लेकिन मृदुला सिन्हाजी ने इन्हें एक जगह बनवाने और तालमेल बनाकर एक-दूसरे से जोड़ने की मुहिम की शुरुआत कर नई उम्मीदों की ओर देखने का मार्ग प्रशस्त किया है। गृह कार्यों के प्रति बढ़ती अदक्षता-अनिच्छा को देखते हुए महिलाओं को इसमें भी दक्ष बनाने के लिए प्रशिक्षण कार्यक्रम आरंभ हुआ है। यहाँ कहनेवाले कह सकते हैं कि महिलाओं को कुशल गृहिणी बनाकर कौन सी क्रांति लाई जा सकती है। यह तो परंपरागत दृष्टि ही है, जबकि सच तो यह है कि गृह कार्य की दक्षता सबके लिए उपयोगी है। आजकल विवाह और विवाह के बाद दांपत्य का निर्वाह चुनौती बनता जा रहा है। बढ़ती तलाक की संख्या से यह प्रमाणित है। विवाह की सफलता हेतु बोर्ड ने विश्वविद्यालयों में विवाह-पूर्व परामर्श केंद्र स्थापित किए हैं। स्वैच्छिक प्रयासों में आस्था पनपाना तथा इनसे प्रत्यक्ष रूप से परिचित होने के लिए हजारों संगठनों से संपर्क स्थापित करना इसकी अन्य उपलब्धि है। शिक्षण-प्रशिक्षण के लिए महिलाओं को सहायता, परिवार परामर्श केंद्रों का संचालन, महिला छात्रावासों को सहायता, कामकाजी महिलाओं के लिए छात्रावास आदि अनेक क्षेत्रों में वित्तीय सहायता व मार्गदर्शन प्रदान कराने का कार्य बोर्ड प्रत्यक्षत:-परोक्षत: करता रहा है।

जब भारत भर में नारी सशक्तीकरण वर्ष मनाया गया तो बोर्ड ने भी लैंगिक भेदभाव समाप्त

करने के लिए कुछ बीज-सूत्र प्रस्तुत किए। इसके लिए जहाँ लड़की के जन्म के अवसर पर बधावा-सोहर गाने व शंख-थाल बजाकर न केवल खुशी व्यक्त करने तक सीमित रहने का संकेत दरशाया है, अपितु जन्म के साथ ही लड़की के प्रति लोकाचरण की भेदभाववाली दृष्टि का निषेध करना इसका अभिप्रेत बना है। स्त्री के साथ मानवीय व्यवहार किया जाए, इसके लिए सामाजिक जागृति पर जोर देना बोर्ड का लक्ष्य रहा है। इसके लिए सभी राज्यों में 'मानवी सम्मान भोज' का आयोजन किया गया। बिना सहकारी सहायता से समाज को परस्पर स्नेहिल बनाकर सामूहिक सहयोग द्वारा एक जगह भोजन बनाकर पहले महिलाओं को खिलाया जाता है। इसके तीन लाभ हैं—अपने भोजन के प्रति स्वयं स्त्री में, परिवार में तथा समाज के नजरिए में बदलाव लाना।

प्रधानमंत्री अटल बिहारी वाजपेयी ने स्वैच्छिक प्रयास को विकास का चौथा स्तंभ कहा है। एक जनवरी के गोवा चिंतन में उन्होंने निर्धनों और पिछड़ों के जीवन स्तर में सुधार का लक्ष्य प्रतिपादित किया। इन क्षेत्रों के स्वयंसेवी प्रयासों की प्रशंसा करते हुए उन्होंने उसे सुदृढ बनाने की आवश्यकता जताई। इसे दिशा-निर्देश के रूप में मानकर मृदुला सिन्हाजी की अध्यक्षता में बोर्ड ने स्वयंसेवी संगठनों को एन.जी.ओ., यानी नॉन गवर्नमेंट ऑर्गेनाइजेशन अर्थात् गैर-सरकारी संगठन कहने की चालू पद्धति को अनुचित माना है। यह नॉन-वेज की तरह नकारात्मक ही नहीं, भारतीय जीवन-मूल्यों-आदर्शों को विच्छेदित करनेवाला भी है। अत: इसे बदल देने का प्रयास बोर्ड ने अपने स्तर पर शुरू किया है।

बोर्ड द्वारा संचालित योजनाएँ सही अर्थों में जरूरतमंदों तक पहुँचें, ग्रामीण जन भी इसके सरोकारों से जुड़े, ऐसा सुनिश्चित कराने के लिए गत वर्ष 40 लड़कियों के समूह की एक शैक्षणिक यात्रा शुरू की गई, जिसमें गाँव और शहर की 20-20 लड़कियों को शामिल किया गया। गाँव और शहर की महिलाओं की समस्याएँ-आवश्यकताएँ भिन्न होते हुए भी लैंगिक स्तर पर कई मायनों में समान भी होती हैं। इसलिए दोनों एक-दूसरे को जानें-समझें, परस्पर नजदीक से देखें-परखें, दोनों की अपनी अलग-अलग भूमिका पर समान अहमियत सुनिश्चित हो, ऐसा इस यात्रा का उद्देश्य रखा गया है।

सामाजिक विकास के लिए अब तो सरकार भी निजी प्रयासों पर निर्भर होने लगी है। ऐसे में स्वयंसेवी संस्थाओं को प्रोत्साहित करनेवाली संस्था की अनिवार्यता स्वयंसिद्ध है। भारत सरकार के महिला एवं बाल विकास विभाग ने टी.एन. चतुर्वेदी की अध्यक्षता में एक समिति द्वारा बोर्ड का पुनरावलोकन कराया है, जिसमें नई आवश्यकताओं के अनुरूप इसे मजबूत बनाने पर जोर दिया गया है। सरकार एवं समाज के बीच एक नोडल एजेंसी के रूप में यह अपनी भूमिका निभाए, ऐसी अपेक्षा व्यक्त की गई है। देखना यह है कि इन सुझावों पर कहाँ तक अमल हो पाता है।

संपादक, 'युग सेतु'
मो. : 9013379808

□

चरैवेति-चरैवेति का मूलमंत्र

—मनोहर पुरी

यदि अपनी धर्मपत्नी के साथ किसी कार्यक्रम में बैठा देखकर कोई आपको शिव-पार्वती की जोड़ी कहे तो कैसा लगेगा। अच्छा ही लगेगा न और यदि ऐसे शब्द महामहिम डॉ. मृदुला सिन्हा के मुख से सुनने को मिलें तो बात ही कुछ और है। मृदुलाजी जब भी मुझे अपनी सहधर्मिणी डॉ. उषा पुरी के साथ किसी समारोह में बैठा देखतीं तो ये शब्द अनायास ही उनके मुख से निकल पड़ते। इसके लिए मैं उनका हृदय से आभारी रहा हूँ। प्राय: प्रत्येक साहित्यिक आयोजन में हमारी उनसे भेंट हो जाती है। श्रीमती मृदुला सिन्हा से मेरी भेंट सत्तर के दशक के अंतिम वर्षों में प्रारंभ हुई। आपातकाल के बाद जब जनता पार्टी सत्तारूढ़ हुई, तब उनके पति डॉ. रामकृपाल सिन्हा को श्री मोरारजी देसाई ने अपने मंत्रिमंडल में श्रम एवं संसदीय कार्य राज्य मंत्री का उत्तरदायित्व सौंपा हुआ था। पत्रकारिता से हुआ परिचय प्रगाढ़ संबंधों में बदलने लगा। कलकत्ता से प्रकाशित होनेवाले दैनिक विश्वमित्र का विशेष संवाददाता होने के कारण संसद् की रिपोर्टिंग करने के लिए मुझे प्रतिदिन संसद् भवन जाना होता था और वहाँ सांसदों एवं मंत्रियों से मिलना-जुलना मेरे व्यवसाय का अभिन्न अंग था। इसके अतिरिक्त उन दिनों रविवार साप्ताहिक के अंतिम पृष्ठ पर मेरे द्वारा मंत्रियों से लिये गए साक्षात्कारों की खासी चर्चा रहती थी। रामकृपालजी ने जिस आत्मीयता से रविवार के लिए साक्षात्कार दिया था, वह अविस्मरणीय है। बिना किसी लाग-लपेट के अत्यंत सहज और सरल भाषा में दिया गया वह साक्षात्कार पाठकों ने भी बहुत पसंद किया था।

साक्षात्कार के पश्चात् हुई अनौपचारिक बातचीत में उन्होंने जब कहा कि मैं स्वयं अंग्रेजी का प्राध्यापक रहा हूँ तो मैंने बताया कि मेरी पत्नी दिल्ली विश्वविद्यालय में हिंदी पढ़ाती हैं। मृदुलाजी की साहित्य में गहरी रुचि है, इसकी जानकारी भी सर्वप्रथम डॉक्टर साहब से ही मिली थी। आपातकाल के पश्चात् 'पाञ्चजन्य' के संपादक का दायित्व मेरे अभिन्न मित्र भानु प्रताप शुक्ल ने सँभाला। दीनानाथ मिश्र के कार्यकाल से मैं पाञ्चजन्य में 'गहरे पानी पैठ' और ऑर्गेनाइजर में 'पेरिस्कोप' स्तंभ के लिए लिखता था। अब विभिन्न राजनैतिक विषयों पर भानुजी मुझे लिखने का दायित्व देने लगे। भानुजी की श्री अश्विनी कुमारजी से गहरी मित्रता थी। अश्विनीजी विट्ठल भाई पटेल भवन में कमरा नंबर 302 में रहते थे। वे बिहार के प्रभारी थे। राष्ट्रीय स्वयंसेवक संघ के प्रचारक के रूप में उनका एक लंबा समय बिहार में संघ कार्य

को मजबूत करने में व्यतीत हुआ था। सिन्हा दंपती पर उनका विशेष स्नेह था। मेरा कार्यालय विट्ठल भाई पटेल भवन के बिल्कुल सामने आई.ई.एन.एस. भवन, जिसे अब आई.एन.एस. के नाम से जाना जाता है, में था। इस भवन में देश के प्राय: सभी प्रमुख समाचार-पत्रों के कार्यालय थे। देश के सबसे पुराने हिंदी समाचार-पत्र 'विश्वमित्र' का भी कार्यालय यहाँ था। स्थानीय समाचार-पत्रों के संवाददाता भी यहाँ अकसर आया करते थे। भानुजी का दिन में एक बार तो यहाँ आना होता ही था और जिस समय हमें कोई विशेष कार्य नहीं होता, हम लोग सामने अश्विनीजी के यहाँ चाय पर गप्प करने पहुँच जाते थे। अकसर यहीं पर मृदुलाजी से भेंट हो जाती और राजनैतिक वार्त्ता साहित्य चर्चा में बदल जाती।

अब भी समय-समय पर कहीं-न-कहीं हमारी भेंट हो ही जाती है। दैनिक 'विश्वमित्र' के साथ-साथ मैं श्री बालेश्वर अग्रवालजी द्वारा संचालित संदर्भ सेवा 'युगवार्त्ता' का भी संपादन करता था। एक बार मैंने उसमें मृदुला सिन्हाजी का एक लेख प्रकाशित किया। हम अपने लेखकों को अपेक्षाकृत बहुत कम पारिश्रमिक देते थे, परंतु देते अवश्य थे। गत दिनों हमारी एक संस्था अंतरराष्ट्रीय सहयोग परिषद् के एक कार्यक्रम में महामहिम ने अपने एक संस्मरण में बताया कि बालेश्वरजी ने उन्हें पारिश्रमिक देने के एवज में इस संस्था का सदस्य बना लिया था। मेरे लिए यह नई बात थी, क्योंकि मेरा कार्य केवल संपादकीय विभाग को देखना था। मृदुलाजी ने कभी मुझसे पारिश्रमिक न मिलने की शिकायत भी नहीं की थी। लेखक की आर्थिक स्थिति कितनी भी अच्छी हो, अपने लेख का पारिश्रमिक पाकर उसे जो असीम आनंद मिलता है, उसकी तुलना बहुत बड़ी कमाई जानेवाली राशि से भी नहीं की जा सकती।

मृदुलाजी को मैंने सैदव किसी-न-किसी कार्य में तन्मयता से लगा हुआ पाया। समाज कल्याण और महिला सशक्तीकरण में उनकी विशेष रुचि थी। जब मृदुलाजी ने केंद्रीय समाज कल्याण बोर्ड का कार्यभार सँभाला तो उनकी सक्रियता देखते ही बनती थी। तब अकसर हम उनकी कोठी पर एकत्र होते और विभिन्न समस्याओं और उनके समाधान पर चर्चा होती। इस में साहित्य की क्या भूमिका हो सकती है, यह भी विषय उठाया जाता। ऐसी ही चर्चाओं से 'पाँचवाँ स्तंभ' पत्रिका का विचार उपजा। मृदुलाजी साथी (सोशल एक्शन थ्रू इंटीग्रेटड नेटवर्क) नामक संस्था का संचालन करती थीं। समाज के विकास में सरकार क्या योगदान कर सकती है, समाज कल्याण में कार्यरत संस्थाओं की जानकारी और उनके साथ सामान्य लोगों को जोड़ना इस संस्था का उद्देश्य था। इन सब की गतिविधियों की जानकारी आम जनता तक पहुँचे, उसके लिए एक मासिक पत्रिका 'पाँचवाँ स्तंभ' के प्रकाशन की योजना बनी। मृदुलाजी का मानना है कि स्वैच्छिक क्षेत्र लोकतंत्र का पाँचवाँ स्तंभ है और इसके प्रचार-प्रसार के लिए चौथे स्तंभ का सहयोग आवश्यक है। मृदुलाजी की साहित्यिक रुचि के कारण शनैः-शनैः यह पत्रिका साहित्य के क्षेत्र में अपने पाँव जमाने लगी है।

हम दोनों का निकटता से एक साथ काम करने का अवसर तब आया, जब भारतीय जनता पार्टी के महिला मोर्चा द्वारा व्यापक पैमाने पर बी.जे.पी. की वरिष्ठ नेत्री राजमाता विजयाराजे सिंधिया का अमृतोत्सव मनाने का निर्णय किया गया। उस समय महिला मोर्चा की संयोजिका

श्रीमती जयवंती बेन मेहता थीं, परंतु मुझे तो चारों ओर सह संयोजिका मृदुला सिन्हा ही पूरे जोर-शोर से कार्य करती दिखाई देती थीं। वैसे भी मृदुलाजी के राजमाताजी के साथ घनिष्ठ संबंध थे। मृदुलाजी ने उस समारोह की छपाई से संबंधित कार्यों का दायित्व मुझे सौंप दिया और निश्चिंत हो गईं। यह एक भारी दायित्व था, क्योंकि इसमें धन-संग्रह के लिए कूपन भी छपवाए जाने थे, इसलिए इस कार्य को हल्के में नहीं लिया जा सकता था। हमने दिन-रात जुटकर यह कार्य किया। दुर्भाग्यवश इस बीच मुझे दिल का दौरा पड़ा, परंतु वे बिल्कुल नहीं घबराईं और मेरे सहयोगियों को निरंतर दिशा-निर्देश देकर कार्य को यथासमय पूरा करवाने में जुटी रहीं। मैंने सारे कार्य का संचालन हस्पताल के बिस्तर से ही किया।

कहीं कहानी-पाठ, कहीं तीज-त्योहार, कहीं सामाजिक समस्याओं पर चर्चाओं और अनेक बार अंतरराष्ट्रीय सहयोग परिषद् की बैठकों में हमारी भेंट होती ही रहती है। महामहिम के पद पर सुशोभित होने के बाद भी उन्होंने परिषद् के प्रत्येक निमंत्रण को सहर्ष स्वीकार किया है। जब मुझे विदेश मंत्री आदरणीय सुषमा स्वराजजी ने भोपाल में आयोजित होनेवाले दसवें विश्व हिंदी सम्मेलन के संदर्भ में कुछ दायित्व सौंपे और मैंने मृदुलाजी से जो सहयोग माँगा, उन्होंने सहर्ष दिया। भोपाल में 'गिरमिया देशों में हिंदी' के सत्र के संयोजक के रूप में जब मैंने उनसे उस सत्र की अध्यक्षता करने का अनुरोध किया तो उन्होंने सहज ही अपनी स्वीकृति दे दी, जबकि उस समय उनके पास समय का बहुत अभाव था।

पैंतीस-चालीस वर्ष के इस लंबे कालखंड में मुझे एवं मेरी पत्नी को समय-समय पर उनका स्नेह मिलता रहा है, इसके लिए हम उनके हृदय से आभारी हैं। ईश्वर उन्हें चिरायु करे।

प्रसिद्ध पत्रकार एवं सामाजिक कार्यकर्ता

मो. : 9999679335

□

अपनी सीमा का कभी अतिक्रमण नहीं किया

—आनंद भारती

राजनीति और साहित्य की दोस्ती उतनी आसान नहीं, जितनी हमें लगती है। राजनीति ज्यादातर समझौतों के साथ चलती है, जबकि साहित्य खरी बात कहता है और अपनी शर्तों पर चलता है। उसका जन्मना रिश्ता विद्रोह के साथ होता है, लेकिन इससे इनकार नहीं किया जा सकता कि दोनों के ही केंद्र में समाज और मनुष्य होता है। फर्क कार्यशैली का होता है। यह पता नहीं कि अगर साहित्य और राजनीति को एक साथ जीने की कोशिश की जाए तो परिणाम क्या निकलेगा? वह या तो अटल बिहारी वाजपेयी बन जाएगा या फिर मृदुला सिन्हा का रूप ले लेगा। राजनीति और साहित्य का यह संतुलन अपने आप में एक उपलब्धि है।

मैंने इनकी राजनीति देखी है और इनका साहित्य भी पढ़ा है। अनुभव आया है कि साहित्य को जीनेवाला जब राजनीति को साधने की कोशिश करता है तो उसकी एक अलग धारा बन जाती है। दोनों ही भूमिका में वह मनुष्यवादी सोच तथा संवेदना को छोड़ने की कल्पना तक नहीं करता है। वह सिद्धांत और व्यवहार के समन्वय में जुट जाता है। मुझे याद है कि 1984 से 1986 तक मैं साप्ताहिक 'पाञ्चजन्य' के संपादन विभाग में था, तब आदरणीय भानुप्रताप शुक्लाजी के साथ कभी-कभी विट्ठल भाई पटेल हाउस में जाता था। उन्होंने ही मृदुला सिन्हाजी से परिचय कराया था, इस मजाक के साथ कि एक बिहारी का मिलन दूसरे बिहारी से होना चाहिए। उस दौरान कई मुलाकातें उनसे हुई थीं। उसके बाद जब मैं पटना 'नवभारत टाइम्स' में नौकरी करने गया तो बस देखा-देखी तक सीमित हो गया। शायद उन्हें याद भी न हो।

सच कहूँ तो साहित्य से मेरा भी अंतरंग रिश्ता स्कूल के दिनों से ही रहा है, लेकिन मालूम नहीं कि साहित्यकारों से मिलने से मैं कतरा क्यों जाता था? बचपन से मिले संस्कारों के कारण साहित्यकार पूजनीय जैसे लगते थे। जाहिर है, जो पूजनीय होते हैं, उनसे आपका खुलना मुश्किल हो जाता है। यह अलग बात है कि बाद में वह डर या संकोच राजनीतिक रिपोर्टिंग के अक्खड़पन के कारण अपने आप खत्म हो गया, लेकिन तब तक मृदुलाजी से संपर्क आमने-सामने का टूट गया, मगर उनके साहित्य से जुड़ा रहा। सम्मान का जो भाव पहले से कायम था, उसमें इजाफा ही हुआ। उनकी रचनाओं ने कभी दूर होने का एहसास भी नहीं होने दिया। दिल्ली, चंडीगढ़, मुंबई में दिन गुजारते हुए अगर अपनी जमीन से बँधा रहा तो उसमें मृदुलाजी की रचनाओं का भी कुछ

योगदान है। वे खुद भी किस तरह अपनी जमीन से, गाँव-समाज से, लौकिकता से, विश्वास और संस्कारों से गुँथी हुई रही हैं, यह उनके लेखन से साबित होता है।

जितना मैं समझ पाया हूँ, मृदुला सिन्हाजी ने राजनीति में विभिन्न पदों पर रहकर हमेशा साफ-सुथरा जीवन जिया। उन पर अटलजी, आडवाणीजी का चाहे जितना असर हो, लेकिन उन्होंने संघ-भाजपा के वरिष्ठ नेता केदारनाथ साहनीजी को फॉलो करना जरूरी समझा। यह उन्होंने खुद एक लंबी मुलाकात में बताया था। साहनीजी आज इस दुनिया में नहीं हैं, लेकिन उनकी बहुत सारी यादें मृदुलाजी के पास सुरक्षित हैं। गोवा की राज्यपाल बनने और राजभवन में जाने के बाद उन्हें जो पहली प्रशंसा सुनने को मिली, वह साहनीजी की ही थी। साहनीजी अटल सरकार के समय सिक्किम के बाद गोवा के राज्यपाल बने थे।

यह क्या कम तारीफ की बात है, आज जब हर कोई आत्म-प्रशंसा में डूबा हुआ है, मृदुलाजी खुद को पीछे रखकर अपने सहयोगियों के गुणों का बखान करने लगती हैं। साहनीजी की जीवनी लिखने का काम मुझे मिला था। इसी सिलसिले में मृदुलाजी से एक लंबी मुलाकात दिल्ली के गोवा सदन में हुई। मेरे साथ सहयोगी अवधेश मिश्राजी भी थे। हम दोनों के बिहारवासी होने के कारण मृदुलाजी ने पहले बिहार पर ही खुलकर गप्पें लगाईं। चाय-बिस्किट के साथ उनका अपनापन परिवार जैसा सुख दे रहा था और साहित्य को लेकर उनकी वैचारिक दृढता हमें सम्मोहित कर रही थी। स्त्री-विषयक चर्चा पर उनकी आँखों में चमक आ गई थी।

सबसे बड़ी बात तो यह दिखी कि वे बड़े को बड़ा बताने में जरा भी झिझक नहीं रही थीं। यह स्वीकारने में परहेज नहीं कर रही थीं कि भाजपा महिला मोर्चा की राष्ट्रीय अध्यक्ष रहने के दौरान नेतृत्व के गुर किन-किन नेताओं से सीखे। उन बड़े नेताओं में केदारनाथ साहनी एक ऐसे नेता थे, जो लगातार कहते रहते थे कि संगठन को चलाने के लिए पैसे जुटाना भी सीखना पड़ेगा, लेकिन जब भी दिक्कत आई, साहनीजी ने ही रास्ता आसान किया। इसलिए सबसे ज्यादा भरोसा उन्हीं पर किया। मृदुलाजी चाहतीं तो कह सकती थीं कि उनके बलबूते ही सबकुछ ठीक-ठाक चला, लेकिन उन्होंने साहनीजी को धेय देकर अपनी वैचारिक और स्वभावगत ईमानदारी का परिचय दिया।

राजनीति में रहकर भी मीठा बोला जा सकता है, यह कोई मृदुला सिन्हा से सीखे। उन्होंने राजनीति को समाजोन्मुख बनाने में कोई कोर कसर नहीं छोड़ी। कह सकते हैं कि यह उनके साहित्यिक गुणों का राजनीतिक रूपांतरण है। ऐसा रूपांतरण हमेशा मनुष्यवादी होता है। कहनेवाले तो यह कहते हैं कि राजनीति में शेखी बघारने वालों की कोई कमी नहीं है, लेकिन मृदुलाजी इससे हमेशा दूर रहीं। उन्हें जो जिम्मेदारी मिली, उसे प्राणपण से पूरा किया। जब तक राजनीति में रहीं, पार्टी की नीतियों के साथ चलीं और जब आज राज्यपाल हैं तो उन्होंने पनी जिम्मेदारी में राजनीति का प्रवेश मानो वर्जित कर रखा है। खुद उन्होंने कहा था, हर जिम्मेदारी की अपनी सीमा-रेखा होती है। उसके अतिक्रमण से घातक परिणाम की आशंका बनी रहती है। मृदुलाजी के जीवन से सीखा जा सकता है कि जो जहाँ रहे, अपनी मर्यादा का पालन करे और उसकी गरिमा को बरकरार रखे।

उन्होंने खुद बताया कि गोवा राजभवन में एक बड़ी सी मेज है। वह मेज एक मिलन बिंदु

है। जो लोग उनसे मिलने आते हैं, उसी मेज पर कुछ खाते हुए मिलते हैं। इससे लोग भी सहज रहते हैं और अपनी बात खुलकर बताते हैं। यह आपस की दूरी को कम करने के साथ-साथ विश्वास कायम करता है। स्वीकार किया कि यह गुण उन्होंने साहनीजी को गोवा राजभवन में ही देखकर सीखा था, जो आज बहुत काम दे रहा है। कुछ भी अच्छा सीखने की यह इच्छा उनके व्यक्तित्व का हिस्सा बन गई है। यह कहते हुए वे भावुक हो गई थीं कि गोवा राजभवन में आम का जो पेड़ साहनीजी ने लगाया था, उसकी देखभाल बहुत सलीके से कर रही हैं। जाहिर है कि यह मृदुलाजी के स्त्रीत्व का एक सबल पक्ष है, जो संवेदना, जिम्मेदारी और विचार के बीच सामंजस्य बिठाए हुए है।

कॉलेज में अध्यापन का कालखंड हो या राजनीतिक कार्यकर्ता की भूमिका अथवा फिर समाज कल्याण बोर्ड के अध्यक्ष की जिम्मेदारी और आज राज्यपाल का दायित्व हर जगह अपनी छाप छोड़ने में कामयाब रहीं। बतौर लेखिका और स्तंभकार तो हमेशा याद की जाती हैं। साहित्य सम्मेलनों-गोष्ठियों में जाना इनकी आदत है और आयोजकों के लिए एक पुरस्कार भी। साहित्य की रचना में राजनीति को नहीं आने देना और राजनीति में रहते हुए साहित्य को सँभालकर रखना कोई मृदुलाजी से सीखे।

वरिष्ठ पत्रकार एवं लेखक, मुंबई (महा.)
मो. : 9920127771

□

लोक साहित्य में ज्ञान-परंपरा

—डॉ. ओमप्रकाश प्रजापति

जन-जीवन के अनुभूत ज्ञान की धरोहर लोक साहित्य में प्राप्त होती है। यह परंपरा से प्राप्त ज्ञान का बड़ा स्रोत है। संस्कृति, सामाजिक व्यवहार, उत्पादन, व्यवसाय, इतिहास, राजनीति, ज्योतिष, कृषि, प्रबंधन, आयुर्वेद इत्यादि की ज्ञान-परंपराएँ साहित्य के वाचिक और लिखित रूपों में प्राप्त होती हैं।

लोक में व्याप्त ज्ञान परंपरा के संग्रह और प्रसार में हिंदी और हिंदी की बोलियों की महत्त्वपूर्ण भूमिका रही है। इस क्षेत्र में हिंदी को समृद्ध बनाने के लिए अनेक विद्वानों ने कार्य किए हैं। इनके कार्यों को अकादमिक मंच पर लाना हमारा दायित्व है।

इस कार्य से जनपदीय भाषाओं के प्रतिनिधित्व में हिंदी की भूमिका और अधिक मुखर होगी। हिंदी को सशक्त बनाने में यह कार्य वरदान सिद्ध होगा। न केवल ज्ञान विषयों के क्षेत्र में अपितु भाषायी संरचना और साहित्य रचना के क्षेत्र में भी हिंदी लोक साहित्य का प्रतिनिधित्व करके स्वाधीन और सफल हो सकती है। मध्य प्रदेश भारत का हृदय प्रदेश है। यहाँ पाँच प्रमुख लोकांचल हैं, यथा—बुंदेलखंड, बघेलखंड, निमाड़, मालवा एवं चंबल क्षेत्र, साथ ही बहुत बड़ी संख्या में यहाँ जनजातियाँ निवास करती हैं, जिनकी अपनी मौलिक संस्कृति है। इन सब अंचलों की अपनी लोकभाषा, संस्कृति है। लोक भाषाओं और उसमें समाई संस्कृति से विमुख होते जाने के कारण हम उसकी मौलिकता और सृजनशीलता से भी दूर होते जा रहे हैं। लोक समाजों में शिल्प, कला, स्वास्थ्य, कृषि, जल, पशु, शिक्षा एवं संस्कार आदि क्षेत्रों में संरक्षण और संवर्धन की अपनी पद्धतियाँ विकसित हुई हैं। इन पद्धतियों के प्रोत्साहन और लोक व्यापीकरण के लिए लोक संस्कृति में कहावतों, मुहावरों, पहेलियों, गीतों एवं आख्यानों की वाचिक परंपरा रही है। ज्ञान की इस परंपरा से हमें रूबरू होना चाहिए तथा इस ज्ञान को समाज उपयोगी बनाने के लिए शैक्षणिक मंचों पर विचार-विमर्श किया जाना चाहिए।

वास्तव में हम बचपन में अपनी आदतें बनाते हैं, धीरे-धीरे वे आदतें हमारी पहचान बन जाती हैं, हमारी मौलिकता बन जाती हैं और आगे जाकर वे हमारे संपूर्ण जीवन को निर्धारित करती हैं, प्रभावित करती हैं। एक निश्चित आयु के बाद उन आदतों में परिवर्तन लाना असंभव-सा हो जाता है। जाने-अनजाने में आदतें व्यक्ति के स्वभाव में अपनी उपस्थिति दर्ज कराती रहती हैं।

यदि ये आदतें सकारात्मक हों तो पूरे समाज का कल्याण करती रहती हैं, किंतु यदि नकारात्मक हों तो व्यक्ति को रह-रहकर परेशान करती रहती हैं और अपनी हर आवृत्ति पर कुछ नई सीख या संकेत दे जाती हैं। इस बात को यदि दो पंक्तियों में कहा जाए तो बघेली में कुछ इस प्रकार से कहा जाएगा—

"जेकर कौन सुभाव है सो जड़ से ना जाए।
नीम न मीठी हो सकै चाहे गुड़ से खाय।।"

लोकोक्तियाँ थोड़े से शब्दों में अर्थ-गांभीर्य से समेटे हुए समाज के सामने आती हैं। समाज के परिप्रेक्ष्य में कम शब्दों में कही गई महत्त्वपूर्ण बातों को लोकोक्ति के रूप में स्थान प्राप्त है। ये समाज के द्वारा अनुभव किए जाने के बाद समाज हित में कही गई बातें होती हैं। लोकोक्ति या मुहावरे इसके लिए अत्यंत सशक्त, उपयुक्त एवं लोकप्रिय माध्यम हैं।

प्रो. श्रीराम परिहार के शब्दों में कहें तो सृष्टि मानव द्वारा निर्मित नहीं है, ये किसी परम शक्ति द्वारा निर्मित है। भूमि माता है और हम इसके पुत्र हैं और इसी को मानते हुए ज्ञान-परंपरा का विकास किया गया है, जिसमें तीन महत्त्वपूर्ण बिंदु हैं—ईश्वर, प्रकृति एवं मनुष्य। यही त्रिक आदि चिंतन का केंद्र है। लोक शब्द सीमित नहीं है, इसका अर्थ बहुत व्यापक है। पृथ्वी की भौतिक संपदा हमारे पास है और मनुष्य इसका अंधाधुंध प्रयोग कर रहा है। लोक और वेद को अलग नहीं मानना चाहिए। समाज के सभी वर्गों के स्वीकृत किए बिना कोई भी अनुष्ठान पूर्ण नहीं होता। इस लोक और लोक-परंपराओं को पुनर्जीवित करने की आवश्यकता है।

भाषा एवं अनुवाद विभाग, अटल बिहारी वाजपेयी हिंदी विश्वविद्यालय भोपाल में 7 जनवरी, 2016 को राष्ट्रीय संगोष्ठी 'लोक साहित्य में ज्ञान-परंपरा' विषय पर सुप्रसिद्ध साहित्यकार एवं माननीय श्रीमती मृदुला सिन्हाजी ने कहा कि लोकपर्व छठ में सृष्टि सृजन का आधार है। बिहार का यह लोकपर्व प्रकृति प्रदत्त है, जो लोक को प्रकृति से जोड़ता है। इस पर्व में सूर्य भगवान् की आराधना की जाती है तथा सूर्य भगवान् से हल चलाने के लिए दो बैल तथा हलवाहा सेवक एवं सेविका, बेटा एवं बहू तथा बैना बाँटने के लिए बेटी माँगी जाती है।

उन्होंने स्वलिखित बिहार की लोककथाएँ पुस्तक का हवाला देते हुए कहा कि आज कथा, कहावतें, लोकोक्तियों, मुहावरों में भले ही भाषा का परिवर्तन हो, परंतु भाव में परिवर्तन नहीं है। मौलिक चिंतन लोकभाषा में ही होता है। उन्होंने कहा कि जब वे चिंतित होती हैं तो वे अपनी माँ के लोकगीतों को गुनगुनाकर चित्त को शांत कर लेती हैं।

प्रभारी, भाषा एवं अनुवाद विभाग
अटल बिहारी वाजपेयी हिंदी विश्वविद्यालय, भोपाल (म.प्र.)
मो. : 8962115238

□

सूर्या संस्थान नोएडा की अध्यक्ष के रूप में मृदुलाजी

—देवेंद्र कुमार मित्तल

वर्ष 1960 और '70 के दशक में अपनी पढ़ाई और इंजीनियरिंग की नौकरी के दौरान 'धर्मयुग', 'साप्ताहिक हिंदुस्तान', 'सरिता' व 'कादंबिनी' आदि पत्रिकाओं में मैं आशारानी व्होरा के लेख और कविताएँ पढ़ा करता था। उसके बाद अपनी नौकरी की व्यस्तता और इधर-उधर स्थानांतरण के कारण साहित्यिक पठन-पाठन बहुत सीमित हो गया और आशारानी व्होरा का नाम भी लगभग अवचेतन मन में ही चला गया। 1987 में मेरी तैनाती नोएडा प्राधिकरण में हुई। उस समय नोएडा एक आधुनिक विकसित नगर के रूप में विश्वपटल पर उदित हो रहा था। नगर के विकास में अन्य सभी विभागों के साथ-साथ इंजीनियरिंग विभाग की भी बड़ी भूमिका थी। मैं भी उसमें व्यस्त रहा। कभी-कभी किसी कार्य के लिए नोएडा प्राधिकरण के प्रशासनिक खंड में जाना होता था। लगभग वर्ष 1996 में एक दिन इसी क्रम में मैंने अपर मुख्य कार्यपालक अधिकारी के कार्यालय में 'सूर्या संस्थान' का एक पत्र देखा, जिसमें नीचे आशारानी व्होरा का नाम लिखा था। अचानक ही आशारानी व्होरा का नाम अवचेतन मन से निकलकर चेतन मन में आ गया। यह जानकर प्रसन्नता हुई कि वह नोएडा में रहकर 'सूर्या संस्थान' नाम से एक संस्था चला रही हैं। मैंने समय मिलते ही उनसे मिलने का विचार बनाया, किंतु कार्य की व्यस्तता के चलते उनसे पहली भेंट 1998 में किसी समय हुई।

इस भेंट में उन्होंने नोएडा नगर व इसके निकटवर्ती क्षेत्रों में सामाजिक-साहित्यिक-सांस्कृतिक गतिविधियों की अभिवृद्धि के उद्‌देश्य से वर्ष 1992 में 'सूर्या संस्थान' की स्थापना और अपनी गतिविधियों, योजनाओं के बारे में संक्षेप में बताया। इसके बाद गाहे-बगाहे उनके पास जाना होता रहा और मैं संस्थान के बारे में और विस्तार से जानता रहा। संस्थान की गतिविधियों के संचालन हेतु उन्होंने एक ट्रस्ट का गठन किया था, जिसमें श्रीमती मृदुला सिन्हा न्यासी थीं।

संस्थान में मैंने सक्रिय रूप से नवंबर, 1999 में अपनी सेवानिवृत्ति के बाद जाना प्रारंभ किया। इसी बीच आशाजी ने मुझे सूर्या संस्थान का आजीवन सदस्य बनाया और संस्थान की कार्यक्रम समिति में सम्मिलित किया।

मैंने पहली बार 8 अप्रैल, 2000 को संस्था की शिक्षा, समाजकार्य, कार्यक्रम एवं व्यवस्था समिति की संयुक्त बैठक में भाग लिया। इस बैठक में पहली बार किसी संदर्भ में संस्थापिका न्यासी श्रीमती मृदुला सिन्हाजी के बारे में विस्तार से चर्चा हुई और मैंने उनके बारे में कुछ जाना। अब आशाजी से बहुधा ही मेरी भेंट होने लगी थी। इसी दौरान सूर्या संस्थान के बारे में भी विस्तार से जानने को मिला।

श्रीमती व्होरा बताती थीं कि किस प्रकार श्रीमती मृदुला सिन्हा ने इस संस्था को खड़ा करने में सहयोग किया। आशाजी सूर्या संस्थान की गतिविधियाँ नोएडा के सेक्टर, 22 अपने अस्थायी निवास से ही संचालित कर रही थीं। मृदुलाजी ने संस्थान की गतिविधियों को चलाने के लिए 1992 में ही नोएडा प्राधिकरण से स्थान प्राप्त करने के लिए सफल प्रयास किया। वे आशाजी के साथ कई बार प्राधिकरण कार्यालय गईं और नगर के बीच सेक्टर 12 के अल्प आय वर्ग के चार भवन नाममात्र के किराए पर सूर्या संस्थान के लिए आवंटित हुए। अभी तक संस्थान इन्हीं भवनों में चल रहा है।

आशाजी के सपने बहुत बड़े थे। सार्वजनिक क्षेत्र में 'सामाजिक-साहित्यिक-सांस्कृतिक' उद्‍देश्यों को लेकर कार्य करना बहुत बड़ा चुनौतीपूर्ण कार्य है। इन तीनों में से प्रत्येक शब्द का कैनवास आकाश जितना विस्तृत है। आशाजी ने 71 वर्ष की आयु में इन तीनों क्षेत्रों में कार्य करने का बीड़ा उठाया। उन्होंने पूरे देश के मूर्धन्य विद्वानों को संस्थान से जोड़ा। सुप्रसिद्ध समाजसेविका पद्‍मभूषण डॉ. वी. मोहिनी गिरी सूर्या संस्थान की संस्थापिका अध्यक्ष बनाई गईं।

प्रारंभ में संस्थान के 7 न्यासी बनाए गए थे। डॉ. वी. मोहिनी गिरी राष्ट्रीय स्तर पर कुछ अपने ही द्वारा संस्थापित संस्थाओं के कार्यों में व्यस्तता के कारण तथा उनके अपने बेटे शशि व्होरा और डॉ. सतीश पांडेय अपनी हमदर्द और उ.प्र. सरकार में अपनी नौकरियों के चलते संस्थान के कार्यों को समय नहीं दे पा रहे थे। एक अन्य न्यासी रवि लायटू चेन्नई शिफ्ट हो गए थे। इस प्रकार अब केवल आशाजी, मृदुला सिन्हाजी और सोमदत्त दीक्षितजी ही संस्था को चला रहे थे। मृदुलाजी दिल्ली में रहती थीं। उन्हें जब भी आशाजी आवाज देतीं, वे दिल्ली से तुरंत आ जाती थीं, किंतु यों ही तो किसी को भी रोज-रोज बुलाया नहीं जा सकता, अतः सलाह-मशवरे के लिए केवल दीक्षितजी ही उनके पास उपलब्ध थे।

वे कभी दीक्षितजी के साथ और लेकर कभी अकेले ही भाग-दौड़ करके 1993 से ही प्रति वर्ष वार्षिकोत्सव, भाषा समन्वय संगोष्ठी, संस्कृति दिवस और बाल दिवस आदि उत्सवों का आयोजन करतीं, शुरू के दो साल स्मारिका भी निकाली, फिर इसमें पाँच साल का अंतराल हो गया। तीसरी स्मारिका 1999 में निकल पाई। वे पैसे के हिसाब के मामले में बहुत पाबंद थीं। स्थापना के बाद पहले ही वर्ष से हर साल लेख का ऑडिट कराती थीं। एक पुस्तकालय की स्थापना, छोटे बच्चों के लिए बाल संस्कार केंद्र, कटिंग-टेलरिंग आदि की कक्षाएँ प्रारंभ कीं। साहित्यिक क्षेत्र में नोएडा के साहित्यकारों और कवियों को बुलाकर मासिक चेतना सभाओं का आयोजन कर पुस्तक चर्चा व वरिष्ठ साहित्यकारों के व्यक्तित्व व कृतित्व पर चर्चा करतीं तथा काव्य गोष्ठियाँ भी करतीं। मृदुला सिन्हा भी कभी-कभी इन कार्यक्रमों में भाग लेतीं। आशाजी को

कभी भवनों की मरम्मत के लिए नोएडा प्राधिकरण के चक्कर भी लगाने पड़ते थे। कई-कई बार जाने पर एस्टीमेट पास होता था।

इस प्रकार संघर्ष करते-करते आशाजी अपनी आयु के 80वें वर्ष में प्रवेश कर चुकी थीं। पहले से ही क्षीण काया और भी क्षीण हो चली थी। डॉ. मोहिनी गिरी अपनी व्यस्तताओं के चलते अध्यक्ष एवं न्यासी पद से मुक्त हो चुकी थीं। टाइम्स ऑफ इंडिया ग्रुप के निदेशक श्री रमेश जैनजी को न्यासी मंडल में सम्मिलित कर संस्थान का नया अध्यक्ष बनाया गया था। लगभग इसी समय साहित्यकार सुश्री अनुभूति चतुर्वेदी को न्यासी मंडल में लिया गया था। ये लोग भी अपनी व्यस्तताओं के कारण संस्थान की गतिविधियों में सक्रिय नहीं हो पाए। ऐसे में मृदुलाजी ने उन्हें न्यास में कुछ और न्यासी जोड़ने की सलाह दी। इस क्रम में प्रख्यात साहित्यकार-पत्रकार पद्मश्री शीला झुनझुनवाला, प्रसिद्ध रंगकर्मी श्री दयाप्रकाश सिन्हा, हिंदी अकादमी के सचिव डॉ. रामशरण गौड़ और समाजसेवी गोपाल कृष्ण अग्रवाल को न्यास में जोड़ा गया।

मैं आशाजी और मृदुलाजी का स्नेह पाकर संस्थान की व्यवस्था समिति में रहते हुए यहाँ की बिजली, पानी व रख-रखाव की तथा अन्य समस्याओं को हल कराने के कार्यों में रुचि लेने लगा था। 2 फरवरी, 2003 की न्यास बैठक में श्रीमती मृदुला सिन्हा द्वारा प्रस्तुत प्रस्ताव के अनुसार मुझे सूर्या संस्थान न्यास में सम्मिलित करते हुए न्यास मंत्री का पद दिया गया। इस बैठक में मुझे विशेष निमंत्रित के रूप में बुलाया गया था। यह मेरे लिए अत्यधिक गौरव का क्षण था।

इन दिनों सूर्या संस्थान के अध्यक्ष के रूप में टाइम्स ऑफ इंडिया ग्रुप के निदेशक साहू रमेश चंद्र जैन कार्यरत थे। वे टाइम्स ऑफ इंडिया ग्रुप में अधिक व्यस्तता के कारण संस्थान के कार्यों में आवश्यक समय नहीं दे पा रहे थे। अत: व्यावहारिक रूप से मैंने श्रीमती व्होरा और श्रीमती मृदुला सिन्हा से दिशा-निर्देश प्राप्त करते हुए संस्थान की साहित्यिक-सामाजिक गतिविधियों को गति देने का प्रयास किया। इसी क्रम में वर्ष 1999 में प्रकाशित सूर्या स्मारिका के अंक 3 के बाद वर्ष 2004 में इसके अंक 4 का प्रकाशन हुआ।

श्रीमती मृदुलाजी दिल्ली रहती थीं। उनके कालकाजी स्थित निवास को सूर्या संस्थान का दिल्ली कार्यालय बनाया गया था। उनसे फोन पर सलाह होती रहती थी। इसी बीच वर्ष 2005 के प्रारंभ में अध्यक्ष साहू रमेश चंद्र जैनजी का निधन होने पर श्रीमती मृदुला सिन्हा को 30 मार्च, 2005 की न्यास की बैठक में सर्वसम्मति से सूर्या संस्थान की अध्यक्ष चुना गया। अपनी अनेक व्यस्तताओं के बावजूद उन्होंने संस्थान की गतिविधियों के संचालन और इसके उद्देश्यों की पूर्ति के लिए यथासंभव सहयोग देने का आश्वासन दिया। पिछले 4-5 वर्षों के संपर्क में मैंने यह महसूस किया कि मृदुलाजी, जिस काम को हाथ में लेती हैं, उसे पूर्ण उत्तरदायित्व के साथ पूरा करती हैं। अत: उनके द्वारा संस्थान का अध्यक्ष पद सँभालने के बाद मुझे विश्वास हो गया था कि अब हमें उनका कुछ अधिक समय मिल सकेगा।

अनेक साहित्यिक कार्यक्रमों के साथ-साथ आशाजी का बहुत बड़ा सपना था—'अभावग्रस्त महिलाओं व छात्राओं को अपने पैरों पर खड़ा होने योग्य बनाना। इसके लिए संस्थान की स्थापना के कुछ समय बाद ही उन्होंने कटिंग-टेलरिंग प्रशिक्षण की कक्षाएँ प्रारंभ कर दी थीं, जिसके

माध्यम से बड़ी संख्या में क्षेत्र की महिलाएँ लाभान्वित हो रही थीं। उन्होंने एक पल्लव बाल संस्कार केंद्र भी प्रारंभ किया था। इसमें प्रारंभ में उन्होंने स्वयं ही और बाद में एक शिक्षिका की नियुक्ति कर, क्षेत्र के निर्धन बच्चों को प्री-नर्सरी की शिक्षा देना शुरू कर दिया था।

वर्ष 2006 में श्रीमती मृदुला सिन्हा की अध्यक्षता में संस्थान के नियमित कार्यक्रमों के अतिरिक्त तुलसी जयंती, कालजयी कथाकार उपन्यासकार प्रेमचंद, सुप्रसिद्ध राष्ट्रीय कवयित्री सुभद्रा कुमारी चौहान, पंडित मदनमोहन मालवीय और महीयसी कवयित्री महादेवी वर्मा की स्मृति में कर्यक्रम आयोजित किए गए।

'सूर्याशा पॉलीटेक्नीक' : मृदुलाजी के अध्यक्ष पद पर आने के बाद आशाजी की आकांक्षाएँ भी और बढ़ गई थीं। वे चाहती थीं संस्थान में एक महिला पॉलीटेक्नीक की स्थापना की जाए, जिसमें कटिंग, टेलरिंग, प्रशिक्षण कक्षा के अतिरिक्त भी कुछ अन्य रोजगारपरक विषयों की कक्षाएँ भी शुरू की जाएँ। उन्होंने मृदुलाजी से सलाह कर इसके लिए शिक्षा समिति की एक उप समिति बनाई, जिसका अध्यक्ष प्रो. सोमदत्त दीक्षित को बनाया गया। उप समिति द्वारा प्रस्तावित पॉलीटेक्नीक के लिए प्रोजेक्ट रिपोर्ट बनाई गई। 26 सितंबर, 2006 की न्यास बैठक में सम्यक् विचारोपरांत यह रिपोर्ट स्वीकार की गई।

पॉलीटेक्नीक का नाम 'सूर्याशा पॉलीटेक्निक' रखा गया। इसमें कंप्यूटर प्रशिक्षण कक्षाओं के संचालन के लिए कुछ विशेष फर्नीचर, कुछ कंप्यूटर्स का क्रय, सिलेबस, प्रॉस्पेक्टस प्रचार और एक प्रशिक्षक, पूर्णकालिक चपरासी, शौचालयों की मरम्मत, पेयजल आपूर्ति में सुधार आदि के प्रबंध की तैयारी प्रारंभ की गई। संस्थान को सभी कुछ अपने सीमित संसाधनों के अंतर्गत ही करना था, अतः इस सब में समय लग रहा था।

नगर में पॉलीटेक्नीक के उद्देश्यों के प्रचार की दृष्टि से 19 अगस्त, 2006 को 'महिला सशक्तीकरण : दिशाएँ और संभावनाएँ' विषय पर एक बृहत् संगोष्ठी का आयोजन किया गया, जिसमें राष्ट्रीय महिला आयोग की तत्कालीन अध्यक्ष डॉ. गिरिजा व्यास ने मुख्य अतिथि के रूप में भाग लिया। संगोष्ठी में सूर्या संस्थान में सूर्याशा पॉलीटेक्नीक खोलने का मार्ग प्रशस्त हुआ। इस प्रकार संगोष्ठी अपने उद्देश्य में पूर्णतया सफल रही। अनेक स्थानीय और राष्ट्रीय समाचार-पत्रों ने संगोष्ठी का वृत्त कवर किया।

अगले चार माह में लगभग 7-8 ऐसे कन्या विद्यालयों की प्रार्थना सभा में उपस्थित होकर छात्राओं और उन विद्यालयों के शिक्षक-शिक्षिकाओं को सूर्याशा पॉलीटेक्नीक की योजनाओं के बारे में जानकारी दी गई, जिनमें अधिकांशतः अल्प आय वर्ग की छात्राएँ शिक्षा ग्रहण कर रही थीं। सभी तैयारियों के बाद बसंत पंचमी, 23 जनवरी, 2007 को मृदुलाजी ने सरस्वती पूजन के बाद सूर्याशा पॉलीटेक्नीक का उद्घाटन किया। संस्थान में पिछले लगभग 8 साल से चल रही कटिंग-टेलरिंग की कक्षाओं को भी सूर्याशा पॉलीटेक्निक से संबद्ध कर दिया गया। कंप्यूटर प्रशिक्षण कक्षा में प्रारंभ में केवल 4 छात्राओं ने प्रवेश लिया था। 'अंतरराष्ट्रीय महिला दिवस' के उपलक्ष्य में 10 मार्च, 2007 को आयोजित समारोह में प्रख्यात साहित्यकार श्री रत्नाकर पांडेय, सुप्रसिद्ध उपन्यासकार श्रीमती चित्रा मुद्गल एवं जानी-मानी लेखिका प्रो. माजदा असद की उपस्थिति में

एक भव्य कार्यक्रम में पॉलीटेक्नीक का लोकार्पण किया गया। आज इस पॉलीटेक्नीक में कटिंग-टेलरिंग और कंप्यूटर पाठ्यक्रमों के अतिरिक्त ब्यूटी पार्लर प्रशिक्षण और इंग्लिश स्पीकिंग तथा व्यक्तित्व विकास की कक्षाएँ भी प्रारंभ की गई हैं, जिससे बड़ी संख्या में अल्प साधनोंवाली छात्राएँ लाभान्वित हो रही हैं।

वर्ष 2006-07-08-09 में लगभग हर माह अथवा कभी-कभी 1-2 माह के अंतराल पर साहित्यिक, सामाजिक एवं राष्ट्रीय कार्यक्रमों तथा काव्य गोष्ठियों का आयोजन किया गया। इस बीच पॉलीटेक्नीक की कक्षाओं में भी 150 से अधिक छात्राएँ प्रशिक्षण प्राप्त करने लगी थीं। बच्चों के लिए संचालित बाल संस्कार केंद्र 'पल्लव' पूर्ववत् चल रहा था।

वर्ष 2009 में 21 दिसंबर को संस्थान की संस्थापिका श्रीमती आशारानी व्होरा का निधन हुआ। उसके बाद संस्थान के पदाधिकारियों, विशेषकर मृदुलाजी का उत्तरदायित्व और बढ़ गया था। वे समय-समय पर कभी फोन पर या कभी अपने निवास पर बुलाकर कार्यक्रमों और पॉलीटेक्नीक की प्रगति के विषय में मंत्रणा करती रहती थीं। अन्य कार्यक्रमों के अलावा 21 दिसंबर, 2010 को श्रीमती व्होरा की प्रथम पुण्य तिथि पर स्मृति दिवस का आयोजन करने का निर्णय लिया गया, इस अवसर पर राष्ट्रीय राजधानी क्षेत्र के 2 या 3 वरिष्ठ साहित्यकारों को सम्मानित करने का निर्णय भी लिया गया। तद्नुसार 21 दिसंबर को श्रीमती व्होरा के प्रथम स्मृति दिवस पर नोएडा के तीन वरिष्ठ साहित्यकारों—डॉ. सरोजिनी कुलश्रेष्ठ, श्री श्याम विमल और श्री काली प्रसाद घिल्डियाल को 'सूर्या साहित्यकार सम्मान' से सम्मानित किया गया।

सूर्या संस्थान के विशेष नियमित कार्यक्रमों, बसंत पंचमी पर सरस्वती पूजन, अप्रैल में स्थापना दिवस पर संस्थान के सहयोगियों और कार्यकर्ताओं का सम्मान, ग्रीष्म अवकाश के दिनों में नृत्य-संगीत प्रशिक्षण हेतु 'समर कैंप' का आयोजन तथा सितंबर में हिंदी दिवस के उपलक्ष्य में भाषा समन्वय संगोष्ठी के साथ वर्ष 2007 में पॉलीटेक्नीक के लोकार्पण के साथ ही 'अंतरराष्ट्रीय महिला दिवस' कार्यक्रम और 2010 में श्रीमती आशारानी व्होरा की पुण्य तिथि पर 'स्मृति दिवस' पर साहित्यकार सम्मान कार्यक्रम और जुड़ गए। इसी कड़ी में वर्ष 2012 में 2 और नए आयोजन, 5 जून को विश्व पर्यावरण दिवस पर कार्यक्रम और 5 सितंबर को पूर्व राष्ट्रपति डॉ. राधाकृष्ण की जन्मतिथि पर 'शिक्षक दिवस' पर शिक्षक सम्मान समारोह प्रारंभ किए गए।

7 अप्रैल, 2014 संस्थान के 16वें स्थापना दिवस पर एक सेवाभावी समाजसेवी व्यवसायी श्री राम प्रकाश मावी के सहयोग से उनके ग्रामीण गृह क्षेत्र, गाजियाबाद जनपद के फरूखनगर कस्बे में उनके द्वारा अपने ही एक अस्पताल भवन में प्रदत्त स्थान पर सूर्याशा पॉलीटेक्नीक की पहली वाह्य शाखा का उद्घाटन श्रीमती मृदुला सिन्हा द्वारा किया गया। इस शाखा में प्रारंभ में कंप्यूटर प्रशिक्षण और बाद में कटिंग-टेलरिंग व ब्यूटी कल्चर आदि विषय प्रारंभ किए गए।

संक्षेप में कहा जाए तो श्रीमती मृदुला सिन्हा के साढ़े नौ वर्ष के अध्यक्षीय कार्यकाल (30 मार्च, 2006 से 25 अगस्त, 2014) में सूर्या संस्थान ने आशातीत प्रगति की। प्रति वर्ष नियमित रूप से आयोजित होनेवाले वसंत पंचमी, स्थापना दिवस, समर कैंप और भाषा समन्वय सगोष्ठी में अंतरराष्ट्रीय महिला दिवस, विश्व पर्यावरण दिवस, शिक्षक दिवस और संस्थान

की संस्थापिका आशाजी की पुण्यतिथि पर स्मृति दिवस पर साहित्यकार सम्मान, चार अन्य कार्यक्रम जोड़े गए।

इनके अतिरिक्त अलग-अलग समय पर अन्य महत्त्वपूर्ण कार्यक्रम, जैसे काव्य गोष्ठियाँ, प्रथम स्वतंत्रता संग्राम की 150वीं जयंती, तुलसी जयंती, सूर जयंती, निःशुल्क स्वास्थ्य शिविर, संस्थान के न्यासियों एवं सदस्यों द्वारा रचित काव्य-संग्रह, कहानी संग्रह, उपन्यास एवं अन्य ग्रंथों का विमोचन तथा देश के महान् लेखक-लेखिकाओं, कवियों और कवयित्रियों की स्मृति में कार्यक्रम आयोजित किए गए।

सामाजिक क्षेत्र में अल्प सुविधा प्राप्त छात्राओं और महिलाओं के लिए जनवरी, 2007 में सूर्याशा पॉलीटेक्नीक की स्थापना और संचालन एक विशेष उपलब्धि रही, इसके माध्यम से अब तक लगभग 3000 छात्राएँ और महिलाएँ लाभान्वित हो चुकी हैं। इनमें बड़ी संख्या में छात्राएँ, अनुसूचित, पिछड़ी जाति और अल्पसंख्यक वर्ग से थीं।

26 अगस्त, 2014 को श्रीमती मृदुला सिन्हा ने गोवा की राज्यपाल के पद की शपथ ली। उनकी प्रेरणा से 26 से 28 सितंबर, 2015 तक सूर्या संस्थान की एक त्रिदिवसीय राष्ट्रीय स्तर की भाषा समन्वय संगोष्ठी दिल्ली-नोएडा से बाहर गोवा की एक राजधानी पणजी में आयोजित की गई, जिसमें पूर्वोत्तर से लेकर तमिलनाडु तक के 10 प्रदेशों के लगभग 20 विद्वान् साहित्यकारों एवं भाषाविदों को निमंत्रित किया गया। इस संगोष्ठी ने देश के अन्य प्रदेशों में सूर्या संस्थान द्वारा राष्ट्रीय भाषा समन्वय संगोष्ठियाँ आयोजित करने का मार्ग प्रशस्त किया। इस कड़ी में वर्ष 2016 और 2017 में असम की राजधानी गुवाहाटी और मिजोरम की राजधानी आइजोल में भाषा समन्वय संगोष्ठियाँ आयोजित की गईं। इन संगोष्ठियों के माध्यम से संस्थान भाषा समन्वय के माध्यम से गैर-हिंदीभाषी क्षेत्रों में राष्ट्रीय एकता की भावना का संदेश देने में सफल रहा।

बहन मृदुलाजी के आशीर्वाद और शुभकामनाओं से सूर्या संस्थान अपने 'सामाजिक-साहित्यिक-सांस्कृतिक' उद्देश्यों की पूर्ति के लिए सफलता के पथ पर अग्रसर है। इसके लिए उनका शत-शत आभार।

न्यास मंत्री, सूर्या संस्थान, नोएडा (उ.प्र.)
मो. : 9313355609

□

एक अनुकरणीय व्यक्तित्व

—पी.के. दशोरा

राजस्थान साहित्य अकादमी, उदयपुर द्वारा सन् 2006 में आयोजित महिला लेखिका सम्मेलन और उसमें अतिथि के रूप में श्रीमती मृदुला सिन्हाजी का आगमन, यह वह अवसर था, जब मैं पहली बार मृदुलाजी से प्रत्यक्ष मिला, उनको मंच से सुनने एवं व्यक्तिगत संवाद करने का लाभ मिला। इससे पूर्व पत्र-पत्रिकाओं में उनकी कहानियाँ, दूरदर्शन पर साक्षात्कार एवं अन्य रचनाओं के माध्यम से उनके साहित्यिक अवदान से पाठक के रूप में परिचय प्राप्त कर चुका था। मृदुलाजी से उदयपुर में ही भारत विकास परिषद् के एक कार्यक्रम में और मिलना हुआ, जहाँ वे मुख्य अतिथि के रूप में आमंत्रित थीं। मेरे लिए यह प्रसन्नता की बात है कि मृदुला सिन्हा अमृत महोत्सव समिति मृदुलाजी पर केंद्रित एक अभिनंदन-ग्रंथ तैयार कर रही है। यह उनके व्यक्तित्व एवं कृतित्व को अधिक से अधिक लोगों तक पहुँचाने की दिशा में सार्थक कदम होगा।

मृदुलाजी एक सामान्य परिवार में जन्म लेकर छात्रावास में रहकर पढ़ीं। दस वर्ष की अवस्था में छात्रावास के जीवन में उन्होंने अपने व्यक्तित्व का सर्वांगीण विकास किया। औपचारिक शिक्षा के अतिरिक्त योग, व्यायाम, संगीत, बागबानी इत्यादि सभी विधाओं में उन्हें अपनी प्रतिभा को निखारने का अवसर मिला। मनोविज्ञान में स्नातक उपाधि प्राप्त करने के पश्चात् आपका विवाह डॉ. रामकृपाल सिन्हा, जो कि अंग्रेजी के व्याख्याता थे, के साथ हुआ। विवाह के पश्चात् एम.ए. मनोविज्ञान तथा बी.एड. की उपाधि प्राप्त की। कुछ समय महाविद्यालय में व्याख्याता के रूप में तथा बाद में विद्यालय में प्राचार्य के रूप में आपने सेवाएँ दीं। इस समय तक उन्होंने अपने मन एवं मस्तिष्क को साधते हुए भारतीय परंपरा, जीवनशैली, मूल्यात्मक चेतना, सामाजिक सद्भाव इत्यादि के प्रति दृढता प्राप्त की, जो उनके जीवन में आज तक प्रकट होती हैं। हिंदी साहित्य के प्रति प्रत्यक्ष अनुराग रखनेवाली मृदुलाजी अपने सामाजिक उत्तरदायित्व के निर्वहन में अपनी भूमिका, राजनीति, लेखन, शिक्षा, महिला सशक्तीकरण, पत्रकारिता इत्यादि के प्रति सजग एवं सक्रिय रही हैं। लेखक के रूप में मृदुलाजी ने अपनी पहचान कहानी लेखन से प्रारंभ की, जो साहित्य की विभिन्न विधाओं यथा कहानी, उपन्यास, साक्षात्कार, रेखाचित्र, संस्मरण इत्यादि सभी तक व्याप्ति पाती हैं।

मृदुलाजी समस्यागत समाज व्यवहार से समस्याओं का निदान ढूँढ़कर प्रस्तुत करना भी साहित्य का उद्देश्य मानती हैं। उनके द्वारा लिखी गई राजमाता सिंधिया की जीवनी 'राजपथ से लोकपथ' बहुत सराही गई। उनके उपन्यास 'ज्यों मेहँदी को रंग' पर धारावाहिक तथा कहानी

'दत्तक' पर फिल्म का निर्माण हुआ है। दोनों को ही दर्शकों ने बहुत सराहा। 'खेल-खेल में' एक टेलीफिल्म का भी निर्माण मृदुलाजी के लेखन पर हुआ है। अपने साहित्यिक जीवन में मृदुलाजी को अनेक पुरस्कार मिले। 21 से अधिक शोधकर्ताओं ने उनके लेखन पर शोध कर पी-एच.डी. की उपाधि प्राप्त की। मृदुलाजी मूलत: अपने आपको एक शिक्षक होने से अलग नहीं मानतीं। एक साहित्यकार के रूप में उनके अंदर का शिक्षक सदैव जाग्रत् रहता है, जो सदैव सकारात्मक सोच के साथ समस्याओं के समाधान खोजता है। राजनीतिक कार्यकर्ता के रूप में भी उनकी भूमिका एक शिक्षक की उभरकर आती है।

महिला सशक्तीकरण एवं महिला विमर्श के प्रति सकारात्मक दृष्टिकोण रखते हुए वे स्त्री अथवा पुरुष में कोई भेद नहीं मानतीं। परिवार व्यवस्था एवं भारतीय परंपरागत परिवार में दृढ आस्था रखनेवाली मृदुलाजी का विश्वास है कि घर में जब तीन पीढ़ियाँ एक साथ रहती हैं, तब घर घर जैसा होता है। वे वृद्धाश्रम एवं पालनाघर को अच्छा नहीं मानतीं, मजबूरी मानती हैं। मृदुलाजी ने अपने जीवन में बेटे और बेटी के जन्म पर फर्क न हो, इस बात पर विशेष आग्रह किया। बेटी के जन्म पर लड्डू बँटवाने, बधावा गाने, जन्मोत्सव मनाने इत्यादि कार्यक्रमों के माध्यम से समाज में सकारात्मक सोच विकसित की। परिवार प्रबोधन के रूप में मृदुलाजी स्पष्ट रूप से परिवार में मिल-जुलकर रहने तथा अपने कर्तव्यों का निर्वहन भली प्रकार से करने में विश्वास करती हैं। मृदुलाजी की दृष्टि में परिवार की धुरी महिला होती है और पुरुष को भी उसके साथ घर सँभालने में सहयोग करना आवश्यक है।

उनके राजनीतिक क्षेत्र में किए गए कामों की लंबी सूची है। भारतीय जनता पार्टी में संगठनात्मक स्तर पर विभिन्न दायित्वों का निर्वहन किया है तथा अनेक सामाजिक संगठनों से सक्रिय जुड़ाव रहा है। अपने देश की यात्रा तथा विदेशों में हिंदी के प्रचार-प्रसार में आपकी अग्रणी भूमिका सर्वविदित है। केंद्रीय हिंदी साहित्य अकादमी की अध्यक्षा के रूप में आपने अनेक नवाचारों के माध्यम से बोर्ड को सामाजिक बदलाव से जोड़ा है। आपने समाज कल्याण चेतना पर्व, देश के विभिन्न हिस्सों में देह व्यापार करनेवाली स्त्रियों एवं उनके बच्चों के पुनर्वास के कार्यक्रम, स्वयंसेवी संगठनों को समाज कल्याण बोर्ड के साथ जोड़ना इत्यादि अनेक नवाचारों के माध्यम से बोर्ड को सक्रिय किया तथा सामाजिक नवनिर्माण में बोर्ड के माध्यम से स्वयंसेवी संस्थाओं की भूमिका सुनिश्चित की।

वर्तमान में श्रीमती मृदुला सिन्हा गोवा के माननीय राज्यपाल के संवैधानिक पद को सुशोभित कर रही हैं। आप निस्संदेह एक स्वतंत्र एवं सकारात्मक चिंतक, विचारक, साहित्यकार, राजनैतिक संगठक समाजशास्त्री तथा मानवीय मूल्य एवं संवेदनाओं की चितेरी हैं। आपके शब्द चित्र जीवन के विभिन्न रंगों को अपने आप में समेटकर उद्देश्यपूर्ण सकारात्मक एवं विधायी जीवन जीने की प्रेरणा देते हैं। अमृत महोत्सव समिति को श्रीमती मृदुला सिन्हा अभिनंदन-ग्रंथ प्रकाशित करने का संकल्प लेने पर मैं हार्दिक बधाई प्रेषित करता हूँ।

कुलपति, कोटा विश्वविद्यालय, कोटा (राज.)

मो. : 9414162682

□

बहुआयामी व्यक्तित्व की धनी

—डॉ. शोभा भारद्वाज

अखिल भारतीय साहित्य परिषद् के 6, 7, 8 तक चलनेवाले 15वें राष्ट्रीय अधिवेशन के प्रथम दिन गोवा की राज्यपाल श्रीमती मृदुला सिन्हाजी का अध्यक्षीय भाषण सुनने का अवसर मिला। जनमानस से जुड़ा भाषण, उस दिन तीखी धूप थी, फिर भी उपस्थित लोग उनको मंत्रमुग्ध होकर सुन रहे थे, उनका हर विचार सामाजिक समस्याओं से जुड़ा रहता है। भाषण समाप्त होने के कुछ देर बाद घनघोर बादल छा गए, मूसलधार बारिश होने लगी। मृदुलाजी सायंकालीन सत्र के कवि-सम्मेलन में भी उपस्थित हुईं। मंच संचालकों की अनुनय पर भी वे मंच पर नहीं बैठीं, उन्होंने अन्य कवियों व कवयित्रियों के समान सबके लिए निर्धारित स्थान पर कविता पाठ किया। कविता का विषय 'लड़की और साइकिल' था। बिहार के मुख्यमंत्री श्री नीतीश कुमारजी ने पहली बार मुख्यमंत्री पदभार सँभालने बाद लड़कियों को साइकिल देने का आदेश दिया था। साइकिल लड़की के लिए कितनी जरूरी है, श्रीमती मृदुलाजी ने उसकी शब्दों से तसवीर खींची। साइकिल लड़के से भी अधिक लड़की के लिए कितनी जरूरी है। साइकिल के हैंडल पर बेटी ने अपने पिता को भी बिठाया। भावपूर्ण कविता महिला सशक्तीकरण का प्रतीक थी, यह हमारे लिए सौभाग्य की बात है, मृदुलाजी अखिल भारतीय साहित्य परिषद् की उपाध्यक्ष रही हैं। आशा रानी वोहरा द्वारा स्थापित सूर्या संस्थान की आजीवन सदस्य एवं अध्यक्षा भी रहीं, लेकिन गोवा के राज्यपाल पद पर आसीन होने के बाद संस्थान की अध्यक्षा का पद छोड़ा, लेकिन संस्थान से उन्होंने संबंध कभी नहीं तोड़ा, उन्हें प्यार से हम 'दीदी' कहते हैं। राज्यपाल का पद भार सँभालने के बाद उन्हें सम्मानित करने के लिए कैलाश सभागार में आमंत्रित किया गया, हम सब उनको अपने बीच पाकर अत्यंत उत्साहित थे व प्रसन्न। वे वैसी ही अपनी थीं, जैसे पहले रही हैं। बहुमुखी प्रतिभा की धनी सरल-सीधी भाषा में अपनी बात को दिल में उतार देने वाली श्रीमती मृदुलाजी की दृष्टि पारखी पत्रकार जैसी है। वे लेखिका, कवयित्री, समाज-सेवी, राजनीति से जुड़ी और अच्छी वक्ता हैं, उनके भाषणों में उनका अपनी पृष्ठ भूमि से जुड़ाव साफ नजर आता है।

उन्होंने मासिक पत्रिका 'पाँचवाँ स्तंभ' का संपादन एवं संचालन किया। वे अपनी पत्रिका का नाम पाँचवाँ स्तंभ रखना चाहती थीं। पत्रिका के नामकरण के लिए उन्होंने श्री अटल बिहारी वाजपेयीजी से विचार-विमर्श किया। उन्होंने श्री अटलजी से अनुरोध किया, जब तक वे पत्रिका के

नाम एवं इसके महत्त्व पर प्रकाश नहीं डालेंगे, तब तक यह नाम सार्थक नहीं होगा। श्री अटलजी ने चर्चा ही नहीं, पाँचवाँ स्तंभ के महत्त्व पर भी प्रकाश डाला। मृदुलाजी ने पत्रिका के मूल उद्‍देश्य और उसके महत्त्व को बढ़ाने का श्रेय उन्हें दिया है, उनके अनुसार पाँचवाँ स्तंभ सर्वजन हिताय का संदेश देता है। भारतीय सभ्यता और संस्कृति का मूल उद्‍देश्य है, न मैं भूखा रहूँ, न मेरा पास-पड़ोस भूखा रहे, सभी सुखी रहें। प्रजातंत्र के चार खंभे हैं—पहला, व्यवस्थापिका भारतीय संसद् के दो सदन हैं, उच्च सदन में राज्यसभा। दूसरा खंभा है, कार्यपालिका। तीसरा, न्यायपालिका (सर्वोच्च न्यायालय)। मृदुलाजी के अनुसार पाँचवाँ स्तंभ समाज कल्याण के विषयों को सामने रखते हुए पाठकों में जागरूकता लाना है। यह साहित्यिक एवं सामाजिक पत्रिका है, अटलजी ने नाम पर सहर्ष स्वीकृति दी।

अपना ही नहीं, सबके विकास में योगदान दें, यहीं संवेदनशीलता है, सच्चे अर्थों में इनसानीयत। पाँचवाँ स्तंभ में इनका एक लेख अवश्य होता है। लेखों में उनका पत्रकारिता से जुड़ा व्यक्तित्व साफ झलकता है। वह अपनी जन्मभूमि बिहार को कभी नहीं भूलीं, दिल्ली में उनका निवास रहा है, लेकिन हर लेख एवं भाषण में बिहार की संस्कृति की झलक मिलती है। श्रीमती मृदुलाजी ने अपने कार्यों—समाज सुधार के प्रयत्नों को एन.जी.ओ. का नाम नहीं दिया। उन्हें एन में नकारात्मकता झलकती दिखाई देती है।

भारत विश्व का सबसे बड़ा प्रजातांत्रिक देश है। वे बड़ी बेबाकी से आम व्यक्ति से जुड़ती हुई दादीजी को याद करती हैं। दादी आधी रात को बच्चों द्वारा जलाई गई, लेकिन बुझी हुई लकड़ी से सूप को पीटती हुई घर की परिक्रमा करती हुई बुदबुदाती थीं, 'लक्ष्मी जागे, दरिद्रता भागे'। लक्ष्मी जगाने का अर्थ ही घर में खुशहाली लाना है, उनके अनुसार मेरा मन दोहराता है, 'मतदाता जागे, कुशासन भागे' उनकी बात बड़ी व्यावहारिक है, हमारा-आपका भी अनुभव होगा, एक वर्ग प्रजातंत्र की सबसे अधिक बात करता है। एक दिन अखबार न मिले, बेचैन हो जाता है, लेकिन मतदान के दिन छुट्टी होती है, उसके साथ दूसरी छुट्टियाँ मिलाकर घूमने निकल जाता है, यदि साथ में बच्चे हैं तो भावी मतदाता को भी अनजाने में मतदान से बचने की शिक्षा दे देता है।

श्रीमती मृदुलाजी मंचासीन महानुभावों के स्वागत में फूलों के गुलदस्तों के स्थान पर फलों की टोकरी को प्रमुखता देती हैं, फूलों का गुलदस्ता अतिथिगण अकसर वहीं छोड़ जाते हैं, लेकिन फलों की टोकरी प्रेम से साथ ले जाते हैं।

'पाँचवाँ स्तंभ' का एक अंक विदेशों में बसे प्रवासी भारतीयों के लिए भी था। देश छूटा परदेस में वास हुआ, लेकिन उन्होंने अपनी संस्कृति को बचाते हुए ऐसे प्रवासियों के अनुभवों और विचारों को भी पाँचवाँ स्तंभ के विशेषांक में स्थान दिया, जिस देश में निवास है, वहाँ के कल्चर का भी सम्मान किया; लेकिन कभी भारतीयता को नहीं भूले। आज की बदलती परिस्थितियों और वातावरण में इनसान को अपनी मिट्टी से जोड़ने की कला में श्रीमती मृदुलाजी माहिर हैं। प्रवासी भारतवंशियों को उन्होंने 'पाँचवाँ स्तंभ' में अपने अनुभव और विचार लिखने का अवसर दिया, उन्हीं में से एक मैं भी थी। वर्षों ईरान में परिवार सहित रहने के बाद जाना वहाँ बसे प्रवासी भारतीयों ने पर्शियन कल्चर को कैसे अपना लिया। फर्श पर कालीन, दीवार के सहारे लगी पुश्तियों के सहारे

बैठना नाश्ते के लिए छोटे पायोंवाली मेज, फर्श पर सिफरा बिछाकर मिलकर भोजन करने की प्रथा को सहर्ष अपनाया। 21 मार्च के दिन पर्शियन उत्सव 'नौरोज' नए वर्ष का उत्सव धूमधाम से मनाते हैं, जिसमें होली का उल्लास, लोहड़ी का अग्नि पूजन, भारत में चैत मास के नवरात्र में बोया जानेवाला मिट्टी के कटोरे में जौ ईरान में गोंदुम (गेहूँ) को कटोरे में बोते हैं, अंत में सीसदा बदर के दिन रुद्खाने में प्रवाहित करना शामिल है।

मृदुलाजी ने 46 से अधिक पुस्तकें लिखीं, उनकी कृति पर 'ज्यों मेहँदी को रंग' लघु फिल्म भी बनाई गई। उनको अनेक पुरस्कारों से नवाजा गया। उत्तर प्रदेश हिंदी संस्थान से साहित्य भूषण सम्मान व दीनदयाल उपाध्याय पुरस्कार के अतिरिक्त अनेक सम्मान प्राप्त हो चुके हैं। सबसे बड़ा सम्मान लोक संस्कृति से पाठकों के जुड़ने के बाद मुसकराना, लेखों को दुबारा पढ़ना है। उनके लेखों, उपन्यासों, कहानियों के विषय अधिकतर सामाजिक हैं, उनकी पुस्तक 'एक थी रानी ऐसी भी', राजमाता विजया राजे सिंधिया पर फिल्म भी बन चुकी है, जिसका टेलर अमिताभ बच्चनजी ने लॉञ्च किया था।

गोवा में भी वे शांत नहीं रहीं, उन्होंने वहाँ की समस्याओं का गहराई से अध्ययन किया, जबकि वे मानती हैं गोवा समस्याओं वाला राज्य नहीं है। आजकल के दंपती मानकर चलते हैं, एक ही बच्चा होना चाहिए, जिसे वह सबकुछ देंगे, जिन अभावों को उन्होंने झेला है, उनका बच्चा नहीं देखेगा। मृदुलाजी परिवार में एक ही बच्चा होने, को सही नहीं मानतीं। अकेला बच्चा उदास और दु:खी रहता है। घर में दो बच्चे होने चाहिए, इससे बच्चे बाँटकर खाना सीखते हैं, उनके व्यक्तित्व का सही विकास होता है, जबकि पति-पत्नी का रिश्ता बिगड़ना नहीं चाहिए, गृहस्थी प्रेम से चलनी चाहिए। घर कोई तर्कशास्त्र का अखाड़ा नहीं है, वे कहती हैं भारत की महिलाएँ पुरुषमुक्त समाज की समर्थक नहीं हैं, नारी पुरुष की सहयोगी है। विवाह का उद्देश्य मनोरंजन नहीं है, बल्कि कर्तव्य पालन के लिए है, अधिकार कर्तव्य पालन से भी स्वयं मिल जाते हैं, विवाह से ही परिवार की शुरुआत होती है। परिवार की गृहिणी अर्थात् माँ का सबसे बड़ा गुण सहना और क्षमा करना है, अत: विवाह संस्कार है, व्यापार नहीं है।

वे नारी शिक्षा, प्रगतिशीलता और नारी सशक्तीकरण की प्रबल समर्थक हैं। बेटियों को पढ़ाएँ, उन्हें ऊँचाइयों को छूने दें, जल-थल-नभ में जाने दीजिए, बेटे को बेटी की तरह पालें, न कि यह कहें—मैंने बेटी को बेटे की तरह पाला है। बेटियों को अपने गुण उजागर करने का भरपूर मौका मिलना चाहिए। उनके चार सबक उनके अच्छे सोच को दरशाते हैं। चूड़ियों पर गर्व करो, वे नारी की शक्ति की प्रतीक हैं। भोजन बनाने का समय भले न मिलें, परंतु परोसना कभी न भूलें अर्थात् अतिथि-सत्कार, जब भोजन बनेगा, तभी तो परोसेंगे। बेटी को दुलार दो, लेकिन बहू को अधिकार उन्होंने दिया, उनकी बहू संगीता सिन्हा 'पाँचवाँ स्तंभ' की संपादक हैं। उनकी देख-रेख में 'पाँचवाँ स्तंभ' फल-फूल रहा है और वे राज्यपाल का पद भार सँभाल रही हैं। मकान ऐसा खरीदें, जिसमें दादा-दादी के रहने-सोने-आराम करने की पर्याप्त जगह हो। वे कहती हैं, मैं सदैव बड़े-बूढ़ों के पास बैठने का समय निकालती हूँ, उनके अनुभवों से शिक्षा लेती हूँ। बुजुर्गों से प्रेम करें, उनके मनोभावों का ध्यान रखें, आप बड़े-बूढ़ों के पास बैठें, उनसे

बातें करें। सच्चाई से देखें, हमारे बुजुर्ग फलदार वृक्ष हैं। यूरोप में मंदी आई, नौकरियाँ गईं, लोग अपने माता-पिता के पास लौट गए, परिवार संयुक्त होने लगे, यहाँ उन्हें आसरा मिला, प्रेम भरी छाया भी। भारत में भी गाँव से जुड़ा परिवार तीज-त्योहार पर अपने घर जरूर जाता है, मुश्किल की घड़ी में अपने गाँव लौटता है।

वे स्वच्छता अभियान से भी जुड़ी हैं, महिलाओं को श्रम दान का संदेश देती हैं—बेटी बचाओ, पर्यावरण की रक्षा करें, उनके अनेक लेख जीवनदायी वृक्षों पेड़-पौधों पर हैं। पौधों को केवल रोपकर गिनती न गिनाकर उनको संरक्षण देना चाहिए, उनसे स्नेह कीजिए। वे अकसर कहती और लिखती हैं—बरगद और पीपल की जड़ में पानी देकर उसकी परिक्रमा करना आम, महुआ, बाँस की पूजा करना, आँवले के पेड़ के नीचे बैठकर खाना खाना, अंधविश्वास नहीं, समाजशास्त्रियों द्वारा समझ-बूझकर बनाई गई परंपराएँ हैं, नई पीढ़ियों को भी सीखनी चाहिए। हम सभी जानते हैं, वृक्ष साफ स्वच्छ हवा देते हैं, पर्यावरण को शुद्ध करते हैं। नदियों में गंदगी डालने की वे सख्त विरोधी हैं। वे जब भी बिहार जाती हैं, वहाँ के लोगों के साथ घुलती-मिलती हैं, उनका एक लेख 'पाञ्चजन्य' में पढ़ा था, जिसमें दही जमाना भी एक कला है। दादीजी हर आनेवाली बहू से पूछती थीं—'दही कैसे जमाते हैं?' हैडिंग पढ़कर हँसी आई थी, परंतु जब लेख पढ़ा तो समझ में आया, लेखिका ने कैसे पाठकों को ग्राम की संस्कृति से जोड़ा था। आज तो बाजार से जमा-जमाया दही खरीदने का रिवाज बढ़ रहा है।

एक पत्रकार की दृष्टि से जन समाज को देखा, अच्छाई और बुराई का विश्लेषण कर उन्होंने अपने पाठकों को अपने विचारों से जोड़ा; पाँचवाँ स्तंभ उनके द्वारा सकारात्मक चिंतन एवं विकास का संवाहक है।

वरिष्ठ लेखिका

□

महिमामयी गरिमामयी सरस्वती पुत्री

—भुवनेश्वर प्रसाद गुरुमैता

अत्यंत प्रसन्नता है कि हिंदी कथा-साहित्य की उज्ज्वल विभूति ममतामयी मातृशक्ति के विमर्श के प्रति मंगल मौलिक चिंतन एवं नवोन्मेषशालिनी प्रगल्भ दिव्य प्रतिभा की प्रकाशिका महिमामयी गरिमामयी सरस्वती पुत्री श्रीमती मृदुला सिन्हा के बहुआयामी व्यक्तित्व तथा साहित्यिक, सामाजिक, सांस्कृतिक और राजनीतिक क्षेत्र में उनकी सेवाओं के प्रति आदर व्यक्त करने के लिए देश के साहित्यकारों ने उनके अमृत-महोत्सव के सुअवसर पर एक सम्मान ग्रंथ प्रकाशित करने का निश्चय किया है।

श्रीमती मृदुलाजी अपने नाम के अनुरूप ही सहज, सौम्य, मृदुल व्यक्तित्व एवं सरल स्वभाव की धनी हैं। वे हिंदी कथा-साहित्य की देदीप्यमान नक्षत्र हैं। उनका गंभीर अध्ययन, प्रखर चिंतन, विषय-विवेचन, प्रभावोत्पादक मार्मिक शैली एवं विनम्र व्यक्तित्व प्राचीन भारतीय सांस्कृतिक परंपरा का स्मरण दिलाता है और उनकी अमर कृति 'सीता पुनि बोली' साहित्य भंडार की अनुपम धरोहर है।

मैं उनके इस पावन 'अमृत महोत्सव' पर अपनी आदरपूर्ण शुभकामनाएँ प्रेषित करता हूँ, साथ ही अपने परम आत्मीय बंधुवर रामकृपाल बाबू (पूर्व मंत्री, भारत सरकार) के प्रति भी आभार प्रकट करता हूँ, जिन्होंने सत्साहित्य के निर्विघ्न सर्जन हेतु निरंतर निर्मद भाव से आकाशधर्मिता का निर्वहन किया—

जौ निर्विघ्न पंथ निर्वहई। सो कैवल्य परम पद लहई॥

परम कृपालु प्रभु से प्रार्थना करता हूँ कि सरस्वती की यह बेटी शतायु रहकर समाज का सात्त्विक मार्गदर्शन करती रहे।

अत्यल्पकालीन सूचना के कारण अपने मनोवांछित अधिक न लिख सका। क्षमाप्रार्थी हूँ, 'कुपुत्रो जायेत क्वचिदपि कुमाता न भवति'।

साहित्यकार, नई दिल्ली
मो. : 9162991222

□

लोक संवाद की प्रखर वक्ता

—डॉ. जनार्दन यादव

"असतो मा सद्गमय।
तमसो मा ज्योतिर्गमय।
मृत्योर्मा अमृतगमय॥"

भारतीय जीवन-पद्धति में मृत्यु से अमरत्व की ओर प्रस्थान करने की बात कही गई है। अमृत-तत्त्व को प्राप्त करना ही मानव जीवन की उपलब्धि है और यह सतत शिव-संकल्प सारस्वत साधना से संभव है। इसे डॉ. मृदुला सिन्हा ने साकार किया है। हिंदी साहित्य की अग्रगण्य महिला लेखिकाओं में डॉ. मृदुला सिन्हा का व्यक्तित्व और कृतित्व समाज, संस्कृति, साहित्य, शिक्षा, राजनीति, राष्ट्रीयता तथा नारी सशक्तीकरण की महत्त्वपूर्ण उपलब्धियों के मध्य से गुजरा है। अपने कार्यों से उन्होंने राष्ट्रहित और नैतिक मूल्यों के पक्ष में लोक संवाद को मजबूती और प्रखरता प्रदान की है। मानक और लोक साहित्य के माध्यम से भारतीय सामाजिक व सांस्कृतिक जीवन-मूल्यों और चिंतन-परंपरा को विश्व पटल पर स्थापित करने का भगीरथ प्रयास किया है। वर्तमान में वे गोवा की महामहिम राज्यपाल हैं। राजनीति में गाँव की पगडंडी से राजमार्ग तक का सफर उनकी दृढ इच्छाशक्ति, राजनीतिक कर्मठता और जनसेवा भावना का अप्रतिम उदाहरण है।

उनके साहित्य का नारी पक्ष अत्यंत सबल है। आधुनिक संदर्भ में नारी से संबंधित अनेक मिथकों की सुंदर व्याख्या उनके साहित्य का धवल पक्ष है। निम्नलिखित पंक्तियों में वर्णित भाव मुखरित हुआ है—

"नारी यदि नीर है तो मशाल भी है,
नारी यदि माँ है तो महाकाल भी है।
है नारी-नारी में अंतर कितना,
नारी यदि सूत्र है तो महाजाल भी है।"

वैदिक ऋचाओं, पुराणों, उपनिषदों से लेकर आधुनिक भारतीय साहित्य के अनेक पक्षों के सृजन में नारी रचनाकारों की महती भूमिका रही है। इसमें डॉ. मृदुला सिन्हा का योगदान सतत

स्मरणीय, उल्लेखनीय और प्रेरणास्पद बना रहेगा। वे अमरत्व को उपलब्ध हुई हैं। यथा 'फूल की सारी कहानी'—

"छेड़ बैठा एक दिन मैं फूल को,
व्यर्थ ही तू कंटकों में हँस पड़ा।
विश्व को खुशबू लुटाकर भी सदा,
अंत में तू पत्थरों पर ही चढ़ा।
हँस कहा उसने कि खुद को विश्व-हित,
दान करना ही, अरे अमरत्व है।
देवता के शीश चढ़ दिखला दिया,
श्रेष्ठतर देवत्व से मनुजत्व है।"

—गोपालदास नीरज

वस्तुतः राष्ट्र-देवता के सिर पर चढ़ा हुए उनके फूल से व्यक्तित्व की जिजीविषा में अमृत की धारा सदा बरसती और बहती रहे, सबको आप्लावित करती रहे, वे दीर्घजीवी हों, ईश्वर से यही प्रार्थना करता हूँ।

साहित्य सचिव, अखिल भारतीय साहित्य परिषद् न्यास, बिहार
मो. : 9939216504

□

अनवरत साहित्य-समाज साधना की प्रतीक

—डॉ. वेद प्रकाश शरण

कहते हैं एक बार चंद्रगुप्त ने अपन शिक्षक चाणक्य से यह प्रश्न किया, "अगर किस्मत पहले ही लिखी जा चुकी हो, तो कोशिश करने से क्या मिलेगा?" तब चाणक्य ने उत्तर दिया था, "क्या पता किस्मत में लिखा हो कि कोशिश करने से ही सबकुछ मिलगा।" मुझे चाणक्य की इस उक्ति में परम पूज्य आदरणीया गोवा की राज्यपाल श्रीमती मृदुला सिन्हा के जीवन की एक झलक मिलती है। अपनी जीवन साधना की बदौलत उन्होंने जीवन यात्रा के 75 वर्ष पूरे किए। अनवरत साहित्यिक, सामाजिक एवं राजनीतिक कार्यों में शामिल होकर राजभवन पहुँचने का गौरव प्राप्त किया। जिस प्रकार की उनकी साधना उनकी कृतियों में परिलक्षित हुई, माना जा सकता है कि राजभवन में उनके प्रवेश से राज्यपाल का पद गौरवान्वित हुआ है।

हर्ष का विषय है कि उनके 75वें जन्मदिवस पर 'अमृत महोत्सव' समिति का गठन किया है और यह भी निश्चय हुआ है कि इस अवसर पर 'मुदला सिन्हा अभिनंदन ग्रंथ' प्रकाशित होगा। मेरा असीम सौभाग्य है कि इस अवसर पर दो शब्द कहने का मौका मिला है। माननीया मृदुला सिन्जाजी ने जिस अथक परिश्रम से गाँव की पगडंडी से गोवा के राजभवन तक का सफर तय किया है, उससे उन पंक्तियों की मुझे याद आ जाती है, जिसमें कवि कहता है—

"मेरी सफलता को देखकर हैरान हैं बहुत लोग,
पर किसी ने मेरे पाँव के छाले नहीं देखें।"

मैं और मेरे सभी साथी माननीया मृदुलाजी की लंबी आयु तथा पूर्ण स्वस्थ रहने की कामना करते हैं।

पूर्व कुलपति, राँची विश्वविद्यालय, राँची

□

खंड-3

संवाद स्तंभ–पत्र और पत्रकारिता

लोकतंत्र के 'पाँचवाँ स्तंभ' की संस्थापिका

—अच्युतानंद मिश्र

आदरणीय मृदुला सिन्हा ने हीरक जयंती वर्ष में प्रवेश किया है। उनको अनंत शुभकामनाएँ। यशस्वी जीवन का हार्दिक अभिनंदन। उनके सर्जनात्मसक, सामाजिक, सांस्कृतिक, साहित्यिक, शैक्षिक और राजनीतिक जीवन की उपलब्धियों, सम्मानों, पुरस्कारों की सूची बड़ी लंबी है, लेकिन उनकी विनम्रता, संवेदनशीलता एवं सामाजिक सरोकारों का निरंतर बढ़ता दायरा आज के राजनीतिक माहौल में एक दुर्लभ गुण है। उनकी सामाजिक सक्रियता, साहित्यिक चिंतन और निरंतर लेखन ने उन्हें लोकजीवन की गहराई से बाँध दिया है। आज गोवा के राज्यपाल के रूप में उनके राजनीतिक व्यक्तित्व और कृतित्व की शानदार पहचान उभरी है, लेकिन हिंदी साहित्य की महिला लेखिकाओं, संपादकों की अग्रणी पंक्ति में स्थान प्राप्त कर लेना उनकी पहले से ही बड़ी पहचान बन चुकी है। महिलाओं की सामाजिक, मनोवैज्ञानिक, राजनीतिक समस्याएँ उनके रचनात्मक लेखन के मुख्य सरोकार हैं।

मृदुलाजी का मन लोकगीतों, लोककथाओं और लोकजीवन में रचा-पचा है, जो उन्हें गाँव की सौंधी मिट्टी से जोड़े रहता है। अपनी पारिवारिक, सामाजिक और राजनीतिक जिम्मेदारियों के बावजूद उन्होंने प्रचंड लेखन किया है। छप्पन से अधिक पुस्तकों का लेखन उन्होंने विविध विधाओं में किया है और यह लेखन अभी निरंतर जारी है। उनकी कई पुस्तकों का अनुवाद हिंदी के अतिरिक्त अन्य भारतीय भाषाओं में हुआ है। फिल्म और टेलीविजन धारावाहिक भी बने हैं। लगभग एक दर्जन पुस्तकें पाठकों को शीघ्र ही उपलब्ध होंगी। सामाजिक, राजनीतिक और साहित्यिक क्षेत्र में महिलाओं के लिए विशेष रूप से समर्पित और सक्रिय मृदुलाजी ने अपने लेखन में नारी जीवन की समस्याओं पर विशेष चिंतन किया है। नारी सशक्तीकरण के लिए अभियान चलाया है। उनकी धारणा है कि स्त्री की अधिकांश समस्याएँ उसे केवल देह मानने के कारण ही हैं। यदि उसे शरीर, मन, बुद्धि और आत्मा का समुच्चय माना जाए तो स्थितियाँ बदल जाएँगी। उन्होंने प्रश्न उठाए हैं—क्या, सचमुच पुरुष अत्याचारी है, सहयोगी नहीं? स्त्री विमर्श पर मौलिक प्रश्न पूछते हुए उन्होंने लिखा है कि स्त्री स्वयं को कामना की वस्तु न बनाए। पुरुष अत्याचार के बदले क्या स्त्री को भी अत्याचारी होना है, क्या हर घर अखाड़ा बन जाए, बराबरी के नाम पर क्या बेटियों को बेटा बनाना है, क्या बेटियाँ विशेष नहीं हैं? 'राजस्थान पत्रिका' समाचार-पत्र में प्रकाशित उनके

लेखों की प्रसिद्ध पुस्तक है—'मात्र देह नहीं है औरत', उसमें मृदुलाजी ने स्त्री विषयक चिंताओं का समाज शास्त्रीय और मनोवैज्ञानिक विश्लेषण किया है। उसका एक सूत्र वाक्य हो सकता है, घर एक मर्यादा है। एक जागरूक लेखक की पहचान, उसके सर्जनात्मक लेखन और विश्लेषण से ही स्थापित होती है। उनकी सरलता और सहजता, विवेक और संयम से नारी सोच के नए क्षितिज सामने लाए गए हैं।

विभिन्न पत्र-पत्रिकाओं के लिए नियमित लेखन करते हुए भी मृदुलाजी ने साहित्य सृजन के इस क्रम में 'पाँचवाँ स्तंभ' मासिक पत्रिका का संपादन भी किया है। लोकतंत्र के घोषित चार स्तंभ के अलावा उन्होंने स्वैच्छिक क्षेत्र (गैर-सरकारी संस्थाओं का क्षेत्र) को लोकतंत्र का पाँचवाँ स्तंभ घोषित किया और पत्रिका के माध्यम से लोकतंत्र के सभी स्तंभों के बीच सृजनात्मक सहयोग, उनके सिद्धांत और आचरण की तथ्यपरक जाँच-पड़ताल का कठिन काम शुरू कर दिया। लोकतंत्र के माध्यम से सामाजिक, आर्थिक और राजनीतिक विकास की छानबीन का जो जिम्मा मीडिया के खाते में आता है और जिसे लेकर उसे बार-बार कठघरे में खड़ा किया जाता है, उसे मृदुलाजी ने अपनी पत्रिका के माध्यम से आरंभ किया है। दस वर्ष तक लगातार संपादन और प्रकाशन की सीधी जिम्मेदारी उठाते हुए मृदुलाजी ने लोकतंत्र में विश्वास और विकास के अनेक संकटों को अपने लेखों और संपादकीय टिप्पणियों से उजागर किया है। उन्होंने विधायिका, कार्यपालिका, न्यायपालिका और मीडिया से अधिक जिम्मेदारी स्वैच्छिक क्षेत्र पर डाली है। अपनी पत्रिका के माध्यम से उन्होंने अनेक भावात्माक प्रश्नों, जैसे धर्म और समाज, श्रद्धा और विश्वास, विश्वास का संकट, गुरु और शिक्षक तथा मातृत्व के अधिकार को भारतीय दृष्टिकोण से उठाया है। ऐसे मानवीय और सामाजिक प्रश्नों को आज के मीडिया ने उठाना बिल्कुल कम कर दिया है। मृदुलाजी ने एक टिप्पिणी में कहा है, "आज समाज में विश्वास का ही संकट पैदा हुआ है। किसी को किसी पर विश्वास नहीं है। हम सब देखते हैं कि चहुँओर विकास हो रहा है। प्रश्न उठता है क्या यही विकास है? अर्थात् जो दिखता है, वह अविश्वसनीय विकास है, फिर कौन सा विकास विश्वास के योग्य है, वह किसका विकास है, वह विकास कितना दीर्घायु होगा, वह कितना संवेदनशील विकास है? वह कितना समावेशी है?" केवल स्वैच्छिक क्षेत्र में ही नहीं, सामाजिक, राजनीतिक और मीडिया के वैचारिक क्षेत्र में भी 'पाँचवाँ स्तंभ' पत्रिका ने सकारात्मक चिंतन और जन भागीदारी के साथ विकास के नए पहलुओं को दिशा दी है। एक सर्वसमावेशी संपादक की तरह मृदुलाजी ने पत्रिका के माध्यम से पाठकों और लेखकों के एक नए वर्ग को जोड़कर 'पाँचवाँ स्तंभ' को गंभीर विमर्श की पत्रिका के रूप में स्थापित कर दिया है। उन्होंने स्वैच्छिक क्षेत्र की विश्वसनीयता को लोकतंत्र और मीडिया की गिरती विश्वसनीयता से बचाने और बढ़ाकर रखने की भी कोशिश की है। मृदुलाजी शतायु हों और जीवन के प्रत्येक क्षेत्र में उनकी यश-कीर्ति शिखर तक पहुँचे, इसी प्रार्थना के साथ।

वरिष्ठ संपादक एवं पूर्व कुलपति,
म.ला.च.रा.प. विश्वविद्यालय, भोपाल (म.प्र.)
मो. : 9560880055

□

निर्विवाद जीवन

—गुलाब कोठारी

यह बहुत ही प्रसन्नता का विषय है कि श्रीमती सिन्हा अपनी जीवनयात्रा के 75 वसंत पूर्ण करने जा रही हैं। इससे भी अधिक हर्ष और गौरव की बात यह है कि उनका जीवन पूरी तरह से निर्विवाद है। आज के जमाने में निर्विवाद रहना और वह भी राजनीतिक जीवन में, बहुत ही दुर्लभ है। श्रीमती सिन्हा के साहित्य से जुड़ाव और चुनावी राजनीति से दूर रहकर समाज-सेवा के संकल्प की जितनी सराहना की जाए, कम है। एक लेखक और साहित्य साधिका के रूप में राजस्थान पत्रिका से उनका लंबा जुड़ाव और लगाव रहा है। उन्होंने देश, समाज, राजनीति, भ्रष्टाचार आदि विषयों पर खूब लिखा है, लेकिन जब-जब उनकी कलम परिवार, पारिवारिक रिश्तों और स्त्री-पुरुष संबंधों पर चली है, उसने अलग ही खुशबू बिखेरी है। आज जब हर तरफ स्त्री समानता के नाम पर उसे पुरुष से दूर करने संबंधी विचारों की बाढ़ सी आई हुई है, तब वे उन दोनों को न केवल एक-दूसरे का पूरक बताती हैं, अपितु शिव के अर्द्धनारीश्वर स्वरूप को रेखांकित करते उन्हें परस्पर अपरिहार्य भी बताती हैं। वास्तव में वे उन भारतीय लेखकों में हैं, जो इस महान् राष्ट्र की सभ्यता और संस्कृति को गहरे से जानते हैं, बल्कि अपनी प्रभावशाली कलम के माध्यम से उसे भावी पीढ़ी तक पहुँचाने का साहस भी रखते हैं। ईश्वर उनके इस साहस को शतायु बनाए।

प्रधान संपादक, राजस्थान पत्रिका दैनिक, जयपुर (राज.)
मो. : 9829066660

□

जीवन, साहित्य एवं पत्रकारिता का समन्वय

—अवधेश कुमार

व्यक्ति जो कुछ भी करे, उसका संस्कार, उसका सोच हर कार्य में झलकता है। यह स्वाभाविक भी है। आप जो हैं, वही तो आपके कार्यों में मूर्त रूप लेगा। मृदुला सिन्हाजी के कार्यों और उनके व्यवहार को देखकर उनके संस्कार और उनके सोच का पूरा आभास हो जाएगा। जीवन को समग्रता में देखा जाना चाहिए। आप एक पत्रकार हैं तो केवल आप पत्रकार ही नहीं हैं, आप उसके साथ और भी बहुत कुछ हैं। पत्रकारिता के साथ आपका एक सामाजिक और पारिवारिक जीवन भी है। हो सकता है, आप दूसरे सार्वजनिक कार्य भी करते हों, लेकिन आपकी पत्रकारिता के सामने वह छिप जाता है। हमारा समय ऐसा है, जब हम व्यक्तियों का एकांगिता में मूल्यांकन करने के अभ्यस्त हो गए हैं। अगर कोई पत्रकार है तो हम मान लेते हैं कि बस वह केवल पत्रकार ही होगा। अगर वह नेता है तो बस नेता ही होगा। अगर वह कलाकार है तो बस कलाकार ही होगा। ऐसा नहीं होता। हर व्यक्ति के जीवन के अनेक पहलू होते हैं, जब हम उसका मूल्यांकन करते हैं तो उन सबको समाहित किया जाना चाहिए। वैसे भी आपके किसी काम में कई बार जीवन के सारे पहलू प्रतिबिंबित होते हैं। मृदुलाजी इसका अपवाद नहीं हैं।

मृदुलाजी ने जब 'पाँचवाँ स्तंभ' आरंभ किया, यानी जबसे उन्होंने पत्रकार बनने की सोची, तब वे जीवन के बहुत सारे पड़ावों को पार कर चुकी थीं या कई पड़ावों के उच्चतम सोपानों की ओर अग्रसर थीं। संयोग से 'पाँचवाँ स्तंभ' आरंभ किए जाने की कई बैठकों में मैं शामिल था। इसलिए मुझे यह समझने का अवसर मिला कि मृदुलाजी पत्रकारिता को क्या मानती हैं। एक पत्रिका को लेकर उनकी सोच क्या है। उसके साथ कई अंकों की तैयारी के पूर्व भी आरंभ में उन्होंने कुछ बैठकें बुलाईं। इन सबमें उनकी सोच और उनके संस्कार की झलक मिलती थी। वस्तुतः मृदुलाजी पत्रकारिता के वर्तमान शोर-शराबे से परे सार्वजनिक जीवन में काम करनेवालों के लिए एक प्रेरणादायी तथा एक-दूसरे को जोड़नेवाली सामग्री से भरपूर ऐसी पत्रिका निकालना चाहती थीं, जिसे पढ़ने के साथ आपके अंतर्मन में विचारों की शीतलता और शांति का प्रवाह हो। यह प्रवाह भी निरुद्देश्य यानी केवल आपको शांत करने के लिए नहीं, बल्कि बिना कोलाहल और तूफान खड़ा किए, देश और समाज के लिए जितना संभव हो, उतना काम करने की सद्प्रेरणा देने के लिए, यानी आप अपनी इच्छा से देश और समाज के लिए काम करिए, यही इस देश

का संस्कार रहा है, यही इस देश की परंपरा रही है। आप 'पाँचवाँ स्तंभ' में मृदुलाजी के लिखे संपादकीय पढ़ लीजिए, या कई विशेषांकों के लेखों को देख लीजिए, उनमें यही पहलू आपको सबसे ऊपर दिखेगा। अगर आजादी पर कोई अंक है तो उसमें कोई-न-कोई लेख इस विषय पर आपको मिलेगा कि आजादी की लड़ाई स्वैच्छिक प्रयासों का नतीजा थी, न कि कहीं से आरोपित किया गया। अगर देश का विकास करना है तो फिर इसमें स्वैच्छिक प्रयासों की बड़ी आवश्यकता है, यानी बिना स्वैच्छिक प्रेरणा और प्रयास के आप देश और समाज को जहाँ जाना चाहिए, वहाँ नहीं ले जा सकते, उसे जहाँ होना चाहिए, वह नहीं हो सकता।

रामकृपाल बाबू और मृदुलाजी की जोड़ी संपूर्ण जीवन एक-दूसरे की पूरक रही और उसमें समाज और देश की चिंता सर्वोपरि रही है। समाज के साथ जीने का लाभ यह होता है कि आपका व्यावहारिक अनुभव घनीभूत होता जाता है। आप दूसरों की आवश्यकताओं, उसकी समस्याओं में अभिरुचि लेते हैं तो लोग खुलकर आपसे बातें करते हैं। उन सबसे आप बहुत कुछ सीखते और समझते हैं। आप चाहे किसी क्षेत्र में हों, यह आपकी ताकत बन जाता है। आम लेखन हो या पत्रकारीय लेखन, उसमें ऐसा संवेदनशील जन जुड़ाव ज्यादा जरूरी है। आज की समस्या यह है कि बड़ी संख्या में लेखक और पत्रकार ही नहीं, राजनीति और सामाजिक जीवन में काम करनेवालों का जीवन ऐसा नहीं रहा कि उनको समाज के अनेक वर्गों से लगातार रूबरू होने का अवसर मिले। इस कारण उनका सोच, लेखन और भाषणों में धरातली वास्तविकता का पुट नहीं हो पाता। उनके साथ लोग अपने को जोड़ नहीं पाते। मृदुलाजी का सौभाग्य रहा कि आरंभ से ही उनके यहाँ समाज के सभी वर्गों के लोगों का जाना-आना रहा, सबको समझने का उनको अवसर मिला। संस्कृति, परंपराओं, प्रथाओं से वे सीधी जुड़ीं और इन सबका असर उनके व्यवहार और लेखन दोनों में दिखाई देगा। मृदुलाजी ने अपनी लेखनी से उन पहलुओं को चित्र की तरह उकेरकर हमारे सामने रखा है, जो समाज जीवन को जोड़ने और सतत विकसित करनेवाले तंतु रहे हैं। व्यवस्था और समय के थपेड़ों ने संस्कृति के जिन अंगों, जिन परंपराओं और प्रथाओं को अपनी चपेट में ले लिया, उन सबके प्रति उनके अंदर जो मार्मिक भाव है, उसे उन्होंने अपनी लेखनी में तो प्रकट किया ही, अपनी पत्रकारिता के माध्यम से भी उन्होंने इन सबको सामने लाने का लगातार प्रयास किया है।

आम पत्रकारिता में यह आपको उपलब्ध नहीं हो सकता। उसके लिए आम पत्रकारिता के पास समय ही नहीं है। आम पत्रकारिता का नेतृत्व करनेवालों या निर्णय करनेवालों के पास भी ऐसे जीवनानुभवों, संस्कारों का अभाव है और इसलिए ऐसी सोच पैदा नहीं हो पाती। ऐसा नहीं है कि इस समय की पत्रकारिता अच्छा काम नहीं कर रही है, कर रही है, बल्कि पिछले कुछ सालों में पत्रकारिता के प्रति निराशा का जो घना अंधकार था, वह कुछ हद तक छँटा है और उम्मीद की थोड़ी किरणें नजर आने लगी हैं। बावजूद इसके आप इसे एकदम भारतीय समाज के लिए अनुकूल और समाज तथा देश के आवश्यक तंतुओं को जोड़नेवाली कोलाहलरहित पत्रकारिता नहीं कह सकते। आप इसे देश और समाज के लिए काम करने की सदेच्छा जगानेवाली पत्रकारिता भी नहीं कह सकते। अनुभव, सोच और संस्कार के अभाव के कारण नजदीक की उन बारीक बातों, जो

हमारे समाज के अन्योन्याश्रित अंग रहे हैं, की ओर हमारी दृष्टि जाती ही नहीं। हम उसे महत्त्वहीन मानकर या तो खारिज करते हैं, या उन पर ज्यादा सोचते ही नहीं हैं। आज की पत्रकारिता और लेखन में तो इसकी कमी है ही, सार्वजनिक जीवन के व्यवहार में भी इसकी अनुपस्थिति खलती है। मृदुलाजी इसी अनुपस्थिति को भर रही हैं।

हम आम पत्रकारों की सोच में एक आक्रामकता होती है। वह लेखन में भी दिखती है। हमें किसी की आलोचना करने या निंदा करने, उसे नकारने में मिनट का भी समय नहीं लगता। यह सब हमारे पत्रकारीय लेखनों या टी.वी. की बहसों में दिखता है, जिससे समाज में प्रेम और सद्भाव से ज्यादा घृणा, विद्वेष और दुराव पैदा हो रहा है। मृदुलाजी ठीक इसके उलट हैं। मैंने अपने पूरे जीवन में रामकृपाल बाबू या मृदुलाजी को किसी की आलोचना करते नहीं सुना, निंदा की तो बात ही छोड़िए। किसी को नकारते कभी नहीं सुना। ऐसा नहीं है कि उनको किसी से समस्याएँ नहीं आई होंगी, उनको किसी ने कभी परेशान नहीं किया होगा, किसी ने उनकी टाँगें नहीं खींची होंगी, लेकिन पता नहीं क्यों, कभी मैंने किसी के प्रति कटुता का भाव नहीं देखा। उनके विरोधियों को मैंने उन दोनों की घोर आलोचना करते देखा है, पर कभी उनके संदर्भ में भी बात हो, इन्होंने उनका नाम भी सम्मान के साथ लिया है। यह जो जीवन का व्यवहार है, यह उनके लेखन और पत्रकारिता में भी झलकता है। पत्रिका के किसी संपादकीय या लेख में वे हमलावर नहीं हैं। किसी में भी उन्होंने किसी की कटु आलोचना नहीं की है। कहीं अपनी खिन्नता प्रदर्शित नहीं की है। आरोप नहीं लगाए हैं। राजनीतिक विचारों से दूरी रखनेवालों के लिए भी शब्द प्रयोग में एक अद्भुत शालीनता दिखाई देती है। हर स्तर पर सकारात्मक प्रतिक्रिया या अभिव्यक्ति का प्रकटीकरण। ऐसा पत्रकारीय व्यवहार दुर्लभ ही है।

यह अपने आप तो पैदा नहीं हुआ। जो मृदुलाजी और रामकृपाल बाबू की पृष्ठभूमि, उनकी जीवनशैली को नहीं समझेंगे, वे कहाँ से उनके पत्रकारीय लेखन का समुचित मूल्यांकन कर सकेंगे। मेरा यह भी मानना है कि जिस मिथिला और वज्जी क्षेत्र से वे दोनों आते हैं, उसकी माटी और वहाँ के आम सामाजिक व्यवहार का भी उन पर असर है। मृदुलाजी ने बचपन से वहाँ समाज के सहकारी और साझेदारी के व्यवहार को देखा है। वहाँ अतिथियों के स्वागत में बिछ जाने की परंपरा देखी है। एक-दूसरे के सुख-दु:ख में पूरे समाज के साथ खड़े होने के व्यवहार का प्रत्यक्ष अनुभव किया है। शादियों, संस्कारों, पर्वों-त्योहारों के अवसरों पर आम सामाजिक जुड़ाव तथा उनकी विधियों का सूक्ष्मता के साथ अवलोकन किया है। उन सबके समुच्चय संस्कार से उनका व्यवहार निर्गत हुआ है तथा उसका असर उनकी पत्रकारिता सहित पूरी लेखनी पर है। इसमें एक सपना है, वैसे ही मधुर और भाव-विभोर कर देनेवाले संबंधों पर आधारित समाज की पुनर्रचना का। इसमें सपना है ऐसे राष्ट्र के पुनर्निर्माण का, जिसमें स्वत: प्रेरणा से लोग इस काम में लगें। इसमें सपना है परिवार प्रथा को फिर से सशक्त करने का, ताकि समाज में एकांगिकता के कारण जो अनेक बुराइयाँ पैदा हो गई हैं, जो अनीतियाँ सामने आ रही हैं, जो पाप और दुराचार बढ़ रहे हैं, उन पर अंकुश लग सके, समाज में कोई बड़ा बुजुर्ग, अपंग-निराश्रित न रह पाए।

'पाँचवाँ स्तंभ' ने अपने जीवनकाल में मृदुलाजी के नेतृत्व में इन दिशाओं में व्यवहार में

कितना योगदान किया है, इसका मूल्यांकन किया जाना शेष है; लेकिन इसके ज्यादातर लेखन की प्रेरणा यही रहे हैं, इसे लेकर मेरे अंदर कोई दो राय नहीं है।

कुछ लोग यह भी कह सकते हैं कि जिस विचारधारा से मृदुलाजी और रामकृपाल बाबू आते हैं, उसके प्रभाव को भी नकारा नहीं जा सकता। राष्ट्रीय स्वयंसेवक संघ से लेकर जनसंघ एवं भाजपा तथा पूरे संगठन परिवार का उस परिवार में जाना-आना रहा है। युवावस्था से इन्होंने प्रचारकों और पूर्णकालिकों की नि:स्वार्थ राष्ट्रसाधना को निकट से देखा है। उनकी कार्यपद्धति से जुड़ी रही हैं। उनके साहित्य को इन्होंने पढ़ा है। उनके नेताओं के साथ संवाद का व्यापक अवसर भी इन्हें मिला है। इसलिए उसका असर न हो, ऐसा कहाँ से हो सकता है। कह सकते हैं कि उनके व्यवहार और सोच का निर्माण करने में संगठन और विचारधारा की भूमिका भी रही है। 'पाँचवाँ स्तंभ' को आप प्रकारांतर से इस विचार और जीवन लक्ष्य के प्रसार का एक अंग कह सकते हैं। हालाँकि राजनीति में होते हुए भी इसके चरित्र को किसी तरह राजनीतिक न होने देना बहुत बड़ी बात है। और यह गहरे संस्कार एवं सोच की दृढता के कारण ही संभव हो सका है। मेरी शुभकामना है कि मृदुलाजी इसी तरह समाज के लिए सद्प्रेरणा की अपनी भूमिका निभाती रहें।

वरिष्ठ पत्रकार

मो. : 9811027208

□

पाँचवें स्तंभ की पुरोधा

—डॉ. इंदुशेखर 'तत्पुरुष'

लोकतंत्र के तीन अपरिहार्य मूल स्तंभ हैं—विधायिका, कार्यपालिका और न्यायपालिका। ये तीनों स्तंभ जितने सुदृढ और निर्दोष होते हैं, लोकतंत्र भी उतना ही निर्दोष और गुणवत्तायुक्त होता है। इनमें से एक भी स्तंभ यदि खंडित हो जाए तो लोकतंत्र को स्खलित होने से कोई नहीं बचा सकता, पर समस्या यह है कि ये तीनों स्तंभ स्वस्थ और दोषरहित कैसे बने रहें? वातावरण में घुलते विजातीय रसायनों के दुष्प्रभावों और निजी स्वार्थों के वशीभूत नोंचने-खरोंचने की अभ्यस्त भीड़ से इन पवित्र स्तंभों को विकृत होने से कैसे बचाया जाए?

विचारणीय यह भी है कि जो संस्था जितनी वृहदाकार होती है, उसका कार्यनिर्वहन भी उतना ही संश्लिष्ट और बहुस्तरीय होता है। व्यापकता और विराटता में साधारण लघुताएँ प्राय: अनदेखी रह जाती हैं। लोकतंत्र की संस्थाबद्धता में घटित सामान्यीकरण की प्रक्रिया में लोकसमुदाय की तात्कालिक परिस्थितियाँ और विशेष स्थितियाँ अकसर अनदेखी रह जाती हैं। ऐसे में इन तीनों स्तंभों पर टिकी लोकतंत्र की छतरी की सलवटों को मिटाकर कुछ और फैलाने की जरूरत होती है। इस फैली हुई छतरी को टिकाने के लिए एक और स्तंभ की जरूरत महसूस होती है, जो इनकी तरह विस्तृत, संस्थाबद्ध न हो। इतना भारी-भरकम न होकर कुछ लघु, चपल और संचरणशील हो। तात्कालिक और असामान्य स्थितियों तक पहुँचनेवाला हो और जिसे लोकतंत्र की छतरी के नीचे सहज-सुरक्षित रख सके। इस प्रकार प्रेस इसका चौथा स्तंभ बना। इस प्रकार लोकतंत्र के चार स्तंभ हुए—विधायिका, कार्यपालिका, न्यायपालिका और प्रेस। तीन स्तंभों की दृष्टि से छूटे हुए और छिटके हुए विषय, वस्तुओं को अपने दृष्टिपथ में लाकर प्रेस उन्हें लोकतांत्रिक गरिमा प्रदान करती है।

सरकार और समाज के बीचोबीच धरती से जुड़कर काम करनेवाली मृदुलमना मृदुलाजी इन चारों स्तंभों के बावजूद लोकतंत्र को अधूरा और अपर्याप्त महसूस करती हैं। 'लोक' और 'तंत्र' के मध्य रहकर काम करने के गहरे अनुभवों से संपृक्त सृजनशील समाजकर्मी मृदुलाजी इस अधूरेपन को पूरा करने के लिए लोकतंत्र के पाँचवें स्तंभ की प्रस्तावना करती हैं। एक ऐसा स्तंभ, जो लोकतांत्रिक विकास को विश्वसनीयता प्रदान करे और यह स्तंभ है—स्वैच्छिक सामाजिक संगठन। स्वैच्छिक क्षेत्र को पाँचवाँ स्तंभ माननेवाली मृदुलाजी इस अवधारणा को लोकचित्त पर

अंकित करने हेतु 'पाँचवाँ स्तंभ' नाम की पत्रिका प्रारंभ करती हैं। समाज में स्वैच्छिक क्षेत्र की गतिविधियों का प्रचार-प्रसार की हैं और इनकी महत्ता पर जन-मन का ध्यानाकृष्ट करती हैं।

उनकी पीड़ा है, ''लोकतंत्र की अवधारणा ही 'लोक' की स्वेच्छा पर आधारित है, परंतु दु:खद तथ्य यह है कि लोकतंत्र की स्थापना के लगभग छह दशक उपरांत इस 'पाँचवें स्तंभ' ने स्वयं न तो अपनी शक्ति को पहचाना और न ही उचित महत्त्व ही दिया। समाज के विकास में स्वस्फूर्त शक्ति सामर्थ्य लगाते हुए भी समाज और सरकार की नजरों में अपने लिए सम्मान और विश्वास अर्जित नहीं किया।'' आगे वे कहती हैं, ''समाज के विकास में सरकार की भूमिका सहयोगी मात्र की है, जैसे दाल में नमक की भूमिका। सरकार विकास का पर्याय नहीं है। इस क्षेत्र में सरकार की भूमिका मात्र सहयोगी की अपेक्षित है, इसलिए यह आवश्यक है कि पाँचवें स्तंभ (स्वैच्छिक क्षेत्र) को जागरूक, सक्रिय और सम्मानजनक बनाया जाए।'' मृदुलाजी अपने सुदीर्घ अनुभवों के आधार पर मानती हैं कि सरकार की लोक कल्याणकारी योजनाएँ और विकास की कार्यनीति इस पाँचवें स्तंभ के सहयोग से ही फलवती होती है। स्वैच्छिक संगठन क्षेत्र सरकारों द्वारा जनता के कल्याण और सहयोग के लिए बनी योजनाओं का माध्यम है। सरकारों के हाथ-पैर, यानी सरकार (कार्यपालिका) और स्वैच्छिक क्षेत्र (कार्यवाहिका) लोकतंत्र के दो प्रमुख स्तंभ हैं। इन दोनों स्तंभों पर ही समाज के चतुर्दिक् विकास का दारोमदार निर्भर होता है, सही मायने में ये दोनों स्तंभ एक-दूसरे के पूरक हैं। स्वैच्छिक क्षेत्र के कार्यों के पीछे जो मूल भावना छिपी है, वह है दूसरे के प्रति ममत्व का भाव। वे लिखती हैं—''समाज का वह वर्ग जो विकास की यात्रा में पीछे छूट गया है, उसे बढ़ाते हुए समाज के समानांतर लाएँ, इसलिए सरकार के अंदर ममता होना आवश्यक है। इस प्रयास में सरकार के अलावा समाज का वह वर्ग प्रयत्नशील रहता है, जिन्हें ईश्वर ने साधन मुहैया कराया है। हर समाज में सामर्थ्यवान लोग हैं तो पिछड़ा हुआ वर्ग भी। विकास की गति में आगे बढ़ते हुए इन पिछड़ों की ओर भी पीछे मुड़कर देखना, उनके लिए सहयोग का हाथ बढ़ाना स्वैच्छिक क्षेत्र का कार्य है। इसलिए सत्ता के साथ-साथ समाज भी स्वेच्छा से कमजोर वर्ग की सेवा में लगता आया है।''

यहीं से पाँचवें स्तंभ की भूमिका प्रारंभ होती है, जो सरकार और समाज के बीच की योजक कड़ी की भूमिका निभाता है। इसे वे इन शब्दों में व्यक्त करती हैं, ''विकास, सेवा तथा राहत कार्यों में स्वैच्छिक क्षेत्र ही उपयोगी होते हैं। यह बात दीगर है कि आज स्वयंसेवी संगठनों को ही संवेदनशील बनाने की जरूरत आ पड़ी है। उद्योग जगत् यदि हमारी जरूरतें बढ़ाता है तो स्वैच्छिक क्षेत्र को उनकी सामाजिक जिम्मेदारियों का एहसास कराता रहता है, यानी कि उनकी संवेदना जाग्रत् करता रहना है। परस्पर निर्भरता की स्थिति लानी है, ताकि शोषक और शोषित की स्थिति की जगह निर्माता और उपभोक्ता की स्थिति बने।''

पाँचवें स्तंभ की यह अवधारणा कोई बौद्धिक जुगाली न होकर अनुभवप्रणीत है और अनेक अवसरों पर इसकी महत्ता पुष्ट हुई है। सूचना का अधिकार कानून हमें इसी स्तंभ की बदौलत हासिल हुआ है। ''पिछले दशक में स्वैच्छिक क्षेत्र की ही बड़ी उपलब्धि 'सूचना का अधिकार' कानून है, कई वर्षों से इसकी माँग उठती रही थी, अब कानून बनाकर संसद् ने अपना दायित्व पूरा

किया है, परंतु इस कानून की जानकारी जन-जन तक पहुँचाने से लेकर इसके उचित कार्यान्वयन तक स्वैच्छिक क्षेत्र की प्रभावी भूमिका अपेक्षित है।''

यही नहीं, मृदुलाजी स्वतंत्रता आंदोलन और भारतीय लोकतंत्र के जयघोष के पीछे भी पाँचवें स्तंभ की भूमिका को रेखांकित करती हुई कहती हैं, ''स्वयं भारत को मिला यह लोकतंत्र पाँचवें स्तंभ की जीत है। अंग्रेजों से लड़ाई, उन्हें 'भारत छोड़ो' की आज्ञा देना कुछ स्वतंत्रता सेनानियों के वश की बात नहीं थी। तत्कालीन तीस करोड़ की आबादीवाले देश में जन-जन के मन में आक्रोश जगा, जिसके पास जो भी धन और शक्ति थी, उसकी आहुति स्वतंत्रता प्राप्ति के लिए प्रारंभ यज्ञ में चढ़ने लगी और सन् 1947 को देश स्वतंत्र हुआ, हम आजाद हुए, लोकशक्ति की जीत, यानी पाँचवें स्तंभ की जीत हुई।''

इस पाँचवें स्तंभ की शक्ति को अनदेखा करते हुए, जो लोग देश के चर्चित जनांदोलनों का श्रेय प्रेस और मीडिया को देते रहे हैं, उनकी खबर लेती हुई मृदुलाजी इन घटनाओं में अंतर्निहित वास्तविक सच को उद्घाटित करती हैं। वे दृढतापूर्वक यह स्थापित करने का प्रयास करती हैं कि लोकतंत्र का मूलाधार इस पाँचवें स्तंभ से ही बनता है, लोकतंत्र का मार्गदर्शक भी यही है। वे लिखती हैं, ''क्या है यह पाँचवाँ स्तंभ? अन्ना हजारे की भूख हड़ताल की रिपोर्टिंग करते हुए इलेक्ट्रॉनिक मीडिया के संवाददाता गला फाड़-फाड़कर 'चौथे स्तंभ' की दुहाई दे रहे थे, वे अपने को लोकतंत्र का अंतिम स्तंभ मानते हैं। यह सही है, पर वे भूल रहे थे कि वे जिसकी प्रशंसा में गला फाड़ रहे थे, अन्ना को मिले, जिस जनसमर्थन की दुहाई दे रहे थे, वही पाँचवाँ स्तंभ है, यानी समाज को खँगालने का स्वैच्छिक प्रयास। समर्थन देने वाले सभी व्यक्तिगत और सामूहिक प्रयासों को स्वैच्छिक प्रयास ही कहा जाएगा, जनभावना से प्रेरित स्वैच्छिक प्रयास। यह स्वैच्छिक प्रयास (वोलंटरिज्म) ही लोकतंत्र का जन्मस्थान है, जड़ है। सामूहिक कुक्षि (कोख) है, जहाँ लोकतंत्र के भाव का बीज अंकुरित होता है तथा लोकतंत्र प्रस्फुटित, पर अपने द्वारा जन्म देकर यह प्रसूता भाव, स्वैच्छिक प्रयास शांत नहीं होता, यह देखते रहना भी नहीं। यह जनता है तो जनार्दन भी। दैनंदिनी में जनार्दन की जरूरत नहीं होती। 'जब-जब होहिं धरम कै हानी''', तभी-तभी जनता-जनार्दन हो जाती है, राजनीति को भी राह दिखाती है।''

ख्यातनाम साहित्यकार,, लोकमर्मज्ञ और समाजकर्मी मृदुला सिन्हा की पाँचवें स्तंभ की यह अवधारणा भारतीय लोकतंत्र के विकास में एक नया अध्याय जोड़ती है।

अध्यक्ष, राजस्थान साहित्य अकादमी, उदयपुर (राज.)

मो. : 9314262865

□

जब राँची के राजभवन में गूँज उठे थे उनके गीत

—प्रवीण बागी

वह जून 2016 की कोई तारीख थी। हैदराबाद से ई-टी.वी. छोड़कर राँची आए हुए 4 महीने ही हुए थे। यहाँ 'कशिश न्यूज' चैनल में संपादक के रूप में मैंने ज्वॉइन किया था। दफ्तर में बैठा था कि एक दिन अचानक मुझे सूचना मिली कि आदरणीया मृदुला सिन्हाजी राँची आई हुई हैं। किसी कार्यक्रम में उन्हें शामिल होना था। वे राँची के राजभवन में ठहरी थीं। मेरे मन में अनायास ही यह विचार आया कि क्यों न इस बार अपने कार्यक्रम 'सीधा सवाल' में मृदुलाजी को अतिथि बनाया जाए। 'कशिश न्यूज' पर मैं यह कार्यक्रम करता था। मन में दुविधा थी कि राज्यपाल पद की मर्यादाओं में बँधे होने के कारण वे इंटरव्यू के लिए तैयार होंगी भी या नहीं? क्योंकि अकसर राज्यपाल पदधारी खुद को एक दायरे में बंद कर लेते हैं। ऐसे अनेक लोगों को मीडिया से दूरी बनाते देखा है। फिर भी सोचा कि क्यों न एक चांस लिया जाए।

निर्धारित समय पर अपनी कैमरा टीम के साथ मैं राँची के राजभवन में पहुँचा। गेट पर पहले से जानकारी थी, इसलिए औपचारिक जाँच-पड़ताल के बाद भीतर जाने दिया गया। राजभवन के कर्मचारियों ने दो-तीन जगह दिखाई, जहाँ हम अपना कैमरा-लाइट सेट कर सकते थे। साथ गए सहयोगियों ने एक जगह का चयन कर वहाँ सेट लगाया। थोड़ी देर में गोवा की महामहिम राज्यपाल मृदुला सिन्हाजी हमारे बीच थी। इसके पहले पटना में कुछ कार्यक्रमों में ही उनसे मेरी मुलाकात हुई थी, लेकिन कोई व्यक्तिगत पहचान नहीं थी। इसके बावजूद वे इतने आत्मीय तरीके से मिलीं, इस अंदाज में हालचाल पूछा, मानो वे कितने दिनों से मुझे जानती हों। यही उनका बड़प्पन और स्वभाव की विशिष्टता है, जो उन्हें हरदिल अजीज बनाती है। जो एक बार उनसे मिल लेता है, वह उनका कायल हो जाता है। उन्होंने कहा कि तबीयत अच्छी नहीं है, लेकिन आपको समय दे दिया था, इसलिए आ गई। उन्हें लगातार खाँसी आ रही थी।

तकलीफ के बाद भी शंका-आशंका के बीच मैंने उनके मोबाइल फोन की घंटी बजा दी। अब हैरान होने की बारी मेरी थी, क्योंकि मृदुलाजी ने खुद कॉल रिसीव किया। मैंने कहा कि मुझे गोवा की राज्यपालजी से बात करनी है। उधर से जवाब आया, "हाँ, मैं मृदुला सिन्हा बोल रही

हूँ।" हमारे यहाँ महत्त्वपूर्ण लोग, जिन्हें वी.वी.आई.पी. कहते हैं, अपना फोन खुद नहीं उठाते। यह एक अघोषित परंपरा सी बन गई है। खास लोगों के फोन रिसीव कर भी लें तो अज्ञात नंबर के फोन तो वे हरगिज नहीं उठाते। शायद इससे उन्हें खुद के 'बड़े' होने या महत्त्वपूर्ण होने का एहसास होता हो! लेकिन मृदुलाजी तो दूसरी ही मिट्टी की बनी हैं। आडंबरों से दूर, सहज-सरल अपनापन उनके स्वभाव का हिस्सा है। वे ओढ़ी हुई गंभीरता से मुक्त हैं। महामहिम राज्यपाल का पद भी उनके स्वभाव को बदल नहीं पाया। ऐसे उदाहरण बहुत कम मिलते हैं। मृदुलाजी उनमें से एक हैं।

हमारी बातचीत शुरू हुई। उनके सामाजिक, साहित्यिक जीवन, 74 के आंदोलन में सहभागिता, घर-परिवार, समाज का सहयोग आदि विषयों पर अनेक सवाल पूछे। सबका उन्होंने बड़ी बेबाकी और खुले मन से जवाब दिया। महिलाओं की स्थिति पर भी खुलकर बोलीं। उनका जवाब बिल्कुल धाराप्रवाह था। आपके सामने जब बहुआयामी व्यक्तित्व का व्यक्ति बैठा हो, तो उससे सवाल पूछना थोड़ा कठिन होता है, लेकिन विभिन्न स्रोतों से मैंने उनके बारे में काफी कुछ जानकारी एकत्र कर ली थी और सवाल भी तैयार कर लिये थे, परंतु अपने जवाब से उन्होंने मेरा काम काफी आसान कर दिया था। वे अपना जवाब ऐसे मोड़ पर समाप्त करती थीं, जहाँ से नया सवाल शुरू होता। ब्रेक के समय वे गरम पानी पीकर अपना गला ठीक करतीं। उनका यह व्यवहार मन को छू गया। ऐसी स्थिति में कोई दूसरा होता तो शायद इंटरव्यू के लिए मना ही कर देता,

जब मेरे आखिरी सवाल का जवाब उन्होंने दे दिया तो अचानक मैंने उनसे अपने कुछ प्रिय गीत सुनाने का अनुरोध कर दिया। मैंने कहा कि हमारे दर्शक आपके गीत भी सुनना चाहते हैं। सवाल सुन वे मुसकराईं। कहा कि गला ठीक नहीं है। फिर भी आपने अनुरोध किया है तो उसे जरूर पूरा करूँगी। देखती हूँ कितना सुना पाती हूँ। मैं तो तीन-चार लाइनों की उम्मीद किए बैठा था कि इसे इंटरव्यू क्लोज करने में सहूलियत होगी, लेकिन मृदुलाजी का कलाकार जाग उठा था। एक बार जब उन्होंने गीत गाना शुरू किया तो तीन-चार गीत सुना बैठीं। मेरी पूरी टीम और राजभवन के कर्मचारी सुध-बुध खो बैठे। लग ही नहीं रहा था कि हम एक राज्यपाल से रूबरू हैं। उनकी सुमधुर स्वर लहरियाँ फिजाँ में तैर रही थीं। यह एक यादगार इंटरव्यू था।

संपादक, कशिश न्यूज चैनल

मो. : 9334310032

□

संस्कृति में जड़ें

—सूर्यनाथ सिंह

कुछ रिश्ते अनाम होते हैं। जो अनाम होते हैं, उन रिश्तों की व्याप्ति और गहराई भी अधिक होती है। जिन रिश्तों से नाम जुड़ जाता है, उनमें अधिकार का भाव भी स्वत: जुड़ जाता है। मृदुलाजी से लंबे समय से मेरा एक अनाम रिश्ता है। उनकी ममता से जुड़ा रिश्ता। हमेशा आशीर्वाद की गूँज लिये उनकी आवाज मेरे फोन पर आती रही है। चाहता तो इस रिश्ते को माँ, चाची, ताई वगैरह में से कोई नाम दे देता, पर ऐसा करते ही स्वार्थ जुड़ जाता, उस पर बनावट चिपक जाती। अपेक्षाएँ पैदा होतीं। तब उपेक्षा की संभावना भी प्रबल हो उठती।

हम दोनों ने कभी आमने-सामने बैठकर बातें नहीं कीं। मैंने उन्हें अनेक कार्यक्रमों में देखा है, बोलते सुना है। मैं उन्हें जानता-पहचानता हूँ। उन्हें कौन नहीं जानता। पर वे मुझे सिर्फ जानती हैं, पहचानती नहीं। सामने खड़ा हो जाऊँ, तो वे पहचान न सकेंगी। मैंने कभी चाहा भी नहीं कि वे मुझे चेहरे से पहचानें। मगर मेरी आवाज वे पहचानती हैं।··· जब भी फोन पर बातें होती हैं, वे न सिर्फ मेरा, बल्कि पूरे परिवार का हाल पूछेंगी। हर बार उनका सवाल होगा कि अनीता कैसी है। कहाँ है, क्या कर रही है। जैसे उन्हें अपनी बहुओं के बारे में चिंता रहती होगी। मुझे नहीं देखा, तो अनीता को भला कहाँ से देखेंगी। मगर हालचाल पूछेंगी जरूर।

मृदुलाजी अब महामहिम हैं। उन्हें संवैधानिक हैसियत हासिल है। पर वे राजनेता नहीं हैं। उनमें राजनेता के गुण, कम-से-कम मुझे तो कभी नहीं दिखे। वे मूलत: रचनाकार हैं, अपनी संस्कृति की रक्षक-पोषक-वाहक-प्रसारक हैं। मुझे जानकारियाँ मिलती रहती हैं कि सरकार के कामकाज में टाँग अड़ाई करने के बजाय वे राजभवन में रहते हुए भी अपनी संस्कृति की चिंता ज्यादा करती हैं। एक रचनाकार मित्र गोवा में उनका आतिथ्य स्वीकार कर लौटे, तो विह्वल भाव से बताया कि विदा करते समय मृदुलाजी ने उन्हें 'खोइंछा' दिया। वे विस्मित थे, पर मुझे आश्चर्य नहीं हुआ। खोइंछा तो अब ठेठ गाँवों के लोग भूलते जा रहे हैं, पर मृदुलाजी राजभवन में रहते हुए भी उसे जीवित रखे हुई हैं। वह भी गोवा में रहकर। एक अलग सांस्कृतिक परिवेश के बीच। मैं हैरान इसलिए नहीं हुआ कि वे इसी तरह अपनी परंपराओं, अपनी संस्कृति को रोपती-पोसती-पसारती रही हैं। अमेरिका जैसी पराई धरती पर जाकर भी वे अपनी संस्कृति को रोपने का प्रयास नहीं छोड़तीं। अपनी बेटी, बेटे के पास रहकर लौटने के बाद वे वहाँ के कई किस्से मुझे सुना-बता चुकी हैं।

अब भी जब वे एक संवैधानिक पद का निर्वाह कर रही हैं, उन्हें इस बात की चिंता नहीं है, न संकोच कि प्रोटोकाल के तहत उन्हें मंच पर भाषण करते समय कहाँ तक अपने को सीमित रखना है। वे अब भी मंचों से कोई-न-कोई लोकगीत, संस्कारगीत जरूर सुना देती हैं। अगर वे भिन्न संस्कृति वाले परिवेश में बोल रही हों, तब तो अवश्य सुनाती हैं और उसका अर्थ, उसकी महिमा, उसकी व्याप्ति को अवश्य व्याख्यायित करती हैं।

उनकी जड़ें अपनी संस्कृति में गहरे धँसी हैं। उन्हें कई लोग पुराने खयाल का मान लेते होंगे, दकियानूस समझ लेते होंगे, पर वे आधुनिक स्त्री विमर्श के समांतर सनातन स्त्री विमर्श को नए ढंग से कुछ आगे बढ़ाने का प्रयास करती हैं। स्त्रियों के कर्तव्य और अस्तित्व की जो बातें वे कहती हैं, उन्हें लेकर जिस तरह चिंतित दिखती हैं, उनको नजरअंदाज नहीं किया जा सकता। खोखली आधुनिकता की चकाचौंध में चौंधियाई, आधुनिक दिखने का भरम पाले लड़कियों को उनका हमेशा विनम्र सुझाव रहता है कि सबकुछ करो, पर स्त्री का अपना मूल धर्म न छोड़ो। इसलिए जब उनकी पीढ़ी की तमाम लेखिकाएँ अपने पति को मित्र या बराबरी वाले किसी रिश्ते से संबोधित करती-लिखती हैं, तो मृदुलाजी 'पति परमेश्वर' कहने-लिखने में कोई संकोच नहीं करतीं। जबकि उन्हें अपनी समकालीन, हमउम्र लेखिकाओं से कम आजादी हासिल नहीं है, बल्कि तौलेंगे तो बहुत ज्यादा हासिल है। वह आजादी उन्होंने लड़-झगड़कर नहीं, बल्कि सम्मान के साथ अर्जित की है। मगर वे समकालीन स्त्री विमर्श की धारा के विरुद्ध तैरने का 'साहस' करती हैं, तो इसीलिए कि उनका अपनी संस्कृति में अटूट विश्वास है, अपनी संस्कृति से गहरा लगाव है, उसे सहेज-संजोकर रखने की बेकली है उनमें। एक बार उन्होंने हँसते हुए कहा कि आज की लड़कियाँ मर्दों के लिए परंपरा से चले आ रहे सारे काम अपने हिस्से ओढ़ लेने में ही बराबरी का अनुभव करती हैं, पर वे यह नहीं समझतीं कि इससे उनके स्वास्थ्य पर कितना बुरा असर पड़ रहा है।...

मृदुलाजी से मेरा परिचय एक लेखक के रूप में ही रहा है। जब उन्हें कुछ लिखने का मन होता है, कोई विचार, कोई विषय उनके मन में कुलबुलाता है, तो वे मुझे फोन करती हैं, उस पर विस्तार से बातें करती हैं। फिर कहेंगी कि आपको अच्छा लग रहा है तो मैं लिखकर भेजती हूँ, उचित समझें, तो छाप सकते हैं। कई बार तो मैं खुद कह देता हूँ कि इस पर अवश्य लिखकर भेज दें। शायद ही कभी ऐसा हुआ होगा, जब उन्होंने लिखकर कुछ भेजा हो और हमने न छापा हो। 'जनसत्ता' उनका प्रिय अखबार है। एक बार तो उन्होंने कहा कि मैं जनसत्ता में लिखती हूँ तो सब लोग पढ़ लेते हैं, दूसरी जगहों से वैसी प्रतिक्रियाएँ नहीं मिलतीं। एक दिन फोन किया कि मैं सुबह अटलजी यानी अटल बिहारी वाजपेयी से मिलने गई थी। वे जनसत्ता पढ़ रहे थे। उसी दिन मृदुलाजी का 'दुनिया मेरे आगे' उसमें छपा था। उसकी उन्होंने तारीफ की। तब अटलजी शायद प्रधानमंत्री थे। मृदुलाजी ने पूछा होगा कि आप अब भी अखबार वगैरह पढ़ने का समय निकाल लेते हैं! उन्होंने अपनी चिर-परिचित मुसकान के साथ कहा होगा कि और अखबार भले छूट जाएँ, पर जनसत्ता जरूर पढ़ता हूँ। यह बात बताते हुए मृदुलाजी की आवाज में ऐसी प्रसन्नता फूट रही थी, जैसे नया-नया लिखना सीख रही किसी बच्ची की अटलजी जैसे विद्वान् नेता ने तारीफ कर दी हो।

उन्हें 'पाँचवाँ स्तंभ' निकालना था। नाम वे तय कर चुकी थीं। कई लोगों से इस पर चर्चा

कर चुकी होंगी। पर मुझे भी फोन करके पूछा कि नाम कैसा है। मैंने थोड़ी हैरानी जताई कि पाँचवाँ स्तंभ से आपका क्या तात्पर्य है। उन्होंने कहा कि चौथा स्तंभ तो आप लोग हैं ही। हमारे समय में स्वयंसेवी संगठनों ने जिस तरह सामाजिक विकास में सहभागिता निभाई है, उससे एक मजबूत स्तंभ के रूप में उनकी पहचान बन चुकी है। उसी को मैंने पाँचवाँ स्तंभ कहा है। स्वयंसेवी संस्थाओं की आवाज, उनके कार्यों को सामने लाने वाली पत्रिका निकालना चाहती हूँ, सो उसका नाम रखा है 'पाँचवाँ स्तंभ'। मुझे फिर असहमत कहाँ होना था। मृदुलाजी का एक बड़ा गुण यह भी है कि वे जो कुछ कहती, करती हैं, वह बड़े दृढ विश्वास के साथ करती हैं। डाँवाँडोल वाली स्थिति में वे कभी नहीं दिखतीं।

मृदुलाजी ने अध्यापन किया, स्वयंसेवी संगठन चलाया, कुछ सरकारी संगठनों की मुखिया रहीं, पाँचवाँ स्तंभ में उन्होंने अपने संपादकीय गुणों को भी प्रकट किया, अब गरिमामय तरीके से संवैधानिक पद का निर्वाह कर रही हैं। पर वे इन सबसे ऊपर एक श्रेष्ठ रचनाकार, संस्कृतिधर्मी और ममतामयी महिला के रूप में मेरे मन में अंकित हैं।

स्मृतियों की गठरी काफी बड़ी और भारी है। उसे पूरी तरह खोल कर, एक-एक चीज देखने-दिखाने, सहेजने का समय अभी नहीं है। उसका अवकाश भी अभी नहीं। फिर कभी। सो उनके सम्मान में फिलहाल इतना ही। उनके सार्थक जीवन के लिए अशेष मंगलकामनाएँ।

वरिष्ठ पत्रकार, जनसत्ता
मो. : 9958044433

□

सीता की धरती की सीता मृदुला सिन्हा

—शशिप्रभा तिवारी

किसी लेखक या लेखिका से व्यक्तिगत परिचय हो या नहीं, पर उसकी लेखनी पढ़ने से तो परिचय हो ही जाता है। उसी के अनुरूप हम व्यक्ति के व्यक्तित्व की कल्पना कर लेते हैं। ऐसे ही मृदुला दीदी के लिखे उपन्यास 'सीता पुनि बोली' की प्रस्तावना को पढ़कर ही मैं अपने मन में गुनती रहती थी कि शायद, दीदी को अपने दांपत्य संबंध से गहरा लगाव है। वह भावों और भावनाओं से परिपूर्ण हैं। यह अनुभूति मुझे उनसे पहली मुलाकात में ही हुई। उनसे प्रत्यक्ष प्रथम मिलन 'इंडियन वीमेंस प्रेस कॉर्प' के एक कार्यक्रम के दौरान हुआ। मैं उनकी सरलता और अपनापन देखकर, मन-ही-मन बहुत तरल हो गई थी।

फिर अकसर उनसे फोन पर बातचीत होती। उनसे कभी-कभी कार्यक्रमों में मुलाकात भी होती रहती। उन दिनों वे दिल्ली में रहती थीं। 'जनसत्ता' में प्रकाशित मेरी समीक्षा को पढ़कर फोन करतीं, सराहतीं और उत्साहवर्धन करतीं। कभी-कभी हिंदुस्तान में 'मनसा-वाचा-कर्मणा' में मेरी रचना पढ़तीं, तब भी फोन करतीं। प्राय: हमारी बातचीत सुबह-सुबह ही होती थी। एक बार बातों-ही-बातों में उन्होंने बताया कि डॉ. साहब उन दिनों बिहार में मंत्री थे। मुझे भी उनके साथ समारोह और कार्यक्रम में जाना होता था। एक दिन डॉक्टर साहब से मैंने शिकायती लहजे में कहा कि मेरे पास दो ही शॉल हैं। मेरी बात सुनकर, डॉक्टर साहब ने कहा कि आपकी और हमारी पहचान हमारे कपड़े से नहीं, काम से है। आप अच्छा काम करेंगी तो आपके कपड़ों की ओर कोई नहीं देखेगा और मैं अपने परिवार को अच्छा खिलाने-पहनाने के लिए चोरी-बेईमानी नहीं कर सकता। हमारा सुख इसी में है। उस दिन मैं डॉक्टर साहब की बात को दिनभर सोचती रही। फिर मुझे महसूस हुआ कि वाकई पत्नी बनना आसान है, धर्मपत्नी बनना, यानी पति की परछाई बनकर जीने के लिए सीता जैसी तपस्विनी बनना पड़ता है।

बहरहाल, मैं उस तपस्विनी रूप के दर्शन मृदुला दीदी में करती हूँ। अपने उपन्यास 'सीता पुनि बोली' में मृदुला दीदी लिखती हैं, "रामकथा बचपन से सुनती आई हूँ। प्रात:काल आँखें खुलते ही खाट पर साग बीनती माँ को गाते सुनती रही, 'साग-पात की बाड़ी, लक्ष्मणजी रखवाली सीताजी रसोइया'। रामकथा के प्रसंगों में सीता की स्थिति का वर्णन कर बिसूरती माँ के आँसू हर पल मुझे भी भिगोते रहे। माँ तो स्वयं सीता ही बन जाती थीं। सीता के दु:ख को आत्मसात् करती माँ बहुत

बड़ी दिखती थीं। दु:खों को झेलती सीता की छवि लोकमानस की आँखों में झूलती रहती है, पर लोक चित्त में स्थित सीता अबला नहीं है, उनमें बड़ा तेज है। आत्म गौरव है। मातृत्व भी एक शौर्य भाव है। उनके गर्व और शौर्य को आत्मसात् करने की कोशिश करती रहती हूँ।" आमतौर पर हमारे यहाँ प्रचलित है कि आँचल में दूध, आँखों में पानी। इसके बजाय मातृत्व को शौर्य या गर्व या वीरत्व भाव से देखना, उनके सकारात्मक और विशाल हृदय को दरशाता है और उनकी गौरव अनुभूति से मैं खुद को भी गौरवान्वित महसूस करती हूँ।

मृदुला दीदी की बातों ने हमेशा मेरा मार्गदर्शन किया है। मैं उनकी हर बात को बहुत ध्यान और मन से सुनती हूँ। मुझे याद आता है जोहांसबर्ग में आयोजित विश्व हिंदी सम्मेलन। दिल्ली से जोहांसबर्ग हवाई यात्रा के दौरान मृदुला दीदी, चित्रा मुद्गलजी, ममता कलियाजी, रवींद्र कालियाजी सभी साथ-साथ थे। यात्रा के क्रम में दुबई में विमान बदलते समय हवाई अड्डे पर काफी दूर तक पैदल चलना था। उस समय मैं मृदुला दीदी और चित्रा दीदी के साथ थी। उसके बाद, जोहांसबर्ग में होटल पहुँचने पर मालूम हुआ कि मृदुला दीदी का सामान किसी दूसरी बस में चला गया है। यह सूचना देकर, वह बिना किसी तनाव के बड़ी सहजता और शालीनता से अपने कमरे में चली गईं। सुबह नाश्ते की टेबल पर पता चला कि उनका सामान आ गया है। उस दौरान रोज सुबह नाश्ते की टेबल पर मृदुला दीदी और चित्रा दीदी से मुलाकात होती। वे दोनों मुझे बहुत प्यार से अपने पास बैठातीं और लोगों से परिचय करवातीं। वाकई, उनके व्यक्तित्व की विशालता, सहृदयता, प्रेम, सौहार्द, उमंग देखकर मैं अभिभूत हो जाती हूँ। मुझे उनका बहुत स्नेह और आशीर्वाद मिला है और आशा करती हूँ कि आगे भी मिलता रहेगा।

कभी-कभी मैं महसूस करती हूँ कि यह मेरे पूर्व जन्म के कुछ पुण्य फल हैं, जिसके कारण मुझे मृदुला दीदी का सान्निध्य मिला है। ईश्वर से कामना करती हूँ कि फूलों सी हँसती रहें, चाँदनी-सी हँसती रहें। उनका प्रेरणादायी व्यक्तित्व सूर्य के ओज से ओजस्विनी बना रहे। मिथिलांचल की मैथिली मृदुला दीदी का नाम गोवा के राज्यपाल के तौर पर घोषित हुआ। यह खबर सुनकर मन प्रफुल्लित हो गया। मैंने उन्हें फोन पर बधाई दी। इसके बाद, सूर्य छठ पर्व के अवसर पर उनसे बात हुई। तब उन्होंने बताया कि आज तो मैं घाट पर छठ का गीत गाकर लौटी हूँ। लोक उत्सव, लोक जीवन, लोक कला, लोक साहित्य को हर पल जीती मृदुला दीदी का जीवन लोक सेवा के लिए समर्पित है।

वरिष्ठ पत्रकार, जनसत्ता
मो. : 9868302465

□

डॉ. मृदुला सिन्हा से डॉ. संजय पंकज की बातचीत

—डॉ. संजय पंकज

"विचार, लोक, परंपरा, संस्कार, संस्कृति और राष्ट्र को एक साथ साधकर संवेदनशीलता के साथ व्यापक मानवीय सरोकार को जीनेवाली डॉ. मृदुला सिन्हा हिंदी की सम्मानित और लोकप्रिय लेखिका हैं। सकारात्मक चिंतन से लबालब भरे व्यक्तित्व और भारतीय मूल्यों से संपन्न कई दर्जन साहित्यिक श्रेष्ठ कृतियों की वरिष्ठ लेखिका का राज्यपाल बनना किंचित् आश्चर्य में डालता है, मगर यह बड़ा ही आह्लादक भी है। जहाँ आज हिंदी आलोचकों और लेखकों के बीच पाठकीयता के संकट का रोना बार-बार प्रकट होता है, वहीं मृदुला सिन्हा की कृतियाँ पाठकों के बड़े वर्ग को सहज ही अपनी पठनीयता के वशीभूत कर लेती हैं। आकर्षक भाषा-शैली, सरल भाव-प्रवाह और जीवंत रचनात्मक स्रोत के कारण इनका लेखन पढ़नेवाले को केवल प्रभावित ही नहीं, अभिभूत भी करता है। एक बड़ा रचनाकार अपने परिवेश से लगातार ऊर्जा प्राप्त करता है। परंपरा तथा लोक से उसे इतनी सामग्रियाँ मिल जाती हैं कि उसका बहुविध रचनात्मक उपयोग वह विभिन्न विधाओं के माध्यम से कुशलता के साथ करता है। मृदुलाजी ने अपना संपूर्ण जीवन विचार, शिक्षा, मूल्य, सेवा तथा लेखन के लिए अर्पित कर दिया है। बहुत सादगी, सरलता, सच्चाई और आत्मीयता से अपनी बात रखने में निडर इस लेखिका का रचना-संसार श्रद्धा, विश्वास, आस्था, दृढता और संकल्प के केंद्र पर खड़ा होकर वर्तमान संकटपूर्ण समय और संक्रमणकाल को चुनौती देता हुआ बेहतर सबकुछ को समेट लेने के लिए आतुर और अर्पित है। इनकी रचनाओं के बीच से गुजरते हुए हम अपना ईमानदार साक्षात्कार और मूल्यांकन करते हुए अपनी नकारात्मकताओं से लड़ने की ताकत प्राप्त कर सकते हैं। विचार में मौन उद्वेलन और चिंतन में आत्मीय राग भर देने की शक्ति से भरी हुई लेखनी की सधी साधिका गोवा की राज्यपाल डॉ. मृदुला सिन्हा से जाने-माने कवि, गीतकार डॉ. संजय पंकज से हुई बातचीत और मुलाकात से ऐसा एहसास होता है कि राजनीति की गरम बयार के बीच से निकलकर दिल को सुकून देने वाला ठंडा झोंका आया है।"

—संपादक

आपने पौराणिक आख्यानों का बखूबी रचनात्मक उपयोग किया है, विकास के वर्तमान दौर में उनकी व्याख्या या अपसांस्कृतिक वातावरण में समृद्ध परंपरा की प्रस्तुति आपका ध्येय है या अन्य कोई कारण है?

भारत एक सांस्कृतिक राष्ट्र है। उसकी संस्कृति विशाल और मानवोन्मुख है। भारतीय संस्कृति में प्रकृति और सभी जीवों के बीच अपूर्व संबंध परिलक्षित होता है। 'आत्मवत् सर्वभूतेषु' का व्यावहारिक रूप जीवन में सर्वत्र पिरोया हुआ है। हमारे सभी पौराणिक आख्यानों में यह भाव अच्छी तरह वर्णित है। पारिवारिक और सामाजिक संबंधों के वर्णन तो पौराणिक हैं, परंतु आज भी उनका प्रभाव हमारे जीवन पर दिखता है। ऐसे मानवीय संबंधों में गूँथी हुई कहानियों का निरंतर पीढ़ी-दर-पीढ़ी पठन होता आया है। कथावाचक कहानियाँ कहते आए हैं। व्रत-त्योहारों में भी ये आख्यान आते हैं। मैंने इन दिनों सीता, सावित्री और मंदोदरी की आत्मकथा लिखी है। इन पुस्तकों में उन्हें सशक्त, विदुषी और मानवीय जीवन को समृद्ध करनेवाली बताया गया है। आज की स्थिति में भी हमारी युवतियों के लिए यही महिलाएँ आदर्श हो सकती हैं। आज युवतियों के सामने विकास के लिए आदर्श नहीं दिखता। इन रचनाओं के माध्यम से मैं महिलाओं को भावी पीढ़ी के सम्मुख आदर्श प्रस्तुत करने का प्रयत्न कर रही हूँ। स्त्री विकास के लिए मैंने 'पुरानी नींव, नया निर्माण' का ही मॉडल सामने रखा है।

आपके साहित्य में स्त्री और पुरुष के मनोविज्ञान का गहरा चिंतन स्पष्ट दिखाई पड़ता है। यह चिंतन आधुनिक नारी-विमर्श से जुड़ी महिला लेखिकाओं की धारा से सर्वथा भिन्न है। आप क्या कहेंगी?

साहित्य सृजन के समय साहित्यकार यह नहीं देखता कि वह समकालीन साहित्यकारों से भिन्न है या उनकी राह पर चलनेवाला। साहित्य, साहित्यकार के संस्कार, मनोभाव और उसके जीवन लक्ष्य को दरशाता है। मैं नारी को पुरुष, परिवार और समाज से अलग करके नहीं खड़ा करना चाहती। इसलिए उनकी समस्याओं और समाधन के विमर्श पर जोर अवश्य देती हूँ। उस समाधन में पुरुष, परिवार और सरकार की भागीदारी को आवश्यक मानती हूँ। विकास की राह पर आगे बढ़ती हुई युवतियों को उनके घर-आँगन से अलग करके चौराहे पर खड़ा नहीं करना चाहती। पुरुष और परिवार से अलग तो बिल्कुल नहीं। स्त्री के ऊपर दोहरी जिम्मेदारियों को बाँटना पुरुषों का भी दायित्व है। उनका भी ऐसा संस्कार आवश्यक है।

आप लेखन, समाज-सेवा, राजनीति, संपादन और गृहस्थी की व्यस्तताओं के बावजूद स्वस्थ और संतुलित जीवन कैसे जी पाती हैं?

लेखन, समाजसेवा, राजनीति और गृहस्थी सभी एक ही लक्ष्य के भिन्न-भिन्न आयाम हैं। मैं आशावादी हूँ और घर, परिवार, समाज, राजनीति में कार्य करते हुए मुझे आनंद प्राप्त होता है। समय का नियोजन करना मेरे बचपन की आदत है, जिससे सभी कामों में सामंजस्य स्थापित हो जाता है। हर क्षेत्र के कार्य समयानुसार पूर्ण होते हैं।

एक महिला राजनेता तथा राष्ट्रीय स्तर पर स्वीकृत साहित्यकार के रूप में आपकी विशिष्ट पहचान है, इस पहचान में आपके पति की भी कोई भूमिका है, बताना चाहेंगी ?

पारिवारिक से लेकर अन्य क्षेत्रों के कार्यों में मेरे पति का विशेष योगदान है। विवाह के समय उन्होंने मेरी माँ को विनोद में कहा था, "आपने मुझे माटी का लौंदा दिया है, जिसमें आँख-कान नहीं हैं।" मेरी माँ चिंतित हो गई थीं। फिर उन्होंने कहा, "मैं इस लौंदे में आँख-कान गढ़ लूँगा। दुनिया को देखने का नजरिया और अच्छी बातें सुनने की श्रवण शक्ति दूँगा।" आज भी वे मुझे सहयोग देने में सक्रिय हैं। साहित्य हो या राजनीति, उनकी दृष्टि मेरे साथ है। यह भी सत्य है कि मैंने अपने श्रम की लागत लगाकर उन दृष्टियों को सींचा है।

नई पीढ़ी को कैसी विरासत सौंपना चाहती हैं ? क्या इसकी शुरुआत आपने अपने नाती-पोतों अथवा दौहित्रों-दैहित्रियों के साथ पत्राचार और विचार-विमर्श से कर दी है ?

मैं समाज की युवा पीढ़ी से बार-बार कहती हूँ कि वे कर्तव्य की लागत लगाकर अधिकार अर्जित करें। उन्हें योग्य स्त्री और पुरुष बनना है, मात्र पैसा कमाने की मशीन नहीं। तभी उन्हें जीवन में आनंद की प्राप्ति होगी। दूसरों के लिए जी-जीकर जरूरतमंदों के लिए थोड़ा समय, साधन और खर्च करके वे समृद्ध होंगी।

लेखन में लोक का संबल और लोक-संस्कृति किस रूप में आपकी संवेदना को प्रभावित करते हैं ?

मैं लोक से जुड़ी रही हूँ। लोक का संसर्ग, संपर्क और स्पर्श मुझे हर पल आलोड़ित करता है। लोक-संस्कृति बहुत विस्तृत है। शास्त्र और वैदिक संस्कृति का प्रतिरूप है। मैं सदा उनके स्पर्श से रोमांचित रहती हूँ। हमारी लोक संस्कृति जोड़नेवाली संस्कृति है। लोकगीतों और परंपराओं में स्त्री, पुरुष और उनके पारिवारिक संबंधों का आकाश बहुत बड़ा है। हमारी लोक-संस्कृति मानवीय संस्कृति है। उसकी छुअन से मैं प्रभावित होती हूँ और मेरे साहित्य में वह बड़े दबंग तथा साहित्य के लिए मूल विषय के रूप में प्रकट होती है। यों कहूँ कि मैं लोक-संस्कृति के भावों में डूबती-उतराती, रोती-हँसती ही जीवंत रहती हूँ। लेखक के मनोभावों का प्रभाव ही साहित्य है।

कोई ऐसा विषय, जिस पर लिखने का मन करता है, मगर अब तक लिख नहीं पाईं ?

मैं कहा करती हूँ कि मेरे ही क्यों, हर साहित्यकार के मानस पर कथानकों की भ्रूण हत्याएँ होती रहती हैं। लोक से जितना अधिक रूबरू होती हूँ, उतने ही ज्यादा विषयों पर लिखने का मन करता है। राजनीतिक दायित्वों की पूर्ति के लिए भी मैं गाँवों में अधिक जाती रहती हूँ। चुनाव के दिनों में अधिक जाती रहती हूँ। चुनाव के दिनों में ही मेरे साहित्य के एक पाठक ने कहा था, "तभी आप ठोस जीवंत पात्र उठा लाती हैं।" मेरे पात्र और कथानक मुझे गुदगुदाते हैं, रुलाते हैं, हँसाते हैं और जीवन जीने का संबल देते हैं।

हिंदी साहित्य से व्यापक पाठक वर्ग जुड़ नहीं पा रहा है, कारण क्या हैं ?

हिंदी साहित्य के व्यापक पाठक के नहीं जुड़ने का कारण हिंदी नहीं पढ़ने का उनका मन बना लेना है, साथ ही हिंदी साहित्य में जीवंतता और सकारात्मकता की थोड़ी कमी आई है, लेकिन मैं निराश नहीं हूँ। हिंदी साहित्य समृद्ध रहा है, समृद्ध है और समृद्ध रहेगा। सकारात्मक लिखने

और समस्याओं के समाधान साहित्य के माध्यम से प्रस्तुत करने की आवश्यकता है। समस्याओं को खिलौना समझकर खेलने और मन भर गया तो उसे छोड़ देने से साहित्यकार पठनीय नहीं हो सकता है। साहित्य की पठनीयता बढ़ाने के लिए साहित्यकार को विशेष परिश्रम करने की आवश्यकता है।

अब आप गोवा की राज्यपाल हैं। बिहार की लोक-संस्कृति से दूर, क्या आप अब गोवा की लोक-संस्कृति पर लिखेंगी?

मेरे साहित्य के पाठकों ने मुझसे यह सवाल कई महीने पूर्व किया था, तब मैं राज्यपाल बनकर पहली बार बिहार गई थी। मैंने उनसे कहा कि मैं बूढ़ी गंडक, बागमती, कमला, लखनदेई और गंगा का जल गोवा की मांडवी और जुआरी नदी तथा अरब सागर में मिला दूँगी। अरब सागर के किनारे बसा है गोवा का राजभवन और मेरे द्वारा मिलाए इन नदियों के जल से संभवत: अरब सागर का जल भी थोड़ी दूर तक ही सही, मीठा हो जाए। गोवा की लोक-संस्कृति को समझने के लिए बीस-पच्चीस गाँव का भ्रमण करने के बाद मैं इस निर्णय पर आई कि गोवा की संस्कृति में बिहार या किसी अन्य राज्य की संस्कृति मिलाने की आवश्यकता नहीं। यहाँ की संस्कृति भी हू-ब-हू वैसी ही है, जैसी बिहार या अन्य राज्यों की, और यह जान-समझकर मुझे बहुत प्रसन्नता हुई कि गोवा भी अब मुझे अपना-अपना सा लगने लगा है। गोवा के लोगों से प्रेम बढ़ा है। गोवा के लोगों के पाँव अपनी संस्कृति में गहरे धँसे हैं। विदेशी पर्यटकों के आवागमन से कुछ कुरीतियाँ सामने आ रही हैं, जिन्हें थाली में डाले असंख्य सफेद चावल में कुछ कंकड़ जैसा ही समझना चाहिए। महिलाओं की चुटकियों में यह दम है कि वे चावल से कंकड़ चुनकर ही भात पकाती रही हैं। गोवा की धवल लोक-संस्कृति और समाज में आए इन कंकड़ों को चुनने का सामाजिक और सरकारी प्रयास हो, ऐसा मैंने उत्कर्म प्रारंभ कर दिया है। गोवावासी भी उन आयातित कुरीतियों से परेशान हैं।

क्या गोवा मौज-मस्ती का ही स्थान है?

गोवा से बाहर जाने पर या दूरभाष पर बात करते हुए भारत के किसी भी कोने का व्यक्ति गोवा आने की बात करता है। उनके मन में गोवा मौज-मस्ती के स्थान के रूप में ही उभरता है। मैं उन्हें समझाती हूँ कि गोवा में 'इट, ड्रिंक ऐंड वी मेरी' का वातावरण नहीं है। यहाँ प्रकृति ने इसे सुंदर पेड़-पौधे, नदी, समुद्र, पहाड़ सबकुछ दिया है। तीन ओर से समुद्र से घिरा यह राज्य अपने सौंदर्य के लिए विख्यात है। बड़े शहरों के शोर-शराबे से ऊबकर यहाँ के शांत वातावरण में आना, प्रकृति के साथ थोड़े दिन ठहरना, उसे निहारना एक सुखद परिवर्तन का अवसर अवश्य देता है। यहाँ आनेवाले पर्यटक गोवावासियों के आत्थिय, व्यवहार और संस्कारयुक्त चलन से भी प्रभावित होते हैं।

प्रतिदिन गोवा में कोंकणी, मराठी, हिंदी एक-न-एक भाषा के साहित्यिक कार्यक्रम होते रहते हैं। भारतीय संस्कृति संयम पर बल देती है, भोग पर नहीं और यह संयम आज भी लोगों के जीवन-व्यवहार में परिलक्षित होता है। इसलिए कई-कई सदियों तक विदेशी राज-व्यवस्था में रहकर और अब पश्चिम देशों के पर्यटकों के आगमन के बावजूद राज्य भोग में नहीं डूबा है।

कोंकणी, मराठी और हिंदी भाषा के साहित्य में लोक-संस्कृति, जो भारतीय संस्कृति का प्रतिरूप है, बड़े फलक पर आती है। ऐसी स्थितियों को अपने अंक में भरने वाला स्थान मात्र मौज-मस्ती का नहीं हो सकता। लोक-संस्कृति संस्कारों को आत्मसात् करते हुए प्राकृतिक सौंदर्य में डूबे नयनाभिराम दृश्यों को देखकर हर पर्यटक आनंदित अवश्य होता है। यहाँ ठहरकर थोड़ा आनंद अपने साथ जीवन का पाथेय बनाकर सहेज ले जाता है।

संपादक, 'बेला' एवं साहित्यकार

मो. : 9973977511

□

लोक संस्कृति संपन्न लेखिका

—शैलेंद्र

महामहिम होने से पूर्व डॉ. मृदुला सिन्हा को मैं लोक संस्कृति संपन्न लेखिका, कुशल वक्ता और 'पाँचवाँ स्तंभ' मासिक पत्रिका की विदुषी संपादक के रूप में जानता हूँ। यह परिचय उस समय शुरू हुआ, जब वे दिल्ली से मुजफ्फरपुर की यात्रा पर आई थीं। यहाँ 'पाँचवाँ स्तंभ' पाठक मंच का कार्यक्रम था, जिसकी रूपरेखा को बनते हुए मैंने देखा और उस कार्यक्रम का गवाह भी बना। बड़े भाई डॉ. संजय पंकज इसके कर्ता-धर्ता थे, जो खुद में एक बड़े लेखक, पत्रकार और उससे भी बड़े सामाजिक कार्यकर्ता हैं। उनके बिना मुजफ्फरपुर की साहित्यिक गतिविधि की कल्पना अधूरी सी लगती है। वे लगातार डॉ. मृदुला सिन्हा के लेखकीय कर्म व व्यक्तित्व की चर्चा करते रहते और बताते कि किस तरह से मुजफ्फरपुर की बेटी और बहू ने यह मुकाम हासिल किया।

काँटी की बेटी डॉ. मृदुला सिन्हा, जब औराई के मटिहानी की बहू बनीं तो उनके व्यक्तित्व व कृतित्व में और निखार आता गया। पति डॉ. रामकृपाल सिंह पहले से सार्वजनिक जीवन में थे, जो छात्रप्रिय शिक्षक भी थे। उनका कद राजनीति में बड़ा था। केंद्रीय मंत्री तक बने और जीवन का बड़ा हिस्सा आज केंद्रीय सत्ता में विराजमान भाजपा को दिया। एक अच्छे कार्यकर्ता और नेता के साथ डॉ. रामकृपाल सिंह कुशल प्रबंधक भी रहे हैं। उनकी यह कला दांपत्य जीवन में भी निरंतर निखरती दिखती है। बड़े नेता की पत्नी होने के बाद भी डॉ. मृदुला सिन्हा के व्यक्तित्व का विकास नहीं रुका। अमूमन राजनीतिज्ञों में ऐसा देखने को नहीं मिलता है कि पति और पत्नी दोनों शिखर को छुएँ, लेकिन डॉ. मृदुला सिन्हा व डॉ. रामकृपाल सिंह इसका अपवाद हैं।

वर्ष 2014 में राज्यपाल बनने के बाद जब डॉ. मृदुला सिन्हा पहली बार मुजफ्फरपुर आईं, तो उनके स्वागत को पूरा जिला उमड़ पड़ा था। अमूमन किसी राज्यपाल का स्वागत मैंने अपने जीवन में ऐसा नहीं देखा था, क्योंकि राज्यपाल के पद को संवैधानिक व प्रोटोकॉल से जोड़कर दुरूह जैसा बना दिया जाता है, जिसके चारों ओर ऐसा आवरण होता है, जिससे आम आदमी की पहुँच महामहिम तक नहीं हो पाती है, लेकिन डॉ. मृदुला सिन्हा के मामले में यह बिल्कुल उलट था। लगता था जैसे कोई जनप्रिय नेता आया है। सुबह से शाम और देर रात तक मिलनेवालों और बधाई देनेवालों का ताँता। पूरे दिन चलनेवाले स्वागत समारोह। यह सिलसिला चार दिन तक

लगातार चलता रहा। इस दौरान पत्रकार के तौर पर मैंने जो नोटिस किया, वह था डॉ. मृदुला सिन्हा का संवेदनशील होना। वे किसी भी मंच से अपनी माटी को याद करना नहीं भूलती हैं। लोकगीतों के प्रति अभूतपूर्व लगाव को नहीं छोड़ पाती हैं। मंच पर जब बोलने के लिए खड़ी होती हैं तो कुशल वक्ता के रूप में विषय के अनुरूप धारा प्रवाह बोलने के साथ वह उससे जुड़ा लोकगीत जरूर सुनाती हैं।

पिछले तीन वर्षों के दौरान मैंने ऐसा कभी नहीं देखा, जब उन्होंने बोलने के दौरान कोई लोकगीत नहीं सुनाया हो। राम-सीता, अहल्या, सावित्री और पौराणिक कथाओं पर आधारित लोकगीत उन्हें कुछ ज्यादा ही जँचते हैं। 'सीता पुनि बोलीं' उपन्यास की लेखिका डॉ. मृदुला से मुजफ्फरपुर में एक बार खास मुलाकात हुई, तो कई प्रसंगों पर चर्चा हुई। इसी दौरान इस उपन्यास का विशेष तौर पर जिक्र हुआ, क्योंकि यह छपकर आ चुका था। कहने लगीं कि मुझमें लिखने की शक्ति माँ सीता ने ही दी होगी, क्योंकि मेरे मन में आया और काम शुरू हो गया। इसका एक पड़ाव वाल्मीकिनगर भी था। वहाँ जाकर मैंने खुद को सीता माँ के प्रति समर्पित कर दिया। सीतामढ़ी की भी यात्रा की। वहाँ पर भी मेरा यही भाव था। इसके बाद उपन्यास कैसे पूरा हो गया, मुझे पता नहीं चला।

डॉ. मृदुला सीता का जिक्र करते हुए कहती हैं कि सब लोग उन्हें अबला के तौर पर देखते हैं, लेकिन मेरे देखने का नजरिया अलग है। मैं माँ सीता को सबला के रूप में देखती हूँ, अगर वे सबला नहीं होतीं तो पति से अलग होते हुए भी वे अपने पुत्रों लव व कुश को इतना योग्य नहीं बना पातीं, जो चक्रवर्ती सम्राट् राम के राजसूय यज्ञ के घोड़ों को रोक सकें। ऐसा ही प्रसंग अहल्या का भी है, जिन पर लिखने से पहले वह दरभंगा के अहल्या स्थान की यात्रा पर गईं। यह यात्रा राज्यपाल के तौर पर थी। वहाँ पर कार्यक्रम को संबोधित किया और खुद को अहल्या के प्रति समर्पित भी। ये दो प्रसंग मुझे याद हैं, लेकिन इससे पहले वह 'विजयनी' व 'परितप्त लंकेश्वरी' की भी रचना कर चुकी हैं, जो सफल उपन्यास हैं।

संपादक के तौर पर डॉ. मृदुला सिन्हा को देखें तो, वे पूर्ण व प्रतिभा संपन्न नजर आती हैं, क्योंकि उनके नेतृत्व में शुरू हुई 'पाँचवाँ स्तंभ' पत्रिका आज अपनी सफलता की सीढ़ियों को लगातार चढ़ती जा रही है। अभी पत्रिका का संपादन डॉ. संगीता शाही कर रही हैं, लेकिन लेखक के तौर पर डॉ. मृदुला अभी भी पत्रिका से जुड़ी हैं। लगभग एक दशक तक पत्रिका की संस्थापक-संपादक के तौर पर ऐसे विषयों का चुनाव करती रहीं, जो समसामयिक व सामाजिक सरोकारों से जुड़े हुए थे। 'पाँचवाँ स्तंभ' का संपादन करते हुए भी वे पत्र-पत्रिकाओं और अखबारों के लिए साहित्यिक एवं वैचारिक विषयों पर लगातार लिखती रहीं। अब भी लिख रही हैं। देश के सभी बड़े हिंदी दैनिकों में इनके लेख अग्रणी रूप से छपते हैं। यह पत्रकार व लेखक के तौर पर डॉ. मृदुला सिन्हा की सफलता है।

बिहार, जहाँ की माटी में जनमी व पली-बढ़ीं, वहाँ के लोक प्रसंगों को समय-समय पर बड़े पत्र-पत्रिकाओं के जरिए देशव्यापी प्रसार देती रही हैं। लोकोक्तियों, कहावतों और मुहावरों पर बहुत ही चुटीले ढंग से इन्होंने लिखा है, जिसका एक बड़ा संग्रह आए तो वह लोक कल्याणकारी

होगा। यद्यपि इन्होंने अंग्रेजी भाषा में भी कई पत्र-पत्रिकाओं में लिखा है, लेकिन इनके मन-प्राण में हिंदी बसी हुई है, तभी तो भोपाल में हुए विश्व हिंदी सम्मेलन में इनके लिखे हिंदी गीत लगातार प्रसारित व प्रशंसित होते रहे। सरल भाषा में बड़ी-से-बड़ी बात कह देना इनकी विशेषता है, जब भी किसी पत्र-पत्रिका की ओर से लेख के लिए संपर्क किया जाता है, डॉ. मृदुला सिन्हा का लेख समय से पहले ही प्राप्त हो जाता है। एक संपादक के तौर पर मुझे भी इसका अनुभव है।

छोटी-छोटी, लेकिन ज्ञान की बातें करते हुए डॉ. मृदुला सिन्हा उस समाज के निर्माण की बात करती हैं, जिसमें आधुनिकता के साथ अपनी परंपराओं का समावेश भी हो। इसीलिए जब बच्चों की बात आती है, तो वे कहती हैं कि खूब पढ़ें, लेकिन हम कहाँ से आए हैं और हमारी संस्कृति क्या है, इसका बच्चों को ज्ञान होना चाहिए। इसीलिए वह बच्चों की नैतिक शिक्षा पर जोर देती हैं। कहती हैं कि पढ़ाई एक हद तक काम आती है। परंतु आपके अंदर समाज में उठने-बैठने, बोलने और व्यवहार करने का सलीका है तो आप आगे तक बढ़ सकते हैं। यही आगे चलकर आपकी ताकत बनते हैं। डॉ. मृदुला बच्चों के बीच में जाना और उनसे बातें करना विशेष तौर पर पसंद करती हैं। सन् 2016, सितंबर महीने में कुछेक दिनों के दौरे पर बिहार आईं, तो मुजफ्फरपुर भी आना हुआ। इस दौरान 4 सितंबर की शाम मुझे भी डॉ. मृदुला सिन्हा से मुलाकात करने का अवसर प्राप्त हुआ। अगले दिन शिक्षक दिवस था, बात शुरू हुई, तो कहने लगीं कि बच्चों को डॉलर, पैकेज कमानेवाला नहीं, अच्छा इनसान बनाना होगा, तब समाज का भला हो सकता है।

डॉ. मृदुला सिन्हा ने गोवा में राज्यपाल रहते हुए भी 45 बच्चों को अपना दूत बना रखा है। इनमें से ज्यादातर बच्चे उन स्कूलों से ताल्लुक रखते हैं, जिन्हें हम सरकारी के तौर पर जानते हैं। सरकारी स्कूलों को लेकर लोक-मानस में क्या धारणा है, यह छुपी हुई नहीं है। कॉन्वेंट के बच्चों के साथ वे सरकारी स्कूल के बच्चों को बैठाती हैं राजभवन में। सबसे एक जैसे सवाल किए जाते हैं। 2016 में लक-कुश, ध्रुव, एकलव्य व प्रह्लाद के बारे में इन बच्चों से जानकारी माँगी, तो सिर्फ एक बच्चा सही उत्तर दे सका था। इससे वह चिंतित होती हैं। कहती हैं कि हमें अपने अतीत के बारे में जानना होगा, तभी हम भविष्य को अच्छा बना सकते हैं, लेकिन आज की विडंबना यही है।

यह डॉ. मृदुला सिन्हा का लोक से जुड़ा होना ही माना जाएगा कि जब भारत के प्रधानमंत्री ने स्वच्छता का आग्रह पूरे देश से किया और इसके लिए अपने नौ रत्नों का ऐलान किया, तो सबसे पहला नाम डॉ. मृदुला सिन्हा का था। ये विचारों में शुचिता व वातावरण में स्वच्छता की आग्रही रही हैं। स्वच्छता का ब्रांड एंबेसडर बनने के बाद इन्होंने गोवा में बड़े पैमाने पर इसको लेकर अभियान चलाया। अगर आप गोवा की सड़कों से गुजरते हैं, तो स्वच्छता के संबंध में इनके पोस्टर-बैनर दिखते हैं, जिनमें रीति और नीति की बातें लिखी हैं। गोवा वैसे ही स्वच्छ और सुंदर जगह है। गोवा के साथ बिहार में भी स्वच्छता अभियान की शुरुआत डॉ. मृदुला सिन्हा ने की। मुजफ्फरपुर शहर में नौ लोगों को नामित किया।

व्यवहार से सरल, सहज और आत्मीय डॉ. मृदुला सिन्हा लेखन में भी बहुत सरल और आत्मीय हैं। कहीं भी न तो विचारों में उलझन है और न ही अभिव्यक्ति में जटिलता। भाषणों की तरह ही मुग्धकारी इनका लेखन भी है। बहुआयामी व्यक्तित्व से संपन्न डॉ. मृदुला सिन्हा का

कार्यक्षेत्र विविध और विस्तृत है। साहित्य-संस्कृति और राजनीति की त्रिवेणी, बड़ी ही सहजता के साथ सामाजिक सेवा और पत्रकारिता में भी मानवीय संवेदना की धारा लिये प्रवाहित होती रही है और यह सिलसिला लगातार जारी है। इन्होंने अपने ज्ञान का जो संवेदनात्मक उपयोग किया है, वह केवल प्रशंसनीय ही नहीं, अनुकरणीय भी है। 'बेटी के नाम पत्रों का संग्रह'…'बिटिया है विशेष…' नाम से अर्पित करते हुए इन्होंने बेटी की महत्ता, उसकी महिमा और उसकी अस्मिता को बड़ा फलक दिया है। आज भारत के प्रधानमंत्री 'बेटी बचाओ, बेटी पढ़ाओ' का अभियान चला रहे हैं, तो उस परिप्रेक्ष्य में डॉ. मृदुला सिन्हा की इस पुस्तक को बेटियों के लिए आचार संहिता के रूप में देखना-समझना समीचीन होगा।

डॉ. मृदुला सिन्हा को सुनने का और इनके सान्निध्य का जब भी मुझे अवसर मिला है, मुझे नई दृष्टि मिली है, चाहे वह कलम के जादूगर रामवृक्ष बेनीपुरी की पुण्यतिथि के मौके पर उनके ननिहाल वंशीपचड़ा में पुस्तकालय के उद्घाटन और 'स्मरण बेनीपुरी का' लोकार्पण हो या कृषि वैज्ञानिक और प्रगतिशील किसान तथा राजेंद्र कृषि विश्वविद्यालय के भूतपूर्व कुलपति रहे डॉ. गोपालजी त्रिवेदी का आयोजन हो, जो बंदरा प्रखंड के मुतुलपुर में हुआ था, स्मरणीय है। हर आयोजन में डॉ. मृदुला सिन्हा के व्यवहार की कोमलता और लोगों से घुलने-मिलने की आत्मीयता तथा प्यार व स्नेह से संबोधित करने का भाव ही सबके साथ मुझे भी प्रभावित करते हैं। एक संपूर्ण भारतीय के रूप में मुझे हमेशा डॉ. मृदुला सिन्हा दिखती हैं, जिसमें समृद्ध परंपरा का तेज और आनेवाले सुंदर भविष्य का सपना संयोजित है।

संपादक, प्रभात खबर, मुजफ्फरपुर संस्करण
मो. : 7004165946

□

साहित्यिक-राजनीतिक शख्सियत से इतर एक परिपक्व पत्रकार

—सूर्य प्रकाश सेमवाल

लोक-संवेदना और समाज-जीवन के यथार्थ को अपनी कृतियों के माध्यम से उतारने वाली एक बड़ी लेखिका और उसी प्रकार राजनीतिक क्षेत्र में जमीन से जुड़कर दशकों तक सक्रिय उपस्थिति दर्ज करवानेवाली राजनेता मृदुला सिन्हाजी के व्यक्तित्व का एक और प्रभावी पक्ष है—उनका जीवंत पत्रकार का स्वरूप। एन.जी.ओ. सेक्टर को भारतरत्न अटल बिहारी वाजपेयीजी के समक्ष स्वैच्छिक क्षेत्र का नाम देने के साथ 'बेटी बचाओ, बेटी पढ़ाओ' की सूत्रधार मृदुलाजी ने इन मुद्दों और सरोकारों को जीवंत बनाने के लिए अटलजी की प्रेरणा से स्वैच्छिक क्षेत्र की अभिव्यक्ति के लिए 'पाँचवाँ स्तंभ' पत्रिका का प्रकाशन-संपादन प्रारंभ किया। वर्ष 2006 से 2015 तक इस पत्रिका ने स्वैच्छिक क्षेत्र की प्रभावी आवाज के रूप में राष्ट्रीय स्तर पर एक विशेष पहचान बनाई। सामाजिक सरोकारों में संलग्न देश का कोई ऐसा कोना अथवा सामाजिक क्षेत्र में तन्मयता के साथ समर्पित ऐसा कार्यकर्ता नहीं रहा, जिसके कार्यों और उपलब्धियों का लेखा-जोखा 'पाँचवाँ स्तंभ' में न छपा हो। संपादक के रूप में मृदुलाजी की पैनी नजर समाज-जीवन के हर उपयोगी और चर्चित पहलू पर रहती थी, जिसके कारण समाज, शिक्षा, कला, संस्कृति, खेती-बाड़ी, पर्यावरण, महिला सरोकार, सामाजिक व्याधियाँ अथवा खुशी के समाचार, हर ओर उनकी पैनी नजर रहती थी, जो पत्रिका में जीवंत होकर उतरती थी। 'पाँचवाँ स्तंभ' पत्रिका के माध्यम से मैडम ने हजारों नए लेखकों, स्तंभकारों, रिपोर्टरों और सामाजिक कार्यकर्ताओं को तैयार किया। एक बड़ी लेखिका होने के बावजूद उनके व्यवहार में अहंभाव के लिए लेशमात्र जगह नहीं थी। जिस कारण कालकाजी स्थित बैंक कॉलोनी का उनका आवास और 'साथी' संस्था का कार्यालय सुबह से शाम तक लोगों से भरा रहता था। वैदिक संस्कृत से लेकर हिंदी के विविध साहित्यिक कालखंडों की चर्चा हो, चाहे पंडित दीनदयाल उपाध्याय, डॉ. श्यामाप्रसाद मुकर्जी और नानाजी देशमुख के विचार चिंतन से लेकर सदाबहार लोकप्रिय नेता अटल बिहारी वाजपेयी की कार्यशैली, सुंदरलाल बहुगुणा का पर्यावरण चिंतन हो अथवा जलपुरुष राजेंद्र सिंह के कार्य का तरीका, सब पर लगातार चर्चा-परिचर्चा चलती रहती थी। अपने प्रवास और यात्रा में अंडमान से लेकर जम्मू-

कश्मीर अथवा झारखंड, छत्तीसगढ़ से लेकर सुदूर दक्षिण के किसी राज्य में जिस भी पात्र से वे प्रभावित होती थीं, उसका दूरभाष लेकर हमारे लिए एक नया असाइनमेंट मिल जाता था। 'पाँचवाँ स्तंभ' के लिए सामग्री जुटाने और विशेषज्ञ लेखकों से संपर्क साधने में वे कभी असहजता महसूस नहीं करतीं। एक-दो बार स्वयं दूरभाष कर बाद में हमसे भी रिमाइंड करवाने पर जोर देतीं।

रचनाकारों के लेखों अथवा सक्रिय संस्थाओं की गतिविधि रिपोर्टें, मैडम ने कभी किसी से भेदभाव नहीं किया। 'पाँचवाँ स्तंभ' का वार्षिकोत्सव भी एक विषय विशेष पर और तदनुरूप विशेषज्ञों की टीम पर केंद्रित होता था। 2009 के समारोह में उपस्थित मुख्यातिथि स्व. कृष्णचंद्र पंत की टिप्पणी सहज रूप से याद आती है, "मृदुला सिन्हाजी अद्भुत व्यक्तित्व लिये हैं, मैं समझता हूँ, मैं तो क्यां, अटलजी भी इनसे ईर्ष्या करते होंगे कि एक साथ स्थापित साहित्यकार, राजनेत्री, सामाजिक कार्यकर्त्री और कुशल पत्रकार मृदुला सिन्हा सारी भूमिकाओं में अव्वल दिखाई पड़ती हैं।" वास्तव में मृदुलाजी में एक कुशल पत्रकार के सारे गुण मौजूद हैं, जिसका प्रमाण है कि बड़े प्रकाशन गृहों और कॉमर्शियल पत्रिकाओं के युग में जब हिंदी की पत्रिकाएँ विज्ञापन और पाठकों के अभाव में लगातार दम तोड़ रही थीं, तब 'पाँचवाँ स्तंभ' के रूप में एक नीरस और सर्वथा नवीन कलेवर व कंटेंट वाली पत्रिका शुरू कर मृदुलाजी ने इसे स्वैच्छिक क्षेत्र के पर्याय के रूप में स्थापित कर लोकप्रिय बनाया, साथ ही इसके माध्यम से लोकतंत्र के चौथे स्तंभ को मीडिया की तर्ज पर स्वैच्छिक क्षेत्र 'पाँचवाँ स्तंभ' के रूप में मान्यता दिलाने का कार्य किया। एक विवेकी व सुलझे हुए संपादक के नाते उन्होंने 'पाँचवाँ स्तंभ' से ऐसे लेखक और रचनाकार जोड़े, जो वास्तव में सामाजिक सरोकारों और स्वैच्छिक क्षेत्र के लिए उपयोगी विचार व कार्यान्वयन सामग्री उपलब्ध करवा सकते थे। मृदुलाजी की इस मंडली में संविधान विशेषज्ञ डॉ. सुभाष कश्यप से लेकर बड़े राजनेता, साहित्यकार, कॉर्पोरेट जगत् की हस्तियाँ और विचारक सभी शामिल रहे। 'पाँचवाँ स्तंभ' पत्रिका में संपादकीय के तहत प्रकाशित 'प्रकाशक मंथन' स्तंभ में अपनी वैचारिक व रचनात्मक भावाभिव्यक्ति के साथ समसामयिक मुद्दों को उन्होंने कभी नहीं छोड़ा। कला, शिक्षा, अर्थव्यवस्था, पर्यावरण, खेल, सिनेमा, महिला, बच्चे, वरिष्ठ नागरिक व देश के किसान व कामगार, सभी संपादकीय टिप्पणियों का हिस्सा बनते रहे। राजनीतिक टिप्पणियों में न तो कहीं एक दल विशेष के प्रति आग्रह दिखता था और न ही अपने मूल वैचारिक अधिष्ठान से किसी प्रकार का भटकाव। सामाजिक व राजनीतिक बुराइयों पर कटाक्ष करते हुए उनका विराट् व्यक्तित्ववाला पत्रकार कहीं नहीं चूकता।

संसद् में महिलाओं की संख्या बढ़ने की खुशी हो अथवा सर्वोच्च न्यायालय द्वारा किसी पति-पत्नी को विवाद से बचने की सलाह, ये सब 'मंथन' में जन-सामान्य की समझ व उन्हें धरातल पर उतारने के उपाय के रूप में सहज उनकी लेखनी से धार पाते रहे, "जिस दांपत्य को सात जन्मों का बंधन कहा जाता रहा है, वह अब कुछ दिनों का होता जा रहा है, इस प्रवृत्ति को रोकना होगा, इस कार्य में भी स्वैच्छिक क्षेत्र को आगे आकर सक्रिय भूमिका निभानी होगी।" इसी प्रकार पर्यावरण जागरूकता के प्रति सचेत करने के दर्जनों प्रसंग 'मंथन' में ही निकले हैं, "हम सब 5 जून को पर्यावरण दिवस मनाने की औपचारिकता पूरी करेंगे। उस दिन भी गंगा में

कचरा फेंका जाएगा, वायु प्रदूषित करने के लिए सड़कों, गलियों में सड़े-गले कूड़े के ढेर दिखेंगे। वास्तव में आज राजनीति, शिक्षा, मीडिया और जीवन के अन्य आयाम प्रदूषणा से ग्रसित हो गए हैं, इसलिए पर्यावरण का प्रदूषण हटाना भी एकाकी नहीं हो सकता। प्रदूषित मन, वचन व कर्म से पर्यावरण का प्रदूषण नहीं हटाया जा सकता।"

इस प्रकार जीवन व्यवहार की ढेरों सीख हैं, जो एक शीर्ष पत्रकार के दाय के रूप में समाज व देश को 'पाँचवाँ स्तंभ' के माध्यम से मिली हैं। हमारा सौभाग्य यह रहा कि देश के सार्वकालिक लोकप्रिय राजनेता अटलजी के जादुईमय आकर्षण से किशोरावस्था में प्रभावित होने के बाद विश्वविद्यालय अध्ययन के दौर में मृदुला सिन्हाजी व प्रो. रामकृपाल सिन्हा गुरुतुल्य विभूति दंपती का सान्निध्य प्राप्त हुआ। न केवल सीखने के लिए मिला, बल्कि उनके अनुकरण से आधुनिक चकाचौंध, छल-कपट और अवसरवादिता की महाव्याधियों से बचकर स्वाभिमान और पुरुषार्थ की प्रेरणा मिलती रही। कई बार असफलताओं व जीवन की कठिनाइयों के चलते विचारधारा और संगठन के प्रति खीझ व मोहभंग की स्थिति आई, किंतु मृदुलाजी के विराट् व्यक्तित्व की छाया व स्नेह ने डिगने नहीं दिया।

साहित्य, शिक्षा, लोकसंस्कृति, पत्रकारिता व राजनीति क्षेत्र की बहुवस्तुस्पर्शिनी प्रतिभा, उदारमना भारतगौरव श्रीमती मृदुला सिन्हा पूरे देश के नागरिकों और बौद्धिक जगत् की लाडली हैं। परमात्मा उन्हें जीवन के हीरक जयंती वर्ष में आनंदमय व गौरवपूर्ण 75वें बसंत में स्वस्थ जीवन, दीर्घायु व उत्तरोतर सुयश प्रदान करे और उनकी कीर्ति अधिकाधिक प्रसारित हो, हृदय से यही शुभकामना है।

समाचार संपादक, पंजाब केसरी दैनिक
मो. : 9350875252

□

अनायास कह पड़ा—चाची, प्रणाम!

—स्वयं प्रकाश

वर्ष 2010 का जाड़ा। पटना का सर्किट हाउस। एक महिला भारतीय परिधान में अपने बाल सुखाते हुए धूप लोढ़ रही थीं। मैं सर्किट हाउस में राज हीरामन के लिए अपने घर से सुबह का नाश्ता लेकर गया था। राज हीरामन मॉरीशस के वरिष्ठ साहित्यकार-पत्रकार हैं। महान् पत्रकार, कथाकार, उपन्यासकार धर्मवीर भारती के पत्रकारिता विद्यालय के छात्र रहे हैं। चाची कमरे के बाहर थीं। धूप का आनंद ले रही थीं। आनेवालों से मिलतीं, बातें करतीं। किसी से हिंदी में, किसी से मैथिली में तो किसी से भोजपुरी में। मोबाइल पर अंग्रेजी में भी बात कर रही थीं।

अपने कमरे में बैठे राज हीरामन यह सब देख रहे थे। सात समंदर पार से आए राज हीरामन ने हमसे पूछा, "उ के बा रे स्वयं प्रकाश। सब भषवे जानता। तें जानेलिस। चिह्नत बारिस उनका के।" उनकी जिज्ञासा को शांत करने हम कमरे से बाहर आए कि कौन हैं। देखा—अरे, ये तो महान् लेखिका, कथाकार, समाजसेवी और भाजपा नेत्री मृदुला सिन्हाजी हैं। अखबार, पत्र और पत्रिकाओं में अकसर उनके लेख, विचार छपते रहते थे। उसी से अनुमान लगाया। उनकी ओर बढ़ने लगा। अनायास मैं झुका। उनके चरणस्पर्श किए और बोला, "चाची, प्रणाम।" अपना परिचय दिया, तब मैं प्रभात खबर, बिहार का संपादक था।

हमने कहा, "चाची, आपके लेखन का मुरीद रहा हूँ। जब आपको पढ़ता हूँ तो गाँव की सोंधी माटी की महक, संस्कार, परंपरा आज मेरा सौभाग्य है, आपके चरण छूने का मौका मिला।" हृदय से लगाते हुए मृदुला सिन्हाजी बोलीं, "बेटा, आज कौन चाची कहता, सब आंटी कहते हैं। मैं तो चाची सुन अचरज में पड़ गई। मुझे बहुत अच्छा लगा।" तबसे वे मेरी चाची हैं। माँ-सा स्नेह करनेवाली। भावात्मक-रागात्मक रिश्ते की शुरुआत।

तब वे 'पाँचवाँ स्तंभ' के सिलसिले में पटना आई थीं। हमने कहा, "बहुत स्तरीय पत्रिका है। यह 11वाँ साल है। अनवरत निकल रही है।" सकारात्मक चिंतन व विकास की वाहक। अचरज लगता है, एक साथ वे इतना काम कैसे करती हैं। एक महिला संपादक, अन्य पत्र-पत्रिकाओं में लेखन। घर-परिवार का कुशल प्रबंधन। उनका कुनबा विशाल है। केवल अपने परिवार तक नहीं। वसुधैव कुटुम्बकम् सा। जैसा मेरा अनुभव है, उनकी कथनी-करनी में कोई भेद नहीं। जैसा अंदर, वैसा ही बाहर। ईर्ष्या-द्वेष, राग-मोह से विरले ही विलग होते हैं। ऐसी हैं मेरी चाची। मुझे तो इतना प्यार मिला है कि प्रभु से प्रार्थना करता हूँ, अगले जन्म में मेरी चाची को माँ और माँ को चाची

बनाना। नहीं संभव हो तो मौसी जरूर बनाना। हमारे यहाँ कहावत है—'माई मरे, मौसी जिए।'

मेरी विधवा दीदी की बड़ी बेटी शिवप्रिया की शादी 31 जनवरी, 2016 को थी। पटना से। चाची को कार्ड भेजा। उनका फोन आया, "बेटा, न आ सकलिअव ह। पहिले से दोसर कारक्रम तय हई।" मेरा मन थोड़ा उदास हुआ। मैं चुप था। तुरंत बोलीं, "बिहार जब अबौ अबरी बेर बोला के राजभवन में नातिन आ दामाद से भेंट करबौ। ठीक से सब करिह। कौनो दिक्कत होए त बतईह बेटा।" मेरी आँखों से आँसू गिर पड़े। इतना खयाल। वह भी आज के समय में।

उन्होंने ऐसा ही किया। आने के एक सप्ताह पहले हमें फोन किया, "मेहमान के कब सुविधा होतई। दामाद नातिन। हुनके अनुसार समय बतईह।" "दामाद बीनू बाबू केनरा बैंक में मैनेजर हैं।" हमने उन्हें बताया। तय समय पर चाची से मिलने मेरी भगिनी और दामाद राजभवन पटना गए। एक बेटी की जैसे विदाई होती है, वैसा उन्होंने किया। सीख भी दी। घर-गृहस्थी की। खूब तसवीरें मेरी भगिनी की खिंचवाई। दोनों अतिशय प्रसन्न। मेरी भगिनी बोली, "मामा, नानी राज्यपाल होकर इतने सहज-सरल तरीके से मिलीं कि हम बोल नहीं सकते।" दामाद बोले, "ऐसे लग रहा था, वर्षों से हम दोनों को जानती थीं। दोनों को गोवा आने का न्योता भी दिया।"

ऐसे ही एक सेमिनार गोवा में हुआ। देश के कई नामी-गिरामी शिक्षण संस्थानों के लोग। भाजपा किसान मोर्चा के राष्ट्रीय अध्यक्ष, सांसद वीरेंद्र सिंह मस्त, सांसद अरुण कुमार और बिहार कांग्रेस के पूर्व अध्यक्ष अनिल शर्मा, वरिष्ठ पत्रकार चाची के करीबी 'प्रभात खबर', मुजफ्फरपुर के संपादक भाई शैलेंद्रजी व पत्रकार जयप्रकाश मिश्र। चाची ने कार्यक्रम की पूर्व रात्रि को हम सबको राजभवन में खाने पर बुलाया। हमारे चाचा आदरणीय रामकृपाल बाबू 9 बजे सो जाते हैं, पर वे सांसद मस्तजी और हम सबसे मिलने के लिए जगे हुए थे। मस्तजी और चाचाजी (रामकृपाल बाबू) जब मिले, बड़ा ही भावुक क्षण था। अतीत से दरस-परस हो रहा था दोनों का। दोनों ने अपने को सँभाला, खासकर अपने बनाए-बनवाए गए तरह-तरह के व्यंजनों का स्वाद, वह भी राजभवन में। मेरे जीवन में पहला मौका था। खाते-खिलाते हम सबको चाची ने अपने मधुर कंठ से स्वच्छता, 'बेटी पढ़ाओ, बेटी बचाओ' पर गीत गाकर भी सुनाया।

सोने जाने के पूर्व चाची हमसे कह रही हैं, "बेटा, देख लिह मस्तजी अउर सब लोग के कोई परेशानी न होखई।" सब नीचे आए। राजभवन के बाग में टहल रहे थे। अरब सागर की लहरें राजभवन से टकरा रही थीं। ठंडी हवा के झोंके। समंदर का किनारा। खाया-अघाया मन। तभी मस्तजी बोल पड़े, "शर्माजी, दोनों देवी-देवती हैं।" अनिल शर्माजी ने कहा, "भाई साहब, ममतामयी, ज्ञानमयी, करुणामयी, प्रेममयी हैं।"

ऐसी हैं मेरी चाची—लखीसराय के बालिका विद्यापीठ से दीक्षित, शिक्षिका, समाजसेविका, भाजपा महिला मोर्चा की राष्ट्रीय अध्यक्ष, भारत सरकार के समाज कल्याण बोर्ड की अध्यक्ष, भाजपा कार्यकारिणी की सदस्या। लेखन, संपादन, संबंधों का अंत:करण से निर्वहन और अब राजभवन में रहकर भी सृजन। यह सब असाधारण है, पर मेरी चाची के लिए सहज-सरल।

संपादक, हैल्लो बिहार.इन,

मो. : 9471861160

□

गरिमा और संवेदना की अविरल अंतःसलिला

—संजय कुमार मिश्र

विजयादशमी का दिन था, अमिताभ भाई का फोन आया, उन्होंने कहा, "संजय भाई, जरा अवधेशजी से बात कर लीजिए। कहीं आपके लिए काम के बारे में कुछ बात करेंगे।" मैंने कहा, "ठीक है, मैं बात करता हूँ।" मैंने वरिष्ठ पत्रकार अवधेशजी को फोन किया; उन्होंने कहा, "अरे! एक जगह आपके लिए नौकरी की बात की है, आपके जैसे आदमी के लिए बड़ी सटीक जगह है। मृदुला सिन्हाजी का नाम सुना होगा!" मैं सुनकर चौंक गया, "क्या लेखिका मृदुला सिन्हा? हाँ, सुना है और पढ़ा भी खूब है, पर वे तो बहुत बड़े लोग हैं…लेकिन क्या काम है?" उन्होंने कहा, "वे एक पत्रिका निकाल रही हैं और चाहती हैं कि एक ऐसा आदमी मिले, जो पूरी पत्रिका की जिम्मेदारी सँभाले, इसके लिए मुझे आप सबसे उपयुक्त व्यक्ति लगे। उनको फोन कर लीजिए, फोन नंबर दे रहा हूँ और हाँ, वेतन की बात क्लियर कर लीजिएगा।" फिर बोले, "पैसा की बात क्या कीजिएगा, वे ऐसी हैं कि बिना बोले ही सब समझ जाएँगी, चलिए देख लीजिएगा; लेकिन कल मिलने जरूर चले जाइएगा।" उनका फोन कटते ही मेरी धड़कन तेज हो गई…बाप रे! इतने बड़े आदमी से कैसे मिलूँगा। क्या बात करूँ? अंदर से हिम्मत जुटाकर उनको फोन लगाया, उधर से शहद घुली आवाज आई, "हलो…" मैंने झिझकते हुए कहा, "आप मृदुला सिन्हाजी बोल रही हैं?" उन्होंने कहा, "हाँ, बोल रही हूँ, बोलिए…" लीचीयुक्त शहद की मिठास के जादू से मेरी हिम्मत बढ़ गई, मैं स्पष्ट रूप से बोल पड़ा, "…जी मैं संजय मिश्र हूँ और अवधेशजी ने आपका नंबर दिया और आपसे पत्रिका के संबंध में बात करने के लिए कहा है।" उन्होंने कहा, "हाँ, कल आप आ जाइए…नेहरू प्लेस देख रहे हैं, आप उसके सामने ही है कालकाजी, भैरव मंदिर और पेट्रोल पंप के बीच से रास्ता अंदर को आता है, अंदर आकर किसी से डी.डी. ब्लॉक में पी.टी. 62/20 में आ जाइएगा।" मैंने कहा, "जी, ठीक है।" उन्होंने कहा, "कल आइए, बात करेंगे।" रातभर करवटें बदलता रहा, रह-रहकर मोबाइल में टाइम देखता रहा।

सुबह जाने की तैयारी करने लगा, फ्लौपी में बायोडाटा सेव किया कि रास्ते में इसका प्रिंट ले लूँगा, परंतु साइबर कैफे में प्रिंट लेने के लिए कंप्यूटर में लगाया तो पता चला कि फ्लौपी करप्ट है। बिना बायोडाटा के ही जाना पड़ा। उनके बताए मार्ग से सीधा आ गया डी.डी. ब्लॉक में, अंदर आकर एक सुरक्षा गार्ड से पूछा, उसने बता दिया—यह कोनेवाला मकान है। प्रवेश किया बड़े हॉल

में, अकेली दुबली-पतली सी लड़की कुछ टाइप कर रही थी; मैंने पूछा तो उसने वहीं से बता दिया कि सामने रूम में बैठी हैं। मैं गया, वे कुछ लिखने में तल्लीन थीं। मैं जैसे ही नमस्ते कर अपना नाम बता ही रहा था कि सामने की कुरसी की तरफ इशारा करते हुए बोल पड़ीं, "आइए, बैठिए।" मैं बैठ गया। उन्होंने एक बार अपने लिखे पर नजर फेरी और कार्ड बोर्ड से पेज निकालकर मेरी तरफ बढ़ाते हुए बोलीं, इसे पढ़िए; मैं उनसे लेकर कुछ ही मिनटों में पढ़ गया। उन्होंने पूछा, "कैसी लगी?" मैंने कहा, "बहुत बढ़िया··जनसत्ता के 'दुनिया मेरे आगे' के लिए लिख रही हैं?" उन्होंने कहा, "आपको कैसे पता?" मैंने कहा, "मैं इस स्तंभ का बहुत पुराना पाठक हूँ, इसलिए उसका अंदाज पता है।" वे मुसकरा दीं, मेरी झिझक उड़कर पार्क के किसी पौधे में समा गई और किसी दूसरे नवागंतुक का इंतजार करने लगी।

उन्होंने उसी लड़की से, जिसका नाम राखी था, 'पाँचवाँ स्तंभ' के प्रारंभिक अंक में जानेवाले अब तक आए सारे लेखों को मँगवाया। एक लेख को एडिट करने के लिए कहा, लेख बहुत बड़ा नहीं था, फिर भी मैंने उसमें से कुछ कमजोर कड़ियों को निकाला, कुछ शब्द और शीर्षक में भी विषयानुरूप बदलाव लिखकर सुझाया। उसे उन्होंने गौर से देखा। मुझे 'पाँचवाँ स्तंभ' से अपना अभिप्राय स्वैच्छिक प्रयास में लगे उन लाखों लोगों और संगठनों को बताया तथा यह भी कहा कि यह लोकतंत्र का मध्यवर्ती स्तंभ है। 'पाँचवाँ स्तंभ' निकालने का हमारा उद्देश्य इस सकारात्मक स्वैच्छिक प्रयास को मजबूती देना है। मैंने कहा, "परंतु ये एन.जी.ओ. समाजसेवा के नाम पर बहुत सारे ऐसे कामों में भी लगे हैं कि जिससे देश और समाज को नुकसान हो रहा है।" उन्होंने कहा कि पहले तो हमें इस एन.जी.ओ. नकारात्मक नाम से मुक्ति पानी होगी, इसके लिए मैं लगातार प्रयास करती रही हूँ और 'पाँचवाँ स्तंभ' के माध्यम से भी एक जोरदार अभियान चलाएँगे। जहाँ तक इनके गलत कामों की बात है, तो हम 'पाँचवाँ स्तंभ' के माध्यम से ऐसी संस्थाओं और लोगों के बारे में बताएँगे, जो देश, समाज और मानवता के लिए सकारात्मक, रचनात्मक सोच के साथ काम कर रहे हैं। मुझे पता है कि इस क्षेत्र में बहुत नकारात्कता तथा गंदगी आ गई है। इसलिए मेरा मानना है कि हमें चावल से कंकड़ नहीं, बल्कि कंकड़ों के ढेर में से चावलों को चुनना है। 'पाँचवाँ स्तंभ' की पत्रकारिता इसी मनोभाव से काम करेगी।

इसमें छपनेवाले लेखों के बारे में उन्होंने कहा कि इसमें वैचारिक, सामाजिक, आर्थिक, सांस्कृतिक लेख भी होंगे, परंतु सिर्फ समस्या को बढ़ा-चढ़ाकर सरकार और समाज को कोसने भर के लिए नहीं, बल्कि सकारात्मक ठोस सुझावपरक, क्योंकि हर तरफ नकारात्मक पत्रकारिता तो हो ही रही है, उस भीड़ में हमें शामिल नहीं होना है। पत्रिका निकालने के उद्देश्यों के बारे में जो धुँधलका था, वह काफी हद तक छँट चुका था।

आगे कहा, "अब तक जो काम हुआ है, उसकी पूरी फाइल बनी है, आप सबको विस्तार से पढ़ लीजिएगा, सब समझ में आ जाएगा।" फिर मेरी शिक्षा, घर-परिवार, इसके पहलेवाली नौकरी और काम के बारे में पूछा। मैंने बताया तो वे खुश हुईं। फिर वेतन के बारे में पूछा, मैंने यह न बताकर कि मुझे क्या चाहिए, सिर्फ यह बताया कि मुझे इसके पहले की नौकरी में इतना मिल रहा था। उन्होंने कहा ठीक है, कल से आ जाइए, हम लोग इस पत्रिका के लिए मिलकर काम करेंगे।

काम-काज प्रारंभ हुआ। उन्होंने मेरे काम करने की जगह मेरे ऑफिस पहुँचने से पहले ही तय कर दी थी। उस रूम में पहले से ही बहुत सारी किताबें, पत्रिकाएँ और फाइल वगैरह पड़ी थीं। 'साथी' संस्था तथा 'पाँचवाँ स्तंभ' से जुड़ी सारी फाइलें भी मेरे टेबल के पास की आलमारी में थीं। वे ऊपर से आईं, मैंने नमस्ते किया। उन्होंने जवाब दिया और सीधे किचन में चली गईं, मुझे आवाज देकर बुलाया, बोलीं, "देखिए, लड़के ने झाड़ू कैसे बाहर बीच आँगन में फेंक दी है, इसे यह तक पता नहीं कि झाड़ू कैसे और कहाँ रखा जाता है...घर की सबसे महत्त्वपूर्ण चीज झाड़ू होती है। अगर आपको यह पता करना हो कि घर के लो़ग कितने सभ्य और सुसंस्कृत हैं तो आप आसानी से उनके झाड़ू रखने के स्थान को देखकर पता कर सकते हैं।" फिर उन्होंने किचन, टॉयलेट, ऑफिस के हर कमरे के कोनों और सामान का मुझे साथ लेकर मुआयना किया और ऑफिस के लड़के को सफाई के लिए कहती रहीं। सामान की नियत जगह बताती रहीं। फिर वे अपने कमरे में बैठीं और मुझे आवाज दी, "संजयजी...।" उन्होंने कहा, "आपको पता है, मैं इन दिनों सीता की आत्मकथा 'सीता पुनि बोली' का अंतिम प्रूफ देख रही हूँ, जितनी बार देखती जाती हूँ, कुछ-न-कुछ जुड़ता जाता है," फिर उन्होंने एक प्रसंग, जिसमें सीता लंका की अशोकवाटिका में रावण और सीता का संवाद था, पढ़ने को कहा, मैं जैसे-जैसे शब्द और संवाद पढ़ता जा रहा था, मेरी भूख पूरी आत्मकथा को एक श्वास में पढ़ डालने को बलवती होती जा रही थी और वे चुपचाप मेरे चेहरे पर आए भावों को पढ़ रही थीं और शायद नया कुछ गढ़ भी रही थीं।

पुनः काम की बात पर आते हुए उन्होंने स्वैच्छिक संगठन 'साथी' तथा 'पाँचवाँ स्तंभ' इसकी रूपरेखा, इसके लेखक, पाठक, विज्ञापन आदि के बारे में विस्तार से बताया। उन्होंने यह भी बताया कि आप पत्रिका के सहसंपादक के साथ-साथ ऑफिस के भी हेड होंगे, यानी कि वित्तीय हिसाब-किताब से लेकर पत्रिका का सारा कार्य, साथी संस्था के कार्य, ऑफिस का संचालन आदि सारे कार्य शामिल हैं।

चाहे किसी तरह का काम हो, सफाई के प्रति उनके जैसा जिद्दी व्यक्ति मैंने नहीं देखा, पत्रिका का ही जब मैं पेज बनवाकर सामने लाता, नजर पड़ते ही वे कहतीं, "बड़ा गिजमिज, भरा-भरा लग रहा है, इसको थोड़ा साफ-सुथरा, मनभावन बनाइए।"

वे राजनीति, समाजसेवा, रचनात्मक कार्य, घरेलू-पारिवारिक कार्य हमेशा सकारात्मक भाव से भरी रहती हैं। पत्रिका के लिए विषय सामग्री के चुनाव में उन्हें किसी भी विचार या दल के लोगों या लेखकों के प्रति कभी पूर्वग्रहों से ग्रसित होकर काम करते नहीं देखा, उनका जोर सिर्फ इसी बात पर रहता है कि कोई सिर्फ समस्या को उठाकर ही न रहा जाए, बल्कि उसके सकारात्मक समाधान तक पहुँचा जाए। यह इसी नजरिए का प्रतिफल है कि 'पाँचवाँ स्तंभ' इतने विविध विषयों पर विशेषांक निकाल पाया और हर पक्ष के लेखक और विचारकों का सहयोग मिलता रहा है।

मैगजीन निकालना, उसके लिए मैटर मँगवाकर संपादन, प्रूफ, पेजमेकिंग कर छपवाना और नियत दिन डाक से पाठकों के लिए समय से भिजवाना, बड़ी ही हिम्मत, मेहनत और सहनशीलता और धैर्य की माँग करता है। उनकी देख-रेख में तीन लोगों के ही स्टाफ की छोटी टीम यह काम करती रही है। उस पर भी ऑफिस के लड़के का आना-जाना लगा रहता। एक बार लाख कोशिशों

के बावजूद पत्रिका समय से छपकर नहीं आ सकी, उसी दिन दोपहर में छपकर आई, जिस दिन पत्रिका भेजने की तारिख थी, ऊपर से ऑफिस का लड़का भी नहीं था। मैं काफी परेशान और अंदर से विचलित था कि अब सामान्य डाक से जाएगी तो पच्चीस-तीस हजार का बोझ पड़ेगा। वे बात समझ गई और मेरे पास आकर बोलीं, "भगवान् ने आपको इतना सुंदर चेहरा दिया है, परंतु गुस्से में बहुत बेकार हो जाता है।" फिर उन्होंने नवीन भैया, संगीता भाभी, उनके सारे बच्चे, नीताजी और उनके बच्चे, घर में काम करनेवाली लड़की आदि सबको इकट्ठा कर दिया और खुद भी हम लोगों के साथ बैठ गईं मैगजीन लिफाफे में पैक करने। जिस काम को करने में ऑफिस के लड़के को दो दिन लगते थे, वह दो घंटे में निपट गया और मैगजीन समय से डाक में पहुँच गई। मैं टॉयलेट गया, वहाँ आईने में मुसकराते हुए अपना चेहरा देखा, मैम की बातों को याद किया, आईने से धीरे से कहा, "मैं तो वाकई में खूबसूरत हूँ यार, तभी तो मुझे ऐसी महान् व्यक्तित्व का साथ मिला है।"

उनकी उदारता और विशाल हृदयता के इतने उदाहरण मेरे पास भरे पड़े हैं कि पूरी दास्तान बन जाएगी। फिर भी, यहाँ मैंने अकसर अनेक लोगों को उनके पास सहायता पाने के लिए आते देखा है और वे जाति, धर्म, समुदाय से परे जाकर सहायता करती रही हैं। किसी को इलाज के लिए, किसी की पुलिस सहायता, किसी को नौकरी तो किसी को घरेलू समस्या सुलझाने के लिए सलाह चाहिए। पिछले महीने जब वे गोवा से यहाँ आई थीं और अपनी गवर्नर की खास कार में बैठने जा रही थीं कि तभी एक पके दाढ़ीवाला मुसलमान कबाड़ी उधर से गुजर रहा था, वह दूर से ही अपनी साइकिल रोककर चिल्लाया, "माताजी!" वे रुकीं, उसने पाँव छूकर उनको प्रणाम किया और संतुष्ट भाव से एक ओर में खड़ा हो गया, उसने अनेक बड़े लोगों की तरह कोई पैरवी की लिस्ट नहीं थमाई। ऐसे अनगिनत कामवाले, कुली-कबाड़ी तथा मजदूर हर जगह मिल जाएँगे, जो उनके अंतरंग रहे हैं।

वे इतने सारे लोगों की अम्मा, मम्मी, मौसी, चाची, बुआ हैं कि हमारे ऑफिस के फोन पर अगर कोई रोंग नंबर से भी कोई मौसी या बुआ का फोन आ जाता तो उनसे बात करा दी जाती और वह रौंग नंबरवाला बेचारा या बेचारी सदा के लिए रिश्तों में बँध जाता। किसी भी कार्मिक-मजदूर के लिए तो वे शाश्वत साक्षात् मम्मी हैं ही। एक दिन ठेकेदार अफजल आ धमका और पूछने लगा, "सर मम्मी हैं घर में?" तोड़-फोड़ एवं विस्तार का काम चल रहा था, मैंने मजा लेने के लिए कहा, "मम्मी नहीं, डैडी हैं, तुमको बुला रहे हैं।" वह सिर पर दोनों हाथ मारकर बोला, "अरे बाप रे! और कहते हुए भागा कि मैंने मम्मीजी के कहने पर उनके मना करने पर भी ऊपर तोड़-फोड़ कर दी है, आज वे मुझे नहीं छोड़ेंगे, मम्मी भी घर पर नहीं हैं, जो बचाएगी, मैं जा रहा हूँ!"

पता नहीं लोग क्यों उनको एक उम्र के दायरे में बाँधकर 75वें जन्मोत्सव या अमृत महोत्सव मना रहे हैं? इनको कैसे बताया जाए कि किसी शाश्वत अंत:सलिला की कोई उम्र होती है क्या? वे तो गरिमा, सम्मान और संवेदना की अविराम, अविरल-निर्मल धारा हैं। वे तो सदा अपनी साहित्यिक रचनाओं, विविध विषय पर लिखे लेखों, राजनीति में रहकर किए गए ठोस सकारात्मक कार्यों तथा समाजसेवा के माध्यम से गंदे कीचड़ से भरी राजनीति के खिले कमल की कोमल

पँखुड़ियों में, समाज-कार्य में बेटियों, बहुओं बुजुर्गों और हाँ अकेले पड़े बेचारे मर्दों तथा हाशिए पर जीनेवालों की शिराओं में सकारात्मक शक्ति का संचार करनेवाली प्रेरणास्रोत हैं और बनी रहेंगी। उनकी रचनाओं तथा अभिनव सामाजिक दर्शन से सरकार और समाज को नीति निर्माण जैसे कार्यों के लिए सदैव दिशा-निर्देश मिलता रहेगा।

हाल ही में किसी कार्यक्रम में अपनी उम्र की ओर इशारा करते हुए कह रही थीं, "मैंने तो बस ऐसे ही अपने बालों में सफेदी पोत ली है!" मैं वहाँ पर उनसे यह कहने के लिए कुलबुला रहा था कि आपने सफेदी नहीं पोत ली है, यह तो उन लाखों बेचारे सफेद कागजों का बदला है, जिनको आपने बड़ी निर्ममता से दिन-रात काले कर-करके सौ से ज्यादा किताबें और हजारों लेख लिखे हैं। आपने इतने कागजों को काला किया, उन्होंने बदले में गिन-गिनकर सारे बालों को सफेद कर दिया!

सहसंपादक, पाँचवाँ स्तँभ

मो. : 9971189229

□

'संस्मरण' और 'स्केच' की सिद्ध लेखिका

—स्व. डॉ. सुरेंद्रनाथ दीक्षित

'संस्मरण' और 'स्केच' की सिद्ध लेखिका श्रीमती मृदुला सिन्हा 'चेयरमैन' 'समाज-कल्याण बोर्ड, भारत सरकार' ने अपनी सिद्ध लेखनी और वाणी द्वारा भारतीय नारियों, युवाओं के अंतर्मन में भारतीय सभ्यता-संस्कृति के प्रति स्वाभिमान और अस्मिता के गौरव-बोध को कितना दीप्त किया है?

हम मृदुलाजी द्वारा लिखित उन 'स्केचों' या 'रेखाचित्रों' की गुणवंती 'अनुगूँज' से अनुप्रेरित हो उठते हैं। जिन असाधारण गुणसंपन्न मनुष्यों की चर्चा होती है, इनमें वे हमारे बीच में ही जिंदादिल मनुष्य ही तो हैं। 'मखना हलवाहा' या 'तरजुग भैया' सब ही तो हम सबके चिरपरिचित पात्र हैं, पर बेनीपुरी की कलम ने अपनी कलम से उन्हें निखार दिया है? एक समर्पित समाजवादी, स्वतंत्रता सेनानी के रूप में जो दुःख-दर्द उन्होंने सहा-भोगा, वह सबकुछ एकाकार हो जाता है, 'गेहूँ-गुलाब', 'लालतारा', 'माटी की मूरतें' के सजीव शब्द-चित्रों में तराशी मूर्तियों में नाटक ही नहीं, उनकी तमाम साहित्यिक कृतियों में उनकी रंग-बिरंगी शैलियों में बेनीपुरी की चेतना के आलोक का विलास की तरह स्फुरण होता है।

निस्संदेह, आज से 50-60 वर्ष पूर्व लिखे इन स्केचों, रेखाचित्रों की याद पुनः ताजी हो जाती है, क्योंकि उनमें भी 'गेहूँ और गुलाब' के शब्द-चित्रों का उन्मादी सौरभ जो व्याप्त है।

श्रीमती मृदुला सिन्हा द्वारा लिखित 'कद्दावर बाबूजी' उर्फ छबीला बाबू। 'धनमन' परिवार के जीवंत व्यक्तित्व हैं—एकदम जीवंत/प्राणवंत। उनके जीवन के पारिवारिक प्रसंगों की मिठास की चासनी ने न जाने कितने रंग उड़ेल दिए हैं पूरे परिवेश में! मेरी दृष्टि से इनके 'रेखाचित्र' बेनीपुरी की यादें ताजा करती हैं।

किसी महान् लेखक की 'गुण-संपन्नता' की रिक्तता की क्षतिपूर्ति हो सके तो इससे बढ़कर बात कौन हो सकती है? उस 'धनवंती' कलम को कितनी हम दें बधाई और जीवन की खुशियों का ज्वार बार-बार।

अपने मंतव्य की पुष्टि में इस रेखाचित्र के उन विशिष्ट उद्धरणों को प्रस्तुत कर रहा हूँ, जो इस 'रेखाचित्र' में प्रस्तुत किए गए हैं—

1. नहीं, मुझे किसी ने बताया ही नहीं। कई दिनों से उसे घर-आँगन में काम करते देखा ही नहीं। मास्टर साहब के गुस्से का पारा चढ़ जाता। तुम लोगों ने औरत को समझ क्या रखा है? वह बैल की तरह खटती रहे, जिए या मरे, तुम्हें कोई लेना-देना नहीं! एक मरेगी, दूसरे दिन दूसरी ले आओगी, यही न।
2. एक बार राँची कैंप से लौटी 'धनमन'। स्टेशन पर उसके बाबूजी लेने आए थे। धनमन ने कहा, "मैं कपड़े बदल लूँ।" वह खाकी फुलपैंट-शर्ट में थी। उसके बाबूजी को बिटिया को उसी ड्रेस में गाँववालों को दिखाना जो था अत: उन्होंने टोपी भी नहीं उतारने दी। गाँव के स्त्री-पुरुष, बच्चे इकट्ठे हो गए। सुबह-सुबह जब छबीला बाबू नहाते होते तो धनमन उनकी पूजा-अर्चना के लिए पीली मिट्टी से तीन फीट का स्थान लीपकर उस पर कुश की चटाई बिछाती थी। छोटे आकार के 'रामचरितमानस', 'गीता' और चंदन घिसने के लिए पत्थर के गोल टुकड़े को धोकर उस पर चंदन का एक टुकड़ा रखती। धूपदानी में गोंइठा की आग भी बड़े सँभाल-सँभालकर रखती। यह काम धनमन की छोटी हथेलियों से संपन्न होता तो मास्टर साहब को सुखकर-प्रीतिकर लगता। धनमन को भी मिला करती इकन्नी तो लसगरीपुर मेला जाती अपनी काकी के साथ।

यहाँ यह उल्लेखनीय है कि छबीला बाबू ने उसी शैशवास्था में धनमन के अंतर्मन में एक अलग नजरिया को जन्म दिया कि वह गाँव की लड़कियों से निश्चय ही भिन्न है। उन्होंने पुत्री को छात्रावासों में भेजकर अलग पहचान बना दी। यही नहीं, महिलाएँ जो विभिन्न व्रत-त्योहारों के अवसरों पर मीठे गीत गातीं, धनमन उन्हें भी याद किया करती। मृदुलाजी आज भी इन 'प्राणवंत गीतों' को पूरे सुरताल के साथ गाती हैं। तो किस सहृदय का तन-मन आनंद से झूम नहीं उठता। सब कद्दावर छबीला बाबू की देन है, अपनी धनमन बिटिया की पहचान को जाग्रत्-प्रदीप्त करने का, जो एकदम निराला, सर्वथा अभिनंदनीय! ऐसे ही सात्त्विक, पावन, वातावरण में बार-बार के छोटे-बड़े चरित्र में नई दीप्ति, शक्ति, जाग्रत् होती है। उसके अंतर्मन में पवित्र बोल फूट पड़ते हैं प्रभु की प्रार्थना के—

"हे प्रभु! तुम तेज स्वरूप हो, मुझे वही तेज दो, तुम शक्ति स्वरूप हो, शक्ति दो"

क्या किसी भी राष्ट्र के निवासी बिना पराक्रम, बल तथा तेज के विकास के पथ पर बढ़ सकते हैं? नहीं, कदापि नहीं।

हजारों वर्षों के इतिहास में कुछ बात है कि हमारी हस्ती नहीं मिटती। हम पुन: देश की एकता के गीत गाकर एक नए जीवन स्वर की गूँज भरकर जीवन-पथ पर निर्भीकता से बढ़ते ही रहें, अविराम चलते ही रहें। हम खुद बढ़ें और अपने प्रिय राष्ट्र को भी बढ़ाएँ—"आप बढ़ें, प्रिय राष्ट्र बढ़ाएँ।"

इससे यह प्रमाणित होता है कि नई उम्र में ही कैसे ऊँचे संस्कार पनप जाते हैं, अपने प्यारे बच्चों में!

मार्च 2003 के 'साहित्य-अमृत' के अंक में जो उद्धरण प्रस्तुत किए गए हैं, उनके गहन विश्लेषण से कद्दावर बाबू छबीला सिंह की नारियों के प्रति उदार दृष्टि का बहुत प्रभावी परिचय

मिलता है। उनकी स्पष्ट मान्यता है कि नारी और पुरुष के मध्य भेद की कोई रेखा ही नहीं है। हमारे शास्त्रों की स्पष्ट मान्यता रही है कि जहाँ नारी का आदर-सत्कार होता है, वहीं देवता रमते हैं। कथन भी कितना है सार्थक—'यत्र नार्यस्तु पूज्यन्ते रमन्ते तत्र देवता:।'

यही नहीं, उन्होंने अपनी धनमन बिटिया के हृदय में उन संस्कारों को भी गढ़ा था, जिनसे वह अपने को सामान्य नारियों से भिन्न समझे। यह बीजवपन का महत्त्वपूर्ण कार्य तभी शुरू हुआ, जब बिटिया ने लक्खी सराय 'विद्यापीठ' के छात्रावास में दाखिला लिया। उसी काल में जो उसके अंतर्मन में भाव जागे कि किसी भी कीमत पर धनमन तमाम नारियों, युवकों से एकदम भिन्न रूप में गढ़े-सँवारे। वह खुद अनुभव करे कि वह सब नारियों से भिन्न संस्कार लेकर पनपी है। बृहत्तर परिवार और समाज-निर्माण के सत्प्रयास में समर्पित जीवन क्या कुछ नहीं कर सकता, जिसकी अपेक्षा इस समाज को हमसे है। वृहत्तर समाज की जो अपेक्षाएँ, उपेक्षित जो हमारी और करुणार्द्र नयनों से निहार रहे हैं, उनका समाधान नहीं प्रस्तुत कर सकें तो हम क्या जवाब दे पाएँगे भावी पीढ़ी को।

3. उस दिन दरी में लिपटा तकिया, चादर, लोटा-गिलास और धोती देख धनमन का मन ठनका। बाबूजी को रिक्शे से उतारने के लिए वह नीचे गई। उसका सहारा लेकर उतरते पिता ने कहा, "वह अपने को समझता क्या है, क्या मैं उसके बिना नहीं रह सकता ?"

मैं भी कहकर आया हूँ। बेटी को भी मैंने बेटे के बराबर ही पाला है। उसी के साथ रहूँगा। बेटी के घर ही रहूँगा। (साहित्य-अमृत वही अंक पृष्ठ तेईस पर उद्धृत—कद्दावर पिता, छबीला का साहसपूर्ण दृष्टिकोण)

इस वक्तव्य से श्रीमती मृदुला सिन्हा का दृष्टिकोण उनके कद्दावर पिताजी के चिंतन को रेखांकित करता है कि लड़की-लड़का दोनों समान रूप से समाज में अग्रसर होने का संकल्प लें। 'शिक्षा का यह बीज वपन' ही मृदुलाजी को संस्कारों से संपन्न कर सका, जो आज उनमें साहस और संकल्प की पवित्र ज्वाला दीप्त-प्रदीप्त हो रही है।

जिस शीर्ष पद पर प्रतिष्ठित और सुशोभित हैं। या सर्वथा स्वतंत्र रूप से उनकी मौलिक रचनाएँ पुरस्कारों से संपन्न हैं। विविध रूप रंगधारी शैलियों में लिखी कृतियों के अंग्रेजी में अनूदित रूपांतर प्रकाशित हो रहे हैं, उसके मूल में पिता द्वारा दिया गया वह ऊँचा संस्कार, आत्मविश्वास, अजेय संकल्प दीप ही हैं, जो भयंकर झंझावातों के झकोरों, थपेड़ों के घात-प्रतिघातों के बीच भी प्रकाश का उत्सृजन करता ही है।

अंत में अपनी बात का उपसंहार करते हुए श्रीमती मृदुला सिन्हा का वह अंश प्रस्तुत कर रहा हूँ, जिससे उनकी प्रभावी व व्यापक लेखनी की अटूट शक्ति का परिचय मिलता है और यह भी कि उनकी लेखनी की ताकत कितनी अकूत है, हृदय द्रावकता, करुणा की अजस्र विमल धारा प्रवाहित ही रही है।

"धनमन की आँखों से दो धारें बहकर बाबूजी का (कद्दावर छबीला बाबू) चेहरा धोने लगीं। फिर तो बाबूजी के कटों से भी धार बहने लगी। अंतिम मिलन था बाप-बेटी का (श्रीमती मृदुला सिन्हा का) धनमन दौड़ी भागी। रिक्शा मिला नहीं। पैदल ही तीन किलोमीटर पहुँच गई, अपने पेट में पल रहे चार महीने के बच्चे की चिंता किए बगैर!

4. धनमन के पिता—कद्दावर छबीला बाबू के जीवन की अंतिम विदाई की हृदय विदारक बेला—धनमन की ही जाग्रत्, दीप्त लेखनी से उसकी आँखों से धारें बहकर बाबूजी (कद्दावर छबीला बाबू) का चेहरा धोने लगीं। फिर तो बाबूजी के दो कटोरों से भी धार बहीं। अंतिम मिलन था बाप-बेटी का। थरथराते हाथों से उनके खुले मुख में 'तुलसी-गंगाजल' डाला। किसी ने कहा, "मुँह हिलाओ।" शायद एक बूँद अंदर गई हो। उसके वे कद्दावर बाबूजी नहीं रहे।

इस एहसास से धनमन तड़प उठी। शोकाकुल कुल के सभी छोटे-बड़े सदस्यों के अपने अनुभव, स्मृतियों में पसरे पड़े थे—छबीला सिंह (कद्दावर) उर्फ 'मास्टर साहब'। धनमन की आँखों के सामने जमीन पर लिटाए बाबू की कद-काठी बहुत विस्तृत थी। कहाँ-कहाँ से याद करें। स्मरण के लिए जिंदगी पड़ी है। उन्हीं यादों के सहारे अब बाबूजी को याद रखना था। सूने मन में उनके शांत शरीर को अपनी आँखों में भरती रही।

यदा-कदा समयानुसार उनके स्मरण मात्र से आँखों से बहती धाराओं के साथ अब तक नहीं बह सकी है। तीस वर्षों बाद भी नहीं। 'कद्दावर' जो थे धनमन के बाबूजी। (आज की श्रीमती मृदुला सिन्हा के पूज्य स्व. पिताजी) 'साहित्य अमृत' मार्च 2003 के पृष्ठ पर उद्धृत यह उद्धरण सिद्ध लेखिका मृदुला सिन्हा की करुणार्थ वाणी का वाग्वैभव संपूर्ण सरस्वत भाव को जैसे तेजस्विता प्रदान कर रहा है। धन्य होती है वह लेखनी, जो मनुष्यत्व को यों मूर्त करती है, इनकी सजीवता और प्राणवत्ता के साथ। जितनी भी प्रशंसा करें, वह चुकती कभी नहीं।

पूर्व रीडर, स्नातकोत्तर हिंदी विभाग
बिहार विश्वविद्यालय, मुजफ्फरपुर

□

‘ज्यों मेहँदी को रंग’

—स्व. शुकदेव सिंह

मृदुला सिन्हा के उपन्यास ‘ज्यों मेहँदी को रंग’ को लेकर खामख्वाह कुछ लोगों ने अखबारबाजी शुरू कर दी और प्रेमचंद और मृदुला सिन्हा का मामला आमने-सामने कर दिया। यह अत्यंत निंदनीय और अपमानजनक है। प्रेमचंद महान् हैं, उनसे किसी की तुलना का प्रश्न ही नहीं उठता। वे जीवित रहते तो स्वयं इसका विरोध करते।

मृदुलाजी का यह उपन्यास विकलांग यातना पर हिंदी का पहला उपन्यास है। जैनेंद्र कुमार ने इसकी भूरि-भूरि प्रशंसा की थी। आज सारे भारत में विकलांग समस्या सबसे अधिक ज्वलंत समस्या है। बारहवीं कक्षा के विद्यार्थियों को इस समस्या के मानवीय पक्ष का ज्ञान अवश्य होना चाहिए। ‘निर्मला’ उपन्यास की समस्या काफी पुरानी हो चुकी है। वह बड़े कलाकार की कृति है। इसके सिवा उसकी कोई प्रासंगिकता नहीं। वह पंद्रह वर्षों से पाठ्यक्रम में भी था। नवीनीकरण के लिए उसे हटना ही था। मृदुलाजी प्रसिद्ध वृत्तांत लेखिका हैं। माँ के रूप में उन्होंने इस यातना को स्वयं अपनी संतति में देखा। यह उपन्यास कथा नहीं है, स्वयं के ऊपर बिलखती हुई यातना का दस्तावेज है। इसका कला पक्ष भी उत्तम कोटि का है। पाठ्य-सामग्री के रूप में इसका अपना महत्त्व है।

ठीक है, यदि कोई वाल्मीकि ‘रामायण’ महान् है तो कोई ‘रामचरितमानस’ नहीं पढ़ेगा, मानस विलक्षण है तो ‘साकेत’ और ‘राम की शक्तिपूजा’ की पठनीयता क्या निरस्त हो जाती है? मृदुलाजी का विरोध पुरुषसत्तात्मक समाज की अहंमन्यता से पैदा हुआ है। गनीमत है कि इस उपन्यास का विरोध स्त्रियाँ नहीं कर रही हैं। इस विरोध को तत्काल समाप्त हो जाना चाहिए और देश-विरोधी व्यक्तियों तथा संगठनों का विरोध प्रारंभ होना चाहिए।

कबीर विवेक, 171बी, ब्रिज एन्क्लेव, सुंदरपुर, वाराणसी-5

□

पत्र

18/12/2001

आदरणीया मृदुलाजी,

नमस्कार।

आपकी कविताएँ मिलीं। मैं आपके कहानीकार रूप से पूर्ण परिचित था, उसका प्रशंसक था, किंतु कविताएँ आपसे एकाधिक सुनी थीं। इतनी कविताओं को एक साथ देखने-पढ़ने का यह पहला अवसर है। सारी कविताएँ उस परिवार के इर्द-गिर्द घूमती हैं, जो अब टूट रहा है। महानगर में रहकर भी आपके भीतर जो ग्राम्य-परिवेश जीवित है, जो पारंपरिक मूल्य और मान्यताएँ सुरक्षित हैं, वे इन कविताओं में पूरी तरह गुंफित हैं। इसीलिए इन कविताओं का अलग व्यक्तित्व है, वैशिष्ट्य है। मुक्त-छंद की इन रचनाओं की भारी विशेषता यह है कि अत्यंत सरल भाषा में इन कविताओं में कहानीपन अनुस्यूत है और वे सहज संप्रेषणीय हैं।

मुझे सबसे अधिक प्रभावित किया 'आई की चटाई' ने। भाभी आई के गीत का युगानुकूल संशोधन अद्‌भुत है। 'मैगी और भात' आई और भाभी का संयोग एक पंक्ति में परंपरा एवं आधुनिकता का समावेश है। मेरा अनुरोध है कि ऐसी और कविताएँ लिखकर इनका एक संकलन शीघ्र प्रकाशित कराएँ।

जूही ने झारखंड की कहानी-लेखिकाओं का जो संकलन प्रकाशित कराया है, उसका लोकार्पण 1 दिसंबर को जमशेदपुर में मरांडीजी द्वारा संपन्न हुआ। कैलाश भी आयोजन में उपस्थित थे। मैं तो नहीं था, पर जो सुना, उससे लगता है कि आयोजन अत्यंत सफल रहा। जूही की हार्दिक इच्छा थी कि आप उपस्थित होतीं, पर आपकी पूर्व निर्धारित व्यस्तताओं के कारण ऐसा संभव नहीं हो सका, पर आपको अपनी सुविधा से जमशेदपुर के लिए एक दिन का समय निश्चित करना है। वहाँ उसने महिला साहित्यकारों की एक अच्छी जमात जुटाई है और सामाजिक कार्यों में संलग्न कार्यकर्ताओं की भी एक अच्छी फौज है उसके पास। आप जब समय दें, एक अच्छा आयोजन यहाँ हो सकता है। पता है—डॉ. जूही समर्पिता, 29 डिंडली एन्क्लेव, एयरपोर्ट के निकट, जमशेदपुर। फोन नं. है—(0657) 233206।

पत्नी अभी वहीं है। दीवाली में उनकी साड़ी में आग लग गई थी, परिणामस्वरूप दोनों हाथ और पेट के कुछ हिस्से जल गए। अब स्थिति सुधर गई है। चिंता की कोई बात नहीं है। पूर्ण स्वस्थ और सामान्य होने में थोड़ा और समय लगेगा। विशेष मिलने पर। पुनः बधाई।

आपका

—डॉ. शैलेंद्रनाथ श्रीवास्तव
पूर्व सांसद, लोकसभा, पटना (बिहार)
फोन : 260342

□

पत्र

अक्षय तृतीया, 2059 विक्रमी

समादरणीया बहन मृदुलाजी,

फ्रिज का पानी पीते-पीते, माटी के घट की सोंधी सुगंध को उसी प्रकार भूल गए थे, जैसे किसी आत्मीय के दिवंगत होने पर 'यहीं तक का संबंध विधाता ने लिखा था' कहकर या सोचकर एक दीर्घ निस्स्वास लेकर मौन हो जाते हैं। कभी बच्चों से उसकी चर्चा किसी चर्चा में आ जाती तो वे भी उसे किसी कल्पित कहानी की मनोनीत नायिका-सी मानकर सुन लेते और अगले ही क्षण भूल जाते।

किंतु साहित्यामृत के मई अंक में जब आपकी अभिनंदनीय लेखनी से निःसृत 'मास्टरनी' पढ़ी तो माटी की वह लुप्तप्राय गंध प्रसुप्ता से जाग्रत होकर रोम-रोम की अपनी विविध रसमयी अठखेलियों से सुगंधागार बना गई। लगा कि फिर कोई सावित्री ऋषिवाहन से सत्यवान की माँग नहीं, छीन लाई। वरहानी के वाग्जाल में फँसाकर नहीं अपितु अपनी हृत्तंत्री के स्वरों पर सम्मोहित कर, विवश करके, बाध्य करके नहीं आराध्या बनकर ले आई।

आपका बंधु

—आचार्य सोहन लाल रामरंग
वरिष्ठ साहित्यकार
कूँचा पातीराम, बाजार सीताराम
दिल्ली-110006
फोन : 45785855

□

पत्र

25/07/2002

आदरणीय दीदी,

जुलाई माह की 'कादंबिनी' पढ़ने को मिला। 'इस दर्द का सहना' में जो सारगर्भित अर्थ छिपा है, वह सारी नारियों का आत्मबल बढ़ाता है। यह एक संकेत है कि भगवान् शंकर नीलकंठ तो आसानी से बन सकते हैं, परंतु पार्वती की नौ माह की साधना आसान नहीं है और यह पढ़कर तो सचमुच हर्षातिरेक होता है कि इस साधना की परिणति परमानंद में होती है।

इतनी अधिक कार्य-व्यस्तता के बीच सारे दायित्वों को वहन करते हुए आपकी लेखनी सदा चलती रहती है, यह हमारी जैसी अकिंचन छोटी बहन तथा अन्य लोगों के लिए प्रेरणा का स्रोत है। कामना करती हूँ कि आप इसी प्रकार हमेशा लिखती रहें, छपती रहें और हम सबको प्रेरणा देती रहें।

शीघ्र ही आपका दर्शन करूँगी। सादर।

स्नेहाधीन

—तारा गुप्ता

पूर्व सदस्य
बिहार विधानसभा, पटना

'तारा गुप्ता भवन' एल.सी.टी. घाट
मैनपुरा, पटना-800001
फोन : 265909

□

पत्र

29/07/2002

पूज्या दीदी,

सादर प्रणाम।

अभी-अभी मैंने आपकी एक कविता पढ़ी है, वही जो रामदयालु सिंह महाविद्यालय के स्वर्ण-जयंती समारोह के अवसर पर निकाली गई है। पत्र लिखने में आलसी हूँ, लेकिन इस कविता ने मन को छू लिया; लगा कि पत्र नहीं लिखना सार्वभौमिक सृजनशीलता की अवज्ञा होगी। यह कविता अब तक मैंने तीन बार पढ़ी है। शब्दों का क्या सटीक चयन किया है आपने—'माँ के बिना बछड़े की तड़प चारागाह से लौटी गाय से मिलन।' धृष्टता न समझें तो कहूँगी कि शुभाशंसा है मेरी कि आप ऐसे ही लिखती रहें। इस कविता में यह ताकत है कि यह अपने को पढ़वाकर छोड़ेगी। क्या नहीं है इसमें? कहानी है, संस्मरण है, प्रकृति से तादात्म्य का आत्मीय चित्रण है—"पुत्र के विदेश चले जाने पर···देखा करती गीली आँखें पसार आपकी दृष्टि निरंतर गहरी एवं पैनी होती जा रही है, जो अपने भीतर तो गहराई से झाँकती ही है, आस-पास की छोटी-छोटी चीजों एवं दैनंदिन की घटनाओं-क्रियाओं को भी सूझबूझ से आत्मसात् कर रही है।"

'समाज कल्याण' एवं 'साहित्य अमृत' पत्रिकाएँ निरंतर मिल रही हैं। आपकी 'मास्टरनी' कहानी मेरी बहू को बहुत ही अच्छी लगी। हिंदुस्तान में प्रकाशित आपका आलेख भी पढ़ा, उसकी गुरुता ने प्रभावित किया। इस कविता ने तो सराबोर ही कर दिया।

सर को मेरा प्रणाम एवं बच्चों को आशीर्वाद।

आपकी

—पूनम सिन्हा

104, भ.न. नगर, रामकृष्ण सेवाश्रम
मुजफ्फरपुर (बिहार)
फोन : 843114

□

पत्र

27/08/2002

बहनजी,

भूल से 'दादी माँ की पाती' पढ़कर 'बाल-भारती' (वर्ष 55, अंक-4) सितंबर 02 के अंक में पढ़ ली तो अच्छा लगा और आपको पत्र लिखने की भूल करने को जी चाहा। बच्चों की पत्रिका पढ़कर बूढ़े आनंद लें और पत्र भी लिखें तो आपको बुरा तो नहीं लगेगा। खैर··· !

मुझे यह अच्छा लगा कि अमेरिका गए बच्चों को आपने हिंदी सीखने/बोलने की हिदायत दी। आज भी मानसिक पराधीनतावाले अभिभावक भारत में ही अंग्रेजी की रट लगाए रहते हैं।

आपने पच्चीस वर्ष पुरानी सूरीनाम की महिला की बात लिखकर अधिक अच्छा किया। उनके दादाजी के पिताजी बिहार से गए थे और वे अपने यहाँ भोजपुरी को जिंदा रखे हुए थे। यह गर्व की बात है।

मॉरीशस की आपकी यात्रा का किस्सा बहुत मजेदार है। "···इसके साथ अंग्रेजी में क्यों गिटर-पिटर कर रहे हो ?" और उसने अपने साथी को भोजपुरी में ही डाँट पिलाई।

बच्चे कितनी जल्दी कई भाषाएँ साथ-साथ सीख लेते हैं, जैसा कि आपने अमेरिका में बसे (तीस वर्षों से) एक बिहारी परिवार के बच्चों की बात बताई, जो हिंदी, भोजपुरी, अंग्रेजी और फ्रेंच में बात करते थे।

आपने अपनी मातृभाषा सीखने-जानने और बोलने को बहुत लाभप्रद बताया। आपसे एक अर्ज है। 'बाल-भारती' की संपादिका ने इस अंक में—'अपनी बात' में कुछ अंग्रेजी शब्दों का प्रयोग किया है, जैसे—'बेस्ट फ्रेंड', 'डिस्टर्ब', 'मिस अंडरस्टेंडिंग', 'फ्रेंड', 'फिलास्फर और गाइड' (अंग्रेजी मुहावरा), 'एंट्री', 'प्रेस्क्रिप्शन', 'क्वालिटी' आदि। मार्क और कार्टून तो हिंदी में खप गए। क्या

उपर्युक्त शब्दों के लिए हिंदी-पर्याय उचित नहीं होते?

यदि असुविधा न हो तो 'हंसा की दादी माँ' अपना अधिक परिचय भेजने की कृपा करें।

उत्तरापेक्षी

—डॉ. अखिल विनय
लेखक और पत्रकार
पोस्ट बॉक्स नं. 7746, बोरिवली (पश्चिम)
मुंबई-400092

□

पत्र

29/11/2002

प्रतिष्ठा में,

परम आदरणीय ताईजी,

श्रीमती मृदुला सिन्हाजी,

सादर चरण स्पर्श स्वीकार हो।

सर्वप्रथम, आपके सम्मान में मैं इतने सर्वोच्च आदरणीय सुनहरे शब्द नहीं खोज पाया, जितना कि मैं अपनी भावनाओं का आपके प्रति सम्मान समर्पण व उसका सदैव आदर करता रहूँगा।

सेवक ने आपकी पहली भेंट दिनांक 22/1/2002 में आपका स्नेह भरा आशीर्वाद प्राप्त किया। मैंने हार्दिक रूप से बड़ी गहराइयों में आभास किया कि महान् नारी के रूप में आज भी इस धरती पर आप जैसे प्रतिभाशाली महान् विदुषी हैं, जिनसे जीने का आदर्शरूपी जीवन बनाने की अंतिम सीख मिल सकती है। आप अपार गुणों की खान हैं। मेरे जीवन में भी समाज सेवा व त्याग की भावना है, परंतु आप जैसे महान् लोगों का समीपवर्ती पाठ मिलना मुश्किल है। आपके क्षणिक मार्गदर्शन से पुनीत कार्यों की सिद्धि प्राप्त हो सकती है, आपने हमें एक बहन रूपी स्नेह का प्रतीक प्रदत्त किया है, 'प्रवासी पुत्री के नाम पाती', इसे पढ़कर मन विभोर हो उठा। माँ की ममता बहुत ही महान् है कि अपनी संतान का जो चिंतन है, यदि समाज आपकी इसी सोच पर अमल करे तो देश के बच्चे एक वैभवशाली, प्रतिष्ठित स्थान प्राप्त कर सकते हैं। मैं भी अपनी पुत्री को वही रूप, राह पर ढालना चाह रहा हूँ जैसा आपने अपनी भावनाओं से भाँजी मिली को प्रेरित किया है। मैंने इस पल को अच्छे लोगों तक पहुँचाया, जो अधीर होकर कुछ तो सबक पाए। जो अतीत को खो चुके हैं, वे रोकर कहने लगे, 'क्या मेरे बच्चों का अब भी भविष्य बन सकता है!' फिर कहने लगे, 'मैं अवश्य इस सोच का पालन करूँगा और खोया हुआ अतीत फिर से मिल सकेगा, जिसमें आपकी भावनाओं का संपूर्ण योगदान है।' ताईजी मैंने कई पत्र आपको भेजे, परंतु पत्रवाहक ने

जानबूझकर पत्र नहीं डाले। यह सूचना हमें 28/11/2002 को प्राप्त हुई। दीपावली का कार्ड भेजा था, परंतु खेद है, न मिला होगा।

आशा करता हूँ कि ईश्वर की कृपा से आप स्वस्थ व सकुशल होंगी। अंत में मैं पूर्ण आशान्वित हूँ कि मेरे त्याग के समर्पण में आशीर्वाद के रूप में आपकी इनायत होगी।

यदि कोई आदेश हो तो पालनहार हूँ।

आपका सेवक

—शेख इसराईल
मंत्री, अल्पसंख्यक मोर्चा
भारतीय जनता पार्टी, लखनऊ महानगर
14, पटेल नगर, स्टार कॉलोनी
इंदिरा नगर, लखनऊ-16 (उ.प्र.)

□

खंड-4
राजनीति में गुरुतर भूमिका

महिला सशक्तीकरण की एक मजबूत कड़ी

—डॉ. जगन्नाथ मिश्र

डॉ. (श्रीमती) मृदुला सिन्हा का जन्म श्रीमती अनुपा देवी व बाबू छबीले सिंह के यहाँ 27 नवंबर, 1942 को राम विवाह के शुभदिन बिहार राज्य के मुजफ्फरपुर जिला के छपरा गाँव में हुआ था। उनके पति श्री रामकृपाल सिंह और मैं बिहार विश्वविद्यालय, मुजफ्फरपुर में एक साथ शिक्षक रहे। मृदुलाजी डॉ. एस.के. सिन्हा महिला कॉलेज, मोतिहारी में मनोविज्ञान विभाग और डॉ. रामकृपाल बाबू राम दयालु सिंह कॉलेज, मुजफ्फरपुर के अंग्रेजी विभाग में और मैं लंगट सिंह कॉलेज मुजफ्फरपुर में कार्यरत था। हम तीनों की अभिरुचि शैक्षणिक कार्य के अतिरिक्त राजनीतिक एवं सामाजिक सेवा क्षेत्र में भी लगातार बनी रही। रामकृपाल बाबू बिहार विधान परिषद् के सदस्य, बिहार सरकार में मंत्री बने, फिर राज्यसभा सदस्य बनने के बाद केंद्र सरकार में राज्यमंत्री बने, जिनसे हमारी घनिष्ठ मित्रता थी। जब पहली बार सन् 1968 में बिहार विधान परिषद् के लिए मैं मुजफ्फरपुर स्नातक क्षेत्र से एक स्वतंत्र उम्मीदवार बना था, उस चुनाव में मेरा विरोध भारतीय साम्यवादी पार्टी कर रही थी। चुनाव में डॉ. रामकृपाल बाबू ने अपनी पार्टी भारतीय जनसंघ का खुला समर्थन औपचारिक रूप से मुझे दिलाया। निर्वाचन क्षेत्र के सभी कार्यकर्ताओं के साथ वे पूरी तत्परता और प्रतिबद्धता से चुनाव अभियान में जुट गए। भारतीय जनसंघ से हमारी उम्मीदवारी को समर्थन दिलाने में उनकी अहम भूमिका थी। उसके पीछे डॉ. मृदुलाजी की केवल हमदर्दी ही नहीं, उनका सक्रिय समर्थन और योगदान भी मुझे निरंतर प्राप्त होता रहा। मैं कांग्रेस परिवार से आता था। ललित बाबू मेरे बड़े भाई थे। कांग्रेस और जनसंघ के बीच निरंतर सैद्धांतिक विरोध और टकराव के बावजूद उन दोनों का समर्थन मुझे उस चुनाव में मिला। कांग्रेस ने सी.पी. आई. के उम्मीदवार के विरोध में मेरा समर्थन किया। सत्येंद्र बाबू और महेश बाबू के निर्देश पर कांग्रेस कार्यकर्ताओं ने भी मेरी उम्मीदवारी का समर्थन किया। यह विरला अवसर था, जब जनसंघ और कांग्रेस ने किसी एक उम्मीदवार का चुनाव में एक साथ समर्थन किया हो।

डॉ. मृदुला सिन्हाजी लगातार राज्य एवं केंद्रीय स्तरों पर अपनी पार्टी भाजपा एवं जनसंघ में अनेक पदों पर पदाधिकारी बनाई गईं, परंतु उनकी स्तुत्य विशेषता यह रही कि इन सभी कार्यों का सफल निर्वहन करती हुई एक विदुषी, साहित्यकर्मी, लेखिका रहने के अतिरिक्त अपनी अभिरुचि महिलाओं के सशक्तीकरण तथा उनकी पीड़ाओं को अपनी लेखनी के माध्यम से

उजागर करने में भी बरकरार रखती हुई निरंतर संघर्ष करती रहीं। उन्होंने राज्य एवं केंद्र के स्तरों पर महिलाओं के कल्याण एवं उनके अधिकारों को संरक्षित रखने के लिए अनेक कार्यक्रमों का आयोजन किया। डॉ. मृदुलाजी को उत्तर प्रदेश हिंदी संस्थान से साहित्य भूषण सम्मान व दीनदयाल उपाध्याय पुरस्कार के अतिरिक्त अन्य भी कई सम्मान और पुरस्कार प्राप्त हो चुके हैं। उन्होंने सामाजिक कल्याण के लिए एक मजबूत रुचि और प्रतिबद्धता विकसित की। भारत के प्रधानमंत्री श्री नरेंद्र मोदी ने श्रीमती सिन्हा को भी स्वच्छ भारत अभियान के लिए एक राजदूत नियुक्त किया था। गोवा की राज्यपाल के रूप में अपने कार्यकाल के दौरान ही उन्होंने दैनिक गौ-भक्ति के प्रयोजन के लिए राजभवन में एक गाय और एक बछड़ा भी अपनाया है। बिहार के मुजफ्फरपुर में बाबा साहेब भीमराव अंबेडकर बिहार विश्वविद्यालय द्वारा श्रीमती सिन्हा को डॉक्टरेट प्रदान किया गया था।

डॉ. मृदुलाजी की सोच है कि बिहार में महिला पलायन के स्वरूप को तीन सामाजिक व आर्थिक अधिश्रेणियों—जाति, वर्ग व भूमि के आधार पर समझा जा सकता है। भूमि के आधार पर विभिन्न श्रेणियों में सबसे ज्यादा है। पुरुषों के इस पलायन ने महिलाओं के जीवन को कई तरह से प्रभावित किया है। पुरुषों के परदेश चले जाने के बाद घर में वही रह जाती हैं। ऐसे में बाहर के कार्यों की जिम्मेदारी भी उन्हीं पर आ जाती है। सर्वेक्षण में कृषि कार्यों में लगी महिलाओं में से 70 प्रतिशत पलायित परिवारों से हैं। ऐसा नहीं है कि ये महिलाएँ पहले खेती का काम नहीं करती थीं, पर अब उन्हें वे काम भी करने पड़ रहे थे, जो पहले उनके पुरुष ही करते थे। पशुपालन व लघु घरेलू उद्योगवाले परिवारों में भी महिलाएँ उन कार्यों को कर रही थीं, जो पहले केवल पुरुष के ही माने जाते थे। सर्वेक्षण में यह भी देखने में आया कि जिन परिवारों में पलायित पुरुष पर्याप्त मात्रा में पैसा भेजते हैं, उनमें महिलाएँ बाहर के काम कम करती हैं। स्त्रियों के संदर्भ में कुल मिलाकर कहा जा सकता है कि पलायन से कृषि क्षेत्र में उनकी भागीदारी बढ़ी हैं और इसीलिए स्त्री-पुरुष के बीच काम व मजदूरी का अंतर भी घटा है। जमीन का मालिकाना सिकुड़ रहा है। खेत का औसत आकार घटकर 0.75 हैक्टेयर रह गया है, इसके भी आगे और तीन-चार टुकड़े हो रहे हैं।

आज नारी पुरुषों के समान ही सुशिक्षित, सक्षम एवं सफल बनना चाहती है। उन्नत राष्ट्र की कल्पना, तभी यथार्थ का रूप धारण कर सकती है, जब महिलाएँ भी सशक्त होकर राष्ट्र को सशक्त करें। आवश्यकता है स्त्री-शक्ति को प्रोत्साहन देने की। महिला विकास विषयक पुस्तक में मृदुलाजी के विचार बहुत ही स्पष्ट होकर उजागर होते हैं। इसमें संदेह नहीं कि किसी भी समाज में जब महिलाओं की उन्नति हो जाती है तो उसके अन्य पक्ष अपने आप समृद्ध होने लगते हैं। आधुनिक युग भी यह मानता है कि जब एक पुरुष पढ़ता है तो पुरुष ही पढ़ता है, पर जब एक स्त्री पढ़ती है तो पूरा परिवार पढ़ता है। प्राचीन भारत इसका जीता-जागता उदाहरण है। इसकी मातृसत्तात्मक संस्कृति रही है। नदी घाटी सभ्यता और सिंधुघाटी सभ्यता में इसके प्रत्यक्ष प्रमाण मिलते हैं और इसी सुदृढ आधार पर भारत की विश्वप्रसिद्ध यह सत्योक्ति भी दुहराई जाती रही है—

"यत्र नार्यस्तु पूज्यन्ते रमन्ते तत्र देवता:।"

भारतीय संविधान के प्रावधानों में स्त्री-पुरुष की समानता संबंधी अनेक प्रावधान हैं, परंतु महिलाओं की आधी आबादी रहने के बावजूद इनकी उपस्थिति लोकसभा, विधानसभा में जनसंख्या के अनुपात में नहीं है। लोकसभा में प्रतिनिधित्व के लिए महिलाएँ संघर्षरत रही हैं। उस संघर्ष में भी मृदुलाजी संघर्षरत रही हैं। लोकसभा में महिलाओं के लिए एक तिहाई सीटें आरक्षित करने का विधेयक 1996 में प्रस्तुत किया गया और तीन बार संबंधित लोकसभा बंद होने के कारण विधेयक पारित नहीं हो पाया। कांग्रेस-नीति गठबंधन सरकार ने 2010 में राज्यसभा में पारित किया था। यह विधेयक अभी भी लोकसभा के पास लंबित है। इस समय विभिन्न राजनीतिक दलों की ओर से महिला आरक्षण विधेयक प्रस्तुत करने की चर्चा हो रही है। इस विधेयक में लोकसभा और राज्यसभा में महिलाओं के लिए एक तिहाई सीटें आरक्षित करने का प्रावधान है, उसे पारित नहीं होने पर ही भारतीय जनता पार्टी के 2014 के घोषणा-पत्र में कहा गया था कि भाजपा संविधान संशोधन के जरिए महिलाओं के 33 प्रतिशत आरक्षण के प्रति समर्पित है। अब इस समय डॉ. मृदुलाजी जैसे विचारकों और लेखकों, जो महिलाओं के सशक्तीकरण के लिए समर्पित रहे हैं, उनका मानना है कि महिला को उचित भागीदारी मिलनी चाहिए। स्त्री-पुरुष की समानता और बराबरी के लिए मूल अधिकार के अंतर्गत जो प्रावधान हैं, उन्हें कार्यान्वित कराने में डॉ. मृदुलाजी की अहम भूमिका हो सकती है।

डॉ. मृदुलाजी, अपने निबंधों, कहानियों और उपन्यासों में स्त्री विषयक शायद ही कोई मुद्दा हो, जिसे न उठाया हो। महिला विकास, रोजगार, राजनीतिक भागीदारी, मातृत्व, दांपत्य में दरार, आर्थिक आधार, स्त्री शिक्षा, नारी सशक्तीकरण, महिला आरक्षण, आर्थिक अंत्योदय, महिला अधिकार, योग और महिलाएँ, नारी आंदोलन, पंचायती राज कानून और महिलाओं की राजनीतिक भागीदारी विषयों पर राजनीतिक नेता के रूप में नहीं, बल्कि एक लेखिका के रूप में निरंतर लिखती रही हैं। अब भी राजनीतिक सक्रियता के बावजूद राज्यपाल जैसे पद पर रहती हुई भी स्त्री विषयक संगोष्ठियों में अपनी बात लगातांर कहती रही हैं। स्त्री की प्रगति स्थिति, उसके साथ उनके अस्तित्व के संबंध में लगातार प्रत्यक्ष रूप से वे बोलती और लिखती रही हैं। वे अपनी प्रतिबद्धता के साथ सामाजिक क्षेत्र में विभिन्न समस्याओं का उल्लेख दृढता के साथ प्रस्तुत करती रही हैं। हालाँकि वह स्त्रीवादी चिंतन में मध्यमार्गी हैं। कुछ बातों में वे परंपरानुगामी लगती हैं। वे यह नहीं चाहतीं कि पारिवारिकता व सामाजिकता कट जाए। एक स्त्री होने के नाते अपने अनुभव के आधार पर वे कहती हैं कि सीता, द्रौपदी, कुंती, सावित्री और मंदोदरी का कुछ अंश महिला में अवश्य होना चाहिए।

पूर्व मुख्यमंत्री (बिहार) एवं पूर्व केंद्रीय मंत्री

फो. नं. : 0621-2255905/2282728

□

सतत उद्यमशीला

—देवदास आपटे

मुझे कई दिनों से सूचना मिल रही थी कि अभिनंदन-ग्रंथ बननेवाला है और फिर जो मैंने सोचा नहीं था, वह संकट मेरे सामने खड़ा हो गया कि अभिनंदन-ग्रंथ में एक लेख आपको भी लिखना है। मुझे यह समझ में नहीं आया कि अभिनंदन-ग्रंथ इस समय क्यों और किसलिए? श्रीमती मृदुला सिन्हा को राज्यपाल बने 3 साल बीत गए। जब राज्यपाल बनी थीं, उस समय अभिनंदन-ग्रंथ बनता, उस समय तो बना नहीं, पर अब बनने जा रहा है।

किसी अभिनंदन-ग्रंथ में लेख लिखना, एक बहुत बड़ा संकट है। जिनको आप काफी नजदीक से जानते हैं, ऐसे लोगों के बारे में लेख लिखते समय यह संकट और बड़ा हो जाता है। उनकी प्रशंसा में 20-30 वाक्य लिख देना, यह एक औपचारिकता मात्र होगी। मृदुला सिन्हाजी के परिवार से मेरा संबंध बहुत पुराना है। 1970 से उस परिवार से मैं जुड़ा हुआ हूँ। 1968 में मेरे पास संकटग्रस्त उत्तर बिहार की जिम्मेदारी थी और उत्तर बिहार का केंद्र मुजफ्फरपुर था। मुजफ्फरपुर में ही मृदुला सिन्हाजी का निवास था। सारे उत्तर बिहार के प्रवास का केंद्र मुजफ्फरपुर ही था। मुजफ्फरपुर के कई परिवारों में मेरा आना-जाना था, उसमें से एक मृदुला सिन्हाजी का भी परिवार था।

हम लोग की जिंदगी एक इजाया वर्ग की थी। उस पकरी जिंदगी में खाने-पीने का कोई निश्चित ठिकाना नहीं था। भोजन के समय जिधर पहुँचे, उधर भोजन कर लिया, हफ्ते में एक दिन मृदुलाजी के यहाँ भी भोजन हो जाता था। उन्होंने एक शिशु मंदिर प्रारंभ कर दिया था। उन बच्चों और अध्यापिकाओं को लेकर मृदुलाजी व्यस्त हो गई थीं। उस विद्यालय के कारण मृदुलाजी का समय कट जाता था। वे कुछ सामाजिक कार्य कर रही थीं, इसलिए संतोष भी था। फिर भी वे मन से अशांत थीं।

उन्होंने अपनी राह बदल दी। वे मुजफ्फरपुर से सीधी दिल्ली चली आईं, मुजफ्फरपुर में इतना बड़ा घर छोड़कर, दिल्ली में सांसद निवास में एक कमरे में अपनी सारी गृहस्थी सँभाल ली। इस बीच मैं भी मुजफ्फरपुर से झारखंड, उसके बाद उड़ीसा चला गया, परंतु समय-समय पर बैठकों और कार्यक्रमों के लिए, दिल्ली आना-जाना होता था। जिस सांसद के यहाँ उन्होंने अपना डेरा जमाया था, वे भी मेरे अच्छे मित्र थे, इसलिए दिल्ली आने पर एक साथ खाना-पीना, उठना-बैठना

चलता रहता था। मृदुलाजी की दो विशेषताएँ—एक तो वे परिश्रमी हैं, दूसरा जिस स्तर पर हैं, उस स्तर से आगे जाने की ललक उनके मन में हमेशा ताजा रहती है।

कई बार इस विषय पर मेरी उनसे बहस होती रहती थी। मैं जिस दर पर काम कर रहा था, वहाँ से आगे बढ़ना, ऊपर उठना आदि जैसी कोई कल्पना नहीं थी। जब कोई काम मुझे मिला है, वह अच्छे ढंग से पूरा करना, इतना तो मैं करता आया हूँ, पर इससे मुझे क्या मिलेगा, इसकी मैंने कभी कल्पना नहीं की थी। वैसे प्रसिद्धि सम्मान, अभिनंदन इन सबसे मैं दूर भागता था। यह सारा काम करते समय, कई बार जेल जाना और आना हुआ। एक बार साल भर जेल जाने के बाद जब छूटकर आया, तब कुछ कार्यकर्ता मेरे पास आए उन्होंने कहा, "आपका अभिनंदन करना चाहते हैं," मैंने उनसे पूछा, "आप ऐसा क्यों करना चाहते हैं?" तो उन्होंने कहा, "इतने दिन बाद जेल से छुटकर आए हैं, इसलिए।"

फिर मैंने अपने तर्क दिए, जेल में मैं गया, इसमें मेरा कृतित्व क्या था। पुलिस मुझे पकड़कर ले गई थी और पुलिस ने ही मुझे लाकर छोड़ दिया। मैंने तो कुछ भी नहीं किया, मैं जैसे बाहर था, वैसे ही अंदर जाकर भी था और फिर बाहर आकर भी वैसे ही रह रहा हूँ। संक्षेप में इन सबसे मैं दूर भागता रहता हूँ। अब मृदुलाजी का अभिनंदन हो रहा है। वह किसलिए हो रहा है, यह तो करनेवाले लोग ही जानते हैं और मैंने जैसा पहले कहा था कि जिसको काफी नजदीक से जानते हैं, उनके गुणों का वर्णन करना बहुत बड़ी समस्या है। दूसरे पैराग्राफ में उल्लेख करूँगा तो अभिनंदन-ग्रंथवाले बिगड़ जाएँगे, मैं ऊपर उनके जो दो गुणों का वर्णन किया, एक सतत उद्योगी रहना, दूसरा सतत आगे बढ़ने के लिए हाथ-पैर मारते रहना। लिखते-लिखते वे लेखिका बन गईं और 50-60 किताबें लिख दीं। उससे उनको संतोष नहीं हुआ तो उन्होंने एक फिल्म भी बना डाली। अब वे आगे क्या करना चाहती हैं, यह तो वे जानेंगी।

इस अवसर पर मैं अपनी शुभेच्छाएँ देकर यहीं कहूँगा, क्या आज जिस पायदान पर वे खड़ी हैं, संतुष्ट होकर खड़ी न रहें और आगे बढ़ती रहें।

इन्हीं शुभेच्छाओं के साथ···

पूर्व राज्यसभा सदस्य
मो. : 9999914197

□

नित्य नूतन चिर पुरातन आकर्षक व्यक्तित्व

—सरयू राय

देशज अनुभव, पारंपरिक ज्ञान और समसामयिक व्यवहार का अद्भुत समन्वय श्रीमती मृदुला सिन्हा के सहज व्यक्तित्व का प्रमुख पहलू है, जिसमें साहित्यिक, सामाजिक और राजनीतिक रचनाधर्मिता का स्वाभाविक सम्मिश्रण रचा-बसा है। इसे किसी एक कसौटी पर कसना, एक पैमाने पर मापना और एक गति से आँकना सर्वथा नामुमकिन है। इसमें एक स्नेहिल गहराई है, आत्मीय ऊँचाई है, सांस्कृतिक विस्तार है, जो रिश्तों की बुनियाद पर भीड़ में अकेला दिखता है और नित्य नूतन चिर पुरातन की बौद्धिक अवधारणा को सदेह समेटे हुए हैं। राजनीतिक चेतना, सामाजिक क्रियाशीलता और साहित्यिक कर्मशीलता के संदर्भ में वे केंद्र भी हैं और परिधि भी, प्रतीक भी हैं और परिभाषा भी, घनीभूत भी हैं और घनघोर भी।

मृदुलाजी अपने जीवन के 75वें बसंत की सीमा रेखा का स्पर्श कर रही हैं। एक विवेकशील, प्रौढ़, अनुभव समृद्ध, ज्ञानवान, सुरुचिपूर्ण, विविधतायुक्त, गतिमान, लोक यात्रा का यह आकर्षक पड़ाव उनके सार्थक लेखन, क्रियाशील चिंतन-मनन, सोद्देश्य जीवन की स्मृतियों से परिपूर्ण एक युग का गवाह बन रहा है। इस कीर्ति प्रकाश से अभिभूत होने का अपना आनंद है। पर अहर्निश गतिशील समयचक्र रचनाधर्मी नवोन्मेष के लिए मृदुलाजी की प्रतीक्षा में है और अधिकाधिक आनंददायक परिवेश प्रदान करने के लिए उत्सुक प्रतीत हो रहा है। जमाना ने मृदुलाजी को जितना देखा-समझा है, जाँचा-परखा है और अंगीकार किया है, आगे उससे कहीं अधिक देखने-समझने, जाँचने-परखने और अंगीकार करने के लिए आतुर है।

इन्होंने समाज के लिए जितना किया है, जितना दिया है, उससे कहीं अधिक करना, देना अभी शेष है। आगे का नया दौर उत्सुकता से इंतजार कर रहा है। हीरक जयंती का अवसर आने तक हमें मृदुलाजी से बहुत कुछ पाना है, अभिभूत होना है, कृतज्ञ होते रहना है। इनका सशक्त लेखन समाज परिवर्तन की दिशा में हो रहे प्रयत्नों को साकार करने में महती भूमिका निभा रहा है। साथ ही समाज की भूली-बिसरी बातों को, स्वस्थ परंपराओं को, सार्थक नारी विमर्श को, पत्रकारिता के लोक पक्ष को जीवंत करने और पुनः प्रतिष्ठित करने की दिशा में सक्रिय रहना इनके बहुआयामी व्यक्तित्व का अभिन्न अंग है। पुरानी परंपराओं की समसामयिक वैज्ञानिकता से समकालीन समाज को अवगत कराने में इनकी भूमिका अद्वितीय रही है। रिश्तों की आकर्षक डोर से परिवार को और

स्वस्थ परंपराओं के सामाजिक ताना-बाना की परस्पर अनुकूलता की डोर से समाज को बाँधे रखने की अनोखी पद्धतियों से इनकी लेखनी समय-समय पर अवगत कराती रही हैं।

विवाह एवं अन्य उत्सवों, त्योहारों के अवसर पर गाए जानेवाले लोकगीतों और वैवाहिक अनुष्ठानों के समय लोकगालियों के माध्यम से संबंधों की मधुरता को गुदगुदाने वाली परंपरा को जीवंत बनाने के इनके प्रयत्नों की जितनी सराहना की जाए, वह कम है। ग्राम्य परिवेश की सामाजिकता और स्वउद्भुत जातीय एवं सांप्रदायिक समरसता के ग्राम्य संस्कारों का चित्रण करनेवाला ऐसा सशक्त हस्ताक्षर नजर नहीं आता। स्वस्थ सामाजिक संरचना की प्राचीन विशेषताओं की सार्थकता पर जोर देने के साथ ही मृदुलाजी सामाजिक कुरीतियों पर भी भीषण प्रहार करते रही हैं। '**पाँचवाँ स्तंभ**' इनकी पत्रकारिता के प्रति, वह भी सोद्देश्य, सार्थक एवं संवेदनशील पत्रकारिता के प्रति, सोच का दर्पण है। यह इनकी पहचान है। इसके माध्यम से उठाए जानेवाले मुद्दे इनकी भावना और भाव के प्रतीक हैं। साहित्यकार संपादकों की स्वनामधन्य पीढ़ी अब विलुप्त होने की कगार पर है। मृदुलाजी इस यशस्वी कड़ी की एक सशक्त हस्ताक्षर हैं।

नारी विमर्श के संदर्भ में मृदुलाजी की पहल नारी सशक्तीकरण एवं नर-नारी संबंधों की परस्पर अनुकूलता के दायरे में तथा प्राचीन भारतीय ग्रंथों में वर्णित और धार्मिक प्रतीकों में शक्ति रुपेण चिह्नित नारी की विशेष स्थिति पर आधारित है। उनका अपना जीवन नारी सशक्तीकरण का प्रत्यक्ष उदाहरण है। धुर ग्रामीण परिवेश में पैदाइश-परवरिश के बावजूद उन्मुक्त वातावरण में उच्च शिक्षा प्राप्त करने से लेकर राजनीति की रपटीली राहों पर मृदुलाजी का सशक्त सफर नारी-विमर्श और सशक्तीकरण के मामले में एक साहसिक और अनुकरणीय प्रयोग है। सामाजिक बुराइयों के विरुद्ध उठाए गए उनके कदम आत्मविश्वास के साथ आगे बढ़कर अन्य को प्रेरित करनेवाले हैं।

जब भी मौका मिला है मृदुलाजी के दृढ व्यक्तित्व की प्रशासनिक दक्षता और नेतृत्व क्षमता उभर कर सामने आई है। राजनीतिक दल में राष्ट्रीय पदाधिकारी के रूप में और सरकार के उपक्रम में प्रशासनिक प्रमुख के रूप में उन्होंने अद्भुत योग्यता, क्षमता और संवेदना के साथ दायित्व निर्वाह किया है और अपनी योग्यता, क्षमता, दक्षता, निपुणता का अमिट एवं अनुकरणीय छाप छोड़ा है। मृदुलाजी को राजनीति और समाज निर्माण के क्षेत्र में जैसे तपस्वी, कर्मठ और उदार नेतृत्व के सान्निध्य में काम करने का दुर्लभ अवसर मिला है। इन व्यक्तित्वों का स्पष्ट प्रभाव इनकी सोच और कार्यशैली पर परिलक्षित होता है। स्नेहिल और ममत्व भरा व्यवहार और सिद्धांतनिष्ठ आचरण इनकी कार्यशैली की विशेषता है। धैर्य, साहस और विश्वास इनके लंबे सार्वजनिक सफर के हमराही रहे हैं। प्रतिकूल परिस्थितियाँ इन्हें हतोत्साहित नहीं कर पाईं और अनुकूल परिस्थितियाँ इन्हें सीमा और मर्यादा से निमुख नहीं कर पाईं। घर-परिवार की जिम्मेदारियों के साथ-साथ सार्वजनिक जीवन की चुनौतियों का सफल सामना करनेवाले दृढ इच्छाशक्ति एवं स्पष्ट सोच की नेतृत्वकर्ता के नाते इन्हें इनके समकालीन भी स्मरण करते हैं।

आज मृदुलाजी गोवा के माननीय राज्यपाल का पद सुशोभित कर रही हैं। उनके निश्छल स्वभाव और सदाबहार व्यक्तित्व से इस पद की गरिमा अलंकृत हुई है। कोई भी पुराना परिचित इनसे मिलकर लौटता है तो चर्चा करता है कि पद-प्रतिष्ठा की धमक इन पर हावी नहीं है और

साड़ी पहलेवाली मृदुलाजी की झलक ही इनके आचार-व्यवहार में दिखाई देती है। राज्यपाल पद की व्यस्तता के बावजूद अपनी सोच और संस्कार के अनुरूप सामाजिक दायित्वों का निर्वाह तथा पठन-पाठन-लेखन की जीवंत अभिरुचि इनके व्यक्तित्व का प्रमुख अंग बना हुआ है।

इनकी सोच के अनुरूप की समाज व्यवस्था को साकार स्वरूप ग्रहण करने के लिए परिस्थिति तो अनुकूल होते जा रही है, पर इसे मूर्त रूप लेना अभी बाकी है, मुकम्मल होना अभी शेष है। एक पथिक के नाते इसका आनंद इन्हें भी लेना है और हमें भी। इस नित्य नूतन, चिर पुरातन आकर्षक व्यक्तित्व की यशस्वी अमर कृति के लिए अशेष शुभकामनाएँ। यह दिन बार-बार आए और हमें अनुगृहित करता रहे।

संसदीय कार्य-सह खाद्य सार्वजनिक वितरण एवं
उपभोक्ता मामले विभाग के मंत्री, झारखंड सरकार

□

गोवावासियों की एक स्नेहिल महिला

—नंद किशोर यादव

हिंदी साहित्य की मूर्धन्य लेखिका, समाजसेवी, प्रखर वक्ता श्रीमती मृदुला सिन्हा अपनी पूरी जिंदगी समाज के सबसे दबे वर्ग—महिलाओं और बच्चों के सर्वांगीण विकास के लिए सतत प्रयत्नशील रही हैं। इनके द्वारा संस्थापित 'पाँचवाँ स्तँभ' इसका ज्वलंत उदाहरण है। इस सामाजिक पत्रिका में स्त्री-विमर्श, बच्चे एवं ग्राम्य जीवन की सरलता तथा उसकी कठिनाइयाँ स्वच्छंद रूप से अपना स्थान पाती रही हैं। लोकगीत एवं लोकोक्तियों से इनका गहरा जुड़ाव रहा है। इनके उपन्यास 'नई देवयानी', 'ज्यों मेहँदी को रंग', 'घरवास', 'सीता पुनि बोली' में भारतीय महिलाओं के विभिन्न रूपों का अद्‌भुत मनोवैज्ञानिक विश्लेषण देखने को मिलता है। इनके द्वारा रचित राजमाता विजयाराजे सिंधिया की आत्मकथात्मक कृति 'राजपथ से लोकपथ पर' राजनीतिज्ञों के लिए एक पठनीय और अनुकरणीय कृति है।

गोवा की राज्यपाल के रूप में इनकी भूमिका जनमानस में एक संवेदनशील व्यक्ति के रूप में लोकप्रियता बना रही है। गोवावासी इन्हें अपने आसपास की रहनेवाली एक स्नेहिल महिला के रूप में देख रहे हैं। सत्ता का मद इनमें दूर-दूर तक दृष्टिगोचर नहीं है।

मैं इनके स्वस्थ एवं सुखद जीवन की कामना करता हूँ।

मंत्री, पथ निर्माण विभाग, बिहार सरकार

□

ममता से भरा बहुआयामी व्यक्तित्व

—मोहिनी गर्ग

केवल नाम से ही नहीं, स्वभाव और व्यवहार से भी मृदुल यह नारी व्यक्तित्व भारतीय जनता पार्टी के महिला मोर्चे का गहना है। मृदुलाजी का जन्म 1942 में बिहार के मुजफ्फरपुर जिला निवासी स्वर्गीय श्री राम छबीला सिंह एवं स्वर्गीय श्रीमती अनूपा देवी के घर हुआ। तीन भाई–बहनों में सब से छोटी मृदुलाजी बचपन से ही प्रतिभावान थीं। यही देखकर मात्र 8 वर्ष की अवस्था में ही पिताजी ने बिहार की प्रसिद्ध संस्था लखीसराय की बालिका विद्यापीठ में पढ़ने के लिए छात्रावास में भेज दिया।

"होनहार बिरवान के, होत चीकने पात।"

पिताजी की सोच पर खरी उतरी मृदुलाजी विद्यापीठ से मैट्रिक तथा महंत दर्शनदास महिला महाविद्यालय मुजफ्फरपुर से बी.ए. आनर्स तथा लंगट सिंह महाविद्यालय मुजफ्फरपुर से एम.ए. एवं बी.एड. की परीक्षा उत्तीर्ण कर तत्पश्चात् महिला कॉलेज (मोतिहारी, बिहार) में मनोविज्ञान की व्याख्याता रहीं। कुछ समय बाद मुजफ्फरपुर में एक आदर्श विद्यालय भारतीय शिशु मंदिर की स्थापना की। संस्थापक एवं सफल प्रधानाचार्य के रूप में कई वर्षों तक उसका संचालन किया। मृदुलाजी का विवाह (1959) में मटिहानी निवासी डॉ. रामकृपाल सिन्हा से हुआ। वे अंग्रेजी और संस्कृत के विद्वान् एवं विश्वविद्यालय में अंग्रेजी के व्याख्याता रहे हैं। डॉ. साहब बिहार में जनसंघ पार्टी के समय से राजनीति में सक्रिय थे। उन्होंने राज्य सरकार में केंद्रीय मंत्री व केंद्र की जनता पार्टी की सरकार में राज्य मंत्री का पद सुशोभित किया। उसी समय मृदुलाजी का दिल्ली आगमन हुआ। एक बार दिल्ली आकर मृदुलाजी दिल्ली की ही होकर रह गईं। शीघ्र ही यहाँ एक सामाजिक संस्था से जुड़ीं और दिल्ली की सामाजिक गतिविधियों में सक्रिय हो गईं। उनका लेखन कार्य भी सतत चलने लगा।

परिवार में मृदुलाजी, डॉ. साहब, इनके दो पुत्र, दो पुत्र वधुएँ, एक पुत्री, दामाद, दो पौत्री, दो पौत्र एवं एक नातिन हैं। मायके और ससुराल का बड़ा परिवार है। देवर, देवरानी, ननद, उनके बच्चे, सभी को अपने प्यार–दुलार से सहलाती, सहेजती रही हैं। उनके इसी अपनत्व भरे स्वभाव के कारण मायके और ससुराल में उन्हें स्नेह और आदर प्राप्त हुआ है। उस आदर और स्नेह का इतना विस्तार हुआ कि देश भर में हजारों स्त्री–पुरुषों के साथ बँधी हैं। अपनों और परायों में भेद

नहीं करतीं। यद्यपि पार्टी ने एक वर्ष तक मुझे कोई दायित्व नहीं दिया था, पर मृदुलाजी ने मेरा साथ नहीं छोड़ा। वे सदा मुझे साथ रखतीं।

1980 में जब भारतीय जनता पार्टी का गठन हुआ, तभी विचार हुआ कि देश में पार्टी से महिलाओं को जोड़ने के लिए महिला मोर्चा का गठन होना चाहिए और महिला मोर्चा बनाकर मा. राजमाता सिंधिया को इसकी राष्ट्रीय संयोजिका नियुक्त किया गया। मोर्चे की गतिविधियों को आगे बढ़ाने, उसमें सक्रियता लाने के लिए मृदुलाजी को उसकी सहसंयोजिका नियुक्त किया गया।

दायित्व मिलने के बाद मृदुलाजी ने पीछे मुड़कर नहीं देखा। कार्य के प्रति लगन के साथ उत्साह और उमंग से लबरेज प्रतिदिन नए विचार, नए कार्यक्रमों से मृदृलाजी ने दिन-रात राज्यों का सघन प्रवास करके महिला मोर्चे का गठन किया। उनको सक्रिय करने के लिए कार्यक्रम दिए। उन्हें सिखाया, समझाया और सँवारा। अपने सकारात्मक सोच और मौलिक चिंतन से पार्टी और समाज में अपना विशेष स्थान बनाया।

कोई कार्यक्रम करने से पहले वे अपने से बड़े व अनुभवी नेताओं से मिलकर उनके सुझाव लेने में संकोच नहीं करती थीं। उसी के परिणामस्वरूप 1985 में हरिद्वार महाकुंभ के अवसर पर हर की पौड़ी के निकट पंतद्वीप पर महिला मोर्चा ने 15 दिन का एक शिविर लगाया, जिसमें 'भारतीय नारी : दशा और दिशा' नाम से चित्र प्रदर्शनी लगाई। उसके साथ एक स्वास्थ्य केंद्र था, जिसमें प्राथमिक चिकित्सा का प्रबंध था। 'एक खोया, पाया विभाग', जो परिवार से बिछड़ गए लोगों को उनके साथ आए साथियों तक मिलाने और पहुँचाने में मदद करता था, साथ ही महिला वॉलंटियर्स हर की पौड़ी पर स्नान करने आए तीर्थयात्रियों की सेवा करती थीं। सबसे बड़ा आकर्षण था, उस स्थान पर 40 मीटर ऊँचा भारतीय जनता पार्टी का शान से फहराता झंडा। इसके पीछे उद्देश्य यही था कि कुंभ में करोड़ों तीर्थयात्री आते हैं, उनके बीच में भाजपा का प्रचार भी होगा तथा जनता की सेवा भी होगी। सभी प्रांतों की बहनें बारी-बारी से शिविर में उपस्थित हुईं। सायंकाल कैंप में सत्संग होता था। महापुरुषों के प्रवचन अथवा भजन संध्या होती थी। इसमें स्वयं राजमाताजी, आदरणीय अटल बिहारी वाजपेयीजी, भंडारीजी, जगन्नाथ राव जोशीजी, जगदीश प्रसाद माथुरजी, लालकृष्ण आडवाणीजी, डॉ. कमला वर्माजी, कृष्ण लाल शर्मा, जयबंती बहन मेहता सभी वरिष्ठ नेतृत्व ने उपस्थित होकर मोर्चा का उत्साहवर्धन किया।

संगठनात्मक दृष्टि से महिला कार्यकर्ताओं को प्रशिक्षित करने हेतु मृदुलाजी की अध्यक्षता में मोर्चा के इंदौर, सूरत एवं अहमदाबाद में प्रशिक्षण वर्ग लगे, जिसमें राजनैतिक दृष्टि से कार्यकर्त्री बहनों को सक्षम बनाने के लिए सभी महत्त्वपूर्ण विषयों पर भाजपा के शीर्ष नेता व विशेषज्ञ को विभिन्न विषय रखने के लिए आमंत्रित किया गया। मृदुलाजी के नवोन्मेषी सोच के कारण इन कार्यक्रमों से जहाँ महिला कार्यकर्त्रियों में उत्साह और सक्रियता बढ़ी, वहीं भारतीय महिलाओं में पार्टी का आधार भी बढ़ा। यह तो शुरुआती दौर की कहानी है। यह सिलसिला चलता ही रहा, चाहे वे महिला मोर्चा की अध्यक्ष रहीं अथवा महामंत्री।

1994 का वर्ष राजमाता विजया राजे सिंधिया की उम्र का 75वाँ वर्ष था। मृदुलाजी के नेतृत्व में महिला मोर्चा ने निर्णय लिया कि राजमाताजी के जीवन का वह वर्ष अमृत महोत्सव के रूप में

मनाया जाएगा। इसके द्वारा महिला मोर्चा की कार्यकर्त्रियों का घर-घर जाकर 75 लाख परिवारों से संपर्क करने का लक्ष्य निर्धारित हुआ। वहीं लक्ष्य निर्धारित करके 75 लाख रुपए का संग्रह कर राजमाताजी को थैली भेंट करने का भी निश्चय हुआ। कार्यक्रम बड़ी सक्रियता के साथ होने के फलस्वरूप सफलतापूर्वक संपन्न हुआ।

मृदुलाजी भाजपा में राष्ट्रीय उपाध्यक्ष, 8 वर्ष महिला मोर्चा की अध्यक्ष के साथ-साथ महिला मोर्चा की प्रभारी, एन.जी.ओ. प्रकोष्ठ की संयोजिका तथा अनुशासन समिति की सदस्य भी रहीं। वे दिल्ली महिला आयोग की भी सदस्य रहीं। मा. अटल बिहारी वाजपेयीजी के शासन काल में वे दो बार केंद्रीय समाज कल्याण बोर्ड की अध्यक्ष रहीं। केंद्र में भाजपा की सरकार होने के साथ-साथ कई प्रांतों में भाजपा की सरकार थी। उन प्रांतों में महिला मोर्चा के कार्यकर्त्री प्रांतीय बोर्ड की अध्यक्ष बनीं, किंतु कई जगह ऐसा भी अवसर आया कि दूसरे दल की सरकार होते हुए भी मृदुलाजी ने अपनी व्यवहार कुशलता और सूझ-बूझ से अपनी कार्यकर्त्रियों को बोर्ड की अध्यक्ष बनवा दिया, क्योंकि उनका स्वभाव ही ऐसा है कि परायों को भी अपना बना लेती हैं। उस समय सुमित्रा महाजनजी केंद्र की सरकार में महिला एवं बाल विकास मंत्री थीं। मृदुलाजी ने सुमित्राजी से विचार-विमर्श करके पहली बार केंद्र की ओर से अंतरराष्ट्रीय महिला सशक्तीकरण वर्ष मनाया। उसके अंतर्गत पाँच स्त्री शक्ति पुरस्कारों की घोषणा की।

1. कण्णगी (तमिलनाडु की वीरांगना) पुरस्कार
2. माता जीजाबाई (शिवाजी की माँ) पुरस्कार
3. रानी अहिल्याबाई होलकर (मालवा की राजमाता) पुरस्कार
4. रानी लक्ष्मीबाई (झाँसी की रानी) पुरस्कार
5. रानी गिडाल्यू (नागालैंड की स्वतंत्रता सेनानी) पुरस्कार

उन्होंने अपने कार्यकाल में कई अभिनव प्रयोग किए। वार्षिकी कैलेंडर निकालकर बोर्ड और प्रांतों के बोर्डों के लिए एक वर्ष के लिए भिन्न-भिन्न कार्यक्रमों की सूची बनाई। सारे देश में एक प्रांत से दूसरे प्रांतों के स्वैक्षिक संगठनों का शिक्षण-भ्रमण करवाया। अपने कार्यकाल में कई वर्षों से सोए हुए बोर्ड में मृदुलाजी ने नई जान फूँक दी। उन्होंने प्रांतों में प्रवास करके विभिन्न सामाजिक संस्थाओं द्वारा किए जा रहे कार्यों और उन कार्यों की वास्तविक स्थिति को स्वयं जाकर देखा। वहाँ मछुआरों तथा नमक बनानेवाले लोगों के नंगे हाथों से कार्य कर रहे घायल हाथों और गले हुए पैरों को देखकर उनका संवेदनशील हृदय द्रवित हो गया। उन्होंने तुरंत काम करते मजदूरों को आवश्यक उपकरण उपलब्ध कराने का आदेश दिया। मृदुलाजी अपने घर, आस-पड़ोस ही नहीं, काम करनेवाले सेवकों के कष्ट व जरूरतों को पूरा करने के लिए करुणामयी और ममतामयी माँ के वात्सल्य रूप में सदैव तत्पर रहती हैं। इसी कारण वे उतनी ही सुंदर साहित्यिक रचना भी करती हैं। "वियोगी होगा पहला कवि, आह से उपजा होगा गान" को चरितार्थ करती हुई मृदुलाजी ने कई उपन्यास 'ज्यो मेहँदी को रंग', 'घरवास', 'अतिशय', 'सीता पुनि बोली', 'विजयिनी', 'परितप्त लंकेश्वरी' लिखे हैं, साथ ही कहानी-संग्रह 'उधार का सूरज', 'एक दीये की दीवाली', 'ढाई बीघा जमीन', 'अंतिम इच्छा', 'खेल-खेल में' तथा दत्तक पिता पर उनकी लघु व फीचर फिल्म भी बन

चुकी है। आज मृदुलाजी साहित्य जगत् में एक प्रतिष्ठित लेखिका हैं। राजमाताजी की आत्मकथा (राजपथ से लोकपथ पर) भी मृदुलाजी ने लिखी है। इसके अतिरिक्त राजमाताजी के जीवन पर एक फिल्म (एक थी रानी ऐसी भी) का निर्माण कार्य भी चल रहा है। फिल्म की स्क्रिप्ट भी मुदुलाजी ने ही लिखी है। उनका 'आईने के सामने', 'मानवी के नाते', 'पुराण के बच्चे', 'बिहार की लोक कथाएँ', 'मात्र देह नहीं है औरत', 'बिटिया है विशेष', 'नारी न कठपुतली न उड़नपरी' लेख संग्रह भी प्रकाशित हुए हैं। हिंदी साहित्य को वैभव संपन्न व गौरव प्रदान करने हेतु मृदुलाजी को उनकी सारगर्भित रचनाओं के लिए साहित्य क्षेत्र में अनेक सम्मानों से अलंकृत किया गया है, जिनमें पंडित दीनदयाल उपाध्याय सम्मान (2001), साहित्यश्री एवं कल्पतरु सम्मान (1989), ओजस्विनी शीर्ष अलंकरण (2009) हिंदी सेवा सम्मान हैं। इसके अतिरिक्त हिंदी समिति द्वारा न्यूयॉर्क (1999) में सम्मानित किया गया। अभी हाल ही में उन्हें अंबेडकर विश्वविद्यालय, मुजफ्फरपुर, बिहार द्वारा डी.लिट् की मानद उपाधि से सम्मानित किया गया है।

मृदुला जी अध्यक्ष, सूर्या संस्थान नोएडा,

अध्यक्ष, राजमाता सिंधिया स्मृति न्यास दिल्ली

उपाध्यक्ष, अखिल भारतीय साहित्य परिषद्

संस्थापक और संपादिका, 'पाँचवाँ स्तंभ' मासिक पत्रिका आदि दायित्वों को निभाती रही हैं।

आपकी 500 से अधिक दूरदर्शन और आकाशवाणी के विभिन्न कार्यक्रमों में भागीदारी रही है। आज भी कई क्षेत्रीय एवं राष्ट्रीय समाचार पत्र-पत्रिकाओं में आपके स्तंभ लेख छपते रहते हैं।

आपने अनेक देशों की यात्रा की है, जिसमें अमेरिका, जर्मनी, मॉरीशस, लंदन, दक्षिण अफ्रीका, फिजी व सूरीनाम इत्यादि हैं।

मृदुलाजी का चाहे लेखन हो अथवा भाषण, गाँव की मिट्टी की सुगंध लोक जीवन से जुड़ी घटनाओं का सजीव चित्रण करती है और गाँव की उन्हीं अमराइयों में पहुँच जाती हैं, जिसे सुनते और पढ़ते श्रोता और पाठक उसी यथा स्थिति में पहुँच जाते हैं, मानो सबकुछ उनके आँखों के सामने घटित हो रहा है। बोलते-बोलते उनका वह गीत इतना हृदय को छू जाता है कि पंक्तियाँ प्रारंभ होते ही जहाँ एक ओर तालियों की गड़गड़ाहट से हॉल गूँज उठता है, वहीं सुनने वालो की आँखों में आँसू छलक आते हैं। चाहे वह देश हो अथवा परदेश।

वे राजनेत्री व सामाजिक कार्यकर्त्री होने के साथ-साथ साहित्यकार भी हैं। सुबह चार बजे उठकर कम-से-कम 2 से 3 घंटे तक लेखनी के साथ सृजनात्मक खेल खेलना उनकी स्वाभाविक दिनचर्या में शामिल है। राष्ट्रीय व क्षेत्रीय पत्र-पत्रिकाओं में उनके स्तंभ लेख व समाज कल्याण बोर्ड की पत्रिका व पाँचवाँ स्तँभ के संपादकीय आज भी महिला मोर्चा की बहनों के लिए भाषण संदर्भ सामग्री के रूप में संचित हैं। मृदुलाजी ने 2005 में एक स्वैच्छिक संस्था 'साथी' की स्थापना की। उसी के अंतर्गत 'पाँचवाँ स्तंभ' नामक पत्रिका प्रकाशित हुई। यह पत्रिका भी सामाजिक सरोकार के लिए एक आंदोलन की भूमिका निभा रही है। अपनी क्षमता, कार्यशैली, स्वभाव,

आचरण, मनसा-वाचा-कर्मणा से परिवार, समाज व राष्ट्र को समर्पित, संपूर्ण जीवन में सबको अपना बनाती मृदुलाजी सबकी हैं। एक बार जो मिले, वह सदैव के लिए, उनका हो जाए। बड़ों से सीखते व छोटों को सिखाते, महिला मोर्चा की दादी माँ भी हैं और दादी सास भी।

व्यक्ति के गुण बोलते हैं। गुण यूँ ही नहीं आ जाते। वे हमेशा कहती हैं कर्तव्यों की लागत लगाकर ही अधिकार अर्जित किए जाते हैं। अधिकार माँगे नहीं जाते। इसीलिए केंद्र में जब भारतीय जनता पार्टी की सरकार बनी तो आदरणीय प्रधानमंत्री नरेंद्र मोदीजी ने उन्हें गोवा की राज्यपाल बनाकर इस पद को गौरवान्वित करने पर महिला मोर्चा की चिर-प्रतिक्षित अभिलाषा भी पूरी की। उनके राज्यपाल बनने की घोषणा होते ही महिला मोर्चा उल्लास और प्रसन्नता से उछल उठा। इतनी खुशी, मानो सब की सब स्वयं ही राजभवन में पहुँच गई हों। मुदुलाजी को इस पद पर बैठा देखकर महिला मोर्चा अपने को गौरवान्वित महसूस कर रहा है, क्योंकि यह एक कार्यकर्ता का सम्मान है। प्रधानमंत्रीजी ने मृदुलाजी को अपने पहले कदम 'स्वच्छ भारत अभियान' का भी प्रथम एंबेसडर घोषित किया।

इस कार्यक्रम को सरल और सहज बनाने हेतु मृदुलाजी ने गीत और नारे भी लिखे हैं। करणीय और अकरणीय की भी सूची बनाई है। सभी सामाजिक, शैक्षणिक संस्थाओं को इससे जोड़ने का प्रयास, प्रशासनिक स्तर पर नियमों का पालन, उनकी दैनिक डायरी के पन्नों पर अंकित है। मुदुलाजी को जो भी दायित्व मिलता है, वे उसमें डूब जाती हैं। वे तो जहाँ जाएँगी, जंगल में मंगल ही करेंगी। गोवा जाकर उनसे मिलकर आनेवाले कहते हैं कि उनके जैसी व्यस्तता तो कहीं देखी नहीं।

"लक्ष्य तक पहुँचे बिना, पथ में पथिक विश्राम कैसा ?"

रसोईघर से लेकर अचार डालने, बाग-बगीचा और नंदनी गाय की चिंता, हवाई जहाज में बैठे हुए भी नातिन के लिए स्वेटर बुनना व प्रशासन के कार्यों का नियोजन, ये सब एक साथ मृदुलाजी ही कर सकती हैं। अपने स्वभाव से राजभवन में भी सबके बीच इतनी लोकप्रिय हो गई हैं कि उनके ए.डी.सी. से लेकर उनकी निजी सेविका तक को वे अपनी माँ जैसी ही लगती हैं। सास के बेटे (पति, उन्हीं के शब्दों में) को सँभालती, सहेजती मृदुलाजी उनसे सुनती भी हैं और गुनती भी।

ईश्वर उन्हें शक्ति दें, स्वस्थ जीवन दें, ऊर्जा से भर दें।

भारतीय जनता पार्टी के महिला मोर्चा का उनके लिए उद्गार है—

"अचल रहे अहिवात तुम्हारा,
जब लगी गंग जमुन जल धारा।"

वरिष्ठ नेत्री (भाजपा महिला मोर्चा) एवं लेखिका

मो. : 9811910588

□

ज्यों-ज्यों निहारिए नेरे व्है नैननि

—किरण घई सिन्हा

यादों के दुआर पर खड़े होकर सोच रही हूँ कि किस दरीचे से झाँकूँ, कौन सी खिड़की खोलूँ या किस दरवाजे पर दस्तक दूँ कि अचानक मेरी उलझन को दरकिनार कर पता नहीं किस झोंके से सामने का एक दरवाजा अनायास खुल गया—मेरे छोटे बेटे की शादी है। बरात का समय हो रहा है। दिनभर की रस्में निभाते-निभाते हाँफ आई हूँ। जल्दी तैयार होकर आने की हिदायत देकर जिसे जहाँ ठहराया था, वहाँ भेज दिया। बेटियाँ-बहुएँ, भाभी पार्लर की ओर। दूल्हे को नहाने के लिए भेजा ही था कि वे पहुँचीं। मन प्रसन्न हो गया। बढ़कर अगवानी की। चाय-मिठाई होते-होते बेटा भी नहाकर निकला। दरवाजे के बाहर पैर बढ़ा ही रहा था कि वे तेजी से उठीं, "अरे रे अभी रुको, ऐसे कैसे बाहर निकल रहे हो, " बेटे सिंधु को बाहर निकलने से बरजा, फिर मेरी ओर देखते हुए पुकार कर बोली—"कहाँ है बुआ सब? राई-नून से नजर तो उतारो दूल्हे की···"। मैं सकते में—बुआ लोग तो गई सजने-सँवरने। मैं कुछ सोचती, इससे पहले मेरी तेज-तर्रार मुँहबोली ननद सुजाता राई-नून के साथ हाजिर, "अजी खड़े तो हैं, नजर उतारने के लिए, पर माई-मौसी नेग तैयार रखें।" मैं पर्स उठाने लपकी, पर तब तक तो मौसी का पर्स खुल चुका था। बुआ के लिए नेग भी हाजिर था और मौके का गीत भी। मैं उस आत्मीयता से अभिभूत थी, आँखें भर आईं। मेरे बेटे की नजर उतरवातीं, उसे अशीषतीं, उसकी ये मौसी हैं—मृदुला दी। मृदुला दी यानी मृदुला सिन्हा, राजनीति का क्षेत्र हो या साहित्य का, यह नाम किसी परिचय का मोहताज नहीं। पिछले चार दशकों की परिचय-यात्रा में जाने उनसे कितना कुछ सीखा है, कितना कुछ पाया है और उन्हें कितना जाना है, इस विषय में बस इतना ही कह सकती हूँ, "ज्यों-ज्यों निहारिए नेरे व्है नैननि, त्यों-त्यों खड़ी निखरै सी निकाई है।"

पूर्व प्राचार्या, पूर्व केंद्रीय मंत्री की पत्नी, भाजपा की राष्ट्र-स्तरीय कार्यकर्ता-नेता, महिला मोर्चा की पूर्व राष्ट्रीय अध्यक्ष एवं पूर्व महामंत्री, सुप्रसिद्ध साहित्यकार और अब गोवा की महीयसी राज्यपाल जैसे अनेक परिचयों के प्रभामंडल के पीछे एक अत्यंत, सौम्य, शालीन, प्रबुद्ध, स्नेहशील और सुलझा हुआ व्यक्तित्व है, जो अनायास प्रथम परिचय में ही सामनेवाले को अपने 'स्व' के दायरे में समेट लेता है। फिर एक बार जो उस दायरे में आया, वह आजीवन उनके ममत्व का आनंद ले सकता है। मैं स्वयं को ऐसे सौभाग्यशालियों में एक मानती हूँ। यद्यपि ऐसे सौभाग्यशाली

लोग देश के हर राज्य में बड़ी संख्या में मिलते हैं। इन तमाम वर्षों में अपने निरंतर चलनेवाले प्रवास-क्रम में वे जहाँ भी गईं, जिससे भी मिलीं, वहीं एक नेह-गाँठ डाल आईं।

यों तो किसी व्यक्ति के विषय में लिखने-बोलने के लिए अपने स्मृति-संसार में उतरकर उस व्यक्ति से रूबरू होकर उसे देखना और उसके अंतस् में प्रवेश करना पड़ता है, जो 'परकाया प्रवेश' जितना ही कठिन कार्य है, किंतु मृदुला सिन्हा का स्नेह-तरल, संवेदनशील व्यक्तित्व सहज ही उनके जीवन या अनुभव संसार में झाँकने के लिए स्वयं ही द्वार खोल देता है। यदि कहीं अवरोध लगे तो उनकी कथा-कहानियाँ भी आगे बढ़कर उनके अंतर्मन की चाबी थमा जाती हैं, फिर कथा-कहानियाँ और उपन्यास ही क्यों अखबारों में छपनेवाले कॉलम, विचार और बौद्धिकता के साथ-साथ उनकी संवेदना और रोजमर्रा के जीवित प्रसंग उन विचारों और मूल्यों को व्यापक स्तर पर संप्रेषणीय और स्वीकार्य बना जाते हैं।

'एक दीये की दीवाली' कथा-संग्रह में संकलित इसी शीर्षक की कहानी का वह बाल नायक तो आज तक मेरे घर के काम-काज में सहयोगी रहे ऐसे कई सेवकों की संज्ञाएँ ओढ़-ओढ़कर कई-कई प्रसंगों में मेरे मन को छू-छू जाता है, "हे, हमर माय…" कहते हुए माँ के स्नेह की स्मृति और उस तक न पहुँच पाने की विवशता उन्हें दी जा रही हर सुविधा को कैसे छोटा कर जाती है, इसे मैंने उस पात्र के साथ कई बार महसूस किया है।

'नीर भरी दु:ख की बदरी' के समान मृदुलाजी ने अपने भीतर जैसे आँसुओं का अक्षय कोष संचित कर रखा है। अपनी कहानियों, कथा-पात्रों या किसी भी भावुक जीवन-प्रसंग की चर्चा में वे खुद भी रोती हैं और दूसरों को भी रुलाती चलती हैं। आज के भौतिकतावादी जीवन की आपाधापी में दूसरों के दु:ख-दर्द से व्यथित होकर आँसू बहानेवाली आँखें जब बिरल हो चली है, तब उनकी ऐसी अश्रु-तरल संवेदना सहज ही मूल्यवान हो उठती है और मृदुलाजी को एक अलग पहचान दे जाती है।

मृदुलाजी से प्रथम परिचय स्मरण करती हूँ तो 1992 में जयपुर में आयोजित भाजपा की राष्ट्रीय परिषद् के अधिवेशन का स्मरण हो आता है। महिला मोर्चा के अलग सत्र के मंच पर विराजमान भाजपा की महीयसी नेत्री और महिला मोर्चा की तत्कालीन अध्यक्ष राजमाता विजयराजे सिंधिया के साथ-साथ छाया-सी लगीं, चौतरफा ध्यान देते हुए अत्यंत कुशलता से मंच सँभालती हुई महिला मोर्चा की राष्ट्रीय महामंत्री का चित्र सामने आता है। जिस राजनीतिक क्षेत्र में छोटा सा पद भी लोगों को कलफ लगे कपड़े-सा अकड़ा देता है, वहीं मृदुलाजी की विनम्रता, धैर्यशीलता और कार्यकर्ताओं के लिए सहज उपलब्धता के व्यवहार ने अनायास ही मुझे उनकी ओर आकर्षित किया था। उस आकर्षण में उनके बिहारी होने का भी अपना असर जरूर रहा होगा, ऐसा मैं मानती हूँ।

यों तो राजनीतिक प्रवास-क्रम में उनका पटना आने, जब-तब मेरे यहाँ ठहरने या न ठहरने पर भी विशेष रूप से सूचित कर मिलने और उनकी प्रकाशित-अप्रकाशित रचनाओं तथा अपने या दूसरों के भावुक जीवन-प्रसंगों की चर्चा के क्रम में होनेवाले मूक रुदन-कांडों और शिशु हास्य के समान आँसुओं की झिलमिलाहट के बीच खिल पड़ने वाली हँसी के साथ अपने साथ रोनेवालों की फेहरिस्त बताने के अनेक सजीव स्मृति चित्र और रोचक प्रकरण हैं, किंतु लंबे अंतराल के बाद

मिलने पर भी किसी उलाहने और शिकवा-शिकायत के बिना हुलसकर मिलने का उनका स्वभाव, दूसरों की जगह पर खड़े होकर उनकी स्थितियों को समझने की कोशिश तथा 'टेढ़ा है, पर मेरा है' के भाव से जो जैसा है, उसे वैसा ही अपनाकर संगठन के साथ जोड़ने, उसके श्रेष्ठतम का उपयोग करते हुए साथ ले चलने का कौशल उन्हें एक कुशल संगठक की पहचान देता है।

संगठन और विचार के प्रति उनकी एकनिष्ठता और समर्पण के तो सभी कायल हैं। महिला मोर्चा अध्यक्ष के बाद महामंत्री बनाए जाने पर भी माथे पर शिकन लाए बिना समभाव से उसे स्वीकार कर पूरे मनोयोग से दायित्व का निर्वाह करते जाना अन्य कार्यकर्ताओं के लिए अनुकरणीय उदाहरण है। उपदेश से नहीं, व्यवहार से सिखाने और क्षमतावान कार्यकर्ताओं को आगे लाने का प्रयास करनेवाली मृदुला दी कभी किसी 'इंद्र ग्रंथि' से पीड़ित नहीं रहीं। कोई पद न रहने पर भी महिला मोर्चा का कोई आयोजन उनकी उपस्थिति और उद्बोधन के बिना पूरा नहीं हुआ। बिना किसी कुंठा के हर आयोजन में उत्साहपूर्वक भाग लेने और उसकी सफलता की चिंता करते हुए खुद को मोर्चा की 'दादी सास' बताना मृदुलाजी के व्यक्तित्व का स्पृहणीय आयाम है।

अहंकाररहित विनम्रता उनका वह सहज-संस्कार है, जो महामहिम जैसी गुरुतापूर्ण उपाधि को लाँघकर अपने क्षेत्र, प्रदेश और देश भर के 'स्वजनों' (परिजनों, परिचित इष्टमित्र, कार्यकर्ता, साहित्यकारों और साहित्यप्रेमियों) के लिए गोवा के आलीशान राजभवन के द्वार खोल देता है। राजभवन के आतंक को तोड़नेवाले अपने स्मित-हास्य से भरे स्वागत के साथ द्वार के पार खड़ी महामहिम राज्यपाल श्रीमती मृदुला सिन्हा दीदी, भाभी, मौसी, चाची या बुआ के संबोधन में निस्संकोच समा जाती हैं। फिर उनके आतिथ्य में भोजन की मेज पर परोसे गए गोवा के व्यंजनों के साथ उनकी बताई पाक-विधि से बने बिहारी व्यंजन राजभवन की वैभवशाली औपचारिकता में एक अनौपचारिक आत्मीयता का तार जोड़कर आगंतुकों को भी सहज बना देते हैं।

गोवा जाने पर दो-दो बार उनके स्नेहिल आमंत्रण पर राजभवन में 'भजन' (साहित्य-चर्चा) और 'भोजन' के क्रम में उनके स्नेह से भीग-भरकर लौटी हूँ। विदाई में राजभवन की उपज-खासकर ताजा इमली और साड़ी के उपहार ने मायके से विदाई का एहसास करा दिया। उसके स्मरण मात्र से आज भी मन भावुक हो जाता है। आज जब नित्य नए वृद्धाश्रम खुल रहे हैं और माता-पिता भी लोगों को भार लगने लगे हैं, तब मन के इन संबंधों को इस स्निग्धता और संवेदनशीलता के साथ निभाना, उसे निभानेवाले के प्रति विशेष आदरभाव से भर जाता है।

ऐसे अनेक प्रसंगों को छोड़कर एक वाक्य में कहूँ तो अपनी अत्यंत साधारणता में असाधारण हैं श्रीमती मृदुला सिन्हा। सादगी, सरलता और अहंकारशून्यता के साथ राजनीति और साहित्य में नए-नए शिखरों तक यात्रित होती मृदुला सिन्हा—हमारी मृदुला दी के 'अमृत महोत्सव' (75वें जन्मदिवस) पर उनके शतायु होने की कामना करते हुए सुख-समृद्धियुक्त, सौभाग्यपूर्ण, स्वस्थ-सक्रिय और यशस्वी जीवन के लिए ईश्वर से प्रार्थना करती हूँ।

पूर्व विधान परिषद् सदस्य, वरिष्ठ भाजपा नेत्री एवं प्राध्यापक हिंदी

मो. : 9431023774

□

मृदुला दीदी—माँ, सास और दीदी

—किरण माहेश्वरी

मृदुला दीदी ने सदैव माँ के समान प्यार दिया है। सास के समान उन्होंने परिवार एवं संगठन की मर्यादाओं का ज्ञान दिया है। दीदी ने एक बड़ी बहन के समान स्नेह एवं सीख दी है। भाजपा महिला मोर्चा की सभी बहनों को उनका वात्सल्य एवं मार्गदर्शन अनवरत मिलता रहता है।

मृदुला दीदी की सबसे बड़ी विशेषता है, प्रेम और स्नेह के साथ मर्यादाओं और हमारी संस्कृति की सीख देना। व्यवहार और आचरण में होनेवाली छोटी-छोटी कमियों को इंगित कर पूर्ण व्यक्तित्व का विकास करने में दीदी का पूर्ण सहयोग रहता है। मेरे अपने जीवन के विकास में दीदी की सर्वाधिक भूमिका रही है। मैं मन की छोटी-छोटी बातों को उनको सहजता से बताकर उनके अनुभव एवं ज्ञान का लाभ उठाने में संकोच नहीं करती हूँ। मुझे तो दीदी ने माँ के समान प्यार व स्नेह दिया है।

मृदुला दीदी में संगठन को बनाने एवं आगे बढ़ाने की अद्‌भुत कला है। छोटे-से-छोटा पद भी कैसे संगठन विस्तार में महत्त्वपूर्ण होता है, यह उनसे सीखा है। संगठन के कार्यक्रमों का वार्षिक पंचांग बनाना, प्रत्येक कार्यक्रम के पश्चात् उसके आयोजन के बारे में अभिमत एवं सूचनाएँ प्राप्त करना और प्रतिक्षण सुधार की संभावना रहने जैसी सीख उनके जीवन से मिलती है। यह उनकी विशेषता है कि साधारण कार्यकर्ता भी उनके साथ सहज संवाद कर सकता है।

स्वर्गीय राजमाता विजयाराजे के जीवन पर मृदुला दीदी के एक फिल्म बनाने के स्वप्नकाल से ही मैं उनके साथ जुड़ी हुई हूँ। इस फिल्म को पूरा करने में उनकी लगन, निष्ठा एवं परिश्रम मेरे लिए प्रेरणादायी रहा है। पार्टी के सभी वरिष्ठ जनों के सहयोग व सहकार से यह सपना साकार हुआ है।

हम अपने माता-पिता एवं पति के साथ पूरा जीवन व्यतीत करते हैं, किंतु कभी भी उन पर कुछ लिखने का विचार हमारे मन में नहीं आता है। मृदुला दीदी किसी कार्यकर्ता के घर पर एक रात भी रुक जाती हैं तो उनका अगला लेख उस परिवार के सदस्यों पर उनके सरस व्यवहार और गुणों पर होता है। किसी समाचार-पत्र या पत्रिका में जब वह कार्यकर्ता उनका आलेख पढ़ता है, तो उसका मन अभिभूत हो जाता है। इतनी अच्छाइयों को उन्होंने स्वयं भी कभी अनुभव नहीं किया होगा।

सब में अच्छाइयाँ देखना और उनका बखान करना, यह गुण ही उनको सबकी माँ-दीदी बनाता है। उन्होंने अपने वात्सल्य से इतने परिवारों को अपना बनाया कि मानो देश के प्रत्येक शहर में उनका अपना घर हो। 50 वर्ष से अधिक के सार्वजनिक जीवन में देश भर में व्यापक प्रवास करते हुए भी उन्हें स्मरण नहीं है कि कभी वे होटल में रुकी हों। माँ-दीदी कहती हैं कि उनका एक घर नहीं है, प्रत्येक शहर में उनका घर है। यही हमें जीवन की सबसे बड़ी सीख देता है।

देखने में यह आता है कि व्यक्ति जब बड़े पद पर आरूढ़ होता है तो उसकी सरलता और संवेदना खो जाती है। मृदुला दीदी महिला मोर्चा की राष्ट्रीय अध्यक्ष, समाज कल्याण बोर्ड की अध्यक्ष रहीं एवं वर्तमान में गोवा के राज्यपाल पद को सुशोभित कर रही हैं, पर उनका व्यवहार मृदुता, विनम्रता और संवेदनशीलता से भरपूर है। वे आज भी प्रत्येक पूर्णिमा को अनाथालय के बच्चों के साथ चंद्र दर्शन का कार्यक्रम राजभवन में आयोजित करती हैं। उन बच्चों के जीवन में इन क्षणों की मधुर स्मृतियाँ अपार खुशियाँ एवं प्रसन्नता लाती हैं।

मृदुला दीदी की एक बात मुझे बहुत अच्छी लगती है। वे राजकीय आयोजनों में फूलों के स्थान पर फलों को स्वीकार करती हैं। इन फलों को वे अभावग्रस्त लोगों में वितरित करती हैं, ताकि उन्हें भी फलों का स्वाद लेने का सौभाग्य मिले। दीदी राज्यपाल जैसे प्रमुख संवैधानिक पद पर होते हुए भी अपना मोबाइल फोन स्वयं उठाती हैं। उनकी यह सरलता और सहजता हमारे लिए प्रेरणादायी है।

माँ मृदुला दीदी धन्य हैं। उन्होंने हमें परिवार को अनुकूल बनाकर राजनीति एवं सार्वजनिक जीवन में कार्य करने का पाठ पढ़ाया है। माँ, बहन, बेटी से व्यवहार करने की अनुपम सीख हमें उनके साहित्य से मिलती है। परिवार एवं बच्चे प्रत्येक महिला की प्राथमिकता होने चाहिए, यह माँ-दीदी अकसर कहा करती हैं। महिला पुरुष नहीं है, वह प्रकृति की अनुपम रचना है, विशेष है। यह उनके लेखन के केंद्र में होता है।

मृदुला दीदी की रचनाएँ आलेख एवं पुस्तकें तो मानो मानवीय संवेदनाओं और हमारी परंपराओं का खजाना ही हैं। उनकी पुस्तकें हमारे गृह पुस्तकालय में होनी ही चाहिए। उनके साहित्य से हमें अपनी नई पीढ़ी को अवश्य अवगत करवाना चाहिए। उनकी 'सीता पुनि बोली', 'राजपथ से लोकपथ पर' और 'मात्र देह नहीं है औरत' पुस्तकें मुझे विशेष प्रिय हैं।

माँ-दीदी एक देव-मानुषी हैं। उनके वात्सल्य का छत्र सदैव मेरे पर बना रहे, यही कामना है। प्रभु उन्हें स्वस्थ, दीर्घायु और यशस्वी बनाएँ।

कैबिनेट मंत्री, राजस्थान सरकार

□

राजनीतिक व्यक्तित्व

—डॉ. मधु वर्मा

किसी संगठन में पद-विशेष को सुशोभित कर सशक्त और सक्रिय व्यक्ति ही उसे ऊँचाई गरिमा प्रदान करता है। राजनीतिक दल लोकतंत्र की प्राणवायु है, जो किसी प्रजातांत्रिक देश के जनमानस में स्वतंत्र चेतना उत्पन्न करता है। राजनीतिक दल स्वतंत्र मताधिकार के तहत देश की आधी आबादी को अपने अधिकार कर्तव्य के प्रति सजग और सक्रिय करता है।

राष्ट्रीय आंदोलन में भारत की महिलाओं ने अपने सहभाग से स्वतंत्र भारत को प्रत्येक क्षेत्र में अग्रसर किया है और स्वयं राजनीति के क्षेत्र में स्वतंत्र व्यक्तित्व को सक्षम बनाया है।

भारतीय राजनीति को महिला सहभाग के साथ अपूर्णता से पूर्णता की ओर ले जाने का सफल प्रयास श्रीमती मृदुला सिन्हा ने किया है। भारत की महिलाओं में राजनीतिक चेतना जाग्रत् कर नैतिक-मूल्य आधारित राजनीति को सही दिशा दी है।

आज सभी राष्ट्रीय मुद्दों को महिलाएँ नए संदर्भ में सोचती-समझती हैं और अपना दृष्टिकोण रखती हैं। पारिवारिक-सामाजिक परिधि से बँधकर भी अपनी दृढ इच्छा-शक्ति और आत्मबल से भारतीय राजनीति के पटल पर अपना विशेष मुकाम बनाया है।

राजनीतिक क्षेत्र में, जहाँ पुरुष नेताओं का एकाधिकार रहा है, वहाँ श्रीमती मृदुला सिन्हा ने अपने गरिमामय व्यक्तित्व से विशिष्ट राजनीतिक पदों को सुशोभित किया है। बुद्धि ज्ञान एवं कुशल नेतृत्व क्षमता के बल पर राजनीति में अपना सही मुकाम बनाया है।

श्रीमती सिन्हा ने शिक्षित और अशिक्षित, आर्थिक दृष्टि से निर्बल एवं सबल; हर तबके की महिलाओं को राजनीति के क्षेत्र में अपनी अस्मिता का एहसास कराया है। सही सोच और सही परिधि से महिला उत्कर्ष को बढ़ावा दिया है।

वर्तमान परिप्रेक्ष्य में महिला सशक्तीकरण का मार्ग अत्यंत जटिल है। विवेकानंद ने ठीक ही कहा था, ''नारी जब अपने ऊपर की बेड़ियों और रूढ़ियों को तोड़ने लगेगी तो विश्व की कोई शक्ति इन्हें नहीं रोक सकेगी।''

जीवन-मूल्य और नैतिकता के साथ नारी ने परिवार व समाज की परिस्थितिजन्य चुनौती को स्वीकार किया है।

भारतीय जनता पार्टी में अपनी सबल पहचान के साथ श्रीमती सिन्हा ने राजनीति को यथार्थ

के धरातल पर सींचने का काम किया है। चुनाव लड़कर महिला आयोग, महिला सुरक्षा कानून, नारी अस्मिता, अस्तित्व और व्यक्तित्व के सहभाग से नारी समाज के औचित्य पर राजनीति को मूल्यांकित किया है।

भारतीय जनता पार्टी के संगठनात्मक आधार पर भी अपने आत्मविश्वास और दृढ संकल्प से नारी समानता और सम्मान के लिए सजग हैं। राजनीति में नई पीढ़ी की अगुआ बन महिलाओं में प्रेरणा शक्ति देकर सशक्त राष्ट्र निर्माण का सपना पूरा करने की चाह पैदा की है।

श्रीमती मृदुला सिन्हा एक शिक्षाविद्, विशिष्ट साहित्यकार, सफल राजनेत्री और दल की समर्पित कार्यकर्ता रही हैं।

27 नवंबर, 1942 को उनका जन्म छापड़ा गाँव में हुआ था। इनकी प्रारंभिक शिक्षा बालिका विद्यापीठ लक्खी सराय में हुई थी। स्कूल की शिक्षा के बाद बिहार विश्वविद्यालय मुजफ्फरपुर से मनोविज्ञान में एम.ए. की डिग्री प्राप्त की। एम.ए. के बाद डॉ. एस.के. सिन्हा महिला कॉलेज मोतिहारी (बिहार विश्वविद्यालय) में मनोविज्ञान के प्राध्यापक के रूप में अपना शैक्षिक, सार्वजनिक जीवन प्रारंभ किया। इसके साथ ही मुजफ्फरपुर में एक आदर्श महिला विद्यालय की स्थापना की और संस्थापक प्रधानाचार्या के रूप में आठ वर्षों तक इसका संचालन किया।

श्रीमती सिन्हा ने बालिकाओं में शैक्षिक जागृति के लिए अनेक शिक्षण संस्थाओं के संचालन में अपना सहभाग दिया।

बचपन से ही श्रीमती सिन्हा सहृदय एवं संवेदनशील रही हैं। निर्धन, उपेक्षित एवं सद्भाव से वंचित जन साधारण के हितों को देखा है, लोक कल्याण से जुड़े मुद्दों को विभिन्न संस्थाओं के माध्यम से उठाती रही हैं। रीढ़विहीन समाज को लोकहित के अनुरूप गढ़ने की भरपूर कोशिश की है।

स्त्री-पुरुष, परिवार-समाज राष्ट्र के परस्पर पूरक दो पहिए हैं, दोनों की प्रगतिशील सहयोगी धारणा पर ही राष्ट्र उन्नत है। प्रत्येक क्षेत्र में स्त्री-पुरुष को प्रतिद्वंद्वी न होकर सद्भाव के साथ सार्थक भूमिका निभानी होगी।

श्रीमती मृदुला सिन्हा ने स्त्री-पुरुष के समानता-सद्भाव को महिला सशक्तीकरण के लिए प्रत्येक क्षेत्र में आवश्यक माना है। राष्ट्रीय राजनीति के विविध दायरे में आगे बढ़कर नए विकास की रोशनी जगाई है। भाजपा महिला मोरचा को सामाजिक-राजनीतिक फलक पर कुशल नेतृत्व की नारी शक्ति को प्रेरणा दी है। देश की नारी शक्ति को राजनीतिक क्षमता के साथ संगठनात्मक अवसर और सम्मान दिलाया है।

दल का संगठनात्मक विस्तार राजनीति का बढ़ता पग है। दलीय राजनीतिक जीवन में प्रवेश लेनेवाली महिलाओं की आत्मशक्ति को सार्थक प्रेरणा दी है, कार्य दक्षता, ज्ञान से सक्षम और सफल बनने की हर चुनौती को सहने की दिशा दी है।

आज भाजपा की दलीय राजनीति में मंडल से लेकर केंद्र तक महिलाएँ सक्रिय हैं। प्रत्येक स्तर पर धरना-जुलूस, निर्वाचन में अपनी दक्षता से सत्ता में नेता बनने की संभावना तलाश रही हैं। दलीय सिद्धांत पर सिर्फ वैचारिक मान्यता ही नहीं देती, बल्कि राष्ट्रीय-अंतरराष्ट्रीय विषयों को बौद्धिक फलक पर विस्तारित करने का सफल प्रयास करती हैं।

संस्कृति एवं राष्ट्रीयता देशहित और लोकहित के लिए अति आवश्यक हैं। मूल्य-आधारित राजनीति परिवार, समाज, राष्ट्र की सही इच्छाओं के अनुरूप आदर्श मूल्य नागरिक सँवारता है। सत्ता को देशसेवा की पहचान मानकर नागरिक को झकझोरता और प्रेरणा देता है। चरित्रवान कार्यकर्ता राजनीति को व्यवसाय न मानकर राष्ट्र-धर्म का पर्याय मानता है। पंडित दीनदयालजी की एकात्मवाद की धारणा दलीय संगठन के प्रति कार्यकर्ता को निष्ठावान बनाती है। सकारात्मक सर्वधर्म समभाव के प्रति कृतसंकल्प करती है।

राजनीति का मुखौटा दल का राजनीति स्वरूप नहीं है, राष्ट्रहित की अग्नि-परीक्षा में सफल होना सही मंजिल है। लोकतंत्र के प्रति निष्ठा प्रत्येक कार्यकर्ता के राष्ट्रीय रक्त को शुद्ध करती है। राजनीति राष्ट्र का व्यक्तित्व है, जिसके तहत नागरिक शक्ति राष्ट्र की संजीवनी का काम करती है।

श्रीमती मृदुला सिन्हा ने इसी संदर्भ में स्त्रियों को दलीय संगठन के प्रति आत्म समर्पण का पाठ पढ़ाया है। यह स्पष्ट किया है कि नारी स्वातंत्र्य नारी मुक्ति से नहीं, सामाजिक शक्ति से जोड़ने पर आता है। सही मायने में नारी मुक्ति से संवेदनशील बनती है। परिवार, वात्सल्य और स्नेह से वंचित नारी कभी सशक्त नहीं हो सकती। परिवार समाज के प्रति भावना-समर्पण ही नारी को सुसंस्कृत संदर्भ में जीने को प्रतिबद्ध करता है।

स्वयं सशक्त व्यक्ति ही प्रत्येक पहलू से राष्ट्र को सशक्त कर सकता है। श्रीमती मृदुला सिन्हा ने अपने सशक्त सामाजिक, राजनीतिक व्यक्तित्व से अनेक पदों एवं गतिविधियों को कामयाब बनाया है।

सर्वप्रथम केंद्रीय समाज कल्याण बोर्ड की अध्यक्ष रही हैं। इस बोर्ड के विचारों को महिला हित में ज्यादा-से-ज्यादा सफल बनाने का प्रयास किया है। बोर्ड के तहत ऐसे केंद्र खोले जाने की सिफारिश की है, जिसमें युवक-युवतियों को विवाह संबंधी परामर्श प्रदान किया जाए, जिसके बल पर भविष्य में उनका जीवन सुंदर सुखद हो सके।

पारिवारिक, सामाजिक परिवेश में श्रीमती सिन्हा ने बच्चों के लिए 'पालनाघर' और वृद्धों के लिए 'वृद्धाश्रम' बनाने पर विशेष बल दिया है। केंद्र और राज्य सरकार से नीतियों के तहत यह सिफारिश की है कि 'पालनाघर' बच्चों के लिए बनाया जाए, जिससे कामकाजी महिलाएँ स्वतंत्र, चिंतामुक्त होकर नौकरी कर सकें।

परिवार पर भार नहीं मानकर विषम परिस्थितियों से जूझते वृद्धों के लिए 'वृद्धाश्रम' बनाने पर बल दिया है, जिससे अपने जीवन के अंतिम चरण में बूढ़े-बुजुर्ग सहज, सरल जीवन का आनंद ले सकें।

'बेटी' को परिवार और पीढ़ी की रीढ़ मानकर श्रीमती सिन्हा ने बेटियों को व्यक्तिगत रूप से मजबूत बनाने की पहल की है। शारीरिक, मानसिक एवं आर्थिक सभी दृष्टि से बालिका भविष्य में सशक्त हो सके, इसके लिए शिक्षा की आवश्यकता पर बल दिया है। गाँव और शहर में बालिकाओं के लिए सह-शिक्षण, भ्रमण और आत्मविश्वास जगाने के लिए शिविर की आवश्यकता पर बल दिया है। श्रीमती सिन्हा ने सिर्फ 'शिविर' आयोजित करने का सुझाव ही नहीं दिया, वरन् 2001 में 109 शिविरों का आयोजन कर स्वयं एक मिसाल कायम की है।

जन्म से ही बेटियों पर ध्यान देना आवश्यक है। बेटे की तरह बेटी के जन्म पर गाँव और शहर में खुशियों का अधिक एहसास कराने पर बल दिया है। यह सुझाव दिया है कि बेटियों के जन्म पर गाँव में विशेष 'सामूहिक जन्मोत्सव' मनाया जाए, जिससे 'बेटी बचाओ, बेटी पढ़ाओ' संकल्प को सफल बनाया जा सके।

'भ्रूण हत्या' जैसे जघन्य मसले को हल करने हेतु सरकारी प्रतिबंध लगाने पर बल दिया है। शिक्षा-स्वास्थ्य नारी को हर दृष्टि से सशक्त बनाता है। श्रीमती सिन्हा ने गाँव-शहर में बालिका-महिला शिक्षा हेतु जन-जागरण हर दृष्टि से आवश्यक माना है।

समाज में स्त्रियाँ पुरुष की तुलना में ज्यादा परिवार के प्रति कृत संकल्प हैं। स्वयं पर कम ध्यान देकर परिवार के सुख-समृद्धि के लिए जीवन आत्मोत्सर्ग करती हैं।

श्रीमती मृदुला सिन्हा ने समाज में गुणात्मक सुधार लाने के लिए 'नारी जागृति' आंदोलन चलाने पर बल दिया है। 'मानवी सम्मान भोज' के आयोजन प्रस्ताव पर बल देकर स्त्रियों को भविष्य में अधिकाधिक स्वस्थ बनाने की गुजारिश की है। 'महिलाओं को पौष्टिक आहार' प्रशिक्षण देने पर विशेष बल देकर स्त्रियों को ज्यादा-से-ज्यादा स्वस्थ बनाने पर बल दिया है। संतुलित भोजन पाकर ही महिलाएँ तन-मन से प्रसन्न रह सकती हैं।

लोकहित के मुद्दों के अतिरिक्त श्रीमती मृदुला सिन्हा ने अनेक विशिष्ट कार्यों को राष्ट्रीय स्तर पर किया है।

राजमाता के जीवन के 75 वर्ष पूरा होने पर 'अमृत महोत्सव' समारोह को सफल बनाने के लिए 15 सितंबर को पटना के गांधी मैदान में राजमाता को 'सम्मान निधि' नागरिकों की तरफ से देकर सम्मानित किया।

श्रीमती मृदुला सिन्हा का राजनीति में सहभाग स्वयं उनके व्यक्तित्व के लिए ही नहीं; परिवार, समाज, राष्ट्र के लिए विशेष उपलब्धि है। श्रीमती सिन्हा ने महिला सांसद, विधायिका और कार्यकर्ता को भी अपने भावनात्मक व्यक्तित्व से संस्कारित किया है। भा.ज.पा. की राजनीति में महिलाओं को आगे बढ़ने का हौसला दिया है। हर वर्ग, जाति, धर्म की महिलाएँ दल-संगठन को हर दृष्टि से सशक्त कर रही हैं।

श्रीमती मृदुला सिन्हा की 'राष्ट्रीय राजनीति' में भूमिका महिला नवजागरण की दिशा में प्रखर सूर्य के साथ दैदीप्यमान है और सुखद, सुंदर परिवर्तन की दिशा की ओर अग्रसर है।

विशेष शुभकामनाओं के साथ।

पूर्व प्राध्यापक एवं भाजपा नेत्री
मो. : 9905203796

□

समाज, राष्ट्र एवं महिलाओं की ज्ञान-दीप

—डॉ. (श्रीमती) तारण राय

माननीया डॉ. मृदुला सिन्हा ने सामाजिक-राजनीतिक जीवन के साथ-साथ साहित्य की रसधारा को भी स्पर्श किया है। सरल-सहज व्यक्तित्व, अपने से जुड़नेवालों को नाम, काम तथा गाँव से जाननेवाली हर गली-मोड़ पर साथ निभाने, उँगली पकड़कर राह दिखानेवाली, राजनीति के गंदे कीचड़ में कमल खिलाने के सफल संकल्पी, आधी आबादी महिलाओं को नारी शक्ति आंदोलन के लिए समाज तथा सरकार को सकारात्मक सोच हेतु दिशा दिखानेवाली, भारतीय संस्कृति अर्द्धनारीश्वर 'स्त्री-पुरुष एक-दूसरे के पूरक हैं; सहयोगी है, प्रतिद्वंद्वी नहीं हैं' के साथ जीनेवाली पूर्व केंद्रीय मंत्री डॉ. रामकृपाल सिन्हाजी जीवनसंगिनी, प्रधानमंत्री के स्वच्छता अभियान के प्रथम नामित एंबेसडर, निरंतर गाँव के गलियारों, महानगरों, देश तथा विदेश तक कदम उठाकर चलते रहना, सामाजिक अच्छाइयों तथा समस्याओं को आँचल में बटोरकर लाना तथा अपना कलम चलाकर लेखनी के माध्यम से समाज तथा सरकार के समक्ष रख देना, लोकमन तथा भारतीय लोक-संस्कृति को बचाए रखने एवं समाज को याद दिलाने हेतु निरंतर साहित्य साधना में रत मृदुला सिन्हाजी के सान्निध्य में रहने का मुझे सौभाग्य प्राप्त है।

मृदुला सिन्हाजी ने पचास से अधिक किताबों की रचना की है, जिसमें 'सीता पुनि बोली', 'अहिल्या की आत्म-कथा' सहित भारत की पंचकन्याओं की आत्मकथा एवं दिव्यांगों पर लिखी रचनाएँ, महिलाओं एवं दिव्यांगों को आवाज देती हैं—"चुनौतियों को मात देकर उठो, सकारात्मक संघर्ष के साथ जलाओ आशा-दीप।" मृदुला सिन्हाजी ने अपनी रचना के माध्यम से सामाजिक तथा राजनीति चेतना को जगाने में मुजफ्फरपुर (बिहार) की मिट्टी की सुगंध को देश-विदेश में फैलाया है, यह बिहारवासियों के लिए गौरव की बात है।

ऊँचे पद पर जाते तो हजारों लोग हैं, पर मृदुला सिन्हा पूरे देश से संपर्क करनेवालों के फोन को स्वयं उठाती हैं। सभी से प्रेम, सभी की सेवा, राष्ट्र सेवा के साथ मानव सेवा साधना की प्रतिमूर्ति के रूप में हमारे बीच हैं मृदुला सिन्हाजी। भारत में परिवार संस्था को सुदृढ बनाकर ही शक्तिशाली समाज एवं राष्ट्र की परिकल्पना की जा सकती है, 'वसुधैव कुटुम्बकम्' हमारी भारतीय संस्कृति है, इस भाव को जीती हैं मृदुला सिन्हा, तभी तो उन्होंने लिखा है—

साथ रहें जब तीन पीढ़ियाँ
चढ़ें विकास की तीन सीढ़ियाँ।
एक चले एकाकी कहलाए
दो से बन गए साथी,
साथ-साथ चलना सीखकर
हम बन गए भारतवासी।

समाज एवं राजनीति के क्षेत्र से जुड़े लोग मुझसे दूरभाष पर संपर्क कर बात करते हुए भाव-विह्वल हो जाते हैं, मृदुला दीदी के संवेदनापूर्ण एवं स्नेहिल व्यवहार से। हाल ही में मजफ्फपुर से वरिष्ठ भाजपा नेता रघुनाथ प्रसाद, डॉ. भगवान लाल सहनी एवं विष्णुकांत झाजी गोवा गए थे, उन्होंने बताया कि मृदुलाजी का अपनत्व भाव कल्पना से परे था, वे लोग भावुकता में रो पड़े। उन्होंने कहा कि हमारे संपर्क के बहुत सारे लोग विधायक, सांसद तथा मंत्री बने, परंतु मृदुला सिन्हाजी के स्नेहपूर्ण व्यवहार से अभिभूत हूँ। काश, देश के सभी नीति-निर्धारक मृदुला सिन्हाजी की तरह समाज तथा राष्ट्र के प्रति जवाबदेह एवं संवेदनशील होते तो देश की तसवीर बदल जाती, भारत के विश्वगुरु बनने की कल्पना साकार हो पाती।

प्राध्यापक, बिहार विश्वविद्यालय, मुजफ्फरपुर
बिहार एवं भाजपा नेत्री
मो. : 9431813939

□

'मृदुला माँ'—एक पैनी पारखी नजर...

—सिम्मी जैन

भारतीय सभ्यता-संस्कृति के आचार-विचार और संस्कारों से सुसज्जित एवं उसकी प्रतीक, अपने जीवन में कदम-कदम पर उस पर अमल करनेवाली वात्सल्यमयी, करुणामयी, दूरदर्शी, पारखी, अनुशासित, शांत और संयमी 'मृदुला माँ' के रूप में सुविख्यात श्रीमती मृदुला सिन्हाजी के 75वें जन्म दिवस के उपलक्ष्य में 'अमृत महोत्सव' आयोजित करने के लिए बहुत-बहुत हार्दिक शुभकामनाएँ।

श्रीमती मृदुला सिन्हाजी से मेरा संबंध स्व. श्रीमती राजमाता सिंधियाजी के सुझाव एवं आदेशानुसार सन् 1984 में हुआ, वहीं से उनका अनुसरण करना शुरू कर दिया और इसके पूर्व संक्षिप्त परिचय स्वरूप मैंने अपनी शिक्षण, सामाजिक यात्रा, राजनीतिक यात्रा और अपने परिवार के संदर्भ में उन्हें बताया कि मैं ग्वालियर (मध्य प्रदेश) के शिक्षित परिवार से दिल्ली में ई. अरुण कुमार जैन (प्रकाश परिवार में) से सन् 1975 में शादी करके आई। शादी के मात्र 12 दिन बाद ही आपातकाल की घोषणा हो गई। मेरे स्व. ससुर श्री प्रकाश चंद जैनजी राष्ट्रीय स्वयंसेवक संघ व जनसंघ से पूर्ण निष्ठा एवं समर्पण से जुड़े रहे। इस कारण उन्हें भी जेल जाना पड़ा और जितने दिन वे जेल एवं गुमनाम होकर रहे, वह समय निहायत कठिनाई और संघर्ष में बीता। ऐसे समय में मुझे बहुत कुछ समझने व सीखने का मौका मिला। तभी मैंने यह महसूस किया कि किसी भी कारण से उपजी परिस्थिति से निपटने में महिलाओं को सशक्त व सक्षम होना चाहिए। आपातकाल खत्म होने के बाद तुरंत मुझे मेरे ससुर के चुनाव में मा. अटल बिहारी वाजपेयीजी के लिए कार्य करने का मौका मिला। मैंने अपना अधिकतर समय बस्तियों में वहाँ की जीवनशैली, समस्याएँ इत्यादि को समझने में लगाया। इन्हीं दिनों मेरी मुलाकात मेरे ही शहर ग्वालियर की स्व. श्रीमती राजमाता सिंधियाजी से हुई, जो मुझे बेटी की तरह मानती थीं। मैंने उनके साथ कुछ समस्याओं, व्यवस्थाओं एवं व्यथाओं इत्यादि की चर्चा की। उन्होंने मुझे कर्तव्य और अधिकार का बोध करवाया और राय दी कि अपना व अपने परिवार का कर्तव्य निभाते हुए आप अपने कर्म में ध्यान देती रहें और भाजपा की सक्रिय महिलाओं में सबसे प्रमुख एक श्रीमती मृदुला सिन्हाजी का पथ-पालन करने के लिए कहा। और तभी से मैं श्रीमती मृदुला सिन्हाजी का अनुसरण करती चली आ रही हूँ।

श्रीमती मृदुला सिन्हाजी की प्रेरणा पाकर ही मैंने सामाजिक गतिविधियों में अपनी सक्रियता

स्थापित करते हए, कई धार्मिक व अन्य संस्थाओं का प्रतिनिधित्व करते हुए उनके मार्गदर्शन में राजनीति में प्रवेश कर प्रदेश व केंद्रीय स्तर पर दायित्वों का निर्वाह करते हुए दो बार दिल्ली समाज कल्याण बोर्ड की अध्यक्षा के रूप में सरकारी संस्था का प्रतिनिधित्व किया। इसके उपरांत चुनावी राजनीति के माध्यम से नगर-निगम में पार्षद बनकर दिल्ली में द्वितीय स्थान पर प्रदर्शन कर अपने पद की गरिमा को और श्रीमती मृदुला सिन्हाजी के नाम का गौरव बढ़ाया। श्रीमती मृदुला सिन्हाजी का यह संदेश कि व्यस्तता में से ही समय निकालकर व्यक्ति अपने दायित्वों का योजनाबद्ध तरीके से निर्वाह कर सकता है, उनका यह सूत्र ग्रहण कर मैंने अपने पारिवारिक दायित्वों का निर्वाह किया और सामाजिक क्षेत्र में मुझे 'वैश्यरत्न' व 'विशिष्ट सेवा सम्मान' से अलंकृत किया गया। श्रीमती मृदुला सिन्हाजी से ही प्रेरणा पाकर मेरे द्वारा लिखित चार खंडों में Encyclopedia of Indian Women का प्रकाशन हुआ, जिसका पूर्व प्रधानमंत्री श्री अटल बिहारी वाजपेयीजी द्वारा उनके प्रधानमंत्रित्व कार्यकाल में ही विमोचन किया गया।

श्रीमती मृदुला सिन्हाजी हमेशा अपने साथियों और सहयोगियों को परिवार का अंग मानकर समझाने-बुझाने एवं हिम्मत प्रदान करने का कार्य करती रही हैं और सभी को अपने बराबर मानकर बराबरी का मान-सम्मान देती और दिलवाती रही हैं, इसीलिए महिलाएँ इन्हें 'मृदला माँ' के रूप में देखती हैं।

इस संदर्भ में उदाहरण के रूप में मैं एक प्रसंग का उल्लेख करना आवश्यक समझती हूँ। एक बार एक सामाजिक कार्यक्रम होना था, जिसमें लगभग 400 महिलाओं की सहभागिता अपेक्षित थी। इस कार्यक्रम में श्रीमती मृदुला सिन्हाजी को स्वयं शामिल होना था। इस कार्यक्रम के सफल आयोजन की जिम्मेदारी मुख्य रूप से मुझ पर ही थी, किंतु खराब मौसम एवं स्थानीय स्तर पर घटित कुछ घटनाओं की वजह से ऐसा लगा कि उतनी महिलाओं की सहभागिता नहीं हो पाएगी, जितनी उम्मीद की गई थी। कार्यक्रम की सफलता को लेकर मेरे मन में संशय एवं संदेह उत्पन्न होने लगा। इस बात का जिक्र मैंने 'मृदुला माँ' से करना उचित समझा। सकुचाते हुए मन से मैंने 'माँ' को फोन किया और उन्हें पूरी बात बताई तथा मेरे मन में जो संशय एवं संदेह था, उससे पूरी तरह अवगत कराया, किंतु उनसे बात करने के बाद मुझसे उन्होंने जो कुछ कहा, उससे मेरा मन बहुत प्रफुल्लित एवं हर्षित हुआ तथा मेरे आश्चर्य की सीमा नहीं रही। उन्होंने मुझसे कहा, "सिम्मी, तुम इस बात की परवाह मत करो कि कार्यक्रम में कितनी संख्या होगी, संख्या चाहे जितनी भी हो, मैं उस कार्यक्रम में अवश्य आऊँगी।" मैंने उनकी बातों से प्रेरित होकर अपना सर्वोत्तम प्रयास किया और कार्यक्रम इतना सफल हुआ कि उम्मीद से अधिक महिलाओं की भागीदारी उस कार्यक्रम में रही। कार्यक्रम से मृदुलाजी बहुत ही प्रभावित एवं प्रसन्न हुईं और मेरी पीठ थपथपाते हुए शाबाशी दी।

श्रीमती मृदुला सिन्हाजी की यह सोच कि भारतीय जनता पार्टी का वटवृक्ष और विशाल हो, इससे महिलाओं एवं अन्य लोगों को कैसे जोड़ा जाए, इस संबंध में उनका एक स्पष्ट सोच एवं समझ थी। उनका स्पष्ट रूप से यही मानना था कि राजनीतिक क्षेत्र के कार्यक्रमों के अलावा अन्य तमाम सामाजिक, धार्मिक एवं सांस्कृतिक कार्यों से महिलाओं एवं अन्य लोगों को भाजपा

से जोड़ा जा सकता है। श्रीमती मृदुला सिन्हाजी हम लोगों को ऐसे कार्यक्रमों के लिए हमेशा प्रेरित करती रही हैं, जो भारतीय सभ्यता एवं संस्कृति के अनुरूप हों। इन्हीं बातों को ध्यान में रखकर वे 'मेहँदी रचाओ' प्रतियोगिता का आयोजन करवाती थीं और इस कार्यक्रम के द्वारा बहुत-सी महिलाएँ भाजपा से जुड़ीं।

इस संदर्भ में मैं यह निश्चित रूप से बताना चाहती हूँ, आज पूरी दिल्ली एवं देश में छठ पूजा एक पर्व का रूप ले चुका है, जो कि पूर्वांचल, बिहार एवं झारखंड का प्रमुख त्योहार है। यह त्योहार पहले कुछ ही जगह तक सीमित था, किंतु आज यदि पूरे देश में प्रचलित है तो इसके प्रचार-प्रसार में श्रीमती मृदुला सिन्हाजी का भी बहुत महत्त्वपूर्ण योगदान रहा है। छठ पूजा क्या है, इसमें क्या सामान लगता है और पूजा का विधि-विधान क्या है, इसके बारे में वे समय-समय पर पत्र-पत्रिकाओं में लेख लिखकर लोगों को जागरूक करने का कार्य करती रही हैं। पूरे देश में वे छठ पूजा पर्व में जाकर लोगों को इसकी महत्ता के बारे में बताती रही हैं। वे स्वयं छठ व्रत करती हैं। छठ पूजा के कार्यक्रमों में उनके साथ श्रीमती सुषमा स्वराज और भाजपा के अन्य वरिष्ठ नेता भी आते रहे हैं। श्रीमती मृदुला सिन्हाजी की एक प्रबल इच्छा रही है कि दिल्ली के साथ-साथ देश के अन्य भागों में भगवान् सूर्य का मंदिर बने। हालाँकि इस कार्य में अभी कोई खास प्रगति भले ही न हो पाई हो, किंतु छठ पूजा का जिस प्रकार प्रचार-प्रसार हुआ है और होता जा रहा है, उनकी यह इच्छा जरूर पूरी होगी और मैं छठ मइया से प्रार्थना करती हूँ कि 'मृदुला माँ' को स्वस्थ रखें और दीर्घायु बनाएँ।

सामाजिक कार्यकर्त्री एवं भाजपा नेत्री
मो. : 9810005845

□

खंड-5
साहित्य में संवाद : चिंतन और दर्शन

आस्था व विश्वासयुक्त पुरुषार्थ की चितेरी : डॉ. मृदुला सिन्हा

—डॉ. बद्रीप्रसाद पंचोली

दिल्ली में त्रिवेणी सभागार में डॉ. मुरली मनोहर जोशी और मैं मंच पर आसीन थे। डॉ. विद्यानिवास मिश्र को श्रद्धांजलि अर्पित करनी थी। मृदुला सिन्हाजी मंच पर माइक के समक्ष जाकर बोलीं, ''दद्दा!'' इतना कहकर अत्यधिक भावोद्विग्न हो गईं। मंच पर गिरने वाली थीं कि मैंने हाथ फैलाकर थाम लिया। तभी से वे बहन बन गईं।

भगिनी (भग+णिनि) का अर्थ होता है—ऐश्वर्यवती। मृदुलाजी के पास कलम का ऐश्वर्य है—शब्द का ऐश्वर्य है। प्रथम परिचय में ही देख चुका था कि वे साधारण भावकुता में नहीं जीतीं। भावनाओं में पूरी तरह से डूबती हैं, बहती हैं और अवगाहन करती हैं।

भाग्य से उनका दांपत्य जीवन सुखी बीता है। इसलिए परिवार के सुख से वे परिचित हैं। परिवार संसार की सबसे बड़ी पाठशाला है, विश्वविद्यालय है, चिकित्सालय है, प्रशिक्षणालय है और सबसे बड़ा साधना केंद्र है। परिवार में प्रत्येक सदस्य को अपने दोष निवारण का अवसर मिलता है—परित: (नि.) वारयति स्वदोषान् यस्मिन् इति।

उस परिवार के सुख और अनुशासन को मृदुलाजी ने गहराई से देखा है। उसके सुख को भोगा है। इसलिए उनका सोच परिवार-केंद्रित हो गया है। अपने और पराए को भूलकर उदार चरित बनकर वसुधा को कुटुंब मान लेने की इस देश की परंपरा से वे परिचित हैं। माता मदालसा की लोरियों के रहस्य को उन तक लोकगीतों ने पहुँचाया है।

परिवार के सुख को महर्षि वाल्मीकि और वेद व्यास ने अपने ढंग से समझा है—लोकगीतों के माध्यम से। लोक अवलोकनीय होने से लोक है। वेद का कथन है—

'पश्य देवस्य काव्यं न ममार न जीर्यते।'

परमेश्वर के अजर-अमर काव्य को देखो। ऐसे काव्य की रचना करने के कारण ही उसको कवि कहा गया है—'कविं पुराणम् अनुशासितारम्।'

लोक की शक्ति से वे परिचित हैं। वाग्भट्ट का कथन है—

'आचार्य: सर्वचेष्टासु लोक एक हि धीमत:।'

अर्थात् हे बुद्धिमानो! हमारी सब चेष्टाओं का आचार्य लोक है।

उस लोक को मृदुलाजी ने अच्छी तरह से परखा है। लोकगीतों, लोककथाओं और लोक कहावतों ने उनके अनुभव को विस्तार दिया है। वे लोक को अपने अनुभव के आधार पर ढालना चाहती हैं। यही उनकी लेखनी की शक्ति बन गई है। स्रष्टा की सृष्टि की कमी को वे अपनी लेखनी की ताकत से पूरा करना चाहती हैं।

सीता चरित को वाल्मीकि ने लिखा, कालिदास ने लिखा, भवभूति ने लिखा, गोस्वामी तुलसीदास ने लिखा। उस पर मृदुलाजी ने भी लेखनी चलाईं। उनको प्रशस्त मार्ग नहीं मिला। उन्होंने स्वयं अपना मार्ग प्रशस्त किया और पगडंडी नहीं, बल्कि राजमार्ग ही बनाया। यह उनकी लेखनी का कमाल है।

शक्ति, शील और सौंदर्य के धनी राम से परिचित है। गोस्वामीजी ने सीता की वंदना की—

उद्भवस्थिति संहारकारिणीं क्लेशहारिणीं।
सर्वश्रेयस्करीं सीतां नतोऽहं रामवल्लभाम्॥

पोषक पिता जनक ने सीता के विषय में कहा था, "यदि पवित्रता की कोई परिभाषा करनी हो तो सी और ता कह दीजिए। यह भवभूति का निष्कर्ष है।"

सीता-राम के गुणों को पहचाननेवाले कवीश्वर और कपीश्वर को तुलसीदास ने विशुद्ध विज्ञानस्वरूप कहा है—

सीताराम गुण ग्राम पुण्यारण्य विहारिणो।
वन्दे विशुद्ध विज्ञानौ कवीश्वर कपीश्वरौ॥

इस रामवल्लभा सीता को मृदुलाजी अपनी लेखनी से चित्रित करती हैं तो उसे साहस का विषय ही माना जाएगा।

मृदुलाजी आशा, आस्था और विश्वास की धनी हैं। वेद मानवता का संविधान है। पूर्ण मनुष्य के विकास की विविध ऋषि-दृष्टियाँ वेद में संकलित हैं। मृदुलाजी भी पूर्ण मनुष्य के विकास की कहानियाँ ही लिखती रही हैं। वेदव्यास ने कहा था, 'न मानुषात् श्रेष्ठतरं हि किञ्चित्।' अर्थात् मनुष्य से बढ़कर संसार में कोई नहीं है।

मानवी माता से जन्म लेने मात्र से कोई मनुष्य नहीं बन जाता। 'ऋणं ह वै जायमानः' अर्थात् प्रत्येक जन्म लेनेवाला व्यक्ति ऋण स्वरूप होता है। ब्राह्मण माता से जन्म लेनेवाला ऋण ब्राह्मण, क्षत्रिय माता से जन्म लेनेवाला ऋण क्षत्रिय, वैश्य माता से जन्म लेनेवाला ऋण वैश्य और शूद्र माता से उत्पन्न ऋण शूद्र होता है। मनुष्य को ऋण से धन्य बनना पड़ता है। ऋण से धन बनकर ही ब्राह्मण, क्षत्रिय, वैश्य, शूद्र बना जा सकता है।

कहानी सबसे छोटी साहित्यिक-लोकप्रिय विधा है। मृदुलाजी ने अपनी कहानियों में विविध मनोवैज्ञानिक सत्यों को उजागर किया है। आज नारी को पुरुष के समान बताने की होड़ लगी हुई है। मृदुलाजी का मानना है कि नारी किसी भी तरह से अबला या दोयम दरजे की नहीं है। उसे अपनी सारी विशेषताओं के साथ नारी ही बने रहना चाहिए। किसी का पिछलग्गू बनकर जीना न उसकी नियति है और न कल्याणकारी है।

उन्होंने अपनी कहानियों में विविध छवियों और छटाओं के साथ मानव जीवन की झलकियाँ प्रस्तुत की हैं। स्त्री को मनुष्य की अजेय शक्ति के रूप में प्रस्तुत किया है। महाकवि जयशंकर प्रसाद ने नारी को श्रद्धास्वरूपिणी कहा था। डॉ. रामानंद तिवारी ने कहा, "केवल श्रद्धा ही नहीं शक्ति भी नारी।"

नारी की उसी शक्तिशालिनी प्रतिभा को चित्रित करना मृदुलाजी की कहानियों का ध्येय रहा है। नारी परिवार की निर्मात्री है। वेदोक्ति है—जायेदस्तम् जायाइत् अस्तम् अर्थात् जाया ही घर है। इसी के आधार पर मनु ने कहा, "गृहिणी गृहम् उच्चते।" (मनुस्मृति)

मृदुलाजी भी मानती हैं कि नारी के गरिमामयी व्यक्तित्व से ही समाज चलता है। उसके चरित्र से ही पुरुष के चरित्र को दृढता मिलती है। भारत चरित्र की शिक्षा देकर ही विश्वगुरु बना है—"एतद्देशप्रसूतस्य सकाशादग्रजन्मनः।"

चारित्रिक दीप्ति से प्रकाशित मानवीय चरित्र को अपनी कहानियों और लघुकथाओं में मृदुलाजी ने बहुत ही सफलता से चित्रित किया है। देश की सनातन मान्यताओं की उन्होंने सुपुष्टि की है। आस्था और विश्वास के गढ़ बनाए हैं।

भारत की सनातन दृष्टि शिव और पार्वती को संसार के माता-पिता के रूप में स्वीकार करती है।

भवानी शंकरौ वन्दे श्रद्धा-विश्वास रूपिणौ।
जगतः पितरौ वन्दे पार्वती परमेश्वरौ॥

मृदुलाजी ने भारत के ग्रामीण जीवन को प्रत्यक्षतः देखा है। उसकी पवित्रता को सार्थक मानकर चित्रित करने में उनको सफलता मिली है। इस पवित्रता के कारण ही तुलसीदास ने कहा है, "तुलसी रघुनाथ नाम आपुनौ-सा घरु है" अर्थात् राम का नाम अपने घर की तरह है। यों भी कह सकते हैं कि अपना घर राम के नाम की तरह पवित्र होता है। ग्रामीण इसी आस्था के बल पर पुरुषार्थ करता हुआ जीता है।

भारत अध्यात्मनिष्ठ और धर्मनिष्ठ देश है। यह मनुष्य का विकास के लिए मार्गदर्शन करता है। अध्यात्मनिष्ठता के कारण देश में विविध मानवीय संबंधों का विकास हुआ। विश्व परिवार की धारणा उसी का परिणाम है। यहाँ इनसान नहीं रहता, बल्कि इनसान और इनसान के संबंध रहते हैं। भारतीय समाज एक अखंड समाज है। यह इन संबंधों का ही परिणाम है।

याज्ञवल्क्य ने कहा है, "अयं तु परमो धर्मः यद् योगेनात्मदर्शनम्।"

देश की धर्मनिष्ठता ने कण-कण में आत्मदर्शन की प्रवृत्ति को जगाया है। धर्मनिष्ठता ने ही आस्था और विश्वास की सृष्टि की है। यजुर्वेद की उक्ति है—

"कुर्वन्नेवेह कर्माणि जिजीविषेत् शतं समाः।"

अर्थात् कर्म करते हुए सौ वर्ष जीने की इच्छा करें। मृदुलाजी ने इसी आस्था को अपने लेखन में फलवती होती हुई दिखाया है। जो कहानियाँ गगरी में नहीं समाई, उसको अपने उपन्यासों में पूरे आवेग से छलकने दिया।

जयशंकर प्रसाद ने कहा है, "यदि हम स्वर्ग को धरती पर नहीं उतार सकते तो इतना कर

सकते हैं कि अपनी गली को ही इतनी साफ-सुथरी कर दें कि उसमें चलनेवाला स्वर्ग सुख का अनुभव करे।" मृदुलाजी ने गाँवों की गलियों को ऐसा ही साफ-सुथरा करने की मुहीम छेड़ी है अपने साहित्य में।

सावित्री ने अपनी शक्ति से यमराज को प्रसन्न करके अपना सुहाग प्राप्त कर लिया। इसे मृदुलाजी ने उपन्यास का विषय बनाया है। उनका विश्वास है कि नारी चाहे तो अपने स्तर पर बड़े से बड़ा काम कर सकती है। यमराज मृत्यु के देवता हैं। उनको भी मना लेना साधारण काम नहीं है।

'परितप्त लंकेश्वरी' में लंका के राजा रावण की धर्मपत्नी थी। रावण विद्वान् था, शिवभक्त था, शक्तिशाली था, पर लंपट था। अपने इसी दुर्गुण के कारण ऋषि कुल का होते हुए भी उसे राक्षस कहा गया। सीता का अपहरण करके उसने राम को चुनौती दी। अंत में स्थिति यह हो गई—

"इक लख पूत, सवा लख नाती। रावण के घर दिया न बाती॥"

उसने अपने सारे कुल का विनाश होते हुए देखा। स्वयं भी राम के हाथों मारा गया। लंकेश्वरी मंदोदरी ने रावण को बहुत समझाया कि ऐसी स्थिति न आए। पद-पद पर उसे अनुचित कार्य करने से रोका। वह सफल नहीं हुई। 'संतप्त लंकेश्वरी' को संतृप्त लंकेश्वरी कहें तो भी अनुचित नहीं होगा। मंदोदरी ने अपनी ओर से कोई कसर नहीं छोड़ी थी। रावण को समझाने के बहाने उसको श्रीराम के गुण-स्वभाव का उल्लेख करने का अवसर मिल गया।

अहल्या महर्षि गौतम की पत्नी थी और जनक के प्रधानमंत्री सतानंद की माता। उन्होंने न्यायशास्त्र का प्रणयन किया था। गौतम धनुर्वेद के प्रवर्तक थे। अन्य तो उसका मातृत्व सार्थक हो उठा।

मृदुला सिन्हा कवयित्री भी हैं। उन्होंने कई कविताएँ लिखी हैं। विश्व हिंदी सम्मेलन के समय हिंदी पर सुंदर गीत की रचना की है। बालगीतों और कथाओं की रचना करने में भी वे अग्रणी हैं।

मृदुलाजी ने मेरी 'लघुकथार्चन भाग-1' का लोकार्पण अजमेर में महर्षि दयानंद सरस्वती विश्वविद्यालय के स्वराज्य सभागार में किया और दिल्ली में उनके साथ विज्ञान भवन में लोकसभाध्यक्ष सुमित्रा महाजन ने 'लघुकथार्चन भाग-2' का लोकार्पण किया।

वे 'पाँचवाँ स्तंभ' पत्रिका की संपादिका भी रहीं। उसके संपादकीय लेखों में उनके चिंतन की प्रौढ़ता की झलक मिलती है। किसी समाचार पत्रिका या पत्रिका को चलाने का काम बहुत जिम्मेदारी का है। 'पाँचवाँ स्तंभ' तो एक विशेष सोच और उद्देश्य की पत्रिका है। उसमें उद्देश्य-साधकता भी बरकरार रहे और विषय वैविध्य भी हो, यह बहुत ही जिम्मेदारी का कार्य है, जिसे उन्होंने जिम्मेदारी से निभाया है।

आस्था और आत्मविश्वास के एकीभूत व्यक्तित्व की धनी मृदुला सिन्हा के लिए कामना करता हूँ कि श्रेष्ठ मानव की खोज अनवरत चलती रहे। वाल्मीकि ने कभी उनकी तरह ही श्रेष्ठ मानव की खोज की थी। वेदमंत्र था—

पश्यामि एतत् पुरुषं पुराणम् आदित्य वर्णं तमसः परस्तात्।

धरती पर ऐसे पुरुष की खोज करते हुए उन्होंने ग्यारह गुणों से संपन्न पुरुष को देखने की कामना की तो नारद ने 33 गुणों से विभूषित दाशरथि राम का परिचय कराया। वाल्मीकि ने राम का चरितगान करके आदिकवि की ख्याति प्राप्त की। श्रेष्ठ पुरुष की खोज करती हुई मृदुलाजी की कलम की सारस्वत साधना भी अनवरत चलती रहे, यही कामना करता हूँ।

वरिष्ठ साहित्यकार एवं चिंतक, अजमेर (राज.)

फोन : 0145-2425664

□

राजनीति नहीं, साहित्य सर्वोपरि

—डॉ. कमल किशोर गोयनका

गोवा की राज्यपाल, हिंदी की विख्यात लेखिका, भारतीयता एवं लोक-संस्कृति की जीवंत प्रतिमूर्ति तथा 'पाँचवाँ स्तंभ' की जननी एवं सामाजिक, सांस्कृतिक एवं राजनीतिक गतिविधियों में निरंतर सक्रिय, सजग तथा सहभागी बनने में तत्पर श्रीमती मृदुला सिन्हा एक सम्मानीय पद पर हैं और हम सभी उनका सम्मान करते हैं, परंतु वे हमेशा की तरह पद-भार से मुक्त होकर ही मिलती हैं, बात करती हैं और व्यवहार करती हैं। वे जब से राज्यपाल हुई हैं, उनसे अनेक बार भेंट हुई है, अनेक बार फोन पर बात हुई है तथा कई साहित्यिक गोष्ठियों में उनके साथ बैठने/बोलने का सुअवसर मिला है, परंतु वे सदैव वैसे ही मिलती हैं, जैसे वे राज्यपाल होने से पूर्व मिलती थीं। मैं उनके पद की गरिमा के कारण कई बार कुछ संकोच करता हूँ, लेकिन वे संकोच की दीवार को बनने ही नहीं देतीं और भेंट के साथ ही सहज, स्वाभाविक वातावरण बन जाता है और तब पूर्व की मृदुलाजी सामने होती हैं। मुझे याद है कि कुछ समय पूर्व श्रीमती शीला झुनझुनवाला के निवास पर वे आमंत्रित थीं और मैं भी वहाँ था, तब मृदुलाजी ने जिस सहजता एवं आत्मीयता के साथ लेखिकाओं के साथ बैठकर लोकगीत प्रस्तुत किए थे तथा जिस अपनत्व भाव से वे सभी से मिली थीं, वह उनके व्यक्तित्व का बहुत बड़ा गुण है। वे पूर्णत: निरभिमानी हैं, एकदम विनम्र, सहज, मृदु मुसकान और संवाद के लिए तत्पर। उनके पास एक समृद्ध सांस्कृतिक व्यक्तित्व है। इस व्यक्तित्व में उनका गरिमापूर्ण भारतीय स्त्री का व्यक्तित्व तो है ही, साहित्य, समाज, लोक जीवन, स्त्री-सशक्तीकरण, राजनीति और भोजपुरी भाषा से परिपूर्ण व्यक्तित्व भी है। मृदुलाजी से मिलना सदैव ही एक सुसांस्कृतिक, सुसंस्कारित एवं भारतीयता की प्रतिमूर्ति से मिलना है। हिंदी में कई लेखिकाओं ने अपनी विशिष्ट पहचान बनाई है, परंतु मृदुलाजी की पहचान इनमें सर्वथा अलग तरह की है। मृदुलाजी का संबंध जीवन की जितनी धाराओं के साथ है, उतना अन्य लेखिकाओं में दिखाई नहीं देता। उनका व्यक्तित्व बहुआयामी है और प्रत्येक आयाम में उनकी पहचान है।

श्रीमती मृदुला सिन्हा जब गोवा की राज्यपाल नियुक्त हुईं तो उनकी एक नई पहचान बनी। वे राजनीति में अवश्य रहीं, परंतु उनमें केवल देश के लिए कार्य करने के अलावा अन्य कोई भाव नहीं था। श्री नरेंद्र मोदी के सत्ता में आने पर हम यह अवश्य सोचते थे कि मृदुलाजी को

कोई जिम्मेदारी सौंपी जानी चाहिए, परंतु उनमें मैंने ऐसी कोई आकांक्षा उत्पन्न होते नहीं देखी। उन्हें जब राज्यपाल बनाया गया तो मेरा तथा मेरे जैसे अन्य लोगों का प्रसन्न होना स्वाभाविक था। उन्होंने राज्यपाल का पद ग्रहण किया और वे फिर भी पूर्ववत् हमारे साहित्यिक परिवार की सदस्य बनी रहीं। वे इतनी सहज हैं तथा इतनी पारिवारिक हैं कि वे स्वयं ही फोन कर लेती हैं और मैं जब अस्वस्थ हुआ तो वे मेरे स्वास्थ्य की जानकारी लेती रहीं। यह पारिवारिकता उनके व्यक्तित्व की बड़ी विशेषता है। वे अभी मॉरीशस की यात्रा पर गई थीं। वे जानती थीं कि मेरा मॉरीशस से विशेष संबंध है, अत: जब इस यात्रा के संबंध में उनका फोन आया तो मैंने उन्हें वहाँ के कुछ लेखकों (विशेषत: अभिमन्यु अनत, हेमराज सुंदर, सत्यदेव टेंगर आदि) से मिलने का सुझाव दिया। वे यद्यपि इससे पूर्व मॉरीशस जा चुकी थीं, लेकिन उनमें दूसरे को महत्त्व देने का भाव रहता है, जो इधर तो दुर्लभ होता जा रहा है। मृदुलाजी ने अपने चारों ओर कोई प्रभामंडल बनाकर नहीं रखा है। वे किसी भी अहंकार से मुक्त हैं। जिसके लिए परिवार महत्त्वपूर्ण है तथा जो साथ-साथ चलने और साथ-साथ सोचने का वैदिक मंत्र जानता है और उसका अनुपालन करता है, उसका मृदुलाजी जैसा सहज, स्वाभाविक व्यक्तित्व होना निश्चित है। असल में एक व्यक्ति के रूप में उनकी दृष्टि एवं जीवन-दर्शन रचनात्मक रहा है तथा लोकजीवन को साक्षात् जीने और उसे जीवन में उतारने का रहा है, अत: जिन-जिन क्षेत्रों में वे काम करती हैं, वहाँ-वहाँ उनका एक सा व्यक्तित्व दिखाई देता है। वे राज्यपाल रहें या साहित्यकार अथवा स्त्री के सशक्तीकरण के लिए आंदोलनरत रहें या लोक में स्वयं को लीन करने का संकल्प लें, वे सभी स्थानों पर मृदुला सिन्हा ही रहती हैं और वे हमें एक ही रूप में मिलती हैं। हमारा समाज दोहरे, तिहरे व्यक्तित्व वाले व्यक्तियों से भरा पड़ा है, लेकिन मृदुला सिन्हा में एक ही व्यक्तित्व हैं, एक ही रूप है, चाहे कर्म-क्षेत्र कितने ही भिन्न-भिन्न क्यों न हों।

मृदुलाजी ने शिक्षा प्राप्ति के बाद एक प्रोफेसर के रूप में कार्य आरंभ किया, नानाजी देशमुख की प्रेरणा से शिशु मंदिर की स्थापना की और संस्थापक प्रधानाचार्य भी रहीं, लेकिन साहित्य के प्रति रुचि बढ़ती गई और विवाहोपरांत एक प्रकार से साहित्य-लेखन के लिए समर्पित होती गईं। मेरे विचार में राजनीति, शिक्षा एवं सामाजिक क्षेत्र में निरंतर क्रियाशील रहने पर भी साहित्य उनके जीवन की मुख्य धारा रही है और यही कारण है कि वर्ष 1978 से अब तक विभिन्न विधाओं में उनकी 56 पुस्तकें प्रकाशित हो चुकी हैं और अभी 12 पुस्तकें प्रकाशनाधीन हैं। इस प्रकार लगभग 70 पुस्तकों का रचना-संसार है, जो लगभग 40 वर्ष के काल-खंड में फैला है। ध्यान रहे, वे 'केंद्रीय समाज कल्याण बोर्ड' की अध्यक्षा रही हैं और धारावाहिकों, टेली फिल्मों आदि में भी योगदान करती रही हैं। यह सरलता से समझा जा सकता है कि साहित्येतर प्रसंगों एवं कार्यक्रमों में घोर व्यस्तता के बावजूद वे 40 वर्ष के रचना-काल में लगभग 70 पुस्तकों की रचना करती हैं। इन पुस्तकों में कहानी, उपन्यास, लेख, आत्मकथा, पत्र, बाल-साहित्य तथा अनुवाद तक की पुस्तकें हैं। इसके साथ लोक साहित्य के भंडार को भी उन्होंने भरा है। अपने उपन्यासों में उन्होंने सीता, मंदोदरी जैसे स्त्री पात्रों को महत्त्व दिया और उन पर उपन्यास की रचना की। पौराणिक प्रसंगों तथा रामकथा के पात्रों को नए संदर्भों में देखा गया है और यह उनके स्त्री सशक्तीकरण का एक प्रमाण

है। उन्होंने अनेक बुद्धि एवं चिंतन प्रधान निबंध भी लिखे हैं और इनमें भी स्त्री को मुख्यता से रखा है। उनका प्रसिद्ध उपन्यास 'ज्यों मेहँदी को रंग' स्कूल के पाठ्यक्रम में लगा था। मेरा अभिप्राय है कि मृदुलाजी एक साहित्यकार के रूप में हिंदी साहित्य की एक प्रमुख हस्ताक्षर हैं और हिंदी लेखिकाओं में उनकी बड़ी प्रतिष्ठा है। हिंदी की अधिकांश लेखिकाएँ उनके कृतित्व को सम्मान से देखती हैं और स्त्री सशक्तीकरण में उनके योगदान को स्वीकार करती हैं। उनका स्त्री-विमर्श और स्त्री सशक्तीकरण पूर्णतः भारतीयता से ओत-प्रोत है। उन्हें स्त्री का भारतीय स्वरूप पसंद है और पश्चिम की देहवादी दृष्टि उन्हें प्रिय नहीं है। स्त्री का अर्द्धनारीश्वर रूप ही सार्थक और वर्तमान युग के लिए उपयोगी एवं व्यावहारिक है।

श्रीमती मृदुला सिन्हा राजनीति के परिवेश में रही हैं। उनके पति डॉ. राम कृपाल सिन्हा कैबिनेट मंत्री रहे हैं और वे स्वयं भी भारतीय जनता पार्टी की गतिविधियों में सक्रिय रही हैं और भाजपा महिला मोर्चा की प्रथम राष्ट्रीय अध्यक्ष रही हैं, लेकिन घर-बाहर दोनों स्थानों पर राजनीतिक परिवेश के बावजूद उन्होंने अपने साहित्यकार की पूर्णतः रक्षा की है और राजनीतिक प्रदूषण से स्वयं को बचाकर रखा है। असल में, राजनीति के बीच रहने पर भी उनके साहित्यकार ने उन्हें मनुष्यता का, मानवीय मूल्यों का, लोक जीवन एवं साहित्य में बसी भारतीय आत्मा का और समाज एवं देश के प्रति अपने कर्तव्यों का निरंतर अभिज्ञान कराया है और वे बखूबी साहित्यकार के कर्तव्य को निभाती रही हैं। राजनीति और साहित्य का साथ-साथ चलना बड़ा कठिन होता है। राजनीति साहित्यकार को हानि पहुँचाती है, जैसे पत्रकारिता साहित्यकार की सर्जनात्मक क्षमता का हनन करती है, पर मृदुलाजी राजनीति और साहित्य दोनों को साथ लेकर चलने में सक्षम हैं, पर साहित्य के पीछे ही राजनीति चलती है। प्रेमचंद ने कहा था कि साहित्य राजनीति के आगे चढ़नेवाली मशाल है। मृदुलाजी ने साहित्य को सर्वोपरि रखकर तथा अपनी सर्जनात्मकता को निरंतर प्रवाहमान रखकर यह सिद्ध कर दिया कि वे सर्वप्रथम साहित्यकार हैं और साहित्यकार ही रहना चाहती हैं। उनका साहित्य हिंदी साहित्य की निधि है, उनका स्त्री चिंतन भारतीयता की वाणी है और उनकी राजनीतिक-दृष्टि भारतवर्ष को श्रेष्ठ भारत तथा अतुल्य भारत बनाने का शिव-संकल्प है।

मैं ऐसी विदुषी तथा भारतीयता के लिए समर्पित श्रीमती मृदुला सिन्हा का उनकी हीरक जयंती पर अभिनंदन करता हूँ और उनके दीर्घ, स्वस्थ एवं यशस्वी जीवन की ईश्वर से प्रार्थना करता हूँ।

वरिष्ठ साहित्यकार, चिंतक, एवं उपाध्यक्ष,
केंद्रीय हिंदी संस्थान, आगरा,
मानव संसाधन मंत्रालय, भारत सरकार
मो. : 9811052469

□

मर्यादा की गहरी रेखा

—डॉ. देवेंद्र दीपक

मुझे मृदुलाजी के साथ अनेक बैठकों, सम्मेलनों और अधिवेशनों में भाग लेने का अवसर मिला। कई बार मंच पर साथ, कई बार श्रोता के रूप में। दशकों पुराना संबंध।

मृदुलाजी को जब भी, जहाँ कहीं भी सुना, वे मंच से किसी-न-किसी संदर्भ से जोड़कर कोई-न-कोई लोकगीत अवश्य सुनाती हैं—गाकर सुनाती हैं। वे अपने वक्तव्य में अपने ग्रामीण परिवेश की चर्चा अवश्य करती हैं—कभी अपने पिता को, कभी अपनी माँ को, कभी अपने ससुर को। इस स्मरण में गर्व का भाव रहता है। सामाजिक जीवन में जीवन-मूल्यों पर आच्छन्न संकट को याद करती हैं।

एक जगह अपने ससुर को याद करते हुए लिखती हैं—"जिस खलिहान में अन्न निकाला जाता था, जिस ओसारे पर कई क्विंटल धान-गेहूँ की तौल होती थी, इधर-उधर बिखरे दस-बीस दाने मेरे ससुरजी बड़े मनोयोग से बीनते थे। तब मुझे हँसी आती थी, आज स्वयं ऐसा करती हूँ।" इन पंक्तियों में एक मर्यादा-बोध ध्वनित होता है।

अपने एक लेख में मृदुलाजी लिखती हैं—"असीम सुख के साधनों के बीच मनुष्य छटपटा रहा है। वे साधन नहीं, बंधन हैं। मन की शांति नहीं। मन का घोड़ा रुकता नहीं, भागता रहता है।" ऐसा क्यों है ? इसलिए उसने एकांगी विकास का मार्ग चुना। 'शरीर और मन पर काबू पाने के लिए बुद्धि और आत्मा का सक्रिय होना आवश्यक है।' इसके लिए जीवन जीने की शिक्षा और उसमें परा भाव का समावेश जरूरी है।

मृदुलाजी जिस परंपरा से अपने को जोड़कर अपनी कलम चलाती हैं, वह एक अविछिन्न सांस्कृतिक परंपरा है। लेकिन यहीं रुककर बात कहना आवश्यक है—मृदुला पौराणिक प्रश्नों को समकालीन प्रश्नों से जोड़कर देखती हैं। इसलिए उसमें अंधानुकरण नहीं है। उनके लेखन में लोक शिक्षण है, लोकरंजन है, लेकिन हर जगह वे सतर्क और सजग दीखती हैं।

मृदुलाजी में आत्म-बोध है, लेकिन आत्म-मुग्धता नहीं है। वे यह जानती हैं कि व्यक्ति हो या समाज, आत्म-मुग्धता अंततः आत्महंता सिद्ध होती है।

मैं मृदुलाजी के लेखन को पंक-प्रक्षलन के रूप देखता हूँ। बहुत कुछ काल-बाह्य हो गया है हमारी जीवन-शैली और हमारे सोच में। उसे बड़ी शिद्दत से निकाल बाहर करना होगा।

मृदुलाजी ने नारी–विमर्श को एक सार्थक दिशा दी। नारी स्वातंत्र्य के नाम पर 'बोल्ड' लेखन करना उन्हें स्वीकार नहीं। मृदुलाजी स्त्री और पुरुष की भिन्नताओं को स्वीकार करती हैं, लेकिन उन भिन्नताओं के बीच परस्परपूरकता का संदेश प्रस्तुत करती हैं। वे कहती हैं, "स्त्री–पुरुष एक दूसरे से भिन्न हैं और अभिन्न भी। एक के बिना दूसरे की चर्चा हो ही नहीं सकती।" उनका निष्कर्ष है 'दोनों की सहभागिता से परिवार और समाज की उन्नति' संभव है।

पुरुष हो या स्त्री, दोनों का विकास होना चाहिए। सम्यक् विकास! समग्र विकास! दोनों को एक खुला आकाश चाहिए। लेकिन ऐसा आकाश नहीं, जो एक–दूसरे के आकाश से टकराए। दोनों को स्वतंत्रता चाहिए, लेकिन स्वच्छंता किसी को नहीं।

आज की नारी रसोई से दूर भागती है। उसे बोझ समझती है। मृदुलाजी बड़ी ममता से अपनी माँ को स्मरण करती हुई कहती हैं, "मेरी माँ पिताजी को सुस्वाद भोजन कराने के लिए अग्नि को भी नियंत्रित करती थीं। और इसी कारण से कहा जाता है पत्नी भी थोड़े समय के बाद पति की माँ हो जाती है, जब वह अपने पति के स्वाद, उसके स्वाद के अनुकूल भोजन एवं उसकी आवश्यकताओं पर विशेष ध्यान देती है।

वरिष्ठ साहित्यकार एवं
पूर्व संपादक 'साक्षात्कार'
मो. : 9425679044

□

सांस्कृतिक राष्ट्रवाद की उद्गाता

—प्रो. बलवंत जानी

(1)

सुश्री मृदुला सिन्हा के साथ मेरा परिचय 2001 से है। उस समय मैं 'गुजरात राज्यशाला पाठ्य-पुस्तक मंडल' की कार्यकारी समिति में था। इंदुमती बहन काटधरे और मैं विद्याभारती के सामयिक 'संस्कार गुर्जरी', जिसे बाद में 'संस्कार दीपिका' नाम दिया गया था, का संपादन कार्य सँभाल रहे थे। उन दिनों में माननीय मंत्री श्री आनंदीवेन पटेल ने हमें गांधीनगर में समाज कल्याण बोर्ड की केंद्रीय अध्यक्ष मृदुला सिन्हा के साथ गोष्ठी कार्यक्रम का निमंत्रण दिया था। मैं यूनिवर्सिटी के गुजराती विभाग का अध्यक्ष हूँ और विद्याभारती एवं अखिल भारतीय साहित्य परिषद् का दायित्व भी सँभालता हूँ, यह जानकर मृदुलाजी खुश हुई थीं। भोजन के समय उनके निकट बैठना हुआ। उनकी साहित्यिक कार्यपद्धति से परिचय हुआ और उन्होंने अपनी दो पुस्तक 'स्पर्श की तासीर' कहानी-संग्रह तथा 'क.ख.ग.' नामक निबंध-संग्रह अपने हस्ताक्षर के साथ देकर साहित्य परिषद् में क्रियाशील बने रहने की शुभेच्छा दी थीं। मेरे ग्रंथालय में उन पुस्तकों के बाद इनके लगभग सभी महत्त्वपूर्ण कहानी-संग्रह और निबंध-संग्रह भेंटस्वरूप जुड़ते रहे हैं। 'सीता पुनी बोली' का तो मेरी पत्नी उर्मिला ने गुजराती में अनुवाद करना भी आरंभ किया था। उनका स्नेहभाव, आशीर्वाद प्राप्त करने का वह पहला अवसर था। बाद में दूसरा अवसर था 'अखिल भारतीय साहित्य परिषद्' का वाराणसी अधिवेशन, जिसमें राष्ट्रीय अध्यक्ष हिंदी भाषा पर गुजराती प्रभाव! के रूप में, वे उपाध्यक्ष थीं और उन्होंने ही मेरे नाम का सुझाव आदरणीय सूर्यकृष्णजी को दिया था। शांति से मिलना तो नहीं हुआ था, लेकिन उनसे इस अकारण वात्सल्य का अनुभव प्रारंभ से ही मिलता रहा है।

तीसरा अवसर बहुत महत्त्वपूर्ण है। उस समय मैं पाटण, 'उत्तर गुजरात यूनिवर्सिटी' में कुलपति पद पर क्रियाशील था। वहाँ हमने नया अभ्यासक्रम—एम.एस.डब्ल्यू. शुरू किया था। उसके उपलक्ष में 'नारी और समाजसेवा कार्य' नाम से गोष्ठी का आयोजन उनकी अध्यक्षता में किया था। वे अहमदाबाद तक हवाई मार्ग से और फिर गुजरात सरकार के राजकीय अतिथि के रूप में स्थान-सम्मान प्राप्त होने पर मोटर द्वारा पाटण आई थीं। समग्र यूनिवर्सिटी क्षेत्र की महिला अध्यापिकाएँ, सहकारी क्षेत्र की कार्यकर्ता बहनों के समक्ष उनके साथ हुआ वार्त्तालाप अत्यंत प्रभावी रहा था। तत्कालीन मंत्री मायावेन कोडनानी, महिला अग्रणी वसुवेन त्रिवेदी और भावनावेन

दवे भी उपस्थित थीं। नारी गृहकार्य के अलावा विविध कलालक्षी व्यवसाय और कृषि-गोपालन द्वारा देश के आर्थिक विकास में कितना बड़ा योगदान दे रही हैं, उसके आँकड़े एवं विवरण देकर अपने इस विषय के गहन अध्ययन-निरीक्षण का सबको परिचय दिया था। बीच में बिहारी लोकगीतों, ग्रामीण कथाओं की बातों को जोड़कर उनके द्वारा दिया गया वक्तव्य सही मायने में नारी केंद्रित विचार के संदर्भ में बहुत महत्त्वपूर्ण था। कुलपति निवास में आराम करने वे रुकी थीं। राणीवाव के शिल्प स्थापत्य का अवलोकन किया था। उनके साथ आराम से साहित्यिक वार्त्तालाप भी उन दिनों संभव हुआ था।

उनके नारी केंद्रित स्वाध्याय, विचारधारा और साहित्यिक विभावना द्वारा उनके सांस्कृतिक राष्ट्रवाद को साहित्य के जरिए, नारीवादी भारतीय दृष्टिकोण द्वारा और शिक्षण के माध्यम से किस प्रकार प्रस्तुत किया जा सकता है, उस विषय में उनके विचारों से अवगत होने का अवसर मिला। उनका 'पाँचवाँ स्तंभ' नामक सामयिक मुझे आज तक नियमित रूप से मिलता रहा है। उसमें से पत्रकारत्व के माध्यम से सांस्कृतिक राष्ट्रवाद को उद्घाटित किया जा सकता है, जिसके बारे में उनके दृष्टिकोण का परिचय इसमें से प्राप्त होता है। उनका भारतीय नारी के संदर्भ में चिंतन, उनका साहित्यिक लेखन और उनका पत्रकारत्व विषयक प्रदान उनके भारतीय दृष्टिकोण का परिचय देते हैं। उनकी बौद्धिक व्यक्तिमत्ता, उनके लोकसाहित्य विषय का और सांप्रत समय का ज्ञान उनकी अभिव्यक्ति को हृदयस्पर्शी बनानेवाले तत्त्व हैं। उनसे कई बार लयबद्ध तरीके से राग-रागिनी के साथ बिहारी लोकगीत सुनने का अवसर प्राप्त हुआ है, जो चिरविस्मरणीय है।

(2)

मृदुला सिन्हा का जन्म बिहार के मुजफ्फरपुर में हुआ था। प्राथमिक-माध्यमिक शिक्षा प्राप्त करने के बाद सन् 1964 से 1968 तक कॉलेज की शिक्षा हासिल की। मनोविज्ञान विषय के साथ एम.ए. की डिग्री प्राप्त की। बी.एड. की डिग्री भी प्राप्त की। फिर 1968 से 1977 तक भारतीय शिशु मंदिर में आचार्या के रूप में सेवाएँ प्रदान कीं।

उनके पति रामकृष्ण सिन्हा राज्यसभा के सांसद थे। 1977 से मोरारजी देसाई की केंद्र सरकार में उन्हें मंत्री के रूप में जिम्मेदारी मिली थी। इस कारण मृदुला सिन्हा भी दिल्ली आईं और राजनीति में सेवाएँ प्रदान करना शुरू किया। तुरंत ही उन्हें मुजफ्फरपुर, बिहार संसदीय क्षेत्र की चुनाव संयोजिका की जिम्मेदारी सौंपी गई। उनके चुनावलक्षी सफल संचालन के कारण 1980 में श्री अटल बिहारी वाजपेयीजी के चुनाव क्षेत्र दिल्ली से चुनाव संयोजिका के रूप में नियुक्ति हुई। एक दशक तक चुनाव संयोजिका के रूप में उत्तम कार्य किए। राजमाता विजयाराजे के निकट आईं। वे महिला मोरचे की अध्यक्ष थीं। 1990 से उन्हें सह-संयोजक के रूप में संचालन कार्य सौंपा गया। वे 1980 से 2014 तक राष्ट्रीय कार्यकारिणी के सदस्य के रूप में सेवा प्रदान करती रहीं। मृदुला सिन्हा का योगदान महिला संगठन क्षेत्र में अत्यंत महत्त्वपूर्ण और आधारभूत माना जाता है। वे 1982 से 1984 तक महिला मोरचे की महामंत्री पद पर रहीं। 1984 से 1989 तक महिला मोरचे की अध्यक्ष रहीं। 1989 से 1992 तक पुन: महामंत्री पद पर और 1992 से 1994 तक फिर से अध्यक्ष पद पर कार्यरत रहीं।

उनके संगठनात्मक संचालन के कारण उन्हें 1998 से 2004 तक केंद्रीय समाज कल्याण बोर्ड के अध्यक्ष पद पर नियुक्ति मिली। उसके बाद भी स्वयंसेवी संगठन, प्रकोष्ठ, राष्ट्रीय महिला मोरचा और अनुशासन समिति में उन्होंने उत्कृष्ट सेवाएँ प्रदान कीं। उनकी निष्ठा, समर्पण भाव और विकास की गहन समझ के कारण 2014 से गोवा राज्य के महामहिम राज्यपाल के रूप में नियुक्त हुईं।

राजनीति के साथ-साथ उन्होंने 'अखिल भारतीय साहित्य परिषद्' के संगठन में भी सनिष्ठ सेवाएँ प्रदान कीं। वे दशकों तक राष्ट्रीय कार्यकारिणी की सदस्य रहीं और फिर उपाध्यक्ष के रूप में विविध कार्यक्रमों के आयोजन और अधिवेशन में अपनी सेवाएँ प्रदान करती रहीं। मैं गुजरात प्रांत का महामंत्री, फिर पश्चिम विभाग और उसके बाद राष्ट्रीय कार्यकारिणी में निरंतर कार्यरत रहा। मैंने मृदुलाजी को किसी भी पद की अपेक्षा के बिना संगठन को मजबूत बनाने में सेवारत देखा है। जब मैं, कमलकिशोर गोयनका, जीतसिंह, कन्हैयासिंह, मयुरेशनंदन कुलश्रेष्ठ और गोस्वामीजी कई दिनों तक झंडेवालान के भवन में व्यवस्थापन, प्रूफरीडिंग, मिनिट्स तैयार करते थे, तब आदरणीय मृदुलाजी का भी पूरा सहयोग मिलता था। 'अखिल भारतीय साहित्य परिषद्' के अलावा नोएडा के 'सूर्या' संस्थान, बिहार की 'बालिका विद्यापीठ', 'राजमाता विजयाराजे सिंधिया स्मृति संस्थान' और 'साथी' जैसे कई संगठनों में उनकी अध्यक्षता में मार्गदर्शन मिलता रहता था। उनकी एकनिष्ठ सेवाओं से सभी संस्थाओं का विकास हुआ।

(3)

मैंने देखा है कि संगठनात्मक संचालन में बहुत समय देना पड़ता है, लेकिन उनका साहित्यिक लेखन कभी कम या धीमा नहीं हुआ है। वे लेखन को भी उतनी ही समर्पित थीं। कंप्यूटर नहीं थे, उस समय में हाथ से लिखकर फैक्स द्वारा अपनी सामग्री पाटण से दिल्ली कार्यालय में भेजते हुए मैंने उन्हें देखा है।

उनका साहित्यिक लेखन उपन्यास, लघु कथा और निबंध लेखन जैसे स्वरूपों में देखने को मिलता है। उन्होंने निरंतर स्तंभलेखन के द्वारा विचारप्रधान निबंधों, पत्र लेखन और संपादकीय लेखन के द्वारा समकालीन प्रश्नों को भी समयानुसार चर्चा, विचार-विमर्श द्वारा जाँचा है, चर्चा की है। इसके अलावा उन्होंने जीवनकथात्मक, लोककथात्मक और बालबोधात्मक साहित्य क्षेत्र में भी सर्जन करके अपनी सर्जक प्रतिभा का परिचय दिया है।

दिल्ली में 1977 से बसीं और 1978 में प्रभात प्रकाशन जैसी विख्यात प्रकाशन संस्था के द्वारा उनका 'साक्षात्कार' नामक कहानी-संग्रह प्रकाशित हुआ था और प्रख्यात भी हुआ था। उसके बाद 'एक दीये की दीवाली', 'स्पर्श की तासीर' तथा वर्तमान के 'ढाई बीघा जमीन', 'अपना जीवन' और 'अंतिम इच्छा' जैसे कुल दस कहानी-संग्रहों द्वारा आम मनुष्यों की मूल्यनिष्ठा, नारी-चित्त की महानता और ग्राम्य समाज की सांस्कृतिक चेतना की प्रभावी अभिव्यक्ति उनकी कहानियों की विषय-सामग्री में प्रकट होती दिखाई देती है। वर्णनकला, पात्रोचित भाषा और संवादों में से प्रकट होती भारतीय संस्कृति उनकी कहानियों को भारतीय मुद्रा अर्पित करती है।

'ज्यों मेहँदी को रंग', 'घरवास' और 'अतिशय' जैसे उपन्यासों के बाद उनके द्वारा लिखी

गई 'सीता पुनी बोली', 'विजयिनी' और 'परितप्त लंकेश्वरी' जैसे उपन्यासों में पौराणिक-प्राचीन नारी पात्रों की मनोचेतना का उन्होंने निरूपण किया है। मंदोदरी की व्यथा, दुरित को समझाने में असमर्थ बनीं मंदोदरी के चित्त को उन्होंने उद्घाटित किया है। सीता को अगर फिर से बोलने का मौका मिले तो वह क्या बोलेंगी, बच्चों के पालन-पोषण की जिम्मेदारी स्त्री कैसे सफलतापूर्वक निभा सकती है, उसका उज्ज्वल और तेजस्वी दृष्टांत मृदुलाजी ने उपन्यास में चित्रित किया है।

नारी शक्ति, नारी का दृढ मनोबल और नारी-चेतना को उपन्यास के माध्यम से सकारात्मक रूप से अभिव्यक्ति देनेवाली, भारतीय नारी के दृष्टिकोण का प्रभावी ढंग से प्रयोग करनेवाली उपन्यासकार के रूप में मृदुला सिन्हा हिंदी कथा साहित्य में महत्त्वपूर्ण योगदान करनेवाली लेखिका के रूप में हमेशा याद रहेंगी। इसके अलावा वे कथा साहित्य के माध्यम से सांस्कृतिक राष्ट्रवाद को प्रकट करनेवाली लेखिका के रूप में भी स्मरणीय रहेंगी।

उनकी 'बिहार की लोककथाएँ', 'पुराण के बच्चे', 'नया खेल' जैसे लोकसाहित्य और बालसाहित्य विषयक पुस्तक भी भारतीय संस्कृति की और भारतीय जीवन-मूल्यों की वाहक हैं। इसके अलावा 'मुझे कुछ कहना है' कविता-संग्रह तथा राजमाता विजयाराजे सिंधिया की आत्मकथा 'राजपथ से लोकपथ पर' उन्होंने संपादित की है। लोकसाहित्य, बालसाहित्य, कविता और आत्मकथा जैसे क्षेत्रों में उनका योगदान भी भारतीय संस्कृति की हृदयस्पर्शी अभिव्यक्ति का परिचायक है।

उनके निबंध, संपादकीय लेख-संग्रह 'आईने के सामने', 'मानव के नाते', 'क.ख.ग.' जैसे निबंध-संग्रह विचारमूलक एवं संवेदनमूलक प्रश्नों को, सांस्कृतिक विमर्श को और भारतीय-राष्ट्रीय दृष्टिकोण की चर्चा करने के कारण अत्यंत महत्ता प्राप्त करते हैं।

'इसी बहाने', 'मात्र देह नहीं है औरत', 'नारी न कठपुतली न उड़नपरी', 'औरत अविकसित पुरुष नहीं', 'महिला विकास : अवलोकन और आकलन', 'बिटियाँ है विशेष' जैसे संग्रह भारतीय नारी के चरित्र और चारित्र्य का तथा मानस एवं मानसिकता की तर्कपूर्ण रूप से चर्चा करते हैं, इसलिए ये निबंध विचारप्रधान निबंध के रूप में यादगार बने रहेंगे। भारतीय नारी-विमर्श के संदर्भ में मृदुला सिन्हा का भारतीय दृष्टिकोण, भारतीय कथाबिंदु और भारतीय मूल्यबिंदु इन निबंधों से उजागर होते हैं, जिसके कारण ये ग्रंथ बहुत महत्त्वपूर्ण हैं। भारतीय दृष्टि से नारी जैसे विषय पर उनका गहन अध्ययन उसमें दृष्टिगोचर होता है।

सामयिक का नियमित रूप से संपादन करना, संपादकीय लेख लिखना और स्तंभ कॉलम आलेखन, यह सब समय पर, पूर्ण करना होता है, लेकिन मृदुला बहन के उन लेखनों में कहीं भी कोई जल्दी, कमी या बेपरवाही नहीं होती है। विषय को गहन रूप से निरूपित करने का उनका कौशल उन्हें दिग्गज विचारशील साहित्यकार के रूप में प्रस्थापित करता है।

(4)

एक बार हम ट्रेन से यात्रा कर रहे थे, साथ में माननीय सूर्यकृष्णजी थे। मेरे पास सौराष्ट्र के खाखरे, गाँठिया, सुखड़ी आदि था। भोजन के समय मैंने सामग्री खोली। मुझे कहने लगीं, वह अब

अपने पास ही रखो, बिगड़ेंगे नहीं। बाद में इस्तेमाल करेंगे। अभी मैं हम तीनों के लिए घर का बना खाना लाई हूँ। इतना कहकर केवल पूरी और सूखी भाजी ही नहीं, दही, आचार, उन सब के लिए बाउल, चम्मच, छोटी थाली, सब व्यवस्थित रूप से सजाया। भोजन मंत्र बोले और खाना शुरू ही करनेवाले थे कि उनका ध्यान ऊपर बैठे लैपटॉप में व्यस्त एक युवक पर गया। उसे आग्रहपूर्वक थोड़ा लेने को कहा। उसने मना किया तो अपने हिस्से के दही में से खिलाया। उस युवक की आँखों में पानी आ गया, कहने लगा कि मैं इंटरव्यू देने के लिए जा रहा हूँ। आपने मेरी माँ की तरह मुझे दही के शगुन करवाया। उन्होंने आशीर्वाद दिए और हमसे भी दिलवाए।

स्नेहपूर्वक हमें खाना खिलातीं। सूर्यकृष्णजी की समय पर भोजन लेने की प्रकृति के बारे में जानती थीं। शुगर फ्री पाउच हमेशा साथ में रखतीं। मुझे मैथिली चित्रकारी वाला एक थैला उन्होंने उपहारस्वरूप दिया था। मुझे कहा कि कहीं वक्तव्य देने जाना, तब साथ में रखना। इसी बहाने मुझे याद करना। अत्यंत प्रेमभावपूर्ण। अपने पद का भार कभी भी महसूस नहीं होने दिया, साथ में हो, तब बड़ी बहन जैसी लगें। कई साहित्यकारों से उनका संपर्क था, किसी का और कोई भी फोन नंबर उनके पास से तुरंत मिल जाए। उनकी तत्परता, विषय को पेश करने का कौशल और शिष्ट व्यवहार, वाणी, आचरण अनुकरण के लायक है।

ज्यादातर कॉटन (सूती) की हल्के रंग की साड़ी पहनती हैं। बहुत गरिमामय लगें और उनकी संगत में हमें गौरव महसूस हो। गोवा के राजभवन में मुझे सुबह के अल्पाहार के लिए निमंत्रित किया था। उन्होंने ही गोवा यूनिवर्सिटी में कुलपतिश्री की सर्च कमेटी में अपने प्रतिनिधि सदस्य के रूप में मुझे नियुक्त किया था। मेरे साथ देश के दिग्गज वैज्ञानिक डॉ. माशेलकर को उन्होंने अध्यक्ष के रूप में नियुक्त किया था। हमें कहा, ''विद्याधाम का विकास करनेवाला अच्छा कुलपति ढूँढ़ दो, जिसे विद्याविश्व याद रखे'', साथ में मुख्यमंत्री श्री पर्रिकरजी भी जुड़े थे। उनका व्यवहार ऐसा कि उनकी उपस्थिति में कोई भी सामान्य बातचीत नहीं जो न हो सके। उनके आतिथ्य, उनकी सरल भारतीयता, उनकी सारस्वत प्रतिभा का निकट से साक्षी बनने का मुझे गौरव है।

मैं यह नहीं कह सकता कि मैं सुभद्राकुमारी चौहान को जानता हूँ, मैं ऐसा भी नहीं कह सकता कि मैं सरोजिनी नायडू को जानता-पहचानता या समकालीन था, लेकिन मैं पूरे गौरव से कह सकता हूँ कि हमारे समय की शीलभद्र सारस्वत, राष्ट्रीय मूल्यों की रक्षक, उनका जतन करनेवाली तथा शिक्षा, साहित्य एवं पत्रकारत्व के माध्यम से सांस्कृतिक राष्ट्रवाद की उद्गाता, आपादमस्तक विद्याव्यासंगी राजनेता मृदुला सिन्हा को जानता हूँ और उनका समकालीन हूँ, जिनके समकालीन होने का गौरव दरशा सकूँ, ऐसी मातृशक्ति मृदुलाजी को भाववंदना...

वरिष्ठ साहित्यकार एवं चिंतक एवं पूर्व कुलपति,
हेमचंद्राचार्य उत्तर गुजरात विश्वविद्यालय, पाटण (गुजरात)
मो. : 9825075098

□

भारतीय उपन्यास की जड़ें और 'परितप्त लंकेश्वरी'

—प्रो. (डॉ.) प्रमोद कुमार सिंह

पश्चिम में विधागत नवीनता के कारण 'उपन्यास' को 'नॉवेल' की आख्या दी गई थी, किंतु यह गद्यगाथा मूलतः 'महाकाव्य' से विकसित हुई थी। कहते हैं कि डिफो का 'राबिंसन क्रूसो' होमर की संतान है। इसी तरह स्पेन के सरवैंटीस का 'डॉन क्विकजोट' पुरानी शौर्यगाथाओं की आधारभूमि की विडंबना करता है, किंतु उसके मखौल का उत्स अंततः महाकाव्यगत वीरत्व ही है।

क्लॉरा रीव ने 'उपन्यास' को 'रोमांस' से विकसित माना है। यह धारणा भी इस विधा के अस्तित्व को पुरपनी परंपरा से जोड़ती है। 'रोमांस' की अतिरंजित एवं काल्पनिक कथा से 'यथार्थ' की ओर 'उपन्यास' की यात्रा ऐतिहासिक परिस्थितियों की देन है, किंतु बहुत दिनों तक इसका लालन-पालन 'रोमांस' की गोद में ही हुआ है। हिंदी में यूरोप के लेखकों की तरह देवकीनंदन खत्री और किशोरीलाल गोस्वामी ने कल्पना एवं रोमांच का संसार रचकर 'उपन्यास' की पुरानी प्रकृति से अपनी संपृक्ति को उदाहृत किया था। लाला श्रीनिवासदास के 'परीक्षागुरु' और बालकृष्ण भट्ट के 'नूतन ब्रह्मचारी' एवं 'सौ अजान, एक सुजान' में इस परंपरा के परित्याग तथा वास्तविकता के चित्रण के प्रयत्न मिलते हैं, जिनकी परिणति प्रेमचंद के 'आदर्शोन्मुख यथार्थवाद' में लक्षित होती है। इस परिवर्तन के बावजूद यह स्मरणीय है कि जिस तरह पुराने महाकाव्य 'सत्' और असत्' के संघर्ष में 'सत्' की विजय दर्शित करते थे, उसी तरह लाला श्रीनिवासदास, देवकीनंदन खत्री, बालकृष्ण भट्ट और प्रेमचंद की कृतियों में 'असत्' के पराभव और अच्छाई के उत्कर्ष का वर्णन हुआ है। प्रेमचंद के 'प्रेमाश्रम', 'रंगभूमि', 'कर्मभूमि' और 'गबन' ही नहीं, हिंदी के आरंभिक मनोरंजक उपन्यास भी उन चिराचरित जीवन मूल्यों का पोषण करते हैं, जो परंपरागत भारतीय महाकाव्यों के मूलाधार हैं।

ऐसा समझा जाता है कि आधुनिक हिंदी उपन्यास अब एकांततः उस यथार्थ की ओर मुड़ गया है, जिसका वास्ता महाकाव्ययुगीन कथाओं से नहीं है। वह आदर्श चरित्रों और पौराणिक प्रसंगों को छोड़कर सर्वसाधारण के जीवन पर ही केंद्रित हो गया है। इस क्रम में फणीश्वरनाथ रेणु

के 'मैला आँचल' की कमली या कमला का यह कथन दुहराया जाता है कि 'उपन्यास' ऋषि-मुनियों नहीं, आम लोगों से संबद्ध विधा है—"उपन्यास पढ़ते समय ऐसा लगता है कि यह देवी, देवता, ऋषि, मुनि की कहानी नहीं, जैसे यह हम लोगों के गाँव, घर की बात हो।" ग्रामीण जीवन के चितेरे एक समाजवादी लेखक का यह दृष्टिकोण एक भ्रम की सृष्टि करता है कि 'उपन्यास' को 'रोमांस' पुराणों और महाकाव्यों के मूल्यों से सूत्रबद्ध नहीं किया जा सकता है। इस परिप्रेक्ष्य में 'परितप्त लंकेश्वरी' के प्रणयन की सार्थकता प्रश्नाहत होती है। क्या लेखिका ने पौराणिक परिवेश में उपन्यास लिखकर भूल की है या उन्होंने साहित्यिक परंपरा को शक्ति दी है, यह ऊहापोह हिंदी-कथालोचन को नई राह दे सकती है।

श्रीमती मृदुला सिन्हा ने सीता और सावित्री के आख्यानों के बाद मंदोदरी की कथा को उपजीव्य बनाकर क्या पौराणिकता के पोषण के लिए 'परितप्त लंकेश्वरी' का सृजन किया है, क्या उनका यह उपन्यास 'रोमांस' को पुनरुजीवित करने का प्रयास है ? इन दोनों पृच्छाओं को दृष्टिपथ में रखकर 'परितप्त लंकेश्वरी' के गूढ़ार्थ की गवेषणा आवश्यक जान पड़ती है।

यहाँ लेखिका ने न अतीत में रस लेना चाहा है, न वे हीन एवं उपेक्षित पात्रों के समुहार के लक्ष्य से प्रेरित हैं। 'मेघनादवध', 'दैत्यवंश' और 'वयं रक्षामः' में निरूपित राक्षसी या असुरी संस्कृति की उज्ज्वलता का उद्घाटन भी उनका अभीष्ट नहीं है। यदि उन्होंने पौराणिक इतिवृत्त का उपयोग किया है तो उसका मर्म कुछ और है।

पिछले दिनों हिंदी के कथालोचक इस प्रश्न से उद्वेलित रहे हैं कि क्या 'उपन्यास' पूर्णतः विदेशी काव्य-रूप है। वे इसके भारतीय रूप की पहचान के लिए बाणभट्ट तक पहुँचे हैं। मराठी में आज भी 'उपन्यास' को 'कादंबरी' कहा जाता है। प्रसंगात् स्मरणीय है कि हिंदी उपन्यास के आरंभिक दौर में भारतेंदु ने 'हरिश्चंद्र मैगजीन' में गदाधर सिंह की 'कादंबरी' को प्रकाशित किया था तथा प्रेमचंद ने 'कथाकल्प' में जन्म-जन्मांतर की उस कथानक-रूढ़ि का प्रयोग किया था, जिसने बाणभट्ट की 'कादंबरी' की कथा को गति दी थी।

यदि भारत में उपन्यास के उद्गमगत विमर्श के क्रम में मृदुलाजी के कर्तृत्व पर विचार किया जाए तो उनके परंपरा-बाँध की विशिष्टता का साक्षात्कार हो सकता है। पुराणाश्रित कथाओं पर अवलंबित उनके उपन्यास तत्त्वतः इस विधा के भारतीय प्रादर्श या 'मॉडल' के स्वरूप और विकास की प्रतीति कराते हैं। इसे हम 'परितप्त लंकेश्वरी' के पुराख्यान की अभिनव व्याख्या के रूप में देख सकते हैं। 'प्रियप्रवास', 'साकेत', 'कामायनी', 'कुरुक्षेत्र', 'कैकेयी', 'उर्वशी' आदि काव्यग्रंथों में जिस तरह जातीय कथाओं का आधुनिकीकरण हुआ है, उसी तरह 'सीता पुनि बोली', 'विजयिनी' और 'परितप्त लंकेश्वरी' में परंपरागत वृत्तांतों के नवीकरण की प्रवृत्ति दृष्टिगत होती है।

पार्जिटर ने 'पुराण' को इतिहास से पृथक् नहीं किया है। 'महाभारत' में महाकाव्य और पुराण-इतिहास के उपादान समवेत रूप से संग्रहीत हैं। वाल्मीकि और व्यास के आर्ष महाकाव्य जातीय अनुश्रुतियों के कोष हैं। इन्हें भारतीय लेखकों ने स्रोतों की तरह ग्रहण किया है। यह अकारण नहीं है कि गुजराती के कन्हैयालाल माणिकलाल मुंशी ने 'लोपामुद्रा', 'लोमहर्षिणी', 'भगवान्

परशुराम' और कृष्ण कथामूलक उपन्यासों में वैदिक, पौराणिक एवं महाभारतोक्त कथाओं का यथास्थान विनियोग किया है। मराठी के वि.स. खंडेकर ने 'ययाति' और शिवाजी सावंत ने 'मृत्यंजय' एवं 'युगंधर' में तथा उड़िया की प्रतिमा राय ने 'द्रौपदी' में व्यास के ऋण को धन के रूप में सवंर्धित किया है। हिंदी में भी ऐसे लेखन के प्रति स्पष्ट रुझान मिलता है। भारतीय उपन्यास-साहित्य का यह पुरावृत्त प्रेम, 'काकतालीय न्याय' का निदर्शन नहीं, राष्ट्रीय संस्कृति के विलुप्त 'अभिज्ञान' के प्राकट्य का परिणाम है।

हिंदी में अनेक ऐसे उपन्यास हैं, जो भारत की पूर्व कथा-परंपरा से नाभिनालसंबद्ध हैं। वैसे वैदिक-औपनिषदिक और पौराणिक प्रसंगों से अधिक यहाँ 'रामायण' एवं 'महाभारत' जैसे ऋषिप्रणीत महाकाव्यों के कथानकों की ओर उपन्यासकारों का आकर्षण दृष्टिगत होता है। नरेंद्र कोहली इस कोटि के उपन्यासों के प्रतिनिधि रचनाकार हैं। उन्होंने 'दीक्षा', 'अवसर', 'संघर्ष की ओर' और 'युद्ध' में 'रामायण' को आधार बनाया है तथा 'बंधन', 'अधिकार', 'कर्म', 'धर्म', 'अंतराल', 'प्रच्छन्न', 'प्रत्यक्ष' एवं 'निर्बंध' में राष्ट्रीय महाकाव्य-परंपरा का गद्यात्मक पुनराख्यान है।

राल्फ फॉक्स ने 'उपन्यास' को 'महाकाव्य' का स्थानापन्न माना है, किंतु उन्होंने राष्ट्रीय गाथा-साहित्य के उत्तराधिकारी निर्वाह नहीं, पूँजीवादी युग की संघर्षसंकुलता और जटिलता को 'गद्यात्मक महाकाव्य' के आविर्भाव का कारण बतलाया है। कोहली के उपन्यास इस अर्थ में महाकाव्यात्मक नहीं हैं। वे आर्ष महाकाव्यों के कथा-प्रवाह को गद्य की भूमि पर अवतरित करते हैं। उनकी महाकाव्यात्मकता जातीय कथा-भंडार से संपृक्ति में निहित है। उक्त संपृक्ति 'सीता पुनि बोली', 'विजयिनी' और 'परितप्त लंकेश्वरी' में भी अनुभूत होती है।

हिंदी में 'महाभारत' और उसके चरित्रों से संदर्भित कई उपन्यास मिलते हैं। कोहली से पहले गुरु द्रोण पर आधृत रांगेय राघव का 'प्रतिदान' प्रकाशित हुआ था। मनु शर्मा रचित द्रौपदी, द्रोण, कर्ण, गंधारी और कृष्ण की आत्मकथाएँ हमारे सामने हैं। बच्चन सिंह के 'सूतो वा सूतपुत्रो वा' और 'पांचाली' तथा काशीनाथ सिंह कृत 'उपसंहार' को भी हम इसी श्रृंखला में याद कर सकते हैं।

विद्वानों ने भारतीय उपन्यास के 'मॉडल' के अन्वेषण क्रम में आर्ष महाकाव्यों पर ध्यान नहीं दिया है। उन्होंने हजारी प्रसाद द्विवेदी की 'बाणभट्ट की आत्मकथा' में उक्त प्रादर्श की विद्यमानता देखी है। संभवत: 'कादंबरी' के कथाकार के वृत्तांत और 'महावराह' के 'मिथक' ने उन्हें ऐसा सोचने का आधार प्रदान किया है, किंतु इस प्रसंग में वैदिक-औपनिषदिक और पौराणिक कथाओं की पड़ताल आवश्यक है। मुझे ऐसा लगता है कि प्रस्तुत संदर्भ में 'बाणभट्ट की आत्मकथा' की अपेक्षा हजारी प्रसाद द्विवेदी का 'अनामदास का पोथा' अधिक प्रासंगिक है, जिसका आधार 'छांदोग्योपनिषद्' के रैक्व का आख्यान है।

पुराख्यानों का चितवन हिंदी उपन्यास का एक विशिष्ट आयाम है। इस दृष्टि से वैदिक पृष्ठभूमि पर रचित राजीव सक्सेना कृत 'पणिपुत्री सोमा' और राहुल सांकृत्यायन के 'दिवोदास' के साथ-साथ वैदिक-पौराणिक संस्कृति को रूपायित करनेवाले शिव प्रसाद सिंह के 'वैश्वानर' का भी उल्लेख आवश्यक है। इन उपन्यासों में प्राचीन भारतीय संस्कृति के अनेक प्रच्छन्न पक्षों की

प्रस्तुति हुई है। इसी तरह औपनिषदिक कथा-परंपरा को 'अनामदास का पोथा' के पूर्व राधाकृष्ण ने 'रूपांतर' में पल्लवित किया था, जिसकी चर्चा साहित्येतिहास में नहीं मिलती है।

मृदुलाजी के प्रमुख उपन्यास उपर्युक्त सांस्कृतिक 'रिक्थ' का ही संवहन करते हैं। 'कठोपनिषद्' का नचिकेता यम को झुका देता है और 'महाभारत' के उपाख्यान की सावित्री से मृत्यु के देवता पराभूत हो जाते हैं। 'उपनिषद्' और 'महाभारत' के ये प्रसंग भारत के जातीय मानस में बद्धमूल हैं। मृदुला सिन्हा मरण पर जीवन की जय की इस चेतना को जब 'विजयिनी' में व्यंजित करती हैं, तब भारतीय कथा-लेखन का अन्यतम प्रारूप सामने आता है। उनकी सीता भी भूमि में समाकर नहीं मरती हैं, बल्कि लोक जीवन से एकाकर हो जाती हैं। जनजीवन में उनकी व्याप्ति भारत के अमृत-तत्त्व को साकार करती है। इसी तरह 'प्रातः स्मरणीया' मंदोदरी लोकचित्त में अमर हैं। उनके पौराणिक व्यक्तित्व की यह जीवंतता ध्यान देने योग्य है। भारत में जब कोई चरित्र 'मिथक' बन जाता है, तब वह नश्वर इतिहास को पुनर्जीवन दे देता है। मंदोदरी के शील की इस शक्ति को लेखिका ने अभिनिवेशपूर्वक संस्थापित किया है।

'परितप्त लंकेश्वरी' का शीर्षक विरोधाभासमूलक है। अमित ऐश्वर्य की अधीश्वरी होकर भी मंदोदरी उसी तरह सुखी नहीं है, जिस तरह पुत्र का यौवन पाकर भोग में निरंतर निमग्न ययाति वितृष्ण हो जाते हैं। भारतीय महाकाव्यों और पुरुषों में ऐसे कई पात्र वर्णित हैं, जो न केवल ऐश्वर्य एवं भोग की व्यर्थता का अनुभव करते हैं, बल्कि स्वर्गभ्रष्ट भी होते हैं। हमारा वाङ्मय संचय और भोग की विषण्णता से परिचित है। उसे भौतिकता के दुःख का परिज्ञान है। वह संपदा में सुख नहीं देखता है। यदि मंदोदरी 'सौभाग्य' में 'दुर्भाग्य' के दंश का अनुभव करती है तो इसे 'श्रेय' से वंचित अशांत हृदय का हाहाकार ही समझना चाहिए। मृदुलाजी ने उसके पताप को मुख्यता देकर वस्तुतः भोगवादी सभ्यता की निरर्थकता के उस बोध को जगाया है, जो भारत के सामूहिक चित्त में अवस्थित प्रसुप्त संस्कार जैसा है। कहने की आवश्यकता नहीं है कि ऐसा जागरण ही अशांति के कालयवन को नष्ट कर सकता है।

उपनिषदों में शांतिपाठ मिलते हैं और 'महाभारत' का मूल रस शांत है। अभिनवगुप्त ने 'तृष्णाक्षस' की स्थिति में इस रस की निष्पत्ति की चर्चा की है। 'परिताप' का शमन इच्छाओं के ध्वंस और भावनाओं के संतुलन के बाद ही संभव है। 'परितप्त लंकेश्वरी' में भारतीय रस दृष्टि का यही संदेश संपुलित है, जो महाकाव्यात्मक औदात्य का बोधक है।

प्रेमचंद ने 'उपन्यास' को मानव-जीवन का चित्र कहा है। उन्होंने कथानक से अधिक व्यक्ति के चरित्र पर बल देते हुए लिखा है, "मानव-चरित्र पर प्रकाश डालना और उसके रहस्यों को खोलना ही उपन्यास का मूल तत्त्व है।" 'परितप्त लंकेश्वरी' एक चरित्र-प्रधान उपन्यास है। इसमें मंदोदरी के व्यक्तित्व के नैतिक और मनोवैज्ञानिक पहलुओं पर लेखिका का वर्णन-कौशल केंद्रित रहा है। यह भारतीय चरित-लेखन की परंपरा के अनुकूल है। 'रामायण' की रचना के क्रम में वाल्मीकि को महच्चरित्र के संधान के लिए प्रेरित किया गया था। वहाँ उदात्त चरित्र के रूप में जिस तरह राम का चयन हुआ था, उसी तरह 'परितप्त लंकेश्वरी' में मंदोदरी के उस चरित्र की चमक दर्शित की गई है, जो मानवीय गुणों से मंडित है।

'महाभारत' का कथा-फलक विशाल है। उसका घटना-बाहुल्य 'रामायण' के वृत्त का अतिक्रमण करता है, किंतु वह भी आदिकाव्य की तरह चरित्र-केंद्रित महाकाव्य है। डॉ. हजारी प्रसाद द्विवेदी ने उसे 'उज्ज्वल चरित्रों का वन' कहा और कुछ विद्वान् यहाँ कृष्ण-चरित्र की महत्ता के दर्शन करते हैं। इन दोनों ही बातों से स्पष्ट है कि वाल्मीकि की तरह व्यास भी चारित्रिक श्रेष्ठता के पक्षधर हैं। आर्ष महाकाव्यों के इस दृष्टिकोण ने परवर्ती काव्यों और नाटकों के प्रधान पात्रों के शील-निरूपण को बहुत दूर तक अनुप्राणित किया है। नायक-नायिकाओं की वैयक्तिक दीप्ति से हमारी पुरानी कृतियाँ जगमगाती रही हैं। मृदुलाजी ने सीता, सावित्री और मंदोदरी के चरित्रों से संवलित उपन्यासों का लेखन कर भारतीय रचनाधर्मिता के इस मूल तत्त्व को अंगीकार किया है।

कहते हैं कि वाल्मीकि का 'शोक' ही 'श्लोक' के रूप में ढल गया था। इसी संकेत को पकड़कर 'ध्वन्यालोक' में आचार्य आनंदवर्द्धन ने 'करुण' को 'रामायण' का मूल रस बतलाया है। मंदोदरी के इतिवृत्त में मृदुलाजी ने जिस तरह करुणा की अंत:सलिला कुरेदने का प्रयत्न किया है, उससे 'क्रौंच-कथा' की तरलता की प्रतीति होती है। भवभूति ने करुण को ही एक मात्र रस घोषित किया है, यह विवाद नहीं, अनुभूति का विषय है। करुणा किसे नहीं भिगोती है? इसमें पत्थर को भी पिघला देने की शक्ति है। 'परितप्त लंकेश्वरी' में व्याप्त यह रस भारतीय लोकचित्त की आर्द्रता का संकेतक है। इस दृष्टि से मृदुलाजी की मंदोदरी की करुण कथा जातीय जड़ों से जुड़ी हुई है। पुरातन गाथाओं और साहित्यिक अवधारणाओं का सारांश इसे पाश्चात्य नहीं, पौरस्त्य प्रादर्श को मूर्त करनेवाले ठेठ भारतीय उपन्यास के रूप में प्रतिष्ठापित करता है।

अवकाश प्राप्त प्राध्यापक, बिहार विश्वविद्यालय,
मुजफ्फरपुर एवं वरिष्ठ साहित्यकार
मो. : 09973246851

□

मृदुला सिन्हा : चिंतन के आयाम

—डॉ. बलदेव वंशी

जीवन के उच्च चारित्रिक धरातलों पर संस्कृतियों के फूल खिलते हैं। तत्कालीन और आनेवाली संततियाँ और गंध-पिपासु नई-पुरानी संस्कृतियाँ भी स्वयं को सँवारती-सजाती हैं। मानवी संतानों को विविध भावनाओं की आत्मीय गंध अपनी मादकता में मस्त-मत्त कर देती है, क्योंकि भाव और भावना ही इस धरती पर आज तक मनुष्य-जाति की सर्वाधिक मूल्यवान संपदा है, संपत्ति है। विचार तो बाद की भावना की ही उपज है। भाव की कोख से ही विचार का जन्म है। जितने ऊँचे, विराट्, उदार, महान् भाव होंगे, उन्हीं से ऊँचे, विराट्, उदार, महान् विचारों का जन्म होता है। भाव-भावना की धरती को अपनी प्रकृति में लोक की आधार भूमि का ही पर्याय मान सकते हैं। भावलोक कहें या लोकभाव, कहीं अधिक अंतर नहीं पड़ता।

भव से ही भाव शब्द की उत्पत्ति है। शिव के आठ रूपों में उग्र, रुद्र, ईशान, सर्ब, भव आदि के अनुसार 'भव' शिव का जल रूप है। धरती पर दो-तिहाई जल और एक-तिहाई मिट्टी का अनुपात मनुष्य की देह में भी उसी अनुपात में विद्यमान है। देह में इस जल तत्त्व का केंद्र हृदय है वक्ष और उदर के मध्य में। यहीं दुःख-सुख की धमक पड़ने पर जल पर उठनेवाली कंपन-लहर 'भवं से जगा' भाव कहलाती है। यही भाव साहित्य एवं कलाओं में रस-निष्पत्ति का कारण बनता है। भारत में साहित्य का मूल आधार रस, इसीलिए सर्वाधिक महत्त्व रखता आया है, क्योंकि वह भाव-रस से संयुक्त है। बुद्धि या विचार तत्त्व उसका स्थान कभी प्राप्त नहीं कर सकता। इसी कारण साहित्य लोक-संस्कृति से गहरे रूप में जुड़ा रहता है। नाभि-नाल की भाँति वर्तमान काल का जो साहित्यकार गहरे सामाजिक सरोकारों से जुड़ा होता है, उसकी रचनाओं में अपने देश की संस्कृति का गहरा संस्पर्श स्वयमेव उतर जाता है, अन्यथा जन-जीवन, जन की पीड़ा, आशा-आकांक्षा से कटा रहकर प्रभावहीन रह जाता है। देश की संस्कृति की माटी, लोक की गंध ही उसे मूल्यवान् और लोक का कंठहार बनाती है। ऐसे लेखक अपने चिंतन, विचार-दर्शन में लोक की संवेदनाओं से रस लेते और अपनी प्रतिभा को साकार करते हैं।

हम इस लेख में प्रतिष्ठित वरिष्ठ लेखिका मृदुला सिन्हाजी की लेखनी से निःसृत कुछ रचनाओं, कहानी, लेख तथा उनके संपादन में ग्यारह वर्षों से निरंतर प्रकाशित होती पत्रिका 'पाँचवाँ स्तंभ' के संपादकीयों में व्यक्त हुए कुछ चिंतन-आयामों को रेखांकित करना चाहेंगे। सबसे पहले संपादकीय दृष्टि व ध्येय को मृदुलाजी के शब्दों में जानें—"पत्रिका का हर अंक सकारात्मक

चिंतन और विकास की संवाहिका भी रहा है। मात्र छिद्रान्वेषण को प्रोत्साहित करनेवाला नहीं, लेखकों और पाठकों ने भी इसके उद्‌देश्य को समझा है। स्वयं 'पाँचवाँ स्तंभ' ने अपने नाम की पहचान बनाई है।'' (पाँचवाँ स्तंभ, अक्तूबर 2012)

मृदुलाजी जब 2014 में गोवा की राज्यपाल नियुक्त हुईं, तो इतनी भारी-भरकम जिम्मेदारी सँभालने और उस उच्च पद के कार्यभार को स्वीकारते समय भी पत्रिका के प्रति अपने दायित्व को नहीं भूलतीं तथा अपने पाठकों-लेखकों को विश्वास में लेते हुए कहती हैं, ''मैं उन्हें (संबद्ध लोगों को) और आप सबको विश्वास दिलाना चाहती हूँ कि पत्रिका विशेष निखार के साथ नियमित रूप से प्रकाशित होती रहेगी। इसके लिए आप सबों का पूर्ववत् सहयोग अपेक्षित है। मैं यह भी अपना संकल्प दोहराना चाहती हूँ कि स्वैच्छिक क्षेत्र में पारदर्शिता लाकर सत्ता के साथ सहयोग करने, सामाजिक कुरीतियों को दूर करने में स्वयंसेवी संगठनों का सहयोग लेती और देती रहूँगी। संवैधानिक पद पर आसीन होकर लोकतंत्र के पाँचों स्तंभों—(विधायिका, कार्यपालिका, न्यायपालिका, प्रसार माध्यम एवं स्वयंसेवी संस्था) में समरसता लाने का बूँद-बूँद तक प्रयास करती रहूँगी।''—('पाँचवाँ स्तंभ' अक्तूबर 2014)। और यों आरंभ से ही मृदुलाजी संपादकीय तो लिखती ही आ रही हैं, अब 'पाँचवाँ स्तंभ' में यदाकदा अपनी कहानियों, लेखों द्वारा अपनी चिंतना को प्रकट करती रहती हैं। उनके चिंतन के विभिन्न कुछ पक्षों को यहाँ देना हमारा अभीष्ट है। भारतीय चिंतन में गुरु, ऋतु, त्योहार आदि तथा सामाजिक परिवर्तनों में महिला, बच्चा, शिक्षा, प्रकृति के प्रति व्यापक रूप में व्याप्त सिद्धांतों, विचारों को वे दिशा देती रहती हैं।

'गुरुर्ब्रह्मा गुरुर्विष्णु गुरुर्देवो महेश्वर:…।'

लोकधर्मी चिंतन-सरोकारों की अपनी रुचि और झुकावों के कारण मृदुलाजी जानी जाती हैं। इसके साथ ही वे अपने लेखों-संपादकीयों (पाँचवाँ स्तंभ) के द्वारा (प्रतिमाह) अपने चिंतन-दर्शन को अपने पाठकों को उपलब्ध कराती हैं; इस तरह वे एक सामाजिक-सांस्कृतिक कार्यकर्ता की भूमिका भी अर्पित करती हैं। समाज तथा समस्याओं से सीधे जुड़ने की यह उनकी अनवरत भूमिका रहती है, उन्हें सामाजिक सरोकारों से सक्रिय बौद्धिक आधार प्रदान करती है। गोवा के राज्यपाल के उच्च, गंभीर व दायित्वपूर्ण कर्तव्यों द्वारा वह जन और जनप्रतिनिधियों से तो सदैव जुड़ी ही रहती हैं तथा उनके चिंतन आयामों के द्वार उनके सामने खुले रहते हैं। वे लिखती हैं—हमारे लोकजीवन में विभिन्न अवसरों पर गुरु की पूजा, दक्षिणा और दान देने का व्यवहार देखा जाता है, जिन्हें अक्षर और अंक का ज्ञान नहीं होता था, वे उनके कान में कोई गुरु एक मंत्र देता था। वह व्यक्ति उसी मंत्र का जाप करता हुआ अपने सांसारिक जीवन को सुखी बनाने की कोशिश करता था—

'अनमिल, आखर, अर्थ न जापू।
मंत्र प्रभाव महेश प्रतापू॥'

आषाढ़ पूर्णिमा को चारों वेदों, महाभारत और विभिन्न ग्रंथों के प्रणेता वेदव्यास का जन्मदिन है। इसे 'व्यास पूर्णिमा' भी कहा जाता है।

आषाढ़ पूर्णिमा को शरीर और मन का प्रक्षालन करके सारी सीखें याद करने का समय है, जिसे हमने अपने गुरुओं से सीखा है। आत्मनिरीक्षण करने का दिन है, इसे हम कितना व्यवहार में

लाते हैं। संकल्प लेने का दिन है कि हम अपने माता-पिता और गुरुओं की सीखों को नहीं भुलाएँगे तथा बार-बार ऐसा करने से हमारा व्यवहार हमें सत् पर चलना सिखाता है। इसलिए भी गुरु की महिमा और गुरु पूर्णिमा के दिन उन्हें स्मरण करने का समय है। ('पाँचवाँ स्तंभ', जुलाई 2017)

परोपकार, भारतीय संस्कृति की मानो घुट्टी है। सभी प्राणियों पर दया और उपकार करना, उन्हें भी ब्रह्मकृत होने के नाते अपने जैसा मानना, हानि नहीं पहुँचाना, हमारे संतों ने हमें सिखाया है। संत दादू की सीख—

'हरि भज साफल जीवना पर उपकार समाय।
दादू मरना तहाँ भला जहाँ पशु-पक्षी खाय॥'

जीवित रहते तो अन्य जीवों की रक्षा-सुरक्षा करने के साथ हमारे शव का भी उपयोग हो, यह सोच हमें संतों ने दी है। इस संदर्भ में मृदुलाजी कहती हैं, ''मनुष्य में बहुत सारे गुण होते हैं, जो उसके विकास में उपयोगी होते हैं और समाज में उसकी विशेष पहचान बनाते हैं। परमार्थ करना, दूसरों के लिए जीना, यह सबसे बड़ा गुण है। ऐसे व्यक्ति को साधु पुरुष कहा जाता है। साधु का सबसे बड़ा गुण परमार्थ ही है। यह समाज विचित्र है। इस पृथ्वी पर जीनेवाले भाँति-भाँति के मनुष्य हैं। एक ओर स्वार्थ में लिप्त लोग दूसरे की थाली से भी अन्न उठाकर खा जाने को तैयार दिखते हैं, तो दूसरी ओर ऐसे भी मुट्ठी भर लोग हैं, जो समाज के लिए अपना सबकुछ न्योछावर कर देते हैं। ऐसे नर नरोत्तम कहलाते हैं।''—('पाँचवाँ स्तंभ', जून 2017)

अन्न ही भगवान् है। मृदुलाजी इस संबंध में विस्तार से चिंतन करते हुए विषय के विभिन्न पक्षों पर अपने विचार प्रकट करती हैं—

हमारे उपनिषदों में अन्न को प्राण 'अन्नम् मयि प्राणः' भी कहा गया है। चार श्रेणियों में विभक्त जीवों-स्वेदज, अंडज, उद्भिज तथा जरायुज (पसीने से, अंडे से, घास से तथा पेट अथवा गर्भ से) पैदा होनेवाले के लिए कुछ-न-कुछ आहार निश्चित है। 'जीवो जीवस्य भोजनम्' भी सत्य है। बड़ी मछली द्वारा छोटी को खाने में महज वरिष्ठता कारण नहीं है। बड़ी मछली के भोजन का भी स्वाद है। बंगाल में जब भीषण दुर्भिक्ष आया था, कहा और सुना जाता है कि अपने बच्चों को भी पकाकर किसी ने खाया। भोजन की अनिवार्यता बखानते हुए न जाने कितने उपदेश, सुभाषित और श्लोक हैं। इस बहुमूल्य ज्ञान में अन्न की महिमा बताई गई है। एक श्लोक है—

'अन्नम् न निन्दयेत
अन्नम् बहु कुर्वीत,
अन्नम् न परियक्षीत
वस्तौ न प्रत्यासीत्।'

भोजन करते समय उसकी निंदा नहीं करनी चाहिए। हमारे घरों में जब कोई बच्चा या सयाना भोजन सामने रखकर निंदा करता था, बड़े-बूढ़े कहा करते थे, ''जो सामने आया, उसे भगवान् का प्रसाद मानकर रुचिपूर्वक खाओ। अन्न की निंदा करके खाने पर अन्न शरीर में नहीं लगता।'' ये शास्त्रों में बंद सीखें नहीं थीं। संत, मुनि और ज्ञानी जन शास्त्रों के ज्ञान को लोक जीवन में प्रसारित करते थे। लोग इन सीखों पर अमल भी करते थे।

खेतों में अधिकतम फसल उगाना जितना आवश्यक है, उतना ही आवश्यक अन्न की सुरक्षा भी है। ज्यादा अन्न उपजे और उसका रखरखाव ठीक ढंग से नहीं हो तो क्या फायदा ? अन्न का न सड़ना-गलना हो और न बरबादी हो। घर हो या होटल, प्रति शाम का भोजन या भोज का आयोजन, पका हुआ अन्न बरबाद नहीं होना चाहिए। अन्न की निंदा न करना और अन्न अधिक पैदा करने के साथ उसकी बरबादी रोकना भी सबकी जिम्मेदारी होनी चाहिए।

हम आज जितना अन्न बरबाद करते हैं, उसे देखकर बड़ी लज्जा आती है। अपने जातीय जीवन और स्वाभिमान को पुन: प्राप्त करने के लिए हमें अन्न को संपूज्य मानना चाहिए। ('पाँचवाँ स्तंभ', मई 2017)

नारी : बँधकर मुक्ता होना!

भारतवर्ष के संविधान की यह विशेषता रही कि महिलाओं द्वारा बिना माँग किए मतदान का अधिकार मिला। विकसित राष्ट्रों में मात्र वोट का अधिकार पाने के लिए महिलाओं को बहुत संघर्ष करना पड़ा और भारत की तरह कोई भी दूसरा राष्ट्र यह नहीं कहता कि 'यत्र नार्यस्तु पूज्यंते, रमंते तत्र देवता'। पूज्यंते का अभिप्राय जीवन के हर क्षेत्र में महिला को सम्मान देना ही है। सम्मान भी इसलिए कि भारतीय मनीषियों ने यह स्वीकार लिया था कि नारी प्रकृति की विशेष देन है और उसके बिना परिवार की कल्पना नहीं की जा सकती। समाज के प्रति उसके विशेष दायित्व को समझकर ही उसे विशेष सम्मान देने की बात कही गई। राजनीति भी विशेष कार्यक्षेत्र है। राजनीति का प्रभाव आज जितना समाज जीवन पर है, उतना शायद पहले नहीं था। ऐसी स्थिति में सर्वोच्च संस्था में महिलाओं की संख्या कम होना, नीति निर्धारण में उनका योगदान कम होना है। भारत की महिलाओं का यह भी इतिहास रहा है कि यहाँ महिलाएँ धर्म, अर्थ, काम में पुरुषों की सहभागी रही हैं। उन्होंने ऋचाओं की रचना की, शास्त्रार्थ में भाग लिया, लड़ाई के मैदान में भाग लिया, शिक्षा के क्षेत्र में अग्रणी रहीं। भारत की महिलाओं का वर्तमान भी कोई कम नहीं। आज जल, थल, नभ पर महिलाएँ जा रही हैं। अपने परिश्रम से उन्होंने अपने लिए विशेष पहचान बनाई है, परंतु राजनीति में केवल परिश्रम ही काम नहीं आता। अत: उनके लिए आरक्षण मिलना आवश्यक है और इसलिए भी आवश्यक है कि बिना आरक्षण के कोई भी पार्टी महिलाओं को उचित सम्मान देकर प्रत्याशियों की संख्या बढ़ाकर, लोकसभा में उनका प्रतिशत बढ़ाए। ('पाँचवाँ स्तंभ' अप्रैल 2014) इस प्रकार नारी शक्ति को विशेष शक्ति प्रदान कर उसे देश, समाज के हित में जुटाया जाए। इसी सिलसिले में वे नारी को भी सजग, कर्तव्यनिष्ठ देखना चाहती हैं, स्वच्छ या उच्छृंखल नहीं। नारी को अपना छंद उपलब्ध कर सच्चे अर्थों में अपनी भूमिका निभानी है। मनुष्य की इंद्रियों का समुच्चय ही छंद है। उसे अपने अधीन कर लेना, स्वच्छंद हो जाना है। जो स्वच्छंद होता है, वही स्वाधीन होता है और जो स्वाधीन होता है, वही स्वतंत्र होता है। भारतीय नारी को भी स्वयं से बँधकर मुक्त और स्वतंत्र होना है।

अध्यात्म चिंतन का आयाम

मृदुलाजी सुधी और विख्यात कहानी लेखिका हैं। उपन्यासकार भी हैं तथा उनके चिंतन की विभिन्न दिशाओं में से कुछ का ही उल्लेख इस सीमित लेख में किया गया है। देश की प्राय: सभी

समस्याओं पर उनका चिंतन आकार लेता है। क्या राजनीति, क्या किसान-मजदूर, क्या बच्चा और उसकी दुर्दशा, क्या लोकतंत्र के गिरते हुए मूल्य आदि। यहाँ एक और भी व्यापक आधार देनेवाले लेखकीय सरोकार को समर्थवान बनानेवाले आयाम—अध्यात्म-चिंतन आयाम पर उनके विचारों को रेखांकित करना चाहते हैं।

वे लिखती हैं, "भारतीय वाङ्मय में कबीर की अपनी विशेष पहचान है। वे दार्शनिक, व्यावहारिक और मार्गदर्शक हैं। अपने जीवंत दोहों के माध्यम से वे मनुष्य की आँखें खोलते हैं। मनुष्य के आसपास बिखरी सच्चाइयों को अनुभव कर उसी के सामने परोस देते हैं। सांसारिक जीवन को जीता हुआ मानव कुछ क्षण के लिए कबीरमय तो होता ही है।" ('पाँचवाँ स्तंभ', अगस्त 2017)

"जिस प्रकार कमल का फूल जल में रहकर भी जल से बाहर है, उसी प्रकार मनुष्य को घर-परिवार के साथ संसार में डूबकर भी संसार से विलग रहना चाहिए। यह बहुत बड़ी साधना है, लेकिन भारतीय संस्कृति में इस साधना पर बल दिया गया है।" (वही।)

इतना ही नहीं, कबीर की वाणी का रसायन यदि आज का मनुष्य पी ले तो वर्तमान विश्व के सभी रक्तिम युद्ध, वैमनस्य, शत्रुताएँ दूर हो जाएँ। विश्व पुनः विश्वास, शांति, प्रेम आदि के मानवीय भावों से भरकर रहने योग्य हो जाए। "यह खुशी की बात है कि गाँव में कम पढ़े और अनपढ़ लोग भी शास्त्र और आधुनिक युग के नेट पर दिए गए ज्ञान से तो वंचित रह जाते हैं, लेकिन कबीर के दोहों से नहीं। उनके दोहों के भावों में लोग डूबते रहे हैं।" (वही)

अतः हम कह सकते हैं कि मृदुला सिन्हाजी के चिंतन-आयामों की इस संक्षिप्त झलक के बल पर उनके साहित्यकार-सरोकार की जो प्रतिमा बनती है, वह एक मौलिक चिंतक, सर्जक को हमारे सामने लाती है। उन्हें बड़ी लेखिका सिद्ध करती है।

वरिष्ठ साहित्यकार एवं चिंतक

मो. : 9810749703

□

मृदुला सिन्हा के साहित्य में लोक-चेतना

—डॉ. रामशरण गौड़

मृदुला सिन्हा आज के साहित्यकारों में इसीलिए महान् हैं कि उनकी लगभग सभी रचनाओं में स्थान-स्थान पर लोक के दर्शन होते हैं और उनका समाहार लोक को प्रतिबिंबित करता है। वे एक ग्रामीण परिवेश से आई हैं, जहाँ लोक-चेतना के स्वर सर्वदा गुंजरित रहते हैं। यद्यपि मृदुला सिन्हा के साहित्य में लोक-चेतना के सभी स्वर मुखर हुए हैं, परंतु लेखिका की आस्था लोकगीतों की ओर अधिक दिखाई पड़ती है। विचारशील भावशक्ति से संपन्न मनुष्य की लोकगीत के प्रति रुचि क्यों न हो? वस्तुतः लोकगीत मानवीय-मूल्यों, समष्टि चेतना, श्रद्धा, सहिष्णुता, प्रकृति प्रेम, मनुष्य की पवित्र भावना से अनुप्राणित, सामाजिकता से सुभाषित, लोक की अस्मिता की पहचान, सदा-सदा से आस्थापूर्ण कर्मरत जीवन की शिक्षा देनेवाले हैं। लोकगीतों में ऐसी प्रेम-आधृत शक्ति निहित है, जो समाज में सदाशयता, आत्मीयता, समानता और सह-अस्तित्व की धारा प्रवाहित करती है और जीवन की सार्थकता को प्रमाणित करती है। इनमें शारीरिक और मानसिक क्षमता की अद्‌भुत वृद्धि करने की शक्ति निहित है। इस शक्ति को भारतीयों ने नहीं समझा अन्यथा वे इन्हें समाज से लुप्त नहीं होने देते। इनकी क्षमता को अँगरेज विद्वान् कर्नल टाड ने समझा। जिस समय कर्नल टाड राजस्थान का इतिहास लिख रहे थे, उस समय उन्हें यह पता चला कि राजस्थान के लोग बिना मशीन या औजारों के लकड़ी के लट्ठों और पत्थरों से ही बड़ी-बड़ी चट्टानों को चकनाचूर कर देते हैं। उन्हें इस पर तनिक भी विश्वास नहीं हुआ और इसका परीक्षण करने के लिए राजस्थान के गाँव में पहुँचे। वहाँ पर उन्होंने पत्थर की एक चट्टान को तोड़ने के लिए कहा। फिर क्या था, लोग गीत गाने लगे और पत्थर के बड़े-बड़े टुकड़े लेकर टूट पड़े और चट्टान को तोड़ डाला। इसे देखकर कर्नल टाड ने पूछा कि ये क्या गा रहे थे। उत्तर देनेवाले ने कर्नन टाड को बताया कि अपना लोकगीत गा रहे हैं, जिसमें अपने पूर्वजों के शौर्य और साहस का वर्णन कर रहे थे। इसे सुनकर कर्नल टाड अचंभित रह गया।

मृदुलाजी के साहित्य का अवगाहन करने पर प्रतीत होता है कि उनके लेख और निबंधों में उनके लोकगीतों से अधिक साहचर्य दिखाई पड़ता है। लोकमन का प्रकृति से अनादि काल से सान्निध्य रहा है। उन्होंने अपने एक निबंध 'इंद्र भगवान् को ज्ञापन' में न सिर्फ लोकगीतों को प्रस्तुत किया, बल्कि उस लोक-परिवेश से परिचय कराया है, जो उनके मन-मानस में रचा-बसा है। वे कहती हैं—

"मौसम-परिवर्तन से लोकमन का घनिष्ठ संबंध है और लोकमन के बोल होते हैं— लोकगीत, इसलिए मौसम में बदलाव के साथ लोक मन परिवर्तन और मन परिवर्तन के साथ लोकगीतों के पद रचे जाते रहे हैं। अब गरमी का मौसम आया नहीं कि वसंत में गाए जानेवाले गीतों के भाव और स्वर बदल गए—

मधुर के पंखा ला दे बालम
बड़ा होते गरमी
बड़ा होते गरमी पिया हे बेशर्मी
अलग होके सो रे बालम बड़ा होते गरमी।

जेठ के महीने में साफ आकाश से छनकर आती खिली चाँदनी में रात को उत्तरी भारत के प्रत्येक गाँव की महिलाएँ एकत्रित होती हैं। एक घड़ा लेकर उसमें छेद किए जाते हैं। उस घड़े में दीया जलाकर (झाँझी बनाकर) गाँव की लड़कियाँ एक लड़की के सिर पर उस घड़े को रखकर पूरे गाँव में घूमती फिरती हैं। भारत के शास्त्रों ने इंद्र का वर्षा के देवता के रूप में वर्णन किया है। उसी स्वरूप को भारत के लोक ने ग्रहण किया है, अतः इस अवसर पर भगवान् इंद्र से ही गाँव-बालाएँ प्रार्थना करती हैं कि शीघ्र ही वह उनको ही नहीं, पूरी पृथ्वी को सूखे से बचाए, अन्यथा अकाल पड़ने की संभावना है।भारत के स्वतंत्र होने के बाद पूरे भारत में राष्ट्रीय भाव की जागृति हुई। इससे लोकमन भी अछूता नहीं रहा। घर-घर में खादी के प्रति प्रेम उमड़ पड़ा। देश को नया स्वरूप देने के लिए नए युग, राष्ट्रभाषा, श्रमदान, खादी के प्रति प्रेम, स्वदेश के प्रति प्रेम जगा, जिसे भारत के लोक ने ग्रहण ही नहीं किया, बल्कि उसे अपने लोकगीतों के माध्यम से अभिव्यक्ति भी प्रदान की। इस ओर भी मृदुला सिन्हा का ध्यान गए बिना नहीं रहा—

खादी की चुंदरी रंगा दे मोरा पियवा
अब हिंद भेलवा स्वराज।

भारत पर्व और त्योहारों का देश है। ये पर्व और त्योहार केवल मनोरंजन के साधन मात्र नहीं होते, इनमें प्रेम, सहकारिता, मैत्री का भाव परिलक्षित होता है। लोक गीतों ने भारत के लोक की उदासी, निराशा, अकर्मण्यता के भाव को चीर फेंका, कर्मठता का पाठ पढ़ाया। ब्रज की एक लोकगीत की पंक्ति 'माघ महीना आड़ौ, फागुन में रसिया ठाड़ौ' व्यक्ति को कर्मठता का पाठ पढ़ाती है। ये लोकगीत जनम से लेकर मृत्यु तक प्रत्येक अवसर पर गाए जाते हैं, जन्म, विवाह और पर्व-त्योहारों के अवसर पर तो विशेष रूप से। बच्चे के जन्म के अवसर पर ये लोकगीत गाए जाते हैं तो चैत की रामनवमी के अवसर पर भी महिलाओं द्वारा गाए जानेवाले लोकगीत न केवल आराध्य राम की ओर ध्यान आकर्षित कराते हैं, बल्कि पूरे परिवार, पूरे गाँव, पूरी पारिवारिक और सामाजिक प्रसन्नता को प्रकट करते हैं। मृदुला सिन्हा 'अयोध्या में जन्मे रामचंद्र दानी' लेख में एक लोकगीत के माध्यम से पाठक का ध्यान खींचा है—

मचिया बैठी रानी कौशल्या
बालम मुख निरखली है
ये ही बबुआ प्राण के आधार
नयन बीच राघव है।

यद्यपि घर में सबकुछ होता है, भाई की थाली में भी अनेक व्यंजन होते हैं, पर भाई के आने पर बहन अपनी विवशता और भाई की ठीक तरह खातिरदारी न करने के भाव को लोकगीत के माध्यम से व्यक्त करके अपने को छोटा नहीं करती, बल्कि भाई की ऊँचाई को आगे बढ़ाती हैं।

इस प्रकार मृदुला सिन्हा ने अपनी रचनाओं में स्थान-स्थान पर लोकगीतों की उस रसमयता, आनंदानुभूति और कर्मठता से तादात्म्य कराने का प्रयास किया है, जिसने भारत की संस्कृति को गौरव शिखर पर पहुँचाया है।

मृदुला सिन्हा ने अपने उपन्यास 'घरवास' में तो स्थान-स्थान पर पाठकों का लोक-संस्कृति से तादात्म्य कराया है। बात हो रही है पंजाब की, पर लेखिका का मन रमा दिखाई पड़ता है बिहार के लोकगीतों में, उनके परिवेश में और लोक-जीवन में। पकी हुई फसल को देखकर महिलाओं के मुख से लोकगीत, भाइयों की शुभकामना से अनुस्यूत लोकगीत, छठ पूजा के समय गाए जानेवाले लोकगीत, प्रातःकाल के 'प्रभाती' गीत, कमाने के लिए बाहर गए पति के विरह में व्याकुल विरहिणी के गीतों से हमें लोकगीतों का परिचय मिलता ही रहता है—

पूरब से आइल रेलिया, पश्चिम से जहजिया हो
पिया के लादि ले गई हो,
रेलिया होइगा मोर सौतनिया,
पिया को लाद ले गई हो।

सामान्यतः जो कथाएँ/कहानियाँ लोक में परंपरा से मौखिक रूप से प्रचलित हैं, उन्हें लोककथा कहा जाता है। ये बच्चों को दादा-दादी, नाना-नानी द्वारा अपने पोते-पोती, नाती-नातिनों को सुनाई जाती रही हैं। ये केवल मनोरंजन का साधन मात्र नहीं हैं। इनमें अपने पारिवारिक, सामाजिक और प्राकृतिक परिवेश का सम्मिलन रहता है। पेड़-पौधे, पशु-पक्षी, राजा-रानी, भूत-प्रेत, परी, चरवाहा, हलवाहा, विभिन्न कामगार, रीति-रिवाज, रहन-सहन, सुख-दुःख सभी कुछ इनमें समाहित रहता है। ये कथाएँ पद्य में गेय भी होती हैं और गद्य में भी।

भारतीय लोक में प्रचलित पर्व-त्योहार, तीर्थस्थल में भी लोकमानस के नैराश्य, अकर्मण्यता को चीर फेंकने की असीम शक्ति है। अतः लेखिका ने स्थान-स्थान पर इनका उल्लेख कर इनके महत्त्व को रेखांकित किया है। होली, दीपावली, गोवर्धन पूजा, भैया दूज, छठ पूजा आदि का यथास्थान चित्रण लेखिका के 'घरवास' उपन्यास में देखने को मिलता है। बिहार का छठ पूजा प्रमुख त्योहार है। अतः उन्होंने छठ पूजा का मात्र उल्लेख ही नहीं किया, बल्कि उसके मनाने की रीति-नीति बता दी तथा उस लोकगीत से परिचय करा दिया, जो इस अवसर पर महिलाओं द्वारा गाया जाता है—'गाँव रंग-बिरंगे, नए-पुराने परिधान में सूर्य देवता की आराधना

के लिए पोखर पर एकत्रित हो गया था। वहाँ पहुँचकर सभी अपने-अपने घाटों की ओर प्रस्थान कर रहे थे, मानो चारों वर्गों के लिए ही पोखर के चार घाट बने हों।'

× × ×

लोक-जीवन में प्रेम ऐसा अमूल्य तत्त्व रहा है, जो लोक-जीवन में समरसता, आनंद, साहचर्य, आत्मीयता की अनुपम वर्षा करता रहा है, जो मनुष्य मनुष्य के बीच प्रगाढ़ संबंधों का बीज-वपन करता रहा है। ऐसी ही एक घटना का मृदुला सिन्हा ने 'अलिखित अनुबंध' अपने लेख में उल्लेख कर वर्तमान 'लोक' में व्याप्त उस परत को हटाने का प्रयास किया है, जिसने हमें अनेक खाँचों में समेटकर रख दिया है—"बचपन में मन मजदूरनियों की आवश्यकताओं की पूर्ति के लिए चिंतित होता है। किसी मजदूरनी के गर्भवती होने की उन्हें खबर भर मिल जाए, उसके बच्चा जनने के समय की सारी छोटी-बड़ी वस्तुओं को सहेजना प्रारंभ कर देती थीं। उस मजदूरनी को खबर तक नहीं, प्रसव के समय और उसके उपरांत कुछ माह तक उसकी आवश्यकताओं के अनुसार भोजन-भात की व्यवस्था मेरी माताजी अपना दायित्व समझती थीं।" दायित्व बोध और आत्मीयता का मूल्य भारतीय समाज को भारत की लोक-संस्कृति का ही अवदान कहा जा सकता है, जिसकी ओर एक सजग साहित्यकार का ध्यान जाना साहित्यकार के दायत्व-बोध का भी परिचायक है। प्रकृति और सहज जीवन लोक-जीवन के अभिन्न अंग हैं, जिनका उल्लेख यथास्थान लेखिका ने किया है—"जीवन को सहज बनाने, उसे बंद पुस्तक में कैद करने का हम अहर्निश प्रयास करते रहते हैं। कृत्रिमताओं को ओढ़े हुए आदमी स्वयं के लिए अबूझ पहेली बनकर रह गया है। अपने से बात करते हुए भी अपने 'स्व' से साक्षात्कार नहीं कर पाता। दरअसल आडंबरों और औपचारिकताओं को जीता-भोगता आधुनिक मानव अपना 'स्व' भी भुला बैठा है।"

इस प्रकार मृदुला सिन्हा ने अपने लेखन की विभिन्न विधाओं में लोक-मूल्यों की ओर ध्यान खींचकर लोक-चेतना के प्रति जागरूक करने का प्रयास किया है, जिसने भारत को कर्मठता, सरलता और सहजता के अमूल्य गुण दिए। विडंबना तो यह है कि पश्चिम की भौतिकवादी और उपभोक्तावादी संस्कृति से प्रभावित होकर भारतीयों के संस्कारों, व्यहार, रीति-रिवाजों, रीति-नीतियों में अत्यंत द्रुतगति से परिवर्तन आ रहा है। अतः इस दृष्टि से मृदुला सिन्हा का लेखन भारतीय मानस के लिए सर्वथा उपयोगी और उपादेय है।

अध्यक्ष, दिल्ली लाइब्रेरी बोर्ड,
संस्कृति मंत्रालय, भारत सरकार एवं वरिष्ठ साहित्यकार
मो. : 9811227528

□

माटी का मोह और रचनाएँ

—आचार्य मिथिला प्रसाद त्रिपाठी

"उत्तर भारत में बेटी की विदा पालकी में होती है। विदाई के समय भाई अपनी बहन को पानी पिलाता है, तब डोली उठते ही अम्मा ने कान में कहा, बेटी बाबू की पगड़ी की लाज रखना। बिटिया रोती हुई अम्मा-बाबू को छोड़कर जा रही थी और यह बात गुन ही रही थी कि गाँव से निकलने पर खेत में काम करनेवाली मजदूरनियाँ दौड़-दौड़कर पालकी के पास आ गईं। कहार ने डोली रख दी। सभी धीमी आवाज में बिटिया से कहने लगीं। बेटी गाँव की लाज रखना।"

संभवत: म.प्र. की राजधानी भोपाल में 'अंतरराष्ट्रीय संवाद' का दूसरा दिन था। भारत भवन की दीर्घा में इस भाषण को सुनकर मेरे आँसू नहीं थम रहे थे। यह बोलनेवाली भारतीय वेशभूषा में भारतीय नारी की प्रतिनिधि श्रीमती मृदुलाजी सिन्हा ही थी। कार्यक्रम साहित्य अकादमी और आभा राष्ट्रीय परिषद् के समन्वित तत्त्वावधान में आयोजित था। मृदुलाजी को सुनने के बाद वे क्या? कौन? कैसी? पूछने का मन नहीं हुआ, पर मैंने उनकी संकोचपूर्वक प्रशंसा कर दी। 'पाँचवाँ स्तंभ' मेरे यहाँ आने लगा और यही उनका परिचय था। परिषद् के कार्यक्रमों में एवं कई बैठकों में भेंट होती रही और उनमें साहित्य के रचने-बसने और उपजने का बोध कराता रहा। उनकी इतनी रचनाएँ हैं, यह मुझे अभी ज्ञात हुआ। दो एक कहानी मात्र पढ़ पाया। लेखक रचनाकार जन्मजात ही होता है यही समझ में आता है।

साहित्य तो लोक सापेक्ष ही होता है, लोक का एहसास, वहाँ की घटना का बिंब, अनुत्तरित प्रश्नावली, चरित की, व्यवहार की कचोट या स्फूर्ति संवेदना को बाध्य कर देती है, कभी कहानी बनकर, कभी उपन्यास बनकर तो कभी आलेख बनकर फूट पड़ती है। यही शब्दों का संसार मृदुला सिन्हा बन जाता है।

मृदुलाजी गाँव से दिल्ली आ गई, परंतु गाँव उन्हें बाँधता है, बुलाता है, रिश्ते उन्हें झकझोरते हैं, समाज उनकी लेखनी में रंग भर देता है। वे स्वयं पात्रों में उतर जाती हैं और अपनी बात उनसे कहलाने लगती हैं। ये पात्र पढ़े-अनपढ़े का हिसाब लगाते हैं। रोजी-रोटी की चिंता करते हैं, परंपरा और वर्तमान को जोड़ते-तोड़ते हैं, उनका वातावरण शहर से गाँव की ओर जाता है, आधुनिकता से सात्विकता की ओर जाता है। कहानियाँ प्राय: बिहार चली जाती है। पात्रों से एकात्म करती हुई मृदुलाजी लिख जाती हैं—

धनमा के लागल कटनियाँ भर लो कोठारी,
देहरियाँ भरल बा।
भरल बाटे बाबा बखारी।
अबकी अघइले किसनमांहो राम।

कभी लिखते-लिखते छठी पुजाने लगती हैं—

अंगना मे रुनुझुनु नाच गई ननदी
कंगना जो देती यह भी नहीं लेती।
झुमका लेने को मचल उठी ननदी।

भारत की सच्ची झाँकी इनकी कहानियाँ दिखा देती हैं। सबमें मंगल की भावना, सबमें सुख का संदेश, सबका सुखद समाधान इनकी विशेषता है। यही इनका भावात्मक स्वरूप भी है।

उम्र के घटते-बढ़ते दिन इनकी रचनाओं में चिर नवीन होते रहे, इन्हीं भावनाओं के साथ लोक इनके साहित्य में उतरकर अमर होता रहे।

पाणिनि ने लोक से शब्दों को लेकर संस्कार दिया था। मृदुलाजी लोक के बहुवर्णी भावचित्रों को अपनी कल्पनाओं में सजाकर उसे साहित्य का आकार दे देती हैं। यही साहित्य समाज की दशा भी है, दिशा भी है, दृष्टि भी है और उदाहरण भी है।

यही साहित्य लोक रस को लोकरंग में भरकर सहजीवन और सदाचिंतन का आमंत्रण देता है। इनकी भावनाओं की अनंत गहराइयों से साहित्यरत्न निरंतर उपजते रहने की मंगल कामनाओं के साथ विश्वास है कि बेटी केवल घर, परिवार एवं गाँव की नहीं रह गई हैं, यह तो अब प्रदेश को लाँघकर राष्ट्र की हो गई हैं। ऐसी बेटियाँ साहित्य में उतरकर शाश्वत हो जाती हैं।

वरिष्ठ साहित्यकार एवं चिंतक
मो. : 9425072151

□

सृजन की अंत:सलिला

—बिनय षडंगी राजाराम

सीता की धरती के संस्कारों में पली-बढ़ी, बुद्ध की महानता और जय प्रकाश नारायण की राजनीति को हृदय में बसाकर लेखन तथा राजनीति की समानांतर साधिका, वर्तमान में गोवा की राज्यपाल माननीया मृदुला सिन्हा राजनेता से पहले एक संवेदनशील लेखिका हैं। यद्यपि जय प्रकाशजी के जन-आंदोलन में उन्होंने सक्रिय सहभागिता की थी, जो उन्हें राजनीति के राजमार्ग पर सहज ही आगे ले जाती, किंतु उनके व्यक्तित्व में सृजन की एक अंत:सलिला विद्यमान थी, जिसने उनके जीवन को निरंतर लेखन में सक्रिय बनाए रखा।

बिहार के जन-मन की गहराई को मापती मृदुलाजी की लेखनी में नारी का धरती सा सहनशील स्वरूप एक स्थायी भाव के रूप में सदैव विद्यमान रहता है। सहनशीलता के साथ-साथ समभावी, चिंतनशील, उदात्तमना नायिकाओं के आदर्श उदाहरण हैं उनकी नायिकाएँ। उन्होंने 'सीता पुनि बोली' में सीता के रूप में भारतीय नारी की दृढ़-अव्यक्त आत्मा को शब्द दिए हैं तो 'परितप्त लंकेश्वरी' में मंदोदरी के माध्यम से नारी के नैसर्गिक स्वभाव की जटिलताओं को नितांत मनोवैज्ञानिक धरातल पर सार्थकता के साथ सतर्क स्थापित किया है। सोने की लंका की पटरानी के जीवन की विवशता, किंकर्तव्यविमूढ़ता और उसके भी ऊपर एक दुराचारी राजा की पतिव्रता पत्नी का जीवन जीने की छटपटाहट को मृदुलाजी ने बहुत सशक्त शब्दों में अभिव्यक्त करते हुए मंदोदरी के चरित्र को बहुत खूबसूरती के साथ साकार किया है। रावण जैसे दंभी एवं क्रूर राजा की सहृदया पत्नी के रूप में मंदोदरी के मानसिक द्वंद्व का जैसा सजीव चित्रण इस आत्मकथात्मक उपन्यास में हुआ है, वह वर्तमान साहित्य परंपरा में दुर्लभ है।

मृदुलाजी ने पौराणिक नारी पात्रों के माध्यम से वर्तमान समय की विडंबनाओं का सटीक चित्रण किया है। भारतीय परंपराओं, मान्यताओं और पारिवारिक बंधनों के भीतर रहते हुए भी मृदुलाजी के नारी पात्र भारत की सशक्त नारी के श्रेष्ठ उदाहरण प्रस्तुत करते हैं। नारी की नैसर्गिक विशेषताओं को पात्रों के अनुकूल विस्तार देना या स्थापित करना मृदुलाजी की लेखन-शैली की निजी पहचान है। इस विशेषता को उनके भाषणों में भी सहज देखा जा सकता है।

बिहार की समृद्ध लोक-कथाओं, लोक-परंपराओं की वे एक चलती-फिरती

'एनसाइक्लोपीडिया' हैं। कितनी लोक-कथाएँ, कितनी कहावतें, कितने ही व्यक्तिगत दृष्टांत सब उनके मनोजगत् की थाती हैं। मौका मिलने पर मृदुलाजी उनका ऐसा सटीक उपयोग करती हैं कि सुननेवाले 'यूटोपिया' में चले जाते हैं। उनके भाषण चाहे राजनीतिक मंच से हों अथवा साहित्यिक; दृष्टांतपरक भावनात्मक अभिव्यक्ति का सम्मोहक प्रभाव सर्वत्र रहता है। भाषण की अपनी उदात्त शैली से मृदुलाजी अपने श्रोताओं को सम्मोहित कर ही लेती हैं।ग्रीक चिंतक 'लोंजाइनस' ने वक्तृत्व-शास्त्र की चर्चा करते हुए जिस उदात्तता को महत्त्व दिया है, उसको ठीक-ठीक समझने के लिए मृदुलाजी के भाषण उत्तम उदाहरण हो सकते हैं।

मैं बहुत लंबे समय से मृदुलाजी को अखिल भारतीय साहित्य परिषद् की एक सक्रिय उपाध्यक्ष के रूप में जानती रही हूँ। अपनी समस्त राजनीतिक, लेखन-संपादन की व्यस्तताओं के बाद भी वे सदैव साहित्य परिषद् के अधिवेशनों, कार्यशालाओं एवं संगोष्ठियों में अपनी उपस्थिति से कार्यक्रम की गरिमा में श्रीवृद्धि करती रही हैं।

साहित्य परिषद् के कार्यक्रमों में उनके नैकट्य-साहचर्य का मुझे बारंबार अवसर मिलता रहा है। जब भी हम मिले हैं, इतनी आत्मीयता से मिले हैं कि संभवत: उसे व्यक्त करने के लिए मैं कोई शब्द न खोज पाऊँ। संबंध की वह आत्मीयता निश्चित ही वयस, अनुभव तथा पद के बंधनों से मुक्त नितांत निजता से भरी रही है। यह निजता उनके महामहिम बनने के बाद भी जारी रही। उनके साथ मेरा संबंध एक लेखिका का दूसरी लेखिका से, एक साहित्यिक संस्था की उपाध्यक्ष का उसके एक सहकर्मी के साथ जैसा होता है, उतना मात्र न होकर कहीं अधिक अज्ञात भावात्मक जुड़ाव के रूप में रहा है।

मृदुलाजी का राजनीतिक जीवन गोवा की राज्यपाल बनने के पूर्व भी पर्याप्त सक्रिय था। वे भाजपा महिला मोर्चा की राष्ट्रीय अध्यक्ष थीं, जय प्रकाश नारायण के समग्र क्रांति आंदोलन की सक्रिय सदस्य थीं, ख्यातिलब्ध राजनेता डॉ. राम कृपाल सिन्हा की धर्मपत्नी के रूप में पारिवारिक दायित्वों का निर्वाह करते हुए अनेक समाजसेवा के कार्यों से जुड़ी थीं; किंतु हम जब साहित्य परिषद् के किसी कार्यक्रम में मिलते थे, तब मात्र 'परिषद्-परिवार' के ही होते थे। यही निर्वैयक्तिक निर्लिप्त स्वभाव उन्हें अन्यों से अलग करता है।

मृदुलाजी के 'अलग' स्वभाव का एक किस्सा आज भी मुझे अभिभूत करता—"भोपाल में विश्व हिंदी सम्मेलन होनेवाला था। उसकी तैयारियाँ जोरों पर थीं। सम्मेलन में अपनी भागीदारी सुनिश्चित करने के मेरे प्रयासों के बीच आश्चर्य की स्थिति तब बनी, जब गोवा राजभवन से इस संबंध में पूछ-परख हुई। भोपाल से दूर गोवा में बैठकर विश्व हिंदी सम्मेलन में मेरी सहभागिता सुनिश्चित करने की चिंता मृदुलाजी तब तक करती रहीं, जब तक कार्यालय ने विश्व हिंदी सम्मेलन में मेरी सहभागिता की पुष्टि न कर दी। मेरे प्रति यह जो उनकी अपनत्व भरी चिंता थी, वह मेरे हृदय में एक अमिट छाप छोड़ गई।

मेरी लेखन-सक्रियता से वे भली-भाँति परिचित थीं, इसीलिए 'पाँचवाँ स्तंभ' के लिए वे प्राय: मुझसे लिखने का आग्रह करती थीं। समय-समय पर मेरी रचनाएँ उसमें प्रकाशित भी होती रहीं। 'पाँचवाँ स्तंभ' का मध्य प्रदेश विशेषांक हम सबके लिए भी महत्त्वपूर्ण था।

उसकी पूर्व तैयारी के रूप में हम लोगों की बैठकें भी हुईं। उस अंक के लिए मैंने 'साहित्यिक गतिविधियों का केंद्र मध्य प्रदेश' तथा 'भोपाल का सौंदर्य' विषयक दो महत्त्वपूर्ण आलेख लिखे थे। यह अंक अनेक महत्त्वपूर्ण आलेखों तथा फोटो आदि के कारण संग्रहणीय बन पड़ा था।

एक व्यक्तिगत प्रसंग की याद के साथ मैं अपनी बात समाप्त करना चाहूँगी। साहित्य परिषद् का राष्ट्रीय समागम लखनऊ में हो रहा था। उन्हीं दिनों 'हरितालिका तीज' का त्योहार आया, मुझे उपवास और पूजा करनी थी। बहुत सोच-समझकर मैंने लखनऊ के निकट स्थित 'नैमिषारण्य' तीर्थ जाकर पूजा करने का निश्चय किया। नैमिषारण्य जैसे पवित्र स्थान पर गौरी कुंड के पास स्थित शिवालय में पूजा संपन्न कर लौटी, तब हम लोगों के आवास के प्रवेश द्वार के पास ही 'सौभाग्यमूर्ति' आदरणीया मृदुलाजी का सौम्य स्वरूप दिख गया। उनका चरण-स्पर्श कर आशीर्वाद लिया और उन्हें प्रसाद देकर इस सौभाग्य-व्रत की पूर्णाहुति की। 'नैमिषारण्य' के शिवालय में की गई पूजा के साथ-साथ मृदुलाजी के मृदुल स्नेहाशीर्वाद के कारण वह 'हरितालिका व्रत' मेरे लिए सदा स्मरणीय बन गया।"

निरंतर सृजनशील साहित्यकार, संवेदनशील राजनीतिज्ञ, विदुषी, स्वनामधन्य मृदुलाजी का स्नेह, सौहार्द और सामीप्य का भाव मेरे जीवन की बहुत बड़ी पूँजी है।

माननीया मृदुला सिन्हाजी के जीवन के इस 'अमृत वर्षण-वर्ष' के दिव्य अवसर पर कामना है कि उनका सुदीर्घ, सृजनशील, कर्मशील, उत्तरोत्तर उन्नति करता व्यक्तित्व अमृतमय आलोक से सदैव आलोकित होता रहे।

वरिष्ठ साहित्यकार एवं हिंदी सलाकार-वित्त
एवं खाद्य मंत्रालय, भारत सरकार तथा राष्ट्रीय मंत्री,
अखिल भारतीय साहित्य परिषद् न्यास, नई दिल्ली
मो. : 9826215072

□

अतिशय (उपन्यास) : श्रीमती मृदुला सिन्हा

—समीक्षक : डॉ. तपेश्वर नाथ

इधर एक अरसा बाद एक बृहदाकार महत्त्वपूर्ण उपन्यास पढ़ने का अवसर मिला। यह आधुनिक विदुषी लेखिका श्रीमती मृदुला सिन्हा का सद्यः प्रकाशित ग्रंथ है। इसके पूर्व एक और उपन्यास इनका प्रसंगवश बहुचर्चित हुआ—'ज्यों मेहँदी को रंग'। इसका श्रेय मार्क्सवादी आलोचकों को है, जिन्होंने माध्यमिक कक्षा में प्रेमचंद के 'निर्मला' उपन्यास की जगह इनके इस उपन्यास को लगाने के विरुद्ध देश भर में मीडिया से लेकर सड़क तक जिहाद खड़ा कर दिया था। अस्तु

1. कथा समीक्षा : प्रस्तुत उपन्यास एक चरित्र प्रधान मनोविश्लेषणात्मक कृति है, जिसकी कथा का घटन क्षेत्र दिल्ली-मुंबई आदि महानगर से लेकर अंतरराष्ट्रीय स्तर पर मास्को और न्यूयॉर्क तक है। बीच-बीच में मिथिला, प्रयाग और केरल के प्राकृतिक अंचल भी हैं। मुख्य पात्र हैं—यति और शिवानी तथा गौण पात्रों में शर्मिष्ठा, डॉ. त्रिपाठी, रजनीश, हरीश, पुरुषार्थ, परिमल, अंबिका, मधु आडवाणी, रेमी आदि हैं। यति उद्योगपति पिता श्रीधर गोयनका का पुत्र है, जिसकी पत्नी प्रोफेसर पुत्री शिवानी है। परिमल इनका इकलौता पुत्र है। वैसे शर्मिष्ठा, यति की प्रेयसी है, जिसके प्रेम-संयोग से उसे कौमार्य में ही एक पुत्र पुरुषार्थ होता है। लोक लाजवश वह उसे लेकर कहीं गायब हो जाती है, किंतु इसकी भनक लगते ही पत्नी शिवानी स्वभावतः पति को छोड़ प्रयाग अपने पिता के पास आ जाती है। पुत्र पुदुचेरी आश्रम के स्कूल और कॉलेज में शिक्षित होकर आता है। तब तक बंधु रजनीश, जो शिवानी के पिता प्रो. त्रिपाठी का शोधार्थी प्रोफेसर है, उसकी और त्रिपाठीजी की मंत्रणा से, कालांतर में अपने पति यति को दिल से माफ कर दिल्ली निवास पर लौट आती है। पुत्र परिमल भी पुदुचेरी से शिक्षित हो दिल्ली आ जाता है। तथापि, इस उपेक्षा की मध्यांतरित अवधि में यति ने शर्मिष्ठा को अपनी कपड़ा मिल में ही प्रबंधक पद पर रख लिया था, उससे प्रेम और समागम में उलझ जाता है। मन की पत्नी-रिक्ति को वह साकी और शराब में भिगोने के मनोवैज्ञानिक दबाव-उपचार में भुलाता है। अतः लोग-बाग इस सदाचार के लिए शिवानी को भी कारण मानते हैं, किंतु तब तक बात इतनी बढ़ जाती है कि शर्मिष्ठा उसके प्रेम-प्रसून के प्रसवार्थ गुम होना ही बेहतर समझती है। इधर कुछ पत्रकार पुणे में किसी अज्ञात माँ और उसके नवजात शिशु की मौत के चित्र छापते हैं, जिसे देख हरीश, यति आदि समझ लेते हैं कि ये वही है और थोड़ी देर के लिए तनाव कम हो जाता है।

किंतु शर्मिष्ठा नाम बदलकर, उधर ही दक्षिण भारत में मिसेज एस. मेनन बन जाती है और अपने होनहार सुपुत्र को शिक्षणोपरांत कंप्यूटर इंजीनियरिंग के प्रशिक्षणार्थ अमेरिका के एक उन्नत प्रतिष्ठान (सिलिकॉन वैली) में भेजकर उसे फिर भारत में ही कार्यालग्न होने की मंत्रणा देती है। पुरुषार्थ यति की 'शिवानी मिल' में ही कार्यालग्न होकर पूरे तन-मन-धन से उत्थान में लग जाता है, जहाँ सॉफ्टवेयर व इंटरनेट पर विज्ञापन द्वारा वह वस्त्र-उद्योग को अंतरराष्ट्रीय 'गार्मेंट्स' के सर्वोत्तम निर्यातक रूप में विकसित कर राष्ट्रीय कीर्तिमान स्थापित करता है।

उधर रजनीश और प्रो. त्रिपाठी को अमेरिका में उनके ज्ञान, आध्यात्मिक उपलब्धियों के उपलक्ष्य में नोबेल पुरस्कार, अंतरराष्ट्रीय सम्मानादि से अलंकृत किया जाता है। वे भी वहाँ से यहीं आ जाते हैं। इधर पुरुषार्थ अपनी माँ शर्मिष्ठा द्वारा संस्थापित—वृद्धाश्रम सह पालना गृह 'शबरी आश्रम' में उसके उद्घाटन एवं अपनी आत्मकथा के लोकार्पण हेतु निमंत्रित कर बुला लेता है, जहाँ सभी बिछुड़े हुओं का समागम हो जाता है।

स्वातंत्र्योत्तर उपन्यास-लेखन में, वस्तुतः रेणु और नागार्जुन की जनवादी परंपरा से कुछ भिन्न मृदुला सिन्हाजी की यह भारतीय कथा गरीब जन-कथा न होकर राष्ट्रीय-अंतरराष्ट्रीय धन-धर्म कथा है। निस्संदेह इसमें ग्रामीण कला एवं भारतीय संस्कृति, सभ्यता, साधुता के विविध रंग-रूपों का सुविस्तृत चित्रण भव्यता से हुआ है।

विदुषी लेखिका बिहार की हैं, किंतु जैसे सर्वाधिक पिछड़े, भ्रष्ट, लुटे, लठियल, सांप्रदायिक, जातिवादी प्रदेश की कराह, बलात्कार, अपहरण व आतंक को अँधेरे और गर्दिश को शिद्दत से चित्रित करने का तकाजा इसे विशेष प्रासंगिक बनाता, जो न हुआ। इस सशक्त लेखनी से आगे यही अपेक्षा पाठक जगत् को बनी रहेगी।

इनके पात्रों का वर्ग-चरित्र उच्च मध्यमवर्गीय, बुद्धिजीवियों, अगड़ों का है, नारी-सम्मान का है, पर सर्वहारा, फुटपाथी, झुग्गी, किसान-मजदूर आदि पिछड़ों-दलितों का नहीं। जहाँ खलनायक व रंगदार ही चारों ओर हैं, वहाँ इस उपन्यास में एकमात्र विलेन राव है, जो भीतरघात कर मिल में हड़ताल कराता और मरणासन्न यति को सुरा-सुंदरी में डुबो देना चाहता है, किंतु शीघ्र ही भेद खुल जाने पर उसकी छुट्टी हो जाती है। हाँ, यह अवश्य है कि तालाबंदी व हड़ताल से पामाल मिल मजदूर वैज्ञानिक और तकनीकी विकास से उन्मत्त उद्योग का लाभ उठाते पाए गए। इससे छोटों के वर्ग की कुछ आशा जगी, जो शुभकर है।

इसकी भाषा परिष्कृत, मनोविश्लेषणात्मक, रागात्मक, काव्यात्मक, मिश्रित तो है, पर कहीं-कहीं व्याकरणगत त्रुटियाँ भी हैं। यथा, साम्यता (पृ. 8), अपरोक्ष (पृ. 210), पुरुषार्थ की जगह पुरस्कार (पृ. 242), सूर और तुलसी के पद एकमेक (पृ. 411)।

संवाद स्वगत व आत्मालाप शैली, भाषण व पत्र शैली, नाटकीय कथोपकथन संकलित हैं। इनमें विश्लेषण, व्याख्यान, बातचीत, हँसी-मजाक, सूक्ति-लोकोक्ति आदि सब हैं, जिनसे कहीं खुलाबा कहीं जमावट और बुनावट है। कहीं-कहीं अंतर्विरोध भी (पृ. 46 और 79) है। शिवानी के प्रयाग भाग आने में रजनीश के सोच की दिशा असंतुलित हो गई है (पृ. 182-83) यह शिवानी की कहानी, ठीक ही है। गुलाब की पँखुड़ियों का झरना स्वाभाविक है। एक जगह यति शर्मिष्ठा

से कहता है (पृ. 114)—'पहले विवाह कर लीजिए।' यह प्रबंध निदेशक की मर्यादा में बट्टा है। आगे भी तथैव च।

वातावरण-चित्रण मनोभव है। विशेषत: प्रेम रोमांस चित्रण भव्य और रोमांचक हुआ है। धर्मवीर भारती के 'गुनाहों का देवता' का प्लॉट, पात्र, डायलॉग व रोमांस कभी-कभी याद आते हैं। केरल के वनांचल की सुषमा व अमेरिकी शहर का ऐश्वर्य नयनाभिराम है। बीच-बीच में उर्वशीकार दिनकर और 'संभोग से समाधि की ओर' के लेखक आचार्य रजनीश के काम-दर्शन का पुट भी कथा को जायकेदार बनाता है। वह ययाति से यति होते हुए रजनीश तक पहुँचता है। इसमें यथावसर चुस्ती व सुरुचि रखी गई है, जो स्तुत्य है।

उद्देश्य—यति कुत्सिल वासनापंथी भोगी से योगी बनता है। शराबी से सदाचारी बन पद्मभूषण पाता है। शर्मिष्ठा भोगी प्रेमिका से 'शबरी आश्रम' की आजीवन संचालिका बनती है। शिवानी मानिनी-अभिमानिनी से शांत सपत्नी रूप में विकसती है। अमेरिकी-प्रवासी भारतीय मेधावी युवक पुरुषार्थ, अंबिका आदि देश-भक्ति से प्रेरित हो भारत ही लौटते हैं। वे सब अपने वाणिज्य-विज्ञान से तो डॉ. त्रिपाठी व रजनीश अपने दर्शन-ज्ञान से विश्व में भारत का सम्मान बढ़ाते हैं। वे प्रसाद के चंद्रगुप्त नाटक के क्रमशः दांडायन व कौटिल्य के सदृश हैं। चारों ओर खुशफहमी (फील गुड) का माहौल बना है। भारतीय कंपनी का वैश्वीकरण, सॉफ्टवेयर प्रोग्रामिंग की धूम, नोबेल पुरस्कार आदि उद्देश्य व वातावरण को महता प्रदान करते हैं, जो सर्वोपरि है। परित्यक्ता नारी का महिमा-मंडन, जो शर्मिष्ठा के 'शबरी आश्रम' की कल्पना को साकार कर किया गया है। योग-महिमा, प्राकृतिक चिकित्सा, हस्तशिल्प, गृह उद्योग, हस्तकला, लोकगीत, लोकपर्व, त्योहार आदि का उनमें रस-संचार मनोभव है। ये लयात्मक, महाकाव्यात्मक होकर रेणु शैली की याद दिलाते हैं। मृदुलाजी में सर्वत्र रेणु का प्रेम और मार्दव है, नागार्जुन की तल्खी नहीं, तथापि रेणु और नागार्जुन से मृदुलाजी आत्याधुनिक हैं। यहाँ वह सॉफ्टवेयर युग को देश का विकास-युग-बोधक व गरीबी-निवारक बनाकर इन दोनों को पीछे छोड़ आई हैं। बशर्ते कि सर्वव्यापी भ्रष्टाचार कम हो। इनमें राष्ट्रीय स्वाभिमान व नारी-सम्मान कारगर निदान है। यही हिंदी जगत् को इस विदुषी लेखिका का अमर प्रदेय है। 'अतिशय' शीर्षक असंतुलनवाची है, जिसके खतरों से भौतिकवादी परिश्रम और रूढ़िवादी भारत को बचने हेतु आगाह किया गया है। यही संप्रति, लेखिका का राष्ट्रीय व अंतरराष्ट्रीय कल्याण संदेश है।

पूर्व अध्यक्ष—
हिंदी, ति.मा. भागलपुर विश्वविद्यालय

□

सीता पुनि बोली : भारतीय नारी के रचनात्मक सच के साक्षात्कार

—डॉ. विमला सिंघल

'ज्यों हिंदी को रंग', 'घरवास' और 'अतिशय' की प्रख्यात उपन्यास लेखिका मृदुला सिन्हा का सद्यः प्रकाशित उपन्यास 'सीता पुनि बोली' नारी-विमर्श को भारतीय दृष्टिकोण से देखने के संकल्प का ही परिणाम है। आत्मकथात्मक शैली में रचित इस उपन्यास में मृदुला सिन्हाजी ने भारतीय सनातन नारी मन के उठे हुए टीले पर खड़े होकर रामकथा के प्रवाह से सीता के चरित्र को देखा है। प्रकृति ने नारी देह में मातृकुक्षि देकर उसे विशेष बनाया है। प्रकृति को मातृ-ऋतुचक्र नारी अस्तित्व से ही चलित है। इस संज्ञान ने मृदुला सिन्हाजी के नारी चिंतन को मातृ वत्सला बनाया है। सीता का चरित्र जहाँ भारतीय सनातन नारी मन को अपनी व्यथा के क्षणों को उत्सव में परिणत करने की प्रेरणा देता है, वहीं आधुनिक नारी-विमर्श के सेमीनारी गलियारों में अनुत्तरित प्रश्न छोड़ता है कि सीता में आत्मसम्मान और स्वविवेक शायद था ही नहीं, इसलिए सीता ने अग्नि परीक्षा दी और गर्भिणी सीता को निर्वासन का दंड देनेवाला राम पुरुष प्रधान चरित्र ही है, फिर यह भारतीय जीवन के आदर्श क्यों कर रहे हैं? इन प्रश्नों का उत्तर भारतीय जीवन दृष्टि एवं चिंतन परंपरा से जुड़कर अपने काल की मोना (मधुमक्खी) बनकर ही मृदुलाजी ने तलाशा।

उपन्यास में सीता के जन्मोत्सव के साथ जुड़े मिथिलोत्सव पर्व में पैठकर रचनाकृति में सीता के जन्म से संबंधित उस घटना को, सीता हल की नोक से धरती से उत्पन्न हुई, के मर्म की गाँठ सीता के मन में इस तरह पड़ी और बार-बार सीता उसे झेलती है। सीता के मन में प्रवेश कर रहा है, "जिस भूल के लिए बच्चे उत्तरदायी नहीं होते, उसकी सजा समाज बच्चों को क्यों देता है?" यह ऐसा प्रश्न है, जिसे प्रत्येक रचनाकार रचनात्मक धरातल पर समझता-बूझता है, किंतु व्यवहार जगत् में यह समझ खोटा सिक्का साबित होती है। विदेह राज जनक द्वारा सीता को वीर्य-शुक्ला बनाकर स्वयंवर रचाने के मूल में कहीं-न-कहीं सीता को समाज स्वीकृति दिलाने की गाँठ ही रचनाकार को दिखाई पड़ती है। उनके जानकी, वैदेही, मैथिली जैसे संबोधन भी इस समाज स्वीकृति की आकांक्षा से परे हैं। ये सारे प्रश्न सीता के बालमन को कितने प्रश्नांकित करते रहे होंगे! इस ओर किसी भी रचनाकार की दृष्टि अभी तक नहीं गई है। मृदुला सिन्हा ने इस उपन्यास

में सीता के बालमन में प्रवेश कर ही इसे शब्दाभिव्यक्ति दे दी है। सीता के मन की यह गाँठ दशरथ द्वारा सीता के पृथ्वी-पुत्री होने के भाव से उन्हें साक्षात्कार कराने पर ही खुल सकी। सीता के सहोदरा-भाव को आश्वस्त करते हुए दशरथ ने उन्हें रत्नगर्भा पृथ्वी का सबसे अनमोल रत्न कहा, "और हमारी बड़ी बहू का कहना ही क्या है। यह तो रत्नगर्भा धरती की पुत्री है। मुझे लगता है कि अपने समय के सभी सहोदरा रत्नों, पेड़-पौधों, लता-कुंजों और नद-नदियों से बीस है हमारी बहू भूमिजा। अपने वंश के संस्कार में पगी हुई।" (सीता पुनि बोली पृष्ठ-71) सीता के मन की यह आशंका कि धरती की पुत्री कही जानेवाली मेरे जन्म से जुड़ी घटना मेरी ससुराल में मेरे अधिकार पर प्रश्नचिह्न तो नहीं लगा देगी ? सीता का ही मन इस बात को समझ सकता था और सीता होकर ही मृदुला सिन्हा ने इसे समझा है। सीता का सहोदरा-भाव जनक की आश्वस्ति के बाद भी जिस रूप में उपन्यस्त हुआ है, यह पठनीय है, "स्त्री गर्भ से पैदा नहीं हुई, इसलिए भी तो 'वैदेही' कहला सकती हूँ, परंतु इन बड़े वृक्षों को देखकर मुझे लगा कि ये भी विदेह हैं और इनकी सहोदरा मैं वैदेही। उस दिन अपना नाम 'वैदेही' मुझे सार्थक लगने लगा। राजा जनक की पुत्री होने और राम को पाकर अपने त्रिलोक में सबसे सौभाग्यशालिनी मान बैठी थी मैं; मगर उस दिन सारी पृथ्वी पर उगे असंख्य जीव-जंतु, पेड़-पौधे, नदी-पहाड़ और रत्नों की सहोदरा होने के एहसास में आकाश छू लेने की आकांक्षा दे दी मुझे।" (पृष्ठ संख्या-74)

वंशानुरूप कर्तव्य पालन की आत्मशिक्षा, माता एवं पिता की शील-संस्कार शिक्षा ने ही सीता को विपरीततम परिस्थितियों में भी स्वविवेक से संचालित होने की शक्ति दी। तभी तो सीता संकट के घड़ी में राम के साथ वनवास का स्वयं वरण करती है। राम के जीवन के व्यथा के क्षणों को उत्सव में परिवर्तित कर देनेवाली नारी की इस भूमिका की सराहना युग-युगांतर तक होती रहेगी। सीता ने वनप्रांतर को सहोदरा-भाव से देखने-दिखाने की दृष्टि राम और लक्ष्मण को भी दी। लक्ष्मण कहते हैं, "हाँ भैया, यदि भाभी साथ में नहीं आतीं तो शायद हम वन को केवल तीर-धनुष की आँखों से देखते। भाभी की दृष्टि से वन देखना सुखद लग रहा है। मार्ग में थकान भी अनुभव नहीं हो रही है।" (पृष्ठ संख्या-121) सीता के चरित्र के उन अनछुए प्रसंगों को उपन्यास में पढ़ना पाठक को अननुभूत अनुभव से भर देता है। सीता राम की सहधर्मिणी है, जिसने धीरज को अपना धर्म माना है और राजा जनक के सभा भवन में बैठकर मंत्रियों के मंत्रणा के समय पिता के साथ उपस्थित होकर साम, दाम, दंड, भेद से राज चलाने के गूढ़ को भी समझा है, तभी तो अपहरण की घोरतम यातना के समय भी अपने आत्मबल को समक्ष रखते हुए रावण जैसे योद्धा के पशुबल को परास्त कर सती और अपने मन में संकल्प जगा सकी, "मैं लंका की अशोक वाटिका में रहकर ही लंकापति को जड़मूल से समाप्त करूँगी। राम युद्ध द्वारा रावण राज की डालियाँ काटेंगे। मैं जड़ तक खोद डालूँगी। राम की सहयोगिनी जो हूँ।" (पृष्ठ संख्या-153) उपन्यास में सीता के कारण राम को सौभाग्शाली बताना और सीता के कारण ही मर्यादा पुरुषोत्तम कहलाना सीता के शक्तिशाली व्यक्तित्व के कारण ही संभव है।

जंगल की कठिन राह पर चलती सीता के मुख पर ऋषि अगस्त्य ने वीरता, साहस और पतिव्रत की कांति देखी थी। सीता के चरित्र पर यह पक्ष मैत्रेयी की भाँति भौतिक आकर्षण को

ठुकराकर आत्मबल को अपनी आधार भूमि बनाना, सदैव ही भारतीय नारी को प्रेरित करता रहेगा। रावण की सोने की सीढ़ियाँ, हाथी दाँत की खिड़कियाँ, हीरे-मोती जड़े गुंबदों को तिनके के बराबर भी न समझना कोई इस भारतीय अस्तित्व से ही सीख सकता है। नारी-विमर्श के ये ऐसे आयाम हैं, जिन्हें कोई भी विपथगामी विमर्श उखाड़ नहीं सकता। मृदुलाजी ने नारी-विमर्श के भारतीय आयाम को इतनी सशक्तता से प्रस्तूत किया है कि पाठक उपन्यास के कथा प्रवाह में बहता हुआ भी पूर्व विचार मंत्रों को सँजोकर रखना चाहता है। चित्रकूट प्रसंग में माता कौशल्या द्वारा अपने समधी जनक से क्षमा याचना का प्रसंग किसी भी पुत्री के पिता के पद को गरीमामय बना सकता है, "पुत्री का पिता महादानी व महासंतोषी होता है। अपने कलेजे का टुकड़ा पुत्री को हँसते-हँसते दान कर देता है। समधीजी, मेरे स्वर्गवासी पति और उनके वंशज को क्षमा कर दीजिए।" (पृष्ठ संख्या-112) मृदुलाजी ने सती अनसूया के प्रसंगों को भी नवीन चिंतन से दीप्त किया है। सीता को वन्य जीवन की कठिनाइयों में अविचल रहने का संकल्प भरनेवाली सती अनसूया का प्रसंग ऐसा प्रसंग है, जिसपर तथाकथित आधुनिक नारी-विमर्श छींटा-कशी करने में नहीं चूकता। इस प्रसंग को भारतीय नारी के मन के मर्म में प्रवेश कर मृदुलाजी ने लिखा है, "पुत्री तुम्हारे धीरज की बार-बार परीक्षा ली जाएगी। सांसारिक दृष्टि से यह तुम्हारे दांपत्य का आपातकाल है। आपातकाल में धीरज, धर्म, मित्र और नारी की परीक्षा होती है। राम बड़े स्वभावशाली हैं। उन्हें धीरज, धर्म और नारी—तीनों एक ही काया में मिल गई हैं, जो तुम हो। तुम्हीं त्रिगुणा हो। त्रिगुणा का संतुलित प्रेम विरलों को मिलता है। राम का वन जीवन उन्हें यश से भर देगा। उनकी कीर्ति दिग्दिगंत में फैलेगी, परंतु यह बात बहुत कम लोग जानेंगे कि उस कीर्ति के पीछे तुम जैसी त्रिगुणा नारी का तप है। यह तो सच है कि तुम्हारे नाम के उपरांत ही राम का नाम लिया जाएगा, परंतु यह कथा राम की होगी। मैं जानती हूँ कि तुम्हें भी इसी में आनंद मिलेगा। अपने पति के रहते हुए जो नारी स्वप्न में भी दूसरे पुरुष के बारे में सोचती है, वह घोर नरक में जाती है। यही बात पुरुष पर भी लागू होती है। तुम्हारे लिए यह सौभाग्य की बात है कि राम ने भी एक पत्नीव्रत लिया है। जीती रहो पुत्री! तुमने दुःख में भी पति का साथ देकर पुण्य कमाया है। अब तुम पतिव्रता कहलाओगी। राम भी तुम्हारे कारण मर्यादा पुरुष कहलाएँगे।" (पृष्ठ संख्या-119-120)

सीता के व्यक्तित्व के संपर्क में वनवासी स्त्रियों ने स्वयं को सुसंस्कृत बनाने का संकल्प लिया, सीता का व्यक्तित्व ही ऐसा है, जो स्त्रियाँ उसके संपर्क में आती थीं, वही अपने आप को सीतामयी महसूस करती थीं, यहाँ तक कि लंका में लैला जैसी पुंश्चली भी स्वयं को भोजन और संभोग से दूर रखने में ही अपने व्यक्तित्व को महसूस करने लगी। त्रिजटा कहती है, "अब धीरज की अवतार होती। जब से तुम्हें देखा है, तुमसे हम शक्ति ग्रहण करने लगे हैं।" (पृष्ठ संख्या-159) भारतीय नारी पुरुष के पाप कर्मों की भागीदार नहीं होने का वचन लेकर ही दांपत्य जीवन की सप्तपदी से अपना दांपत्य जीवन प्रारंभ करती है। मृदुलाजी ने रावण के पाप कर्म से मंदोदरी को इसी आधार पर मुक्त किया है। नारी को विशेष बनाता है, उसका मातृवत्सल हृदय। इस वत्सल भाव के अभाव में तो नारी मात्र पुरुष की वासना का बहलाव भर कर सकती है। 'स्त्रीत्व तो मात्र एक क्षणिक आवेग है, मातृत्व शाश्वत व स्थायी भाव है।' मातृत्व एक सामाजिक भाव है, जो नारी

को मातृत्व ऋण से उऋण होने का प्रकृति-प्रदत वरदान है। जिस मातृत्व को तथाकथित आधुनिक नारी-विमर्श नारी के जीवन का अभिशाप मानता है, वही मातृत्व भारतीय नारी-विमर्श का संपूर्ण आधार है। सीता के रोम-रोम में मातृभाव प्रकृतिस्थ था। सीता के मातृत्व का स्पर्श लक्ष्मण और हनुमान को होता ही है। महर्षि वाल्मीकि द्वारा उसे अनुभव करना हमें नारीत्व के आत्म विस्तारित अद्‌भुत भाव से भर देता है। मृदुलाजी मातृत्व का महत्त्व पुरुषार्थ के रूप में प्रतिष्ठित करने में सफल हुई हैं। स्त्रियों में मातृत्व का यह विशेष संबल ही उन्हें अकेले रहकर बच्चे के लालन-पालन में समर्थ बनाता है, जिसे पुरुष नहीं कर सकते हैं। सीता का अपने पुत्रों का लालन-पालन अकेले करना और राम को पुत्रों के जन्म की सूचना तक न मिले, ऐसी आकांक्षा रखना और उसकी तद्‌नुरूप व्यवस्था करना ही सीता द्वारा राम को दी गई सबसे बड़ी यातना है, किंतु स्वयं अपने हृदय के टुकड़ों के संतुलित विकास के लिए निरंतर मन-ही-मन पीड़ा का दंश भोगकर ही मैंने इन्हें राम को तात कहने की शिक्षा नहीं दी। भारतीय नारी-विमर्श के ये ऐसे पहलू हैं, जिन्हें ऋषि वाल्मीकि ने अपने तप के बल पर जाना है, "जगज्जननी की पीड़ा के आनंद के बिना संसार की रचना नहीं हो सकती।" सीता के द्वारा यह कहलवाना कि जीवन एक व्रत ही है, यज्ञ है, जिसमें आहुतियाँ भी देनी पड़ती है।

निरंतर जीवन को समझते हुए जीने का संकल्प पाठक में भरता है, जो नारी की संपूर्ण व्यथा के समय को उत्सव बनाने में समर्थ है। राम ने सीता को वनवास दिया, किंतु स्वयं राम सीता के व्यक्तित्व से परिचित थे, वे लक्ष्मण को अपने अंतरंग से परिचित कराते हुए कहते हैं, "सीता मेरे रामकाज में मंत्री, घर के कामकाज में सहयोगिनी, धर्म में पत्नी, क्षमा में धरती, स्नेह में माँ, जीवन के अन्य उत्सव कार्यों में सबकुछ है। लक्ष्मण! पत्नी का संग-साथ ऐसा ही होता है, जब वह सीता जैसी हो।'' प्रस्तुत उपन्यास में रचनाकार के दायित्व को वहन करते हुए, मृदुला सिन्हा के इस आत्मचरितात्मक उपन्यास की कथा के साथ, सीता की वेदना के साथ ही नहीं, सीता के समस्त चरित्र के साथ पाठक का साधारणीकरण होता है, जो व्यक्ति वैचित्र्यवादी 'छिन्नमस्ता' जैसे उपन्यासों के साथ नहीं हो पाता। सीता का महाप्रयाण प्रसंग भी इस उपन्यास को एक नई दृष्टि देता है। सीता जनसमुदाय के मध्य अप्रयास प्रभावित होती हुई, अपनी मोहमाया से बहुत परे जनसमूह के बीच कहीं ओझल हो जाती हैं। सारी अयोध्या नगरी के साथ उपस्थित राम भी उन्हें धरती में समाया मानते हैं, जबकि वास्तविकता है कि सीता अपने कर्तव्य पर निरंतर अग्रसरित तपस्विनी शाश्वत मातृ रूपा हैं। रामकथा के अक्षरशः सत्य में से बातों को अपने ढंग से रखने का ढंग ही इस उपन्यास को वैशिष्ट्य प्रदान करता है। वास्तव में मृदुलाजी का यह कथन कितना सच है, "कथ्य में हाव-भाव एवं स्वर का ही तो महत्त्व है।" (पृष्ठ संख्या-288) सीता के चिर क्षत्रमयी एवं चिर विजयिनी रूप की ही ऐसी औपन्यासिक अभिव्यक्ति है, जो वर्तमान मूल्यहीनता के प्रवेश में नारी-विमर्श को सकारात्मक चिंतन देने में समर्थ है।

वरिष्ठ साहित्यकार

□

लब्ध प्रतिष्ठ साहित्यकार की सृजन दृष्टि

—जगदीश तोमर

सुविख्यात साहित्यकार डॉ. मृदुला सिन्हा हिंदी की अग्रणी कथाकार एवं निबंध लेखिका हैं। उन्होंने नौ उपन्यास, सात कहानी-संग्रह तथा पाँच निबंध संकलन सहित अनेक महत्त्वपूर्ण ग्रंथों का प्रणयन कर साहित्य को सुसमृद्ध किया है। इसके साथ ही वह अनेकानेक पत्र-पत्रिकाओं की नियमित स्तंभ लेखिका तथा 'पाँचवाँ स्तंभ' जैसी साहित्य, संस्कृति एवं समाज विकास को समर्पित पत्रिका की यशस्वी संस्थापक संपादक भी रही हैं।

समादरणीया मृदुलाजी का व्यक्तित्व अनेकमुखी है। वे अत्यंत लोकप्रिय साहित्यकार, समाज-विचारक, राजकीय विषयों में निष्णात सक्षम प्रशासक तथा राष्ट्रीय पुनर्निर्माण की मौन पुरोधा हैं, तथापि कथाक्षेत्र में उन्होंने विशेष ख्याति एवं प्रतिष्ठा अर्जित की है। उनके कथालेखन का प्राथमिक उद्‌देश्य सर्वसामान्य को ऐसा वैचारिक पाथेय प्रदान करना है, जिससे वह अपने जीवन को समग्रता में जी सके और समाज-उन्नयन में अपनी भूमिका के प्रति सजग एवं सक्रिय रह सके। उनकी यह सृजन दृष्टि उनके विपुल लेखन में सर्वत्र दिखाई पड़ती है।

उनकी कहानियों ने अपनी सोद्‌देश्यता, सकारात्मकता एवं लेखकीय ध्येयनिष्ठा के कारण अपनी एक विशिष्ट पहचान निर्मित की है। इस संदर्भ में उनकी कहानी 'अनावरण' साहित्य मनी षियों एवं सुधी पाठकों को विशेष रूप से आकर्षित करती है। उसका कथ्य पारिवारिक कलह-विग्रह को दरशाती बुहसंख्य कहानियों से सर्वथा भिन्न है। उसमें एक बहू आपनी सास की प्रतिमा स्थापित कराती प्रस्तुत हुई है और वह इसलिए कि उसकी सास ने घर-गृहस्थी के दायित्वों को स्वयं ओढ़कर अपनी बहू को पढ़-लिखकर वकील बनने तथा गाँव की दुखी-पीड़ित महिलाओं को न्याय दिलाने के लिए उत्साहित एवं अनुप्रेरित किया। इतना ही नहीं, उसने अपनी पौत्री को चक्की-चौके के खिलौने न देकर चिकित्सक के खिलौने-उपकरण दिए और इस प्रकार उसके डॉक्टर बनने की मनोवैज्ञानिक भूमि तैयार की, ताकि वह बड़ी होकर व्याधिग्रसित ग्राम्याओं की चिकित्सा कर उन्हें स्वस्थ-प्रसन्न जीवन जीने के उपहार भेंट कर सके। इस प्रकार यह कहानी सास-बहू के बहुचर्चित तनावों-खिंचावों-तकरारों को नकारती आदर्शपूर्ण संबंधों को गहराई से उकेरती है। उसका शिल्प भी प्रांजल एवं मनभावन है।

वर्तमान में जबकि कितने ही कथालेखक-लेखिकाएँ नारी देह की स्वतंत्रता-स्वायत्तता, या

कहें उसके उन्मुक्तीकरण के लिए युद्ध स्तर पर लेखनरत हैं, मृदुलाजी की उपर्युक्त कहानी तथा अन्य कहानियाँ तमाम कथाकारों, मुख्यत: नवोन्मेषी कहानीकारों को सृजन की एक नई दिशा प्रदान कर सकती हैं।

मृदुलाजी की एक कहानी 'चिट्ठी की छुअन' भी बहुत ही अद्भुत है। उसमें कौशल्या, जो कि किसी की दादी, या नानी, किसी की माँ, किसी की सासू माँ है, उसका निर्मल माया-मोह बड़ी स्वाभाविकता से रूपायित है। वह अपने एक भाई के चल बसने पर अपने दूसरे भाई से मिलने को व्यग्र हो उठती है। वह उसकी पिठौत (उसकी पीठ पर अर्थात् उसके बाद जन्म लेनेवाली) हैं और अपने बचपन में वह पिताजी से शिकायत कर उसे प्राय: पिटवाया करती थीं, पर जीवन के उत्तरार्द्ध में वह उसे देखने को बेचैन हो रही है। उस समय कौशल्या की बहू कहती है, "माँ जी, वहाँ जाकर आप करेंगी क्या ? स्वयं आपकी भी सेवा करनी पड़ेगी उन्हें। एक ही तो बहू है, क्या-क्या करेगी।" वह ठीक ही कह रही थी, पर कौशल्या का मन नहीं मानता। वह अपनी पुत्री को चिट्ठी लिखकर बुला लेती हैं। इस पूरी कहानी में हेमंत की नरम-गरम धूप की भाँति फैले सामंजस्य, स्नेह और निश्छल व्यवहार की मनोरम छटा छाई हुई है। उसमें 'न्यूक्लियर फेमली' जो घर के बजुर्गों को 'ओल्ड होम' में ठेलने को तत्पर रहती है, पूर्णत: अनुपस्थित है। मृदुलाजी की यह कहानी हमारे आज के समय को सकारात्मक दृष्टि देती प्रतीत होती है।

मृदुलाजी की अधिकांश कहानियों की यही दिशा है। उनकी कहानियों में झुग्गी-झोंपड़ी की स्त्री अपने पति से पिटते रहकर भी उसका संग छोड़ने का विचार अपने मन में कभी नहीं लाती। उसका यह संस्कार प्रशस्य है या आलोच्य, इस पर बहस हो सकती है, पर लगता है, मृदुलाजी अपनी कहानियों के माध्यम से कलह के स्थान पर सौहार्द, निषेधात्मकता के स्थान पर सकारात्मकता और आत्मकेंद्रीयता के स्थान पर सर्वसमावेशी भाव की स्थापना निमित्त संकल्पित हैं।

मृदुलाजी के उपन्यास भी भारतीय संस्कृति एवं जीवन-व्यवहार की श्रेष्ठ उद्घोषणा करते लग रहे हैं। इस दृष्टि से उनके उपन्यास 'ज्यों मेहँदी को रंग', 'नई देवयानी', 'घरवास' तथा 'अतिशय' तो साहित्य जगत् में सुचर्चित हुए ही, किंतु उनके उपन्यास 'सीता पुनि बोली' ने तो देश के प्रगतिशील खेमे में जैसे भूचाल ही ला दिया था। हुआ यह था कि 'सीता पुनि बोली' के प्रकाशनोपरांत महाविद्यालय स्तरीय पाठ्यक्रम में सम्मिलित कर लिया गया। यह देश के प्रकट चिंतकों एवं रचनाकारों को तनिक सहन नहीं हुआ। कारण यही कि सीता की पौराणिकता और मृदुलाजी की सांस्कृतिक पक्षधरता उनके गले नहीं उतर सकती थी। इस पर मृदुलाजी ने सौजन्य प्रदर्शित करते हुए पाठ्यक्रम निर्धारकों से अपनी इस कृति को पाठ्यक्रम में न रखने हेतु ही आग्रह-अनुरोध कर दिया और यूँ 'सीता पुनि बोली' का विरोध अभियान समाप्त हो गया, परंतु इससे सारा ही देश इस कृति को पढ़ने के लिए उत्कंठित हो गया और फिर साहित्य के अध्येताओं ने जाना कि उक्त कृति में मृदुलाजी ने सीता को भारतीय नारी की आदर्श प्रतिमा के रूप में सुचित्रित किया है। 'सीता पुनि बोली' की सीता वस्तुत: वही है, जो रामायण या रामचरितमानस की सीताजी हैं, परंतु मृदुलाजी की सीताजी लोक जीवन में कहीं अधिक समरस हैं। यहाँ उनकी शुचिता, सरलता,

मृदुता आदि संस्कार कहीं अधिक हृदयग्राही और लोकसम्मत रूप में प्रस्तुत हुए हैं। देश के महा-प्रगतिशीलों को सीताजी का यह स्वरूप कैसे प्रिय लग सकता था!

उनके 'विजयनी' की नायिका सावित्री है, जो मृत्यु पर विजय प्राप्त कर लोकविश्रुत हुई और भारतीय मानस में बहुत गहरे समा गई। मृदुलाजी ने सावित्री-सत्यवान की सर्वविदित कथा को जो व्यापकता प्रदान की है, वह अद्‍भुत है। इस कृति में जगत् और जीवन के विविध पक्ष यथा—प्रेम, दांपत्य, नारी की शक्ति एवं महिमा-गरिमा, परिवार, राज्य सत्ता का आदर्श, पर्यावरण, वन्य जीवन आदि बड़ी सुबोधता से विवेचित हुए हैं। अनेक प्रसंगों में दर्शन भी उतारा है। इससे यह कृति कालजयी कृति के रूप में भारतीय वाङ्मय में प्रतिष्ठित हो गई है। 'विजयनी' के पूर्वकथन में विदुषी लेखिका ने स्वयं भी कहा है, "आशा करती हूँ कि हमारी बेटी-पोतियों की आनेवाली पीढ़ियाँ अपने अंदर सती सावित्री के जीवन अंशों को धारण करेंगी। सभी युगों में सावित्री अत्याधुनिक ही रहेगी।"

लेखिका ने अभी-अभी अपनी एक और औपन्यासिक कृति 'परितप्त लंकेश्वरी' से साहित्य भारती का अभिषेक किया है। उसमें रावण की पत्नी मंदोदरी का सती व्यक्तित्व प्रकट हुआ है। यह कृति विद्वान् लेखिका के दीर्घ-गंभीर शोध का सुपरिणाम है। इससे बृहद् हिंदी जगत् मंदोदरी के अनेक अनछुए अनुकरणीय प्रसंगों से अवगत होगा। इस कृति से भारत का यह दृष्टिकोण पुनः-पुनः उजागर हो रहा है कि उच्चादर्श, सद्‍गुण आदि के स्रोत कैसे भी हों, वे सुग्राह्य हैं। इस दृष्टि से राक्षस कुल की देवी मंदोदरी भी हमारे लिए वरेण्य एवं संपूज्य है। हिंदू मान्यता में तो वह पंच सतियों में से एक है।

डॉ. मृदुला सिन्हा वस्तुतः असीम रचनात्मक ऊर्जा की स्वामिनी है और सकारात्मकता उनकी सृजन दृष्टि का बल है। उनकी कृतियाँ साहित्य की अमूल्य निधियाँ हैं।

वरिष्ठ साहित्यकार

□

आपातकाल को रचनाओं में जीनेवाली कथाकार मृदुलाजी

—प्रो. (डॉ.) अरुण कुमार भगत

गोवा की महामहिम राज्यपाल श्रीमती मृदुला सिन्हा हिंदी की लब्धप्रतिष्ठ कथाकार के रूप में मान्य और लोकसमादृत हैं। अब तक उनके 7 उपन्यास और 7 कहानी-संग्रह प्रकाशित हो चुके हैं, जिन्हें सम्मानपूर्वक सराहा और रेखांकित किया गया है। इस प्रकार एक श्रेष्ठ कथाकार के रूप में उन्होंने राष्ट्रीय और अंतरराष्ट्रीय ख्याति अर्जित की है। इसके अतिरिक्त विभिन्न विधाओं में उनकी अब तक 56 पुस्तकें प्रकाशित हो चुकी हैं और एक दर्जन से भी अधिक पुस्तकें प्रकाशनाधीन हैं। एक कुशल कथाकार के रूप में उन्होंने अपनी कहानियों और उपन्यासों में ग्रामीण अंचल के साथ-साथ नगरीय जीवन से जुड़े सामाजिक सरोकारों को रेखांकित किया है। यह ठीक है कि उन्होंने दर्जनों कहानियाँ लिखी हैं, जिनमें से अनेक कथाएँ समालोचकों और पाठकों के बीच चर्चित हुई हैं, किंतु आपातकाल को केंद्र में रखकर लिखी गई उनकी कहानी 'जब-जब होइ धरम कै हानी' कालजयी हो गई है।

हिंदी की सशक्त कथाकोविद् श्रीमती मृदुला सिन्हा का व्यक्तित्व बहुआयामी रहा है। साहित्य के साथ-साथ वे राजनीतिक, सामाजिक और सांस्कृतिक क्षेत्र में भी समान रूप में सक्रिय रही हैं। उन्होंने अपनी रचनात्मकता से हिंदी साहित्य को तो श्रीसंपन्न किया ही है, उनकी लोकधर्मिता ने भी सामाजिक, सांस्कृतिक और राजनीतिक जीवन में एक ऐसा मानदंड स्थापित किया है, जो गौरवान्वित करनेवाला है। उन्होंने अपनी लेखकीय प्रतिबद्धता से भारतीय स्त्री-विमर्श को वामपंथी चिंतन से अलग एक ऐसी दिशा दी है, जो भारत के सांस्कृतिक अधिष्ठान पर खड़ा है। उन्होंने अपने विधेयात्मक चिंतन से समाज-जीवन का जो मार्गदर्शन किया है, वह श्लाघनीय, अनुकरणीय और वंदनीय है।

सुप्रसिद्ध लेखिका मृदुला सिन्हा लोकबद्ध पत्रकार, सामाजिक सरोकार की न्यासी एवं श्रेष्ठ संपादक के रूप में भी स्थापित हैं। उन्होंने 'पाँचवाँ स्तंभ' के संस्थापक-संपादक की गुरुतर और महत्त्वपूर्ण भूमिका का निर्वहण करते हुए राष्ट्रीय ख्याति समर्जित की। लगभग 10 वर्षों तक इस मासिक पत्रिका का संपादन कर उन्होंने इसे गुणवत्तायुक्त और आदर्श पत्रिका के रूप में स्थापित

किया। यशोधन समाजसेवी और ख्यात उपन्यासकार श्रीमती मृदुला सिन्हा के संपादकत्व में 'पाँचवाँ स्तंभ' ने पत्रकारिता के जिस उदात्त चिंतन को स्थापित किया, वह आज के संपादकों के लिए मननीय और अनुकरणीय है। 'पाँचवाँ स्तंभ' के 10 वर्षों के अंकों को देखें और उसका अंकन-मूल्यांकन करें तो ज्ञात होता है कि इसमें समाज-जीवन का सम्यक् चित्रण अपनी समग्रता के साथ हुआ है।

'पाँचवाँ स्तंभ' का आपातकाल विशेषांक जून 2013 में प्रकाशित हुआ था, जिसका अतिथि संपादक इन पंक्तियों का लेखक था। आपातकाल की कथा-व्यथा को अक्षरित करनेवाला यह विशेषांक संग्रहणीय अवश्य बन गया है, किंतु इस विशेषांक में श्रीमती सिन्हा ने अपनी उस कहानी को स्थान नहीं दिया, जो वास्तव में अविस्मरणीय तो है ही, उनकी सभी कहानियों में सर्वाधिक महत्त्वपूर्ण और कालोत्तीर्ण भी है। बाद में इन्हीं पंक्तियों के लेखक की पहल पर प्रो. त्रिभुवननाथ शुक्ल के संपादन में प्रकाशित पत्रिका 'साक्षात्कार' द्वारा इस कालजयी कहानी को मँगवाकर उसी वर्ष आपातकाल पर केंद्रित विशेषांक में सम्मानपूर्वक प्रकाशित किया गया। कुल छह पृष्ठों में प्रकाशित यह कहानी पाठकों को मर्माहत करनेवाली है।

आपातकाल की कथा-व्यथा पर यों तो दर्जनों कहानियाँ लिखी गई हैं, किंतु श्रीमती मृदुला सिन्हा द्वारा लिखी गई कहानी 'जब-जब होइ धरम कै हानी' अपनी बनावट और बुनावट की दृष्टि से तो श्रेष्ठ है ही, कथोपकथन की दृष्टि से भी उत्तम है। मन-प्राणों को स्पर्श करनेवाली इस कहानी की भाषा सहज और सरल है। कथानक में अनुकूल भाव और प्रभाव पैदा करने के लिए उन्होंने जिस भाषा-शैली का प्रयोग किया है, वह समकालीन कथाकारों के लिए स्पृहणीय बन गया है। आपातकाल की अनुभूतियों से उत्पन्न मनोभावों की अभिव्यंजना में कथाकार सर्वथा समर्थ दिखती हैं। शब्दों का कुशल प्रयोग करने में उन्हें महारत हासिल है। परिस्थितियों और परिवेशों को चित्रित करते हुए उनकी शब्द-योजना का वैशिष्ट्य वांछित सौंदर्य की सर्जना करता है।

यह कहानी हरिपद के स्वप्न देखने से प्रारंभ होती है और अगले जन्म में स्वप्न देखने की ही इच्छा व आकांक्षा ही समाप्त भी हो जाती है। हरिपद साहब की कोठी में दरवाजे-खिड़कियों पर से धूल झाड़ते हुए स्वप्न-लोक की वीथियों में विचरण करने लगता है। वह स्वप्न देखता है कि शहर में एक कमरे का ही सही उसका भी घर होगा, उसका परिवार होगा। शाम को जब वह घर लौटने वाला होगा, दरवाजे को बंद किए, खिड़की पर बैठी उसकी पत्नी उसका इंतजार करती होगी। वह दूर से ही हाथ हिलाकर उसके इंतजार को सहला देगा और फिर घर पहुँचकर सख्ती से दरवाजा बंद कर लेगा। रात तो अपनी होगी। दोनों मिलकर सपने सँजोएँगे।

हरिपद की पत्नी सुनयना ने एक दिन जैसे ही उसे घर में नन्हे मेहमान के आगमन की खबर दी, खुशी के मारे हरिपद के पाँव जमीन पर टिक नहीं पा रहे थे। इसी बीच उसे मास्टरजी से जब ज्ञात होता है कि सरकारी शिक्षकों और कर्मचारियों को नसबंदी कराने के लिए बाध्य किया जा रहा है, बेबस किया जा रहा है तो हरिपद इस दयनीय स्थिति को देखकर काँप उठता है। बाद में जब हरिपद को हर्निया की शिकायत पर अस्पताल में भरती किया जाता है तो उसके ऑपरेशन के क्रम में उसकी भी नसबंदी कर दी जाती है। हरिपद को जब इस बात की जानकारी मिलती है तो उसके

आर्तनाद से हॉस्पिटल की दीवारें हिल जाती हैं। अनेक बच्चों का पिता बनने की इच्छा-आकांक्षा पालने वाले हरिपद की पीड़ा मानो अवसाद में तब बदल जाती है, जब उसे यह ज्ञात होता है कि उसके सगे साले पतिराम ने ही नसबंदी के लिए निर्धारित अपना कोटा पूरा करने के लिए हरिपद की भी नसबंदी करवा दी। वह प्रतिकार में साहब द्वारा भेजे गए फलों को पाँव से कुचल देता है और भागकर अपने ही साहब पर पत्थर मार देता है।

पुलिस हरिपद के पीछे पड़ जाती है। उस पर गिरफ्तारी का वारंट जारी हो जाता है। छिपते-छिपाते हरिपद हाल-बेहाल हो जाता है। इसी बीच उसकी पत्नी सुनयना बच्चे को जन्म देती है। जब एक रात पतिराम से ज्ञात होता है कि उसकी पत्नी को बेटा हुआ है तो वह रात को ही अपने बच्चे को देखने के लिए उतावला हो जाता है। वह भागा हुआ अपनी पत्नी के पास पहुँचता है। इसी बीच उसका साला पतिराम पुलिस को हरिपद के विषय में सूचित कर देता है और इस तरह उसकी गिरफ्तारी हो जाती है। जेल की यातना भोगते हुए हरिपद मणासन्न हो जाता है। उसी बीच उसका बेटा स्वर्ग सिधार जाता है। आपातकाल समाप्त होने और नई सरकार बनने के बाद जब हरिपद जेल से वापस आता है, तब तक उसकी पत्नी के भी प्राण-पखेरू उड़ जाते हैं। डॉक्टर दोनों शवों का परीक्षण करते हैं। कथाकारा अगले जन्म में फिर मिलने के स्वप्न सँजोते हुए कहानी को समाप्त करती हैं। कथाकार लिखती हैं—फिर मिलेंगे अगले जन्म में। देखेंगे सपने साकार हों, न हो! सपने देखने में कैसी आफत! कैसा प्रतिबंध!

सुप्रसिद्ध कथाकार श्रीमती मृदुला सिन्हा की कहानी का शीर्षक 'जब-जब होइ धरम कै हानि' गोस्वामी तुलसीदास विरचरित श्रीरामचरितमानस से ली गई है। श्रीरामचरितमानस के दोहा-121 के अंतर्गत एक चौपाई की शुरुआत इसी अर्धाली के साथ की गई है। भगवान् श्रीराम के अवतार के विभिन्न हेतु के अंतर्गत यह चौपाई लिखी गई है। इसे गीता के उस श्लोक का प्रभाव भी माना जाता है, जिसमें कहा गया है कि 'हे भारत! जब-जब धरम की हानि और अधर्म की वृद्धि होती है, तब-तब ही मैं अपने रूप को रचता हूँ, अर्थात् साकार रूप से लोगों के सम्मुख प्रकट होता हूँ।

'जब-जब होइ धरम कै हानी' शीर्षक कहानी में कथाकार श्रीमती मृदुला सिन्हा ने आपातकाल की विडंबना, विभीषिका और खौफनाक परिस्थितियों का सजीव चित्रण किया है। वह हरिपद और सुनयना के हृदय की चीत्कार और पीड़ा की ऐसी मर्मस्पर्शी कथा-व्यथा को अक्षरित करती हैं, जिसे पढ़कर पाठक की संवेदनाएँ आहत हुए बिना नहीं रह सकती हैं। इस मार्मिक कहानी में हरिपद आपातकाल की त्रासदी झेलता है। पूरी कथा में हरिपद तीन बार मर्माहत होता है। पहली बार तब, जब मास्टरजी को व्यवस्था ने नसबंदी करवाने के लिए बाध्य कर दिया। उनकी बेबसी, दयनीय स्थिति और मजबूरी को देखकर वह हैरान-परेशान होता है। आपातकाल की विवशता को देखकर हरिपद विचलित हो जाता है। वह दूसरी बार तब व्यथित होता है, जब अपने साले एवं इकलौते बेटे के बाप पतिराम को आपातकाल की पीड़ा भोगते हुए सरकारी नौकरी में बने रहने की विवशता के कारण नसबंदी करवाते देखता है। तीसरी बार वह तब त्रासदी भोगता है, जब हर्निया का ऑपरेशन कराने के क्रम में छलपूर्वक उसकी (हरिपद) ही नसबंदी कर दी जाती है। ऐसे में हरिपद पराजय की पीड़ा भोगने को विवश होता है।

पूरे कथानक में सुनयना को भी तीन बार आपातकाल की त्रासदी से गुजरते हुए देखा जा सकता है। सुनयना को प्रसव-पीड़ा के समय हरिपद की अनुपस्थिति कचोटती है। प्रसव-पीड़ा के क्षण में भी अपने पति हरिपद के पुलिस के साथ लुका-छिपी करने तथा उनकी गिरफ्तारी की आशंका से उपजी छटपटाहट उसे बेचैन करती है। सुनयना की त्रासदी को दूसरी बार तब देखा जा सकता है, जब हरिपद पुलिस की पकड़ से बचने के लिए भटकता रहता है और सुनयना सहारे के लिए अपने सगे भाई का दरवाजा खटखटाती है, किंतु वह उसे अपने घर में आने से मना कर देता है। हरिपद अगली बार तब मर्माहत होता है, जब वह पुलिस के साथ लुका-छिपी करते हुए सुनयना के पास पहुँचता है और अपनी नन्ही सी जान को गोद में भरता है, तभी पुलिस उसे गिरफ्तार करने पहुँच जाती है।

कुल मिलाकर कथाकार श्रीमती मृदुला सिन्हा ने इस कहानी के माध्यम से आपातकाल में पुलिस-प्रशासन के जुल्म, ज्यादती और त्रासदी का मार्मिक चित्रण किया है। कथाकार के द्वारा प्रस्तुत संवादों की संप्रेषणीयता अद्‌भुत है। इस कहानी की प्रवाहमयता और उससे उत्पन्न चित्रात्मकता ने इसे प्रभावक बना दिया है। इस कहानी की कथा-वस्तु को वर्णनात्मक शैली में प्रस्तुत किया गया है। कथाकार ने आपातकाल की अनुभूतियों को इस कहानी के दो प्रमुख पात्र हरिपद और सुनयना के जीवन की घटनाओं के माध्यम से अधिरोपित किया है। इस कहानी के कथा स्थापत्य में भी कथाकार के वैशिष्ट्य को देखा-परखा जा सकता है। वस्तुतः इस कहानी का कथा-स्थापत्य लोकतांत्रिक मूल्यों के संवर्धन एवं संरक्षण में ही निहित है।

प्राध्यापक, मा.च.रा.प. विश्वविद्यालय, नोएडा (उ.प्र.)
मो. : 9818387111

□

रचनाकार का निज और समसामयिक संदर्भ

('घरवास' और 'ज्यों मेहँदी को रंग' के संदर्भ में)

—डॉ. सारिका कालरा

लेखन संवेदनशील मन की जागरूक मस्तिष्क की सकारात्मक क्रियाकलापों की सहज अभिव्यक्ति है। इस लेखन में लिखनेवाले के प्रत्यक्ष अनुभूत यथार्थ तो होते ही हैं साथ ही उसका अपना मन उन वीभत्स यथार्थों के बीच समय और समाज के अनुकूल किन समाधानों का आकांक्षी है, यह भी रचना आलोकित करती है। प्रत्येक रचना अपने समय का इतिहास होती है। ऐतिहासिक दस्तावेज, घटनाओं की जानकारी तो देते हैं, लेकिन रचना उससे कहीं आगे बढ़कर घटनाओं और जनमानस को उनके वास्तविक रूप में अंकित करती है। रचना अपने समय और अपने समय के जनमानस की अभिव्यक्ति वर्तमान को निष्पक्ष रूप से करती है। आज इस संदर्भ में मैं दो बहुत ही चर्चित और उल्लेखनीय उपन्यासों की चर्चा यहाँ करूँगी। इन दोनों ही उपन्यासों में समाज के ज्वलंत विषयों को उठाया गया है। वे उपन्यास हैं—'घरवास' और 'ज्यों 'मेहँदी को रंग'।

सुप्रसिद्ध लेखिका, समाजसेवी, शिक्षाविद् और वर्तमान में गोवा की माननीय राज्यपाल मृदुला सिन्हा हिंदी में एक जाना-पहचाना नाम है। उनके अन्य उपन्यासों में 'सीता पुनि बोली', 'अतिशय', 'विजयिनी' और सद्य प्रकाशित 'लंकेश्वरी' हैं। उनके अधिकतर उपन्यास उन पात्रों को समर्पित हैं, जिन्हें पुराणों में हमने उस दृष्टि से नहीं देखा, जिस विशेष दृष्टि से मृदुलाजी ने उन्हें देखा। उनके ये उपन्यास इन पात्रों को एक विशिष्ट दृष्टि से देखने के लिए प्रेरित करते हैं और उनके चरित्र को एक विशिष्ट गरिमा प्रदान करते हैं। 'विजयिनी' की सावित्री, 'सीता पुनि बोली' की सीता और 'लंकेश्वरी' की मंदोदरी के चरित्र के औदात्य को मृदुलाजी ने पुनर्स्थापित किया है। इसके अतिरिक्त 'ढाई बीघा जमीन' उनका कहानी-संग्रह है तथा अन्य गैर कथात्मक लेखन में उनकी कई विचारपरक पुस्तकें उपलब्ध हैं।

'घरवास' 1993 में प्रकाशित हुआ। इस उपन्यास का शीर्षक प्रतीकात्मक है। घरवास किसका? पंजाब में नौकरी का या गाँव के ठेकेदार का? घरवास—एक मनुष्य के जीवन की चिर-संचित अभिलाषा। इसी अभिलाषा के सूत्रों में लेखिका ने बिहार की सामाजिक, आर्थिक

यहाँ तक की दिल्ली की राजनीतिक सरगर्मियाँ और साथ ही उस समय के ज्वलंत विषय पंजाब में खालिस्तान की माँग को लेकर उठे आंदोलन को पिरो दिया है। शीर्षक पढ़ने पर लगता है कि शायद एक पारिवारिक जीवन पर आधारित एक रोचक उपन्यास होगा, परंतु जैसे-जैसे आप पृष्ठ-दर-पृष्ठ आगे बढ़ते हैं तो रामजीवन सिंह की बैठक से होती हुई कहानी बिहार में बहनेवाली गंगा के सौम्य और उग्र रूप को व्यक्त करती हुई, गाँव में ऊँची जाति और नीची जाति के परस्पर व्यवहार को दरशाती हुई अंत में एक व्यापक ज्वलंत प्रश्न के साथ जुड़ जाती है। लेखिका ने भूमिका का शीर्षक ही दिया है 'लेखनी क्या-क्या कहे?' इसी भूमिका के शीर्षक के विपरीत उपन्यास 'घरवास' व्यास और वाग्मती के जल से सिंचित भारत के दो हिस्सों में निहित संघर्ष, सरकारी विकास परियोजनाओं की नग्न सच्चाइयाँ, गांधीवाद की अंतिम कड़ी बिलिट माझी का धू-धू कर जलना, कलिया की निर्भीकता और उसका घरवास—ये सबकुछ कह जाता है।

मास्टर रामजीवन सिंह का बेटा नरेंद्र गाँव का एकमात्र होनहार युवक है, जो दिल्ली में रहकर पढ़ाई कर रहा है और सिविल सर्विसेज की तैयारी में लगा हुआ है। गाँव के अभाव, ऊँच-नीच, दरिद्रता, अन्याय उसे विचलित करते हैं और वह उन्हें दूर करने के लिए भरसक प्रयास भी करता है, परंतु उसके पिता चाहते हैं कि वह इन झंझटों में न पड़कर अपनी पढ़ाई पर ध्यान दे, पर गाँव का यह होनहार युवक आई.ए.एस. की परीक्षा में सफल होने के बाद पंजाब कैडर को कार्यक्षेत्र के रूप में चुनता है, क्योंकि पंजाब में उठनेवाली आग की लपटें उसके क्षेत्र तक भी पहुँची थी। वह जानता था कि पंजाब का मन भारत से अलग होने को तैयार नहीं है। कुछ भूले-बिसरे, भटके लोगों के दिल और दिमाग जीतने के लिए सरकारी और गैर-सरकारी अदम्य इच्छाशक्ति की जरूरत है। यहाँ एक संदेश मृदुलाजी ने उस युवा पीढ़ी को दिया है, जो भौतिक सुख-सुविधाओं की चकाचौंध में अपने परिवार औरपरिवेश से अलग हो छूटकर भागना चाहते हैं। परंतु नरेंद्र न केवल गाँव में रहते हुए उसकी समस्याओं के समाधान में रत रहता है, अपितु सिविल सेवा में अपने चयन के बाद एक चुनौतीपूर्ण राज्य को अपने कार्यक्षेत्र के रूप में चुनता है। नरेंद्र के रूप में मृदुलाजी ने यहाँ एक आदर्श की स्थापना की है।

गाँव के मुसहरों का पंजाब जाकर मजदूरी करना गाँव की अन्य जातियों को खलता है। वे दबी जबान में इसकी आलोचना करते हैं। रामजीवन सिंह जब यह खबर लेकर आते हैं कि पंजाब में आतंकवादियों ने एक बस से खींचकर दस लोगों को मारा है और उनमें से आठ उनके गाँव के मजदूर हो सकते हैं तो सबके दिल दहल जाते हैं और वे आहत होकर कहते हैं—"और जाएँ पंजाब। काटे गेहूँ। खाल मालपूआ। समझा-बुझा के कहे—रे पंजाब न जा। अपने गाँव की धरती को जोतो-कोड़ो, जो रूखा-सूखा मिले, खा-पीकर गुजर करो। बाल-बच्चे के साथ तो रहोगे। कौन माने मेरी बात?" लेकिन जब इन लोगों के सामने और कोई विकल्प ही न हो तो बेचारे क्या करें। वाग्मती के प्रकोप के कारण, घर और अन्न की समस्या से जूझते ये लोग क्या करें। सारे गाँव की खुशियाँ ही जब वाग्मती के पानी की भेंट चढ़ चुके हों तो सहारे के लिए किसका मुँह ताके? गाँव के ठाकुर और अन्य उच्च जातियाँ अपनी श्रेष्ठता के चलते मजदूरी नहीं कर सकती, पर ये अभागे पंजाब जाकर कम-से-कम अपने और अपने पीछे छूटे अपने परिवार के लिए खुशियाँ

तलाशने आते हैं। इन मजदूरों की व्यथा-कथा को शब्द देते हुए रामजीवन सिंहजी कहते हैं—"गाँव में काम नहीं मिलता तो पंजाब, असम या कलकत्ता क्यों नहीं जाएँ? आखिर पेट तो पालना ही है। गाँव में भूखों मरने से अच्छा है कहीं जाकर रोटी कमाना। कुछ ही वर्षों से तो पंजाब जाने लगे हैं। बिहार के मजदूर तो पहले असम, कलकत्ता जाते रहे। असमियों ने हो-हल्ला मचाया तो अब उन्होंने अपने पैर की दिशा पूरब से पश्चिम कर ली। अब पंजाबवालों ने मारना शुरू किया। आगे-आगे देखो होता है क्या?"

यहाँ हम देखते हैं कि गाँव में ऊँच-नीच की भिन्नता के बावजूद अपने लोगों के लिए गाँव के विवेकशील लोगों में सहानुभूति का भाव विद्यमान है। इसी सहानुभूति को अपना कर्तव्य मानकर नरेंद्र गाँव के मजदूरों के हित में लगा रहता है। मजदूर जग से पंजाब जाने लगे, उनकी आर्थिक स्थिति अच्छी रहने लगी। पंजाब का पैसा यहाँ आने लगा। अब यहाँ तेरहवें महीने का कष्ट नहीं है, परंतु कब तक मुसहरों की जेब से पंजाब की कमाई रूपी चाँदी को विलीन होने में मात्र एक सप्ताह ही लगता है। फिर वही उधर और कर्ज, गाँव के जमींदारों और उनकी मजदूरी पर उन्हें आश्रित रहना पड़ता। पूरे उपन्यास में केंद्र में है घरवास। गाँव के मुसहरों के लिए घर बनाने की योजना सरकार द्वारा प्रस्तावित है, परंतु कई बिचौलियों की तिकड़म के कारण काम शुरू हो ही नहीं पाता। नरेंद्र, बिलोचना, मास्टर साहब और अन्य के प्रयासों द्वारा यह योजना सिरे चढ़ती है और अंत में काम सफल होता है। उस पर भी उनके घरवास के लिए पंडितों द्वारा उनका अपमान किया जाता है, परंतु उपन्यास के अंत में कलिया अपने पति विलोचना के साथ बिना पंडित के ही घरवास करने का साहसिक कदम उठाती है। अपनी चिर-प्रतीक्षित इच्छा को वह किसी भी हालत में पूरा करना चाहती है और करती है। इस उपन्यास की नायिका है कलिया। पहली बार अपने इस उपन्यास द्वारा मृदुलाजी ने मुसहर जाति की स्त्री को नायिका के रूप में प्रतिष्ठापित किया है।

अकसर शहरी लोग गाँव के सहज सौंदर्य, सरल जीवन की तरफ आकर्षित होते हैं। हर जगह की अपनी विशेषता और दुर्बलता होती है। इस उपन्यास में चित्रित गाँव व्यवस्था की कुरूपता से ग्रस्त है। ऊँच-नीच, गरीबी, अशिक्षा में घिरा हुआ है, गाँव के दबंगों से सहमा हुआ है, राजनीतिक कुचक्रों का शिकार है, परंतु नरेंद्र, मास्टरजी, विलोचना, कलिया, बिलिट मांझी के रूप में नवीन चेतना से ओत-प्रोत और भविष्य के प्रति आशान्वित हैं। मृदुजाजी का यह उपन्यास एक परिपक्व उपन्यास है। इसमें निहित संवेदना और इसकी भाषा बरबस आकर्षित करती है। उपन्यास की कथा रोचकता लिये हुए हैं। अपनी समस्याओं और अपनी जिजीविषाओं में जीवित यह गाँव भारत के किसी भी राज्य का प्रतिनिधि गाँव हो सकता है।

मृदुलाजी का दूसरा उपन्यास 'ज्यों मेहँदी को रंग' एक भिन्न कथावस्तु को लेकर लिखा गया उपन्यास है। मृदुला सिन्हा का उपन्यास 'ज्यों मेहँदी को रंग' (1981) एक ऐसा उपन्यास है, जो पूरी तरे से विकलांगों को समर्पित है। इस उपन्यास के अधिकतर पात्र विकलांग हैं, क्योंकि उपन्यास एक विकलांग संस्था पर आधारित है। इस उपन्यास के केंद्र में हैं—दद्दाजी अर्थात् डॉ. अविनाश जो स्वयं कृत्रिम पैरों पर चलते हैं, परंतु पूरे समर्पण और सहजता तथा अतिरिक्त

उत्तरदायित्व से चालित संस्था का संचालन करते हैं। एम.बी.बी.एस. डॉ. हैं, परंतु इंग्लैंड से अपनी प्रैक्टिस छोड़कर भारत में इस संस्था को चलाते हैं। पूरे उपन्यास में दद्दाजी की इस स्थिति का पता पाठकों को नहीं चलता। उपन्यास के अंत में उनकी विकलांगता का भेद पाठकों पर खुलता है, जब उनकी पत्नी अत्यंत क्रोधित होकर अत्यंत आवेश के साथ यह गर्जना करती है—"धोखा नहीं दिया? ये धोखा नहीं तो और क्या है? किसी को पता है कि तुम—तुम भी इस लोहे लक्कड़ के पाँव पर चलते हो। ('ज्यों मेहँदी को रंग', पृ. 143) लेखिका ने अंत में इस सच्चाई से अवगत कराकर दद्दाजी के चरित्र को अतिरिक्त गरिमा प्रदान की है। वैसे उपन्यास में एकाध जगह पर ऐसे प्रसंग हैं, जब दद्दाजी से यह प्रश्न किए जाते हैं, पर दद्दाजी इस प्रश्न पर झुँझला उठते हैं। उन्हीं की उक्तियाँ शालिनी याद करती है, जहाँ वे कहते हैं—

— जीवन को समझने के लिए स्वानुभूति ही तो सही दृष्टि होती है।
— इनके दर्द जिसे छू जाए, वह सबकुछ कर गुजरेगा इनके लिए। सही दिशा में किया गया प्रयत्न कभी बेकार नहीं जाता।
— और फिर विकलांग के लिए कुछ खास करने की जरूरत तो है नहीं, मात्र उसे भी अपनी तरह समझने के सिवाय।
— ये कदम दया के पात्र नहीं होते।" ('ज्यों मेहँदी के रंग', पृ. 135)

इंग्लैंड में रहते हुए डॉ. अविनाश के पैर एक दुर्घटना में कट जाते हैं। उनकी पत्नी उन्हें इस हालत में छोड़कर चली जाती है तथा बेटे को भी साथ ले जाती है, लेकिन डॉ. अविनाश इस अवस्था में भी हिम्मत नहीं हारते। अपनी स्थिति के समक्ष घुटने नहीं झुकाते और एक नई चेतना से वशीभूत हो एक दृढ संकल्प लेते हैं—"तभी मेरे मन में खयाल आया—अपने देश लौट जाऊँ। वहाँ के अपंगों की सेवा करूँ।" (वही, पृ. 142) और अपंगों के जीवन को समझने के लिए स्वानुभूति ही उन्हें यह दृष्टि प्रदान करती है।

उपन्यास की नायिका शालिनी है। वह भी अपने पैर एक दुर्घटना में गँवा बैठी है। गंगा पार करते हुए स्टीमर और डेक के बीच उसके पाँव आ जाते हैं। दद्दाजी की संस्था में आकर उसे नए कृत्रिम पाँव मिलते हैं। संस्था में आने से पूर्व उसका जीवन या कहें दुर्घटना से पहले का जीवन एक चंचल हिरनी के समान होता है। विवाह के बाद भी उसका बालसुलभ बचपन नहीं जाता। अपने पति और सास की वह प्रिय बनी रहती है, लेकिन दुर्घटना के बाद उसका जीवन बदल जाता है। "स्टीमर से उतरते वक्त शालिनी की दोनों टाँगें कट भर जाने से उसी इच्छाएँ-आकांक्षाएँ तो खत्म नहीं हुई थी, पर पूरा शरीर तो पड़ा ही था।" (वही, पृ. 49) उसका उड़ान भरता मन, उड़ान की योजना बनाता मस्तिष्क तो सजग था, सचेत था, बल्कि सजगता, सचेतनता और बढ़ गई थी। पर उसका पति राजेश और उसकी सास कतराने लगी थी। अस्पताल में पड़ी शालिनी के साथ किसी को संवेदना नहीं होती, बल्कि सभी उसके पति राजेश के प्रति ही सहानुभूति दिखाते हैं। सभी राजेश के भविष्य के प्रति दुःखी दिखाई देते हैं। उसकी सास कहती है—"हाय गंगा मैया कौन सा कसूर किया था मेरे बेटे ने?" (वही, पृ. 50) शालिनी आदर्श की प्रति रूप बनकर अपने पति को दूसरे विवाह की सलाह भी देती है, पर उसका पति खोखले आदर्श की प्रतिमा बन इस प्रस्ताव को ठुकरा

देता है। समाज की दोहरी मानसिकता हमें यहाँ दिखाई देती है।

संस्था में आकर शालिनी का नया जीवन शुरू होता है। वह अपने अतीत को बिसराकर संस्था में नई जिम्मेदारियों को निभाती है। संस्था में आई बहनों को गुड़िया बनाना सिखाने की जिम्मेदारी वह स्वयं ले लेती है, परंतु इन कामों में भी वह अपने जीवन में आई हुई रिक्तता को पूर्ण करने का प्रयास ही करती दिखाई देती है। पैर कट जाने के कारण पति से हुए बिछोह का दु:ख मन में लिए वह किसी अन्य को भी इस तरह दु:खी देखना नहीं चाहती, बल्कि हमेशा नवदंपती या युगल गुड्डे-गुड़िया की जोड़ी ही बनाती—"हँसती-खेलती, फूल तोड़ती, नाचती-गाती, हाथ में हाथ मिलाए चलती नवदंपती की जोड़ी ही बना पाती थी शालिनी। कृष्ण के साथ राधा की अठखेलियाँ ही उतार पाती। भूल से कभी उसने विरहिणी राधा नहीं बनाई। राम-लक्ष्मण के साथ अनेक सीताएँ बना गई—पुष्प वाटिका से लेकर वन-गमन तक की, पर रावण के घर में बैठी सीता बनाना उसके वश की बात न थी। स्त्री का वह रूप उसे भाता ही नहीं था।" (वही, पृ. 30) दद्दाजी शालिनी के लिए वैसे ही कृत्रिम पाँव बनवाते हैं, जैसे उसके पहले अपने थे—सुंदर, कोमल, पायल से सजे हुए। परंतु वह उन कृत्रिम पाँवों को अपना नहीं मान पाती। उसके मन में कहीं-न-कहीं यह शंका विद्यमान रहती है कि क्या उसका पति उसे इन कृत्रिम पाँवों के साथ स्वीकार कर पाएगा। लेखिका उसकी इस मन:स्थिति को व्यक्त करते हुए लिखती हैं—"जब टाँगे कटी हों तो अन्य अंगों की सुडौलता की क्या जरूरत। आने-जानेवालें की निगाहें तो अभावग्रसत स्थान से ही जा टकराएँगी।" (वही, पृ. 76) उसके शरीर का यह अभाव उसकी बालसुलभ चपलता के स्थान पर उसके चरित्र में अतिरिक्त गांभीर्य पैदा करता है। दद्दाजी की अनुपस्थिति में वह पूरे संस्थान की जिम्मेदारियों को निभाती है तथा संस्थान से उठनेवाली समस्याओं का भी अपने तरीके से निराकरण करती है और यह दृढ निश्चय करती है कि वह एक के लिए नहीं अनेक के लिए जीकर देखेगी।

शालिनी और दद्दाजी के अतिरिक्त संस्था के सभी पात्रों में भी एक अदम्य जीवनी शक्ति के दर्शन होते हैं। संस्था का प्रत्येक पात्र विकलांग होते हुए भी अतिरिक्त ऊर्जा से भरा हुआ है। सभी के शरीर में कोई-न-कोई कृत्रिम अंग लगा हुआ है, परंतु वे सभी इसकी अनुभूति न कर जीवन को एक नए राग के साथ जीते हैं—"सब अपने में और सब सबमें लीन रहते। यही कारण था कि प्रतिस्पर्धा, ईर्ष्या, प्रतिकार व प्रतिशोध के भाव वहाँ फटक ही नहीं पाते थे—कार्य रूप में परिणत होने की तो बात ही जुदा। वहाँ तो इन भावों को किसी ने अत्यंत एकांत में भी मन के धरातल तक उतरने नहीं दिया था।"

उपन्यास में ऐसे प्रसंग भी हैं, जहाँ सामाजिक तंत्र की बुराइयाँ साफ-साफ नजर आती हैं। समाज का एक वर्ग ऐसा ही है, जो दूसरों की शारीरिक अक्षमता में भी अपना हित देखते हैं। उपन्यास में एक सज्जन ऐसे भी हैं, जो संस्था में बननेवाले पैरों का पूरा खर्च उठाने के लिए तैयार हैं, परंतु शर्त यह है कि उन पाँवों पर उनका पैर और उनकी कंपनी का नाम खुदा रहे। दद्दाजी बड़े तीखे शब्दों में इसका विरोध करते दिखाई देते हैं, जैसे "यह किसी का पाँव नहीं, मंदिर अथवा धर्मशाला की दीवार अथवा फर्श हो।" उनके मित्र शर्माजी उन्हें सलाह देते हैं कि वे इस संस्था को चलाने के लिए कोई सरकारी अनुदान क्यों नहीं लेते? ट्रस्ट स्थापित करने की सलाह वे उनको देते

हैं, पर दद्दाजी उनके इस सुझाव को सिरे से खारिज कर देते हैं। सरकारी सहायता प्राप्त करने के लिए किए जानेवाले ऊपरी खर्चों को पूरा करने में वह स्वयं को असमर्थ बताते हैं। वे कहते हैं, "इन लूले-लंगड़ों को रबड़, एल्यूमिनियम और लकड़ी के पाँव बनाकर चला तो सकता हूँ, पर इन पंगु फाइलों को तो सोने-चाँदी की गाड़ी चाहिए न।" दद्दाजी के रूप में मृदुलाजी ने एक ऐसे चरित्र की सृष्टि की है, जो सच्चे अर्थों में मानवता का हितैषी पुरुष है। यह अवश्य है कि दुर्घटनाग्रस्त होने के बाद तथा एकाकी अवस्था में ही उनके भीतर यह भावना बलवती होती है कि अपने देश में जाकर विकलांगों की सेवा की जाए, परंतु विकलांगता की स्थिति में भी उनके भीतर नैराश्य की भावना बलवती नहीं होती, न ही वे जीवन से विमुख होते हैं, अपितु एक समभाव से प्रेरित होकर उनकी भावना सभी विकलांगों की आवश्यकता को समर्पित हो जाती है। उनका चरित्र अन्यत्र दुर्लभ है। उपन्यास के अंत में लेखिका ने एक अत्यंत सुंदर समाधान भी दिया है, जहाँ दद्दाजी अर्थात् डॉ. अविनाश और शालिनी अपने जीवन को एक करने का संकल्प लेते हैं और अपना जीवन असहाय, अपंगों को समर्पित करने को कृत-संकल्प होते हैं। संभवतः विकलांगों के जीवन को आधार बनाकर लिखा गया यह उपन्यास हिंदी का पहला उपन्यास है। जैनेंद्र कुमार के शब्दों में, "सरकारी और गैर-सरकारी प्रयत्नों से भी बढ़कर स्वयं विकलांगों की मानसिकता में परिवर्तन की राह दिखाता यह उपन्यास जीवंत और समाजोपयोगी है।" (पुस्तक के लोकार्पण के समय)

मृदुलाजी का यह उपन्यास शारीरिक रूप से अक्षम लोगों की मानसिकता, उनकी बौद्धिकता, उनकी दृढ इच्छा-शक्ति के साथ-साथ शारीरिक रूप से सक्षम लोगों की मानसिकता को भी हमारे समक्ष रखता है। इनके अंतर को हम इस उपन्यास में बड़ी गहराई से अनुभव कर सकते हैं। उपन्यास में स्थान-स्थान पर ऐसे संकेत हैं, जहाँ सफेदपोश व्यक्तियों में समाजसेवा के नाम पर एक कलुषित छाप हमें दिखाई देती है। उपन्यास के विकलांग पात्र कहीं भी दयनीय, असमर्थ और बेचारे नहीं हैं, अपितु इस स्थिति में भी वे संतुष्ट, कर्मठ, ईमानदार और अपने विशिष्ट गुणों के कारण सम्मान के पात्र हैं, उनका चरित्र अनुकरणीय और सराहनीय है।

हिंदी प्राध्यापक, लेडी श्रीराम कॉलेज,
दिल्ली एवं साहित्यकार
मो. : 08860993419

□

शालीन और मूल्यपरक सृजन का उज्ज्वल पक्ष

—गिरीश पंकज

किसी राज्यपाल या राजनेता के 75वें जन्मदिवस पर कोई लिखने के लिए कहे, तो यह कलम चल ही नहीं सकती, लेकिन जब मृदुला सिन्हाजी जैसी सहृदया विदुषी का अमृत महोत्सव मनाया जा रहा हो तो यह कलम बिना किसी आग्रह के भी चल पड़ेगी। ऐसा नहीं कि मैं उनकी साहित्य-साधना से अनजान हूँ। उनको पढ़ते हुए हमने साहित्य की समझ भी विकसित की है। उनके विचारों को निकट से जाना-समझा है। उनके हृदय में राष्ट्र और समाज के प्रति जो गहन अनुराग है, वह मृदुला सिन्हाजी को उनके समकालीन स्त्री-लेखन से कुछ अलग करता है। उनका लेखन स्त्री-मुक्ति के लिए चीखता-चिल्लाता नहीं, वरन् संपूर्ण गरिमा के साथ स्त्री के पक्ष में खड़ा होकर आवाज देता है। शालीनता साहित्य का उज्ज्वल पक्ष है, जो मृदुलाजी के लेखन में देखा जा सकता है और ऐसे भयवाह दौर में जब परिवार टूट रहे हैं, तब उत्तर-आधुनिकता के जोर के कारण भारत की कुछ पढ़ी-लिखी स्त्रियों में पश्चिमी-संस्कृति का भयावह असर हो रहा है। यह असर लेखन में भी आने लगा है। इसलिए हमने देखा है कि अब परिवार को तोड़नेवाली रचनाएँ भी हो रही हैं, तब मृदुलाजी विनम्रतापूर्वक कहती हैं, "अब साहित्य में स्त्री-विमर्श के बजाय परिवार-विमर्श पर चर्चा आवश्यक है, जिससे परिवार में टूट पैदा न हो।" मृदुलाजी भारतीय मूल्यों के साथ चलकर ही स्त्री-विमर्श को देखती है। इसीलिए वे परिवार को महत्त्व देती हैं और जोड़ने की बात ही करती हैं। उन्होंने बिहार हिंदी साहित्य सम्मेलन के सैंतीसवें महाधिवेशन में कहा था, "साहित्य सृजन में महिलाओं का बहुत बड़ा योगदान होता है। महिलाएँ पुरुषों को विषय देती हैं, सहयोग देती हैं, तब जाकर पुरुष एक अच्छे साहित्य का सृजन करते हैं।" ऐसी सोच इधर की स्त्री लेखिका में गायब है। पुरुषों के खिलाफ केवल विष-वमन करती है और उनकी मदद से बहुत कुछ अर्जित भी करती है, लेकिन मृदुलाजी का चेहरा बिल्कुल अलग है। वे पुरुष समाज का विरोध नहीं करतीं, वरन् उसका समुचित आदर करती हैं और यह स्वीकार करती हैं कि स्त्री-पुरुष दोनों समाज का अभिन्न अंग हैं। इन दोनों के बगैर संतुलित विकास असंभव है।

इस समय अगर भारतीय जीवन मूल्य किसी लेखिका में गरिमापूर्ण दिखते हैं, तो उस विदुषी का नाम है, मृदुला सिन्हा। यह मुँहदेखी बात नहीं है। उनका समग्र लेखन इस बात की खुली गवाही है। इसलिए अगर मैं उनको भारतीय मूल्यों की प्रखर प्रवक्ता कहूँ तो यह असंगत न होगा।

स्त्री-मुक्ति की वकालत भी वे निरंतर करती हैं, लेकिन भारतीय निकष पर ही। इस मामले में मुझे वे महादेवी वर्मा की परंपरा की ही लेखिका लगती हैं। महादेवी वर्मा के अवदान से हम परिचित हैं। उनके जीवन के संघर्ष को भी हम सब जानते हैं। उन्होंने एक जगह लिखा भी है कि 'मैं भारतीय संस्कृति की परिधि में रहकर ही स्त्री-मुक्ति की बात करती हूँ।' इसका मतलब यह कि जो कुछ हमारे श्रेष्ठ सनातनी मूल्य हैं, महादेवीजी उनके साथ है। अपने वक्तव्यों में मृदुलाजी भी आधुनिकता की बात करती हैं, लेकिन उसकी जड़ में भारतीय सांस्कृतिक-बोध भी सन्निहित होता है। यही कारण है कि इस वक्त के स्त्री-लेखन में जिन दो-चार लेखिकाओं में नैतिकता की प्रखरता दिखती है, उनमें मृदुलाजी शीर्ष पर दिखाई देती हैं। बांग्ला की आशापूर्णा देवी भी इसी परंपरा की थीं। अपने समय में सुभद्रा कुमारी चौहान जैसी कुछ लेखिकाएँ भी थीं, जिन्होंने भारतीय मूल्यों की अनदेखी कभी नहीं की। मृदुलाजी में ऐसी ही श्रेष्ठ लेखिकाओं का विस्तार दिखता है। यह कम बड़ी बात नहीं कि उन्होंने पूर्णकालिक लेखन के लिए सरकारी नौकरी छोड़ दी और जीवन सृजन को समर्पित कर दिया।

मृदुल भी, मितभाषी भी

मृदुलाजी के समग्र लेखन की विशेषता यही है कि उनमें नयापन तो है, लेकिन परंपरा और संस्कृति के प्रति गहन लगाव है, रागात्मक बोध भी है। वे महानगरों में रहनेवाली जड़ से कटी लेखिकाओं में से नहीं है। मृदुलाजी के लेखन में पश्चिमीकरण नहीं है। उनके लेखन में पूरब की लाली है, जिसकी आभा में उनका साहित्य दीप्त होता रहता है। नाम के अनुरूप ही वे मृदुल हैं। मृदुभाषी भी हैं और मितभाषी भी। उनसे मेरा कोई अंतरंग परिचय नहीं है। दो-एक बार वे रायपुर आईं, तब उनसे आत्मीय भेंट हुई। एक कार्यक्रम में उनके साथ मंच पर बैठने का सौभाग्य भी मिला। खुशी इस बात की है कि वे मेरे काम से परिचित हैं। मेरे साहित्यिक मित्र संजय पंकज ने एक रोचक संस्मरण सुनाया। पिछले साल मुझे एक सम्मान मिला। अनेक पत्रिकाओं में उसकी खबर प्रकाशित हुई थी। मृदुलाजी साहित्यिक पत्रिकाएँ तो पढ़ती ही रहती हैं। उन्होंने भी वह खबर देखी थी। एक बार जब संजयजी से उनकी कहीं भेंट हुई तो उन्होंने उनको बधाई दे दी कि आपको फलाँ सम्मान मिला है, तो संजयजी ने कहा, "मुझे नहीं, गिरीश पंकज को मिला है।" यह सुनकर वे मुसकरा दीं। एक और घटना, जो बिल्कुल मुझसे जुड़ी हुई है, वह यह है कि एक केंद्रीय मंत्रालय की हिंदी सलाहकार समिति के लिए उन्होंने मेरे नाम की अनुशंसा की। मंत्रालय से मेरे पास पत्र भी आया कि अपना बायोडाटा भेज दीजिए। तभी मुझे ज्ञात हुआ, क्योंकि पत्र में अधिकारी ने लिखा था कि मृदुलाजी ने आपके नाम की अनुशंसा की है। यह उनके राज्यपाल बनने के कुछ समय पहले की ही बात है। इसे अपना सौभाग्य ही मानता हूँ कि देश की एक बड़ी लेखिका बड़ा हृदय भी रखती हैं और वे लोगों को पहचानती भी हैं। उनमें खासियतें अनंत हैं। एक लेखक के नाते मैंने जो देखा, वह यह कि वे आज भी (महामहिम होने के बावजूद) लेखकों के बीच जाना पसंद करती हैं और प्रोटोकॉल को भी किनारे रख देती हैं। वे जब किसी साहित्यिक समारोह में जाती हैं तो विशुद्ध लेखक की तरह ही रहती हैं। विश्व पुस्तक मेले में वे लेखकों के बीच लेखक

की तरह ही बैठी रहीं। सृजनधर्मियों के बीच कोई बंधन नहीं रहता। वे सबसे प्रेम से मिलती हैं और खुलकर अपनी बात रखती हैं। मौका पड़ने पर लोकगीत भी सुना देती हैं, एक जगह उन्होंने सुनाया भी—"सरौता कहाँ भूल आई प्यारी ननदिया।" व्यंग्यकारों के बीच आती हैं तो व्यंग्य भी पढ़ती हैं। सहजता-सरलता ही व्यक्ति को शिखर तक पहुँचा देती है। विनोद करना मृदुलाजी का सहज स्वभाव है। एक बार उन्होंने कहीं कहा था, "मेरे बालों पर मत जाइए। इसे तो मैंने सफेद रंग कराया है। मैं तो अभी भी बयालीस साल की उम्र के बराबर ही काम करती हूँ।"

भारतीय स्त्री की छवि

मृदुलाजी की पत्रिका 'पाँचवाँ स्तंभ' के हम लोग नियमित पाठक रहे। पत्रिका का शीर्षक ही उनकी सोच को दरशानेवाला है। पत्रकारिता भी प्रजातंत्र का एक स्तंभ है। इस पत्रिका में समकालीन समय और समाज के अनेक महत्त्वपूर्ण मुद्दे प्रमुखता के साथ सामने आते रहे हैं और उन पर गंभीर विमर्श भी होता रहा है। उनके लेखन की लगन से हम सब परिचित ही हैं। उनका चर्चित उपन्यास 'ज्यों मेहँदी को रंग' तो पाठ्य-पुस्तक का हिस्सा भी बना। इसके अतिरिक्त 'घरवास', 'नई देवयानी', 'अतिशय' और 'सीता पुनि बोली' जैसे उपन्यास भी हैं, जिनमें भारतीय स्त्री के जीवन संघर्ष और उसकी अस्मिता के दर्शन हमें होते हैं। भारतीय मनोविज्ञान की सुंदर व्याख्या उनके लेखन का केंद्रीय तत्त्व है। उनकी कहानियों और निबंधों में भी हम मिट्टी की सोंधी महक पाते हैं। वे देशज अनुभूतियों से लबरेज लेखिका हैं। महानगर में रहते हुए भी वे अपने लेखन और विचार के द्वारा बार-बार गाँव लौटती हैं। अनेक लेखिकाएँ महानगर की कहानियाँ कह रही हैं और विकृतियों को महिमामंडित भी कर रही हैं, लेकिन मृदुलाजी के यहाँ विकृतियों को स्वीकृति नहीं मिलती, वरन् उनका तिरस्कार ही दिखता है। वे भारतीय स्त्री की छवि को चमकदार बनाकर प्रस्तुत करती हैं। अपने एक लेख में मृदुलाजी कहती हैं, "बराबरी के नाम पर कुछ ऐसे सिद्धांत और व्यवहार हमने अपना लिये, जो खासकर महिलाओं के लिए चुनौती खड़ा करती हैं। समाज ने पहले ही महिलाओं को दोयम दर्जे का नागरिक स्वीकार किया हुआ है। अब बराबरी का कानून आने पर लड़कियों का विकास लड़कों की तरह हो, ऐसे प्रयास हो रहे हैं। लड़कियों को लड़का बनाने की पूरी कोशिश हो रही है। इस क्षेत्र में नौकरी में आरक्षण या विशेष अवसर देने का मतलब यह नहीं कि उसको लड़का बनाना है।" मृदुलाजी इस सत्य को साहस के साथ कहती हैं, "प्रकृति ने नारी को विशेष बनाकर भेजा है, विशेष गुण दिए हैं। उसे विशेष भूमिका निभानी है। विशेष सुरक्षा और सम्मान पाना है। वह पुरुष की निर्मात्री है। उसके बराबर कैसे हो सकती है, पर माता-पिता से लेकर शिक्षा और व्यवसाय में लगे लोगों के मन में स्त्री को पुरुष बनाने की परिकल्पना है, जो स्त्री के आगे चुनौती खड़ा करती है। वे कहती हैं, "निश्चित रूप से महिलाओं ने तरक्की की है, लेकिन सजा-धजा घर सूना होता जा रहा है। वृद्धजन वृद्धाश्रम और बच्चे पालनाघरों में हैं। अपने इस अर्थार्जन की लालसा पूर्ति में कामकाजी महिलाओं का हृदय दरक रहा है। उनके अंदर प्रवाहित प्रकृति प्रदत्त मातृत्व के भाव में टूटन आ रही है।"

संतुलन के साथ आगे बढ़ने का संदेश

मतलब यह कि मृदुलाजी भारतीय स्त्री से अपेक्षा यही कर रही हैं कि वे जीवन में संतुलन स्थापित करके आगे बढ़ें। यह कैसा विकास कि व्यक्ति सफल रहे और परिवार छिन्न-भिन्न हो जाए? मृदुलाजी की चिंता परिवार को जोड़े रखने की है। यह चिंता उनके लेखन में उभरकर सामने आती है। हमारी हिंदी आलोचना दुर्भाग्यवश गलत हाथों में चली गई है, इसलिए वह मृदुलाजी के लेखन को नकारती भी नजर आती है। स्त्री लेखन की बात चलेगी तो कुछ ऐसी लेखिकाओं के नाम ही प्रमुखता के साथ लिये जाएँगे, जिनके लेखन में स्त्री-विमर्श के नाम पर देह विमर्श ही अधिक हुआ है, जिनके लेखन का केंद्रीय तत्त्व ही भोग है, वासना है, जबकि मृदुलाजी के लेखन का मूल तत्त्व त्याग है, नैतिकता है, करुणा है। उनका लेखन मनुष्य को बेहतर बनाने की रचनात्मक प्रविधि है। वे दो टूक कहती हैं कि स्त्री केवल देह नहीं, उसमें मन, बुद्धि, आत्मा भी है। उसे केवल विज्ञापन की वस्तु बनाने का अभी जो पाप हो रहा है, उसे लेकर मृदुलाजी के मन में गहन चिंता है। इसलिए वे स्त्रियों को ही समझाती हैं कि वे अपने को इस जाल से बाहर निकालें। स्त्री लेखन के नाम पर पसरी विसंगतियों के विरुद्ध खड़ी होकर मृदुलजी सृजन करती हैं और इस बात की परवाह भी नहीं करतीं कि उन्हें एक वर्ग विशेष पुरातनपंथी भी कह सकता है, उपहास उड़ा सकता है, लेकिन मृदुलाजी मूल्यों के साथ समझौता नहीं कर सकीं और आज भी अपनी सोच पर अडिग हैं। वे रत्ती भर भी परवाह नहीं करती कि समकालीन और तथाकथित साहित्यिक आलोचना में उनकी उपस्थिति कहाँ है। वे अपने पाठकों के निकट हैं, यही उनका सबसे बड़ा सम्मान है।

अब मृदुलाजी 75 वर्ष की हो रही हैं, लेकिन उनकी सक्रियता देखकर कोई नहीं कह सकता कि वे इतने वर्ष की हो गई हैं। उन्होंने खुद कहा, "मैं बयालीस की उम्र की तरह काम करती हूँ।" वे इसी तरह सौ साल तक साहित्य और समाज की सेवा करती रहें, यही चाहता हूँ। यह भी इच्छा है कि हमारा समकालीन स्त्री-लेखन इनके साहित्य से परिचित हो। उसका अवगाहन करें। देखें कि जीवन मूल्यों को भारतीयता के निकष पर रखकर भी देखा जा सकता है। स्त्री मुक्ति का अर्थ यह नहीं कि हम पश्चिम की सोच को जीने लगे। हम विशुद्ध भारतीय रहकर भी प्रगतिशील मूल्यों के संवाहक बन सकते हैं। एक स्त्री विशुद्ध भारतीय मन और संस्कार से परिपूर्ण होकर नूतन विमर्श कर सकती है। मृदुला सिन्हाजी इसका जीवंत उदाहरण हैं। उनके लेखन में मिथिला की मिट्टी की सुवास है, लेकिन यह सुवास भारतीय मिट्टी की भी है। 'ज्यों मेहँदी को रंग' लंबे समय तक स्त्रियों की हथेलियों को अलंकृत रखता है, उसी तरह मृदुलाजी का लेखन भी साहित्य की हथेलियों का शृंगार करता रहेगा। मेहँदी के पत्तों का रंग तो एक समय के बाद धुँधला भी पड़ सकता है, लेकिन साहित्य की मेहँदी का रंग अमिट रहता है। मृदुलाजी के साहित्य का रंग भी ऐसा ही कालजयी रहेगा।

वे शतायु हों और उसे भी पार करके समाज और देश की सेवा में रत रहें, यही शुभकामना है।

साहित्यकार, संपादक, सद्भावना एवं पूर्व सदस्य,
साहित्य अकादमी, रायपुर
मो. : 09425212720

□

गोवा में साहित्यिक सुशासन का लोकगान

—अलका सिन्हा

विद्युत् तरंगों से परे किसी जगमगाती चाँदनी रात में खुले आसमान तले बैठकर खीर खाना कितना सुखद एहसास रहा होगा, इसकी कल्पना ही भीतर तक स्पंदित कर जाती है। यह कल्पना गोवा के राजभवन में हकीकत का रूप लेकर उतरी। राजभवन की एक ओर पसरा समुद्री विस्तार तो दूसरी ओर आसमान से बरसती चाँदनी का उजास··· निश्चित रूप से ऐसे निर्णय साहित्यिक अभिरुचि वाले किसी दूरद्रष्टा के नेतृत्व में ही लिये जा सकते हैं। गोवा की गवर्नर श्रीमती मृदुला सिन्हा ने बताया कि उन्होंने बिजली की बचत करने का एक सृजनात्मक तरीका निकाला है कि गोवावासी पूर्णमासी की रात बिजली की चकदक से दूर रहकर चाँदनी का रसपान करेंगे। प्रयोग के स्तर पर इसकी शुरुआत उन्होंने अपने राजभवन से ही कर डाली और गत पूर्णिमा की रात राजभवन के सभी कर्मियों ने मिलकर चाँदनी तले खीर खाई। इससे बिजली की कितनी बचत की जा सकी, इसका आकलन तो बाद में किया जाएगा, मगर प्रकृति के सान्निध्य का जो सुख उन सभी लोगों को मिला होगा, उसका आकलन कर पाना असंभव होगा।

सृजनशील विकल्पों के साथ सत्ता में अपनी महत्त्वपूर्ण उपस्थिति दर्ज करानेवाली महामहिम राज्यपाल श्रीमती मृदुला सिन्हा बड़ी सहजता से गोवावासियों को प्रकृति के सान्निध्य में लाने का महती कार्य कर रही हैं। प्रधानमंत्री के स्वच्छ भारत अभियान की प्रथम एंबेसेडर श्रीमती सिन्हा, अपने कार्यकाल के प्रारंभिक दौर में ही अपनी साहित्यिक संवेदनशीलता और सृजनात्मक प्रखरता से गोवा के प्राकृतिक और स्वच्छ विकास का संकल्प लेकर निकल पड़ी हैं।

पिछले दिनों तेल एवं प्राकृतिक गैस निगम द्वारा कार्बन नियंत्रण पर गोवा में एक संगोष्ठी का आयोजन किया गया। संगोष्ठी की अध्यक्षता करते हुए उन्होंने आम जीवन में तुलसी की सेवा और सूर्य को अर्घ्य देने की परंपराओं का हवाला देते हुए, जिस सहजता से प्रकृति के साथ संतुलन बैठाकर विकास का संदेश दिया, वह वहाँ उपस्थित बड़े-बड़े विद्वानों और तकनीकी विशेषज्ञों को भी पोर-पोर छू गया।

साहित्यिक-सामाजिक चेतना संपन्न किसी व्यक्ति का सरकार में होना किस तरह समाज को प्रभावित करता है, यह बात कथाकार मृदुला सिन्हा के संदर्भ में स्पष्ट तौर पर देखी जा सकती है। तभी तो गोवा की गवर्नर बनने के बाद मृदुला सिन्हा को संविधान की प्रति सौंपते हुए राष्ट्रपति

महोदय ने अपनी आश्वस्ति कुछ इस प्रकार व्यक्त की थी, "आपसे विशेष अपेक्षाएँ हैं, आप एक संवेदनशील साहित्यकार जो हैं..."

सवाल है, आखिर ऐसा क्या होता है साहित्यिक समझ में, जो ब्यूरोक्रेसी की धमस न होते हुए भी इतनी आश्वस्ति प्रदान करने में सक्षम होती है? इन सवालों के जवाब किसी साक्षात्कार में पूछने के नहीं, बल्कि एक अनुभव से गुजरकर हासिल करनेवाले हैं। यह अनुभव गोवावासियों को प्रारंभ से ही होने लगा था। हल्की मुसकान के साथ मृदुला सिन्हा ने बताया, "गोवा के गाँवों का दौरा करने गई तो वहाँ के निवासी अचरज करने लगे। कहने लगे, अब से पहले तो इन गाँवों में कोई आया ही नहीं...। मैंने हँस कर कहा, "मैं गाँव की रहनेवाली हूँ न..."

मृदुलाजी कहती हैं, यह संस्कार उन्हें अपनी माँ और सासू माँ से मिला है। उनकी सास सुबह-सुबह खीर बनाकर काँसे की थाली में ठंडा होने रख छोड़तीं। पूछने पर पता चला कि खेत में काम करनेवाला हरवाहा भोरे-भोर चला जाता है, यह हड़बड़ी उसके लिए है।

ऐसी मिट्टी में जिस व्यक्तित्व का निर्माण हुआ हो, संवेदना उसके स्वभाव का सहज गुण बन जाता है। उन्होंने बताया कि कुछ रोज पहले गोवा में उनसे मिलने एक हज्जाम आया। पहले तो उन्होंने यही समझा कि वह बाल-नख काटने के इरादे से आया है और उन्होंने अपने पति रामकृपाल सिंहजी को सामने कर दिया, मगर जब यह मालूम हुआ कि यह गया निवासी दरअसल अपनेपन के साथ बिहार की लेखिका गवर्नर से मिलने आया है, तब उसका सत्कार वैसे ही किया गया जैसे किसी पारिवारिक व्यक्ति का किया जाता है। बात सिर्फ हज्जाम या इस तबके की नहीं थी। उन्होंने बताया कि मुंबई में लगभग पंद्रह आई.ए.एस. अधिकारियों और कुछ स्थानीय उद्योगपतियों ने मृदुलाजी के सम्मान का कार्यक्रम आयोजित किया। ऐसे आयोजनों का होना कोई चौंकने की बात नहीं, क्योंकि सरकार की शक्ति पर अपना दावा करनेवाली कई इकाइयाँ ऐसा कुछ किया ही करती हैं, मगर ये कार्यक्रम कुछ अलग थे। मृदुलाजी की सादगी और स्नेह से सराबोर जन-समुदाय समाज के हर हिस्से में अपने उत्साह को अभिव्यक्त कर रहा था। इसमें प्रशासन का शक्ति-प्रदर्शन नहीं, वरन् भावात्मक समृद्धि का उजास था। जिस समय मृदुलाजी के शपथ ग्रहण का कार्यक्रम चल रहा था, उस समय उनके उस गाँव की औरतें घर-आँगन लीपकर दीये जलाए प्रार्थना में बैठी थीं। जहाँ उन्होंने अध्ययन-अध्यापन किया, वहाँ के मंदिर में लगातार भजन-कीर्तन चल रहा था कि ईश्वरीय शक्तियाँ भी अपना आशीष इन्हें प्रदान करें और वे अपने दायित्व का समुचित निर्वाह कर सकें।

ऐसी कई औरतें थीं, जिन्होंने मृदुलाजी को बधाई देते हुए कहा कि वे महसूस कर रही हैं, जैसे वे स्वयं ही इस पद पर आ बैठी हैं और यह गौरव उन्हें ही मिला है। तादात्म्य स्थापित कर पाने का यह सुख ही तो साहित्यकार की अर्जित कमाई होती है। बड़े-बड़े अधिकारियों के बीच शक्ति परीक्षण की वैसी ही होड़ चलती रहती है, जैसी सामान्य लोगों के बीच भौतिक ऐश्वर्य को लेकर रहती है। एक की जीत का मतलब दूसरे की हार होती है। एक का हासिल दूसरे का चूक जाना होता है, मगर किसी साहित्यकार के साथ ऐसा नहीं होता, उसके पात्रों की जीत खुद लेखक की जीत बन जाती है। उसके पात्रों का हासिल, उसके पाठकों के भी हिस्से में आता है। वे भी

उसकी जीत में शामिल होते हैं, क्योंकि वे आपस में स्पर्धा नहीं करते, बल्कि एक-दूसरे के पूरक होते हैं। वे लेखक द्वारा कागज पर रची दुनिया में विश्वास करते हैं और उसे पाने के लिए इच्छा ही नहीं, यत्न भी करते हैं। उनकी यह कामना ही लेखक को बिना किसी धमस के भी इतना शक्तिवान् बनाती है कि वह व्यवस्था की चली आ रही लकीर को नई तरह से गढ़ने की हिम्मत जुटाता है।

बड़े-बड़े प्रशासकों को बाकायदा इसका प्रशिक्षण दिया जाता है कि आपको हर किसी के लिए सुलभ नहीं होना चाहिए, सामान्य जन से दूरी बनाकर रखनी चाहिए, चलती भाषा में कहूँ तो हर किसी को मुँह नहीं लगाना चाहिए, वरना वे आपसे पता नहीं कितनी बेजा उम्मीदें लगा बैठेंगे, मगर एक रचनाकार का हृदय तो यही कामना करता है कि हर किसी को उससे उम्मीदें हों और वह सबकी उम्मीदों पर खरा उतर सके। इसीलिए न तो रचना और न ही रचनाकार एकांगी होकर जी सकता है। उसकी आँखों में कई इकाइयों के सपने आकार लेते हैं और उसके इरादों में कई इकाइयों का बल होता है। इसीलिए वह सामान्य जन को नजरअंदाज नहीं करता; बल्कि उनमें चंदन-पानी की तरह घुल जाता है, खुशबू से गमक उठता है। उसके दर्पण में दिखनेवाला चेहरा निजी होते हुए भी कई छवियों की प्रतिच्छाया बन जाता है।

"बतौर गवर्नर, आप गोवा में सबसे पहले किस समस्या पर फोकस करेंगी?"

इस सवाल पर बहुत विचार करने की जरूरत नहीं पड़ी, क्योंकि उनका लक्ष्य उनकी निगाहों की ठीक सीध में था।

"गोवा हो या कहीं भी, मेरी सबसे बड़ी चिंता टूटता हुआ परिवार है।"

वही तकलीफ कि आज व्यक्ति अकेला होता जा रहा है, उसकी महत्त्वाकांक्षाएँ उसका उन्नयन तो कर रही हैं, मगर इस प्रक्रिया में वह सबसे कटता जा रहा है। स्थिति इतनी दारुण हो गई है कि नौजवान लड़के-लड़कियाँ गृहस्थी बसाने का मतलब सपनों की बलि चढ़ाना मानने लगे हैं। आपसी समझ और सरोकार की जगह स्वतंत्र इकाई के रूप में वे अधिक सहज अनुभव करने लगे हैं। मृदुलाजी ने हँसते हुए बताया कि किसी ने उनके पतिदेव को उलाहना दिया कि वे दिल्ली छोड़कर गोवा क्यों चल दिए, जाना तो मृदुलाजी को है। इस पर रामकृपालजी ने मासूमियत से पूछा कि इन्हें अकेले छोड़ दूँ क्या?

मृदुलाजी दांपत्य जीवन को दलहन का दाना कहती हैं। जब तक उस पर एक कठोर ओट बनी रहती है, दोनों सुरक्षित हैं। घर के भीतर की सुरक्षा और पति-पत्नी के बीच की साझेदारी को वे सर्वाधिक महत्त्व देती हैं, जिसका आज के युवा वर्ग में वे बेतरह अभाव महसूस करती हैं और इसी अभाव को वे विवाह के प्रति युवा वर्ग की उदासीनता की वजह भी मानती हैं। लिव-इन संबंधों पर लिखी मुझे उनकी वह कहानी भी ध्यान आती है, जिसमें युवा वर्ग के भीतर पनप रही इसी तरह की आशंका को रेखांकित किया गया है और बाद में परिवार की मौसी या चाची के अचानक शहर आने पर उनकी सोच की धारा को परिवर्तित कर उन्हें विवाह के लिए प्रेरित किया गया है। इस कहानी के बदलते संदर्भों में महत्त्वपूर्ण व्याख्या की जा सकती है। एक संवेदनशील लेखक की सोच ऐसे विषयों पर लिखकर समाज को सही और स्वस्थ दिशा प्रदान करती है। ऐसे में मृदुलाजी की कलम इस दायित्व का निर्वाह सरकारी दायित्व सँभालने से भी पहले से कर रही हैं।

अकेलेपन से जूझते इनसान के संघर्ष को मृदुलाजी ने अपनी एक कहानी में कुछ इस प्रकार व्यक्त किया है, महानगर के फ्लैट में अकेली रहनेवाली महिला के पैरों से अचानक कोई चूहा टकरा जाता है और वह हैरानी से महसूस करती है कि चूहे का यह स्पर्श भी कितना भला है, जो उसके अकेलेपन को दूर करने में सफल हुआ है। तब वही स्त्री, जो कभी चूहे और छिपकली को देखकर भय से चीख पड़ती थी, उसी चूहे का स्पर्श पाकर अकेलेपन की त्रासदी के विरुद्ध खड़ी हो पाती है।

मृदुलाजी मुसकराते हुए कहती हैं, "मेरी कहानियों के सशक्त पात्र मेरे लिए चुनौती बनकर खड़े हो जाते हैं। वे मुझसे बहस करते हैं कि यदि वह पात्र ऐसा कर सकता है, जिसे तुमने ही गढ़ा है, तो फिर तुम क्यों नहीं?" मृदुलाजी पूरी ताकत से इस भरोसे की पैरवी करती हैं और स्वीकार करती हैं कि उनके भीतर का लेखक उनके व्यक्तित्व को निरंतर प्रेरित करता रहता है। दूसरी ओर, लेखक की सकारात्मक सोच में जब सत्तात्मक शक्ति आ मिलती है तो उसके पात्र प्राणवान हो उठते हैं। ये पात्र असंभव को संभव कर देते हैं और संभावनाओं का यह सिलसिला कागज पर नहीं, जमीनी हकीकत पर चलता रहता है।

तीज-त्योहारों पर लोकगीत गाती स्त्रियों के माध्यम से भारतीय संस्कृति की विराटता को विरासत की तरह अपनी रचनाओं के नाम करनेवाली मृदुला सिन्हा के हाथ जब शासकीय निर्णय लिखेंगे, तब भी वे संस्कृति के उस माहात्म्य को अक्षुण्ण बनाए रखने के लिए कोई मंगलगान ही लिख रहे होंगे। कोई आश्चर्य नहीं कि गोवा की यह गवर्नर, वहाँ के आम लोगों के दुःख-सुख में सहज भाव से शरीक होती दिखाई दे जाए। उनकी हथेलियों में छुपी स्वस्थ और उज्ज्वल भविष्य की लकीरें पढ़तीं···साहित्यकार गवर्नर की नई परिभाषा गढ़तीं···

प्रसिद्ध लेखिका, दिल्ली
मो. : 9868424477

□

सकारात्मक लेखन की कलममकार

—पूनम पांडे

लेखन का एक खास स्वभाव यह है कि वह मन की कलम से किया गया हो तो बड़ी तेजी से फैलने लगता है। जीवन में कई रास्ते थाली परोसकर तैयार मिलते हैं और वहाँ पर लिखनेवाले की सांस्कृतिक संरचना, उसके जीवन-मूल्य, उसकी तार्किकता, मनोवैज्ञानिक अनुभव उसके लेखक स्वरूप को निखारते हैं। कल्पना के ऐसे ही अध्याय परम आदरणीय मृदुला सिन्हाजी के लेखन संसार में भी परिलक्षित होते हैं। परिवार, समाज, संस्कारों के पावन आँचल की पक्षधर तथा ऊर्जा को सदैव आत्मविकास में संलग्न करना सिखानेवाली (अजमेर में महिला महीयसी के दौरान हम सबको मृदुलाजी के मार्गदर्शन तथा स्नेहिल आशीष का परम सौभाग्य मिला है) मृदुलाजी का आंतरिक जीवन को कृतार्थ और संपूर्ण बनाने का भावपूर्ण भाषण हमारे लिए मील का पत्थर साबित हुआ।

मृदुलाजी की रचनात्मक अभिरुचि उनका शास्त्रीय पक्ष किसी भी आडंबर से परे है। अपने स्त्री पात्र को पाठक के सामने रखते हुए मृदुलाजी इस सहजता से सारा देश, काल, वातावरण सँजोए जाती हैं कि कथा कब हमारे भीतर से होकर गुजरती चली गई, पूरी पुस्तक पढ़ने के बाद महसूस होता है। मृदुलाजी का जीवन दर्शन, उनकी मानसिकता तथा रचना-धर्मिता एक-दूसरे के पर्याय हैं, उनमें कहीं कोई विरोधाभास नहीं है। मृदुलाजी के तीन विख्यात आत्म-कथात्मक उपन्यासों की बात कीजिए तो यह बात और भी ज्यादा पक्की हो जाती है, "सीता पुनि बोली, विजयिनी, परितप्त लंकेश्वरी।"

विजयिनी की सावित्री एक अमर संदेश दे जाती है कि खुशी, संतोष, आनंद कभी भी पूरे नहीं हो सकते, जब तक उन्हें बाँटनेवाला साथी न हो, यानी ताली की गूँज के लिए हथेली को एक हथेली और चाहिए। मृदुलाजी ने गृहस्थी को दकियानूसी समझने वाली पीढ़ी को 'परितप्त लंकेश्वरी' उपन्यास के माध्यम से सहजता से समझाया है कि अनुकूल जीवनसाथी, अनुकूल स्थिति, आरामदायक दिनचर्या के विपरीत जीनेवाली कैसे दिन-प्रतिदिन मजबूत होती जाती है। हजारों साल बाद भी विचार करने को मजबूर करती है। आध्यात्मिक उल्लास से सराबोर होकर त्याग की प्राथमिक कक्षा से समाधि के उच्चतम स्तर पर भी पहुँच जाती है। मंदोदरि हो या सीता, सावित्री हो या कोई और रूप, उसे निखारते हुए पाठक के सामने मृदुलाजी अपनी रुचि

के अनुसार ही तो लाई हैं, यानी रचनात्मकता में सकारात्मक नजरिया, आपका लेखन इन सबका साक्षी है।

मृदुलाजी ने विचार को धारण करने के बाद जो पुस्तकें सृजित की हैं, वे नितांत सामाजिक हैं। आज स्त्री के लिए कितनी भी बनावटी अलमस्त भरी बात की जाए, पर उसके सच पर आवरण नहीं डाला जा सकता। स्त्री का मायना एकदम पौरुषी नहीं हो सकता, मृदुलाजी उसे विचार के स्तर पर पुरुष की ताकत बना देती है, मतलब पौरुष का सवाल पीछे छूट जाता है और स्त्री उसके भी बहुत आगे निकल गई। मृदुलाजी भाव की दृष्टि से रेखांकित करती हैं, टक्कर लेकर तोड़-फोड़ नहीं करतीं। आपका लेखन ऐसा साँचा है, जिसमें स्त्री की अवधारणा संकोच की नहीं, जागरूकता, शक्ति, साहस, हिम्मत की प्रतीक बनी है।

युवा लेखिका, अजमेर (राज.)
मो. : 9928792720

□

अग्रणी राष्ट्रवादी लेखिका

—डॉ. योगेंद्र नाथ शर्मा 'अरुण'

हिंदी साहित्य में आज राष्ट्रवादी महिला लेखिकाओं में अग्रणी श्रीमती मृदुला सिन्हा का जन्म श्रीमती अनूपा देवी एवं बाबू छबीले सिंह के यहाँ 27 नवंबर, 1942 को मर्यादापुरुषोत्तम श्री रामचंद्रजी के विवाह के शुभ दिन, बिहार राज्य के मुजफ्फरपुर जिले के छपरा कस्बे में हुआ था। मनोविज्ञान में एम.ए. करने के बाद मृदुलाजी ने बी.एड. किया और फिर मुजफ्फरपुर के एक कॉलेज में प्रवक्ता हो गईं। कुछ समय तक वे बिहार में मोतिहारी के एक महाविद्यालय में प्रिंसिपल भी रहीं, किंतु उनका मन वहाँ भी न लगा और नौकरी को सदा के लिए अलविदा कहके उन्होंने स्वयं को हिंदी की सेवा में समर्पित कर दिया। उनके पति डॉ. रामकृपाल सिन्हा, जो कॉलेज में अंग्रेजी के प्रवक्ता हुआ करते थे, जब बिहार सरकार में मंत्री हो गए, तो मृदुलाजी ने भी साहित्य-साधना के साथ-साथ राजनीति के क्षेत्र में पदार्पण किया। आज तक भी यह सिलसिला लगातार जारी है।

श्रीमती मृदुलाजी आजकल भारत के गोवा राज्य की महामहिम राज्यपाल हैं और साहित्य जगत् से भी वे निरंतर जुड़ी हुई हैं। श्रीमती मृदुला सिन्हा 'पाँचवाँ स्तंभ' नामक एक साहित्यिक-सामाजिक पत्रिका का संपादन भी करती रही हैं।

इनकी कहानियों, उपन्यासों और लेखों के विषय अधिकतर सामाजिक, सांस्कृतिक, मनोवैज्ञानिक के साथ ही स्त्रियों, बच्चों और ग्रामीण-जनों से जुड़े हुए ही होते हैं। साहित्य-साधिका के रूप में श्रीमती मृदुला सिन्हा ने जो सम्मान और यश अर्जित किया, वह राजनीति में अर्जित सम्मान से बहुत ज्यादा है, लेकिन एक महिला के रूप में उन्होंने जिस समर्पण और लगन से राजनीति के क्षेत्र में काम किया है, उसी का सुफल है कि आज वे भारत के एक राज्य की राज्यपाल के रूप में भी विशेष ख्याति अर्जित कर चुकी हैं।

श्रीमती मृदुला सिन्हा की साहित्य-यात्रा अत्यंत प्रेरक, बहुमुखी और प्रशंसनीय रही है, जिसमें मुख्यत: उनके कई उपन्यास, कहानी-संग्रह, जीवनी और निबंधों के संग्रह आते हैं। वे भारत की सभी पत्रिकाओं में निरंतर लिखती रही हैं! उनके चर्चित प्रमुख उपन्यास हैं—

'नई देवयानी', 'ज्यों मेहँदी को रंग', 'घरवास' और 'सीता पुनि बोली'।

कई रोचक और चर्चित कथा-संग्रहों में उनकी कथा-शैली को लेकर प्राय: सभी समीक्षकों

ने एक स्वर से यह स्वीकार किया है कि श्रीमती मृदुला सिन्हा की कहानियों में जीवन की इंद्रधनुषी छवियाँ देखने को मिलती हैं। उनके मुख्य कहानी-संग्रह निम्नवत् हैं—

'ढाई बीघा जमीन', 'देखन में छोटे लगें', 'बिहार की लोककथाएँ' (दो भाग में) 'साक्षात्कार'।

श्रीमती मृदुला सिन्हा की सर्वाधिक चर्चित और बहुत महत्त्वपूर्ण कृति है 'राजपथ से लोकपथ पर', जो वस्तुतः एक जीवनी विधा में रचित कृति है। इसी के साथ 'विकास का विश्वास' शीर्षक से श्रीमती मृदुलाजी के निबंधों का एक संग्रह भी हिंदी-जगत् में बहुत चर्चित हुआ और समीक्षकों ने उनकी निबंध शैली में प्रौढ़ता के दर्शन किए हैं। यह निबंध-संग्रह अपने विविधतापूर्ण विषयों और सटीक चिंतन के कारण बहुत चर्चित रहा है। एक सफल गद्य लेखिका के रूप में श्रीमती मृदुला सिन्हा ने अपनी स्पष्ट छाप हिंदी-जगत् में छोड़ी है। श्रीमती मृदुला सिन्हा को लेखिका के रूप में सर्वाधिक प्रसिद्ध और सुस्थापित करानेवाली उनकी महत्त्वपूर्ण कृति है—'मात्र देह नहीं है औरत'। स्त्री-विमर्श से जुड़ी उनकी वह कालजयी रचना,जिसके अनेक प्रश्न आज भी प्रासंगिक बने हुए हैं।

उल्लेखनीय है कि मृदुलाजी ने एक अंग्रेजी कृति 'फ्लेम्स ऑफ डिजायर्स' का हिंदी में अनुवाद भी किया है, जो अंग्रेजी और हिंदी पर गहरी पकड़ के साथ ही उनकी बहुपठिता का प्रमाण भी कहा जा सकता है। इस प्रकार हम देखते हैं कि घर से लेकर राजनीति तक के समस्त दायित्वों का सफलतापूर्वक निर्वाह करनेवाली श्रीमती मृदुला सिन्हा ने अपनी साहित्य-साधना की लौ को भी निरंतर प्रज्वलित रखा है, जो सचमुच प्रेरक है।

समाज में एक विशेष कहावत चली आ रही है कि किसी 'सफल पुरुष' के पीछे कोई महिला अवश्य होती है, लेकिन विनम्रता और भारतीयता की प्रतिमूर्ति रहीं श्रीमती मृदुला सिन्हा ने अपने विद्वान् पति श्री रामकृपाल सिन्हा को अपनी प्रगति में सदैव सम्मिलित और सहयोगी माना है। एक सफल लेखिका के साथ-साथ मृदुलाजी सफल गृहणी भी हैं और भारत की एक लोकप्रिय राजनीतिक कार्यकर्त्री के रूप में उन्होंने जो ख्याति अर्जित की है, वह तो निश्चय ही प्रत्येक महिला के लिए अनुकरणीय और अत्यंत सराहनीय भी रहेगी।

सफल राजनीतिज्ञ श्रीमती मृदुला सिन्हा

एक प्रतिष्ठित लेखिका के साथ ही कुशल राजनीतिज्ञ होना कोई हँसी-खेल नहीं है, लेकिन उन्होंने साहित्य-साधना और राजनीति में सदैव संतुलन स्थापित किया है, जिसे उनकी कार्य-क्षमता और जीवटता का परिचायक ही मैं मानता रहा हूँ।

वर्तमान में गोवा के राज्यपाल पद पर कार्यरत हैं। वे एक सुविख्यात हिंदी लेखिका के साथ-साथ राष्ट्रीय भारतीय जनता पार्टी की केंद्रीय कार्य समिति की सदस्य भी रही हैं। इतना ही नहीं, श्रीमती मृदुला सिन्हा माननीय श्री अटल बिहारी वाजपेयी के प्रधानमंत्रित्व-काल में केंद्रीय समाज कल्याण बोर्ड की अध्यक्ष भी रह चुकी हैं। उनकी पुस्तक 'एक थी रानी ऐसी भी' की पृष्ठभूमि पर आधारित राजमाता विजया राजे सिंधिया को लेकर एक फिल्म भी बनी थी, जो बहुत चर्चित हुई!

हमारे लिए गौरव की बात है कि समाज-सेवा के साथ-साथ राजनीति में अत्यंत सफलतापूर्वक

अपना योगदान देनेवाली हिंदी की प्रतिष्ठित लेखिका श्रीमती मृदुला सिन्हा जीवन के सफल 75 वर्षों की गरिमामयी यात्रा पूर्ण कर रही हैं। जिन मृदुलाजी को उत्तर प्रदेश हिंदी संस्थान के 'साहित्य भूषण सम्मान' के साथ ही 'दीनदयाल उपाध्याय सम्मान' के अतिरिक्त अन्य अनेक सम्मानों से विभूषित किया जा चुका है, उनका हम आज शब्दों के माध्यम से हार्दिक और भावपूर्ण अभिनंदन कर रहे हैं।

"मृदुल रहीं जो जन्म भर,
जिनके कर्म ललाम!
शब्द-सुमन अर्पित उन्हें,
अर्पित मेरे प्रणाम!"

वरिष्ठ साहित्यकार

□

स्वातंत्र्योत्तर नारी कथाकार और मृदुला सिन्हा

—डॉ. उदय प्रताप सिंह

हिंदी ही नहीं, किसी भी भाषा में स्त्री रचना का केंद्रीय भाव होती है। हिंदी में भी यह साहित्य राधा और सीता को लेकर मुख्य रूप से और इसी भावना को राधा-कन्हाई के बहाने श्रृंगार की सीमा में जाकर रचने का एक युग ही खड़ा हुआ, जिसे रीतिकाल कहते हैं। खड़ी बोली का प्रमुख काव्य कामायनी स्त्री को ही केंद्र में रखकर लिखा गया और आश्चर्य इस बात का है कि कविता का विषय होते हुए भी स्वयं स्त्री कवियों की संख्या हिंदी साहित्य में अत्यंत सीमित है। जो हैं, उनका भी साहित्यिक स्वर बहुत ऊँचा नहीं है। पूरे मध्यकाल में मीराबाई, सहजोबाई, बावरी साहिबा एवं दयाबाई के अतिरिक्त उल्लेखनीय नाम नहीं मिलते। खड़ी बोली आंदोलन की एक महत्त्वपूर्ण भावना स्त्री-उद्धार से ही जुड़ी हुई है। सती-प्रथा, विधवा एवं वेश्या समस्या को लेकर खड़ी बोली में बहुत कुछ लिखा गया। उर्मिला से लेकर उर्वशी तक मिथकीय तथा लोक की स्त्रियों पर खूब लिखा गया। सीता, द्रौपदी, यहाँ तक कि हिडिंबा पर भी लिखा गया, लेकिन रचनाकार के रूप में नारी लेखिकाओं की संख्या अत्यल्प है। मध्यकाल की मीरा के बाद महादेवी वर्मा और सुभद्रा कुमारी चौहान दो महत्त्वपूर्ण कवयितित्रियाँ हैं। यही वह बिंदु है, जहाँ हिंदी खड़ी बोली कविता पुरुष सृजन के समानांतर अपनी पहचान बनाने भी लगी। स्वतंत्रता के बाद भी अनेक स्त्री कवियों ने साहित्य में सार्थक हस्तक्षेप किए हैं।

कई प्रसिद्ध स्त्री लेखिकाओं के साथ एक विलक्षण नियति है कि वे मूलत: कहानीकार हैं। मृदुला गर्ग, मंजुला भगत में कहानीपन का तत्त्व अधिक उभरकर आता है। कहानी की दुनिया में पहचान के बाद इन्होंने उपन्यास भी लिखे। मैत्रेयी पुष्पा वस्तुत: कहानीकार नहीं हैं। वे नैरेटर हैं। उपन्यास ही उनकी महत्त्वपूर्ण विधा हो सकती है। फूहड़ नहीं लिखती तो 'इदन्नमम' के द्वारा उन्होंने एक अच्छी जमीन तैयार की थी। 'चाक' में और क्रमश: कई परवर्ती रचनाओं में वह स्त्री की फिसलन की लेखिका बन गईं। चित्रा मुदगल ने 'आवाँ' लिखकर 'चाक' का जवाब तो दे दिया, पर विष की दवा विष ही है, यह नए सिर से प्रमाणित हुआ। मुक्त यौनाचार, विवाहेतर संबंध स्त्री के जीवन का कोई पक्ष बन सकता है, लेकिन इन्हें किसी पल्लवित समाज में प्राकृत या स्वाभाविक नहीं माना जा सकता। मृदुला सिन्हा का लेखन इसके सामानांतर नारी-पुरुष के सनातन संबंधों और आकर्षणों का समर्थन करता है। छिन्ननाल लेखन के समकालीन रहते हुए भी

उन्होंने भारतीय सामाजिक मर्यादाओं का उल्लंघन नहीं किया है। चाहे सीता हो, सुखिया हो या 'रामायणी काकी' का संस्कार संपन्न व्यक्तित्व हो। मुक्त यौनाचार व विवाहेतर संबंधों को साहित्य का केंद्रीय भाव बनानेवाली लेखिकाओं पर विकृति की लाल रेखा लगेगी ही। यद्यपि प्रकृत, विकृत और संस्कृत जीवन के ही अंग हैं।

लंबे समय से स्त्री-समस्या और तमाम सामाजिक विसंगतियों को मृदुला सिन्हा कहानियों एवं उपन्यासों के माध्यम से उकेरने का प्रयास करती रही हैं। कहा जा सकता है कि आजादी के बाद जहाँ कई स्त्री कथाकारों ने बाहरी चाशनी में स्त्री जाति की समस्याओं को उजागर किया है, वहीं मृदुला सिन्हा ने बहुत करीब से उन समस्याओं का निरीक्षण-परीक्षण और विश्लेषण करते हुए एक मर्यादित मार्ग का संकेत किया है। इस प्रक्रिया में परंपरागत खूबियाँ तो उजागर हुई ही हैं, उनके साथ विसंगतियाँ भी कम आहत नहीं हुई हैं। मृदुला सिन्हा ने भारतीय मन से कथा साहित्य का सृजन किया है। वे नारी के जीवन में टूटते राग को, भाव-भावना और भंगिमा को, दैनिक जीवन में उपजी कठिनाइयों को कहानीपन की उच्चतम शैली में व्यक्त करती हैं। समाधान देती हैं, उन कुप्रथाओं एवं गर्हित सोच पर व्यंग्य का हथौड़ा भी मारती हैं। उनका साहित्य एक स्वस्थ समाज का मॉडल तो प्रस्तुत करता ही है, अवरोध उत्पन्न करनेवाले कारणों को तोड़ता भी है। उनकी इस कथा यात्रा में परंपरा के उज्ज्वल पक्ष निरंतर निखरते जाते हैं और स्याह पक्ष धीरे-धीरे तिरोहित होते जाते हैं। इस संदर्भ में 'सीता पुनि बोली' उपन्यास मार्गदर्शक की भूमिका में दिखता है। उपन्यास के सर्जनात्मक पक्ष पर मृदुला सिन्हा की पंक्तियाँ इसकी साक्षी बन जाती हैं, "जनकपुर के विदेह राजा जनक की दुलारी, राम की सहधर्मिता, दशरथ और कौशल्या की अत्यंत प्रियवधू, लक्ष्मण, भरत और शत्रुघ्न की माँ सदृश भाभी, राजमहल से लेकर वन और आश्रम जीवन में अनेक सामाजिक संबंधों में बँधी सीता की स्मृति त्रेता युग से प्रवाहित होती हुई आज भी जन-जन के हृदय और भारतीय जनमानस में रची-बसी है। उसके सत ने सात समुद्र पार भी प्रवास किया है। लाखों प्रवासी भारतीयों ने विदेशों में भी उस सत को अपनी पूँजी के रूप में सँजोकर रखा है।"

'सीता पुनि बोली' मात्र सीता की आत्मकथा ही नहीं, नारी जीवन की विडंबनाओं की भी कथा है। उपन्यास की मुख्य पात्र सीता नारी समाज को स्वावलंबी व आत्मबली बनने की प्रेरणा देती हैं। अन्य स्त्री कथाकारों की तरह नारी को उकसाती नहीं हैं, अपितु जीवन के स्वस्थ और कल्याणकारी मार्ग पर चलने का संकेत करती हैं। नारी का स्वावलंबी होना, अपनी अस्मिता का बोध होना और अपने महत्त्व का आभास होना ही उसके जीवन की सार्थकता है। वह पुरुष की सहधर्मिणी है, पिछलग्गू नहीं। कथाकार के ही शब्दों में, "आखिर क्या जरूरत आ पड़ी मेरी लेखनी को मैथिली के मानस में प्रवेश की? रामकथा के विभिन्न पड़ावों पर सीता मन के भावों को टटोलने, झाँकने और शब्दबद्ध करने की?" उपन्यास लेखन की प्रस्तावित आत्मकथा शैली को सुनकर किसी सज्जन ने प्रश्न उठाया, "आप सीता की आत्मकथा कैसे लिख सकती हैं?" उनका सवाल सही था। आत्मकथा तो आत्मकथा ही होगी। दूसरा अंतरंग से अंतरंग व्यक्ति कैसे किसी की आत्मकथा लिख सकता है? समझ के बावजूद मुझे सीता की आत्मकथा लिखना आवश्यक लगता था। इसलिए पुराणों, लोकसाहित्य, रामलीलाओं और सभागारों की हजारों गोष्ठियों में भी

रामकथा के सोपानों पर सीता के मन को बहुत कम समझा गया है। सच तो यह है कि राम की सहधर्मिता सीता परोक्ष और अपरोक्ष रूप से उनसे अभिन्न होकर भी भिन्न थीं। राम के साथ इस भिन्न और अभिन्न व्यक्तित्व को रामचरित चित्रण में समाया नहीं जा सकता था। उनकी भिन्नता और अभिन्नता का आकलन अवश्य शेष रहा है, ऐतिहासिक भारतीय नारी की आत्मिक शक्ति और तदनुकूल आचरण का भी, जो आज साधारण नारियों का भी संबल और धरोहर है।"

पूरे उपन्यास में नारी शक्ति को राम की सहधर्मिणी सीता के माध्यम से जगाने का प्रयास मृदुला सिन्हा ने किया है। उनके इस प्रयास को नारी सशक्तीकरण की अवधारणा से नहीं समझा जा सकता है। उसे समझने के लिए संस्कृति की चेतना में उतरना और आलोचना पढ़कर प्रति आलोचना लिखने की आदत को छोड़कर मूल ग्रंथों के निहितार्थ को जानना पड़ेगा। काले धब्बों को खोजने के बजाय सकारात्मक और सार्थक भावों का सृजन अपेक्षित होगा। यही कारण है कि कथाकार मृदुला सिन्हा ने सीता के जीवन में उपजी तमाम विसंगतियों को अपना कथ्य बनाया है। मसलन महलों में रहनेवाली सीता वन में जाने का आग्रह क्यों करती हैं, रावण द्वारा अपहृत होने के बाद आतंक-भय के बीच अपने सतीत्व की रक्षा कैसे कर लेती हैं, वह कौन सी शक्ति भारतीय नारी के मन में है, जो समर्पण नहीं करने देती है, रावण के संहार के बाद अयोध्या आने के पूर्व सीता की अग्नि परीक्षा उन्हें कितना विचलित कर सकी होगी? एक बड़ा प्रश्न तो यह भी है कि शक्ति संपन्न सीता राम की आज्ञा का अक्षरश: पालन करती हैं, वही सीता वनवास के लिए प्रबल आग्रह करती अपनी प्रतिज्ञा पर दृढ़ हैं। क्या यह पति-प्रेम की पराकाष्ठा है, या उनके आत्मबल की सच्चाई का दृढ आधार है, भय और कष्ट के वातावरण में सीता का निर्भय होना नारी की किस शक्ति की ओर संकेत करता है? इन्हीं प्रश्नों से रूबरू होता पुराण-मिथ और लोककथाओं के बियावान से बाहर आता 'सीता पुनि बोली' उपन्यास आधुनिक नारी के जीवन में एक उजाला भर देता है। नारी-विमर्श का यह दृष्टिकोण स्वतंत्रता के बाद गिनी-चुनी नारी कथाकारों ने ही अपनाया है। मृदुला सिन्हा इनमें अग्रणी हैं। न वह लक्ष्मण रेखा को पार करती हैं और न उस रेखा के प्रकोष्ठ में बंद नारी की आवाज को ही अनसुनी करती हैं। 'सीता पुनि बोली' इसी का आख्यान है।

इसके अतिरिक्त 'ज्यों मेहँदी को रंग', 'नई देवयानी', 'घरवास' और 'अतिशय' इत्यादि कथाख्यानों में नारी की एक मुकम्मल मूर्ति गढ़ने का प्रयास कथा-लेखिका ने किया है। नारी की आशा-अभिलाषा और आकांक्षा को एक शक्तिशाली और अर्थगर्भित स्वर मृदुला सिन्हा ने दिया है। 'ज्यों मेहँदी को रंग' में शालिनी की इच्छा-अभिलाषा और मनोकामना की पूर्ति, मेहँदी रचे पाँवों में कैसे उतरती है, यह देखते ही बनता है, "परिस्थिति के एहसास से सजग होती शालिनी सहमकर सिमट गई। दद्दाजी की ओर मुड़ी पर उन्हें साधुवाद देने का उसका खुलता मुख उचित शब्दाभाव के कारण पुन: स्थिर गति से ओंठों को समेट चुका था। केवल आँखें पूरी की पूरी खुली थीं, फैली थीं, जिनमें तैर रहा था आश्चर्य, आनंद और दद्दाजी के लिए उफन आया अपार आभार का सैलाब। क्यों पसंद आ गए न पाँव। चल, चलके दिखा। दद्दाजी ने बड़े स्निग्ध स्वर में कहा। शालिनी झट खाट छोड़ उन्हीं पाँवों पर खड़ी होने लगी। सहारे के लिए पलंग से लगी बैसाखियाँ उठाने लगी तो दद्दाजी उससे पहले लपककर उन्हें उसकी पहुँच से दूर रख आए। थोड़ी

लड़खड़ाहट हुई पाँवों में, जिसे स्थिर करने के लिए दद्दाजी का कंधा थाम लिया शालिनी ने। वे चाहकर भी नकार न सके। कमरे में प्रवेश करती महिमा सहायता के लिए लपकी तो उन्होंने इशारे से उसे रोक दिया।"

मृदुला सिन्हा की कहानियाँ भी भारतीय मन-मिजाज को नारी कथापात्रों द्वारा साक्षात् कर जाती हैं। 'ढाई बीघा जमीन' और 'एक दीये की दीवाली' में बहुत सधे अंदाज में मृदुला सिन्हा नारी मन को आकार देती हैं। 'ढाई बीघा जमीन' में इसके कई पात्र अपनी सांस्कृतिक जड़ों से रस लेने के लिए एक अजीब प्रकार की बेचैनी से भरे दिखते हैं। नौकरी-चाकरी के बाद भी घर-गाँव की याद व्यक्ति और समाज के जीवन (अस्तित्व) से जुड़ी होती है। कहीं जमीन प्रतिष्ठा का विषय, कहीं पुत्री के विवाह का प्रमुख कारक तो कहीं सभी संपत्तियों के विनष्ट हो जाने पर जीवन जीने का स्थायी आधार भी है। भारत के सामाजिक सोच में जमीन ही मात्र स्थायी धन है। इन लोक धारणाओं, समाज में मान्यताप्राप्त सत्य-अर्द्धसत्यों को कथाकार ने बड़े ही कलात्मक ढंग से बुना है। माँ की ममता और मातृत्व सुख की इच्छा को 'ढाई बीघा जमीन' कहानी-संग्रह की 'अक्षरा' कहानी में कथाकार ने ऐसा जीवंत रूप दिया कि पाठक अपने ही जीवन में खो जाता है, माँ-पुत्र के संबंधों में डूबने-उतराने लगता है। अक्षरा निस्संतान है, पर भतीजी के पुत्र पप्पू से उसे मातृत्व सुख की अनुभूति होती है। उसके परदेश चले जाने पर वह प्रसव पीड़ा की कामना मन में सँजोए मृत्यु को प्राप्त हो जाती है। कहानी का यह क्लाइमेक्स मृदुला सिन्हा को एक समर्थ स्त्री कथाकार बना देता है। कुछ पंक्तियाँ इसका जीवंत प्रमाण देती हैं, "सुखिया ने फिर अपनी कोख पर पत्थर मार लिया। उसके पप्पू ने उसके पास आने से मना कर दिया था। उसने चिट्ठी लिख भेजी थी, "अब मैं देवकी और यशोदा के चक्कर में नहीं पड़ूँगा। मुझे नौकरी मिल गई है। इसलिए मैं द्वारिका में ही रहूँगा। चुपकर सुखिया का हाल बता?"—पड़ोसन ने पूछा। "वह तो मर गई। पुलिस आई है। भीड़ लगी है।" 'औलाद के निकाह पर', 'ढाई बीघा जमीन', 'अंतिम संकेत', 'पुनर्नवा' और 'साझा वॉडरोब' आदि कहानियाँ स्वतंत्रता के बाद बदलते भारतीय समाज जीवन की विसंगतियों और नए-पुराने संस्कारों के अंतर्द्वंद्व में गुत्थमगुत्था करती नारी मन को व्यापक स्तर पर टटोलती हैं और पारंपरिक ऊर्जा से सज्जित कर उसे सम्मानपूर्ण जीवन जीने का संकेत भी कर जाती हैं।

'रामायणी काकी' कहानी भारतीय संस्कृति की विश्व-विजय की गाथा है। वैधव्य जीवन जीने का सहारा संयुक्त परिवार भारतीय समाज का एक स्तंभ है। उसमें चलनेवाला पारंपरिक कथासूत्र जीवन को नए रास्ते दे जाता है—'रामायणी काकी' कहानी का कथ्य देश-परदेस दोनों को एक कर जाता है। संस्कृति की यह धारा जैसे गाँव में रामकथा के रूप में सदियों से प्रवाहमान है, उसी तरह विदेश में भी, "राम सभी जगहों पर हैं, रामभक्त सर्वत्र। इसलिए क्या अपना गाँव, क्या देश की राजधानी दिल्ली और क्या लंदन, मुझे सब जगह रामभक्त मिले। उनकी भक्ति दिखी। पहनावा और खान-पान भिन्न-भिन्न हैं, हृदय एक ही है।" इस कहानी ने नारी-विमर्श की एक नई जमीन तैयार की है।

मृदुला सिन्हा ने स्त्री पात्रों के दुःख-दर्द को, उनके प्रति होते अन्याय को, उनके प्राप्तव्य पर ललचायी पुरुष-दृष्टि को बड़ी पैनी नजर से देखा है। उनके लेखन में कोई क्रांति का स्वर सुनना

चाहेगा तो निराश होगा, कोई परंपरा को उलटा-पुलटा कर आसंग स्त्री-विमर्श खोजेगा तो खाली हाथ लौटेगा। न वहाँ 'बोउआ' का स्त्री-विमर्श है, न स्वेच्छाचार की अनंतिम सीमा है। वहाँ तो भारतीय परंपरा में सजी-सँवरी, ढली सुंदर मन वाली नारी है—जहाँ वह हँसती है, मुसकाती है, कर्तव्य का निर्वहन करती है, पति का साथ देती है, सेवा करती है, सहधर्मिणी के रूप में दु:ख-दर्द को बाँटती है और पति के साथ निश्चिंत होकर जीवन जीती है। पति से लड़ती है, झगड़ती है, पर पति से अनंतिम सीमा तक प्रेम भी करती है। दु:ख भी सह लेती है, पर तात्कालिक सुख के लिए परपुरुष पर निर्भरता को सिरे से नकार देती है।

हिंदी के स्वातंत्र्योत्तर कथा साहित्य में सक्रिय स्त्री लेखिकाओं तथा उनके लेखन में स्थापित स्त्री-विमर्शों की नए सिरे से पड़ताल की आवश्यकता है। स्त्री को स्वयं स्त्री के महत्त्व को दर्शाना होगा। स्त्री की विवशता, उसकी मर्यादा और सीमा स्त्री से ज्यादा कोई नहीं समझ सकता। अत: स्वातंत्र्योत्तर साहित्य में चित्रित नारी चरित्रों-गंजो, अनारो, कठगुलाब, अल्मा कबूतरी जैसी समाज की स्त्रियों से संवाद स्थापित कर उनकी वास्तविकताओं को उकेरा जा सकता है। यह स्त्री द्वारा स्त्री के लिए न्याय, सहानुभूति और वास्तविकता से भरा रास्ता होगा। स्त्रीत्व की संपूर्णता का उद्घाटन तथा स्वाधीन चेतना का यह मार्ग उसके लिए श्रेयस्कर और उपयोगी बन सकता है।

समाज जीवन की ज्वलंत समस्याओं से मुकाबिल मृदुला सिन्हा का कथा साहित्य पाठक की अंतर्चेतना को झकझोर कर रख देता है। इनके स्त्री कथा पात्र न हाथ में बंदूक लेते हैं, न परपुरुष का चयन ही करते हैं, बल्कि व्यक्ति को परिवार से और परिवार से समाज को जोड़ते हैं। अपसांस्कृतिक दौर में भी मृदुला सिन्हा का कथा साहित्य संवेदना और मर्म को सही पहचान देता है। इनके कथा साहित्य का अधिकांश नारी मन की चेतना को जगाने, उसके अंतर्द्वंद्व और अंत:पीड़ा को समाज के पटल पर रखने का महत प्रयास है।

साहित्यकार

□

रचना संदर्भ प्रतिक्रिया

—डॉ. नीलिमा भारती

15 मई के 'राष्ट्रीय सहारा' में बुद्धिजीवियों के प्रदर्शन (निर्मला को पाठ्यक्रम से हटाने का मामला) शीर्षक समाचार के अंतर्गत देश के प्रख्यात विद्वानों के प्रदर्शन का विवरण पढ़ा। उत्सुकता बढ़ी। मैंने मृदुला सिन्हाजी की पुस्तक 'ज्यों मेहँदी को रंग' कहीं से मँगाकर पढ़ने का निश्चय किया। जिस दिन वह पुस्तक मुझे मिली, मैंने रात को सोने के वक्त उसे लेकर पढ़ना शुरू किया। मुझे आश्चर्य हुआ, जब रात के 2:45 बज चुके थे और मेरी आँखों में नींद नहीं थी। मैं उस पुस्तक में अच्छी तरह उतर चुकी थी। पुस्तक को आधे से अधिक मैं समाप्त कर चुकी थी। नियमत: मुझे सोना था, नहीं तो दूसरे दिन की दिनचर्या में बाधा आती। अत: मैंने पुस्तक के पेज को चिह्नित कर रख दिया। फिर दूसरे दिन उसे पूरा किया।

यह पुस्तक विकलांगों के प्रति सोच को सही दिशा देती है। उन्हें सहानुभूति की नहीं, बल्कि आत्मसम्मान के साथ संपूर्णता से स्वीकार करने की आवश्यकता है। अगर उन्हें पूर्णता से स्वीकार किया गया तो वे शारीरिक अक्षमताओं को भूलकर अपने अंदर की क्षमता से सुंदर समाज का निर्माण कर लेंगे।

अपनी भावनाओं को व्यक्त करते हुए लेखिका ने कहा है, "जीवन को समझने के लिए स्वानुभूति ही तो सही दृष्टि देती है।" अपने आप में औरों की और अपनी पीड़ा को जीना बड़े साहस का काम है। लेखिका ने इसे जिया है। उनके द्वारा भोगे गए अनुभव की परछाईं पाठकों को साफ नजर आएगी। इस बात की चर्चा उन्होंने पुस्तक की भूमिका में भी की है।

पुस्तक में मानवीय भावनाओं का सजीव चित्रण है। इसका एक-एक पात्र जीवंत लगा। सामाजिक परिस्थितियों का सटीक प्रस्तुतीकरण। सुंदर, पढ़ी-लिखी नवविवाहिता शालिनी के प्रति ससुरालवालों का वह प्रेम तथा अपनत्व से भरा वह व्यवहार और अपंग होने के बाद उसी सुंदर, सुशील शालिनी की उपेक्षा तथा अनादर। यही तो होता है हमारे समाज में। स्त्री अगर अपंग हो जाए तो उसकी ओर से मुख मोड़ लेना, दूसरी शादी कर लेना आम है, पर पुरुष अगर अपंग है तो स्त्री उसका अंग बन जाती है। केरल के दंपती के द्वारा यही बताया गया है। कितना कड़वा सच है। सामाजिक व्यवस्था तथा समाज सेवकों के कार्यों एवं चरित्र पर व्यंग्य करते हुए लिखा है, "इन अपंगों की लाठी के सहारे कितने लोग सरकारी अनुदान ले जाते हैं। उनकी सेवा का ढोंग रचाकर

अपना नाम कमा लेते हैं। स्वयं फूल मालाओं से लद् जाते हैं। इनके लिए तो काँटे ही काँटे बच जाते हैं। ये अपनी बैसाखियों को कहाँ-कहाँ दौड़ाएँ।"

'अंत' बहुत ही सहज ढंग से भारतीय संस्कृति का एहसास कराता है। हमारे देश के उत्कृष्ट मस्तिष्क यहाँ के खर्च पर पढ़-लिखकर डॉक्टर-इंजीनियर बन बाहर चले जाते हैं। जब तक वे सक्षम हैं, सभी उन्हें अपनाते हैं, पर अगर उनके साथ कोई हादसा हो गया और वे उपयोगी नहीं रहे तो नकार दिए जाते हैं। पर भारत की संस्कृति भिन्न है। यह आत्मीयता से भरी है। 'अंत' की घटनाओं ने दद्दाजी के आदर्शवादी चरित्र को सहज मानवीय रूप देकर रचना में जान डाल दी है।

पुस्तक आनेवाली पीढ़ी का भारतीय परिवेश से परिचय कराएगी, साथ ही समाज सेवा की भावना से भी प्रेरित करेगी।

निश्चय ही प्रेमचंद हिंदी साहित्य के बहुत बड़े सितारे हैं। उनके साथ तुलना करना ज्यादती है। कभी भी किन्हीं दो व्यक्तित्वों की तुलना नहीं हो सकती, क्योंकि मानव भावनाओं और संवेगों के साथ सजीव वस्तु है।

मुद्दे अलग हो सकते हैं, पर कौन से मुद्दे ज्वलंत हैं, समसामयिक हैं तथा साहित्य के द्वारा समाज को जगाने के हैं। इसकी परिधि भी आज विस्तृत है। भौतिक प्रभाव ने मानवीय जीवन के विभिन्न पहलुओं की समस्याएँ खड़ी की हैं। जिसने जहाँ चोट खाई है, उसको वही सालता है और उसे वही मुद्दा बड़ा लगता है। जरूरत है, सभी ऐसे अनछुए मुद्दों को उठाने की।

रही साहित्य की बात, मैं ज्यादा तो नहीं जानती, पर इतना कह सकती हूँ कि जो साहित्य सरल, मर्मस्पर्शी, सजीव लगे, वह उत्कृष्ट साहित्य है।

नदियाँ, हवा, समय जैसे एक जगह ठहरते नहीं, वैसे ही समाज एवं साहित्य भी कहीं ठहर नहीं जाते। एक से पूर्ण भी नहीं होते। समय के साथ, लोग आते रहते हैं। समाज उन्नत होता रहता है। साहित्य समृद्ध होता रहता है।

क्या राम के बाद कृष्ण का अवतार नहीं हुआ, बुद्ध नहीं आए। राम का अस्तित्व खतरे में नहीं पड़ा। कृष्ण और बुद्ध को भी लोगों ने माना।

अत: बुद्धिजीवियों को राजनीति से प्रेरित होकर कोई काम नहीं करना चाहिए। वैसे भी कहते हैं कि बुद्धिजीवी वैचारिक विमर्श ही करते हैं। कर्म का विमर्श नहीं। वे आम आदमी से बहुत दूर होते हैं, अत: उन्हें अपनी सोच से समाज में उदाहरण छोड़ना चाहिए।

वरिष्ठ साहित्यकार

□

न दैन्यं न पलायनम्—सीता चरित्रम्

(सीता पुनि बोली—आत्मकथात्मक उपन्यास)

—डॉ. संगीता सक्सेना

प्रमुख पौराणिक पात्र सीता का चरित्र आज इक्कीसवीं शताब्दी में भी नारियों के लिए आदर्श मानदंड माना जाता है। सीता के चरित्र की जो विशेषताएँ सदियों से जनमानस में पैठी हुई हैं या पैठायी गई हैं, वे मुख्यत: वाल्मीकि की रामायण तथा गोस्वामी तुलसीदास की रामचरितमानस से व अन्य रामचरित ग्रंथों से गढ़ी हुई छवियाँ हैं। हालाँकि विवेच्य पुस्तक में ही महर्षि वाल्मीकि स्वयं रचित 'रामायण' के बारे में सीता के समक्ष ही स्वीकार करते हैं, "मैं स्वयं जब वीणा पर अपने श्लोकों का गायन सुनता हूँ तो भाव-विह्वल हो जाता हूँ, परंतु यह रामकथा नहीं है। यह तो 'सीतायाश्चरितं महत' है।" तथापि साहित्य में लंबे समय से एक रिक्त स्थान बना हुआ था—सर्वोत्कृष्ट आदर्श चरित्र सीता पर ही विशिष्ट रूप से लिखे हुए ग्रंथ का। चाहिए था एक ऐसा ग्रंथ, जो केवल सीता को केंद्र में रखकर लिखा गया हो। और इस रिक्तता को पूरा करने का दायित्व वहन किया वरिष्ठ साहित्यकार मृदुला सिन्हाजी ने। वह भी चुनौतीपूर्ण आत्मकथात्मक शैली में। यहाँ रचनाकार पर्यवेक्षक नहीं होता, कथागो नहीं होता। वह भुक्तभोगी होता है। स्वयं उपस्थित होता है। सीता जैसे सुस्थापित चरित्र में परकाया प्रवेश कर स्वयं सीता हो जाना, दुष्कर परिस्थितियों को जीना, असाध्य कष्टों को भोगना, कठिन संघर्ष में रत होना, सुख-दु:ख में जल-थल होना और फिर उसे लेखनीबद्ध करना, अभिव्यक्त करना, निश्चित ही एक चुनौती रही होगी रचनाकार के सम्मुख, जिसे उन्होंने स्वीकारा और साहित्य-जगत् को अद्‍भुत उपन्यास दिया 'सीता पुनि बोली' के रूप में।

आत्मकथात्मक शैली में रचित उपन्यास 'सीता पुनि बोली' के भावपक्ष तथा कलापक्ष, दोनों ही सुदृढ और सुगठित हैं। श्रीमती मृदृला सिन्हा द्वारा लिखित 'सीता पुनि बोली' नामक आत्मकथात्मक कालजयी उपन्यास का प्रकाशन 2007 में हुआ था। इसकी कथा मिथिला की बेटी मैथिली के बचपन से आरंभ होती है और तमाम संघर्षों, ऊहापोहों, स्पष्टीकरणों और उतार-चढ़ावों की यात्रा से होकर 'मोहमाया से बहुत दूर निकल आई' सीता के धरती में समाने अथवा चक्षु-ओझल होने तक अविराम चलती है। भाव कथा का अध्ययन पूरा समाप्त कर लेने के बाद भी

पाठक का हृदय कथा की रसानुभूति में देर तक गोते लगाता रहता है और उसके मन में उपन्यास का स्थायी भाव स्थिर हो जाता है।

उपन्यास के कथाक्रम में विभिन्न प्रसंगों के माध्यम से सामान्य जीवन की उपयोगी और ज्ञानपूर्ण बातों को सहजता से इस ढंग से पिरोया गया है कि यह कोश युगों तक गुणी जन मन को लाभान्वित करता रहेगा। फलों-फूलों, पौधों-वृक्षों, पशु-पक्षियों, चित्रकारी, तीज-त्योहारों, ग्रामीण व राजकीय परिवेश आदि से किसी-न-किसी बहाने परिचित कराया गया है।

'सीता पुनि बोली' में प्रमुख पात्र तो स्वभावत: सीता ही हैं, किंतु रामकथा के सभी पात्र इसमें चित्रित हैं; क्योंकि सभी घटनाओं और पात्रों से सीता का प्रत्यक्ष-अप्रत्यक्ष संबंध और कार्यव्यापार रहा है। सीता के चरित्र का गठन परंपरागत पौराणिक ढाँचे में ही किया गया है, किंतु बहुत सारे ऐसे प्रश्न बेबाकी से उठाए गए हैं, जो सीता की भूमिका को लेकर भारतीय स्त्री मन में लंबे समय से उठते रहे और अनुकूल जवाब न पाकर दबते रहे, दबाए जाते रहे। ऐसे प्रश्नों का इस उपन्यास में यथासंभव यथास्थान तर्कपूर्ण उत्तर देने का ईमानदार प्रयत्न भी किया गया है। सयानी सीता के मन में अबोध बालक की भाँति प्रश्नों का ठौर नहीं है—"मुझे माँ ने अपने गर्भ से जन्म नहीं दिया, निश्चय ही दूध भी नहीं पिलाया होगा।" और "मेरे चरित्र पर शंका करनेवाली प्रजा कौन होती है, जब राम को अटूट विश्वास है?"

पात्रानुकूल चरित्र चित्रण मृदुला सिन्हाजी की लेखनी की विशेषता रही है। प्रमुख पात्रों का चित्रण तो सटीक किया ही गया है, अन्य पात्र दासियाँ, केवट, त्रिजटा, वनवासी जैसे गौण पात्रों को भी सूक्ष्मता से उकेरा गया है, यहाँ तक कि गाय-वासंती का व्यवहार और चरित्र की मानवीय स्वभाव से साम्यता पाठक को छू जाती है।

सीता कभी बेहद सामान्य-सी स्त्री प्रतीत होती हैं। कभी शक्तिस्वरूपा संघर्षिणी, कभी आत्म शक्ति से परिपूर्ण जननी, कभी स्वाभिमानी नारी, कभी विह्वल ममतामयी माँ और कभी सर्वकल्याणरूपा जगद्जननी लगती हैं। सबल नारी की भाँति वह स्पष्ट घोषणा करती हैं, "तुम मुझे दया भाव से भी मत देखो। मैं अबला नहीं हूँ। मुझे किसी की सहानुभूति नहीं चाहिए। पूज्य गुरुदेव ने यदि मुझे आश्रय नहीं दिया होता तो मैं वन में ही रहती। मैं अकेले बच्चा जनने में सक्षम हूँ। बच्चे जनने और पालने-पोसने के लिए भी माँ अकेले रह सकती है, पिता नहीं…।" परंतु उसमें जिज्ञासाएँ अवश्य हैं कि "…पर मैं दु:खियारी नहीं हूँ, अचंभित अवश्य हूँ। अपने प्रति श्रीराम के व्यवहार का कारण नहीं मिल पा रहा।"

सीता अपनी माँ की, तीनों सासों की, उर्मिला की पीड़ा की भी नारी रूप में घनिष्ठ सहचर है। वह बार-बार अंतर्द्वंद्वों से गुजरती है, "कहीं सचमुच राम मेरे सामने आ जाएँ तो मैं क्या करूँगी, मैं कैसे उनसे बात करूँगी, कैसे उनके साथ जाऊँगी? नहीं मैंने अपने स्व को राम में समाहित कर दिया था। हम एक हो गए थे। अभिन्न, किंतु उन्होंने मुझे निष्कासित कर मेरे स्वाभिमान को पुनर्जीवन दिया। मैं उनसे भिन्न हो गई, इसलिए अब पुन: अभिन्न होने का प्रश्न ही नहीं उठता। ढेर सारे प्रश्न। मेरे मन ने उत्तर ढूँढ़ लिया, 'अब उनके साथ मेरे अयोध्या लौटने की कोई संभावना नहीं।'…"(पृ.-265)

'सीता पुनि बोली' का प्रकृति चित्रण भी अद्भुत और प्रभावशाली है। प्रकृति तो सखी है, सहयोगिनी है सीता की, उसके वनवास की, उसकी पीड़ा की। वह रचनाकार मृदुला सिन्हा से कहाँ छूटनेवाली थी। आश्रम का वर्णन हो या राजमहल, चित्रकूट की पर्णकुटी का वर्णन हो या अरण्य का, रावण की अशोक वाटिका हो या फिर अयोध्या वापस लौटने पर मार्ग में पड़नेवाले नदी-नालों, झरनों का चित्रण हो, प्रकृति अपने सौम्य रूप में चित्रित है।

कथोपकथन अथवा संवाद की दृष्टि से मृदुला सिन्हाजी का 'सीता पुनि बोली' अधिक सुगठित है। कहीं-कहीं संवादों में नाटकीयता का पुट भी मिलता है। अर्थपूर्ण और मनोवैज्ञानिक कथोपकथनों के माध्यम से कथा आगे बढ़ती है। यहाँ कथोपकथन का उद्देश्य सैद्धांतिक रूप से कथा विकास करना और पात्रों के चरित्र-चित्रण में सहायक होना है। सोद्देश्यपूर्ण कथोपकथन रचना के प्राणतत्त्व हैं, "श्रीराम ने ही शांति भंग की"—"यात्रा में आपको कष्ट तो नहीं हुआ?" "शरीर का थोड़ा-बहुत कष्ट मन के आनंद की गहराई में कहीं डूब गया है।" मैंने आँखें नीची किए हुए ही कहा, "और आप तो विदेहराज की पुत्री हैं। देह की सुध तो आपको भी नहीं रहती होगी।" "ऐसा नहीं है। मेरे पिताजी ने बड़ी साधना करके मन की ऐसी स्थिति पाई है। साधना करने की उम्र तो मेरी अब आई है।…"(पृ.-63)

भावपक्ष की भाँति 'सीता पुनि बोली' का कलापक्ष भी सुगठित है। इसकी भाषा संस्कृतनिष्ठ खड़ी बोली हिंदी है। तत्सम शब्दावली का बहुतायत से उपयोग किया गया है। दासी द्वारा उच्चरित भाव भाषा और कुलीन स्त्रियों द्वारा उच्चरित भाव भाषा में भिन्नता रखा जाना भाषा अनुशासन की माँग है यथा

- एक माली ने कहा, "राजकुमारीजी, फलों को आप अपने हाथों से छू सकें, इसलिए डालियाँ नीचे आ गई हैं।"
- मैंने लंबी साँस भरकर कहा, "माँ, राजा जनक की पुत्री बनकर वनवास जीवन नहीं व्यतीत किया जा सकता था। श्रीराम की पत्नी और लक्ष्मण की भाभी बनकर अवश्य कट जाएँगे चौदह वर्ष। कुछ तो कट ही गए।"

मुहावरों का सायास प्रयोग दृष्टिगत नहीं होता, किंतु स्वभाविक रूप से—हिया हुलसना, गाँठे बन जाना, आँखों में सावन-भादों उतर आना, जैसे मुहावरों का सहज ही उपयोग हुआ है। प्रसंगानुसार मैथिली के लोकगीतों की पंक्तियों ने कथा को गति और सरसता दोनों प्रदान की है। सूक्तिपरकता मृदुला सिन्हाजी के 'सीता पुनि बोली' की भाषा-शैली की विशेषता है। सार्वभौम सत्यपरक सूक्तियाँ और जीवनोपयोगी वाक्य स्थान-स्थान पर विचारशील पाठक का ध्यान आकृष्ट करते हैं, जैसे "पत्नी से माँ का स्थान ऊपर है।" (पृ.-194)

"मन से बातें बाहर जाती रहनी चाहिए, नहीं तो वे अपने उद्गम स्थान पर ही पड़ी-पड़ी गाँठें बन जाती हैं। (पृ.-266)

"कहीं बच्चे दिन और रात की संधि वेला में जन्म न लें। किसी कार्य के लिए वह समय शुभ नहीं माना जाता।" (पृ.-240)

"सूर्यास्त के पश्चात् कोई फल या फूल नहीं तोड़ना चाहिए।" (पृ.-271)

"कम भोजन करने से कोई अस्वस्थ नहीं पड़ता। अधिक भोजन ही रोग का कारण बनता है।" (पृ.-282)

"निर्जीव वस्तु ही कठोर होती है। जीवंतता शरीर को हल्का बनाती है।" (पृ.-284)

निष्कर्षत: स्त्री-पुरुष, राम-सीता से सुंदर व्याख्या पति-पत्नी के संबंधों की कदापि हो ही नहीं सकती, जो अन्यतम होते हुए भी भिन्न हैं, भिन्न होते हुए भी अभिन्न हैं। सीता के अंतर्द्वंद्व के माध्यम से मृदुलाजी ने इन संबंधों की भावपूर्ण सूक्ष्म व्यंजना की है, "पर राम से उच्च आसन मुझे चाहिए ही कहाँ था? राम को अपने निर्वासन के लिए क्षमा कर मैं उनके सामने अपना बड़प्पन नहीं दिखाना चाहती थी। उसकी आवश्यकता ही नहीं थी। मेरे मानस में राम ही श्रेष्ठतम पुरुष थे। उन्हें वहीं विराजमान रहने देना था। उन्हें क्षमा कर स्वयं क्यों उनसे बड़ी बनूँ? लाख चाहने पर भी राम से भिन्न पहीं हो पा रही थी। मेरी मातृत्व साधना के पीछे भी राम ही थे। न मैं निर्वासित होती, न अकेले संतान पालन का सुख मिलता। उनसे भिन्न होकर भी अपना अस्तित्व था। यह तो निर्वासन के कारण पता चला।" (पृ.-275) यह भावपूर्ण सूक्ष्म व्याख्या मूल्यहीन होते जा रहे, लिव इन रिलेशनशिप की खाई में गिरते जा रहे और संयुक्त से एकाकी, एकाकी से एकल होतं जा रहे समाज के लिए एक मानदंड स्थापित करती है।

आज के साहित्य के महत्त्वपूर्ण विमर्शों में से एक स्त्री-विमर्श यहाँ अपने आदर्शतम अनुकरणीय रूप में स्थान-स्थान पर उपस्थित है, "सारे रत्न तो सीता के सहोदर ही हैं। पर सीता की बात ही कुछ और है। जैसे माँ की कोख से जनमे सात भाइयों और एक बहन में सात भाइयों के रूप और शील मिलकर भी बहन की बराबरी नहीं कर सकते। वह पुत्री होती है न! लक्ष्मीरूपा! शीतल हवा!" (पृ.-282) इस प्रकार स्त्री मन ने स्त्री मन को राई रत्ती सही और सटीक गुना है और अभिव्यक्त किया है 'सीता पुनि बोली' में।

सामाजिक कार्यकर्ता, संलग्न-सेवा भारती

□

लोक-आलोक की सांस्कृतिक सुरसरि

—डॉ. संजय पंकज

लोक-स्वीकृति में आया हुआ कोई भी संदर्भ स्थायी और शाश्वत होता है। मूल्यहीनता, बाजारवाद और वितंडावादों के दौर में भी कुछ चीजें अपना महत्त्व बनाए रखती हैं। उन्हें नष्ट करने की ताकत तथाकथित संभ्रांत समाज में नहीं होती है। विषम स्थितियों में भी सम पर टिका रहनेवाला सत्य समयातीत होता है। लोक का सत्य केवल अपने समय का नहीं, बल्कि समय के पार जाता हुआ सत्य होता है और जिस सत्य को लोक-स्वीकृति प्राप्त है, उसे मेटने की शक्ति किसी भी समय में नहीं होती है। कोई साहित्य ऐसे ही लोक-स्वीकृत सत्य को जब सँभाल और सहेजकर रचा जाता है तो वह स्वाभाविक रूप से स्थायी, शाश्वत और मूल्यवान होता है। व्यक्ति, समाज और समय के लिए सर्वथा प्रासंगिक और प्रेरक होता है। साहित्य का मजबूत स्वर जब राजनीति के किसी भी मंच या व्यवस्था से उद्घोषित और ध्वनित होता है तो वह विश्वसनीय तथा जनकल्याणकारी होता है। इसमें किसी प्रपंच या पार्थक्य का भाव नहीं; हृदय और आत्मा का राग होता है। डॉ. मृदुला सिन्हा हिंदी की बड़ी लेखिका हैं। इनके लेखन का आधार व्यापक लोक-अंचल है। यह लोक-अंचल क्षेत्रीयता से आबद्ध नहीं, संपूर्ण राष्ट्र से संबद्ध है। हर जगह जीवन और संघर्ष है। इसी में निहित है सुख, आनंद और समरसता। मृदुला सिन्हा का साहित्य लोक की सुवास, अंचल के रंग और संस्कृति की धड़कन सहेजकर जीवंत और ऊर्जावान हो जाता है। इसके परिप्रेक्ष्य में समृद्ध परंपरा, वैभवशाली अतीत और गौरवपूर्ण संदर्भ सहज-स्वाभाविक रूप से सन्निहित रहता है। यही मन को प्रभावित भी करता है और स्वभाव को परिवर्तित भी करता है। लोकरंग, अंचलराग और संस्कृति संवेदन मृदुला सिन्हा के साहित्य के प्राणतत्त्व हैं। संवेदना की छुअन से भला कौन अछूता रह सकता है। मृदुला सिन्हा के साहित्य का पाठक संसार बड़ा और व्यापक है। दूर-दूर तक फैला हुआ है। इनका साहित्य भी सिर्फ विधागत रूप में नहीं, भावगत स्वरूप में भी भिन्न और अभिन्न है।

डॉ. मृदुला सिन्हा निरंतर लिखती रही हैं। अपनी शासकीय व्यस्तताओं के बावजूद वे लेखन के लिए समय निकाल लेती हैं। निकाल क्या लेती होंगी, जब भी थोड़ा अवकाश या अंतराल मिलता है तो वे अपने मन, हृदय और आत्मा के संवाद को लोकाभिमुख करती हुई, उसमें जीवन राग को विस्तार देनेवाला साहित्य रचती हैं। उनके व्यक्तित्व और कार्यकौशल से साफ-साफ

लगता है कि वे जहाँ कहीं भी होती हैं, पूरे मन और पूरी निष्ठा के साथ होती हैं। राज्यपाल के दायित्व का निर्वहन बखूबी करती हुईं अपने लेखन के संस्पर्श से उसे और भी बड़े फलक पर ले जाती हैं। भारत सरकार के हर सरोकार को अपने क्षेत्र और दायरे में प्रसरित तथा मजबूत करती हुई उसे आक्षितिज विस्तार देने की कला मृदुला सिन्हा जानती हैं और इसका भरपूर उपयोग करती हैं। बात स्वच्छता अभियान की हो या बेटी बचाओ की, हर प्राकृतिक और मानवीय सकारात्मक पहलू पर पहल करने में अग्रणी रही हैं। राज्यपाल होकर भी लाटसाहब की तरह ठस्से में नहीं, बल्कि सहज वात्सल्यरूपा मानवी के रूप में सुरसरि सी अमृतमय हैं। इसका प्रवाह अक्षर है। यह प्रवाह शब्दब्रह्म के रूप में है। यह प्रवाह जीवनराग है। यह प्रवाह शुभ और आनंद प्रदान करनेवाला कल्याणरूप है। निरंतर चलती हुई लेखनी, अनुकूलता में स्वतः स्फूर्तता कंठराग, वर्तमान को आप्यायित करता हुआ स्मृति-संवेदन, पूरे वातावरण पर फैलता लय-वितान, ज्ञान-संवेदना-छंद-हार्दिकता-वैदुष्य की सुरसरि साक्षात्कार डॉ. मृदुला सिन्हा हैं। मृदुला सिन्हा खूब लिखती हैं। जमकर बातें करती हैं। सादगी से गंभीर विचारों को प्रस्तुत करती हैं। सरस्वती ने स्वर दिया तो उसे रोकती नहीं, बल्कि राग में विस्तार देकर पूरे परिवेश को रस और आत्मीयता में समेट लेती हैं। यही उन्हें लोकप्रिय बनाता है।

कहानी, लघुकथा, उपन्यास, कविता, समीक्षा, निबंध, संस्मरण तथा और-और विधाओं में उपलब्ध इनके साहित्य पाठकों के हृदय को छूते हैं। समीक्षकों को चिंतन की दिशा देते हैं। हारे और थके हुए मन को ऊर्जा प्रदान करते हैं। भ्रमित को दृष्टि देते हैं। टूटे और बिखरे हुए को जुड़ने और सिमटने के लिए प्रेरित करते हैं। आज जबकि व्यक्ति नितांत स्वार्थी और अकेला हो रहा है, ऐसे में उसे परमार्थी, सामाजिक और सामूहिक होने के लिए मृदुला सिन्हा का साहित्य मार्गनिर्देशित करता है, सूत्र देता है। मरे हुए मन में संजीवनी उड़ेलता है। बिना किसी नारे और वितंडावाद के इनका साहित्य अपने सामाजिक, नैतिक, सांस्कृतिक और रचनात्मक दायित्व का पवित्र निर्वहन करता है। संयुक्त परिवार का वैभव क्या है, इनके साहित्य से समझ सकते हैं। स्त्री-अस्मिता के सवालों में उलझाए बिना मृदुला सिन्हा का साहित्य उसे गौरव और गरिमा प्रदान करता है। क्या होती है संबंधों की खुशबू, कैसी होती है परंपरा की मिठास और कितने सम्मोहक होते हैं लोक के रंग, यह सब बहुत ही आसानी से बताती चलती है मृदुला सिन्हा की लेखनी। विरासत को सँभालने से मिलती है कैसी शक्ति, इसका इजहार करता है इनका प्रभावशाली संभाषण। शब्द की ताकत के पीछे हृदय और आत्मा की निष्ठा होती है। हर जगह सकारात्मक को देखने की दृष्टि व्यक्तित्व को कितना गौरवशाली बनाती है, यह मृदुला सिन्हा के स्नेह-सान्निध्य में रहकर कोई भी जान-समझ सकता है।

अपनी औपन्यासिक कृतियों 'घरवास', 'अतिशय', 'विजयिनी', 'सीता पुनि बोली', 'परितप्त लंकेश्वरी' में जहाँ वे अपने समय, समाज की स्थितियों और संघर्षशीलता को बहुत ही बारीकी से देखती हैं, वहीं अतीत में जाकर पुराणों से जीवंत कथा को लेकर आती हैं और उसे समयानुकूल बनाती हैं, चाहे कहानी हो या उपन्यास। डॉ. मृदुल सिन्हा कथा के प्रवाह में अनेक सामाजिक, नैतिक और वैश्विक संदर्भों को उजागर करती हैं। जीवन की गतिशीलता के लिए अनेक प्रेरकतत्त्व

प्रदान करती हैं। लघु कथाओं के क्षणिक भाव को भी स्थायित्व देने का कौशल इनके पास है। दैनिक समाचार-पत्रों के लिए लंबे समय से स्तंभ लिखती रही हैं। एक ही समय में कई-कई अखबारों के लिए अलग-अलग विषयों पर भी इनका लेखन होता रहा है। कभी लोकोक्तियों पर तो कभी कहावतों पर सविस्तार लिखा, तो कभी बृहत् लोकप्रसंगों को उठाकर बृहदाकार साहित्य-सृजन का संकल्प लिया। विविधवर्णी लेखन, बहुविस्तृत भाव और बहुविध अभिव्यंजना मुग्धकारी तथा मंगलकारी है। 'पाँचवाँ स्तंभ' जैसी पत्रिका की संस्थापक और संपादक की हैसियत से पत्रकारिता का एक नया स्वरूप प्रस्तुत करने का जो कार्य मृदुला सिन्हा ने किया, उसके पीछे सिर्फ उनकी कल्पनाशीलता नहीं, एक विचार, एक तर्क और साफ-साफ दृष्टि है। लय और राग की जो सहज-स्वाभाविक स्थिति मृदुला सिन्हा के हृदय में है, वह उन्हें गीत और कविता लेखन की ओर भी बार-बार ले जाती है। हिंदी भाषा की गौरव-गरिमा पर लिखा गया, उनका गीत हिंदी भाषा-भाषी क्षेत्रों में उद्बोधन बनकर समादृत हुआ है। डॉ. मृदुला सिन्हा का साहित्य टकराव का नहीं, मेल का है। यह अस्मिता के सवाल पर स्त्री-पुरुष के बीच सत्तात्मक संघर्ष खड़ा नहीं करता है, बल्कि साझेपन की संस्कृति को संवेदनात्मकता के साथ स्थापित करता है। यह स्थापना किसी प्रवृत्ति या विधा के प्रवर्तन के लिए नहीं, जीवन-जगत् के सादगीपूर्ण पर्यावरण और संतुलन के लिए है।

बिना ज्ञान के हम प्रकृति के रहस्यों तथा मानवीय जीवन की जटिलताओं को नहीं जान-समझ सकते हैं। हमारे पूर्वजों ने इसे जानने-समझने के लिए बहुत सारे सूत्र दिए हैं। उन सूत्रों के साहित्य की विभिन्न विधाओं में अपने-अपने ढंग से चित्रण किए जाते हैं। डॉ. मृदुला सिन्हा ने भी जीवन जीने की कला, समरसता और संस्कृति की ताजगी इन्हीं अमृत सूत्रों को केंद्र में रखकर अपने साहित्य के माध्यम से देने का गंभीर कार्य किया है। जिस व्यक्तित्व में लोक का लालित्य, परंपरा की समृद्धि, अंचल की रसमयता, धरती की सृजनशीलता और आकाश की विस्तृति हो वही व्यक्तित्व अपने कृतित्व में प्रस्तुत होकर स्थायी और कालजयी हो जाता है। ऐसे अनेक कालजयी होने के तत्त्व डॉ. मृदुला सिन्हा के साहित्य में है। उनके व्यक्तित्व और कृतित्व पर कई विश्वविद्यालयों में शोध कार्य हुए हैं। साहित्य के तथाकथित समझदार और जानकार संसार से अलग पाठकों का एक ऐसा भी संसार है, जो चुपचाप साहित्य का रस लेता है, आनंदित होता है, उद्बोधित होता है और उससे प्रेरणा ग्रहण करता है। डॉ. मृदुला सिन्हा का छिपा हुआ, मगर उनके साहित्य में रमा हुआ मगनमस्त पाठकों का ऐसा भी संसार है, जो प्रकट से ज्यादा अप्रकट है। यह लोक का पाठक वर्ग है, जो स्वयं को इनके साहित्य में देखता है। लोक-आलोक की सांस्कृतिक सुरसरि डॉ. मृदुला सिन्हा अपने सकारात्मक और संवेदनात्मक प्रवाह में सतत गतिशील हैं, यह हिंदी-साहित्य की समृद्धि का शुभ और वैभव है।

संपादक, 'बेला' एवं साहित्यकार
मो. : 9973977511

□

'सीता पुनि बोली' : एक अभिनव प्रयोग

—डॉ. इंद्र सेंगर

हिंदी गद्य की उपन्यास-विधा के क्षेत्र में अब तक कई शैलियों के प्रयोग किए जाते रहे हैं। स्वनाम धन्य जैनेंद्रजी का 'जयवर्द्धन' उपन्यास डायरी शैली में उपन्यस्त किया गया है। 'सीता पुनि बोली' शीर्षक उपन्यास को आत्मकथात्मक शैली में प्रस्तुत करके साहित्य विदुषी श्रीमती मृदुला सिन्हा ने एक सर्वथा अभिनव प्रयोग किया है। यह शैली कहने में भले ही आसान लगती हो, लेकिन किसी नायक अथवा नायिका के जीवन पर आत्मकथा शैली में उपन्यास लिखने से पूर्व लेखक को अपने उपन्यास के नायक अथवा नायिका की आत्मा के साथ संपृक्त संबंध स्थापित करना पड़ता है, उसे स्वयं में उसी के सदृश सभी गुण अपने में आत्मसात् करने होते हैं। यह असंभव तो नहीं, लेकिन दुरूह अवश्य है। इस कृति की सर्वप्रथम विशेषता है, इसकी आत्मकथात्मक शैली में प्रस्तुति। लेखिका भूमिका में लिखती हैं, 'आज के संदर्भ में सीता-चरित्र को पठनीय, दर्शनीय और मानवीय बनाने के लिए उन्हें आत्मकथ्य शैली ही उपयुक्त लगी।' इसमें भी सोने में सुगंध जैसी बात है कि महिला लेखिका द्वारा सीता पर केंद्रित यह कृति भावनाओं और संवेदनाओं के स्तर पर सफल तारतम्य का अनुपम उदाहरण है, क्योंकि पुरुष लेखक का उस स्तर तक पहुँच पाना निश्चय ही संभव नहीं होता।

यह निस्संदेह सत्य है कि भारतीय वाङ्मय में रामकथा पर आधारित रचनाओं का अक्षय भंडार है, तथापि इस नई कृति के प्रणयन की नितांत आवश्यकता क्यों पड़ी? इस बारे में लेखिका भूमिका में लिखती हैं, "किसी ने यह नहीं सोचा कि नारी देह की जगह पृथ्वी के गर्भ से अपना जन्म लेने का समाचार सुनकर बालपन में ही सीता के मन पर क्या बीती होगी? पिता द्वारा विवाह के लिए धनुष-भंग प्रण की पात्र बनी किशोरी सीता के मन में किसी योग्य पुरुष द्वारा धनुष पर प्रत्यंचा न चढ़ाने की सोचकर किस व्याकुलता की खलबलाहट हुई होगी? यज्ञशाला में धनुष-भंग के लिए प्रयासरत राजाओं के असफल होने पर सीता के मन पर क्या बीती। उनके मानस की थाह कहाँ लगी?" इसी प्रकार सीता के जीवन-काल में एक के बाद एक होनेवाली मर्मांतक घटनाओं के समय उनका मानस किस प्रकार उद्वेलित हुआ होगा, उन्हें किस-किस प्रकार की घनीभूत अनुभूतियों ने अच्छादित किया होगा, उन सबकी भाव-प्रवण अभिव्यक्ति लेखिका का मूल प्रयोजन है।

लेखिका का मत है कि 'बहुश्रुत, बहु प्रचारित और बहु आयामी सीता का जीवन रामायण के काव्य से लेकर बटगमनी तक पीड़ादायी ही रहा है। राम के साथ वन-गमन, रावण द्वारा हरण, पति द्वारा गर्भवती सीता का निर्वासन, पढ़ने-सुननेवालों को दर्द की अनुभूति देता रहा है, परंतु वन, लंका और वाल्मीकि आश्रम में सीता ने पीड़ा का हरण किया है। विषम परिस्थितियों को अपने संकल्प से सम और सुखकारी बनाया है। अपनी आत्मिक शक्ति का उदाहरण प्रस्तुत किया है। इसलिए मिथिला और अवध में बिताए उत्सवीय समय की भाँति वन, लंका और आश्रम में बीता काल भी सीता के जीवन का उत्सव काल रहा है। तद्नुसार इस उपन्यास की कथावस्तु को क्रमशः मिथिलोत्सव के आठ, अवधोत्सव के चार, वनोत्सव के चार, लंकोत्सव के चार, राज्योत्सव के तीन, आश्रमोत्सव के चार, मातृ-उत्सव के दो और महाप्रयाण नामक शीर्षकों में प्रस्तुत किया गया है। कथावस्तु का केंद्र बिंदु यद्यपि रामकथा के आधार पर ही है, तथापि इस उपन्यास में विशेषतः सीता को मानवीय नायिका के रूप में प्रस्तुत किया गया है। राम के चरित्र को भी पुरुषोत्तम राम के रूप में व्यक्त किया गया है, भगवान् राम के रूप में नहीं। इसमें कई कथा प्रसंगों को समाविष्ट नहीं किया गया है, तो कई कथा प्रसंगों को इस कौशल के साथ प्रस्तुत किया गया है कि उनमें वर्तमान बोलने लगता है, यही कालजयी रचना की विशिष्टता होती है।

बाल-काल में सीता के मानस में धरती-पुत्री होने की जो गाँठ पड़ गई थी, वह अवध में आकर राजा दशरथ के पुत्रीवत् स्नेह और सीता के सहोदरा-रिश्तों की सटीक व्याख्या के फलस्वरूप समाप्त हो गई थी। उस अनुपम लाड़-प्यार ने सीता की दृष्टि को सकरात्मक रूप में बदल दिया, "मेरे मन में एक दर्द उर्मिला की सहोदरा न होने का था और सारी पृथ्वी पर उपजे सहस्र वन-उपवन, नदी-झरने, रत्नों की ओर मैंने सहोदरा की दृष्टि से देखा ही नहीं।...उस दिन यह एहसास होते ही मेरा शरीर हल्का हो गया। उड़ने लगी मैं।" राम को चौदह वर्ष के वनवास की घोषणा के बाद राम ने सीता से कहा, "सीते! आप माँ को सँभालें। मुझे मालूम है कि आप एक वीर नारी हैं। आपके सहारे ही माँ को छोड़ पाऊँगा।" तब सीता कहती हैं, "माँ को धीरज बँधाना आवश्यक है, किंतु मैं भी तापस वेश में आपके साथ वन जाऊँगी।" थोड़ा थमकर सीता अपना निश्चय दुहराती है, "रानी रूप का यह श्रृंगार मैं उतारने जा रही हूँ। वन-गमन के अनुरूप वस्त्र धारण करूँगी। मेरे जीवन में एक और उत्सव आया है।"

लंका में प्रतिकूल परिवेश में अपने बुद्धि-कौशल से त्रिजटा के साथ मातृवत् संबंध स्थापित कर वहाँ पर स्वयं के सतीत्व पर आँच नहीं आने दी और लंका की विषम परिस्थितियों को भी उत्सव के सदृश रूप प्रदान किया। अपने व्यक्तित्व से त्रिजटा को अति प्रभावित कर देना क्या असंभव को संभव बनाना नहीं है। तभी तो त्रिजटा का आगमन सीता को सुखकर लगता है। त्रिजटा द्वारा भी सीता को इस प्रकार आश्वासन दिया गया, "पुत्री, तुम चिंता मत करो। तुम्हारे पति श्रीराम अवश्य आएँगे। वे रावण का वध करेंगे। तुम्हें सम्मान के साथ ले जाएँगे।" राम के आने के दृढ विश्वास ने सीता के आत्मबल को कुशाग्र धार दी। रावण द्वारा दिए गए आमंत्रण को सीता ने इन शब्दों में स्वीकार किया, "श्रीराम को भुलाने के लिए थोड़ा और समय चाहिए। तुम धैर्य रखोगे तो शायद तुम्हारा भला हो जाए। तुम भी तर जाओगे। श्रीराम का जन्म ही लोगों को तारने के लिए हुआ

है।" लंका में विकट विषमताएँ झेलने के बावजूद सीता हनुमान की पीठ पर बैठकर श्रीराम के पास आने से मना कर देती हैं। अपनी माँ की शिक्षा से हनुमान को अवगत कराती हैं कि मेरी माँ ने कहा था, "पुत्र भी यदि युवा हो तो उसके साथ एकांत में नहीं रहना चाहिए।"

अग्नि परीक्षा के ऐसे यक्ष प्रश्न हैं, जो आए दिन न जाने कितनी सीताओं को मानसिक यंत्रणा से सालते रहते हैं। कैसी विडंबना है कि राज्योत्सव में सीता वन पर्यटन की कामना करती है और उसे पुनः वनदेवी बन जाना पड़ता है, मात्र एक सामान्य व्यक्ति के प्रश्न चिह्न लगाने पर। वाल्मीकि के आश्रम में रहते हुए सीता दो पुत्रों लव-कुश को जन्म देती हैं। उनका बड़े मनोयोग से लालन-पालन करती हैं। उन्हें संस्कारित करती हैं और श्रेष्ठ बनाती हैं। अंतिम अध्याय महाप्रयाण में सीताजी कहती हैं कि कामनाओं की पूर्ति भी कामनाओं पर विजय प्राप्त करना ही है। राम द्वारा धनुषभंग, राम के साथ वन-गमन, राम का स्वर्ण मृग के पीछे भागना, रावण-वध, मेरा गर्भवती होना, तपोवन जाना, बच्चों को संस्कारित करना और पुनः पुत्रों को राम को सौंपना; मेरी मनोकामनाएँ ही तो पूरी हुई हैं। निःशब्द हुआ परिवेश सीता की शुद्धि के प्रमाण-शब्दों के निःसृत होने की प्रतीक्षा में था। समय ठहर गया था। पृथ्वी ने साँस रोक ली थी। सीता ने घोषणा की, "मैं पृथ्वी-पुत्री सीता इन दोनों पुत्रों की जननी हूँ। इक्ष्वाकु वंश की ये दोनों संतानें उनके प्रतापी वंश को अर्पित कर मैंने अपना दायित्व पूर्ण किया।...असंख्य संतानों की माँ, धरती की अंश अब मैं अपनी माँ के सान्निध्य में जाना चाहती हूँ। चलते-चलते बहुत थक चुकी हूँ, मानो शक्ति क्षीण हो गई है। पुनः शक्ति प्राप्ति के लिए धरती ही उपयुक्त स्रोत है। मैं कुश और लव की जननी अपनी जननी का आलिंगन करना चाहती हूँ, उसके सत में विलीन होना चाहती हूँ।" इतना कहते हुए सीता अंतर्धान हो जाती हैं।

राम की गर्जना प्रायश्चित्त के रूप में बदल जाती है, "सीते! सीते...मुझे क्षमा कर दो। मैं अब इस अवस्था में आपका वियोग नहीं सह सकता, सीते...।"

सीता को सुनाई पड़ता रहा, "सीता धरती में गइली समाय मुखहूँ नहिं बोलली है।"

सारांशतः सीता की जीवन गाथा एक ऐसा पावन कर्मयोग है, जो बहन, माता-पिता, पति, देवर, पुत्रों के साथ निःस्वार्थ रूप से पल्लवित हुआ है। सीता ने कहीं भी अपने लक्ष्य का विस्मरण नहीं किया है। यावज्जीवन कर्म की शिलाओं पर वह सतीत्व के बेलबूटे बनाती रही। यह उपन्यास आज की नारी-सीताओं को निश्चित ही सशक्त करेगा।

यह उपन्यास विधा की दृष्टि से आदर्श उपन्यास के सभी मानकों पर सिद्धि प्राप्त है। उपन्यास की भाषा स्तरीय है, यत्र-तत्र भोजपुरी लोकगीतों की सुगंध माधुर्य गुण की अनुभूति कराती है। उपन्यास अपने में परिपूर्ण है। इस श्रेष्ठ आध्यात्मिक उपन्यास के लिए मैं आदरणीया बहन श्रीमती मृदुला सिन्हा को हार्दिक बधाई देता हूँ और उनके शतायु होने की कामना करता हूँ।

साहित्यकार

□

साधारण पात्रों की असाधारण कहानियाँ

—उपेंद्र कुमार

'एक दीये की दीवाली' श्रीमती मृदुला सिन्हा का नवीनतम कथा-संग्रह है, जिसमें लेखिका की इक्कीस कहानियाँ संकलित हैं।

श्रीमती मृदुला सिन्हा हिंदी की उन कथाकारों में से एक हैं, जिनकी रचनाएँ आज के भारतीय सामाजिक परिवेश को उसकी समग्रता में पूर्ण स्पष्टता के साथ प्रस्तुत करती हैं। वे गाँव में पैदा हुई हैं और उनके लेखन और व्यक्तित्व दोनों में विनम्रता, सच्चाई, ईमानदारी और गाँव की माटी की सोंधी गंध अपनी पूरी शिद्दत के साथ मौजूद हैं। यही कारण है कि उनकी कहानियाँ दिग्भ्रमित न होकर निश्चित अर्थोंवाली कहानियाँ है और पाठक से वे अपनी बात अकृत्रिम एवं अनौपचारिक ढंग से कहती प्रतीत होती हैं। वे किन्हीं काल्पनिक स्वप्नों की दुनिया में नहीं, वरन् हमारी-आपकी आज की कड़वाहटों और सच्चाइयों की दुनिया में रहती हैं और उसी के दु:ख-दर्द में आकंठ डूब, 'अभिव्यक्ति के खतरे' उठाती हुई मन को छू लेनेवाली कहानियाँ लिखती हैं।

उनकी दुनिया मात्र भौतिक आवश्यकताओं एवं निजी स्वार्थों को पूरा करने की दौड़ और होड़ में लगे मनुष्यों की दुनिया नहीं है, वरन् वे उसके भीतर उतर आज के मनुष्य की भावनात्मक जरूरतों, उसके भय और अकेलेपन को भी देखती-परखती हैं। यही कारण है कि मृदुलाजी की कहानियाँ भावनाशील होते हुए भी सतही किस्म की भावुकता के गलदश्रु विलाप की कहानियाँ नहीं हैं। जीवन-मूल्यों पर गहराते संकट और समाज द्वारा उन्हें बचाए रखने के प्रयासों पर उनकी दृष्टि हर पल रहती है। 'एक दीये की दीवाली' की कहानियों की प्रमुख विशेषता समकालीन परिस्थितियों के दबावों को झेलते मनुष्य की संवेदनाओं और तद्नुसार बदलते मानवीय रिश्तों की खोज और चित्रण अत्यंत बारीकी से करना है। लगता है लेखिका का यह सबसे प्रमुख सरोकार है। बहुपठित और बहुश्रुत होने तथा साहित्य की विभिन्न विधाओं में अपनी कलम का चमत्कार दिखानेवाली श्रीमती मृदुला सिन्हा के पास बौद्धिकता की प्रचुरता तो है, परंतु कोई बौद्धिक दिखावा नहीं है। वे कहानी के नाम पर न तो प्रभावित करनेवाला लंबा और उबाऊ तर्क-विश्लेषण प्रस्तुत करती हैं और न अवास्तविक पात्रों को लेकर चौंकानेवाले कथानक। नई कहानी, अकहानी, उत्तर आधुनिकता, फंतासी और अमूर्तन जैसी आधुनिक कथा-तकनीक और उधार लिये गए दर्शन से उनका कोई सरोकार नहीं जान पड़ता है। वे सहज स्वाभाविक और ठोस स्थितियों की कथाकार हैं,

छोटी-छोटी घटनाओं के भीतर छुपे जीवन के व्यापक और उद्‌दात्त अर्थों को लगातार खोजतीं और उसे सबके सामने बिना किसी लाग-लपेट के प्रस्तुत करतीं।

श्रीमती मृदुला सिन्हा ने अपने मिजाज, कथानकों और पात्रों के अनुरूप ही अपनी भाषा खोजी है और शैली विकसित की है। उनके यहाँ भाषा-शैली का काम भावों के, विचारों के सूक्ष्म, सटीक एवं सहज संप्रेषण का है, न कि विलक्षण तत्सम शब्दों का जाल फैला अपनी बुद्धि की श्रेष्ठता से पाठकों की आँखों को चौंधिया देने का। भाषा-शैली अपने आपको कथा के प्रवाह में इस तरह लीन कर देती है कि उसकी उपस्थिति का पाठक को कहीं भी अलग से कोई भान नहीं होता। भाषा और शैली अपनी उपस्थिति दर्ज करवाने के लिए ठोर-कुठोर पाठक को झटके नहीं देतीं। उनकी कहानियाँ अनायास कहीं से भी शुरू हो जाती हैं और फिर अपने प्रवाह में अनुभवों और संवेदनाओं के अनेक स्तरों को छूती हुईं नए-नए अर्थों को उद्‌घाटित करती चली जाती हैं। किसी भी घटना या पात्र को अपनी गहरी संवेदना और पूर्ण सहानुभूति के माध्यम से प्रस्तुत कर देने के अलावा घटनाओं या चरित्रों में अपने ढंग से किसी प्रकार का तोड़-मरोड़ या परिवर्तन लेखिका को तनिक भी नहीं सुहाता है। लेखिका साधारण पात्रों को, पुराने ढंग के कथावृत्तों को या अति परिचित कथानकों को उठाने में कोई संकोच नहीं करती, क्योंकि कथा का रोचक प्रवाह उन्हें एक ऐसी विशेषता और अर्थवत्ता प्रदान करता है कि प्रत्येक कहानी कोई नई बात कहने, कोई नया प्रभाव उत्पन्न करने में सफल सिद्ध होती है।

मृदुलाजी की कहानियाँ, नकली सार्वभौमिकता या विश्वजनीनता तथा कला के आयातित फैशन से अप्रदूषित, भारतीय गाँव-परिवेश और परिवारों के सुख-दुःख की, छोटी-मोटी, हृदय को छू लेनेवाली कहानियाँ हैं। वे अपनी कहानियों को न तो अनावश्यक विस्तार देती हैं और न उन्हें उतना खुलने देती हैं कि बाद में समेटने में कोई कठिनाई हो। कम-से-कम शब्दों में बड़े सधे शब्दों में निपुणता के साथ वे अपने देखे हुए जीवन का एक जीवंत और धड़कता हुआ चित्र प्रस्तुत कर देती हैं। उनके यहाँ सीधी-सादी स्थितियाँ तो हैं, परंतु स्थितियों का सरलीकरण हरगिज नहीं।

संग्रह की पहली ही कहानी 'उधार का सूरज' जहाँ उत्तर बिहार के ग्रामीण जीवन का मन को छू लेनेवाला चित्र प्रस्तुत करती है, वहीं ब्रेन-ड्रेन की समस्या की भी संवेदना के नए स्तरों पर विवेचना करती है। प्रकाश की माँ और शिवानी हमारे अनुभव संसार का हिस्सा बन जाते हैं। 'और उसी क्षण' भी ऐसी ही प्रभावोत्पादक कहानी है। प्रत्येक पाठक को बरबस उसकी माँ की याद दिला रुला देनेवाली। गाँव से शहर आए व्यक्ति पर पड़ते आर्थिक दबावों और भावनात्मक संबंधों की खींचातानी को बखूबी उजागर करती कहानी है 'मेरे हिस्से की उमस'। 'पितृ तर्पण' भी इसी श्रेणी की कथा है।

अलग-अलग ढंग से दांपत्य एवं पारिवारिक संबंधों को, उनके त्रास को, उनकी सफलता-विफलता को सशक्तता से उजागर करती कहानियाँ हैं—'जीत या हार', 'सागर सा', 'घर का वैरागी' तथा 'चौथे पहर की धूप'। मध्यमवर्गीय परिवारों की दुःखद आर्थिक स्थितियों तथा विकट परिस्थितियों में कोई-न-कोई रास्ता निकाल लेने की प्रवृत्तियों का सुंदर चित्रण करती कहानियाँ हैं—'आखिर कब तक', 'न्योता' आदि। 'मुसाफिर काकी' और 'झगड़ुआ का पेट' कहानियाँ दो

अलग-अलग स्थितियों में, परंतु काकी और झगड़ुआ को हमारी आँखों के सामने जीवित कर देती हैं। गाँव, कस्बों की मानसिकता तथा बदलते मूल्यों के बीच आज की महिलाओं की स्थिति का सुंदर और सटीक चित्रण हुआ है—'बेटी का घर', 'बाबूजी' और 'पूर्वाभास' में।

बाल मनोविज्ञान को विभिन्न स्तरों पर अत्यंत कोमलता, परंतु बारीकी से छूती कहानी है 'एक दीये की दीवाली'। कहानी अंत तक आते-आते बहुत करुण और नुकीली हो जाती है। समाज और राजनीति में व्याप्त दोहरे जीवन-मूल्यों और मानदंडों की विडंबना और विद्रूपता को 'फासला इतना कि…', 'जब-जब होंहि धरम के हानि' और 'हाँ, मैं दोषी हूँ' शीर्षक कहानी बड़ी सफाई और कुशलता से दरशाती है। 'रिले रेस' शीर्षक कहानी में हम स्त्री-मनोविज्ञान के नए आयाम के बारीक चित्रण से मुखातिब होते हैं।

इस संग्रह की अधिकांश कहानियाँ अपने सटीक चित्रण, सहज प्रवाह और तीव्र संवेदनात्मक अनुभूति के बल पर हमारे मानस का एक ऐसा हिस्सा बन जाती हैं कि हम उनके साथ-साथ देखने, चलने, हँसने, रोने और विलाप करने लग जाते हैं। यही इन कहानियों की सार्थकता और सफलता भी है।

कवि एवं अवकाश प्राप्त सरकारी अधिकारी

□

नारी शक्ति की प्रतीक

—प्रो. लल्लन प्रसाद

बिहार के छपरा जिले में 75 वर्ष पूर्व रामविवाह की शुभ घड़ी में जन्मी डॉ. मृदुला सिन्हा का जीवन भारतीय नारी का आदर्श जीवन प्रतिबिंबित करता है। अध्यापिका, प्राचार्या, पार्टी संगठन के शीर्ष पदों से लेकर राज्यपाल तक पहुँचने के बाद भी वे स्वभाव से वैसी ही हैं, जैसे उनका नाम, वेश-भूषा, रहन-सहन, खान-पान वैसा ही है, जैसे आम भारतीय नारी का। सादा जीवन, उच्च विचार की प्रतिमूर्ति मृदुलाजी को राजमद और घमंड छू तक नहीं पाया। उनके संपर्क में जो भी आता है, चाहे वह आम आदमी हो या फिर वी.वी.आई.पी., उनसे प्रभावित हुए बिना नहीं रह सकता।

पुरुषप्रधान विश्व में स्त्री पुरुष के मुकाबले छोटी और कमजोर समझी जाती रही है। भारत में यद्यपि 'यत्र नार्यस्तु पूज्यन्ते रमन्ते तत्र देवता' की बात कही जाती है, किंतु वास्तविक जीवन में नारी का वह स्थान नहीं है। आज भी वह अपने अधिकारों से वंचित है। नारी सशक्तीकरण का नारा देने वालों की संख्या बड़ी है, किंतु नारी को सचमुच सशक्त करने का काम कम लोग और संस्थाएँ कर रही हैं। सरकार प्रयत्नशील है, किंतु उतना प्रयास नहीं कर रही है, जितना अपेक्षित है। घर की देहरी से बाहर तक नारी उपेक्षित, असुरक्षित और असहाय आज भी है, यद्यपि यह स्थिति बदल रही है। डॉ. मृदुला सिन्हा एक लेखिका के रूप में नारी सशक्तीकरण के पक्ष में जो आहुति देती रही हैं, वह महत्त्वपूर्ण है। अपनी स्वयं की अनुभूति और खुली आँखों से समाज में नारी के साथ जैसा व्यवहार हो रहा है, उसको शब्दों में पिरोने का काम उन्होंने बखूबी किया है—

"आदमी की याददाश्त भी भानुमती का पिटारा है, व्यक्ति न जाने कौन-कौन सी दुःखद-सुखद अनुभूतियाँ चुन-चुनकर अपने उस भंडार में रखता है और मौका लगते उस कुनबे में से कोई सी स्मृति निकालकर प्रस्तुत कर देता है। बीच-बीच में उन स्मृतियों के उभरते रहने से उसकी पहचान बनी रहती है। पिटारा खुलते ही स्मृतियाँ सजीव हो जाती हैं।" (नई देवयानी, पृ.-55)

नारी उन सब अंतर्द्वंद्वों और विसंगतियों से गुजरती है, जो समाज में व्याप्त हैं, जिसे समाज ने उत्पन्न किया है, समाज जहाँ एक ओर संयमवाद सिखाता है, वहीं भोगवाद फैलाता है, हर नारी का सामाजिक और पारिवारिक परिप्रेक्ष्य एक सा नहीं होता। उसके सोच और उसके व्यवहार में वह समाज अपनी छाप छोड़ने का प्रयत्न करता है। उचित और अनुचित का निर्णय भी समाज के पंडित

करते हैं, ऐसे में स्वतंत्र चिंतन में बाधा तो आती है, किंतु हर नारी अपनी समझ और अपने स्वभाव के वशीभूत भी होती है, इसीलिए वातावरण के प्रति सबकी प्रतिक्रियाएँ एक सी नहीं होतीं—

"व्यक्तिगत, पारिवारिक और सामाजिक जीवन के विभिन्न घुमावों व चौराहों पर अनेक ऐसे लोग मिलते हैं, जिनके भीतर कहीं देवयानी जी रही हैं तो कहीं ययाति, कहीं कच तो कहीं शर्मिष्ठा। वेदकाल ने महाभारत में आए इन पात्रों का सृजन मानव जीवन के दायरे में अंतर्द्वंद्वों, विसंगतियों और मूल्यों का सहारा लेकर ही किया था। ये पात्र मूलरूप से भोगवाद बनाम संयमवाद के दर्शन का प्रतिपादन करते प्रतीत होते हैं।"

(नई देवयानी : भूमिका दो शब्द)

प्रतिकूल परिस्थितियों के बीच भी नारी 'अबला' नहीं है। 'अबला जीवन हाय तुम्हारी यही कहानी, आँचल में है दूध और आँखों में पानी' में जहाँ तक आँचल में दूध और आँखों में पानी की बात पर आपत्ति नहीं हो सकती, वहीं पहली पंक्ति जो नारी को अबला समझती है। मृदुलाजी को मान्य नहीं है—

"तुमने स्त्री को जो खिलौना समझा है न, वह शिवानी नहीं, सारी धन-संपदा, पति-पुत्र पाकर भी उसने मुझे अबतक माफ नहीं किया।"

स्त्री को देवी की संज्ञा देकर, उसे शक्तिरूप बताकर भी यदि समाज उसको अपना स्थान नहीं लेने देता तो उसे संघर्ष का रास्ता अपनाना ही पड़ेगा। उसकी भावनाओं और संवेदनाओं की कोई भी समाज देर तक उपेक्षा नहीं कर सकता।

मृदुलाजी की भाषा सरल, सुगम और पाठकों की अपनी भाषा है। शैली और प्रवाह की दृष्टि से उनकी सभी रचनाएँ समृद्ध हैं। उनकी पहचान हिंदी-जगत् में एक प्रतिभाशाली लेखिका के रूप में है।

अर्थशास्त्री एवं हिंदी लेखक
मो. : 9810990008

□

भारतीय संस्कृति की पोषक : मृदुलाजी

—उषा जायसवाल

भारतीय संस्कृति की संवाहिका एवं साहित्य की साधक परम आदरणीय गोवा की राज्यपाल श्रीमती मृदुला सिन्हा पर लिखने जा रही हूँ तो मुझे लगता है कि कहाँ उनका विराट् बहुआयामी व्यक्तित्व और कहाँ मैं हिंदी की सामान्य सेविका। मेरा उनसे परिचय अखिल भारतीय साहित्य परिषद् के माध्यम से हुआ। उनका चुंबकीय साहित्यकार व्यक्तित्व मुझे खींचता चला गया।

आज मुझे डॉ. देवेंद्र दीपक के 'अमृत महोत्सव' का वह क्षण याद आता है, जब उन्होंने भोजपुरी में एक सुंदर गीत अपने अग्रज भाई दीपकजी के लिए भाव-विभार होकर गाया था। मैं ही नहीं हिंदी भवन के सभागृह में बैठे सभी लोग गीत में डूब गए थे। तब मुझे पता चला कि मृदुलाजी बिहार के मुजफ्फरपुर में जनमी हैं और बिहार विश्वविद्यालय से मनोविज्ञान में एम.ए. के पश्चात् प्राध्यापक के रूप में अपना जीवन प्रारंभ किया। बाद में राजनैतिक परिप्रेक्ष्य में रहकर साहित्यिक जीवन में प्रवृत्त हुईं।

मैंने उनकी साहित्यिक कृतियों को पढ़ा तो जाना कि उस समय की समाज की बदलती परिस्थितियाँ, विशेषकर आम आदमी और महिलाओं की सामाजिक, राजनैतिक एवं मनोवैज्ञानिक समस्याएँ उनके लेखन के सरोकार थे। पहले दौर की रचनाओं को जैसे 'बिहार की लोक कथाएँ', 'पुराण के बच्चे', 'ज्यों मेहँदी का रंग', 'नई देवयानी', 'घरवास' आदि में भारतीय लोकधर्मिता, परिवार सशक्तीकरण का शंखनाद सुनाई पड़ता है। उनके साहित्य को पढ़कर जिस व्यक्तित्व का चित्र मेरे मन-मस्तिष्क में उभरा था। बाद में मुझे मुलाकात के कई अवसर मिले, तब मैंने जाना कि वास्तव में वे बहुत ही सरल, सहज भारतीय संस्कृति में पगी महिला हैं। एक बार मृदुलाजी मुझे भारत भवन में मिलीं, वे कार्यक्रम में अतिथि मंडल में आमंत्रित थीं। मैं उस समय हिंदी लेखिका संघ म.प्र. की प्रांताध्यक्ष थी। दूसरा सत्र प्रारंभ होने में समय था। उन्हें दर्शक-दीर्घा में बैठे देखा तो मैं उनके पास पहुँच गई और बातचीत के दौरान मैंने अपने मन की बात कह दी कि लेखिका संघ के वार्षिक सम्मान समारोह में मुख्य अतिथि के रूप में हम आपको आमंत्रित करना चाहते हैं। वे बहुत प्रसन्न हुईं तथा लेखिका संघ की प्रगति की सराहना भी की और कार्यक्रम में आने की सहमति दे दीं। मेरे पास उनका उस समय का संपर्क पता नहीं था। मैंने अपनी छोटी डायरी खोलकर उनके समक्ष रख दी और कलम पकड़ाकर उनसे उस पर अपना पता, फोन आदि लिखने का

आग्रह किया। उन्होंने बड़े ही सहज भाव से अपना पूरा संपर्क पता उस पर लिख दिया। उस समय वे दिल्ली में रहती थीं। कार्यक्रम सन् 2010 फरवरी में होना था। मैंने उन्हें फोन पर ही आमंत्रित किया और वे भोपाल आने के लिए सहर्ष तैयार हो गईं। उनकी सहजता, सरलता ही कहूँगी कि उन्होंने स्वयं आगे होकर पूछा, ''कार्यक्रम कहाँ है ? मैंने बताया'', ''मानस भवन श्यामला हिल्स में।'' उन्होंने तुरंत कहा, ''आप मेरे ठहरने आदि के लिए बिल्कुल भी परेशान मत होना। मैं हिंदी भवन के साहित्यकार अतिथि भवन में रुकूँगी, मुझे वहाँ अच्छा लगता है। पंतजी से भी मुलाकात हो जाएगी।'' संयोग देखिए, मैं पंतजी के पास मिलने गई और उनको बताया कि दादा इस बार लेखिका संघ के वार्षिक सम्मान समारोह में हम वरिष्ठ साहित्यकार मृदुला सिन्हाजी को बुला रहे हैं, वे हिंदी भवन में ही ठहरेंगी। पंतजी हमेशा प्रसन्न रहनेवाले, सबको सदा सहयोग करनेवाले व्यक्ति हैं, उन्होंने मुझे कुछ कहने का अवसर ही नहीं दिया और कहा—''लेने कौन जाएगा, हिंदी भवन की गाड़ी ले लीजिएगा।'' मैं प्रसन्न हो गई, बिन माँगे मोती जो मिल गया।

कहा जाता है हर एक को हर चीज नहीं मिलती। मेरे साथ भी कुछ परिस्थितियाँ ऐसी बनीं कि उस समय के तत्कालीन शिक्षा मंत्री व्यस्तता के कारण नहीं आ पाए और पंतजी भी आवश्यक कार्य हेतु भोपाल से बाहर थे, परंतु माननीय मृदुला सिन्हाजी, जिनसे मैंने दो माह पूर्व ही सहमति ले ली थी, उस समय उनके पति देव सिन्हा साहब का स्वास्थ्य पूर्ण रूप से ठीक नहीं था, मुझे जब फोन पर उन्होंने बताया तो मुझे लगा वह कैसे छोड़कर आएँगी, पर उन्होंने मुझे आश्वस्त कर दिया कि वे जरूर भोपाल पहुँचेंगी और वे कार्यक्रम में पहुँचीं। यह उनकी वचनबद्धता और उनका निश्चय ही था, जो कम लोगों में देखने को मिलता है। एक और बात का उल्लेख करना चाहती हूँ, इसी संदर्भ में कि डॉ. सुधा मलैया और उनके आत्मीय संबंध हैं। इस कारण उन्हें वहीं ठहरने की व्यवस्था हो गई। सुधाजी के आग्रह को वे कैसे टाल पातीं, परंतु उनकी सज्जनता यह कि उन्होंने मुझे फोन पर तुरंत सूचना दे दी कि आप परेशान न हों और जब हम उन्हें लेने गए तो वे हमारे साथ आ तो गईं, पर आते ही कहा कि जब सुधा को भी आना था तो हम साथ में आ जाते। यह उनका बड़प्पन है।

वर्तमान में माननीय मृदुला सिन्हाजी गोवा के राज्यपाल के पद पर हैं, पर उनके व्यक्तित्व में रंचमात्र भी परिवर्तन नहीं आया। राज्यपाल बनने के बाद पहली दीपावली के पर्व पर उनका शुभकामना संदेश मुझे मिला। मेरा घुटनों का ऑपरेशन हुआ था, मैं बिस्तर पर ही थी। मुझमें एक चेतना का संचार हो गया, मैं बहुत प्रसन्न थी कि उनके आत्मीयजनों में मेरा नाम भूला नहीं है।

उनकी भारतीय संस्कृति के प्रति आस्था और नारी के प्रति नई सोच उनके लेखन में परिलक्षित होती है। बाद के लेखन में सीता, सावित्री और मंदोदरी के चरित्र को नया आयाम दिया है। उन्होंने लोक संस्कार और साहित्य को ही महत्त्व नहीं दिया, बल्कि 'सीता पुनि बोली' उपन्यास में सीता चरित्र को गढ़ने का नया प्रयास किया है। इस उपन्यास का शीर्षक भी जिज्ञासा उत्पन्न करता है। चर्चा के दौरान उन्होंने बताया था कि इसका सुझाव उनकी पुत्रवधू संगीता ने दिया था। 'परितप्त लंकेश्वरी' उपन्यास का विमोचन भोपाल के समन्वय भवन में हुआ था, जहाँ एक रोचक बात माननीय मुख्यमंत्री शिवराजजी चौहान ने कही थी कि 'परितप्त लंकेश्वरी' शीर्षक पढ़कर मन में विचार आया कि सीता-सावित्री पात्र पर लेखन तो ठीक है, पर मंदोदरी पर लेखनी मृदुलाजी ने

क्यों चलाई ? पर पुस्तक पढ़ते ही शंका का समाधान हो गया। उनकी यह बात सुनकर हमारे मन में पुस्तक पढ़ने की जिज्ञासा बढ़ने लगी थी और विमोचन के पश्चात पुस्तक ली और जब पढ़ना शुरू किया तो उनकी शैली, भाषा और चिंतन ने गहरा प्रभाव डाला और मैंने अपने बेटे-बहू को भी पढ़ने को कहा। यह सुअवसर था, जब समन्वय भवन के अंदर के कक्ष में उन्होंने हमें अपने बेटे एवं बहू संगीता से मिलवाया, बहुत ही कम समय में कुछ अंतरंग बातचीत हुई और मैंने उन्हें बताया कि मेरा कथा-संग्रह शीघ्र ही प्रकाशित होकर आनेवाला है। उन्होंने तुरंत कहा, ''आप गोवा आओ! वहीं गवर्नर हाउस में इसका विमोचन करेंगे।'' मैं गद्गद हो गई। मैंने बच्चों को बताया तो बच्चे कहने लगे, ''हम सब भी चलते हैं, गोवा घूमकर आएँगे राज्यपाल भवन भी देखेंगे।'' यह सब मैं क्यों लिख रही हूँ, इसलिए कि माननीय मृदुलाजी वरिष्ठ साहित्यकार ही नहीं, बल्कि एक राज्यपाल के श्रेष्ठ पद पर बैठकर भी सौम्यता की मूर्ति हैं।

अंत में मैं उन्हें भारतीय संस्कृति की पोषक मानती हूँ। इस संबंध में उनके कथन का उल्लेख करती हूँ, ''मैं बेटी को बेटी ही मानती हूँ, बेटी पुकारती हूँ, बेटा नहीं, क्योंकि बेटा-बेटी दोनों की गरिमा उनके अस्तित्व को बनाए रखने में है। बेटी को बेटा कहना बेटी रूप को कमतर बना देता है।'' इन्हीं विचारों के कारण वे सम्मानीय एवं स्मरणीय हैं।

साहित्यकार, भोपाल

□

साहित्य साधना को समर्पित : श्रीमती मृदुला सिन्हा

—चंद्र प्रकाश जायसवाल

सुप्रसिद्ध साहित्यकार एवं गोवा की राज्यपाल श्रीमती मृदुला सिन्हा का स्मरण आते ही उनकी स्वर्णिम छवि मानसपटल पर रेखांकित होना अपरिहार्य है, जिसमें आत्मीयता की झलक मिलती है। भोपाल में रहते हुए विशेष अवसरों पर उनका स्मरण आना स्वाभाविक है। उनका व्यक्तित्व मानस पटल पर सदा रचा-बसा रहता है। श्रीमती मृदुला सिन्हाजी का व्यक्तित्व, उनसे विचार-विनिमय सदा स्मरणीय रहता है, विशेषकर लोकगीतों पर चर्चा और उसका गायन तो श्रोताओं को साधारणीकरण के उच्च स्तर पर बरबस पहुँचा देता है। मेरा सौभाग्य रहा है कि जब-जब उनका आगमन भोपाल में रहा, मैं उनसे भेंट अवश्य करता रहा, जिसका एक मुख्य कारण यह रहा कि मेरी श्रीमती उषा जायसवाल से उनका बहुत लगाव रहा। वे हिंदी लेखिका संघ के आयोजनों में जब-जब आतीं तो मुझे भी उनसे सहज ही भेंट करने का अवसर मिल जाता था, फिर लगे हाथ साहित्यिक चर्चा का भी योग मिल जाता था। एक अवसर पर मैंने उनकी पत्रिका 'पाँचवाँ स्तंभ' पर चर्चा करते हुए कहा था कि आपकी पत्रिका बड़ी सार्थक है। इसमें लोक साहित्य की अद्‌भुत सामग्री होती है, तब उन्होंने कहा था कि पत्रिका आप लोगों को मिलती है कि नहीं। तब मैंने उनसे कहा था कि पत्रिका तो हमें प्राप्त नहीं होती। फिर उन्होंने कहा था कि अपना पता दे दीजिए, आगे से मेरी पत्रिका मिलती रहेगी। तब से लेकर आज तक 'पाँचवाँ स्तंभ' हमें निरंतर प्राप्त होती है। मैंने सदा पाया है कि 'पाँचवाँ स्तंभ' का कलेवर तमाम पत्रिकाओं से भिन्न ही नहीं, लोकगीतों से भरपूर समृद्ध भी रहता है। कितनी बार तो मैंने उनके भोजपुरी लोकगीतों का उपयोग अपने लेखों में भी किया है। वे स्वयं लोकगीतों की पारखी और प्रेरक हैं। मैं स्वयं अवधी-भोजपुरी लोकगीतों के मर्म से परिचित हूँ।

जब से उनकी पुत्रवधू श्रीमती संगीता सिन्हाजी ने 'पाँचवाँ स्तंभ' का कार्यभार ग्रहण किया है, वे भी कुशलतापूर्वक पत्रिका को ऊँचाइयों पर पहुँचा रही हैं। यह बड़ी संतोष की बात है। पत्रिका में कुछ नवीन विषयों के लेखादि बड़े उपयोगी लगते हैं। पत्रिका में कविता, कहानी, लेख, संस्मरण, संगोष्ठी/समीक्षा, स्मरणांजलि, संस्कृति-सम्मत पर्वोत्सव से भरपूर, सभी सामग्री बहुमूल्य होती है। महात्मा गांधी की 'सत्य के प्रयोग' की सामग्री क्रमशः बड़ी मार्मिक व हृदयग्राही होती है। जब मैं खादी कमीशन की सेवा में बंबई में था, तब मुझे गांधीजी को समझने का अवसर मिला था, वही

अब मुझे मिल रहा है। इतनी बड़ी पत्रिका के संपादन में उनका कौशल सर्वत्र दृष्टिगोचर होता है। वस्तुत: वे बधाई की पात्र हैं।

श्रीमती मृदुलाजी से दो ऐसे अवसर मुझे मिलने के प्राप्त हुए थे, जिसे मैं कभी भूल नहीं सकता। एक अवसर पर वे हिंदी भवन में मंत्री-संचालक श्री कैलाश चंद्र पंत के अनुरोध पर भोपाल आकर लाल घाटी के शासकीय अतिथि भवन में ठहरी थीं। तब मैंने सीधे वहाँ पहुँचकर उनसे भेंट कर अपना परिचय देते हुए उन्हें सूचित किया था कि आज सायंकाल आपको हिंदी भवन में मेरे उपन्यास 'कर्मयोगी' का लोकार्पण करना होगा। सहज ही उन्होंने मुझे बैठाकर घर की बनी कुछ सामग्री जलपान लेने कक्ष में चली गईं। पहचानते हुए उन्होंने स्नेहवश कहा, ''आप अकेले क्यों आएँ हैं ? उषा को क्यों नहीं लाए।'' मैंने उन्हें सूचित किया कि मैं आपसे मिलकर उन्हें तुरंत लेकर आता हूँ। पास में ही हमारा निवास है।

तत्पश्चात् जब मैं उषा को लेकर उनके सम्मुख पहुँचा, तब उन्होंने उषा की कुशल-क्षेम पूछते हुए कहा कि आप कैसी हैं। मैंने उन्हें सूचित करते हुए कहा कि कुछ दिनों पूर्व इनके दोनों घुटनों का ऑपरेशन हुआ है। पहले मैं आपको देखने के बाद इन्हें लाता ही।

भेंट का उपयुक्त समय जानकर तभी लाता, जिससे इन्हें प्रतीक्षा न करनी पड़े, उन्होंने खेद प्रकट करते हुए कहा था कि संध्याकाल तो हिंदी भवन में मिलते ही। इस समय मिलने की क्या जरूरत है। ज्यादा चलने से आपको तकलीफ हुई। फिर मृदुलाजी बहुत सारी बातें बताती हुईं हॉल में बैठाकर कमरे में गईं तथा घर की बनी गुझिया आदि लेकर आईं और खाने की प्लेट रखकर खाने को विवश करने लगीं। संकोचवश हम लोगों ने चर्चा के दौरान खाने का भी क्रम जारी रखा। हमें ज्ञात हो गया था कि बहुत सारे लोग उनसे भेंट करने की प्रतीक्षा में बैठे हैं। अत: हम लोग उठकर जाने लगे। हमने देखा कि उनकी आत्मीयता की डोर बड़ी सुदृढ थी। हर बार की भाँति वे मुसकराते हुए हमें छोड़ने के लिए उठ खड़ी हुईं। ऐसे मृदुल स्वभाव संस्कारमयी मृदुला सिन्हाजी से हर बार भेंट करने पर हमें विशेष आनंद की अनुभूति सदा मिलती है।

दूसरी बार जब वे विश्व हिंदी सम्मेलन के अवसर पर भोपाल पधारी थीं, तब भी हम लोग उनसे भेंट कर आनंदित हुए थे। वे विशिष्ट अतिथि के रूप में सम्मेलन में पधारी थीं। लाल परेड ग्राउंड पर यह सम्मेलन बड़ी गौरवपूर्ण रीति से आयोजित था, जिसमें प्रधानमंत्री से लेकर, अनेक केंद्रीय मंत्रीगण, मध्य प्रदेश के मुख्यमंत्री सहित अनेक मंत्री, प्रदेशों के मंत्रीगण, राज्यपाल, विशिष्ट जन पधारे थे। उस अवसर पर भी श्रीमती मृदुलाजी ने तमाम विशिष्ट जनों के बीच हम लोगों को बुलाकर दो-चार बातें करने का अवसर निकालकर हमें गौरवान्वित किया था। इससे उनकी साहित्यिक सदाशयता स्पष्ट झलकती है। वे उदार मन, विशाल हृदयता की साक्षात् मूर्ति हैं। वे राज्यपाल के पद पर अधिष्ठित होकर भी मानवी सौम्यता से सुशोभित हैं। उनमें तनिक भी परिवर्तन दृष्टिगोचर नहीं होता।

साहित्यकार, भोपाल

□

लोक साहित्य विदुषी : मृदुला सिन्हा

—डॉ. श्रीमती पुष्पा पाल

लोक साहित्य किसी भी समाज, क्षेत्र, अंचल और प्रदेश तथा राष्ट्र की सांस्कृतिक अस्मिता का प्रतिबिंब होता है। हिंदी क्षेत्र के लोक साहित्य का अध्ययन और संग्रह का कार्य बहुत विलंब से एवं सीमित मात्रा में ही हुआ है। उसमें भी महिलाओं द्वारा यह कार्य बहुत कम और विलंब सहित सृजित हुआ है। इस क्षेत्र में डॉ. हर्षनंदिनी भाटिया और शकुंतला चतुर्वेदी (ब्रज लोकगीत), राजेश्वरी शांडिल्य (भोजपुरी), गायत्री वाजपेयी (बुंदेली), विद्याबिंदु सिंह और शीला मिश्र (अवधी), अनुसूया अग्रवाल (छत्तीसगढ़ी), नीलू कुमारी (अंगिका), शांति जैन और मृदुला सिन्हा (बाज्जिका-मैथिली) जैसी चंद महिला लोक साहित्यकार ही सामने आती हैं। इनमें मृदुला सिन्हा अधिक सक्रिय रही हैं। आपने दो भागों में 'बिहार की लोक कथाएँ' पुस्तक, जो भारत सरकार के प्रकाशन विभाग से प्रकाशित हुई है, रचकर एक कीर्तिमान स्थापित किया है। मृदुला सिन्हा के लोक साहित्य विषयक लेख अनेक पत्र-पत्रिकाओं, विशेष रूप से प्रभात प्रकाशन की चर्चित पत्रिका 'साहित्य अमृत' में नियमित रूप से प्रकाशित होते रहे हैं।

मृदुला सिन्हा जहाँ भी, जिस भी समारोह में अपना व्याख्यान प्रस्तुत करती हैं, उसमें बज्जिका और मैथिली के लोकगीतों की पंक्तियाँ अवश्य ही उद्धृत करती हैं, जिससे इनका व्याख्यान रसमय हो जाता है। मुझे भी अनेक बार इनके लोकगीतों की झलक सुनने को मिली है, जब मैं अपने पति (डॉ. हरिसिंह पाल) के साथ राजधानी के समारोहों में भाग लेने गई थी। इनके गले में इतनी मिठास है कि मन करता है कि इनके व्याख्यान के स्थान पर इनके लोकगीत ही सुनते रहें। उन्होंने लोकगीतों के लोक मनोविज्ञान का विस्तृत अध्ययन-मनन किया है, तभी तो वे अपने लेखों में लोकगीतों के महत्त्व को व्याख्यायित और विवेचित कर पाई हैं। 'लोक जीवन का ताना-बाना लोकगीतों, लोक कथाओं और लोक नृत्यों के माध्यम से पूरा होता है। समूह में गाए जानेवाले लोकगीतों में प्रकट हुई आकांक्षाएँ लोक मन की रचना करती रहती हैं।' समाज में हो रहे बदलाव को अपने लोकगीतों में भी स्वीकार किया है। 'इन जन स्वरों में (लोकगीतों में) राष्ट्र के प्रति सोच, विचार और संकल्प प्रकट होते रहे हैं। देशकाल और पात्र के अनुरूप लोकगीतों के शब्द और स्वर बदलते रहे हैं। सबसे बड़ी बात रही कि विवाह और उपनयन जैसे संस्कार गीतों में भी राष्ट्र की समस्याओं पर चिंतन एवं जनकांक्षाएँ प्रकट होती रही हैं—'बाबा

बराती साज रहा बबुए के कमरे में'/'दादी ने झंडा ले लिया सुराज पाने को'/'अंग्रेजी बाजा बज रहा बरात जाने को।'

लोकगीतों के महत्त्व पर प्रकाश डालते हुए मृदुला सिन्हा ने लिखा है, ''विवाह के अवसर पर हर रीति-रिवाज और लोकाचार को विवाह गीत गाकर मंगलकारी बनाया जाता है। ये गीत मात्र मनोरंजन के लिए नहीं होते। ये लोकगीत विवाह योग्य वर-कन्या के साथ-साथ समाज का भी संस्कार करते हैं।'' विवाह के अवसर पर जेवनार (ब्रज में ज्योंनार) के समय महिलाओं द्वारा गाली-गीत गाने की परंपरा पूरे भारत में है। मृदुलाजी के शब्दों में, ''समधी और बरातीगण भोज्य पदार्थों के स्वाद और छेड़छाड़ के गीतों के रस में डूबकर भोजन करते हैं। जिस गाँव में 'गाली' नहीं गाई जाती, वहाँ सूना-सूना लगता है। उनके भोजन समाप्त कर, उठते समय कहाँ ये गीत गायन से चूकनेवाली हैं—'सब बरियतिया भागल जाइअ', 'एक-एक बड़ी चुरैले जाइअ'।''

सामाजिक रिश्तों की मधुरता और गर्माहट को मृदुलाजी ने अपने लेखों में बड़ी सुंदरता के साथ विवेचित किया है, ''हमारी लोक-परंपरा और लोक-व्यवहार में बेटी न किसी जात, न समाज, न किसी प्रकार परिवार की होती है, वह पूरे गाँव की होती है। इसलिए बेटी की शादी में पूरे गाँव के बड़े या छोटे व्यक्ति का यथायोग्य सहयोग होता रहा है। अपनी बेटी को सब ऊँचा करके देखते हैं।'' सामाजिक व्यवस्था का भी उन्होंने बड़ी सूक्ष्मता से अध्ययन कर उसका वर्णन अपने लेखों में किया है, ''हमारे गाँवों की वर्ण-व्यवस्था में सभी जातियों के अपने-अपने कर्मानुसार सामाजिक सहभागिता भी निश्चित की हुई थी। विवाह के अवसर पर उनकी विशेष भूमिका होती थी। किसी भी जाति की अनुपस्थिति उस गाँव में खलती थी। परंपराओं ने जातियों को एकसूत्र में पिरोया हुआ था। गीतों के माध्यम से उनके विशेष दायित्वों का वर्णन होता था। अकलेल बभना, बकलेल बभना/टाँग धरि पकट देव माँझ अँगना/छिपा (थाली) तो आ गया है पुरान बभना।''

मिथिलांचल में विवाह के अवसर पर किए जानेवाली 'कोहबर' प्रथा का मृदुलाजी ने बड़ा सुंदर वर्णन किया है, ''विवाह के समय जिस कमरे में कुल देवता का पूजन तथा अन्य मांगलिक विधियाँ संपन्न होती हैं, उसी में दूल्हा-दुलहन प्रथम रात सोते हैं। इस शयन कक्ष को 'कोहबर घर' कहते हैं। इसे विशेष रूप से सजाया जाता है। कोहबर गीतों में दूल्हा-दुलहन के बीच संवाद प्रारंभ होता है। एक-दूसरे का परिचय होता है। कोहबर घर में वैवाहिक जीवन के कई भावों का बीजारोपण हो जाता है।'' भारतीय जन-जीवन में दूल्हा-दुलहन को सीता-राम का ही स्वरूप माना जाता है। इसी का वर्णन मृदुलाजी ने किया है, ''मिथिलांचल में जितने दूल्हे ब्याहे जाते हैं, वे राम और दुलहन सीता ही होती है। राम-सीता विवाह की विधियाँ ही दोहराई जाती हैं। इसलिए सब गीतों में राम और सीता के नाम का ही वर्णन है—कहु सुंदर नैहर कुशल अवधपुर, नैहर कुशल हे प्रभु किय कह सुनाइब।''

पाश्चात्य संस्कृति और भौतिकवाद के चलते आज हमारी लोकप्रिय परंपराएँ और संस्कार छीजते जा रहे हैं। इस पर मृदुलाजी ने भी चिंता व्यक्त की है, ''चिंता का विषय है कि इन सारे लोकाचारों को हम छोड़ते जा रहे हैं। विवाह में आडंबर और वैभव का प्रदर्शन बढ़ता जा रहा है। मांगलिक अनुष्ठान और अर्थपूर्ण तथा प्रतीकात्मक लोकाचार समाप्त होते जा रहे हैं। इन संस्कार गीतों के स्थान पर ढुम-ढुराम होता है। इसलिए विवाह भी अब व्यापार होता जा रहा है।''

राज्यपाल के रूप में मृदुलाजी चाहे देश में भ्रमण करें या विदेश में, हर जगह उन्होंने भारत की ही तलाश की है। ''लंदन के उन हिस्सों को भारत ही बना रखा है, जहाँ वे रहते हैं, उन्होंने न गाँव भुलाया है, न देश, न बचपन के वे दिन और न खेत-खलिहान। लंदन में रहकर भी अपनी मिट्टी से जोड़े रहने का सारा सरंजाम कर रखा है। वे आपस में भाषा हिंदी ही बोलते हैं।''

साहित्यकार, नई दिल्ली
मो. : 9717434643

□

मृदुला की लघुकथाएँ : एक अवलोकन

—प्रो. आशा गहलोत

हिंदी साहित्य में लघुकथा की स्वतंत्र सत्ता को स्वकार किया गया है। उपन्यास, कहानी और लघुकथा के कथा रूपों में उपन्यास का फलक सबसे बड़ा होता है, कारण इसमें एक संपूर्ण जीवन या जीवन के एक बड़े भाग की कथा विस्तृत रूप में होती है, जबकि कहानी कुछ घटनाओं का सिलसिलेवार वर्णन करते हुए कही जाती है और लघुकथा जीवन के किसी क्षण विशेष या किसी एक घटना का कम-से-कम शब्दों में क्षिप्र, चुस्त और त्वरा से चलनेवाले कथानक का किसी दोहे की तरह कसा-गठा, किंतु यथार्थ के धरातली पर पैनी धार से कहा मानवोत्थानिक संदेश है। इसी को अंग्रेजी में 'storiet' तो उर्दू में 'अफसाँचा' कहने हैं।

मृदुलाजी ने कथा के इन तीनों प्रकारों में और निबंध साहित्य में भी भारतीय संस्कृति, परंपराओं तथा जीवन-मूल्यों की खरी दास्तान कहकर मानव-उत्थान का संदेश बखूबी दिया है। उनका 'देखन में छोटे लगे' नामक लघुकथा-संग्रह 2010 में प्रभात प्रकाशन, दिल्ली से प्रकाशित है। यद्यपि कथा-संग्रह 2010 में प्रकाशित है, तथापि ऐसा प्रतीत होता है कि ये लघुकथाएँ लेखिका की लंबी अनुभवयात्रा के प्रांजल क्षणों तथा मार्के की घटनाओं का संचय है, जिनमें न तो शब्दों का जंजाल है और न ही विषय प्रस्तुति में कोई आडंबर। ये सारी लघुगत कहानियाँ अपने में सुगठित, गागर में सागर लिये हुए हैं। सीधी, सरल, प्रांजल भाषा में विशेष उद्‍देश्य लिये सहज ही ये कहानियाँ पाठक को अपनी ओर आकर्षित करती हैं। मृदुलाजी की इन लघुकथाओं की सबसे बड़ी खूबी है, उनकी कहानियों के शीर्षक। माथे पे तिलक की भाँति वे केवल शिल्प की शोभा ही नहीं बढ़ाते, पर कथ्य को समझने में मदद भी करते हैं। शीर्षक की खिड़की से ही ये लघु-लघु कहानियाँ पाठक के अंतर्मन में उतरती हैं और अपने उद्‍देश्य को लेकर विशाल रूप धारण कर लेती हैं।

कहानी-संग्रह की कुल 78 कहानियाँ, कहीं एक अनुच्छेद तो कहीं एक-डेढ़ पन्ने तक ही चलकर विराम ले लेती हैं। हर कहानी अपने में विशेष है। सारी कहानियों से गुजरते हुए यह निश्चित रूप से लगता है कि लेखिका सुंदर जीवन के लिए सत्यं, शिवं, सुंदरं की खोज में है। अपनी संस्कृति की दास्ताँ कहते हुए स्वस्थ जीवन-मूल्यों को, जो कहीं निःशेष हो रहे हैं, नई पीढ़ी के लिए सँजोना चाहती है। भारतीय संस्कृति की उदात्तता कहीं अपना वास्तव रूप खो न

बैठे, इसकी गहरी चिंता भी कहानियों में हमें दिखाई देती हैं। अपनी इन कहानियों में लेखिका का सकारात्मक दृष्टिकोण निरंतर नजर आता है।

शहर से ज्यादा उन्हें गाँव पसंद है। गाँव-देहात का गँवईपन, अपनी माटी से निश्छल प्यार, भोलापन, भलमनसाह, दया, करुणा, स्नेह और इन सबसे ऊपर इनसान में बसी इनसायित इनकी कहानियों में रची-बसी है। वैश्वीकरण, उदारीकरण से, झूठ-फरेब की दुनिया से कोसों दूर, सच के कायल कई पात्रों से हमारी मुलाकात होती है तो लेखकीय मंतव्य आप ही स्पष्ट हो जाता है। यथार्थ के नाम पर गलत और गलीज का चित्रण करना लेखिका का उद्देश्य कतई नहीं है। आज का खूँखार समय जो शुचिपूर्ण और पावन है, उसे बड़ी गति से निगलने लगा है। इन भयावह कटुताओं के बीच मानवीय मूल्यों को सुरक्षित रखना लेखकीय कलम का मुख्य उद्देश्य है और इसीलिए कई कहानियों में आदर्श उभरकर आया है। यहाँ आदर्श शासक है, प्यार के सूत्र में बँधे संयुक्त परिवार है, सनातनी दायित्व सँभालती, सनातनी सौंदर्य की रक्षा करती स्त्रियाँ हैं, जो आज के समय में स्त्री-स्वातंत्र्य के नाम पर उच्छृंखल होती और अपने कर्तव्य से पलायन करती नारी को सनातनी दायित्व समझाती है। इसी के साथ स्त्री को भीगी बिल्ली नहीं, बल्कि बाधिन बनकर जीने का संदेश भी इन कहानियों से कई बार प्राप्त होता है। मृदुलाजी यह रेखांकित करना चाहती हैं कि स्त्रियाँ अपनी स्वभावगत मृदुता, ममत्व को याद रखते हुए प्रसंग आने पर स्वयं की, परिवार की, देश की रक्षार्थ शक्ति के अपने अवतार को भी याद रखे। पुरुष के साथ बराबरी का हक माँगनेवालों को लेखिका का कहना है कि दोनों में बराबरी तो विधि का विधान है। स्त्री कहीं से भी पुरुष से निकृष्ट नहीं है, फिर ये लाचार माँग क्यों? भारतीय स्त्री का स्वभाव कभी माँगना रहा ही नहीं है। इसीलिए सनातनी दायित्व में नारी की उज्ज्वल भूमिका को उजागर करते हुए स्त्रियों को सबसे विशेष बताया है। 'सनातनी दायित्व', 'कालिदास की बेटी', 'बराबरी का विधान' कहानियों में यही स्वर मुखर हो उठा है।

स्त्री के हृदय में बसे अथाह प्यार और ममत्व में सारे संसार को बदलने की अदम्य ताकत है। इसीलिए पुनः एक बार धरती माँ के रक्षार्थ शक्तिस्वरूपा, वात्सल्यस्वरूपा माँ की ही आवश्यकता है। पुरुष से बराबरी का आग्रह करते हुए कोई स्त्री यह नहीं कह सकती कि मैंने संतान को जन्म दिया, अब तुम पालन करो। अपनी सृष्टि का पालन करना स्त्री का स्वभाव धर्म है और यही धर्म अगर स्त्री भूलने लगे तो एक संस्कारशून्य पीढ़ी ही हम जगत् को दे सकते हैं तथा फिर संसार की अधोगति में देर न लगेगी। इसीलिए स्त्री को अपने सनातनी दायित्व की याद दिलाने की तड़प उनकी कहानियों में हमें दिखाई देती है।··· 'देखन में छोटे लगे, घाव करे गंभीर।'

देहाती बेटियाँ तो लेखिका की मानस-कन्याएँ हैं। इन बेटियों से उन्हें विशेष लगाव है। कठिन परिस्थितियों से, दारिद्रय से लड़ते हुए पूरे परिवार को बाँधे रखना, टूटने-बिखरने न देना ये कोई लेखिका की इन ग्राम-कन्याओं से ही सीखे। 'दुविधा का अंत', 'जिंदा रहने के बहाने', 'दूसरा पहलू' आदि कहानियाँ इस तथ्य का सशक्त उदाहरण है।

लेखिका की काफी लघुकहानियों में आदर्श शासक चित्रित हुआ है, जिनका प्रजा से प्रेम है, जिन्हें आम आदमी की चिंता है। 'मंत्री और आदमी' कहानी में शिवसूरत जैसा आम ड्राइवर

शासन बदलने पर अपने नेता के लिए आँख भर आँसू रोते हुए दिखाया गया है कि सर्दियों में हीटर, गरमियों में कूलर और उसके चूल्हे-चौके की चिंता वही तो करता था। 'व्यवस्था हो जाती है' इस कहानी में ये नेता ही खुद अपने हाथों कचरा उठाते हैं। स्वच्छता-अभियान शुरू होने से कई साल पहले लिखी कहानी में लेखिका बताती हैं कि व्यवस्था हो नहीं जाती, की जाती है और उसके लिए हर व्यक्ति को स्वयं से शुरुआत करनी होगी। 'जागृति' कहानी में गाँव-गाँव जाकर जनजागरण करनेवाले, नवनवीन योजनाओं को गाँव-गाँव जाकर जनजागरण करनेवाले, नवनवीन योजनाओं को गाँव-गाँव पहुँचानेवाले नेता भी हैं तो ईमानदारी के लिए मिलनेवाला 'शहर सिरमौर' खिताब नकारनेवाले नेता 'खिताब की खातिर' कहानी में है। देश के सबसे पिछड़े इलाके में, सबसे पिछड़े गाँव की पिछड़ी जाति के एक होनहार नेता की कहानी 'टेलीफोन का सदुपयोग' जहाँ इसी नेता के परिश्रम से गाँव में सड़क बन जाती है, बिजली आ जाती है और फिर एम.पी. साहब के हलवाहे, चरवाहे और बच्चा-बच्चा टेलीफोन पर गाय के बछड़ा होने और कुतिया के बीमार पड़ने की खबरें देने लगते हैं, क्योंकि उनके लिए यही तो खास खबरें हैं। इतना ही नहीं आदर्श राजा की परंपरा को पुष्ट करनेवाली एक दंतकथा का आधार भी लेखिका ने 'धुएँ का रंग' कहानी में लिया है। यहाँ राजा रोज मचान पर चढ़कर हर घर की छत का मुआयना करता है कि हर घर से धुआँ निकल रहा है या नहीं। राज्य में कोई भूखा या दु:खी तो नहीं। ये कहानियाँ आजादी के बाद शासन और व्यवस्था में फैले गँदलेपन को साफ करने के लिए 'फिटकरी' का काम करती हैं स्वच्छ प्रशासन की कामना लिये।

जीवन में सौंदर्य का संधारन करती लेखिका की यह यात्रा और आगे बढ़ती है, जहाँ रिश्तों में लगाव है, आत्मीयता है। घर के बड़े भाई की प्रतीक्षा में बेटी की शादी का शगुन रोककर रखनेवाली छोटे भाई का चित्र 'प्रोटोकोल' कहानी में है, तो 'सुदामा सा' कहानी में सच्ची दोस्ती के दुर्लभ होती दुनिया में निश्छल, नि:स्वार्थ दोस्ती का चित्र है। यहाँ एकत्रित सुखी संयुक्त परिवार का भी सुखावह दर्शन है। आज भयावह प्रतिस्पर्धा के युग में जहाँ ईष्ट-मित्र, सगे-संबंधी नाममात्र रह गए हैं, रीति-संस्कृति सबकुछ हमारी मुट्ठियों से रेत की तरह भरभराकर तेज गति से खिसक रहे हों, ऐसे में लेखिका की सकारात्मक सृजनशीलता आशा की एक नई किरण लेकर आती है। ऐसी ही कई और कहानियाँ भी हैं, जहाँ इनसानियत अलग-अलग रूपों में सुरक्षित है। 'बजट' कहानी में बहू-बच्चों के आने पर भंडार-घर लुटाती वृद्धा माँ है। बाढ़ के राहत कार्य में जुटे लोगों को प्राप्त भीख का दान देनेवाली भिखारन है। मूक प्राणियों पर अपने बच्चों-सा लाड़-प्यार लुटानेवाला परिवार 'हम दो, हमारे पाँच' कहानी में है तो भैंस की प्रसव-वेदना पर मोटे-मोटे आँसू बहानेवाली, देवी-देवताओं से मन्नत माँगनेवाली, प्रसूति पर लड्डू बाँटनेवाली ग्राम्या के सुंदर मनोभावों का चित्र 'सपंडित:' कहानी में है। इतना ही नहीं पर सुअरिया के सात बच्चे जनने पर हलुआपूरी खिलानेवाली पात्र भी इन्हीं कहानियों में है, जो 'आत्मवत् सर्वभूतानि' को साक्षात् कराती है। रात को मूसलधार वृष्टि में अकेली खड़ी महिला को अपने घर ले जाकर उसकी व्यवस्था और सुरक्षा का खयाल रखनेवाले गाड़ीवान भी 'सुपंडित:' कहानी में है। यह यात्रा यहीं खत्म नहीं होती, आगे भी चलती है—गाँव में पहली बेटी के बी.ए. पास होने पर सत्यनारायण की कथा रखकर पूरे गाँव

को भोज देनेवाले पिता हैं तो बहू के यश पर गद्गद होनेवाले ससुर भी हैं—'बस! अब और पति की बराबरी में और आगे न पढ़ना।' को खारिज कर एम.ए. कराने में पत्नी का हौसला बढ़ानेवाला पति 'बराबरी का विधान' कहानी में है।

यहाँ एक बात रेखांकित करने लायक है कि मूल्यों की खोज की यह यात्रा गाँव और देहातों तक सीमित है, क्योंकि रिश्तों में मिठास, धरती के अणु-रेणु से, चराचर जगत् से विशुद्ध प्यार शायद यहीं पर शेष है। शहरियों को धरती की चिंता होती तो प्लास्टिक खाकर शहरी गाएँ नहीं मरती। प्रतिस्पर्धा की आग अब तक वहाँ पहुँची नहीं है। एक की छोटी सी खुशी में सारा गाँव शरीक होता है। भले ही गोवा जैसे राज्य में गाँव-शहर की विभाजक रेखा बड़ी महीन है। गोवा ही नहीं कई राज्यों में गाँव धीरे-धीरे शहरों में तबदील होते हुए पाए जा रहे हैं, तभी तो सर्वेश्वर दयाल सक्सेना नॉस्टेल्जिक होकर कहते हैं, "यहीं कहीं एक कच्ची सड़क थी, जो मेरे गाँव को जाती थी। खैर…"

यह यात्रा बड़ी असंतुलित होती, अगर गाँवों तक ही सीमित होती। इसीलिए लेखिका की लेखनी शहर की ओर मुड़ती है और फिर भयानक अजनबीपन, वृद्धों की अवहेलना, प्रतिस्पर्धाओं से संत्रस्त लोग, आत्मीयता, प्यार के भूखे, अपना-अपना बजट सँभालते, रिश्ते-नातों से दूर भागते, अकेले-अकेले जीनेवाले स्वार्थी लोग कहानियों में स्थान पा ही लेते हैं।

'पड़ोसी और दूरी' शहर में पूरी तरह से अजनबी बनकर बनकर जीए जा हरे सुखविंदर की कहानी है, जो अपनी ही बिल्डिंग में रहनेवाले पड़ोसी का पता राहगीर को नहीं बता सकता। अपने लिए 'स्पेस' बनाते-बनाते अपने ही 'सर्कल' में जीनेवाले ये लोग इतना अकेले बनकर जीते हैं कि मरने पर भी सड़े हुए मृत शरीर की बदबू ही बताती है कि शहरी आदमी मर गया है। ऐसे ही अकेलेपन से त्रस्त शहरी षोडषी 'मिली' को 'हमर मिली है' कहानी में लेखिका प्यार के चेतन स्पर्श के लिए गाँव भेजती नजर आती है, जहाँ 'ये तो हमर मिली है' कहनेवाली एक ग्रामीण वृद्धा का स्पर्श मिली में जीवन जीने की नई आशा भर देता है। 'कॅरियर' बनाते और ढेर सारा पैसा कमानेवाले पालकों के किशोर-युवा बच्चे अकेलेपन और नैराश्य से ग्रस्त होकर आत्महत्या करते नजर आते हैं। ऐसे बालकों को जरूरत होती है प्यार के संस्पर्श की, पैसे की नहीं। घर के बच्चों के साथ-साथ घर के वृद्धों का अकेलापन भी लेखिका को परेशान करता है, जिनके लिए अकसर पालनाघर या वृद्धाश्रम ढूँढ़े जाते हैं। 'शुभकामना' कहानी में लेखिका की उत्कट मनोकामना ही व्यक्त हो गई है कि जितनी जल्दी हो सके वृद्धाश्रम बिखर गए, खत्म हो। वृद्धाश्रम के उद्घाटन में व्यक्त मुख्य अतिथि के अभिभाषण में लेखिका यही भाव अभिव्यक्त करती है, 'यह संस्था जल्द ही बिखर जाएँ, समाप्त हो जाएँ कि वृद्धों का स्थान उनके हाथों लगाए और सींचे गए वृक्षों के साए में हो न कि वृद्धाश्रमों में। यही समस्या और गहरा रूप धारण करती है 'पेंटिंग और पेटेंट' कहानी में। यहाँ उच्च शिक्षा प्राप्त, नौकरियों के बहाने विदेशों में बसे बच्चों के वृद्ध पालकों के अकेलेपन का मर्मस्पर्शी चित्र है। यहाँ फिर एक बार लेखिका भारत में श्रवणकुमार संस्कृति की आस लिए हुए है।

'धुएँ का रंग' कहानी भी चित्तवेधक है। समय के साथ रंग बदलते धुएँ का रंग जो कभी

जीवन का रंग था, शहरों में मौत का संदेश लेकर आता है। अब बड़ी-बड़ी इमारतों में चूल्हा जलने पर धुआँ नहीं निकलता पर नैराश्य से मुक्त होने के लिए इनसान जलकर आत्महत्या करता है तो धुआँ निकलता है।

शहरों में उभरनेवाली एक और बड़ी समस्या है 'तलाक'। 'दूध का जामन' लेखिका की एक बेहतरीन कहानी है, जिसमें विवाह संस्था को हिला देनेवाली तलाक समस्या के एक पक्ष पर गंभीरता से विचार करते हुए लेखिका आधुनिकाओं की माँओं को आगाह करती है कि अपनी नवब्याहता बेटियों के जीवन में दखलंदाजी न करें। दूध में जामन डालने पर दही जमने तक धैर्य की आवश्यकता होती है। बीच-बीच में उँगली डालकर हिलाने से दूध फट जाएगा, दही जमेगी नहीं। सुंदर और स्थिर दांपत्य जीवन के लिए भी लेखिका धैर्य की आवश्यकता बताती है।

इस प्रकार जीवन के अनेक रंग लिये अनेक कहानियाँ हैं, जिनमें अनेक समस्याएँ हैं और उनके समाधान भी। साहित्य में विभिन्न विमर्शों की खोज करनेवालों को यहाँ निराशा जरूर होगी, पर यहाँ भारतीय संस्कृति को बचाने का सबसे बड़ा विमर्श है, जिस पर राष्ट्र के हित में चर्चा होनी नितांत आवश्यक है, ताकि नई पीढ़ी अपनी संस्कृति की धरोहर को जाने, समझे और उसकी रक्षा में हर समय तत्पर रहे।

'देखन में छोटे लगे' संग्रह की लघुकथाओं में गहरी मानवीय दृष्टि है और जीवन को आदर्श की ओर ले जानेवाली संवेदनशील सृजनशीलता भी। लेखकीय उद्‍देश्य की अंतर्ध्वनि एक विशेष गूँज लिये हुए हैं, जिसमें सुंदर उदात्त और उन्नत की ही रचना का अट्टाहास है और उसे प्रत्यक्ष देखने का दिवास्वप्न भी। सहज, सुंदर, प्रांजल भाषा में चित्रित ये अनुभव के क्षण आदर्श समाज-निर्माण की यात्रा में पाठकों के लिए पाथेय बनेंगे...इसमें दो राय नहीं।

हिंदी विभागाध्यक्ष, शासकीय महाविद्यालय,
खांडोला (गोवा)

□

'उस आँगन के आकाश' में सांस्कृतिक सरोकार

—अंजुलता सारस्वत

हमारी लोक संस्कृति, जो संपूर्ण भारतीय संस्कृति का आधार है, लोक के हृदय में जीवित है। जिन लोकों का संबंध ग्रामीण जीवन से अब नहीं है, उन्होंने भी बचपन में देखे-सुने रस्म-रिवाज और जीवन व्यवहार की स्मृतियाँ हृदय में सँजोए रखी हैं। लोक संस्कृति के माध्यम से भारतीय संस्कृति को समझना सरल हो जाता है। संस्कृति भाव है और व्यवहार भी। भारतीय संस्कृति के भाव का व्यवहार ही रहा है लोकाचार। इस निबंध-संग्रह का मुख्य उद्देश्य यही रहा है कि जिस तरह पेड़-पौधों, धान, पानी को अगली पीढ़ी के लिए सँजोकर रखना है, उसी तरह आज की पीढ़ी, भावी पीढ़ी के लिए लोक संस्कार सँजोकर रखे। उनको प्रकृति के साथ मानवीय सरोकारों का स्मरण कराती रहे, तभी तो संस्कृति प्रवाहमय रहेगी।

संस्कृति संपूर्ण जीवन को परिमार्जित व परिष्कृत करनेवाली आचार पद्धति है। डॉ. ज्ञानप्रकाश के अनुसार, "संस्कृति मानव जीवन की भूत, वर्तमान और भविष्य की निधि है, जिससे उसके और उसके पूर्वजों के राजनीतिक, आर्थिक, सामाजिक, धार्मिक वैज्ञानिक एवं कला सौंदर्यबोध अर्थात् समस्त जीवन-मूल्य प्रतिध्वनित होते हैं।" भारतीय संस्कृति को उजागर करते हुए मृदुला सिन्हाजी ने अपने निबंधों को लोक संस्कृति के परिवेश में बुना है। इनके इस निबंध-संग्रह में लोककथा, लोकनृत्य, त्योहार, मेले आदि भारतीय संस्कृति के समस्त अवयवों को उजागर करने का प्रयत्न किया गया है, जो आज हमें ग्राम-जीवन के समस्त क्रियाकलापों से परिचित कराता है।

'उस आँगन का विश्वास' निबंध-संग्रह में होली, छठ पर्व, मेला, बायना और चटाई का संस्कार मुखरित हुआ है तो दूसरी ओर वर्तमान में इनकी कमी भी छाई हुई है। उत्सव त्योहार जैसी बातें अब तो सिर्फ मनाई ही जाती हैं, क्योंकि पहले तो बच्चों से लेकर बड़े-बूढ़ों तक पूरे मन से भाग लिया करते थे, लेकिन आज यह दृश्य दिखाई नहीं पड़ता, कोई दिलचस्पी ही नहीं लेता। गाँव हो या शहर—त्योहार, खेलकूद, रिश्तों आदि की मिठास फीकी होती जा रही है।

शुरुआत में ही मृदुला सिन्हाजी ने व्यापक विषय को स्थान दिया है, वह है—आँगन, जो कि हर मनुष्य की सनातनी इच्छा रही है। आँगन जहाँ बेटी की विदाई, बहू का स्वागत, धान सुखाना-बिछाना-कूटना, रात में बच्चों को आसमाँ के तले नए सपनों को बुनना सिखाना, कुल मिलाकर शैशवावस्था से प्रौढ़ावस्था तक की बातें इस आँगन में ही पूरी होती थीं; पर अब इस जमाने में

यह प्रथा नए मकानों में समाप्त हो रही है। "पारिवारिक, सामाजिक और आध्यात्मिक जीवन को अक्षुण्ण रखनेवाले आँगन का ही अस्तित्व समाप्त कर दिया गया, तभी तो घर, परिवार और समाज सब बदला-बदला सा दिख रहा है—नाते-रिश्तों और संबंधों की तासीर भी।"

"उत्सव ऐक्य के साधक, प्रेम के पोषक, प्रसन्नता के प्रेरक, धर्म के संरक्षक और भाव के संवर्धक हैं।" मृदुला सिन्हा के निबंधों में धार्मिक भावना संपन्न इन त्योहारों का बड़ा ही जीवंत वर्णन मिलता है—

कौन भैया चलले अहेरिया
कौन बहनी देलन आशीष हो ना,
जी अहू रे मेरो भैया
जीयो भैया लाख बरिशे हो ना।

बहनों द्वारा भाई की उम्र की लाख बरस कामना समाज हित की भावना है। मृदुला सिन्हा इस त्योहार के बल पर कल्याण का संदेश देती हुई कहती हैं कि विश्व बंधुत्व भारतीय जीवन का उद्देश्य रहा है, परंतु बंधुत्वभाव का बीजारोपण तो परिवार में ही होता है। भाई-बहन का यह त्योहार कर्तव्य का स्मरण दिलाता है।

होली लोक जीवन को समृद्ध करती हुई बच्चे, बड़े, बूढ़ों में प्रसन्नता के स्वर कूकती है। शरीर और कपड़े को बदरंग करके भी रंगीन होते हैं। सामूहिक जीवन का रंग चढ़ता है। समूह रंगीन हो जाता है। सब झेलना, सहना और हँसते रहना अर्थात् आनंद प्राप्त करना; यही सिन्हाजी ने होली का तात्पर्य बताया है।

धान की महत्ता बताते हुए, धान मात्र अन्न नहीं, उत्सव सूत्र है। धान से हम और हमसे धान है। धान की कटाई पर भारत भर में उत्सव मनाया जाता है—मकर संक्रांति, पोंगल, बिहू, लोहड़ी आदि। बिहार और पूर्वी उत्तर प्रदेश में मनाए जानेवाले सूर्य पूजा विधि, जिसे छठ पूजा भी कहा जाता है, ने देश के कोने-कोने में और विदेशों में भी अपनी पहचान बनाई है। इस व्रत के बहुत से आयाम है—सामाजीकरण, भेदभाव की समाप्ति, घाट-घाट पर सामाजिक समरसता का प्रत्यक्षीकरण। इस निबंध में सिन्हाजी ने जहाँ व्रत की महत्ता बताई है, वहीं इसकी जरूरत भी बताई है। यह व्रत मन पर नियंत्रण सिखाता है। एकल जीवन में सामाजिकता व सामूहिकता भरता है।

डॉ. कलावती प्रकाश के अनुसार, "लोकगीतों में लोकमानव अपने सुख-दुःख, हर्ष-विषाद व उमंग और उत्साह की उन्मुक्त व स्वच्छंद अभिव्यक्ति करते हैं, जिससे उन्हें एक-दूसरे को समझाने का अवसर मिलता है तथा परस्पर सहानुभूति व संवेदना के भाव जाग्रत् होते हैं।" मृदुला सिन्हाजी को लोकगीत बेहद पसंद हैं, जब भी कहीं अवसर प्राप्त हुआ है, वे उन्हें गुनगुनाना नहीं भूलतीं। इस निबंध-संग्रह में लोकगीत यत्र-तत्र बिखरे मिलेंगे, जिससे उनकी सोंधी खुशबू महक उठेंगे।

भाड़ लेले भरिया डोली लेले कहार
छाता ले अपना भैया बहनी बोलौले जाय।

कोई भी विषय रहा हो, मृदुला सिन्हाजी ने लोकगीतों का वर्णन जरूर किया है, यहाँ छाता जैसे विषय पर भी गीतों की पंक्तियाँ लिखी हैं। पगड़ी, अतिथि, चाँद, सूर्य, घड़ा, अनाज,

भोर, फलदार वृक्ष, बकरी, खेत, चटाई, हुक्का, मेड़, झाड़ू, अँगोछा, बिजुका, पान के पत्ते और पड़ोसी जैसे विषयों पर अपनी लेखनी चलाई है। अपने अनुभवों को विस्तृत स्थल दिया है।

चंदा को मामा, सूर्य को भाई बतानेवाली कथा और लोकगीतों का वर्णन है। ग्रह-नक्षत्रों को भी रिश्तेदार बना लेना भारतीय महिलाओं के स्वभाव में रहा है। हमारे पारिवारिक जीवन में चाँद, सूर्य का विशेष महत्त्व है, कई व्रत-त्योहार इनसे जुड़े हुए हैं। वर्तमान में जल-थल-नभ में हलचल मचानेवाला चाँद हमारे महानगरीय जीवन से ओझल होता जा रहा है। हानि चाँद की नहीं, हमारी हो रही है। विज्ञान दूरियाँ मिटाने का काम करता है, पर आज मानव और चाँद के बीच दूरियाँ बढ़ रही हैं। इसलिए हमारे जीवन से शीतलता और आनंद भी समाप्त होता जा रहा है।

अतिथि विषय पर भी लेखिका ने अपने अनुभव को साझा किया है। मेहमान पारिवारिक जीवन में आई उदासीनता को दूर करता है। प्रतिदिन के क्रियाकलापों में उत्सुकता व बदलाव लाता है। आनंद से सरोबार कर देता है। समाज के शहरीकरण ने सबकुछ बदलकर रख दिया। शहरी जीवन में अतिथि बोझ लगने लग गए। एकल जीवन में आज की पीढ़ी अपने रिश्तेदारों को सही तरह से समझ भी नहीं पाते। अब बस अंकल शब्द से सारे रिश्तों को संबोधित किया जाने लगा है।

आज समय, दूरियों और वस्तुओं की अनुपलब्धता के कारण बहुत सी रस्में छूटती जा रही हैं। उसकी हानि सबको भुगतनी पड़ेगी। अभी विश्व बंधुत्व और 'सर्वे भवन्तु सुखिनः' के भाव बीज से नई पीढ़ी को संचित करना ही होगा। यही उद्देश्य लेकर मृदुला सिन्हाजी अपनी रचनाओं में भारतीय संस्कृति के तत्त्वों को मुखरित करती है। छोटे-छोटे विषय, जिनकी महत्ता हम भूल चुके हैं, वहीं दुबारा उनकी महत्ता स्थापित करना चाहती हैं। विश्व बंधुत्व चाहती हैं। विश्व को जोड़ने, एक-दूसरे के सुख-दुःख को अपना समझने (आत्मवत् सर्वभूतेषु) का माध्यम बंधुत्व को बना दिया गया है। 'वसुधैव कुटुम्बकम्' का भाव परिवार में डाला जाता है, क्योंकि छोटे बच्चों को विश्व दिखाया नहीं जा सकता तो वे संस्कारों से ही सीखते हैं। यह भाव बचपन में ही पिरोने पड़ते हैं। वर्तमान में गहरा संकट छाया हुआ है। सवाल तो बड़ा है ही कि शहरों में अपनी इन पुरानी मान्यताओं को कैसे जीवित रखें, पर कुछ तो उपाय सोचने ही होंगे।

मृदुला सिन्हा ऐसी रचनाकार हैं, जिन्हें गाँव की मिट्टी से गहरा प्रेम है, वहाँ के नदी, तालाबों, खेत-खलिहानों, चैत-फागुन, लोकगीत, लोकनृत्य, बाग-बगीचों, तीज-त्योहारों, मेलों—दशहरा के प्रति गहरा आकर्षण है। इस संग्रह के सारे निबंध इस सत्य की घोषणा करते हैं। यह 'मनुष्य' ही उनके लिए साहित्य, कला आदि सारी चीजों के लिए कसौटी है। निबंधकार चाहे प्रकृति की सुरम्य गोद में हो, गाँव में हो या उससे मीलों दूर दिल्ली में, सब कहीं उनकी खोज की होती है। गाँव और वहाँ की संस्कृति उन्हें इसलिए प्रिय है कि तमाम मैल और बिगाड़ के बावजूद मनुष्यता के सबसे सच्चे रूप गाँव में मिलते हैं।

शोधार्थी, हिंदी विभाग,
कोटा विश्वविद्यालय, कोटा (राज.)
मो. : 9461496403

□

खंड-6

गतिमान लेखनी : प्रतिनिधि रचनाएँ

ज्यों मेहँदी को रंग

(उपन्यास)

दिव्यांगों की एक काल्पनिक संस्था के इर्द-गिर्द घूमती कहानी। सही समाज सेवा की व्याख्या करने हेतु। प्रसिद्ध साहित्यकार जैनेंद्र कुमार जैनजी के करकमलों से उद्घाटित कृति। "संवेदनशील लेखिका मृदुला सिन्हा ने समाज के एक बड़े पक्ष की ओर उपन्यास के माध्यम से ध्यान दिलाया है। इस विषय पर लिखा साहित्य-जगत् का यह पहला उपन्यास है।"

—जैनेंद्र कुमार जैन
प्रसिद्ध साहित्यकार

आज सवेरे देर से उठी शालिनी। प्रार्थना के लिए भी नहीं गई। महिमा रेखा ने जैसे-तैसे प्रार्थना करवाई थी।

संस्था की दिनचर्या पूर्ववत् ही चल रही थी। पर विभिन्न कार्यों के संपादन में लगे लोगों का ध्यान अवश्य गेट की ओर ही था। मास्टर और मैनेजर साहब, दद्दाजी की प्रतीक्षा कर-करके थक गए। मास्टरजी झल्लाए, ''केवल तारीख भेज दी कि 15 तारीख को आ रहे हैं। कम-से-कम गाड़ी का नाम तो लिखा होता? स्टेशन चले जाते…''

तभी गेट पर हरिहर की उल्लसित आवाज सुनाई पड़ी। निश्चित था कि दद्दाजी आ गए थे। मास्टरजी दोनों डॉक्टरों से बातें कर रहे थे। उनके साथ मुख्य द्वार की ओर ही लपके। अगवानी करते मास्टरजी उन्हें ऑफिस तक ले आए। देखते-देखते बाहर भीड़ इकट्ठी हो गई। दद्दाजी ने कहा, ''चलिए, बाहर ही बैठें!''

''बाहर तो धूप होगी अभी!''

''अब धूप कहाँ, शाम होने को आई है।''

बाहर निकलते ही 'दद्दाजी की जय' के नारे बुलंद होने लगे थे। सबसे मिलते, सुनते-सुनाते रहे, दद्दाजी। बीच-बीच में नजरें उठाकर शालिनी को अवश्य ढूँढ़ लेते। एक अव्यक्त खीझ से भी

भर उठे, 'मुझसे मिलने क्यूँ नहीं आई?'

उनको घेरे बैठे लोग उनकी यात्रा का ब्योरा, पुरस्कार मिलने का विस्तृत वर्णन सुनना चाहते थे।

दद्दाजी ने कहा, ''कल प्रार्थना के समय सुनाऊँगा।'' और मास्टरजी के साथ ऑफिस में आ बैठे।

शालिनी के बारे में पूछने ही जा रहे थे कि मास्टरजी बोले, ''कल एक विदेशी महिला आई थी। शालिनी बता रही थी कि वह लंदन की रहनेवाली है। वह तो केवल आपके नाम की ही रट लगा रही थी। शालिनी ने उसे सब ओर घुमाकर दिखाया। महिमा कह रही थी कि वह आते ही आपकी फाइलें, आपकी दराज खोल-खोलकर न जाने क्या…''

दद्दाजी की भंगिमाएँ बदलीं। एकाएक बीच में ही बोल उठे, ''चली गई?''

''नहीं, उसे तो आपसे मिलना था। बाहर ठहरा दिया है। आज भी आई थी। अकेले घूम-घामकर चली गई।''

''ठीक है',' कहते दद्दाजी के चेहरे पर एक अकुलाहट तिर आई थी, जो मास्टरजी से भी नहीं छुपी।

''और शालिनी… ?'' इतना ही पूछ पाए दद्दाजी।

''हाँ-हाँ, शालिनी नहीं दिखी! वह तो…वह आज कमरे से निकली ही नहीं! दरअसल आपके परोक्ष में आने-जानेवाले लोगों के साथ घूम-घूमकर थक गई, बिटिया! अभी बुलाता हूँ।'' मास्टरजी उठ खड़े हुए थे।

''नहीं-नहीं! अभी छोड़ दीजिए, कल मिलूँगा। अभी मैं भी आराम करूँगा।''

''अभी बुलाता हूँ। वही, उस विदेशी महिला के बारे में…''

''कह दिया न, अभी किसी से नहीं मिलूँगा!'' अपने मन के साथ ज्यादती की थी दद्दाजी ने। वे आशंकित हो उठे थे, 'निश्चय ही उस विदेशी महिला ने शालिनी से…'

सवेरा हुआ। प्रार्थना के समय दद्दाजी की यशगाथा सुनने की उत्सुकता व्याप्त थी। शालिनी भी आ गई थी। नीचे ही सबके साथ बैठी रही। दद्दाजी की प्रतीक्षा में लोग बैठे थे, मगर वे नीचे उतरे ही नहीं। ऊपर जाकर उन्हें बुला लाने की हिम्मत कोई न बटोर सका। और देखते-ही-देखते पूरे परिवेश में घबराहट, चिंता, भय व्याप्त हो गए। अधिकांश निगाहें शालिनी पर जा अटकीं। उन निगाहों से पीछा छुड़ाती शालिनी अपने कमरे में चली गई।

पाँवों को निकाल निश्चिंतता से बैठ गई बिछावन पर, निश्चितता एवं अनिश्चितता में भेद करती रही। भविष्य की अस्थिरता, वर्तमान को भी स्थिर नहीं रहने देती। अपने भूत, वर्तमान, भविष्य के ताने-बाने बुनते-बुनते काफी देर हो गई। उठकर बाहर जाना ही चाह रही थी कि महिमा और रेखा आ गईं। दोनों के मुँह लटके देख शालिनी किसी आशंका से थर्रा गई। पूछा, ''महिमा, क्या बात है?''

''शालिनी बहन…''

''हाँ-हाँ, बोलो न! क्या हुआ?''

''…''

''तुम लोग कुछ कहने आई थीं न!'' शालिनी उनकी चुप्पी से भयभीत हो गई थी।

''बोलो न!'' शालिनी ने अधीर होकर महिमा को झकझोर दिया।

''क्या बताऊँ, तुम्हें सब पता ही है!''

''नहीं-नहीं, मुझे कुछ भी पता नहीं, मैं तो आज बाहर भी नहीं निकली!'' शालिनी की घबराहट बढ़ रही थी।

''शालिनी बहन, दद्दाजी आज बहुत नाराज हैं!'' रेखा ने बड़े थम-थमकर कहा।

''क्या तुमसे नाराज हैं?''

''नहीं, मुझसे क्यों नाराज रहेंगे?''

''सब लोग कह रहे हैं कि वे तुमसे नाराज हैं।''

दोनों सिर नीचा किए बैठी रहीं।

''लेकिन...लेकिन...मुझसे क्यों नाराज होंगे? मैंने तो कोई गलती...''

शालिनी आगे अपनी सफाई भी देना नहीं चाहती थी। संस्था में सब लोगों ने उसकी गलती मान ली तो वह गलती पर है, बस! उसके सामने सिर झुकाए बैठी महिमा और रेखा को भी पता था कि उनकी शालिनी बहन कोई गलती नहीं कर सकती। लेकिन एक का सही कदम, दूसरे को ठेस पहुँचा जाए तो गलत ही कहलाएगा न! और मात्र इसी एहसास के कारण दोनों ने शालिनी को दोषी मान लिया था।

और शालिनी चर्चा का विषय नहीं बनना चाहती थी, गलतफहमी की शिकार भी नहीं। उसके वहाँ से जाने में ही दद्दाजी खुश होंगे, तो वह चली जाएगी! आज ही चली जाएगी। ऐसा निश्चय-सा करती शालिनी बोली, ''महिमा, मेरे यहाँ से चले जाने में ही तुम्हारे दद्दाजी खुश होंगे, तो मैं जरूर जाऊँगी, अभी चली जाऊँगी!''

महिमा और रेखा दोनों ओर से उससे चिपककर फफक पड़ीं। दिल हिला देनेवाली सिसकियाँ थीं उनकी।

शालिनी एक लंबी साँस के सहारे अपनी योजना को मन की गहराई तक ले गई और फिर अपने में सिमटकर रह गई। मात्र अपना दर्द उसे परेशान कर गया।

महिमा और रेखा उससे चिपटी बैठी ही रहीं। उसे इसका भान भी न रहा और रात के आठ बज गए।

उसने नींद का बहाना बना दोनों को चुपचाप भेज दिया।

सुबह हुई। शालिनी के जगने से पहले उसके संस्था छोड़कर जाने के निर्णय का समाचार, संस्था के कोने-कोने में सूरज की किरणों के साथ फैल चुका था और सबने उसके निर्णय को दवा समझकर निगल लिया था, मात्र कड़वाहट जिह्वा पर व्याप्त थी।

दूसरी चर्चा भी रात से ही संस्था के कोने-कोने में घुमड़ रही थी। कल शाम ढलते, वही विदेशी महिला और लड़का आया। महिमा ने आते ही पूछा, ''डॉ. अविनाश आ गए?''

किसी ने हामी भरकर उनके ऊपर के कमरे की ओर इशारा भी कर दिया। वह महिला खटाखट सीढ़ियाँ चढ़ती ऊपर चली गई। पीछे से दो-तीन व्यक्ति मना भी करते रहे, पर उसने किसी

की न सुनी। शायद रात-भर वह ऊपर ही रही। दद्दाजी भी बाहर न निकले। सुबह से अधिकांश लोगों की निगाहें उनके कमरे की ओर ही लगी रहीं, पर ऊपर जाने की हिम्मत किसी की न हुई। मन मारकर सब प्रार्थना में बैठ गए।

एक सूनापन, एक चुप्पी सारी संस्था में व्याप्त थी। शालिनी, अपनी एकमात्र अटैची उठाए एक झटके से निकली। सबसे आँखें छुपाकर ऊपर को जाने लगी। सीढ़ियाँ चढ़ते उसके कदम डगमगाए भी नहीं। सीढ़ियों से लगा पैसेज पार करने लगी कि अंदर कमरे में एक स्त्री, दूसरी पुरुष आवाज की ठनक सुनकर वहीं अटक गई और दीवार से लगकर खड़ी हो गई।

दद्दाजी बोल रहे थे, ''मैं अब भी कहता हूँ कि जिंदगी-भर तुम्हारा ऋणी रहूँगा, तुमने ही मुझे दृष्टि दी! मैं तो तुमसे मिलने ही वाला था···''

''खूब! मुझसे मिलनेवाले थे? मेरे सारे पैसे लेकर चंपत हो गए और मैं खोजती रही। आज जब इतना नाम कमा लिया तो भी कहते हो, मेरे पास कुछ भी नहीं, संस्था के पास कुछ भी नहीं'' स्त्री गरज रही थी।

''मैं कहती हूँ, लौट चलो लंदन, वहीं पैसे कमाना! क्यों इतनी छोटी जगह में पड़े हो?'' हुक्म अंदाजी के स्वर में बोल रही थी महिला।

''छोटी जगह का चुनाव मैंने जान-बूझकर किया था। उस बड़ी जगह में, मैं बहुत छोटा हो गया था न! मेरे दोनों पैर कट गए, और लंदन जैसी जगह में तुम मेरे बच्चे को लेकर चली गई, मुझे हॉस्पीटल में ही छोड़ गई।

''इंग्लैंड जैसे विकसित देश में अपंग होना कोई समस्या ही नहीं। और मैं हॉस्पीटल के बिछावन पर पड़ा-पड़ा सोचा करता, क्या अपंग होना अभिशाप है? क्या अपंग 'अपने' लोगों से वैसे ही कट जाते हैं, जैसे मैं···मैं कट गया था तुमसे, अपने इकलौते बेटे से···? तभी मेरे मन में खयाल आया कि अपने देश लौट जाऊँ और वहाँ के अपंगों की सेवा करूँ। तुम···मेरे जीवन से चली गई थी। मेरा बच्चा छिन गया था। मुझे कुछ चाहिए भी नहीं था। यहाँ आकर पड़ा हूँ तब से अपनों के बीच···मेरे बेटे को मेरे पास तो लाओ!···इधर लाना उसे!'' डॉ. अविनाश गिड़गिड़ा से रहे थे।

''यह अब तुम्हारे पास नहीं जाएगा! इसके लिए कमाया धन तुम संस्था में लगा चुके। पूरे पाँच लाख पॉण्ड थे। तुमने मुझे धोखा दिया, अपने बेटे को धोखा दिया और शायद उस छोकरी को भी धोखा दे रहे हो!'' स्त्री कर्कश स्वर में चिल्लाई थी। बाहर खड़ी शालिनी के मासूम मन को धक्का लगा।

''किसकी बात कर रही हो तुम?''

''मुझसे मत छुपाओ···मैं आपको अच्छी तरह समझ गई! कितना प्यार है तेरे लिए उसके मन में, लेकिन क्या तुमने उसे धोखा···''

''चुप करो! मैंने किसी को धोखा नहीं दिया।'' दद्दाजी चिल्लाए थे।

''धोखा नहीं दिया? यह धोखा नहीं तो और क्या है! किसी को पता है कि तुम···तुम भी इस लोहे-लक्कड़ के पाँव पर···'' दुगुने वेग से गरजती हुई महिला ने उनके दोनों पाँव उठाकर बाहर फेंक दिए।

''मुझे मेरे पाँव दे दो? ऐसा मत करो, अब तुम्हें मुझसे क्या लेना-देना? क्यों मेरे पीछे पड़ी हो?''

शालिनी लौटने को उद्यत हो गईं। दो-चार कदम ही पीछे चली होगी कि दद्दाजी की गिड़गिड़ाहट उसे पुनः लौटा लाई और वह दद्दाजी के पाँवों को उठाकर सीधे अंदर चली गई।

''तुम...तुम शालिनी!''

दद्दा पलंग से दोनों अधकटे पाँव लटकाए, थर-थर काँप रहे थे। शालिनी की उपस्थिति से उनका कंपन बढ़ ही गया था। स्थिर गति से चलती शालिनी उनके पास आकर नीचे बैठ उन्हें पाँव पहनाने लगी।

उस महिला की आँखों में, कभी डॉ. अविनाश द्वारा वर्णित भारतीय नारी की छवि नाच गई। वह जल-भुन गई। अपने प्रति डॉ. अविनाश के प्रगाढ़ प्यार की भी स्मृति सजीव हो उठी। अपनी भूल, पति के प्रति किया अपना अपराध अलग से उसे कचोट रहा था। दद्दाजी को पाँव पहनाकर शालिनी उनके पलंग से लगकर ही खड़ी हो गई। एक सख्त दृष्टि डाली उस महिला पर। महिला विचलित हो उठी। माँ से सटा वह बालक पूरे परिवेश को भयभीत दृष्टि से देख रहा था। उसकी निगाहें बिल्कुल अपनी बाप जैसी तो थीं! मात्र उस बच्चे का भय कम करने के उद्देश्य से शालिनी ने उसकी ओर हाथ बढ़ाया।

''छोड़ दो इसे, कोई मत हाथ लगाना। मेरा बेटा है, मेरा, इस गद्दार का नहीं!'' गरजती हुई महिला बच्चे को लिये बाहर चली गई। कमरे में शांति पसरने लगी।

शालिनी कमरे के पीछे खुलती खिड़की की छड़ें पकड़ बाहर देखने लगी—सामने गंगा की निर्मल-स्वच्छ धारा बहती जा रही थी, तभी उसे कुछ ध्यान आया। बोली, ''मैं...मैं...मैं भी जा...''

''कहाँ जा रही हो?'' पीछे से आकर डॉ. अविनाश ने उसके कंधों पर हाथ रख दिया था। और जैसे उस हलके स्पर्श के नीचे दब गई शालिनी। पीछे मुड़कर देखा, डॉ. अविनाश उसके बिल्कुल पास खड़े, नजरें मिला रहे थे। शालिनी के सारे प्रश्न थम गए। दोनों की भावनाएँ भी थम गईं।

''मुझे छोड़कर कहाँ जाएगी? इतने सारे काम, क्या मैं अकेले...''

उनके कंधे पर शालिनी का सिर अपने आप टिक गया था। फफक उठी शालिनी।

''पगली! अब रोने का समय है क्या?'' कहते हुए डॉ. अविनाश ने अपने कंधे से उठाकर उसका मुखड़ा हथेलियों में भर लिया, तो सचमुच उनसे मिली उसकी आँखों में मात्र गीली रेत का ढेर भरा था, तूफान का पानी तो चला गया था, समुद्र ने समेट लिया था उसे।

''चलो देखें, नीचे क्या हो रहा है?'' शालिनी को लिये आगे बढ़े दद्दाजी कि बीच में ही शालिनी थम गई। उनके कमरे में सजावट के नाम पर एकमात्र वही गुड़िया रखी थी—अपंगों की जोड़ी। और शालिनी ने दद्दाजी की ओर प्रश्नभरी दृष्टि डाली।

दद्दाजी ने इतना ही कहा, ''चलो!'' और चल दी शालिनी, चरैवेति-चरैवेति का संकल्प लेती हुई। पैसेज में दद्दाजी ने दो कदम आगे बढ़कर नीचे झाँका। संस्था के सब लोग इकट्ठे हो, घबराई नजरों से ऊपर ही देख रहे थे। उन्हें देखते ही बोले, ''दद्दाजी! शालिनी बहन कहीं चली गई? हम लोग खोज-खोजकर परेशान हो गए...''

''मैं खोज दूँ?'' कहते हुए दद्दाजी ने पीछे दरवाजे पर ही अटकी शालिनी को अपने पास खींच लिया। सब विहँस उठे।

'दद्दाजी की जय!'

'शालिनी बहन की जय' के नारे बुलंद होने लगे।

डॉ. अविनाश सीढ़ियाँ उतरने लगे। रास्ते में दीवार से लगी एक अटैची रखी थी। शालिनी उसे उठाने लगी। डॉ. अविनाश उससे पहले ही उठाकर उसे पीछे अपने कमरे में रख आए।

और फिर मानो मुक्त होकर, शालिनी की बाँह पकड़े सीढ़ियों पर मजबूती से कदम जमाते उतरने लगे¨, अगणित असहाय-अपंगों की सेवा की कर्मभूमि में संग-संग एक के लिए नहीं, अनेक के लिए जीने का संकल्प लिये।

(प्रभात प्रकाशन, नई दिल्ली)

□

घरवास

(उपन्यास)

बिहारी मजदूरों की पंजाब के खेतों में कठिन मेहनत से सोना उपजाने की कथा। बिहार और पंजाब के लोगों का तुलनात्मक अध्ययन। बिहार के एक गृहविहीन मूसहर जाति के परिवार का अपना एक घर होने का सपना पूर्ण।

मा. अटल बिहारी बाजपेयी द्वारा लोकार्पित पुस्तक। अध्यक्ष डॉ. विद्यानिवास मिश्र, विशेष वक्ता

छियालीस

कलिया विलोचना को समझाने-बुझाने-रिझाने के एक के बाद एक कर सारे हथियार आजमाने में लगी थी। घरवास की पूजा करवाने के लिए विलोचना तैयार नहीं हो रहा था। उसकी दलील थी, ''रुपए खर्च होंगे। ऊपर से पंडितजी तैयार भी नहीं होंगे हमारे घर पूजा कराने के लिए। वैसे भी घर देखकर सब जल रहे हैं। उनको तो हमारा पेड़ के नीचे रहना ही अच्छा लगता था। हम लोगों ने घरवास की पूजा करवाई कि सब एक होकर किसी-न-किसी बहाने हमको फिर आफत में फँसा देंगे।''

''कैसी आफत? कोई कुछ नहीं बोलेगा। बोलेगा भी तो क्या हुआ! अब मैं नहीं डरती किसी से।''

कलिया की ठसक देख-सुनकर विलोचना को आश्चर्य नहीं हुआ। वह सोचने लगा, यह तिरियाचरित्र है। बूढ़ी मालकिन से इतना डरती है कि इसकी जबान न खुले; पर इसका वश चले तो डाकबाबू और ठेकेदार को भरी सभा में चपत लगा दे।

कलिया ने याद दिलाई, ''तू ही तो कहता था कि अपना घर बन जाए, फिर वैसे ही घरवास करेंगे जैसे मालिक-मालकिन ने किया था। तुम्हारी नई धोती और मेरी छींटवाली साड़ी की गाँठ जोड़कर हाथ में फल-दही लेकर घर के अंदर जाएँगे। मालकिन कितनी सुंदर···''

कलिया के आगे वर्षों पहले देखे घरवास का मनोहारी दृश्य फिर नाच उठा। विलोचना चुप

रहा। जब-जब कलिया घरवास के दृश्य को अपनी जर्जर मड़ैया में पसारकर बैठती है, विलोचना उससे वायदा करता रहा है—अपना घर बन जाने पर हम लोग भी घरवास करेंगे। वादों का क्या! कभी उसकी जिद को टालने भर के लिए—'न नौ मन तेल हो, न राधा नाचे'—न कभी अपना घर होगा, न घरवास की नौबत आएगी। लेकिन अब तो घर बनकर सामने खड़ा है—एक कमरे का घर। चारों ओर लीप-पोतकर साफ-सुथरा कर लिया है कलिया ने। आगे-पीछे से, नजदीक और दूर से निहार-निहारकर मन नहीं भरता, शरीर नहीं थकता कलिया का। किसी की या अपनी ही नजर न लग जाए, इसलिए घर के आगे एक फूटी हुई कालिख पुती हाँड़ी भी टाँग दी है।

नींव की खुदाई के साथ कलिया की कल्पना आकार लेने लगी थी। ठेकेदार की कल्पना कमरे की लंबाई, चौड़ाई और ऊँचाई तक सीमित थी; पर कलिया के असीमित सपनों में दोनों प्राणियों के साथ छह बच्चों के उठने-बैठने, खाने-पीने और सोने के स्थान की माप बनने-बिगड़ने लगी थी। रमुआ की शादी, उसकी घरवाली के लिए घर खाली करने, न जाने कितने प्रकार से उस घर की माप-तौल कर ली थी कलिया ने। चूल्हा-चौका, सोने-बैठने और सामान रखने की जगह बना ली थी। अपनी छत के नीचे जाड़ा, बरसात और प्रचंड गरमी से बचाव की बचपन की चहेती चाहत अब पूर्ण होने वाली थी।

और विलोचना! घर की नींव क्या पड़ी, उसके संघर्ष की बुनियाद खुद गई। थक चुका था विलोचना। उसकी नजरों में नींव, दीवारों और छत में लगी ईंट, गारा, सीमेंट का अपना रंग-रूप है—उसके पसीने की गंध और रंग से सराबोर। क्या-क्या नहीं करना पड़ा है! किस-किससे उलझा है, किस-किसकी सुनी है और सुनाई है। बुढ़िया मालकिन के कटाक्ष—'अब तो हवेली बन रही है। कलिया टाँग पसारकर सोएगी। सुना है, घर में ऐनक लगा दिया है। अब कलिया अपनी काली सूरत निहारती रहेगी। निर्लज्ज कहीं के!' इतना ही नहीं, गाँव से गुजरते हुए असंख्य व्यंग्य बाणों से बिंध गया था उसका शरीर।

इसलिए कलिया की जिद पर झल्लाया, "चुप कर! घरवास करेगी! न बरतन, न बासन और न पलंग, न पटिहार—घरवास क्या करेगी!"

चुप रही कलिया। नाहक विवाद करने का उसका स्वभाव भी नहीं था। उसने सभी मुसहरनियों के कान भर दिए। उनके मन में भी घरवास करने की ललक जगा दी। सबकी सब अपने पति से आग्रह करने लगीं, "हम भी घरवास की रस्म करेंगे।"

सामूहिक निर्णय के आगे झुकना पड़ा विलोचना को। घरवास की तिथि तय करवाने विलोचना पंडितजी के पास पहुँचा।

पंडितजी अपनी टुटली मड़ैया के ओसारे पर रखी चरमराती चौकी पर खुले बदन बैठे चंदन-टीका कर रहे थे।

विलोचना ने कहा, "पाँव लागी, पंडितजी।"

पंडितजी घर आए यजमान के स्वागत में शीघ्रता से पीछे मुड़े। चौकी की दो पायों की जगह लगी ईंटें हिल उठीं और पंडितजी गिरते-गिरते बचे। विलोचना उन्हें सँभालने के लिए लपका। पंडितजी की नजर विलोचना पर पड़ते ही वे चिल्ला पड़े, "दूर हट! दूर हट! मुझे हाथ मत लगाना।"

विस्मय के धक्के से विलोचना चार कदम पीछे हट गया। पंडितजी अपने को स्थिर करते हुए बोले, ''कहाँ चला आ रहा है सुबह-सुबह? यात्रा भी बिगाड़ दिया।''

''पंडितजी, हमारा घर बन गया। आप घरवास करने का शुभ दिन...''

''भाग जा यहाँ से! स्साला! हरामी कहीं का! अब मैं मुसहर के घर पूजा करवाऊँगा! पंजाब जाकर दिमाग खराब हो गया तुम्हारा। तुम्हारी चमड़ी तो नहीं बदली? हे राम! कैसा कलयुग! कैसी कलयुगी सरकार! अब मुसहर भी घरवास करेंगे!''

देवतासिंह उधर से जा रहे थे। पंडितजी की आवाज सुनकर रुक गए। दो-चार लोग इकट्ठे हो गए। विलोचना का शरीर प्राणविहीन हो उठा था। वह काली मिट्टी से बनी अपनी काया को घसीटता उलटे पाँव घर की ओर मुड़ गया। पुरवैया हवा के साथ आती उनकी बातें बहुत दूर तक उसके कानों से टकराती रहीं, ''पंडितजी, इसमें विलोचना का क्या दोष? अब सरकार ने घर बनवाकर दिया है तो घरवास तो होगा ही।''

''सरकार ही आकर पूजा क्यों नहीं करवाती? इसलिए तो समाज में पाप बढ़ रहा है, खून-खराबा हो रहा है। मेरा घर देखो।'' अपनी मड़ैया की ओर उँगली उठाते पंडितजी क्रोध और घृणा से काँप उठे। दो दिनों से भूखे पेट की अग्नि ने क्रोधाग्नि भड़काने में जोर लगाया था।

बुझा-बुझा सा विलोचना मुसहरपट्टी के पास पहुँचा। पति की अगवानी के लिए विहँसती कलिया अपने नए घर के पास खड़ी थी।

''क्या हुआ, पंडितजी आएँगे न?''

विलोचना अपनी जिह्वा पर सँजोए सारे विष निगल गया। देखते-देखते कंठ की कालिमा गहरा गई और उसी कंठ से आवाज आई, ''हाँ-हाँ, आएँगे।''

अपनी जीत पर अगराती कलिया बोली, ''देखा, मान गए न पंडितजी! मैं कहती हूँ, अब जमाना बदल गया है। कब का मुहूर्त है?''

''कल का।'' दो शब्द निकालने में पूरी ताकत लग गई थी विलोचना की।

इससे अधिक जानने-समझने की जरूरत नहीं थी कलिया को। समय ही कहाँ था, कल की तैयारी जो करनी थी।

आज कलिया के नन्हे पाँव जमीन पर नहीं टिक रहे थे। पूरे गाँव में बेधड़क घुसकर कलिया और उसके चार बड़े बच्चे पूजा की सामग्री इकट्ठी कर रहे थे। यही हाल मुसहरपट्टी के सभी घरों का था।

और अपने गिने-चुने सामान की रखवाली करता विलोचना दिन भर एक ही स्थान पर अपना कल, आज और कल पसारे बैठा रहा। आज उसे बिलट काका की एक-एक सीख याद आ रही थी। उन्होंने ठीक ही कहा था, 'इनके बड़े लंबे हाथ हैं, इनसे मत उलझो।' विलोचना के कई साथियों को ठेकेदार ने अपने साथ मिला लिया था। घर तो बन गया, पर विलोचना अकेला हो गया है। ऐसी हालत में कलिया को गाँव में छोड़ना? यहाँ न छोड़े तो ले कहाँ जाए? पंजाब में अकेली जान को ही खतरा है। पंजाब अब उसे भी भयावह लगने लगा है। सरदार करतारसिंह के सामने उसे पंज़ाब समस्या का बोध ही नहीं हुआ था। अँखफोड़ जो हो गया है विलोचना। इसलिए दुनिया डरावनी लग रही है।

अपने प्रति सरदार करतारसिंह के पुत्रवत् व्यवहार की याद भी अब चिकोटी काटने लगी है। उनका भी स्वार्थ ही था। कड़ी मेहनत करनेवाले नौजवान की जरूरत थी, इसीलिए तो उसपर न्योछावर होते थे। उसके गाँव तक पहुँच गए। दूसरी ही रात अपनी सोच की दिशा उसे दोषपूर्ण लगने लगी। बुदबुदाया, ''बाबूजी के लिए मुझे ऐसा नहीं सोचना चाहिए।'' नरेंद्र की याद आते ही उसे रोमांच हो आया। कितना नेक इनसान है। काश, हमारे गाँव में सब लोग ऐसे ही होते! बेचारा विजय नहीं मारा जाता। अंत में पंडितजी की फटकार बड़ा फैलाव लेकर उसके सामने खड़ी, उसे दबोचने लगी।

विलोचना चिंघाड़ मारने ही वाला था कि सामने खड़ी कलिया की पुकार ने जैसे उस बंधन से छुटकारा दिला दिया, ''क्या सोच रहे हो? जाओ जल्दी, पोखरी से नहा-धो के आ जाओ। पंडितजी आने ही वाले होंगे।''

विलोचना ने एक आज्ञाकारी बालक की भूमिका निभाई। शाम तक फूल-पत्ती, धूप-दीप, आम की लकड़ी और पल्लव इकट्ठे करते जितनी थकावट नहीं हुई थी, उससे ज्यादा पंडितजी का इंतजार करके थक गई कलिया। गाँव के करीब डेढ़ सौ चूल्हों से उठा धुआँ अपनी पूरी शक्ति से गुँगुआकर कब का बादलों के बीच अपना स्थान बना चुका था। पूरी मुसहरपट्टी पंडितजी के इंतजार में पलक पाँवड़े बिछाए बैठी रही।

कलिया को जैसे आत्मज्ञान हुआ। एक बार भी उसने विलोचना से पंडितजी के न आने का कारण नहीं पूछा। जानने-सुनने की जरूरत नहीं महसूस की। समझदार कलिया को पंडितजी के यहाँ से लौटकर विलोचना के हाव-भाव से अप्रत्याशित चुप्पी का अर्थ-बोध हो गया। दो दिनों से घरवास की रस्म अदायगी की उमंग भरी धुन में उसे फुरसत ही कहाँ थी कि अपने पिया की मनोदशा को देखे, परखे, विचार करे।

कलिया ने बच्चों से घर-घर संदेशा भिजवा दिया, ''पंडितजी नहीं आएँगे। आप लोग घरवास कर लीजिए।''

नए घर के एक कोने में मन मारे बैठे विलोचना को झकझोर गई, ''लो, यह धोती पहनो। हमें पंडित-वंडित की कोई जरूरत नहीं। अपने आप घरवास करेंगे।''

न पोथी, न पतरा, न पंडित, न पुराण और न भोज-भात। कलिया के मन में सँजोए दृश्य साकार करने की खातिर हाथ में फल लिये विलोचना आगे-आगे घर में प्रवेश करने लगा। उसकी पीली धोती और पंजाब से आई छींट की साड़ी की गाँठ बाँधे कलिया, पीछे छह डिब्बों की गाड़ी, बिना इंजन के।

विलोचना और कलिया दोनों दो छोर पर अपने बीच बच्चों को सँभाले सात हाथ के कमरे में नींद उतारने की कोशिश करने लगे।

कलिया ने पूछा, ''सो गए क्या?''

''नहीं। बोलो, क्या बात है?''

''इस बार पंडितजी के बेटा को भी पंजाब ले जाओ। सच, उनके घर की हालत बहुत खराब है। गाँव में मजदूरी भी नहीं कर सकता, पंजाब में कर लेगा। उसका पेट भी भरेगा और दो पैसा पंडितजी के लिए भी भेज देगा।''

विलोचना के मुख से 'हाँ-हूँ' कुछ नहीं निकला।

''क्या सोचने लगे?''

''कुछ नहीं, चुपचाप सो जा!'' विलोचना ने करवट बदलते हुए कहा।

पति की आज्ञा मानती कलिया पुन: आँखों में नींद उतारने की कोशिश करने लगी।

(प्रभात प्रकाशन, नई दिल्ली)

□

अतिशय

(उपन्यास)

महाभारत में वर्णित ययाति, कच, देवयानी और पुरू के प्रसंग कथानुसार वर्तमान समय के समाज में प्रतीकात्मक चरित्रों को ढूँढ़ना। जीवन में संयम और भोग की स्थितियों का तुलनात्मक वजन। अंततः एक नौजवान द्वारा वस्त्र उद्योग की उपलब्धियों के कारण भारत के विश्व में सनातन पहचान दिलवाना। भारत का विश्व गुरु बनाने की ओर एक कदम को माध्यम बनाकर लिखा गया प्रथम उपन्यास।

इकतालीस

मुंबई पहुँचकर पुरुषार्थ ने अपनी माँ को फोन किया, ''माँ! आपकी पुस्तक लोकार्पण के लिए कोई नोबेल पुरस्कार विजेता उपयुक्त रहेंगे या पद्मभूषण उपाधि-प्राप्त व्यक्ति?''

उसकी माँ ने भी एक दिन पूर्व के समाचार-पत्रों में पढ़ लिया था। श्री यतींद्रनाथ गोयनका को 'पद्मभूषण' की उपाधि से भारत सरकार ने विभूषित किया था। यह उपाधि उन्हें विश्व में वेबसाइट के माध्यम से भारत के वस्त्र उद्योग को विशिष्ट ख्याति प्राप्त करवाने के लिए मिला था। पहला सम्मान है वस्त्र उद्योग के वेबसाइट डिजाइन को। पहला सम्मान भारत के उद्योग-जगत् के विश्व स्वीकृति को। नोबेल पुरस्कार विजेता से भी वह कोई अनजान नहीं थी। डॉ. रजनीश के नोबेल पुरस्कार प्राप्त करने के पश्चात् उनका कोई भी आलेख, साक्षात्कार या समीक्षा पढ़ना नहीं छोड़ती। पिछले सप्ताह ही समाचार-पत्रों के मुख पृष्ठ पर एयरपोर्ट पर यति और रजनीश के गले मिलती तसवीर छपी थी। नीचे कैप्शन था—'सिद्धांत और व्यवहार का संगम'। उसे सुखद लगा था। कुछ क्षण उस संगम में डुबकी लगाती रही।

''मेरे लिए दोनों बराबर हैं। किसे बुलाना है, यह मैं तुम्हारे ऊपर छोड़ती हूँ। तुम जिसे चाहो, बुला लो।''

''बहुत अच्छा, यह मुझे मालूम था कि आपको मेरे ऊपर ही छोड़ना था। इसलिए मैंने दोनों को अपनी ओर से निमंत्रित कर दिया है। त्रिपाठीजी आपके 'सवरी सदन' के उद्घाटन के लिए आ ही रहे हैं। एक और व्यक्ति को मैंने आपसे बिना पूछे आमंत्रित किया है। आपको उनसे मिलकर बेहद प्रसन्नता होगी। उन्हें आपकी संस्था देखकर आनंद आएगा। उनका नाम अभी नहीं बताऊँगा।

''लो, एक बात अभी ही ध्यान में आ गई। तीनों आगंतुकों को अलग-अलग विषय पर बोलना होगा। उन्हें उनका विषय भी सूचित करो; मेरी समझ से डॉ. रजनीश को मेरी पुस्तक पर बोलने दो। पर उन्हें पुस्तक पहले पहुँचानी होगी। डॉ. त्रिपाठी के लिए कोई विषय निर्धारित मत करो, उनके ऊपर छोड़ दो! परंतु तुम्हारे बॉस के लिए मुझे अभी कोई विषय नहीं सूझ रहा।

गोष्ठी तीन दिनों तक चलनेवाली है। एक उद्घाटन सत्र होगा। उद्घाटन सत्र में डॉ. त्रिपाठी और डॉ. रजनीश का बोलना निश्चित है। श्री गोयनका को किसी और सत्र में बोलने के लिए कहो। विषय उनकी रुचि और योग्यता के अनुकूल चयन कर लो।''

''माँ! आप क्या कहती हैं? कृपया उनकी योग्यता पर कोई प्रश्नचिह्न न लगाएँ। दूसरी बात यह कि आप उन्हें उद्घाटन सत्र में भी बुलवाएँ, नहीं तो इस बार छोड़ दें। उन्हें फिर कभी बुलवा लीजिए। मैं उन्हें मना कर देता हूँ।''

उसकी माँ बहुत जोरों से हँस पड़ी, ''पगला! मैं तो तुम्हारी परीक्षा ले रही थी। देखूँ! अपने बॉस के प्रति कितना आदर है तुम्हारे मन में। कितना सम्मान है? तुम्हारे बॉस को भी उद्घाटन सत्र में ही बुलवाते हैं। देखना, देश भर के समाजशास्त्रीगण वहाँ उपस्थित होंगे। वहाँ वस्त्र उद्योग पर भाषण नहीं चलेगा।''

''माँ! सोच लीजिए। यदि उनके प्रति आपकी यह धारणा है तो मैं उन्हें मना ही कर देता हूँ।''

माँ-बेटे के बीच नोक-झोंक चलती रही। समारोह में सबको उपस्थित होना था।

निश्चय हुआ कि पुरुषार्थ दो दिन पूर्व ओट्टापालम पहुँच जाएगा। परिमल अपने नानाजी को मुंबई से लेकर जाएगा। यति और शिवानी के साथ अंबिका जाएगी। डॉ. रजनीश की फ्लाइट पहुँचने के पहले उसे एयरपोर्ट पर ही डॉ. त्रिपाठी के स्वागत करने का मौका मिल गया। ऐसा अवसर वह कभी जाया करना नहीं चाहता था।

''अच्छा! तुम पहले पहुँच गए।'' त्रिपाठीजी ने अपने उद्गार व्यक्त किए।

''हाँ सर! आपके स्वागत के लिए।''

''यहाँ तुम भी मेहमान हो। फिर मेरा स्वागत तुम्हारे द्वारा कैसे? संस्थावाले नहीं आए क्या?''

''आए हैं, सर! सब बाहर हैं। एयरपोर्ट की सेक्यूरिटी टाइट की गई है। दिल्ली में पार्लियामेंट के पास ही रात्रि को दो शक्तिशाली बम फटे हैं। देश के सभी सार्वजनिक स्थानों पर सेक्यूरिटी व्यवस्था सतर्क कर दी गई है।''

''यति और शिवानी आ गए?''

''नहीं। उनकी फ्लाइट लेट है। आयोजकों का कहना है कि हम दोनों यहाँ से प्रस्थान करें।

कार्यक्रम समय से प्रारंभ होना चाहिए। वे आ जाएँगे। उनका थोड़ा विलंब से भी आना चलेगा।''

कार में बैठते ही डॉ. रजनीश ने कहा, ''गुरुजी! आपको एक राज की बात बताऊँ?'' थोड़ा रुककर बोले, ''पुरुषार्थ शर्मिष्ठा का बेटा है।''

''क्या!'' त्रिपाठीजी का कदम आश्चर्य के धमाके से रुक गया।

डॉ. रजनीश ने जो अनुभव किया, वह सुखद आश्चर्य था!

(प्रभात प्रकाशन, नई दिल्ली)

□

सीता पुनि बोली

(उपन्यास)

रामायण कथा को सीता के पक्ष से उद्घाटित करने का पहला प्रयास। आत्मकथ्यात्मक शैली में सीता द्वारा कही रामायण कथा। सीता के व्यक्तित्व की विशेषताओं की पड़ताल।

—मा. कुप्प.सी. सुदर्शनजी

(रा.स्वं-संघ के तत्कालीन सरसंघचालक द्वारा लोकार्पित)

महाप्रयाण

नैमिषारण्य के लिए प्रस्थान करने के पूर्व मैं वहाँ के सभी सदस्यों से गले मिल रही थी। पेड़-पौधे, लताएँ, मातुल, तोता, मैना, आश्रम की कुटिया, एक-एक से मिलकर मेरा हृदय विदीर्ण हो रहा था। उन सबने मुझे अपनों से बढ़कर सहारा दिया था। माताजी, मालती और श्रद्धा से मिलने का साहस नहीं हो रहा था। सबकी सब बिलख रही थीं। आश्रम में पुत्री की विदाई का दृश्य उतर आया था। पुत्री तो विदा होने के बाद भी बार-बार मायके जाती है। मेरा भविष्य सबको ज्ञात था। मैं वहाँ लौटनेवाली नहीं थी।

मेरे लिए मेरी सास ने महारानी के पहननेवाले वस्त्र और आभूषण भिजवाए थे। माताजी, मालती और श्रद्धा ने उन्हें पसारकर देखा। उनकी आँखें फट रही थीं। माताजी ने उन्हें पहनाने का उपक्रम आरंभ किया।

मैंने उनसे क्षमा माँगते हुए पहली बार उनका आदेश नहीं माना। मैंने कहा, ''मेरी आदरणीया! श्रीराम द्वारा बनवाई सोने की सीता ने रेशमी वस्त्र और सारे आभूषण पहन रखे हैं। थोड़े ही दिनों से वे उसे ही देखने के अभ्यस्त हो गए हैं। सोने की ही सही, एक पत्नीव्रती श्रीराम ने पत्नी की दूसरी काया तो बनवाई ही, वह निर्जीव ही क्यों न हो। प्रतापी राजा राम संभवत: उसमें प्राण-प्रतिष्ठा भी करवा लें। उनके सामने अब महारानी के रूप में मेरा जाना आवश्यक नहीं। मुझे आप अपनी पुत्री के रूप में ही विदा करें।''

मैं उसी गेरुए वस्त्र में नैमिषारण्य के लिए विदा हुई। आश्रमवासी बहुत दूर तक मुझे छोड़ने आए। वे लौटने का नाम नहीं ले रहे थे। गुरुदेव ने आज्ञा दी, ''अब आप लोग आश्रम लौट जाइए, अन्यथा हमारी गायें, बछड़े और अश्व रस्सी तुड़ाकर भाग आएँगे। आप लोग पेड़-पौधों और पशुओं सबको सांत्वना दीजिए, जिन्हें सीता ने अपने स्नेह से पाला-पोसा था।''

और वही कुटिया, जिसके सान्निध्य में रहकर मैंने अपने निर्वासन का दुःख भुलाया था, पुत्रों के जन्म पर हर्षित हुई थी, उनके लालन-पालन में सहयोगी बनी थी, वह कुटिया मेरे लिए निर्जीव नहीं थी। उसका अपना जीवंत व्यक्तित्व था। वह अपने स्थान पर स्थिर रही। मुझे छोड़ने दो पग दूर तक भी नहीं बढ़ी। तोता-मैना के साथ कई चिड़ियाँ हमारे सिर के ऊपर उड़ती वहाँ तक चली आई थीं। गुरुदेव ने उन्हें भी लौट जाने की आज्ञा दी। वैसे वे सामवेत स्वर में कलरव करने लगीं। उनके वे स्वर मैंने कभी नहीं सुने थे। गुरुदेव बोले, ''ये मेरी आज्ञा की अवहेलना नहीं कर रहे हैं, तुम्हें आशिष दे रहे हैं, अयोध्या का राज भोगने की कामना प्रकट कर रहे हैं।''

मुझे विश्वास करना पड़ा; क्योंकि गुरुदेव पशु-पक्षियों की भाषा समझते थे।

एक बार फिर वहाँ उपस्थित एक-एक से गले मिलकर मैं बिलख उठी। परंतु आगे बढ़ते हुए मेरे शरीर में विशेष प्रकार की शक्ति आती जा रही थी, संकल्प जग रहा था, मन कठोर हो रहा था। पुनः मैं राम से मिलने जा रही थी; पर जनकपुर की पुष्प-वाटिका में चारों आँखों के प्रथम मिलन का रोमांच, राम द्वारा धनुष-भंग से मिला स्वर्गिक सुख, जयमाल के समय राम के स्पर्श से उत्पन्न स्पंदन, विवाह मंडप का उल्लास, जनकपुर से विदा होते समय की करुणा, राम के राज्याभिषेक की सूचना पर हृदय में आया झंझावत—कुछ भी तो नहीं था। वन-गमन का हर्ष, राम द्वारा रावण वध की सूचना पर आनंदातिरेक, पुनः राम-मिलन, अग्निपरीक्षा देते हुए अंतर्मन में उत्पन्न अग्नि, राम के राज्याभिषेक के समय उनकी बाईं ओर सिंहासन पर बैठने का हुलास, गर्भवती होने का स्वर्गिक सुख, राम द्वारा परित्यक्त होने की असह्य पीड़ा; जैसा कोई उतार-चढ़ाव तो नहीं था मन में। चित्त शांत था, हर्ष-विषाद से परे, मानों ज्वार-भाटा की नाई उठते-गिरते भावों ने मिलकर मन और शरीर वज्र बना दिया हो। पत्थरों के टुकड़ों को पानी से सिंचित होते मैं घंटों निर्निमेष निहारा करती थी। दृश्य और संवेदना, कार्य और फल का सहयोग नहीं बैठता था।

नैमिषारण्य जाते हुए सब स्पष्ट होता जा रहा था। सारे प्रश्न चुक गए। स्मरण आ रही थी तो मात्र अपनी जन्मदात्री माँ। बीच के सारे संबंध संसार के लिए थे। स्वयं माँ बनते हुए प्रसव-पीड़ा के असहनीय होने पर भी मन की ऐसी ही विरक्त स्थिति हुई थी। न कोई रंग, न कोई आकार—मोह बंधन से मुक्त। पुनः वही वैराग्य भाव, पर जन्मदात्री से लिपटने की इच्छा अवश्य जाग्रत् हुई। उसके सान्निधय में सुस्ताने की आकांक्षा।

मन:स्थिति के उसी शांत प्रवाह में बढ़ते हुए नैमिषारण्य आ गया। मैं यज्ञशाला के मध्य में खड़ी थी। विशाल सभामंडप में स्पंदन हुआ। फिर विचित्र शांति! मानो मेरे अंदर के भाव से बाहर का जन-समुदा भी एकाकार होना चाहता हो। सर्वप्रथम उन्होंने भी मुझे सभामंडप में राजपरिवारजन के लिए बने स्थान पर बैठी तीनों सासों की ओर ध्यान दिलाया। वे मुझे छूने को आतुर हो रही थीं।

पर राजकीय कार्यों में आचार-संहिता का बड़ा महत्त्व होता है। जब तक राम मुझे अपना न लेते, वे कैसे अपनातीं। अपनी विवशता पर विचार करती वे बिलख उठीं। वहाँ से हटकर उन तीनों ने अपनी आँखें पोंछीं। राम के साथ उनके तीनों भाई, गुरु वसिष्ठ आदि और भी लोग मंच पर उपस्थिति थे। मेरी पलक थोड़ी सी ऊपर उठीं। मैंने कुश और लव को राम के दोनों ओर खड़ा देखा।

राम की बाईं ओर स्थित अपनी स्वर्ण प्रतिमा पर आँखें टिक गईं। आश्रम जीवन में अपना चेहरा देखा ही नहीं था। प्रतिमा को देखकर जनकपुर की पुष्प-वाटिका में राम से मिलने के बाद तड़ाग के जल में देखी अपनी छवि स्मरण हो आईं। निश्चय ही राम ने मूर्तिकार के आगे मेरी छवि प्रस्तुत की होगी। तभी तो वही छवि बनी थी। कितनी पुरानी''' ! राम के मन में सँजोई हुई थी। उन्होंने महारानी सीता की छवि क्यों नहीं बनवाई ? बात समझ में आ गई थी। अपने द्वारा निर्वासित करते समय की मेरी छवि उन्होंने मन में संगृहीत नहीं की होगी या उस समय का मेरा रूप स्वर्ण प्रतिमा में भी देखकर स्वयं दु:खी नहीं होना चाहते होंगे।

प्रतिमा से हटकर मेरी आँखें कुश और लव के मुख पर टिक गईं। राम के कंधों से ऊपर उठीं ही नहीं। राम को देखतीं कैसे ? उनकी आँखें नहीं देखीं। उनमें झाँकने की आवश्यकता ही नहीं थी। चारों आँखे जनकपुर की पुष्प-वाटिका में मिली थीं। उन्हीं क्षणों में उन नयनों से जीवन भर का संबल ले लिया था। तभी तो सुख और दु:ख में भी जीवन चलता रहा। उस समय मेरे मन में जीवन चलाने की कोई इच्छा नहीं बची थी। मानो मनुष्य जीवन के सारे कर्तव्य पूरे कर लिए हों।

मुझे देखकर कुश और लव आनंदित हो गए। कुश बोला, ''माँ, आप आ गईं ? आपने राजा राम को क्षमा कर दिया ?''

लव का उतावलापन था—''माँ, आपने पहले क्यों नहीं बताया कि राजा राम हमारे तात हैं। माँ, आपके चरित्र में क्या दोष था ? क्यों त्याग दिया राजा राम ने आपको ?''

''माँ, अब आप यहीं रहेंगी न ? हम भी अयोध्या जाएँगे न। हम भी राजा राम के भवन और पूरे परिवार के साथ रहेंगे ? हमारे आश्रमवासी भाई-बहन और गुरुदेव ?'' मेरे मन में आया कि उन्हें राजा राम को 'तात' कहना सिखा दूँ। वह मेरा ही दायित्व था। 'तात' या 'पिताजी' पुकारे जाने पर राम के चेहरे का भाव देख लूँ। एक माँ के लिए यह भी स्वगिक् आनंद होता है। अपने द्वारा उत्पन्न किए और पालित-पोषित संतान के मुख से पति को 'पिता' पुकारते सुनना। माता-पिता दोनों धन्य हो जाते हैं। दांपत्य जीवन का फूल होती है संतान। स्वयं दांपत्य को सींचतीं जाती है संतान। किशोरों द्वारा 'तात' या 'पिताजी' सुनने के लिए राम के कर्णरंध्र भी प्रतीक्षित होंगे।

भावना में बहने का समय बीत गया था। मैं शांतचित्त बनी रही।

राम ने अपने दोनों हाथ दोनों पुत्रों के कंधों पर रखकर दबा दिया। मैं निर्निमेष अपने बच्चों को निहार रही थी। उन्हें क्या उत्तर देती ? बहुत दिनों तक बहलाया था उन्हें। मेरे बहलाने में आने की उनकी आयु अब समाप्त हो गई थी। मेरे मातृ-हृदय में उनकी शैशवावस्था की क्रियाएँ हिलोरें लेने लगीं। उनके जन्मकाल से ही उनके सायने होने की प्रतीक्षा में थी। उन्हें उनके पिता को सौंपने की कामना थी मेरी। वह अब पूरी हुई। कामनाओं की पूर्ति भी कामनाओं पर विजय प्राप्त करना ही है। मैं विजयिनी बनी। देवी पार्वती ने मेरी मनोकामनाएँ पूर्ण होने का ही आशिष दिया था। तभी तो

राम द्वारा धनुष-भंग, राम के साथ वन-गमन, राम का स्वर्ण मृग के पीछे भागना, रावण-वध, मेरा गर्भवती होना, तपोवन जाना, बच्चों को संस्कारित करना और पुन:पुत्रों को राम को सौंपना—मेरी मनोकामनाएँ ही तो पूरी हुई थीं। आगे किसी मनोकामना के उत्पन्न होने योग्य मन की स्थिति नहीं थी। मैं नि:शब्द थी। बच्चों के प्रश्नों के उत्तर भी नहीं दे सकी।

नि:शब्द हुए परिवेश को मेरे सुख से अपनी शुद्धि के प्रमाण-शब्दों के नि:सृत होने की प्रतीक्षा थी। मैं ज्यादा विलंब नहीं करना चाहती थी। मानो समय ठहर गया था। पृथ्वी ने साँस रोक ली थी। वृक्ष-लताओं की पत्तियाँ फिर वैसे डोलें। धरती के लिए रुकना उचित नहीं, चलना ही उसका धर्म है।

मैंने घोषणा की, ''मैं पृथ्वी-पुत्री सीता इन दोनों पुत्रों की जननी हूँ। इक्ष्वाकु वंश की ये दोनों संतानें उनके प्रतापी वंश को अर्पित कर मैंने अपना दायित्व पूर्ण किया। माँ के सत् की घोषणा नहीं होती और परीक्षा भी नहीं। माँ तो माँ होती है। उसी के गर्भ से संतान पैदा होती है। यह सत्य है और इसीलिए मातृत्व शिव एवं सुंदर भी है। असंख्य संतानों की माँ धरती की अंश अब मैं अपनी माँ के सान्निध्य में जाना चाहती हूँ। चलते-चलते बहुत थक चुकी हूँ, मानो शक्ति क्षीण हो गई है। पुन: शक्ति-प्राप्ति के लिए धरती ही उपयुक्त स्रोत है। मैं कुश एवं लव की जननी और पालनकर्तृ अब अपनी जननी का आलिंगन करना चाहती हूँ, उसके सत् में विलीन हो जाना चाहती हूँ।''

वहाँ उपस्थिति जनसमूह मेरे कथन के एक-एक शब्द को मानो चबा रहा हों। भावों को पचाने तक सभास्थल नि:शब्द ही रहा। राम ने जैसे मेरा संकल्प समझ लिया था। अति विनीत स्वर में बोले, ''नहीं सीते! आप मुझे इतना बड़ा दंड नहीं दे सकतीं। आपको मैंने निर्वासन का दंड दिया। आप निरपराध थीं, पर मैं तब पिता नहीं बना था। इसलिए मेरा मन भी कुछ क्षण के लिए प्रस्तर बन गया था। अब तो आप माँ हैं, संवेदना में डूबा हृदय है आपका। आप मेरे प्रति भी कठोर नहीं हो सकतीं। आपसे विलग होकर पिछले तेरह वर्ष मैंने भी वनवास का ही जीवन बिताया है। पिता द्वारा मिले वनवास काल में आप साथ थीं। कुश-कंटक पर सोने, कंद-मूल खाने और वल्कल वस्त्र पहनने में भी सुख मिला था मुझे। आपके निर्वासित होने पर यह राजभवन मेरे लिए कानन के समान ही था। मेरे द्वारा निर्वासन से मिली आपकी पीड़ा की स्मृति-पीड़ा में मेरा प्रेमयुक्त पौरुष पगता रहा। मैं आपकी सौंगध खाकर कहता हूँ, ''आपके निर्वासन के उपरांत मेरे राज्य में एक भी नारी अपने दु:ख से दु:खी नहीं हुई; पर अयोध्या और मिथिला की प्रजा आपके लिए ही बिसूरती रही। आप तो अपनी वेदनाओं में सिंचित शक्तिशालिनी होती गईं। उच्च पद पर विराजमान आप क्षमादान की अधिकारिणी हैं। आइए, मेरे वाम पार्श्व में विराजमान होइए।''

मेरे अंतर्धान होने के क्रम में मुझे किसी ने देखा नहीं, पर मैं सब देखती, सुनती रही। चहुँओर अपने ही नाम का जयघोष! दोनों पुत्रों का विलाप, राम का वियोग, दो कुमारों को पाकर अयोध्या का हुलास, जन-सामान्य में राम के लिए सहानुभूति। फिर भावों का इंद्रधनुष बना था।

राम की गर्जना थी—''सीता जनकसुता के रूप में ख्याता होकर भी अयोनिजा-उर्विजा हैं। सीता धरती की पुत्री हैं। यदि उनकी माँ ने उन्हें अपने में समाहित कर लिया तो पृथ्वी के ऊपर सबकुछ नष्ट हो जाएगा। सीता खेत में पड़ी हुई लीक के रूप में पृथ्वी की उर्वरा-शक्ति की प्रतीत

हैं तो मैं सूर्यवंशी भानुसत् होने के नाते उस तेज की प्रतीक हूँ, जिसके ताप से भूमि की उर्वरा-शक्ति उत्पादों में परिवर्तित हो जाती है। यदि सीता को पृथ्वी ने मुझे नहीं लौटाया तो अनर्थ हो जाएगा। मैं धनुष उठाने के लिए विवश हो जाऊँगा। माँ पृथ्वी! आप मेरी सीता लौटा दें!''

अपने कुल के तेजस्व के परिचय की परिणति उनके विलाप में हो गई थी। मानों उन्हें अपनी भूल की अनुभूति हुई। अपने कुल के प्रति अभिमान-मान प्रकट हो गया था। उन्होंने पश्चात्ता भाव में अनुनय-विनय की, ''माँ! मेरी सीता लौटा दें। सीते! आप अब मेरी भी पूज्या हैं, आप वंदनीय हैं, लौट आइए। मेरे वाम पार्श्व में विराजमान होइए।''

मानव-समुद्र उमड़ा पड़ रहा था। उसमें मेरे शरीर रूपी तिनके का क्या अस्तित्व! उस विराट् मानव समूह की दृष्टि भी एक हो गई थी। एक आकांक्षा। मुझे राम के वाम पार्श्व में बैठे देखने की आकांक्षा। मैं उस जनसमूह में समा गई। वे मुझे सभामंडप के बीच ढूँढ़ रहे थे। उनकी दृष्टि दूरस्थ स्थान पर थी। मुझे अपने पास से निकलते वे नहीं देख पाए।

चारों ओर से मेरे नाम का जयघोष होने लगा। मैंने अपने कानों पर अपनी, हथेलियाँ रख ली थीं। फिर भी पिता-पुत्रों के मिले-जुले करुण स्वर और विह्वल पुकार के स्वर कानों में बहुत देर तक गूँजते रहे—''माँ, माँ! आप कहाँ गई?'' लव पुकार रहा था।

''माँ, अब हम आप··· आपसे तात के बारे में नहीं पूछेंगे। आप आइए तो! आप कहाँ गईं, माँ?'' कुश मुझे विश्वास दिला रहा था।

''माँ, हमें नहीं चाहिए अयोध्या, नहीं चाहिए तात, माँ चाहिए, माँ! माँ···''

''सीते! सीते··· मुझे क्षमा कर दो। मैं अब इस अवस्था में आपका वियोग नहीं सह सकता, सीते···!'' राम की स्पष्टोक्ति थी।

मानो सारा जनसमूह स्पंदित हुआ हो। इसलिए मुझे अपने पाँव तले भी धरती के हिलने की अनुभूति हुई। उस कंपित जनसमुदाय के मध्य अप्रयास प्रवाहित होती मैं बहुत दूर निकल आई थी, मोह-माया से परे।

उन्होंने मुझे धरती में समाई हुई मान लिया था। राम के साथ उपस्थित दर्शक समूह भी बिलख उठा।

मुझे सुनाई पड़ता रहा—

''सीता धरती में गइली समाय मुखहूँ नहीं बोलली है।''

(प्रभात प्रकाशन, नई दिल्ली)

□

विजयिनी

(उपन्यास)

सती सावित्री दृढता, वाक्पटुता, व्यवहार-कुशलता, रिक्तता तथा अन्य विशेष गुणों की पहचान हेतु आत्मकथ्य शैली में लिखी गई उन्हीं की कथा। यमराज को वार्त्तालाप में परास्त कर विजयिनी बनी सावित्री।

षष्ठम संख्या

मुझे नहीं पता चला कि उस रात उस आश्रम में कितने लोग गहरी नींद ले पाए। प्रात:काल से सावित्री वंशज मुझसे मिलने भी आते रहे, मुझे उस दिन उनकी निगाह भी बदली-बदली लग रही थी। उन्हें हमारे भूत की जानकारी तो थी, पर धुँधली-धुँधली। मेरे मुख से यमराज के आगमन और वार्त्तालाप का प्रारंभिक प्रसंग सुनकर उनकी स्मृति में श्रुत प्रसंग साफ होने लगा। धुंध समाप्त होने लगी। उस प्रसंग को स्वीकार करना भी सहज और आसान नहीं था। ऐसी स्थिति में लोग आपसी बातचीत अधिक करते हैं। अपने मन में सत्य के प्रति उठी आशंकाओं को दूसरों के अनुदान और अनुभूतियों में खँगालते हैं।

दिनभर उस आश्रम में यही हुआ। सांयकाल हम पुन: सभागार में उपस्थित हुए। सुमन ने मुझे संबोधित करते हुए कहा, "पितामही! आज हम लोग आपकी कथा सुनने के लिए अधिक ही उत्सुक हैं। आपके द्वारा कथा सुनने का हमारी मन भी इसी प्रसंग से बना। पाँच संध्याओं में, छठी संध्या में सुनाई जानेवाली प्रमुख प्रसंग की भूमिका ही आपने सुनाई है। पिछली रात्रि को आप यमराज को यहीं प्रस्थापित कर गई थीं। आप उनसे वार्त्तालाप करें, हम भय रहित होकर सुनेंगे।"

मैंने प्रारंभ किया—"तो आप लोग सुनें। यमराज का वह भयंकर रूप स्मरण कर एवं सिद्धांतयुक्त वाणी सुनकर भी मैं भयभीत नहीं हुई थी, परंतु मेरे सामने धूमिल आकृति युक्त पुरुष की जीवन-मरण का स्वामी है, यह जानकार अचंभित अवश्य हो गई। सुख और दु:ख दोनों ही

अनुभूतियों के घुलमिल जाने से भी मन विचलित हुआ था। वैसी स्थिति में मन में स्थिरता लाने के लिए व्रत-उपवास के समय प्राप्त हुई शक्ति को ही मैंने स्मरण और धारण कर लिया। पिछले वर्ष विवाहोपरांत कई बार विचार आए थे, 'मेरे सामने यमराज भी आ जाएँ तो क्या, उन्हें सत्यवान के प्राण ले जाने नहीं दूँगी।' मेरा वही पुनरावृत्त संकल्प जाग्रत् हुआ।

मैं बोली, "महाराज! मैं किसी और के प्राण के पीछे नहीं भाग रही। हमारे विवाह के समय पंडित ने जो मंत्र पढ़वाए, मैंने बड़े ध्यान से सुना था। उन्होंने कहा था, 'दो अपरिचित, पर कई अर्थ में सम भिन्न कुलों से आए युवक-युवतियाँ अग्नि के सात फेरे लेकर दांपत्य सूत्र में बँधते हैं। साथ-साथ चलनेवाले वे सात पाँव मृत्युलोक में कभी विलग नहीं होने चाहिए, परंतु दोनों की निर्धारित आयु अलग-अलग होती है।' मैंने सुना था कि पूर्व और वर्तमान जीवन की संध्या के उपरांत व्यक्ति मृत्यु का भी वरण कर सकता है। एक वर्ष की घोर और कठिनतम तपस्या के द्वारा शक्ति को प्राप्त करने के कारण ही आपसे बातें कर पा रही हूँ। सच तो यह है कि अग्नि के सात फेरे लेने में उपरांत राजगुरु ने कहा था, 'अब आप दोनों, दो शरीर एक प्राण हो गए।' हमने एक प्राण होकर ही एक वर्षीय जीवनयापन किया है। आप चाहें तो सत्यवान का शरीर ले जा सकते हैं। शरीर का क्या, यह तो मिट्टी की काया है, मिट्टी में मिल जाएगा। प्राण तो अब इनके रहे नहीं। मैंने तप-बल से जीत लिया है। दोनों प्राण एक हो गए। मैंने अपने प्राण के साथ जुड़े सत्यवान के प्राण के साथ ही आगे बढ़ रही हूँ। आप चाहें तो भी मेरे भी प्राण ले चलें। मैं भी शरीर यहीं त्याग करती हूँ।"

यमराज चिल्लाए, "तुम मुझे धर्मसंकट में मत डालो। तुम्हारा प्राण लेना मेरे लिए भी नियम भंग करना कहा जाएगा। मैं ऐसा नहीं कर सकता।"

मैं शांत स्वर में बोली, "महाराज! मुझे यह ज्ञात है। असार संसार में आपका स्वरूप निर्दयी के रूप में दिखाया गया है, परंतु आप समय से पहले किसी के प्राण नहीं हरते। मैंने अपनी किशोरावस्था में ही अपने राममहल में एक घायल बूढ़े सैनिक की स्थिति देखी थी। उसकी पत्नी, पुत्र-पुत्रियाँ, स्वजन-परिजन सभी उनका दुःख (शारीरिक) सहन नहीं कर पा रहे थे। 'हे यमराज! भगवान् आप इसका प्राण लेकर शरीर के कष्ट से इसे उबार लें', परंतु आप नहीं आए। आपने अपने दूत भी नहीं भेजे।"

मैंने अपने पिताजी से पूछा, 'पिताजी, सब लोग उनके मरने की कामना क्यों कर रहे हैं?'

'इसलिए कि वह शरीर के दुःख से जकड़ा है।' पिताजी ने कहा।

'पर इसका शरीर कैसे छूटेगा?'

पिताजी बोले, 'जब यमराज की इच्छा होगी। उनका आदेश भी तभी होगा, जब पृथ्वी पर इसकी निर्धारित आयु की अवधि समाप्त होगी।'

ऐसा ही हुआ। दो वर्ष तक शरीर संज्ञाशून्य रहने के उपरांत भी उनके प्राण नहीं निकले। मैं बचपन में ही समझ गई थी कि मृत्यु के देवता बड़े हठी हैं। अपने सिद्धांत और धर्म पर अडिग। आपका एक नाम धर्मराज भी तो है। आप मृत्यु धर्म की स्थापना करते हैं। मृत्यु भी तो एक सत्य है। मेरे पति का भी नाम सत्य से ही है। वे भी सत्य हैं। आप जैसे व्यक्ति की उपस्थिति से मृत्युलोक

में भी अमृत ही बरसता है। जग का कल्याण होता है। जहाँ आपके पाँव पड़े हैं, वहाँ अमृत वर्षा ही होगी। मैं देख रही हूँ, वनप्रांत हरा हो गया। कीट-पतंगों में भी जान आ गई। इस क्षेत्र में हो रही अमृत वर्षा से सत्यवान के प्राण कैसे अछूते रह सकते हैं?"

यमराज बोले, "मैं तेरी वाक्पटुता से बहुत प्रभावित हूँ। अल्पायु में ही तुमने अपनी बुद्धि, विवेक, सत्संग, स्वाध्याय और आत्मिक बल से चरम बौद्धिक और आध्यात्मिक विकास कर लिया है। इसलिए तुम अपने शब्द और ज्ञान से मुझे परास्त कर रही हो। तुम्हारे तर्क अकाट्य हैं। मैं तुम से प्रभावित हूँ, परंतु मैं भी अपने धर्म बंधन में बँधा हूँ। तू मुझसे कोई और वर माँग ले।"

यमराज द्वारा मुझसे वर माँगने की बात कहना मुझ पर दया दिखाना था या मेरी विनम्रता से प्रभावित होना या सत्यवान के प्राण लौटाने के मेरे तर्कपूर्ण अनुग्रह से मेरा ध्यान हटाना था। मुझे नहीं पता चला, परंतु उस समय यमराज की बात मानना ही मेरे लिए समयानुकूल व्यवहार होता। इस श्रुत ज्ञान के जाग्रत् होने के कारण ही मैंने अपने मन की दिशा बदली। यह सच था कि शरीर से प्राण निकल जाने के कारण सत्यवान का शरीर संज्ञाशून्य होकर पड़ा था, परंतु यह भी सच था कि भौतिक सुख की मेरी चाहत भी व्रत-जाप के कारण मर गई थी। मैं निर्लिप्त थी, इसलिए वर माँगने की बात सुनकर मैं सोच में पड़ गई। ईश्वर की आराधना और उनसे की गई माँगें मनुष्य के भौतिक सुख के साधन जुटाने की ही होती है। मेरा व्रत तो मात्र सत्यवान को जीवित रखने के लिए था। उन्हें मृत्युंजयी बनाया था। पुरुषार्थी के लिए कहा जाता है कि वह भाग्य की रेखा भी बदल देता है।

मुझे स्मरण हो आया। मैं बहुत छोटी थी। मेरे पिताजी एक बार बहुत बीमार पड़े। वे बोल भी नहीं पाते थे। अपनी माँ के साथ-साथ मैं भी रोती थी। पिताजी मुझे बातें नहीं करते थे, इसका दुःख तो था ही। वैद्यराज के साथ कितने वैद्य दिन-रात औषधियाँ बनाते, पिताजी को खिलाते, उनके शरीर पर लेप लगाते, भिन्न-भिनन प्रकार की लकड़ियाँ जलाते व्यस्त थे। धीरे-धीरे पिताजी ठीक होने लगे। पूरे राज्य में आनंद मनाया गया। एक बार वैद्यजी ने कहा, "महाराज! सब जानते हैं कि आप जितेंद्रिय हैं, पर अब तो आप मृत्युंजय भी हो गए। मेरा तो अपने ऊपर से भी विश्वास हिल गया था। आप अपने आत्मबल और पुरुषार्थ से स्वस्थ हो गए। लोग श्रेय मुझे दे रहे हैं।'

पिताजी मुसकराए थे। बोले, "यह सब तो आपके परिश्रम का फल है। भौतिक सुख-साधना की प्राप्ति के लिए पुरुषार्थ काम आता है। हमारे चार पुरुषार्थ बताए गए हैं—धर्म, अर्थ, काम और मोक्ष। यदि जीवन नहीं हो तो पुरुषार्थ क्या करेगा? मेरे स्वस्थ होने में आपके पुरुषार्थ का भी योगदान रहा है।"

पिछले एक वर्ष में बचपन में सुनी वे बातें स्मरण हो आती रही थीं। मैं तत्काल यमराज से वर माँगने के लिए अपने भौतिक और सामाजिक स्वरूप को स्मरण करने लगी। दरअसल उस समय मेरे सामने यक्षप्रश्न यमराज को प्रसन्न करना था। आखिर मैंने वर के लिए विषय ढूँढ़ ही लिया। वैवाहिक जीवन जीते हुए संसार में किसी बात की सबसे बड़ी कमी दिखती थी तो वह थी मेरे सास-ससुर का चक्षुशून्य होना। मैंने अपने समान हम दोनों को नहीं देख पाने की उनकी अव्यक्त पीड़ा का अनुभव किया था। मेरे जीवन में भी यही बड़ी कमी थी। मैं हर पल इस कमी को स्मरण कर जप-तप के समय भी ईश्वर से प्रार्थना करती थी, "मेरे सास-ससुर की आँखें लौटा दें।"

'सत्यवान की आयु बढ़ा दें।' मैंने कभी नहीं माँगा था। व्रत-जप के द्वारा तो मैं सत्यवान की आयु बढ़वाने की अपनी शक्ति माँगती थी, इसलिए मैंने यमराज से कहा, "महाराज, मेरे सास-ससुर प्रज्ञाचक्षु हैं। वे दो आँखों के सामने अपने पुत्र-पुत्रवधू को भी हँसते-खेलते नहीं देख सकते। इसलिए यदि आपको कोई वर देना है तो उनकी आँखें लौटा दें। शरीर में सभी अंगों का महत्त्व बराबर है, परंतु आँखें सबसे अधिक महत्त्वपूर्ण इसलिए भी हैं कि वे सभी अंगों के कामों को देखती हैं, उनकी उपलब्धियों की सराहना करती हैं। प्रकृतिप्रदत्त दृश्यों को देखकर उसके प्रति मनुष्य का आभार प्रकट करने का मन बनवाती हैं, जो मानव जीवन के लिए अत्यंत आवश्यक कार्य है।"

यमराज बोले, "तू विदुषी नारी है। मैंने प्रसन्न होकर तुझे वर दिया—तुम्हारे सास-सासुर की आँखें लौट आएँगी। अब तू लौट जा। सत्यवान के मृत शरीर के संस्कार की तैयारी कर। अपरिचित राहों पर यहाँ तक चलने में तुझे अधिक परिश्रम करना पड़ रहा है। तुम बहुत थक गई हो। अब लौट जाओ।"

मैंने अपना हठ नहीं छोड़ा था तो यमराज ने भी अपना सिद्धांत और कर्तव्य नहीं भुलाया था। मैंने कहा, "महाराज! पहली बात कि जहाँ मेरे पतिदेव हैं, वहीं मेरी गति है। सुख है। उनके साथ-साथ रहने में मुझे श्रम की भी अनुभूति नहीं होती। अभी तो विवाह का एक वर्ष ही पूरा हुआ है। पूरा लंबा जीवन साथ रहना है। दांपत्य की राहें सरल नहीं होतीं। मैंने अपने माता-पिता, सास-ससुर और कई लोगों के वैवाहिक जीवन निकट से देखे हैं। आपस में कई बातों को लेकर उनमें विरोध चलता रहता है; परंतु दोनों एक-दूसरे से अलग भी नहीं हो सकते। वे साथ-साथ रहकर ही दु:ख भोगते हैं और आनंदित भी होते हैं। मेरी भी यही स्थिति है। दूसरी बात कि आप जैसे महापुरुष से वार्त्तालाप करने का अवसर मिल रहा है। जीवन तो हर मनुष्य को मिलता है, परंतु साधु पुरुष का सत्संग भी दुर्लभ ही होता है। एक बार भी उनका साथ मिल जाए तो कई जन्म तर जाते हैं। मुझे आप जैसे साधु पुरुष का सत्संग बहुत सुखद लग रहा है। मेरा जीवन धन्य हो रहा है, इसलिए श्रम की अनुभूति ही नहीं हो रही है। आप मुझे अपने और मेरे पति के संग-साथ से वंचित न करें।"

यमराज बोले, "सावित्री! तुम्हारी बातें मुझे बहुत आनंद दे रही हैं। स्त्रियाँ तो व्यवहारकुशल होती ही हैं। दुहिता इसलिए कि वे दोनों कुलों का हित चाहती हैं। तुम तो बुद्धिमती भी हो। साधु पुरुषों को भी ज्ञान देने योग्य, इसलिए सत्यवान के प्राण के सिवा मुझसे दूसरा वर माँगो।"

मुझे अपने पिताजी की बातें स्मरण हो आईं। वे कहा करते थे, 'मनुष्य जीवन में कभी-कभी वह पल भी आता है, जब अनायास उसे मनोवांछित फल मिल जाता है, परंतु मनष्यु उन्हीं वस्तुओं को ग्रहण करता है, जिनकी उसके जीवन में उपयोगिता हो।' मैं अकसर उनसे जीवन के ऐसे सूत्रों को सोदाहरण बताने के लिए कहती। उस समय भी मैंने पूछा, 'वरदान तो वरदान है। किसी मनुष्य को बिना माँगे वरदान मिलता जाए तो वह बड़ा सौभाग्यशाली होगा।'

मेरे सामने दाता खड़े थे। उन्होंने वह भी देने से मना कर दिया था, जो मेरी उस समय की जरूरत थी। सोच में पड़ गई। क्या माँगूँ?

तत्क्षण मुझे स्मरण हो आया। मैंने प्रगट होकर कहा, "महाराज! अभी-अभी आपने जिस धर्मात्मा पति-पत्नी को आँखें दी हैं, उनका राज्य छीन लिया गया था। वे वनप्रांत में रहते हैं। अब

आँखें मिलने पर उन्हें अपने राज की सारी स्थितियाँ स्मरण हो आएँगी। वे दुःखी रहेंगे, इसलिए मैं चाहती हूँ कि आप उनका राज लौटा दें। उन्हें इतनी शक्ति दें कि वे आजीवन धर्मपथ पर चलते हुए प्रजा की सेवा करें।"

यमराज मुसकराए, बोले, "ऐसा ही होगा। तुम अपने सास-श्वसुर के साथ पुत्र और पुत्रवधू दोनों बनकर सुख से रहो। मृत्युलोक की यह भी एक लीला है। पुत्र के नहीं रहने पर पुत्रवधू ही पुत्र की भूमिका में आ जाती है। सास-श्वसुर की उचित सेवा करती है। अब तू लौट जा। तुम्हारे सास-श्वसुर आँखें मिल जाने पर सबसे पहले तुम्हें ही देखना चाहेंगे। तू विलंब न कर। उनकी मनोकामना पूरी करो। इस समय तुम्हारा यही काल-धर्म है।"

मेरे मन में भी सास-श्वसुर को देखने की इच्छा प्रबल हो आई है। मुझे विश्वास था कि मुझे देखकर वे बड़े प्रसन्न होंगे, परंतु सत्यवान को न पाकर अत्यधिक दुःखी हो जाएँगे। यह तो वैसा ही होगा कि कोई स्त्री पुत्र-प्राप्ति के लिए अपने पति को ही बलि चढ़ा आए। उसे पुत्र-प्राप्ति का वरदान मिल जाए तो क्या, फलित कैसे होगा। मेरे सास-श्वसुर मुझे देखकर धन्य-धन्य होंगे, परंतु सत्यवान को गँवाकर नहीं। उन्हें तो हम दोनों को साथ देखने की लालसा होगी। दरअसल वे दोनों को साथ देखना चाहते थे। मैं वापस चली भी जाती तो मेरे सास-श्वसुर मुझे क्षमा नहीं करते।"

थोड़ी देर मैं सोचती रही। यमराज की ओर से भी कोई स्वर नहीं आया। मैंने उनकी आज्ञा के लिए प्रतीक्षित थी। वे बोले, "अब कोई सोच न कर, शीघ्र लौट जा।"

मैंने उस अदृश्य आकृति के आगे हाथ जोड़े। नतमस्तक होकर कहा, "आप दयावान हैं। धर्मज्ञ व्यक्ति मर्मज्ञ ही होता है। साधु पुरुष जान जाते हैं कि किसी व्यक्ति को क्या चाहिए। मनसा, वाचा और कर्मणा किसी से द्रोह न करना, सभी प्राणियों पर दया भावना बनाए रखना और दान देना ही साधु पुरुषों के गुण होते हैं। आप भी साधु पुरुष हैं। आपका तो नाम ही 'यम' है। आप सारी प्रजा को नियम से संयम में रखते हैं। सारी सृष्टि में जीवंन और मृत्यु का लेखा-जोखा रख संतुलन स्थापित करते हैं। यह आपके दयाभाव के कारण ही संभव है। फिर आप हमारे परिवार पर दया क्यों नहीं दिखा सकते। जो दो वरदान आपने मुझे दिए, मात्र उनसे हमारा परिवार सुखी नहीं होगा।"

उनके शांत मन के बोल थे, "अल्पायु में ही तुमने विशेष ज्ञान प्राप्त कर लिया है। इसलिए तीनों लोकों के बारे में तुम्हें ज्ञान है। तुम्हारे मुख से सुना यह ज्ञान मुझे ग्रीष्म ऋतु में बालुका राशि पर चलते-चलते शीतल जल के झरने के पास पहुँच जाने का सुख दिला रहा है। तुम्हारा अकाट्य तर्कों से भी मैं सहमत हूँ, इसलिए तुम तीसरा वर माँग लो, जिससे तुम्हारा परिवार सुखी हो।"

मुझे अपने माता-पिता का भी बार-बार स्मरण हो रहा था। मेरे माता-पिता मुझे पाकर अत्यंत सुखी थे, परंतु कभी-कभी उन्हें पुत्र की कमी अवश्य लगती थी। प्रजा को भी चिंता थी कि मेरे प्रतापी पिता का वंश कौन चलाएगा? मुझे भातृहीन होने का दुःख होता था। मैंने कहा, "महाराज! मेरे माता-पिता संतानहीन नहीं, पुत्रहीन हैं। उनके बाद उनकी वंश परंपरा चलानेवाला कोई नहीं होगा। मेरी माँ को आत्मिक सुख देनेवाली बहुएँ और पौत्र-पौत्रियाँ भी नहीं हैं। आप मेरे माता-पिता को योग्य पुत्रों का वरदान दें।"

धर्मराज ने सहर्ष स्वीकार कर लिया। बोले, "एवमस्तु! अब तुम लौट जाओ। मायके और ससुराल का सुख भोगो।" उन्होंने सही कहा था। माता-पिता और सास-श्वसुर के परिवारों में जो कमियाँ थीं, उन्होंने वे पूरी कर दी थीं। उन्होंने यह भी कहा था, "तुम अपने व्रत-नियम के कारण ही ये सारे वरदान पाने की अधिकारिणी बनी हो।" परंतु मेरा लक्ष्य पूरा नहीं हुआ था। सत्यवान के बिना मेरे जीवन का कोई अर्थ नहीं रहनेवाला था। मेरा संकल्प भी पूरा नहीं होता, क्योंकि मैंने तो अपने आत्मिक बल पर ही सत्यवान का वरण किया था। संकल्प था कि मैं मृत्यु पर विजय प्राप्त करूँगी।

मैंने कहा, "धर्मराज! आप एक संत पुरुष हैं। मनष्यु को अपने से बढ़कर संतों पर विश्वास होता है। सब लोग संत के प्रति भक्ति रखते हुए उनके पास रहना चाहते हैं। आपसी सौहार्द के कारण ही समस्त प्राणियों का एक-दूसरे पर विश्वास उत्पन्न होता है। संतों का एक विशेष गुण आपसी सद्भाव और सौहार्द पैदा करना होता है। इसलिए भी सब लोग उनमें विश्वास रखते हैं। मुझे विश्वास है कि आपको मेरी स्थिति का भान है। आप जो उचित समझें, करें। यह मैं आपके प्रति अटूट विश्वास के साथ कहती हूँ।"

मैंने कहा, "महाराज! आपकी कृपा से मेरे सास-श्वसुर की आँखें और राजसत्ता भी लौट आएगी। अब उनके लिए जो सुखकर होगा, मुझे वही चाहिए। आप हमें योग्य संतानों का वरदान दें। मैं बलशाली, पराक्रमी और बुद्धियुक्त संतों को जन्म दे सकूँ। वे शाल्व देश के प्रतापी राजा द्युमत्सेन की वंश परंपरा को आगे बढ़ाएँगे।"

वर की माँग कर मैं सोच रही थी, 'संभवत: यह वर मुझे न मिले।' यमराज के मुख से निसृत हुआ, "ऐसा ही होगा। तू अनेक योग्य पुत्रों की माता बनेगी। वे सब तुम्हारी प्रसन्नता बढ़ानेवाले होंगे। अब तू लौट जा। अपने शरीर को अधिक कष्ट मत दे। तुम्हारे पीछे जो तुम्हारा सुखद संसार बचा है, उसे भोग। लौट जाओ।"

सत्य तो सत्य था। मैंने वही सुना, जो उन्होंने कहा था।

बड़े विनम्र स्वर में मैंने कहा, "महाराज! मुझे पता है कि मैं आपके साथ वहाँ तक नहीं जा सकती, जहाँ आपका निवास है। आप भी हमारे निवास पर अकारण और असमय-कुसमय नहीं पधार सकते। आपका दर्शन भी बार-बार नहीं होता। सांसारिक मनुष्य आपका दर्शन करना भी नहीं चाहते, परंतु आप संत हैं। श्रेष्ठ पुरुष कभी संतों से भय नहीं मानते। संतों के साथ या समागम कभी निष्फल नहीं होता। यह समागम साधारण मनुष्य को भी श्रेष्ठता प्रदान करता है। संतों से सुने ज्ञान को उनके दर्शन प्राप्त कर धन्य हुए पुरुष अज्ञानियों में प्रचारित-प्रसारित करते रहते हैं। परोपकार करना और स्वार्थरहित होना भी संत समागम से ही सीखते हैं। मुझे आपसे बहुत कुछ सीखने का अवसर मिला है। मैं धन्य-धन्य हुई हूँ। यदि आपके सामने अभी कोई महत्त्वपूर्ण कार्य है तो मैं आपकी राह नहीं रोकूँगी, परंतु आपका साथ भी नहीं छोड़ूँगी, जबतक मेरा अभीष्ट न पूरा हो।"

यमराज बोले, "मैं तुम्हारे धर्मपरायण बोल से अति प्रसन्न हूँ। तुम जीवन और जगत् के गूढ़ अर्थ को भी सरल, सुगम और सुमधुर वाणी में सुना रही हो। तुम्हारे इन व्यक्तिगत गुणों के कारण

ही जीवन में छोटे-बड़े अभीष्ट पूरे होते रहेंगे। तुम्हारे इन्हीं गुणों और विचारों को सुनकर मैं तुम्हारा भक्त हो गया हूँ। अब तुम कोई अनुपम वरदान माँग लो।"

"देव! आपके साथ सत्संग मेरे लिए अनुपम वरदान के फलित होने के समान ही है। आपके साथ चलकर आपके प्रति मेरी श्रद्धा बढ़ गई है। आपका वरदान निष्फल नहीं होना चाहिए, वरना संतों पर से मनुष्य का विश्वास उठ जाएगा। संतों की कथनी और करनी में अंतर नहीं होता। देव और ऋषि की वाणी वृथा नहीं जाती है। मेरी माताजी कहती थीं, 'सत पर चलनेवाली नारियों की वाणी प्रभावहीन नहीं होती।' उनका कहना था कि स्त्री का दिल नहीं दुखाना…।

(सामयिक प्रकाशन, नई दिल्ली)

□

परितप्त लंकेश्वरी

(उपन्यास)

प्रात:स्मरणीय मंदोदरी के भाव और विचार। एक समृद्धतम साम्राज्य की महारानी का परिताप, उनके ही द्वारा वर्णित, नौ भाषाओं में अनूदित।

लोकार्पण करते हुए माननीय मोहन राव भागवतजी के उद्‌गार—"इस उपन्यास को लेखिका द्वारा पर्याप्त विस्तार करते हुए, पर्याप्त सूक्ष्मताओं में जाते हुए संपूर्णता में लिखा गया है। अब यह लेखन केवल कल्पना-शक्ति के आधार पर संभव नहीं हो सकता। लेखक को तो अपने पात्र के मन में जाकर बैठना पड़ता है, तब ही आत्मकथा की बात बनती है। किसी इतिहास और मिथक में दर्ज भारतीय महिला के बारे में लिखना हो तो उसके मन में बैठने की शक्ति केवल भारतीय महिला की ही है, और किसी की नहीं हो सकती। इस उपन्यास में लेखिका इस कसौटी पर पूर्णरूपेण सफल हुई।"

समाहार

यह थी मेरी कहानी। सदियाँ बीत गईं। मैं भी सुनना चाहती थी अपने सौभाग्य और दुर्भाग्य की कथा। मैंने सुना दी आप सबको। मेरा मन हल्का हुआ। इसे पढ़कर आप मुझे क्षमा करें या नहीं, आपकी इच्छा। क्षमा तो मैं अपने पराक्रमी पति लंकेश्वर दसशीश के लिए भी मागूँगी। आप मानें न मानें, सीता हरण में उनका कोई दोष नहीं था। यह सब काल ने उनसे करवाया। पृथ्वी पर राम का रामत्व स्थापित होना था। किशोरावस्था में उन्होंने ताड़का वध किया था। सीता स्वयंवर में शिव धनुष (पिनाक) का तीन खंड करना भी उनके देवत्व को सिद्ध करता था। वनगमन में उन्होंने अपने जिन बाणों से मारीच, खर-दूषण को मारा, कौग्यवन में विराध का वध किया, दंडकारण्य में कबंध को मौत के घाट उतारा, शालवृक्ष और पर्वतों को विदीर्ण किया, बालि को मारकर सुग्रीव को राजा बनाया, सेतू बनाने

के लिए मार्ग नहीं देने पर समुद्र को क्षुब्ध किया, डराया-धमकाया, परंतु उनके द्वारा रावण जैसे युद्धवीर, दुर्जय और पराक्रमी को मारना ही संसार ने स्मरण रखा है। साधारण युद्ध नहीं था। राम का वीरत्व और देवत्व सिद्ध हो गया। मैं अपने पति की वीरता की गाथा सुना चुकी हूँ। अब तो राम के देवत्व और सीता के पातिव्रत धर्म के आगे मैं भी नतमस्तक होती हूँ।

पुलस्त्य का वंश कलंकित हो गया। आने वाले कालों में कोई अपने बच्चे का नाम रावण नहीं रखेगा। दसशीश भी नहीं। पर रावण तो पैदा होता रहेगा। तभी तो हर काल में राम की महिमा का गुणगान होता रहेगा। दोनों दो ध्रुवों के प्रतीक बन गए। हर माँ अपने बच्चे का नाम राम रखना चाहेगी। पर रावण नहीं, तो राम को देव कौन बनाएगा। दु:साहसी रावण पैदा होते रहेंगे। अपनी करतूतों के कारण मर्यादा पुरुषोत्तम राम द्वारा मारे जाते रहेंगे। बिना बाण, ब्रह्मास्त्र या किसी आयुध के भी। राम और रावण तो दो भाव हैं। व्यक्तित्व के दो आयाम। सीताएँ अपने पति की वीरता और पत्नियों की रक्षा के लिए किए गए उत्योग पर गर्व करती रहेंगी। मेरी तरह मंदोदरियाँ भी पतियों (रावणों) को सँवारने में जीवन बिता देगीं। उसके मरणोपरांत विलाप करती रहेंगी। संसार ऐसे ही चलता रहेगा। संसार को चलते रहना चाहिए। अब बस।

मुझे भी जाना पड़ा। अमरत्व का वरदान किसी को नहीं मिला। मुझे कैसे मिलता ? बस! मेरे द्वारा इसी विश्वास के साथ अपनी कथा सुनाने में कोई भूल हुई हो तो क्षमा याचना। मुझ जैसी ही परितप्त महारानी को क्षमा चाहिए। इस क्षमाशील भारतभूमि में मुझे अवश्य क्षमा मिलेगी। इसलिए भी मैं क्षमा की अधिकारिणी हूँ कि मैंने अपने पति की क्रूरता कम करने, उन्हें अत्याचारी होने से बचाने और सीता को छोड़ देने के लिए समझाने-बुझाने के अथक प्रयास किए। यह अवश्य है कि मुझे अपने पति-प्रबोधन के अभियान में पूर्ण सफलता नहीं मिली। पर प्रयास तो प्रयास है। परिवार और समाज की भलाई के लिए प्रयास होते रहने चाहिए। उन प्रयासों के पूर्णतः सफल नहीं होने पर भी उनका अस्तित्व रहना चाहिए। मैं अपनी प्रशंसा नहीं चाहती। क्योंकि अपनों के लिए किए गए कर्तव्य की प्रशंसा नहीं होती। पर अपने कर्तव्य निर्वहन में कोई चूक हुई हो तो क्षमा अवश्य चाहिए। प्रात:स्मरणीया महिलाओं में से एक मंदोदरी को क्षमा अवश्य मिलेगी।

(प्रभात प्रकाशन, नई दिल्ली)

□

एक दीये की दीवाली

(कहानी-संग्रह)

पत्र-पत्रिकाओं में छपी और प्रसंशित हुई 21 कहानियों का संग्रह। इसके लोकार्पण के पूर्व पुस्तक पढ़कर डॉ. विद्यानिवास मिश्र की प्रतिक्रिया थी—"सारी दुनिया पत्थर-सी होती जा रही है, वैसी स्थिति में लेखिका ने संवेदना का अजप्र स्रोत छुपा रखा है। ऐसी कहानियाँ इन दिनों पढ़ने के लिए नहीं मिलतीं।"

गणेश किसी से हार मानने वाला नहीं था। मधुबनी के छोटे से गाँव के कोने में बसी झोंपड़ियों में से एक झोंपड़ी उसकी थी। उसका जीजा उसे शहर उठा लाया था। उमर होगी पंद्रह-सोलह की। यह तो हमारा अनुमान था। जब उसकी माँ को ही बेटे के जन्म की न तिथि, न महीना, न साल याद थे तो बेटे को क्या पड़ी थी अपना जन्मदिन याद रखने की! उसे कौन सा अपना जन्मदिन मनाना था और हर जन्मदिन पर मोमबत्ती की एक संख्या बढ़ानी थी!

"गणेश, तुम कितने साल के हो?" मेरे बेटे ने पूछा था। "हम···अ···अ···हम दस साल के हैं।"

"चल हट! मूँछ निकलने को आईं और दस साल का है! झूठा कहीं का!" वह रोनी सूरत बनाकर मेरे पास आ गया—"मम्मी, मैं दस साल···"

"हाँ-हाँ, तुम नौ साल के ही हो। जाओ, काम करो-डस्टिंग कर लो। गमलों में पानी डालो···।"

वह विहँसता हुआ अपने काम में जुट जाता। उसकी हाँ-में-हाँ मिलाने के लिए माँ ही तो अकेली थी, उस घर में। दिल्ली आए उसे छह महीने हो गए। जिस दिन उसका जीजा उसे मेरे पास लेकर आया था, उसे उठने-बैठने का भी शऊर नहीं था। अकसर बाहर बालकॉनी में जाकर खड़ा हो जाता। आसमान या सामने पार्क की हरी-भरी धरती पर निगाहें टिकाए पता नहीं क्या सोचता रहता।

"गणेश, क्या कर रहे हो?" चौंक उठता गणेश। उसके हाथ में घर की सफाई करने का जो भी हथियार उस वक्त रहा हो, उसे चलाने लगता। कभी पोंछा लगाते-लगाते बीच कमरे में ही खो जाता, पोंछा पकड़े अन्यमनस्क बैठे गणेश को मेरे घर का कोई सदस्य टोक दे, "गणेश, सो गए क्या?" तो उसका हाथ चलने लगता। काम के बीच में स्वेच्छा से मारे मध्यांतर के समय की क्षतिपूर्ति में हाथ की रफ्तार तेज हो जाती।

एक माह तो हम घरवाले अकसर आपस में चिंता व्यक्त करते, "गणेश कुछ बोलता क्यों नहीं?"

स्वाति नक्षत्र की बूँद धरती पर पड़ते ही गणेश कंठफोड़ हो गया और प्रतिदिन दो-चार-पाँच शब्दों से बढ़ाकर शहर में अपनी आयु के दूसरे महीने में प्रवेश करते ही जिस दिन पाँच सौ शब्द बोल गया, मेरे बेटे ने डाँटा, "क्या बात है, हर समय बक-बक करते रहते हो?"

वह हाथ मटकाकर, सिर हिलाकर कहता, "हम कहाँ बक-बक करते हैं? हम कह रहे थे···।" और उसका कहना कोई दूरदर्शन पर दिखाए गए सार्थक दृश्यों की तरह अल्पायु का नहीं होता था। गणेश का हर कथन कई-कई दिन चलनेवाली लोक-कथाओं की तरह जारी रहता।

हमें इतना अवश्य मालूम पड़ गया था कि छह महीने में छह क्षण के लिए भी गाँव, खेत-खलिहान-झोंपड़ी और माँ से उसका बिछोह नहीं हुआ था। अपने पीछे छोड़ आए गाँव और परिवेश के प्रति कोई हीन भाव भी नहीं था उसके मन में।

उस दिन बड़े मनोयोग से खीर बनाई थी मैंने। पूछा, "गणेश, खीर खाई, कैसी लगी?" इस विश्वास के साथ कि गणेश की जिह्वा पर चार लीटर दूध में सौ ग्राम चावल और मेवे वाली खीर शायद पहली बार पड़ी होगी।

मेरी खीर की प्रशंसा कहाँ करता वह। वह तो अपनी माँ द्वारा बनाई एक पाव दूध, आधा किलो चावल, दो लीटर पानी और आधा किलो गुड़ में बनी खीर के स्वाद में डूब गया।

"हे···अकृअ! मम्मी···अ···अ! हमरो माय खीर बनवइत रहे। बड़ा मीठ। मुँह से न छुटे। हे हमर बाबू···अ···अ खूब खूब खाइत रहे खीर। पूरा थाली भर के। हे···अ···अ फगुआ (होली) के दिन भर थाली देलक हमर माय हे···अ···अ···अ···अ।"

उसकी माँ ने भी होली के दिन अवश्य खीर बनाई होगी, पर मेरी खीर और उसकी माँ की खीर के रूप, रंग, स्वाद में अंतर का अनुमान तो मुझे था। गणेश ने हल्के से भी मेरी खीर की प्रशंसा नहीं की। लगता है, मेरे द्वारा दी गई एक छोटी सी कटोरी में चार चम्मच खीर थामे वह अपने अतीत में पहुँच माँ द्वारा पूरी थाली भरकर परोसी गई खीर के स्वाद में डूब गया। मेरी खीर का स्वाद उसकी जिह्वा पर उतरा ही कहाँ।

उसके द्वारा यही गति मेरे घर में बने अन्य व्यंजनों की भी होती। किचिन में बेसन की सब्जी, मक्की की रोटी, सूजी का हलवा बनाना प्रारंभ हो, गणेश शुरू हो जाता—'हे···अ···अ हमरो माय बनवइत रहे अ···अ···अ···।' और फिर अपनी माँ द्वारा उस व्यंजन के बनाने की कथा का श्रीगणेश कर वह इतिश्री भागवत कथा प्रथमोऽध्याय के लिए कहाँ थमता था।

निश्चय ही उसकी झोंपड़ी और दिल्ली में मेरे तीन कमरे के फ्लैट की तुलना में 'कहाँ राजा

भोज और कहाँ गंगू तेली' कहावत का कद भी ओछा पड़ जाता, पर गणेश तो गणेश था। मेरे मारबल पत्थर लगे फर्श पर पोंछा फेरता, अपनी माँ के गोबर सने हाथों को समेट हृदय से लगा सराबोर हो जाता।

'हे हमरो माय घर लिपता है। रोज-रोज। गोबर से···अ···अ।'

'चुप कर। शुरू हो जाता है।' अपने को कम आँकने की उसकी औकात नहीं थी। मेरे लिए कोई फर्क नहीं पड़ता था। गणेश की उम्र के बच्चों द्वारा अपनी माँ को सर्वोच्च साबित करना मुझे सुखकर लगता, पर मेरे बारह वर्षीय बेटे से उसकी अकड़ बरदाश्त नहीं होती। दोनों में अकसर ठन जाती। मुझे बीच-बचाव करना पड़ता। उसकी मैथिली में हिंदी घुलती जा रही थी। मेरे बेटे ने उसे पराजित करने के लिए अंग्रेजी बोलना प्रारंभ कर दिया। गणेश मुँह बिचकाता बोला, 'हुँह! हमरो माय···अ···अ···अ।'

हम सब ठहाका मारकर हँस पड़े। वह चुप हो गया। पर चेहरे पर शर्मिंदगी नहीं थी। हम जैसे नासमझों को अपनी न समझा पाने की बेबसी अवश्य थी। जबरन हँसी रोकती मैं बोली, "क्या तुम्हारी 'माय' भी अंग्रेजी बोलती है?"

हम सबके बीच हँसी का एक और ज्वार उठा, पर गणेश हँसा नहीं। पहली बार गंभीर हो गया। दिनभर ही रहा। शाम को उसे सहज बनाने के लिए मैंने पूछा, "गणेश, क्या बात है?" "कुछ नहीं।" मुँह फेरकर वह बालकनी में चला गया। मैं उसके सामने जाकर खड़ी हो गई। वह निर्निमेष आकाश निहार रहा था। आकाश ने भी निराश नहीं किया उसे। जल की दो बूँदें तैर उठतीं उसकी गर्वीली आँखों में। नयन नम हुए, थोड़ी देर के लिए ही सही।

"गणेश! माँ की याद आई क्या?" मेरे स्नेह के दो बोल उसे आश्वस्त कर गए। सदा की तरह अपनी बत्तीसी चमकाते हुए बोला, "हे···अ···अ! हमर माय अंग्रेजी नईं बोलती। हम जब दिल्ली आ रहे थे, हमर माय बोली, 'अंग्रेजी पढ़ लेना, तभी दिल्ली में टिक पाओगे।' वही हम कह रहे थे भैया से हम भी अँग्रेजी सीखेंगे।"

"ठीक है, ठीक है। अभी हिंदी पढ़ना शुरू किया है। हिंदी पढ़ लो, फिर अंग्रेजी भी सिखा दूँगी। अब झटपट दूध ले आओ और कपड़े सब उठाओ।"

मेरे स्नेहिल दो बोल से अधिक उसके मन की बात निकल जाने से उसके मन का मलिन धुल गया था और मेरा मन निश्चिंत हुआ था कि वह हर्षित होता दूध का डब्बा उठाने किचिन में चला गया था।

नवरात्रि के दिनों में भी दिल्ली का दशहरा, देवी पूजन तथा रामलीला के विधि-विधानों के ऊपर चढ़कर बोलता रहा उसके गाँव का देवी-पूजन, मेला। लाल चमकौआ साड़ी पहनकर उसकी माय का मेला देखने जाना, मेले में पच्चीस पैसे का गुब्बारा और एक रुपए का बतासा खरीदना। माँ के ललाट पर बड़ी सी टिकुली का चमकना। उसके पाँवों में पहली बार हवाई चप्पल का पड़ना और न जाने क्या-क्या!

अब दीपावली की बारी थी। इधर मेरे घर की रंगाई-पुताई, साफ-सफाई प्रारंभ हुई, उधर गणेश की माँ की झोंपड़ी के झाड़-पोंछ, लिपाई-पुताई का आँखों देखा हाल मेरे घर रूपी

आकाशवाणी के स्पेशल गणेश कथा चैनल पर प्रसारित होता रहा। मुझे यह तो अंदेशा था ही कि दिल्ली की दीपावली को भी चैनल का उद्घोषक फीका ही करार कर देगा। समय का इंतजार था।

दीपावली के दो-तीन दिन पूर्व से ही प्रारंभ हुए बम-पटाखे की आवाज उसके कानों में पड़ते ही पूछ बैठा, "ई क्या हुआ मम्मी, ई कैसी आवाज है?"

"दीवाली आ रही है न! बच्चे पटाखे और बम फोड़ रहे हैं।"

"अभी क्यों? आज तो दीया-बत्ती नहीं है न!"

अब मैं कहाँ उसके साथ झक-झक करती। "यहाँ सब दिन दीवाली होती है। जा, अपना काम कर। अभी कितना काम बाकी है।"

"हे मम्मी! हमरो माय अपन टीनवाला पेटी धोयले होतई। है···अ···अ वही पेटारी में माय के चमकौआ साड़ी और एक दो···।"

"चुप कर न। समझ गई, तुम्हारी माँ के पास पेटारी भी है, अच्छी साड़ी भी। तुम्हारे घर में सब चीजें हैं। अब इन चारों गोदरेज की अलमारियों को तो साफ कर। सारी दीवार, अलमारियों, किचिन के ऊपर खाने में पड़े पचासों पीतल, काँसे और स्टील के बरतन बाकी हैं।"

मैं स्वयं उसके साथ साफ-सफाई में हाथ बँटाती, काम के बोझ से दबी जा रही थी, पर गणेश था कि न मेरी भरी आलमारियों, न ढेर बरतनों के बोझ तले दबने को तैयार। मुझे भी कहाँ पड़ी थी उसकी स्मृतियों को काटने-छाँटने की!

"हे मम्मी! हमर माय···अ···अ दीया-बत्ती के रात···।"

"चुप कर न! अभी दीवाली बीत जाने दे। फिर सुनाना अपनी माय द्वारा मनाया गया दीवाली-वृत्तांत। आराम से बैठकर सुनूँगी।"

वह चुप कहाँ हुआ। किचिन में मिठाइयाँ बनाती, अल्पना करती, दीया जलाती मैं उसे चुप कराती रही। वह कहाँ मानने वाला था। रात्रि के दस बजे के बाद वह अचानक चुप हो गया। पटाखे छोड़ने, बम फोड़ने मेरे बेटे के साथ नहीं गया। मेरे बेटे के अनुग्रह पर भी नहीं।

मेरे बेटे ने कहा, "चल न, गणेश! छत पर चल। बम फोड़ेंगे। मैं तुम्हारे 'माय' की दीया-बत्तीवाली कहानी सुन लूँगा। चल न!"

उस मनुहार का कोई असर न हुआ उस पर। छत के कोने में जाकर खड़ा हो गया। पटाखों की आवाज सुनता रहा। शायद रातभर। सुबह हमारी आँखें भी देर से खुलीं। मैंने आवाज लगाई, "गणेश! गणेश!" वह नहीं आया। मैं छत पर गई। वह एक कोने में दुबककर बैठा नींद खींच रहा था।

मैंने डाँटकर कहा, "क्या जागता रहा रातभर?" उसका मुँह लटका हुआ था। निस्तेज, हारा-थका। रातभर जलकर बुझे मेरे पूजाघर के दीये जैसा। सड़कों पर ठंडे पड़कर ढेर हुए बम-पटाखों और फुलझड़ियों के अवशेष जैसा। मैंने उसका वह रूप नहीं देखा था। चिंतित होती उसे नीचे उतार लाई। चाय पीते हुए मैंने पूछा, "क्यों गणेश, अब सुनाओ। तुम्हारी माय की दीया-बत्ती कैसी होती है?"

वह चुप था। सिर नीचा किए हुए। माय का नाम सुनकर भी गणेश का नि:शब्द रहना मुझे अचंभित रह गया। मेरे बेटे के झकझोरने पर पानी खत्म हो जाने पर टैप खोलने की भाँति उसके कंठ से कथ्य रिसने लगा—"हमर···माय···रातभर···एगो···दीया···जलते···छोड़ देइत रहे।"

करोड़ों रुपए फूँककर मनाई दिल्लीवाली की दीपावली के नीचे उसकी माय की दीया-बत्ती कितनी छोटी पड़ी थी, इसका न आश्चर्य, न गम था मुझे। उसकी स्थिति देखकर गम था तो उसकी 'माय' का मम्मी के आगे छोटी पड़ने का। मैं कभी नहीं चाहती थी, उसकी माय मम्मी से पराजित हो जाए। गणेश की माय तो माय थी। उसके लिए अपराजिता। उसने एक ही दीये की दीपावली मनाई तो क्या··· !

(प्रभात प्रकाशन, नई दिल्ली)

□

ढाई बीघा जमीन

(कहानी-संग्रह)

18 कहानियों का संग्रह। समाज-जीवन की ज्वलंत समस्याओं से रूबरू कराती ये कहानियाँ पाठक की अंत:चेतना को झकझोरती हैं। ये व्यक्ति, परिवार और समाज को तोड़ती नहीं, जोड़ती हैं। सर्वे भवन्तु सुखिन: का जीवन-मंत्र लिये, संवेदना और मर्म से भरपूर अत्यंत पठनीय कहानियाँ।

हस्तक्षेप

सुनते ही मानो नीलाभ के पाँव तले से सातवें फ्लोर पर बना वह करोड़टकिया फ्लैट खिसक गया। वह आसमान में तैरने लगा। दूरभाष पर उसकी नानी की ही आवाज थी। वे हुलस रही थीं—"सुना है तुमने, फ्लैट भी खरीद लिया है। अब तो हॉस्टल में रहने का बहाना नहीं चलेगा। मैं कल ही ट्रेन पकड़कर आ रही हूँ। तुम मुझे स्टेशन पर मिलना।"

नीलाभ की चुप्पी को उन्होंने सहलाया था—"आ जाना बेटा। मुझे अपने फ्लैट में रख देना। तुम ड्यूटी पर जाया करना। मैं अकेले ही रह लूँगी। यहाँ कौन सी दुकेली हूँ। लाली ने मुझे सब बता दिया है। सुबह सात बजे ड्यूटी पर जाते हो। रात्रि के नौ-दस बजे लौटते हो। कैसी दुनिया हो गई। इतना तो बँधुआ मजदूर से भी हम काम नहीं लेते थे। सरकार ने इतना बबाल उठाया। बँधुआ मजदूर के बंधन छुड़वाए। आज पढ़े-लिखे लड़के भी बँधुआ मजदूर ही तो हैं। जितनी ज्यादा पढ़ाई उतनी जान घिसाई। साँस लेने की फुरसत नहीं। कोई नहीं, सुबह-शाम तुम्हारा मुख तो देख लिया करूँगी। हाथों में थोड़ी-बहुत ताकत बची है। रोटी बना दूँगी। गाजर का हलुआ भी। स्टेशन आ जाना।"

दूरभाष की लाइन कट गई थी। नीलाभ सोचने लगा—'नानी ने गाड़ी का नाम नहीं बताया'। उसके मन ने हीं जवाब दिया—'यह बहाना नहीं चलेगा, क्योंकि उसके छोटे शहर शिवान के स्टेशन पर दिल्ली जानेवाली एक ही ट्रेन रुकती है तीन बजे दिन में। नानी का फोन दो बजे आया था।

चलने से पूर्व उन्होंने फोन किया होगा। दो वर्ष पूर्व नीलाभ ने ही मोबाइल सेट खरीदकर नानी को दिया था। डेढ़ वर्ष तक बातें होती रहीं। पिछले पाँच महीने नानी से बात नहीं हो सकी थी। अंतिम वार्त्तालाप का मजमून था, "मैं बूथ से बोल रहा हूँ। मेरा मोबाइल चोरी हो गया।"

"दूसरा खरीद लो न! पैसे मैं दे दूँगी।"

"नानी! बाजार जाने का समय कहाँ मिलता है। जब समय मिलेगा खरीद लूँगा। नया नंबर आपको दे दूँगा।" तब से ही दोनों के बीच वार्त्तालाप की लाइन कट गई थी। नीलाभ को अनुमान था कि नानी के ऊपर उस खबर से पहाड़ टूट पड़ा होगा। नए जमाने के नए फैशन से नानी को कोई परहेज नहीं है। वे कहती हैं, "तुम्हारे जमाने का यह मोबाइल मुझे बड़ा सुकून देता है। अरे आज तुम्हारा जमाना नया है तो कल मेरा भी था। मेरी सास ने भी तो मेरे नए फैशन को बरदाश्त किया। मैंने घूँघट उठा लिया। अकेले बाजार जाने लगी। स्कूल में पढ़ाने जाती थी। मेरी सास ने अनुमती दे दी। हाँ कुछ बातें थीं, जो उन्हें सहन नहीं होती थीं। हमने भी वैसा कुछ नहीं किया।"

नीलाभ नानी से पूछता, "आपके जमाने का वह कौन सा फैशन था जो बूढ़ी नानी को पसंद नहीं था।"

"वही बाहर निकलकर औरत-मर्द एक-दूसरे का हाथ पकड़कर या कमर में हाथ डालकर चले। एक बार उन्होंने किसी जोड़ी को वैसे हीं चलते देख लिया। फिर क्या था। न जान न पहचान। पार्क में ही शुरू हो गईं। उन्हें बड़ा भला-बुरा कहा तथा अपने घर लौट जाने की सलाह दी। कहा कि कमरे का दरवाजा बंद कर जो मन में आए करो, नंगा ही नाच करो। कौन रोकेगा! इसीलिए तो माँ-बाप ने ब्याह दिया। संग-साथ में कुछ भी करने का सर्टिफिकेट दे दिया।"

नीलाभ ने पूछा, "फिर उन्होंने क्या कहा?"

"अरे, कुछ नहीं। उस जमाने में बड़े-बुजुर्ग का कहा मानते थे, उनसे डरते थे। भले ही वे अनजान क्यों न हों!"

नानी को पति-पत्नी के बीच एक-दूसरे का नाम लेकर पुकारना अच्छा नहीं लगता था। बातों ही बातों में उन्होंने नीलाभ को यह भी बताया था, "मुझे विवाह के पूर्व लड़के-लड़कियों का मिलना-जुलना बिल्कुल पसंद नहीं।"

लेकिन नए जमाने के नए फैशन को नानी बरदाश्त भी करती जा रही हैं। उनके छोटे शहर में ही क्या-क्या होने लगा है। इन सब बातों से अधिक नीलाभ चिंतित था कि नानी को कहाँ ठहराए। नानी को दिल्ली आने से रोक तो नहीं सकता है। वह अपने फ्लैट में ही चहलकदमी कर रहा था। मल्लिका ने दरवाजा खोला। नीलाभ को फ्लैट में उपस्थित देख उसे आश्चर्य हुआ। उसने घड़ी देखी। शाम के सात बजे थे। बोली, "अभी आ गए? क्या बात है, तबीयत तो ठीक है? मैं चाय बनाऊँ?"

"हाँ-हाँ! चाय लेकर इधर आओ।" नीलाभ के स्वर में थोड़ी सी झल्लाहट थी। मल्लिका की उपस्थिति से उनकी परेशानियाँ कमी नहीं, बढ़ गई।

मल्लिका चिंतित हो गई। नीलाभ के स्वर का रूखापन गहरा गया था। मन में आए दु:शंकाओं को टालती वह चाय बनाकर बालकनी में गई। अप्रैल का महीना था। शाम सुहानी थी। मल्लिका

बोली, "देखो! कितना सुखद लग रहा है यहाँ बैठना। दिल्ली के फ्लैटों में बालकनी खूब बने हैं। परंतु साल के आठ महीने आप वहाँ बैठ नहीं सकते। कड़ाके की ठंड या भीषण गरमी। पड़ोसियों से बात करने का समय ही नहीं होता। वैसे भी अपनी तो किसी से पहचान ही नहीं बनी। कोई हमसे पहचान बनाना चाहता ही नहीं। अब देखो न, आए दिन अपने क्लब में पार्टियाँ होती हैं। हमें कोई बुलाता ही नहीं। कल मेरे पीछे चलते हुए दो महिलाएँ बात कर रही थीं। एक ने कहा, "यह भी यहीं रहती है। कल की पार्टी में इन्हें नहीं बुलाया।" दूसरी ने कहा—"अरे, इन्हें बुलाने की क्या जरूरत?"

"क्यों?"

"बिना शादी के किसी के साथ रहती है। ऐसे लोगों को हम अपने क्लब में नहीं बुलाते।"

नीलाभ ने मानो मल्लिका का प्रलाप सुना ही न हो । उसे चुपचाप देख मल्लिका ने पूछा, "क्या बात है?"

"बात नहीं, बतंगड़ होने वाला है!"

"क्यों! क्या हुआ?"

"कल सुबह नानी आ रही हैं। मैं उन्हें लाने स्टेशन जा रहा हूँ।"

"तो तुमने उन्हें रोका क्यों नहीं? कोई बहाना बना देते।"

"कितने बहाने बनाऊँ। बहाने बना-बनाकर कई महीनों से रोक रखा था। यह तो लाली ने सब गड़बड़ कर दिया। उसने ही नानी को बताया कि मैंने फ्लैट खरीद लिया है। मेरा नया मोबाइल नं. भी दे आया। अब क्या होगा?" "पर तुम तो कहते हो कि नानी किसी को टोका-टाँकी नहीं करती। जिसे जैसे रहना है रहो।"

"अरे हाँ! वह व्यवहार तो दूसरों के लिए है। मुझे तो उन्होंने बेटा के बराबर पाला-पोसा है। मेरे जीवन में हस्तक्षेप तो उनका अधिकार है।" दोनों चिंता की मुद्रा में आ गए। मल्लिका ने कहा, "नानी हैं न! हस्तक्षेप भी सुखद होगा।"

बाहर अँधियारा घिर आया था। इनके बीच का अँधेरा ज्यादा गहरा था। कोई राह नहीं सूझी। अंदर कमरे में आकर बल्व जलाने से बाहर का अँधियारा छँटा। इन दोनों की समस्या का समाधान नहीं निकला। मल्लिका कई प्रकार के सैंडविच ले आई थी। नीलाभ से भी खाने के लिए कहा, परंतु कुछ भी उसके गले उतरने का नाम ही न ले रहा था।

बल्व जलते छोड़ा दिया था। आँखों में नींद उतर आई, पर समाधान नहीं। नीलाभ ने स्टेशन के लिए जाते हुए कहा, "उठो! तुम्हें ऑफिस जाना होगा। हो सके तो दो-चार दिनों के लिए कहीं और ठहरने की व्यवस्था कर लो। वैसे भी अब हमें अलग हीं रहना है। मैंने बहुत विचार कर लिया और निर्णय पर पहुँचा हूँ कि हम साथ नहीं रह सकते।"

मल्लिका को अंदाज था कि नीलाभ को यही समाधान सूझेगा। ऑफिस जाकर काम में व्यस्त हो गई थी मल्लिका। इसलिए समस्या का समाधान ढूँढ़ने पर विचार ही नहीं कर पाई। समय कहाँ मिला!

उस शाम दफ्तर का काम छोड़कर ही भाग खड़ी हुई थी मल्लिका। लिफ्ट में चढ़ने तक उसे सुबह का प्रसंग स्मरण नहीं था। जब तक उसे वस्तुस्थिति का भान हो, लिफ्ट पाँचवीं मंजिल तक

पहुँच चुकी थी। लिफ्ट की बाईं ओर पहला फ्लैट है नीलाभ का। दरवाजा पूरा खुला पड़ा था। तभी उसका दिमाग खुला—"अरे यहाँ तो नीलाभ की नानी होगी।"

आगे नहीं सोच पाई थी। दरवाजे पर खड़ी बुजुर्ग महिला पूछ रही थी, "किससे मिलना है, बेटी! यह तो मर्दाना घर है। मेरे नाती नीलाभ का! वह तो अभी आया नहीं। आओ, अंदर आओ।"

मल्लिका सँभल-सँभलकर अंदर प्रवेश कर रही थी। मानो अनजान घर की साज-सजावट से कहीं पाँव टकरा न जाए, "आ जाओ! आओ! मेरे पास बैठो! मुझे मालूम है कि गलती से तुम इस फ्लैट के सामने खड़ी हो गई। किसी और का फ्लैट ढूँढ़ रही होगी। पर मैं क्या करूँ। सुबह से अकेली बैठी हूँ, इसलिए तुम्हें अंदर बुला लिया। बैठो! मैं चाय बनाती हूँ।"

"नहीं! चायपत्ती तो है नहीं।"

मल्लिका के मुँह से मानो महुआ के पके फूल टपक पड़े।

"चाय कैसे नहीं पिओगी। लगता है दफ्तर से थककर आई हो।" किचेन में आठ-दस डिब्बे ही थे। जब उनमें ढूँढ़-ढूँढ़कर भी चायपत्ती नहीं मिली कौशल्या देवी को, तब मल्लिका की आवाज सुनाई पड़ी, ''चायपत्ती है हीं नहीं।''

उन्होंने अपना आश्चर्य व्यक्त किया, "तुम्हें कैसे पता है कि यहाँ चायपत्ती नहीं थी।"

मल्लिका हिल गई। थरथराते गले से हीं बहाना रिसा, "लड़कों वाले फ्लैट में ऐसा ही होता है। कभी चायपत्ती नहीं, कभी दूध नहीं, कभी चीनी नहीं।"

कौशल्या देवी ने उसके अनुभव को समर्थन दिया, "हाँ बेटी! बिन घरनी घर भूत का डेरा ही होता है। इसीलिए तो मैं यहाँ आई हूँ। नीलाभ की नौकरी हो गई। फ्लैट हो गया, अब तो घरवाली की सख्त जरूरत है।"

"नानी!" मल्लिका के मुख से संबंध संबोधन छिटके। उसने जबान सँभाला। बोली, "आंटीजी!"

"क्यों! तुम्हें मैं आंटीजी दिखती हूँ, नानी नहीं! तुम मुझे नानी ही कहो।"

"मैं यह कह रही थी कि आपका नाती विवाह करेगा भी तो वह घर सँभालने वाली तो होगी नहीं, वह भी नौकरी करनेवाली ही होगी।"

"तो क्या, औरत तो औरत होती है। घर में उसके पाँव पड़ने मात्र से ईंट-कंक्रीट का बना वह स्थान—घर हो जाता है, हॉस्टल या दफ्तर नहीं रहता। अब देखो न! यह कोई घर लगता है। जो सामान जहाँ पड़ा है, वहीं है। बाजार से खरीदकर लाए कई पैकेट खुले भी नहीं। आज मैं पूरे दिन उसका बिखरा सामान सहेजती रही।"

मल्लिका ने सोचा, 'शुक्र है कि मैंने रात्रि को ही अपना सारा सामान अटैची में बंद कर ऊपर रख दिया। वरना...।' उसने कहा, "नानीजी, मैं चायपत्ती ले आऊँ?"

"कहाँ से?"

"अभी गई और अभी आई, नीचे ही दूकान है।"

कौशल्या देवी जबतक उसे रोके, वह लिफ्ट में थी। पर कौशल्या देवी के मस्तिष्क में कुछ प्रश्न उभरने का वक्त मिल गया—यदि यह गलती से आई थी तो फिर बैठी क्यों रही? बैठी भी

तो चायपत्ती लाने क्यों चली गई? उन्हें यह भी स्मरण हो आया, 'उसने चायपत्ती नहीं है, कैसे जाना?' कौशल्या देवी की समझदारी के दायरे में इतनी बात आ गई कि यह लड़की जानबूझकर ही उसके दरवाजे खड़ी थी। वह अवश्य नीलाभ की दोस्त है। नीलाभ को अकेले जान आ जाती होगी। बनाती-खाती-पीती होगी। आगे की वह सोचना ही नहीं चाहती थीं। चायपत्ती लेकर मल्लिका आई तो हाँफ रही थी। हाँफते-हाँफते बोली, "मैं चायपत्ती के साथ दूध का पैकेट और चीनी भी ले आई। अब मैं चाय बनाती हूँ। लिफ्ट बंद है नानी, सीढ़ियों से आई हूँ।"

मल्लिका किचेन की ओर बढ़ी। कौशल्या देवी ने रोका नहीं। उनका अंदाज विश्वास में बदलता जा रहा था। दो प्याला चाय मल्लिका ले आई थी। उसी का सुझाव था, "बालकनी में बैठें! यहाँ से बाहर का दृश्य सुहाना लगेगा।"

"अच्छा! तुम्हें यह भी पता है।"

"हाँ! क्योंकि मेरे फ्लैट के बालकनी से भी ऐसा ही दृश्य¨। रुक गई मल्लिका। उसके चेहरे पर जो दो अनुभवी आँखें टिक गई थीं, उसके स्पर्श की तीक्ष्णता से वह विचलित हो रही थी। चाय पी लेने के बाद मल्लिका वापस जाने की जल्दी में होगी, इस समझ के साथ कौशल्या देवी ने उसका परिचय पूछ लिया। बोलीं, "बेटी! अब तुम्हें भी विवाह कर लेना चाहिए। तुम पढ़े-लिखे लोग बड़ी गलती कर रहे हो। पढ़ाई-लिखाई और पैसा कमाई आखिर किस काम के। घर तो चाहिए और बाल-बच्चे भी।"

"सब चाहिए नानी, पर ढंग का लड़का तो मिले। चाहे जिस किसी के साथ भी कैसे रहा जा सकता है!"

"क्या मतलब! शादी के बाद ही तो समझोगी। पहले तो मुँह-आँख-कान ही देखा जाएगा। उसकी कमाई और खानदान देखते हैं। विवाह के पूर्व दोनों साथ-साथ तो नहीं रह सकते न। साथ रहे भी तो क्यों? एक-दूसरे को पसंद आए तो ठीक, वरना कट्टी?

''कट्टी! तो फिर!'' फिर दूसरे को समझने की कोशिश। फिर कट्टी! बुढ़ा-बूढ़ी हो जाओगी, कोई पसंद नहीं आएगा। अजी! ऐसे भी कहीं होता है, दुनिया में एक भी जोड़ी नहीं होगी जो एक-दूसरे को पूरी तरह पसंद करती हो। ईश्वर ने ऐसी जोड़ी बनाई ही नहीं। विवाह के लिए¨।

नानी का वाक्य पूरा भी नहीं हुआ था कि दरवाजा खुलने की आवाज आई। मल्लिका चौंक गई। मल्लिका को नानी के साथ देख नीलाभ भी। मल्लिका और नीलाभ की आँखों में उतरे प्रश्नों ने कौशल्या देवी के मन में उठ रही गुत्थियाँ को सुलझाने में मदद की।

परिवेश शांत हो गया था। कोई कुछ न बोला। नानी ने ही कहा, "नीलाभ! चाय बना दूँ बेटा! तुम्हारे घर में तो कुछ नहीं था। यह मल्लिका आ गई। सब खरीद कर लाई, मुझे चाय पिलाई।"

मल्लिका ने बीच में हीं बात लोक ली, "मैं बनाती हूँ चाय।"

मल्लिका चाय बनाने चली गई। नीलाभ चुपचाप खड़ा था, सहमा-सहमा। नानी ने कहा, "देख लो चौके में, कहीं इलाइची या अदरक है तो दे दो। चाय में डाल देगी। और सब्जी वगैरह भी है या नहीं। रात का खाना भी तो बनेगा।"

नीलाभ जबरन अपने पाँव कीचेन की ओर घसीटने लगा। उसे नानी की आवाज सुनाई पड़ी,

"तुम चाय पीओ, मैं जरा मुँह-हाथ धोकर एक माला जप लूँ।

ड्राइंग रूम में ही माला जपने बैठ गई थी कौशल्या देवी। कीचेन से फुसफुसाहट की आवाज आ रही थी, "मैंने कहा था न कि अपने रहने का इंतजाम कर लो, अब क्या होगा? क्या कह रही है, नानी? क्या तुमने सब बता दिया?"

"नहीं!"

"अरी! तुम नहीं जानती मेरी नानी को। वे लाल बुझक्कड़ हैं। सब समझ गई होंगी।"

"नहीं! उन्होंने ऐसा कुछ नहीं कहा और मैंने भी नहीं। अब तुम चाय पीओ। मैं चली। उन्हें हमारे संबंध का पता चल जाएगा तो झाड़ू मारकर भगाएँगी मुझे। मैं जानती हूँ।"

माला फेरती नानी की आँखें बंद थीं। मल्लिका बालकनी की ओर गई। वहाँ से अपना बैग उठाया। नानी के पास ही सोफे पर उसका लैपटॉप रखा था। उसे उठाना आवश्यक था। पर उसे डर था कि वहाँ कोई हरकत होने पर नानी का ध्यान भंग न हो जाए। वही हुआ। नानी ने कहा, "कहाँ चली! रात को अकेली। तुम शहरवाली लड़कियाँ आफत को आमंत्रण देती हो। क्या जरूरत है रात को अकेले बाहर निकलने की। जाना था तो तभी चली जाती। रात भर रहो, सुबह चली जाना!"

रुक गए मल्लिका के पाँव। सच तो यह था कि जाती भी कहाँ। यों तो छह महीने साथ रहने के बाद दोनों ने अलग होने का निश्चय कर ही लिया था। प्रस्ताव नीलाभ का ही था। मल्लिका ने भी आधे मन से स्वीकार कर लिया था। पर उसे अपने रहने के लिए फ्लैट तो चाहिए। किराए पर फ्लैट लेना भी आसान नहीं होता। कमबख्त फ्लैट वाले भी क्या-क्या शर्तें लगाने लगे हैं। अकेलों को फ्लैट नहीं देते। चाहे वह लड़का हो या लड़की। अब तो दोनों साथ हों तो विवाह के फोटो और सार्टिफिकेट भी देखते हैं।

नीलाभ ने परिस्थिति की नाजुकता समझ ली थी। पिछली रात मल्लिका ने अपने सारे सामान सँभाल लिये थे। कहीं कोई उसका सामान अवश्य छुट गया होगा। और नानी को शक का समाधान मिल गया होगा। नीलाभ ने सोचा, "अच्छा ही हुआ। पर नानी को बताना पड़ेगा कि अब दोनों की दोस्ती टूट गई है। वे साथ नहीं रह सकते।" फिर तो नानी विफर पड़ेगी। नीलाभ ने अपनी चिंता पर लगाम लगाई, 'जो होगा देखा जाएगा'।

नीलाभ अपने कमरे में गया। उसके कमरे के सामान इतने सलीके से रखे थे कि उन्हें ढूँढ़ने में उसे बड़ी परेशानी हुई। सामानों को यथास्थिति और व्यवस्थित रखने का अभ्यास नहीं था। बिछावन पर ही अधिकांश सामान पड़े रहते। वह भींगा तौलिया भी। बालकनी में धूप आकर चली जाती। खिड़की के शीशे से छनकर उसके बिछावन पर भी धूप आती थी। उस तौलिए के स्वास्थ्य के लिए उतनी भी काफी होती थी।

नीलाभ बाजार से कुछ-कुछ लेकर आया था। नानी ने उसे खाने से मना कर दिया। मल्लिका के साथ नीलाभ भी नीचे गया। दाना, चावल और सब्जी खरीद लाए। नानी के लिए खाना मल्लिका ने ही बनाया।

गरम चावल-दाल खाते हुए नानी ने कहा, "मैं प्रति शाम अपने दरवाजे पर बैठी-बैठी एक दृश्य देखा करती हूँ—मजदूर स्त्री-पुरुष दिनभर मजदूरी करके अपने घर लौटते हुए चावल, आटा,

लकड़ी तथा थोड़ा सा मसाला-तेल खरीद कर ले जाते हैं। तुम लोग भी तो मजदूर ही हो। अंतर है तो कच्चा माल और पका-पकाया सामान का। तुम उनसे अधिक सौभाग्यशाली हो कि तुम्हें बनाना भी नहीं पड़ता, पर हो तो मजदूर ही।"

नानी अपने घर में बने भोजन के बारे में बताती रहीं और उनके द्वारा अपने घर के गरम-गरम भोजन सामग्री के वर्णन में सोने का समय हो गया। नानी ने कहा, "मल्लिका, इधर आओ! मेरे पास इसी दीवान पर सो जाओ।"

मल्लिका को ध्यान आया कि वह अपनी नाइटी बाथरूम में टँगा छोड़ गई थी, पर वह उस कमरे में कैसे जाए! वहाँ नीलाभ लैपटॉप पर काम कर रहा था। वह जींस-टॉप में ही लेट गई। नानी बोलीं, "जा-जा बाथरूम की अलमारी से नाइटी ले आ। इस घर में एक जनानी कपड़ा मिला मुझे। मेरी ननद की लड़की सुमेघा यहीं रहती है, कभी आई होगी! नाइटी छोड़ गई। शायद उसे ध्यान भी न हो। जा ले आ तू।"

मल्लिका के पाँव तले जमीन खिसकी। नानी द्वारा उनकी गंभीर हरकतों को सहजता से लेते देख आश्चर्य भी हुआ। कुछ नहीं बोली और रात्रि में मल्लिका के शरीर की हरकतों और उसके मुख से निकले स्वरों ने शक को विश्वास में बदल दिया। नानी ने सोच लिया, 'सुबह होते ही दोनों से हल्दी-चुना बुलवाऊँगी।'

नानी की आँखों में नींद उतरी ही नहीं, इसलिए सुबह जगने का सवाल ही नहीं था। वे नीलाभ और मल्लिका के जगने का इंतजार कर रही थीं । नीलाभ को जगाते हुए नानी ने कहा, "आज तुम दोनों को ऑफिस नहीं जाना है, छुट्टी ले लो!"

"हम दोनों? क्या मतलब नानी!" वह आँखें मलता हुआ बोला।

"हाँ, तुम दोनों! उठो फिर मैं बताती हूँ।"

चाय बना लाया था नीलाभ।

नानी ने कहा, "अब मुझे बताओ मल्लिका यहाँ कितने दिनों से रहती है?"

''नानी, नहीं नानी। मल्लिका यहाँ...नहीं...मल्लिका...मल्लिका तुम ही...।''

"नीलाभ! तुम्हें बचपन से झूठ बोलने का अभ्यास नहीं है, इसलिए कोशिश मत करो।" नानी की आवाज सख्त थी।

"नानी! आप ठीक कहती हैं, पर हम दोनों अकेले नहीं हैं। इस अपार्टमेंट में कई ऐसी जोड़ियाँ हैं। वे भी हमारी तरह शादी-शुदा नहीं हैं और साथ-साथ रहते हैं। दरअसल नानी, यहाँ का रिवाज हो गया है। पर अब तो हम अलग हो रहे हैं। आप एक दिन विलंब से आतीं तो यहाँ कोई मल्लिका-सल्लिका नहीं होती। मैं कान पकड़ता हूँ, अब ऐसा नहीं करूँगा। आप जिससे कहेंगी, विवाह कर लूँगा। वह कानी, लँगड़ी या काली-कलूटी क्यों न हो। बिन पढ़ी-लिखी भी चलेगी, जो आपको खाना बनाकर खिला सके, घर ठीक से रख सके। सच नानी। मैं तो झूठ नहीं बोलता न!"

नीलाभ ने अपने दोनों कान पकड़कर सिर झुका लिये। मल्लिका की हँसी छूट गई।

"ठीक है, पर आज तुम दोनों मेरे साथ शिव मंदिर चलो। आज वसंत पंचमी है।" नानी का स्वर मुलायम हुआ था।

नानी के आगे दोनों की एक न चली। मंदिर में पार्वतीजी को सिंदूर चढ़ाकर बाहर आ गई थीं नानी। आमने-सामने स्थित शिव और पार्वती के मंदिर के बीच खड़ी होकर नानी ने नीलाभ को शिव और मल्लिका को पार्वती मंदिर की तरफ आमने-सामने खड़ा किया। नीलाभ से बोलीं, "लो! इस डिबिया से सिंदूर निकालकर मल्लिका की माँग में तीन बार भरो।"

पंडित की भूमिका में आ गई थी नानी। नानी की गोद में नीलाभ को डालकर उसकी माँ तीस वर्ष पूर्व गुजर गई थीं। तबसे नानी की आज्ञा मानता रहा है। कुछ लोग उनके आस-पास खड़े हो गए थे। नीलाभ वहाँ तमाशा खड़ा करना नहीं चाहता था। उसने वैसे ही किया जैसा नानी ने चाहा था। नानी के होठ हिले। गीत की पंक्तियाँ रिसीं—

''मचिया बैठल कौशल्या रानी, मन ही आनंद भेल
कब होयत राम के विवाह, सेनूर हम बेसाहब हे।"

आँखों से झरते आँसू की लड़ी ने उन उद्‍गारों को पखार दिए। दोनों ने नानी के पाँव छूए।

"क्यों नानी! रो क्यों रही हैं, आप चाहें तो मल्लिका को छोड़ दूँ।"

"नहीं रे! अब तो यह शिव-पार्वती का बंधन है, जन्म-जन्म का बंधन। खबरदार, जो कभी खोलने की सोची। मल्लिका! तुम्हारा सुहाग पार्वती की तरह अमर रहे।"

फिर तो उन दोनों की आँखें भी भर गईं।

फ्लैट में पहुँचकर नानी ने कहा, "मुझे स्टेशन छोड़ दो, आज ही लौटूँगी।"

"क्यों! आप खुश नहीं हमारे विवाह से?"

"हूँ न! मेरी खुशी का ठिकाना नहीं है, पर मैं गाँव वालों में बाँटना चाहती हूँ। वहाँ जाकर सब तैयारी करूँ। धूमधाम से तुम दोनों का विवाह रचाऊँगी। कागजी काररवाई से विवाह संपन्न नहीं होता। समाज की स्वीकृति भी चाहिए न! न जाने कितने लोग तुम्हारे ब्याह देखने की आस लगाए हैं। सबकी आस पूरी करूँगी। मेरी तो हो गई।"

(प्रभात प्रकाशन, नई दिल्ली)

□

अपना जीवन

(कहानी-संग्रह)

"सोलह कहानियों का संग्रह। पराग संचयिनी बनकर मधुमक्खी का जीवन जीते हुए इन कहानियों के पात्र परिस्थिति और कथानक सँजोए हैं। एक-एक पात्र लेखिका से आज भी संवाद करते नजर आते हैं। 'सहस्र पूतों वाली' कहानी भी कुछ ऐसे ही गुण अपने आँचल में सँजोए है।"

जच्चा वार्ड में पार्वती का वह पहला दिन था। नर्सिंग का प्रशिक्षण लेते समय भी उसने अपनी साथिनों से बार-बार कहा था, "मैं प्रसूति वार्ड में नौकरी कभी पसंद नहीं करूँगी।"

मारिया ने पूछा था, "क्यों ?"

"मैं अपने माता-पिता की पहली संतान हूँ। मैं और मेरे बाद मेरे छह भाई-बहन, घर में ही पैदा हुए। मेरी बहन के जन्म के समय मैं माँ के पास चिपकी रही थी। उसे रोती-चिल्लाती, चीखती, सुनती मैं भी उसके साथ चिल्लाती थी। बिना कारण जाने। तीसरे नंबर पर भाई हुआ था। फिर तो थोड़ी बड़ी हो गई। दादी मुझे माँ के प्रसव के समय उस कोठरी में नहीं जाने देती थी, परंतु माँ की कराह सुनने से दरवाजे पर भी कोई वंचित नहीं रहता था। इसलिए मैं अस्पताल के किसी भी वार्ड में काम कर सकती हूँ, जच्चा वार्ड में नहीं।" पार्वती ने दृढ़तापूर्वक अपनी बात रखी थी।

पार्वती को क्या पता था कि नियति उसे वहीं ले आएगी, जहाँ आना उसे बिल्कुल पसंद नहीं था। दरअसल सवाल पसंद-नापसंद का नहीं, पेट का था। उससे छोटी बहन ने हाई-स्कूल की पढ़ाई करते हुए अपनी पसंद के लड़के से विवाह कर लिया था। पाँच भाई-बहनों का वर्तमान उसकी कमाई पर ही निर्भर था। उनका भविष्य भी सँवारना था। पहले दिन अस्पताल में जाना उसे रोमांच नहीं, रुलाई दे रहा था। सहमे-सहमे कदम थे उसके। डॉक्टर ने उससे नाम पूछा था। साँय-साँय कर रहा था कमरा। तभी दर्द से कराहती एक महिला को लेकर दो-चार लोग अंदर आ गए थे।

लेडी डॉक्टर उनके साथ आई, तीनों स्त्रियों और एक पुरुष को बाहर जाने के लिए कहकर जाँच के लिए उस प्रसूति स्त्री को मेज पर लिटाने की कोशिश कर रही थी। दर्द की कराह में विद्रोह का स्वर मिलाती वह प्रसूति महिला मेज पर लेटने से इनकार करती रही। लेडी डॉक्टर ने पार्वती की ओर देखा। पार्वती के पाँव उस मेज की ओर बढ़े। उसने जबरदस्ती प्रसूति महिला को मेज पर लिटाया। समझाया–बुझाया। उस बड़े अस्पताल एम्स के जच्चा वार्ड में जन्म लेने वाला वह बच्चा भी माता–पिता की पहली संतान और वार्ड में होनेवाला पहला ही बच्चा था। प्रसूति महिला की अंतिम चिग्घार के समय पार्वती रूम से बाहर चली गई। डॉक्टर के पुकारने पर भी अंदर नहीं आई, पर शिशु के केहाँऽऽ केहाँऽऽ स्वर सुन उसे महसूस हुआ, मानो वह उसे ही पुकार रहा हो। पार्वती भाग कर अंदर गई। डॉक्टर ने कहा, "बच्चे की नाल काटो और उसे नहलाओ–धुलाओ। भागने से नहीं सिखोगी।" फिर तो रमती गई पार्वती। वहीं मन लगता था उसका। जाती भी कहाँ?

वह अकसर नई नर्सों को अपना पहला अनुभव सुनाती–सिखाती थी, "डरते–सहमते मैंने सब किया। हाथों में नन्हे शिशु के स्पर्श ने संपूर्ण शरीर में मानो झुनझुनी भर दी। अजीब सी अनुभूति हुई और मैंने शिशु को नहला–धुलाकर हरे कपड़े में लपेटकर माँ की गोद में सुला दिया। माँ के मुख पर आच्छादित गहरे गुलाबी रंग की छाया मेरे मुख पर भी पड़ गई थी। डॉक्टर ने भी देखा। मेरा डर समाप्त हो गया था। फिर तो मैं जच्चाओं की प्रसव पीड़ा के समय बाहर नहीं जाती थी। माँ के गर्भ से शिशु के बाहर आने पर सबसे पहले मैं ही उसका मुँह देखती।"

उस अस्पताल में बच्चा पैदा करवाने वाली महिलाओं की बढ़ती संख्या को देखकर हॉस्पीटल के उस वार्ड का घेरा और स्टाफ की संख्या बढ़ती गई। कई बार तो चारों बेड पर चार जच्चाएँ एक साथ शिशु के जन्म देने को आतुर हो जाती थीं। ईश्वर की अनुकंपा से एक ही समय में दो–तीन बच्चे जनमते थे। कई नर्सें को जच्चाओं के साथ खड़ा होना पड़ता, परंतु पार्वती के बिना कहे भी सभी नर्सें शिशु को नहला–धुलाकर माँ की गोद में डालने से पूर्व उसी की गोद में डाल देतीं। एक और शिशु का जन्म करवाने की अनुभूति से पार्वती का हृदय लबालब भर जाता। उसका आह्लाद बाहर भी छलकता। यह सिलसिला वर्षों जारी रहा। एक ही कमरे और बेड पर समाज के भिन्न–भिन्न वर्गों और जातियों की माताएँ शिशुओं को जन्म देतीं। पार्वती की गोद में आकर सब एक हो जाते। वह स्पर्श में कोई भेदभाव नहीं करती। आह्लाद में भी नहीं। दरअसल वे शिशु पार्वती की गोद तक ईश्वर की संतान ही होते थे। पृथ्वी पर आकर भी उतने पल के लिए वे हिंदू, मुसलमान, सिक्ख, इसाई या धनी–गरीब नहीं होते थे। माँओं की गोद में पड़ते ही उन रिश्तों में बँध जाते। पार्वती ने शिशुओं की कभी गिनती भी नहीं की। "शिशु का जन्म ईश्वर की कृपा है। उसकी गिनती नहीं होती, वैसे ही जैसे रोटी पकाते वक्त उसकी गिनती नहीं करनी चाहिए।"

यह सीख उसकी दादी ने दी थी, जब वह छठी बहन के जन्म पर अपनी नन्ही उँगलियों पर भाई–बहनों की संख्या गिन रही थी। जच्चाओं की दूसरी संतान लड़का हो या लड़की, उसके जन्म के पूर्व और बाद में भी पार्वती उन्हें समझाना नहीं भूलती थी, "दो ही बहुत हैं। ऑपरेशन करवा लो। अधिक बच्चे लेकर क्या करोगी। बच्चे परमानंद की प्राप्ति का अनुभव करवाते हैं। भगवान् अपना काम माँ को दे देते हैं। भगवान् बनने के लिए भी दो बच्चे बहुत हैं।" उनमें से कई माताएँ अपने बच्चों

को लेकर यदा-कदा पार्वती के पास आतीं। पार्वती उन्हें देखकर और छूकर आह्लादित हो जाती।

पार्वती की मानकर कई जच्चाओं ने बच्चा बंद कराने का ऑपरेशन करवाया। पार्वती उन्हें हिदायत देती, "बच्चे के स्वास्थ्य की चिंता करना। समय पर सभी टीका लगवाना नहीं भूलना।"

अपने पाँच-भाई-बहनों को पढ़ा-लिखाकर, कहीं-न-कहीं नौकरी लगवाने, विवाह करने तक पार्वती को अपने भविष्य की कोई चिंता नहीं हुई थी। माँ की मृत्यु और उन सब से निश्चिंत होने पर उसका ध्यान अपनी ओर गया। उसकी अपनी उम्र ने भी आधी सदी पार कर ली थी। इस बीच कई ऐसी जच्चाएँ आतीं, जिनके पति या वे स्वयं पार्वती के हाथ से ही जन्मीं होती थीं। पार्वती उन्हें देख धन्य-धन्य हो जाती। फिर तो भूत में खोकर भूल ही जाती अपना आज और कल।

उस वार्ड में हर नवजात शिशु का मुख पार्वती को दिखाने का सिलसिला जारी रहा। पार्वती शिशु का पूरा शरीर उलट-पुलट और छू-छूकर देखती। ईश्वर से कोई चूक तो नहीं हो गई। शिशु का कोई अंग कमजोर तो नहीं रह गया। ईश्वर ने कोई कमी छोड़ दी हो, पार्वती नहीं चूकती। नवजात को लेकर संबंधित चिकित्सक के पास भागती। इलाज करवाती। अपने स्वस्थ बच्चे को लेकर पार्वती के पास आती माएँ कहतीं, "आपने समय से इलाज करवा दिया। तभी तो आज मेरा बच्चा स्वस्थ है।

उसके हाथ का पहला शिशु समीर था। नाम भी पार्वती द्वारा ही रखा गया था, इसलिए उसे स्मरण था। समीर की उम्र पैंतीस वर्ष की हो गई होगी। पार्वती को उसकी उम्र की गणना करने की जरूरत नहीं पड़ी थी। उसकी सरकारी नौकरी से अवकाश प्राप्ति का समय जो आ गया। यह जोड़-घटाव भी दूसरी नर्सों ने कर दिया था। पार्वती को अब अपनी चिंता सताने लगी, "कहाँ जाऊँगी मैं?" सरकारी क्वार्टर खाली करना पड़ेगा।

उसने तो पैंतीस वर्षों में दिल्ली देखी भी नहीं। क्वार्टर से वार्ड और वार्ड से क्वार्टर बस! यही थी उसकी दिल्ली। अधिक की जरूरत भी नहीं महसूस हुई। जीवन का आगम-निगम ही जहाँ जीवंत हो, वहाँ और दूसरी चीजों के साथ की जरूरत ही कहाँ होती है। सुख-दुःख, आशा-निराशा, घोर कष्ट के उपरांत आनंद, सब के बीच रहती थी पार्वती।

उसकी निष्ठा और मेहनत को देखकर प्रशासन ने उसकी सेवा का पाँच वर्ष का कार्यकाल बढ़ा दिया। क्वार्टर भी रहने दिया। पाँच वर्षों के बाद भी वह अस्पताल आती रही। किसी ने नहीं रोका। वह जच्चा वार्ड में ही रहती। बस वेतन नहीं मिलता था। बाकी सब तो यथावत् चलता रहा।

जीवन की उस स्थिति के भी बीस वर्ष निकल गए। थक गई थी पार्वती। उसने मन-ही-मन सोचा था, "अब नहीं आऊँगी। अपने हाथों में शिशु को दो पल थाम ही नहीं सकती तो यहाँ आना क्यों?"

उसका संकल्प पूरा भी नहीं हुआ कि एक जच्चा दर्द से कराह उठी थी। पार्वती ने हिम्मत की। कराहती जच्चा की सीट तक गई। उसके सिर पर हाथ रखा। पुनः उसके शिशु के जनमने का समय जानने के लिए जाँच करने लगी। जच्चा की जाँघ पर उसे बड़ा काला धब्बा दिख गया। वह चौंकी। पूछा, "तुम निर्मला की बिटिया हो। तुम्हारे पिताजी पुलिस इंस्पेक्टर हैं?"

"हाँ! पर आप कैसे जानती हैं?" जच्चा दर्द से चिखती हुई बोली। अपनी स्वर्गीया माँ का नाम सुनकर ही उसे दर्द से थोड़ी राहत मिली थी।

"तुम मेरे ही हाथों पैदा हुई थी। तुम्हारी जाँघ का बड़ा लहसन देखकर मैं तुम्हें पहचान गई। तुम्हारी माँ आई है क्या?"

पार्वती अपनी कमर सीधी करती जबरन खड़ी रही।

"नहीं! मेरी माँ नहीं रहीं। पिछले साल एक दुर्घटना में माँ और पिताजी दोनों चल बसे।"

जच्चा के दर्द में पुनः एक उफान आया। रोने लगी। वह माँ बनने जा रही थी। अपनी माँ की स्मृति ने उसकी पीड़ा में एक ज्वार ला दिया था। पार्वती उसके सिर पर हाथ फेरती रही। तभी एक महिला अंदर घुस आई थी। जच्चा के पास आकर पूछा, "अब और कितनी देर है?"

पास ही खड़ी नर्स ने इशारे से बताया, "यही बताएँगी।"

उस महिला ने पार्वती की ओर देखा, "आप, आप अब भी आती हैं यहाँ? कमाल की हिम्मत है?"

"यदि मैं भूल नहीं रही तो तुम आरती हो। यह कौन है तुम्हारी?" पार्वती ने बेड पर दर्द ले रही जच्चा की ओर इशारा कर पूछा।

"यह मेरी बहू है नर्स। पचास वर्ष पूर्व आपके हाथों मेरा जन्म हुआ था। छब्बीस वर्ष पूर्व मेरा बेटा अनुराग और अब मेरी पोती भी आप ही के हाथ में आ रही है।"

आरती पार्वती को देखकर आह्लादित हो रही थी। उसने स्मरण दिलाया, "मेरी नानी कहती थी, मैं सतमास शिशु पैदा हुई थी, मेरे जन्म के समय मेरी माँ नहीं बच पाई थीं। आपने ही मुझे बचा लिया था। बीस दिनों तक मैं यहीं थी। अस्पताल से मेरी नानी आपसे माँगकर ले गई थी। पाला-पोसा। मेरा ब्याह किया और समीर भी तो आप ही के हाथ के थे। याद है न आपको!"

पार्वती को सब स्मरण हो आया। उसने कहा, "अस्पताल में पैदा होनेवाली तुम तो मेरे हाथ की दूसरी बच्ची हो। पहला बच्चा था समीर। दो वर्ष बाद पैदा हुआ था तुम्हारी बहू का पिता कमलकांत। वह पुलिस इंस्पेक्टर बना। यह बच्ची भी मेरे ही हाथ की है। कैसा संयोग है।"

आरती के सामने उसकी नानी का चेहरा आ गया था। अपनी पाँच बेटियों, तीन बेटों और देवरानियों-ननदों के बच्चों के जन्म के समय की पहचान थी उन्हें। जन्मजात शिशुओं के नाक-नक्श की भी।

"देखो! बच्चा पैदा होने में अभी तीन-चार घंटे तो लग ही जाएँगे। बड़ी धीरजवाली है बिटिया।" पार्वती ने दर्द से छटपटाती युवती के सिर और कमर पर फिर हाथ फेरे।

चार घंटे में जीवन के कई अध्याय का वाचन हो गया। पार्वती के सामने उसके हाथ का जन्मा पहला लड़का और दूसरी लड़की की तीन पीढ़ियों के चेहरे उतर आए थे। अंतिम पीड़ा में कराहती जच्चा ने एक बच्ची को जन्म दे दिया था। नर्स ने नहला-धुलाकर पार्वती की गोद में ही डाला। उसी ने पहली बार मुख देखा। उसने सोच लिया था, "अब बस! कल से नहीं आऊँगी। बहुत हो गया। मेरे हाथ का पहला बच्चा समीर उसका बेटा अनुराग और अब उसकी बिटिया। बहुत हो गया।" इधर बेटी होने की खुशी में आरती, अनुराग और बहू, तीनों डूब गए थे। आरती को अपने स्वर्गीय पति समीर की भी बहुत याद आ रही थी।

उसने फ्लैट में लौटकर अनुराग को पार्वती के बारे में विस्तार से बताया, "उसका अपना

कोई घर नहीं है। अस्पताल ही घर था, पर अब तो बहुत थक गई। तुम्हें कल उनसे मिलाऊँगी। तुम्हें देखकर बहुत खुश होएगी।"

सुबह दोनों अस्पताल पहुँच गए थे। जच्चा और शिशु को घर ले जाना था। उन्होंने ड्यूटी पर बैठी नर्स से पूछा, "पार्वतीजी कहाँ हैं, आज दिख नहीं रहीं हैं?"

"हमें भी आश्चर्य हो रहा है। कल तक तो वे आती ही रहीं।" नर्स को किसी जच्चा की कराह ने पुकार लिया था।

आरती ने दूसरी नर्स से पूछा। उसने पार्वती के घर का पता बता दिया। अनुराग उनसे मिलने के लिए उतावला था। आरती ने कहा, "आज तो अपनी नीरजा और बच्ची को घर ले चलती हूँ। कल आकर उनसे मिलेंगे। एक बार उन्हें भी अपने घर ले चलना।"

"हाँ!" सहर्ष बोला था अनुराग। नीरजा भी पार्वती को ढूँढ़ रही थी। बोली, "माँ! मैं उनका स्पर्श नहीं भुला पा रही। उन्होंने सिर पर हाथ क्या रखा, थोड़ी देर के लिए मेरा दर्द हर लिया था।"

दूसरे दिन नीरजा ने अनुराग को स्मरण दिलाया था, "दफ्तर से लौटते हुए आप पार्वतीजी को अवश्य लेते आइए।"

सायंकाल अनुराग पहुँच गया उस पते पर। दरवाजा खटखटाता रहा। नि:शब्द था भीतर का परिवेश। बाहर से ताला भी नहीं। कई लोग जुट गए थे। दरवाजा टूटा। लोग देखकर स्तब्ध रह गए। डॉक्टर को बुलाने की जरूरत नहीं पड़ी। कुरसी पर बैठे मानुष शरीर में जान नहीं थी। लोग आगे की सोचने लगे। किसी ने अस्पताल में खबर पहुँचा दी। कई नर्स आ गईं।

एक नर्स ने कहा, "इनके घरवालों को बुलाना होगा।"

दूसरी ने कहा, "इनका अपना कौन है? भाई-बहनों का परिवार है, पर किसी का अता-पता नहीं मालूम।"

तीसरी का सुझाव था, " क्या जरूरत है किसी को ढूँढ़ने की। जब इनके रहते किसी ने खोज-खबर नहीं ली तो मरने पर कौन आएगा? जमाना ही कृतघ्न हो गया। अपनी संतान भी कहाँ पूछती है!"

अनुराग को बात समझ में आ गई थी। उसने कहा, "आप लोग इन्हें यहाँ लेटे रहने दें। इनके स्वजनों को तो ढूँढ़ना ही होगा। मैं कोशिश करता हूँ।"

लोग उसकी सलाह मान गए थे। बर्फ की सिल्लियों के बीच पार्वती को लिटा दिया गया। जिंदगी भर अपने बदन की गरमाहट सैकड़ों शिशुओं के शरीर में डालते-डालते मानो उसका स्वयं का शरीर अब ठंडा हो गया था। फिर भी ठंडक की जरूरत थी।

सूचना क्रांति के युग में क्या से क्या हो जाता है। अनुराग का मस्तिष्क भी उसी दुनिया में रहने का अभ्यासी हो गया है। अनुराग ने एक अद्भुत विज्ञापन बनाया—"1955 से लेकर 2005 के बीच जिनका जन्म एम्स के जच्चा वार्ड में हुआ, कृपया 22, सरोजनी नगर में उपस्थित होने की कोशिश करें। आप सबकी माँ पार्वती (एम्स की नर्स), जिसने माँ की कोख से बाहर निकलने पर पहली बार आपको अपना स्पर्श दिया, अब नहीं रहीं। उनकी शव यात्रा 2 जनवरी को 11 बजे सरोजनी नगर से निकलकर लोदी रोड श्मशान घाट पहुँचेगी।"

इ-मेल, वेबसाइट और अपने ब्लॉग पर ही नहीं, एक पोस्टर के द्वारा भी शहर में सूचना दे दी थी अनुराग ने। समाचार-पत्रों में छपा विज्ञापन। सैकड़ों लोगों ने इ-मेल से, उतनों ही ने वेबसाइट और दूरभाष पर अपने आने की सूचना दी। पोस्टर पढ़कर भी लोग आ गए। सैकड़ों लोग तो यह जानकर भी शवयात्रा में सम्मिलित हो गए कि बिन ब्याही स्त्री के भी हजारों बच्चे हैं। अपने रंग-रूप-ढंग की वह पहली शोक-यात्रा तो थी ही। अनूठी यात्रा। पार्वती स्वयं, जो अनूठी थी।

मुखाग्नि अनुराग ने ही दी। लकड़ी देने वालों का ताँता लग गया। पंचभूतों से बना शरीर पंचभूतों में विलीन हुआ, पर पार्वती के कर्म और भाव को सम्मान दिलाकर। अनुराग की विशिष्ट और अनोखी कृतज्ञता को सामाजिक स्वीकृति दिलाकर।

समाज में दम तोड़ती संवेदना को पुनः जीवंतता प्रदान कर गई थी पार्वती। सहस्रपूतों वाली जो थी। श्मशान घाट पर बेटे को आगोश में भरती आरती ने कहा, "ठीक किया बेटा। मैं तो जन्म देने वाली माँ हूँ। प्रथम स्पर्श देने वाली तो वही थी। मैं एक बेटे और एक बेटी की माँ बनकर ही रह गई। उसने ही मेरा ऑपरेशन करवा दिया था। स्वयं तो सहस्रों की प्रथम स्पर्श की माँ बनी। तभी तो मुझसे बहुत बड़ा ओहदा मिला उसे। उसका रोम-रोम तुम्हें आशीष देगा और इन लकड़ी डालने वालों को भी।"

माँ-बेटे एक-दूसरे में बँधे बिलख पड़े थे। उनके पीछे वह कृतज्ञ जनसमूह भी।

('सहस्र पूतों वाली' कहानी अंश,
'अपना जीवन' कहानी-संग्रह, यश पब्लिकेशन, नई दिल्ली)

□

आईने के सामने

(लेख-संग्रह)

37 विविध आलेखों का संकलन। आत्मसाक्षात्कारात्मक लेखों में महिलाओं के मनोविज्ञान का दिग्दर्शन। 1982 में प्रथम प्रकाशन। डॉ. विष्णुकांत शास्त्री द्वारा लोकार्पित। विशिष्ट अतिथि थीं लेखिका कुसुम गोयनका।

क्या आपका अगला क्षण नियोजित है ?

समय के साथ 'नियोजन' शब्द पर जोर बढ़ता जा रहा है। व्यक्ति, परिवार, समाज एवं देश के चतुर्दिक् विकास के लिए अन्यान्य क्षेत्रों में नियोजन की अर्थवत्ता से इनकार नहीं किया जा सकता। आर्थिक नियोजन के लिए अनेक बड़ी-छोटी योजनाएँ और जनसंख्या वृद्धि पर रोक के लिए प्रभावशाली परिवार-नियोजन के कार्यक्रम बन रहे हैं। सारी-की-सारी योजनाओं की जड़ हैं—'समय का नियोजन'। समय की मूल्यवान है। और यह समय किसी राष्ट्र का नहीं, समाज का नहीं, बल्कि सिर्फ व्यक्ति का होता है। देश का हर व्यक्ति अपने समय को कैसे नियोजित करता है, इसी तथ्य पर निर्भर होता है—राष्ट्र की अन्य बड़ी-छोटी योजना का सफल या विफल होना।

समय के नियोजन में भी दैनिक, मासिक, वार्षिक अथवा पंचवर्षीय नियोजन की बात मैं नहीं करती। मैं तो अभी आपके जीवन में आनेवाले अगले क्षण के नियोजन की बात करने जा रही हूँ।

काल करे सो आज कर, आज करे सो अब।
पर में परलय होयगी बहुरि करोगे कब।।

मात्र 'कल करनेवाले कार्य को अभी कर लो' कहने से बात नहीं बनती, जब तक कि स्व्यं व्यक्ति अपने मन में 'अभी' और 'अब' अथवा 'अगले क्षण' का पूर्व नियोजन नहीं कर रखा हो। 'क्षण' आता है, बीत जाता है। बीते हुए असंख्य क्षण दिन और रात बन व्यतीत हो जाते हैं और आप हाथ मलते रह जाते हैं।

दूसरी और यदि आपने आनेवाले कल की योजना बना ली तो उस दिन में आनेवाले समय के एक-एक टुकड़े का आपके लिए महत्त्व होगा। उस क्षण के स्वागत के लिए आपकी पूरी मानसिक तत्परता होगी। समय के प्रत्येक टुकड़े का आप सही उपयोग कर पाएँगे।

कभी-कभी समय का नियोजन करनेवाले भी अपने ऊपर झल्लाते देखे गए हैं—"कल पूरा दिन बेकार चला गया। सोचा था, दस काम करूँगा, मात्र चार ही कर पाया।" झल्लाहट अपने ऊपर होती है। लेकिन 40 प्रतिशत उपलब्धि कम नहीं होती। उनका क्या हुआ, जिसने उस दिन का नियोजन ही नहीं किया था—वह अपनी उपलब्धि का प्रतिशत निकाले तो कैसे?

एक साथ, एक प्रकार की सुविधा-असुविधाओं के बीच जीवन व्यतीत करते दो व्यक्तियों में जिसने समय का नियोजन किया, वह जीवन में बहुत कुछ कर जाता है। बूँद-बूँद से सागर भरता है। छोटे-छोटे समय के टुकड़ों के सदुपयोग से कभी-कभी बड़ी-से-बड़ी बात बन जाती है।

जहाँ योजनानुसार आंशिक अथवा पूर्ण रूप से बिताए हुए समय का सुप्रभाव आनेवाले समय पर पड़ता है, वहीं निठल्ले गँवाया समय आनेवाले समय पर कुप्रभाव भी डालता है। आप कभी अपने को और कभी समय को मात्र कोसते रह जाते हैं। अगल क्षण भी बीत जाता है।

जमाने की जटिलता के साथ व्यक्ति का जीवन भी जटिल होता गया है। कई प्रकार की व्यक्तिगत, पारिवारिक, सामाजिक जिम्मेदारियाँ हैं। ऊपर से व्यक्ति कुछ-से-कुछ बनने की तमन्ना रखता है। महत्त्वाकांक्षाएँ बढ़ रही हैं। इस बढ़ते हुए समय के प्रवाह में आप भी महज बहते गए तो कुछ हाथ न आएगा। महत्त्वाकांक्षी होना बुरा नहीं, पर समय के टुकड़ों को महत्त्वाकांक्षा के असंख्य टाँके डाल जोड़ा नहीं तो बात कहाँ बनी? सफलता के एक-एक सोपान पर जमकर पाँव नहीं रखा तो लक्ष्य तक पहुँचे कैसे? जीवन के किसी भी क्षेत्र में बड़ी या छोटी उपलब्धि के असंख्य सोपान में समय के टुकड़े हैं—आपका अगला क्षण है। इस क्षण का भरपूर उपयोग तो आवश्यक है। विकास की विभिन्न पंचवर्षीय योजनाएँ बनती हैं—समय का नियोजन किया जाता है। पर अंतिम वर्ष में ध्यान आता है कि पाँच वर्ष बीत गए। आँकड़े इकट्ठे करने में भी अगला वर्ष बीत जाता है। अधिकारियों ने अपने प्रत्येक क्षण का नियोजन किया ही नहीं, काम समय से पूरा हो तो कैसे? नियोजित समय व्यतीत करना व्यक्ति का एक अभ्यास-सा बन जाता है। बचपन में ही यह आदत डाल देने की आवश्यकता होती है। व्यक्ति का अभ्यास न बना तो समय यों ही बीतता जाता है।

यह सत्य है कि जिसके पास जितने अधिक काम होते हैं, वह उतना ही सुचारू रूप से कार्यों का निबटारा करता है। किसी ने कहा है, "यदि आपको कोई कार्य जल्दी करवाना है तो उसे अति व्यस्त व्यक्ति को सौंपे। काम पूरा हुआ ही समझिए!"

व्यक्ति के जीवन में अभ्यास द्वारा भी इस उक्ति की सार्थकता साबित हुई है। अतिव्यस्त व्यक्ति द्वारा कार्य के शीघ्र संपादन के पीछे मात्र उसका समय नियोजन है। उसका हर क्षण नियोजित है। आए हुए नए काम को वह टाल नहीं सकता, मन पर बोझ नहीं रख सकता—कार्य को शीघ्र ही निबटा देता है। इसके ठीक विपरीत, समाज में वैसे व्यक्ति हैं, जिनके पास समय-ही-समय है। आए हुए कार्य की सोचते हैं—कभी कर लूँगा। कार्य टलते जाते हैं, समय बीतता हाता

है। कार्यों का जमघट मन पर छाया रहता है। जिनका समय नियोजित नहीं, वे दूसरे के समय का भी महत्त्व नहीं समझते।

गाहे-बगाहे अपने मित्र के यहाँ धमक गए। गप्पे हाँक रहे हैं, उन्हें कभी सैर-सपाटे पर निकलने के लिए बाध्य कर रहे हैं। इतना भी होश नहीं कि अगले को कोई काम करना होगा। यदि उसने अपने किसी काम की चर्चा कर दी तो झट कहेंगे—"क्या काम-काम-काम···जिंदगी में कुछ ऐश-आराम की बात भी करो, सब यहीं धरा रह जाएगा, क्यों मरते रहते हो?" जीवन में ऐश-आराम एवं मनोरंजनात्मक कार्यों के लिए भी समय निकाल लेता है, परंतु समय से तो। ऐसा नहीं कि कुछ करने को नहीं, चला सिनेमा देखें, कहीं घूम आएँ, कुछ करें। मनोरंजन के लिए मात्र भटकने से स्वस्थ मनोरंजन भी नहीं हो पाता। कार्य के बाद ही आराम की आवश्यकता होती है। अब कोई कार्य ही नहीं किया तो थकावट कैसी? थकावट नहीं तो आराम कैसा? नियोजित समय का मनोरंजन ही स्वास्थ्यकर होता है।

एक बार मैं शिशु मंदिर के प्राचार्य पद से बच्चों की लंबी छुट्टी के लिए दिनचर्या बनाकर बच्चों में बँटवा रही थी। कई अभिभावक अपने बच्चों को लेने आए थे। परिपत्र बँटते देख तपाक् से बोले, "छुट्टी में बच्चे खेलेंगे या पढ़ेंगे? अब यह क्या दे रही हैं?"

मैंने उन्हें इशारे से परिपत्र पढ़ने के लिए आग्रह किया। परिपत्र पढ़कर वे मेरी ओर मुड़े, नजरों में आश्चर्य भरा हर्ष छलक आया। बाद में उन्हें पता चला, छुट्टियों के लिए बच्चों की दिनचर्या बना मैंने उनका ही बोझ हलका किया था। बच्चे खेलेंगे, घूमेंगे, फिरेंगे, लेकिन नियोजित समय से।

बच्चों एवं अभिभावकों का तो फिर अभ्यास-सा हो गया था—छुट्टी की सूचना के समय वे दिनचर्या का भी इंतजार करते थे।

सरकारी, गैर-सरकारी दफ्तरों में भरे पड़े फाइलों के अंबार की खबरें सुनने को मिलती रहती हैं। जाहिर है कि उन पदाधिकारों के समय का नियोजन नहीं होता।

जिस व्यक्ति जितनी जिम्मेदारियाँ हैं, वह उन्हें समय से बाँध दे तो कार्य हलका हो जाता है और अधिक-से-अधिक कार्यों का निबटारा भी हो जाता है।

प्रारंभ में ही कहा कि समय किसी राष्ट्र का नहीं, वरन् सिर्फ व्यक्ति का होता है। विकासशील देश में अधिकांश व्यक्तियों का समय नियोजित नहीं तो विकास की कल्पना निर्मूल है। व्यक्तियों के समय से ही राष्ट्र का समय बनता है। वार्षिक, मासिक, साप्ताहिक अथवा दैनिक नियोजन है तो आपका अगल क्षण भी नियोजित होगा ही।

महिलाओं का कार्यक्षेत्र बाहर होते हुए भी घर भी है। गृह-कारन नाना जंजाला। औरतें घर के काम में दिनभर लगी रही हैं, फिर भी पूरा नहीं होता। वहाँ भी समय का नियोजन नहीं है। जो अपने दिन, सप्ताह एवं महीने का नियोजन कर लेती हैं, उनका घर सुसज्जित एवं सुखमय दिखता है।

(प्रभात प्रकाशन, नई दिल्ली)

□

देखन में छोटन लगैं

(लघुकथा-संग्रह)

"आधुनिक युग के भारतीय समाज की विडंबनाओं, विद्रूपताओं, पाखंडों, आडंबरों, लाचारियों को व्यंग्यात्मक कसावट के साथ प्रस्तुत इस संग्रह की लघुकथाएँ मन को झकझोरती हैं। इन छोटी-छोटी लघुओं से मिलकर एक संपूर्ण दृष्टिकोण उभरता है, जो विविधतामयी जिंदगी को समेटकर संपूर्ण मानव-आस्था का महत्त्व को प्रतिपादित करता है।"

पता नहीं माँ-बाप ने क्यों उसका नाम कालिदास रख दिया। बचपन में नासमझ संगी-साथी 'कालिदास, कालिदास' कहकर चिढ़ाया करते। न उन साथियों को, न स्वयं कालिदास को चिढ़ाने और चिढ़ने का कारण मालूम था। कालिदास को कवि कालिदास की जीवनी पढ़ने की जरूरत भी नहीं पड़ी। शास्त्र-पुराणों और किंवदंतियों में वर्णित कालिदासचरित के विभिन्न पहलुओं को उससे मिलनेवाला हर व्यक्ति उसे सुनाता रहता। वह जहाँ कहीं बैठता, एक बार कवि कालिदास की चर्चा अवश्य पसर जाती। उसे स्वयं कवि कालिदास के चरित का वह भाग बहुत सुखद लगता, जब विदुषी विद्योतमा से विवाह के समय उनके मौन व्रत ने क्या से क्या कर दिखलाया था। व्यावहारिक जीवन में जहाँ कहीं उसके सम्मुख क्रोध उभरने की स्थिति बनती, वह मौन धारण कर लेता।

समय बीतता गया।

गाँव के पढ़े-लिखे लोग उसका यह व्यवहार देखकर कहते, "यथा नाम तथा गुण।"

कालिदास की दो बेटियाँ हुईं—सरला और सुगंधा। सरला बहुत ही सुशील और गुणी थी। यदि कोई उसे मारता-पीटता भी रहे तो उसकी जबान नहीं खुलती थी। माँ बहुत चिंतित रहती कि ससुराल में कैसे रह पाएगी। सब इसे खा जाएँगे।

बेटी ब्याहकर भी माँ-बाप चिंतित रहते। एक दिन कालिदास बेटी से मिलने उसके ससुराल गया। उसे ढेर सारी शिकायतें सुनने को मिलीं। सरला तो पहली रात से ही लड़ाई-झगड़े पर उतर

आई थी। ससुरालवाले उसके व्यवहार से छह महीने में ही तंग आ गए थे। सारे नाते-रिश्तेदारों में सरला के मुँहजोर होने की कुख्याति फैल गई। सुन-सुनकर कालिदास का सिर झुक गया। बहुत पीड़ा हुई।

दूसरी बेटी तो बचपन से ही मुँहफट थी। कालिदास चिंतित रहने लगा। सुगंधा की शादी कर विदा करते हुए वह हाथ जोड़ उसके सामने बिलखते हुए बोला, "बेटी! एक बात का मुझे आश्वासन दे दो। तुम छह महीने तक ससुराल में जबान नहीं खोलोगी। मीठा बोलोगी। लड़ाई-झगड़े की बात नहीं करोगी। बेटी, समय बहुत बलवान होता है। थोड़े समय का मौन संपूर्ण जीवन जीने का रस दे जाता है।"

बेटी ने पिता की व्यथा समझ ली। पिता को दिए वचन को सोचती उसकी आँखों से आँसुओं की धार बह चली।

पर कालिदास चिंतित ही रहा। सुगंधा की कड़वी जबान बहुत चलती थी। जब ससुराल की देहली पर पाँव रखते ही सरला की जबान खुल गई तो सुगंधा का क्या होगा? बेटी विदा करके भी कालिदास की नींद हराम रही। छह माह बाद हिम्मत कर सुगंधा की ससुराल गया। बस स्टैंड पर उतरते ही गाँववालों ने स्वागत किया। गाँव के कोने-कोने में सुगंधा के व्यवहार की सुगंध फैली हुई थी।

सास ने कहा, "बहू के मुँह में तो जबान ही नहीं है। लक्ष्मी है लक्ष्मी! हमारे नाते-रिश्तेदार, सबको मेरे भाग्य पर रश्क हो आया है।"

सुनकर कालिदास की आँखों में सुख की बूँदें भर आईं। सुगंधा से मिलते हुए वह बड़ा प्रसन्न था।

सुगंधा ने अपनी कसमसाहट व्यक्त की, "पिताजी! अब मुझसे यह मौन व्रत नहीं निभेगा। बहुत हो गया। मान ली आपकी आज्ञा।"

कालिदास गद्गद होकर बोला, "अब किसी व्रत की तुम्हें जरूरत भी नहीं। तुम्हारे मृदुभाषी, मितभाषी और व्यवहार-कुशल होने की सुगंध चारों ओर फैल चुकी है। अब जैसे रहना हो, रहो।" फिर वह मन-ही-मन भुनभुनाया, 'अब तुम्हें प्रशंसा सुनने की लत लग गई है। यह लत भी बड़ी बुरी होती है। छुड़ाए न छूटे।'

सुगंधा अपनी बेबसी व्यक्त कर गई, "अब तो मैं अपनी जबान भी भूल गई, पिताजी और यह सुन-सुनकर कि मैं मीठा बोलती हूँ…"

कालिदास जोर से हँसा। बेटी को हृदय से लगाते हुए बोला, " कालिदास की बेटी कहीं की!"

सुगंधा की भी हँसी फूटकर ठहाके में परिवर्तित हो गई। तत्क्षण उसने होंठों पर अँगुली रख ली, जो वाचाल हँसी पर रोक लगाती कसी रही। देख, सुन और गुनकर बाप-बेटी के चेहरे पर एक बँधी हँसी ने आह्लाद पसार दिया।

('देखन में छोटन लगैं' लघुकथा-संग्रह, प्रभात प्रकाशन, नई दिल्ली)

□

मात्र देह नहीं है औरत

(लेख-संग्रह)

तीन खंडों में बँटे—'नारी समाज की आधार', 'कर्म क्षेत्र : बदलते आयाम', 'समसामयिक' तथा सौ से अधिक आलेख। वर्तमान परिप्रेक्ष्य में महिला के दायित्वों की नई व्याख्याएँ।

नारी फूल और चिनगारी

जीवन के किसी भी क्षेत्र में अतिशयता नहीं चलती, इसलिए भारतीय संस्कृति में बार-बार 'अति सर्वत्र वर्जयेत' कहा गया है। महिला जीवन के दो सौ साल का इतिहास बताता है कि वहाँ भी अति होता रहा। मुगल काल और उसके बाद भी अंधकार युग रहा तथा महिलाएँ 'असूर्यम्पश्पा' कहलाने लगी, जो सूर्य ही नहीं देख पाती थी। बीसवीं शताब्दी की शुरुआत के साथ अनेक धार्मिक, सामाजिक और राजनैतिक नेताओं के द्वारा उनके जीवन में परिवर्तन लाने के प्रयास प्रारंभ हुए। ऐसी स्थिति में नारी की परिभाषा करना भी आवश्यक हो गया। किसी भी व्यक्ति, वस्तु और संस्था के विकास की दिशा निर्धारित करने के पूर्व आवश्यक है उसकी परिभाषा।

नारी भिन्न-भिन्न प्रकार से परिभाषित की गई थी। उसकी परिभाषा ढूँढ़ने के लिए अपने पुरातन पुस्तकों के पन्ने पलटे जाने लगे और उन पन्नों पर नारी पुरुष की पूरक निकलकर सामने आई। इसलिए नारी को अंधकार से निकालने तथा पुरुष की सहयोगिनी बनाने के लिए उसे समाज में उतने विकास के अवसर देने की सोच और व्यवहार की शुरुआत हुई, जितने पुरुष को मिलते रहे। उनके वैवाहिक और संपत्ति के अधिकार की पुनर्व्याख्या होने लगी। परंतु सदियों से समाज मन पर जड़ जमाएँ स्त्री की छवि को बदलना आसान नहीं था। इसलिए स्वयं नारी द्वारा अपने पूरक का रूप स्वीकार करवाना आवश्यक था, इसलिए कई नारी संगठन भी प्रारंभ हो गए। परंतु स्वतंत्रता के पूर्व समाज में सभी घटकों की पुन:स्थिति का कारण विदेशी सत्ता को माना गया था। स्वतंत्रता मिलने के उपरांत समाज के हर वर्ग में अपना विकास करने का भाव जगा।

समाज के अलग-अलग घटकों ने यह महसूस किया कि बिना संगठित हुए उनकी बात का

प्रभाव नहीं पड़ेगा, इसलिए समाज के भीतर कई घटक है, जो अपना संगठन बनकर अपनी माँग रखने लगे। नारी संगठन भी उन्हीं में एक है, जो नारी को परिभाषा, सुरक्षा, सम्मान और अधिकार दिलाने की माँग उठने लगी। संगठनों ने कई नारों के मध्यम से नारी की स्थिति को समाज और सरकार को समझाने की कोशिश की। उन्हीं नारों में एक था—'हम भारत की नारी हैं, फूल नहीं चिनगारी हैं।'

सन् 1980 में राजनीतिक दल के महिला संगठन से जुड़ने के उपरांत मेरे मन में इस नारा पर विचार करने का अवसर आया। नारा के शब्द और भाव से यह स्पष्ट था कि नारा लगाती महिलाएँ कहना चाहती हैं कि वे फूल नहीं चिनगारी हैं। तात्पर्य यह है कि उन्हें अपनी पुरानी फूल की भूमिका स्वीकार नहीं। अब वे चिनगारी बनकर समाज के सामने प्रस्तुत होंगी। वे समाज को आगाह करना चाहती हैं कि उन्हें ऐसी-वैसी नहीं समझा जाए। अब वे चिनगारी की भूमिका में आ गई हैं।

यह नारा मुझे अटपटा लगने लगा कि स्त्री मात्र चिनगारी कैसे हो सकती है। परिवार के निर्माण में उसकी भूमिका फूल के समान है। उसकी उपस्थिति भर से लोगों को प्रसन्नता होती है। 'बिन घरनी, घर भूत का डेरा।' वह घर को घर बनाती है, इसलिए वह फूल है, कोमल है, सुंदर है, सुगंधयुक है, सहृदया है और समाज की रचना करती है। इसलिए स्त्री का फूल रूप उसे पुरुष से बड़ा बनाता है। रचना की प्रतीक है वह। यह भी सच है कि उसके इस रूप का सदियों से इस्तेमाल होता रहा। बाधाएँ डाली जाती रहीं। विकसित होने और खिलने का उपयुक्त वातावरण नहीं मिला। अधिकार छिन गए और कर्तव्य ही कर्तव्य निभाना पड़ा। शिक्षा से वंचित हो गईं। नीति निर्धारकों में प्रवेश नहीं हुआ। और भी बहुत कुछ है, जो उसे दर्जे का नागरिक नहीं बना पाया। ऐसी स्थिति में फूल से चिनगारी बनना आवश्यक है, परंतु अपने फूल के रूप को नकार कर नहीं। चिनगारी वह थोड़े समय के लिए बनेगी, वह भी उसके फूल के रूप की सुरक्षा के लिए, समाज में अधिकार दिलाने के लिए तथा उसे सम्मानित कराने के लिए। उसे अपने फूल के दायित्व सुखद भी लगता है।

इसलिए मैंने इस नारे में थोड़ा सा परिवर्तन किया—'हम भारत की नारी हैं, फूल और चिनगारी हैं।' नदी के स्थान पर और फूल के रूप को नकारना नहीं और समय पड़ने पर चिनगारी के रूप को भी स्वीकारना। थोड़े की समय के लिए क्यों न सही, यदि महिलाओं के बल चिनगारी के रूप में आ जाएगी तो समाज में संतुलन नहीं रहेगा तथा उन्हें भी वह स्थिति सुखद नहीं लगेगी। महिलाओं को उनके संतुलित विकास के अवसर प्रदान करना, परिवार, समाज और सरकार का दायित्व है। फूल के रूप की रचना में लगी नारियों को सुरक्षा और सम्मान देना भी समाज का कर्तव्य है। यह आवश्यक है कि स्वयं नारी को अपनी परिभाषा गढ़ने की आवश्यकता न पड़े। वह अपनी स्थिति से परेशान है। गुस्से में कहती है, "हम भारत की नारी हैं, फूल नहीं चिनगारी हैं।" इसलिए उसकी स्थिति को ठीक करने की जिम्मेदारी समाज की है तथा यह देखने की भी कि वह फूल भी रहे और चिनगारी भी, न कि मात्र चिनगारी। नारी की शक्ति व सामर्थ्य से समाज का विकास और समाज के सार्थक सहयोग से नारी का विकास होगा, तभी वह अपनी फूल की सहज भूमिका निभा सकेगी।

(सामयिक प्रकाशन, नई दिल्ली)

□

नारी, न कठपुतली, न उड़नपरी

(लेख-संग्रह)

स्त्री-पुरुष के बीच बराबरी की लड़ाई के अखाड़े मिटाने के उपाय ढूँढ़ते ये विचार। भूतपूर्व प्रधानमंत्री अटलबिहारी वाजपेयी ने महिला मोर्चा द्वारा प्रकाशित स्मारिका के लिए संदेश दिया था—"समानता के नाम पर जो नारी को पुरुष बनाने पर तुले हैं, वे उपहास के पात्र हैं। नारी को नारी ही रहना है। देखना सिर्फ यह है कि नारी न कठपुतली बनकर जिए, न उड़नपरी बनकर देश की धरती से नाता तोड़ ले।"
देश के महान् नेता, कवि हृदय तथा नारी विषयक चिंतक दृष्टि और विचार को आगे बढ़ाने हेतु लिखे ये आलेख 80 लेखों का संकलन है।

परिवार सशक्तीकरण के लिए

सुबह-सुबह जमशेदपुर से दूरभाष पर आमंत्रण आया—"आपको जमशेदपुर आना है। नारी सशक्तीकरण विषय पर कार्यक्रम रखा है।"

मुझे आमंत्रित करनेवाले व्यक्ति का नारी सशक्तीकरण से कोई लेना-देना नहीं था। मुझे बुलाना है इसलिए नारी सशक्तीकरण शब्द का प्रयोग कर रहे थे। मैं जानती हूँ कि ऐसे कार्यक्रमों में मात्र महिलाएँ ही उपस्थित रहती हैं—बोलनेवाली, सुननेवाली और कार्यक्रम की आयोजिकाएँ भी। मानो नारी समस्याएँ भी नारी के लिए, नारी के द्वारा और नारी की हैं। यह सच से बहुत दूर की बात है। संभवत: इसीलिए समाज मन पर इन कार्यक्रमों का विषेश प्रभाव भी नहीं पड़ता।

इन दिनों सब ओर स्त्री-सशक्तीकरण, स्त्री-विमर्श और स्त्री विकास की बातें अधिक होती हैं। साहित्यिक, सामाजिक गोष्ठियों या सरकारी (ग्राम पंचायत, राज्य सरकार और केंद्र सरकार) बैठकों में भी स्त्री विकास पर ध्यान दिया जा रहा है। अच्छी बात है कि इन विचार गोष्ठियों से

निकले सुझावों पर सरकारी योजनाएँ भी बनी हैं। महिलाओं को लाभ भी हुआ है। महिला के सशक्त होने से परिवार सशक्त हुआ है। बात स्पष्ट है कि महिला या पुरुष सशक्त होगा तो परिवार ही सशक्त होगा। हमारे समाज में इन दिनों बुजुर्ग सशक्तीकरण की बात भी हो रही है। 70–80 वर्ष की आयु की स्त्री–पुरुष के हाथों को भी हुनर सिखाए जा रहे हैं। यह उचित भी है और अनुचित भी। परंतु 60 से 80 वर्ष की महिलाओं की उँगुलियाँ भी कुछ–कुछ सीख रही हैं। उन्हें कुछ अपनी आमदनी भी चाहिए और समय काटने का जरिया भी।

बच्चों की सशक्तीकरण की बात बड़ी जोर–शोर से उठाई जा रही है। उन्हें पढ़ाना–लिखाना, हुनर सीखाना और शोषण से बचाना। इस प्रकार स्त्री, बुजुर्ग और बच्चों के सशक्तीकरण के लिए समाज, सरकार और सामाजिक संस्थाएँ सक्रिय हैं।

स्त्री परिवार की धुरी है और उसके घर से बाहर जाकर अर्थार्जन करने से परिवार का विकास होता है। परंतु परिवार में बिखराव भी आता है। बुजुर्ग और बच्चे वृद्धाश्रम में न रहकर घर में ही रहें, महिलाओं को अर्थार्जन के लिए घर में ही अवसर मिले तो स्थिति कुछ और होगी। बड़ी संख्या में महिलाएँ काम के लिए घर से बाहर जाने लगीं, इसलिए भी पालनाघरों और वृद्धाश्रमों की जरूरत पड़ी है। वृद्धाश्रमों में वृद्ध और पालनाघरों में बच्चे खुश नहीं हैं। दरअसल ये दोनों व्यवस्थाएँ उनके मनोनुकूल नहीं हैं।

स्त्री विकास के लिए आजादी के बाद से ही सरकार द्वारा उपाय ढूँढ़ी और योजनाएँ बनाईं जाती रही हैं। सरकारी फाइलों में इसके लिए 'कल्याण' शब्द का उपयोग हुआ। अर्थात स्त्री कल्याण के लिए योजनाएँ बनीं। परंतु दूसरे फेज में 'कल्याण' शब्द की जगह 'विकास' शब्द आया और फिर सशक्तीकरण। यह भी ध्यान देने की बात है कि संयुक्त राष्ट्र संघ की फाइलों के शब्दों में आए परिवर्तन को ही हमारी सरकार भी अनुशरण करती रही है। पिछले पंद्रह वर्षों से नारी सशक्तीकरण शब्द का ही प्रयोग हो रहा है। यह बात दीगर है कि भारतीय नारियाँ कितनी सशक्त हुई हैं। यह स्वीकारना होगा कि कल्याण, विकास और सशक्तीकरण की योजनाओं से महिलाओं के जीवन दशा और सोच में परिवर्तन अवश्य आया है। परिवर्तन की रफ्तार धीमी रही, क्योंकि कुछ परिवर्तन परिवार के हित में नहीं है, और भी बहुत कुछ। पर सरकारी योजनाओं के कारण भी परिवर्तन आए हैं।

यह भी बात है कि महिलाओं के जीवन में आए कुछ परिवर्तनों के कारण ही परिवार की परेशानियाँ बढ़ी हैं और हमारे जीवन मूल्य भी ध्वस्त होते दिखते हैं। इस समय जीवन मूल्यों की समाप्ति के मोड़ पर हमें अपनी जड़ों से ही प्राणवायु लेनी होगी। दरअसल हमें परिवार के विभिन्न घटकों को अलग–अलग करके उनकी समस्याओं को अलग–अलग देखने से बात नहीं बनेगी। बुजुर्ग, जवान और बच्चे, ये तीन पीढ़ियाँ एक ही परिवार के सदस्य हैं, एक–दूसरे पर निर्भर तथा एक–दूसरे की आवश्यकता। इसलिए स्त्री सशक्तीकरण या शिशु विकास की बात अलग–अलग नहीं सोची जा सकती। तीनों पीढ़ियों के संग साथ चलने से ही परिवार का समुचित विकास होगा। आज यह आवश्यक हो गया है कि हम स्त्री, पुरुष, बच्चे या बुजुर्गों की बात अलग–अलग न करके तीनों की समस्याओं पर समेकित विचार–विमर्श करें। तीनों घटकों की जिम्मेदारी सरकार नहीं ले

सकती। परिवार और समाज को ही लेनी होगी। बच्चों की पढ़ाई-लिखाई की जिम्मेदारी सरकारी विद्यालयों को देकर हम परिणाम भुगत चुके हैं। अब बुजुर्गों की देख-रेख की जिम्मेदारी भी सरकार पर डाली जा रही है। सरकारें भी बुजुर्गों के लिए वृद्धाश्रम बनाने से लेकर उनके स्वास्थ्य की देख-रेख की जिम्मेदारी लेती जा रही है। सरकारें भी अधिक लोकप्रिय होने के लिए हर मुहल्ले-जिले में वृद्धाश्रम बनाने की घोषणा कर रही हैं। वृद्धों की सुरक्षा के लिए कानून बनाए जा रहे हैं। मुझे ऐसा लगता है कि नारी, बुजुर्ग या शिशु सशक्तीकरण की जगह 'परिवार सशक्तीकरण' की बात करने पर बहुत कुछ बदला जा सकता है। बहुत कुछ सँभाला जा सकता है। तीनों पीढ़ियाँ एक-दूसरे के लिए जिम्मेदार होंगी। तीनों को साथ रहने में रस भी आता है। बुजुर्ग घर की आवश्यकता कल भी थे और आज भी बनाए जा सकते हैं। जिन घरों में बुजुर्ग हैं, वहाँ की कामकाजी महिलाओं को अपने बच्चों को पालनाघर में नहीं भेजना पड़ता। आज अमेरिका में दादी-नानियों की माँग बढ़ गई है। हमारे जो बच्चे अमेरिका गए हैं, उनके घर बच्चों के जन्म पर दादी-नानियों की जरूरत होती है। वे भारत से वहाँ जा रही हैं।

दरअसल समाज की प्रथम इकाई व्यक्ति नहीं, बल्कि परिवार है, जिसमें तीनों अवस्था के लोगों की जरूरत है। परिवार हित में ही कानून बनने चाहिए। परिवार की अर्थव्यवस्था होनी चाहिए प्रत्येक व्यक्ति के लिए, चाहे वह स्त्री ही क्यों न हो, कानून बनने पर उसका पालन दुरुस्त नहीं होता। इसी प्रकार परिवार सशक्तीकरण की ही योजनाएँ बननी चाहिए। बच्चों को साक्षर करने तथा उनकी समुचित देख-रेख की जिम्मेदारी माता-पिता की होगी। बच्चों के निरक्षर रहने पर माता-पिता को दंडित किया जाना चाहिए। वही बच्चे बड़े होकर माता-पिता के पालन-पोषण के जिम्मेदार होंगे, नहीं तो दंड के अधिकारी। परंतु दंड से परिवार सशक्त नहीं होंगे। उसे संस्कार की जरूरत होगी। घर का संस्कार और शिक्षण संस्थाओं का संस्कार दोनों चाहिए।

यह परिवार सशक्तीकरण मात्र सरकारी फाइलों में न रहे अतः इसका पालन तो हर परिवार को ही करना है। यदि हमने अपने बच्चों की व्यावहारिक शिक्षा में बुजुर्गों की देखभाल, आदर-सत्कार नहीं सिखाया तो फिर वे बड़े होकर हमारी सेवा नहीं करेंगे।

समय तेजी से बदल रहा है, इसलिए समय की धार को समझकर बहुत कुछ करना है। व्यक्ति नहीं, बल्कि परिवार को प्रमुखता देनी है और व्यक्ति से नहीं, बल्कि परिवार से समाज बनाना है।

(यश पब्लिकेशन, नई दिल्ली)

□

विकास का विश्वास

(लेख-संग्रह)

'पाँचवाँ स्तंभ' नामक पत्रिका प्रारंभ की, एक आंदोलन। स्वैच्छिक क्षेत्र को लोकतंत्र का पाँचवाँ स्तंभ मनवाने का संकल्प और लेखन। मुख्य पृष्ठ पर उद्देश्य दर्ज है—'सकारात्मक चिंतन एवं विकास का संवाहक'। छह वर्ष के 60 संपादकीयों में से कुछ चुनिंदा का संकलन।

मौलिक अधिकार और स्वैच्छिक प्रयास

मैं पाँच-छह वर्ष की रही हुँगी, मेरे बाबूजी गाँव के लोअर स्कूल में मेरा नाम लिखवाने जा रहे थे। मेरे साथ मंगल चाचा जी भी थे। राह में पड़ने वाला आधा गाँव मुझे विद्यालय जाते देख रहा था। सबकी आँखों में यही भाव—'इतनी छोटी जान, वह भी लड़की! मास्टर साहब क्यों ले जा रहे हैं स्कूल, बेटी पढ़-लिखकर क्या करेगी ?'

एक ने कह ही दिया, "मास्टर साहब! बिटिया है, इसे खेलने-कूदने दीजिए। बड़ी होकर खाना बनाना सीख लेगी। हो गई पढ़ाई, इसे क्या दरोगा-कलक्टर बनना है।" बाबूजी मुसकराते रहे, उनके चेहरे पर तो गर्व की परत थी। वे गाँव के पहले पिता थे जो अपनी बिटिया को स्कूल में पढ़ाना चाहते थे, इससे पूर्व जिन महिलाओं ने चिट्ठी-पत्री बाँचनी सीखी, उन्हें घर में ही अक्षर ज्ञान हुआ। बाबूजी स्वयं मास्टर साहब के नाम से पुकारे जाते थे। मास्टर साहब अपने गाँव के प्रतिष्ठित व्यक्ति थे, इसलिए किसी ने कड़ा विरोध नहीं किया, पर पीठ पीछे सब बोलते रहे। मंगल चाचा को भी अपने भाई से मेरे साथ दो घंटे स्कूल में बैठने की अनुमति मिली थी। मेरे पिताजी के वापस चले आने पर वे शिक्षा के विरोध में ही बोलते रहे। वे स्वयं 'लिख लोढ़ा, पढ़ पत्थर थे।' मेरे घर लौटने का समय हो गया, मैंने अपना बस्ता सँभाला और चाचा की उँगली पकड़कर चल दी, चाचा ने सिखाया—

"पढ़ेगा लिखेगा बनेगा खराब
खेलेगा कूदेगा बनेगा नवाब।"

घर पहुँचते-पहुँचते मुझे उन्होंने पंक्तियाँ रटवा दीं। मैं शाम तक उन पंक्तियों को दोहराती नाचती, खेलती, कूदती, फाँदती रही। शाम को बाबूजी शहर से वापस आए। वे मुझसे स्कूल के बारे में पूछना चाहते थे। मैं उनकी गोद में बैठते ही उन पंक्तियों को दुहरा गई। दो बार पंक्तियाँ सुनाईं। मेरे पिताजी छनक गए। चिल्लाए, "किसने सिखाई ये पंक्तियाँ! शिक्षक ने?" मैं डर गई थी। बोली, "नहीं! मंगल चाचा ने।" बाबूजी फिर चिल्लाए, "मंगल"। मंगल चाचा सिर झुकाए अपने बड़े भाई के आगे खड़े थे। पिताजी बोले, "स्वयं तो भैंस चरवाहा बनकर रह गए। तुम नहीं चाहते कि मेरी बेटी पढ़-लिखकर कुछ बने।" फिर पिताजी ने मुझे सिखाया—

"पढ़ोगे लिखोगे बनोगे नवाब!
खेलोगे कूदोगे होओगे खराब।"

अभी भी उसे स्मरण करते हुए कभी बाबूजी तो कभी चाचा वाली पंक्तियाँ जिह्वा पर तैरती हैं। पहले चाचा ने सिखाई थी, जाहिर है कि यह दोहा मुगलों के समय बना होगा। पढ़ने-लिखने वाला नवाब बनेगा और खेलने-कूदने वाला खराब बनेगा अर्थात् मुगलकाल में भी जनसाधारण को पाठशाला में भेजने के प्रयास हुए होंगे। फारसी में पढ़ना उत्तम शिक्षा थी। कहावत बन गई, 'पढ़े फारसी बेचे तेल, देखो भाई करम का खेल।' शिक्षित व्यक्ति को जीवन में मोटे और मेहनत के काम नहीं करने पड़ते, यह भी धारणा पुरानी है। एक अप्रैल को पत्रकार वार्त्ता कर प्रधानमंत्री ने हर बच्चे को शिक्षा के मौलिक अधिकार से लैस कराने का बिगुल बजा दिया है। उन्होंने यह भी आश्वासन दे दिया है कि इस अधिकार को लागू कराने में धन की कमी नहीं होगी। सरकार ने इसे लागू करने के पूर्व इसकी संभावना को यथार्थ में लागू करने के कई सूत्र भी तैयार करके राज्य सरकारों को भेजे हैं। मसलन शिक्षा के मौलिक अधिकार को यथार्थ में परिणत करने की सरकार ने ठान ली है। शिक्षा कभी भी सरकारी विषय नहीं रहा है। अध्ययन बताते हैं कि मुगलों के आने के पूर्व भारत एक सुशिक्षित देश था, हर गाँव में पाठशाला थी। सुसंस्कृत शिक्षक थे। शोध का विषय है कि फिर समाज निरक्षर क्यों हो गया, शिक्षा से मोहभंग क्यों हुआ? सच बात तो यह है कि मनुष्य के शरीर में ईश्वर ने पेट की रचना कर दी, वह पेट भरता है, खाली होता है। उसके भरने की चिंता करनी पड़ती है। देश में पेट भी सामूहिक रहा अर्थात् हर परिवार में अर्थार्जन का कार्य भले ही एक व्यक्ति करेगा, खाएगा सारा परिवार। धीरे-धीरे यह भाव भी व्यवहार में आया कि खेती-बाड़ी का धंधा करने में परिवार के हर व्यक्ति की भागीदारी होती है। परिवार बँधा रहता है, सामूहिक जीवन जीता है। किसी एक व्यक्ति (पढ़ा-लिखा) की आय पर आश्रित नहीं रहता। बच्चा-बच्चा भी स्वाभिमानी होता है, क्येंकि वह बचपन से अपने श्रम की कमाई खाता है, परंतु इस बीच अक्षर-अंक ज्ञान और स्कूली शिक्षा का प्रचार-प्रसार होता रहा। अंग्रेजों के काल में लॉर्ड मैकाले द्वारा सोद्‌देश्य लागू की गई शिक्षा का उद्‌देश्य और उसका हश्र हम सब देख रहे हैं। आज मात्र शरीर से हम भारतीय हैं, मन और बुद्धि में तो अंग्रेजियत ही आदर्श है। शिक्षा के मौलिक अधिकार को एक अप्रैल से लागू करते हुए प्रधानमंत्री मनमोहन सिंह ने अपनी उम्मीदें जताई हैं।

उनका कहना था, "नौजवान हमारे देश का भविष्य हैं और उन्हीं पर खुशहाल और मजबूत भारत निर्भर है। सरकार ने इस कानून को लागू कर अपने वादे को पूरा किया है, जो यह दिखाता है कि हम बच्चों के भविष्य को कितनी अहमियत देते हैं। इस कानून को लागू करने में केंद्र और राज्य सरकारों को मिलकर काम करना है। साथ ही बच्चों के परिवारों पर भी इसे सफल बनाने की अहम जिम्मेदारी है।" उन्होंने इस अधिकार को स्थापित करने के लिए सरकार द्वारा किए गए प्रावधानों की भी सूची तैयार कर ली है। उन्होंने अंत में कहा, "मैं अत्यंत साधारण परिवार से आता हूँ, कंधे में झोला लटकाकर बहुत दूर पढ़ने जाता था। शाम को मिट्टी के दीये में तेल डालकर जलाता था और उसकी रोशनी में पढ़ता था।"

अच्छा उदाहरण दिया प्रधानमंत्री जी ने। विकास की कई सीढ़ियाँ चढ़ने के उपरांत आज भी आधी से अधिक आबादी बिना बिजली के है, वहाँ बच्चे लालटेन या दीये की रोशनी में ही पढ़ते हैं, परंतु गाँवों में अब मेरे और उनके बचपन वाले शिक्षक नहीं रहे। वे शिक्षक मात्र स्कूलों में आए बच्चों को पढ़ाते भर नहीं थे। गाँव में जनसंपर्क करते रहना, सुबह-शाम गाँव में घूम-घूमकर बच्चों का व्यवहार देखना, अभिभावकों को बच्चे के साथ व्यवहार सिखाना, अभिभावकों को घरेलू समस्याओं के निपटारे के लिए सुझाव देना, पता नहीं कितने दायित्व ओढ़ रखे थे एक अदद मास्टर साहब ने। आज न वह गाँव रहा, न विद्यार्थी, न शिक्षक, न अभिभावक। दूरियाँ बढ़ गई हैं, अधिकार के प्रति जागरूकता बढ़ी है। कर्तव्य से पलायन हुआ है। ऐसी स्थिति में शिक्षा के अधिकार को लागू करने की बात सोचनी है। कुछ राज्य सरकारों ने इसे लागू करने का मन और तदनुकूल योजनाएँ भी बना ली हैं, इसलिए हमने एक-दो राज्य सरकारों के शिक्षामंत्रियों का ही मन टटोला है। जैसा कि मैंने शुरुआत में ही कहा कि शिक्षा का विषय केवल और केवल सरकार का विषय नहीं है, इसलिए विद्या भारती एवं एकल विद्यालय संगठन के कार्यों की भी समीक्षा की है। उनकी योजनाएँ सुनने-जानने-समझने की कोशिश की है। ये दोनों संगठन मात्र संगठन नहीं, आंदोलन हैं, जिन्होंने मात्र शिक्षा-शिक्षक और शिक्षार्थी की गुणवत्ता पर ही ध्यान नहीं दिया है, वरन् शिक्षा के जनसाधारणीकरण से लेकर शिक्षा में एकात्मता लाकर राष्ट्रीय एकता के भी सूत्र तलाशते रहे हैं। कानून स्वागत योग्य है। आवश्यकता है इसे ईमानदारी से लागू करने की, यह सच है कि शिक्षा के क्षेत्र में लगे सरकारी और निजी क्षेत्रों को इस ओर ईमानदारी से पहल करनी होगी। पत्र-पत्रिकाओं तथा टी.वी. चैनलों की भूमिका भी कम महत्त्वपूर्ण नहीं है। इस अभियान में आस्था और ईमानदारी से लगी संस्थाओं और व्यक्तिगत प्रयासों को सच्ची खबर के रूप में छापने वाले पत्र कम हैं। टी.वी. चैनलों को तो सनसनीजनक समाचार चाहिए। यह निश्चित है कि बिना जनअभियान के राष्ट्र का यह मिशन कामयाब नहीं हो सकता।

श्रमदिवस : अमेरिका के किसी राज्य में 1 मई को ही श्रमिकों के घंटे निर्धारित करने के लिए आंदोलन हुआ। भारत में भी हम उस तिथि को श्रम दिवस मनाने लगे हैं, श्रम दिवस पर श्रमिकों के हित की चिंता आवश्यक है।

इंग्लैंड के जॉन रस्किन ने अपनी पुस्तक 'अन टू दि लास्ट' में शरीर श्रम को महत्त्व देते हुए शारीरिक श्रम और मानसिक श्रम में भेद बतलाया था। उनका कहना था कि चिंतन, मनन और

लेखन का बौद्धिक काम एक दिन बंद रहा तो समाज का विशेष नहीं बिगड़ता, पर भंगी का काम एक दिन बंद हो जाए तो चहुँओर गंध फैल जाएगी, इसलिए समाज के लिए उनका काम अधिक जरूरी है। पर विडंबना यह है कि हम शारीरिक श्रम को विशेष तवज्जो नहीं देते। बुद्धि से काम करनेवालों को अधिक वेतनमान ही नहीं मिलता, उन्हें समाज में सम्मान भी अधिक मिलता है। क्यों? रस्किन का संपूर्ण चिंतन श्रम और जीवन पर आधारित है, उनका कहना है, "श्रम में आनंद आना चाहिए।" गांधीजी ने स्वीकार किया है, 'अन टू दि लास्ट' पढ़ने के बाद मेरी दृष्टि बदल गई। विचारक और चिंतक पं. दीनदयाल उपाध्याय ने इसे अंत्योदय कहा है। संगठन बनाने पर विशेष ध्यान है, संगठन के स्वरूप पर नहीं, श्रमिकों को मनुष्य समझने पर नहीं, उनके कर्तव्य पर नहीं, मात्र अधिकार चेतना जगाता है श्रम दिवस।

आधुनिक युग के चिंतक-विचारक श्रमिक समाज के विषय में संपूर्णता से विचार करनेवाले स्व. दत्तोपंत ठेंगड़ीजी ने एक बड़ा संगठन 'भारतीय मजदूर संघ' खड़ा कर दिए, उनके विचार आज भी प्रासंगिक हैं।

आज तो मानसिक श्रम करनेवाले तकनीकी श्रमिकों (कंप्यूटर पर काम करनेवाले) को भी मशीन समझ लिया गया है, उनका मानवीय आवश्यकताओं की ओर ध्यान नहीं जाता। सबसे अधिक शोषण इन्हीं का हो रहा है। शोषित हैं बौद्धिक श्रमिक।

नाटक विद्या में आस्था, विश्वास और परिश्रम से लगी श्रीमती रेखा जैन हमारे बीच नहीं रहीं। पचास-साठ वर्षों से नाटक के क्षेत्र में वे सक्रिय रहीं। उनके द्वारा बनाई 'उमंग' संस्था अभिनव कार्य कर रही थी। बचपन में माता-पिता द्वारा सप्रयास डाले गए विभेद रेखा से उनके बड़े होने तक दोनों वर्गों के बीच फासले चौड़े होते जाते हैं। वे फासले कभी पटते नहीं। समाज वर्गों में बँटा दिखता है, मानो दो देश के लोग हों।

(प्रभात प्रकाशन, नई दिल्ली)

□

उस आँगन का आकाश

(लेख-संग्रह)

"प्रकृति, पशु-पक्षी, रीति-रिवाज, जीवन-मूल्य, पर्व-त्योहार और नाते-रिश्तों से हमारा विविध रूप-रंग-रस व गंध का सरोकार रहता है। हमारी प्रकृति व संस्कृति परस्पर पूरक हैं, परस्पर निर्भरता ही इनका जीवन-सूत्र। हम उनके साथ रिश्तों के सरोकार से विलग नहीं रह सकते, लेकिन बदलते दौर में यह ऊष्मा लगातार कम हो रही है। इन सरोकारों में आई कमी कहीं न कहीं हमारे मन को कचोटती है। प्रकृति व संस्कृति के संरक्षण के लिए इन सरोकारों को बचाए रखना बहुत जरूरी है।" इसी दृष्टि से पाञ्चजन्य पत्रिका में छह वर्षों तक प्रकाशित स्तंभ 'सरोकार' के आलेख बड़े लोकप्रिय हुए।

तत्कालीन संपादक **श्री बल्देव भाई शर्मा**
संप्रति : उपाध्यक्ष, एन.बी.टी

चटाई का अपना संस्कार

घर के कोने में सलीके से मोड़कर रखी हुई चटाई का वजूद हमारे घरों में तो है ही, संस्कार में भी है।

"कुश की चटाई शबरी, झाड़ी के बिछावन लागे
आसन लगैता भगवान्, हे शबरी घर अयतन।"

बचपन में सहेलियों के कंधों पर हाथ रख गाँव में देवी-देवता पूजन के लिए जाते हुए यह झूमर गाया करती थी। शबरी के घर भगवान् आएँगे। प्रेम का अतिरेक है, परंतु शबरी के घर में सोफा सेट नहीं है। उसने तो कुश की चटाई बिछा रखी थी। सीता की खोज में राम निकलेंगे तो उसी रास्ते जाएँगे। कुश की चटाई प्रेमरस में पगी थी।

गीता में योग ध्यान करने की स्थिति का वर्णन है, "सबसे नीचे कुश की चटाई रखिए।" यानी चटाई कुश की ही चाहिए। हर घर में चटाई अवश्य होती थी।

चटाई पर बैठकर विभिन्न प्रकार के घरेलू काम निबटाए जाते थे। ग्रामीण जीवन में चटाई भी एक संस्कार होती थी। व्यवहार संस्कार। इसी पर बैठकर, न जाने कितने संस्कार संपन्न होते थे। किसी मेहमान का आगमन होते ही सबसे पहले चटाई बिछा दी जाती थी। चटाई बिछाकर पहले स्वागत किया जाता था। आज चटाई का स्थान भिन्न-भिन्न प्रकार की कुरसियों ने ले लिया। मेहमानो का स्वागत होता है, उन्हें कुरसियों पर बैठाया जाता है।

चटाई पर गुँथ कर ही बैठा जाता है। भिन्न-भिन्न प्रकार की गतिविधियाँ चटाई पर ही संपन्न होती रही हैं। मेरी एक कविता 'आई की चटाई' की पंक्तियाँ हैं—

"आई के पास थी एक चटाई,
पौ फटने से भी पहले जिसे वह, आँगन में प्रतिदिन पसारती
आँगन में दिनभर बिछी चटाई पर, कितनी बार, हमारी लड़ाई पर
फटकारती, दुलारती न थकती आई
बिखेरे हुए भात के दाने चुनती, झड़े हुए काले सफेद बालों को बिनती
एक-एक जड़ की पहचान थी उसे
कुछ मेरे सिर से झड़े घुँघराले, भाभी के लंबे-घने-चमकीले
रूप, रंग, आकार से पहचानती थी
बाल चटाई पर गिराने से फटकारती थी।"

हाँ, ऐसा ही था चटाई का जीवन और हमारी दैनंदिनी में उसका स्थान। हर आँगन में सुबह-सुबह चटाई पसारी जाती। दिनभर उस पर कई कार्य संपन्न होते। शाम ढलते ही चटाई समेट ली जाती। आँगन के एक कोने में खड़ी कर दी जाती। यूँ तो ओसारे, दरवाजे, बिछावन, बैलगाड़ी और मेला-ठेला में भी बिछती थी चटाई। दरवाजे पर भी पसरती थी चटाई, पर आँगन और चटाई का विशेष संबंध था। छोटे-बड़े घरों में दो से लेकर आठ-दस भी कमरे होते थे। कमरों में निजी जीवन होता था। चटाई तो साझे आँगन में ही पसरती थी। साझी होती थी चटाई। इसलिए बड़ी बुजुर्ग अम्मा हो या छुटका, चटाई पर ही विराजमान होते थे। आई जमाने के बदलते स्वरूप को देखकर चिंतित होतीं—

"मेरे बाद कौन पसारे, उठाएगी चटाई,
पर उस आँगन में जब जब चाँद उतरता है
जाती है चटाई पसारी और उठाई
छुटका को गोद में लिये, गाती है भाभी, आई का गीत
जमाने के अनुसार थोड़ा सुधारकर"

"चंदा मामा आरे आबअ, पारे आबउ, स्टील की कटोरिया में मैगी लावउ
कंप्यूटरी मुन्ना को मालूम है भेद, स्टील और सोने का, मैगी और भात का।"

समय बदला है। जीवन स्थितियाँ बदलीं है। आज भी छोटी झोंपड़ियों से लेकर बड़े फ्लैट

और कोठियों में भी चटाइयाँ बिछ रही हैं। आँगन न सही, बालकॉनी ही सही। बिछावन ही सही। आज भी हमारे घरों में चटाई की उपयोगिता है।

"भाभी के बाद भी, किसी नगर महानगर के फ्लैट में
पसरेगी सुबह-सुबह, माँ की ममता सी, समेटी जाएगी शाम को
संबंधों सी, एक चटाई"

चटाई का एक दर्शन है। भारतीय जीवन दर्शन समाया है चटाई की शान-बान में। आई बड़े मनोयोग से बुनती थीं चटाई। कुश, ताड़, कांड़ा, धान और कोदो का पुआल, न जाने कितनी चीजों से बुनी जाती है, आज भी चटाई। प्लास्टिक का युग है, तो प्लास्टिक की चटाई। जब से छोटी चटाइयाँ कारखानों में बुनी जाने लगीं, चटाई का एक नाम 'शीतलपाटी' भी पड़ गया। 'पटिया' तो पहले से ही नाम था। विवाह के बाद लड़कियों को दहेज में 'पटिया' देने की भी परंपरा थी। जिस वधू के साथ पटिया नहीं आई, उसके मायके की शिकायत होती थी। वधू को भी पटिया पर ही बैठाया जाता था।

"हम सबका आना और जाना, चटाई जैसा ही तो है
पसरना और सिमटना, जीवन के विश्वांगन में, इसलिए जरूरी है तो बस
हर मन में एक आँगन, ममता की चटाई
पसारने वाली आई, धमाचौकड़ी के लिए छुटका।"

चटाई के जीवन का उद्‌देश्य हमारे जीवन के उद्‌देश्य से मेल खाता है। इसलिए जब तक हम हैं, हमारे साथ चटाई अवश्य रहेगी।

जीवन में चटाई का विभिन्न उपयोग तो है ही। प्राथमिकशाला में नामांकन कराने के बाद छोटे-बड़े विद्यार्थियों के हाथ में छोटी चटाई भी होती थी। दादी या माँ के हाथों बुनी चटाई लेकर ही विद्यार्थीगण पाठशाला जाते थे। आज भी एक ओर एयरकंडीशन बड़े क्लास रूम में बच्चे पढ़ते हैं तो पेड़ के नीचे चटाई बिछाकर पढ़नेवाले चटियों (विद्यार्थियों) की संख्या भी कम नहीं है। वे चटाई लेकर ही विद्यालय जाते हैं। वे 'स्टूडेंट' नहीं, 'चटिया' कहलाते हैं। ठीक ही तो है। चटाई पर बैठकर पढ़नेवाला चटिया।

"खरीदार और बाजार में बदलते, इस संसार से गुजरते
आदमी के पल पर विश्राम हेतु, जरूरी है आई की चटाई।"

चटाई पर अनाज, कपड़े, रजाइयाँ और भी सामान सूखते रहे हैं, पर उस पर तो नन्हे-मुन्ने भी सूखते रहे हैं। तेल मालिश करके चटाई पर लिटाया जाता रहा है। धूप स्नान हो गया। नन्हे-मुन्ने क्या, बड़े-बुजुर्ग भी चटाई पर मालिश करवाते, चटाई पर ही सूर्य स्नान करते रहे हैं।

घास-फूस की चटाई को भी छूत लगती है। इसलिए उसे नहलाया भी जाता है। नहाने से चटाई का शुद्धीकरण हो जाता है। बचपन से चटाई पर सोने के अभ्यासी मानव-मानवियों की अंतिम यात्रा से पूर्व चटाई पर ही सुलाए जाने की परिपाटी रही है।

आज हमारे जीवन में औपचारिकताएँ बढ़ती जा रही हैं। बड़े-बड़े ड्रांइग रूम हैं, बड़ी-बड़ी कुरसियाँ। इन कुरसियों पर बैठनेवाले बड़े लोग सटकर नहीं बैठते। अलग-अलग सोफा में धँस

जाते हैं। तभी तो आई की चटाई की याद आती है, जहाँ सटकर ही बैठते हैं लोग। गुँथकर। शबरी कुश की चटाई बिछाती, सोने की चटाई नहीं। शबरी के घर आने पर रामचंद्र उसी पर बैठे थे। कम-से-कम हमारी स्मृति में ऐसा ही है। अयोध्या के महल में भले ही वे सोने की चटाई पर सोए होंगे, शबरी के कुश की चटाई पर बैठने का आनंद ही अलग मिला होगा। शबरी के प्रेम में पग गए होंगे भगवान्।

"पाकल पाकल बेर शबरी, चखी-चखी राखइ हो राम
भोग लगौतन भगवान्, हे शबरी घर अयतन।
प्रेम के वश भगवान्, हे शबरी घर अयतन॥

बाबूजी की पूजा के लिए कुश की चटाई बिछाई जाती थी। घर में साझा चटाई के अलावा सबकी अपनी-अपनी चटाई होती थी। बाकी सभी काम साझा। पूजा तो व्यक्तिगत ही होती थी। शबरी ने कुश की चटाई बिछाकर ऐसा प्रेम का प्रवाह बहाया कि आज तक हम गोते लगा रहे हैं और चटाई है कि भीगती नहीं।

(लेखों का संग्रह, प्रभात प्रकाशन, नई दिल्ली)

□

स्वच्छता संस्कार

(लेख-संग्रह)

प्रधानमंत्री द्वारा अपने स्वच्छता अभियान का उद्घाटन करते समय प्रथम दूत के नाते मृदुला सिन्हा का नाम लिया। इन्होंने यों तो अपने राज्य और राज्य के बाहर भी जागरूकता लाने के लिए अथक प्रयास किए हैं, पर दो पुस्तकें भी लिखीं, एक अंग्रेजी और एक हिंदी में 'स्वच्छता संस्कार'।

स्वच्छता और स्वैच्छिक शब्दों का प्रारंभ 'स्व' से होता है। दोनों शब्दों में 'स्व' का प्रयोग समान अर्थ में भले ही नहीं हुआ है, परंतु 'स्व' से स्व अर्थात् अपने की ही अनुभूति होती है। यह निश्चित है कि घर और बाहर, जहाँ कहीं व्यक्तिगत, सामूहिक या सरकारी स्तर पर साफ-सफाई के काम होते हैं, उनमें 'स्व' का ही योगदान है। व्यक्ति, संस्था या सरकार द्वारा स्वैच्छिक प्रयास ही है स्वच्छता अभियान। पारिवारिक, सामाजिक या राष्ट्रीय महत्त्व का कोई भी कार्य हो, पहली और अंतिम जिम्मेदारी व्यक्ति पर ही आती है। व्यक्ति को जाग्रत् करने के लिए भिन्न-भिन्न प्रकार से जागरूकता अभियान कार्यक्रम चलाए जाते हैं। व्यक्ति शरीर, मन और बुद्धि से सजग और स्वस्थ होता है, तो राष्ट्र जागरूक और स्वस्थ होता है। इसलिए राष्ट्रभक्ति का भाव भरने के लिए प्रारंभिक विद्यालय से लेकर जीवन-पर्यंत मुनष्य की बौद्धिक क्षमता के अनुसार ज्ञान दिए जाते हैं। जागरूक किया जाता है।

2 अक्तूबर, 2015 को प्रधानमंत्री द्वारा प्रारंभ किए गए स्वच्छता अभियान का उद्देश्य व्यक्ति के तन, मन और बुद्धि को स्वच्छ बनाने का ही प्रयास है। यहाँ विपन्नता या समृद्धि आड़े नहीं आती। स्वच्छता और समृद्धि का कोई तालमेल नहीं है। एक कमरे की झोंपड़ी के आगे-पीछे गोबर से सुबह-सुबह लीपती है कलिया। उसे देखकर उसका मन प्रसन्न होता है। आने-जानेवाले लोगों को भी उस साफ-स्वच्छ स्थान को देखकर प्रसन्नता होती है, लेकिन उस

कलिया का चूल्हा ठंडा है। उसमें जलाने के लिए लकड़ी नहीं है। गूँथने के लिए आटा नहीं है। फिर भी कलिया प्रसन्न दिखती है और उसका कारण, उसका साफ-सुथरा परिवेश है। छोटे-छोटे घरों-फ्लैटों से लेकर बड़े महलों में रहनेवाले लोग भी यदि उनके चारों ओर ठीक से सफाई नहीं हुई तो न प्रसन्न रहते हैं, न स्वस्थ। प्रसन्नता भी मन की स्वस्थता है। कुछ घरों के किचन में खाद्य सामग्रियाँ भरी रहती हैं। गैस का चूल्हा दस-दस घंटे जलता है, पर मात्र गंदगी के कारण भोजन भी स्वादिष्ट नहीं लगता। उसे खाकर लोग बीमार पड़ते हैं। दवाओं पर हजारों रुपए खर्च करते हैं। बीमारी का कारण नहीं ढूँढ़ पाते। कलिया अपनी भोजन सामग्री जुटाने के लिए प्रयास करेगी, लेकिन उससे पहले वह स्वच्छता के कारण प्रसन्न है। जिनके घरों में अकूत भंडार है, उन्हें भी स्वच्छता के लिए प्रयास करना पड़ता है। उनके जीवन में आनंद आता है, लेकिन दोनों ही स्थितियों में स्वैच्छिक प्रयास है। कलिया भी स्वयं प्रयास करेगी और साधन संपन्न व्यक्ति भी स्वयं प्रयास करेंगे। 'स्व' का ही महत्त्व है। स्वैच्छिक प्रयास होगा। स्वच्छता आएगी। व्यक्ति परिवार और परिवेश स्वस्थ रहेगा।

हमारे सामाजिक जीवन में व्यक्ति के साथ समूह का भी महत्त्व है। इसलिए एक-एक व्यक्ति का 'स्व' जुड़कर भी 'स्व' ही रहता है। समूह भी एक वचन है और अपने घर से बाहर यदि स्वच्छता लानी है तो समूह का महत्त्व हो जाता है। समाज सक्रिय होता है। वह समूह का स्वैच्छिक प्रयास होता है। सभ्यता के प्रारंभिक काल से ही समूह जीवन का विकास हुआ और देखते-देखते समाज में आई विकृतियों, समस्याओं और आवश्यकताओं की पूर्ति के लिए समूह द्वारा स्वैच्छिक प्रयास होने लगे। 1860 में समूह के इस स्वैच्छिक प्रयास को अंग्रेज सरकार ने कानूनी मान्यता देना प्रारंभ किया और सोसाइटी रजिस्ट्रेशन ऐक्ट, 1860 के तहत इस प्रकार के समूहों का पंजीकरण प्रारंभ हुआ। ध्यान दिलाना अनुचित नहीं होगा कि अंग्रेजों की सरकार थी और स्वतंत्रता आंदोलन में लगे राष्ट्रवादी समूहों का पंजीकरण संख्या के माध्यम से पकड़वाकर जेल भेजने एवं यातनाएँ देने की मंशा से ही वह पंजीकृत हुआ। स्वतंत्रता के बाद भी जवाहरलाल नेहरू ने इन संस्थाओं को चालू रहने के लिए केंद्रीय समाज कल्याण बोर्ड की स्थापना की। उनका उद्देश्य था कि ये संस्थाएँ स्वतंत्र भारत में कल्याणकारी सरकार की योजनाओं को जनता तक पहुँचाने में सहयोग देंगी। ऐसा ही होता रहा।

इस संबंध और कार्य में भी विकृतियाँ आईं। इनका नाम गैर-सरकारी संगठन ही चलता रहा, जबकि इनका अपना वजूद है। इन संस्थाओं के सदस्य स्वेच्छा से समूह बनाकर स्वयंसेवी संगठन बनाते हैं। सरकार से अनुदान भी लेते हैं और अधिकतर संस्थाएँ बिना अनुदान के भी समाज और राष्ट्र की सेवा में लगी हुई हैं। मैंने आज से पंद्रह साल पहले समाज और सरकार का ध्यान आकर्षित किया था। इन संस्थाओं को, जो स्वेच्छा से समाज निर्माण में लगी हैं, व्यक्ति-व्यक्ति को संस्कारित और जागरूक बनाती हैं, उन्हें गैर-सरकारी संस्था नहीं कहना चाहिए। राम, राम है। उसे कोई नहीं कह सकता कि यह श्याम नहीं है। इसलिए स्वैच्छिक संस्था को स्वयंसेवी संगठन ही कहना चाहिए। इस नाम से यह भी प्रगट होता है कि जो स्वयं की सेवा करेगा, वह स्वतः परिवार और राष्ट्र की भी सेवा करेगा। एक व्यक्ति के उत्तम होने पर पूरे गाँव को प्रतिष्ठा

मिलती है। आम के भरे एक टोकरे में एक आम सड़ जाता है तो पूरे टोकरे से दुर्गंध आती है। एक गाँव को बदनाम करने के लिए दुर्गुणों से भरा हुआ एक आदमी ही काफी है। इसलिए स्वेच्छा से जुड़ा हुआ समूह समाज के निर्माण में अच्छा कार्य करता है। इनका काम व्यक्ति के शरीर, मन, बुद्धि और आत्मा का भी विकास करवाना है। व्यक्ति के मानस को स्वच्छ बनाकर सामाजिक कार्य में लगाना है। जरूरत पड़ने पर समाज के मन में भी बदलाव लाना इनकी गतिविधियों में शामिल होता है।

जहाँ तक आज के परिप्रेक्ष्य में भारत को स्वच्छ बनाने का अभियान है, यह स्वैच्छिक प्रयास से ही सफल होगा। व्यक्ति, परिवार, समूह और सरकार का स्वैच्छिक प्रयास। यह सच है कि "बिन भय होहि न प्रीत"। कानून के द्वारा गंदगी फैलाने के लिए दंड मिलना ही चाहिए, लेकिन स्वच्छता अभियान में लगे लोगों को प्रोत्साहित एवं पुरस्कृत करना बहुत आवश्यक है। मनुष्य और संस्था भी पहचान की भूखी है। वह स्वच्छता अभियान का काम भी समाज में अपनी पहचान बनाने के लिए करेगी। ऐसी जो भी संस्था सामूहिक रूप से इस कार्य के लिए लगी है, उसे सभी स्थानों पर सम्मानित करना आवश्यक है। व्यक्ति और सामाजिक संस्था के सामने आदर्श प्रस्तुत करना।

स्वैच्छिक संगठन का उद्देश्य समाज को शिक्षित, स्वस्थ और समस्यारहित बनाना है। व्यक्ति, परिवार और समाज को सुखी बनाना है। समाज में शांति लानी है और इन सबके बेहतर उद्देश्य की प्राप्ति में स्वच्छता को अपनाना प्राथमिक कार्य है। दो राय नहीं कि समाज को स्वस्थ बनाने के लिए स्वच्छता आवश्यक है।

इन स्वयंसेवी संस्थाओं के नकारात्मक नाम एन.जी.ओ. से समाज में इनकी नकारात्मक दृष्टि और व्यवहार भी बन गया है। ये सरकार और दूसरी संस्थाओं की खामियाँ निकालने में ही लगे हैं। सकारात्मक रूप से क्या करना है, उस पर इनका ध्यान कम जाता है। इन स्वैच्छिक संस्थाओं की संख्या देश में लाखों हैं। ये भारत और भारत के बाहर की सरकारों से अनुदान प्राप्त करती हैं।

मैं कभी-कभी सोचती हूँ कि ये सारी संस्थाएँ एक समूह में आकर एक-दूसरे के साथी बनकर हाथ-में-हाथ मिलाकर खड़े हो जाएँ तो शायद देश के कोने-कोने में सामूहिक स्वैच्छिक संस्थाओं की एक शृंखला बन जाएगी और एक-एक सदस्य आस-पास में बिखरे कूड़े को उठाने लगेगा, तो संभवत: एक हफ्ते के अंदर ही देश के किसी भी भाग में कूड़े का एक भी टुकड़ा नहीं बचेगा। ये कैसा आनंददायी फल होगा? व्यक्तिगत रूप से साफ-सफाई करने एवं झाड़ू उठाने में शर्म भी आ सकती है। जब हम सबके सब स्वैच्छिक क्षेत्र के लोग एक शृंखला बनाकर खड़े होंगे तो भारत स्वच्छ हो जाएगा। हम सब को उस दिन का इंतजार है और तब और तभी भारत स्वच्छ होगा। स्वस्थ और सुखद भी और इस कार्य में और अधिक देर करने की जरूरत नहीं है। 2 अक्तूबर, 2016 के आते देर नहीं लगेगी। पूरे 365 दिन, बारह महीने और एक वर्ष में हम नहीं जग पाए हैं। सरकार की ओर से प्रयास हो रहे हैं, परंतु स्वैच्छिक क्षेत्र ने अपनी 'स्वेच्छा' और शक्ति अभी तक पुरजोर नहीं दिखाई है। मात्र सरकार के लिए यह अभियान नहीं है। मेरी तो

मान्यता है कि हर क्षेत्र में, हर प्रकार के विकास के लिए सरकार का दायित्व दाल में नमक के बराबर होना चाहिए। दाल तो हमें (जनता) पकानी है। जनता का आह्वान करने, जागरूक बनाने और स्वच्छता अभियान में शामिल करने के लिए तो स्वैच्छिक क्षेत्र को ही आगे आना चाहिए और अधिक देर नहीं करनी चाहिए। शीघ्रातिशीघ्र एक-दूसरे के साथी बनकर उठ खड़ा होना चाहिए। अभी आगे और विकास करना है। पहले स्वच्छता आवश्यक है।

स्वच्छता का कार्य केवल और केवल सरकार पर छोड़ने से नहीं बनेगा। हम सब एक हो जाएँ। समूह में खड़े हों। सवा सौ करोड़ आबादी जग गई तो गंदगी कहाँ बचेगी—

"एक चले एकाकी कहलाए,
दो से बन गए साथी
साथ-साथ सब मिलकर चलें
स्वच्छता के अभिलाषी।"

(प्रभात प्रकाशन, नई दिल्ली)

□

इसी बहाने

(लेख-संग्रह)

केंद्रीय समाज कल्याण बोर्ड के अध्यक्ष के नाते समाज और सामाजिक संस्थाओं की स्थिति के आकलन अनुभव के 72 आलेख बने। 6 वर्षों को 6 पर्वों में बाँटकर मनाया था। मृदुलाजी घूमती रहीं देशभर में। जो जहाँ देखा, उसे 'इसी बहाने' में अंकित किया। बहुत लोकप्रिय हुआ 'समाज कल्याण' पत्रिका का वह स्तंभ 'इसी बहाने'। इन लेखों में व्यक्ति, परिवार, समाज, स्वयंसेवी संस्थाओं को समस्याओं के निरीक्षण के सुझाव दिए गए हैं।

जन्मी को जीने का अधिकार

रधिया अपने ब्याह से बहुत खुश थी। एक कपड़े, एक-दो गहने पहन वह टाट की दीवार में टँगे टूटे-फूटे शीशे के सामने खड़ी हुई तो अपना चेहरा ही पहचान नहीं पाई। परंतु संतोष उसे अपने पेट भरने पर हुआ। पेट तो भरता ही रहा था, परंतु कभी मोटी रोटी और छाछ से, कभी माड़-भात से, कभी सूखा चूड़ा और नमक फाँकने से। उस रात उसके सामने परोसी थाली में सब कुछ था। दाल-चावल, पूड़ी, सब्जी, एक अचार और पाँच जलेबियाँ। रधिया ने पेट भरकर खाया। जीवन में पहली बार केवल पेट ही नहीं, मन भी भरा। इसलिए उसे माँ के घर से भी बढ़कर सुसराल अच्छी लगी। सुखद लगी। रात्रि को सुंदर सपने आए। माँ ने कभी ऐसा खाना नहीं दिया था। माँ के लिए बिसूरता मन भी भोजन की तृप्ति में डूबकर माँ को भूलने लगा। परंतु यह स्थिति ज्यादा समय नहीं रही। दूसरी सुबह भी उसे बासी भात, दाल और सब्जी मिली, परंतु उसके बाद से उसकी जिह्वा एक साथ ऐसे संतुलित भोजन के लिए तरसने लगी। मन भरकर खाने का स्वाद उसने सुसराल में चखा था। परंतु वह सुख का क्षण उस अघाएपन की याद उसके लिए जीवन भर के लिए पीड़ादायी बन गई। कुछ ही दिनों में उसने आधा पेट खाना अपनी (औरत की) नियति मान ली। उसकी उम्र बढ़ने लगी और स्वयं वह दो ब

च्चियों की माँ बनी। बेटियों को वह आधा–अधूरा ही अपना दूध पिलाती। बेटियाँ कभी सूखी रोटी, कभी माड़–भात खाती पलती गईं।

पाँच वर्ष बाद रधिया को एक बेटा हुआ। वह बहुत खुश थी। उसने बच्चे को पिलाने के लिए एक पाव गाय का दूध खरीदना शुरू किया। बड़े होने पर दाल, चावल और सब्जी खिलाती। उसके संस्कार में बेटा थोड़ा–बहुत पढ़–लिख गया। शहर में चपरासी हुआ। उसकी पत्नी भी शहर से आई। रधिया की बहू गर्भ से थी। बेटे ने माँ को शहर बुलाया। रधिया अपनी बहू और अगल–बगल की औरतों का रंग–ढंग देखकर दंग थी। वहाँ औरतें वही खाती थीं, जो अपने पति को खिलाती थीं। इतना ही नहीं, उसका बेटा प्रति शाम एक सेब या संतरा अपनी पत्नी के लिए लाता था। उसने माँ से साफ कहा, "माँ! डॉक्टरनी ने कहा है कि इसे पौष्टिक और भरपेट भोजन कराओ। तभी जच्चा–बच्चा स्वस्थ रहेंगे।"

बेटा स्वयं पौष्टिक आहार खरीदकर लाता था। रधिया बहू को खिलाती। अपनी दोनों बेटियों को याद करती, जिनमें से एक बच्चा जन्म देते हुए मर गई थी। दूसरी तो जिंदा थी, पंरतु बीमारी से उसके हाथ–पैर नहीं चल रहे थे। उसकी समझ में यह बात आ गई थी कि अपनी बच्चियों को उसने भरपेट भोजन नहीं दिया, इसलिए वे कमजोर रहीं। परंतु उसने ऐसा क्यों किया ? उसके मन में औरतों को घटिया और आधा पेट भोजन कराने की बात आई कहाँ से ? उसे स्मरण आया, जब वह बहुत छोटी थी, उसके घर में एक त्योहार के लिए चावल, दाल और दो सब्जियाँ बनी थीं। दही भी था। पुरुषों को खिलाकर उसकी माँ ने भी अपनी थाली में सबकुछ परोस लिया। उसकी दादी ने देखा और माँ के सामने से थाली खींचती हुई बोली, 'ई मुँह मसूर की दाल। औरत की जात कहीं एक साथ भात, दाल, तरकारी खाती है। फिर तो जात बदल जाएगी।' माँ की वह स्थिति याद कर रधिया की आँखें भर आई। रधिया मन–ही–मन बुदबुदाई—'अब बदलने दो बहू की जात। औरत की जात। खाने दो उसे चावल, दाल, सब्जी, फल और दूध। डॉक्टरनी ठीक कहती हैं—'औरत मजबूत होती तो बच्चा तंदुरुस्त होगा।'

रधिया की पोती हुई। रधिया ने बहू को घी के लड्डू खिलाए और पोती के लिए दूध खरीदने लगी। पोती को गोद में लिये न जाने क्या गुनती–धुनती रही। कुछ–कुछ बुदबुदाती। उसे अपनी बेटियों की याद आती।

"बहू ! मुन्नी अपनी बड़ी बुआ पर गई है। वैसी ही आँखें, वैसी ही नाक, वैसे ही होंठ। बस इतना ही फरक है, वह पेट से ही सूखी–सूखी बीमार थी। नजर न लगे, अपनी मुन्नी भरी–पूरी है।"

"माँजी! आपकी नजर नहीं लगेगी। अपनी मुन्नी 'बेबी शो' में प्रथम आई है। इसलिए कि आपने मुझे और मुन्नी को अच्छी खुराक दी। खुराक अच्छी, तो सेहत अच्छी। अब एक ही दो बच्चे होंगे। उन्हें स्वस्थ तो रहना चाहिए न!" रधिया आँखें फाड़कर अपनी बहू की समझदारी भरी बातें सुनती। उसे लगता, सचमुच जमाना बदल गया है।

एक दिन वह अपनी बहू के साथ अपने मुहल्ले की सभा में चली गई। वहाँ एक बहनजी आई थीं। एक डॉक्टरनी और वकील भी थीं। सब की सब औरतों के जीवन के बारे में बोल रही थीं। एक बहनजी ने कहा, "औरत को मर्दों से ज्यादा काम करना पड़ता है, घर भी बाहर भी। इसलिए उसे ज्यादा और पौष्टिक भोजन की जरूरत है। कम–से–कम आप लड़कियों को भी

वही भोजन दिया करो, जो लड़कों को देती हो।" रधिया की जिह्वा पर अपनी शादी की रात खाए भोजन का स्वाद तिर गया।

जोशीले और जानकारीयुक्त कई भाषण सुनकर रधिया के मुँह से अनायास दो पक्तियाँ फूट पड़ीं—

"जब बदलेगी जनाना, तब बदलेगा जमाना।"

सारा सभागार दो पंक्तियों को नारा बनाकर गूँजता रहा।

रधिया का उत्साह और उमंग देखकर बहनजी ने किसी विशेष कार्य के लिए रधिया का चुनाव कर लिया। कहा, "अम्मा! अब आप एक काम करो। घर-घर जाकर यही प्रचार करो कि सभी जनाना को बदलना है। अपनी और अपनी बेटियों की खुराक बढ़ानी है। पौष्टिक आहार देना है।"

रधिया अब 'अम्मा' है। अति व्यस्त। घर-घर जाकर महिलाओं को अपनी सेहत का ध्यान रखने की सीख देती है। परंतु यह कहते-कहते अतीत में खो जाती है। जीवन में एक ही बार मन भरकर अपने भोजन की बात बताती है। अपनी बेटियों को कम खिलाने की भूल को स्वीकारती है। अपनी गलत सोच की जिम्मेदारी अपनी दादी की मानती है। स्वयं दादी बनकर अपनी दादी के औरतों के प्रति गलत विचार पर पश्चात्ताप करती है। उसके पश्चात्ताप का ढंग भी अनोखा है। बेटी को आधा पेट भोजन देने की अपनी भूल का पश्चात्ताप वह पोती को अघा-अघाकर खिलाकर करती है। इतना ही क्या कम है रधिया की उम्र के लिए। बीती पीढ़ियों के संस्कार को तिलांजलि देती रधिया नई पीढ़ी के नए निर्माण के लिए सक्रिय है। रधिया का बदलाव ही माने रखता है।

'महिला सशक्तीकरण पर्व' पर इन रधियाओं का मन बदलने का ही संकल्प है। बेटी जन्म पर भी बहू को हलुआ और गोंद के लड्डू खिलाने की परंपरा प्रारंभ करवाने का पर्व है यह वर्ष। संस्कार गीतों के भाव बदलने का त्योहार—

"खाओ बहु हलुआ बेटी हुई है
बजाओ बहू बाजा बेटी हुई है।
खिलाओ भाभी हलुआ बेटी हुई है
लुटाओ भाभी कंगना बेटी हुई है।"

आइए, तमाम सरकारी और स्वैच्छिक संगठनों के माध्यम से बेटी को दोयम समझनेवाले इन गीतों के भाव बदलकर बालिका शिशु को सम्मान दिलवाएँ, जन्मी को जीने का अधिकार।

(केंद्रीय समाज कल्याण बोर्ड, नई दिल्ली)

□

जीवन पाथेय

(लेख-संग्रह)

"छोटी-छोटी रचनाएँ। कम शब्दों में गूढ़ बातें कह जाती हैं। दैनिक हिंदुस्तान में समय-समय पर प्रकाशित लघु, पर गहरे अर्थ से परिपूर्ण आलेख।"

युद्ध और प्रेम दोनों स्थितियाँ व्यक्ति, समाज और देश के सामने आती हैं। कहते हैं, "युद्ध और प्रेम में सबकुछ क्षम्य है अर्थात् दोनों ही स्थितियों में संवेग अपने चरमोत्कर्ष पर रहता है। दोनों में दो पात्रों का होना आवश्यक है। दो व्यक्ति, दो परिवार या दो देश। युद्ध में जहाँ प्रतिद्वंद्विता की स्थिति है, वहीं प्रेम में पूरकता की, परंतु व्यक्ति-समाज या देश की भावनाओं को इस हद तक उकसाने वाली स्थितियाँ नहीं बननी चाहिए, जो दोनों पक्षों को मरने-मारने की मानसिकता तक पहुँचा दें। युद्ध में गालियों, गोलियों और विभिन्न औजारों का निषेध नहीं होता। छल-कपट से ही युद्ध जीतना है। खेल के मैदान में यही मनःस्थिति होती है। किलिंग स्प्रिट।

प्रेम में भी मरने-मारने की स्थिति आ जाती है। एक-दूसरे को जीत लेने की ऐसी उत्कंठा होती है कि सही और गलत व्यवहारों की पहचान नहीं हो पाती। अपने-परायों का भेद मिट जाता है। प्रेम में आँखों पर पट्टियाँ बँध जाती हैं। इसलिए सामाजिक व्यवहारों को ताक पर रखकर भी जीतने का लक्ष्य रखा जाता है।

दोनों ही स्थितियों में घृणा और प्रेम को प्रगाढ़ करने के मार्ग ढूँढ़े जाते हैं। युद्ध और प्रेम की जीत के बीच आए व्यवहार सामान्य व्यवहार नहीं होते। दोनों स्थितियों में मन सामान्य होने पर युद्ध और प्रेम करनेवालों को स्वयं अटपटा लगता है, "अरे! मैंने यह क्या कर डाला।"

परंतु उस वक्त उसे अपना व्यवहार अटपटा नहीं लगता। उसे जीत की ही संभावना दिखती है। हर मनुष्य के जीवन में युद्ध और प्रेम की स्थितियाँ आती हैं। दोनों की आयु अवधि भले ही क्षीण हो, पर युद्ध युद्ध है और प्रेम प्रेम। दोनों में जीत का गहनतम संवेग होना ही चाहिए। दोनों

ही स्थितियों में जीत या हार के उपरांत एक ही मानसिकता होती है। जीत की जहाँ खुशी होती है, वहीं हार पर दु:ख। जीत के भाव सँभालना भी कठिन होता है और हार की मानसिकता सहना भी।

युद्ध और प्रेम में अपने ही द्वारा संपन्न व्यवहार, बोली और हरकतों पर सामान्य समय में स्वयं आश्चर्य होता है, "क्या वह मैं ही था/थी, जिसने प्रतिद्वंद्वी के लिए ऐसी गालियाँ निकालीं या प्रेम के वशीभूत होकर वैसे व्यवहार किए?

युद्ध की समाप्ति और प्रेम उन्माद के सामान्य होने पर ऐसी अनुभूति होती है, अर्थात् दोनों ही स्थितियों में वह जिंदा रहा/रही। अटपटे व्यवहार और बातें तो युद्ध और प्रेम की थीं। तब समझा जाता है कि दोनों स्थितियों में विजय हुई।

('जीवन पाथेय' लेखों का संग्रह, आर्यन पब्लिकेशन, दिल्ली)

□

बिहार इंद्रधनुषीय लोकरंग

बूटन के करतब

"माँ कुछ खाने को दे दो, भूख के मारे रहा नहीं जाता।" बूटन ने बड़ी मुश्किल से इतना कहा। बूटन की माँ का कलेजा फटा जा रहा था। वह एक क्षण सोचती रही, फिर बोली, "बेटा घर में खाने को कुछ नहीं है। तुम्हारे पिता की अकाल मृत्यु ने हमें अंदर और बाहर से जर्जर कर दिया है। क्या करूँ, तुम्हीं बताओ।"

बूटन एकाएक उठा। उसने बड़े आत्मविश्वास से कहा, "कोई बात नहीं। और कुछ नहीं तो भगवान् ने मुझे इतनी बुद्धि जरूर दी है कि मैं दोनों के लिए रोटी कमा सकूँ। माँ, मैं चलता हूँ, मुझे आशीर्वाद दो।"

बूटन बड़ा चतुर और खुशमिजाज लड़का था। उसमें बुद्धि भरी पड़ी थी। वह अपने देश के राजा से मिलने निकल पड़ा।

रास्ते में वह सीटी बजाते, उछलते-कूदते जा रहा था। उसे आशा बँध गई थी कि राजा उसे अवश्य नौकरी देगा। इसी आशा ने उसके तन-मन में बिजली कौंधा दी थी। थोड़ी दूर जाने पर उसकी मुलाकात एक लड़की से हुई, जो ग्वालिन थी। वह कुछ दूर तक उसके साथ पगडंडी पर चलती रही। बूटन मचलता चल रहा था और कुछ गुनगुनाता भी। लड़की को लगा कि यह मुसाफिर बड़ा जिंदादिल है। इसके संग ये वीरान रास्ता मस्ती में कट जाएगा। रास्ता तो कटता जा रहा था, लेकिन सिर पर रखी दही की भरी मटकी उसे बड़ी भारी लग रही थी। जब उससे रहा न गया तो उसने कहा, "बाँके छोरे, कोई ऐसा उपाय बता जिससे मुझे थकावट भी न हो और रास्ता भी कट जाए। सिर पर मटकी का बोझ और ऊपर से सूरज की तपन से शरीर झुलसा जा रहा है। क्या करूँ, कुछ तो बता!"

"चिंता न करो, अभी उपाय किए देता हूँ।" बूटन ने एक ईंट का टुकड़ा उठाकर उसकी मटकी पर दे मारा। मटकी फूट गई। सारा दही ग्वालिन के शरीर पर बिखर गया। मटकी बिल्कुल फूट गई। वह गालियाँ बकने लगी। पर बूटन पर उन गालियों का कोई असर नहीं पड़ रहा था। वह

अकड़ा खड़ा था, मनो उसने ग्वालिन की मदद की हो। ग्वालिन जब मारने दौड़ी तो वह भाग खड़ा हुआ और ग्वालिन से पहले शहर पहुँच गया। ग्वालिन बेचारी क्या करती। रो-धोकर चुप हो गई और राजा के पास फरियाद करने शहर चल पड़ी।

शहर पहुँचकर बूटन को भूख सता रही थी। वह एक हलवाई की दुकान पर गया और पूछा, ''भाई, खाने को क्या है तेरे पास?'' हलवाई ने कहा, ''तू बता तुझे क्या चाहिए। ये रसगुल्ले, ये गुलाब जामुन, ये बर्फी, पेड़े और ये सब खाना।'' सभी मिठाइयों में से एक-दो टुकड़े लेकर बूटन ताबड़तोड़ निगलने लगा। भरपेट मिठाई खाकर फिर वह चलने लगा। हलवाई ने उसे रोका, ''अबे, चला कहाँ? मिठाई के पैसे कौन देगा।'' बूटन ने उत्तर दिया, ''कैसा पैसा? तुमने तो शुरू में पैसे की बाबत कुछ नहीं कहा। सिर्फ यही कहा, ये सब खाना। सो मैंने खा लिया।'' हलवाई गुस्से से बोला, ''तो तू क्या मेरा दामाद था, जो मैंने खातिरदारी की। चल पैसे ला, नहीं तो मैं राजा के पास ले चलूँगा।'' लेकिन हलवाई की खरी-खोटी तथा गालियों का बूटन पर कोई प्रभाव नहीं पड़ा, वह निश्चिंत-सा खड़ा था। हलवाई उसे मारते-पीटते, धक्का देते हुए राजा के दरबार में ले आया। दरबार लगा ही था। वहाँ कोई लड़की रो-रोकर किसी की शिकायत कर रही थी। हलवाई के साथ बूटन को दरबार में घुसते देख वह चिल्ला पड़ी, ''राजा साहब! यही वह दुष्ट लड़का है, जिसने मेरी मटकी फोड़ी थी। इसे कड़ी सजा दें। हाय, मेरी मटकी! दही और मलाई से भरी मेरी मटकी कितनी मजबूत थी। हाय...।'' वह रोती-कलपती तथा बीच-बीच में अपनी गरदन एवं छाती पर पड़ी मलाई उठाकर चाटती भी थी। इसी बीच हलवाई भी बोल पड़ा, ''महाराज, इस शैतान लड़के ने मेरी दुकान से बहुत सारी मिठाइयाँ खाईं, जब मैंने पैसे माँगे तो एक पैसा भी नहीं दिया। मेरे पैसा दिला दो, वरना मैं इसे कच्चा चबा जाऊँगा।'' उनकी शिकायत सुन राजा ने बूटन से पूछा, ''छोकरे, तुझे कुछ कहना है?'' बूटन बोला, ''राजा साहब, इनकी शिकायत बिल्कुल ठीक है। मुझे अपना बचाव झूठ बोलकर नहीं करना। पहले मैं ग्वालिन लड़की की शिकायत के बारे में कहूँगा। रास्ते में इसने मुझसे कहा, ''मुझे मटकी भारी लग रही है। दूसरे, मेरा शरीर सूरज के ताप से जला जा रहा है। तीसरे, कंठ एवं होंठ सूख रहे हैं। कुछ उपाय बताओ।'' मैंने झट ईंट के टुकड़े से मटकी फोड़ दी। एक साथ इसके तीनों कष्ट दूर हो गए। मटकी फूट गई, इसका शरीर शीतल हो गया, कंठ और होंठ भी भीग गए। देखिए, अब तक मलाई चाट रही है। अब हलवाई की बात। इसने मुझे बहुत सारी मिठाइयाँ दिखाईं, उनके दाम बताए और अंत में कहा कि जो मन हो खा जा। मैं खा गया। अब आप ही बताएँ, भला मेरी क्या गलती है?''

अपनी सफाई पेश कर वह निर्विकार भाव से खड़ा हो गया। राजा उसकी हाजिरजवाबी एवं अक्लमंदी पर बहुत खुश हुआ और बोला, ''मैं तुम्हारी चतुराई पर खुश हूँ। तुम चिंता की घड़ी में मेरा मन बहलाव करोगे। मैं तुम्हें पाँच सौ रुपए महीने का वेतन दूँगा।'' उसके बाद उसने ग्वालिन और हलवाई को हर्जाना दे दिया और बूटन को नौकरी पर रख लिया। बूटन के दिन मजे में कटने लगे। वह राजा का प्यारा बन गया। बहुत दिन बाद उसने घर जाने की अनुमति माँगी। वह राजा ने आज्ञा दे दी और साथ में पाँच हजार रुपए दिए। बूटन ने उन रुपयों को एक बोरे में भरकर एक घोड़े की पीठ पर लाद लिया। घोड़े की रास पकड़े वह चलता जा रहा था। उसने घोड़े से कहा,

''मैंने तुम्हारी पीठ पर पाँच हजार रुपए के सिक्के लाद रखे हैं। तुम उसी के भार से दबे जा रहे हो। मैं तुम्हारी पीठ पर नहीं बैठूँगा।''

सड़क के किनारे की एक झाड़ी की ओट में बैठे चार धूर्तों ने बूटन की बात सुन ली। उन्होंने तय किया कि इसको वे अपने राज्य से इतने पैसे नहीं ले जाने देंगे। इसे पाठ पढ़ाया जाना चाहिए। इसके पैसे आज ही रात झटक लिये जाए और इसे अपने पेशे में शामिल किया जाए। उन्होंने झट एक योजना बना ली। इसके बाद वे उसके पास गए और बड़ी आत्मीयता जताते हुए बोले, ''भानजे, तुम इतनी कड़ी धूप में कहाँ जा रहे हो। तुम्हारे होंठ सूख गए हैं। हम लोग कब से तुम्हारी तलाश में हैं। चलो तुम्हें मामियों से मिला दें। तुम खा-पीकर आज आराम कर लो। कल अपने घर चले जाना।''

बूटन ने कहा, ''जरूर-जरूर, भला मामियों से मिले बिना मैं जा सकता हूँ। अपने प्यारे मामाओं का आग्रह कैसे टाल सकता हूँ।''

चारों धूर्त उसे घर ले गए और अपनी पत्नियों से मिलाया। पत्नियाँ भी कम चालबाज न थीं। बड़े प्रेम से भानजे से मिलीं। भानजे को तरह-तरह के पकवान खिलाए। उधर बूटन को समझते देर न लगी कि दाल में कुछ काला है। उसने घोड़े से सिक्के उठाकर घोड़े की लीद में छुपा दिए। खा-पीकर जब वह सोने चला तो अपनी मामियों से कहा, ''मेरे घोड़े को अच्छी तरह खिला-पिला देना, क्योंकि प्रतिदिन सुबह वह बहुत से सिक्के अपनी लीद के साथ गिराता है। यदि भरपेट नहीं खाया तो सिक्के भी कम निकलेंगे।'' मामियों ने भानजे को प्यार से सुलाया। थोड़ी ही देर में बूटन खर्राटे भरने लगा। मामियाँ आश्वस्त हो धीरे-धीरे उठीं। इशारे से ही कुछ बातें कीं। घोड़े के पास जा उसकी लीद टटोलने लगीं। एक ने कहा, ''अरे देखो। यह लड़का झूठ नहीं कह रहा था। ये हैं सिक्के। हम लोग इस घोड़े को ही रख लेंगे।'' सब खुश हो गईं। दूसरी ने कहा, ''पूरा चारा ले आ। घोड़े को भरपेट खिला दें।'' बूटन तो सोने का बहाना कर रहा था। वह तो वास्तव में जगा हुआ ही था। उसने उन औरतों की सारी बातें सुन लीं। वह बहुत तड़के ही बिछावन छोड़ उठ गया। मामियों को उठाकर बोला, ''अब मैं जाऊँगा। बहुत दूर जाना है। मामा लोगों को मेरा राम-राम कह देना।''

''अरे भानजे, इतनी दूर इस मरियल-से घोड़े से कैसे जाओगे ? हमारा घोड़ा ले जाओ। भानजे का हक सदा मामा से कुछ लेने का ही होता है।'' एक ने कहा। दूसरी मामियों ने उसकी हाँ में हाँ मिलाई। बूटन ने पहले तो आनाकानी की, लेकिन अंत में मामियों की बात मान वह बढ़िया घोड़ा ले चलता बना। सुबह जब बूटन के घोड़े ने लीद की तो उसमें किसी सिक्के का कोई नामो-निशान नहीं था। स्त्रियों ने समझ लिया कि उनके साथ धोखा हुआ है। मामा बूटन से बदला लेने दौड़ पड़े। उधर रास्ते में बूटन सोचता जा रहा था, 'ये धूर्त मेरा पीछा नहीं छोड़ेंगे, लेकिन मैं उनसे क्या कम हूँ! आखिर हूँ तो उनका ही भानजा।' इसी बीच उसने विचरते हुए खरगोशों को देखा। कुछ सोच उसने एक खरगोश के जोड़े को उठा लिया। कुछ देर बाद वह अपने घर पहुँच गया।

माँ की खुशी का ठिकाना न था। उसका इकलौता बेटा बूटन इतने दिनों बाद लौटा था। वह भी पाँच हजार रुपए लेकर। माँ अपने बेटे के लिए जल्दी-जल्दी भोजन तैयार करने लगी। बूटन ने कहा, ''माँ! पाँच-छः आदमियों के लिए भात, दाल और कढ़ी बना लो।''

बूटन ने एक खरगोश को चौक के खंभे से बाँध दिया तथा दूसरे को लेकर गाँव के बाहर मैदान में इधर-उधर घूमने लगा। उधर से चारों ठग बड़े तैश में आते दिखे। वह निश्चिंत हो घूमता रहा। उनके नजदीक आने पर उसने कहा, ''अहा, मामा लोग! आप आ गए। बड़ी खुशी हुई।'' एक ने बिगड़ते हुए कहा, ''कहाँ है हमारा घोड़ा? हम उसे ले जाएँगे और तुम्हारा सड़ियल टट्टू तुम्हें वापस करेंगे।'' बूटन ने कहा, ''अहो भाग्य, जो मेरा घोड़ा वापस मिल जाएगा। अच्छा, पहले आप लोगों को माँ से तो मिला दूँ।'' उसने खरगोश के कान में धीरे-से कुछ कहा और उसकी रस्सी छोड़ दी। खरगोश घर की ओर सरपट भागा। ठगों ने जिज्ञासा प्रकट की, ''तुमने खरगोश से क्या कहा?'' ''मैंने उसे यह कहकर भेजा है कि वह जाकर माँ को जल्दी अच्छा खाना तैयार करने को कहे। आखिर आप लोग इतनी दूर से थककर आए हैं।'' बूटन ने कहा। चारों ठग उसके साथ चल दिए। रास्ते में बूटन अपनी चटपटी मजेदार बातों से उनका मन-बहलाव करता रहा। साथ ही उन्हें विश्वास दिलाता रहा कि वह उनका शुभेच्छु है।

घर पहुँचने पर ठगों ने देखा कि बूटन की माँ स्वादिष्ट भोजन परोसे उनका इंतजार कर रही है। उन्हें विश्वास हो गया कि बूटन का खरगोश बड़े काम की चीज है। उसे हथियाने के लिए उनका मन लालायित हो उठा। उन्होंने बूटन से कहा, ''प्यारे भानजे! तुम हमारा घोड़ा रख लो और हमें यह खरगोश दे दो। यह हमारे काम आएगा। और हाँ, हम लोग उस खरगोश के लिए पाँच हजार रुपए भी देंगे।'' बूटन ने थोड़ी आनाकानी की, अंत में उसने पाँच हजार रुपए लेकर खरगोश दे दिए।

ठग खरगोश ले अपने घर चले। अपने गाँव के पास पहुँचकर उन्होंने खरगोश के कान में कहा, ''जाओ हमारी पत्नियों से कहना, खाना तैयार रखे और उसकी रस्सी खोल दी।'' खरगोश भागकर झाड़ी में चला गया। घर पहुँचकर उन्होंने अपनी पत्नियों से खरगोश के बारे में पूछा। औरतें आश्चर्य से बोलीं, ''कैसा खरगोश?'' ''अरे, तुम क्या मजाक कर रही हो? हमने अपनी आँखों से उस खरगोश का करिश्मा देखा था।'' कुछ देर नोंक-झोंक होती रही। तब कहीं उन्हें भानजे द्वारा फिर ठगे जाने का एहसास हुआ। पत्नियों ने बूटन से बदला लेने के लिए उन्हें खूब उकसाया।

इधर बूटन भी जानता था कि मामा लोग खबर लेने से बाज नहीं आएँगे। उसने पहले से ही उनके लिए खाना बनवा रखा था। थोड़ी देर में सचमुच ही मामा आ धमके। बूटन ने उनका स्वागत करते हुए कहा—''आइए! खूब करामात दिखाई होगी मेरे खरगोश ने।''

उन्होंने गुस्से में कहा, ''तुम हमसे चालाकी कर रहे हो। तुम्हारा खरगोश जंगली था और जंगल में भाग गया। चुपचाप हमारा घोड़ा और पाँच हजार रुपए वापस कर दो।''

बूटन ने बड़ी शांति से कहा, ''ठीक है। मैं रुपया और घोड़ा तो लौटा ही दूँगा, लेकिन मुझे अपना कीमती खरगोश भी चाहिए।''

''हम लोग तुम्हारा खरगोश नहीं लौटा सकते, कान खोलकर सुन लो।'' ठगों ने कहा। ''अच्छा फैसला बाद में कर लेंगे। पहले आप लोग खाना खा लें। मामा-भानजे के बीच की बात है, किसी तीसरे को थोड़े बुलाना है।'' बूटन ने उन्हें शांत करते हुए कहा। वे लोग भोजन के लिए तैयार हो गए। सब खाने बैठे। बूटन भी खा रहा था। एकाएक वह उठा और एक डंडे से अपनी माँ को बुरी तरह पीटने लगा। वह मारते-मारते बोलता जाता, ''आखिरकार तुमने क्या समझकर

मेहमानों के लिए बनाई दाल में इतना नमक डाला।'' उसने माँ की इतनी पिटाई की कि वह मर-सी गई। मामा लोग खाना छोड़ उठ बैठे। सब स्तब्ध थे। थोड़ी देर बाद उसने एक-दूसरा डंडा अपनी माँ के नाक के पास रखा। वह तुरंत उठ बैठी।

धोखेबाजों के आश्चर्य का ठिकाना न रहा। उन्होंने बड़ी उत्सुकता से पूछा, ''यह कौन सा जादू है?'' बूटन गर्व से बोला, ''कुछ नहीं, मामा लोग। मेरे पास दो डंडे हैं। एक की मार से आदमी मर जाता है, लेकिन दूसरा डंडा भी है जिसे मरे हुए को सुँघा देने पर वह जिंदा हो जाता है।''

चारों ठग कानाफूसी करने लगे। एक ने प्रस्ताव रखा, ''भानजे हमें कुछ नहीं चाहिए। तुम हमें अपने दोनों डंडे दे दो।'' बूटन मुश्किल से डंडों को देने को राजी हुआ। डंडे ले धूर्त चले गए। उनके जाने के बाद बूटन ने माँ से लिपटते हुए पूछा, ''माँ! माँ! तुम्हें चोट तो नहीं लगी?''

माँ को अपने बेटे की बुद्धि पर आश्चर्य हुआ। बोली, ''बेटे मुझे चोट तो नहीं लगी, लेकिन तुम साँप के बिल में हाथ डाल रहे हो। वे लोग तुम्हें हरगिज नहीं छोड़ेंगे।'' बूटन ने आत्मविश्वास से कहा, ''नहीं माँ, वे मेरा कुछ नहीं बिगाड़ सकते। तुम देखती जाओ।'' उधर चारों ठग पीते हुए अपने गाँव पहुँचे। उन्हें इतनी बड़ी चीज हासिल हुई थी, फिर भला वे धैर्य कैसे रखते! घर पहुँचते ही उन्होंने एक-एक कर अपनी पत्नियों को पीटना शुरू कर दिया। पीटते-पीटते उन्हें जान से मार डाला। फिर दूसरा डंडा उठा पत्नियों को सुँघाने लगे, लेकिन कोई जिंदा न हुई। उन्हें पत्नियों से हाथ धोना पड़ा। वे किंकर्तव्यविमूढ़ हो गए। कहावत है कि अपनी हार और अपनी बहू की मार कोई किसी से नहीं कहता।

वे फिर बूटन के पास पहुँचे। इस बार उनकी बूटन को मार देने की योजना थी। पहुँचते ही उन्होंने बूटन के हाथ पैर बाँध दिए और एक बोरे में कस दिया। फिर बोरे को ले वे चल पड़े। उसे नदी में डुबो देने का निश्चय किया था। रास्ते में एक जगह रामलीला हो रही थी। उन्होंने एक चौक में बोरा रख दिया और स्वयं रामलीला देखने चले गए। वहीं कहीं पास में कोई चरवाहा गीत गाता गाय-भैंस चरा रहा था। उधर बूटर बोरे के भीतर से आवाज दिए जा रहा था, ''यह लो अब लक्ष्मण और मेघनाद का युद्ध शुरू हुआ। अच्छा, लक्ष्मण घायल हो गए। देखो, हनुमान संजीवनी बूटी लाने चले। आहा! अब राम-रावण युद्ध शुरू हुआ।'' वह थोड़ी-थोड़ी देर पर एक-एक वाक्य बोलता जाता। आखिरकार चरवाहे ने आवाज सुनी। वह कौतूहलवश बोरे के नजदीक गया और पूछा, ''तुम कौन हो भाई? तुम्हें रामलीला की कहानी कैसे मालूम?''

बूटन अंदर से ही बोला, ''अरे भई, क्या करोगे जानकर? जो कोई हाथ-पैर बाँधकर इस बोरे के अंदर थोड़ी देर के लिए आ जाता है, उसे सारी रामायण याद हो जाती है।''

चरवाहे को बड़ा आश्चर्य हुआ। उसने सोचा यदि उसे भी सारी रामायण याद हो जाती तो दिन भर गायें नहीं चरानी पड़तीं। रामलीला करता और खूब पैसे कमाता। उसने गिड़गिड़ाते हुए कहा, ''भाई, एक बार मुझे भी अंदर जाने दोगो?'' बूटन अंदर से बोला, ''तुम कहते हो तो मैं कैसे तुम्हारी बात टालूँ। पहले बोरे का मुँह खोल दो। फिर मेरे हाथ-पैर खोलो। मैं थोड़ी देर के लिए तुम्हें भी अवसर देता हूँ।'' चरवाहे ने झटपट बोरे का मुँह खोल दिया। बूटन को बाहर निकाला और उसके हाथ-पैर खोल दिए। अब बूटन ने चरवाहे को बोरे में बंद कर दिया। चरवाहा रामायण

याद करने की कल्पना करने लगा। इधर बूटन उसकी गाय-भैंसे हाँक कर उसने घर ले आया। गाय-भैसों को दुहकर कड़ाहों में दूध भर दिया।

चारों ठग रामलीला देखकर लौटे तो शाम हो गई थी। उन्होंने बोरा उठाया और पास ही की नदी में फेंक दिया। बोरा फेंककर उन्होंने चैन की साँस ली। कुछ दिनों से बूटन के चक्कर में वे अपना धंधा छोड़ बैठे थे। इसलिए फिर से अपना धंधा चालू करने की उन्होंने सोची। उनमें से एक सबसे क्रूर स्वभाव का था। उसने कहा, ''जरा चलें, हम लोग बूटन की माँ का विलाप सुन आएँ।'' सब तैयार हो बूटन के गाँव को चल पड़े। उसके घर के नजदीक पहुँच जाने के बाद भी उन्हें बूटन का घर पहचानने में कठिनाई हो रही थी, क्योंकि बूटन के घर के चौपाल में बहुत सी गाय-भैसें बँधी हुई थीं। फिर भी वे आगे बढ़ गए। उनके आश्चर्य का ठिकाना न रहा, जब उन्होंने कड़ाहों में भरा दूध और बूटन को भैंस दुहाते देखा। बूटन उन्हें देखते ही बोल पड़ा, ''राम-राम मामा लोग। थोड़ी-सी भूल हो गई आप लोगों से, जो मुझे नदी के किनारे ही फेंका। यदि बीच धार में फेंकते तो गंगा मैया मुझे एक हजार गायें देतीं। आपकी भूल के कारण मुझे सिर्फ सौ गाय-भैंसे ही मिलीं।''

लालची ठगों की बुद्धि फिर भी न खुली। कहा भी है, विनाशकाले विपरीत बुद्धि। वे फिर बूटन से आग्रह करने लगे, ''भानजे। कृपा कर हमें बीच धार में छोड़ आओ। हम भी गंगा मैया का बयान प्राप्त कर गृहस्थ बन जाएँगे।''

बूटन तैयार नहीं हुआ। तब उसकी माँ ने कहा, ''बेटा आखिर ये मेरे भाई ही तो हैं। कर दो इनका भला। हर औरत चाहती है कि उसका मायका सुखी-संपन्न हो।'' माँ के कहने पर बूटन चारों को बाँधकर ले गया और नदी की धार में फेंक आया। घर लौटकर वह अपनी गाय-भैंसों की सेवा करने लगा। ठगों से हमेशा के लिए उसका पिंड छूट गया।

(नेशनल बुक ट्रस्ट, नई दिल्ली)

□

दीक्षांत समारोह के भाषण का सार संक्षेप

गोवा विश्वविद्यालय के अट्ठाईसवें दीक्षांत समारोह के अवसर पर डॉ. श्रीमती मृदुला सिन्हा (राज्यपाल गोवा एवं गोवा विश्वविद्यालय की कुलाधिपति) का संबोधन व सार-संक्षेप।

मेरे प्रिय छात्रो, देवियो एवं सज्जनो—

इस भव्य समारोह के अवसर पर इस सभागार में समाज से तीनों पीढ़ियाँ उपस्थित हैं। अधिक संख्या युवा पीढ़ी की है। युवा पीढ़ी देश का वर्तमान है। भूत बीत चुका। उनकी स्मृतियाँ हमारे साथ रहनी चाहिए। भविष्य आनेवाला है। उसके निर्माण के सपने हमारी आँखों में तैरते रहें, पर सामने वर्तमान है। इन्हें ही सँवारना है। एक पीढ़ी संस्कार विहीन हो गई तो इतिहास बिगड़ जाता है। कई पीढ़ियाँ बिगड़ जाती हैं। इसलिए विश्वविद्यालयों में देश की वर्तमान युवा पीढ़ी सँभाली जाती है। उनका शरीर, मन, बुद्धि की शक्ति बढ़ाई जाती है।

मैं इस अवसर पर उन छात्रों को बधाई और शुभकामनाएँ देना चाहती हूँ, जिन्हें उनके परिश्रम के फल के रूप में डिग्रियाँ प्रदान की गई हैं और जिन्हें उनकी सराहनीय उपलब्धि के लिए सम्मानित किया गया है। आज स्नातक की उपाधि प्राप्त करनेवाले इन युवक और युवतियों के प्रफुल्लित चेहरों को देखकर मुझे बड़ी प्रसन्नता हो रही है। इन सभी को मेरी हार्दिक बधाई। इनकी उपलब्धियाँ केवल इनके और इनके परिवार के लिए ही नहीं, बल्कि विश्वविद्यालय और पूरे राज्य के लिए गौरव का विषय हैं। अपनी पढ़ाई के दौरान इन लोगों के द्वारा जो कड़ी मेहनत की गई है, हम उसका सम्मान करते हैं।

मेरे प्रिय छात्रो, अपने अध्ययन के दौरान आप सभी ने जो कड़ी तपस्या की है, जीवन में एक आदत के रूप में अपनाया है, पढ़ाई के जो तरीके अपनाए हैं, सारी अर्जित कुशलताएँ आनेवाले दिनों में आपको तब कुशल सिद्ध करेंगी, जब आपको इस दुनिया से मिलने वाली चुनौतियों का सामना करना होगा। यह सुनिश्चित है कि इन चुनौतियों का सामना करने के दौरान आपके परिवारजनों, गुरुजनों, विश्वविद्यालय और आपके राज्य की शुभकामनाएँ और आशीर्वाद आपके साथ सदा रहेंगे। मुझे आशा है कि इन सम्मानों को प्राप्त करने हेतु उत्कृष्टता की ओर उन्मुख होने की, जो भावना आपने प्रदर्शित की है, वह भविष्य में आपका बहुत समय तक साथ देगी। मेरा आशीर्वाद आप सभी के साथ है। खास तौर पर लड़कियों से मैं यह कहना चाहूँगी कि आपको अपनी विशेष कोशिशों से ही आगे आना होगा। आप लोगों को उन सभी सुविधाओं का प्रयोग करना चाहिए, जो आपके व्यक्तित्व के चहुँमुखी विकास और आप जिस कार्यक्षेत्र में जाना चाहें, उसमें सफल होने के लिए उपलब्ध हैं।

युवा शक्ति, जैसा कि आप सभी जानते हैं, भारतभूमि बड़ी संपदाओं, केवल भौतिक ही नहीं,

बौद्धिक संपदाओं का भी देश है। आप इससे भी परिचित हैं कि भारत में उच्च शिक्षा का सुदीर्घ इतिहास रहा है। हमारे पास तक्षशिला, नालंदा, विक्रमशिला जैसे शिक्षा के महान् केंद्र थे, जिन्होंने देश-विदेश के अनेक छात्रों को अपनी ओर आकृष्ट किया। ज्ञान की खोज की भावना ही सदा हमारे समृद्ध विरासत के केंद्र में रही है। बड़े लंबे समय से संरक्षित रखे हमारे पवित्र हस्तलेख हमारे जीवन-पथ और प्रगति हेतु पथ-प्रदर्शक हैं। हमेशा से हमारी एक यही दृष्टि रही है कि चिंतकों, विचारकों और संत-महात्माओं द्वारा अर्जित ज्ञान और सनातन जीवन-मूल्यों को आनेवाली पीढ़ियों को हस्तांतरित किया जाता रहे। और यही वजह है कि हमारे पास शिक्षा की, विशेष तौर पर उच्च शिक्षा तथा हमारे देश को सदियों से आदर्श बनाए रखनेवाले जीवन-मूल्यों और सदाचार की एक मजबूत नींव मौजूद है।

यह बेहद संतुष्टि का विषय है कि आज हमारा देश विश्व का सबसे बड़ा लोकतंत्र है, जो कि आर्थिक तौर पर भी तेजी से विकास करनेवाला देश है। यह कहने की आवश्यकता नहीं है कि हमारे सामाजिक, आर्थिक, राजनैतिक और सांस्कृतिक विकास में शिक्षा की ही सर्वाधिक महत्त्वपूर्ण भूमिका रही है। आजादी के बाद शिक्षा के क्षेत्र में हमारा विकास प्रशंसनीय रहा है। स्वतंत्रता के समय हमारे पास केवल 20 विश्वविद्यालय और 695 कॉलेज थे, जबकि आज हमारे पास 785 विश्वविद्यालय और 38,000 कॉलेज हैं। भारतीय शिक्षा तंत्र विश्व के सर्वाधिक विशाल शिक्षा तंत्रों में से एक है। शिक्षा के क्षेत्र में हो रही उल्लेखनीय प्रगति हमारी व्यवस्थित सोच का ही परिणाम है। विश्व के शैक्षणिक परिदृश्य को सामने रखते हुए जहाँ हमें बहुत श्रम से प्राप्त वर्तमान स्थिति को बनाए रखना है, वहीं इस क्षेत्र में और भी बेहतर विकास हेतु प्रयास करने हैं। विश्व में सर्वाधिक प्राचीन और सम्मानित संस्कृतियों में एक हमारी संस्कृति को भी बनाए रखने की आवश्यकता है। यह हमारी संस्कृति ही है, जिसने परिवार के स्थायित्व को ही जीवन का केंद्र बनाया है। हमें हमारी संस्कृति में परिवार की पारंपरिक भूमिका के महत्त्व को बनाए रखना है। संपूर्ण वसुधा को माँ और एक कुटुंब मानने वाली संस्कृति है। आज संसार के देशों से नजदीकियाँ बढ़ी हैं। ऐसी स्थितियों में आपका जीवन भी सरल और उपलब्धिपूर्ण होगा।

मित्रो, ग्रामीण क्षेत्रों से शहरी क्षेत्रों की ओर तेजी से पलायन का एक निश्चित परिणाम यह हुआ है कि परिवारों पर दबाव बढ़ा है। एकल परिवारों की संख्या बढ़ी है। हमारी संस्कृति में परिवार ने एक महत्त्वपूर्ण भूमिका निभाई है। हमारी परंपराएँ, हमारे रिवाज, संयुक्त परिवार में नई पीढ़ी और पुरानी पीढ़ी का एक साथ रहने का हमारा तौर-तरीका हम भारतीयों को आंतरिक मजबूती प्रदान करता है, जो एक सफल एवं जीवंत लोकतंत्र के लिए आवश्यक है।

मैं कहना चाहती हूँ कि जो लोग आज ग्रैजुएट की डिग्री प्राप्त कर रहे हैं, उन्होंने एक उच्चतर शिक्षण संस्थान से अपने पसंद के क्षेत्र में ग्रैजुएट के रूप में यह मान्यता प्राप्त की है। यह आपको देश-विदेश में जाने में सहायता करेगा। आपका यह कठिन परिश्रम आपको आपके जीवन में सफलता की ओर ले जाए। आप अपने माता-पिता एवं भाई-बहनों से समाज में संवाद करने का जो तरीका सीखा है तथा जो जीवन-मूल्य हासिल किए हैं, वे आपको एक विश्व नागरिक की पहचान प्रदान कराते हैं। आप इस दुनिया को कुछ ऐसा देने का प्रयास अवश्य करें, जो आपकी सांस्कृतिक मान्यताओं के अनुसार प्रशंसनीय हो।

युवा मित्रो, माननीय प्रधानमंत्री श्री नरेंद्र मोदीजी ने स्वच्छ भारत अभियान की शुरुआत की है

एवं मैं उनके द्वारा इस अभियान हेतु नामित की गई हूँ। पिछले 17 महीनों के दौरान स्वच्छता हेतु मैंने जनता में, खास तौर से बच्चों में जागरूकता लाने के लिए अनेक कदम उठाए हैं। मैंने विद्यार्थियों के लिए एक गीत, एक संकल्प एवं कुछ संदेश भी लिखे हैं। मैं इस अवसर पर आप सभी से कहना चाहूँगी कि कृपया आप इस स्वच्छता संदेश का प्रचार करें एवं स्वच्छ भारत अभियान को सफल करने के लिए आप से जो भी संभव हो सके, सब करें। हमारे युवा इस परिकल्पना को साकार करने में अहम भूमिका निभा सकते हैं। नए भारत के पथ-प्रदर्शक के रूप में जो आज डिग्री प्राप्त कर रहे हैं, मैं उन सभी से इस मुद्दे को अपने निजी एवं सार्वजनिक जीवन में आगे ले जाने का अनुरोध करती हूँ।

मेरे प्रिय युवक एवं युवतियो, आप पूरी दुनिया को एक मंच के रूप में देखें। युवा होने के कारण आप विश्व को वह सेवा प्रदान करें, जो केवल युवा और नई सोच वाला व्यक्ति ही प्रदान कर सकता है। जहाँ कहीं भी और जिस किसी को भी आपकी दक्षतापूर्ण सेवा और सहयोग की जरूरत महसूस हो उस स्थान की यात्रा करने के लिए आप हमेशा तैयार रहें। ठीक वैसी ही तत्परता दिखाएँ जैसी कि आप अपने परिवार, अपने राज्य, अपने देश में कुछ भी घटित होने पर दिखाते हैं। अपनी जड़ों से आपका जुड़ाव आपको मजबूती प्रदान करेगा। विश्व की अनिश्चिताओं के बावजूद यह पानी में लंगर की तरह आपके जीवन को एक स्थिरता प्रदान करेगा।

मेरे प्रिय युवाओ, भविष्य में आप सभी गृहस्थ जीवन में प्रवेश करनेवाले हैं। यद्यपि आज की शिक्षा प्रणाली में गृहस्थ जीवन बीताने की कला सिखाने का पाठ्यक्रम नहीं होता। परंतु उच्च शिक्षा ग्रहण करते हुए आपने सहिष्णुता, त्याग, सहयोग और मिल-बाँटकर खाने जैसे गुणों को भी धारण किया है। परिवार चलाने के लिए ये सारे गुण आवश्यक होते हैं। आज हमारे समाज में परिवारों का विघटन धड़ल्ले से हो रहा है। इसका प्रमुख कारण परिवार की आवश्यकता एवं महत्त्व को नहीं समझना है। परिवार में रहकर मात्र व्यक्तिगत महत्त्वाकांक्षाओं को तबज्जो नहीं देना होता। आपसे समाज अपेक्षा करता है कि आप एक सुसंस्कृत और सुखद परिवार का उदाहरण प्रस्तुत करेंगे।

गोवा अपनी उच्चतम लोकसंस्कृति, सब पंथों के बीच आपसी सौहार्द और शांतिपूर्ण सामाजिक जीवन के लिए मशहूर रहा है। यहाँ के लोगों के पाँव संस्कृति में गहरे धँसे हैं। अपनी विशिष्ट कलाओं, संगीत, नृत्य और साहित्य के लिए जानी जाती है यह भूमि। प्रकृति से घनिष्ठता का जीवन है। आप अपनी जीविका के उपार्जन में जल, थल, नभ और विश्व में विचरण करते हुए भी गोवा की सनातन विशेषताओं को धारण किए रहें। दूसरों को भी सिखाएँ। आप सभी उपस्थित छात्र-छात्राओं से मैं चार वचन लेना चाहती हूँ—1. आप अपने माता-पिता को कभी वृद्धाश्रम नहीं जाने देंगे, 2. विवाह अनिवार्य नहीं, आवश्यक है। आप विवाह करने के बाद उसे नहीं तोड़ेंगे, 3. आपकी नजर के सामने जहाँ कहीं भी किसी युवती या औरत के साथ अत्याचार हो रहा हो, वहाँ जान पर खेलकर उसे बचाएँगे, 4. कहीं भी एक टुकड़ा गंदगी का दिख जाए, आप उसे उठा लेंगे। उसे उचित जगह पर फेकेंगे। न गंदगी फैलाएँगे, न किसी को गंदगी करने देंगे।

मेरी ओर से आप सभी को शुभकामनाएँ! जीवन में सफलता की ऊँचाइयों को छूकर अपने राष्ट्र को गौरवान्वित करने की मंगल कामनाएँ!

जय हिंद!

□

मृदुला सिन्हा के साहित्य में सूक्तियाँ

घरवास (1993)

1. जेब की अमावस्या आकाश की अमावस्या से अधिक दर्द देनेवाली। आँखों के आगे सूर्य के प्रकाश में भी अँधेरा लाने वाली। वे भाग्यवान हैं, जिनकी जेब ही नहीं होती। पृ. 57
2. एक बार चाँदनी रात की लत पड़ जाए तो अँधेरी रातें काटने को दौड़ती हैं। पृ. 57
3. जीवन में अर्थ की प्रधानता ने सारे पुरातन जीवन मूल्यों को पीछे धकेला है। इसलिए दीपावली का रूप तो बदल गया, पर आडंबर बढ़ता जा रहा है। पृ. 60
4. व्यक्ति अंदर से अकेला होने के कारण टूटकर जितना कमजोर होता जा रहा है, उतना ही पर्व-त्यौहारों पर धूम-धड़ाका करने की उसकी तलाश बलवती होती जा रही है। पृ. 60
5. गरीब-बेबस आदमी तो पैसेवाले के रहन-सहन, खान-पान, रीति-रिवाज को ही अपना आदर्श मानने लगता है। सदा से उसी आदर्श तक पहुँचने के असफल भगीरथ प्रयत्न में अपनी हड्डियाँ गलाता आया है। पृ. 102

परितप्त लंकेश्वरी (2015)

1. कई-कई योजन की दूरियाँ फूल पर चलने की अनुभूति सुखद होती है, पर एक भी काँटा मिल जाए तो उस सुख का हरण करने के लिए यथेष्ट होगा। पृ. 51
2. आगत की सोच आवश्यक है, पर आगत की दुखद आशंकाओं से वर्तमान का सुख नहीं रौंदना चाहिए। जब जैसा समय आएगा, तब देखा जाएगा। पृ. 51
3. सजगता की ओर बढ़ना ही संज्ञान होता है। पृ. 50
4. परिवार से ही तो सारी भक्ति प्रारंभ होती है। परिवार में सुख है तो बाहर भी सुख होगा। इस सुख के लिए आवश्यक है कि घर में परस्पर विश्वास हो। एक-दूसरे पर विश्वास भी भक्ति ही है। जब तक तुम लोग आपस में एक हो और एक-दूसरे की सुनते हो, तब तक परिवार जुड़ा रहेगा और शक्तिशाली होगा। पृ. 55
5. जिस व्यक्ति को अपने समय के प्रबंधन का ज्ञान नहीं होगा, वह भला जीवन में उच्चादर्श कैसे प्राप्त कर सकता है। उच्चादर्श की बात छोड़ दो, वह अपने मनोनुकूल सांसारिक जीवन लक्ष्य की भी नहीं सोच सकता। मनोवांछित फल प्राप्ति के लिए बहुत प्रयास करने

पड़ते हैं और उसमें सबसे पहला है समय का प्रबंधन। पृ. 58

6. बच्चों के अंदर माता-पिता और गुरुजन शैशवावस्था में ही कुछ अपनी मनोकामनाओं के बीज डाल देते हैं। अधिकतर बच्चे बड़े होकर उन्हीं मनोकामनाओं को अपनी मनोकामना बना सींचते रहते हैं। वे बड़े-से-बड़े और अकल्पनीय कार्य भी संपन्न कर लेते हैं। माता-पिता और गुरुओं के हाथों में बड़ी शक्ति होती है। उनके हाथ में आई मिट्टी से वे कुछ भी गढ़ सकते हैं। वे चोर भी बना सकते हैं, प्रतापी राजा या साधु भी। पृ. 73
7. राजाओं को मारकर या भयभीत राजाओं द्वारा समर्पण करवाकर अपना राजक्षेत्र विस्तृत कर सकते हैं, पर उस राज को संभालने वाले व्यक्ति को नौ माह धारण नहीं कर सकते। इसी नैसर्गिक दायित्व पूर्ति के लिए नारी पुरुष से बड़ी हो जाती है। यद्यपि पिता का अंश होने के कारण पुत्र पर पिता का अधिकार होता है, पर माँ पिता से बड़ी होती हैं। वह ब्रह्मा हो जाती हैं। पृ. 86
8. धरती में बीज डालकर उसे कुरेद-कुरेदकर नहीं देखते। नहीं तो बीज अंकुरित ही नहीं होंगे। उसी प्रकार दूध में जामन डालकर बार-बार उँगली नहीं डालते, वरना दही जमेगा ही नहीं। पृ. 97
9. यह मन भी विचित्र है। दु:शंकाओं के बीच भी एक सुख की आशा की किरण चमका देता है। मानो भादो मास की अमावस्या के घोर अंधकर में एक बिजली चमक गई हो। ज्यादातर समय में हम उस बिजली, जिसकी प्रकृति आई और गई की होती है, के सहारे ही जीवित रहते हैं। पृ. 98-99
10. पुरुषों का अधिकतर समय वर्तमान में बीतता है। नारी तो भूत, वर्तमान और भविष्य, समय की त्रिवेणी में बहती रहती है। उसका मायका उसका भूत होता है, जिसे वह आजीवन अपने मानस पर रखती है। उसका पति और परिवार वर्तमान होता है और संतान उसका भविष्य। अपने वर्तमान में डूबते-उतराते हुए वह भविष्य को सँवारती रहती है। कभी-कभी वर्तमान का उपयोग भविष्य को सँवारने में लगाती है। पृ. 100
11. ईश्वर ने अंधकार और प्रकाश दो स्थितियाँ दी हैं। हमें दोनों स्थितियों में रहना चाहिए। अँधेरे में रहने के बाद ही तो प्रकाश की प्रतीक्षा होगी। पृ. 124
12. अपने भाग्य पर रोना ईश्वर का अनादर होगा। पृ. 132

ज्यों मेहँदी की रंग

1. नारी चाहे कितनी ही कम उम्र की हो, पुरुषों को समझने में दक्ष होती है। अपनी प्रकृति-प्रदत्त परख की शक्ति के बल पर वह पुरुष की नस-नस पहचान जाती है। एक पुरुष के साथ रहता उसका साथी जो काम वर्षों में नहीं कर पाता, एक स्त्री चंद दिनों में ही कर लेती है। इसलिए तो सेव का काम स्त्रियों के जिम्मे ही दिया जाता है।
2. एक दिव्यांग होने के कारण उसके घरवाले अपने भाग्य को ही खोटा सिक्का समझने लगते हैं, और सच्चाई यही है कि उसके जीवन का दृष्टिकोण बदल जाता है। जिस

पर बीतती है, वही समझ सकता है और वह इनके लिए कुछ कर सकता है, तो वह स्वाभाविक होता है एवं उपयोगी भी।—भूमिका से

3. जब टाँगे कटी हो तो अन्य अंगों की सुडौलता की क्या जरूरत आने-जानेवालों की निगाहें तो अभावग्रस्त स्थान से ही जा टकराएगी।
4. स्त्रियों को आदर्श का नशा चढ़ जाए तो वे पुरुषों से कई कदम आगे बढ़ जाती है। पृ. 85
5. एक के लिए जीने से बेहतर है अनेक के लिए जीना। पृ. 87
6. जो जहाँ और जिस रूप में है, आकाश उसे वैसा ही दिखता है एवं उतना ही दिखता है तथा उतना ही आकाश उसका होता है। पृ. 94
7. ईश्वर ने रोने की शक्ति देकर वरदान ही तो दिया है मनुष्य को। आँखों को धोकर साफ-सुथरा करनेवाला अश्रु-स्रोत अंदर न होता तो मनुष्य की आँखों में कितना कचरा इकट्‌ठा हो गया होता और उसकी दृष्टि ही चली गई होती। पृ.108

सीता पुनि बोली (2007)

1. मातृत्व भी एक शौर्य भाव है। पृ. 11
2. बचपन को शीघ्र भूलने का वरदान मिला है, तभी तो इनका मन हर समय स्वच्छ-साफ रहता है और धुला-धुला, आप जो चाहें लिखें, मिटाएँ। पृ. 17
3. ईश्वर की जनभावना का निरादर नहीं करते। जब कोई समाज समूह में सोचता, विचारता और व्यवहार करता है तो उसकी शक्ति बढ़ जाती है, उसके संकल्प पूरे होते हैं। समाज की पुरुषार्थ जगने पर असंभव भी संभव हो जाता है। पृ. 46
4. कोई भी उपेक्षित या महत्त्वहीन वस्तु दान नहीं करनी चाहिए। जो चीजें दान हों, वह आपके लिए भी महत्त्वपूर्ण हों, तभी दान का फल मिलता है। पृ. 56
5. बेटियाँ कोई वस्तु नहीं होतीं। वे पिता के हृदय का टुकड़ा होती हैं और संसार को चलायमान रखने के लिए उनका भी दान होता रहता है एवं होता रहेगा। कन्यादान के समय समाज इसका साक्षी बनता है। पृ. 56
6. ईश्वर ने नारी को अपनी बात मनवाने के विशेष गुण दिए हैं। पुरुषों की तुलना में अधिक वाक्पटुता भी दी है। वे अपनी बात मनवा ही लेती हैं। पृ. 92
7. माँ स्त्री से ऊपर होती हैं। मातृत्व भाव सभी भावों की जननी है। अपनी कोख से संतान उत्पन्न किए बिना भी कोई स्त्री माँ बन सकती है। उसके अंदर का मातृत्व भाव जगना चाहिए। पृ. 97
8. अपने गर्भ से शिशु पैदा करके कोई स्त्री माँ नहीं बनती। स्त्री को पृथ्वी पर मातृत्व भाव के प्रचार-प्रचार व विस्तार के लिए ही भेजा गया है। जो स्वयं विवाह नहीं करतीं, माँ नहीं बनती, उन्हें भी माँ कहा जाता है। पृ. 106
9. स्त्री प्राय: पति की अवहेलना सह लेती है, परंतु अपनी संतान द्वारा उपेक्षित या तिरस्कृत होना अधिक पीड़ा देता है। यह बात वह किसी से कह भी नहीं सकती। पृ. 116

10. किसी भी पद, घर या स्थान पर ऐसे रहिए, मानो कभी छोड़ना ही नहीं है।
11. भक्ति के मार्ग पर चलने के लिए विनम्रता प्रथम सोपान है। पृ. 142-143
12. युद्ध केवल आयुध से नहीं लड़ा जाता। योद्धा का प्रबल आत्मबल उसके लिए आवश्यक है तथा उसका युद्ध जीतने का संकल्प भी पवित्र होना चाहिए। युद्ध साध्य नहीं, साधन है। साध्य की पवित्रता के साथ की पवित्रता भी आवश्यक है। पृ. 179
13. पत्नी से माँ का स्थान ऊपर होता है और नारी के अंदर पत्नी बनने से बढ़कर माँ बनने की इच्छा होती है। पत्नी-पद तो माध्यम है, जिसका लक्ष्य मातृत्व होता है। स्त्रीत्व तो क्षणिक आवेग है, जबकि मातृत्व शाश्वत व स्थायी भाव। पृ. 194
14. मनुष्य जीवन में दुर्भाग्य की कोख से कोई-न-कोई सौभाग्य होता है। पृ. 224
15. कुछ बातें तो भविष्य पर छोड़नी पड़ती हैं। वर्तमान में जिन प्रश्नों के समाधान हमारे अथक प्रयासों के वश में नहीं, आनेवाला समय उनका सहजता से हल ढूँढ़ लेता है। समय बड़ा बलवान होता है, जो कितने बड़े-बड़े घाव भर देता है। पृ. 225
16. बात पेट में पड़ी-पड़ी पत्थर हो जाती है और पीड़ा देती है। पृ. 270
17. एक माँ के लिए यह भी स्वर्गिक आनंद होता है कि अपने द्वारा उत्पन्न किए और पालित-पोषित संतान के मुख से पति को 'पिता' पुकारते सुनना। इससे माता-पिता दोनों धन्य हो जाते हैं। पृ. 292-293

विजयनी (2013)

1. जीवन के किसी क्षेत्र के लिए आदर्श एक दिन में नहीं गढ़े जाते हैं। युगों-युगों तक जिए गए कोई संकल्प, व्यवहार और व्यक्तित्व आदर्श बनते हैं। पृ. 9
2. चिंताविहिन मन निर्मल ही होता है। पृ. 29
3. कभी-कभी जागृतावस्था में मन की उलझनों की गुत्थियाँ नहीं सुलझता। इन्हें समझाने के लिए नींद की आवश्यकता होती है। पृ. 34
4. हर स्थान का अपना संस्कार होता है। धरती एक है, परंतु उसके हर टुकड़े का अपना-अपना संस्कार-कुसंस्कार होता है। वे अपने रक्षक के अनुसार संस्कारित-कुसंस्कारित होते हैं। सभागार, बगीचा, नदी और कक्ष-आँगन भी बिसूरते और हँसते-विहँसते हैं। पृ. 66
5. निर्भयता की स्थिति अपने आपमें आनंददायक होती है। पृ. 96
6. जिस प्रकार मक्खी घावों पर ही बैठती है, उसी प्रकार संसार में अधिकतर लोग दूसरों के दुर्गुणों पर ही निगाहें रखते हैं, पर इसी संसार में गुणग्राहियों की भी कमी नहीं है। पृ. 107
7. शरीर को भौतिक साधन, मन को इच्छाओं की पूर्ति, बुद्धि को इन सब पर नियंत्रण का दायित्व है। शरीर, मन व बुद्धि का ही समुच्चय है व्यक्तित्व। पृ.115
8. दायित्वबोध ही व्यक्ति को चिंतन और चिंता देता है। पृ. 125
9. उपवास और व्रत करने से मनुष्य का शरीर सात्विक और प्राकृतिक हो जाता है। पृ. 127

10. स्त्री का दिल नहीं दुखाना चाहिए। सती स्त्री अपने परिवार और बच्चों के साथ समाज का भी लालन-पालन करती है। उनका हित चाहती है, इसलिए सती कहलाती है। पृ. 149
11. अपनी कन्य को किसी पुरुष के संग साथ करके उसके माता-पिता निश्चिंत हो जाते हैं। वैसे ही अपने युवा पुत्र को भी किसी युवती के हाथ में देकर उसके माँ-बाप निश्चिंत होते हैं। उन्हें भरोसा रहता है कि वह स्त्री उनके बेटे की उचित देख-रेख करेगी। जीवन के हर सुख-दुःख में साथ रहेगी। पृ. 157
12. लड़कियों के अंदर प्रकृति ही कुछ विशेष संवेदनाएँ भर देती है, जिनके बल पर वह प्रकृति और मनुष्य को भी लड़कों से अधिक समझती हैं, यह गुण तो हर स्त्री में होता है। इसी अंतर के कारण वह पुरुष से विशेष हो जाती है। पृ.157

□

खंड-7

सारस्वत व्यक्तित्व के साथ आप और हम

शतायु की कामना

—दया प्रकाश सिन्हा

मेरा मृदुलाजी और राम कृपालजी से परिचय 1996 में हुआ था। मृदुलाजी उस समय महिला मोर्चा की अध्यक्ष थीं। बाल स्वयंसेवक के रूप में राष्ट्रीय स्वयंसेवक संघ में मेरा प्रवेश हुआ था। अतएव तैंतीस वर्ष की सरकारी सेवा के बाद मेरी यात्रा का गंतव्य अपने आप ही भाजपा केंद्रीय कार्यालय स्वाभाविक था। वहाँ परिचय के आरंभिक दिनों में एक दिन मृदुलाजी ने बताया कि विवाह के पूर्व सखियों ने मुझसे कहा था कि तुम्हारा पति अंग्रेजी का प्रोफेसर है। तुम उससे कम न रहना। शादी के बाद तुम भी उससे दो-चार बातें अंग्रेजी में करना, तब वह समझेगा कि तुम भी कुछ हो। इसलिए मैंने शादी के बाद इनसे (राम कृपालजी से) अंग्रेजी में कहा, "आई लव यू।" इन्होंने मुझसे पलट कर कहा—"आई लव यू टू।" मैं पीछे नहीं रहना चाहती थी। इसलिए मैंने कहा, "आई लव यू फोर।" ये कहकर वे चुप हो गईं। राम कृपालजी मंद-मंद मुसकरा रहे रहे थे। मैंने मृदुलाजी से पूछा, "क्या राम कृपालजी ने नहीं कहा, 'आई लव यू ऐट'?" उन्होंने कहा, "नहीं कहा, इतने साल बीत गए। फिर भी नहीं कहा।" राम कृपालजी पहले के समान ही मुसकराते रहे। मृदुलाजी ने यह सब इतनी गंभीरता से कहा था और उनकी आवाज में विश्वसनीयता की ऐसी खनक थी कि मुझे लगा कि उन्होंने जो कुछ कहा है, वह एकदम सच है। मैं रंगमंच से पिछले चालीस-पचास वर्षों से जुड़ा हूँ। नाटककार हूँ। निर्देशक भी हूँ। इस सबके बावजूद धोखा खा गया। बाद में मेरी समझ में आया कि मृदुलाजी ने जो कुछ कहा था, वह सब परिहास था, किंतु इस तरह से कहा कि मुझे लगा कि वे सच कह रही हैं। राम कृपालजी का भी अपने मौन के साथ इन सबमें सहयोग था। मृदुलाजी अभिनय में मुझसे अधिक पारंगत सिद्ध हुईं।

कभी-कभी लगता है कि भगवान् कुछ जोड़े स्वयं अपने हाथों से बनाता है। मृदुलाजी और राम कृपालजी ऐसे ही युगल हैं। तब ही तो मृदुलाजी पर लिखते हुए राम कृपालजी का उल्लेख न हो, यह असंभव है। वे एक-दूसरे के पूरक हैं। एक दिन मृदुलाजी ने कहा कि वे 'फेमिनिज्म' (नारीवाद) में विश्वास नहीं करतीं। कारण? उन्होंने कहा, नारीवादी महिलाएँ पुरुषों के साथ हर क्षेत्र में बराबरी चाहती हैं। वे वह सबकुछ करना चाहती हैं, जो पुरुष करता है। पुरुषों की नकल करके, पुरुष जैसा बन जाना चाहती हैं। इसके पीछे आधारभूत विचार यह है कि नारी पुरुष से कमतर है। यह विचार ही गलत है। नारी पुरुष से भिन्न है, किंतु कमतर नहीं। जैसे सेब और संतरे

में तुलना नहीं हो सकती, क्योंकि दोनों ही मूलरूप से भिन्न हैं, वैसे ही नारी और पुरुष के बीच भी तुलना नहीं हो सकती। दोनों अपने आप में पूर्ण हैं। नारी को नारीत्व के माध्यम से श्रेष्ठता प्राप्त करनी होगी, पुरुषों की नकल में नहीं। मृदुलाजी की यह मौलिक अवधारणा। उनकी अधिकांश साहित्यिक कृतियों में देखने को मिलती है। 'नई देवयानी', 'सीता पुनि बोली', 'मात्र देह नहीं है औरत', 'औरत न कठपुतली न उड़नपरी' आदि के माध्यम से उन्होंने नारी की अस्मिता और गरिमा को प्रतिष्ठित किया है।

भाजपा कार्यालय में मृदुलाजी सभी कर्मचारियों की माँ के समान थीं। सभी के दुःख-दर्द को सुनती थी, बाँटती थीं और हरसंभव सहायता करती थीं। हर साल छठ के त्योहार के बाद कर्मचारियों और पदाधिकारियों को प्रसाद बाँटती थीं।

इतने वर्ष दिल्ली में रहने के बाद भी उनका गाँव, उनसे नहीं छूटा है, जैसे वह उनके हृदय में बसा हुआ है। इसलिए उनके भाषण प्रायः लोकगीतों से सज्जित होते हैं।

अपने लेखन के माध्यम से मृदुलाजी ने आत्म-निर्भर और आत्म-गौरव से मंडित जिस नारी की प्रतिमा का निर्माण किया है, वह वे स्वयं हैं। वे एक दायित्ववान पत्नी हैं, ममतामयी माँ हैं, प्रसिद्ध साहित्यकार हैं, संघर्षशील राजनेता हैं और कुशल प्रशासक हैं। उनके पचहत्तरवें जन्मदिवस पर शतायु हेतु प्रार्थना।

वरिष्ठ नाटककार एवं अवकाश प्राप्त सरकारी अधिकारी

□

एक जीवंत व्यक्तित्व

—जीत सिंह जीत

मृदुलभाषी मृदुला सिन्हा अपने श्रेष्ठ और जीवंत व्यक्तित्व के कारण राजनीति और साहित्य के क्षेत्र में छाई हुई हैं। ये दोनों ही क्षेत्र उनकी नस-नस में समा गए हैं।

श्रीमती मृदुला सिन्हा के पति श्री राम कृपाल सिन्हाजी जब श्री अटल बिहारी वाजपेयी की सरकार में केंद्रीय मंत्री बने तो वे बिहार से दिल्ली आ गए। लगभग उसी समय मेरा परिचय श्रीमती मृदुला सिन्हा से हुआ। माध्यम बनी अखिल भारतीय साहित्य परिषद्। परिषद् कार्य के लिए मैं अकसर उनसे मिलता रहता था।

इसी दौरान एक दिन श्रीमती मृदुलाजी के साथ बात-बात में गैस-सिलेंडर की बात आ गई। मैंने कहा कि बहुत प्रयास करने के बावजूद मुझे अभी तक गैस-सिलेंडर नहीं मिल पाया। मृदुलाजी ने मेरे घर का आवेदन-पत्र तैयार करके उस पर मेरे हस्ताक्षर लिये और उन्होंने मुझे आश्वास्त किया कि आप को गैस-सिलेंडर जल्दी ही मिल जाएगा। बात बहुत साधारण छोटी लगे, लेकिन इसका अर्थ बहुत गंभीर है। इससे उनका तुरंत कार्य करने का गुण प्रकट हो गया और आगे भी मैंने देखा कि उन्होंने अपने जीवन में कभी काम को टाला नहीं, अपितु जो कार्य मन में धारण कर लिया, उसे तुरंत पूरा किया। आगे चलकर श्री वाजपेयी की सरकार बनने के वक्त श्री राम कृपालसिन्हा जी भाजपा-कार्यालय में ही पार्टी का कार्य करने लग गए। इस कारण सबसे अच्छी बात यह हुई कि श्रीमती मृदुला सिन्हा दिल्ली में स्थायी रूप से रहने लग गईं।

श्रीमती मृदुलाजी अपने बल पर राजनीति में टिकी रहीं। उन्हें इसके लिए किसी सहारे की आवश्यकता नहीं रही। जब श्री अटल बिहारी वाजपेयी की दोबारा सरकार बनी तो श्रीमती मृदुलाजी ने समाज कल्याण बोर्ड का नेतृत्व किया। मृदुलाजी भाजपा संगठन में महिला विभाग में उच्च पद पर रहीं और देश के कोने-कोने में भाजपा का प्रचार किया। भाजपा की केंद्रीय कार्यकारिणी समिति में वे कई वर्षों तक सदस्य बनी रहीं। यह सब मृदुलाजी के मीठे स्वभाव और कार्य के प्रति ईमानदारी के कारण ही संभव हो पाया। आजकल वे राजनीति के उच्च शिखर पर पहुँच गई हैं।

श्रीमती मृदुलाजी ने केवल राजनीति के उच्च शिखर को ही नहीं छुआ, साहित्य क्षेत्र में भी वे उच्च शिखर पर विराजमान हैं। उन्होंने अपनी बौद्धिकता का परिचय कहानी, कविता और विभिन्न लेखों में खूब दिया है। 'पांचजन्य' में कई वर्षों तक इन की कहानियाँ छपती रहीं। इस साहित्यिक

उपलब्धि के साथ श्रीमती मृदुलाजी के प्राण बिहार के लोकगीतों में बसे हुए हैं। जब वे कोई लोकगीत सुनाती हैं, सुननेवाला आत्मविभोर हो जाता है, वह इन लोकगीतों को बार-बार सुनना चाहता है। इसका कारण उनकी मधुर वाणी है। जहाँ कहीं भी वे अपने विचार व्यक्त करती हैं, उन विचारों के बीच-बीच लोकगीतों की छटा बिखेरती रहती हैं। श्रोता कभी बोर नहीं होता। वह अपने को इन विचारों के साथ जोड़ लेता है। उसे पता ही नहीं चलता कि भाषण कब समाप्त हो गया!

साहित्यकार एवं अवकाश प्राप्त सरकारी अधिकारी

□

रुद्राक्ष व्यक्तित्व

—डॉ. सुरेश गौतम

लोक साहित्य मर्मज्ञ, प्रथम पंक्ति की साहित्यकार, कथाकार, ललित निबंधकार, गीत कवयित्री, सुधी संपादक, स्तंभकार, दृश्य-श्रव्य माध्यमों में सक्रिय, दूरदर्शन के लिए बहुआयामी लेखन, फीचर पटकथा लेखिका, फिल्म निर्मात्री, 56 से अधिक कृतियों की रचनाकार, राजनेता, नारियल की जटाजूट-सी सख्त प्रशासिका, भीतर से नीरधर्मी, ऊपर से सख्त मृदुला सिन्हा अपने आप में गौरीशंकर रुद्राक्ष हैं।

सौम्य आकृति, दुबली-पतली गठीली काया, गौरांग तन, ऊँचाई नापता मध्यम कद, सुरुचि संपन्न पहनावा, मुख पर दमक, चश्मे के पीछे से झाँकती आँखों में सामुद्रिक विस्तार और गहराई, खुली चिबुक, वाणी में गहरी गँवई मिठास, खनकदार आवाज, वैदुष्य की आश्वस्ति देता वाक् संयम, हंसमेधी श्वेतवर्णी केशराशि, शब्दों से झरती लौंग-मुलट्ठी-सी खुशबू, वैचारिक सजगता, विनम्र, जिज्ञासु, स्पष्टवादी, औसत अन्नपूर्णा मुकम्मल भारतीय नारी, एक ऐसा घुलनशील व्यक्तित्व, जो सबका अपना है। लोकगीत-सी मधुर सक्रिय चैतन्य शक्ति संपन्न सेतु व्यक्तित्व का कौन अपना नहीं हो जाएगा। यह सब इनकी कथनी-करनी के ऐक्य का परिणाम है। आचार्य महाप्रज्ञ ने कहा है, "सामंजस्य सबसे कठिन कला है।" मृदुला सिन्हाजी के मंगल और शिवत्व के प्रतीक रुद्राक्ष व्यक्तित्व वैभव में सामंजस्य का यही चूड़ामणि आदर्श है।

अरस्तू के अनुसार, "मनुष्य का स्वभाव उसे विश्वसनीय बनाता है" और प्रसाद कहते हैं, "वाक् संयम विश्वमैत्री की पहली सीढ़ी है।" इन दोनों दृष्टियों को मृदुलाजी ने सेतु की तरह जिया है।

विभिन्न सामाजिक, साहित्यिक आयोजनों में मैंने इन्हें बहुत निकट से जाना है। वह चाहे 'हिंदी साहित्य सम्मेलन' का मंच हो अथवा 'भारतीय साहित्य परिषद्' या 'सेवा भारती', 'विवेकानंद जयंती' आदि के कार्यक्रम। इनके अध्यक्षीय उद्बोधनों ने श्रोताओं को सदैव मंत्रमुग्ध किया है। विभिन्न पत्र-पत्रिकाओं में पढ़कर अथवा उत्सव-आयोजनों में सुनकर सदा ऐसा लगता है, जैसे रोशनी की लकीरें आपके साथ चल रही हैं। ऐसे अनेक प्रसंग मानस-पटल पर अंकित हैं, जो चाक्षुष बिंब बनकर सामने नृत्य करने लगते हैं। एक-दो प्रसंगों की चर्चा करना यहाँ समीचीन है।

मैं अधिकांश आयोजनों में किसी-न-किसी रूप में या एक श्रोता के रूप में सम्मिलित रहा

हूँ। मुझे स्मरण है, मुखर्जी नगर के सिंह साहब गुरुद्वारे में 'सेवा भारती' के एक भव्य कार्यक्रम में मुख्य अतिथि के रूप में व्यास आसन से दिए भाषण ने वहाँ उपस्थित सभी विद्वान्-विदुषियों, श्रोताओं को एक डोर में बाँध दिया था। दीप प्रज्वलन के समय आठ दीप-ज्योति अपना प्रकाश फैला रही थी। इनका भाषण प्रारंभ होने से पहले एक-एक कर सात दीप-बत्तियाँ शांत हो गई थीं। एक मात्र दीप-ज्योति उस समय अपना सुरमई प्रकाश फैला रही थी। गुरुदेव रवींद्रनाथ टैगोर के 'एकला चलो रे' के उद्घोष के साथ मृदुलाजी ने अपना भाषण प्रारंभ किया था। उपस्थित जन-समूह की सभी शंकाओं का समाधान करते हुए उन्होंने कहा कि यह अकेली दीप-ज्योति सीधे-सीधे अंधकार को चुनौती देकर हमें 'आत्मदीपो भव' का संदेश दे रही है। यदि यह दीप-बाती भी शांत हो जाती, तो शायद मेरे वक्तव्य का वह महत्त्व नहीं होता, जो मन-मानस में प्रतिबिंबित यह अकेली प्रकाश-लीक हमें 'जब तक साँस, तब तक आस' का संदेश दे रही है।

प्रयत्न और विश्वास परिपूरक हैं। यह सिलसिला तब तक चलता रहता है, जब तक विश्वास ने हमें बाँध रखा है, इसलिए विश्वास की डोर कभी हाथों से न छूटने दें। उन्होंने इस संदर्भ में एक युवा दंपती का दृष्टांत दिया, जो किसी प्राकृतिक आपदा के संकटपूर्ण क्षणों में अपने माता-पिता के पास चाहकर भी नहीं पहुँच सके। उनके तमाम प्रयास निष्फल साबित हुए और वे गहरे निराशा के अंधकार में डूबने-उतराने लगे, लेकिन अनिश्चय की स्थिति में भी विश्वास की एक दीप-लीक उनके जीवट को चुनौती दे रही थी, जैसे ये अकेली दीप-बाती। विश्वास की एक लीक ने अंततः उन्हें अपने माता-पिता के पास पहुँचा दिया। दूर घर की चिमनी से निकलती एक धुएँ की लीक ने उनके मन में उत्साह का संचार कर दिया कि जीवन अभी शेष है। दीप-ज्योति की यह एकाकी बाती हमें सोचने पर विवश करती है कि जीवट-जिजीविषा का अंश मात्र भी शेष हो तो अदम्य जीवन पर्वतों को रौंदकर अपने लक्ष्यार्थ को पा सकता है।

अंतरराष्ट्रीय महिला दिवस के अवसर पर हिंदी साहित्य सम्मेलन के तत्त्वावधान में 'हिंदी भवन' (नई दिल्ली) में होनेवाला कवयित्री सम्मेलन मुझे कभी नहीं भूलता। समापन क्षणों में उनका उद्बोधन उत्तेजक ही नहीं, बड़ी लीक खींचनेवाला था। अपने प्रेरक उद्बोधन में उन्होंने कहा, "महिला अविकसित पुरुष नहीं है।" भूमंडलीकरण और बाजारवादी वर्चस्व ने बहुत कुछ ही नहीं बदला, हमारे भीतर के कोमल तंतुओं को भी तोड़ा-फोड़ा है। अधिकांश महिलाओं ने आज रसोई बनानी छोड़ दी है। अत्याधुनिकता ने उन्हें ऐसा करने के लिए विवश नहीं किया, शायद अतिशय सुख-सुविधाओं ने हमें अपने आप से, भारतीय संस्कार-संस्कृति से काट दिया है। इसके बावजूद मेरा कहना है, "रोटी बनाने का मौका मिले, न मिले, परोसना कभी मत छोड़ना।" पारिवारिक आत्मीयता और रिश्तों का नमक-मिठास इससे सुरक्षित रहेगी।

उन्होंने आगे कहा, "पुत्र होने पर हम कुआँ पूजन करते हैं। पुत्री होने पर भी यह आयोजन होना चाहिए।" गर्भावस्था के दौरान होनेवाली माँ का विशेष ध्यान रखना चाहिए। महिला सदैव विशेष है, क्योंकि वह 'माँ' है। सृजन से बड़ा सम्मान इस दुनिया में कोई नहीं है, इसीलिए ईश्वर ने महिला को 'माँ' का दर्जा दिया है। पुरुष से उसकी तुलना कभी नहीं हो सकती। उनके अनुसार 'अर्द्धनारीश्वर दर्शन' जीवन-रेखा है, लेकिन फिर भी नारी श्रेष्ठ नहीं, सर्वश्रेष्ठ है।

मृदुलाजी कहती हैं, "मैं लोकगीतों, लोकोक्तियों और कहावतों में ही सोचती हूँ। मानव-मन, उसकी विशेषताओं, हास-परिहास, संस्कार और व्यथा समझने के लिए लोक साहित्य के पन्ने ही पलटती हूँ।" बेटी के व्याज से मृदुलाजी भारतीय संस्कार-संस्कृति के गहरे अर्थ बहुत ही सहजता से खोल देती हैं। बेटी ही भविष्य की माँ है, वैश्विक सृष्टि-पर्व। इसीलिए 'पद्मपुराण' के 'सृष्टिखंड' में उसे 'सर्वतीर्थमयी माता' कहा गया है।

बिटिया मात्र हाड़-मांस की देह नहीं, संस्कार-संस्कृति की नाभि व्याख्या, अक्षसूत्र, लोक जीवन का नीमधर्मी वृक्ष-दर्शन है, जो वैश्विक पर्यावरण का संरक्षक तो है ही, घर-आँगन की पुण्य श्लोक ऋचा है। जीवन की नृत्य भूमि पर थिरकते लोक छंद-सी प्राण-पोषक चेतना, भीतर का आनंद लवण, जो मिष्टि बनकर प्राण चेतना पर झरता है। लोक जीवन और संस्कृति की 'दूब···दधि···अच्छत' बिटिया वस्तुतः भारत की रस-संस्कृति है, जो सदा प्राणों का उल्लास नर्तन रही है। जो बिटिया के स्नेह सूत्रों को, वृक्ष धर्म को किसी भी रूप में तोड़ते-खंडित करते हैं, वे मानसिक रोगी ही नहीं, ईश्वर की तरफ से अभिशप्त अपराधी भी हैं। जीवन की कलंक कथाओं के बीच आरती दीप-सी बिटिया को यातना देनेवाले, जीवनदायिनी वृक्षों को काटनेवाले कुछ भी हों, कम-से-कम इनसान नहीं हो सकते। लोक जीवन में वृक्षों का यह प्रतीकत्व शोध दृष्टि की अपेक्षा करता है। वृक्ष नीम हो या पीपल, बड़ हो या कीकर; कमोबेश सभी लोक जीवन के 'अच्छत मंत्र' हैं, वे किसी-न-किसी रूप में हमारे लोक जीवन का भावबोध एवं लोक आँगन की रासलीला हैं।

लोक साहित्य-संस्कृति की इस सहयात्रा में वृक्ष पर्यावरण को तो साधते ही हैं, साक्षात् करुणा का भी रूप ले लेते हैं। नीम-वृक्ष लोक जीवन में व्याप्त करुणा के अनुभूति बिंबों का सजीव पृष्ठ है। यहाँ बाबा से नीम-वृक्ष न काटने का अनुरोध इसलिए है कि उसकी शाखाओं-प्रशाखाओं पर चिड़ियों के बसेरे हैं और वृक्ष काटने से चिड़ियाँ बसेरेविहीन हो जाएँगी। चिड़ियों का दुःख किसी बिटिया के दुःख से कम नहीं है, क्योंकि चिड़ियाँ और बेटियाँ दो नहीं, एक ही हैं।

लोक साहित्य के अग्निवर्णी पथ का कोई ओर-छोर नहीं है। हिरण्यगर्भा रसा (धरती) का अपना राग है, गंध है, स्वर है। इसी राग, गंध, स्वर का हिरण्य रस है माँ। लोक रूप, लोक रंग बेशक अलग हैं, किंतु मूल स्वर इसमें ऋत मन का ही है। अपनी मिट्टी, स्थानीय लोक गंध, निज भाषा-संस्कृति, स्व-अस्मिता को भोगनेवाला मनुष्य कितना भाग्यशाली है। प्रकृति बीज भाव बनकर लोक पुरुष को बाँध लेती है और वह देवदारु की तरह उठने लगता है। इसी में से फूटते हैं—शिशु-पत्र, शाखाएँ-प्रशाखाएँ, जिसका नीड़ संगीत लोक वृक्ष की जड़ों में 'रसा' बनकर महकता है। यही जीवन की लोक खुशबू है, लोक की बीज-वृक्ष-यात्रा, जिसकी सनातनता के हम साक्षी हैं।

दुनिया का दर्द सहने का सबसे बड़ा मापक यंत्र है 'माँ'। जन्म देनेवाली माँ की प्रसव-पीड़ा का अनुमान कोई नहीं लगा सकता। मनुष्य में अधिकतम पैंतालीस डेल (दर्द नापने की इकाई) दर्द सहने की क्षमता है, लेकिन प्रसव के समय यह दर्द-इकाई सत्तावन तक पहुँच जाती है। इसका अर्थ है बीस हड्डियों का एक साथ तड़तड़ाकर टूट जाना, असह्य पीड़ा का नीलकंठ तांडव। हमें दुनिया में लाने के लिए माँ कितना दर्द सहती है। रोम-रोम में आकंठ अकुलाहट का स्फोट। इसी रसा-रस से लोकयात्रा का प्रारंभ होता है। रस यात्रा के इसी बिंदु

पर हम कल भी खड़े थे और आज भी खड़े हैं। एक अन्य आयोजन में मृदुलाजी ने महिलाओं को 'पति वशीकरण मंत्र' दिया था। इनका विवाह मात्र सत्रह वर्ष (सन् 1959) की आयु में ही हो गया था। जीवन के अनुभवों ने इन्हें चलती-फिरती पाठशाला बना दिया। ये संयुक्त परिवार की समर्थक हैं। इसे इन्होंने 'खेल-खेल में' एक टेली फिल्म की गतिमय पटकथा लिखते हुए सिद्ध भी किया। इनका नारा है—'संग चलें जब तीन पीढ़ियाँ, चढ़े विकास की सभी सीढ़ियाँ।' आत्मीय रिश्तों की भूख किसे नहीं है। ये उन्हीं खुशबुओं को सुरक्षित रखना चाहती हैं। इनके संपूर्ण साहित्य में इसके, न जाने सूर्य-चाँदनी के कितने अक्स मिलेंगे। इन्होंने अपने एक भाषण में इसे सुरक्षित रखने का सीधा-सीधा बीजमंत्र दिया। पति के जितने भी आत्मीय रिश्ते हैं, उन्हें उनकी ही आँखों से देखो। न उनसे दूरी रखो और न ही उनसे किसी तरह की प्रतिस्पर्धा, ऐसे में पति बिना धागे के आपके पल्लू से बँधा रहेगा और आप रानी बनकर राज करेंगी। यह समरस चिंतन है। भारतीय सांस्कृतिकता का ऐसा आसव, जो हमें न केवल 'वसुधैव कुटुंबकम्' से जोड़ता है, अपितु घर को तथागत दृष्टि भी देता है।

जरूरत पड़ने पर मृदुलाजी 'अग्निपुराण' की 'गुणयुक्त अर्थगर्भित वाणी' की तरह ही नहीं बरसतीं, अपितु उन बादलों की तरह भी बरसती हैं, जो समुद्र की खारी सतह से उठकर मीठा होकर बरसता है।

परंपरा और विद्रोह, जीवन में दोनों का स्थान है। परंपरा घेरा डालकर जीवन को गहरा बनाती है और विद्रोह घेरों को तोड़कर पानी को चौड़ाई में ले जाता है। परंपरा रोकती है, विद्रोह आगे बढ़ना चाहता है। यही जीवन का रचनात्मक दर्शन है। इस संघर्ष के बाद जो प्रगति और नव-निर्माण होता है, वही सच्ची प्रगति और नवनिर्माण है। जल से तरल कुछ नहीं, जो कठोर चट्टान को भी 'शिव' बना देता है। ध्वंस और निर्माण के बीच मृदुलाजी ने रात का सफर तय कर 'सुबह' पाई है। यही पुनर्सृजन है। पारिवारिक संस्कारों ने जो दृढता और संकल्प शक्ति दी, उसे मृदुलाजी ने उपनिषद् के चरैवेति में सार्थक कर साकार कर दिया। दृढ़ता के इस अग्निमुख दर्शन और अपनी 'ऋतंभरा प्रज्ञा' के बल पर ही वे आज एक राज्य के महामहिम पद को सुशोभित कर रही हैं।

गुजरनेवाला प्रत्येक पल आनेवाले इतिहास और भविष्य की धरोहर है। इस धरोहर को मूल्य-मीमांसा से जोड़कर सत्य की रक्षा करने का गुरुत्तर दायित्व परिवार और शिष्यों का है। मृदुलाजी एक घना वृक्ष हैं। उनके वृक्ष धर्म से छाया और रस लेकर ही पुत्र-पुत्रियाँ, पुत्रवधू और शिष्य; सभी उनके सुमेरु संकल्पों को साकार करने का प्रयत्न कर रहे हैं। इस सांस्कारिक-वैचारिक पुनर्सृजन में ही मृदुलाजी का इसी जन्म में पुनर्जन्म भी है, जो निश्चित रूप से अगली पीढ़ी में साकार होगा। अमृत महोत्सव के इस आयुपर्व पर मैं उनके स्वस्थ रहते हुए शतायु की कामना करता हूँ।

वरिष्ठ साहित्यकार एवं अवकाश प्राप्त प्राध्यापक
मो. : 9871297078

□

साहित्य, संस्कृति एवं राष्ट्र-सेवा को समर्पित

—रमेश नैयर

श्रीमती मृदुला सिन्हा से व्यक्तिगत परिचय तो यू.पी.ए. शासन काल की दूसरी पारी के दौरान हुआ था। वे एक व्याख्यान के लिए रायपुर आई थीं। उन्हें सुनना तत्कालीन राजसत्ता में पसरे हुए भ्रष्टाचार और भारत राष्ट्र-राज्य पर गहराते संकटों से रूबरू होने का अविस्मरणीय अनुभव था। उन दिनों वे साहित्य-सृजन के साथ ही भारतीय जनता पार्टी की राजनीति में भी सक्रिय थीं। सामान्यतः तत्कालीन सत्ता की प्रखर आलोचना में खड़े होने का साहस बहुत कम लोग जुटा पा रहे थे। श्रीमती सिन्हा ने यू.पी.ए. सरकार में व्याप्त भ्रष्टाचार, परिवारवाद, वोटों के जुगाड़ के लिए अपनाई जाती रही तुष्टीकरण की राष्ट्रघाती नीति का जिस प्रकार से सम्यक् और बेबाक विश्लेषण किया था, उससे एक पत्रकार के नाते मैं प्रभावित हुआ। वे भारतीय जनता पार्टी के महिला मोर्चा की कमान सँभाल चुकी थीं। महिला सशक्तीकरण और नारी की अस्मिता की रक्षा एवं सम्मान के लिए वे निरंतर लिखती आ रही थीं। राजनीतिक, सांस्कृतिक और साहित्यिक मंचों पर भी वे इन्हें दृढ़ता से सामने रखती थीं। मृदुलाजी के उस संबोधन में मुझे उनके जुझारूपन, अपने विश्वासों और मूल्यों के प्रति अडिग निष्ठा तथा निर्भीकता की झंकार सुनाई दी थी।

इसके पश्चात् दूसरी बार उनसे भेंट रायपुर में ही साहित्य महोत्सव के समय हुई। वे मुख्य अतिथि के रूप में उस महत्त्वपूर्ण राष्ट्रीय आयोजन में आमंत्रित की गई थीं। वे रायपुर के राजभवन में ठहरी थीं। तब तक गोवा के राज्यपाल का दायित्व सँभाल चुकी थी। उस आयोजन में उनके उद्बोधन ने सभी प्रतिभागी साहित्यकारों एवं साहित्यप्रेमियों को प्रभावित किया। मैं तो उनके उस व्याख्यान से अभिभूत हो गया था। अनेक महत्त्वपूर्ण राजनेता, मंत्री और प्रमुख समाजसेवी भी उस आयोजन में उपस्थित थे। उनसे हुई प्रथम भेंट के पश्चात् इस आयोजन तक डेढ़-दो वर्ष का समय व्यतीत हो चुका था। इस बीच मेरा उनसे कोई संवाद भी नहीं हुआ था, परंतु जैसे ही मैं उन्हें जाकर मिला तो तत्काल मुझे पहचान गईं। यह मेरे लिए एक सुखद प्रतीति थी।

उनके साहित्यिक लेखन से मैं अनेक दशकों से परिचित था। चूँकि मैं मुख्यतः पत्रकारिता में आधी सदी से अधिक समय से सक्रिय रहा था, इसलिए साहित्य के अध्ययन और लेखन के लिए मैं पर्याप्त समय नहीं निकाल पाता था। फिर भी जिन गिने-चुने साहित्यकारों की रचनाएँ रुचिपूर्वक पढ़ने के लिए मैं समय निकाल लिया करता था, उनमें मृदुलाजी भी सम्मिलित

थीं। पत्र-पत्रिकाओं में प्रकाशित उनकी कहानियों तथा साहित्यिक निबंधों को पढ़ने में आनंद आता था। भारत के ग्रामीण और कस्बाई परिवेश से निकले उनकी रचनाओं के पात्र आत्मीय लगते। उनके सुख-दुःख और संवेदनाएँ पूरी जीवंतता के साथ उनके लेखन में मुखर होती थीं। संभवतः इसका कारण उस वर्ग के जीवन के संघर्षों और उनके ग्रामीण परिवेश से जुड़े प्रदीर्घ अनुभव रहे होंगे। नारी पात्रों के मनोभावों को मृदुलाजी जिस सहजता के साथ अपनी साहित्यक कृतियों में व्यक्त करती थीं, उनसे स्पष्ट आभास होता था कि वे स्वयं प्रत्येक पात्र की आत्मा में प्रवेश करके उसे जीती हैं। यूँ भी प्रत्येक श्रेष्ठ साहित्यकार में परकाया प्रवेश की अलौकिक शक्ति होती है। मृदुलाजी पौराणिक पात्रों को वर्तमान संदर्भों में जिस दक्षता के साथ प्रस्तुत करतीं, वह मेरे जैसे पाठकों को विशेष रूप से प्रभावित करता। उनका उपन्यास, 'परितप्त लंकेश्वरी' पढ़ते समय मुझे रावण की पत्नी मंदोदरी के भीतर उपस्थित एक विराट् नारी की संवेदनाओं, सामाजिक-सांस्कृतिक अनुभूतियों और अपने पति, समाज तथा अपहृत सीता के प्रति दायित्वबोध के मनोद्वंद्ध की झंकार सुनाई देती रही।

अपने पति रावण की कामुकता और अहंकार से संभावित अनिष्ट का आभास मंदोदरी को होता रहता था। उन्हें यह भी लगता था कि ये दोनों दुर्गुण उनके पति के पतन तथा अवसान के कारण बनेंगे। एकाधिक बार उन्होंने अपनी इस आशंका का संकेत भी दे दिया था, परंतु उन्हें अनसुना कर दिए जाने के संताप को वे अपने अंतस में ही समेट कर रह जातीं। मंदोदरी ने अपने जीवनकाल में एक-एक कर अपने सभी पराक्रमी पुत्रों तथा देवरों को अपने पति के निर्देशों का निर्वाह करते हुए रणक्षेत्र में बलिदान होते हुए देखा। उन प्रचंड आघातों को भी वे एक पतिव्रता नारी के नाते उद्धेलित मन में चुपचाप सहती रहीं। मन की संपूर्ण व्यथा को मन-ही-मन पीती रहीं। उन समस्त संतापों की किंचित् मात्र छाया भी अपने पतिव्रत धर्म पर नहीं पड़ने दी। अपने इसी धर्म और दायित्वबोध के कारण मंदोदरी को पावन पंच महासतियों में गौरवपूर्ण स्थान मिला।

श्रीमती मृदुला सिन्हा राजनीतिक और सामाजिक सक्रियता के साथ ही साहित्य साधना के माध्यम से भी राष्ट्र की निष्ठापूर्वक सेवा करती आ रही हैं। संप्रति गोवा के राज्यपाल के दायित्व का निर्वाह करते हुए भी उनका सहज एवं विनम्र बना रहना उनके भीतर रचे-बसे संस्कारों का प्रमाण है। मृदुलाजी के अमृत महोत्सव पर मैं उनकी कीर्ति के विस्तार और उनकी शतायु होने की कामना करता हूँ।

वरिष्ठ साहित्यकार एवं पूर्व संपादक,
दैनिक भाष्कर तथा संडे ऑब्जर्वर

□

मृदुल संवाद

—डॉ. सत्यकेतु सांकृत

मृदुलाजी से मेरी पहली मुलाकात ग्वालियर में वर्ष 2007 में तब हुई थी, जब वे अखिल भारतीय साहित्य परिषद् की एक संगोष्ठी में बतौर मुख्य अतिथि वहाँ पधारी थीं। मैं उस समय ग्वालियर के ही एक शासकीय महाविद्यालय में हिंदी के सहायक प्राध्यापक के रूप में पदस्थ था और वैचारिक रूप से अखिल भारतीय साहित्य परिषद् से न केवल जुड़ा हुआ था, बल्कि उसकी हर सभा-संगोष्ठियों में अपनी उपस्थिति दर्ज कराने के प्रति सचेत भी रहता था। प्रभु की कृपा से मृदुलाजी के मुख्य आतिथ्य में संपन्न होनेवाली संगोष्ठी में एक वक्ता के रूप में मुझे भी कुछ कहने का मौका मिलनेवाला था। यह मेरे लिए सोने में सुगंधवाली कहावत को चरितार्थ होने जैसा था। कहने को तो यह उनसे मेरी पहली मुलाकात थी, पर मैं उनकी रचनाओं के माध्यम से उनसे पहले से ही भलीभाँति परिचित था, विशेषकर उनके बहुचर्चित उपन्यास 'ज्यों मेहँदी को रंग' से, जिस पर लिखित मेरी विस्तृत समीक्षा उसके प्रकाशन वर्ष में ही 'समीक्षा' पत्रिका में छपी थी। दरअसल यह एक ऐसी रचना थी, जिसने मृदुलाजी को साहित्यिक जगत् के केंद्र में तो स्थापित कर ही दिया, साथ ही इसके माध्यम से उन्होंने वह ख्याति भी अर्जित की, जो किसी भी रचनाकार के लिए उसके पूरे लेखनकाल की अपूर्व सफलता मानी जा सकती है। 'ज्यों मेहँदी को रंग' की सबसे बड़ी विशेषता यह है कि यह तब तक के अछूते विषय 'दिव्यांग समाज की अकथ कहानी' को केंद्र में रखकर लिखी गई है । संभवत: 'दिव्यांग समाज' को आधार बनाकर लिखा गया यह हिंदी का पहला उपन्यास है। इसमें दिव्यांग समाज को आत्मबल प्रदान कर सामर्थ्यवान बनाने की वह औषधि है, जो अत्यंत जीवंत और समाजोपयोगी है। स्वयं मृदुलाजी के शब्दों में, "अपने पुत्र स्वर्गीय परिमल के प्रति किस भाव की भाषा में अपना आभार व्यक्त करूँ। यह सच है कि उसकी उस स्थिति ने ही मुझे इस उपन्यास की रचना के लिए बाध्य किया है, कहूँ तो अतिशयोक्ति नहीं होगी। अपना शरीर क्या, उँगली भी एक इंच हिला पाने में असमर्थ परिमल अपने अठारह वर्षीय जीवन में दस वर्षों तक हमारे ऊपर पूर्णरूपेण निर्भर था। सच यह है कि उसके साथ बिताए दस वर्षों के काल खंड की अनुभूतियों को ही उपन्यास के पन्नों पर उतारा है। ये अनुभूतियाँ मेरी ही नहीं, उन सब माँ-बापों की हैं, जिनकी स्थिति मेरी जैसी थी, है या होगी।" अपने विकलांग पुत्र के संग-संग जीवन जीने से उत्पन्न स्वानुभूति से

लबरेज यह उपन्यास अनुभूति की संवेदना और स्वानुभूति की तेजस्विता के अद्‌भुत संयोग का सुंदर उदाहरण माना जा सकता है।

डी.एच. लारेंस ने उपन्यास को जिंदगी की एक चमकती हुई किताब—'द वन ब्राइट बुक ऑफ लाइफ' कहा है। उनके अनुसार, "पुस्तकें जिंदगी नहीं होतीं। वे केवल शून्य में थरथराहट होती हैं, पर थरथराहट के रूप में उपन्यास संपूर्ण जीवित मानव को कंपित कर सकता है—कविता, दर्शन, विज्ञान या किसी भी अन्य पुस्तक की थरथराहट इतना नहीं कर सकती है।" सही अर्थों में उपन्यास उस भूकंप प्रलेख यंत्र की तरह काम करता है, जो जीवन की हल्की-से-हल्की थरथराहट को भी अंकित कर लेता है। यही कारण है कि जिंदगी में जो कुछ भी घटित होता है, वह भले ही कविता, नाटक या अन्य किसी साहित्य-विधा से बच जाए, पर उपन्यास की नजरों से बच निकलना संभव नहीं है। मृदुलाजी का यह यथार्थवादी उपन्यास इसका जीता-जागता उदाहरण है। मृदुला सिन्हाजी के औपन्यासिक विजन का कैनवास इतना व्यापक है कि उसमें वैविध्य की अनुभूति की अद्‌भुत अनुगूँज सुनाई पड़ती है। उनका 'नई देवयानी', 'घरवास' और 'सीता पुनि बोली' आदि उपन्यास इसके जीवंत उदाहरण हैं। 'घरवास' में प्रतिपल परिवर्तित होते ग्रामीण परिवेश में कृषकों, मजदूरों और विशेषकार स्त्रियों की संघर्षमय जीवटता की अद्‌भुत गाथा जीवंतता के साथ प्रस्तुत की गई है। इसमें एक ओर रामपुरा गाँव को केंद्र में रखकर पूरे उत्तर बिहार की आंचलिक विशिष्टताओं की झाँकी प्रस्तुत तो हुई ही है, वहीं दूसरी ओर पंजाब प्रांत के नैसर्गिक सौंदर्य पर आतंकवादी गतिविधियों की पड़ी कलुषित छाया के दर्द और दंश को रेखांकित कर भारतीय प्रांतों की परस्पर निर्भरता को भी अपने औपन्यासिक विजन के मार्फत दरशाया गया है। 'सीता पुनि बोली' आत्मकथात्मक शैली में लिखित एक ऐसी रचना है, जिसके माध्यम से स्त्री जीवन की महागाथा मुखरित हुई है। सीता माता को केंद्र में रखकर उनके जीवन प्रसंगों को उनके माध्यम से प्रस्तुत करना निश्चित ही लेखिका के लिए तलवार की धार पर चलने के सामान दुष्कर कार्य रहा होगा, पर श्रेष्ठ रचनाकार तो अपनी प्रवृत्ति के अनुरूप न क़ेवल दुर्गम रास्तों पर चलने के लिए अभिशप्त होता है, बल्कि वह एक मार्ग बनाता चलता है, जो समाज के लिए सरल एवं सुगम हो। 'सीता पुनि बोली' की संरचना इसका जीवंत उदाहरण है। मृदुलाजी के बोल हैं, " अपनी लेखनी द्वारा उकेरे चित्र को विचित्र भी नहीं बनाया था। कोटिशः हृदयों में चित्रित सहस्रों चित्रों का योग आज के संदर्भ में सीता-चरित्र को पठनीय, दर्शनीय और मननीय बनाने के लिए आत्मकथा शैली ही उपयुक्त लगी।"

उपन्यास के क्षेत्र में अपनी धाक जमा चुकीं मृदुलाजी ने 'देखन में छोटन लगे', 'ढाई बीघा जमीन', 'बिहार की लोक कथाएँ' जैसी कथा पुस्तकों के माध्यम से बिहार के विभिन्न प्रांतों में व्याप्त उसके सांस्कृतिक सौंदर्य की अद्‌भुत छटा बिखेरी है। आँचलिकता की छौंक में मानो ग्रामीण समाज का संपूर्ण परिवेश अपनी पूरी अर्थवत्ता के साथ हमारे समक्ष उपस्थित हो जाता है। भाषा की सहजता उस सर्जनात्मक लेखन का निर्माण करती हैं, जिससे लेखकीय सामर्थ्य स्वतः प्रस्फुटित हो उठता है। मृदुलाजी के साहित्यिक अवदान की चर्चा बिना उनकी रचना 'राजपथ से लोकपथ' पर बात किए अधूरी सी लगती है। दरअसल यह कलाकृति राजमाता की एक ऐसी आत्मकथा है, जिसे मृदुलाजी जैसी देदीप्यमान साहित्यकार ने अपनी बेजोड़ कलात्मक क्षमता के तहत लिपिबद्ध

किया है। एक तरह से यह कलाकृति राजमाता सिंधियाजी की आत्मकथा तो है, साथ ही यह उनकी जीवनी भी है, जो एक समर्थ रचनाकार के हाथों जीवंत हो उठी है। यही रचना आगे चलकर राजमाता विजय राजे सिंधिया पर लिखी जीवनी 'एक थी रानी ऐसी भी' का आधार भी बनी, जिसे मृदुलाजी ने इस तरह उकेरा कि सिनेमा जगत् भी उससे अछूता न रह सका। फिल्म निर्देशक श्री गुलबहार सिंह के कुशल निर्देशन में इसी नाम से एक फिल्म भी बनी, जिसमें हेमा मालिनी और विनोद खन्ना सरीखे कलाकारों ने अभिनय कर चार चाँद लगा दिया। मृदुलाजी की लेखनी अब तक उस मुकाम पर पहुँच चुकी थी, जहाँ पहुँचने का प्रयास तो कई दिग्गजों ने किया था, पर वह उनसे कुछ छिटक सा गया था।

मृदुलाजी के लेखन का वह सामर्थ्य, जिसमें लोक की उपस्थिति निरंतर विद्यमान रहती है, उसको उनकी सामान्य जीवनचर्या में भी सहज महसूस किया जा सकता है। मैं व्यक्तिगत रूप से इस बात का साक्षी हूँ, क्योंकि सीधे-सीधे न सही, पर परोक्ष रूप में मैं उनके परिवार से जुड़ा रहा हूँ। मेरे पिताजी गोलोकवासी प्रो. गोपाल राय के सिन्हा परिवार से बड़े आत्मीय संबंध रहे हैं। मृदुलाजी का तो एक श्रेष्ठ कथाकार के रूप में वे न केवल सम्मान ही करते थे, बल्कि हम सबों को उनकी लेखन कला की विशेषता बताकर उनसे कुछ सीखने की सलाह भी देते रहते थे। बाबूजी से ही मुझे सबसे पहले इस बात की जानकारी मिली थी कि मृदुलाजी के पास लोक गीतों का न केवल अक्षय भंडार है, बल्कि वे उनको गाती भी बहुत अच्छे ढंग से हैं। प्रभु प्रदत्त स्वर के साथ लोकगीतों की उस अनुगूँज के वे साक्षी रहे थे। मैं यहाँ पर उस घटना के प्रकटीकरण के लोभ का संवरण नहीं कर पा रहा हूँ, जिसे सुनाने के दरम्यान बाबूजी अत्यंत भावुक हो उठते थे। एक दिन बिहाने-बिहाने हमारे घर के फोन की घंटी बज उठी। बाबूजी ने आदतन फोन उठाया। उधर से किसी के मधुर स्वर में सोहर गाने की आवाज आ रही थी। बाबूजी पहले तो भकुआए से उसे सुनते रहे, पर जब इस राज के खुलने पर कि वे और कोई नहीं, बल्कि मृदुलाजी, उनकी तंद्रा न केवल टूटी, बल्कि उनकी सहजता और सरलता के भी वे कायल बन गए। मृदुलाजी की यह संवेदनशीलता आद्यंत उनके व्यक्तित्व का हिस्सा बनी रही। आज वे गोवा के राज्यपाल के पद पर आसीन हैं, फिर भी जिस तरह की सहजता और सरलता को उन्होंने अपनी थाती बना रखी है, वह न केवल काबिलेतारीफ है, बल्कि बाबा तुलसीदास की इस पंक्ति 'भरतहि होइ न राजमदु विधि हरिहर पद पाई' को भी पूर्णत: चरितार्थ करती सी प्रतीत होती है।

गोवा की प्रथम महिला राज्यपाल महामहिम श्रीमती मृदुला सिन्हा के 75 वर्ष पूर्ण होने के उपलक्ष्य में इस अभिनंदन ग्रंथ में अपने इस साहित्योन्मुख संस्मरणात्मक आलेख के जरिए अपनी सहभागिता निभाकर मैं अपने आप को गौरवान्वित महसूस कर रहा हूँ। मृदुलाजी को उनके अमृत महोत्सव पर कोटिश: बधाइयाँ।

प्राध्यापक, इग्नु एवं संपादक, समीक्षा
मो. : 8826252403

□

सादा जीवन, उच्च विचार

—प्रो. श्यामनाथ मिश्र

गोवा प्रांत की राज्यपाल श्रीमती मृदुला सिन्हाजी, जो साहित्यकारों, राजनेताओं एवं समाजसेवियों के बीच मृदुलाजी के नाम से चर्चित हैं, के व्यक्तित्व-कृतित्व को देखकर 'सादा जीवन, उच्च विचार' के सही अर्थ को समझा जा सकता है। 'नमन्ति गुणिनो जना:' तथा 'विद्या ददाति विनयम्' के भाव को भी मृदुलाजी के आचार-विचार-व्यवहार के माध्यम से समझने में आसानी होती है। जमाने को देखते हुए उन्हें जाननेवालों में कुछ को उम्मीद थी कि गोवा का राज्यपाल बन जाने के बाद उनके व्यक्तित्व में काफी बदलाव आ जाएगा, लेकिन ऐसा नहीं हुआ। सादगी, विद्वत्ता, नम्रता तथा वैचारिक दृढ़ता उनमें पूर्ववत् है।

जून 2015 की अपनी गोवा यात्रा में मैंने पाया कि वहाँ के सामान्य लोगों के बीच मृदुलाजी की सादगी और विद्वत्ता की काफी चर्चा है। लोग अपने बच्चों के सामने उनके उदाहरण देने लगे थे। वाराणसी से आकर गोवा के तुएम में जा बसे छोटेलाल विश्वकर्माजी लकड़ी-फर्नीचर का कारोबार करते हैं। वे पहनावे के मामले में परिवार में फालतू आजादी देने के पक्ष में नहीं थे। पोशाक में फूहड़पन उन्हें नापसंद था। वे कहते थे कि जीवन में आगे बढ़ने के लिए अच्छे कपड़े पहनो। पारंपरिक पहनावे में ही मृदुलाजी राज्यपाल बनी हैं। मॉडर्न और डिस्को कहलाने के लिए गोवा के कुछ लोग ऊटपटांग कपड़े पहनने लगे हैं। ये कपड़े टिकाऊ तो होते नहीं, उल्टे व्यक्तित्व चौपट कर देते हैं। घर-परिवार में आनेवाले सगे-संबंधी उन्हें देखकर केवल मजाक उड़ाते हैं। इसीलिए कपड़े पहनने में मृदुलाजी से सीख लेनी चाहिए।

पर्यावरण के प्रति समर्पित

छोटेलाल विश्वकर्माजी के सुपुत्र रामजी, जो कि बी.कॉम करके फर्नीचर का कारोबार करते हैं, उन्होंने बताया कि मृदुलाजी जब गोवा में राज्यपाल बनीं, तब बिहार-उत्तर प्रदेश से आकर गोवा में रह रहे लोगों को पूरा विश्वास हो गया कि आधुनिकता के नाम पर गोवा का जो पारंपरिक सांस्कृतिक सौंदर्य नष्ट होता जा रहा है, उस पर रोक लगेगी। उन्होंने बताया कि मराठी एवं कोंकणी भाषा में आज भी गोवा को उसके प्राचीन नाम गोमांचल या गोमांतक से जाना जाता है। इसका सृजन भगवान् परशुराम ने सह्याद्रि पर्वत पर बाण चलाकर किया था।

यह तपोभूमि है। मुगल शासन तथा पुर्तगाली शासन में इसके आध्यात्मिक स्वरूप को बहुत विकृत किया गया है। अब लोगों की नजर में गोवा सिर्फ मौज-मस्ती की जगह है। मृदुलाजी के व्यक्तित्व से गोवा, फिर से आध्यात्मिक पहचान को प्राप्त करेगा, क्योंकि मृदुलाजी स्वयं आध्यात्मिक मूल्यों में आस्था रखती हैं।

गोवा के परनेम में स्थित तुम गाँव में ही फर्नीचर के कारोबारी रविजी ने मृदुलाजी की मिलनसारिता की चर्चा की। वाराणसी में आठवीं तक पढ़े युवा रविजी ने बताया कि गोवा में घने जंगल हैं। यहाँ लकड़ी का बड़े पैमाने पर कारोबार है। इस व्यवसाय से जुड़े लोगों के प्रति मृदुलाजी में अपनेपन का भाव है। वे हमारी परेशानियों को सहज भाव से सुनती हैं और उन्हें दूर भी कर देती हैं। उनके राज्यपाल पद पर होते गोवा में फर्नीचर व्यवसाय काफी बढ़ेगा। सबसे बड़ी बात है कि वे पर्यावरण-संरक्षण के प्रति भी काफी सचेत हैं। वृक्षों एवं पहाड़ों की अंधाधुंध कटाई पर रोक लगेगी। गोवा की पहचान ही यहाँ के सौंदर्यपूर्ण प्राकृतिक संसाधन हैं। यहाँ का पर्यटन उद्योग इसी पर टिका है।

जहाँ मृदुलाजी का निवास काबो राजभवन है, वहीं डोना पॉला में नेशनल इंस्टीट्यूट ऑफ ओस्नोग्राफी में जाना हुआ। वहाँ सम्मानित वैज्ञानिक डॉ. सीला त्रिपतिजी तथा डॉ. अनिरुद्ध सिंह गौरजी से भेंट हुई। डॉ. सुंदरेशजी परिसर में ही कहीं और जगह थे, इसीलिए उनसे नहीं मिल पाया। ये तीनों वैज्ञानिक द्वारका की खोज संबंधी परियोजना से जुड़े हैं। द्वारका, बेट द्वारका तथा मूल द्वारका में समुद्र से इनके द्वारा महाभारतकालीन द्वारका के अवशेष निकाले गए हैं। वे अवशष नेशनल इंस्टीट्यूट ऑफ ओस्नोग्राफी में ही सुरक्षित हैं। बात चली तो डॉ. सीला त्रिपतिजी ने कहा कि मृदुलाजी की भारतीय इतिहास-संस्कृति में गहरी रुचि है। वे पुरातात्विक अनुसंधान एवं अवशेषों के संरक्षण पर पर्याप्त ध्यान देंगी। वे स्वयं अपने लेखन में पौराणिक तथ्यों का उल्लेख करती रहती हैं। डॉ. अनिरुद्ध सिंह गौर का विचार था कि मृदुलाजी गोवा की नई पहचान के रूप में उभरी हैं। उनकी शालीनता और सादे जीवन से गोवा का सामान्य जीवन भी प्रभावित होने लगा है। वे साहित्यकार होने के साथ सामाजिक सेवा कार्यों से भी जुड़ी हैं। राज्यपाल से ज्यादा लोग उन्हें अपना शुभचिंतक समझते हैं। नेशनल इंस्टीट्यूट ऑफ ओस्नोग्राफी को उनकी विद्वत्ता का पूरा लाभ मिलेगा।

इतिहास से विशेष लगाव

अभिजित आंबेकरजी से मुलाकात हुई। इस संग्रहालय में वे चक्कियाँ भी रखी हैं, जिन्हें भारतीय चलाकर बारूद बनाते थे और पुर्तगाली शासक उस बारूद का इस्तेमाल भारतीयों के खिलाफ ही करते थे। क्रूर पुर्तगाली शासकों की शानदार मूर्तियाँ संग्रहालय में सुरक्षित हैं, जबकि उनके द्वारा खंडित भारतीय देवी-देवताओं की मूर्तियाँ उपेक्षित पड़ी थीं। पुर्तगालियों से गोवा को आजाद करानेवालों का भी वहाँ नामो-निशान नहीं है। मृदुलाजी के गोवा में गवर्नर होने से क्या इस संग्रहालय में कोई महत्त्वपूर्ण बदलाव की उम्मीद करनी चाहिए? डॉ. अभिजित आंबेकरजी ने इस सवाल को महत्त्वपूर्ण बताते हुए कहा कि संग्रहालय में काफी बदलाव की जरूरत है। नई गवर्नर से हमें काफी उम्मीदें हैं। भारत के कोने-कोने से यहाँ आनेवाले लोगों को सिर्फ दासता की जानकारी

नहीं मिलनी चाहिए। इससे भारतीय समाज में निराशा का वातावरण बनेगा। लोगों को भारतीयों द्वारा विदेशी गुलामी के खिलाफ किए गए लंबे संघर्ष की भी जानकारी दी जानी चाहिए। तभी वे अपने देश की आंतरिक शक्ति को पहचानेंगे।

गोवा के पर्यटन विभाग द्वारा प्रकाशित साहित्य में गोवा की आजादी के संघर्ष का जिक्र नहीं के बराबर है। स्मारक बना आजाद पार्क भी उपेक्षा का शिकार है। वहाँ बारिश में भीगते हुए, लेकिन बार-बार स्मारक की परिक्रमा करते तथा फोटोग्राफ्स लेते एक विदेशी पर्यटक ने एक स्टाफ से पूछ ही लिया कि गोवा के स्वतंत्रता सेनानियों की तसवीरें या मूर्तियाँ देखने के लिए कहाँ जाना होगा? स्टाफ ने कोई स्पष्ट उत्तर नहीं दिया। मैंने उस पढ़े-लिखे और समझदार स्टाफ को बताया कि भारत के विभिन्न सड़कों-चौराहों पर भी स्मारक एवं मूर्तियाँ हैं। कुछ महीने से गोवा की राज्यपाल मृदुलाजी हैं। आप लोग उनसे मिलें और गोवा में भी अन्य प्रदेशों की तरह आकर्षक स्मारक-मूर्ति बनवाने का सुझाव दें। उसने कहा कि उसका विभाग जल्द ही मृदुलाजी से मिलने की तैयारी में लगा है। उनके बारे में जितना सुनता हूँ, उससे मुझे विश्वास है कि वे जरूर हमारी बात को गंभीरता से लेंगी। उनका इशारा भर हो जाए तो सरकार गोवा में जगह-जगह अच्छी मूर्तियाँ स्थापित कर देगी। फिर किसी भी पर्यटक को गोवा आकर गोवा का वास्तविक इतिहास समझने में दिक्कत नहीं होगी।

गोवा विश्वविद्यालय में अखिल भारतीय शैक्षणिक महासंघ के प्रो. प्रदीप मस्केजी से भेंट नहीं हो पाई, क्योंकि वे कहीं बाहर गए हुए थे। उनसे मिलने पर मृदुलाजी के व्यक्तित्व के कई अन्य प्रेरक पक्षों की भी जानकारी मिलती। गोवा प्रवास के दौरान गोवा फिल्म फेस्टिवल स्थल, विधानसभा, कई बीचेज तथा अन्य स्थानों पर भी मैंने मृदुलाजी के बारे में लोगों के विचार जाने। फल-सब्जी के बाजार में कार्यरत बिहार के मुजफ्फरपुर से आए एक लड़के ने बताया कि उसने मृदुलाजी को एक बार देखा है। वे उसके मुजफ्फरपुर की रहनेवाली हैं। उसने बिना पूछे ही बताया कि गोवा में मृदुलाजी को कोई दिक्कत नहीं होगी, क्योंकि उनके लिए सारा इंतजाम सरकार कर देगी। उसने कहा कि गोवा में भिंडी, बोदी तथा सहजन गिनकर बिकता है, जबकि मुजफ्फरपुर में तौलकर बिकता है। यहाँ सौ रुपए का एक आम है, जबकि मुजफ्फरपुर में कई आम हम लोग मुफ्त में खाते रहते हैं। ऐसी महँगाई में हमारे साथ काम करनेवाले सभी लड़कों की हालत खराब है। मुजफ्फरपुर से यहाँ आकर हम पछता रहे हैं। मृदुलाजी से आप पत्रकार कुछ कहिए, तभी खाने-पीने के सामान सस्ते होंगे। उस लड़के ने अपनी ओर से मुझे एक आम खिलाने की पूरी कोशिश की, लेकिन मैंने नम्रतापूर्वक मना कर दिया, क्योंकि वह बिना पैसा लिये खिलाने पर अड़ा था। उसकी भावना का आदर करते हुए एक कच्ची भिंडी मैंने प्रेमपूर्वक खा ली। भिंडी का प्राकृतिक स्वाद उसी दिन जाना।

सादगीपंसद हैं मृदुलाजी

मृदुलाजी के प्रति गोवावासियों के सम्मान भाव को मैं कुछ बनावटी भी मान लेता, यदि मैं वहाँ तत्कालीन महत्त्वपूर्ण राजनेताओं के घर नहीं देखता। वहाँ जाकर जाना कि यहाँ के लोगों के

स्वभाव में ही ईमानदारी, कर्मठता तथा सादगी है। उन दिनों भी श्रीपद नाईकजी केंद्रीय मंत्री थे। गोवा स्थित उनके मकान पर कोई सुरक्षाकर्मी नहीं था। मकान में गेट भी नहीं।

शायद दो-चार कमरे ही थे मकान में। उस दिन भी उसमें लकड़ी का कारोबार चल रहा था। ऐसा ही साधारण मकान परिकरजी का था, जो कि उन दिनों भारत के प्रतिरक्षा मंत्री थे और उससे पहले गोवा के मुख्यमंत्री रह चुके थे। ऐसे स्तर के नेता भी गोवा में स्कूटर-मोटरसाइकिल चलाते देखे जा सकते हैं। लोगों ने बताया कि सिर्फ साधारण व्यक्ति ही गोवा में महत्त्वपूर्ण नेता हो सकता है। वहाँ राजसी रहन-सहनवाला नेता कभी सफल नहीं होगा।

जून, 2007 में लक्षद्वीप से लौटते समय भी गोवा में प्रवास किया था। उस समय मैंने गोवा को थ्री डी (ड्रिंक-ड्रग-डांस) का क्षेत्र समझ लिया था। बोट क्रूज में मस्ती, दारू, बीयर, काजू फेनी, मांसाहार तथा पाश्चात्य संगीत एवं कई जगह समुद्र किनारे कम कपड़ों में लड़के-लड़कियाँ, इनके होते मैंने गोवा को जैसा समझा था, वह कुछ सीमा तक सही था, लेकिन मेरी धारणा उसी समय थोड़ी बदल भी गई थी। ऐसा तब हुआ, जब मैंने एनसेस्ट्रल गोवा म्यूजियम में एक ही पत्थर पर पुराने कलाकर महेंद्र द्वारा बनाई गई मीराबाई की विशाल मूर्ति देखी। वहाँ एक आलमारी में 450 गणेश प्रतिमाएँ थीं। गहराई से देखेंगे तो और ज्यादा गहराई में डूबते जाएँगे और पाएँगे कि गोवा स्वाभाविक रूप से आध्यात्मिक प्रदेश है। भौतिकता के बढ़ते प्रभाव से इसकी आध्यात्मिकता की सुरक्षा करना सरकार के लिए एक बड़ी समस्या है। ऐसे में मृदुलाजी से लोगों की उम्मीद बढ़ जाना स्वाभाविक है।

मृदुलाजी से लगाव स्वाभाविक

एक सवाल मेरे मन में उठ रहा है। गोवा जाकर मुझे मृदुलाजी के बारे में लोगों की राय जानने की जरूरत क्यों पड़ी? उत्तर है मृदुलाजी से अपना भावनात्मक लगाव। मैंने 1979 से 1990 तक पटना विश्वद्यालय में पढ़ाई की तथा पत्रकारिता की। साहित्यिक-सांस्कृतिक-सामाजिक आयोजनों में खूब जाता था। उन दिनों मेरे पास विद्यार्थी परिषद् में कई प्रकार के दायित्व होते थे। विभिन्न आयोजनों में मृदुलाजी की ससम्मान चर्चा होती रहती थी। विभिन्न संगोष्ठियों में आचार्य जानकी वल्लभ शास्त्री, आचार्य देवेंद्रनाथ शर्मा, आचार्य केसरी कुमार, आचार्य चंद्रकिशोर पांडे 'निशांतकेतु' एवं डॉ. शैलेंद्रनाथ श्रीवास्तव आदि लब्धप्रतिष्ठ साहित्यकारों से उनके बारे में सुनकर अच्छा लगता था। उन्हीं दिनों भाई अरुण भगतजी से दोस्ती हो गई थी। डॉ. अरुण भगतजी अब तो स्तरीय पत्रकार, साहित्यकार तथा प्राध्यापक हैं। वे अनेक पुस्तकों का संपादन कर चुके हैं। अरुण भगत जी को इस स्तर तक पहुँचाने में प्रत्यक्ष या परोक्ष रूप से मृदुलाजी की प्रेरणा भी रही है। इस प्रकार मृदुलाजी के नाम और काम से अपना पुराना लगाव है।

लगाव बाद में भी जारी रहा, जब मैं 1991 में दिल्ली के जवाहरलाल नेहरू विश्वविद्यालय (जे.एन.यू.) में विद्यार्थी बना। दिल्ली की कई संगोष्ठियों में विष्णु प्रभाकर, नरेंद्र कोहली, प्रो. नामवर सिंह, प्रो. केदारनाथ सिंह, कृष्णा सोबती, राजेंद्र यादव आदि विद्वानों से मृदुलाजी के साहित्य की आलोचना-समालोचना सुनने का सौभाग्य प्राप्त होता था। वहाँ भी 'पांचजन्य' समेत कई पत्र-पत्रिकाओं एवं पूर्व की भाँति आकाशवाणी से जुड़ा रहा। वहाँ भी विद्यार्थी परिषद् के कई

दायित्व निभाने का अवसर मिला। बाद में 1995 में मैं राजस्थान में सरकारी कॉलेज में प्राध्यापक बन गया। राजस्थान आकर भी पटना और दिल्ली की तरह मीडिया संबंधी काम तथा अन्य रचनात्मक कार्यों से स्वयं को जोड़े रखा। अब 'राजस्थान पत्रिका' में मृदुलाजी की रचनाएँ पढ़ लेता था। इस तरह स्पष्ट है कि मृदुलाजी से अपने जुड़ाव के लगभग चार दशक होने को हैं। यही कारण है कि उनके राज्यपाल बनने के बाद जब मैं गोवा प्रवास पर पहुँचा, तो वहीं के लोगों से मृदुलाजी के बारे में जानने-समझने की इच्छा जाग्रत् हो गई।

जीवन ही संदेश

मृदुलाजी मुख्यतः साहित्यसेवी समझी जाती हैं। उनका साहित्यिक पक्ष बहुत प्रबल है। साहित्य की विभिन्न विधाओं में उनकी अगणित रचनाएँ हैं। वे स्वयं भी अपनी अनेक कृतियों के नाम नहीं गिना पाएँगी। उनकी रचनाओं ने फिल्म उद्योग को भी सहारा दिया है। अच्छी रचनाएँ फिल्म उद्योग में कम ही स्थान पा रही हैं। व्यावसायिक लाभ के लिए स्तरहीन सीरियल धड़ल्ले से बनाए जा रहे हैं। ऐसे माहौल में भी मृदुलाजी की साहित्यिक रचना पर फिल्म या सीरियल का बन जाना समाज के लिए अति कल्याणकारी है। विभिन्न संचार माध्यमों (मीडिया) में उनके विचारों का प्रकाशित-प्रचारित-प्रसारित होना समाज के हित में है। मृदुलाजी पारंपरिक पोशाकों में होते हुए भी बौद्धिक स्तर पर उत्तर आधुनिक महिला हैं। उनके चिंतन में स्वतंत्रता, समानता एवं न्याय जैसे उत्तर आधुनिक लोकतांत्रिक मूल्य हैं। उनकी वैज्ञानिक-प्रामाणिक व्याख्या से शाश्वत मूल्य ज्यादा व्यावहारिक एवं स्वीकार्य हो जाते हैं। उनकी रचनाओं में 'महिला बनाम पुरुष' जैसा विघटनकारी नारीवाद नहीं है। वे महिला एवं पुरुष को परस्पर सहयोगी के रूप में प्रस्तुत करती हैं। उनकी रचनाओं पर एकात्म मानवदर्शन की छाप दिखती है। हिंदू पुनरुत्थानवादी विचारकों के समान उनकी रचनाओं में भी प्राचीन भारतीय ज्ञानभंडार पर जोर दिया गया है। भारतभूमि को मातृभूमि, पितृभूमि तथा पुण्यभूमि मानते हुए एवं सभी भारतीयों को समान पूर्वजों की संतान समझते हुए भारत की सांस्कृतिक धरोहर के गर्वपूर्वक संरक्षण-संवर्द्धन का आह्वान इन रचनाओं की विशेषता है। देश-विदेश में अनेक सम्मान-पुरस्कार प्राप्त कर चुकीं मृदुलाजी की कालजयी रचनाएँ भविष्य में भी मानवता को सही राह दिखाती रहेंगी। सही राह अर्थात् शांति, अहिंसा, करुणा, मैत्री तथा सद्भाव की राह। 'सहनाववतु सहनौभुनक्तु' एवं 'वसुधैव कुटुंबकम्' की राह।

मृदुलाजी का जीवन प्रखर राष्ट्रवाद, मानवता तथा विश्वकल्याण की भावना से ओत-प्रोत है। महात्मा गांधी ने कभी अपने बारे में कहा था, "मेरा जीवन ही मेरा संदेश है।" महात्मा गांधी की उक्ति मृदुलाजी के लिए सटीक बैठती है। उनके साहित्य नहीं पढ़ पाए हों, तो कोई हर्ज नहीं। उनकी जीवन-शैली निहार लें। कथनी-करनी में अंतर नहीं है। महात्मा गांधी भी यही करते थे। वे खुला जीवन जीते थे। मृदुलाजी के जीवन का यही खुलापन उन्हें जनप्रिय तथा विश्वसनीय बना देता है।

वरिष्ट साहित्यकार

□

वैशाली की कीर्तिपताका

—निशांतकेतु

वैशाली की कीर्तिपताका
वांछाकल्पलता चंदन है,
तीरभुक्ति की शीतल राका
रजनीगंधा अभिनंदन है।

शब्द-शब्द साहित्य अमर है
रसतम गीत गीतिका गंगा,
उत्तमता की राग समर है
मंदिर की घंटाध्वनि संगा।

मृदुल भाव मधुमय स्वभाव है
वेणु राजगृह विपुला चलता,
वहीं सरस साहित्य सुखद है
उत्सव का आनंद उछलता।

तुम अक्षर की अमर तपस्या
समाधान तुम सरस शांति हो,
जन-जन की तुम अमल वयस्या
करुणा की कमनीय कांति हो।

मनीषी विद्वान् (संस्कृत),
पूर्व प्राध्यापक एवं संपादक—चक्रवाक्

□

भारतीय सांस्कृतिक मूल्यों की पुनआख्याता

—प्रो. पूरनचंद टंडन

भारतीय सांस्कृतिक मूल्यों की प्रहरी और पुनआख्याना बनकर जब कोई मृदुल हृदय, वात्सल्य से परिपूर्ण, ममत्व की प्रतिमूर्ति, भारतीय महिला के लक्षणों-गुणों को आत्मसात् करनेवाली लेखिका जन्म लेती है, तो वह श्रद्धेय मृदुला सिन्हा के रूप में विश्व-विदित होती है। मृदुलाजी की परिवार-चेतना, लोक-चेतना, संस्कृति-बोध, मूल्यों की प्रतिष्ठा की ललक, राष्ट्र के प्रति समर्पण और निष्ठा का सात्त्विक भाव, कर्तव्यपरायणता, दायित्व-निर्वाह की सूझ-बूझ और इन सबसे ऊपर एक सहज, स्वाभाविक, ईश्वर प्रदत्त अहंकार-शून्य आचरण हम सबको अभिभूत कर लेता है। संकल्प की धनी श्रीमती मृदुला सिन्हा का पारिवारिक, सामाजिक, प्रशासनिक और राष्ट्रीय व्यक्तित्व एक साथ मिलकर एक ऐसी सृजनधर्मी लेखिका का निर्माण करते हैं, जो स्त्री को सशक्त बनाने और देखने के लिए निरंतर आंतरिक संघर्ष करती दिखाई देती है। कविमना, संवेदनशील मृदुलाजी का स्त्री-विमर्श महादेवी वर्मा का सा स्त्री-विमर्श है। उनके चिंतन में स्त्री-समाज के प्रति हुई और हो रहीं अवहेलना के प्रति आक्रोश और विद्रोह तो दिखाई देता है, किंतु यह विद्रोह निराला का-सा विद्रोह है। यह विद्रोह मीरा का सा रचनात्मक विद्रोह है। विध्वंसक या प्रतिशोध की भावना उनमें नहीं है। उनके सभी अपेक्षित स्त्री पात्र अपने बलिदान से, त्याग से, समर्पण से, संघर्ष से विद्रूपताओं और प्रतिरोधों से लड़ते हैं, जूझते हैं, किंतु समाज को अपशब्द नहीं कहते। उनके कथा-साहित्य के स्त्री-पात्र संघर्षशील और त्यागशील बने रहकर अपनी प्रतिबद्धता का, संकल्प-शक्ति का परिचय देते हैं।

मृदुलाजी की शिक्षा उनके सहज व्यक्तित्व का निर्माण करती है। राम-विवाह के दिन जनमी मृदुलाजी 'सीता पुनि बोली' लिखकर उर्मिला और सीता के दर्द को, उनकी वेदना और पीड़ा को जैसे आत्मसात् कर लेती हैं और समकालीन समस्याओं-चुनौतियों को उजागर करने हेतु अद्‍भुत सुपाठ्य, रोचक उपन्यास का सृजन करती हैं। मैथिलीशरण गुप्त राष्ट्रवादी राष्ट्र कवि थे। उन्होंने जिस तरह 'साकेत' लिखकर उर्मिला के प्रति कवियों की उदासीनता की तरफ ध्यान आकृष्ट किया था और उर्मिला को उस महाकाव्यात्मक रचना का 'नायकत्व' प्रदान किया था, मृदुलाजी भी सीता, उर्मिला, मंदोदरी आदि ऐतिहासिक भारतीय नारियों के जीवन, व्यक्तित्व और चरित्र की ओर हमारा ध्यान आकृष्ट करते हुए उनमें से अछूते पक्षों को निकालकर, अनछुए पहलुओं को उजागर

कर लेखकों के लिए प्रेरणा का कारण बनती हैं। 'परितप्त लंकेश्वरी' हो या 'सीता पुनि बोली', 'नई देवयानी' हो या 'ज्यों मेहँदी को रंग' भाषा का लालित्य और विषय-वस्तु की समय-सापेक्ष व्याख्या के साथ प्रस्तुत मृदुलाजी अपनी एक अलग, विलक्षण, अप्रतिम पहचान बनाती हैं। ये गुण ईश्वर प्रदत्त हैं, जो उन्हें अन्य सभी महिला लेखिकाओं से भिन्न एक स्तुत्य पहचान प्रदान करते हैं।

मृदुलाजी का जीवन और व्यक्तित्व ही बहुआयामी नहीं है, उनका समस्त लेखन भी अद्‍भुत विविधता लिये हुए है। उनकी वक्तृत्व-कला, सारस्वत कृपा-संपन्न मृदुल वाणी, धाराप्रवाह गति से वक्तव्य देने की अनौपचारिक, किंतु आत्मीय कला उनके श्रोताओं, पाठकों को विमुग्ध कर देती है। जिस किसी ने भी उन्हें मंच से, बैठक में, समारोह या संगोष्ठी में सुना होगा, वे जानते हैं कि मृदुलाजी जब लोक संस्कृति का छौंक लगाकर भारतीय जीवन-मूल्यों की माला पिरोती हैं तो सभी अवाक्, ठगे से उन्हें देखते-सुनते रह ज़ाते हैं। यह गुण वाग्देवी सबको नहीं देतीं। 'राजपथ से लोकपथ पर' शीर्षक से लिखी गई जीवनी इस बात का प्रमाण है कि सैद्धांतिक दृष्टि से मृदुलाजी को जीवनी लेखन के वैशिष्ट्य की भी गहरी समझ उपलब्ध है। उनके लेख (यायावरी आँखों से) हों या कहानी-संग्रह (देखने में छोटे लगें), 'पुराण के बच्चे' जैसी नितांत नई लेखकीय परिकल्पना हो या 'मात्र देह नहीं है औरत' जैसी स्त्री-विमर्शपरक विलक्षण चिंतन कृति हो, 'एक दीये की दीवाली' हो या 'विकास का विश्वास', हर रचना एक पाठनीय विश्वास को सुदृढ करती है और पठनीयता की ललक भी पैदा करती है। ऐसा नैसर्गिक लेखन ही हिंदी की घट रही पठनीयता को पुनर्जीवित कर सकता है। प्रेमचंद की-सी कथनीयता, महादेवी वर्मा की-सी मोहकता, निराला की-सी बेबाकी और तुलसी की-सी लोक-मर्यादा का अद्‍भुत संगम हमें मृदुला सिन्हाजी की समस्त रचनाओं में मिलता है।

मृदुलाजी महिला लेखिकाओं की गुटबंदी, विचारबंदी और खेमेबंदी से दूर 'एकला चलो रे' की तर्ज पर भारतीय समाज को कुछ देने, जगाने और प्रेरित करने का मूलमंत्र लेकर चलती रही हैं। यह ईश्वरीय अनुकंपा है कि उनके सात्त्विक-साहित्यिक प्रदेय को आज हम उनके 75वें जन्मदिवस के अवसर पर 'अमृत-महोत्सव' आयोजन के बहाने नमन कर रहे हैं। उनके व्यक्तित्व और कृतित्व को पढ़कर एक कवि की ये पंक्तियाँ अत्यंत सार्थक प्रतीत हैं—

भीड़ में भी रहता हूँ, वीरान के सहारे।
जैसे कोई मंदिर, किसी गाँव के किनारे॥

मृदुलाजी की लोक-सांस्कृतिक चेतना और सृजनात्मकता की शक्ति जब मिलकर काम करती है तो एक विलक्षण बिंब भी बनता है और माधुर्य से परिपूर्ण सज भी निष्पन्न होता है। 'सीता पुनि बोली' उपन्यास में एक स्थल पर सीता से मिलने जब तीनों बहनें वन में पहुँचती हैं तो सीता सहित चारों बहनें एक-दूसरे से लिपटकर रोती हैं। तब मृदुलाजी ने अद्‍भुत कल्पना की है। वे लिखती हैं—

"राम ने देख लिया। बोले, 'मानो बड़ी मुश्किल से गूँथे गए आटे की चार रोटियाँ बनाई हों और फिर किसी कारण चारों रोटियाँ तोड़ आटा बना लिया हो। आप लोग टूटी हुई रोटियों के आटे की एक ही लोई लग रही हो।'" (पृ. 110)

मृदुलाजी लोक-आस्थाओं के प्रति, लोक-विश्वासों के प्रति, लोक-संस्कारों के प्रति, धार्मिक अनुष्ठानों के प्रति, लोक-पर्वों और लोकगीतों के प्रति एक समादृत भाव तो रखती ही हैं, अपने को उनका हिस्सा भी बनाती हैं। व्यक्तित्व की सौम्यता, सज्जनता, सहजता और वेश-भूषा की भारतीयता उन्हें प्रेरणापुंज बनाती हैं। घटनाक्रमों की स्मृतियों को साहित्य में पिरोना, गाँव, घर, अड़ोस-पड़ोस, रिश्ते-नाते, मित्रता आदि की मधुर स्मृतियों को साहित्यिक रचनाओं में उकेरना, चित्रित करना और श्याम-धवल तथा बहुरंगी प्राकृतिक बिंब बनाना उनकी साहित्य-कला के महत्त्वपूर्ण गुण हैं। साहित्य, समाज और संस्कृति तथा सात्त्विक राजनीति की वे त्रिवेणी प्रवाहित करती चलती हैं। मृदुलाजी की चिंता है कि हमारे सांस्कृतिक मूल्य विस्मृति के नेपथ्य में न चले जाएँ। हमें अपनी भावी पीढ़ी को, बच्चों और समकालीन युवाओं को इनके महत्त्व से अवगत कराना आवश्यक है। इनकी उपादेयता, प्रासंगिकता और इन्हें आत्मसात् करने, बचाकर रखने की संकल्प-शक्ति का मंत्र प्रदान करना आज अत्यंत आवश्यक है। उन्होंने स्वयं यह स्वीकार भी किया है, "मैं लोकगीतों, लोकोक्तियों, लोक कहावतों में ही सोचती हूँ। मानव मन, उसकी विशेषताओं, हास-परिहास, संस्कार और व्यथा को समझने के लिए लोकसाहित्य के ही पन्ने पलटती हूँ।"

एक शिक्षिका, एक दार्शनिक, एक मनोविज्ञानवेत्ता, एक राजनीतिज्ञ, एक साहित्यमना, एक प्रशासक, एक प्रखर, किंतु मृदुल वक्ता और एक महामहिमामंडित गौरवशाली जीवन की धनी मृदुलाजी स्त्री-पुरुष की व्यावहारिक समानता की सदा पक्षधर रही हैं। वे समेकित भारतीय संस्कृति और सांस्कृतिक संगठन की प्रबल समर्थक रही हैं। एक पत्रकार का-सा ईमानदार और निर्भीक जीवन जीनेवाली मृदुलाजी ने अपने जीवन को एक सामाजिक-सांस्कृतिक मिशन का रूप दे दिया है। वे उपकार करने के साथ-साथ उपकृत मानने में भी विश्वास रखती रही हैं। अनुशासन और संयम उन्हें आजीवन प्रिय रहा है।

कुल मिलाकर श्रीमती मृदुला सिन्हा हिंदी साहित्य ही नहीं; संपूर्ण भारतीय वाङ्मय की विलक्षण प्रतिभा के रूप में हमारे समक्ष उपस्थित होती हैं। प्रेरणा-पुंज मृदुलाजी का यह प्रदेय स्तुत्य है। हम अपने को उपकृत मानते हैं कि मृदुलाजी का साहित्य हमें अतुल्य भारत का बोध कराता है।

वरिष्ठ साहित्यकार एवं प्रोफेसर, हिंदी विभाग,
दिल्ली विश्वविद्यालय एवं निदेशक एवं महासचिव,
भारतीय अनुवाद परिषद्
मो. : 9810287732

□

साहित्य और राजनीति का समन्वित एकल व्यक्तित्व

—डॉ. शिववंश पांडेय

बिहार हिंदी साहित्य सम्मेलन के सैंतीसवें अधिवेशन में पिछले साल (2016 में) गोवा की महामहिम राज्यपाल डॉ. मृदुला सिन्हा मुख्य अतिथि के रूप में पटना पधारी थीं और उनके हाथों साहित्य सम्मेलन द्वारा संपादन के क्षेत्र में उल्लेखनीय कार्य करने के लिए सम्मानित भी किया गया था। उसी वक्त आज से लगभग 30–35 वर्ष पूर्व की वह मधुर स्मृति मेरे मन में ताजा हो आई, जब मैं राजभाषा विभाग, बिहार सरकार के एक पदाधिकारी के रूप में राज्य सरकार के प्रतिनिधि के तौर पर केंद्रीय शब्दावली आयोग की एक बैठक में भाग लेने रेलगाड़ी से दिल्ली जा रहा था। यात्रा सरकारी थी और रेलगाड़ी के प्रथम श्रेणी में यात्रा करने की अनुमति थी, अंत: मैं प्रथम श्रेणी में यात्रा कर रहा था। अगर मेरी स्मृति धोखा न देती हो तो उन दिनों दिल्ली आने के लिए इतनी गाड़ियाँ नहीं थीं और शायद गाड़ियों में वातानुकूलन की भी आज जैसी व्यवस्था नहीं थी। उन दिनों दिल्ली जाने के लिए 'दिल्ली एक्सप्रेस' के नाम से प्रसिद्ध 11 अप ट्रेन दिल्ली–यात्रा के लिए सर्वोत्तम गाड़ी मानी जाती थी, साथ ही उसमें सरकार के लिए अर्थात् राज्य सरकार के लिए कुछ सीटें आरक्षित रहती थीं। संसद् सदस्यों या विधायकों के लिए उस ट्रेन में विशेष सीटें आरक्षित रहती थीं।

सुखद संयोग था कि मैं जिस डिब्बे में यात्रा कर रहा था, उसी में मेरी सीट (बर्थ) की सामनेवाली बर्थ पर एक अत्यंत ही सभ्य और शालीन से दिख रहे दंपती यात्रा कर रहे थे। 11 आप गाड़ी 7.30 बजे के आसपास पटना से खुलती थी और दूसरे दिन प्रात: 4 बजे के आसपास दिल्ली पहुँचती थी। इसलिए यात्री अगर मिलनसार है, तो आपस में संपर्क बढ़ाने या परिचय प्राप्त करने का पर्याप्त अवसर मिलता था। 7–8 बजे शाम को ट्रेन में बैठिए और साजो–सामान व्यवस्थित कीजिए, तब तक यदि राजधानी एक्सप्रेस हुई तो चाय–नाश्ता, खाना–पीना कीजिए और बर्थ पर लेट जाइए। प्रात: शौच–क्रियादि से निवृत्त होते–होते दिल्ली पहुँचने की सूचना से अपना असबाब सँभालें। यदि आप वाचाल या अधिक मुखर नहीं हुए तो अपने सामनेवाले यात्री से परिचय की बात तो दूर, आप उन्हें शायद ट्रेन से उतरने पर पहचान भी नहीं पाएँगे।

मैं अपने विद्यार्थी जीवन से ही खादी पहनने लगा था और धोती–कुरता ही मेरा सामान्य पहनावा था। हाँ, यदा–कदा या विशेष अवसरों पर या जाड़े के मौसम में जाकिट भी पहनता था। एक तरह से मेरी पोशाक नेताओं से अधिक और सरकारी पदाधिकारियों से कम मिलती–जुलती थी। इससे लोगों को प्राय: भ्रम हो जाया करता था। मेरी जानकारी में दो बार लोग ऐसे भ्रम के

शिकार हुए थे। बिहार सरकार में जब पुण्यश्लोक भोला पासवान शास्त्री का मंत्रिमंडल था तो उस मंत्रिपरिषद् में श्री विपिन बिहारी सिन्हा पी.एस.पी. के कोटे पर मंत्रिमंडल में शामिल हुए थे और उन्होंने कृपापूर्वक अपना आप्त सचिव मुझे नियुक्त कर लिया था। वे बड़े ही ईमानदार और सरल व्यक्तित्व के नेता थे। एक बार वे ट्रेन से बक्सर जा रहे थे और आप्त सचिव के रूप में मैं भी उनके साथ था। दोनों एक ही कंपार्टमेंट से बक्सर में ट्रेन से उतरे। मैं घप-घप उजला धोती-कुरता और जाकिट पहने हुए था तथा वे पैंट-शर्ट में थे। स्वागत में आए पदाधिकारी ने बुके मुझे ही थमा दिया, तो मैं घबराकर मंत्री की ओर संकेत करते हुए जब उन्हें इस भूल की याद दिलाई तो वे भी घबरा गए और मंत्री महोदय मुसकराकर आगे की यात्रा पर चलते बने। इसी तरह के भ्रम की स्थिति जयपुर (राजस्थान) में हुई थी। जयपुर में हिंदीभाषी राज्यों के भाषा-संत्रियों का एक सम्मेलन होनेवाला था। वहाँ पर बिहार से बिहार के तत्कालीन राजभाषा मंत्री श्री योगेश्वर प्रसाद 'योगेश' और भाषा सचिव प्रतिनिधि के रूप में जानेवाले थे। इनके सहायतार्थ भाषा उपनिदेशक के तौर पर मुझे जाना पड़ा था। दुर्योग से बिहार से मंत्रीजी सम्मेलन में भाग लेने जयपुर नहीं पहुँचे और भाषा सचिव श्री जे.एन. सिंह और मुझे ही सम्मेलन में बिहार सरकार के प्रतिनिधि रूप में सम्मिलित होना पड़ा। वहाँ भी खादी धोती-कुरता ने लोगों को भ्रम में डाल दिया। स्वागतकर्ताओं ने भाषा सचिव के बदले मुझे ही बिहार के प्रतिनिधि के लिए कर्णांकित सीट (कुरसी) तक पहुँचा दिया। बाद में असली परिचय देकर मुझे उनके भ्रम का निवारण करना पड़ा।

इस धोती-कुरतावाली पोशाक ने ट्रेन में मुझे सामने बैठे युगल दंपती से संबंध स्थापित कराने में सहायता की। वे दोनों भी खादी वेशधारी लगे। औपचारिकतावश मैंने अपना परिचय देते हुए उनके बारे में तदनुकूल जिज्ञासा की तो मालूम हुआ कि वे बिहार में ही मुजफ्फरपुर के रहनेवाले और संसद् के सत्र में भाग लेने दिल्ली जा रहे हैं। उनका नाम रामकृपाल सिंह था और महिला उनकी धर्मपत्नी मृदुला सिन्हा थीं। कथा-लेखन के क्षेत्र में मृदुला सिन्हा उन दिनों ही काफी चर्चित हो चुकी थीं। उनके कथा-साहित्य के प्रशंसक होने के नाते उनसे मिलने का संयोग मेरे लिए परम सौभाग्य की बात थी। हिंदी का विद्यार्थी होने के कारण उनसे लेखन के संबंध में जिज्ञासाएँ करना बड़ा ही रुचिकर रहा, यद्यपि बहुत संक्षिप्त ही रहा। मृदुलाजी अगर रिजर्व नहीं तो मुखर भी नहीं थीं। नारी सुलभ शालीनता से उनका हाव-भाव एवं बात-व्यवहार नियंत्रित-सा था। उनके पति रामकृपालजी तो उन दिनों भी शांत और गंभीर रहते थे, जैसा अपने राजनीतिक उत्कर्ष काल अर्थात् मंत्रित्व काल में भी रहे थे। वे मोरारजी देसाई की सरकार में राज्य कृषि मंत्री भी रहे थे। मंत्री के रूप में वे स्वच्छ छवि के राजनेताओं में परिगणित होते थे। पति-पत्नी के संयमित और सुसंस्कृत व्यवहार से कोई भी अनुकूलतः प्रभावित हो सकता था। मैं तो एक जिज्ञासु और उनका प्रशंसक रहा था। रेलगाड़ी की भीड़भाड़ में इतना ही जान सका कि मृदुलाजी अपने पति के साथ दिल्ली में उनके प्रवासकाल में विट्ठल भवन सभागार के निकट सरकारी आवास में रहती हैं। उन्होंने अत्यंत स्नेह भरे शब्दों में कभी आवास पर आने का निमंत्रण भी दिया था, पर अंतर्मुखी प्रवृत्ति के कारण मैं इस संक्षिप्त भेंट को न तो व्यवहार में कार्यान्वित कर सका और न इसे साहित्यिक साक्षात्कार का रूप देकर पत्र-पत्रिकाओं में छपवा सका। समय की बढ़ती गति से पैदा हुई विस्मृति की धूल से स्मृति

की चादर धूमिल होने ही वाली थी कि एक पुस्तक लोकार्पण के सिलसिले में आज से 7-8 वर्ष पूर्व उनके पटना आने की सूचना मिली। जहाँ तक स्मरण है, समारोह पटना नगर के जनशक्ति मार्ग पर अवस्थित अभियंता-सभागार में था। उस समय तक मृदुलाजी हिंदी कथा-साहित्य के विस्तारित पटल पर ध्रुवतारे की भाँति चमकने लगी थीं। उनके भाषण-श्रवण का पहला अवसर था। टेबल टॉक और सार्वजनिक भाषण की शैली में बड़ा अंतर होता है। टेबल पर बैठकर बात करनेवाला अति सफल व्यक्ति सार्वजनिक मंच से अपनी बात कहने में सदा सफल नहीं होता। इसके विपरीत भी स्थिति वैसी ही रहती है, पर मृदुलाजी के लोकार्पण-भाषण में विषय की गहराई के साथ-साथ श्रोताओं को अंत तक बाँधे रखने की जो कुशलता थी, उससे हम सब श्रोता मंत्रमुग्धता की स्थिति में लगभग एक घंटे तक सूचीभेद्य नीरवता में सुनते रहे। न उनके भाषण में कहीं उतार-चढ़ाव और न कहीं आंगिक चेष्टाओं का फूहड़ प्रदर्शन। मंच पर संबोधन के साथ समापन तक पाणिनीय शिक्षा में बताई गई कुशल वक्ता की प्राय: सभी विशेषताएँ उनके वक्तृत्व में देखने को मिलीं। कथाकार की भाँति निष्कंप भाव से चौपाल के मुखियाजी की भूमिका निभाती रहीं। उस समय दंड-प्रणाम के सिवाय कुछ अधिक नहीं हो सका। संभव भी नहीं था। वैसे भी इतनी छोटी मुलाकात दीर्घजीवी होने की आशा भी आकाश-कुसुम जैसा असंभव कार्य है।

इस बीच में राजनीतिक-यवनिका पर भिन्न दृश्य प्रदर्शित होते रहे। अचानक मृदुलाजी के गोवा के महामहिम पद पर प्रतिष्ठित होने की सूचना मिली। हम हिंदीवालों को बड़ा तोष हुआ कि एक हिंदी की लेखिका को राजनीति में आज वह जगह मिली है, जो हिंदी के लेखक-लेखिकाओं को पहले मिलनी चाहिए थी। समाज में इधर हिंदी के विद्वानों, लेखक-लेखिकाओं की पहचान भले ही होने लगी हो, पर 40-50 वर्ष पूर्व तक हिंदी ही क्या, सभी प्राच्य भाषा के लेखक, विद्वान्, विदुषी दोयम कोटि के माने जाते रहे। किसी प्रशासकीय पद के लिए उन्हें योग्य नहीं माना जाता था। धन्य हैं मध्य प्रदेश के स्वनाम धन्य मुख्यमंत्री द्वारिका प्रसाद मिश्र, जिन्होंने आचार्य मंगल देव शास्त्री, आचार्य धीरेंद्र वर्मा, डॉ. बाबूराम सक्सेना जैसे हिंदी महारथियों को विश्वविद्यालयों के कुलपति पदों पर नियुक्त कर हिंदी के प्रति प्रशासन द्वारा किए जा रहे ध्यानवत् व्यवहार का अंत किया। बाद में तो बिहार में भी आचार्य देवेंद्रनाथ शर्मा, श्यामनंदन किशोर, कुमार विमल जैसे हिंदी विद्वानों को कुलपति बनाकर इस कलंक का मार्जन किया गया। हम हिंदीवाले राज्यपाल के पद पर मृदुलाजी जैसी महीयसी की नियुक्ति को इस दिशा में किया गया एक प्रगामी कदम मानते हैं, जिसके लिए हम मोदी सरकार की भरपूर शब्दों में सराहना करते हैं। महीयसी मृदुलाजी ने गोवा में अपनी प्रशासनिक दक्षता और कुशलता का जो परिचय दिया है, उससे भविष्य का मार्ग विद्वानों के लिए न केवल खुला है, अपितु प्रशस्त हुआ है।

ऐसा सामान्यत: देखने में आया है कि विद्वानों के प्रशासनिक पद पर आ जाने से उनकी विद्वत्ता की गति या तो शिथिल हो जाती है या उन पर विराम लग जाता है, पर डॉ. मृदुलाजी अपवाद का उदाहरण बनकर हमारे सामने खड़ी हैं। आज भी उनकी रचनाएँ पत्र-पत्रिकाओं एवं समाचार-पत्रों में नियमित रूप से प्रकाशित होती रहती हैं। राज्यपाल पद का गुरुतर भार सँभालते हुए साहित्य को उन्होंने अपने दामन से अलग नहीं होने दिया है। लगातार पटना से प्रकाशित दैनिक 'हिंदुस्तान' में मुहावरों

के अर्थ एवं भाव-संश्लेषण पर उनके मूलार्थबोधक अर्थ एवं अन्वय छपते रहे हैं। उनमें मुहावरों एवं कहावतों के प्रति उनका शोधात्मक दृष्टि से प्रस्तुत शास्त्रीय विवेचन इस क्षेत्र में अनुसंधानपरक दृष्टि रखनेवालों के लिए संजीवनी का काम करेगा। मेरा शोध लौकिक न्याय पर केंद्रित रहा है। लौकिक न्याय कहावतों, लोकोक्तियों, मुहावरों, पहेलियों आदि अभिव्यक्ति-पद्धतियों से मिलती-जुलती विधा है, जिसमें सामसिकता का अपूर्व योग समाहित है। डॉ. मृदुला सिन्हा की लोकोक्तियों से संबंधित क्रमश: छप रहे उनके विश्लेषणों से पता चला कि कहावतों, लोकोक्तियों आदि से संबंधित उनके भाष्यात्मक व्याख्यान में उनके मूल अर्थ का अंतर्भाव प्रक्षिप्त है, जो लौकिक न्यायों में भी प्रसंगत: अंतर्व्याप्त है। यह सोचकर कि समान विधा की पुस्तक होने से उनकी विशेष रुचि इन पुस्तकों में हो सकती है, मैंने उनकी पिछली पटना-यात्रा के क्रम में बिहार हिंदी साहित्य सम्मेलन के मंच पर 'लौकिक न्यायानुशीलन' और 'लौकिक न्याय कोश' नामक अपनी एतद्विषयक दो पुस्तकें उन्हें भेंट की। पुस्तकों पर उनकी प्रतिक्रिया की आतुरता से प्रतीक्षा है। राज्यपाल के रूप में बैठे साहित्यकार से हमारी प्रतीक्षा फलवती होगी, देर-सवेर भले हो जाए, ऐसी मेरी अपनी आशा है।

भेंट के अवसर पर उन्होंने फोटो खिंचवाने के लिए जिस तरह मुझे एक निश्चित मुद्रा में खड़े होने को कहा, उससे लगा कि मैं फोटो खिंचवाने के प्रति ही अधिक सचेत हूँ। फोटो खिंचवाने के लिए आयोजनों में जो धक्का-मुक्की होती है, उसमें शायद ही कोई शरीफ या गैरतमंद आदमी कोहनियों का प्रहार सहने के लिए तैयार होगा। यह तो उनकी महानता थी कि उन्होंने अन्य समानधर्मा भाइयों की भाँति मुझे फोटो खिंचवाने के लिए एक निश्चित मुद्रा में खड़े होने का अभिभावकवत् निर्देश दिया।

ईमानदारी की बात कहूँ तो उनकी दो-तीन कृतियों की समीक्षाएँ, पत्र-पत्रिकाओं में छपी कुछ कहानियों, निबंधों, टिप्पणियों के अलावा उनकी कोई कृति मूल रूप से मैंने नहीं पढ़ी है, सिवाय 'सीता पुनि बोली' उपन्यास के, जिसका प्रकाशन 2007 ई. में विद्याविहार, दरियागंज, दिल्ली से हुआ था। यह पुस्तक मृदुलाजी द्वारा अपनी स्व. ईआ को समर्पित है, ''जो सीता की शक्ति, सामर्थ्य एवं संवेदनाओं को समझने, सहने और आत्मसात् करने की शक्ति देती रहीं।''

यह उपन्यास आत्मकथ्य शैली में लिखा सीताजी के तेजस्वी और शौर्यपूर्ण जीवन पर आधारित एक अत्यंत मार्मिक, कारुणिक एवं हृदयस्पर्शी उपन्यास है। 'परिचायिका' के तौर पर प्रारंभ में लिखी गई 'लेखनी के बोल' शीर्ष से कही गई 'अपनी बात' के अतिरिक्त गुरु-लघु तीस परिवर्तों में विभक्त इस उपन्यास में रामकथा के नायक राम और नायिका सीता को अपने-अपने दायित्वों और कर्तव्यों की पूर्ति के प्रति अति संवेदनशील और जागरूक दिखाया गया है। परिवेश और कथा के पात्रों का सामंजस्य एवं पूर्ण अन्वय युग के साँचे में इस प्रकार ढाल दिया गया है कि इसमें अलौकिकता भी स्वाभाविकता और विरलता भी सहजता में बदल जाती है। इस संदर्भ में उपन्यास के फ्लैप पर उद्धृत उपन्यास के अंश साक्ष्यस्वरूप देखे जा सकते हैं।

''मैंने घोषणा की कि मैं पृथ्वी-पुत्री सीता इन दोनों पुत्रों की जननी हूँ। इक्ष्वाकु वंश की ये दोनों संतानें उनके प्रतापी वंश को पूरा कर मैंने अपना दायित्व पूर्ण किया। असंख्य संतानों की माँ, धरती की अंश अब मैं अपनी माँ के सान्निध्य में जाना चाहती हूँ। चलते-चलते बहुत थक चुकी हूँ,

मानो शक्ति क्षीण हो गई है। पुनः शक्ति-प्राप्ति के लिए धरती ही उपयुक्त स्रोत है। मैं लव एवं कुश की जननी अपनी जननी का आलिंगन करना चाहती हूँ, उसके सत् में विलीन हो जाना चाहती हूँ।''

श्रीराम अति विनीत स्वर में बोले, ''नहीं सीते! आप मुझे इतना बड़ा दंड नहीं दे सकतीं। आपको मैंने निर्वासन का दंड दिया, किंतु आप निरपराध थीं। आपके निर्वासित होने पर यह राजभवन मेरे लिए वन के समान ही था। मैं आपकी सौगंध खाकर कहता हूँ कि आपके निर्वासन के उपरांत मेरे राज्य में एक भी नारी अपने दुःख से दुःखी नहीं हुई, पर अयोध्या और मिथिला की प्रजा आपके लिए ही बिसूरती रही।''

''मेरे अंतर्धान होने के क्रम में मुझे किसी ने देखा नहीं, पर मैं सब देखती-सुनती रही—चहुँओर अपने ही नाम का जयघोष, दोनों पुत्रों का विलाप, राम का वियोग, दो कुमारों को पाकर अयोध्या का हुलास, जन-सामान्य में राम के लिए सहानुभूति। फिर भावों का इंद्रधनुष बना था, जिन्हें आत्मसात् करने का मेरे पास समय नहीं था, न आवश्यकता थी। मेरा जीवनोद्देश्य ही पूरा हो गया था।''

उपन्यास की उपर्युक्त पंक्तियों में राजा-रानी, स्त्री-पुरुष, राज-समाज, राजा-प्रजा के समन्वित दायित्व की वह आधारशिला सूत्रवत् वर्णित है, जिस पर इस उदात्त कथाभूमि की अट्टालिका का निर्माण हुआ है। उपन्यास की भाषा में जैसी सहज रोचकता और स्वाभाविकता है, उससे पगे-पगे ऐसा प्रतिभासित होता है कि हम अपने आँगन-दरवाजे पर खड़े होकर अपने पड़ोसियों तथा परिवारवालों से कुशल-क्षेम पूछ रहे हैं। उपन्यास के विषय में न विस्तार से यहाँ चर्चा करने की आवश्यकता है और न अपेक्षा ही है। दो-चार शब्दों में मैंने जो कुछ कहा है, उसका मकसद यह दिखाना मात्र था कि मृदुलाजी कथा लेखिका के रूप में शिरोरेखीय महत्त्व की अधिकारिणी बन चुकी हैं और उनका कथाकार रूप संवैधानिक पद की व्यस्तताओं से रंचमात्र भी शिथिल नहीं हुआ है। सेठ गोविंददास सदृश राजनीति और साहित्य समान रूप से उनके जीवन में क्रियाशील रहे हैं।

छोटी-छोटी मुलाकातों ने मृदुलाजी के आकर्षक और मधुर व्यक्तित्व का जो आदमकद चित्र तैयार किया है, उनकी रचनाओं में जो उनके संवाद देखने को मिले हैं, उनके आधार पर कहा जा सकता है कि मृदुलाजी एक मधुरभाषिणी, सहज स्वरूप की भारतीय नारी हैं और भारतीय मनीषा संभूत सभी विभूतियाँ उनके व्यक्तित्व में शत-प्रतिशत विद्यमान हैं। महादेवी वर्माजी को हमने निकट से देखा-परखा है। उनसे घंटे भर बातचीत भी की है। महादेवीजी में जैसी आत्मीयता और सहजता थी, हम मृदुलाजी में उसका साक्षात्कार कर सकते हैं। अहंशून्य ऐसे व्यक्तित्व विरले ही मिलते हैं। प्रभु से कालिदास के शब्दों में प्रार्थना है कि आप निरामय रहें, दीर्घायु हों और—

'उदन्वदाकाशमहीतलेषु विकासमापनोतु यशस्त्वदीयम्।'

पूर्व उपाध्यक्ष एवं निदेशक,
बिहार राष्ट्रभाषा परिषद्, पटना (बिहार)
मो. : 9430253061

□

सदाचार-नम्रता की प्रतिमा

—जगदीश प्रसाद

सदाचारी, सुसंस्कृत, आत्मनिर्भर, स्वाभिमानी, दृढ निश्चय संपन्न व्यक्ति की धर्मपत्नी बनने का सौभाग्य मिला श्रीमती मृदुला सिन्हाजी को। उनके माता-पिता के परिवार से एवं राम कृपालजी के परिवार से उन्हें जो संस्कार मिला, वह अतुलनीय है। एक छोटे से संस्मरण का उल्लेख करता हूँ। यह राम कृपालजी के घर की बात है। एक दिन राम कृपालजी कि माता के अलावा परिवार के सभी सदस्य भोजन कर चुके थे। माताजी की थाली परोसी गई। उसी समय दरवाजे पर दस्तक हुई। एक साधु ने प्रवेश किया और उसने कहा कि वह बहुत भूखा है, कुछ खाने को मिल जाए। राम कृपालजी की माताजी ने आव देखा, न ताव, परोसी हुई थाली तुरंत सरका दी उस साधु की ओर एवं स्वयं भूखी रहीं दिन भर। यह था उनके परिवार का संस्कार। मृदुलाजी के जीवन पर इस घटना का गहरा प्रभाव पड़ा।

राम कृपालजी एम.ए. पास करने के बाद कुछ दिनों तक अध्यापक रहे। मृदुलाजी भी अध्यापिका थीं, परंतु विधि का विधान कुछ और था। राम कृपालजी ने राजनीति में प्रवेश किया। राज्यसभा के सदस्य बने। भारत सरकार का मंत्री पद सँभाला। बी.जे.पी. के ऑफिस सेक्रेटरी भी रहे। राम कृपालजी राजनीति में भी निःस्वार्थ, नीतिवान, सदाचारी रहे एवं उनका घर का खर्च चलता था मृदुलाजी की अध्यापिका की तनख्वाह से। मुझे उन्होंने सदा ही एक छोटे भाई का स्नेह, प्यार दिया। मेरी बड़ी लड़की की शादी दिल्ली में हुई थी। उस वक्त राम कृपालजी भारत सरकार के मंत्री थे। मृदुलाजी एवं राम कृपालजी दोनों ही उक्त शादी में वर-वधू को आशीर्वाद देने के लिए पधारे। मेरी लड़की के परिवार में उनकी उपस्थिति अविस्मरणीय हो गई। समय को बीतते देर नहीं लगी। आगे चलकर मेरी लड़की का लड़का बड़ा हो गया। यथा समय पर उसका विवाह हुआ। राम कृपालजी एवं मृदुलाजी ने पुनः कृपा की, उस शादी में पधारकर आशीर्वाद देने की। मेरी लड़की, जँवाई, नाती एवं उनके समस्त परिवार के मन में उनके लिए अपार श्रद्धा बनी रहती है।

हिंदी साहित्य के क्षेत्र में मृदुलाजी का अवदान अतुलनीय रहा। उनकी एक कृति 'स्पर्श की तासीर' उड़िया भाषा में अनुवाद की गई। इस पुस्तक का विमोचन करने हेतु स्वयं मृदुलाजी भुवनेश्वर पधारी थीं। अन्य एक बहुत ही मर्मस्पर्शी पुस्तक 'सीता पुनि बोली' का उड़िया भाषा में इस लेखक ने अनुवाद किया है एवं यह पुस्तक शीघ्र ही प्रकाश्य है। 'सीता पुनि बोली' पुस्तक

के बारे में आपबीती एक बात कह दूँ तो अच्छा रहेगा। 'सीता पुनि बोली' पुस्तक में सीताजी के चरित्र का वर्णन इतना मर्मस्पर्शी हुआ है कि पढ़ते समय मेरी आँखों में आँसू आ गए। अश्रुधारा बह चली। किसी-किसी उपाख्यान को पढ़ते समय सिसकियाँ आने लगीं। मुझसे रहा नहीं गया। मैंने राम कृपालजी को फोन लगाया। उन पर बड़ी ही कर्कश वाणी से आरोप लगाते हुए मैंने कहा, "राम कृपालजी, जरा मृदुलाजी से पूछिए कि मैंने उनका क्या बिगाड़ा था?" राम कृपालजी हतप्रभ हो गए। उन्होंने कहा, "बताओ न क्या बात है, इतने आवेश में क्यों हो, इतने क्रोधित क्यों हो?" मैंने कहा, "उनकी 'सीता पुनि बोली' पुस्तक पढ़ते-पढ़ते रोना आता है। अश्रुधारा बह रही है। सिसकियाँ आ रही हैं। मैंने मृदुलाजी का क्या बिगाड़ा था कि मुझे इस कदर रुला रही हैं?" राम कृपालजी ने चुटकी लेते हुए कहा, "बस इतनी सी बात से घबरा गए। एक बार रोने से ही घबरा गए। मुझे देखो न, जिंदगी भर रुलाया है इन्होंने मुझे। इनका काम ही दूसरों को रुलाना है। हर बात पर रुलाती रहती हैं। मैं भी तो दिल थामकर बैठा हुआ हूँ और तुम एक ही झटके में घबरा गए।" हँसी का फव्वारा फूट पड़ा। हम लोगों में इसी प्रकार निर्दोष, निष्कपट मजाक होता रहता था, जो गहरी दोस्ती में ही संभव है।

वह भी जीवन की एक अविस्मरणीय घड़ी थी, जब सौभाग्यवश एक दिन अकस्मात् मृदुलाजी का फोन आया, जिसमें उन्होंने कहा कि आज ही गृह-मंत्रालय से फोन आया कि उन्हें गोवा के राज्यपाल पद के लिए चयन किया गया है एवं अपने मित्रवर्ग में प्रथम फोन उन्होंने मुझे किया है। मेरे आश्चर्य की सीमा नहीं रही। किस भाषा में बधाई दूँ, कुछ भी सूझा नहीं। मेरा कंठ रुद्ध हो गया। केवल एक ही शब्द बोल पाया। उन्होंने प्रथम फोन मुझे किया, यह मेरे लिए बहुत ही सम्मान की बात थी।

मृदुलाजी ने भारत सरकार के अनेक दायित्वपूर्ण पद सँभाले एवं उन्हें बखूबी निभाया भी। सोशल वेलफेयर बोर्ड के अध्यक्ष के नाते उनकी भूमिका सराहनीय रही है। इस सिलसिले में कई बार उनका उड़ीसा आना हुआ। उनके आगमन की पूर्व सूचना मुझे मिल जाया करती थी और मुझे हर बार उनका सान्निध्य प्राप्त करने का सुअवसर मिलता, साथ में मेरे कई घनिष्ठ मित्र भी उनसे मिलने आते और मृदुलाजी से हुई मुलाकात की सुनहरी यादें सँजोए रखते थे सदा-सदा के लिए अपने मानस-पटल पर।

गोवा की राज्यपाल होने के बाद उन्होंने मुझे निमंत्रण दिया गोवा आने के लिए। मैं गोवा गया। ठहरा। पुर्तगालियों द्वारा निर्मित अपने ढंग के अनोखे राजभवन में। ऐसा भव्य राजभवन भारत में दूसरा नहीं है। मेरे आगमन पर उन्होंने आयोजित किया एक सेमिनार। शीर्षक था 'सच्ची दोस्ती'। मुझे एवं राम कृपालजी को साथ बैठाया 'सच्ची दास्ती के प्रतीक के रूप में।' 1956 से 1958 तक हम दोनों कलकत्ता विश्वविद्यालय में सहपाठी थे। इस छोटी सी अवधि की मित्रता साठ वर्ष तक कायम रहना कोई मामूली बात नहीं थी। मृदुलाजी ने हमारी दोस्ती का विभिन्न दृष्टिकोण से विश्लेषण किया। मैं तो नजर गड़ाए मौन बैठा था।

राम कृपालजी एवं मृदुलाजी से एक ऐसा भावनात्मक संपर्क स्थापित हो गया था, जिसका वर्णन करने में यह अकिंचन लेखक असमर्थ है। इस संबंध की नींव आधारित थी निःस्वार्थ, निर्मल,

निष्कपट एवं अनाविल भावनाओं पर, जो आज तक कायम है। ऐसा महसूस हो रहा है कि हम लोग किसी एक दिव्य बंधन से बँधे हुए हैं, जो इस जीवन काल में विच्छिन्न नहीं हो सकेगा।

यह बात है 1956 की। करीब साठ वर्ष पुरानी बात, परंतु मानस-पटल पर सजीव है आज तक। मैं उड़ीसा के एक छोटे से शहर भद्रक का रहनेवाला हूँ। भद्रक कॉलेज से बी.ए. पास कर कलकत्ता विश्वविद्यालय में अंग्रेजी साहित्य में एम.ए. में दाखिला लेने के लिए कलकत्ता गया हुआ था। कलकत्ता विश्वविद्यालय के ऑफिस में दरख्वास्त दाखिल करके लौट ही रहा था कि संयोगवश मेरी मुलाकात हुई श्रीमान राम कृपालजी सिन्हाजी से। उनसे वार्त्तालाप हुआ हिंदी भाषा में। वह भी अंग्रेजी में एम.ए. करने के लिए बिहार के मुजफ्फरपुर से कलकत्ता आए हुए थे। बँगला भाषा-भाषी राज्य में राम कृपालजी से हिंदी भाषा में बातचीत एक प्रमुख कारण बना हम दोनों को करीब लाने में।

यह था हमारी मित्रता का आरंभ। हमारी क्लास में प्रायः सभी छात्र बँगलाभाषी थे। मेरी मातृभाषा यद्यपि उड़िया थी, हमारे पुरखे राजस्थान से आकर उड़ीसा में बस गए थे व्यापार के सिलसिले में। अतः हमारी घरेलू भाषा राजस्थानी हुई और मैं भी हिंदी बोल लेता था। अवसर मिलने पर हम दोनों हिंदी में गपशप किया करते थे।

बड़ा बाजार, कलकत्ता में हमारे व्यावसायिक प्रतिष्ठान का एक ऑफिस था। मैं वहीं पर रहता था, परंतु राम कृपालजी की कहानी कुछ और थी। वे बी.ए. की परीक्षा देने के बाद रिजल्ट आने तक के समय का सदुपयोग करने हेतु कलकत्ता आ गए थे। रहने का, खाने का कोई ठिकाना नहीं। हाथ में पैसे भी नहीं। उन दिनों कलकत्ता में बिहारी लोग ट्राम चलाते थे। जान-पहचान का कोई एक ट्राम चालक मिल गया। रात को सोने के लिए उन लोगों के साथ हॉल में जगह मिल गई। राम कृपालजी सुबह उठकर अपने नित्यकर्म से निवृत्त होकर चल पड़ते। बड़ा बाजार की ओर। वह हिंदी भाषा-भाषियों का मोहल्ला था। वहाँ घर-घर दरवाजे खटखटाए और उन लोगों के बच्चों को ट्यूशन पढ़ाने के लिए अनुरोध करते। यही सिलसिला कुछ दिनों तक चलता रहा। निराशा ही हाथ लगी उन्हें, परंतु उन्होंने धीरज नहीं खोया। अंततः कॉलेज स्ट्रीट स्थित एक मारवाड़ी प्रतिष्ठान में काम मिल गया। उस मारवाड़ी सेठ के तीन बच्चे थे एवं उनके लिए एक योग्य ट्यूशन मास्टर की आवश्यकता थी, जो हिंदी भाषा-भाषी हो एवं उनके ही घर आकर बच्चों को पढ़ाए।

अंत में मेरे लिए यह बहुत ही सम्मान की बात है कि मुझ जैसे एक अकिंचन प्राणी से एक आलेख भेजने का अनुरोध किया गया है, जिसके लिए मैं अत्यंत आभारी हूँ। इस अभिनंदन ग्रंथ की सफलता की कामना करते हुए अपनी लेखनी को विराम देता हूँ।

पत्रकार एवं लेखक, उड़ीसा

मो. : 9861038300

□

स्वयं में एक संस्था

—कुमकुम झा

जिंदगी की अनुभूतियाँ जिंदगी के साथ रहती हैं। कदम-दर-कदम एक नया एहसास देती हैं। यादों में से कुछ यादें साथ-साथ चलती हैं और ले जाती हैं एक खूबसूरत जहान में। बहुत हिम्मत बटोरकर लेखनी उठाती हूँ। कागज के पन्ने पलटकर सामने रखती हूँ। कुछ चिंतन करती हूँ और फिर कुछ समय पश्चात् लेखनी को विराम दे देती हूँ। यह सिलसिला एक बार नहीं, तीन से चार बार चला है। आखिर कुछ लिखने का साहस बटोर ही लिया। जिनको आप बेहतर जानते हैं, जिनकी लेखनी को आत्मसात् किया है, जो आज एक मुकाम पर जा बैठी हैं, वैसे विराट् व्यक्तित्व के बारे में कुछ भी लिखना आसान कहाँ होता है!

मृदुला सिन्हाजी का व्यक्तित्व वह अथाह सागर है, जिसमें डुबकी लगाने का साहस करना आसान नहीं, लेकिन डुबकी लगाने के पश्चात् ही आप उस रत्नाकर गर्भ में प्रवेश कर, मंथन कर, उनमें से अमूल्य रत्न प्राप्त कर सकते हैं। मुझे आज भी अच्छी तरह याद है 1998 में सर्दियों के दिन थे। स्थान था दिल्ली के रायसीना रोड पर स्थित प्रेस क्लब सभागार। समय दोपहर का था। सर्द मौसम में गुनगुनी धूप के बीच यहीं पर मैं मिली थी मृदुलाजी से। पहली बार उनका साक्षात् भाषण सुना था। उन्होंने अपना सारगर्भित वक्तव्य दिया था। पता नहीं उनमें कौन सी सम्मोहन शक्ति थी, जो मुझे तत्काल आकर्षित करती गई। अद्यावधि बरकरार है। मानवीय संवेदना से ओत-प्रोत सहज-सरल अभिव्यक्ति, जो उन्हें औरों से विशिष्ट बनाती है। एक तरफ मनोहारी साहित्य और दूसरी तरफ व्यक्तिगत व्यवहार में निहित संवेदनात्मक सहृदयता, माधुर्य और अपनत्व भाव से भरा व्यक्तित्व। नव-नव उद्भावना से परिपूर्ण, कवित्व शक्ति से आप्लावित व्यक्तित्व। यही है इनकी विलक्षणता। गाँव की पगडंडी से गोवा के राजभवन पहुँचने तक की यात्रा के उपरांत भी कैसे अपनी कला परंपरा को अक्षुण्ण रखा जा सकता है, यह कोई इनसे सीखे।

माननीय मृदुला सिन्हाजी सद्यः प्रतीक हैं। पिछले तीन दशक से ज्यादा से साहित्य के संग-संग सामाजिक और राजनीतिक जीवन में सक्रिय हैं। महामहिम राज्यपाल बनने के बाद भी साहित्य साधना में रत हैं। नियमित तौर पर साहित्य सृजन में तल्लीन हैं। जब कभी मिलती हैं, तो हमें भी सीख देती हैं कि साहित्य रचना, पढ़ना, गुनना एक साधना है और इस साधना में लगी रहो।

मिथिला की धिया होने के कारण भी शायद उनसे कैसे सान्निध्य बढ़ता गया, नहीं जान सकी।

मुलाकात-दर-मुलाकात में वे अपना बनाती गईं। कभी बड़ी बहन के रूप में, कभी माँ के रूप में उनका दुलार मिलता रहा। हर मुलाकात में पहले से अधिक अपनापन, स्नेह, वात्सल्य। उनकी दर्जनों पुस्तक, सौ से ज्यादा लेख पढ़ चुकी हूँ। बहुतों को पढ़ना अभी शेष है। आज यदि यह कहा जाए कि श्रीमती मृदुला सिन्हा स्वयं में एक संस्था बन चुकी हैं, तो कोई अतिशयोक्ति नहीं होगी। जो लोग उनको जानते हैं, उनके व्यक्तित्व और कृतित्व से परिचित हैं, वे इसे सहज ही स्वीकार कर लेंगे।

आज जबकि समाज में आत्मकेंद्रित लोगों की संख्या बढ़ती जा रही है, स्वयं को बड़ा दिखाने के तरह-तरह के हथकंडे अपनाए जाते हैं। एक मुकाम हासिल कर लेने के बाद कोई भी अतीत को अथवा पुराने परिचितों को याद नहीं रखना चाहता है, वैसे में मृदुलाजी को अपने पथ का हर कंकड़ याद है। मानो वह हर कंकड़ को शंकर का प्रसाद मानकर स्मरण रखती हों। यही सोच, उन्हें सबका प्रिय बनाती है।

स्याह सच तो यह है कि तनिक सफलता से लोगों में अहं का भाव आता है। लगता है कि विनम्रता दुर्लभ गुण हो गया हो, लेकिन आज भी मृदुलाजी के रूप में हमारे सामने एक ऐसा व्यक्तित्व है, जो हर रूप में सहज है, सरल है। आत्मसात् करने योग्य है। एक घटना बताती हूँ। 26 अगस्त, 2014 को, जब उन्होंने राज्यपाल, गोवा का पदभार सँभाला, तो हममें से बहुतों को ऐसा लगा कि अब उनसे संपर्क करना शायद आसान न हों। महामहिम का पद, उसकी गरिमा, उसका प्रोटोकॉल, उसकी व्यस्तता। अब हमें अपनी प्रिय लेखिका का साहचर्य शायद ही सुलभ हो, लेकिन यह क्या, जब मैंने पूछा, "अब कैसे आपसे संपर्क किया जा सकता है?" तो बड़े ही सहज और अपनत्व भाव से कह दिया, "उसी नंबर पर फोन करना।" यह सहजता आज कहाँ है! खासकर सत्ता में रहनेवाले लोगों में। सत्ता की धमक उन्हें छू भी नहीं पाई है। उन्होंने विभिन्न विधाओं में करीब पाँच दर्जन पुस्तकें लिखीं, साथ ही अपनी रचनाओं के माध्यम से समाज की अनेक समस्या के समाधान का सूत्र भी दिया है।

मैं स्वयं को सौभाग्यशाली मानती हूँ कि उनका स्नेह औरों से अधिक मुझे मिला। वैसे, यह मेरी आत्मप्रवंचना भी हो सकती है। एक घटना और उनकी रचित पुस्तक 'सीता पुनि बोली' को जब मैंने पढ़ा, तो पढ़ती गई। आत्मसात् करने के सिवा और कोई विकल्प कहाँ शेष था, उस सशक्त लेखनी के सामने। एक-एक पन्ना पलटती रही और पलकें भीगती रहीं। उन्हीं भीगी आँखों से ही प्रण किया कि इस पुस्तक का अनुवाद मैथिली में करूँगी। मिथिला की धिया की बात, मिथिला की धिया ने आत्मकथात्यक शैली में लोगों के सामने पेश किया है, तो मैं भी तो उसी मिथिला की धिया हूँ। मेरा भी तो कुछ कर्तव्य है। मिथिला की धिया की बात जब मैथिली में लोगों तक पहुँचे, तो हर धिया के लिए यह गर्व की बात होगी।

मृदुलाजी जैसी विदुषी लेखिका के द्वारा लिखा गया उपन्यास, जिसमें सीताजी की तेजस्विता और शौर्यपूर्ण जीवन पर आधारित एक हृदयस्पर्शी उपन्यास को मैथिली में अनुवाद करना आसान नहीं था। शुरू में अनुवाद करने से पहले थोड़ी ठिठकी। असमंजस में रही बहुत दिनों तक कि उनके भाव की तह तक क्या पहुँच पाएँगे मेरे शब्द!

लेकिन फिर उतनी ही सहज गति से आगे बढ़ती गई, जैसे मैथिली स्वयं अपना मन खोलकर पढ़ रही हो। अपनी पीड़ा, अपने दर्द को उत्सव में परिवर्तित कर रही हो। जो भी प्रसंग हो, राम के संग वन गमन, रावण द्वारा हरण, पति द्वारा गर्भवती सीता का निर्वासन पढ़ने और सुननेवालों को दर्द की अनुभूति देता हो, लेकिन सीता ने वन, लंका या वाल्मीकि आश्रम सभी जगह विषम परिस्थितियों को भी सम और सुखद बनाया। लंका और आश्रम का जीवन भी सीता के जीवन का उत्सव काल रहा। जैसे-जैसे रामकथा आगे बढ़ती है, सीता का व्यक्तित्व विस्तृत होता जाता है। मुझे पुस्तक का सबसे मार्मिक अंश सीता का धरती में विलीन होनेवाला अंश लगा। जब वो घोषणा करती हैं, "मैं पृथ्वी पुत्री सीता, जो लव-कुश की जननी हैं, इक्ष्वाकु वंश की इन दोनों संतानों को उनके प्रतापी वंश को अर्पित कर अपनी दायित्व को पूर्ण किया, अब मैं चलती हूँ। बहुत थक गई हूँ, मानो मेरी शक्ति क्षीण हो गई। पुनः शक्ति प्राप्ति के लिए धरती ही सबसे उपयुक्त स्रोत है। मैं लव-कुश की जननी अपनी जननी का आलिंगन कर उनके गोद में विलीन होना चाहती हूँ।"

बड़े-से-बड़े संकट में अविचल रहनेवाली, विवेकशील, संयम के बल पर आगत संकट का धैर्यपूर्ण सामना करनेवाली सीता, चरित्र पर अनेक ग्रंथ लिखे गए हैं, किंतु मृदुलाजी ने उन्हें मानवी मानकर उनके मर्म के अंतस्थल तक पहुँचने, उनके मर्म की थाह लेने की चेष्टा की है। यह उपन्यास ऐसे ही अनेक प्रश्नों का उत्तर है। मुझे बहुत खुशी है कि मुझे मृदुला सिन्हाजी जैसी ओजस्वनी का सान्निध्य मिला। वह सहज है, सिर्फ मैं ही नहीं, बल्कि कोई भी जिज्ञासु लेखक-लेखिका, यदि उनके समीप पहुँचता है, तो वे उनकी रचना को पढ़ती हैं और सिर्फ पढ़ती ही नहीं हैं, अपितु अपने मूल्यवान विचार से उसे हृदयग्राही भी बना देती हैं। रचनाकार के उनकी प्रेरणा से पुनः रचना करने की शक्ति मिलती है और वे निरंतर अपनी साधना में लीन हो जाते हैं और वे भी अग्रिम पंक्ति के साहित्यकारों में खड़े हो जाते हैं।

आज मैं ही नहीं, अपितु कई लोग मृदुलाजी के आशीर्वाद और प्रेरणा से कवि, कथाकार, अध्यापक बन समाज और साहित्य सेवा में लगे हुए हैं। साहित्यिक क्षेत्र में हमेशा उन्होंने मुझे प्रोत्साहित किया है। जब मैंने 'सीता पुनि बोली' के मैथिली अनुवाद की अनुमति के लिए पत्र लिखा, तो उन्होंने मुझे अनुमति देकर मेरा मनोबल बढ़ाया और पुस्तक के लोकार्पण के बाद अनुवाद की तारीफ भी की। इससे पहले भी मैंने अपने प्रिय नेता और पूर्व प्रधानमंत्री श्री अटल बिहारी वाजपेयीजी के कविता-संग्रह 'मेरी इक्यावन कविताएँ' का मैथिली में अनुवाद किया है, जिसका शीर्षक है—'हमर एकावन कविता'।

मृदुलाजी ने जब कभी किसी से मेरा परिचय करवाया, तो यह जरूर कहती हैं कि इन्होंने अटलजी की कविता का मैथिली अनुवाद किया है और तो और, मुझे भी इस परिचय से गर्व का अनुभव होता है। आज भी उनका मार्गदर्शन और स्नेह प्राप्त होने का सौभाग्य प्राप्त है मुझे।

मृदुलाजी की तरह प्रशासनिक एवं साहित्यिक कार्य करने की क्षमता, सक्रिय सहयोग करने की तीव्र इच्छा दूसरे व्यक्ति में देखना कठिन है। कोई भी साहित्य एवं संगठनात्मक कार्य भार होने पर निश्चित रूप से क्रमवार तरीके से पूरा करती हैं, चाहे कोई भी हो, अपने समकालीन अग्रज एवं गुरुतुल्य सभी के साथ उनका व्यवहार अत्यंत मधुर और शालीन होता है। इतने सालों में मैंने

कभी भी किसी से कठोर बात करते नहीं देखा। अपनी बात को मधुर मुसकान के मिश्री में घोलकर ही कहती हैं। अपने कार्य, अपने उत्कर्ष, अपनी सफलता प्राप्त करने के लिए सदैव तत्पर और मित्र एवं सहयोगी की सहायता एवं सहयोग के लिए भी उतनी ही तत्पर होती हैं। लेखिका संघ के विभिन्न कार्यक्रमों में उन्होंने अपनी उपस्थिति से हम सभी का मान बढ़ाया है। जब भी आती रही हैं, हम सबको एक नई ऊर्जा, एक नई शक्ति की संजीवनी भर जाती हैं।

उनके गोवा की राज्यपाल बनने के बाद लेखिका संघ का एक प्रतिनिधिमंडल गोवा राजभवन गया। मेरा सौभाग्य है कि मैं भी उस प्रतिनिधिमंडल में थी। उनका आतिथ्य भाव-विभोर कर गया। राजभवन में अतिथि, आज भी सुनहरी याद स्मृति-पटल पर आती हैं, अंदर से खुशी मिलती है। उस गोवा प्रवास की सुनहरी यादों को पूरे जीवन के लिए सँजोकर रख लिया है। गोवा राजभवन की सुनहरी यादें, शांत सागर में साहिल तक आती बेचैन लहरें, हमारे पाँवों के पास से लिपटकर वापस जाती लहरें, चुपचाप छोड़ अपने वजूद की निशानी रेत पर आड़ी-तिरछी लकीरें खींचकर चली जाती लहरें, हमारे दिलों में भी उठते अकसर एहसासों और जज्बातों के रेले कभी खामोश, कभी बाहर आने को मचलते उन खूबसूरत लम्हों के छोटे-छोटे हुजूम सजते बूँद-बूँद मोतियों की तरह हाथों में मृदुलाजी की दी हुई गुरहल के फूलों सी लाल साड़ी समेटे लौट आई दिल्ली। गोवा की महामहिम राज्यपाल स्नेहमयी मृदुला सिन्हाजी की आत्मीयता और स्नेह से भरे आतिथ्य ने हम सभी को अभिभूत कर दिया। उनका स्नेह अपनापन जीवनपर्यंत हमारे दिलों में रहेगा। धन्यवाद और शुक्रिया सरीखे शब्द बौने हो गए। बस, एक ही दुआ है मृदुला दीदी के लिए कि हर लम्हा आपके होंठों पर मुसकान रहे।

हर गम से आप अनजान रहें।
फूलों सी महके आपकी जिंदगी।
जो बुझे न फीकी पड़े कभी।
हमेशा वो मधुर मुसकान रहे।

शिक्षिका एवं मैथिली की लेखिका
मो. : 9891001312

□

साहित्य और राजनीति का अद्भुत समन्वय

—डॉ. हरिसिंह पाल

आकाशवाणी की सेवा में रहते हुए हिंदी के प्रतिष्ठित और शीर्षस्थ साहित्यकारों से सहज ही संपर्क होता रहा। जब मैं आकाशवाणी मथुरा से स्थानांतरित होकर देश की राजधानी दिल्ली आया और यहाँ के हिंदी वार्त्ता जैसे प्रतिष्ठित विभाग का प्रभारी बना दिया गया तो राजधानी एवं देश, यहाँ तक कि विदेश के भी हिंदी साहित्यकारों के संपर्क में आ गया। इनमें एक ओर श्रद्धेय विष्णु प्रभाकर, यशपाल जैन, गोपालप्रसाद व्यास, भीष्म साहनी, डॉ. महीपसिंह, देवेंद्र सत्यार्थी और निर्मल वर्मा आदि जैसे शीर्षस्थ रचनाकार थे, वहीं दूसरी ओर कृष्णा सोबती, चित्रा मुद्गल, चंद्रकांता, काननबाला सिंह और मृदुला सिन्हा जैसी महिला रचनाकार भी सम्मिलित हैं।

हिंदी साहित्य की सुपरिचित लेखिका मृदुला सिन्हाजी से प्रारंभ में तो औपचारिक सा ही परिचय रहा। रिकार्डिंग कराई और चाय पिलाकर विदा कर दिया। इसी क्रम में उन्होंने एक दिन आकाशवाणी आकर मुझे अपनी चर्चित कथाकृति 'एक दीये की दीवाली' भेंट की। घर आकर इत्मीनान से पढ़ा तो उसे हिंदी कथा साहित्य की एक उत्कृष्ट कृति के रूप में पाया। मानवीय संवेदनाओं की सशक्त अभिव्यक्ति, लोक जीवन की अभिव्यंजनाएँ, आम आदमी की जिजीविषा और रिश्तों की गर्माहट तथा नारी सशक्तीकरण जैसे गुणों से परिपूर्ण कहानियाँ थीं। मेरी पत्नी श्रीमती पुष्पा पाल ने इन कहानियों को और भी फुरसत से पढ़ा तो इन्होंने भावपूर्ण कहानियाँ पाईं। हिंदी भवन के किसी कार्यक्रम में मृदुलाजी के साथ हम दोनों पास ही बैठे थे तो मृदुलाजी से कहा कि पुष्पाजी तो आपकी कहानियों की मुरीद हो गई हैं तो तुरंत मृदुलाजी ने कहा, "अरे भाई इन कहानियों पर कुछ लिखकर भी तो दो।" बात आई गई हो गई। इस बीच मृदुलाजी का कोई प्रशंसक (अब नाम भी याद नहीं आ रहा) इनके साहित्य पर शोध कार्य कर रहा था या कर रही थी। वह पुस्तक हमसे माँग ली, उदारतावश हमने वापस करने की हिदायत के साथ उसे पुस्तक सौंप दी। जैसी हमारे हिंदी पाठकों की प्रकृति है कि हथियाई पुस्तक को लौटाया नहीं जाता है। आज तक वह कथा-संग्रह हमें वापस नहीं मिल पाया है। फिर तो मृदुलाजी से राजधानी के अनेकानेक साहित्यिक और सांस्कृतिक समारोहों में समागम होता रहा। साहित्य और राजनीति में समन्वय स्थापित कर साहित्य के साथ-साथ गोवा राज्य के शीर्षस्थ पद—राज्यपाल के शिखर की ऊँचाइयाँ प्राप्त करनेवाली मृदुलाजी आज भी सहज और सौम्य व्यक्तित्व की धनी हैं। मैं आकाशवाणी की सेवा से

निवृत्त होकर 'नागरी लिपि परिषद्' की सेवा में आ गया तो मृदुलाजी ने दिल्ली छोड़कर गोवा की राह पकड़ ली। मैंने राज्यपाल पद के लिए बधाई पत्र भेजा तो तुरंत ही उत्तर प्राप्त हुआ, "बहन पुष्पा पालजी को भी बहुत-बहुत आशीष, कभी दोनों गोवा आइए।" गोवा की राज्यपाल रहते हुए भी आपने अपना दिल्ली के नंबरवाला मोबाइल बंद नहीं किया। हमने जब भी मन किया, मोबाइल पर वार्त्तालाप कर लिया। वे अपना फोन अपने आप उठाती हैं, अपने सचिव आदि पर यह जिम्मा नहीं छोड़ा है। मेरी दृष्टि में मृदुलाजी भारत की पहली और एकमात्र ऐसी राज्यपाल हैं, जो फोन पर सीधे बात करने को उपलब्ध रहती हैं, अन्यथा किसी भी राज्यपाल से सीधे बात करके तो देखिए। पहले अपॉइंटमेंट लेना पड़ेगा। जब फुरसत होगी तो बात करा दी जाएगी, वरना कराई ही नहीं जाती।

इससे पहले मृदुलाजी ने अपने राजनैतिक अवकाश के दौरान स्वैच्छिक संस्था 'साथी' के माध्यम से विचार प्रधान पत्रिका 'पाँचवाँ स्तंभ' का संपादन व प्रकाशन शुरू किया तो इसके लिए तत्कालीन राष्ट्रपति डॉ. ए.पी.जी. अब्दुल कलाम, उप-राष्ट्रपति भैरोसिंह शेखावत, पूर्व प्रधानमंत्री, अटलबिहारी वाजपेयी, पूर्वमंत्री कृष्णचंद पंत, सांसद चंदन मैत्रा, लेखिका आशारानी व्होरा आदि के शुभकामना संदेश प्राप्त हुए थे। अब यह पत्रिका, पत्रकारिता के क्षेत्र में अपनी विशिष्ट पहचान बना चुकी है और अपने प्रकाशन के 11 वर्ष सफलतापूर्वक पूरी कर चुकी है।

एक बार मैंने परिषद् कार्यालय के फोन से मृदुलाजी को फोन किया। संभवत: व्यस्त होंगी या उस समय वे किसी से बात कर रही होंगी तो बात नहीं हो पाई। मैं भी अन्य कार्यों में व्यस्त हो गया और भूल भी गया कि मैंने मृदुलाजी को फोन किया भी था। दो-एक घंटे बाद फोन आया, "आपका फोन आया था।" मैं आवाज पहचान नहीं पाया और पूछा, "आप कौन?" उत्तर आया, "गोवा से।" मैं फिर भी शंका में रहा कि गोवा में तो मैंने कोई फोन किया ही नहीं। फिर बाद में ध्यान आया कि दोपहर मैंने राज्यपाल महोदया को फोन किया था। मैंने क्षमा माँगते हुए कहा कि मैं आवाज पहचान नहीं पाया था। मेरे जीवन में आप पहली राज्यपाल हैं, जो फोन कर रही हैं। उधर से उत्तर मिला, "भाई आप यह मत समझ लेना राज्यपाल के पास कोई काम नहीं होता, वह फोन ही मिलाती रहती हैं।" फिर तो काफी समय तक बात होती रही।

गोवा की राज्यपाल रहते हुए उन्होंने कई अभिनव सफल प्रयोग किए। पहला निर्णय था कि कार्यक्रमों में फूलों के गुलदस्तों या मालाओं के स्थान पर फल भेंट किए जाएँ, जिससे फल खाने के काम आ सकें या अपने मित्रों को बाँट दिए जाएँ या निराश्रितों को दे दिए जाएँ। दूसरा निर्णय था गोवा के राजभवन में पहली गाय पालने का, उसकी सेवा करने का सुख लेना और अमृत समान गौ दुग्धपान करने का सौभाग्य प्राप्त करना। विश्व इतिहास में शायद ही कभी ऐसी मिसाल मिले। मृदुलाजी ने गोवा के राजभवन के द्वार पर तुलसीचौरा बनवाया है। इसके प्रत्यक्ष दर्शन का सौभाग्य मुझे 18 फरवरी, 2016 को मिला, जब मैं स्व. जगदंबी प्रसाद यादव स्मृति प्रतिष्ठान द्वारा गोवा में आयोजित राजभाषा सम्मेलन में गया, जिसका आयोजन हमारे आत्मीय मित्र वीरेंद्र कुमार यादव द्वारा किया गया था। समारोह का उद्घाटन राज्यपाल महोदया के कर-कमलों द्वारा हुआ था। शुभारंभ मृदुलाजी द्वारा रचित 'हिंदी की बिंदी' वंदना के नृत्य से हुआ। जब दिल्ली में पहली बार साहित्य अकादमी के मेघदूत में 5 दिसंबर, 2015 को गृहमंत्री राजनाथ सिंहजी की उपस्थिति

में मनमोहक मंचन हुआ था, उसका प्रत्यक्षदर्शी भी मैं था। उसी समय मैंने मृदुलाजी को बधाई और शुभकामना प्रस्तुत की। वे मुझे पहचानकर प्रसन्न हो उठीं। अब बात गोवा की राज्यपाल के रूप में। मृदुलाजी ने हम सभी को रात्रिभोज और काव्य-संध्या के लिए आमंत्रित किया। सभी प्रतिभागी, जो पूरे देश का प्रतिनिधित्व कर रहे थे, यह सुनकर प्रफुल्लित हो रहे थे। शाम को राजभवन की गाड़ियाँ हमें लेने फिडाल्गो होटल आ गईं, वहाँ से दौनापोला होते हुए शहर के दूसरे कोने पर एक टापू से शिखर पर राजभवन अवस्थित है। राजभवन के कर्मियों ने हमारा भरपूर स्वागत किया। बाहर ही तुलसीचौरा बना हुआ है, जो विशेष रूप से आकर्षित करता है। यहाँ यह बता दूँ कि गोवा में आप कहीं भी जाइए, प्रत्येक हिंदू घर के आगे तुलसीचौरा अवश्य मिलेगा और ईसाइयों के यहाँ क्रॉस का चिह्न।

राजभवन के दरबार हॉल में शांति जैन के संचालन में काव्य-गोष्ठी हुई। मैनें अपनी चर्चित कविता 'काँटा' और 'पालक-ही-पालक' सुनाई तो मृदुलाजी की टिप्पणी थी, ''हमने भी आज आपके रात्रिभोज में पालक साग रखा है।'' मैंने कहा कि मैं इस कविता को सुनाता ही हूँ। अपने काव्य-संग्रह में स्थान नहीं दिया है, तो मृदुलाजी ने भी अपनी कविता 'बेटे की पीड़ा' यह कहकर सुनाई कि इसे मैंने अपने काव्य-संग्रह 'मुझे कुछ कहना है' में शामिल कर लिया है, मगर मंच पर सुनाती नहीं हूँ। राज्यपाल पद के प्रोटोकॉल के अनुरूप जितना हमारा स्वागत हो सकता था, मृदुलाजी द्वारा किया गया। फिर रात्रिभोज हुआ उसी हॉल में, जिसमें कभी पुर्तगालियों के अतिरिक्त किसी भारतीय का प्रवेश वर्जित था। आज हम उसी में पूरे ठाठ-बाट के साथ भोज कर रहे थे। भोज में गोवानी व्यंजनों (काजू सब्जी) की भरमार थी। पालक का साग तो था ही। उसे देखकर सभी मुझे कविता के लिए बधाई देने लगे। मृदुलाजी दिल्ली के साहित्यिक समारोह में जब भी भाग लेने दिल्ली आती हैं तो हमारी भी प्रतिभागिता रहती है और उनके दर्शन कर आत्मीय सुख का अनुभव कर लेते हैं। काश देश के अन्य प्रदेशों के राज्यपाल भी मृदुलाजी की तरह रचनाकारों के साथ इसी प्रकार का संबंध बनाने का प्रयास करें तो इससे रचनाकारों का उत्साहवर्द्धन ही होगा।

महामंत्री, नागरी लिपि परिषद्,
राजघाट, नई दिल्ली
मो. : 9810981398

□

सहज, सरल व्यक्तित्व : मृदुला बहन

—महेश चंद्र शर्मा

बहन मृदुला बहुत सहज, सरल व्यक्तित्व व गहरी पैठ रखनेवाली महिला हैं। वे दिल्ली हिंदी साहित्य सम्मेलन की सम्मानित संरक्षक सदस्य हैं, साथ ही लेखिका संघ दिल्ली की भी सदस्य हैं। उनका व्यक्तित्व छोटे-बड़े का भेद नहीं मानता, लेखक, लेखक होता है, के भाव को लेकर उनका व्यक्तित्व निरंतर विकास पाता है। मृदुला बहन महिला कल्याण बोर्ड की जब अध्यक्ष बनीं, तब उन्हें देश-विदेश घूमने का अवसर 'अपनी दृष्टि' से मिला, विदेश यात्रा के दौरान पढ़ने का भी अवसर खूब रहा, उनका संबंध एक पढ़े-लिखे परिवार से था, पति भी वैसे ही मिल गए, दोनों एक-दूसरे का सहयोग करते हुए निरंतर आगे बढ़ते गए। इसलिए वे कभी निष्क्रिय भी नहीं रहीं। विवाहोपरांत नानाजी देशमुख के सान्निध्य में जनसंघ से जुड़ीं, शिशु मंदिर भी बनाया, प्रधानाचार्या भी रहीं, भारतीय जनता पार्टी से जुड़ने के बाद वे नेताओं के संपर्क में रहीं तथा साहित्यिक क्षेत्र में भी सक्रिय रहीं। इन्हीं दिनों मैं दिल्ली हिंदी साहित्य सम्मेलन का अध्यक्ष बन गया। अत: जब कोई वरिष्ठ साहित्यकार-राजनेता नहीं मिलता था तो मैं अपनी छोटी बहन मृदुलाजी के पास पहुँचता तो मुझे देखते ही कहतीं, ''आ गए 'बुआ को पकड़ ले' मुहावरे को चरितार्थ करने।''

बिहार के छपरा जिले में 27 नवंबर, 1942 को जन्मी बालिका आज साहित्यकार से राज्यपाल के पद को सुशोभित कर कीर्तिमान स्थापित कर रही हैं। मेरी जानकारी में इन्होंने 40 से अधिक पुस्तकें लिखी हैं, जिनमें 5-6 उपन्यास, 7 कहानी संग्रह, कुछ अनुवाद की पुस्तकें भी हैं। इसके अतिरिक्त लोक साहित्य के भंडार की वृद्धि की। अपने उपन्यासों में उन्होंने सीता, मंदोदरी जैसे स्त्री पात्रों को महत्त्व दिया और उन पर उपन्यास की रचना की। हमारे पौराणिक प्रसंगों तथा रामकथा के पात्रों को नए संदर्भों में देखा गया है और यह उनके स्त्री सशक्तीकरण का एक प्रमाण है।

मृदुलाजी ने पौराणिक नारी पात्रों के माध्यम से वर्तमान समय की विडंबनाओं का सटीक चित्रण किया है। भारतीय परंपराओं, मान्यताओं और पारिवारिक बंधनों के भीतर रहते हुए भी मृदुलाजी के नारी पात्र भारत की सशक्त नारी के श्रेष्ठ उदाहरण प्रस्तुत करते हैं। नारी की नैसर्गिक विशेषताओं को पात्रों के अनुकूल विस्तार देना या स्थापित करना मृदुलाजी की लेखन-शैली की निजी पहचान है। इस विशेषता को उनके भाषणों में भी सहज देखा जा सकता है। मृदुलाजी

की कहानियाँ गाँव-परिवेश और परिवारों के सुख-दु:ख की छोटी-मोटी, हृदय को छू लेनेवाली कहानियाँ हैं। वे अपनी कहानियों को न तो बहुत विस्तार देती हैं और न उन्हें उतना बढ़ावा देती हैं कि बाद में समेटने में कोई कठिनाई हो। गाँव से शहर आए व्यक्ति पर पड़ते आर्थिक दबावों और भावनात्मक संबंधों की खींचातानी को बखूबी उजागर करती है 'मेरे हिस्से की उमस'। 'पितृ तर्पण' भी इसी श्रेणी की कथा है।

श्रीमती मृदुलाजी के पति डॉ. रामकृपाल सिन्हा भारत सरकार में कैबिनेट मंत्री थे, जिस कारण प्रारंभ से ही राजनीतिक परिवेश में रहीं, उसका प्रभाव उन पर पड़ा और वे भारतीय जनता पार्टी की गतिविधियों में सक्रिय हो गईं तथा महिला मोरचा की प्रथम राष्ट्रीय अध्यक्ष रही हैं। वहीं उनका संबंध राजमाता विजयाराजे सिंधिया से हुआ, जिससे प्रभावित होकर उन्होंने 'राजपथ से लोकपथ लिखा'। राजनीति के बीच रहने पर भी उनके अंदर साहित्यकार ने मानव-मूल्यों का, लोक जीवन एवं साहित्य में बसी भारतीय आत्मा का समाज एवं देश के प्रति अपने कर्तव्यों का निरंतर अभिज्ञान कराया है और वे बखूबी साहित्यकार के कर्तव्य को निभाती रही हैं। राजनीति और साहित्य का साथ-साथ चलना बड़ा कठिन होता है।

बिहार की समृद्ध लोक-कथाओं, लोक-परंपराओं की तो वे खान हैं। कितनी लोक-कथाएँ, कितनी कहावतें, कितने ही व्यक्तिगत दृष्टांत सब उनके मनोजगत् की थाती हैं। मौका मिलने पर मृदुलाजी उनका ऐसा सटीक उपप्रयोग करती हैं कि सुननेवाले हैरान हो जाते हैं। उनके भाषण चाहे राजनीतिक मंच से हों अथवा साहित्यिक; दृष्टांतपरक भावनात्मक अभिव्यक्ति का सम्मोहक प्रभाव सर्वत्र रहता है। भाषण की अपनी शैली से मृदुलाजी अपने श्रोताओं को सम्मोहित कर ही लेती हैं। यदि कहीं महिलाओं का मिलन हो तो लोकगीत भी सुनाती हैं। दिल्ली हिंदी साहित्य सम्मेलन के अंतरराष्ट्रीय महिला दिवस पर आयोजित कवयित्री सम्मेलन में अपने मुख्य अतिथि वक्तव्यों में लोकगीत सुनाकर सभी को मंत्रमुग्ध कर दिया।

पूर्व महापौर एवं पूर्व अध्यक्ष,
दिल्ली हिंदी साहित्य सम्मेलन

□

मृदुला, सरला, प्रगल्भा, शुचि, ममतामयी

—मधु पंत

मृदुला, सरला, प्रगल्भा, शुचि, ममतामयी,
अपनेपन की अनुभूति दिलाती, मानो कविता नई।
तुम्हारे हर रूप से मैं अनुभूत हुई,
विस्मोहित, प्रभावित, आह्लादित, अभिभूत हुई।

सागर सा विशाल गहन रूप,
भावनाओं के ज्वार-भाटा का लिये स्वरूप।
अपनी असीम सत्ता से विमोहित करनेवाला,
अखंडता से संकीर्णता को तिरोहित करनेवाला,
तरंगों के गर्जन, नर्त्तन से सम्मोहित करनेवाला,
मन के आवेग को आह्लादित, आलोड़ित करनेवाला।
न जाने कितने रत्नों को छिपाए हुए,
अपने आगार में प्राचीन सभ्यताएँ बसाए हुए।
तह-तहकर जमती चट्टानों का समावेश,
मानो सँजोई हुई हैं भावनाएँ अशेष।
कब किस रूप में पुनः प्रस्फुटित हो, करेंगी मन में प्रवेश,
पीढ़ी-दर-पीढ़ी सराबोर कर देंगी विचार शक्ति विशेष।
तुम्हारा सागर सा रूप विलक्षण है,
उस रूप का मुझे चिरंतन स्मरण है।

दूसरा, नदी सा चाँदी की चमक बिखेरता रूप,
मानो उर्मियों से अठखेलियाँ करती धूप
मधुर स्मित सा वह चंचल हास, परिहास अनूप,
हर लहर में थिरकता सहजता उमगता स्वरूप।

धारा के रूप में अनवरत बहती, अपनी अस्मिता के अनुरूप।
शांत, धीर, गंभीर, सुस्थिर, सुचित्त प्रवृत्ति का प्रतिरूप।

तुम्हारा मृण्मयी रूप सचमुच में अनुपम है,
उसकी गरिमा, महिमा को मेरा नमन है।
पानी के हर स्रोत को निज आगोश में लिपटाए हुए,
माटी के हर कण में परंपरा की परिपाटी को सिमटाए हुए,
उर्वरा सी हरितिमा की जन्मदायिनी, अमरत्व अपनाए हुए,
चेतना का हर बीज अंतस में छिपाए हुए।

और तभी···तुम्हारा उद्यमी रूप नजर आया,
निरंतर चिरंतन लेखन की प्रगल्भ छाया।
बनी हुई प्रेरणा की स्वयंभू सबकी सरमाया,
शब्दों से खेलती उस विदुषी ने बेहद लुभाया।
जिसका अध्यवसायी, चेतन, कर्मठ रूप सुहाया,
किंकर्तव्यविमूढ़ बनी मैं, तुम्हारे हर रूप ने भरमाया।

प्रेयसी, विमोहिता के नयनों का वह अद्‌भुत संभाषण,
आँखों-आँखों में बतियाना और मौन आमंत्रण।
मुग्ध कर गया और भिगा गया कण-कण,
मृगमरीचिका सी स्वप्निला का स्निग्ध आवरण।
माया के आवरण में लिपटी नारी का रूप विलक्षण,
तिर गई अंतस तक वह झलक उस क्षण।

तभी कुशल प्रबंधन की नायिका दिखाई पड़ी,
सबको साथ मिलाकर चलने वाली कड़ी।
हर ओर, हर छोर तक महसूस होनेवाली संजीवन जड़ी,
चिर अन्वेषिका, चिंतना करनेवाली महिमामंडित बड़ी।
मातृरूप, सखी रूप, साथ देखी वात्सल्य से ओत-प्रोत प्रीत,
सहजता की अनुभूति सी बनी सबकी सहज मीत।
सीखने-सिखाने को तत्पर, संस्कृति विरासत की रीत,
धरातल पर स्थिर, सबको अपनी सी होती प्रतीत।
संगीत की सुहानी लय लिये, मानो हो अनोखा गीत,
कहाँ, कैसे, कब हो गए वे सुनहरे दिन व्यतीत?

तुम हरितिमा की मिसाल हो—
जागृति की जीवंत मशाल हो—
संगीतमय प्रवाह का नाद और ताल हो—
ज्ञान का भंडार हो सचमुच में कमाल हो—
देश का गौरव और उन्नत भाल हो—
तुम कौन हो ? स्वयं में त्रिकाल हो—

मनोनुकूल भावों की अभिव्यक्ति करनेवाले शब्दों को ढूँढ़ती हुई···

पूर्व निदेशक, बाल भवन, अध्यक्ष,
लेखिका संघ, नई दिल्ली
मो. : 9958077550

□

साहित्य, समाज और राजनीति में मधुर मुसकान सी

—जेबा रशीद

सरल हृदया, समाज व साहित्य सेवा में प्रमुख हस्ताक्षर माननीय मृदुला सिन्हाजी के ऊर्जस्वी बहुआयामी व्यक्तित्व व कृतित्व से निर्मल मन में जो भाव उभरते हैं, उस सोच से हम परिचित हैं। ममत्व एवं स्नेह महसूस करते हैं, मेरा सौभाग्य है कि आपसे समय-समय पर मिलना हुआ और उसी अंदाज में आप हमसे मिलती हैं, सखी सी। यह आपका बड़प्पन और हमारा सौभाग्य है।

हाँ, मुझे गर्व है आप पर, करीब बीस वर्ष पहले एक लेखिका सम्मेलन में मिलना हुआ था। आपकी मधुर मुसकान ने हमें आपसे मिलने को प्रेरित कर दिया। उस समय मिली, उसके बाद आपकी भेजी गई पत्रिका 'पाँचवाँ स्तंभ' हर माह मुझे आपके आशीर्वाद के रूप में मिलती रही है, आज तक मिल रही है। इससे अच्छा कोई तोहफा नहीं हो सकता।

फिर अजमेर में अभी दो-तीन साल पहले ही समारोह में मिलना हुआ। आपको राज्यपाल के रूप में पाकर मुझे बेहद खुशी हुई। आपकी वही चिर-परिचित मुसकान मुझे खुशी देती रही। सखी के रूप में मैंने आपको हर समय पाया या बड़ी बहन के रूप में मेरा सौभाग्य रहा। आपका स्नेह भरा आशीर्वाद जरूर सदा 'पाँचवाँ स्तंभ' ले आता है। आपकी सादगी ही तो हम लेखिकाओं को आपसे जोड़े रखती है।

आपका जीवन निष्ठा एवं समर्पण भाव की खुशबू से सुवासित है, सरलता एवं सादगी आपके व्यक्तित्व के प्रभावी गुण हैं। आपकी सरलता में विनम्रता प्रकट होती है। आपका बहुआयामी व्यक्तित्व आपको एक ध्येय निष्ठ-मनस्वी, साहित्य जगत् के सजग प्रहरी के रूप में रूपायित करता है। इसलिए मैं केवल साहित्य के क्षेत्र का ही जिक्र कर रही हूँ।

हिंदी साहित्य जगत् में जानी-पहचानी लेखिका श्रीमती मृदुला सिन्हाजी। साहित्य और सामाजिक सरोकार की एक ही मणि-मोती सी।

मेरा विचार है कि वे साहित्यकार हैं तो अति उत्तम, राजनैतिक एवं सामाजिक रूप से सफल होंगी ही और हैं भी।

आज नारी जीवन के हर क्षेत्र में कदम बढ़ा रही हैं। श्रीमती मृदुला सिन्हाजी ने भी अपने कर्तव्यों को गृहकार्यों तक ही नहीं समझा, अपितु अपने सामाजिक दायित्व के प्रति भी सजग रहीं।

अपने कर्तव्यों के प्रति सजग रहीं और रचनात्मक कार्यों हेतु भी जागरूक रहीं। साहित्य के माध्यम से पुराने समय से चली आ रही कुप्रथाओं पर चोट की, वहीं समाज को नए विचार भी दिए।

आप सहृदयी मित्र हैं। चिंतन आपके कृतित्व की अमिट निधि है। आप मित्रों की मित्र होते हुए भी व्यवहार में स्पष्टवादी हैं। आपका यह व्यवहार मित्रता को साधन रूप में नहीं, अपितु साध्य के रूप में आलोकित करता है। उनका यही स्वभाव प्रगाढ़ मैत्री का परिचायक है। अपनी साधना को इन्होंने अपनी साँसों के साथ जिया है।

आपने नारी चेतना जगानेवाली युवा पीढ़ी को संस्कारवान एवं शिक्षित बनाने हेतु महत्त्वपूर्ण कार्य किए हैं। आशा है, सदा करती रहेंगी। आप साहित्य में कर्मठ एवं ज्ञानवान महिला हैं, जो साहित्य एवं राजनैतिक शक्ति का प्रतीक बन गई हैं। कई कल्याणकारी योजनाओं को मूर्त रूप दे रही हैं। अपनी विशिष्ट पहचान के साथ नारी की साहित्यिक व सांस्कृतिक गरिमा को नई ऊँचाइयाँ दे रही हैं।

मेरा इनके परिवार से परिचय नहीं रहा, लेकिन लेखन से बहुत रहा है। रचनाओं में ग्रामीण अंचल की मिट्टी की सौंधी-सौंधी महक है, शीतल बयार सी मधुरता है। तब ही तो आपकी गणना हिंदी की प्रथम कतार की लेखिकाओं में है। किसी भी अन्य भाषा की लेखिकाओं या लेखकों के समकक्ष आपका लेखन स्तरीय है, कहीं कम नहीं है।

आपने लोक साहित्य, लोक जीवन, लोक गीतों, लोक कथाओं को अपने सृजन द्वारा नई गति दी है। आप कहती है कि मैं लोक गीतों में जीती हूँ, लोकोक्तियों में ही सोचती हूँ, मानव मन के हास-परिहास, सुख-दु:ख, संस्कार, देखने और समझने के लिए लोक साहित्य के ही पन्ने पलटती हूँ, वहीं सच्चा ज्ञान मिलता है।

आप द्वारा लिखी गई राजमाता विजया राजे सिंधिया की आत्मकथा 'राजपथ से लोक पथ पर' पर आधारित हिंदी फीचर फिल्म 'एक थी रानी ऐसी भी' का निर्माण हुआ है। राष्ट्रीय विकास निगम द्वारा वृद्धों की समस्याओं पर आधारित उनकी एक कहानी पर फीचर फिल्म 'दत्तक' बनी है। माननीया मृदुलाजी ने केंद्रीय समाज कल्याण बोर्ड के लिए दो सीडी 'चेतना और पहचान' के लिए ओड़िया में गीत तथा आलेख लिखे हैं।

आपने तीन पीढ़ियों को एकता से एक छत के नीचे रहनेवाला संदेश देते हुए 'खेल-खेल में' गीतमय पटकथा लिखी।

आपका कहना है कि

संग चलें जब तीन पीढ़ियाँ
चढ़ें विकास की सभी सीढ़ियाँ

उपन्यास 'ज्यो मेहँदी को रंग' पर इसी शीर्षक से धारावाहिक बना, जो कई बार दिखाया गया।

श्रीमती मृदुला सिन्हाजी लेखन में ही नहीं, जिंदगी में भी स्त्री और पुरुष को एक-दूसरे का पूरक मानती हैं। इनका कहना है—स्त्री को पुरुष की प्रतिद्वंद्वी बनकर नहीं शक्ति बनकर उभरना है। स्त्री-पुरुष की समानता की बात करती हैं। मैं भी यही कहती हूँ और आप भी। एक महिला की

समस्या को केवल महिला की समस्या नहीं मानतीं, वे उस समस्या को पूरे समाज की मानती हैं। इसलिए पूरे समाज की समस्या देखते हुए समाधान ढूँढ़ती हैं, हल चाहती हैं।

उनका कहना है कि समाज में व परिवार में स्त्री की भूमिका अधिक है, इसलिए स्त्री का विशेष महत्त्व है। उसे अधिक महत्त्व मिलना चाहिए। उसे आगे लाने का, विकास का प्रयत्न करना चाहिए।

प्रसिद्ध लेखिका, जयपुर (राज.)
मो. : 9810636121

□

स्निग्ध-शक्ति

—डॉ. सरोज बजाज

स्नेह पूरित 'नयन'
नितल पर व्याप्त रेखाएँ
अपार अनुभव का प्रमाण
संतोष एवं संतृप्ति-बोधक
प्रशांत आनन पर
ईश्वर के प्रति कृतज्ञता-सूचक
वह चिर-मित-स्मित
अपवाद, प्रवाद एवं परिवाद-रहित
सुव्यवस्थित जीवन
एक अप्रतिम दृष्टांत!

मुख से निर्गत प्रत्येक शब्द
सच्चिंतन का साक्ष्य
सतत सकारात्मक क्रिया-प्रतिक्रिया
विचित्र किंतु विस्मयंकर सत्य
कोई नहीं विरुद्ध अथवा आलोचक!

आपकी प्रीति और कृपा
वात्सल्य का सघन मेघ
अहर्निश अनुक्षण सतत
शुभेच्छाओं की
अनंत वृष्टि!

आस्था का सजीव प्रतीक
जीवन के प्रत्येक रंग एवं पक्ष से
सुपरिचित, परिपक्व और प्रबुद्ध
शारदा–स्वरूप
चतुर्दिक् व्याप्त आपके
अति दीप्त आभा–मंडल
संघर्ष–प्रसूत है कदाचित्!

असंख्यों के जीवन का आदर्श
प्ररोचक–उद्धारक···क्या नहीं हो?
कर दूँ प्रकट आज मनोगत
मेरी शक्ति का स्रोत हो
ऊर्जा का रहस्य
नयनों की ज्योति
आप–सदृश कोई नहीं···
कोई भी नहीं!

सामाजिक कार्यकर्त्री, कवयित्री तथा राज्याध्यक्ष,
महिला दक्षता समिति (आंध्र प्रदेश)
मो. : 9848020994

□

वे एक कल्पतरु सरीखी

—राज अग्रवाल

आदरणीया मृदुलाजी मृदुभाषिणी होने के साथ-साथ सर्वप्रिय लेखिका एवं सम्मानित महिला हैं। मेरा उनसे परिचय बहुत पुराना है। बी.जे.पी. में सक्रिय होने के कारण मेरी उनसे अकसर भेंट होती रहती थी। राजमाता सिंधिया के साथ-साथ उनसे मेरी जान-पहचान मित्रता में बदल गई।

वे राजमाता सिंधियाजी की जीवनी लिख रही थीं और मैं भी अपने 75वें वर्ष पर एक टेबल बुक बनाना चाह रही थी। मृदुलाजी ने सहर्ष ही इस बात को स्वीकारा और मेरे जीवन पर एक पुस्तक लिखी। जब वे गोवा की गवर्नर बनीं, तब भी उनमें कोई परिवर्तन नहीं आया। वे पहले ही की भाँति हमसे मिलती रहीं।

सन् 1965 में कल्पतरु संस्था की स्थापना श्री अटलजी के द्वारा हुई, तब उन्हें कल्पतरु संस्था की ओर से बतौर लेखिका, प्रथम पुरस्कार से सम्मानित किया गया। 'पाँचवाँ स्तंभ' पत्रिका आज भी उनके प्रयासों से निकल रही है। महिला मंगल एवं कल्पतरु दोनों ही संस्थाओं में वे सदैव ही भाग लेती रही हैं, चाहे वह सावन का झूला हो या नाटक हो या कृष्ण जन्माष्टमी का कोई उत्सव।

उन्होंने हमें गोवा घूमने के लिए आमंत्रित किया और जब हम उनके निमंत्रण पर गोवा पहुँचे तो उन्होंने हमारा बहुत ध्यान रखा। मेरे लिए वे पटना से मखाने, गोवा से काजू और लखनऊ से कुरते लाना कभी नहीं भूलतीं।

भगवान् उन्हें शतायु करें और वे ऐसे ही देश की सेवा निरंतर करती रहें।

प्रसिद्ध समाजसेविका

मो. : 9818330088

□

मृदुला सिन्हा : एक गरिमामयी व्यक्तित्व

—डॉ. रमा सिंह

कभी-कभी कलम लिखते-लिखते पूछती है कि किसके बारे में लिख रही हो, उसके बारे में जो तुम्हारे हृदय के बहुत करीब है, जो कभी न मिले, फिर भी लगे कि अभी कल ही मिले थे, जो बहुत दूर हो, पर एकदम निकट हो। जो बहुत निकट होता है न, उसके बारे में लिखना उतना ही मुश्किल हो जाता है। शब्द मौन हो जाते हैं, अर्थ कहीं खो जाते हैं और भावनाएँ विस्तृत नभ में उड़ान भरने लगती हैं। आप जानना चाहेंगे कि ऐसा कौन है? तो वह हैं मेरी मृदुला दी, हाँ, मैं उन्हें जब से मिली हूँ, इसी नाम से संबोधित करती हूँ।

मेरी व उनकी पहली मुलाकात अखिल भारतीय साहित्य परिषद् के अधिवेशन में हैदराबाद में (सन् शायद 1992 था) हुई थी। प्रथम दृष्टि में ही वे मुझे भा गई थीं, कारण रहा उनके बाल बनाने की शैली, वे मेरी माँ से बहुत मिलती-जुलती रहीं, जब उन्होंने बात की तो लगा कि उनका अंदाज तो मेरी नानी की तरह का है। बाद में धीरे-धीरे पता चला कि वे छपरा गाँव की हैं जबकि मेरी नानी जिला छपरा की थीं। खैर, अधिवेशन में हम तीन दिन तक साथ रहे, बातचीत का दौर भी चलता रहा, दूसरे दिन कवि-सम्मेलन था, जिसमें मुझे काव्य-पाठ करना था (इससे पूर्व मैं अखिल भारतीय साहित्य परिषद् के किसी भी अधिवेशन में नहीं गई थी) मैंने जो गीत पढ़ा, वह बिना देश का नाम लिये भी देशभक्ति से पूर्ण था, कवि-सम्मेलन के उपरांत बहुत बधाइयाँ मिली, परंतु मृदुला दी के बधाई देने का तरीका एकदम भिन्न था, मेरे निकट आकर धीरे से बोलीं, "आप लोग एक गीत या गजल सुनाकर हजारों श्रोताओं को अपना मुरीद बना लेते हैं, हम हजारों पन्नों का उपन्यास लिखते हैं, मुश्किल से प्रकाशक छापता है। पढ़नेवाले कम मिलते हैं और नाम, नाम तो जाने कब होगा?" इतना सुनते ही मुझे भी हँसी आ गई; मैंने कहा, "दी, आप भी कविताएँ लिखना शुरू कीजिए न!" शायद उन्हें कवि कर्म मुश्किल लगता है और मुझे उपन्यास या कहानी लिखना मुश्किल। कविता बहुत कम शब्दों में बहुत बड़ी बात कह जाती है और उपन्यास के लिए जब तक पूरा कलेवर तैयार न हो, लंबी-लंबी बैठक न हो, तब तक उसका लिखना व पूर्ण होना ही मुश्किल है। कविता भावना का उद्रेक है, जबकि उपन्यास का धरातल ठोस होता है। कविता संवेदना चाहती है; उपन्यास निकटता चाहता है। मेरे पास इतना समय नहीं था कि मैं समाज के इतने निकट जा सकूँ और उनके पास समय इसलिए रहा कि वे 'जनसंघ' की समर्पित कार्यकर्ता

रहीं। समाज में उनका उठना-बैठना रात-दिन का रहा। इसके पश्चात् हम दिल्ली में कहीं-न-कहीं मिल ही जाते थे, वे बहुत प्यार से मिलती रहीं। उनसे मिलकर मैं ऐसा महसूस करती हूँ, जैसे मैं अपनी बड़ी बहन से मिल रही हूँ।

एक बार जब केंद्र में भारतीय जनता पार्टी की सरकार व श्री अटल बिहारी वाजपेयी प्रधानमंत्री थे, तब भोपाल में श्रीमती सुधा मल्लैयाजी ने एक कवयित्री सम्मेलन किया था, जिसमें काव्यपाठ हेतु मुझे भी आमंत्रित किया गया था, संयोग था कि प्रधानमंत्री के रूप में 'अटलजी' सामने बैठे थे और मृदुलाजी उनके साथ बैठी थीं, मैंने देखा अटलजी ने उनको कुछ कहा। उन्होंने धीरे से सिर हिलाया और धीरे-धीरे मंच की ओर बढ़ीं, मैंने मन में सोचा शायद सुधाजी के पास वे आ रही हैं, किंतु वे तो मेरे पास आ गईं, मैंने धीरे से पूछा, "दी क्या बात है?" उन्होंने कहा, "अटलजी आपका वही गीत सुनना चाहते हैं, जो आपने उनके सान्निध्य में हिमाचल भवन, दिल्ली में पढ़ा था—"सरहद के उस पार से।" मैं गौरवान्वित हुई कि देश के प्रधानमंत्री होते हुए भी मेरे गीत का मुखड़ा उन्हें याद है और मृदुला दी मुझे बताने आई हैं।

वास्तव में मृदुला दी बहुत सहज, सरल व गहरी पैठ रखनेवाली महिला हैं। वे हमारी लेखिका संघ दिल्ली की भी सदस्य हैं। मैंने देखा है कि जिन लेखिकाओं का लेखन कम है, वे पहली पंक्ति में बहुत ठसक के साथ बहुत सहज भाव से बैठती हैं और मृदुला दी आती हैं व दूसरी पंक्ति में बहुत सहज भाव से बैठ जाती हैं। शायद उनका व्यक्तित्व छोटे-बड़े का भेद नहीं मानता, लेखक, लेखक होता है इस भाव को लेकर उनका व्यक्तित्व निरंतर विकास पाता है।

एक बार की बात और याद आ रही है, हमारी एक मित्र है उमा मालवीय, उनकी बेटी का विवाह था, उन्होंने महिला संगीत का आयोजन इंडिया हेबीटेट सेंटर, दिल्ली में रखा, समय था शाम सात बजे, मैं, पद्मा सचदेव, मृदुला दी व कुछ अन्य लेखिकाएँ समयानुसार पहुँच गईं, सब बैठे हैं बातचीत में मशगूल, महिला संगीत कहाँ है? जब आठ बज गए, तब पद्मा सचदेवजी बोलीं, "चल रमा अपन ही गीत गाते हैं।" हम दोनों ढोलक लेकर गद्दों पर बैठ गए, इतना देखते ही मृदुला दी भी आकर बैठ गईं, फिर जो गीत गाए गए, मजा आ गया। हमारी पीढ़ी वह पीढ़ी है, जो गाँव में पैदा होकर शहर तक आई है, पर अपनी भाषा, अपनी संस्कृति को साथ लेकर चली है। (आज की पीढ़ी सिर्फ फिल्मी गानों पर नृत्य करती है—हमारी पीढ़ी को गणपति, बन्ना-बन्नी, खेल-खिलौने, भात-घोड़ी सब याद है) मृदुलाजी के मुख से जब भी आप 'गिरमिटिया मजदूर' (जो एग्रीमेंट करके विदेश मॉरीशस, फिजी, त्रिनिडाड आदि में ले जाए गए) की बात करते हैं, वे तुरंत जहाज पर बैठकर 'कैसे गए' का वर्णन गीत (लोकगीत) में सुनाती हैं। मृदुला दी 'लोक' की ही महिला हैं, वह लोक नारी का हो, बालक का हो मजदूर का हो, राजनीति का हो, उपेक्षित या वंचित वर्ग का हो या राजमाता विजया राजे सिंधिया का हो। वह 'लोक' उनका मानस है, जो उन्हें जिलाता है, उनसे लिखाता है, उन्हें बुलाता है, अपना दर्द दिखाता है, यह दर्द ही उनके लेखन का परिवेश बनता है। मनोविज्ञान उनका विषय रहा, चिंतन उनकी शैली रही, मन ललित रहा, भाव प्रबल रहे, इसीलिए उनकी लेखनी निरंतर गतिशील है।

मृदुला दी महिला कल्याण बोर्ड की जब अध्यक्ष बनीं, तब उन्हें देश-विदेश घूमने का

अवसर 'अपनी दृष्टि' से मिला, विदेश यात्रा के दौरान पढ़ने का भी अवसर खूब रहा, उनका संबंध एक पढ़े-लिखे परिवार से था, पति भी वैसे ही मिल गए, दोनों एक-दूसरे का सहयोग करते रहे और दोनों ही निरंतर आगे बढ़ते गए। मेरी दृष्टि में पढ़ना एक बात है और पढ़े को गुनना दूसरी बात है। मृदुला दी में दोनों ही बातें हैं, इसलिए वे कभी निष्क्रिय नहीं रहीं। विवाहोपरांत नानाजी देशमुख के सान्निध्य में जनसंघ से जुड़ीं, शिशु मंदिर भी बनाया, प्रधानाचार्या भी रहीं, भारतीय जनता पार्टी से जुड़ने के बाद वे राजमाता विजया राजे सिंधिया से प्रभावित रहीं, उनके जीवन को 'दी' ने 'राजपथ से लोकपथ पर' में बहुत सुंदर रूप में अभिव्यक्त किया है। उनके मिथकीय उपन्यास की मैं पाठिका रही हूँ। मैं जब-जब उन्हें पढ़ती थी, तब सोचती थी कि उन्हें इतना सोचने का समय कब मिलता है, लगता है उन्हें लिखने में दीदी ने अपनी नींद का त्याग किया होगा!

जब मृदुला दी महिला मोरचा की राष्ट्रीय अध्यक्ष थीं व अटलजी प्रधानमंत्री थे, तब मैंने कहा, "दी, आपको अब तो मंत्री पद मिलना चाहिए, बहुत काम कर लिया आपने।" तो बोलीं, "रमाजी मैंने अटलजी को बातों-ही-बातों में दोहा सुना दिया है 'बिन माँगे मोती मिले' और हँस पड़ीं। मंत्री पद माँगा नहीं जा सकता, पर समाज कल्याण हेतु अगर आप कोई जीवंत पत्रिका का प्रकाशन करना चाहते हैं तो उसे चलाने हेतु चंदा माँगने में कोई बुराई नहीं है। 'पाँचवाँ स्तंभ' पत्रिका निकालने से पूर्व मैंने उन्हें यही सलाह दी थी, पिछले दस वर्ष से पत्रिका निरंतर सुंदर आलेख व अच्छी कविताओं के साथ दिन-प्रतिदिन ऊँचाइयाँ छू रही है।

बिहार के छपरा बिहार के छपरा गाँव में जन्मी एक बालिका आज राज्यपाल बनकर कीर्तिमान स्थापित कर रही है, वही साहित्य जगत् में छप्पन से अधिक पुस्तकें, जिनमें सात कहानी-संग्रह, सात उपन्यास, ग्यारह लेखों का संग्रह, कई अनुवाद की पुस्तकें, आत्मकथा व बाल साहित्य लिखकर समाज का मार्ग प्रशस्त कर रही है। राज्यपाल बनने के बाद (गोवा में) उनसे अब मिलना कम हो गया है, उनका अपना एक अलग प्रोटोकॉल है, जो उन्हें नियम व कानून से बाँध देता है। फिर भी हम जब कभी मिलते हैं, निगाह से निगाह मिलती है, मुसकराते हैं, इशारों में बात करते हैं और अपनी राह चल देते हैं।

मैं ईश्वर से उनके उज्ज्वल भविष्य व शतायु होने की कामना करती हूँ। यह भी कामना करती हूँ कि उन्हें ईश्वर ने शायद इस धरती पर विशेष कार्य हेतु भेजा है, उसे पूर्ण करना है। उन्हें अपने पति श्री राम कृपाल सिन्हा का सान्निध्य व सहयोग मिलता रहे। इति शुभम।

वरिष्ठ कवयित्री, गाजियाबाद (उ.प्र.)
मो. : 09810636121

□

जीवन की उपलब्धियाँ

—बी.एस. शांताबाई

आपका जन्म श्रीमती अनुपमा देवी व बाबू राम छबीला सिंह के यहाँ 27 नवंबर, 1942 को हिंदू पंचांग के अनुसार रामविवाह के शुभ दिन बिहार राज्य में मुजफ्फरपुर जिले के छपरा गाँव में हुआ था। आपने छपरा के स्थानीय स्कूल में भाग लिया और बाद में लखीसराय जिले में लड़कियों की एक आवासीय विद्यालय बालिका विद्यापीठ में अध्ययन किया। अपनी छोटी उम्र में ही मृदुला ने हिंदी साहित्य में रुचि विकसित की और हिंदी में गद्य लिखकर अपनी साहित्य प्रतिभा का प्रदर्शन किया। स्नातक की डिग्री पूरी करने के कुछ ही समय पहले आपके माता-पिता ने आपकी शादी डॉ. राम कृपाल सिन्हा से कर दी, वे उस समय मुजफ्फरपुर शहर के एक कॉलेज में व्याख्याता थे। शादी के बाद भी आपने अपनी पढ़ाई जारी रखी। आपने मनोविज्ञान में एम.ए. करने के बाद बी.एड. किया और मुजफ्फरपुर के एक कॉलेज में प्रवक्ता हो गईं। कुछ समय तक मोतिहारी के एक विद्यालय में प्राचार्य भी रहीं, किंतु अचानक उनका मन वहाँ भी न लगा और नौकरी को सदा के लिए अलविदा कहकर, हिंदी साहित्य की सेवा के लिए स्वयं को समर्पित कर दिया। आपके पति डॉ. राम कृपाल सिन्हा, जो विवाह के वक्त किसी कॉलेज में अंग्रेजी के प्रवक्ता हुआ करते थे, जब बिहार सरकार में मंत्री हो गए तो आपने भी साहित्य के साथ-साथ राजनीति की सेवा शुरू कर दी। आज तक यह सिलसिला लगातार जारी है।

आप अपने पति व बच्चों के साथ नई दिल्ली में रहती हैं और राजनीति के साथ-साथ 'पाँचवाँ स्तंभ' के नाम से एक साहित्यिक व सामाजिक पत्रिका का संपादन भी करती थीं। आपकी कहानियाँ, उपन्यासों और लेखों के विषय अधिकतर सामाजिक, मनोवैज्ञानिक, स्त्रियाँ, बच्चे और ग्रामीण जन ही होते हैं। संप्रति इस पत्रिका की जिम्मेदारी आपने अपनी बहू श्रीमती संगीता सिन्हा को सौंपी है, जो बड़ी ही कुशलता के साथ प्रकाशित कर रही हैं।

पुरस्कार व सम्मान

आपको उत्तर प्रदेश हिंदी संस्थान से साहित्य भूषण सम्मान व दीनदयाल उपाध्याय पुरस्कार के अतिरिक्त अन्य कई सम्मान-पुरस्कार प्राप्त हो चुके हैं।

आप अटल बिहारी वाजपेयी के प्रधानमंत्रित्व काल में केंद्रीय समाज कल्याण बोर्ड की

अध्यक्ष भी रह चुकी हैं। आपकी पुस्तक 'एक थी रानी ऐसी भी' आधारित राजमाता विजयाराजे सिंधिया को लेकर एक फिल्म भी बनी है।

आप 2014 के आम चुनाव के समय भा.ज.पा. महिला मोर्चा (महिला विंग) की प्रभारी थीं। 25 अगस्त, 2014 को आपको गोवा के गवर्नर के रूप में नियुक्त किया गया।

गोवा के गवर्नर के रूप में दैनिक पूजा के उद्देश्य के लिए राजभवन में एक गाय और एक बछड़ा भी रखा है। स्वभाव आपका अति मधुर, कोमल तथा मिलनसार है।

8 जनवरी, 2017 दिन रविवार को आपने कर्नाटक महिला हिंदी सेवा समिति, चामराजपेट, बेंगलूरु में संपन्न हुए 43वें दीक्षांत समारोह में पधारकर दीक्षांत भाषण प्रस्तुत किया था।

आपने देश के लिए जो काम किया है, वह काबिलेतारीफ है। आप और भी तरक्की करती रहें। आप बखूबी अपनी जिम्मेदारी निभा रही हैं। यह ऐसे ही जारी रहे। भगवान् आपको, आपके परिवार को दीर्घायु, आयुष्य, ऐश्वर्य प्रदान करे।

संपादक 'हिंदी प्रचार वाणी',
प्रधान सचिव, कर्नाटक महिला हिंदी सेवा समिति
फोन : 26617777

□

वह दवा है, दुआ है, मेरे देश की

—डॉ. रंजन जैदी

बड़ी अजीब सी बात समझी जाएगी, जब मैं कहूँगा कि मृदुला सिन्हाजी अपनी वैयक्तिक पूर्णता में अद्वैतवादी–अग्निगर्भा हैं। उर्दू में कहूँ तो वह 'कसरत में वहदत' और वरिष्ठ साहित्यकार सय्यद सज्जाद हुसैन के शब्दों में कहूँ तो वह 'रंगारंगी में यकरंगी का संदेश' जैसी हैं। मैं ऐसा इसलिए कह रहा हूँ कि भारत जो विभिन्न बुनियादों पर बहुत सी कौमों, नस्लों, कबीलों और गिरोहों का गहवारा है, उन कौमियतों को रिश्तों के एक धागे में बाँधकर भारतीय संस्कृति और समाज के द्वारा जिस एकमुखी रुद्राक्ष को मृदुला सिन्हाजी ने निर्मित किया, वह निश्चय ही समाजशास्त्र के इतिहास में अपनी जगह अवश्य बनाएगा। इसमें भारतीय राजनीति की किसी भी धारा का उल्लेख नहीं होगा। स्वभाव से मूलत: मृदुलाजी राजनेता हैं भी नहीं।

मृदुलाजी को मैंने भारतीय सरकार के एक निकाय केंद्रीय समाज कल्याण बोर्ड की अध्यक्ष के रूप में पहली बार नवंबर 1998 में देखा था। उनके साथ पहली विभागीय बैठक में वे सभी अफसर मौजूद थे, जिनसे उनका साबका पड़ने वाला था। परिचय हुआ और सामाजिक समस्याओं पर विमर्श भी। मुझे याद आया, अध्यक्ष महोदया केंद्रीय समाज कल्याण बोर्ड पत्रिका की पुरानी लेखिका भी रही हैं। साहित्य में रुचि रखने के कारण लगभग हर बैठक में उनकी दिलचस्पी देखकर मैं दिन–प्रतिदिन उनके संपर्क में आता चला गया। वह मुझे बेहद सहज, सरल और गैर–राजनीतिक विदुषी महिला लगीं। उनके भीतर की आग की तपिश मैं अब तक महसूस करने लग गया था। मुझे लगा, मृदुलाजी बोर्ड के भावी इतिहास का एक सुनहरी इतिहास रचेंगी। हुआ भी वही।

पत्रिका में एक स्तंभ शुरू हुआ—'इसी बहाने'। पत्रिका के माध्यम से अब श्रीमती मृदुला सिन्हा पाठकों से सीधे संवाद करने लगीं। हौसला बढ़ा तो 'संकल्प' समाधानों के साथ परंपरा के बीज डालने लगे। पूर्व प्रधानमंत्री श्री अटल बिहारी वाजपेयी ने इसी हौसले की इंतेहा को 'विकास व्यवस्था का पाँचवाँ खंभा' कहा था। समाज, परिवार, नारी, बच्चे और बुजुर्गों की उपस्थिति, स्त्री–सबलीकरण, पोषाहार, पर्यावरण, गरज की हर विषय एक आंदोलन की तसवीर दिखाने लगा। अध्यक्ष महोदया ने इन समस्याओं को आंदोलन का रूप देते हुए इन्हें पाँच पर्वों में विभाजित कर समाज में चेतना लाने का मानो अभियान सा शुरू कर दिया। शुरुआत 1999 से हुई, यानी पहला पर्व 'चेतना पर्व' बना। इसका उद्‌देश्य था, समाज से जुड़े मुद्‌दों और प्रश्नो के प्रति जन–साधारण को सचेत और जागरूक करना।

इस पर्व से देश–दुनिया को यह जानकारी मिलने लगी कि अगर सामाजिक कार्यकर्ता विशिष्ट नेतृत्व की क्षमता रखता है तो वह नुक्कड़ नाटकों, रैलियों, प्रदर्शनों, सम्मेलनों, सेमिनारों के माध्यम से भी आमजन को जागरूक कर सकता है। इसीलिए श्रीमती मृदुला सिन्हा ने आगे चलकर टी.वी., रेडियो और फिल्मों के माध्यम से भी सामाजिक मुद्दों को समाज के लोगों तक पहुँचाने का भरपूर प्रयास किया।

उन्होंने 'चेतना–पर्व' 1999 को सामाजिक परिधि में आनेवाले हर प्रत्यक्ष–अप्रत्यक्ष मुद्दे को चेतना–पर्व का मुद्दा बना दिया। तब मुझे लगा, यह तो अकल्पनीय सामाजिक क्रांति के बवंडर के आने की भूमिका जैसी है। पहले ऐसा कभी नहीं हुआ था। एक रुटीन सोती–रोती आंतरिक प्रशासनिक व्यवस्था थी, मेज के नीचे से कमाने वाले कुछ गंदे टाइप के अफसरों, बाबुओं और नीचे की लेयर के भ्रष्ट कर्मचारियों के हाथ अपने आप मूल्यवान होते रहते थे। परिश्रम करने की किसी को जरूरत नहीं थी। मृदुलाजी ने भाँपकर इस भ्रष्ट व्यवस्था पर अंकुश लगाने के नाम पर देश के संबंधित बोर्ड और राज्य बोर्डों को सक्रिय करना शुरू किया। केंद्रीय कार्यालय की प्रशासनिक व्यवस्था में कई बड़े परिवर्तन किए। तत्कालीन प्रधानमंत्री श्री अटल बिहारी वाजपेयी से घनिष्ठ संबंध होने के कारण उनसे बोर्ड के आर्थिक बजट की अनुदान राशि को बढ़ाने की सिफारिश की। महिला एवं बाल विकास मंत्रालय, संबंधित बोर्ड में व्याप्त फैले भ्रष्टाचार से भलीभाँति परिचित था, उसने कड़ा रुख अपनाते हुए भी मृदुलाजी को पूरा सहयोग दिया। उनके समय एक वक्त ऐसा भी आया, जब मंत्रालय द्वारा संबंधित बोर्ड से विकास से जुड़े कई कार्यक्रम वापस लेकर आर.डी.एस. को दे दिए गए। इससे बोर्ड का आर्थिक संतुलन बिगड़ गया, ढाई हजार से अधिक कर्मचारियों के वेतन संकट में पड़ गए। खबर उड़ी कि बोर्ड की उपादेयता अब नहीं रहने के कारण इसे बंद किया जा सकता है। इस खबर ने बोर्ड के देश भर में कार्यरत कर्मचारी और उनके परिवार चिंतित हो उठे। केंद्रीय कर्मचारी संगठन के तत्कालीन सचिव पालीवाल ने श्रीमती सिन्हा से भेंट कर सर्वत्र व्याप्त समस्या की जानकारी दी और बताया कि यदि जनता पार्टी की सरकार ने केंद्रीय समाज कल्याण बोर्ड को समाप्त कर दिया तो सैकड़ों कर्मचारियों के घरों में मातम छा जाएगा। अध्यक्ष महोदया भावुक हो गईं, आश्वस्त किया कि उनके कार्यकाल में ऐसा नहीं होगा। बिना समय गँवाए श्रीमती मृदुलाजी शीघ्र प्रधानमंत्री श्री अटल बिहारी वाजपेयी से उनके निवास पर जाकर मिलीं और वर्तमान संकट से बोर्ड को निकालने का उनसे अनुरोध किया। नतीजा यह कि वही बोर्ड आज के समय में भी मृदुलाजी की तरह सक्रिय है, मृदुलाजी गोवा की गवर्नर बन गईं, लेकिन बोर्ड का प्यार उनके लिए आज भी सबके दिलों में पहले की तरह जोर–शोर से धड़कता रहता है।

तमाम समस्याओं से जूझते हुए भी बोर्ड की तत्कालीन अध्यक्ष श्रीमती मृदुला सिन्हा ने समाज के कल्याण और उसके विकास व उसकी पहचान बनाने का संकल्प नहीं त्यागा। इसका प्रमाण है 'चेतना पर्व' 1999 के कार्यक्रम, जो स्वैक्षिक–संगठनों के विस्तार और विकास के संकल्प बने। श्रीमती सिन्हा ने कोलकाता प्रवास के दौरान परिवारों को आह्वान करते हुए कहा, "जागो, जानो और समझो कि परिवार क्या है ?"

परिवार, दरअसल दो व्यक्तियों के साथ रहने का नाम नहीं है। दो व्यक्तियों के बीच होते

रहनेवाले संवाद, सामंजस्य और मानवीय सौहार्द बनाए रखने से बनता है। एक मकान में 119 लोग एक साथ रहकर परिवार को अस्मिता प्रदान करते हैं, जिसमें बूढ़ों को भी सम्मान मिलता है, युवाओं को भी और महिलाओं व बच्चों को सुरक्षा की गारंटी भी। जिसमें पटना भी समा जाता है और गाजीपुर भी। जहाँ खुशियों के बीच एक 'लड्डू की हर बूँदी' हर इकाई के मुँह की मिठास बन जाती है। मृदुलाजी के अनुसार, "परिवार एक अनुभूति है, जिसे बनाने, सँवारने और सँभालने में मस्तिष्क की जरूरत कम होती है, दिल की जरूरत ज्यादा।"

जब हम बीते समाज के वर्तमान का आकलन करते हैं तो पाते हैं कि सर्वे भवन्तु सुखिन का अर्थ अब स्व-सुख में परिवर्तित होता जा रहा है। सामाजिक विश्वास टूट रहे हैं, उपेक्षा और अवहेलना ने समाज के भीतर बेचैनी पैदा कर दी है, इससे जहाँ असुरक्षा की भावना प्रबल होती है, वहीं पारिवारिक हिंसा के मामले बढ़ने लगते हैं। मृदुलाजी 'समाज कल्याण' पत्रिका के स्तंभ 'इसी बहाने' में अपने विचार व्यक्त करती हुई लिखती हैं—"हमें (समाज के स्थायित्व और उसकी जीवंतता के लिए) बेचने और खरीदने के व्यापर भाव से बचना होगा। (क्योंकि) परिवार के प्रति किए गए कर्तव्य का मोल नहीं लगाया जा सकता। क्या माँ के दूध का मोल चुकाया जा सकता है?" वृहत्तर कुटुंब की लालसा ने मृदुलाजी को 'वसुधैव कुटुंबकम्' के चिंतन से कभी बाहर नहीं आने दिया। इसीलिए जब तक वह बोर्ड की अध्यक्ष के रूप में 'केंद्रीय समाज कल्याण बोर्ड' में रहीं, उनके लिए वे एक वृहत्तर कुटुंब जैसा ही बना रहा।

मुझे आश्चर्य है कि श्रीमती मृदुला सिन्हा के व्यक्तित्व एवं कृतित्व पर अभी तक सही ढंग से काम क्यों नहीं हुआ? उन्होंने तो साहित्य की विभिन्न विधाओं पर अपनी कलम उठाई, संपादन किया, साक्षात्कार किए, कहानियाँ और उपन्यास लिखे, फ्लैप के मैटर का हवाला दूँ तो उनका समूचा लेखन ही जीवन के यथार्थ, उसके अंतर्विरोधों, अंतर्संबंधों और सामाजिक संबंधों के ताने-बाने और उसकी समस्याओं पर केंद्रित रचनाओं में, मुख्य रूप से ग्रामीण जीवन की गहरी समझ एवं व्यक्ति तथा समाज के विकास पर उसके प्रभाव की संवेदनशील प्रस्तुति परिलक्षित है। यदि उनपर सही मानो में शोध किया जाए तो उनके व्यक्तित्व और कृतित्व के नए खुलासे सामने आ सकते हैं।

भारतीय समाज की विदुषी महिलाओं ने पाँच वर्षों की थकान में मृदुलाजी से सीखा कि जिंदगी का सहारा मेहनत है। बेटी का सम्मान ही उसके जन्म का अभिमान है। 'जहाँ दूर हो घास और पानी, उस गाँव न बेटी ब्याहनी। पानी बिनु पड़ल अकाल। खग ही जाने खग की भाषा।'

मृदुलाजी सामाजिक विकास के सहारे समूचे देश की सभ्यता, संस्कृति का नए संदर्भों में विवेचन करना चाहती थीं। यह जो आज हम देख रहे हैं कि देश के स्वास्थ्य के लिए देश के प्रधान-सेवक कितनी योजनाओं का निदेशन कर रहे हैं, मलेरिया, चिकिनगुनिया, वायरल और ऐंसीफलाइटिस के विरुद्ध युद्ध सा छिड़ा हुआ है, ऐसे युद्ध की शुरुआत 2001 में मृदुलाजी ने राष्ट्रीय स्तर पर आंदोलन की तरह की थी।

आज देश भर में चलाई जा रही अधिकतर सामाजिक विकास से संबंधित योजनाएँ वही हैं, जो तत्कालीन अध्यक्ष श्रीमती मृदुला सिन्हा के नेतृत्व में केंद्रीय समाज कल्याण बोर्ड द्वारा चलाई

गई थीं। ऐसे विचार खालिस बौद्धिक नहीं होते हैं, अमल में लाने के लिए उन्हें समाज के हर वर्ग के बीच लाना पड़ता है। यह संस्कृति का हिस्सा है।

गंभीरता से देखें तो हम इसे सतही तौर पर नहीं ले सकते, क्योंकि यह सभ्य समाज की जन्म लेती संस्कृति का हिस्सा है, जिसका कालांतर में (ऐतिहासिक परिपेक्ष्य में) आकलन किया जाना है।

सभ्यता या संस्कृति नाम है मानवीय समाज की समान सोच और जागरूकता का। अंग्रेजी में इसे 'कल्चर' कहा जाता है। यानी समान वैयक्तिक समूह के बीच भेजे गए संदेशों को मान्यता दे देना, यानी पूरे मेकैनिकी-सिस्टम और उसकी व्यवस्था को समाज द्वारा काबू में कर लेना।

एक कल्पना के रूप में मृदुलाजी ने सामाजिक सभ्यता को आत्मसंयम के मनकों से पिरोकर आमजन के गले तक पहुँचाते हुए यह बताया कि मानसिक व सामाजिक मूल्यों का ह्रास नहीं होना चाहिए। व्यक्ति के वैयक्तिक सौंदर्य को श्रेणी में नहीं बाँटना चाहिए। मृदुलाजी कीचड़ सने गलियारों से होकर निचले पायदान पर खड़े आम गरीब औरत तक पहुँचीं, उसका दर्द जाना, उसे हुनर दिया, रोजगार दिया, उसे स्व-सहायता समूहों से जोड़ा, आत्मविश्वास से भरकर उसे उसके पैरों पर खड़ा किया। ऐसे वर्णन समाज कल्याण पत्रिका में प्रकाशित स्तंभ 'इसी बहाने' में आप जगह-जगह तलाश कर सकते हैं। यह है सामाजिक मूल्यों का जमीनी स्तर पर सफल प्रयोग।

यदि दुर्गाबाई देशमुख श्रृंखला की नामवर अध्यक्षों को इस तुलना में न लाया जाए तो कहा जा सकता है कि पहले बोर्ड की कुछ अध्यक्षों के पास ऐसी या इस तरह की परिकल्पना नहीं थी और न ही स्वैच्छिक क्षेत्र में कुछ कर गुजरने का जज्बा था। अधिकतर ने अपने हितैषी अफसरों के साथ समाज कार्य के नाम पर बड़े पैमाने पर उगाही की। नकली सोसाइटियाँ रजिस्टर्ड कराने में भ्रष्टाचारियों की मदद की। राज्य समाज कल्याण बोर्डों से उगाही के समझौते किए। लेकिन ऐसे गंदे तालाब को मृदुलाजी ने अपने दृढ संकल्प और विश्वास के साथ कानून और प्रशासनिक व्यवस्था के सहारे साफ कर गरीबों तक अनुदान राशि पहुँचाने का बंदोबस्त किया और कामियाब हुईं।

केंद्रीय समाज कल्याण बोर्ड में श्रीमती मृदुला सिन्हा का आना बनारस की सुबह के मौसम की तरह था। उनके रहते 5 वर्ष कब बीत गए, पता ही नहीं चला। पता चला कि वह गूँज-अनुगूँज अभी भी बाकी है। "देश की संख्या में आधी आबादी महिलाओं की है। महिलाएँ संतान को जन्म देती हैं। आगामी पीढ़ियों का पोषण करती हैं। घर की स्त्री ही समूचे परिवार के स्वस्थ्य का खयाल रखती है, इसीलिए स्वस्थ समाज के निर्माण के लिए महिलाएँ और बच्चे हमारे मुख्य लक्ष्य होने चाहिए।"

श्रीमती मृदुला सिन्हा का मानना था कि इस देश का गरीब आज भी चिकित्सा-सुविधाओं से वंचित है। निजी अस्पताल रोगों के निदान के लिए बहुत पैसा माँगते हैं। महँगी दवाओं को न खरीद पाने की स्थिति में मरीज मर जाता है। आज भी अस्पतालों में गरीबों के लिए आधुनिक उपकरण उपलब्ध नहीं हैं। डॉक्टरों और मरीजों के बीच के रिश्ते सहज नहीं रहे हैं। स्वस्थ भारत के निर्माण में परिवर्तन लाने जरूरी हैं। जैसे राष्ट्र-भक्ति। कारगिल में युद्ध हुआ। शहीदों की खबर आई तो

साहित्यकार का मन द्रवित हो उठा। समाज रचना में लगे स्वैच्छिक संगठन शहीदों के परिजनों की सहायता करने के लिए मुस्तैद हो गए। लगा 'एकता का बीज, एक होने की छटपटाहट, बिखरने का दर्द हममें मौजूद है।' यह एकता का संदर्श मृदुलाजी के भीतर मानो बचपन से मौजूद हो। कुछ करने की यही छटपटाहट उन्हें राज्यपाल के पद तक ले आई, क्योंकि सेवा करने के भाव की उम्र तवील होती है। भाव के अभाव में लंबा सफर भी बेकार हो जाता है और भाव के रहने से हाथ में आई गीली मिट्टी भी भगवान् के रूप में ढाली जा सकती है। भाव हो तो शहीद की पत्नी के दु:ख को भी बाँटा जा सकता है, उसे आत्मनिर्भर बनाकर सरकारी व गैर-सरकारी कार्यक्रमों से जोड़कर उसके आत्मसम्मान को बिना ठेस पहुँचाए आत्मनिर्भर बनाया जा सकता है।

मृदुलाजी आदिवासी क्षेत्र के दौरे पर थीं। उन्हें इस दौरे ने अनेक खुशियाँ दीं, साथ ही कुछ दु:ख भी दिए। उन्होंने देखा, आदिवासी स्त्रियाँ सेल्फ हेल्प ग्रुप कार्यक्रम के अंतर्गत आर्थिक रूप से आत्मनिर्भर हो रही हैं। इस कार्यक्रम के अंतर्गत घरेलू बचत की आदत पड़ जाने से अब वे अपने परिवारों की जरूरतों को पूरा करने के काबिल बन चुकी हैं। उनके पतियों ने शराब पीकर घरेलू हिंसा करना छोड़ दिया। आदिवासी स्त्रियाँ अब इतनी सक्षम हो चुकी हैं कि वे अपने शराबी, बीमार पतियों का इलाज तक कराने के योग्य हो गई थीं। यह था आर्थिक स्वावलंबन, आत्माभिमान और आत्मविश्वास का खूबसूरत सफर। लेकिन यहाँ से इतर ऐसा भी था कि बालवाड़ियों का पोषाहार गरीब बच्चों को नहीं, गाय-भैंसों को दिया जाता था, ताकि वे अपने मालिक को अधिक-से-अधिक दूध दें। इससे हुआ यह कि आदिवासियों के बच्चे पौषिक पदार्थों की कमी के कारण ऐनेमिक होने लगे। मृदुलाजी स्थिति की नजाकत को महसूस कर बुदबुदाईं, 'क्षित जल पावक गगन समीरा, पंच तत्त्व यह अधम शरीरा'। अर्थात् जिन पाँच तत्त्वों से शरीर बना है, उनकी मात्रा शरीर में कम नहीं होनी चाहिए। गरीब बच्चों की खुराक छीनकर पशुओं को खिलाना अच्छी बात नहीं है। जो अपराधी महज पैसा कमाने के उद्देश्य से ऐसा पाप करते हैं, खाद्य सामग्री में मिलावट करते हैं, उन्हें बख्शा नहीं जाना चाहिए। यह अपराध मृत्युदंड के लायक है।

केंद्रीय समाज कल्याण बोर्ड की अध्यक्ष के रूप में मृदुलाजी हिंदी की प्रतिष्ठित लेखिका व कवयित्री होते हुए भी अपने पूर्ण कार्यकाल में एक सोशल रिफॉर्मर की भी सशक्त भूमिका निभाई। बोर्ड परिवार के सदस्यों से मिलकर उनकी समस्याओं को समझना, उनके सामाजिक कार्यों में शिरकत करना, जरूरतों पर उनकी सहायता करना उनकी कार्य-शैली का हिस्सा रहा था। मुझे लगता है, ऐसा प्रयोग कर वे भरे बोरे से मुट्ठी भर चावल के दाने निकालकर यह जानकारी जुटाने की कोशिश करती होंगी कि भारतीय परिवार कितने खुशहाल हैं, परेशान हैं और किस तरह की समस्याओं से जूझते रहते हैं। बानगी के इस नजरिए ने मृदुलाजी को भारत के परिवार से इस तरह से जोड़ दिया था मानो वे हर परिवार का हिस्सा हों।

'जीवेम शरद: शतम' की कामना ने उन्हें अपनी सांस्कृतिक जड़ों से गहरे तक जोड़ दिया था। मैं नहीं जानता कि यह उनका निजी वैचारिक चिंतन था या वे समाज की वृद्ध इकाई के विकास की कोई सशक्त योजना का प्रारूप तैयार करना चाहती थीं।

समाज कल्याण के अक्तूबर अंक की तयारी से पूर्व सितंबर के शुरू में उनके साथ मेरी

एक रुटीन बैठक हुई। भारतीय जीवन-व्यवस्था पर जब वह आश्रमों के विधान पर मुझसे चर्चा करने लगीं तो मैं समझ गया कि मैडम मेरे अगले इशू के महत्त्व पर रोशनी डालना चाहती हैं। ऐसा देखकर मुझे बहुत अच्छा लगा। मैं चाहता था कि वह अक्तूबर अंक पर अपनी राय और सुझाव दें, उन्होंने बताया कि भारतीय जीवन-व्यवस्था में ब्रह्मचर्य, गृहस्थ, वानप्रस्थ और संन्यास आश्रम का विधान रहा है। अक्तूबर का अंक शायद बुजुर्गों पर केंद्रित होगा। इसी बहाने स्तंभ में मुझे भी इसी पर लिखना है और आपको संपादकीय।

उन्होंने जानना चाहा कि बुजुर्गों के बारे में मैं क्या सोचता हूँ? मैंने कहा, औद्योगिकीरण से शहरीकरण और शहरीकरण से उपभोक्तावाद ने हमारे समाज को बहुत प्रभावित किया है। सरलीकरण की घुसपैठ इसका प्रमाण है। वृद्धाश्रम समाज में पहले से रहे हैं, संकट यह है कि अब उपभोक्तावाद ने इस व्यवस्था का भी व्यवसायीकरण कर दिया है। साधारण आश्रम अब पंचतारा ओल्डेज होम्ज में बदलते जा रहे हैं। यह एक खतरनाक परंपरा की शुरुआत होगी।

श्रीमती मृदुला सिन्हा ने जो महत्त्वपूर्ण सुझाव दिए, वे 'इसी बहाने' में दर्ज हैं। 'संग चलें जब तीन पीढ़ियाँ, चढ़ें विकास की सभी सीढ़ियाँ।' अपनी पंक्तियाँ सुनाकर उन्होंने कहा, ये दो पंक्तियाँ परिवार और वृद्धाश्रमों को भी सार्थक बनाएँगी। उनका कहना था कि आश्रमों के सरकारीकरण से वृद्धों की समस्याओं का सरलीकरण नहीं हो पाएगा। वृद्धों को भागते रहनेवाले बच्चों पर भी नहीं छोड़ा जा सकता है। इसका हल सामाजिक संस्थाएँ निकाल सकती हैं। घरों में दादी-नानी के होने की जरूरत का एहसास कराना होगा। नैतिक शिक्षा में भी इन मूल्यों का वर्णन होना जरूरी है।

फिल्म लेखक, साहित्यकार,
पूर्व संपादक, समाज कल्याण एवं
अवकाश प्राप्त सरकारी अधिकारी
मो. : 9350934635

□

अभिनंदन-पत्र

—प्रेमचंद्र झा

मिथिला की गौरव हैं मृदुला,
भारत माँ की कंठहार।
साहित्य शिखर की आरोही,
राजनीति में सरल विचार।
पगडंडी से राजभवन तक,
पूर्ण किए हैं जीवन राह।
सेतु बनाते दिल से दिल तक,
निज कर्तव्यों का करते निर्वाह।
कर ली दुनिया मुट्ठी में,
पर, हृदय सरलता शेष रही।
आ गए शिखर तक शून्य से चलकर,
पर, अहंकार का लेश नहीं।
आपकी कलम से निकले, ज्ञानधारा लगातार,
'ढाई बीघा जमीन' से उपजे सत् साहित्य का भंडार।
'सीता पुनि बोली' साहस से, अपने 'मन की बात'
'एक दीये की दीवाली' से जगमग हो गई रात।
'देखन में छोटे लगे' घाव करे गंभीर,
ममता की प्रतिमूर्ति हैं मृदुला, हर ले सब की पीड़।
'जैसे उड़ि जहाज के पंछी' पुनि जहाज पर आए,
'ज्यों मेहँदी को रंग' हाथों में लग जाय।
'उस आँगन का आकाश' ज्यों जगमग घवल प्रकाश
'यायावरी आँखों से' छल के अपनत्व का आभास।
स्पष्ट दिखाई देता सबका 'विकास का विश्वास'

आपकी तो दिव्य शक्ति से हो असुर शक्ति का नाश।
'परितप्त लंकेश्वरी' की आत्म वेदना, अवश्य दूर हो जाएगी,
वनवासी थी, जो मैथिली, सिंहासन फिर पाएगी।

साहित्यकार

□

संग चले जब तीन पीढ़ियाँ

—कविता मुखर

मृदुला सिन्हा हिंदी साहित्य की जानी-पहचानी लेखिका हैं, जो साहित्य के साथ सामाजिक और राजनैतिक जीवन में भी सक्रिय रहकर एक आंदोलनात्मक व रचनात्मक दृष्टि लिये तीनों क्षेत्रों के बीच समन्वय स्थापित करती रही हैं।

विद्यालय में किसी पर गुस्सा आ जाने पर उनके मुँह से उक्तियाँ निकल पड़ती थीं। अपनी पक्की सहेली से लड़ाई होने पर उन्होंने स्कूल ही में अपनी एक्सरसाइज बुक ही में एक लघुकथा लिख डाली अर्थात् अभिव्यक्ति का 'लेखन' रूप उनमें नैसर्गिक है और फिर मनोविज्ञान में स्नातकोत्तर तथा जीवन में अनुभवों की व्यापक विविधता! एक उच्चकोटि का लेखक बनने की सारी सामग्री जुट गई। प्रारंभिक शिक्षा के दौरान वे गायन, नृत्य, व्यायाम, कला तथा पाक कला में भी प्रवीण रहीं। उच्च शिक्षा-उपरांत उन्होंने अध्यापन कार्य किया, तदुपरांत वे महाविद्यालय में प्रधानाध्यापक भी रहीं। वे एक सफल शिक्षाविद्, सतत सामाजिक तथा विख्यात राजनीतिक व्यक्तित्व भी रही हैं।

उनके कृतित्व से गुजरने के बाद यह साफ-साफ रेखांकित होता है कि स्त्री का समाज पर सर्वोपरि अधिकार भौतिक नहीं, बल्कि मानवीय होना चाहिए, ताकि परिवार और समाज के साथ-साथ यह धरती जैसी मिली थी, उससे बेहतर रूप में हमारी संतति को मिल सके।

उन्होंने पिछले तीन दशकों में विभिन्न विधाओं में चालीस पुस्तकों के प्रकाशन के साथ समाज की विभिन्न समस्याओं के समाधान के लिए विशेष सूत्र भी दिए हैं, जिनमें प्रमुख हैं—बिटिया है विशेष, तीन पीढ़ियाँ रहें संगसाथ, वृद्धाश्रम और पालनाघर संयुक्त हो, स्वैच्छिक क्षेत्र में लोकतंत्र के 'पाँचवाँ स्तंभ' की स्थापना। 'कन्या जन्मोत्सव' और 'विवाह पूर्व परामर्श'। कन्या भ्रूण हत्या और विवाह विघटन रोकने में इनका कारगर और अनुकरणीय प्रयास रहा है। स्त्री विकास के लिए 'पुरानी नींव, नया निर्माण' का लक्ष्य समाज के सामने रखा है।

परिवार संस्कार के विषयों पर निरंतर लेखन। स्त्री-विमर्श के भारतीय दृष्टिकोण पर अत्यधिक रचनाएँ। विभिन्न रचनाओं पर फिल्में और धारावाहिक भी बने हैं। अब तक छह उपन्यास, आठ कहानी-संग्रह, दो लोककथा-संग्रह, एक दर्जन ललित निबंध-संग्रह, एक संपादकीय संग्रह प्रकाशित। राजपथ से लोकपथ पर (राजमाता सिंधिया की आत्मकथा) का संपादन और स्मृति ग्रंथ

का लेखन भी। आंग्ल भाषा में भी इनके स्तंभ आ रहे हैं। कई भाषाओं में रचनाएँ अनूदित हैं। कई पत्र-पत्रिकाओं में स्तंभ लेखन।

'जयपुर साहित्य सम्मेलन, 2016 परिवार, परंपरा और परिवर्तन' विषय पर हुए सेशन में साहित्यकार अलका सरावगी और गोवा की राज्यपाल और जानी-मानी लेखक मृदुला सिन्हा के विचार-विमर्श सुनने का सुनहरा मौका मुझे मिला। उन्होंने विकास की भौतिक परिभाषा से अधिक सामाजिक जरूरत पर जोर देते हुए कहा कि परिवार में एक बच्चा होना बिल्कुल ठीक नहीं है। परिवार को संगठित रखने और व्यक्तित्व में निखार के लिए दो बच्चे होना बहुत जरूरी है। दो बच्चे बाँटकर खाना सीखते हैं। एक सशक्त व्यक्तित्व ही समाज व देश का कर्णधार हो सकता है। पति-पत्नी के बिगड़ते रिश्तों पर कहा कि भारत की महिलाओं को पुरुष मुक्त समाज नहीं चाहिए। पुरुष सहयोगी हैं। विवाह मनोरंजन के लिए नहीं, कर्तव्य पालन के लिए है। विवाह एक संस्कार है, व्यापार नहीं।

बकौल मृदुलाजी, "मैं राजनीतिक कार्यकर्ता होने के नाते भी शिक्षाविद् का कार्य भी करती रही हूँ और शिक्षाविद् रहकर भी नेतृत्व का काम करती रही हूँ।...इन दोनों जीवन क्षेत्रों के अनुभवों ने मेरे साहित्य को सँवारा है। सामाजिक सत्य के करीब रखा है।"

लोक गीत, लोक कथाएँ, लोक संस्कृति की हिमायती मृदुलाजी इन्हें बटोरकर सँजोती रहती हैं। 'बिहार की लोककथाएँ' सरकार की ओर से प्रकाशित भी हुई। वे कहती हैं—मनुष्य जीवन में लोक गीतों का महत्त्व है, मशीनी जीवन में नहीं।

किसी भी रचनाकार में मानवीय चिंता है तो सामाजिक, राजनीतिक चिंता की आवश्यकता नहीं। मानव शाश्वत मूल्य की प्रतिष्ठा के आगे राजनीति बहुत छोटी चीज है, मात्र माध्यम; लक्ष्य तो मानव है। जीवन में इतने ऊँचे प्रतिमान लेकर चलनेवाली हमारी प्रिय लेखिका का मानना है कि—

"संग चलें जब तीन पीढ़ियाँ,
चढ़ें विकास की सभी सीढ़ियाँ"

"मकान ऐसा खरीदो, जिसमें दादा-दादी की खटिया रखने को भी हो जगह।"

"अगर जरूरत पड़े तो 'वृद्धाश्रम' भी बनाने चाहिए, मगर 'पलना घर' के साथ।"

"महिलाओं को पार्ट टाइम जॉब"

"बेटी के जन्म पर बधावा गाओ"

"बेटी के जन्म पर लड्डू बाँटो, जो रस्म-रिवाज है, सब करो"

उनके कहे अनुसार समाज में उपर्युक्त बदलाव दृष्टिगोचर होने लगे हैं। साहित्य का मकसद मात्र समस्या को इंगित करना नहीं है। मृदुलाजी कहती हैं, समाज की बुराइयों के निदान पर मैं गौर करती हूँ।

सन् 1977 में कादंबिनी में उनकी पहली कहानी के प्रकाशन से लेकर आज भी उनका लेखन-कार्य अनवरत जारी है।

साहित्यकार

□

कर्तव्यों की लागत से जिन्हें अर्जित हैं अधिकार

—विजय विजन

दीदी को पहले-पहल सूर्या संस्थान के किसी आयोजन में देखा था, नौवें दशक के आरंभिक वर्षों में। उनके नाम से जरूर पहले से परिचित था। वह गरिमामय मृदुल व्यक्तित्व, कोई भी उनसे प्रभावित हुए बिना नहीं रह सकता। सन् 1992 में प्रख्यात समाजशास्त्री एवं साहित्यकार आशारानीजी वोहरा ने सूर्या संस्थान की स्थापना की थी। मृदुलाजी तभी से संस्थान से जुड़ी हुई थीं, लेकिन उससे शायद वर्षों पूर्व से उनका आशारानी वोहराजी से अभिन्न और प्रगाढ़ संबंध था। ऐसा संबंध, जिसमें व्यक्ति अपनी प्रेरणा की उँगली थामे ऊँचे-ऊँचे पहाड़ चढ़ जाता है। मृदुलाजी का आशारानी वोराजी से ऐसा ही संबंध था। वे स्वयं वोहराजी को दीदी कहा करती थीं। वर्ष 1996 में वोहराजी के अमृत महोत्सव अभिनंदन ग्रंथ का लोकार्पण मृदुलाजी के प्रयासों से, महामहिम राष्ट्रपति शंकर दयाल शर्माजी के कर-कमलों से राष्ट्रपति भवन में हुआ था। संपादक-मंडल के सदस्य होने के नाते हम लोग उस गरिमामय आयोजन के साक्षी बने, पुण्यभागी बने। वोहराजी की ही स्त्री-विमर्श की किसी पुस्तक का एक प्रेरक वाक्य वे अकसर अपने उद्बोधनों में कहा करती हैं। लगता है, यही उनके अपने जीवन का मूलमंत्र बन गया है, और उनकी ओजपूर्ण वाणी से मुझ जैसे उनके हजारों प्रशंसकों को आज भी और सुदूर भविष्य तक मार्ग दिखाता रहेगा। क्या है, वह सूत्र वाक्य? हो सकता है, कभी किसी मौके पर आपने भी उनके श्रीमुख से यह सुना हो, "कर्तव्यों की लागत से अधिकार अर्जित किए जाते हैं।" मृदुलाजी ने जैसे अपना समग्र जीवन इस एक सूत्र को सिद्ध करने में खपा दिया है। इससे बड़ा जीवन का मूलमंत्र हो भी क्या सकता है। कर्तव्य-कर्तव्य-कर्तव्य, परिवार, समाज, देश-दुनिया ही नहीं, एक व्यक्ति से व्यक्ति के स्तर पर भी अपने कर्तव्य किए जाओ, अधिकार तो देर-सबेर अर्जित होंगे ही। सिर्फ अधिकारों को पाने की होड़ में न लगे रहें हम। कर्मयोग की ऐसी परम व्यावहारिक व्याख्या उन्होंने अपने आदर्श जीवन से एक मिसाल के रूप में समाज में रखी है। 'कर्म' को अपनी भावनाओं से, संवेदनाओं से, व्यवहार कुशलता से कैसे 'कर्तव्य' में ढाला जा सकता है, उन्होंने अपने जीवन से चरितार्थ किया है। जीवन में जिस ऊँचाई पर विरले ही पहुँच पाते हैं, वे अपने कर्तव्यों की लागत से सहज ही पहुँची हैं।

इसी कर्तव्य-मीमांसा से वे दूसरों के किए गए कर्तव्यों के प्रतिफल को तुरंत उनके अधिकार के रूप में सौंप देने में भी विश्वास रखती हैं, गजब की व्यवहार कुशलता के साथ। एक बार

किसी कार्यक्रम के संयोजक के रूप में मुझे उनकी प्रशंसा और आशीर्वाद जिस रूप में मिले, वह अद्‌भुत है। सूर्या संस्थान के एक कार्यक्रम का मैं संयोजक था, वे अध्यक्षता कर रही थीं। अन्य गण्यमान्य लोगों के साथ संस्थान के कर्मशील मंत्री श्री देवेंद्र मित्तलजी भी मंच पर उपस्थित थे। अपने अध्यक्षीय वक्तव्य में मृदुलाजी ने एक वाक्य में मुझे और देवेंद्रजी को धन्य कर दिया। उन्होंने कार्यक्रम को अत्यंत सफल मानते हुए कहा, "दीदी (वोहराजी) को सूर्या संस्थान में विजय विजन और देवेंद्र मित्तल जैसे दो-दो संकटमोचक हनुमान मिले हैं, उनके सभी कार्यक्रम सफल तो होंगे ही, संस्थान भी आगे बढ़ेगा।" ऐसी प्रेरणाशक्ति मृदुलाजी की अध्यक्षता में संस्थान ने वास्तव में पर्याप्त प्रगति की। गोवा की गवर्नर होने तक, लंबे समय तक, वे सूर्या संस्थान की अध्यक्ष रहीं। संस्थान के लिए सदैव तत्परता से जुटीं और अपने सांस्थानिक अनुभवों से हम सब का मार्गदर्शन करतीं।

एक और अवसर पर वर्ष-2006 में मैंने 'वेदांत मंडलम' नामक पत्रिका का प्रकाशन-संपादन आरंभ किया। पत्रिका मैं डाक द्वारा व अन्य संपर्कों से मित्रों, पाठकों, विद्वानों को भिजवाता था। इतर कार्यक्रमों व समारोहों में स्वयं व्यक्तिगत रूप से मिलने पर कुछ प्रतियाँ भेंट किया करता था। एक कार्यक्रम के अंत में मिलने पर तीसरे या चौथे अंक की एक प्रति मैंने दीदी मृदुलाजी को भेंट करनी चाही। उन्होंने देखते ही कहा, "डाक से मिल रही है। बहुत बढ़िया काम कर रहे हो।"

मैंने उत्साहित होते हुए पूछा, "कुछ मार्गदर्शन कीजिएगा। सामग्री ज्यादा गंभीर तो नहीं?"

"अरे, नहीं, बहुत बढ़िया है, सहज है। अच्छी प्रेरक पत्रिका है। मेरे सिरहाने रखी रहती है। सोते-जागते पढ़ती हूँ। ऐसी पत्रिकाओं की बहुत जरूरत है। मेरी शुभकामनाएँ हैं।"

मैं धन्य हो गया। उनकी शुभकामनाएँ अब भी मुझे शक्ति देती हैं। उनके आशीष सदैव मेरे साथ हैं। वे ऊर्जा की अजस्र स्रोत के रूप में सबको अपनी ऊर्जा और आशीषों से धन्य कर देती हैं। उनकी उपस्थिति किसी उत्प्रेरक से कम नहीं। उनकी उपस्थिति मात्र से ही लोगों के काम बन जाते हैं, मनोबल बढ़ जाता है। वे स्वयं सबके लिए कुछ-न-कुछ करना चाहती हैं, करती ही रहती हैं।

समाज कल्याण बोर्ड की अध्यक्ष के रूप में उन्होंने महिलाओं और बच्चों के लिए अनेक बड़े काम किए, वंचितों के हित में जन-जागृति का बीड़ा उठाया। 'समाज कल्याण' नाम को चरितार्थ किया, इस मिशन को सार्थकता दी। उनके साहित्य में स्त्रियों और बच्चों के लिए, वंचितों के लिए, पूरे समाज का गहरा संवेदनात्मक आह्वान है। वे मजबूत आधार स्तंभ के रूप में अपनी भूमिका से भलीभाँति परिचित हैं और उसे कई मोर्चों पर कुशलता और कर्मठता से निभाती चल रही हैं। 'पाँचवाँ स्तंभ' पत्रिका पिछले 11 वर्षों से इस महान् सामाजिक अनुष्ठान में उनके सकारात्मक चिंतन एवं समाज के विकास की संवाहक रही है। समाज से संवाद का यह खुला मंच मधुमक्खियों के एक छत्ते के रूप में समाज की प्रत्येक इकाई का आह्वान करता है। सभी मिलकर फूलों से पराग एकत्रित कर 'मधु' का निर्माण करें और मिल-जुलकर लोकहित में लोकसंग्रह करें। उनके अमृत महोत्सव के पुण्य अवसर पर मैं ऋग्वेद के इस महान् मंत्र का पाठ उद्धृत करते हुए उन्हें हृदय से अपनी शुभकामनाएँ और साधुवाद ज्ञापित करता हूँ। यह उनके जीवन का मूलमंत्र है, हम सबके जीवन का भी हो—

ॐ सं गच्छध्वं सं वदध्वं, सं वो मनांसि जानताम्
देवा भागं यथा पूर्वे, संजानाना उपासते॥
समानो मंत्रः, समितिः समानि।
समानं मनः, सह चित्तमेषाम्।
समानं मंत्रमभिमंत्रयेवः, समानेन वो हविषा जुहोमि॥
समानी व आकूतिः, समाना हृदयानिवः।
समानमस्तु वो मनो, यथा वः सु सहासति॥
ॐ शांति शांति शांति।—ऋग्वेद 10/191/2-4

'हमारे पूर्वज देवताओं की तरह ही हम साथ रहें, आचार, विचार, उच्चार की समानता रहे। मन-मस्तिष्क के सुख-दुःख, चुनौतियाँ समान हों, हमारी प्रार्थनाओं, आकांक्षाओं, उद्देश्यों, भावनाओं में समानता रहे। हमारे अंतर में समर्पण भाव समान हो, ताकि हम सुदृढ़ संगठन गढ़ सकें। वैयक्तिक उत्थान की स्वतंत्रता यह लक्ष्य न हो, एकांगी विचार या क्रिया भी अपेक्षित नहीं है। संगठित विचार, सामूहिक उद्घोष, सामूहिक प्रयास, सामूहिक संकल्प ही हमारी कार्यप्रणाली हो। लोकसंग्रह का हमारा लक्ष्य तभी पूर्ण होगा, जब समाज का प्रत्येक व्यक्ति स्वाभिमानी, स्वावलंबी होगा। ईर्ष्या-द्वेष, वैर-वैमनस्य का समाज में कोई स्थान न होगा। तभी समाज में समरसता और सुख शांति होगी।'

संस्थापक संपादक, वेदांत मंडलम्
मो. : 8920916659

□

A magnificent, magnanimous, magnetic and multi-faceted personality

—Dr. N. Radhakrishnan

During my 40-year career, I had the privilege to work with 24 Lt. Governors/Governors of Goa - both full-fledged and those holding additional charge of Goa and retired as Special Secretary during the tenure of Madam Smt. Mridula Sinha. I came in contact with her in August 2014 when she was appointed as Governor. I was then holding the charge of Secretary to Governor, and as per protocol and responsibility, I contacted her over the telephone to greet her and ascertain her programme, so that arrangements could be put in place for her the swearing-in-ceremony and stay, etc. It was then that I came to know that she was one of the tallest literary figures of our country, who has been very actively involved both in promotion of Hindi literature through her writings and speeches and on India's socio-economic-cultural-political issues, particularly women's education and development to which she has undoubtedly made a very significant contribution. As a prolific writer, Madam Sinha has touched upon many social issues and suggested ways and means to resolve them. She is a very popular leader of our great country, especially among those who are engaged in literary pursuits, social work, women's causes, cleanliness and various other socially-relevant and challenging issues.

The numerous invitations and requests coming to her from different organizations from various parts of India and even abroad, for participating and speaking on various topics, spoke clearly about her high status and popularity among the people. Even at this advanced age, she has tremendous enthusiasm and energy and continues to contribute to the social and cultural awakening of women and weaker sections of the Indian society. What was specially interesting and educative for me from her, was her profound awareness and concern for promotion and enrichment of the rich and valuable Indian cultural traditions and spiritual treasure. Madam has always been anxious and concerned that the present and future generations should not neglect the treasure of Indian traditional values and virtues. The abundance of her writings is like a rich mine of gems, which elevates the glory of the literary world. I was given to understand that as many as 21 scholars have ventured to do research on her literary works, which is indeed amazing. As a prominent writer, social reformer, an administrator, Madam blended in herself a unique combination of refinement of the heart and soul, in accordance with the rich cultural heritage of Indian womanhood. Undoubtedly, Smt. Mridula Sinha is among the great women that Mother India has given birth, whose service to the nation in varied capacities have an ever-fresh relevance to constantly draw our inspiration. As a brand ambassador for the Swachh Bharat Abhiyan, for which she availed my humble assistance, Madam put her full heart and gave invaluable ideas and suggestions to the Government and the people at large for achieving its objective which she always considered as a national need and essential for the human health and welfare. She has always been sympathetic and concerned about the suffering brethren and ready to extend possible help and assistance to them in her personal and official capacities, befitting with the dignity of the high office which she occupied.

Let me also mention that Madam Sinha is a unique personality of matchless self-confidence and unshakable faith in herself, always thinking for the good of the people. As the Constitutional Head of the State, Goa, she took decisions on various issues in a just and fair manner with firm faith that her decisions were in the overall interest of the State and the Goa University of which she was the Chancellor. But, if there were issues which in her fair thinking and conviction were not in accordance with the law and social ethos, she would suggest to the concerned authorities to re-consider them. As Governor, Madam took keen interest and gave her valuable guidance in the maintenance of the Raj Bhavan building and in bringing about improvements in every aspect of its functioning. It is not just because I was working with her, but because I had seen her intimately well, that I would like to mention that she is one of the most dignified and distinguished Governors Goa has seen and I had worked with. She is a true daughter of Mother India. Madam was always calm and unruffled, affectionate, generous and delicate in her gestures, in spite of the power and authority she possessed. I never saw her angry. During meetings, her sense of humility was so embarrassingly overwhelming that I wondered if she was a human being or an angel.

I feel sorry that I have not done true justice, as I have said only a few words about Madam. To write adequately about all the high qualities of this magnificent, magnanimous, magnetic and multi-faceted personality and the work done and being done by her, one needs the qualities and capacity of a person like herself.

May God give her good health and happiness in the dedicated service to the people of Goa and the nation.

Ex. Spl. Secretary to the Governor of Goa
Mob. : 7588349029

□

A legend who inspires me

—Rupesh Kumar Thakur

Dr. (Smt) Mridula Sinha is not just my boss but a figure whom I never like my mother, a legend who inspires me immensely. Comfort of her care and warmth of her love make me forget all the pains, triunes and fatigue or daily work. She takes care of me, infact all the officers and their families just like, a mother would take care of her children. She takes personal pain in ensuring ever the minertest things for making one feel unfortable while working.

Everyone knews that she is an erudite Scholar and great Hindi writer. But very few people know that She is a veteran psychologist too. She has an innate ability to perceive the mental sufferings of other. Her suggestions bared on vest experiences of her social life often resolves the pains of the suffever. She often tells me 'निभाना ही जिंदगी है' and this saying has given me courage of an viction to deal with the adverse situative of my life. She says that even the mediocres can succeed if they learn to deal with situative of their life tactfully and with responsibilities. She considers every relationship as a responsibility which we must fulfil with devotion and care.

One thing which has inspired me the most in her approach on work life balance. She says that works, though very important in just a an all part of one's life. One's life cant become subsidiary to would like includes many obligations like family obligations, societal obligations and of course worth obligation. There has to be contructive balance between all these obligations.

One thing which I have noticed about her in that she still follows the traditional customs and gives due importance to it. She is of the belief that modernity and tradition has to go hand in hand in order to achieve the development of the society. She has conducted meticulan study or the roots and importance of traditional customs of our culture and how these customs foster family and societal bond and harmony in our society.

She often says that "औरतों को मर्दों से बराबरी के दंगल में नहीं पड़ना चाहिए।" To clarify, this has no negative and discriminatory compotation. She in of the firm belief that women have a far superior and unique role in the society. Their duties and obligations are broader and different in nature. Men and Women are complementary to each other and there in no scope of contradiction and conflict between their respective roles in the family and society.

She puts more emphasis an duties rather than right. She often say which I would quote– Its in quite apt and relevant in today's circumstances while we always fight for our right. We often forget to fulfil our duties and obligations towards our family, Society and nation. Even Sacred Gita lays emphasis on righteous duties and obligations of a person rather than only his rights.

Being a GNT. Servant my job in transferrable in nature. I will be transferred to some other place in a year or two. But the association which I have developed with her will continue for my life time. She will continue to inspire me and my family shall always look forward to her for her advice in all walks or life.

Secretary to the Governor of Goa
Mob. : 8130548061

□

मेरे अनुभव

—हिमांशु तिवारी

अगस्त 2014 की दोपहरी मुझे आज भी याद है, जब हम सब राजभवन में मेरे ऑफिस में बैठे टी.वी. की तरफ मुख किए गौर से सुन रहे थे, आज शायद गोवा को भी उसका नया राज्यपाल मिल जाए। तभी उद्‌घोषणा हुई कि श्रीमती मृदुला सिन्हा को गोवा का राज्यपाल घोषित किया गया है। हम सब हर्षित हुए, परंतु हिंदी की इस महान् लेखिका एवं सामाजिक कार्यों में कई चमत्कार कर चुकी इस महिला के विषय में हमें ज्यादा जानकारी नहीं थी। तो बिना एक क्षण गँवाए, हमने आधुनिक युग के नारद यानी कि गूगल से आग्रह किया कि वह हमें कुछ और जानकारी दे। पलक झपकते ही हजारों पृष्ठ हमारे कंप्यूटर की स्क्रीन पर खुल गए और जो जानकारी हमें मिली, हमें हतप्रभ करने के लिए पर्याप्त थी। उस समय मस्तिष्क में एक ही विचार आया कि ऐसी विदुषी महिला को अपने सर्वोच्च पद पर पाकर गोवा राज्य अवश्य ही गौरव की अनुभूति करेगा।

अगले दिन मैं माननीय राज्यपाल को बधाई देने एवं उन्हें इस पद के विषय में आवश्यक जानकारियाँ देने के लिए उनके घर दिल्ली पहुँचा। वहाँ उल्लास का वातावरण था एवं उस घर में प्रसन्नता, जैसे उस भवन का ही एक अभिन्न अंग थी। सर्वप्रथम मिलकर मैंने उन्हें इस पद की बधाई दी एवं गोवा राजभवन की तरफ से मैंने उनका स्वागत किया। तत्पश्चात् इस पद विशेष की जरूरी जानकारियाँ देने के बाद उनसे निर्देश लिये एवं उनके प्रस्थान तथा शपथ ग्रहण की तैयारियाँ शुरू की।

इतने वर्षों तक समाज-सेवा में कार्यरत रहने एवं इतने मिलनसार स्वभाव की स्वामिनी होने के कारण यह स्वाभाविक था कि अधिक-से-अधिक व्यक्ति उनके शपथ ग्रहण के ऐतिहासिक अवसर पर उपस्थित रहना चाहते थे। काफी सोच-विचार के बाद एक सूची का निर्माण किया गया, यद्यपि वह सभी को राजभवन में बुलाकर उस ऐतिहासिक अवसर का भागीदार बनाना चाहती थीं, परंतु उन्हें पता था कि इतने सारे लोग शायद राजभवन में न आ पाएँ। उन्होंने उनको भी निराश नहीं किया एवं उन्हें शपथ ग्रहण के पश्चात् कभी भी राजभवन में आने के लिए आमंत्रित कर लिया।

माननीय मृदुलाजी का राज्यपाल बनना मात्र उनके लिए ही नहीं, बल्कि उनके सभी शुभचिंतकों, समर्थकों एवं उनके साथियों के लिए एक बहुत बड़ी विजय थी। इतने वर्षों की अथक तपस्या एवं नि:स्वार्थ सेवा का ही एक फल था कि उन्हें भारत देश के सर्वोच्च पदों में से एक पद

प्रदान किया गया। उनके सभी शुभचिंतकों में जो गर्व था, वह ऐसा था जैसे वह स्वयं ही राज्यपाल के पद पर विराजमान हो गए हों। और माननीय राज्यपाल ने कभी भी अपने और उनके बीच किसी भी प्रकार की कोई दूरी नहीं आने दीं। चाहे वह किसी दूर गाँव से आया हुआ, कोई नाई हो या मुंबई जैसे महानगर से आया हुआ कोई संपन्न पुरुष, गोवा के राजभवन के पटल हमेशा सबके लिए खुले रहे। और यह बात हमें शपथ ग्रहण समारोह में ही समझ में आ गई थी। यह पद सँभालने के अगले कुछ ही दिनों के भीतर उन्होंने हमें अपने उद्देश्य के बारे में बताया। गोवा की सांस्कृतिक एवं ऐतिहासिक धरोहर को समझना, गोवा के लोगों को एक कर्मठ एवं सुचारु सरकारी व्यवस्था को सुनिश्चित करना, उनका प्रथम एवं सर्वोपरि उद्देश्य था। हम सबको मिलकर इसी उद्देश्य के लिए काम करने का निर्देश दिया गया। तत्पश्चात् गोवा के दूर-दराज के गाँव में जाकर उनके सांस्कृतिक कार्यक्रमों एवं उनकी संस्कृति को समझने के लिए माननीय राज्यपाल ने लगभग प्रतिदिन ही दौरे किए। इस आयु में भी वह कितने परिश्रम एवं लगन से अपने कार्यों को करती थीं, वह हम सभी के लिए अनुकरणीय है। इसमें कोई आश्चर्य नहीं है। अतिशीघ्र सभी गोवावासियों के मध्य वे अपनी गवर्नर के रूप में प्रसिद्ध होने लगीं। विद्यालय के छात्र हो या फिर किसी कॉलोनी के निवासी अतिशीघ्र वे सभी माननीय राज्यपाल के पास अपनी समस्याएँ लेकर आने लगे, उन्हें परम विश्वास था कि राज्यपाल अवश्य ही उनकी समस्याओं को सुनकर उनका यथाशीघ्र समाधान करेंगे।

माननीय राज्यपाल ने बिजली बचाने के महत्त्व को समझाने के लिए राजभवन में 'चाँद के साथ-साथ' जैसे कार्यक्रमों की शुरुआत की। इस कार्यक्रम में राजभवन के सभी कर्मचारी एवं विश्वविद्यालय या फिर किसी स्कूल कॉलेज या किसी संस्थान जैसे अनाथालय या विकलांग संस्था के लोग भाग लेते थे। गोवा की संस्कृति से जुड़े हुए कुछ कार्यक्रम भी इसमें आयोजित किए जाते थे। इस कार्यक्रम की विशेषता यह थी कि यह पूरा कार्यक्रम राजभवन में खुले आसमान के नीचे पूर्णिमा की रात को चंद्रमा की रोशनी में होता था। इस कार्यक्रम के दौरान किसी भी कृत्रिम रोशनी के स्रोत का उपयोग नहीं किया जाता था। चाँद की रोशनी में आयोजित या कार्यक्रम मनमोहक होने के साथ-साथ एक बहुत आवश्यक संदेश देकर जाता था कि बिजली भले ही हमारे लिए अति आवश्यक हो, परंतु हमें उसका दास बनकर रहने की कोई आवश्यकता नहीं है। यदि हम अपने घर से बाहर निकलें तो आज भी प्रकृति हमें वही शांति एवं सुख देने में सक्षम है। यह कार्यक्रम माननीय राज्यपाल के द्वारा शुरू किए गए कई कार्यक्रमों में से सिर्फ एक ही है। उनके द्वारा प्रारंभ किए गए कार्यक्रमों से विश्वविद्यालय के छात्र सरकारी स्कूल एवं पब्लिक स्कूल के छात्र अनाथालय के बालक-महिलाएँ एवं बहुत सारे अन्य व्यक्तियों का अधिलाभ हुआ। राज्य के मुख्यमंत्री एवं अन्य मंत्रीगण माननीय राज्यपाल से मंत्रणा करने एवं निर्देश लेने तो आते थे। उनके अनुभव का पूर्ण लाभ उठाने के लिए कई बार मात्र उनसे परामर्श करके उनके सुझाव लेने आते थे। वे जानते थे कि माननीय राज्यपाल के सुझाव हमेशा राज्य हित में एवं अनुभव से सींचे हुए रहते हैं।

माननीय राज्यपाल के साथ बिताए हुए तकरीब 2 वर्षों में मैंने हमेशा उन्हें एक मात्र तुल्य भूमिका में देखा। एक अधिपुरुष से कहीं बढ़कर वे सदैव हमारे हित के विषय में ही चिंतित रहती थीं। चाहे वह हमारे खाने के विषय में हो या फिर परिवार के किसी सदस्य के विषय में, वे

हमेशा एक परिवार के सदस्य की भाँति ही हमारी चिंता करती थीं। सारे अनुभव लिखने के लिए यह जगह काफी कम पड़ जाएगी, परंतु मैं यह दृढ विश्वास एवं अत्यंत हर्ष के साथ कह सकता हूँ कि माननीय राज्यपाल के सान्निध्य में बिताए गए समय मेरे जीवन में अत्यंत प्रसन्नता एवं ज्ञानार्जन का कारक था। मेरी सहृदय ईश्वर से यही प्रार्थना रहेगी कि वह माननीय राज्यपाल को दीर्घायु करें एवं उन्हें इसी विश्वास एवं निष्ठा के साथ जन कल्याण के लिए कार्यरत रहने की क्षमता एवं शक्ति प्रदान करें।

गोवा की राज्यपाल के पूर्व ए.डी.सी.
मो. : 7588280206

□

My Madam

—**Mrs. Mazzie D'Sa**

In the month of August, 2014, when the Hon'ble President appointed Smt. Mridula Sinhaji as Governor of Goa, I was very excited to hear the news, since Madam Mridula Sinha is the first full-time woman Governor of Goa State.

After joining Government service in 1983, I had taken over as Private Secretary in the year 2000. Since then all my former Governors were intellectual men and hence, there was a solid reason for me to get excited, since I was getting an intellectual woman Governor.

Madam Mridula Sinha is a graceful lady and no sooner she took over as Governor of Goa, I, being her Private Secretary, went to meet her in the Office. She had many instructions for me, which included some personal things also. At that time, I well remember Madam telling me that - "Now on, you may have to do some of the work, purchases, etc. for me, what my daughter-in-law, Sangitaji was doing, while I was in Delhi". I may mention humbly that whatever purchases or other works, my Governor instructs me to do, are well appreciated by Hon'ble Governor, Smt. Mridula Sinhaji.

My Governor gives her speeches and addresses at various functions in Hindi. Also the correspondence to various dignitaries is made in Hindi and English. As and when the Hindi Assistant is on leave and on a visit to his native place Bihar, I undertake that job, if not fully, but the instructions from Hon'ble Governor are fulfilled promptly by me in the Hindi stream also, in addition to my duties. Hon'ble Governor feels happy as and when the work is completed, and I get the full satisfaction that my immediate Boss is happy!

Having learnt to type Hindi during the tenure of former Governor, late Shri Kedar Nath Sahaniji, I am able to deliver during the tenure of my present Governor, Smt. Mridula Sinhaji. I feel, this is a biggest achievement during my time in Government service.

I have learnt a lot of things from my present Governor, Smt. Mridula Sinhaji and I pray to Almighty that Madam and Dr. Ram Kripal Sinhaji should be in the best of health always...

Private Secretary to Governor of Goa
Mob. : 9423058444

□□□